LAUREN WEISBERGER

Der Teufel trägt Prada

Die Party Queen von Manhattan

Der Teufel trägt Prada

Andrea Sachs hat gerade das College absolviert und träumt von einer Karriere als Journalistin. Am liebsten beim renommierten New Yorker – doch vorerst kann sie froh sein, überhaupt eine Anstellung zu ergattern. Daher fällt sie aus allen Wolken, als sie nach ihrem ersten Vorstellungsgespräch bereits einen Job in der Tasche hat – einen Job, um den Millionen junger Frauen sie beneiden würden: Andrea wird Assistentin der sagenumwobenen Miranda Priestly, Chefredakteurin des legendären Modemagazins Runway. Plötzlich befindet sie sich in einer Welt, in der alles Prada! Armani! und Versace! zu rufen scheint. Andreas Aufgabe besteht darin, Miranda noch den unsinnigsten Wunsch von den Augen abzulesen. Und zwar rund um die Uhr. Ein Alptraum, den Andrea nur erträgt, weil sie auf ein Empfehlungsschreiben von Miranda hofft. Doch irgendwann muss sie erkennen, dass sie vorher nicht nur ihren vernachlässigten Freund und ihren Verstand, sondern auch ihre Seele verlieren könnte ...

Die Party Queen von Manhattan

Überstunden, Hektik, dumme Sprüche vom Chef: Bette Robinson hat ihre Arbeit bei einer Investment Bank gründlich satt. Spontan kündigt sie und bekommt überraschend bald ein verführerisches Angebot: eine Stelle bei einer der angesagtesten PR und Event Management Firmen New Yorks. Ihr Job führt Bette in die exklusivsten Clubs, zu den heißesten Partys und den umschwärmtesten VIPs der Stadt. Hier geht es nur um eines: sehen und gesehen werden. Und Bette wird offenbar gesehen: Obwohl ihre Exkursionen ins New Yorker Nachtleben beruflich bedingt sind, scheint jemand größtes Interesse daran zu haben, jeden ihrer Schritte zu kommentieren – in einer gehässigen anonymen Klatschkolumne. Pikant wird die Geschichte, als Bette eher zufällig im Bett des begehrten Playboys Philip Weston landet. Perfekt für ihre Karriere, katastrophal für ihr Privatleben ...

Autorin

Lauren Weisberger hat an der Cornell University studiert und danach für die Modezeitschrift VOGUE gearbeitet. Sie war dort die persönliche Assistentin der Herausgeberin Anna Wintour. Ihr von eigenen Erfahrungen inspirierter Debütroman »Der Teufel trägt Prada« machte die junge Autorin über Nacht zum Star, und auch die Verfilmung des Buches mit Meryl Streep und Anne Hathaway in den Hauptrollen wurde zum Welterfolg. Es folgten die Bestseller »Die Party Queen von Manhattan« und »Ein Ring von Tiffany«. Lauren Weisberger lebt und arbeitet in New York.

Von Lauren Weisberger ist im Goldmann Verlag außerdem lieferbar:

Ein Ring von Tiffany. Roman (54267)

Lauren Weisberger

Der Teufel trägt Prada

Die Party Queen von Manhattan

Zwei Romane
in einem Band

Aus dem Amerikanischen von
Regina Rawlinson und Martina Tichy

GOLDMANN

Die Originalausgabe von »Der Teufel trägt Prada« erschien 2003
unter dem Titel »The Devil Wears Prada« bei Doubleday, New York,
die von »Die Party Queen von Manhattan« 2005 unter dem Titel
»Everyone Worth Knowing« bei Simon & Schuster, New York.

FSC
Mix
Produktgruppe aus vorbildlich
bewirtschafteten Wäldern und
anderen kontrollierten Herkünften

Zert.-Nr. SGS-COC-001940
www.fsc.org
© 1996 Forest Stewardship Council

Verlagsgruppe Random House FSC-DEU-0100
Das für dieses Buch verwendete FSC-zertifizierte Papier
Holmen Book Cream liefert Holmen Paper, Hallstavik, Schweden.

1. Auflage
Taschenbuchausgabe Oktober 2010
»Der Teufel trägt Prada«

Redaktion: Vera Thielenhaus
»Die Party Queen von Manhattan«

Redaktion: Irmgard Perkounigg
Umschlaggestaltung: UNO Werbeagentur, München
Umschlagmotiv: FinePic®, München
Druck und Einband: GGP Media GmbH, Pößneck
Printed in Germany
ISBN 978-3-442-13470-0

www.goldmann-verlag.de

Der Teufel trägt Prada

Den drei Menschen auf der Welt gewidmet,
die ernsthaft glauben, dass es mit *Krieg und Frieden*
konkurrieren kann:

Für meine Mutter Cheryl, *die Mom,*
»für die Millionen junger Frauen ihr Leben geben würden«,

für meinen Vater Steve, *einen attraktiven, geistreichen,*
genialen und begnadeten Mann, der darauf bestanden hat,
seine Widmung selbst zu schreiben,

und für meine phänomenale Schwester Dana,
ihre Lieblingstochter (bis ich ein Buch geschrieben hatte).

Man hüte sich vor Unternehmungen,
die neuer Kleidung bedürfen.

Henry David Thoreau, *Walden*, 1854

1

Die Ampel am Broadway war noch gar nicht richtig auf Grün umgesprungen, da raste auch schon ein ganzes Rudel gelber Taxis an mir vorbei, während ich in der kleinen Todesfalle, die ich quer durch New York zu kutschieren hatte, die rechte Spur blockierte. *Kupplung treten, Gas geben, schalten* (vom Leerlauf in den Ersten? Oder vom Ersten in den Zweiten?), *Kupplung kommen lassen.* Wie ein Mantra betete ich mir diese goldene Regel immer und immer wieder vor, doch im hektisch-chaotischen Mittagsverkehr half sie mir leider auch nicht viel weiter. Zweimal bäumte sich meine Blechkiste wie ein wilder Mustang auf, um anschließend wie ein lahmes Kaninchen über die Kreuzung zu hoppeln. Mein Herz klopfte wie verrückt. Bis das Gehopse aufhörte, und ich in Fahrt kam. Mächtig in Fahrt. War ich tatsächlich noch im zweiten Gang? Ich warf einen Blick auf den Schalthebel – einen Blick zu viel. Als ich wieder auf die Straße sah, war ich so gefährlich dicht auf ein Taxi aufgefahren, dass mir nichts anderes übrig blieb, als voll in die Eisen zu steigen – und mir dabei den Absatz abzubrechen. Mist! Schon wieder ein Paar 700-Dollar-Schuhe im Eimer, ein Opfer meiner Ungeschicktheit – zum dritten Mal in diesem Monat. Ich war fast erleichtert, dass ich bei meinem halsbrecherischen Bremsmanöver den Motor abgewürgt hatte (anscheinend hätte ich die Kupplung treten müssen). So hatte ich wenigstens ein paar Sekunden Zeit, um mir, umtost von wütendem Gehupe und wüstem Gefluche, die Manolos auszuziehen und auf den Beifahrersitz zu pfeffern. Und wo sollte ich mir die schweißnassen Hände abwischen? Da blieb nur meine Gucci-

Hose, die so knalleng am Körper saß, dass sie mir das Blut abschnürte. Mich hineinzuzwängen und sie auch noch bis oben hin zuzuknöpfen, war das reinste Kunststück gewesen. Meine Finger hinterließen hässliche Streifen auf dem samtweichen Wildleder. Ich brauchte unbedingt eine Zigarette, sonst würde ich es niemals schaffen, dieses 84000-Dollar-Cabrio heil durch den Hindernisparcours der Straßen Manhattans zu manövrieren.

»Nun fahr schon, Alte!«, brüllte ein unappetitlicher Autofahrer im Feinrippunterhemd, aus dem höchst dekorativ die Brusthaare hervorquollen. »Was glaubst du eigentlich, wo du bist? In der Fahrschule? Aus dem Weg.«

Mit zitternder Hand zeigte ich ihm den Stinkefinger und erledigte erst mal die dringendste aller anstehenden Aufgaben: Mir möglichst schnell eine Fluppe anzustecken. Meine Hände waren schon wieder klitschnass, was ich besonders gut daran feststellen konnte, dass mir die Streichhölzer aus den Fingern flutschten. Als ich gerade – endlich – den ersten Zug nehmen wollte, sprang die Ampel wieder auf Grün um. Die Zigarette zwischen den Lippen und vom Tabaksqualm umwölkt, widmete ich mich erneut der Kunst des Anfahrens: *Kupplung treten, Gas geben, schalten* (vom Leerlauf in den Ersten? Oder vom Ersten in den Zweiten?), *Kupplung kommen lassen.* Es dauerte noch einmal drei Straßenblocks, bis der Wagen so gleichmäßig lief, dass ich es wagen konnte, die Zigarette wieder aus dem Mund zu nehmen, aber da war es schon zu spät. Die Asche war heruntergefallen und direkt neben dem Schweißfleck auf der Hose gelandet. Wahnsinn. Bevor ich mir richtig darüber klar werden konnte, dass ich – die Manolos mitgerechnet – innerhalb von drei Minuten Klamotten im Wert von 3100 Dollar ruiniert hatte, fing mein Handy an zu plärren. Und als ob es das Leben nicht sowieso schon übel genug mit mir meinte, bestätigte die Nummer des Anrufers auch noch meine schlimmsten Befürchtungen. Es war Ihre Majestät persönlich. Miranda Priestly. Meine Chefin.

»Aan-dreh-aa! Aan-dreh-aa! Hören Sie mich, Aan-dreh-aa?«, trompetete sie mir ins Ohr, sobald ich das Motorola aufgeklappt hatte – keine schlechte Leistung, wenn man bedenkt, dass ich sowieso schon alle Hände voll zu tun hatte – von meinen (nun nackten) Füßen ganz zu schweigen. Ich klemmte mir das Telefon zwischen Kinn und Schulter und schmiss die Zigarette aus dem Fenster, wobei ich um ein Haar einen Fahrradkurier erwischt hätte, der sich dafür mit einem derben, aber wenig originellen Fluch bedankte.

»Ja, Miranda. Ich verstehe Sie gut.«

»Aan-dreh-aa, wo ist mein Wagen? Haben Sie ihn schon in der Garage abgeliefert?«

Endlich war mir auf dieser Höllenfahrt auch einmal das Glück hold. Die nächste Ampel sprang auf Rot um. Ich hielt hoppelnd an, ohne auf irgendwen oder irgendwas aufzufahren, und atmete erst einmal tief durch. »Ich bin noch unterwegs, Miranda. Aber ich müsste gleich da sein.« Ich hängte noch ein paar beruhigende Sätze dran, um ihr zu versichern, dass es sowohl dem Cabrio als auch mir gut ging und wir in wenigen Minuten heil unser Ziel erreicht haben würden.

»Ja, ja, schon gut«, fiel sie mir brüsk ins Wort. »Bevor Sie wieder ins Büro kommen, müssen Sie noch Madelaine abholen und in die Wohnung bringen.« Klick. Gespräch beendet. Ich starrte einen Augenblick verdutzt auf das Handy, doch es blieb stumm. Offenbar war Miranda der Meinung, es sei alles Nötige gesagt. Madelaine. Wer zum Henker war Madelaine? Und wo steckte sie gerade? Wusste sie, dass ich sie abholen kam? Was sollte sie in Mirandas Wohnung? Und warum blieb diese Aufgabe mal wieder ausgerechnet an mir hängen, wo Miranda doch einen Chauffeur, eine Haushälterin und ein Kindermädchen beschäftigte?

Da in New York das Telefonieren am Steuer verboten ist, bog ich in die Busspur ein, fuhr rechts ran und schaltete die Warnblinkanlage ein. Das Letzte, was mir jetzt noch fehlte, war Zoff mit der Polizei. *Einatmen, ausatmen*, ermahnte ich mich. Ich dachte sogar noch daran, die Handbremse anzuziehen, bevor ich die Fußbremse losließ. Seit Ewigkeiten hatte ich keinen Wagen mit Gangschaltung mehr gefahren, seit fünf Jahren, um genau zu sein. Damals hatte mir ein Freund an der High School ein paar Stunden Unterricht gegeben, die aber kaum einen bleibenden Eindruck hinterlassen hatten. Für Miranda alles kein Problem und schon gar nicht einer Nachfrage wert, als sie mich vor anderthalb Stunden in ihr Büro zitiert hatte.

»Aan-dreh-aa, holen Sie meinen Wagen ab, und bringen Sie ihn in die Garage. Und zwar sofort. Wir brauchen ihn heute Abend, weil wir in die Hamptons fahren.« Ich stand wie angewurzelt vor ihrem riesigen Schreibtisch, aber sie nahm mich schon gar nicht mehr wahr. Dachte ich zumindest, bis sie mich dann doch noch mit einer abschließenden Bemerkung entließ. »Das wäre alles, Aan-dreh-aa. Erledigen Sie das«, fügte sie hinzu, ohne mich auch nur anzusehen.

Aber klar doch, Miranda, dachte ich und verließ das Büro. Ich war noch nicht ganz durch die Tür, da versuchte ich schon krampfhaft herauszufinden, was sie wohl genau mit diesem mysteriösen Auftrag gemeint hatte, der garantiert viele Fallstricke für mich bereithielt. So oder so musste ich als Allererstes austüfteln, wo ich den Wagen abholen sollte. Wahrscheinlich stand er in der Vertragswerkstatt, aber genauso gut konnte er auch in jeder anderen der zig Millionen New Yorker Werkstätten repariert worden sein. Vielleicht hatte sie ihn einer Freundin geliehen, und er wurde nun in irgendeiner sündteuren Garage an der Park Avenue gehätschelt. Natürlich war es auch nicht auszuschließen, dass sie einen neuen Wagen meinte, den sie eben erst gekauft hatte und den ich von einem mir völlig unbekannten Händler nach Hause überführen sollte. Wie auch immer, für mich bedeutete dieser Auftrag vor allem eins: jede Menge Detektivarbeit.

Also dann, ans Werk. Ich probierte es zuerst bei Mirandas Kindermädchen, aber bekam nur ihre Mailbox zu hören. Bei der Haushälterin hatte ich mehr Glück. Sie war nicht nur da, sie konnte mir sogar weiterhelfen. Sie verriet mir, dass es sich nicht, wie befürchtet, um einen nagelneuen Wagen handelte, sondern um ein dunkelgrünes Sportwagencabrio, das normalerweise in Mirandas Privatgarage abgestellt war. Die Marke allerdings wusste sie nicht, und ebenso wenig, wo er gerade stand. Als Nächstes versuchte ich es bei der Assistentin von Mirandas Ehemann. Von ihr erfuhr ich, dass die Eheleute ihres Wissens noch einen schwarzen Lincoln Navigator der Luxusklasse und einen kleinen grünen Porsche besaßen. Super! Meine erste heiße Spur. Noch ein Anruf in der Porsche-Werkstatt in der Eleventh Avenue, und der Fall war gelöst. Dort hatte man soeben einige kleinere Lackierungsarbeiten an Ms. Miranda Priestlys grünem Carrera 4 Cabrio durchgeführt und einen neuen CD-Wechsler eingebaut. Volltreffer!

Ich bestellte mir eine Limousine und ließ mich in die Werkstatt bringen, wo ich den Mechanikern eine eigenhändig gefälschte Vollmacht von Miranda übergab, die mich berechtigte, den Porsche in Empfang zu nehmen. Dass ich mit der Wagenbesitzerin weder verwandt noch verschwägert war, schien niemanden zu kümmern, genauso wenig wie die Tatsache, dass eine wildfremde Person hereinspaziert kam und sich ganz cool einen teuren Schlitten übergeben ließ, der ihr gar nicht gehörte. Sie warfen mir die Schlüssel zu und lachten bloß, als ich sie bat, mir den Wagen aus der Garage zu setzen, weil ich mir nicht sicher war, ob ich überhaupt den Rückwärtsgang finden würde. Nach einer geschlagenen halben Stunde hatte ich zwar schon sage und schreibe zehn Straßenblocks geschafft, wusste aber immer noch nicht, wo oder wie ich wenden sollte, um endlich in die richtige Richtung fahren zu können, zu der Privatgarage, deren Koordinaten mir Mirandas Haushälterin verraten hatte. Die Chancen, heil dort anzukommen, ohne mir selbst, dem Porsche, einem Radfahrer, Fußgänger oder anderen Fahrzeug etwas anzutun, standen bei null. Und Mirandas Anruf trug nicht gerade dazu bei, meine Nerven zu beruhigen.

Wieder startete ich einen Rundumschlag mit dem Handy. Diesmal antwortete das Kindermädchen, und mir fiel ein Stein vom Herzen.

»Tag, Cara. Ich bin's.«

»Hallo, was gibt's? Bist du unterwegs? Es ist so laut.«

»Gut geraten. Ich musste Mirandas Porsche aus der Werkstatt holen. Leider hat der verfluchte Wagen eine Gangschaltung, und schalten ist nicht gerade meine starke Seite. Und jetzt hat Miranda auch noch angerufen, und will, dass ich eine Madelaine abhole und in die Wohnung bringe. Wer ist diese Madelaine, und wo könnte sie stecken?«

Cara kriegte sich gar nicht wieder ein vor Lachen. »Madelaine ist ihre französische Bulldogge, und sie ist beim Tierarzt. Sie wurde heute sterilisiert. Eigentlich sollte ich sie nach Hause bringen, aber jetzt muss ich stattdessen die Zwillinge früher aus der Schule holen, damit sie alle in die Hamptons fahren können.«

»Das muss ein Witz sein. Ich soll mit diesem Porsche einen Köter abholen? Ohne einen Unfall zu bauen? Unmöglich.«

»Sie ist in der East Side Tierklinik, in der 52. Straße. Tut mir leid, Andy, ich muss jetzt los, die Mädchen abholen. Aber ruf mich ruhig an, wenn ich noch etwas für dich tun kann.«

Kurz bevor ich endlich in die 52. einbog, war ich mit den Nerven fix und fertig und mit meiner Konzentration total am Ende. *Schlimmer kann es nicht mehr kommen*, dachte ich, als schon wieder ein Taxi bis auf zwei Zentimeter auf den Porsche auffuhr. Eine Schramme, ein Kratzer, und ich war mindestens meinen Job los, wenn nicht mein Leben. Darauf konnte ich Gift nehmen. Da nicht im Traum daran zu denken war, am helllichten Tag eine Parklücke zu finden – oder auch nur ein freies Plätzchen im Halteverbot –, rief ich in der Klinik an und bat, mir den Hund nach draußen zu bringen. Auf den letzten Metern kam prompt der nächste Kontrollanruf von Miranda, die wissen wollte, warum ich immer noch nicht wieder im Büro war. Wenigstens brauchte ich nicht lange zu warten. Ich hatte kaum angehalten, da erschien auch schon eine nette Frau mit einem winselnden, schnüffelnden Welpen auf dem Arm. Die Frau zeigte mir Madelaines Naht und riet mir, sehr, sehr vorsichtig zu fahren, da der Hund Schmerzen habe. Aber sicher, Lady. Ich fahre sehr, sehr vorsichtig, um meinen Job und möglicherweise nebenbei noch mein Leben zu retten. Wenn der Hund auch etwas davon hat, soll es mir recht sein.

Nachdem sich Madelaine auf dem Beifahrersitz zusammengerollt und ich mir eine Zigarette angesteckt hatte, rubbelte ich mir erst mal die eiskalten Füße warm, um Kupplungs- und Bremspedal überhaupt fühlen zu können. *Kupplung treten, Gas geben, schalten,* betete ich mir vor, während ich versuchte, die arme Madelaine zu ignorieren, die jedes Mal laut aufjaulte, wenn ich Gas gab. Wenn sie nicht jaulte, winselte oder schnaufte sie und wurde zu allem Überfluss immer hysterischer. Ich wollte sie trösten, aber sie spürte, dass ich es nicht ernst meinte. Außerdem hatte ich keine Hand frei, um sie zu streicheln oder ihr einen aufmunternden Klaps zu geben. Dafür also hatte ich vier Jahre meines Lebens mit der Analyse und Interpretation von Romanen, Theaterstücken, Kurzgeschichten und Gedichten verplempert – um einen kleinen, weißen, schlappohrigen Hund zu trösten, während ich mein Möglichstes tat, den wahnsinnsteuren Luxusschlitten meiner Arbeitgeberin nicht zu Schrott zu fahren. Tolles Leben. Genau das, was ich mir immer erträumt hatte.

Wider Erwarten gelang es mir, den Wagen ohne weitere Zwischenfälle in die Garage zu fahren und den Hund bei Mirandas Portier abzuliefern. Aber meine Hände zitterten immer noch, als ich endlich in die Limousine stieg, die mir kreuz und quer durch die ganze Stadt gefolgt war. Der Fahrer sah mich mitfühlend an und meinte, so eine Gangschaltung sei wirklich tückisch, doch mir war nicht nach Smalltalk zumute.

»Zurück zum Elias-Clark-Building«, seufzte ich bloß, als der

Wagen anrollte. Da ich diese Strecke jeden Tag mindestens einmal, manchmal aber auch zweimal fuhr, wusste ich, dass mir höchstens acht Minuten blieben, um ein paar Mal tief durchzuatmen, mich wieder zu beruhigen und mir zu überlegen, wie ich die Asche- und Schweißflecken kaschieren sollte, die auf dem Wildleder meiner Gucci-Hose zu permanenten Gestaltungsmerkmalen geworden waren. Und was die Schuhe anging – bei denen war sowieso Hopfen und Malz verloren. Die einzige Rettung wäre die Schusterbrigade, die bei *Runway* für genau solche Notfälle Gewehr bei Fuß stand.

Leider war die Fahrt diesmal schon nach sechseinhalb Minuten vorbei, und mir blieb nichts anderes übrig, als wie eine wackelige Giraffe auf einem gekappten und einem Stöckelabsatz ins Gebäude zu hinken. Bei einem schnellen Zwischenstopp in der Kleiderkammer staubte ich ein nagelneues Paar kastanienbraune kniehohe Jimmy Choos ab, die fantastisch zu dem Lederrock passten, den ich mir im Vorbeilaufen angelte. Die Lederhose landete auf dem Stapel für die »Couture-Reinigung« (wo die Preise bei 75 Dollar pro Kleidungsstück anfingen). Jetzt noch rasch in den Kosmetikraum. Eine der Redakteurinnen warf einen Blick auf mein verlaufenes Make-up und machte sich sofort mit einem Erste-Hilfe-Köfferchen an die nötigen Ausbesserungsarbeiten.

Nicht übel, dachte ich, als ich mich in einem der allgegenwärtigen hohen Spiegel betrachtete. Niemand hätte vermutet, dass ich noch vor wenigen Minuten kurz vor einem Amoklauf mit anschließendem Selbstmord gestanden hatte. Selbstbewusst betrat ich Mirandas Vorzimmer, setzte mich an meinem Schreibtisch und freute mich auf ein paar freie Minuten, bis sie vom Lunch zurückkam.

»Aan-dreh-aa«, rief sie aus ihrem spartanisch eingerichteten Büro, das den Charme einer Tiefkühltruhe verströmte. »Wo sind das Auto und der Hund?«

Ich schoss wie eine Rakete vom Stuhl hoch und lief, so schnell mich meine 12-Zentimeter-Absätze auf dem plüschigen Teppichboden tragen wollten, hinüber. »Den Wagen haben ich beim Parkwächter in der Garage abgegeben und Madelaine bei Ihrem Portier, Miranda«, antwortete ich. Ich war stolz, beide Aufgaben erfüllt zu haben, ohne den Wagen, den Hund oder mich selbst ins Jenseits zu befördern.

»Und was haben Sie sich dabei gedacht?«, fragte sie und blickte tatsächlich von ihrer *Women's Wear Daily* hoch. »Ich hatte Sie doch ausdrücklich gebeten, den Wagen und den Hund hierher zu bringen. Die Mädchen können jede Minute da sein, und dann wollen wir gleich los.«

»Ach. Ich dachte, Sie hätten gesagt, ich soll...«

»Genug. Die Details Ihrer Inkompetenz interessieren mich nur peripher. Schaffen Sie mir den Wagen und den Hund her. Ich will in 15 Minuten fahren. Verstanden?«

15 Minuten? Hatte das Weib Halluzinationen? Ich brauchte ein, zwei Minuten, um mit dem Lift nach unten zu fahren und eine Limousine zu bekommen, sechs bis acht zu ihrer Wohnung und dann noch einmal circa drei Stunden, bis ich den Hund in dem 18-Zimmer-Palast aufgestöbert, den verfluchten Wagen aus der Garage geholt und mich wieder bis zu ihrem Büro durchgekämpft hatte.

»Selbstverständlich, Miranda. In 15 Minuten.«

Kaum stand ich wieder im Vorzimmer, fing ich an zu zittern. Ich fragte mich, ob mein Herz wohl gleich im gesegneten Alter von 23 Jahren den Geist aufgeben würde. Unten auf der Straße schlotterte ich immer noch so heftig, dass mir die Zigarette, die ich mir als Erstes ansteckte, aus der Hand fiel und nicht etwa auf dem Betonboden, sondern genau auf einem meiner neuen Jimmys landete. Bevor sie herunterrollte, schaffte sie es noch, mir ein kreisrundes Loch ins Leder zu brennen. *Toll*, knurrte ich. *Das hat mir gerade noch gefehlt*. Ruinierte Kleidungsstücke im Wert von insgesamt 4000 Dollar an nur einem Tag, eine neue persönliche Bestleistung. *Vielleicht ist sie ja tot, bevor ich wie-*

der zurück bin, dachte ich. Ich hatte beschlossen, optimistisch zu bleiben. Vielleicht würde sie an einer seltenen exotischen Krankheit sterben. Das wäre für alle ihre Mitarbeiter eine Erlösung. Ich nahm noch einen letzten Zug von meiner zweiten Zigarette, trat sie auf dem Bürgersteig aus und rief mich zur Vernunft. *Du willst nicht, dass sie stirbt*, dachte ich. Wenn sie stirbt, hast du keine Chance mehr, sie selbst umzubringen. Und das wäre doch wirklich jammerschade.

2

Ich war ein ahnungsloser Engel, als ich zum ersten Vorstellungsgespräch meines Lebens antrat und in einen der berühmten Elias-Clark-Fahrstühle stieg, in denen sich alles, aber auch alles auf und ab bewegte, was in der Modewelt Rang und Namen hatte. Ich wusste nicht, dass die einflussreichsten Klatschkolumnisten, Societypersönlichkeiten und Medienmanager der Stadt wegen der perfekt geschminkten, atemberaubend gekleideten Wesen, die in den edlen Aufzügen geräuschlos nach oben entschwebten, schlaflose Nächte verbrachten. Ich hatte noch nie Frauen mit derart blondem Blondhaar gesehen und wäre nie auf die Idee gekommen, dass allein die Strähnchen vom Starfriseur 6000 Dollar im Jahr kosteten oder dass dem Eingeweihten ein einziger Blick genügte, um anhand der Farbgebung den Coloristen zu identifizieren. Ich hatte auch noch nie so schöne Männer gesehen, die ihre hart erarbeiteten, aber nicht *zu* muskelbepackten Traumfiguren in eng anliegenden Rollkragenpullovern und knackigen Lederhosen zu Schau stellten. Taschen und Schuhe, die ich noch niemals an einem lebenden Menschen zu Gesicht bekommen hatte, verkündeten stolz, wo sie herkamen: *Prada! Armani! Versace!* Von der Bekannten einer Bekannten – einer Redaktionsassistentin bei der Zeitschrift *Chic* – hatte ich gehört, dass es solchen Accessoires hin und wieder sogar vergönnt war, in diesen Fahrstühlen ihren Schöpfern zu begegnen, ein gewiss auch für Miuccia, Giorgio oder Donatella freudiges Wiedersehen mit einem Paar Stiletto-Pumps aus der Sommersaison 2002 oder einem tropfenförmigen

Handtäschchen aus der letzten Frühjahrskollektion. Als ich in den Elias-Clark-Aufzug stieg, wusste ich, dass in meinem Leben eine Veränderung bevorstand – bloß ob es eine Veränderung zum Besseren war, das wusste ich nicht.

Die ersten 23 Jahre meines Lebens war ich eine eher biedere Provinzpflanze gewesen, aufgewachsen in einer idyllischen Kleinstadt wie aus dem amerikanischen Bilderbuch. Kindheit und Jugend in Avon, Connecticut, verliefen nach dem üblichen Klischee: High-School-Sport, Jugendgruppe, harmlose »Saufgelage« bei Freunden, die eine sturmfreie Bude hatten. In der Schule trugen wir Jogginghosen, am Samstagabend schlüpften wir in unsere Jeans und warfen uns zum Tanztee oder für einen Ball mit braven Rüschenkleidern in Schale. Und dann aufs College! Es war wie eine neue, aufregende Welt, die sich nach der High School auftat. Dort war für jeden etwas geboten, ganz gleich ob Künstler, Aussteiger oder Computerfreak. Auf dem College standen mir sämtliche Möglichkeiten offen. Ich hatte die Qual der Wahl, welchen intellektuellen oder kreativen Interessen ich mich widmen, welches abseitige oder esoterische Orchideenfach ich studieren wollte. Nur ein Fach war im Vorlesungsverzeichnis nicht vertreten: die Haute Couture. Die vier Jahre in Providence, in denen ich Seminare über die französischen Impressionisten besuchte und mir ellenlange Hausarbeiten zur englischen Literatur abrang, bereiteten mich in keiner – nein, in keinster Weise – auf meine erste »richtige« Arbeitsstelle vor.

Ich schob den Augenblick der Wahrheit so lange wie möglich hinaus, indem ich mir nach dem Examen erst mal ein bisschen Geld zusammenpumpte und einen Trip über den großen Teich machte. Einen Monat lang klapperte ich mit dem Zug halb Europa ab, sah dabei aber, wie ich zugeben muss, wesentlich mehr Strände als Museen. Fast der Einzige, mit dem ich während dieser Zeit in Kontakt blieb, war mein Freund Alex, mit dem ich damals schon seit drei Jahren zusammen war. Er wusste genau, dass mir das Alleinreisen nach spätestens fünf Wochen auf den Keks gehen würde, und weil er seine Stelle als Lehrer erst im September antreten musste, überraschte er mich in Amsterdam. Bis dahin hatte ich Europa ziemlich abgegrast, und weil Alex im Sommer davor schon dort gewesen war, schmissen wir nach einem verrückten Nachmittag in einem Coffee Shop unsere Traveller Checks zusammen und kauften kurz entschlossen zwei Flugtickets nach Bangkok.

Dann reisten wir kreuz und quer durch Südostasien. Wir gaben am Tag kaum mehr als zehn Dollar aus und redeten über unsere Zukunftspläne. Er freute sich schon wahnsinnig darauf, an einer Schule unterrichten zu dürfen, die mitten in einem der sozialen Brennpunkte der Stadt lag, war begeistert von der Idee, junge Seelen zu formen und sich für die Armen und Benachteiligten einzusetzen. Typisch Alex. Ich verfolgte keine derart hehren, idealistischen Ziele. Im Gegenteil, ich hatte es mir in den Kopf gesetzt, für eine Zeitschrift zu arbeiten, und zwar nicht für irgendeine, sondern für den renommierten *New Yorker*. Und obwohl ich mir denken konnte, dass man in der Redaktion nicht gerade auf mich warten würde, war ich fest entschlossen, es bis zum fünften High-School-Klassentreffen geschafft zu haben. Für den *New Yorker* zu schreiben, war schon immer mein größter Wunsch gewesen. Das erste Heft hatte ich mir gekauft, nachdem sich meine Eltern einmal über einen besonders gelungenen Artikel unterhalten hatten. Meine Mutter: »Eine derart intelligente Schreibe findet man heute nirgends mehr.« Mein Vater: »Etwas Scharfsinnigeres gibt es nicht.« Ich war sofort hin und weg gewesen. Die peppigen Rezensionen und die witzigen Cartoons hatten mich regelrecht vom Hocker gerissen. Hinzu kam das Gefühl, einem erlesenen Zirkel anspruchsvoller Leser anzugehören. Seit nunmehr sieben Jahren hatte ich keine Ausgabe mehr verpasst, und ich kannte die Namen aller Redakteure und Autoren in- und auswendig.

Alex und ich standen also beide an der Schwelle zu einem

neuen Lebensabschnitt. Trotzdem hatten wir es nicht eilig, wieder nach Hause zu kommen. Irgendwie spürten wir wohl, dass dies unsere letzten unbeschwerten Tage sein würden, bevor uns die Wirklichkeit gnadenlos beim Schopf zu packen bekam, und so verlängerten wir in Delhi unsere Visa, um noch ein paar Wochen länger durch das exotische Indien zu reisen.

Eine Schnapsidee, wie sich zeigen sollte. Nichts ist tödlicher für die Romantik als eine Amöbenruhr. Eine Woche lang litt ich, von Alex liebevoll gepflegt, in einer dreckigen indischen Herberge vor mich hin, bis ich mich geschlagen gab und wir den Rückflug antraten. Nachdem meine Mutter mich am Flughafen auf den Rücksitz des Autos gepackt hatte, hörte sie auf der gesamten Fahrt nach Hause nicht mehr auf, mit dem Kopf zu schütteln. Auf eine gewisse Weise war der Traum einer jeden jüdischen Mutter nun auch für sie wahr geworden. Sie hatte einen Grund, mit mir von Arzt zu Arzt zu Arzt zu ziehen, um ganz sicherzugehen, dass sich auch nicht mehr der mickrigste Parasit in ihrem Töchterlein versteckt hielt. Es dauerte vier Wochen, bis ich wieder das Gefühl hatte, zu den Lebenden zu gehören, und zwei weitere, bis mir dämmerte, dass ich es zu Hause nicht mehr aushielt. Mom und Dad waren fantastisch, aber jedes Mal gefragt zu werden, wo ich hin wollte, wenn ich das Haus verließ, war auf die Dauer ätzend. Ich rief meine Freundin Lily an und fragte sie, ob sie mich in ihrem Miniapartment in Harlem aufnehmen würde. Aus reiner Herzensgüte sagte sie ja.

Schweißgebadet wachte ich in Lilys winziger Bude auf. Mir brummte der Schädel, der Magen grummelte, jeder Nerv war bis zum Äußersten gereizt. *O nein, nicht schon wieder!*, dachte ich entsetzt. *Die Parasiten sind zurück, und ich werde sie bis an mein Lebensende nicht mehr los!* Und wenn es womöglich etwas noch viel Schlimmeres war? Vielleicht hatte ich mir eine seltene, verzögert auftretende Form des Denguefiebers eingefangen? Oder Malaria? Oder gar Ebola? Still und starr lag ich da und bereitete mich innerlich schon auf mein baldiges Ableben vor, als plötzlich Bilder der vergangenen Nacht vor mir aufstiegen. Eine verräucherte Kneipe irgendwo im East Village. Ein infernalisches Geschepper, das sich Jazz Fusion Musik nannte. Ein knallrosa Cocktail in einem Martiniglas – igitt! Nur nicht daran denken. Freunde und Bekannte, die vorbeikamen, um mich in der Heimat zu begrüßen. Ein Trinkspruch, ein Pinkschluck, noch ein Trinkspruch. Gott sei Dank, es war weder Gelb-, Fleck- noch Schwarzwasserfieber, sondern bloß ein ganz ordinärer Kater. Ich hatte nicht daran gedacht, dass ich nach der überstandenen Ruhr mit zehn Kilo weniger auf den Rippen wohl nicht mehr ganz so viel Alkohol vertragen konnte wie vorher. Knapp 52 Kilo bei einer Körpergröße von 1,75 m verhießen für eine Nacht auf der Piste nichts Gutes (auch wenn sich im Nachhinein herausstellen sollte, dass diese Werte für einen Job bei einer Modezeitschrift idealer nicht hätten sein können).

Tapfer entfaltete ich auf Lilys Knochenbrechercouch, auf der ich seit einer Woche schlief, die schmerzenden Glieder und konzentrierte meine ganze Energie darauf, mich nicht zu übergeben. Sich wieder an Amerika zu gewöhnen – das Essen, die Umgangsformen, die herrlichen Duschen – war nicht allzu schwierig gewesen. Bloß das Hausen im Notquartier war auf die Dauer nichts für mich. Wenn ich sparsam lebte und meine letzten Baht und Rupien zusammenkratzte, blieben mir noch knapp anderthalb Wochen, bevor ich komplett abgebrannt war. Meine Eltern wären jederzeit bereit gewesen, mir auszuhelfen, aber diese Hilfe hatte einen kleinen Haken. Ich würde wieder bei ihnen einziehen und mir zu allem und jedem ihren Kommentar anhören müssen. Bei diesem Gedanken wurde ich schlagartig munter, und es hielt mich keine Sekunde länger auf der Mördercouch. Und so begann jener schicksalhafte Novembertag, an dem mich in weniger als einer Stunde das erste Vorstellungsgespräch meines Lebens erwartete. Die ganze letzte Woche hatte ich, noch immer leicht angeschlagen, bei Lily vor mich hin gegammelt, bis sie mich regelrecht aus dem Haus getrieben hatte, und sei es auch nur für ein paar Stunden am Tag. Ohne konkreten Plan hatte ich mir eine U-Bahn-Karte gekauft, war den ganzen Tag stadtauf- und stadtabwärts durch New York gefahren und hatte bei allen größeren Zeitschriftenverlagen meine Bewerbungsunterlagen abgegeben: meinen Lebenslauf und ein unausgegorenes Anschreiben, in dem ich erklärte, dass ich gern Redaktionsassistentin werden und erste journalistische Erfahrungen sammeln wollte. Ich war noch zu krank und erschöpft, um mich wirklich dafür zu interessieren, ob überhaupt jemand das Zeug las, und das Letzte, was ich mir davon versprach, war ein Vorstellungsgespräch. Aber dann hatte gestern Lilys Telefon geklingelt, und o Wunder!, jemand aus der Personalabteilung von Elias-Clark lud mich doch tatsächlich zu einem »kleinen Plausch« ein. Ich war mir nicht sicher, ob es sich dabei um ein offizielles Vorstellungsgespräch handelte – ein »kleiner Plausch« klang in meinem Zustand sowieso erträglicher.

Nachdem ich mit Magentropfen eine Kopfschmerztablette runtergespült hatte, stöberte ich erst mal in meinen Sachen. Ich fand ein Jackett und eine Hose, die als Ensemble zwar beim besten Willen nicht der Hit waren, aber wenigstens nicht sofort von meinem Klappergestell wieder herunterrutschten. Eine blaue Button-down-Bluse, ein halbwegs seriöser Pferdeschwanz und ein Paar leicht abgestoßene Halbschuhe komplettierten mein Outfit. Toll war es nicht, eher das Gegenteil, aber es würde reichen müssen. *Die werden die Entscheidung über meine Einstellung ja wohl nicht nur von meinen Klamotten abhängig machen*, dachte ich mir. Ich ahnungsloser Engel, ich!

Punkt elf war ich zur Stelle. In Panik geriet ich erst, als ich die Reihe langbeiniger, spindeldürrer Twiggy-Figuren sah, die zu den Fahrstühlen strömten. Sie plapperten in einer Tour, untermalt vom Klappern ihrer Pfennigabsätze auf dem Boden. *Klapperschnepfen*, dachte ich. *Das passt wie die Faust aufs Auge.* (Der Fahrstuhl kam.) *Einatmen, ausatmen. Du wirst dich nicht über-*

geben. Du wirst dich nicht übergeben. Du bist nur hier, um ein bisschen über den Job einer Redaktionsassistentin zu »plauschen«, und dann knallst du dich wieder auf Lilys Couch. Du wirst dich nicht übergeben. »*Aber natürlich würde ich gern für* Reaction *arbeiten!* The Buzz*? Auch gut. Wie bitte, ich darf es mir aussuchen? Ach, lassen Sie mich noch eine Nacht darüber schlafen, ich kann mich vor Angeboten kaum retten. Entzückend!*«

Sekunden später pappte ein »Besucher«-Aufkleber am Jackett meines zusammengewürfelten Ensembles. (Als ich bemerkte, dass alle anderen die Dinger einfach auf ihre Taschen klebten oder in den nächsten Papierkorb schmissen und nur die ödesten Verlierertypen sie tatsächlich trugen, war es schon zu spät.) Mit dem Abzeichen meiner Unwissenheit auf der Brust folgte ich der Menge und steuerte ebenfalls die Aufzüge an. Es ging hoch und immer höher, eine Reise durch Raum und Zeit und unendliche Schönheit, hinauf bis in die luftigen Höhen der Personalabteilung.

Während der Fahrt entspannte ich mich ein wenig. In der Kabine hing ein nahezu erotisches Duftgemisch aus sinnlichem Parfüm und würzigem Leder. Auf jeder Etage eine andere Zeitschrift, *Chic* und *Mantra*, *The Buzz* und *Coquette*. Lautlos glitt die Tür zur Seite und gab den Blick frei auf sparsam möblierte Empfangsbereiche. Schicke, weiße Möbel mit klaren, schlichten Linien, die so aussahen, als ob es einer Mutprobe gleichkäme, tatsächlich auf ihnen Platz zu nehmen. Nicht auszudenken, wenn man einen Fleck ins Polster machte! Da konnte man sich am besten gleich erschießen. An den Wänden prangten in schwarzen Lettern die unverwechselbaren Namen der Zeitschriften, die jedes Kind in Amerika kannte, aber niemals unter einem einzigen Hochhausdach vermutet hätte. Dicke, undurchsichtige Glastüren schützten die Redaktionen vor unwillkommenen Besuchern.

Obwohl ich selbst bis dahin höchstens ein paar Mal als Eisverkäuferin gejobbt hatte, wusste ich doch von meinen Studienfreunden, die nun seit einigen Monaten im Berufsleben standen, dass die Welt der Arbeit *so* nicht aussah, nirgends. Keine Spur von grellen Neonlampen oder von extrastrapazierfähigen Teppichböden. Wo sich unscheinbare Sekretärinnen hinter zerschrammten Schreibtischen hätten verschanzen müssen, thronten hier makellose Schönheiten mit markanten Wangenknochen hinter edlen Empfangstheken. Bürobedarf war ein Begriff, der nicht existierte! Terminplaner, Papierkörbe, Akten? Gab es nicht. Von Etage zu Etage wuchs mein Staunen über diese weiße Perfektion. Ich nahm nichts anderes um mich herum wahr, bis schließlich im sechsten Stock eine giftige Stimme an mein Ohr und zu mir durchdrang.

»Sie ist einfach unerträglich! So eine Zicke. Ich halte sie nicht mehr aus. Wer macht denn so was? Wer kommt denn bloß auf so eine Idee?«, zischelte vor mir eine schicke Mittzwanzigerin, die mit ihrem Schlangenlederrock und dem mikroskopisch kleinen Tank-Top besser in eine Disco als in ein Büro gepasst hätte.

»Wem sagst du das? Was meinst du, was ich mir in den letzten sechs Monaten alles gefallen lassen musste? Diese Megazicke. Und einen fürchterlichen Geschmack hat sie auch noch«, pflichtete ihre Freundin ihr bei und schüttelte dazu ihre fantastisch geschnittene Mähne.

Dann war ich endlich oben, und der Fahrstuhl gab mich frei. *Interessant*, dachte ich. Verglichen mit dem durchschnittlichen Tag einer durchschnittlichen College-Studentin war das Prädikat »interessant« allerdings wohl etwas zu kurz gegriffen. Stimulierend? Na, so weit wollte ich dann doch nicht gehen. Friedlich, freundlich, fürsorglich? Kaum. Befriedigend, motivierend? Total daneben. Wer aber das Hippe, Schicke, Schlanke, Coole, Trendige, Gestylte und Angesagte suchte, für den war Elias-Clark das Paradies.

Der elegante Schmuck und das perfekte Make-up der Empfangsdame trugen nicht gerade dazu bei, meine zunehmenden

Minderwertigkeitsgefühle zu lindern. Sie bot mir einen Platz an und sagte, ich dürfe gern »einen Blick in einige unserer Publikationen werfen«. Stattdessen versuchte ich verzweifelt, mir auf die Schnelle die Herausgeber möglichst vieler Zeitschriften des Verlagshauses einzuprägen – als ob man mich danach ausfragen würde. Ha! Stephen Alexander von *Reaction* kannte ich sowieso, und Tanner Michel von *The Buzz* konnte ich mir leicht merken. Und da dies sowieso die beiden einzigen interessanten Erzeugnisse des Verlags waren, fühlte ich mich relativ gut gewappnet.

Eine grazile Frau, die sich als Sharon vorstellte, holte mich ab. »Sie möchten also bei der Zeitung anfangen?«, fragte sie, während sie mich an einigen identisch aussehenden Elfenwesen vorbei in ihr karges, kaltes Büro führte. »Ganz schön schwierig, wenn man direkt vom College kommt. Da rangeln jede Menge Leute um eine Hand voll Jobs. Außerdem sind die wenigen offenen Stellen auch nicht gerade besonders gut bezahlt, wenn Sie verstehen, was ich meine.«

Ich sah an meinem billigen, zusammengestoppelten Anzug und den völlig unpassenden Schuhen hinunter und fragte mich, warum ich überhaupt zu dem Vorstellungsgespräch angetreten war. Es war wohl am gescheitesten, wenn ich mich mit einem ausreichenden Vorrat an Chips und Zigaretten eindeckte und mich für die nächsten 14 Tage erst mal wieder auf Lilys Couch verkroch. Ich war so vertieft in diese düsteren Zukunftsaussichten, dass ich kaum mitbekam, wie sie sagte: »Aber ich kann Ihnen etwas verraten. Ihnen bietet sich eine grandiose Gelegenheit. Allerdings müssen Sie sofort zugreifen, sonst ist sie weg.«

Hmm. Plötzlich gingen alle Warnlichter bei mir an. Eine Gelegenheit? Und noch dazu eine grandiose?? Mein Gehirn arbeitete fieberhaft. Sie wollte mir helfen? Sie mochte mich? Warum? Ich hatte doch noch keinen Pieps gesagt. Wie konnte sie mich da mögen? Und warum erinnerte sie mich auf einmal so verdächtig an einen Gebrauchtwagenhändler?

»Können Sie mir sagen, wie die Herausgeberin von *Runway* heißt?«, fragte sie und sah mir zum ersten Mal in die Augen, seit ich in ihrem Büro Platz genommen hatte.

Nichts. Watte im Kopf. Leere. Ich stand total auf dem Schlauch. Nicht zu fassen, ich wurde tatsächlich abgefragt!! Das durfte doch nicht wahr sein – ich hatte in meinem ganzen Leben noch keine *Runway* gelesen. Das war nicht fair. *Runway* zählte nicht. *Runway* war schließlich eine Modezeitschrift. Womöglich gab es darin noch nicht mal richtige Artikel, bloß halb verhungerte Models und Werbefotos. Ich schluckte ein paar Mal. Die Namen der Herausgeber, die ich mir eben erst ins Hirn gehämmert hatte, schwirrten mir wild durch den Kopf und fügten sich zu abstrusen Paarungen wieder zusammen. Ich war mir sicher, ich kannte die Frau. Diese Frau kannte jeder. Aber ich kam ums Verrecken nicht auf ihren Namen.

»Äh, im Moment kann ich es Ihnen leider nicht sagen. Aber ich weiß, wie sie heißt. Natürlich weiß ich das! Den Namen kennt doch jedes Kind. Ich habe ihn nur gerade nicht parat.«

Sie beobachtete mich, die großen braunen Rehaugen auf mein verschwitztes Gesicht geheftet. »Miranda Priestly«, sagte, nein flüsterte sie mit einer Mischung aus Ehrfurcht und Angst. »Sie heißt Miranda Priestly.«

Sie schwieg. Ich schwieg. Es kam mir vor, als ob wir uns eine volle Minute lang anschwiegen, dann hatte Sharon sich offenbar dazu durchgerungen, mir meinen Fehltritt noch einmal zu vergeben. Damals wusste ich nicht, wie verzweifelt sie darauf aus war, eine neue Assistentin für Miranda zu finden, und dass sie es einfach nicht mehr aushielt, von ihrer Chefin Tag und Nacht mit Anrufen bombardiert und nach den neuesten Bewerberinnen ausgefragt zu werden. Hauptsache, sie fand jemanden, irgendjemanden, der Miranda genehm war. Und wenn es auch nur die geringste Chance gab, dass möglicherweise *ich* dieser Jemand war, konnte sie es sich natürlich nicht leisten, allzu kleinlich zu sein.

Sharon ließ ein schmales Lächeln sehen und eröffnete mir, dass ich nun Mirandas Assistentinnen kennen lernen würde. *Hatte sie denn mehr als eine?*

»Ja, sie hat zwei«, bestätigte sie mir mit einem entnervten Augenaufschlag. »Natürlich braucht Miranda zwei Assistentinnen. Ihre derzeitige Seniorassistentin, Allison, wurde gerade zur Beauty-Redakteurin befördert, und Emily, die Juniorassistentin, wird Allisons Platz einnehmen. Das heißt, die Stelle der Juniorassistentin wird frei! Andrea, ich weiß, dass Sie frisch vom College kommen und mit den inneren Abläufen der Zeitschriftenwelt vermutlich nicht sehr vertraut sein werden.« Sie legte eine dramatische Kunstpause ein. »Aber ich habe das Gefühl, dass es meine Aufgabe, ja meine Pflicht ist, Ihnen zu sagen, was für eine geradezu unglaubliche Gelegenheit sich Ihnen hier bietet. Miranda Priestly ist …« Sie hielt erneut inne, als ob sie sich innerlich vor einem Götterstandbild verneigte. »Miranda Priestly ist die einflussreichste Frau in der Modebranche und eine der prominentesten Zeitschriftenherausgeberinnen der Welt. Der Welt! Für diese Persönlichkeit zu arbeiten, ihr bei ihrer Herausgebertätigkeit über die Schulter zu schauen, dabei zu sein, wenn sie berühmte Autoren und Models trifft, ihr dabei zu assistieren, die Herausforderungen des Tagesgeschäfts zu meistern, das ist eine einmalige Chance. Ich sage nur eins: Für diese Stelle würden Millionen junger Frauen ihr Leben geben.«

»Aha, so, so. Ja, das klingt fantastisch«, stammelte ich. Seltsam, dass Sharon glaubte, mir einen Job schmackhaft machen zu müssen, für den Millionen anderer Frauen ihr Leben gegeben hätten. Aber es blieb keine Zeit, lange darüber nachzudenken. Sie telefonierte noch kurz, und dann brachte sie mich auch schon zum Fahrstuhl. Für die nächste Runde des Vorstellungsgesprächs sollte ich mit Mirandas Juniorassistentin in den Ring steigen.

Schon Sharon hatte in meinen Ohren ein bisschen wie ein

Roboter geklungen, aber Emily schlug sie noch um Längen. Nachdem ich in den 17. Stock hinuntergefahren war und eine geschlagene halbe Stunde in dem blendend weißen Empfangsbereich von *Runway* gewartet hatte, trat schließlich eine gertenschlanke junge Frau durch die Glastür. Sie trug einen wadenlangen Hüftrock aus Leder, und ihr widerspenstiges rotes Haar war zu einem nachlässigen, aber doch eleganten Knoten hochgesteckt. Sie hatte einen Teint wie Schneewittchen und die ausgeprägtesten Wangenknochen, die ich je gesehen hatte. Ohne zu lächeln, setzte sie sich neben mich und musterte mich ernst, aber scheinbar ohne großes Interesse, von oben bis unten. Automatisch, wie eine Maschine. Da sie sich nicht damit aufhielt, sich vorzustellen, konnte ich nur vermuten, dass es sich bei ihr um Emily handelte. Aus heiterem Himmel fing sie plötzlich an, mir den Job zu beschreiben. Ihre monotonen Ausführungen verrieten mir mehr als alles, was sie sagte: Sie hatte diese Litanei anscheinend schon Dutzende Male heruntergeleiert, erwartete sich von mir auch nicht mehr als von den anderen Bewerberinnen und würde sich deshalb nicht länger als unbedingt nötig mit mir abgeben.

»Es ist kein Zuckerschlecken, so viel steht fest. Es kommt vor, dass der Arbeitstag 14 Stunden hat, nicht oft, aber oft genug«, ratterte sie los. »Und Sie müssen sich darüber im Klaren sein, dass Sie keine redaktionellen Aufgaben übertragen bekommen werden. Als Juniorassistentin sind Sie ausschließlich dafür verantwortlich, Miranda nach besten Kräften zu unterstützen und zu entlasten. Und darunter fällt alles, was Sie sich nur vorstellen können. Dass Sie zum Beispiel ihr Lieblingsbriefpapier bestellen oder sie beim Shopping begleiten. Abwechslungsreich ist es auf jeden Fall. Überlegen Sie bloß, Sie sind Tag für Tag, Woche für Woche mit dieser einzigartigen Frau auf Tuchfühlung. Und dass sie einzigartig ist, können Sie mir glauben«, hauchte sie. Zum ersten Mal kam so etwas wie Leben in ihre Züge.

»Klingt gut«, sagte ich – und es war mir ernst damit. Meine

Studienfreunde, die schon sechs Monate in der realen Arbeitswelt hinter sich hatten, klangen allesamt frustriert und enttäuscht, und zwar ganz egal, wo sie arbeiteten, bei einer Bank, einer Werbeagentur oder einem Buchverlag. Es war überall das gleiche trübe Bild, lange Arbeitszeiten, schreckliche Kollegen und innerbetriebliche Intrigen. Aber das Allerschlimmste war die Langeweile. Verglichen mit den Anforderungen des Studiums waren die Aufgaben, die man ihnen übertrug, stupide und sinnlos. Routinearbeiten für Schimpansen. Stundenlang tippten sie Zahlen in irgendwelche Datenbanken oder führten telefonische Anbahnungsgespräche mit Leuten, die nicht belästigt werden wollten. Sie katalogisierten überflüssige Informationen am Computer und recherchierten monatelang über irgendein unwichtiges Thema, nur um ihren Vorgesetzten zu beweisen, dass sie produktiv waren. Jeder von ihnen hatte das Gefühl, seit dem Studium verblödet und in einer Sackgasse gelandet zu sein. Zwar hatte ich nicht besonders viel mit Mode am Hut, aber bevor ich mir bis ans Ende meiner Tage einen öden Bürojob ans Bein band, machte ich doch lieber etwas Abwechslungsreiches.

»Ja, der Job ist toll. Einfach toll. Fantastisch. Es war nett, Sie kennen gelernt zu haben. Jetzt hole ich Allison, damit die Sie ebenfalls ein bisschen beschnuppern kann. Sie ist auch toll.« Sie hatte kaum den Satz beendet und war mit wehendem Rock und flatternden Locken hinter der Glastür verschwunden, als auch schon die nächste zarte Gestalt hereinschwebte.

Mirandas bisherige Seniorassistentin Allison, die soeben befördert worden war, war eine atemberaubende schwarze Schönheit. Ich staunte darüber, wie mager sie war, wie ihr Bauch sich nach innen wölbte, und ihre Hüftknochen hervorstachen. Fast noch mehr staunte ich allerdings darüber, dass sie im Büro überhaupt Bauch zeigen durfte. Sie trug eine schwarze Lederhose und ein flauschiges weißes Tanktop, das sich über den Brüsten spannte und fünf Zentimeter über ihrem Bauchnabel endete. Das lange, tintenschwarze Haar breitete sich wie eine glänzende Decke über ihren Rücken. Finger- und Zehennägel waren weiß lackiert und schienen von innen heraus zu leuchten. Ihre hochhackigen offenen Sandalen legten auf ihre 1,80 Meter Körpergröße noch einmal gute sieben Zentimeter drauf. Sie sah gleichzeitig sexy, halbnackt und edel aus. Vor allem aber ließ sie mich frösteln. Und zwar buchstäblich. Es war schließlich November.

»Hallo, ich bin Allison. Aber das wissen Sie bestimmt schon«, begann sie und zupfte sich ein paar Fasern Tanktop-Flaum von ihrer kaum vorhandenen Hüfte. »Ich bin gerade auf eine Redaktionsstelle befördert worden, und genau das ist das Tolle daran, wenn man für Miranda arbeitet. Ja, der Arbeitstag ist lang und hart, aber auch ungeheuer aufregend, und Millionen Mädchen würden für diesen Job ihr Leben geben. Miranda ist eine derart wunderbare Frau, Herausgeberin und Persönlichkeit, dass sie sich für ihre Girls persönlich einsetzt. Ein Jahr bei Miranda, und Sie ersparen sich jahrelanges Klinkenputzen bei anderen Zeitschriften. Sie bekommen von ihr den Anschub, den Sie brauchen, um nicht erst mühsam Sprosse um Sprosse auf der Karriereleiter nach oben kraxeln zu müssen. Wenn Sie Talent haben, können Sie es sofort bis weit nach oben schaffen …« So ging es weiter und immer weiter, ohne dass sie sich auch nur die Mühe gemacht hätte, so etwas Ähnliches wie Begeisterung für ihre Ausführungen vorzutäuschen. Besonders dumm kam sie mir nicht vor, aber sie hatte einen leicht benebelten Blick, wie man ihn sonst nur bei Sektenjüngern beobachten kann oder bei Leuten, die einer Gehirnwäsche unterzogen wurden. Ich hatte den Eindruck, dass sie es nicht einmal bemerken würde, wenn ich einschlief, in der Nase bohrte oder einfach aufstand und ging.

Als auch diese Runde endlich vorbei war und Alison mich allein ließ, um den nächsten Sparringspartner für mich zu organisieren, war ich so erschöpft, dass ich mich auf dem wenig einladenden Sofa im Empfangsbereich am liebsten lang ausgestreckt hätte. Es ging alles so schnell, dass ich kaum wusste, wo mir der Kopf stand. Trotzdem war ich aufgeregt. Was machte es schon, dass ich Miranda Priestly nicht kannte? Alle anderen schienen von ihr zutiefst beeindruckt zu sein. Sicher, es ging nur um eine Modezeitschrift, nicht gerade prickelnd, aber es war immer noch um Klassen besser, bei *Runway* zu arbeiten als bei irgendeinem ätzenden Werbeblättchen. Eine Tätigkeit bei *Runway* im Lebenslauf vorweisen zu können, würde mir, wenn ich mich später beim *New Yorker* bewarb, bestimmt mehr nützen als zum Beispiel *Ein Herz für Hunde*. Außerdem: Würden nicht Millionen junger Frauen für diesen Job ihr Leben geben?

Nachdem ich mich eine weitere halbe Stunde in diesen und ähnlichen Gedanken ergangen hatte, betrat das nächste ranke, schlanke Geschöpf den Empfangsbereich. Zwar stellte sie sich vor, aber ich vergaß ihren Namen sofort wieder, hatte nur Augen für ihre umwerfende Erscheinung. Sie trug einen engen Jeansrock im Fetzenlook, ein durchsichtige weiße Bluse und silberne Riemchensandalen. Außerdem war sie perfekt gebräunt und manikürt und trug so viel nackte Haut zur Schau, wie es kein normaler Mensch in einem eisigen New Yorker November jemals tun würde. Als sie mir bedeutete, aufzustehen und ihr durch die Glastür zu folgen, wurde mir zum ersten Mal wirklich bewusst, wie ich aussah mit meinem schrecklichen Outfit und den labbrigen Haaren: wie eine Vogelscheuche. Kein Accessoire, kein Schmuck, nur das nötigste Make-up. Bis zum heutigen Tag denke ich mit Grausen daran zurück, wie ich an jenem Schicksalstag angezogen war und dass ich sogar etwas Aktentaschenähnliches mit mir herumschleppte. Ich kriege immer noch einen knallroten Kopf, wenn ich mich daran erinnere, wie trampelig ich zwischen den elegantesten und schicksten Frauen in ganz New York umhertapste. Erst später, als ich selbst fast eine von ihnen geworden war, erfuhr ich, wie köstlich sie sich zwischen den einzelnen Gesprächsrunden über meine Jammergestalt amüsiert hatten.

Nach der unverzichtbaren Musterung von Kopf bis Fuß brachte mich die Umwerfende zu Cheryl Kenston, Chefredakteurin von *Runway* und liebenswerte Spinnerin in einem. Auch dieses Gespräch schien ewig zu dauern, aber diesmal hörte ich zum ersten Mal richtig zu. Und zwar deswegen, weil sie ihre Arbeit anscheinend tatsächlich liebte, so begeistert schwärmte sie von den Textbeiträgen, von den tollen Artikeln, die sie zu lesen bekam, von den Autoren, die sie betreute, und von den Redakteuren, für die sie verantwortlich war.

»Mit dem Modeteil der Zeitschrift habe ich nicht das Geringste zu tun«, verkündete sie stolz. »Wenn Sie dazu Fragen haben, wenden Sie sich lieber an jemanden, der sich damit auskennt.«

Als ich ihr anvertraute, dass mich eigentlich eher ein Job wie der ihre reizen würde, da ich mich weder besonders für Mode interessierte noch irgendwelche Vorkenntnisse in dem Bereich mitbrächte, lachte sie übers ganze Gesicht. »Dann sind Sie vielleicht genau die Richtige für uns, Andrea. Ich denke, es wird Zeit, dass Sie Miranda kennen lernen. Darf ich Ihnen einen kleinen Rat geben? Sehen Sie ihr in die Augen, und verkaufen Sie sich gut. So etwas imponiert ihr.«

Wie aufs Stichwort rauschte die Umwerfende herein, um mich in Mirandas Büro zu geleiten, ein Weg von höchstens 30 Metern, auf dem mich die Blicke sämtlicher Mitarbeiter verfolgten. Eine Schönheit am Fotokopierer drehte sich um und musterte mich kritisch, genau wie ein hinreißender, aber offensichtlich schwuler Mann, der sich nur für mein Outfit interessierte. Einen Meter vor der Glastür, die ins Vorzimmer führte, riss mir Emily die Aktentasche aus der Hand und feuerte sie unter ihren Schreibtisch. Die Botschaft war klar: *Mit dem Teil hast du keine Chance*. Noch ein paar Schritte und ich stand in Mirandas Büro: einem weiten, offenen Raum mit riesigen Fenstern, durch die hell das Licht hereinflutete. Ansonsten nahm ich an jenem Tag von meiner Umgebung nicht mehr das Geringste wahr: Ich hatte nur noch Augen für sie.

Da ich Miranda Priestly noch nicht einmal von irgendwelchen

Fotos kannte, war ich regelrecht geschockt darüber, wie mager sie war. Die Hand, die sie mir zur Begrüßung über ihren Schreibtisch hinstreckte, war zartgliedrig, feminin, weich. Sie musste den Kopf in den Nacken legen, um mir in die Augen sehen zu können, aber sie stand nicht auf. Ihr perfekt gefärbtes Blondhaar war zu einem eleganten Knoten nach hinten gerafft, locker genug, um leger zu wirken, doch gleichzeitig so straff, dass sich keine einzige Strähne lösen konnte. Obwohl sie nicht lächelte, machte sie auch keinen besonders Furcht erregenden Eindruck. Sie wirkte eher milde, eine relativ kleine Person, die fast hinter ihrem großen schwarzen Schreibtisch verschwand. Ich ließ mich nicht davon einschüchtern, dass sie mir keinen Platz anbot, sondern zog mir cool einen der unbequemen schwarzen Besucherstühle heran. Erst als ich saß, bemerkte ich es: Sie nahm mich ganz genau unter die Lupe und beobachtete aufmerksam meine unbeholfenen Versuche, mich möglichst souverän und distinguiert zu geben. In ihren Augen lag so etwas wie Belustigung. Sie mochte herablassend und schwierig sein, das ja, aber besonders fies oder gehässig kam sie mir nicht vor. Sie ergriff das Wort.

»Was führt Sie zu *Runway*, Aan-dreh-aa?«, näselte sie mit einem ausgeprägten englischen Oberschichtakzent, ohne mich auch nur eine Sekunde aus den Augen zu lassen.

»Ich hatte ein Vorstellungsgespräch bei Sharon. Sie sagte mir, dass Sie eine persönliche Assistentin suchen«, antwortete ich mit nun doch etwas zittriger Stimme. Als sie nickte, fasste ich etwas mehr Selbstvertrauen. »Und nachdem ich nun auch mit Emily, Allison und Cheryl geredet habe, habe ich einen guten Einblick in die Aufgaben bekommen, die mich in dieser Funktion erwarten würden. Ich denke, ich wäre genau die Richtige für den Job«, fuhr ich dreist fort, Cheryls guten Rat immer im Hinterkopf. Miranda schien amüsiert, aber völlig unbeeindruckt.

Und jetzt passierte das Merkwürdige. Auf einmal wollte ich die Stelle unbedingt haben, so wie man sich manchmal etwas wünscht, was vollkommen unerreichbar zu sein scheint. Mich reizte die Herausforderung – ich wurde zur Hochstaplerin, wenn auch zu keiner besonders guten. Mir war vom ersten Augenblick an klar gewesen, dass ich nicht zu *Runway* gehörte. Dass meine Kleidung und meine Frisur nicht hierher passten, lag sowieso auf der Hand, doch was am meisten störte, war meine Einstellung. Ich hatte von Mode nicht die leiseste Ahnung. Mode war mir schnuppe, wurst, total egal. Genau darum musste ich den Job unter allen Umständen haben. Und würden nicht Millionen junger Frauen ihr Leben dafür geben?

Ich beantwortete Mirandas Fragen mit einer Offenheit und einem Selbstbewusstsein, die mich selbst überraschten. Alles ging so schnell, dass ich überhaupt keine Zeit hatte, kalte Füße zu kriegen. Außerdem machte sie keinen unangenehmen Eindruck, und ich hatte bisher nichts Nachteiliges über sie gehört – was nur mal wieder beweist, wie ahnungslos ich war. Das Gespräch geriet erst ein wenig ins Holpern, als wir zu meinen Fremdsprachenkenntnissen kamen. Nachdem ich ihr eröffnet hatte, dass ich Hebräisch konnte, hielt sie inne, presste die Handflächen auf den Tisch und sagte eisig: »Hebräisch? Ich hatte auf Französisch gehofft oder wenigstens eine andere, etwas nützlichere Sprache.« Fast hätte ich mich entschuldigt, konnte mich aber noch im letzten Moment bremsen.

»Leider spreche ich kein Wort Französisch, aber das dürfte in der Praxis kein Problem sein.«

Sie faltete die Hände. »Wie ich sehe, haben Sie am Brown College studiert.«

»Ja, Englisch im Hauptfach. Ich habe mich besonders auf das kreative Schreiben konzentriert. Die Schriftstellerei war schon immer mein Traum!« Wie kitschig! Fiel mir wirklich nichts Besseres ein als *Traum*?

»Sie wollen Schriftstellerin werden? Heißt das, dass Sie sich nicht für Mode interessieren?« Sie trank einen Schluck Wasser und stellte das Glas wieder hin. Offenbar hatte ich eines der seltenen Exemplare der Gattung Frau vor mir, die trinken konnten, ohne den Glasrand mit Lippenstift zu verschmieren. Dieses Wesen würde immer perfekt geschminkte Lippen haben, ganz egal zu welcher Tages- oder Nachtzeit.

»Aber im Gegenteil! Ich bin ein regelrechter Modenarr«, log ich aalglatt. »Es dürfte hochinteressant sein, noch mehr darüber zu lernen. Ich kann mir nämlich gut vorstellen, eines Tages Modeartikel zu verfassen.« Was zum Teufel redete ich da? Langsam hatte ich das Gefühl, richtiggehend neben mir zu stehen.

Nachdem ich diese Klippe umschifft hatte, plätscherte das Gespräch harmlos dahin, bis sie zum Schluss noch von mir wissen wollte, welche Zeitschriften ich regelmäßig las. »Abonniert habe ich nur den *New Yorker* und *Newsweek*. Aber daneben lese ich regelmäßig *The Buzz*. Manchmal auch *Time*, aber das ist mir ein bisschen zu trocken, und die *U.S. News* sind mir zu konservativ. Ansonsten gönne ich mir hin und wieder noch *Chic*, und da ich gerade längere Zeit im Ausland war, kenne ich natürlich sämtliche Reisemagazine und…«

»Und lesen Sie *Runway*, Aan-dreh-aa?«, fiel sie mir ins Wort. Sie beugte sich über den Schreibtisch und fixierte mich noch kritischer als zuvor.

Jetzt hatte sie mich im letzten Moment doch noch auf dem falschen Fuß erwischt. Ich war so verdattert, dass ich weder nach Erklärungen noch nach Ausflüchten suchte.

»Nein.«

Zehn Sekunden eisiges Schweigen, dann bedeutete sie Emily, mich hinauszubegleiten. Und erstaunlicherweise war ich mir völlig sicher: Den Job hatte ich in der Tasche.

3

»Meinst du wirklich, du kriegst den Job?«, fragte Alex leise. Ich hatte den schmerzenden Kopf in seinen Schoß gebettet, und er zupfte spielerisch an meinem Haar. Nach dem Vorstellungsgespräch war ich erst mal schnurstracks zu ihm nach Brooklyn gedüst. Ich hatte keine Lust, noch eine Nacht auf Lilys Couch zu verbringen, und wollte ihm gleich brühwarm alles über mein Abenteuer berichten. Hin und wieder hatte ich schon mit dem Gedanken gespielt, ganz bei ihm einzuziehen, wollte mich aber nicht wie eine Klette an ihn hängen. »Ich wüsste auch gar nicht, warum du ihn haben willst.« Doch nach ein paar Minuten Schweigen hatte er seine Meinung geändert. Nachdenklich fuhr er fort: »Andererseits, warum nicht? Es hört sich nach einer einmaligen Gelegenheit an. Schließlich hat diese Allison auch als Mirandas Assistentin angefangen, und jetzt ist sie Redakteurin. Was will man mehr? Lass dir diese Chance ja nicht entgehen.«

Alex gab sich wirklich die größte Mühe, sich für mich zu freuen, das merkte ich ihm an. Wir kannten uns schon so lange, dass mir jeder Unterton seiner Stimme, jeder Blick, jede Geste ungeheuer vertraut waren. Er hatte erst vor ein paar Wochen als Lehrer an einer Grundschule in der Bronx angefangen und war schon so ausgepowert, dass er kaum noch die Kraft für ein Gespräch aufbrachte. Es schockte ihn, wie abgebrüht und zynisch seine Schüler mit ihren neun Jahren schon waren. Er fand es entsetzlich, dass sie offen über alle möglichen Sexualpraktiken daherredeten, zehn verschiedene Slangausdrücke für Marihuana beherrschten und damit angaben, wer die tollsten Sachen geklaut oder wessen Vetter im härtesten Kittchen saß. »Knastkenner«, hatte Alex sie getauft. »Sie könnten ein Buch darüber schreiben, wie sich Sing Sing von Rikers unterscheidet. Aber lesen? Kein Wort.« Er quälte sich mit der Frage herum, wie er an sie herankommen und etwas bewirken konnte.

Ich schob die Hand unter sein T-Shirt und kraulte ihm den Rücken. Der arme Kerl sah so niedergeschlagen aus, dass ich Skrupel hatte, ihn mit den Einzelheiten des Vorstellungsgesprächs zu belästigen, aber mit irgendjemandem musste ich einfach darüber reden. »Ich weiß. Mit Redaktionsarbeit hätte der Job wirklich nicht das Geringste zu tun, aber nach ein paar Monaten darf ich bestimmt auch mal einen Artikel schreiben«, sagte ich. »Oder meinst du, dass ich meine Ideale verkaufe, wenn ich bei einer Modezeitschrift anfange?«

Er drückte meinen Arm. »Schatz, so toll, wie du schreiben kannst, würdest du überall deinen Weg machen. Natürlich wäre es *kein* Ausverkauf deiner Ideale. Sieh es als eine Art Lehre. Du meinst, du kannst dir mit dem einen Jahr bei *Runway* drei Jahre Herumgekrebse bei einer anderen Zeitschrift ersparen?«

Ich nickte. »Das haben Emily und Allison gesagt. Es wäre eine ganz simple Sache: Wie du mir, so ich dir. Man hält ein Jahr bei Miranda durch, ohne gefeuert zu werden, dann klemmt sie sich ans Telefon und besorgt einem den Job, den man wirklich will.«

»Dann musst du es machen. Im Ernst, Andy. Du ziehst das eine Jahr durch, und dann fängst du beim *New Yorker* an. Das hast du dir doch immer gewünscht. Und mit dem Job bei *Runway* kommst du um einiges schneller ans Ziel.«

»Ja, du hast Recht.«

»Außerdem müsstest du dann nach New York ziehen, ein sehr verlockender Gedanke.« Er gab mir einen langen Kuss. »Mach dir keine Gedanken. Du sagst doch selbst, du weißt nicht, ob du wirklich so versessen auf den Job bist. Am besten lässt du erst mal alles auf dich zukommen.«

Wir schmissen uns eine Pizza in den Ofen, knallten uns vor den Fernseher und schliefen irgendwann erschöpft ein. Mitten in einem Traum von fiesen Neunjährigen, die es wie die Karnickel auf dem Schulhof miteinander trieben und sich dabei einen hinter die Binde gossen, klingelte das Telefon.

Benommen tastete Alex nach dem Hörer. Ohne die Augen aufzumachen oder ein Wort zu sagen, reichte er ihn an mich weiter.

»Hallo?«, murmelte ich und warf einen Blick auf die Uhr. Viertel nach sieben. Wer konnte das denn sein, um diese Uhrzeit?

»Ich bin's«, raunzte eine aufgebrachte Lily.

»Hi, ist was passiert?«

»Meinst du, ich würde dich anrufen, wenn nichts passiert wäre? Ich habe einen Mordskater. Die halbe Nacht habe ich über dem Klo gehangen, und als ich eben glücklich eingepennt war, holt mich irgendeine putzmuntere Tussi aus der Personalabteilung von Elias-Clark wieder aus dem Bett. Und warum? Weil sie dich sprechen will! Um viertel nach sieben! Ruf sie zurück, und sag ihr, sie soll meine Telefonnummer wegschmeißen.«

»Entschuldige, Lil. Ich habe ihr deine Nummer gegeben, weil ich doch noch kein Handy habe. Kaum zu glauben, dass sie um diese Uhrzeit anruft. Ob das wohl was Gutes oder was Schlechtes zu bedeuten hat?« Ich angelte mir das Telefon, schlich mich auf leisen Sohlen aus dem Schlafzimmer und zog leise die Tür hinter mir zu.

»Mir doch egal. Viel Glück. Sag mir Bescheid, wie's gelaufen ist. Aber nicht in den nächsten paar Stunden, okay?«

»Na klar doch. Danke. Und sorry.«

Auf den Schock musste ich mir erst mal einen Kaffee machen. Es war Viertel nach sieben, und ich sollte ein Gespräch führen, das über meine Zukunft entscheiden würde. Mit meiner Tasse hockte ich mich auf die Couch. Es musste sein. Jetzt oder nie. Ich hatte keine andere Wahl.

»Hallo, hier spricht Andrea Sachs.« Hoffentlich hörte man mir nicht an, dass ich eben erst aus den Federn gekrochen war.

»Andrea, einen wunderschönen Guten Morgen! Ich hoffe, es ist nicht zu früh für Sie«, trällerte Sharon mit einer Stimme wie eitel Sonnenschein. »Zu früh? Was rede ich da? Daran werden Sie sich bald gewöhnen müssen. Ich habe nämlich eine gute Nachricht für Sie, eine fantastische Nachricht! Miranda war sehr beeindruckt von Ihnen und freut sich schon darauf, mit Ihnen zusammenzuarbeiten. Ist das nicht herrlich? Meine herzlichsten Glückwünsche. Was ist das für ein Gefühl, Mirandas Priestlys neue Assistentin zu sein?«

Mir schwirrte der Kopf. Ich wollte mich von der Couch hochrappeln, um mir noch einen Kaffee zu holen oder ein Glas Wasser, ganz egal was. Hauptsache, ich konnte wieder klar denken. Aber ich versank nur noch tiefer in den Polstern. Wollte sie von mir wissen, ob ich den Job gern haben würde? Oder bot sie ihn mir offiziell an? Ich verstand überhaupt nichts mehr, bloß, dass ich Miranda Priestly gefallen hatte.

»Sie müssen begeistert sein. Wer wäre das nicht? Dann wollen wir doch mal sehen. Sie können am Montag anfangen? Miranda ist dann zwar im Urlaub, aber das wäre geradezu ideal, um sich in Ruhe einzuarbeiten und die anderen Girls richtig kennen zu lernen. Eine Supertruppe, das können Sie mir glauben!«

Wie bitte? Kennen lernen? Montag anfangen? Supertruppe? Ich war so benebelt, dass ich kein Wort kapierte. Ich stürzte mich auf den einzigen Satz, den ich überhaupt begriffen hatte, und beantwortete ihn.

»Also, ich glaube nicht, dass ich schon am Montag anfangen kann«, sagte ich leise. Kaum hatte ich diese – hoffentlich halbwegs zusammenhängende – Antwort über die Lippen gebracht, war ich schlagartig hellwach. Gestern hatte ich das Elias-Clark-Building zum ersten Mal betreten, und nun holte mich jemand aus dem Tiefschlaf, um mir mitzuteilen, dass ich in drei Tagen zur Arbeit antreten sollte. Es war Freitag – sieben Uhr morgens! –

und sie wollten, dass ich am Montag anfing? Wozu die aberwitzige Eile? War diese Frau so wichtig, dass sie auf mich nicht verzichten konnte? Und warum klang Sharon so, als ob sie sich aus Angst vor Miranda fast in ihre Designerhose machte?

Am Montag konnte ich unmöglich anfangen. Ich hatte ja noch nicht mal ein Dach über dem Kopf. Meine Habseligkeiten waren überall in der Weltgeschichte verstreut. Die meisten von meinen Sachen lagen noch zu Hause bei meinen Eltern, wo ich notgedrungen nach dem Studium wieder untergeschlüpft war. Die halbwegs ansehnlichen Klamotten, die ich für eventuelle Vorstellungsgespräche nach New York mitgenommen hatte, türmten sich auf Lilys Couch. Und um meiner besten Freundin nicht auf den Geist zu gehen, hatte ich am Wochenende immer bei Alex kampiert. Meine Ausgeh-Outfits und das schicke Make-up lagerten also bei Alex in Brooklyn. Ich hatte in New York keine eigene Bleibe und fand mich in der Großstadt nur mit einem Stadtplan einigermaßen zurecht. Und jetzt verlangte diese Sharon von mir, dass ich am Montag anfing?

»Ich fürchte, am Montag geht es wirklich nicht. Ich wohne nämlich noch gar nicht richtig in New York«, erklärte ich und umklammerte den Hörer. »Ich bräuchte ein paar Tage, um mir eine Wohnung zu suchen und ein paar Möbel zu kaufen.«

»Tja, wenn das so ist. Ich denke, Mittwoch würde auch noch reichen«, schnaubte sie.

Nach einigem Hin und Her hatte ich sie auf den 17. November raufgehandelt, Montag in einer Woche. Das bedeutete, mir blieben gut acht Tage, um auf dem überdrehtesten Mietmarkt der Welt eine Bude zu finden.

Ich legte auf. Meine Hände zitterten so stark, dass ich das Telefon nicht mehr halten konnte. Eine Woche. Ich hatte eine Woche, bevor ich als Miranda Priestlys Assistentin anfangen musste. Aber Moment mal! Fehlte da nicht noch was? Ich hatte die Stelle ja gar nicht angenommen. Und warum nicht? Weil Sharon sie mir überhaupt nicht offiziell angeboten hatte. Und warum nicht? Weil sie damit gerechnet hatte, dass jeder halbwegs vernünftige Mensch das Angebot sowieso angenommen hätte. Auch das schöne Wörtchen »Gehalt« war bis jetzt noch von keiner Seite gefallen. Fast hätte ich laut gelacht. Ob das eine besondere Taktik war? Man wartete, bis das Opfer nach einem besonders anstrengenden Tag im Tiefschlaf lag, um es dann mit einer lebensentscheidenden Neuigkeit zu überrumpeln? Oder wollte Sharon sich nur die Zeit und Mühe sparen, mich lange zu fragen? Sie arbeitete schließlich bei *Runway* und konnte davon ausgehen, dass ich sofort zugreifen würde. Und natürlich hatte sie Recht, wie alle bei Elias-Clark. Alles war so schnell gegangen, dass ich gar nicht dazu gekommen war, in mich zu gehen und meine Entscheidung gründlich zu überdenken, was sonst eigentlich eher meine Art war. Aber ich hatte selbst das Gefühl, dass ich diese Gelegenheit auf keinen Fall verpassen durfte. Vielleicht war *Runway* ja tatsächlich die erste Etappe auf dem Weg zum *New Yorker*. Ich musste zugreifen. Eine solche Riesenchance würde ich so schnell nicht noch einmal bekommen.

Von neuer Energie nur so strotzend, kippte ich den Rest von meinem Kaffee runter und gönnte mir eine schnelle, heiße Dusche. Dann brachte ich Alex, der inzwischen auch wach war, eine Tasse Kaffee ans Bett.

»Sag bloß, du bist schon angezogen«, staunte er und tastete nach seiner Nickelbrille, ohne die er praktisch blind war. »Hat heute Morgen jemand angerufen, oder war das bloß ein Traum?«

»Kein Traum«, sagte ich und schlüpfte in Jeans und Pulli noch einmal unter die Bettdecke. »Das war Lily. Die Personalabteilung von Elias-Clark hat sie aus dem Bett geschmissen. Und weißt du, was sie wollten? Dreimal darfst du raten.«

»Du hast den Job?«

»Ich hab den Job!«

»Komm in meine Arme, du Superfrau!« Er knuddelte mich. »Ich bin so stolz auf dich. Was für eine gute Nachricht am frühen Morgen!«

»Dann meinst du wirklich, ich soll es machen? Die haben mir überhaupt keine Zeit gelassen, mich zu entscheiden. Für sie war es selbstverständlich, dass ich annehme.«

»Das ist *die* Chance deines Lebens. Außerdem gibt es auf der Welt Schlimmeres als Mode. Wer weiß? Vielleicht findest du es sogar ganz interessant.«

Ich streckte ihm die Zunge raus.

»Okay, okay, das ist vielleicht ein bisschen zu viel verlangt. Aber mit *Runway* im Lebenslauf und einem Empfehlungsschreiben von dieser Miranda und womöglich sogar dem einen oder anderen Artikelchen stehen dir alle Möglichkeiten offen. Der *New Yorker* wird sich um dich reißen.«

»Dein Wort in Gottes Gehörgang.« Ich sprang aus dem Bett und stopfte meine Sachen in den Rucksack. »Und du leihst mir wirklich deine Mühle? Je schneller ich zu Hause bin, desto schneller bin ich auch wieder zurück. Obwohl das aber bald auch schon keine Rolle mehr spielt, denn: *Ich ziehe nach New York!* Das ist jetzt amtlich.«

Weil Alex zweimal in der Woche nach Hause fuhr, um auf seinen kleinen Bruder aufzupassen, wenn seine Mutter länger arbeiten musste, hatte sie ihm ihren alten Wagen geschenkt. Aber er brauchte ihn erst wieder am Dienstag, und bis dahin war ich längst zurück. Ich hatte meine Eltern an diesem Wochenende sowieso besuchen wollen, und nun würde ich sie auch noch mit einer guten Nachricht überraschen können.

»Aber klar. Du kannst die Kiste gerne haben. Sie steht in der Grand Street, kurz vor der nächsten Kreuzung. Die Schlüssel liegen auf dem Küchentisch. Rufst du mich an, wenn du da bist?«

»Logo. Und du willst wirklich nicht mitkommen? Denk an das Essen – du weißt doch, meine Mutter lässt sich nur das Beste ins Haus liefern.«

»Klingt verlockend. Ich würde gerne mitfahren, aber ich habe für morgen ein Treffen der jüngeren Kollegen organisiert. Vielleicht ist es gut für den Teamgeist, wenn wir uns mal außerhalb der Schule auf einen Drink zusammensetzen. Da muss ich auf jeden Fall hin.«

»Du Wohltäter der Menschheit, du. Wenn du nicht jeden Tag eine gute Tat tun kannst, fehlt dir was. Sei froh, dass ich dich liebe, sonst würde ich mich beschweren.« Ich gab ihm einen Abschiedskuss.

Nachdem ich seinen kleinen Jetta gefunden hatte, dauerte es nur noch 25 Minuten, bis ich auf der Autobahn war. Es war ein eiskalter Novembertag, auf den Nebenstraßen herrschte stellenweise Glatteis. Aber die Wintersonne schien, strahlte so hell vom Himmel, dass ich die Augen zusammenkneifen musste. Und die frische Winterluft tat mir gut. Ich fuhr trotz meiner noch feuchten Haare die ganze Strecke mit offenem Fenster und hörte mir den Soundtrack von *Almost Famous* an. Zwischendurch musste ich mir die Hände warmpusten, um überhaupt noch das Lenkrad halten zu können. Erst sechs Monate vom College runter, und schon stand ich in den Startlöchern zu einer Karriere. Miranda Priestly, bis gestern eine Fremde für mich, aber eine der mächtigsten Frauen in der Verlagslandschaft, hatte mich persönlich erwählt, für ihre Zeitschrift zu arbeiten. Jetzt hatte ich einen konkreten Grund, Connecticut zu verlassen und ganz allein und als echte Erwachsene nach Manhattan zu ziehen. Als ich in die Einfahrt meines Elternhauses einbog, konnte ich mich vor Vorfreude kaum noch beherrschen. Meine Wangen leuchteten vom Fahrtwind wie Apfelbäckchen, meine Haare sahen aus wie die vom Struwwelpeter, mein Gesicht war ungeschminkt. Aber in diesem Augenblick fühlte ich mich schön. Stürmisch riss ich die Haustür auf. So leicht und unbeschwert wie an jenem Tag habe ich mich seitdem nie wieder gefühlt.

»In einer Woche sollst du anfangen? Ich kann mir beim besten Willen nicht vorstellen, wie du das schaffen willst«, sagte meine Mutter und rührte in ihrer Tasse. Wir hatten es uns am Küchentisch gemütlich gemacht. Wie immer trank Mutter entkoffeinierten Tee mit Süßstoff, ich hingegen hatte einen großen Becher englischen Breakfast-Tea mit Zucker vor mir. Obwohl ich nun eigentlich schon seit vier Jahren nicht mehr richtig bei meinen Eltern wohnte, reichten ein Pott Tee aus der Mikrowelle und eine Hand voll Erdnussbutterplätzchen, um mir das Gefühl zu geben, nie von zu Hause ausgezogen zu sein.

»Irgendwie muss es gehen. Und ich kann noch froh sein, dass ich überhaupt eine Woche rausgeschlagen habe. Du hättest mal hören sollen, wie mir diese Sharon die Pistole auf die Brust gesetzt hat«, sagte ich. Sie sah mich skeptisch an. »Es lässt sich nun mal nicht ändern. Aber dafür habe ich mir auch einen Job bei einer der einflussreichsten Frauen in der Zeitschriftenbranche geangelt. Einen Job, für den Millionen junger Frauen ihr Leben geben würden.«

Wir lächelten uns an, aber es war ein Lächeln, das von Melancholie durchzogen war. »Ich freue mich so für dich«, sagte sie. »Was für eine wunderbare, erwachsene Tochter ich doch habe. Schatz, ich beneide dich. Dir steht ein ungeheuer aufregender Lebensabschnitt bevor. Wenn ich zurückdenke an die Zeit, als ich mit dem College fertig war und nach New York gezogen bin. Ganz allein in dieser großen, verrückten Stadt. Es war wahnsinnig spannend. Du musst alles auskosten, die Theaterstücke, Filme, Menschen, Geschäfte und Bücher. Das wird die schönste Zeit in deinem Leben, das weiß ich genau.« Sie war so ergriffen, dass sie sogar meine Hand nahm, was ihr gar nicht ähnlich sah. »Ich bin ja so stolz auf dich.«

»Danke, Mom. Bist du stolz genug, um mir ein Apartment, Möbel und eine komplett neue Garderobe zu kaufen?«

»Aber sicher doch«, sagte sie und verpasste mir eine Kopfnuss. Dann ging sie zur Mikrowelle, um uns noch zwei Tassen Tee aufzubrühen. Sie hatte zwar nicht nein gesagt, aber dass sie gleich freudig ihr Scheckheft gezückt hätte, konnte man auch nicht gerade behaupten.

Den Rest des Abends verbrachte ich am Telefon und vor dem Computer. Ich verschickte E-Mails an alle, die ich kannte, und rief Leute an, mit denen ich zum Teil seit Monaten nicht mehr gesprochen hatte. Immer die gleiche Frage: ob jemand eine Mitbewohnerin suchte oder vielleicht von einem freien Zimmer gehört hatte. Immer das gleiche Ergebnis: Fehlanzeige. Wenn ich mich nicht auf ewig bei Lily einnisten oder doch noch dem armen Alex auf die Bude rücken wollte, blieb mir nichts anderes übrig, als erst mal irgendwo übergangsweise zur Untermiete einzuziehen, bis ich mich in der großen Stadt besser zurechtfand. Am besten wäre ein möbliertes Zimmer, damit ich mich nicht auch noch mit dem Möbelproblem herumschlagen musste.

Kurz nach Mitternacht klingelte das Telefon. Ich hechtete so überstürzt zum Apparat, dass ich fast aus meinem Jungmädchenbett gekippt wäre. An der Wand hing noch ein gerahmtes Autogrammfoto von meiner Kindheitsheldin Chris Evert, direkt unter der Pinnwand, die mit Zeitungsartikeln über Kirk Cameron zugepflastert war. Ich musste schmunzeln.

»Hi, Champ. Ich bin's, Alex.« Seine Stimme verriet mir gleich, dass er eine Neuigkeit für mich hatte. Nur wusste man bei ihm leider nie, ob es eine gute oder eine schlechte war. »Ich habe gerade eine E-Mail bekommen, dass eine Claire McMillan eine Mitbewohnerin sucht. Sie hat in Princeton studiert. Ich glaube, ich habe sie mal kennen gelernt. Sie geht mit Andrew. Scheint ganz normal zu sein, nicht durchgeknallt oder irgendwie abgedreht. Was meinst du?«

»Warum nicht? Hast du ihre Telefonnummer?«

»Nein, nur die E-Mail-Adresse. Aber ich leite ihre Mail an dich weiter, dann kannst du dich selbst mit ihr in Verbindung setzen. Ich glaube, sie wäre die Richtige.«

Während ich mich noch ein bisschen mit Alex unterhielt, schickte ich schon die Mail an diese Claire los. Dann konnte ich endlich in meinem eigenen Bett einschlafen. Mit ein bisschen Glück hatte sich die Wohnungsfrage schon von selbst gelöst.

Pech gehabt: Mit Claire McMillan wurde es nichts. Ihre Wohnung war ein dunkles, deprimierendes Loch in einer nicht gerade einladenden Wohngegend. Als ich zur Besichtigung kam, hockte ein Junkie auf der Treppe. Auch sonst sah es nicht viel besser aus. Ein Angebot kam von einem Pärchen, das gleich durchblicken ließ, dass ich mich bei ihnen auf permanente und lautstarke Bettakrobatik gefasst machen müsste. Ein anderes von einer Künstlerin um die 30, die vier Katzen hatte und sich sehnlichst noch ein paar mehr wünschte. Ein Zimmer lag am Ende eines langen, finsteren Korridors und hatte weder Fenster noch Schrank. Und dann war da noch der 24-jährige Schwule »in seiner schlampigen Phase«, wie er selbst sagte. Nein, danke. Jede Bude, die ich mir ansah, sollte im Monat weit über 1000 Dollar kosten, und mein Gehalt belief sich auf sagenhafte 32 500 (im Jahr!). Obwohl ich noch nie ein Mathegenie gewesen war, konnte sogar ich mir leicht ausrechnen, dass allein die Miete davon mehr als 12 000 verschlingen und der Rest fürs Finanzamt draufgehen würde. Ach ja, und dann hatten mir Mom und Dad auch noch meine nur für Notfälle gedachte Kreditkarte abgeknöpft. Schließlich war ich jetzt erwachsen. Sollte auf meinen eigenen Füßen stehen. Super.

Nach drei Tagen Frust war es dann Lily, die einen Volltreffer landete. Da sie ein gewisses Eigeninteresse hatte, mich von ihrer Couch hinunterzubefördern, schickte sie eine Rundmail an alle Freunde und Bekannten, ob nicht jemand ein Zimmer für mich wüsste. Über drei Ecken erfuhr ich schließlich von zwei jungen Frauen, Shanti und Kendra, die auf der Upper East Side eine Mitbewohnerin suchten. Das Zimmer entpuppte sich als winzige Kammer, hatte aber wenigstens ein Fenster und einen Kleiderschrank und sogar eine schicke Backsteinwand. Für 800 Dollar im Monat. Es gab Küche und Bad, aber natürlich weder einen Geschirrspüler noch eine Wanne oder gar einen Lift. Na ja, wenn man das erste Mal allein wohnt, kann man natürlich kein Luxusapartment erwarten. Shanti und Kendra waren zwei liebe, stille Inderinnen, die gerade ihr Studium beendet hatten, bei einer Investmentbank arbeiteten und sich so ähnlich sahen wie ein Ei dem anderen. Jedenfalls konnte ich sie vom ersten bis zum letzten Tag nicht auseinander halten. Egal. Ich hatte ein Zuhause.

4

Auch nach drei Tagen in meiner neuen Bleibe kam ich mir noch immer wie eine Fremde in der Fremde vor. Das Zimmer war wirklich wahnsinnig winzig. Vielleicht eine Spur größer als der Geräteschuppen meiner Eltern, aber nicht viel. Darüberhinaus schrumpfte es noch einmal um die Hälfte, nachdem ich es eingerichtet hatte. Denn unerfahren wie ich war, hatte ich es bei der Besichtigung für einigermaßen normalgroß gehalten und beschlossen, mir ein Doppelbett, eine Kommode und vielleicht auch noch ein, zwei Nachtschränkchen zu kaufen. Lily und ich waren mit Alex' Wagen zu Ikea gedüst und hatten wunderschöne, helle Massivholzmöbel erstanden und einen Webteppich in den unterschiedlichsten Schattierungen von Hellblau, Dunkelblau, Königsblau und Indigo. Genau wie Mode zählte auch Innenausstattung nicht gerade zu meinen besonderen Stärken: Ich glaube, Ikea war gerade in seiner »Blauen Phase«. Wir kauften einen Bettbezug mit einem blauen Tupfenmuster und den kuscheligsten Überwurf, den wir kriegen konnten. Dann überredete Lily mich noch zu einem chinesisch angehauchten Nachttischlämpchen, und ich suchte mir ein paar gerahmte Schwarzweißbilder aus, die mir zu dem schlichten, dunklen Rot meiner so hoch gepriesenen Backsteinwand zu passen schienen. Elegant und leger, mit einer Prise Zen. Perfekt für mein erstes eigenes Zimmer in der Großstadt.

Perfekt zumindest so lange, bis die Sachen geliefert wurden. Ein Zimmer besichtigen ist anscheinend nicht ganz das Gleiche wie ein Zimmer ausmessen. Nichts passte. Nachdem Alex das

Bett zusammengebaut und an die nackte Backsteinwand geschoben hatte, war der Raum voll. Ich musste die Möbelpacker mit der Kommode, den süßen Nachttischchen und sogar mit dem großen Spiegel wieder zurückschicken. Immerhin gelang es Alex und den Packern, das Bett anzuheben, so dass ich den Teppich darunterlegen konnte. Unter dem hölzernen Monstrum lugte auf jeder Seite tatsächlich noch eine Handbreit Blau hervor. Da das chinesische Lämpchen nun weder auf einem Nachttisch noch auf der Kommode stehen konnte, parkte ich es einfach auf dem Fußboden, wo es zwischen dem Bettgestell und der Schiebetür des Wandschranks sage und schreibe fünfzehn Zentimeter Platz fand. Beim Aufhängen der Schwarzweißbilder versagte ich kläglich. Obwohl ich es mit Hammer und Nagel probierte, mit Isolierband, Schrauben, Drähten, Leim und doppelseitigem Klebeband, bekam ich sie nicht an die Wand. Nachdem ich mich drei Stunden lang damit herumgequält und mir die Fingerknöchel blutig geschürft hatte, kapitulierte ich und stellte sie auf die Fensterbank. Eigentlich die ideale Lösung. So konnte ich der Frau von gegenüber, die circa zwei Meter von mir entfernt auf der anderen Seite des Lichtschachts wohnte, ein bisschen die Sicht auf mein kleines Reich versperren.

Aber eigentlich spielte sowieso alles keine Rolle. Es war mir egal, dass ich nur in einen Lichtschacht gucken konnte, statt die Aussicht auf die New Yorker Skyline zu genießen, dass ich keine Kommode und damit auch keine Schubladen besaß oder dass in den winzigen Wandschrank gerade mit Ach und Krach ein Wintermantel hineinpasste. Es war mein Zimmer, und ich hatte es ganz allein nach meinem Geschmack eingerichtet, ohne dass mir meine Eltern oder irgendwelche Mitbewohner dreinreden konnten. Kurz gesagt: Ich war vernarrt in eine Besenkammer.

Am Abend vor meinem ersten Arbeitstag beschäftigte mich nur ein einziger Gedanke: Was sollte ich am nächsten Morgen bloß anziehen? Kendra schaute ab und zu herein und fragte freundlich, ob sie mir vielleicht helfen könnte. Da sie und ihre Freundin jeden Tag im ultrakonservativen Kostümchen in die Bank stöckelten, verzichtete ich lieber dankend auf ihre modischen Ratschläge. Ich tigerte im Wohnzimmer auf und ab – falls von »tigern« überhaupt die Rede sein kann, wenn man höchstens vier Schritte Platz hat – und zergrübelte mir das Hirn. Was trug man an seinem ersten Arbeitstag bei der schicksten Herausgeberin der schicksten Modezeitschrift der Welt? Dass ich schon einmal etwas von Prada, Louis Vuitton und – logisch – auch von Gucci gehört hatte, half mir leider nicht viel weiter, da ich natürlich kein einziges Designerstück aus diesen Häusern mein Eigen nannte. (Im Gegensatz zu meinen Großmüttern, die Handtaschen von Louis Vuitton spazieren trugen, ohne auch nur zu ahnen, wie cool die Dinger waren.) Ich tigerte wieder auf mein Zimmer – beziehungsweise in meine Schlaflandschaft – und schmiss mich auf das schöne große Bett, wobei ich natürlich voll mit dem Fußknöchel gegen das Bettgestell knallte. Aua.

Nach vielem Hin und Her entschied ich mich schließlich für einen hellblauen Pullover, einen knielangen schwarzen Rock und die halbhohen schwarzen Stiefel. Da meine Aktentasche beim Vorstellungsgespräch nun nicht gerade der große Hit gewesen war, nahm ich jetzt eine schwarze Leinenhandtasche. Das letzte Bild, das ich von jenem Abend noch vor Augen habe, zeigt mich, wie ich im Rock, aber ohne Bluse in hochhackigen Stiefeln um das Bett stakse.

Irgendwann muss ich wohl vor lauter Nervosität eingeschlafen sein. Um 5:30 Uhr schreckte ich hoch. Wie von der Tarantel gestochen sprang ich aus dem Bett. Mir blieben genau anderthalb Stunden, um zu duschen, mich anzuziehen und mich mit den öffentlichen Verkehrsmitteln bis zum Elias-Clark-Building durchzuschlagen, eine Vorstellung, die mir immer noch nicht ganz geheuer war. Allein eine Stunde musste ich für die Fahrt einplanen. Für alles andere – anziehen und aufdonnern – hatte ich noch genau 30 Minuten.

Die Dusche war ein Albtraum. Sie gab ein schrilles Pfeifen und die ganze Zeit nur lauwarmes Wasser von sich. Erst als ich fertig war und gerade in das eiskalte Badezimmer hinaustreten wollte, überlegte sie es sich doch noch anders und hätte mich fast verbrüht. Es dauerte drei Tage, bevor ich das ideale morgendliche Badezimmermanöver ausgetüftelt hatte: Ich sprang aus dem Bett, drehte die Dusche auf volle Pulle, schlüpfte noch einmal für eine Viertelstunde unter die Decke und döste weiter, dreimal vom Schrillen des Weckers unterbrochen. Wenn ich mich dann zur zweiten Runde ins Badezimmer traute, war der Spiegel beschlagen und aus der Dusche kam herrlich heißes Wasser – wenn auch leider nur als lahmes Plätschern.

Ich schmiss mich in Schale und stand 25 Minuten nach dem Aufstehen vor dem Haus – eine persönliche Bestleistung. Anschließend dauerte es bloß zehn Minuten, bis ich die nächste U-Bahn-Station gefunden hatte. Natürlich hätte ich den Weg spätestens am Vorabend einmal abgehen müssen, aber ich war viel zu stolz gewesen, diesen Rat meiner Mutter zu befolgen. Und zum Vorstellungsgespräch vor einer Woche war ich mit dem Taxi gefahren. Vor dem U-Bahn-Labyrinth graute mir nämlich. Aber ich hatte Glück: In der Infobox hockte tatsächlich eine Mitarbeiterin, die des Englischen mächtig war und mir erklären konnte, mit welchem Zug ich bis zu welcher Station fahren musste, um in die 59. Straße zu kommen. Ich sollte in Fahrtrichtung rechts aussteigen und wäre dann nach der übernächsten Kreuzung am Ziel. Ein Kinderspiel. Ich stieg ein, die Bahn war fast leer. Außer mir war kaum einer so verrückt, Mitte November zu nachtschlafender Zeit durch die Stadt zu gondeln. So weit, so gut – alles kein Problem, bis es ans Aussteigen ging.

An der Oberfläche empfing mich ein kaltes, trübes Dunkel, nur erleuchtet vom Licht einiger mexikanischer Läden, die rund um die Uhr geöffnet hatten. Hinter mir das Kaufhaus Bloomingdale's, aber ansonsten war mir alles fremd. Elias-Clark. Elias-

Clark. Elias-Clark. Wo steckst du bloß? Ich drehte mich einmal um die eigene Achse und entdeckte ein Straßenschild: 60. Straße. Okay, von der 60. konnte es bis zur 59. nicht allzu weit sein. Die Frage war bloß, in welche Richtung? Mir kam nichts, aber auch gar nichts bekannt vor, schließlich hatte ich mich letzte Woche direkt vor dem Eingang absetzen lassen. Na, wenigstens hatte ich zeitlich genug Spielraum, um mich gründlich zu verlaufen. Ich ging ein paar Schritte weiter, bis ich vor einem Imbiss stand. Natürlich, erst mal brauchte ich einen Kaffee.

»Entschuldigen Sie bitte. Ich suche das Elias-Clark-Building. Könnten Sie mir vielleicht sagen, wie ich dahin komme?«, fragte ich den nervösen Mann hinter der Kasse. Ich verkniff mir ein allzu freundliches Lächeln, da mir alle, die New York kannten, dringend eingeschärft hatten, bloß nicht zu vergessen, dass ich nicht mehr in der Provinz war. Hier reagierten die Einheimischen auf nettes Benehmen misstrauisch. Der Mann musterte mich finster. Vielleicht hielt er mich für unhöflich. Was sollte ich machen? Ich strahlte ihn an.

»Ein Dollar«, sagte er und streckte die Hand aus.

»Heißt das, ich soll für die Auskunft bezahlen?«

»Ein Dollar, Milch oder schwarz. Was haben?«

Ich starrte ihn einen Augenblick verständnislos an, bis es mir dämmerte. Er beherrschte nur so viel Englisch, dass es für ein Gespräch über Kaffee reichte. »Mit Milch, danke.« Ich zahlte und ging wieder hinaus. Noch ratloser als vorher fragte ich Zeitungsverkäufer, Straßenfeger und einen Mann an einem Imbissstand nach dem Weg, aber keiner verstand mich gut genug, um mir auch nur die richtige Richtung zeigen zu können. Ich fühlte mich fast nach Delhi zurückversetzt. Trotzdem ließ ich mich nicht entmutigen. *Ich werde es finden*, dachte ich.

Nachdem ich ein paar Minuten durch das allmählich erwachende Geschäftsviertel geirrt war, fand ich mich plötzlich vor dem Elias-Clark-Building wieder. Hinter dem verglasten Eingang lag die beleuchtete Lobby, warm und einladend an diesem düsteren Novembermorgen. Aber als ich durch die Drehtür wollte, rührte sie sich nicht vom Fleck. Ich schob und drückte, doch es tat sich nichts. Erst als ich schon fast mit der Nase am Glas klebte, setzte sie sich in Bewegung, anfangs noch zögerlich, im nächsten Augenblick schon so schnell, dass ich von der Trennscheibe hinter mir einen Schubs bekam und fast kopfüber in die Lobby katapultiert worden wäre. Ich stolperte über meine eigenen Beine und hätte um ein Haar das Gleichgewicht verloren. Ein übergewichtiger Wachmann, der hinter der Absperrung hockte, amüsierte sich köstlich über meinen alles andere als würdevollen Auftritt.

»Fies, was? Sie sind nicht die Erste, der das passiert, und Sie werden auch garantiert nicht die Letzte sein«, lachte er, dass seine Hängebacken schwabbelten. »Da haben wir Sie aber echt kalt erwischt, was?«

Bei mir war es Antipathie auf den ersten Blick. Aber da die Abneigung offenbar auf Gegenseitigkeit beruhte, ließ ich mich nicht aus der Ruhe bringen und lächelte ihn freundlich an.

»Mein Name ist Andrea Sachs«, sagte ich, zog meinen Strickfäustling aus und gab ihm die Hand. »Ich bin Miranda Priestlys neue Assistentin.«

Er schüttete sich aus vor Lachen. »Miranda Priestlys neue Assistentin, hä? Ha! Ha! Ha! He, Eduardo, guck mal, was wir hier haben. Mirandas neue Sklavin! Wo kommen Sie denn her, Schätzchen? Vom Mond? Oder aus Kansas? Ich glaub's nicht, eine echte Unschuld vom Lande. So was wie Sie verspeist Miranda Priestly doch mit Haut und Haaren zum Frühstück. Ha, ha, ha!«

Bevor mir eine passende Antwort einfiel, kam sein Kollege zu uns herüber. Ich machte mich auf weitere Gemeinheiten gefasst, aber es kam nichts. Stattdessen sah er mich nur freundlich interessiert an.

»Ich heiße Eduardo«, stellte er sich vor. »Und dieser Scherzkeks hier ist Mickey. Hören Sie nicht auf ihn. Er will Sie bloß ärgern«, fuhr er mit seinem spanischen Akzent fort, während er in einem Anmelderegister blätterte. »Füllen Sie mir bitte diese Angaben aus, dann gebe ich Ihnen einen vorläufigen Ausweis. Richten Sie denen oben aus, dass Sie von der Personalabteilung eine Karte mit Foto brauchen.«

Ich muss wohl ein sehr dankbares Gesicht gemacht haben, denn er wurde plötzlich verlegen und schob mir das Register über die Theke zu. »Also dann, tragen Sie sich ein. Und viel Glück für Ihren ersten Tag. Sie werden es brauchen, Kindchen.«

Inzwischen war ich viel zu nervös und erschöpft, um auf seine kryptische Bemerkung einzugehen. Außerdem konnte ich mir halbwegs denken, worauf er hinauswollte. Bei aller Hektik der letzten Woche hatte ich mir nämlich die Zeit genommen, etwas mehr über meine neue Chefin in Erfahrung zu bringen. Bei meinen Recherchen im Internet hatte ich zu meiner Überraschung herausgefunden, dass Miranda Priestly als Miriam Princhek im Londoner East End das Licht der Welt erblickt hatte. Ihre Familie unterschied sich in nichts von anderen jüdisch orthodoxen Familien der Stadt: bettelarm und gottesfürchtig. Ihr Vater nahm zwar hin und wieder einen Aushilfsjob an, brachte aber ansonsten die meiste Zeit damit zu, jüdische Schriften zu studieren, so dass die Familie auf die Unterstützung durch die Gemeinde angewiesen war. Da die Mutter bei Miriams Geburt gestorben war, wurden die Kinder von ihrer Großmutter mütterlicherseits großgezogen. Insgesamt waren es elf Geschwister. Die meisten folgten dem Beispiel des Vaters, schlugen sich mit Gelegenheitsarbeiten durch und widmeten sich dem Studium frommer Texte. Einige schafften es bis auf die Uni. Sie studierten, heirateten jung und gründeten ihre eigenen Großfamilien. Miriam war die einzige, die aus der Familientradition ausscherte.

Miriam sparte das Geld, das ihr die älteren Geschwister hin und wieder zusteckten, und brach drei Monate vor dem Abitur die Schule ab, um bei einem aufstrebenden jungen Designer als Assistentin anzufangen. Nach wenigen Jahren hatte sie sich zum

Darling der Londoner Modeszene gemausert. Abends paukte sie Französisch, bekam bei der französischen Modezeitschrift *Chic* eine Stelle als Redaktionsassistentin und zog nach Paris. Mit ihrer Familie hatte sie zu dieser Zeit kaum noch etwas zu tun. Die Lebensverhältnisse waren einfach zu unterschiedlich. Ihr Vater und ihre Geschwister hatten kein Verständnis für ihre Ziele, und sie schämte sich ihrer biederen, frommen Herkunft. Die endgültige Abnabelung von der Familie kam kurz nach dem Umzug nach Paris, als aus der 24-jährigen Miriam Princhek Miranda Priestly wurde. Mit ihrem alten Namen legte sie auch ihren derben Cockney-Akzent ab und trainierte sich eine kultivierte, gebildete Aussprache an. Mit Ende 20 hatte Miranda die Verwandlung vom jüdischen Arbeiterkind zur Society-Lady vollendet. Ihr Aufstieg in der Welt der Modezeitschriften war nicht mehr zu stoppen.

Zehn Jahre lenkte sie die Geschicke der französischen *Runway*, bevor sie von Elias-Clark auf den Posten der Herausgeberin der amerikanischen Ausgabe berufen wurde – die Erfüllung eines Lebenstraums. Sie zog mit ihren beiden Töchtern und ihrem damaligen Ehemann, einem Rockstar, der in Amerika Fuß fassen wollte, in eine Penthouse-Wohnung in der Fifth Avenue. Für *Runway* begann eine neue Ära: die Priestly-Jahre, von denen nun schon fast sechs ins Land gegangen waren.

Ich hatte mehr Glück als Verstand: Mir blieb fast ein ganzer Monat, bevor Miranda wieder im Büro zurückerwartet wurde. Wie immer um diese Jahreszeit war sie für vier Wochen verreist. Normalerweise hielt sie sich eine Zeit lang in ihrer Londoner Wohnung auf, aber in diesem Jahr hatte sie Mann und Töchter für zwei Wochen in die Dominikanische Republik geschleift, in die Villa von Oscar de la Renta. Anschließend wollte sie Weihnachten und Neujahr im Pariser Ritz feiern. Dass sie nicht in New York war, bedeutete allerdings nicht, dass sie nicht arbeitete. Sie war zwar technisch »im Urlaub«, praktisch aber jederzeit erreichbar, und das Gleiche hatte natürlich auch für ihre

Mitarbeiter zu gelten. Um Miranda mit meinen unvermeidlichen Anfängerfehlern zu verschonen, sollte ich in Abwesenheit ihrer Majestät angelernt und in meine Aufgaben eingewiesen werden. Nachdem ich mich in Eduardos Register eingetragen hatte, ging ich durch das Drehkreuz und betrat um Punkt sieben die heiligen Hallen. »Kopf hoch!«, rief Eduardo mir noch nach, bevor sich die Fahrstuhltür hinter mir schloss.

Emily, die in ihrem zerknitterten weißen T-Shirt und der hypertrendigen Cargohose einen alles andere als eleganten Eindruck machte, erwartete mich am Empfang. Einen Becher Starbucks-Kaffee in der Hand, die Stöckelschuhe auf Glastischchen, blätterte sie in der druckfrischen *Runway*-Ausgabe. Durch den T-Shirt-Stoff zeichnete sich deutlich ein schwarzer Spitzen-BH ab. Ihr Lippenstift war ein wenig verschmiert, und das wellige rote Haar hing ihr zerstrubbelt bis auf die Schultern. Alles in allem sah sie so aus, als ob sie die letzten 72 Stunden im Bett verbracht hatte.

»Tag«, murmelte sie und musterte mich prüfend. »Schöne Stiefel.«

Mein Herz klopfte. Ein Kompliment! Ob sie es ernst meinte? Oder war es Sarkasmus? Ihr Ton verriet nichts. Meine Füße taten weh, meine Zehen fühlten sich an wie abgeschnürt, aber wer schön sein und von einer *Runway*-Mitarbeiterin Komplimente einheimsen wollte, der musste vermutlich leiden.

Emily schwang die Beine vom Tisch und seufzte dramatisch. »Na, dann wollen wir mal. Du hast wirklich Glück, dass sie zurzeit nicht da ist«, sagte sie. »Was natürlich nicht heißen soll, dass sie keine tolle Frau ist«, fügte sie blitzschnell hinzu. Das war meine erste Begegnung mit dem klassischen *Runway*-Rückzieher, den ich noch so gut kennen lernen würde. Sobald einer Klapperschnepfe ein Wort der Kritik über die Lippen kam – und sei es auch noch so berechtigt –, bekam sie Panik, dass Miranda davon erfuhr, und ruderte hektisch zurück.

Emily zog ihre Ausweiskarte durch das elektronische Lesegerät, und dann schritten wir schweigend durch die langen Korridore bis zu Mirandas Büro-Suite. Sie öffnete die Flügeltür zum Vorzimmer und deponierte ihre Tasche und ihren Mantel auf einem der beiden Schreibtische. »Du sitzt da drüben«, sagte sie und zeigte auf den zweiten. Auf dem glatten, L-förmigen Schreibtisch standen ein nagelneuer türkisfarbener iMac-Computer, ein Telefon und ein paar Ablagekörbe. In den Schubladen lagen Stifte, Büroklammern und Notizbücher. »Ich hab dir meine alten Sachen einfach dringelassen. Es ist einfacher, wenn ich das neue Büromaterial nur für mich bestelle.«

Emily war gerade zur Seniorassistentin befördert worden und hatte ihren Platz als Juniorassistentin für mich geräumt. Sie erklärte mir, dass sie nach zwei Jahren als Mirandas Chefassistentin direkt in die Moderedaktion bei *Runway* überwechseln würde. Die dreijährige Assistentinnenlaufbahn sei eine todsichere Garantie für eine Karriere in der Modewelt. Ich klammerte mich lieber an die Hoffnung, dass mein Jahr als Mädchen für alles für eine Stelle beim *New Yorker* ausreichen würde. Emilys Vorgängerin Allison, die bereits ihren neuen Posten in der Beauty-Abteilung angetreten hatte, war nun dafür verantwortlich, neue Make-ups, Feuchtigkeitscremes und Haarprodukte zu testen und darüber zu schreiben. Ich konnte mir zwar nicht vorstellen, wie sie sich als Assistentin für diese Aufgabe qualifiziert haben sollte, war aber trotzdem beeindruckt. Das Versprechen wurde gehalten: Wer für Miranda arbeitete, machte seinen Weg.

Die übrigen Mitarbeiter trudelten gegen zehn Uhr ein, insgesamt etwa 50 allein aus der Redaktion. Das größte Ressort war natürlich »Fashion« mit fast 30 Beschäftigten, darunter auch die vielen Ausstattungsassistentinnen. Features, Beauty und Art rundeten das Bild ab. Fast alle schauten kurz bei Emily herein, um mit ihr zu plaudern, sich den neuesten Klatsch über ihre Chefin anzuhören und die neue Kollegin zu beschnuppern. An meinem ersten Morgen lernte ich Dutzende von Leuten kennen, die mich mit perfektem Strahlegebiss anlächelten und sich tatsächlich für mich zu interessieren schienen.

Die Männer waren schwul und zeigten es auch. Sie steckten in knallengen Lederhosen und Rib-Shirts, die sich wie eine zweite Haut über ihren durchtrainierten Muskeln und Waschbrettbäuchen spannten. Der Art Director, ein älterer Mann mit champagnerblondem, etwas spärlichem Haar, der so aussah, als ob er Elton John nacheiferte, trug Halbschuhe aus Kaninchenfell – und hatte die Augen mit Eyeliner geschminkt! Niemand verlor auch nur ein Wort darüber. Von den Schwulen aus meinem Bekanntenkreis hätte es keiner gewagt, in einem derartig ausgeflippten Aufzug herumzulaufen. Es war, als wäre man vom Ensemble einer schwulen Seifenoper umgeben – nur natürlich in besseren Kostümen.

Die Frauen – beziehungsweise die »Girls« – waren eine schöner als die andere. Zum Anbeißen. Die meisten schienen um die 25 zu sein, kaum eine auch nur einen Tag älter als 30. Zwar trugen fast alle einen dicken Klunker am Ringfinger, das Abzeichen der Ehefrau, aber es schien undenkbar, dass auch nur eine von ihnen ein Kind in die Welt gesetzt hatte – oder sich irgendwann Nachwuchs zulegen würde. Sie glitten graziös herein, schwebten auf ihren Zehn-Zentimeter-Absätzen zu meinem Schreibtisch, streckten mir milchweiße Hände mit manikürten langen Nägeln hin und stellten sich vor als: »Jocelyn, ich arbeite mit Hope zusammen«, »Nicole aus dem Moderessort« oder »Stef, die für die Accessoires zuständig ist«. Nur eine einzige, Shayna, war unter 1,80 Meter dabei aber so mädchenhaft zart gebaut, dass man das Gefühl hatte, jeder Zentimeter extra hätte sie erdrückt. Keine der Frauen brachte mehr als 50 Kilo auf die Waage.

Während ich auf meinem Drehstuhl hockte und versuchte, mir die vielen Namen einzuprägen, kam plötzlich das schönste Mädchen des Tages hereingeweht – eine Erscheinung aus einer anderen Welt. Sie trug einen roséfarbenen Kaschmirpullover, der so aussah, als hätte man die Wolle dafür aus Schäfchenwolken gesponnen. Über ihren Rücken ergoss sich eine schlohweiße Haarpracht. So dünn wie sie war, war es erstaunlich, dass sie sich überhaupt aufrecht halten konnte, dabei bewegte sie sich mit der kraftvollen Anmut einer Tänzerin. Ihr Wangen leuchteten rosig, und ihr mehrere Karat schwerer, lupenreiner Verlobungsring funkelte hell wie ein Stern. Ich konnte die Augen kaum davon losreißen. Als ob sie mir meine Begeisterung ansah, hielt sie mir den Diamanten unter die Nase.

»Selbst entworfen«, verkündete sie mit einem stolzen Blick auf ihre Hand. Ich sah fragend zu Emily hinüber, doch die hing mal wieder am Telefon, gerade jetzt, wo ich eine kleine Erklärung gut hätte gebrauchen können, mit wem ich es hier zu tun hatte. Ich dachte, die Frau meinte den Ring, doch da fuhr sie auch schon fort: »Ist das nicht eine fantastische Farbe? Eine Lage Marshmallow und eine Lage Ballet Slipper. Eigentlich kam zuerst Ballet Slipper und dann zum Abschluss ein Decklack. Einfach perfekt – so hell und ohne dass es aussieht, als hätte man sich die Nägel mit White Out lackiert. Ich glaube, die Mischung nehme ich jetzt immer, wenn ich zur Maniküre gehe.« Damit machte sie auf dem Absatz kehrt und flanierte wieder hinaus. *Ganz meinerseits. Erfreut, Ihre Bekanntschaft gemacht zu haben*, schickte ich ihr als stummen Gruß hinterher.

Es hatte Spaß gemacht, meine Kollegen kennen zu lernen, alle wirkten nett und freundlich. Nur auf die bildschöne Spinnerin mit dem Nagellacktick hätte ich zur Not verzichten können. Emily war den ganzen Vormittag nicht von meiner Seite gewichen. Sie nutzte jede Gelegenheit, mich in die Feinheiten meiner neuen Stellung einzuweisen. Sie erklärte mir, wer wirklich wichtig war, wen man nicht vergrätzen durfte und mit wem man sich unbedingt anfreunden sollte, weil er die besten Partys schmiss. Als ich ihr von meiner Begegnung mit Miss Maniküre erzählte, strahlte sie.

»Ach!«, hauchte sie hingerissen. So begeistert hatte sie bis jetzt noch auf keinen unserer Besucher reagiert. »Ist sie nicht entzückend?«

»Ja, doch. Schien ganz okay zu sein. Aber viel geredet habe ich nicht mit ihr. Sie hat mir bloß ihren Nagellack gezeigt.«

Emily lächelte stolz. »Ja, ja. So kennt man sie.«

Ich zermarterte mir das Hirn. War sie vielleicht ein berühmter Filmstar, eine Sängerin oder ein Model? Aber ich konnte sie nicht einordnen. Toll, sie war also berühmt! Vielleicht hatte sie sich deshalb nicht vorgestellt, weil sie dachte, ich würde sie sowieso erkennen. Doch da hatte sie sich leider verrechnet. »Keine Ahnung, wer sie ist. Müsste man sie kennen? Ist sie prominent?«

Emily starrte mich an. In ihrem Blick mischten sich Staunen und Entsetzen. »Kann man wohl sagen«, antwortete sie mit einer Betonung, als ob sie sagen wollte: *Du Schwachsinnige*. »Das war Jessica Duchamps.« Sie sah mich gespannt an. Ich sah sie gespannt an. Aber es kam nichts, weder von ihr noch von mir. »Du hast doch sicher schon mal etwas von Jessica Duchamps gehört?« Wieder ging ich im Geiste verschiedene Promilisten durch. Fehlanzeige. Auch mit dieser neuen Information konnte ich nicht das Geringste anfangen. Ich wusste bloß, dass ich dem Namen noch nie im Leben begegnet war. Außerdem ödete mich Emilys Ratespielchen langsam an.

»Emily, ich habe die Frau noch nie gesehen, und ihr Name sagt mir auch nichts. Würdest du mir bitte verraten, wer sie ist?« Ich musste mich zusammennehmen, damit ich nicht aus der Haut fuhr. Dabei interessierte es mich im Grunde nicht die Bohne, wer die Nagellackfetischistin war, aber Emily würde bestimmt nicht eher lockerlassen, bis sie mich als komplette Vollidiotin hingestellt hatte.

Diesmal lächelte sie herablassend. »Aber natürlich. Warum hast du das denn nicht gleich gesagt? Jessica Duchamps ist… eine Duchamps! Hast du sicher schon mal gehört, das erfolgreichste französische Restaurant in ganz New York! Es gehört ihren Eltern. Ist das nicht toll? Sie sind wahnsinnig reich.«

»Ach ja?« Ich tat beeindruckt. War das etwa schon alles? Man musste diese Frau also deshalb kennen, weil ihre Eltern ein Restaurant betrieben? »Ist ja super.«

Ich lernte auch telefonieren. Obwohl mir die Standardfloskel »Büro Miranda Priestly« schon bald recht flüssig über die Lippen ging, war Emily nicht die Einzige, die Angst davor hatte, es könnte womöglich ein Anruf von Miranda persönlich kommen. Einmal geriet ich tatsächlich in Panik, als ich eine Frau mit einem starken britischen Akzent am Apparat hatte, die ihren Namen nicht nannte und irgendetwas Unverständliches von mir wollte. Kopflos warf ich Emily das schnurlose Telefon hinüber, obwohl ich das Gespräch auch einfach zu ihr hätte durchstellen können.

»Das ist sie«, flüsterte ich gepresst. »Rede du mit ihr.«

Und nun kam ich zum ersten Mal in den Genuss des Blickes, den Emily speziell für mich auf Lager hatte – eine Mischung aus Genervtheit und Mitleid zu gleichen Teilen.

»Miranda? Emily am Apparat.« Ein strahlendes Lächeln verbreitete sich auf ihrem Gesicht, als ob unsere Chefin jeden Augenblick durch den Hörer kommen würde. Schweigen. Ein Stirnrunzeln. »Ach, Mimi, Sie müssen schon entschuldigen! Unsere Neue dachte, Sie wären Miranda! Ja, ich weiß, zum Schießen. Die nächste Lektion: Nicht jeder britische Akzent bedeutet, es ist Miranda!« Sie sah mich vielsagend an und zog ihre stark gelichteten Augenbrauen noch eine Etage höher.

Während sie mit der Anruferin plauderte, nahm ich weitere Gespräche an und schrieb mir die Namen der Leute auf, die sie anschließend zurückrief, nur unterbrochen von Kommentaren über den Rang, den sie in Mirandas Leben bekleideten – so sie denn einen hatten. Gegen Mittag machte sich mit einem leisen Grollen mein Magen bemerkbar. Als ich zum x-ten Mal den Hörer abnahm, schnarrte mir ein britischer Akzent entgegen.

»Hallo, Allison? Sind Sie das?«, fragte eine eisige, aber königliche Stimme. »Ich brauche einen Rock.«

Erschrocken hielt ich die Sprechmuschel zu. »Emily, sie ist es. Diesmal ist sie es wirklich«, zischte ich und fuchtelte mit dem Hörer, um sie auf mich aufmerksam zu machen. »Sie braucht einen Rock!«

Emily drehte sich um, sah mein panisches Gesicht und legte sofort auf. Für ein »Ich rufe zurück« oder auch nur ein »Auf Widersehen« blieb keine Zeit. Sie stellte sich Miranda auf ihren Apparat durch und setzte als Erstes wieder ihre Strahlemaske auf.

»Miranda? Emily hier. Was kann ich für Sie tun?« Sie angelte sich ihren Stift und machte sich mit tief gerunzelter Stirn Notizen. »Ja, gewiss. Selbstverständlich.« Und dann war es auch schon wieder vorbei. Ich sah sie fragend an.

»Es sieht ganz so aus, als ob wir die erste Aufgabe für dich hätten. Miranda braucht unter anderem für morgen einen Rock. Das heißt für uns, er muss spätestens heute Abend an Bord einer Maschine in die Dominikanische Republik sein.«

»Okay, und was für einen Rock will sie haben?«, fragte ich entgeistert. Ich konnte es nicht fassen, dass sie nur mit den Fingern zu schnippen brauchte, um sich einen Rock einfliegen zu lassen.

»Darüber hat sie sich nicht näher ausgelassen«, murmelte Emily und griff zum Telefonhörer.

»Hi, Jocelyn. Ich bin's. Sie braucht einen Rock. Mrs. de la Renta nimmt ihn ihr heute Abend mit dem Flieger mit. Nein, keine Ahnung. Nein, hat sie nicht gesagt. Weiß ich wirklich nicht. Okay, danke.« Sie wandte sich zu mir und sagte: »Natürlich ist es schwieriger für uns, wenn sie keine genauen Angaben macht. Sie hat viel zu viel zu tun, um sich mit solchen Lappalien abzugeben. Das heißt, wir wissen nicht, welche Farbe, welches Material, welcher Stil oder welche Marke ihr vorschwebt. Aber das macht nichts. Jocelyn aus dem Mode-Ressort lässt schon eine Auswahl ins Haus kommen.« Ich stellte mir vor, wie die unterschiedlichsten Röcke, von Fanfarenklängen und Trommelwirbeln begleitet, hereinmarschierten.

Ganz so lief es dann doch nicht ab. Die Röcke kommen zu lassen, war meine erste Lektion in den Absurditäten, die mir mein *Runway*-Job abverlangte; eine Operation, die mit militärischer Präzision über die Bühne ging.

Im Falle eines Falles verständigten entweder Emily oder ich die Mode-Assistentinnen – ungefähr acht Frauen, die Kontakte zu ausgewählten Designern und Boutiquen unterhielten. Die Assistentinnen riefen sofort ihre Kontaktpersonen bei den jeweiligen Häusern an und sagten ihnen, dass Miranda Priestly – jawohl, DIE Miranda Priestly, jawohl, Miranda Priestly PERSÖNLICH – einen ganz bestimmten Artikel benötigt. In Minutenschnelle setzten die Werbeabteilungen von Michael Kors, Gucci, Prada, Versace, Fendi, Armani, Chanel, Barney's, Chloé, Calvin Klein, Bergdorf, Roberto Cavalli und Saks ihre Kuriere in Bewegung und schickten jeden verfügbaren Rock zu uns herüber, der Miranda Priestly unter Umständen gefallen könnte. Die Parade ging wie eine exakt einstudierte Choreographie über die Bühne, bei der jeder Beteiligte ganz genau wusste, welcher Schritt als Nächstes kam. Während die Operation, die ich von nun an fast jeden Tag erleben durfte, anlief, schickte Emily mich los, um die anderen Sachen zu besorgen, die wir zusammen mit dem Rock am Abend ins Flugzeug verfrachten mussten.

»Dein Wagen erwartet dich in der 58.«, sagte sie, während sie zwei Telefongespräche gleichzeitig führte und mir meine Anweisungen auf einen Bogen *Runway*-Briefpapier kritzelte. Sie hielt kurz inne, um mir ein Handy zuzuwerfen. »Hier, nimm das mit, für den Fall, dass ich dich erreichen muss oder du noch irgendwelche Fragen hast. Schalte es niemals ab. Beantworte jeden Anruf.« Mit Handy und Zettel bewaffnet, eilte ich nach unten. Als ich auf die 58. Straße hinaustrat, hatte ich nicht den leisesten Schimmer, wie ich »meinen Wagen« finden sollte. Oder was »mein Wagen« überhaupt bedeutete. Doch ich stand höchstens eine Sekunde ratlos auf dem Bürgersteig, als auch schon ein bulliger, grauhaariger Mann auf mich zukam, eine Pfeife zwischen den nikotingelben Zähnen.

»Sind Sie Priestlys Neue?«, krächzte er, ohne die Pfeife herauszunehmen. Ich nickte stumm. »Ich bin Nick. Für den Fuhrpark zuständig. Wenn Sie einen Wagen brauchen, wenden Sie sich an mich. Kapiert, Blondie?« Ich nickte noch einmal und schwang mich auf den Rücksitz eines bereitgestellten schwarzen Cadillac. Nick knallte die Tür zu und winkte.

»Wohin soll's denn gehen, Miss?«, fragte der Chauffeur. Schlagartig erwachte ich aus meinem ungläubigen Staunen. Ich merkte, dass ich ihm seine Frage beim besten Willen nicht beantworten konnte. Rasch zog ich den Zettel aus der Jackentasche.

Erste Station: Tommy Hilfigers Studio,
57. Straße West 355, 6. Stock.
Frag nach Leanne. Von ihr kriegst du alles.

Ich nannte dem Fahrer die Adresse und starrte aus dem Fenster. Es war ein Uhr nachmittags an einem eisigen Novembertag. Ich war 23 Jahre alt und wurde von einem Chauffeur in einer Limousine zu Tommy Hilfigers Studio kutschiert. Und ich hatte einen Bärenhunger. Im dichten Stoßverkehr brauchten wir für die kurze Strecke sage und schreibe 45 Minuten, meine erste Begegnung mit einem echten Großstadtstau. Der Fahrer setzte mich vor dem Eingang ab und sagte, er würde ein paar Mal um den Block fahren, bis ich fertig wäre. Als ich im sechsten Stock am Empfang nach Leanne fragte, kam eine maximal 18-jährige Schönheit die Treppe heruntergehüpft.

»Hi!«, rief beziehungsweise trällerte sie. »Sie müssen Andrea sein, Mirandas neue Assistentin. Wir sind alle ganz hingerissen von ihr. Also: Willkommen im Fanclub!« Sie lachte mich an, ich lachte zurück. Im nächsten Augenblick zauberte sie unter einem Tisch eine riesige Plastiktüte hervor, drehte sie um und kippte sie auf dem Teppichboden aus. »Hier ist Carolines Lieblingsjeans in drei verschiedenen Farben und dazu eine Hand voll T-Shirts. Und Cassidy ist doch so vernarrt in Tommys Khakiröcke, da gebe ich Ihnen einen in Oliv und einen in Stein mit.« Jeansröcke, Jeansjacken und sogar ein paar Knäuel Socken kamen aus der Tüte gepurzelt. Ich konnte bloß staunen: Die Sachen hätten für mindestens vier Kinder gereicht. *Wer zum Henker sind Caroline und Cassidy?*, rätselte ich, während ich wie ein Schaf auf den Klamottenberg starrte. Welcher Mensch, der auf sich hält, trägt Tommy Hilfiger Jeans – und noch dazu in drei verschiedenen Farben?

Anscheinend machte ich tatsächlich kein besonders intelligentes Gesicht, denn Leanne drehte mir taktvoll den Rücken zu, während sie die Sachen wieder einpackte, und sagte: »Mirandas Töchter werden begeistert sein. Wir kleiden sie schon seit Jahren ein, und Tommy sucht ihre Garderobe immer persönlich für sie aus.« Ich warf ihr einen dankbaren Blick zu und schwang mir die Tüte über die Schulter.

»Viel Glück!«, rief sie mir nach, als sich die Fahrstuhltür hinter mir schloss, ein warmes Lächeln auf dem Gesicht. »Gratuliere zu Ihrem Spitzenjob!« Sie brauchte den Satz nicht zu Ende zu sprechen, ich wusste auch so, wie er weiter ging: *Für den Job würden Millionen junger Frauen ihr Leben geben*. Und in diesem Augenblick, nachdem ich zum ersten Mal im Leben das Studio eines Modedesigners betreten hatte und Klamotten im Wert von Tausenden von Dollars wegschleppte, glaubte ich ihr sogar.

Als ich erst mal den Dreh raus hatte, verging der Rest des Tages wie im Fluge. Ein paar Minuten lang debattierte ich mit mir, ob wohl jemand etwas dagegen haben würde, wenn ich mir unterwegs ein Sandwich genehmigte, aber wenn ich auf dem Rücksitz der Limousine nicht ohnmächtig zusammenklappen wollte, blieb mir nichts anderes übrig. Seit einem Croissant zur nachtschlafenden Zeit um sieben Uhr früh hatte ich keinen Bissen mehr gegessen, und inzwischen war es schon fast zwei. Ich bat den Chauffeur, vor einem Delikatessenladen anzuhalten, ging hinein, suchte mir ein Sandwich aus und brachte ihm spontan auch eines mit. Ihm klappte der Unterkiefer runter, als ich es ihm nach vorne reichte, und ich hatte schon Angst, ihn in Verlegenheit gebracht zu haben.

»Sie haben doch sicher auch Hunger«, erklärte ich. »Wenn Sie den ganzen Tag durch die Stadt kurven, haben Sie bestimmt nicht viel Zeit, eine Mittagspause zu machen.«

»Danke, Miss. Vielen Dank. Ich fahre die Elias-Clark-Girls jetzt schon seit 20 Jahren, ich kenne sie. Sie sind nicht sehr nett. Im Gegensatz zu Ihnen«, sagte er mit einem starken, aber undefinierbaren Akzent und sah mich im Rückspiegel an. Ich lächelte. Plötzlich überkam mich so etwas wie eine böse Vorahnung, doch so schnell sie gekommen war, so schnell ging sie auch wieder vorbei. Wir standen im Stau, mampften gemütlich vor uns hin und hörten uns die Lieblings-CD des Fahrers an, für mich nicht viel mehr als das unverständliche, inbrünstige Kreischen einer Frau, untermalt von Sitarmusik.

Auf zur nächsten Station. Ich sollte ein Paar weiße Shorts abholen, die Miranda unbedingt zum Tennisspielen brauchte. Vielleicht bei Polo? Aber auf der Liste stand eindeutig Chanel. Bei Chanel gab es weiße Tennisshorts? Der Chauffeur brachte mich zu dem privaten Salon. Eine ältere Verkäuferin, die so oft geliftet war, dass von ihren Augen nur noch Schlitze übrig waren, händigte mir ein Paar weiße Hotpants aus Baumwollstretch aus, mit Stecknadeln an einen seidenbezogenen Kleiderbügel geheftet, das Ganze in einem Kleiderbeutel aus Samt. Die Shorts waren so winzig, dass man den Eindruck hatte, es würde keine Sechsjährige hineinpassen. Ich sah die Frau zweifelnd an.

»Meinen Sie wirklich, dass Miranda so etwas tragen würde?«, fragte ich zögernd. Die Verkäuferin hatte Kiefer wie ein Pitbull und sah aus, als ob sie mich in einem Stück verschlingen könnte. Sie funkelte mich böse an.

»Das will ich doch stark hoffen, Miss. Die Shorts sind ihr

schließlich nach ihrem Design speziell auf den Leib geschneidert«, fauchte sie, während sie mir das Minipaket überreichte. »Bitte richten Sie ihr Grüße von Mr. Kopelman aus.« *Wird gemacht, Lady.*

Als Nächstes stand J&R Computer World auf dem Programm, am anderen Ende der Stadt. Anscheinend war es das einzige Geschäft in ganz New York, wo man »Warriors of the West« kaufen konnte, ein Computerspiel, das Miranda dem Sohn der de la Rentas schenken wollte. Die Fahrt dauerte über eine Stunde. Unterwegs stellte ich fest, dass man mit meinem Handy auch Ferngespräche führen konnte, eine Gelegenheit, die ich mir natürlich nicht entgehen ließ. Ich rief sofort meine Eltern an, um ihnen zu erzählen, wie toll mein neuer Job war.

»Dad? Hallo, ich bin's. Andy. Rate mal, wo ich gerade bin? Ja, logisch bin ich in der Arbeit. Aber weißt du auch, *wo* ich arbeite? Ich sitze im Fond einer Limousine und lasse mich von einem Chauffeur durch Manhattan kutschieren. Ich war heute schon bei Tommy Hilfiger und bei Chanel. Jetzt muss ich nur noch ein Computerspiel kaufen, und dann fahre ich in die Park Avenue und liefere den ganzen Krempel in der Wohnung von Oscar de la Renta ab. Nein, die Sachen sind nicht für ihn! Miranda ist in der Dom Rep, und Annette de la Renta fliegt heute Abend hinterher. Mit einem Privatflugzeug, Dad! Dom Rep? Das ist die Abkürzung für Dominikanische Republik.«

Er nahm meinen Bericht zwar etwas skeptisch auf, freute sich aber, dass ich mich so gut amüsierte. Dass ich eigentlich nur ein studierter Laufbursche war, störte mich kein bisschen. Nachdem ich die Hilfiger-Klamotten, die Shorts und das Computerspiel bei einem vornehmen Portier in der vornehmen Park Avenue Lobby abgegeben hatte, fuhr ich zum Elias-Clark-Building zurück. Als ich ins Vorzimmer kam, hockte Emily wie ein alter Indianer im Schneidersitz auf dem Fußboden und packte Geschenke ein. Weißes Papier, weißes Geschenkband. Sie war von Hunderten, wenn nicht Tausenden von Schachteln umgeben, alle rot-weiß, alle gleich groß. Es waren so viele, dass sich die Ausläufer der Lawine bis hinüber in Mirandas Büro ergossen. Staunend beobachtete ich Emily, die mich gar nicht bemerkte, bei der Arbeit. Für jede Schachtel brauchte sie nur zwei Minuten, plus 15 Sekunden für das weiße Satinband. Das Ganze ging ihr akkurat und flott von der Hand. Wenn sie ein Päckchen fertig hatte, legte sie es auf einen neuen Geschenkeberg, der sich hinter ihr auftürmte. Doch während dieser Berg stetig anwuchs, schien der andere überhaupt nicht kleiner zu werden. Es sah aus, als ob sie mindestens noch vier Tage brauchen würde, um ihn ganz abzutragen.

Ich musste laut ihren Namen rufen, um mich bei dem Gedudel der 80er-Jahre-CD, die auf ihrem Computer lief, verständlich zu machen. »Emily? Hi, ich bin wieder da.«

Sie drehte sich um und starrte mich im ersten Moment an wie eine Erscheinung. Aber dann erinnerte sie sich wieder an mich und fragte: »Na, wie ist es gelaufen? Hast du alles erledigt, was auf der Liste stand?«

Ich nickte.

»Hat es mit dem Videospiel auch geklappt? Als ich in dem Laden angerufen habe, hatten sie bloß noch ein einziges auf Lager.«

Ich nickte noch einmal.

»Und du hast alles beim Portier der de la Rentas in der Park Avenue abgegeben? Die Klamotten, die Shorts, alles?«

»Logo. Kein Problem. Alles lief wie am Schnürchen, und ich habe das Zeugs vor ein paar Minuten abgeliefert. Sag mal, diese Shorts… Würde Miranda so was tatsächlich…?«

»Gleich. Ich muss mal schnell aufs Klo. Ich habe nur auf dich gewartet. Kannst du einen Augenblick das Telefon hüten?«

»Du warst nicht mehr auf dem Klo, seit ich gefahren bin?«, fragte ich ungläubig. Ich war geschlagene fünf Stunden weg gewesen. »Warum denn das nicht?«

Emily band noch schnell die letzte Schleife zu Ende und musterte mich kühl. »Miranda besteht darauf, dass alle Gespräche von ihren Assistentinnen entgegengenommen werden. Und weil du nicht da warst, wollte ich das Büro nicht verlassen. Ich hätte bestimmt mal kurz rausschlüpfen können, aber ich weiß, dass Miranda heute einen hektischen Tag hat, und da wollte ich jederzeit für sie erreichbar sein. Das kannst du dir gleich für die Zukunft merken. Wir gehen weder aufs Klo noch sonst wohin, ohne dass wir es vorher miteinander abgesprochen haben. Wir müssen zusammenarbeiten, um unser Bestes für sie zu geben. Okay?«

»Klar«, sagte ich. »Du kannst ruhig gehen. Ich rühre mich nicht vom Fleck.« Sie wagte es wahrhaftig, mich allein zurückzulassen. Nicht zu glauben. Kein Klobesuch ohne Strategiebesprechung? Wo gab es denn so was? Hatte sie tatsächlich geschlagene fünf Stunden ausgehalten und besänftigend auf ihre Blase eingeredet, nur für den Fall, dass in den zweieinhalb Minuten, die sie brauchen würde, um aufs Klo zu flitzen, möglicherweise dieses Weib anrief, das sich in den Tropen amüsierte? Es hatte ganz den Anschein. Mir kam es ein bisschen dramatisch vor, aber wahrscheinlich war es nur Emilys Arbeitseifer. Es konnte einfach nicht sein, dass Miranda von ihren Mitarbeiterinnen so etwas verlangte. Bestimmt nicht. Oder etwa doch??

Ich nahm ein paar Blatt Papier aus dem Drucker. Es war eine Liste mit der Überschrift »Eingegangene Weihnachtsgeschenke«. Eins, zwei, drei, vier, fünf, sechs eng bedruckte Seiten, pro Zeile der Name des Schenkenden und eine Beschreibung des Geschenks. Insgesamt 256 Artikel. Darunter ein Bobby-Brown-Make-up-Set von Bobby Brown persönlich, eine Kate-Spade-Lederhandtasche (Unikat) von Kate und Andy Spade, ein Terminplaner in burgunderfarbenem Leder aus der noblen Londoner Bond Street von Graydon Carter, ein nerzgefütterter Schlafsack von Miuccia Prada, ein Verdura-Armband von Aerin Lauder, eine diamantbesetzte Uhr von Donatella Versace, eine Kiste Champagner von Cynthia Rowley, ein mit Perlen besticktes Top samt dazu passendem Abendtäschchen von Mark Badgley und James Mischka, eine Sammlung Cartier-Stifte von Irv Ravitz, ein Chinchillamuff von Vera Wang, eine Jacke im Zebradesign von Alberto Ferretti, eine Burberry-Kaschmirdecke von Rosemarie Bravo. Und das war erst der Anfang. Es gab Handtaschen in allen erdenklichen Formen, Farben und Größen von allem, was Rang und Namen hatte: Herb Ritts, Bruce Weber, Giselle Bundchen, Hillary Clinton, Tom Ford, Calvin Klein, Annie Leibovitz, Nicole Miller, Adrienne Vittadini, Michael Kors, Helmut Lang, Giorgio Armani, John Sahag, Bruno Magli, Mario Testino und Narcisco Rodriguez, um nur eine Hand voll zu nennen. Dazu kamen Dutzende von Spenden in Mirandas Namen an verschiedene Wohltätigkeitsorganisationen, ein paar hundert Flaschen Wein und Champagner, acht bis zehn Dior-Taschen, einige Dutzend Duftkerzen, orientalische Keramiken, Seidenpyjamas, in Leder gebundene Bücher, Badeprodukte, Pralinen, Armbänder, Kaviar, Kaschmirpullover, gerahmte Fotografien und so viele Blumengestecke und Topfpflanzen, dass man damit die Massenhochzeit einer Sekte im Fußballstadion hätte dekorieren können. Nicht zu fassen! Wachte oder träumte ich? Arbeitete ich wirklich für eine Frau, die 265 Weihnachtsgeschenke von den berühmtesten Leuten der Welt bekam? Zumindest nahm ich an, dass sie berühmt waren. Ich kannte nämlich längst nicht alle Namen, nur die der bekanntesten Promis und Designer. Dass sich hinter den anderen einige der bedeutendsten Fotografen, Visagisten, Models, VIPs und die einflussreichsten Elias-Clark-Manager verbargen, konnte ich damals noch nicht wissen. Ob Emily wohl wusste, wer diese Leute alle waren? Ich hatte diesen Gedanken noch nicht ganz zu Ende gedacht, als sie vom Klo wieder zurückkam. Es schien ihr nichts auszumachen, dass ich die Liste las.

»Ein Wahnsinn, was? Miranda ist einfach die Größte«, schwärmte sie und warf einen geradezu vor Begeisterung triefenden Blick auf die Ausdrucke. »Hast du so was Fantastisches schon mal gesehen? Das hier ist die Liste vom letzten Jahr. Ich hab sie mir mal ausgedruckt, damit wir eine Ahnung haben, was noch alles auf uns zukommt. Die ersten Geschenke sind nämlich bereits eingetrudelt. Das liebe ich besonders an diesem Job – dass wir die Geschenke auspacken dürfen.« Hatte ich richtig gehört? Wir öffneten Mirandas Geschenke? Warum machte sie das nicht lieber selber? Eine Frage, die ich mir nicht verkneifen konnte.

»Spinnst du? 90 Prozent der Sachen würden ihr sowieso nicht gefallen. Manche Geschenke sind direkt eine Beleidigung, die würde ich ihr noch nicht mal zeigen. So was wie das hier zum Beispiel«, sagte sie und nahm den Deckel von einer kleinen Schachtel. Darin lag ein silbern schimmerndes, handschmeichlerisches, schnurloses Bang & Olufsen-Telefon, das man in einem Umkreis von 3000 Kilometern benutzen konnte. Da ich erst vor kurzem mit Alex in einem B & O-Geschäft gewesen war, wo er verzückt die Stereoanlagen angehimmelt hatte, wusste ich, dass der Apparat mindestens 500 Dollar kostete und alles, einfach alles konnte – bloß nicht selbst telefonieren. Das musste der Besitzer schon allein besorgen. »Ein Telefon! Kannst du dir das vorstellen, dass jemand die Frechheit besitzt, Miranda Priestly ein *Telefon* zu schenken?« Sie warf mir die Schachtel zu. »Wenn du willst, kannst du es behalten. So etwas darf ihr nicht unter die Augen kommen. Davor werde ich sie bewahren. Sie würde Zustände kriegen, dass ihr jemand etwas *Elektronisches* schenkt.« Bei ihr klang »elektronisch« wie ein Synonym für »mit Pestbeulen übersät«.

Ich verstaute die Schachtel in meinem Schreibtisch und verkniff mir ein Grinsen. So was nannte man Glück. Ich brauchte unbedingt noch ein schnurloses Telefon für mein neues Zimmer, und nun war ich gratis zu einem 500-Dollar-Apparat gekommen wie die Jungfrau zum Kinde.

Emily hockte sich im Schneidersitz auf den Fußboden. »Ich würde vorschlagen, wir packen jetzt noch ein paar Stunden Geschenke ein, und dann kannst du die Päckchen aufmachen, die heute gekommen sind.« Sie zeigte auf einen kleineren Geschenkeberg, der sich hinter ihrem Schreibtisch türmte, Schachteln, Tüten und Körbe in allen Farben des Regenbogens.

»Das sind also die Geschenke, die wir für Miranda versenden, richtig?«, fragte ich, während ich die erste Schachtel in das weiße Papier einschlug.

»Genau. Wie heißt es so schön in *Dinner for One*? ›The same procedure as every year.‹ Die höchsten Tiere bekommen eine Flasche Dom Pérignon. Dazu gehören die Elias-Clark-Manager und die großen Designer, mit denen sie nicht persönlich befreundet ist. Außerdem ihr Anwalt und ihr Steuerberater. Die mittlere Etage kriegt auch Champagner, aber bloß Veuve Clicquot. In diese Kategorie fallen die meisten – die Lehrer der Zwillinge, die Friseure, ihr Chauffeur und so weiter. Den Niemanden schenken wir eine Flasche Ruffino Chianti – das sind normalerweise die PR-Leute, der Tierarzt, die Aushilfskindermädchen, Verkäuferinnen und Verkäufer in ihren Lieblingsboutiquen und die ganzen Handwerker und Angestellten, die sich um das Sommerhaus in Connecticut kümmern. Anfang November habe ich alles bestellt und liefern lassen. Es dauert ungefähr einen Monat, bis alles versandfertig ist. Gut, dass Miranda im Moment verreist ist, sonst müssten wir die ganzen Sachen mitnehmen und zu Hause einpacken. Geschenke im Wert von 25 000 Dollar, für die Elias-Clark aufkommt.«

»Wahrscheinlich würde es doppelt so viel kosten, wenn man sich alles schon geschenkverpackt liefern lassen würde?«, überlegte ich laut, in Gedanken noch ganz mit der Hierarchie der Beschenkten beschäftigt.

»Das kann uns doch egal sein«, schnaubte sie. »Glaub mir, das merkst du schon auch noch, dass Geld hier kein Thema ist. Nein, Miranda mag bloß das Geschenkpapier der Lieferfirma nicht. Letztes Jahr haben wir ihnen unser weißes Papier geschickt, aber das hat auch nicht viel genützt. Die Päckchen sehen eben einfach adretter aus, wenn wir sie selber einwickeln.« Sie machte ein stolzes Gesicht.

Während wir vor uns hin packten, weihte mich Emily in die Geheimnisse meines seltsamen Jobs ein. Kurz vor sechs, als sie mir gerade beschrieb, welchen Kaffee Miranda am liebsten trank – einen großen Milchkaffee mit zwei Stück Rohrzucker –, schleppte eine blonde Modeassistentin atemlos einen Weidenkorb von der Größe eines Kinderwagens herein. Vor Mirandas Bürotür blieb sie stehen, als ob sie befürchtete, der weiche graue Teppichboden könnte sich unter ihren Jimmy Choos in Treibsand verwandeln, wenn sie es wagte, die Schwelle zu übertreten.

»Hallo, Em. Hier sind die Röcke. Tut mir leid, dass es so lange gedauert hat, aber so kurz vor Thanksgiving sind fast alle wichtigen Leute ausgeflogen. Hoffentlich ist etwas dabei, was ihr gefällt.« Sie warf einen zweifelnden Blick in den Korb, der von Röcken fast überquoll.

Emily musterte sie mit kaum verhohlener Verachtung. »Stell ihn auf meinen Schreibtisch. Die Ausgemusterten schicke ich dann wieder zurück. Und das werden bei deinem Geschmack vermutlich die meisten sein«, schob sie, selbst für mich kaum hörbar, hinterher.

Die Blonde machte ein verwirrtes Gesicht. Sie war vielleicht nicht der Hellsten eine, aber sie machte einen durchaus netten Eindruck. Ich hätte gern gewusst, was Emily gegen sie hatte, aber ich konnte mich nicht aufraffen, sie zu fragen. Es war ein langer Tag gewesen, die neuen Kollegen, die Telefongespräche, dann die Kurierfahrten kreuz und quer durch die Stadt, die vielen Namen und Gesichter, die ich mir einprägen musste.

Emily stemmte die Hände in die Hüften und baute sich vor ihrem Schreibtisch auf. Ich hockte noch auf dem Fußboden, doch selbst aus dieser niederen Stellung heraus konnte ich erkennen, dass der Korb mindestens 25 Röcke in den unterschiedlichsten Stoffen, Farben und Schnitten enthielt. Hatte Miranda wirklich nicht gesagt, was für einen Rock sie wollte? Hatte sie Emily nicht einmal verraten, ob sie ihn für eine vornehme Abendgesellschaft brauchte, für einen zwanglosen Restaurantbesuch oder bloß, um ihn nach dem Baden über den Bikini zu ziehen? Schwebte ihr ein Jeansstoff vor, oder wäre ihr mit einem Chiffonfähnchen besser gedient? Wie sollten wir erahnen können, was ihr vorschwebte?

Die Antwort auf diese Frage ließ nicht lange auf sich warten. Emily wuchtete den Korb in Mirandas Büro und stellte ihn fast ehrfürchtig ab. Dann breitete sie die Röcke rings um uns auf dem Fußboden aus. Die Auswahl war überwältigend: ein fuchsienroter Häkelrock von Celine, ein perlgrauer Wickelrock von Calvin Klein und ein schwarzer Lederrock, der am Saum mit schwarzen Perlen bestickt war, von Mr. de la Renta persönlich. Rote Röcke, ekrüfarbene Röcke, lavendelblaue Röcke, manche mit Spitze, andere aus Kaschmir. Einige waren lang genug, um elegant die Knöchel zu umspielen, andere so kurz, dass sie eher wie ärmellose Tops aussahen. Ich hielt mir einen wadenlangen, braunen Seidenrock an, der so schmal geschnitten war, dass der Stoff höchstens für eines meiner Beine gereicht hätte. Der nächste, den ich aus dem Stapel zog, ergoss sich als Traum aus Tüll und Chiffon bis auf den Boden und sah so aus, als ob er am liebsten auf einer eleganten Gartenparty in den Südstaaten getragen werden wollte. Ein vorgewaschener Jeansrock war mit dem dazu passenden breiten Ledergürtel geliefert worden, ein anderer bestand aus einem hauchzarten Silbermaterial in Knitteroptik. Ich war überwältigt.

»Steht Miranda besonders auf Röcke?«, fragte ich, nur um überhaupt etwas zu sagen.

»Eigentlich nicht. Sie hat eher einen kleinen Schaltick. Es ist schon fast eine Manie.« Emily vermied den Blickkontakt, als ob sie mir soeben gestanden hätte, höchstpersönlich an Herpes zu leiden. »Das ist eine ihrer Eigenarten, über die du Bescheid wissen musst.«

»Das ist ja interessant«, sagte ich gleichmütig, um mir meine Verwunderung nicht anmerken zu lassen. Sie hatte eine Schalmanie? Ich bin selber keine Kostverächterin, wenn es um Klamotten, Handtaschen oder Schuhe geht, aber dass ich deswegen eine Manie hätte, könnte ich wirklich nicht behaupten. Und so wie Emily es ausgedrückt hatte, schien mehr dahinter zu stecken als nur eine Laune.

»Ja. Den Rock braucht sie sicher für einen bestimmten Anlass, aber ihre große Liebe gilt den Schals. Schließlich sind sie ja auch so was wie ihr Markenzeichen.« Als ich sie verständnislos ansah, fuhr sie fort: »Du erinnerst dich doch noch an dein Vorstellungsgespräch?«

»Natürlich«, antwortete ich, wie aus der Pistole geschossen. Es wäre wohl nicht gerade besonders klug gewesen, Emily wissen zu lassen, dass ich mich beim besten Willen nicht mehr daran erinnern konnte, was Miranda an dem Tag getragen hatte. »Aber ich glaube nicht, dass mir an ihr ein Schal aufgefallen ist.«

»Man sieht sie nie ohne einen weißen Hermès-Schal, nie. Meistens trägt sie ihn um den Hals, aber nicht immer. Manchmal lässt sie ihn sich auch in die Frisur einbinden, oder sie benutzt ihn als Gürtel. Alle Leute wissen, dass Miranda Priestly immer und überall einen weißen Hermès-Schal trägt. Ist das nicht wahnsinnig cool?«

Plötzlich fiel mir auf, dass Emily einen limonengrünen Schal durch die Gürtelschlaufen ihrer Cargo-Hose gezogen hatte. Er spitzelte knapp unter ihrem T-Shirt hervor.

»Ansonsten probiert sie auch gern mal etwas Neues aus, und ich schätze, genau das hat sie diesmal vor. Aber diese Idioten aus dem Moderessort haben keinen blassen Schimmer, was ihr gefallen würde. Dieser Fetzen zum Beispiel, ist der nicht fürchterlich?« Mit spitzen Fingern hielt sie einen hinreißenden Rock hoch, der etwas vornehmer war als der Rest, ein fließender Stoff in einem warmen, dunklen Beige, aus dem kleine Goldpünktchen hervorleuchteten.

»Und wie«, flunkerte ich. »Ein grässliches Teil.« Der Rock war so schön, dass ich ihn zu meiner eigenen Hochzeit getragen hätte.

Emily plapperte immer weiter, über Schnitte und Stoffe, über Mirandas Wünsche und Bedürfnisse. Zwischendurch ließ sie die eine oder andere abfällige Bemerkung über eine Kollegin fallen. Zum Schluss entschied sie sich für drei vollkommen unterschiedliche Modelle, die sie Miranda schicken wollte. Und die ganze Zeit redete sie wie ein Wasserfall auf mich ein. Ich versuchte, ihr zuzuhören, aber es war mittlerweile kurz vor sieben, und ich wusste nicht mehr, ob ich völlig ausgehungert, komplett genervt oder absolut erschöpft war. Vermutlich traf alles zu. Ich war so fertig, dass ich noch nicht mal etwas davon mitkriegte, dass der riesenhafteste Mensch, dem ich je im Leben begegnet war, ins Büro gerauscht kam.

»DU DA!«, ertönte es plötzlich hinter mir. »STEH AUF UND LASS DICH ANSEHEN!«

Ich drehte mich um. Ein mindestens 2,10 Meter großer, braun gebrannter Mann mit Pferdeschwanz zeigte mit dem nackten Finger auf mich. Er war nicht nur hoch gewachsen, er war auch breit und schwer und so muskulös, dass man fast befürchten musste, er würde aus allen Nähten platzen. Genauer gesagt: aus den Nähten seines Catsuits! Der Mann trug tatsächlich einen hautengen Einteiler, die Taille noch mit einem Gürtel betont. Und ein Cape! Ein wolldeckengroßes Pelzcape! An den riesigen Füßen hatte er schwarze, glänzende Springerstiefel, so groß wie Tennisschläger. Ich schätzte ihn auf 35, aber mit seinen Muskelpaketen, der Sonnenbräune und dem markanten Kinn hätte er auch zehn Jahre älter oder fünf Jahre jünger sein können. Mit fuchtelnden Händen bedeutete er mir, vom Fußboden aufzustehen. Ich tat ihm den Gefallen. Während ich diese unglaubliche Erscheinung noch staunend betrachtete, machte er sich schon daran, mich einer kritischen Prüfung zu unterziehen.

»SO! WEN HABEN WIR DENN HIER?«, brüllte er, falls man

davon bei seiner Falsettstimme überhaupt sprechen kann. »HÜBSCH JA, ABER VIEL ZU BIEDER, UND DEIN OUTFIT IST ALLES ANDERE ALS SCHMEICHELHAFT.«

»Ich heiße Andrea. Ich bin Mirandas neue Assistentin.«

Während er mich zentimeterweise mit den Augen abtastete, sah Emily sich dieses Schauspiel mit einem spöttischen Lächeln an. Die Stille war unerträglich.

»HALBSTIEFEL? ZUM KNIELANGEN ROCK? SOLL DAS EIN WITZ SEIN? SCHÄTZCHEN, FALLS DU ES NOCH NICHT GEMERKT HABEN SOLLTEST – FALLS DU DAS GROSSE, SCHWARZE SCHILD NEBEN DER TÜR ÜBERSEHEN HAST – WIR SIND HIER BEI *RUNWAY*, DER VERDAMMT NOCH MAL HIPPSTEN MODEZEITSCHRIFT DER WELT! ABER KEINE BANGE, MÄUSCHEN. DER ALTE NIGEL WIRD DICH RUCK, ZUCK VON DEINEM DISCOUNTER-LOOK BEFREIEN.«

Er legte mir die Pranken auf die Hüften, drehte mich um und widmete sich ausgiebig meiner Rückfront.

»RUCK, ZUCK, KINDCHEN. GLAUB MIR. DAS ROHMATERIAL IST NÄMLICH GAR NICHT ÜBEL. GUTE BEINE, SCHÖNE HAARE UND NICHT DICK. DARAUS LÄSST SICH WAS MACHEN. HAUPTSACHE: NICHT DICK. RUCK, ZUCK, DARLING.«

Ich hätte allen Grund gehabt, beleidigt zu sein und seine Pranken abzuschütteln. Wie kam dieser Mensch, den ich überhaupt nicht kannte, dieser angebliche Kollege, dazu, mir unaufgefordert seine Meinung über mein Outfit und meine Figur zu sagen? Aber ich war nicht gekränkt. Im Gegenteil. Mir gefielen seine lustigen grünen Augen, und vor allem freute ich mich, dass ich die Fleischbeschau bestanden hatte. Denn vor mir stand Nigel – nur ein Name, wie Madonna oder Prince –, der Modepapst, den sogar ich aus dem Fernsehen, aus Zeitschriften und aus den Klatschkolumnen kannte, und er hatte gesagt, ich sei hübsch. Und ich hätte gute Beine! Den Discounter-Look-Kommentar ließ ich ihm noch einmal durchgehen. Der Typ war mir sympathisch.

Emily sagte ihm, er solle mich verschonen und uns nicht stören, wir hätten zu arbeiten. Schade, ich wollte nicht, dass er ging. Zu gern hätte ich ihn noch wissen lassen, dass ich mich gefreut hatte, ihn kennen zu lernen, dass ich nicht eingeschnappt war wegen seiner Kritik und es kaum erwarten konnte, von ihm gestylt zu werden. Doch statt zu gehen, drehte Nigel sich noch einmal um, durchmaß mit Riesenschritten das ganze Büro und pflanzte sich wieder vor mir auf. Er breitete die muskelbepackten Arme aus, schlang sie um mich und drückte mich herzlich. Ich reichte ihm gerade mal bis zur Brust. Und was für ein Duft stieg mir bei dieser Umarmung in die Nase? Kaum zu glauben, aber wahr. Es war der unverkennbare Duft von Johnson's Baby Lotion. Geistesgegenwärtig drückte ich ihn ebenfalls, aber schon schob er mich wieder von sich, schüttelte mit seinen Pranken meine Hände und rief schrill:

»WILLKOMMEN IM PUPPENHAUS, BABY!«

5

»Er hat WAS gesagt?«, fragte Lily, während sie von ihrem Grünteeeis naschte. Wir hatten uns um neun im Sushi Samba verabredet, damit ich ihr brühwarm alles über meinen ersten Arbeitstag erzählen konnte. Meine Eltern hatten zähneknirschend die Notfallkreditkarte wieder rausgerückt, damit ich mich bis zum ersten Zahltag über Wasser halten konnte. Scharfe Tunfischröllchen und Seetangsalat stellten definitiv einen Notfall dar. Schweigend dankte ich Mom und Dad dafür, dass sie Lily und mir ein solches Superessen spendiert hatten.

»Willkommen im Puppenhaus, Baby. Ich schwöre. Obercool, was?«

Den Eislöffel in der Hand, sah sie mich tief beeindruckt an.

»Du hast den schärfsten Job, von dem ich je was gehört habe«, sagte Lily, die es immer noch ein wenig bedauerte, dass sie nach der Uni übergangslos mit ihrem Postgraduiertenstudium angefangen hatte, statt erst mal ein Jahr lang zu arbeiten.

»Klingt super, was? Ein bisschen irre, aber super.« Ich machte mich über mein leckeres Chocolate-Brownie-Eis her. »Dabei würde ich eigentlich viel lieber studieren.«

»Aber klar, du würdest viel lieber halbtags schuften, um dir das Geld für deine sündteure und vollkommen sinnlose Promotion zu verdienen. Das kann ich mir lebhaft vorstellen. Du bist neidisch, dass ich in einer Studentenkneipe kellnern und mich jede Nacht von irgendwelchen Erstsemestern anbaggern lassen darf, bis ich um vier Uhr in der Früh endlich ins Bett falle, um mich ein paar Stunden später in meine Seminare zu schleppen.

Und das alles noch garniert von der Gewissheit, dass du, falls du unter diesen Bedingungen irgendwann tatsächlich deinen Doktor schaffen solltest, danach garantiert keine Stelle findest. Nirgends.« Sie setzte ein künstliches Lächeln auf und trank einen Schluck Sapporo. Lily promovierte an der Columbia University in Russischer Literaturwissenschaft. Um sich ihr Studium zu finanzieren, jobbte sie jede freie Minute. Ihre Großmutter, bei der sie aufgewachsen war, kam finanziell selbst kaum über die Runden, und auf ein Promotionsstipendium konnte sie erst hoffen, wenn sie ihren Magisterabschluss in der Tasche hatte. Umso höher rechnete ich es ihr an, dass sie sich meinetwegen überhaupt einen freien Abend gönnte.

Ich schluckte den Köder, den sie mir hingeworfen hatte. Das machte ich immer, wenn sie sich mal wieder über ihr Leben beklagte. »Und warum machst du es dann, Lily?«, fragte ich, obwohl ich die Antwort längst auswendig kannte.

Lily schnaubte. »Weil ich es liebe!«, trällerte sie sarkastisch. Sie hätte es zwar nie zugegeben, weil sie viel zu gern herumjammerte, aber sie liebte ihr Studienfach tatsächlich. Sie begeisterte sich schon seit der achten Klasse für die russische Kultur. Damals hatte ein Lehrer zu ihr gesagt, mit ihrem herzförmigen Gesicht und den schwarzen Locken sehe sie genauso aus, wie er sich immer Lolita vorgestellt habe. Sie ging nach Hause und verschlang Nabokovs Meisterwerk, ohne sich von dem Lehrer-Lolita-Aspekt weiter stören zu lassen. Anschließend las sie alles, was Nabokov je zu Papier gebracht hatte. Und Tolstoi. Und Gogol. Und Tschechow. Als sie sich an der Uni bewarb, sagte der Professor, der das Auswahlgespräch führte, er wäre kaum jemals einer besseren Kennerin der russischen Literatur begegnet als der 17-jährigen Lily – egal, ob unter Studenten oder Doktoranden. Ihre Begeisterung hatte mit den Jahren nicht nachgelassen, sie büffelte immer noch russische Grammatik und konnte inzwischen jeden Text im Original lesen. Nur eines tat sie noch lieber: sich über ihr Schicksal zu beklagen.

»Okay, ich gebe ja zu, dass ich einen Traumjob ergattert habe. Wenn ich bloß daran denke. Tommy Hilfiger, Chanel, Oscar de la Renta. Und das alles an meinem ersten Tag. Allerdings habe ich nicht die leiseste Ahnung, wie ich durch diese Arbeit irgendwie näher an den *New Yorker* rankommen soll, aber vielleicht ist es dafür einfach noch ein bisschen zu früh. Im Moment kommt mir alles total unwirklich vor.«

»Falls du mal wieder das Bedürfnis haben solltest, den harten Boden der Realität unter den Füßen zu spüren, weißt du ja, wo du mich finden kannst«, sagte Lily. »Wenn du dich nach dem Ghetto sehnst, wenn du der Wirklichkeit in Harlem nachspüren willst, bist du in meiner Winzlingswohnung jederzeit herzlich willkommen.«

Ich bezahlte die Rechnung, und wir umarmten uns zum Abschied. Dann versuchte sie noch, mir zu erklären, wie ich am besten mit der U-Bahn nach Hause kam. Ich gab ihr mein großes Indianerehrenwort, dass ich genau verstanden hatte, wie ich erst gehen, dann fahren, dann umsteigen und zuletzt wieder gehen musste, doch sobald sie um die nächste Ecke verschwunden war, sprang ich in ein Taxi.

Nur dieses eine Mal, sagte ich mir, während ich in die warmen Polster des nicht sehr verführerisch miefenden Taxis sank. *Schließlich gehöre ich jetzt zur* Runway-*Truppe*.

Der Rest der Woche verging ereignislos, jeder Tag war mehr oder weniger wie der erste. Was mich nicht störte, im Gegenteil. Als Emily und ich uns am Freitagmorgen in dem kahlen, weißen Empfangsbereich trafen, händigte sie mir meinen Firmenausweis aus, samt Foto. Was mich ein bisschen überraschte, weil ich mich nicht daran erinnern konnte, dass ich mich irgendwann hätte knipsen lassen.

»Von den Überwachungskameras«, erklärte Emily, als ich sie verwundert darauf ansprach. »Die Dinger hängen hier überall rum. Wir hatten nämlich ernste Probleme. Diebstähle und so.

Kleidung und Schmuck für die Fotoaufnahmen sind einfach verschwunden. Anscheinend bedienen sich die Kuriere selbst. Und manchmal sogar die Redakteure. Deshalb werden wir jetzt alle überwacht.« Sie zog ihren Ausweis durch das Lesegerät, und die schwere Glastür ging mit einem Klick auf.

»Überwacht? Und wie genau muss ich mir das vorstellen?«

Mit wiegenden Hüften marschierte sie zügig durch den Korridor zum Vorzimmer. Wie immer machte sie in ihrer hautengen Sevens Cordhose eine tadellose Figur. Erst gestern hatte sie mir geraten, mir ebenfalls eine zuzulegen, oder am besten gleich mehrere, da Sevens und MJ die einzigen Marken waren, deren Jeans oder Cordhosen Miranda an ihren Mitarbeiterinnen tolerierte. Sevens und MJs, aber nur freitags und nur zusammen mit hochhackigen Schuhen. MJs? »Marc Jacobs«, sagte sie entnervt.

»Mit den Kameras und den Ausweisen kann man ziemlich genau verfolgen, was die Leute gerade treiben.« Sie stellte ihre Gucci-Tasche auf den Schreibtisch und knöpfte ihren figurbetonten Lederblazer auf, der für Ende November in höchstem Maße ungeeignet war. »Ich glaube nicht, dass sie sich die Überwachungsfilme ansehen, wenn nicht tatsächlich mal wieder etwas abhanden gekommen ist. Aber die Ausweise verraten alles, ob irgendwer unten das Gebäude betritt zum Beispiel oder hier oben in unseren Trakt will. So weiß man auch, ob jemand im Büro ist oder nicht. Wenn du also mal nicht zur Arbeit kommen kannst – eigentlich undenkbar, es sei denn, es wäre eine Katastrophe passiert –, dann gibst du mir einfach deine Karte, und ich lese sie für dich ein. Dann kriegst du die Fehltage trotzdem bezahlt. Umgekehrt würdest du es für mich natürlich genauso machen. Das ist hier so üblich. Eine Hand wäscht die andere.«

Eigentlich undenkbar? Die Frau hatte Nerven. Doch noch bevor ich nachhaken konnte, war sie schon wieder voll in Fahrt.

»Mit dem Ausweis kriegst du in der Kantine auch was zu essen. Er ist nämlich gleichzeitig eine Geldkarte: Du lädst sie auf, und dann wird die Kohle an der Kasse automatisch abgebucht.

So wissen sie natürlich auch, was du isst.« Sie schloss Mirandas Bürotür auf, ließ sich auf den Fußboden sinken und griff nach dem ersten Geschenkkarton.

»Sag bloß, die interessieren sich dafür, was man isst?«, fragte ich. Ja, lebten wir denn in einem Überwachungsstaat?

»Das weiß ich auch nicht genau. Möglich wäre es. Ich weiß bloß, dass sie es feststellen können. Mit dem Fitnessraum ist es dasselbe. Da muss man die Karte auch benutzen und genauso am Zeitschriftenkiosk, um Bücher oder Illustrierte zu kaufen. Ich glaube, das dient bloß der besseren Organisation.«

Der besseren Organisation? Ich arbeitete für eine Firma, die gute Organisation dadurch definierte, dass sie überwachte, auf welcher Etage sich die Mitarbeiter gerade aufhielten, ob sie mittags lieber Zwiebelsuppe oder Salat aßen und wie viele Minuten sie es auf dem Trimmrad aushielten? Toll, dass man sich so um mich »kümmerte«.

Trotz meiner Empörung wäre ich fast im Stehen eingeschlafen. Nachdem ich nun schon den fünften Morgen hintereinander um halb sechs aus den Federn gekrochen war, fühlte ich mich so ausgepowert, dass ich erst einmal fünf Minuten brauchte, bis ich es schaffte, den Mantel auszuziehen und mich hinter meinen Schreibtisch zu klemmen. Ich kämpfte noch gegen die Versuchung an, ein Sekündchen lang Augenpflege zu betreiben, als Emily sich im Nebenzimmer räusperte. Und zwar vernehmlich.

»Würdest du mir vielleicht ein bisschen zur Hand gehen?« Keine Frage, sondern ein Befehl. »Hier, pack was ein.« Sie schob einen Stapel weißes Geschenkpapier in meine Richtung. Aus den Computerboxen dröhnte Jewel.

Schneiden, wickeln, falten, kleben. Emily und ich arbeiteten den ganzen Morgen konzentriert vor uns hin. Immer wenn wir 25 Päckchen fertig hatten, ließen wir sie von einem Hausboten abholen. Bis Mitte Dezember wurden sie im verlagseigenen Kuriercenter zwischengelagert. Dann würden wir grünes Licht geben, dass die Verteilung in Manhattan anrollen konnte. Die

Präsente, die nach auswärts gingen, hatten wir bereits an meinen ersten beiden Arbeitstagen eingepackt. Sie warteten jetzt im Wandschrank auf die Abholung durch einen Paketdienst. Da die Lieferungen schon am folgenden Tag zugestellt werden würden, verstand ich nicht ganz, warum wir es so eilig hatten. Es war ja erst Ende November. Aber ich hatte längst begriffen, dass es besser war, nicht zu viele Fragen zu stellen. 150 Priestly-Flaschen gingen mit FedEx in die ganze Welt, nach Paris, Cannes, Bordeaux, Mailand, Rom, Florenz, Barcelona, Genf, Brügge, Stockholm, Amsterdam und London. Dutzende gingen allein nach London! Sie flogen nach Peking, Hongkong, Kapstadt, Tel Aviv und Dubai (jawohl, Dubai!). In Los Angeles, Honolulu, New Orleans, Charleston, Houston, Bridgehampton und Nantucket würde man auf Miranda das Glas erheben. Und das alles, bevor auch nur die erste Flasche ihr Ziel in New York erreicht hatte, wo Mirandas Freunde und Bekannte, ihre Ärzte, Hausmädchen, Friseure, Kindermädchen, Kosmetikerinnen, Therapeuten, Jogalehrer, Fitnesstrainer, Chauffeure und Einkaufshilfen bedacht werden würden. Genau wie das bunte Völkchen aus der Welt der Mode: Designer, Models, Schauspieler, Redakteure, Akquisiteure, PR-Leute und Modegurus. Jeder würde vom Elias-Clark-Kurier mit einer seinem Rang angemessenen Flasche beschert werden.

»Was meinst du, was das alles kostet?«, fragte ich Emily, während ich mir den wohl millionsten weißen Geschenkpapierbogen zurechtschnipselte.

»Ich hab's dir doch gesagt. Die Flaschen, die ich bestellt habe, kosten insgesamt 25000 Dollar.«

»Nein, ich meine die gesamte Operation. Die vielen Pakete als Eilsendung in die ganze Welt zu schicken. In manchen Fällen wird die Fracht mehr kosten als das Geschenk, vor allem wenn es jemand aus der Nullenklasse ist, der bloß den Chianti kriegt.«

Diese Frage schien sie sich noch nie gestellt zu haben. Zum

ersten Mal, seit wir uns kannten, sah sie mich nicht verächtlich, genervt oder gleichgültig an, sondern interessiert. »Hm, wollen wir mal sehen. Nehmen wir an, die inländischen Lieferungen kommen auf ungefähr 20 Dollar pro Stück und die ausländischen auf 60, dann macht es allein 9000 Dollar für den Paketdienst. Irgendwo habe ich mal gehört, dass unser hauseigener Kurierdienst pro Lieferung 11 Dollar berechnet. Bei 250 Kurierlieferungen kommen wir auf 2750 Dollar. Und dann noch unsere Arbeitszeit. Wir brauchen eine Woche, um alles einzupacken, das heißt, zusammen zwei ganze Arbeitswochen, macht noch einmal vier Riesen…«

Unser Gehalt war bei weitem der mickrigste Posten auf der Liste.

»Ja, wenn wir alles zusammenrechnen, kommen wir auf ungefähr 16000 Dollar. Wahnsinn, was? Aber was will man machen? Sie ist schließlich Miranda Priestly.«

Um eins verkündete Emily, dass sie Hunger hatte und mit ein paar Mädels aus der Accessoires-Abteilung einen Happen essen gehen würde. Ich nahm an, dass sie sich ein Sandwich aus der Cafeteria holen wollte, wie wir es die ganze Woche über gemacht hatten. Ich wartete und wartete, 10 Minuten, 15 Minuten, 20 Minuten, aber sie kam und kam nicht wieder. Es wurde zwei, es wurde halb drei, es wurde drei. Mir hing der Magen bis auf die Schuhsohlen. Ich versuchte, Emily über das Handy zu erreichen, wurde aber auf ihre Mailbox umgeleitet. Sie hatte doch wohl nicht in der Cafeteria den Geist aufgegeben? Womöglich war sie an einem Salatblättchen erstickt. Ich überlegte, ob ich jemanden bitten sollte, mir etwas zu holen, wäre mir dabei aber zu sehr wie eine Primadonna vorgekommen. Wer war ich denn, dass ich einen Kollegen bat, mir das Mittagessen zu besorgen? Schließlich war eigentlich ich für die Verpflegung zuständig. Wie sich das allein anhören würde: *Entschuldigung, aber ich darf meinen verantwortungsvollen Posten als Geschenkverpackerin auf keinen Fall verlassen. Würden Sie mir bitte ein Croissant holen? Sie sind ein*

Engel. Als Emily um vier Uhr immer noch nicht wieder aufgekreuzt war, tat ich das Undenkbare: Ich verließ das Büro, ohne Wachablösung.

Vorsichtig lugte ich um die Tür. Keine Spur von Emily im Korridor. Ich nahm die Beine in die Hand, flitzte in den Empfangsbereich und drückte den Knopf für den Fahrstuhl. Bestimmt 20-mal. Sophy, die hinreißende asiatische Schönheit am Empfang, zog die Augenbrauen hoch und wandte den Blick ab. Entweder wollte sie nicht mit ansehen, wie ich vor den Aufzügen herumzappelte, oder sie wollte lieber nichts davon wissen, dass Mirandas Büro unbewacht war. Endlich kam der Lift, ich stürzte hinein. Ein Typ im Heroinlook – klapperdürr und hohlwangig – drückte mit einem spöttischen Grinsen lässig auf den Knopf. Kein Mensch rückte auf, um mir Platz zu machen, obwohl der Fahrstuhl halb leer war. Normalerweise wäre ich deswegen auf die Barrikaden gegangen, heute ließ es mich kalt. Ich hatte nur zwei Gedanken im Kopf: Runter in die Cafeteria und wieder rauf in Mirandas Büro, aber blitzfix.

Im Eingangsbereich zu den heiligen Hallen aus Glas und Granit stand ein Rudel Möchtegernklapperschnepfen. Sie steckten tuschelnd die Köpfe zusammen und beäugten jeden, der aus dem Aufzug stieg. Freundinnen von Elias-Clark-Mitarbeiterinnen, das sah ich auf einen Blick. Emily hatte mir dieses Phänomen natürlich längst beschrieben. Man erkannte sie an ihrer naiven Begeisterung, einmal im Zentrum der Modewelt zu stehen. Lily hatte mich auch schon bekniet, sie mal zum Lunch mitzunehmen. Die Cafeteria hatte in fast allen Manhattaner Zeitungen spitzenmäßige Kritiken bekommen. Exzellentes Essen, große Auswahl – und lauter tolle, schicke Leute. Aber vorerst fühlte ich mich dazu noch nicht imstande. Außerdem hatte ich es wegen unseres komplizierten Bürodienstplans die ganze Woche noch nicht geschafft, mehr als zweieinhalb Minuten dort zu verbringen, nämlich genauso lange, wie ich brauchte, um mir was zum Essen zu schnappen und zu bezahlen. Ob mir in der Cafeteria je eine ausgedehntere Mittagspause vergönnt sein würde, wagte ich zu bezweifeln.

Ich kurvte um die Mädchen herum, die mich neugierig begafften. Könnte ja sein, dass ich ein Promi war. War ich aber nicht. Slalom durch verschiedene Grüppchen und Trüppchen, vorbei an der Vorspeisentheke mit Lamm- und Kalbsbraten, vorbei an der Pizza mit getrockneten Tomaten und Ziegenkäse, dem Tagesgericht, das auf einem Katzentisch in der so genannten »Kalorienecke« ein kümmerliches Dasein fristete. Die schwierigste Hürde aber kam erst noch: die Salattheke von der Länge einer Landepiste, auch unter dem Namen »Futterkrippe« bekannt, an der man sich von vier Seiten gleichzeitig bedienen konnte. Ich hatte Glück, die hungrigen Horden ließen mich durch, als ich ihnen schwor, dass ich nicht die Absicht hatte, ihnen die letzten Tofuwürfelchen vor der Nase wegzuschnappen. In der hintersten Ecke, noch hinter dem Panini-Ständer, hielt einsam und verlassen die Suppenstation die Stellung. Einsam und verlassen deswegen, weil der Suppenkoch der Einzige war, der sich standhaft weigerte, auch nur eines seiner Gerichte halbfett, fettarm, fettfrei, salz- oder kalorienarm zuzubereiten. Er blieb einfach stur. Darum war seine Essensausgabe in der ganzen Cafeteria die einzige, vor der sich nie eine Schlange bildete, was wiederum für mich Grund genug war, sie jeden Tag im Laufschritt anzusteuern. Da es im gesamten Verlagsgebäude außer mir keine anderen Suppenesser zu geben schien, beschränkte sich das Angebot auf eine Suppe pro Tag. Ich hoffte auf eine Tomatensuppe mit Cheddarkäse. Doch was bekam ich? Muschelsuppe. Während sie mir der Koch in die Suppentasse schöpfte, verkündete er stolz, dass sie mit echter Sahne zubereitet sei. Drei Leute an der Futterkrippe drehten sich entsetzt staunend nach mir um. Nun hatte ich nur noch ein Hindernis vor mir. Ich musste mich um die Menschenscharen herumkämpfen, die den Gastkoch des Tages belagerten. Im vollen Ornat zelebrierte er vor den Augen seiner begeisterten Anhänger die Kunst der Sashimi-Zubereitung. Ich las sein Namensschild: Nobu Matsuhisa. Wenn ich wieder an meinem Schreibtisch saß, musste ich unbedingt daran denken nachzusehen, wer er war, da ich, so wie es aussah, offenbar die einzige Mitarbeiterin im ganzen Haus war, die ihn nicht kannte. Was mochte schlimmer sein? Nie von Miranda Priestly gehört zu haben oder Mr. Matsuhisa nicht zu kennen?

Die zierliche Kassiererin warf zuerst einen Blick auf die Suppe und dann auf meine Hüften. Oder bildete ich mir das nur ein? Obwohl ich mich inzwischen schon daran gewöhnt hatte, immer und überall kritisch beäugt zu werden, hätte ich schwören können, dass sie mich mit demselben Blick bedachte, den ich für einen 5-Zentner-Menschen übrig gehabt hätte, der acht Hamburger bestellt – leise fragend: »Wollen Sie sich das wirklich antun?« Aber wahrscheinlich litt ich mittlerweile einfach schon an leichtem Verfolgungswahn. Wer war denn diese Person? Eine Kassiererin in einer Cafeteria, mehr nicht. Keine Beraterin der Weight Watchers. Keine Moderedakteurin.

»Die Suppen sind heutzutage nicht sehr gefragt«, sagte sie leise, während sie den Preis eintippte.

»Muschelsuppe ist ja auch bestimmt nicht jedermanns Sache«, murmelte ich und zog meine Karte durch das Lesegerät. Konnte sie nicht ein bisschen schneller machen?

Sie sah mich mit ihren Rehaugen an. »Ich glaube, daran liegt es nicht. Aber der Koch besteht darauf, diese unglaublich nahrhaften Suppen zu kochen. Haben Sie eine Vorstellung, was für eine Kalorienbombe Sie da eben gekauft haben? Wissen Sie, wie dick ein Tässchen Suppe machen kann? Manche Leute würden schon allein von dem Anblick zehn Pfund zunehmen…« *Was du dir mit deiner Figur jedenfalls* nicht *leisten kannst*, schien sie schweigend hinzuzufügen.

Autsch, das hatte gesessen. Als ob es nicht schon schwer genug für mich war, mir unter den kritischen Blicken der gertenschlanken, langbeinigen, blondmähnigen *Runway*-Nymphen einzureden, dass ich für meine Größe normalgewichtig war. Und nun rieb mir auch noch die Kassiererin unter die Nase, dass ich zu dick sei? Ich riss ihr meine Tüte weg, wühlte mich durch die Menge und enterte die nächstgelegene Toilette, direkt gegenüber der Cafeteria, sehr praktisch für Leute, die sich kleinerer Essenssünden gleich wieder entledigen wollten. Obwohl ich wusste, dass mir das Spieglein an der Wand nichts anderes sagen würde als am Morgen, baute ich mich todesmutig davor auf. Eine wutverzerrte Grimasse starrte mir entgegen.

»Was machst du denn hier? Bist du wahnsinnig geworden?« Dass Emily mein Spiegelbild nicht laut anbrüllte, war alles. Sie musste sich sichtlich beherrschen. Ich fuhr herum. Sie hängte gerade ihre Lederjacke über ihre Gucci-Tasche und schob sich die Sonnenbrille in die Stirn. Da begriff ich, dass Emily es ganz wörtlich gemeint hatte, als sie mich vor dreieinhalb Stunden wie einen Fisch auf dem Trockenen sitzen ließ: Sie war tatsächlich essen gegangen. Und zwar nicht in die Cafeteria. Sondern in ein Restaurant. Und zwar ohne Vorwarnung. Und ich hatte wie eine Blöde das Telefon bewachen müssen, ohne Aussicht, etwas in den Magen zu bekommen oder meine Blase zu erleichtern. Doch da half alles nichts. Ich wusste, dass ich trotz dieses Verrats im Unrecht war, und machte mich darauf gefasst, von ihr zusammengestaucht zu werden. Doch das Glück war mir hold. Die Tür ging auf und die Chefredakteurin von *Coquette* stolzierte herein, musterte uns vom Scheitel bis zum Stöckelabsatz. Sofort packte Emily mich beim Arm und bugsierte mich in Richtung Fahrstuhl. Wie aneinandergekettet standen wir da, mein Arm in Emilys Schraubstockgriff. Erniedrigend. Ich kam mir vor wie im Film, als wäre ich in der Gewalt eines Entführers, der mir am helllichten Tag die Pistole in den Rücken drückte und mich zwang, mit ihm in seine Folterkammer hinabzusteigen.

»Wie konntest du mir das antun?«, fauchte sie, als sie mich durch die Glastür der *Runway*-Rezeption schubste und mich mit Lichtgeschwindigkeit zurück ins Vorzimmer schleifte. »Als Seniorassistentin trage ich die Verantwortung für unser Büro. Ich weiß ja, dass du noch neu bist, aber ich habe es dir vom ersten Tag an eingetrichtert: Wir lassen Miranda niemals im Stich.«

»Miranda ist doch gar nicht da.« Mehr als ein Quieken brachte ich nicht über die Lippen.

»Aber sie hätte anrufen können, während du weg warst, und dann wäre keiner da gewesen, der an den Apparat geht, zum Donnerwetter!«, kreischte sie. »Unsere wichtigste Aufgabe, unsere einzige Aufgabe ist Miranda. Und wenn du damit nicht klarkommst, denk bitte daran, dass es da draußen Millionen junger Frauen gibt, die für deinen Job sterben würden. Jetzt hör deine Mailbox ab. Wenn sie angerufen hat, bist du tot. Dann bist du erledigt.«

Am liebsten hätte ich mich wie ein waidwundes Tier in meinem iMac verkrochen und wäre elendig gestorben. Wie hatte ich nur in meiner ersten Woche einen solchen Fehler begehen können? Miranda war noch nicht mal wieder aus dem Urlaub zurück, und ich hatte sie schon so bitter enttäuscht. Was hieß das schon, dass ich Hunger hatte? Mein Magen konnte warten. Ich war von wichtigen Leuten umgeben, die wichtige Aufgaben zu erledigen hatten, von Leuten, die sich auf mich verließen, und ich hatte sie enttäuscht. Ich wählte meine Mailbox an.

»Hi, Andy, ich bin's. Alex. Das gibt's doch nicht, dass du nicht rangehst. Ich wollte dir nur sagen, ich freue mich schon auf heute Abend. Es ist dir doch nichts dazwischengekommen, oder? Du darfst dir das Restaurant aussuchen. Rufst du mich zurück, wenn du meine Nachricht bekommen hast? Nach vier Uhr kannst du mich im Lehrerzimmer erreichen.« Sofort kriegte ich ein schlechtes Gewissen. Nach dem Lunch-Debakel hatte ich beschlossen, die Verabredung abzusagen. Nachdem meine erste Arbeitswoche so hektisch gewesen war, dass wir uns kaum gesehen hatten, wollten wir heute Abend ausgehen, nur wir zwei. Aber es würde nicht sehr romantisch werden, wenn ich am Tisch einschlief. Ich brauchte unbedingt einen freien Abend, um wieder zu mir zu kommen. Ich durfte nicht vergessen, Alex zurückzurufen. Vielleicht konnten wir die Verabredung auf morgen verschieben.

Emily, die ihre Mailbox bereits abgehört hatte, beugte sich zu mir herunter. Ihrer relativ gelassenen Miene entnahm ich, dass Miranda ihr zumindest keine Todesdrohungen hinterlassen hatte. Ich schüttelte den Kopf als Zeichen der Entwarnung.

»Hi, Andrea, ich bin's. Cara.« Mirandas Kindermädchen. »Ich wollte dir nur sagen, Miranda hat eben hier angerufen.« – Herzstillstand – »Anscheinend hatte sie es schon im Büro versucht, aber niemand sei rangegangen. Das kam mir spanisch vor. Da habe ich sie beruhigt, ich hätte gerade eben erst mit euch beiden gesprochen. Also, keine Panik. Sie wollte sich bloß *Women's Wear Daily* durchfaxen lassen. Ich hatte das Heft hier und konnte es ihr schnell schicken. Inzwischen ist es auch heil bei ihr angekommen. Ich wollte es euch nur wissen lassen. Ansonsten: ein schönes Wochenende. Bis die Tage. Ciao.«

Meine Lebensretterin. Das Mädchen war eine Heilige. Kaum zu glauben, dass ich sie erst seit einer Woche kannte – und auch nur vom Telefon –, aber ich hätte sie küssen können. Sie war das genaue Gegenteil von Emily: ruhig, realistisch – und ein totaler Modemuffel. Sie kannte Mirandas Macken, machte aber nicht viel Wind darum. Und sie hatte die seltene, kostbare Gabe, über sich selbst und andere zu lachen.

»Nein, das war auch nicht Miranda«, sagte ich mit einem triumphierenden Lächeln zu Emily. Richtig gelogen war es schließlich nicht. »Wir sind aus dem Schneider.«

»*Du* bist aus dem Schneider, fürs Erste«, sagte sie ausdruckslos. »Denk immer daran: Wir sitzen beide im selben Boot, aber ich gebe den Kurs an. Du hast für mich die Stellung zu halten, wenn ich alle Jubeljahre mal zum Lunch ausgehe – das steht mir zu. So etwas wird nicht noch einmal passieren, verstanden?«

Ich verkniff mir eine fiese Retourkutsche. »Schon gut, schon gut.«

Bis um sieben Uhr waren die letzten Flaschen eingepackt und abgeholt. Emily hatte meine Fahnenflucht nicht wieder erwähnt. Um acht ließ ich mich völlig ausgepowert in ein Taxi sinken *(nur dieses eine Mal)*, und um zehn lag ich wie ein gestrandeter Wal auf meinem Bett, ohne mir auch nur die Jacke ausgezogen zu haben. Gegessen hatte ich immer noch nichts. Allein der Gedanke, das Haus zu verlassen und – wie an den vier vorangegangenen Abenden – womöglich orientierungslos durch die Nachbarschaft zu tapsen, war mir ein Graus. Mit meinem nagelneuen Bang & Olufsen rief ich Lily an.

»Hi! Ich dachte, du gehst heute Abend mit Alex aus«, sagte sie.

»Wollte ich auch, aber ich bin total erledigt, fix und foxi. Wir haben das Essen auf morgen verschoben. Ich glaube, ich lasse mir einfach was kommen. Eine Pizza oder was. Ist egal. Und wie war dein Tag?«

»In einem Wort? Echt ätzend. Okay, okay, das waren zwei Wörter. Du kannst dir nicht vorstellen, was mir heute passiert ist. Nein, ich glaube, das kannst du doch. So was passiert mir ja dauernd.«

»Komm zu Potte, Lil. Sonst fallen mir gleich die Augen zu.«

»Okay. Heute war der süßeste Boy aller Zeiten in meinem Seminar. Hat die ganze Stunde fasziniert zugehört und hinterher auf mich gewartet. Er hat gefragt, ob ich nicht Lust hätte, mit ihm was trinken zu gehen. Er wollte mit mir über meine Abschlussarbeit reden, die er tatsächlich gelesen hat.«

»Das klingt ja super. Und? Wie viel Prozent kriegt er?« Lily ging zwar nach der Arbeit fast jeden Abend mit einem anderen Typen aus, aber nach ihrem Mr. 100 Prozent suchte sie immer noch vergeblich. Die Liebesprozentskala hatte Lily eines Abends selbst erfunden, nachdem unsere männlichen Bekannten ihre Freundinnen auf einer Rangliste von eins bis zehn beurteilt hatten, je höher der Wert, desto besser. »Sie ist eine sechs, acht, 2-plus«, sagte unser Freund Jake über die PR-Assistentin, mit der ihn seine Kumpels verkuppelt hatten. Die erste Note galt dem Aussehen, die zweite der Figur und die dritte ihren inneren Werten. Die Prozentskala war Lilys Idee. Sie umfasste zehn Punkte, die jeweils zehn Prozent einbrachten. Der perfekte Mann musste auf jeden Fall die ersten fünf Punkte komplett abdecken: Intelligenz, Sinn für Humor, gute Figur, süßes Aussehen und einen Beruf, der sich wenigstens halbwegs in der Kategorie »normal« ansiedeln ließ. Er konnte weitere Prozente einheimsen, wenn er bei den restlichen fünf Punkten ebenfalls gut abschnitt: keine Psycho-Exfreundin, keine Psycho-Eltern, keinen geilen Frauenaufreißer als Mitbewohner und jede Art von Hobby, das nichts mit Sport oder Pornos zu tun hatte. Das höchste der Gefühle waren bei Lily bis jetzt 90 Prozent gewesen, bei einem Typen, der dann irgendwann mit ihr Schluss gemacht hatte.

»Erst sah es nach starken 70 Prozent aus. Theaterwissenschaftler, Hetero, und er konnte so intelligent über die Politik Israels diskutieren, dass er nicht ein einziges Mal den Vorschlag gemacht hat, ihnen ›einfach 'ne Atombombe draufzudonnern‹. Es ließ sich also sehr viel versprechend an.«

»Klingt gut. Ich bin schon so gespannt. Los, raus damit. Woran ist er gescheitert? Hat er dir was von seinem liebsten Nintendo-Spiel vorgeschwärmt?«

»Schlimmer.« Sie seufzte.

»Ist er dünner als du?«

»Schlimmer.« Sie klang hoffnungslos.

»Was um alles in der Welt könnte es denn noch Schlimmeres geben?«

»Er wohnt auf Long Island...«

»Also, ich bitte dich, Lily! Das kannst du ihm doch wirklich nicht übel nehmen. Gut, Long Island ist ein bisschen spießig, aber...«

»... bei seinen Eltern«, beendete sie den Satz.

Ach.

»Seit vier Jahren schon.«

Ach, Gott.

»Und er wohnt gerne bei Mami und Papi. Er kann es sich nicht vorstellen, ganz alleine in einer Großstadt wie New York zu leben, wenn er es bei seinen Eltern so gemütlich hat.«

»Schon gut, schon gut! Das ist echt der Hammer. Ich glaube, das hatten wir noch nie, dass ein Typ nach dem ersten Date von 70 auf 0 Prozent absackt. Dein Freund hat einen neuen Rekord aufgestellt. Herzlichen Glückwunsch. Hiermit hast du es amtlich: Dein Tag war noch beschissener als meiner.« Shanti und Kendra kamen nach Hause. Ich schob mit dem Fuß die Tür zu, als ich ihre und eine Männerstimme im Flur hörte. Ob wohl die eine oder die andere einen Freund hatte? Ich wusste es nicht. In den letzten anderthalb Wochen hatte ich meine Mitbewohnerinnen insgesamt zehn Minuten gesehen. Sie schienen abends noch länger zu arbeiten als ich.

»War es so schlimm? Wie kann es sein, dass du einen harten Tag hattest? Du arbeitest doch in der Modebranche«, sagte sie.

Es klopfte leise an der Tür.

»Augenblick mal eben, da kommt jemand. Herein!« rief ich, viel zu laut für das winzige Kämmerlein. Sicher wollte Shanti oder Kendra nur schnell fragen, ob ich mich endlich vom Vermieter in den Mietvertrag hatte aufnehmen lassen (nein), ob ich neue Pappteller gekauft (nein) oder irgendwelche telefonischen Nachrichten entgegengenommen hatte (nein). Aber es war Alex!

»Kann ich dich zurückrufen? Alex ist gerade gekommen.« Obwohl ich es toll fand, dass er mir einen Überraschungsbesuch abstattete, hatte ich mich schon so darauf gefreut, nur noch schnell eine heiße Dusche zu nehmen und anschließend in die Federn zu kriechen.

»Klar. Schöne Grüße. Und denk immer daran, was für ein Glück du hast, dass er ein Mr. 100 Prozent ist, Andy. Alex ist klasse. Lass ihn bloß nicht wieder von der Angel.«

»Wem sagst du das? Der Knabe ist ein Heiliger.« Ich lächelte ihn an.

»Ciao.«

»Hallo, Schatz!« Ich musste mich regelrecht zwingen, aufzustehen. »Was für eine tolle Überraschung!« Als ich ihn umarmen wollte, wich er zurück. »Was ist los? Stimmt etwas nicht?«

»Nein, nein. Alles bestens. Aber wie ich dich kenne, hast du bestimmt noch nichts gegessen. Deshalb kriegst du jetzt persönlich was ins Haus geliefert.« Hinter seinem Rücken zauberte er eine große braune Papiertüte hervor, der köstliche Düfte entstiegen. Plötzlich hatte ich einen Bärenhunger.

»Ich glaub es nicht! Woher wusstest du, dass ich mich nicht aufraffen konnte, mir etwas zu essen zu besorgen?«

»Dann komm her. Veranstalten wir ein Mitternachtspicknick.« Er öffnete die Tüte, aber auf meinem Streifen Fußboden war nicht genug Platz für uns beide. Ins Wohnzimmer konnten wir auch nicht, da hockten Kendra und Shanti vor dem Fernseher, zwei ungeöffnete Plastikschüsseln mit Salat vor sich. Zuerst dachte ich, sie wären so in die Sendung vertieft, dass sie erst hinterher essen wollten, aber dann sah ich, dass sie tief und fest schliefen. Tolles Leben.

»Warte, ich habe eine Idee«, sagte Alex und schlich sich auf Zehenspitzen in unsere gemeinsame Miniküche. Als er wieder zurückkam, schwenkte er zwei große Müllsäcke, die er auf meiner blauen Tagesdecke ausbreitete. Ein Mitternachtspicknick im Bett, mal ganz was anderes. Aus der fettigen Tüte förderte er zwei Riesenburger und eine doppelte Portion Pommes zutage. Sogar an Ketchup und Salz hatte er gedacht. Ich klatschte in die Hände vor Begeisterung – obwohl ich fast Mirandas entsetzten Blick spüren konnte: *Sie? Sie essen einen Hamburger?*

»Warte, das war noch nicht alles.« Alex der Zauberer kramte noch eine Hand voll Teelichter mit Vanilleduft, eine Flasche Rotwein mit Schraubverschluss und zwei Pappbecher aus seinem Rucksack.

»Du bist unglaublich«, sagte ich leise. Nicht zu fassen, welche Mühe er sich machte, nachdem ich unsere Verabredung so schnöde abgesagt hatte.

Er gab mir einen Becher Wein, und wir stießen an. »Ja, meinst du denn, ich hätte mir die Gelegenheit entgehen lassen, alles über die erste Woche vom Rest deines Lebens zu erfahren? Auf dich, Schatz.«

»Danke«, sagte ich und trank einen Schluck. »Danke, danke, danke.«

6

»O nein, ich fass es nicht! Unsere Moderedakteurin in Person!«, kreischte Jill in gespielter Begeisterung, als sie mir die Haustür aufmachte. »Komm zu deiner großen Schwester, damit ich vor dir niederknien kann.«

»Moderedakteurin?«, schnaubte ich. »Ich glaub, du träumst. Versuch es mal mit Modedepp. Willkommen in der Zivilisation.« Ich umarmte sie und hätte sie am liebsten gar nicht mehr losgelassen. Ich hatte es ziemlich schwer genommen, als sie zum Studieren nach Stanford gegangen war und mich als 9-Jährige ganz allein bei meinen Eltern zurückgelassen hatte, und dann war sie auch noch mit ihrem damaligem Freund, ihrem jetzigen Mann, nach Houston gezogen. Houston bedeutete Texas! Nicht nur, dass es dort unerträglich heiß und schwül war und man von Moskitoschwärmen in den Wahnsinn getrieben wurde. Nein, das Schlimmste war, dass sich meine kultivierte, bildschöne große Schwester, die klassizistische Kunst liebte und einen zu Tränen rühren konnte, wenn sie ein Gedicht vortrug, eine texanische Aussprache angewöhnt hatte. Und damit meine ich keinen charmanten Südstaatensingsang, sondern ein derbes Cowboygenöle, das sich ins Trommelfell bohrte. Ich hatte Kyle noch immer nicht ganz verziehen, dass er sie in die texanische Pampa entführt hatte, obwohl er ansonsten kein übler Schwager war – zumindest so lange er den Mund nicht aufmachte.

»Howdy, Andy-Baby. Du siehst ja noch properer aus als beim letzten Mal. Tät ja zu gerne wissen, was sie euch da bei dieser *Runway* ins Essen mischen.«

Am liebsten hätte ich einen Tennisball in den Mund gestopft, aber er lächelte mich so treuherzig an, dass ich zu ihm rübergging und ihn in den Arm nahm. Er klang zwar wie der letzte Hinterwäldler und grinste auch so, aber im Grunde war er ein herzensguter Kerl – und ganz klar noch immer unsterblich in meine Schwester verliebt. Ich schwor mir, nicht zusammenzuzucken, wenn er irgendetwas besonders Texanisches von sich gab. »Am Essen liegt es garantiert nicht. Bei *Runway* betrachten wir das Essen lediglich als ein notwendiges Übel. Wahrscheinlich mischen sie es uns ins Trinkwasser. Du schaust aber auch nicht schlecht aus, Kyle. Hältst du meine Schwester immer noch bei Laune, in eurem Elendsnest?«

»Komm uns doch einfach mal besuchen, Baby. Bring deinen Alex mit, gönnt euch eine kleine Luftveränderung. Du wirst sehen, so öde ist es bei uns gar nicht.« Er lächelte erst mich und dann Jill an, die ihm daraufhin sofort liebevoll die Wange tätschelte. Nicht auszuhalten, dieses Geturtel.

»Er hat Recht, Andy. Houston hat kulturell allerhand zu bieten. Man kann dort wahnsinnig viel unternehmen. Du musst eben öfter mal vorbeikommen. Das geht doch nicht, dass wir uns immer nur bei den Eltern sehen. Und wenn du es in Avon aushältst, hältst du es in Houston gleich zweimal aus.«

»Andy, du bist ja schon da!«, rief meine Mutter, die gerade aus der Küche kam. »Jay, unsere Karrierefrau aus New York ist eingetroffen. Komm, du musst sie begrüßen. Ich dachte, du rufst vom Bahnhof an, damit wir dich abholen können.«

»Mrs. Myers hat Erika vom selben Zug abgeholt, da hat sie mich einfach mitgenommen. Wann gibt es was zu futtern? Ich sterbe vor Hunger.«

»Jetzt gleich. Willst du dich vorher noch frisch machen? Wir warten gern. Du siehst ein bisschen ramponiert aus nach der Fahrt. Es macht uns wirklich nichts aus, wenn wir…«

»Mutter! Bitte!«

»Andy! Du siehst fantastisch aus. Komm her, mein Prachtmädel, und gib deinem alten Vater einen Kuss.« Mein Vater, hoch gewachsen und mit Mitte 50 noch immer eine attraktive Erscheinung, stand lächelnd in der Diele. Als keiner mehr zu uns hinsah, zeigte er mir, dass er ein Scrabble-Spiel hinter dem Rücken versteckt hatte, und flüsterte: »Ich mach dich fertig. Sei gewarnt.«

Ich grinste und nickte. Entgegen allen Erwartungen freute ich mich auf die nächsten 48 Stunden im trauten Kreise der Familie. Seit meinem Auszug vor vier Jahren war ich nie wieder so gern nach Hause gekommen wie heute. Thanksgiving war mein liebster Feiertag, und dieses Jahr wollte ich ihn nach besten Kräften genießen.

Wir versammelten uns im Esszimmer und machten uns über die Unmengen von Essen her, die meine Mutter mit dem sicheren Gespür einer traditionsverhafteten Jüdin zum Vorabend von Thanksgiving hatte anliefern lassen. Bagels, Räucherlachs und Frischkäse, Weißfisch und Latkes, von kundiger Hand ansprechend auf Serviertabletts aus Plastik arrangiert, Köstlichkeiten, die nur darauf warteten, auf Pappteller umgeladen und mit Plastikbesteck verspeist zu werden. Meine Mutter lächelte gerührt, als sich ihre Brut hungrig auf das Essen stürzte. Sie sah so stolz aus, als ob sie eine ganze Woche lang in der Küche geschuftet hätte, um uns satt zu bekommen.

Ich gab mir alle Mühe, der versammelten Familie meinen Job zu erklären, den ich selbst noch immer nicht ganz begriffen hatte. Wahrscheinlich klang es lächerlich, das Ordern der Röcke, das stundenlange Verpacken der Geschenke, das Gefühl, mit Hilfe der kleinen Plastikkarte auf Schritt und Tritt überwacht zu werden. Es fiel mir schwer, in Worte zu fassen, wie ungeheuer wichtig mir meine Aufgaben vorgekommen waren, wie relevant. Ich redete wie ein Wasserfall, aber wahrscheinlich blieb sie ihnen trotzdem fremd, diese Welt, die zwar nur zwei Stunden entfernt lag, aber in Wahrheit zu einem anderen Sonnensystem gehörte. Sie nickten, lächelten und stellten Fragen, hakten nach und gaben sich interessiert, aber ich sah ihnen an, dass es viel zu bizarr für sie war, zu abstrus und unwirklich, als dass sie es hätten verstehen können. Schließlich ging es ihnen nicht anders als mir noch vor einer Woche: Der Name Miranda Priestly sagte ihnen gar nichts.

»Was meinst du, Andy? Hältst du das eine Jahr bei *Runway* durch? Oder vielleicht hängst du sogar noch ein paar Monate dran?«, fragte meine Mutter, während sie einen Salzbagel mit Frischkäse bestrich.

In meinem Vertrag mit Elias-Clark hatte ich mich verpflichtet, ein Jahr als Mirandas Assistentin zu arbeiten – vorausgesetzt, ich wurde nicht gefeuert, eine nicht unwesentliche Einschränkung. Wenn ich meine Aufgaben mit Stil, Begeisterung und Kompetenz erfüllte – was nicht im Vertrag stand, mir aber von einem halben Dutzend Leuten in der Personalabteilung sowie von Emily und Allison zu verstehen gegeben worden war – durfte ich mir anschließend jede nur erdenkliche Stelle wünschen. Natürlich ging man stillschweigend davon aus, dass ich bei *Runway* oder zumindest bei einer anderen Elias-Clark-Zeitschrift weitermachen würde, aber mir standen alle Möglichkeiten offen. Ich konnte zum Beispiel Buchkritiken schreiben oder als Kontaktfrau zwischen Hollywood-Promis und *Runway* fungieren. Die letzten zehn Assistentinnen, die das Jahr bei Miranda überstanden hatten, waren zu 100 Prozent in die Moderedaktion von *Runway* übergewechselt, aber davon ließ ich mich nicht beirren. Ich war entschlossen, mir die drei bis fünf Jahre Knechterei zu ersparen, die mich bei einem anderen Blatt erwartet hätten, und nach meiner Zeit als Assistentin sofort eine sinnvolle Stellung anzutreten.

»Auf jeden Fall. Bis jetzt scheint es ein sehr netter Haufen zu sein. Emily ist vielleicht ein bisschen übereifrig, aber ansonsten gefällt es mir prima. Wenn ich mir anhöre, wie Lily über ihre Prüfungen stöhnt oder was Alex sich von seinen asozialen Schülern gefallen lassen muss, habe ich es wirklich gut getroffen. Wo hat es das sonst schon mal gegeben, dass man sich an seinem ersten Arbeitstag von einem Chauffeur in einer Limousine durch die Stadt kutschieren lassen kann? Doch, ich glaube, das wird ein superspannendes Jahr. Und ich kann es kaum erwarten, dass Miranda endlich wiederkommt. Ich glaube, ich bin bereit für sie.«

Jill verdrehte die Augen, als ob sie sagen wollte: *Du brauchst uns nichts vorzumachen, Andy. Wir wissen doch alle, dass deine Chefin allem Anschein nach eine Irre und ein Drachen ist, umgeben von magersüchtigen Modefreaks, und dass du nur deshalb versuchst, alles in leuchtenden Farben darzustellen, weil du die Hosen gestrichen voll hast.* Aber sie sagte bloß: »Das hört sich toll an, Andy. Ich freue mich für dich. Eine einmalige Gelegenheit.«

Sie war die Einzige am Tisch, die mich überhaupt verstehen konnte, da sie, vor dem Umzug in die texanische Pampa, ein Jahr in einem kleinen Privatmuseum in Paris gearbeitet und sich aus der Seine-Metropole ein gewisses Faible für die Haute Couture mitgebracht hatte. Obwohl sie das Thema Mode eher von der künstlerisch-ästhetischen Seite anging, war sie wenigstens schon einmal mit dieser Szene in Berührung gekommen. »Wir haben auch eine Neuigkeit für euch«, fuhr sie fort und griff nach Kyles Hand.

»Gott sei Dank«, rief meine Mutter. Sie sackte förmlich in sich zusammen, als ob ihr endlich jemand die zwei Zentner schwere Hantel von den Schultern genommen hätte, die sie seit zwei Jahrzehnten niederdrückte. »Das wurde aber auch langsam Zeit.«

»Herzlichen Glückwunsch, ihr zwei! Eure Mutter hatte schon Sorge, es würde nie mehr was werden mit euch. Ihr seid ja schließlich schon ein altes Ehepaar. Da macht man sich so seine Gedanken …«

»Mensch, Jill, Mensch, Kyle. Das ist ja super. Höchste Zeit, dass ich endlich Tante werde. Wann ist es denn so weit?«

Sie sahen aus wie vor den Kopf geschlagen, und einen Augenblick lang dachte ich, wir hätten uns alle geirrt, und sie wollten uns bloß erzählen, dass sie ein neues Haus bauen würden oder dass Kyle endlich aus der Kanzlei seines Vaters ausgetreten war, um mit Jill die Galerie aufzumachen, von der sie schon so lange träumte. Vielleicht waren wir alle ein bisschen voreilig gewesen, zu sehr darauf erpicht, endlich zu hören, dass eine kleine Nichte oder ein Enkelsöhnchen unterwegs war. Meine Eltern redeten in letzter Zeit über nichts anderes mehr als darüber, warum meine Schwester und Kyle, die immerhin schon seit über drei Jahren verheiratet waren, noch immer keinen Nachwuchs produziert hatten. In den letzten sechs Monaten hatte sich diese Frage vom Lieblingsthema der Familie zum Krisengespräch gesteigert.

Meine Schwester senkte den Blick, Kyle runzelte die Stirn. Meine Eltern sahen aus, als ob sie jeden Moment in Ohnmacht fallen würden. Die Spannung war mit Händen zu greifen.

Jill stand auf, ging zu Kyle hinüber und setzte sich auf seinen Schoß. Sie legte ihm den Arm in den Nacken, lehnte sich nach hinten und flüsterte ihm etwas ins Ohr. Ich warf einen Blick auf meine Mutter, die ihrer Sinne kaum noch mächtig war.

Plötzlich kicherte das »alte Ehepaar«, drehte sich zu uns um und verkündete: »Wir bekommen ein Kind.« Und es ward Licht. Umarmungen! Freudengeschrei! Noch mehr Umarmungen! Meine Mutter sprang so schnell auf, dass ihr Stuhl umkippte und den Kaktus umschmiss, der neben der Schiebetür stand. Mein Dad stürzte sich regelrecht auf Jill, um sie links und rechts abzuküssen, und zum ersten Mal seit der Hochzeit bekam auch Kyle einen Schmatzer ab.

Ich trommelte mit der Plastikgabel an meine Limodose und ließ einen Trinkspruch vom Stapel. »Bitte erhebt eure Gläser. Ein Hoch auf das Baby, das wir demnächst im Kreise der Familie Sachs begrüßen dürfen.« Kyle und Jill schienen nicht sehr begeistert. »Okay, okay, technisch gesehen wird es ein Harrison-Baby, aber im Herzen wird es ein Sachs sein. Auf Kyle und Jill, die zukünftigen perfekten Eltern des perfektesten Kindes der Welt.« Wir stießen mit allem an, was wir hatten, ob Coladosen oder Kaffeebecher, wir tranken auf das strahlende Paar und auf Jills Bäuchlein. Während ich den Tisch abräumte, indem ich Essensreste, Geschirr und Besteck einfach samt Papiertischdecke in den Mülleimer beförderte, versuchte meine Mutter, Jill zu überreden, das Kind nach verschiedenen längst verblichenen Verwandten zu nennen. Kyle schlürfte zufrieden seinen Kaffee und genoss den Trubel. Kurz vor Mitternacht schlichen Dad und ich hinaus, um uns in seiner Praxis eine Partie Scrabble zu genehmigen.

Wie jeder gute Psychologe hatte auch mein Dad eine Couch, ein graues Ledersofa in der hintersten Ecke der Praxis, so weich, dass ich gern ab und zu ein Nickerchen darauf machte. In den drei tiefen Sesseln konnten sich die Patienten so geborgen wie im Mutterleib fühlen. Hinter dem modernen, schwarzen Schreibtisch, auf dem ein Flachbildschirm thronte, stand ein bequemer schwarzer Lederstuhl mit einer hohen Rückenlehne. Eine Bücherwand mit psychologischer Fachliteratur, eine Hand voll Bambusstängel in einer hohen Bodenvase aus Kristall und ein paar gerahmte Drucke – die einzigen Farbtupfer im Raum – vervollständigten den futuristischen Look. Ich hockte mich auf den Fußboden, und Dad gesellte sich zu mir.

»Jetzt erzähl doch mal, wie es dir wirklich geht, Andy«, sagte er, während er mir das Bänkchen für die Spielsteine reichte. »Das muss ja alles ziemlich aufregend für dich sein.«

Ich zog sieben Buchstaben und stellte sie nachdenklich vor mir auf. »Ja, die letzten beiden Wochen waren wirklich der Wahnsinn. Erst der Umzug, dann der neue Job. Es ist schon ein seltsamer Laden, schwer zu beschreiben. Alle sind so schön und so dünn und so schick. Aber sie machen einen netten Eindruck. Bis jetzt war noch jeder freundlich zu mir. Fast schon zu freundlich, als ob sie unter Medikamenten stehen. Ich weiß auch nicht…«

»Ja? Was wolltest du sagen?«

»Ich komm nicht drauf, was es ist. Es ist ein Gefühl, als ob das Ganze nur ein Kartenhaus ist, das jeden Augenblick über mir zusammenkrachen kann. Und ich kann mir nicht helfen, es kommt mir immer noch lächerlich vor, dass ich ausgerechnet bei einer Modezeitschrift angestellt bin. Bis jetzt ist die Arbeit ziemlich geisttötend. Aber eine Herausforderung ist es trotzdem, weil alles so neu ist.«

Er nickte.

»Ich weiß, es ist ein ›cooler Job‹, aber wie ich da etwas lernen soll, was mir beim *New Yorker* weiterhilft, kann ich mir nicht vorstellen. Irgendwie traue ich dem Braten nicht so recht. Es ist einfach zu schön, um wahr zu sein. Wahrscheinlich bilde ich mir bloß etwas ein.«

»Das glaube ich nicht, Spätzchen. Du bist nur sensibel. Aber ich muss dir Recht geben, es sieht ganz so aus, als ob du das große Los gezogen hast. Was du in diesem einen Jahr an Erfahrungen sammeln wirst, davon können andere nur träumen. Überleg doch mal! Frisch von der Uni, dein erster Job, und du arbeitest für die wichtigste Frau bei der erfolgreichsten Zeitschrift des größten Zeitschriftenverlags der Welt. Was meinst du, was du da für Einblicke bekommst? Noch dazu von ganz oben. Wenn du die Augen offen hältst und nie vergisst, was im Leben wirklich zählt, wirst du in dem Jahr mehr lernen als die meisten anderen Leute aus dieser Branche in ihrem ganzen Leben.« Er legte sein erstes Wort aus: JUTE.

»Nicht übel«, sagte ich und notierte den Punktestand: Dad – 22, Andrea – 0. Meine Buchstaben sahen nicht sehr vielversprechend aus. Ich hängte ein D, ein E und ein L an sein E und schrieb mir für EDEL mickrige 6 Punkte gut.

»Ich wünsche mir bloß, dass du dich richtig bewährst«, sagte er und ordnete seine Spielsteine neu. »Je länger ich darüber nachdenke, desto mehr glaube ich, dass große Dinge auf dich zukommen.«

»Hoffentlich hast du Recht, und es bleibt nicht beim Geschenkeeinpacken. Davon habe ich fürs Erste wirklich die Nase voll. Ein bisschen anspruchsvoller könnte der Job ruhig sein.«

»Das kommt noch, Spatz. Du wirst schon sehen. Natürlich hast du momentan den Eindruck, dass man Albernheiten von dir verlangt, aber ich bin überzeugt, dass dies nur der Anfang einer großen Erfolgsstory ist, das hab ich im Gefühl. Ich habe mich nämlich ein bisschen über deine Chefin kundig gemacht. Diese Miranda Priestly ist ein harter Brocken, keine Frage, aber ich könnte mir durchaus vorstellen, dass ihr gut miteinander auskommen werdet.«

Er pfropfte meinem L das Wort WIRBEL auf und machte ein zufriedenes Gesicht.

»Hoffentlich hast du Recht, Dad.«

»Sie ist die Herausgeberin von *Runway*, der Modezeitschrift«, flüsterte ich eindringlich ins Telefon und kämpfte entschlossen meinen aufkommenden Frust nieder.

»Ach, ich weiß, welche Sie meinen«, sagte Julia aus der Werbeabteilung von Scholastic Books. »Eine tolle Zeitschrift. Am besten finde ich immer die Artikel mit den peinlichen Menstruationsstorys. Sind die Mädchen echt, die diese Sachen erlebt haben? Wissen Sie noch, die eine Geschichte, in der…«

»Nein, nein, nicht die Teenie-Illustrierte. Eine Zeitschrift für erwachsene Frauen.« Zumindest theoretisch. »Sagen Sie bloß, Sie kennen *Runway* tatsächlich nicht?« Konnte das sein, war das überhaupt denkbar? »Jedenfalls schreibt sie sich P-R-I-E-S-T-L-Y. Miranda, ja«, sagte ich mit einer Engelsgeduld. Ich fragte mich, wie die Genannte reagieren würde, wenn sie wüsste, dass ich jemanden in der Leitung hatte, der noch nie von ihr gehört hatte. Vermutlich nicht gerade entzückt.

»Also dann, herzlichen Dank schon einmal. Es wäre schön, wenn Sie mich so bald wie möglich zurückrufen könnten«, sagte ich zu Julia.

Es war Mitte Dezember, ein Freitagmorgen, nur noch zehn Stunden, dann winkte das Wochenende. Es hatte mich fast übermenschliche Überredungskünste gekostet, Julia von Scholastic Books klarzumachen, dass Miranda Priestly eine extrem wichtige Person war, für die man ruhig einmal die Vorschriften ein bisschen dehnen und die Logik überstrapazieren durfte. Ich hatte nicht damit gerechnet, dass sich das Gespräch so schwierig gestalten würde. Aber wie hätte ich auch ahnen können, dass die Frau, die ich mit Mirandas einflussreicher Stellung beeindrucken wollte, noch nie von der renommiertesten Modezeitschrift der Welt gehört hatte – von ihrer berühmten Herausgeberin ganz zu schweigen? In den nun vier Wochen als Mirandas Assistentin hatte ich immerhin schon begriffen, dass dieses Imponiergehabe und Um-den-Finger-Wickeln Teil meines Jobs war. Aber normalerweise genügte es, wenn ich nur den Namen meiner Chefin fallen ließ, um meinem Gegenüber alles abzuschwatzen oder abzutrotzen, was ich brauchte.

Es war mein Pech, dass Julia bei einem anspruchsvollen Buchverlag arbeitete, wo jeder noch so unbekannte Autor eher einen Promi-Bonus bekommen hätte als eine Frau, die für ihren untadeligen Geschmack in Sachen Pelz bekannt war. Doch im Grunde hatte ich Verständnis dafür. Auch bei mir war es schließlich erst fünf Wochen her, dass ich den Namen Miranda Priestly zum ersten Mal gehört hatte. Ich beneidete Julia um ihre selige Unschuld – bei der Erledigung meines Jobs war sie mir allerdings keine große Hilfe.

Morgen, am Samstag, sollte der neueste Band der Harry-Potter-Reihe herauskommen, und Mirandas zehnjährige Zwillingstöchter wünschten sich jede ihr eigenes Exemplar. Käuflich zu erwerben waren die Bücher erst ab Montag, aber ich brauchte sie schon am Samstagmorgen – direkt nachdem sie an die Buchhandlungen ausgeliefert worden waren. Schließlich mussten Harry und seine Zauberfreunde einen Privatflieger nach Paris erwischen.

Das Klingeln des Telefons riss mich aus meinen trüben Gedanken. Ich nahm ab. Inzwischen vertraute Emily mir so weit, dass sie mich tatsächlich selbst mit Miranda reden ließ. Und wie wir redeten – wahrscheinlich zwei Dutzend Mal am Tag. Selbst aus der Ferne war es dieser Frau gelungen, sich in mein Leben einzuschleichen und es völlig zu beherrschen. Von sieben Uhr morgens bis neun Uhr abends, wenn ich endlich Feierabend hatte, bombardierte sie mich mit Anweisungen, pflasterte mich mit Befehlen zu und deckte mich mit ihren heruntergeratterten Fragen und Wünschen ein.

»Aan-dreh-aa? Hallo? Ist da jemand? Aan-dreh-aa?« Wie eine Rakete schoss ich von meinem Stuhl in die Höhe. Es dauerte einen Augenblick, bis es bei mir klick machte und mir wieder einfiel, dass sie gar nicht im Büro war – ja, nicht einmal im Lande. Vorläufig würde sie mich nicht persönlich behelligen.

»Ich begreife einfach nicht, warum es immer so lange dauert, bis Sie sich melden«, sagte Miranda. Bei jedem anderen Menschen hätte es sich nach einem nörgelnden Vorwurf angehört, aber bei ihr klang es kühl und entschlossen. Genau wie sie. »Falls es nach all diesen Wochen immer noch nicht zu Ihnen durchgedrungen sein sollte: Wenn ich anrufe, melden Sie sich. Es ist nicht weiter schwierig. Ich rufe an, Sie melden sich. Oder sind Sie damit überfordert, Aan-dreh-aa?«

Obwohl sie mich gar nicht sehen konnte, nickte ich wie eine bedröppelte Sechsjährige, die gerade Schimpfe bekommen hat, weil sie ihre Spaghetti an die Wand geschmissen hat. Ich konzentrierte mich darauf, sie nicht mit »Ma'am« anzusprechen, ein Fehler, der mich vor einer Woche um ein Haar den Job gekostet hatte. »Nein, Miranda. Es tut mir leid«, säuselte ich mit eingezogenem Kopf. In diesem Augenblick tat es mit tatsächlich leid, dass ich ihre Stimme nicht eine Dreizehntelsekunde schneller erkannt hatte, dass ich nicht wie aus der Pistole geschossen »Büro Miranda Priestly« geantwortet hatte. Ihre Zeit war schließlich sehr viel kostbarer als meine.

»Gut, gut. Kommen wir endlich zur Sache. Haben Sie den Tisch für Mr. Tomlinson schon reserviert?

»Ja, Miranda. Um ein Uhr im Four Seasons.«

Ich sah es auf eine Meile kommen. Nachdem sie mir erst vor zehn Minuten aufgetragen hatte, im Four Seasons einen Tisch zu reservieren und Mr. Tomlinson, den Chauffeur und das Kindermädchen telefonisch über diesen Plan zu informieren, würde sie nun alles wieder über den Haufen schmeißen wollen.

»Ich habe es mir inzwischen anders überlegt. Das Four Seasons ist nicht der geeignete Rahmen für seinen Lunch mit Irv. Reservieren Sie einen Tisch für zwei Personen im Le Cirque, und vergessen Sie nicht, den Oberkellner daran zu erinnern, dass sie im hinteren Teil des Restaurants sitzen möchten. Nicht vorne, wo man sie sehen kann, sondern hinten. Das wäre alles.«

Bei meinen ersten Telefongesprächen mit Miranda hatte ich mir noch eingeredet, dass sie mit ihrem abschließenden »Das wäre alles« in Wahrheit »danke« meinte. Aber diese Illusion hielt nur bis zur zweiten Woche.

»Selbstverständlich, Miranda. Danke«, sagte ich lächelnd. Ich spürte, dass sie zögerte. Ob sie meinen kleinen Seitenhieb bemerkt hatte? Ob es ihr seltsam vorkam, dass ich mich dafür bedankte, herumkommandiert zu werden? In der letzten Zeit hatte ich mir angewöhnt, ihr für jede sarkastische Bemerkung und jeden unverschämten Telefonbefehl zu danken, eine Taktik, die mich sehr befriedigte. Sie ahnte sicher, dass ich mich über sie lustig machte, aber was sollte sie sagen? *Aan-dreh-aa, ich verbiete Ihnen, mir zu danken. Verschonen Sie mich mit Ihren Dankbarkeitsbekundungen!* Na ja eigentlich war ihr ein solcher Anpfiff durchaus zuzutrauen.

Le Cirque, Le Cirque, Le Cirque, sagte ich mir im Stillen immer wieder vor, entschlossen, die Reservierung möglichst sofort zu erledigen, um mich wieder der wesentlich diffizileren Harry-Potter-Herausforderung widmen zu können. Binnen Minuten hatte ich für Mr. Tomlinson und Irv einen Tisch ergattert. Null Problemo.

Emily kam von einem kleinen Spaziergang durch die Redaktion zurück und wollte natürlich als Erstes wissen, ob Miranda angerufen hatte.

»Nur dreimal, und sie hat mir kein einziges Mal gedroht, mich zu feuern«, sagte ich stolz. »Angedeutet hat sie diese Möglichkeit schon, aber nicht richtig damit gedroht. Ein ziemlicher Fortschritt, was?«

Sie lachte so, wie sie nur lachte, wenn ich mich über mich selbst lustig machte, und dann fragte sie, was die große Miranda von mir gewollt habe.

»Dass ich BTBs Lunchreservierung ändere. Ich kann mir zwar nicht vorstellen, warum *ich* dafür zuständig sein sollte, wo er doch schließlich seine eigene Assistentin hat, aber egal. Wer bin ich denn, dass ich hier Fragen stelle?« BTB war unser Spitzname für Mirandas dritten Ehemann, eine Abkürzung für blind, taub und blöd. Obwohl er ein netter Kerl war und nach außen hin ganz normal wirkte, musste er, das war allen Eingeweihten klar, sowohl blind als auch taub und blöd sein, um es mit einem Drachen wie Miranda aushalten zu können.

Als Nächstes musste ich BTB Bescheid geben. Wenn ich ihn nicht früh genug erreichte, schaffte er es vielleicht nicht mehr rechtzeitig in das richtige Restaurant. Er hatte den Urlaub unterbrochen und war für ein paar Tage in der Stadt, um einige Geschäftstermine wahrzunehmen. Das Arbeitsessen mit Irv Ravitz – dem Chefmanager von Elias-Clark – war eine seiner wichtigsten Verpflichtungen.

BTB hieß eigentlich Hunter Tomlinson. Miranda und er waren erst seit dem Sommer verheiratet, nach einer, wie man munkelte, eher ungewöhnlichen Romanze: Sie hatte gebaggert, er hatte sich geziert. Laut Emily war sie ihm wie ein Bluthund auf den Fersen geblieben, bis er schließlich ja gesagt hatte, zu erschöpft um weiter vor ihr Reißaus zu nehmen. Aus heiterem Himmel hatte sie ihrem zweiten Ehemann (Lead-Sänger einer berühmten Rock-Band aus den 60er-Jahren und Vater der Zwillinge) den Laufpass gegeben. Zwölf Tage nach der Scheidung war sie wieder unter der Haube. Mr. Tomlinson tat, was man ihm sagte, und zog zu ihr in die Park Avenue. Ich hatte Miranda erst einmal gesehen und ihren neuesten Ehemann noch gar nicht, aber ich telefonierte so oft mit den beiden, dass es mir vorkam, als wären wir alle eine große Familie.

Ich ließ es einmal, zweimal, dreimal, viermal, fünfmal klingeln. Wo nur seine Assistentin stecken mochte? Vielleicht war mir das Glück hold, und ich bekam nur den Anrufbeantworter. Ich war heute nicht in der Stimmung für das belanglose, freundliche Geplauder, mit dem BTB mich immer so gern eindeckte. Aber ich hatte Pech, seine Sekretärin meldete sich doch noch.

»Büro Mr. Tomlinson. Was kann ich für Sie tun?«, trällerte sie in ihrem ausgeprägten Südstaatenakzent. Ich schüttelte mich.

»Hallo, Martha. Andrea hier. Ich will nicht lange stören. Könnten Sie Mr. Tomlinson nur rasch etwas von mir ausrichten? Ich habe ihm einen Tisch reserviert, und zwar im …«

»Andrea, Sie wissen doch, dass Mr. T. für Sie jederzeit zu sprechen ist. Einen Augenblick, bitte.« Bevor ich mit einer Ausrede kontern konnte, wurde ich schon mit einer Fahrstuhldudelversion von Bobby McFerrins »Don't Worry, Be Happy« beglückt. Typisch. Das passte, dass BTB so einen überoberoptimistischen Song aussuchte, um seine Anrufer zu unterhalten, während sie in der Warteschleife versauerten.

»Andy, meine Gute, sind Sie das?«, fragte er mit seiner sonoren, kultivierten Stimme. »Mr. Tomlinson soll doch sicher nicht denken, dass Sie ihm aus dem Weg gehen wollen, hm? Es ist schon eine Ewigkeit her, dass ich das Vergnügen hatte, mit Ihnen zu plaudern.« Eine Ewigkeit? Genau anderthalb Wochen. Mr. Tomlinson war nicht nur blind, taub und blöd, er hatte auch die nervtötende Angewohnheit, von sich selbst des Öfteren in der dritten Person zu sprechen.

Ich schnaufte tief durch. »Hallo, Mr. Tomlinson. Miranda bittet mich, Ihnen auszurichten, dass Ihr Geschäftsessen heute

Mittag um eins im Le Cirque stattfindet. Sie sagte, Sie hätten am liebsten einen Tisch …«

»Nicht so schnell, meine Liebe. Nicht so schnell. Können wir das Geschäftliche mal einen Augenblick beiseite lassen? Machen Sie einem alten Mann eine kleine Freude, und erzählen Sie Mr. Tomlinson etwas von sich. Würden Sie das für ihn tun? Was ich Sie schon immer mal fragen wollte, arbeiten Sie eigentlich gern für meine Frau?« Gute Frage. Hm, mal sehen. Wie sag ich's meinem Kinde? Ich bin so glücklich und so froh, wie der Mops im Paletot – kurz bevor er von einem Kampfhund zerfleischt wird? *Aber klar arbeite ich gern für deine Frau, du ahnungsloser Engel, du. Ich kann mir auf der Welt nichts Schöneres vorstellen. Wenn wir beide nichts zu tun haben, machen wir uns gegenseitig Gesichtspackungen und tauschen uns über unser Liebesleben aus. Im Grunde ist das Leben mit Miranda wie eine Pyjamaparty im Kreise der allerbesten Freundinnen. Wir haben mächtig viel Spaß zusammen.*

»Mr. Tomlinson, ich liebe meinen Job, und ich bin froh, dass ich für Miranda arbeiten darf.« Ich hielt den Atem an. Mit ein bisschen Glück hatte ich ihm damit vielleicht den Wind aus den Segeln genommen.

»Das hört man gern. Mr. T. ist entzückt, dass Ihnen Ihre Aufgabe gefällt.« *Toll, du Volldepp, aber bist* du *auch entzückt?*

»Das freut mich aber, Mr. Tomlinson. Und viel Spaß dann nachher beim Lunch.« Ich legte auf, bevor er mir die unvermeidliche Frage nach meinen Plänen für das Wochenende stellen konnte.

Dann lehnte ich mich zurück und sah zu Emily hinüber, die hochkonzentriert damit beschäftigt war, mal wieder eine von Mirandas 20000-Dollar-Kreditkartenabrechnungen zu überprüfen. Ich musste als Nächstes unbedingt das Harry-Potter-Projekt in Angriff nehmen. Wenn ich heute noch irgendwann aus dem Büro kommen wollte, durfte ich keine Sekunde mehr verplempern.

Lil und ich wollten uns ein gemütliches Video-Wochenende gönnen. Wir hatten beide eine anstrengende Woche hinter uns, ich in der Redaktion, sie in der Uni, und waren total ausgepowert. Deshalb hatten wir uns vorgenommen, das ganze Wochenende auf ihrer Couch zu verbringen, keinen Schritt vor die Tür zu setzen und uns ausschließlich von Bier und Nachos zu ernähren. Keine kalorienreduzierten Chips. Keine Cola Light. Und vor allem: keine schicken Klamotten. Obwohl wir dauernd miteinander telefonierten, hatten wir uns, seit ich in der Stadt wohnte, kaum gesehen.

Seit der achten Klasse waren wir die besten Freundinnen. Ich hatte sie eines Tages angesprochen, als sie allein in der Cafeteria saß und weinte, neu und fremd an unserer Schule. Ihre Großmutter hatte sie zu sich geholt, nachdem sich abzeichnete, dass ihre Eltern so bald nicht wieder nach Hause kommen würden, weil schon seit Monaten hinter den Grateful Dead durch die Weltgeschichte zogen. (Als ihre Tochter geboren wurde, waren die beiden gerade mal 19 gewesen und hatten sich mehr für Haschisch interessiert als für Babywindeln.) Lily hatten sie derweil bei ihren ausgeflippten Freunden in einer Kommune in New Mexico geparkt (beziehungsweise im »Kollektiv«, wie Lily es formulierte). Als sie sich nach fast einem Jahr immer noch nicht wieder hatten blicken lassen, holte Lilys Großmutter sie aus der Kommune (beziehungsweise aus der »Sekte«, wie sie es formulierte) und nahm sie mit nach Avon. An dem Tag, als sie weinend in der Cafeteria hockte, hatte ihre Großmutter sie gezwungen, sich ihre verfilzten Rastalocken abzuschneiden und ein Kleid anzuziehen, was Lily ganz und gar nicht gefiel. Ich fand sie auf Anhieb sympathisch, besonders ihre Art zu reden, Sachen wie: »Das ist so zen von dir« oder »Jetzt ist erst mal ein Chillout angesagt«. Wir hatten uns gleich miteinander angefreundet. Auf der High School waren wir dann unzertrennlich gewesen, auf dem College hatten wir uns vier Jahre lang ein Zimmer geteilt. Lily war sich noch immer nicht ganz darüber im Klaren, ob sie eher auf MAC-Lippenstifte oder auf Hanfhalsketten stand, und in das langweilige Normaloleben hatte sie sich auch noch nicht richtig gefügt, aber wir ergänzten einander perfekt. Und jetzt fehlte sie mir sehr. Wir sahen uns einfach viel zu selten.

Ich konnte das Wochenende kaum erwarten. Meine Vierzehnstundentage machten sich bei mir in den Füßen, den Oberarmen und im Kreuz bemerkbar. Statt der Kontaktlinsen, die ich seit zehn Jahren trug, musste ich wieder eine Brille aufsetzen, weil meine Augen zu müde und zu trocken waren. Ich qualmte ein Päckchen Zigaretten am Tag und lebte ausschließlich von Starbucks-Kaffee (auf Spesen) und Sushis zum Mitnehmen (ebenfalls auf Spesen). Zwar hatte ich nach der Amöbenruhr ein paar Pfunde zugelegt, aber seit ich bei *Runway* arbeitete, schmolzen sie wieder dahin wie Schnee an der Sonne. Vielleicht lag es an der Luft oder an der Verachtung, die man in der Redaktion allem Essbaren entgegenbrachte. Eine Nebenhöhlenentzündung hatte ich schon hinter mir, und von meiner Indienbräune war kaum noch ein Hauch zu sehen. Und das alles in nur vier Wochen, bei einem jungen Menschen von dreiundzwanzig. Dabei habe Miranda bis jetzt noch nicht einmal einen Fuß ins Büro gesetzt. Verdammt. Ich hatte mir ein Wochenende verdient.

Der Einzige, der meinem Plan noch gefährlich werden konnte, war Harry Potter, was ihn mir nicht gerade sympathisch machte. Miranda hatte in aller Herrgottsfrühe angerufen. Sie brauchte keine Minute, um ihre Wünsche zu formulieren, aber mich kostete es eine kleine Ewigkeit, sie zu interpretieren. Eines hatte ich jedoch inzwischen schon kapiert: In Miranda Priestlys Welt war es besser, einen Fehler zu machen und ihn mit viel Zeit und Geld wieder auszubügeln, als zuzugeben, dass man ihre wirren und akustisch oft schwer verständlichen Anweisungen nicht verstanden hatte. Als sie also irgendetwas Kryptisches über die Potter-Bücher für die Zwillinge vor sich hin nuschelte, die nach Paris geflogen werden sollten, schwante mit sofort, dass dieser Auftrag möglicherweise meine Wochenendpläne torpedieren würde. Nachdem ich aufgelegt hatte, sah ich panisch zu Emily hinüber.

»Was um alles in der Welt hat sie bloß gesagt?«, stöhnte ich. Warum, warum nur war ich zu feige gewesen, noch einmal nachzufragen? »Weshalb verstehe ich kein einziges Wort, das diese Frau von sich gibt? Es liegt nicht an mir, Em. Ich beherrsche meine Muttersprache aus dem Effeff. Ich weiß, sie macht das absichtlich, um mich in den Wahnsinn zu treiben.«

Emily warf mir den üblichen Blick zu – eine Mischung aus Genervtheit und Mitleid. »Da das Buch morgen herauskommt und Miranda nicht hier ist und es deshalb auch nicht kaufen kann, möchte sie, dass du zwei Harry Potters besorgst und sie zum Flughafen schaffst. Der Jet bringt sie dann nach Paris«, fasste sie mein Gestammel kühl zusammen. Und wehe, ich wagte es, diese abstrusen Anweisungen zu kritisieren. Also zuckte ich mit den Schultern und hielt die Klappe.

Da ich nicht die Absicht hatte, für Miranda auch nur eine Nanosekunde meines kostbaren Wochenendes zu opfern und da ich gleichzeitig über unbegrenzte Geld- und Machtmittel verfügte (Mirandas nämlich) – stürzte ich mich in die Aufgabe, für Harry Potter einen Flug nach Paris zu organisieren. Zunächst ein paar Zeilen an Julia von Scholastic Books:

Liebste Julia,

wie ich von meiner Assistentin Andrea erfahre, sind Sie die reizende Person, an die ich meinen tief empfundenen Dank zu richten habe. Sie hat mir mitgeteilt, dass Sie der einzige Mensch in ganz New York sind, der in der Lage ist, mir bis morgen zwei Exemplare unseres heiß geliebten Harry Potters zu besorgen. Sie sollen wissen, wie sehr ich Ihren Einsatz und Ihre Klugheit zu schätzen weiß. Ich möchte Ihnen auch recht herzlich im Namen meiner Töchter danken. Sie werden sie glücklich machen. Für eine Mutter gibt es doch nicht Schöneres auf der Welt als leuch-

tende Kinderaugen. Sie haben uns einen wahren Freundschaftsdienst erwiesen. Wenn ich mich jemals auf irgendeine Weise bei Ihnen erkenntlich zeigen kann, zögern Sie bitte nicht, sich an mich zu wenden.

Mit den allerbesten Grüßen
Miranda Priestly

Dann setzte ich mit geübter Hand ihre Unterschrift darunter (das zweite A in Miranda etwas schnörkeliger als das erste, wie ich es von Emily gelernt hatte. Endlich machte sich das stundenlange harte Schreibtraining bezahlt), heftete den Brief an die neueste Ausgabe von *Runway*, die noch nicht im Handel erhältlich war, und ließ die Sendung per Eilkurier in das Büro von Scholastic Books liefern. Wenn das nicht half, konnte ich mich einsargen lassen. Miranda hatte nichts dagegen, dass wir ihre Unterschrift fälschten – so mussten wir sie wenigstens nicht dauernd mit irgendwelchem Routinekram belästigen –, aber wenn sie geahnt hätte, unter was für ein freundliches, höfliches Schreiben ich ihren Namen gesetzt hatte, wäre sie vor Wut auf die Palme gegangen.

Noch vor drei Wochen hätte ich sofort alle meine eigenen Pläne über den Haufen geschmissen, wenn Miranda etwas von mir verlangt hätte, was übers Wochenende erledigt werden musste, aber inzwischen war ich schon so erfahren – und abgebrüht –, dass ich mir ein paar Freiheiten erlaubte. Da Miranda und die Mädchen nicht selbst am Flughafen sein würden, wenn Harry morgen in Paris eintraf, sah ich nicht ein, warum ich ihn persönlich in die Maschine setzen sollte. Ich verließ mich vorläufig darauf, dass Julia mir schon zwei Exemplare rüberwachsen lassen würde, und machte mich daran, die Übergabe zu organisieren. Ein Anruf hier, ein Anruf da, und nach einer Stunde stand der Plan.

Brian, ein Lektoratsassistent bei Scholastic Books, würde, nachdem er von Julia grünes Licht bekommen hatte, am Abend zwei Verlagsexemplare mit nach Hause nehmen, damit er deswegen nicht extra noch einmal am Samstag ins Büro musste. Er würde die Bücher bei seinem Portier hinterlegen, wo ich sie am nächsten Morgen um elf mit der Limousine würde abholen lassen. Nachdem mir Mirandas Chauffeur Uri die erfolgreiche Übergabe per Handy bestätigt hatte, sollte er die Potters zum Flugplatz Teterboro bringen, wo sie in Mr. Tomlinsons Privatjet verfrachtet werden würden, um den Flug nach Paris anzutreten. Einen Augenblick lang spielte ich mit dem Gedanken, für die einzelnen Etappen dieses Unternehmens einen Geheimcode einzuführen, damit es sich noch mehr nach einer Story aus einem Spionageroman anhörte, aber dann fiel mir wieder ein, dass Uris Englisch nicht gerade das beste war, so dass ich diesen Plan wieder aufgab. Vorher hatte ich natürlich noch überprüft, wie schnell man die Bücher per Eilkurier über den Atlantik schaffen könnte, aber da man mir eine Zustellung vor Montag nicht garantieren konnte, kam diese Alternative keinesfalls in Frage. Deshalb der Privatjet. Wenn alles wie geplant verlief, konnten sich Klein-Cassidy und Klein-Caroline schon am Sonntagmorgen beim Frühstück in der Hotelsuite in Harrys neueste Abenteuer vertiefen – einen ganzen Tag früher als alle ihre Freundinnen. Ach, bei diesem Gedanken konnte einem ganz warm ums Herz werden.

Ich hatte mit den jeweiligen Beteiligten gerade alles Nötige abgesprochen, als das Telefon klingelte. Es war Julia. Obwohl es sie schier übermenschliche Anstrengungen gekostet hatte und sie deswegen bestimmt noch Ärger bekommen würde, hatte sie es geschafft. Sie würde Brian zwei Exemplare für Ms. Priestly aushändigen. Amen.

»Er hat sich verlobt? Das gibt's einfach nicht«, sagte Lily, während sie das *Ferris-Bueller*-Video zurückspulte. »Der Typ ist doch noch keine 24. Wozu die verdammte Eile?«

»Stimmt, das kommt mir auch ein bisschen verdächtig vor«,

antwortete ich aus der Küche. »Vielleicht lassen ihn Mom und Dad nicht an sein riesiges Treuhandvermögen, bis er sesshaft geworden ist. Das wäre nun wirklich ein Grund, in den Hafen der Ehe einzulaufen. Oder vielleicht ist er auch nur einsam.«

Lily lachte. »Dass es Liebe ist und er einfach bis ans Ende seiner Tage mit ihr zusammen sein will, kann's doch nicht sein, oder? Darüber sind wir uns einig?«

»Total einig. Das kann's nicht sein. Hast du noch eine Erklärung auf Lager?«

»Aber klar. Hier kommt sie, Nummer drei. Er ist schwul. Er hat es eben erst gemerkt – obwohl ich es schon von Anfang an wusste –, und ihm ist klar, dass Mom und Dad den Schock nicht verkraften würden. Deshalb heiratet er die Erstbeste, die ihm über den Weg läuft. Na, was sagst du?«

Als Nächstes stand *Casablanca* auf unserem Heimkinoprogramm. Während Lily den Film schon mal bis zur ersten Szene vorspulte, machte ich uns in der Miniküche ihrer Miniwohnung zwei Tassen heiße Schokolade in der Mikrowelle heiß. Den ganzen Freitagabend taten wir nichts außer faulenzen, rauchen und zwischendurch einmal Nachschub aus dem Videoverleih holen. Erst am Samstagnachmittag rührten wir uns tatsächlich wieder freiwillig aus dem Haus. Wir fuhren nach SOHO shoppen, gönnten uns neue Tanktops für Lilys Silvesterparty und teilten uns in einem Straßencafé eine Riesentasse Eierflip. Nachdem wir erschöpft und zufrieden wieder in Harlem eingetrudelt waren, schalteten wir den Rest des Abends zwischen *Harry und Sally* und *Saturday Night Live* hin und her.

Das Wochenende war so eine Erholung nach dem Wahnsinn und der Quälerei der letzten Wochen, dass ich das Unternehmen Harry Potter total vergaß – bis irgendwann am Sonntag das Telefon klingelte. O Gott, das musste Miranda sein! Doch es war nur Lilys Handy, und schon fing sie an, sich mit irgendjemandem auf Russisch zu unterhalten. Danke, danke, danke, lieber Gott. Es war nicht Miranda! Aber damit war ich noch lange nicht aus dem Schneider. Es war Sonntagmorgen, und ich hatte keine Ahnung, ob die blöden Potter-Schinken tatsächlich in Paris gelandet waren. Ich war so sehr damit beschäftigt gewesen, mein freies Wochenende auszukosten, dass ich ganz vergessen hatte, mich von ihrer heilen Ankunft zu überzeugen. Natürlich war mein Handy eingeschaltet und zwar auf volle Lautstärke. Aber was hätte es schon genützt, wenn mich einer meiner Spießgesellen angerufen hätte, weil irgendein Teil meines ausgeklügelten Plans nicht geklappt hatte? Es wäre sowieso zu spät gewesen, noch etwas zu unternehmen. Nein, ich hätte vorbeugend aktiv werden und mich bei jedem einzelnen Beteiligten erkundigen müssen, ob alles glatt gegangen war.

Ich stürzte mich auf meine Reisetasche und wühlte nach meinem *Runway*-Handy, das sich ganz unten in einem Knäuel Unterwäsche versteckte. Ich grub es aus und ließ mich erleichtert aufs Bett sinken. Doch sofort informierte mich das kleine Display, dass ich hier keinen Empfang hatte, und mein Instinkt sagte mir, dass Miranda angerufen und nur die Mailbox bekommen hatte. Am liebsten hätte ich das Handy an die Wand gepfeffert. Und mein tolles Bang & Olufsen gleich hinterher. Und Lilys. Ich hasste Telefone, alle Telefone, ich hasste sogar Alexander Graham Bell, weil er das blöde Ding erfunden hatte. Die Arbeit für Miranda Priestly hatte so manche Nebenwirkungen, aber die Schlimmste und Perverseste davon war mein alles verzehrender Hass auf Telefone.

Die meisten Leute freuen sich, wenn das Telefon klingelt. Jemand versucht, sie zu erreichen, hallo zu sagen, sich nach ihrem Befinden zu erkundigen oder Pläne zu schmieden. Mir dagegen blieb jedes Mal das Herz stehen. Bei mir löste das Klingeln Angst, Nervenflattern und Panik aus. Und während ich die vielen Extradienste, die man heutzutage als Telefonkunde abonnieren kann, früher als Schnickschnack oder als witzige Abwechslung empfand, waren sie nun nichts anderes als eine Lebensnotwendigkeit. Vor der Zeit bei Miranda besaß ich nicht einmal eine Anklopffunktion, doch kaum war die Tinte unter dem *Runway*-Vertrag trocken, hatte ich alles: eine Anklopffunktion (damit sie nie ein Besetztzeichen bekam), eine Anruferidentifizierung (damit ich ihr ausweichen konnte), eine Anklopffunktion mit Anruferidentifizierung (damit ich ihr ausweichen konnte, während ich auf der anderen Leitung sprach) und eine Mailbox (damit sie nicht merkte, dass ich ihr auswich, weil sie ja immerhin noch meine Ansage vom Band hören konnte). Der Spaß kostete mich 50 Dollar im Monat, aber das war mir mein Seelenfrieden wert. Oder sagen wir lieber: Das zahlte ich gern, um vorgewarnt zu sein.

Beim Handy musste ich auf diese praktische Lebenshilfe leider verzichten. Sicher, es hatte genau die gleichen Funktionen wie mein Festnetzapparat, aber für Miranda gab es einfach keinen Grund, warum es nicht dauernd eingeschaltet sein sollte. Ich hatte immer erreichbar zu sein. Die zaghaften Einwände, die ich erhob, als Emily mir das Handy aushändigte, das zur Standardausrüstung jedes *Runway*-Mitarbeiters gehörte, und mir dabei eintrichterte, auch ja jedes Gespräch anzunehmen, wurden locker vom Tisch gewischt.

»Und wenn man gerade schläft?«, fragte ich zum Beispiel.

»Dann stehst du auf und nimmst das Gespräch an«, antwortete sie, während sie an einem gesplitterten Fingernagel herumfeilte.

»Und wenn man in einem superschicken Restaurant sitzt?«

»Machst du es wie jeder andere New Yorker und telefonierst beim Essen.«

»Und wenn ich beim Frauenarzt bin?«

»Der wird ja wohl nicht deine Ohren untersuchen, oder?« Schon gut, schon gut, ich hatte verstanden.

Ich hasste das verdammte Handy, aber ich konnte es nicht ignorieren. Es fesselte mich an Miranda wie eine Nabelschnur. Sie rief dauernd, ständig, immer an. Wenn das blöde Ding klingelte, reagierte ich schon wie ein Pawlowscher Hund. *Klingeling* –

der Herzschlag beschleunigte sich. *Klingeling, klingeling* – die Hände ballten sich zu Fäusten, die Schultern verspannten sich. *Klingeling, KLINGELING: (Ach, warum kann sie mich nicht in Frieden lassen? Bitte, sie soll vergessen, dass es mich gibt)* – mir stand der Schweiß auf der Stirn. Das ganze herrliche, gammelige Wochenende über war ich nicht ein einziges Mal auf die Idee gekommen, dass ich womöglich gar keinen Empfang hatte. Ich war einfach davon ausgegangen, dass es schon klingeln würde, wenn es Probleme gab. Fehler Nummer eins. Ich suchte die ganze Wohnung ab, bis ich tatsächlich eine Stelle ohne Funkloch fand, und wählte mit angehaltenem Atem meine Mailbox an.

Da war Mom mit einem witzigen Spruch, die mir ein schönes Wochenende mit Lily wünschte. Ein Bekannter aus San Francisco war zufällig in der Stadt und wollte etwas mit mir unternehmen. Meine Schwester erinnerte mich daran, ihrem Mann eine Geburtstagskarte zu schicken. Und als ich schon fast glaubte, ich wäre noch einmal mit einem blauen Auge davongekommen – Miranda, der gefürchtete englische Akzent, der mir ins Ohr dröhnte. »Aan-dreh-aa. Miranda hier. Es ist Sonntagmorgen, neun Uhr, und die Mädchen haben ihre Bücher noch nicht. Rufen Sie mich im Ritz zurück, um mich über die baldige Ankunft zu unterrichten. Das wäre alles.« Klick.

Mir kam die Galle hoch. Wie üblich, kein freundliches Wort. Kein Hallo, auf Wiederhören oder danke. Natürlich nicht. Aber das war nicht das Schlimmste. Das Schlimmste war, dass die Nachricht fast einen halben Tag alt war und ich mich bis jetzt noch nicht bei ihr gemeldet hatte. Ein Kündigungsgrund, das war mir klar. Und ich konnte nichts dagegen machen. Wie ein Amateur hatte ich mich einfach darauf verlassen, dass mein Plan schon aufgehen würde. Mir war noch nicht mal aufgefallen, dass der Anruf von Uri ausgeblieben war, mit dem er mir die erfolgreiche Abholung und Übergabe der Bücher bestätigen sollte. Hektisch ging ich das Telefonverzeichnis des Handys durch und rief ihn an. Miranda hatte ihn natürlich ebenfalls mit einem

Mobiltelefon ausgestattet, damit auch er sieben Tage die Woche rund um die Uhr erreichbar war.

»Hallo, Uri. Andrea hier. Entschuldigen Sie, dass ich Sie an einem Sonntag störe. Nur eine kurze Frage. Haben Sie gestern die Bücher an der angegebenen Adresse abgeholt?«

»Challo, Andy! Was fur eine nette Uberraschung«, brummte er mit seinem warmen russischen Akzent. Er hatte mich vom ersten Tag an Andy genannt, wie ein guter alter Onkel. Bei ihm störte mich das nicht im Geringsten, anders als bei BTB. »Natürlich chabe ich die Bucher abgecholt, wie Sie gesagt chaben. Ich will Ihnen doch chelfen.«

»Aber ja, Uri. Ich habe bloß gerade eine Nachricht von Miranda bekommen, dass sie noch nicht angekommen sind. Nun versuche ich herauszufinden, was passiert ist.«

Er schwieg einen Augenblick, dann gab er mir den Namen und die Telefonnummer des Privatjetpiloten durch.

»Danke, danke, herzlichen Dank!«, sagte ich, während ich hastig mitschrieb. Hoffentlich konnte der Pilot mir weiterhelfen. »Dann muss ich ihn gleich anrufen. Tut mir leid, keine Zeit für ein Schwätzchen. Schönes Wochenende noch.«

»Ja, ja, Ihnen auch, Andy. Ich denke, der Pilot kann Ihnen weiterchelfen. Viel Gluck«, sagte er fröhlich und legte auf.

Lily war in der Küche und backte Waffeln. Ich hätte ihr so gern geholfen, aber ich musste erst diese Katastrophe beheben, sonst war ich meinen Job los. Oder vielleicht war ich auch schon längst gefeuert, und es hatte mir bloß noch keiner gesagt. So etwas konnte bei *Runway* durchaus passieren. Eine Redakteurin war zum Beispiel entlassen worden, während sie auf Hochzeitsreise war. Davon erfahren hatte sie nur, weil sie zufällig auf Bali in der *Women's Wear Daily* über die Meldung gestolpert war. Ich rief den Piloten an. O nein, bloß der Anrufbeantworter.

»Hallo, Jonathan. Hier spricht Andrea Sachs von der Zeitschrift *Runway*. Ich bin Miranda Priestlys Assistentin und hätte eine Frage bezüglich Ihres gestrigen Fluges. Ach, da fällt mir ein, womöglich sind Sie ja noch in Paris oder auf dem Rückflug. Ich wollte nur mal kurz anfragen, ob das Päckchen – und Sie natürlich auch – heil in Paris angekommen sind. Könnten Sie mich wohl auf dem Handy zurückrufen? Die Nummer ist: 917-555-8702. Möglichst bald, bitte. Danke. Auf Wiederhören.«

Ich überlegte, ob ich im Pariser Ritz anrufen sollte. Vielleicht erinnerte sich ja jemand von der Rezeption daran, ob die Bücher vom Privatflughafen ins Hotel gebracht worden waren. Aber dann fiel mir ein, dass ich mit meinem Handy keine Auslandsgespräche führen konnte. So viele Funktionen, aber die, die ich am dringendsten brauchte, war natürlich nicht dabei. Lily rief, dass in der Küche ein Teller Waffeln und eine Tasse Kaffee auf mich warteten. Ich ging zu ihr rüber, den Blick immer sorgfältig auf die Empfangsanzeige des Handys gerichtet. Lilly nippte an einer Bloody Mary. Igitt. Wie konnte sie nur an einem Sonntagmorgen Schnaps trinken?

»Na, hast du mal wieder eine Miranda-Krise?«, fragte sie mitfühlend.

Ich nickte. »Ich glaube, diesmal habe ich wirklich einen totalen Bock geschossen«, sagte ich und setzte mich zu ihr. »Kann sein, dass sie mich achtkantig rausschmeißt.«

»Ach, Mensch, das sagst du doch immer. Sie schmeißt dich schon nicht raus. Sie hat deine Arbeit doch noch nicht mal persönlich kennen gelernt. Das wäre ja noch schöner, wenn sie dir kündigt. Du hast schließlich den tollsten Job der Welt!«

Ich sah sie skeptisch an und zwang mich, ruhig zu bleiben.

»Na, stimmt doch«, sagte sie. »Okay, deine Miranda scheint ein bisschen schwierig und verrückt zu sein. Aber wer ist das nicht? Dafür kannst du haufenweise Schuhe, Kosmetik und Haarschnitte und Klamotten abstauben. Allein die Klamotten! Welcher Mensch kriegt schon kostenlos die schärfsten Designerklamotten hinterhergeschmissen, nur dafür, dass er jeden Tag zur Arbeit kommt? Andy, du arbeitest bei *Runway*! Kapierst du das nicht? Du hast einen Job, für den andere junge Frauen zum Killer werden würden.«

Und ob ich kapierte. Mir ging regelrecht ein Licht auf: Lily verstand mich nicht, zum ersten Mal, seit wir uns kannten. Genau wie alle anderen Freunde und Bekannten stand sie auf meine verrückten *Runway*-Storys, Klatsch und Tratsch aus der Welt der Schönen und Reichen, aber sie begriff nicht, wie hart jeder einzelne Tag in dieser Tretmühle für mich war. Sie verstand nicht, warum ich meine müden Knochen tagaus, tagein ins Büro schleppte. Nicht wegen der kostenlosen Klamotten. Wenn es mir nur um die tollen Sachen gegangen wäre, die bei *Runway* für mich abfielen, hätte ich die Plackerei nie und nimmer ausgehalten. Es wurde Zeit, meiner besten Freundin die Augen zu öffnen. Sie musste erkennen, in was für eine Welt es mich verschlagen hatte. Sonst würde sie mich nie verstehen. Ja, sie sollte wissen, wie es dort wirklich zuging. Ich brauchte eine Verbündete, die ganz auf meiner Seite stand. Als ich gerade anfangen wollte, ihr alles zu erklären, klingelte das Handy.

Verdammt! Am liebsten hätte ich Kleinholz aus dem Ding gemacht und dem Anrufer gesagt, er solle sich zum Teufel scheren. Aber womöglich war es der Rückruf von diesem Jonathan. Lily lächelte nachsichtig und sagte, ich solle ruhig rangehen.

»Andrea?«, fragte eine Männerstimme.

»Ja. Jonathan?«

»Jawohl. Ich habe gerade mit der Fernabfrage meinen Anrufbeantworter abgehört und Ihre Nachricht bekommen. Ich bin im Moment auf dem Rückflug von Paris nach New York, genauer gesagt, irgendwo über dem Atlantik, aber Sie klangen so besorgt, dass ich Sie doch lieber sofort zurückrufen wollte.«

»Ich danke Ihnen! Vielen, vielen Dank. Sie sind ein Engel. Ja, ich bin tatsächlich ein wenig beunruhigt. Ich hatte heute Morgen einen Anruf von Miranda. Sie sagte, dass sie das Päckchen noch nicht bekommen habe. Sie haben es doch in Paris weitergegeben?«

»Selbstverständlich. Wissen Sie, in meinem Beruf stellt man nicht viele Fragen. Aber dass ich extra quer über den Atlantik fliege, um ein Päckchen abzuliefern, kommt nicht alle Tage vor. Es wird wahrscheinlich etwas ungeheuer Wichtiges gewesen sein. Ein Transplantationsorgan vielleicht oder geheime Dokumente. Deshalb habe ich besonders gut auf die Lieferung aufgepasst und sie dem Fahrer vom Ritz persönlich ausgehändigt. So lauteten meine Anweisungen. Es gab keine Probleme.«

Ich dankte ihm. Die Rezeption des Ritz hatte Harry Potter also, wie vereinbart, vom Flughafen ins Hotel chauffieren lassen. Wenn alles nach Plan gegangen wäre, hätte Miranda die Bücher um sieben Uhr morgens Ortszeit haben müssen. Inzwischen war es in Frankreich schon später Nachmittag, und ich hatte einfach keine Erklärung für die Panne. Mir blieb nichts anderes übrig, als im Ritz anzurufen, und da ich mit meinem Handy keine Auslandsgespräche führen konnte, musste ich mir ein anderes Telefon suchen.

Ich kippte die kalt gewordenen Waffeln in den Müll, verabschiedete mich von Lily, die sich auf die Couch geknallt hatte und schon halb weggedöst war, und sagte ihr, ich würde mich später wieder bei ihr melden.

»Und was ist mit heute?«, sagte sie. »Ich habe schon das nächste Video drin. Ich brauche nur noch aufs Knöpfchen zu drücken. Du darfst nicht gehen – unser Wochenende ist noch lange nicht vorbei.«

»Ich weiß, und es tut mir leid, Lil. Aber ich muss sofort los. Die Sache kann nicht warten. Ich würde nichts lieber tun, als hierzubleiben und mir noch ein Video mit dir reinzuziehen, aber ich sitze momentan ziemlich in der Patsche, gelinde gesagt. Ich ruf dich an, ja?«

Ich fuhr mit dem Taxi ins Büro – diesmal war es wirklich ein Notfall. Die Redaktion war wie ausgestorben, kein Wunder an einem Sonntag. Sicher hockten die Kolleginnen alle mit ihren Investment-Banker-Liebsten beim Brunch im Pastis. Ich sank hinter meinen Schreibtisch, atmete tief durch und wählte. Ich hatte Glück, es meldete sich mein alter Bekannter Monsieur Renaud.

»Mademoiselle Sachs, wie geht es Ihnen? Wir sind entzückt, Ms. Priestly und ihre reizenden Zwillinge so schnell wieder bei uns beherbergen zu dürfen«, flunkerte er.

»Danke, Monsieur Renaud. Aber Sie wissen doch, wie wohl sich Miranda bei Ihnen fühlt«, flunkerte ich zurück. Ganz gleich, wie sehr sich der arme Empfangschef auch abstrampelte, Miranda würde an allem und jedem etwas herumzumäkeln haben. Trotzdem gab er sein Bestes und tat so, als sei sie sein liebster Gast. »Eine Frage, Monsieur Renaud. Ist der Wagen schon wieder zurück, den Sie zum Flughafen geschickt haben?«

»Aber natürlich, *ma chère*. Er ist längst wieder hier. Spätestens seit acht Uhr, würde ich sagen. Ich habe unseren besten Fahrer eingesetzt«, antwortete er stolz. Nur gut, dass er nicht wusste, weshalb sein bester Mann an einem Sonntag im aller Herrgottsfrühe die Fahrt zum Flughafen hatte machen müssen…

»Das ist wirklich seltsam. Ich habe nämlich einen Anruf von Miranda bekommen, in dem sie mir mitteilt, dass sie das Päckchen, das sie erwartet, nicht erhalten hat. An diesem Ende hier habe ich alles überprüft. Unser Fahrer schwört, dass er es am Flughafen abgeliefert hat, der Pilot schwört, dass er es heil nach Paris gebracht und an Ihren Fahrer übergeben hat. Und nun können Sie mir sogar bestätigen, dass es im Hotel eingetroffen ist. Wie kann es dann sein, dass sie es nicht bekommen hat?«

»Das fragen Sie die Dame doch am besten selbst«, trällerte er mit aufgesetzter Fröhlichkeit. »Soll ich Sie durchstellen?«

Wider besseres Wissen hatte ich bis zuletzt gehofft, dass es zu diesem Gespräch nicht kommen würde, dass ich das Problem lösen würde, ohne persönlich mit ihr sprechen zu müssen. Was sollte ich ihr sagen, wenn sie beteuerte, das Päckchen nicht erhalten zu haben? Sollte ich ihr vorschlagen, mal auf dem Dielentischchen ihrer Suite nachzusehen, wo es vermutlich vor Stunden abgelegt worden war? Oder erwartete sie etwa von mir, dass ihr bis zum Abend zwei neue Harry Potters beschaffte? Vielleicht wäre es am besten, wenn ich beim nächsten Mal gleich einen Geheimagenten anheuerte, der die Bücher auf dem Atlantikflug nicht aus den Augen ließ und mir ihre sichere Ankunft garantierte.

»Gern, Monsieur Renaud. Und vielen Dank für Ihre Hilfe.«

Es klickte ein paar Mal, dann hörte ich das Freizeichen. Ich wischte mir die schweißnassen Hände an der Jogginghose ab und versuchte nicht daran zu denken, was passieren würde, wenn Miranda sah, dass ich mich so nachlässig gekleidet in ihr Büro gewagt hatte. *Beruhige dich, reg dich nicht auf*, redete ich mir zu. *Sie wird dir schon nicht die Eingeweide rausreißen. Jedenfalls nicht übers Telefon.*

»Ja?« Eine Stimme von ganz weit weg riss mich aus diesen tröstlichen Gedanken. Aber es war nicht Miranda, sondern Caroline, die mit ihren zehn Jahren die barschen Telefonmanieren der Mutter bereits perfekt beherrschte. Cassidy meldete sich immerhin noch mit »Hallo«, wenn sie an den Apparat ging.

»Hallo, Kleines«, säuselte ich. Wie widerlich, dass ich mich an ein Kind ranwanzte. »Hier ist Andrea, aus dem Büro. Könnte ich vielleicht deine Mom sprechen?«

»Meine *Mum*?« Sie korrigierte mich immer, wenn ich ein Wort amerikanisch statt englisch aussprach. »Augenblick, ich hole sie.«

Eine halbe Minute später hatte ich Miranda am Apparat.

»Ja, Aan-dreh-aa? Ich hoffe, es ist wichtig. Sie wissen doch, dass ich in der Freizeit nicht gestört werden will, wenn ich mit den Mädchen zusammen bin«, sagte sie auf ihre kalte, brüske Art. Ich musste schlucken. *Willst du mich verarschen, Lady? Meinst du, ich rufe zum Spaß am? Weil ich es nicht ertragen kann, mal ein Wochenende lang auf deine mürrische Stimme zu verzichten? Und was ist bitteschön mit* meiner *Freizeit?* Mir wurde regelrecht schwindelig vor Wut, aber ich riss mich zusammen und kam sofort zur Sache.

»Miranda, es tut mir Leid, wenn ich eine ungünstige Zeit erwischt habe. Es geht nur noch einmal um die Harry-Potter-Bücher. In Ihrer Nachricht sagen Sie, dass sie nicht angekommen sind. Aber ich habe mit sämtlichen Beteiligten gesprochen, und alle versichern mir...«

Sie fiel mir ins Wort und antwortete ruhig und bestimmt: »Aan-dreh-aa. Sie müssen genauer hinhören. Etwas Derartiges habe ich nie gesagt. Wir haben das Päckchen heute Morgen erhalten. Es kam so früh, dass man uns deswegen sogar aus dem Bett geholt hat.«

Ich traute meinen Ohren nicht. Ich hatte die Nachricht auf der Mailbox doch wohl nicht geträumt, oder? Alzheimer konnte es auch nicht sein, dafür war ich noch zu jung.

»Der Grund für meinen Anruf war ein anderer. Wir haben nämlich nur ein Exemplar erhalten! In dem Päckchen war nur ein Harry Potter. Sie können sich gewiss vorstellen, wie enttäuscht die Mädchen waren. Schließlich hatte ich ihnen versprochen, dass jede ihr eigenes Buch bekommen würde. Und genau so lautete auch mein Auftrag, dass Sir mir zwei Exemplare beschaffen. Sie schulden mir eine Erklärung.«

Unmöglich, das war einfach unmöglich. Jetzt träumte ich wirklich, es gab keine andere Erklärung. Ich lebte in einer Parallelwelt, in einem Universum, wo es so etwas wie Vernunft und Logik nicht gab. Was sie da sagte, war so absurd, dass mir nichts mehr dazu einfiel.

»Miranda, ich erinnere mich genau, dass Sie ausdrücklich zwei Exemplare verlangt haben. Und ich habe auch zwei Exemplare bestellt«, stammelte ich. Wie ich mich dafür hasste, dass ich mich vor dieser Frau zu rechtfertigen versuchte. »Ich bin mir sicher, dass man mich bei Scholastic Books richtig verstanden hat. Ich kann mir beim besten Willen nicht vorstellen...«

»Aan-dreh-aa, Sie wissen, was ich von Ausflüchten halte. Verschonen Sie mich bitte. So etwas kommt mir nicht noch einmal vor, haben wir uns verstanden? Das wäre alles.« Sie legte auf.

Ich glaube, ich stand geschlagene fünf Minuten mit dem Hörer in der Hand da. Mir schwirrte der Kopf vor lauter Fragen. Sollte ich sie umbringen? Und wenn ja, würde man mich überführen können? Wäre ich automatisch die Haupttatverdächtige? Natürlich nicht, schließlich hatte – zumindest bei *Runway* – jeder ein Motiv. Wäre ich tatsächlich imstande, mit anzusehen, wie sie langsam und qualvoll verreckte? Die Antwort war einfach: ja. Nun musste ich mir nur noch eine Methode überlegen, mit der ich sie möglichst genussvoll um die Ecke bringen würde.

Nachdenklich legte ich den Hörer wieder auf. War es wirklich vorstellbar, dass ich ihre Nachricht so falsch verstanden hatte? Ich holte mein Handy heraus und hörte noch einmal die Mailbox ab: *»Aan-dreh-aa. Miranda hier. Es ist Sonntagmorgen, neun Uhr, und die Mädchen haben ihre Bücher noch nicht. Rufen Sie mich im Ritz zurück, um mich über die baldige Ankunft zu unterrichten. Das wäre alles.«* Ich hatte nichts falsch gemacht. Okay, man konnte nicht ausschließen, dass tatsächlich nur ein Harry Potter bei ihr angekommen war, aber sie hatte mir klipp und klar zu verstehen gegeben, dass es *mein* Fehler gewesen war, ein Fehler, der das Ende meiner Karriere bedeuten konnte. Als sie mich um neun morgens aus Paris anrief, war es ihr schnuppe gewesen, dass es bei uns in New York erst drei Uhr früh war, und noch dazu an einem Sonntag. Sie hatte aus Bosheit angerufen, aus Gehässigkeit, aus reiner Schikane. Und was hatte sie erreicht? Dass ich sie noch ein bisschen mehr hasste als vorher.

7

Lilys Silvesterparty war eine gemütliche Feier im kleinen Kreis, nur wir zwei und eine Hand voll Freunde. Ich war noch nie ein großer Silvesterfan gewesen: War es Hugh Hefner vom *Playboy*, der einmal gesagt hat, dass er an Silvester zu Hause bleibt und nur an den restlichen 364 Abenden des Jahres ausgeht? So ähnlich ging es mir auch. Aufgesetzte Heiterkeit und Alkohol sorgten nicht unbedingt für eine Bombenstimmung. Also hatte Lily sich geopfert und eine kleine Party geschmissen, um uns die 150 Dollar Eintritt für einen Club zu ersparen – und vor den anschließenden Eisbeinen am Times Square. Jeder Gast steuerte eine Flasche bei, Lily staffierte uns mit Tischbomben und albernen Papierhütchen aus, und als es zwölf Uhr schlug, stieg unser kleiner beschwipster Haufen aufs Dach und prostete dem neuen Jahr zu. Natürlich hatten wir alle zu viel getrunken, aber keiner mehr als Lily, die total in den Seilen hing, als die Party zu Ende war. Sie hatte sich schon zweimal übergeben, und ich wollte sie in diesem Zustand nicht allein in ihrer Wohnung zurücklassen. Alex und ich packten ihr ein paar Sachen ein, verfrachteten sie in ein Taxi und nahmen sie mit. Wir übernachteten alle bei mir, Alex und ich in meinem Riesenbett, Lily auf dem Futon im Wohnzimmer, und am nächsten Morgen gingen wir ausgiebig brunchen.

Ich war froh, dass die Feierei zu Ende war. Höchste Zeit, dass ich ein bisschen in die Gänge kam – mit meinem Leben als solchem und vor allem mit meinem neuen Job. Obwohl es sich so anfühlte, als ob ich schon seit zehn Jahren bei *Runway* schuftete, stand ich in Wahrheit noch ganz am Anfang meiner Karriere. Ich hoffte sehr, dass sich die Situation bessern würde, sobald Miranda und ich Tag für Tag miteinander zu tun hatten, am Telefon konnte schließlich jeder ein eiskaltes Monster sein. Vielleicht verreiste sie nur nicht gern oder war einfach immer gereizter Stimmung, wenn sie sich nicht in die Arbeit knien konnte. Also war ich überzeugt, dass die Quälerei der ersten Wochen nun schon bald ein Ende haben und sich mir eine vollkommen neue Welt eröffnen würde. Und darauf freute ich mich.

Es war der dritte Januar, ein kalter grauer Tag, kurz nach zehn, ich saß im Büro und war glücklich. Glücklich! Ich! Im Büro! Emily schwärmte mir von dem megascharfen Typen vor, den sie auf einer Silvesterparty in Los Angeles kennen gelernt hatte, »ein Songwriter, der kommende Star«, und der versprochen hatte, sie in den nächsten Wochen in New York zu besuchen. Ich hielt einen gemütlichen Plausch mit dem stellvertretenden Beauty-Redakteur, der ein paar Bürotüren weiter residierte. Ein wirklich süßer Knabe, dessen Eltern keine Ahnung hatten, dass er schwul war, obwohl er an einem ehemaligen Frauencollege studiert hatte und bei einer Frauenzeitschrift arbeitete.

»Ach, komm doch mit. Was meinst du, was wir für einen Spaß haben? Ich mache dich mit ein paar absoluten Traumtypen bekannt, Andy. Glaub mir, ich habe auch fantastisch aussehende Heterobekannte. Außerdem ist es *Marshalls* Party, und Marshalls Partys sind immer toll«, sagte James beschwörend. Er lehnte an meinem Schreibtisch, während ich meine E-Mails abrief. Emily erging sich zwischendurch in Details über das Rendezvous mit ihrem langhaarigen Sänger.

»Wenn ich nichts vorhätte, würde ich ja auch mitkommen. Aber mein Freund und ich haben diesen Abend schon vor Weihnachten geplant«, sagte ich. »Wir wollen seit Wochen einmal todschick essen gehen, und neulich habe ich ihm in letzter Sekunde abgesagt.«

»Dann triffst du ihn eben hinterher! Ich bitte dich, wann hast du schon mal die Gelegenheit, den begnadetsten Coloristen der gesamten zivilisierten Welt kennen zu lernen? Es kommen jede Menge Promis, und alle in den fantastischsten Outfits. Ich weiß einfach, es wird *der* Party-Event der Woche! Und dann auch noch ausgerichtet von der Agentur Harrison und Shriftman – was Besseres gibt es nicht. Los, sag schon ja.« Er sah mich so treuherzig an wie ein Cockerspaniel, und ich musste lachen.

»James, ich würde wirklich gerne mitkommen – ich war doch noch nie im Plaza! Aber ich kann Alex nicht schon wieder versetzen. Er hat uns bei einem feinen, kleinen Italiener einen Tisch reserviert. Es geht nicht, dass ich ihn hängen lasse, ausgeschlossen.« Ich konnte die Verabredung wirklich nicht absagen, und ich wollte es auch nicht. Ich freute mich so darauf, Alex einmal ganz für mich allein zu haben, und war schon sehr gespannt, was er über die neue Nachmittagsbetreuung an seiner Schule zu berichten hatte. Allerdings war es schon Pech, dass wir uns ausgerechnet für heute verabredet hatten, den Abend dieser Megaparty. Seit einer Woche schrieben die Zeitungen über nichts anderes mehr: Es sah aus, als ob ganz Manhattan der alljährlichen Nach-Silvesterparty von Marshall Madden entgegenfieberte, dem angesagtesten Coloristen der Stadt, und in diesem Jahr sollte sie noch bombastischer werden als sonst, da er gerade ein neues Buch herausgebracht hatte: *Die Farbe Marshall.* Aber nur wegen einer Promiparty würde ich meinem Freund keinen Korb geben.

»Okay, wie du meinst. Aber dann behaupte hinterher ja nicht, ich würde dich nie irgendwohin mitnehmen. Und wenn du morgen in den Klatschkolumnen liest, dass ich mit Mariah oder J-Lo geplaudert habe, brauchst du mir auch nichts vorzuheulen. Du hast es nicht anders gewollt.« Damit zog er beleidigt ab und seine Gekränktheit war nur halb gespielt.

Die erste Woche des neuen Jahres hatte sich recht gemächlich angelassen. Wir waren immer noch dabei, Weihnachtsgeschenke auszupacken und zu katalogisieren. Erst heute Morgen hatte ich einen Karton mit einem Paar atemberaubender Stöckelschuhe geöffnet, die über und über mit funkelnden Swarovski-Kristallen besetzt waren. Selbst mussten wir allerdings keine Präsente mehr verschicken, und die Telefone blieben die meiste Zeit still, da viele Leute noch im Weihnachtsurlaub waren. Miranda wurde am Samstag aus Paris zurückerwartet, in der Redaktion aber erst am folgenden Montag. Emily war zuversichtlich, dass ich meinen Aufgaben gewachsen sein würde, und ich war es auch. Immer und immer wieder waren wir alles durchgegangen, was ich wissen musste, und ich hatte fast einen ganzen Block mit Notizen vollgeschrieben. Jetzt warf ich einen Blick darauf. Hoffentlich würde ich mich auch wirklich an alles erinnern, wenn es demnächst ernst wurde. Kaffee: Nur von Starbucks, großer Milchkaffee, zwei Stücke Rohrzucker, zwei Servietten, ein Löffel. Frühstück: Mangia Lieferservice, Tel.: 555-3948, ein Stück Käseplunder, vier Scheiben Frühstücksspeck, zwei Würstchen. Tageszeitungen; Kiosk in der Lobby: *New York Times*, *Daily News*, *New York Post*, *Financial Times*, *Washington Post*, *USA Today*, *Wall Street Journal*, *Women's Wear Daily* und mittwochs der *New York Observer*. Wochenzeitungen, zu kaufen montags: *Time*, *Newsweek*, *U.S. News*, *New Yorker* (!), *Time Out New York*, *Economist*. Und so ging es seitenweise weiter: Blumen, die Miranda liebte, Blumen, die Miranda hasste; Namen, Adressen und Privatnummern ihrer Ärzte und ihrer Putzfrau; Mirandas Lieblingssnacks und ihr Lieblingsmineralwasser; sämtliche Größen sämtlicher Kleidungsstücke, angefangen bei Reizwäsche bis hin zu Skistiefeln. Ich hatte ganze Listen von Leuten, mit denen sie sprechen wollte *(Immer)* und mit denen sie nicht sprechen wollte *(Nie)*. Während Emily mich über Wochen immer tiefer in Mirandas Ticks, Tricks und Geheimnisse einweihte, schrieb ich fleißig alles mit, bis ich das Gefühl hatte, dass es nichts gab, was ich über Miranda Priestly nicht wusste – wenn man einmal von der Frage absah, warum sie eigentlich so wichtig war, dass ich einen ganzen Block mit ihren Vorlieben und Abneigungen voll geschrieben hatte. Warum hatte diese Frau so viel Mühe und Aufmerksamkeit verdient? Das war und blieb das große Rätsel.

»Ja, er ist einfach umwerfend«, seufzte Emily, während sie sich verträumt die Telefonschnur um den Zeigefinger wickelte. »Ich glaube, das war das romantischste Wochenende meines Lebens.«

Ping! *Sie haben Post bekommen!* Super, eine E-Mail von Alex.

Hallo, Schatz, wie geht's, wie steht's? Bei uns ist wie immer die Hölle los. Weißt du noch, was ich dir erzählt habe? Dass Jeremiah die Mädchen mit einem Teppichmesser bedroht hat? Anscheinend hat er es tatsächlich ernst gemeint. Heute kam er nämlich wieder mit so einem Messer an. In der Pause hat er eine Mitschülerin in den Arm geschnitten und sie als Nutte beschimpft. Als Nutte! Der Schnitt war nicht tief, aber als die Pausenaufsicht von ihm wissen wollte, was er sich wohl dabei gedacht hätte, hat er gesagt, das hätte der Freund von seiner Mutter mit ihr auch gemacht. Der Junge ist sechs Jahre alt, Andy. Sechs! Jedenfalls hat der Direktor für heute Abend eine Krisensitzung anberaumt. Deshalb muss ich unsere Verabredung absagen. Es tut mir so leid! Aber andererseits bin ich auch froh, dass überhaupt etwas getan wird – ich dachte schon, an dieser Schule lässt man solche Sachen einfach schleifen. Du verstehst doch, dass ich nicht kommen kann? Bitte, sei mir nicht böse. Ich rufe dich nachher noch an, und ich verspreche dir, dass ich es wiedergutmachen werde.

In Liebe, A.

Bitte, sei mir nicht böse? Du verstehst doch, dass ich nicht kommen kann? Ein Sechsjähriger hatte eine Mitschülerin mit dem Messer angegriffen, und er entschuldigte sich, dass er nicht mit mir ausgehen konnte? Nachdem ich unser letztes Essen abgesagt hatte, weil ich mir einbildete, nach meinen anstrengenden Limousinenfahrten und dem stundenlangen Geschenkeeinpacken zu ausgepowert zu sein? Mir wären fast die Tränen gekommen. Am liebsten hätte ich ihn sofort angerufen und ihm gesagt, wie stolz ich auf ihn war, dass er sich so um seine Schützlinge kümmerte und dass er diese Stelle überhaupt angenommen hatte. Ich wollte gerade auf »Antworten« klicken, als Emily laut meinen Namen rief.

»Andrea! Sie kommt. Sie ist in zehn Minuten da!«

»Was? Wie bitte? Was hast du gesagt?«

»Miranda ist auf dem Weg in die Redaktion. Jetzt zählt jede Sekunde.«

»Auf dem Weg in die Redaktion? Aber ich dachte, sie kommt erst am Samstag aus Frankreich wieder.«

»Dann wird sie ihre Pläne wohl geändert haben. Los, mach voran! Lauf nach unten, hol ihre Zeitungen und leg sie ihr so hin, wie ich es dir gezeigt habe. Wenn du damit fertig bist, putzt du den Schreibtisch ab und stellst ihr auf die linke Seite ein Glas San Pellegrino hin, mit Eis und einer Limonenscheibe. Und überprüf noch mal ihr Klo, ob auch nichts fehlt, okay? Los! Sie sitzt bereits in der Limousine, und das heißt, je nachdem, wie dicht der Verkehr ist, müsste sie in spätestens zehn Minuten hier sein.«

Ich zischte wie eine Rakete aus dem Vorzimmer und hörte noch, wie Emily ein paar Warnanrufe absetzte: »Sie ist im Anmarsch – sag allen Bescheid!« Während ich wie in Siebenmeilenstiefeln zum Fahrstuhl hetzte, verbreitete sich die Schreckensnachricht wie ein Lauffeuer: »Emily sagt, sie ist im Anmarsch!«, und: »Miranda kommt!«, tönte es von allen Seiten, einmal sogar unterlegt von dem markerschütternden Schrei »Sie ist wieder daaaaaaaaaaaaa!« Die Assistentinnen ordneten hektisch die Modelle auf den Ständern, die Redakteurinnen stürzten in ihre Büros, schleuderten ihre Ballerinas in die Ecke und zwangen ihre Füße in Highheels, zogen sich die Lippen nach, curlten ihre Wimpern und rückten sich die BHs zurecht. Als die Tür der Herrentoilette aufging, erspähte ich James, der sich mit irrem Blick die Schultern seines schwarzen Kaschmirpullovers abklopfte und zwischendurch ein paar Pfefferminzbonbons einwarf. Keine Ahnung, wie er überhaupt davon erfahren hatte, dass Miranda nahte, es sei denn die Männer hatten Lautsprecher auf dem Klo.

Gern hätte ich mir das Chaos in dem aufgescheuchten Hühnerhaufen noch ein bisschen länger angesehen, aber mir blieben nicht einmal zehn Minuten, um mich innerlich auf meine erste Begegnung mit Miranda in meiner Funktion als Assistentin einzustellen. Und ich hatte nicht vor, mich gleich mit einem Fehler einzuführen. Ich schmiss den Turbo an und rannte weiter.

»Andrea, hast du schon gehört? Miranda ist im Anmarsch«, rief Sophy vom Empfang, als ich an ihr vorbeisauste.

»Ja, ich weiß. Aber wieso weißt du es auch schon?«

»Weil ich immer alles weiß. Und jetzt Tempo. Denn eines steht fest: Eine Miranda Priestly lässt man nicht warten.«

Ich enterte den Aufzug und dankte ihr. »In drei Minuten bin ich mit den Zeitungen wieder da!«

Die beiden Frauen im Fahrstuhl machten völlig entgeisterte Gesichter, und erst da fiel mir auf, dass ich geschrien hatte.

»Entschuldigung«, schnaufte ich. »Aber wir haben gerade erfahren, dass unsere Chefin auf dem Weg in die Redaktion ist. Damit hatten wir nicht gerechnet, und jetzt ist bei uns ein bisschen die Hektik ausgebrochen.« *Wie kam ich bloß dazu, mich vor diesen Leuten zu rechtfertigen?*

»Der Wahnsinn, dann arbeiten Sie doch bestimmt für Miranda Priestly. Lassen Sie mich raten. Sie sind Mirandas neue Assistentin? Andrea, richtig?« Die langbeinige Brünette bleckte ein strahlend weißes Piranhagebiss. Auch ihre Freundin sah mich plötzlich um einiges freundlicher an.

»Ja, stimmt. Andrea.« Ich wiederholte meinen Namen, als ob er gar nicht zu mir gehörte. »Ja, Sie haben Recht. Ich bin Mirandas neue Assistentin.«

Wir kamen in der Lobby an, die Tür glitt auf und ich quetschte mich an den beiden Frauen vorbei in die marmorne Halle. Eine der beiden rief mir noch nach: »Sie sind ein echter Glückspilz, Andrea. Miranda ist eine tolle Frau, und Sie haben einen Job, für den Millionen junger Frauen ihr Leben geben würden!«

Ich kurvte haarscharf um einen Trupp mürrischer Rechtsanwälte herum und wäre beinahe frontal in den Zeitungskiosk geschliddert. Herr über dieses Reich der Hochglanzmagazine, zuckerfreien Süßigkeiten und kalorienarmen Erfrischungsgetränke war ein kleiner Kuwaiter namens Ahmed, bei dem Emily mich im Zuge meines Trainings schon vor Weihnachten eingeführt hatte und der mir nun, wie ich hoffte, zum Retter in der Not werden würde.

»Halt!«, rief er, als ich anfing, die Zeitungen aus dem Ständer zu rupfen. »Sind Sie nicht Mirandas neue Assistentin? Dann kommen Sie mal her zu mir.«

Ahmed bückte sich und kramte in einem Fach unter der Kasse herum. Mit hochrotem Kopf tauchte er wieder auf, so agil wie ein Greis mit zwei gebrochenen Beinen. »Bitteschön!«, rief er. »Für Sie!« Er hielt mir einen Packen Zeitungen hin. »Damit Sie mir die Auslage nicht durcheinander wühlen, lege ich Mirandas Zeitungen morgens immer beiseite. Und auch, damit sie mir nicht ausgehen.« Er zwinkerte mir zu.

»Ahmed, ich danke Ihnen. Sie haben mir ja so geholfen. Meinen Sie, ich sollte die Wochenzeitschriften auch gleich mitnehmen?«

»Auf jeden Fall. Heute ist Mittwoch, und sie sind alle schon am Montag rausgekommen. Ihre Chefin wäre wohl nicht sehr begeistert, wenn sie sie heute nicht kriegen würde«, antwortete er vielsagend. Er bückte sich noch einmal unter die Kasse und förderte einen zweiten Stapel hervor. Ich überzeugte mich rasch, dass auch ja keine Zeitschrift fehlte. Aber auf Ahmed war Verlass: keine zu viel, keine zu wenig.

Ausweis, Ausweis, wo zum Henker war mein Ausweis? Ja, natürlich, er hing an dem seidenen Band, das Emily mir aus einem von Mirandas weißen Hermés-Schals gebastelt hatte. »Eigentlich dürftest du ihr mit dieser Plastikkarte sowieso nicht unter die Augen treten«, sagte sie. »Aber wenn du mal vergessen solltest, sie abzunehmen, baumelt sie wenigstens nicht an einer Plastikschnur.« Sie musste sich regelrecht überwinden, um das letzte Wort überhaupt über die Lippen zu bringen.

»Da, bitte sehr, Ahmed. Vielen Dank noch mal für Ihre Hilfe, aber ich bin wahnsinnig in Eile. Sie ist im Anmarsch.«

Er zog den Ausweis durch das Lesegerät neben der Kasse und hängte mir das Seidenband wieder um. »Na, dann los! Und viel Glück!«

Ich schnappte mir die prallvolle Plastiktüte, sprintete los und riss mir im Laufen erneut den Ausweis vom Hals, um durch die Sperre mit den Drehkreuzen zu kommen, die den Zugang zu den Elias-Clark-Fahrstühlen blockierte. Ich zog den Ausweis durch das Lesegerät und drückte. Nichts. Ich versuchte es noch einmal. Diesmal drückte ich etwas fester. Wieder nichts.

Leonardo, der rundliche Wachmann, trällerte »Material Girl« hinter seiner Theke vor sich hin. O nein, bitte nicht. Nicht ausgerechnet heute. Mist. Er wartete schon darauf, dass ich bei seinem albernen Spielchen mitmachte.

In den letzten Wochen hatte ich diese Prozedur jeden Tag über mich ergehen lassen müssen. Anscheinend war er ein begeisterter Hobbysänger, und er ließ mich nicht eher durch das Drehkreuz, bis ich nicht zu einem seiner blöden Songs die passende Show abgezogen hatte.

Gestern hatte er mich mit »I'm too sexy« gequält. Während er sang, musste ich mitten in der Lobby so tun, als ob ich einen Laufsteg hinunterstöckelte. Wenn ich gut drauf war, machte mir dieser Quatsch richtig Spaß. Manchmal musste ich sogar grinsen. Aber heute war mein erster echter Miranda-Nahkampftag, und ich konnte es mir nicht leisten; meine kostbare Zeit mit Eduardos Mätzchen zu verplempern. Unmöglich. Alle anderen durften links und rechts von mir anstandslos passieren, nur mich ließ er nicht durch. Ich hätte ihn umbringen können.

Ich knurrte bitter eine Zeile aus dem Lied vor.

Er zog die Stirn kraus. »Können wir uns nicht ein bisschen mehr ins Zeug legen? Wo bleibt der Madonna-Touch??«

Noch ein Wort von ihm, und ich würde einen Anfall kriegen. Also gut. Ich knallte meine Zeitungstüte auf die Theke, riss beide Arme hoch, wackelte mit den Hüften und machte einen Schmollmund. Am Rande des Nervenzusammenbruchs sang beziehungsweise kreischte ich weiter. Er lachte und klatschte und ließ mich durch. Hurra, geschafft.

Für später merken: Eduardo klarmachen, wann und wo er es sich erlauben darf, mich zum Affen zu machen.

Rein in den Aufzug, raus aus dem Aufzug und vorbei an Sophy, die mir unaufgefordert mit einem Knopfdruck die Tür zu unserer Abteilung aufmachte. Ich dachte sogar daran, einen Abstecher in die Teeküche zu machen, um Mirandas Kristallglas aus dem Schrank über der Mikrowelle zu nehmen und ein paar Eiswürfel hineinzuschmeißen. Als ich mit dem Glas in der einen und der Zeitungstüte in der anderen Hand um die nächste Ecke zischte, stieß ich voll mit Jessica alias Miss Maniküre zusammen. Sie sah gleichermaßen verärgert wie verängstigt aus.

»Andrea, ist dir klar, dass Miranda auf dem Weg in die Redaktion ist?«, fragte sie, während sie mich von oben bis unten musterte.

»Aber sicher. Hier sind ihre Zeitungen, hier ist ihr Glas, und jetzt muss ich bloß noch in ihr Büro, um den Schreibtisch herzurichten. Also, wenn du mich jetzt bitte vorbeilassen würdest …«

»Andrea!«, brüllte sie, als ich weiterstürmte und in der Eile einen Eiswürfel aus dem Glas schleuderte. »Vergiss nicht, andere Schuhe anzuziehen.«

Ich blieb wie angewurzelt stehen. O Gott, ich trug ja meine rattenscharfen roten Turnschuhe! Wenn Miranda nicht da war, wurden die offiziellen und die unausgesprochenen Bekleidungsvorschriften nicht ganz so streng gehandhabt wie sonst. Natürlich sahen die Mitarbeiterinnen und Mitarbeiter immer noch wie aus dem Ei gepellt aus, aber sie alle gönnten sich mindestens ein Kleidungsstück, das sie nie, nie, nie im Leben in Mirandas Gegenwart angezogen hätten. Das beste Beispiel waren meine knallroten Sneaker.

Schweißgebadet lief ich wieder im Vorzimmer ein. »Ich habe alle Tageszeitungen bekommen, und die Wochenzeitschriften habe ich vorsichtshalber auch gleich mitgebracht. Aber es gibt ein Problem: Was sagst du zu diesen Schuhen?«

Emily riss sich den Kopfhörer herunter und pfefferte ihn auf den Schreibtisch. »Unmöglich, die kannst du nicht tragen.« Sie griff zum Telefon, wählte einen Hausanschluss und befahl: »Jeffy, bring mir sofort ein Paar Jimmys in Größe …« Sie sah mich an.

»Neuneinhalb.« Ich holte eine kleine Flasche San Pellegrino aus dem Schrank und schenkte das Glas ein.

»Neuneinhalb. Nein, sofort. Auf der Stelle. Nein, Jeff, das ist mein voller Ernst. Sofort. Andrea hat *Turnschuhe* an, knallrote Sneaker! Und Miranda kann jede Sekunde hier sein. Okay, danke.«

Erst jetzt fiel mir auf, dass Emily in den vier Minuten, die ich weg gewesen war, das Outfit gewechselt hatte. Statt der verwaschenen Jeans trug sie jetzt eine Lederhose, statt cooler Sneaker offene Stöckelschuhe. Außerdem war das Vorzimmer aufgeräumt. Alle Papiere und Unterlagen waren in die Schreibtischschubladen gewandert, und die Weihnachtsgeschenke, die noch nicht in Mirandas Apartment abgeliefert worden waren, lagerten jetzt im Schrank. Emily hatte die Lippen mit Lipgloss nachgezogen und sich mit ein bisschen Rouge einen Hauch Farbe auf die Wangen gezaubert. Nun bedeutete sie mir hektisch, endlich weiterzumachen.

Ich schnappte mir die Zeitungstüte, lief nach nebenan und kippte sie auf der Lightbox aus, einem von unten beleuchteten Tischchen, auf dem sich Miranda, wie Emily mir erzählt hatte, manchmal stundenlang die Aufnahmen ansah, die bei den Foto-Shootings angefallen waren. Außerdem hatten auf diesem Tisch die Zeitungen zu liegen. Dann konsultierte ich meine Aufzeichnungen, in welcher Reihenfolge ich sie anzuordnen hatte. Zuerst die *New York Times*, dann das *Wall Street Journal* und die *Washington Post*, immer leicht überlappend, so dass sie zum Schluss akkurat wie bei einer Truppenparade dalagen. Die einzige Ausnahme war *Women's Wear Daily*, die präzise mitten auf Mirandas Schreibtisch zu liegen hatte.

»Sie ist da! Komm raus, Andrea! Sie ist auf dem Weg nach oben«, zischelte Emily. »Uri hat gerade angerufen, dass er sie vor einer Sekunde abgesetzt hat.«

Ich legte die *WWD* auf den Schreibtisch, stellte das Glas San Pellegrino daneben (auf welche Seite? O Gott, ich wusste nicht mehr, auf welche Seite das Glas kam), ließ noch einen letzten prüfenden Blick durch den Raum schweifen und hastete hinaus. Jeffy, einer der Mode-Assistenten, die für die Garderobe zuständig waren, warf mir einen Schuhkarton zu und suchte das Weite. Ich machte den Deckel auf. In einem Bett aus Seidenpapier prangte ein Paar Highheels von Jimmy Choo, die sicher ihre 800 Dollar wert waren. Mist! Wie sollte ich dieses Meisterwerk der abstrakten Schuhdesignerkunst bloß an meine biederen Füße kriegen? Ich riss mir die Turnschuhe und die nicht mehr ganz frischen Socken herunter und feuerte sie unter meinen Schreibtisch. Der rechte Jimmy machte mir keine großen Probleme, aber beim linken kriegte ich mit meinen kurzen Fingernägeln ewig lange die Schnalle nicht auf. Es war ein Heidengefummel, bis ich sie endlich gelöst hatte. Kaum hatte ich den linken Fuß drin, schnitten mir auch schon die Kamelhaarriemchen ins Fleisch. Noch mal ein, zwei Sekunden, und ich hatte die Schnalle wieder zu. Ich kam gerade wieder aus meiner gebückten Haltung hoch, als Miranda zur Tür hereinschritt.

Ich erstarrte zur Salzsäule. Stocksteif hing ich auf meinem Stuhl und rührte mich nicht mehr. Sie bemerkte mich sofort, wahrscheinlich, weil sie noch immer Emily auf ihrem alten Platz erwartet hatte. Sie kam auf mich zu, stützte sich auf den Sichtschutz und beugte sich über den Schreibtisch, näher und immer näher, bis sie mich voll im Blick hatte. Ihre stahlblauen Augen wanderten an meinem starren Körper von oben nach unten, von unten nach oben, von links nach rechts, von rechts nach links, über meine weiße Bluse, den roten Cordminirock von Gap und die in letzter Sekunde doch noch glücklich zugeschnürten Jimmy Choo Kamelhaarriemchensandalen. Sie nahm mich Zentimeter um Zentimeter unter die Lupe, meinen Teint, meine Frisur, meine Klamotten. So hurtig ihre Augen auch über mich hinweghuschten, ihre Miene blieb eisig. Sie lehnte sich noch ein Stückchen weiter vor, bis ihr Gesicht nur noch zwei Handbreit von mir entfernt war und mir ihr betörender Duft in die Nase stieg, eine Mischung aus teurem Shampoo und exklusivem Parfüm. So nah, dass ich die feinen Fältchen um Mund und Augen sah, die aus einer etwas angenehmeren Entfernung gar nicht aufgefallen wären. Aber allzu lange hielt ich es sowieso nicht aus, ihr ins Gesicht zu blicken, dafür musterte sie mich mit einem viel zu forschenden Blick. Es gab nicht das kleinste Anzeichen dafür, dass sie a) wusste, dass wir uns schon einmal begegnet waren, b) wusste, dass ich ihre neue Mitarbeiterin war, und c) wusste, dass sie nicht Emily vor sich hatte.

»Guten Tag, Ms. Priestly«, hörte ich mich mit einem zaghaften Piepsstimmchen sagen, obwohl sie mich noch gar nicht angesprochen hatte. Aber die Spannung war so unerträglich, dass ich einfach nicht länger an mich halten konnte, sonst wäre ich geplatzt. »Ich freue mich so darauf, für Sie arbeiten zu dürfen. Vielen Dank, dass Sie mir die Gelegenheit geben…« *Halt die Klappe! Hast du denn gar kein Fitzelchen Würde im Leib?*

Sie ging weiter. Hatte die Inspektion meiner Person beendet, sich wieder aufgerichtet und mich einfach dumm dasitzen lassen, während ich wie eine hirnlose Teenagerin vor mich hin plapperte. Vor lauter Verwirrung, Verlegenheit und Erniedrigung lief ich knallrot an. Dass ich das Gefühl hatte, von Emily mit mörderischen Blicken durchbohrt zu werden, trug auch nicht gerade zu meinem Wohlbefinden bei. Ich hob den Kopf und sah zu ihr hinüber. Tatsächlich. Wenn Blicke töten könnten …

»Ist das Bulletin auf dem neuesten Stand?«, fragte Miranda ins Blaue hinein, während sie schnurstracks auf die Lightbox zuhielt, wo ich die Zeitungen arrangiert hatte.

»Ja, Miranda. Hier ist es«, sagte Emily diensteifrig und tippelte auch schon eilig hinter ihr her, um ihr das Klemmbrett zu überreichen, auf dem wir alle Nachrichten festhielten, die für sie hereinkamen.

Ich rührte mich nicht von meinem Platz und beobachtete, wie Miranda durch ihr Büro wanderte: Sie spiegelte sich in den gerahmten Fotos, die an der Wand hingen. Emily huschte wieder heraus und machte sich an ihrem Schreibtisch zu schaffen. Es wurde kein Wort gesprochen. *Dürfen wir nicht mehr miteinander reden, wenn Sie im Haus ist?*, fragte ich mich. Dann stellte ich Emily die gleiche Frage, aber nicht laut, sondern per E-Mail! In Sekundenschnelle hatte ich ihre Antwort auf dem Bildschirm. *Du hast es erfasst*, schrieb sie. *Wenn wir uns etwas zu sagen haben, flüstern wir. Ansonsten halten wir die Klappe. Und noch etwas: Du sagst nur dann etwas zu ihr, wenn sie dich vorher angesprochen hat. Und du nennst sie* NIEMALS *Ms. Priestly. Für uns ist sie Miranda, verstanden?* Wieder kam ich mir so vor, als ob ich eine Ohrfeige bekommen hätte. Aber ich nickte bloß. Plötzlich bemerkte ich Mirandas Mantel. Ein Traum von einem Pelz, so achtlos auf meinen Schreibtisch geschmissen, dass ein Ärmel fast bis auf den Boden hing. Ich warf Emily einen fragenden Blick zu. Sie verzog das Gesicht, zeigte mit der Hand in Richtung des eingebauten Kleiderschranks und flüsterte: »Aufhängen!« Der Mantel war so schwer wie eine Daunendecke, die gerade aus der Wachmaschine gekommen war, und ich brauchte beide Hände, damit er nicht über den Boden schleifte. Irgendwie schaffte ich es trotzdem, ihn vorsichtig auf einen seidenen Kleiderbügel zu hängen und die Schranktür lautlos zu schließen.

Ich saß noch nicht wieder an meinem Schreibtisch, als plötzlich Miranda neben mir stand. Diesmal konnte sie mich von allen Seiten betrachten, eine Gelegenheit, die sie sich nicht entgehen ließ. Es war ein Gefühl, als ob mein Körper unter dem Blick ihrer stahlblauen Augen Stück um Stück Feuer fing, aber ich war wie gelähmt und konnte meinen rettenden Stuhl nicht erreichen. Kurz bevor meine Haare aufflammten, sah sie mir in die Augen.

»Meinen Mantel«, sagte sie leise. Ob sie sich wohl fragte, wer ich war? Hatte sie es gar nicht bemerkt oder war es ihr egal, dass hier eine fast fremde Frau ihre Assistentin spielte? Nichts deutete darauf hin, dass sie mich wiedererkannte, obwohl das Vorstellungsgespräch erst gut vier Wochen her war.

»Gewiss«, brachte ich heraus und ging zum Schrank, was leichter gesagt als getan war, da sie genau im Weg stand. Ich schob mich seitlich an ihr vorbei und passte auf, dass ich sie ja nicht streifte. Sie bewegte sich keinen Millimeter von der Stelle. Meine Hände schlossen sich um den Pelz, und ich fischte ihn vorsichtig heraus. Fast hätte ich ihn ihr zugeworfen, aber ich beherrschte mich in letzter Sekunde und hielt ihn ihr hin wie ein vollendeter Gentleman. Sie schlüpfte hinein und zückte ihr Handy.

»Ich möchte heute Abend das BUCH sehen, Emily«, sagte sie und segelte hinaus, so sehr mit sich selbst beschäftigt, dass sie die neugierige Frauenschar vor dem Vorzimmer, die sich bei ihrem Anblick blitzschnell in alle Winde zerstreute, wohl nicht einmal bemerkte hatte.

»Ja, Miranda. Ich lasse es Ihnen von Andrea bringen.«

Das war alles. Sie ging. Der Besuch, der in der ganzen Redaktion für Panik und Hektik gesorgt und zu Make-up-Reparaturen und Kleiderwechseln geführt hatte, war nach knapp vier Minuten wieder vorbei. Und hatte, soweit ich das mit meinem ungeübten Blick beurteilen konnte, keinerlei Sinn oder Zweck gehabt.

8

»Nicht hinsehen«, hauchte James, ohne die Lippen zu bewegen, wie ein Bauchredner. »Aber ich glaube, schräg hinter dir habe ich Reese Witherspoon erspäht.«

Natürlich drehte ich mich sofort um. James war meine Neugier sichtlich peinlich, aber ich konnte nicht anders, Reese Witherspoon war schließlich eine meiner Lieblingsschauspielerinnen. Er hatte Recht: Sie war es, stand da, trank Champagner und warf lachend den Kopf in den Nacken. Ich konnte mein Glück kaum fassen.

»James, Darling, ich freue mich ja so, dass du zu meinem kleinen Fest kommen konntest«, säuselte ein schlanker, attraktiver Mann, der sich zu uns gesellt hatte. »Und wen hast du mir denn hier mitgebracht?« Sie begrüßten sich mit einem Küsschen.

»Marshall Madden, der Herr der Farben, das ist Andrea Sachs. Andrea ist …«

»Mirandas neue Assistentin«, beendete Marshall den Satz für ihn. »Ich habe schon alles über Sie gehört, Kindchen. Willkommen in unserer Familie. Ich hoffe, Sie besuchen mich einmal. Ich verspreche Ihnen, wir tun etwas für ihren … Look.« Er strich mir liebevoll über den Kopf und verglich die Farbe meiner Haarspitzen mit der meines Haaransatzes. »Ja, ein Hauch Honig, und fertig ist das neue Supermodel. Lassen Sie sich von James meine Telefonnummer geben, okay? Wenn Sie bei Gelegenheit ein Stündchen frei haben, können Sie jederzeit vorbeikommen. Aber das ist wahrscheinlich leichter gesagt als getan, hm?«, trällerte er, während er schon auf Reese zuschwebte.

James seufzte und blickte ihm sehnsüchtig nach. »Er ist ein Meister«, hauchte er. »Er ist der Beste. Der Größte. Ein echter Mann, und das ist noch untertrieben. Und wie er aussieht – zum Anbeißen.« Er war völlig hin und weg. Ein echter Mann? Dazu wäre mir bis dahin eher ein Sportstar eingefallen, aber doch kein Colorist!

»Ja, er sieht wirklich blendend aus. Hast du schon mal was mit ihm gehabt?«

»Das wäre zu schön, um wahr zu sein. Er ist jetzt seit vier Jahren mit demselben Typen liiert. Nicht zu fassen. Vier Jahre! Seit wann gibt es denn so was, dass scharfe Schwule monogam sind? Das ist einfach nicht fair.«

»Ach, nein? Und dass scharfe Heteros monogam sind, ist das etwa in Ordnung? Na ja, das heißt, bei meinem eigenen ist es schon okay.« Ich zog an meiner Zigarette und blies einen fast kreisrunden Rauchring.

»Also, gib es zu, Andy. Du bist froh, dass du mitgekommen bist, nicht war? Oder willst du behaupten, das hier wäre nicht die größte Party aller Zeiten?«, sagte er schmunzelnd.

Nachdem Alex unsere Verabredung abgesagt hatte, hatte ich mich doch noch entschlossen, James zu begleiten, hauptsächlich deshalb, weil er einfach nicht locker ließ. Ich hatte mir im Traum nicht vorstellen können, was wohl an einer Party für ein Buch über Haarsträhnchen spannend sein sollte, aber jetzt musste ich zugeben, angenehm überrascht worden zu sein. Als Johnny Depp auf James zusteuerte und ihn begrüßte, staunte ich, dass er nicht nur mehr als zwei zusammenhängende Wörter herausbringen konnte, sondern sogar noch ein paar gute Witze riss. Und es tat mir in der Seele wohl, dass Gisele Bündchen, die zurzeit angesagteste aller angesagten Frauen, ein winziges Persönchen war. Natürlich wäre es noch befriedigender gewesen, wenn sie sich als kleines Pummelchen erwiesen oder Akne gehabt hätte, die man bei ihren Fotoaufnahmen immer stundenlang wegretouchieren musste, aber dass sie so ein Zwerg war, reichte mir eigentlich auch schon. Alles in allem war es bis jetzt echt kein schlechter Abend gewesen.

»Das wäre vielleicht doch eine Spur übertrieben«, antwortete ich und beugte mich vor, um einen tollen Mann näher ins Auge zu fassen, der sich neben dem Büchertisch in eine Ecke verkroch. »Aber bis jetzt war es wirklich nicht so schlimm, wie ich befürchtet hatte. Und nach einem Tag wie heute bin ich für jede Aufmunterung dankbar.«

Nach dem abrupten Auftritt und ebenso abrupten Abgang unserer Chefin teilte Emily mir mit, dass ich am Abend zum ersten Mal das BUCH in Mirandas Wohnung bringen sollte. Bei dem BUCH handelte es sich um das Vorabexemplar der jeweils im Entstehen begriffenen aktuellen *Runway*-Ausgabe, eine gebundene Sammlung telefonbuchgroßer Seiten. Wie Emily mir erzählte, fing die Arbeit für Redaktion und Herstellung eigentlich immer erst dann an, wenn Miranda nach Hause gegangen war. Tagsüber mussten die Layouter und Redakteure dauernd mit ihr konferieren, weil sie einmal pro Stunde das bisherige Konzept über den Haufen schmiss. Erst wenn sie abends mit den Zwillingen Familie spielte, konnten die anderen Mitarbeiter richtig loslegen. Dann wurden die neuesten Änderungswünsche für das Layout eingearbeitet, und die von Miranda mit einem riesigen MP auf der ersten Manuskriptseite abgesegneten Artikel erhielten den allerletzten Schliff. Anschließend schickten die Redakteure die Entwürfe an den Art Assistant, der alle Artikel, Fotos und das Layout durch eine kleine Maschine jagte, die die Rückseiten der einzelnen Blätter mit Folie laminierte und sie auf die richtige Seite im BUCH druckte. Sobald es fertig war, wurde es bei Miranda zu Hause abgeliefert, damit sie es Korrektur lesen konnte. Normalerweise wurde es ihr irgendwann zwischen acht und elf Uhr abends gebracht, je nachdem, in welcher Produktionsphase wir uns gerade befanden. Am nächsten Tag brachte sie das BUCH dann wieder mit ins Büro, und die Redaktion ackerte das ganze Ding noch mal von vorne durch.

Als Emily mitbekam, dass ich doch mit James auf die Party gehen wollte, sagte sie gehässig: »Aber dir ist schon klar, dass du hier nicht weg kannst, bevor das BUCH fertig ist?«

Ich machte große Augen. James sah so aus, als ob er ihr an die Kehle gehen wollte.

»Tja, damit musst du dich von nun an abfinden. Das ist das Beste an meiner Beförderung, dass ich diese Aufgabe los bin. Es kann manchmal sehr, sehr spät werden, aber Miranda muss das BUCH jeden Abend vorliegen haben. Sie arbeitet es zu Hause durch. Heute bleibe ich noch länger da und zeige dir, was du machen musst, aber ab morgen bist du auf dich allein gestellt.«

»Okay, danke. Was meinst du, wird es spät werden?«

»Keine Ahnung. Es ist von Abend zu Abend verschieden. Du könntest höchstens mal in der Herstellung nachfragen.«

Ich hatte Glück, das BUCH war schon relativ früh fertig, um halb neun. Nachdem ich es bei einem erschöpften Art Assistant abgeholt hatte, machten wir uns auf den Weg. Emily, die einen ganzen Schwung frisch gereinigter Sachen in Kleiderhüllen über dem Arm hatte, erklärte mir, dass der Klamottentransport zur abendlichen BUCH-Ablieferung dazugehörte. Es lief folgendermaßen ab: Miranda brachte ihre schmutzige Wäsche morgens mit ins Büro. Eine von uns (von nun an also ich) rief die Reinigung an, die die Sachen postwendend abholte und am nächsten Tag tiptop gereinigt wieder zurückbrachte. Wir hängten sie bei uns im Vorzimmer in den Schrank, bis wir sie entweder an Uri weitergeben konnten oder sie selbst zu Miranda in die Wohnung brachten. Kaum zu glauben, aber die intellektuellen Herausforderungen meines Jobs wurden von Tag zu Tag anspruchsvoller.

»'n Abend, Rich!«, rief Emily kumpelhaft dem Pfeife qualmenden Fuhrparkchef zu, den ich an meinem ersten Tag kennen gelernt hatte. »Das ist Andrea. Sie liefert in Zukunft jeden Abend das BUCH ab. Würden Sie dafür sorgen, dass sie immer einen guten Wagen bekommt?«

»Wird gemacht, Rotschopf.« Er nahm die Pfeife aus dem Mund und deutete damit auf mich. »Ich kümmere mich schon um Blondie.«

»Super. Ach ja, und könnten Sie uns heute noch einen zweiten Wagen hinterherschicken? Wenn wir das BUCH abgeliefert haben, trennen sich unsere Wege.«

Zwei schwere Limousinen fuhren vor. Der Fahrer der ersten sprang heraus und hielt uns die Tür auf. Emily stieg vor mir ein, zückte ihr Handy und rief dem Mann zu: »Zu Miranda Priestly, bitte.« Er nickte, gab Gas, und wir fuhren los.

»Haben wir immer denselben Chauffeur?«, fragte ich, weil ich mich wunderte, dass er nicht nach der Adresse gefragt hatte.

»Psst.« Sie hinterließ erst noch ihrer Mitbewohnerin eine Nachricht auf dem Anrufbeantworter, bevor sie auf meine Frage einging. »Nein, aber die Firma hat nur eine begrenzte Zahl an Fahrern. Ich habe sie bestimmt alle schon zwanzigmal gehabt, deshalb wissen sie mittlerweile, wo's langgeht.« Sie tippte die nächste Nummer ein. Ich drehte mich um. Die zweite Limousine folgte uns in angemessenem Abstand.

Vor einem typischen portierbewehrten Fifth-Avenue-Gebäude hielten wir an: blitzsauberer Bürgersteig, gepflegte Balkone und eine dezent beleuchtete, einladende Lobby. Ein Mann in Smoking und Hut kam heraus und öffnete die Wagentür. Ich war überrascht, als Emily ausstieg. Ich hatte gedacht, wir würden das BUCH und die Klamotten einfach beim Portier abgeben. Wenn ich es richtig verstand – wovon ich aber in dieser seltsamen Stadt nicht unbedingt ausgehen wollte –, war das doch genau der Grund, warum sich die Reichen ihre Portiers hielten. Damit sie ihnen lästige Lieferanten vom Hals hielten. Aber da nahm Emily auch schon ein Louis-Vuitton-Schlüsseletui aus ihrer Gucci-Handtasche und drückte es mir in die Hand.

»Ich warte hier. Du bringst die Sachen rauf in die Wohnung, Penthouse A. Du schließt die Tür auf und legst das BUCH auf das Dielentischchen, die Sachen hängst du an die Haken neben dem Garderobenschrank. Nicht IN den Garderobenschrank, sondern daneben! Dann gehst du wieder. Unter gar keinen Umständen darfst du klopfen oder klingeln. Sie will nicht gestört werden. Schlüpf möglichst unauffällig rein und wieder raus und mach keinen Krach.« Sie übergab mir die Kleiderbügel und widmete sich wieder ihrem Handy. *Kein Problem, das schaff ich schon. Was für ein Affentheater wegen einem* BUCH *und ein paar Klamotten!*

Der Fahrstuhlführer lächelte mich freundlich an und drückte stumm auf den PH-Knopf, nachdem er die Verriegelung aufgesperrt hatte. Er sah aus wie ein gebrochener Mann, der sich traurig in die Widrigkeiten des Schicksals gefügt hatte.

»Ich warte hier auf Sie«, sagte er mit gesenktem Kopf. »Sie brauchen höchstens eine Minute.«

Der Korridor war mit einem burgunderroten Teppichboden ausgelegt, der Flor so hoch und dicht, dass ich mir beinahe den Knöchel verrenkt hätte, als ich mit dem Absatz darin hängen blieb. An den Wänden hing eine schwere, cremefarbene Stofftapete mit zartem Nadelstreifenmuster. An der Flügeltür vor mir stand PH B; als ich mich umdrehte, entdeckte ich PH A. Ich musste mich mit Gewalt beherrschen, nicht zu klingeln, steckte aber angesichts von Emilys Warnung den Schlüssel ins Schloss. Bevor ich mir noch die Haare zurechtstreichen oder mich fragen konnte, wie es wohl hinter der Tür aussah, stand ich schon in einer großen, luftigen Diele, in der es unbeschreiblich köstlich nach Lammkoteletts duftete. Und dann sah ich sie: Miranda. Sie führte gerade elegant die Gabel zum Mund, rechts und links von ihr zwei miteinander streitende schwarzhaarige Mädchen, die sich so ähnlich sahen wie ein Ei dem anderen, gegenüber ein hoch gewachsener Mann mit herben Zügen, silbergrauem Haar und einem das ganze Gesicht beherrschenden Gesichtserker. Er las Zeitung.

»Mum, sie soll nicht einfach in mein Zimmer gehen und meine Jeans nehmen!«, sagte eines der Mädchen quengelnd zu

Miranda, die die Gabel abgelegt hatte und einen Schluck Wasser trank: San Pellegrino mit einer Scheibe Limone und zwar von der linken Seite!

»Caroline, Cassidy, es reicht. Ich will kein Wort mehr hören. Tomas, bringen Sie uns noch Minzgelee«, rief sie. Sofort kam ein Mann hereingehuscht, vermutlich der Koch, in der Hand ein feines Silbertablett mit einem Silberschüsselchen.

Da wurde mir plötzlich schlagartig klar, dass ich nun schon geschlagene 30 Sekunden wie angewurzelt vor ihnen stand und ihnen beim Essen zusah. Noch hatten sie mich nicht bemerkt. Doch als ich nun auf leisen Sohlen weiter schlich, spürte ich sofort ihre Blicke im Rücken. Fast hätte ich hallo gesagt, aber dann fiel mir die letzte Begegnung mit Miranda wieder ein, bei der ich mich mit meinem Gestammel so bodenlos blamiert hatte, und in letzter Sekunde hielt ich die Klappe. *Tischchen, Tischchen, Tischchen.* Da war es ja. BUCH *hinlegen.* Okay, geschafft, und nun die Klamotten. Verzweifelt suchend blickte ich mich um, aber ich war so nervös, dass ich nichts fand, wo ich sie aufhängen konnte. Am Tisch war es still geworden. Obwohl sie mich mit Sicherheit beobachteten, sagte keiner ein Wort, kein Hallo, kein gar nichts. Nicht einmal die Mädchen schienen sich darüber zu wundern, dass eine wildfremde Frau in ihrer Wohnung herumtapste. Endlich entdeckte ich einen kleinen Garderobenschrank hinter der Tür. Vorsichtig hängte ich die Sachen auf die Kleiderstange.

»Nicht in den Schrank, Emily«, rief Miranda mit Bedacht. »Auf die dafür vorgesehenen Haken.«

»Oh, ach. Guten Abend.« *Ja, spinnst du denn jetzt völlig? Halt den Mund! Sie will keine Antwort, sie will, dass du machst, was sie sagt.* Aber ich konnte es mir einfach nicht verkneifen. Es war einfach zu absurd, dass mich keiner begrüßt hatte oder wissen wollte, wer ich war. Und sie hatte mich Emily genannt! Beliebte Miranda zu scherzen? War sie blind? Wusste sie wirklich nicht, dass ich nicht Emily war, die doch schon seit über einem

Jahr für sie arbeitete? »Ich bin Andrea, Miranda. Ich bin Ihre neue Assistentin.«

Totenstille. Allumfassende, unerträgliche, endlose, ohrenbetäubende, quälende Stille.

Ich wusste, wenn ich weiterredete, schaufelte ich mir mein eigenes Grab, aber ich konnte nicht anders. »Entschuldigen Sie bitte das Versehen. Ich hänge nur noch schnell die Sachen auf, dann bin ich auch schon wieder weg.« *Du brauchst ihr keine Romane zu erzählen. Das interessiert sie doch sowieso nicht. Sieh einfach zu, dass du die Biege machst.* »Also dann, guten Appetit noch. Es war schön, Sie kennen gelernt zu haben.« Ich wandte mich zum Gehen. Nicht zu fassen! Ich musste wirklich von allen guten Geistern verlassen sein. Nicht nur, dass ich überhaupt etwas sagte, ich redete auch noch den letzten Stuss. *Schön, Sie kennen gelernt zu haben?* Als ob ich auch nur mit einem von ihnen ein Wort gewechselt hätte.

»Emily!«, raunzte es hinter mir her, als ich schon die Hand auf der Türklinke hatte. »Emily, so etwas kommt mir nie wieder vor, verstanden? Wir wollen nicht gestört werden.« Dann ging wie von selbst die Tür auf, und ich stand wieder im Korridor. Das ganze Debakel hatte keine Minute gedauert, aber ich fühlte mich so erledigt, als ob ich gerade durch ein Fünfzigmeterbecken geschwommen wäre, ohne auch nur ein einziges Mal Luft zu holen.

Ich ließ mich auf die cremefarbene Wildlederbank neben der Tür sinken und schnaufte ein paar Mal ganz tief durch. Dieses Weib! Als sie mich das erste Mal Emily genannt hatte, mochte es noch ein Versehen gewesen sein, aber beim zweiten Mal hatte sie es mit voller Absicht gemacht. Wenn man einen Menschen durch totale Missachtung noch nicht ganz klein gekriegt hat, gibt man ihm den Rest, indem man ihn vorsätzlich mit dem falschen Namen anredet. Dass ich bei *Runway* zu den niedersten Lebensformen gehörte, hatte ich schon längst kapiert, nicht zuletzt dank Emily, die sich keine Gelegenheit entgehen ließ, mir meine Minderwertigkeit unter die Nase zu reiben. Aber musste Miranda nun unbedingt auch noch in dieselbe Kerbe hauen?

Wahrscheinlich wäre ich die ganze Nacht dort sitzen geblieben und hätte im Geiste Granaten gegen die Tür von PH A abgefeuert, wenn mich nicht plötzlich ein leises Räuspern aus meinen Rachefantasien gerissen hätte. Es kam von dem kleinen, traurigen Fahrstuhlführer, der geduldig auf mich wartete.

»Entschuldigen Sie«, sagte ich, als ich einstieg.

»Kein Problem«, wisperte er, ohne den Blick zu heben. »Mit der Zeit wird es besser.«

»Wie bitte? Ich hab Sie leider nicht verstanden. Was haben Sie gesagt?«

»Nichts, gar nichts. So, da wären wir. Einen schönen Abend, Miss.«

In der Lobby wurde ich schon von Emily erwartet, die laut in ihr Handy sprach. Als sie aus dem Lift stieg, klappte sie es zu.

»Na, wie war's? Keine Probleme, oder?«

Wenn ich nicht genau gewusst hätte, dass sie mich sowieso nur zusammenstauchen würde, hätte ich ihr erzählt, was sich oben abgespielt hatte. Schade, dass sie keine verständnisvollere Kollegin war, denn eigentlich hätten wir ein prima Team abgegeben.

»Alles glatt gelaufen. Wie geschmiert. Sie saßen beim Essen. Ich hab alles genauso gemacht, wie du gesagt hast.«

»Gut. Und genauso machst du es von nun an jeden Abend. Hinterher lässt du dich mit der Limousine nach Hause bringen. Und was ich noch sagen wollte: Viel Spaß auf Marshalls Party. Ich wollte eigentlich auch hin, habe aber einen Termin im Kosmetikstudio. Heißwachsbehandlung der Bikinizone. Du würdest es nicht glauben, aber das Studio ist für die nächsten zwei Monate ausgebucht! Um diese Jahreszeit! Das sind wahrscheinlich die ganzen Frauen, die Winterferien in der Karibik machen. Aber ich kann trotzdem nicht verstehen, warum alle New Yorkerinnen eine Wachsbehandlung der Bikinizone brauchen. Na ja, damit muss man wohl leben.«

Mir dröhnte der Kopf von ihrem sinnlosen Geschnatter. Wenn ich vorher gewusst hätte, dass sie sich stundenlang über Haarentfernung im Intimbereich ergehen wollte, hätte ich mich vielleicht doch lieber von ihr zusammenstauchen lassen.

»Tja, Pech aber auch. Ich muss langsam los. Ich habe James gesagt, dass wir uns um neun treffen, und jetzt ist es schon zehn nach. Bis morgen dann.«

»Bis morgen. Ach, noch etwas. Eh ich es vergesse. Du weißt ja inzwischen doch schon ziemlich gut, wie bei uns der Hase läuft. Deshalb fange ich ab morgen erst um acht Uhr an; du kommst weiterhin um sieben. Miranda weiß Bescheid. Die Seniorassistentin fängt später an, weil sie sehr viel stärker gefordert wird.« Ich wäre ihr fast an die Gurgel gegangen. »Du erledigst dann die täglichen Routinesachen, alles so, wie ich es dir beigebracht habe. Im Notfall kannst du mich auch anrufen, aber du müsstest es mittlerweile auch allein schaffen. Bye!« Sie sprang in die zweite Limousine.

»Bye!«, trällerte ich ihr mit einem strahlend falschen Lächeln nach. Als mein Fahrer aussteigen wollte, um mir die Tür aufzuhalten, bedeutete ich ihm, dass ich es schon alleine schaffen würde. »Zum Plaza, bitte.«

James wartete draußen auf der Treppe auf mich, obwohl es mindestens 5 Grad unter null war. Er hatte sich in der Zwischenzeit zu Hause umgezogen. In der schwarzen Wildlederhose und dem weißen Rippenrolli, der seine winterliche Selbstbräunerbräune äußerst vorteilhaft zur Geltung brachte, sah er wie ein Strich in der Landschaft aus – allerdings ein schrankartiger Strich. In meinem Gap-Mini, den ich immer noch trug, machte ich outfitmäßig nicht halb so viel her.

»Hallo, Andy! Na, hast du das BUCH heil abgeliefert?« Während wir vor der Garderobe anstanden, um unsere Mäntel abzugeben, erblickte ich als erstes Brad Pitt.

»Ich halt's im Kopf nicht aus! Brad Pitt ist hier?«

»Na ja, Marshall macht Jennifer die Haare. Das heißt, sie müsste sich hier auch irgendwo herumtreiben. Nächstes Mal glaubst du mir lieber, dass es sich lohnt, sich an meine Fersen zu heften. Komm, wir holen uns was zu trinken.«

Erst Brad Pitt, dann Reese Witherspoon und Johnny Depp. Der Abend verging wie im Flug. Um ein Uhr hatte ich vier Drinks intus und unterhielt mich prächtig mit einer Mode-Assistentin der *Vogue*. Unser Thema? Gewachste Bikinizonen! Und es machte mir nicht das Geringste aus. Im Gegenteil. *Mann*, dachte ich, während ich mir auf der Suche nach James einen Weg durch die Menge bahnte und mal auf Verdacht in Richtung von Jennifer Aniston hinüberlächelte, *diese Party ist echt nicht übel.* Aber ich war beschwipst, und ich musste in sechs Stunden wieder im Büro antreten. Als ich James endlich aufgespürt hatte, war er in einen Flirt mit einem Coloristen aus Marshalls Salon vertieft. Ich wollte mich gerade klammheimlich wieder davonstehlen, als mir jemand die Hand auf den Rücken legte, genauer gesagt, ins Kreuz.

»Hey«, sagte der tolle Typ, den ich in der Ecke neben dem Büchertisch erspäht hatte. Ich wartete auf eine Entschuldigung; wahrscheinlich hatte er mich von hinten mit seiner Freundin verwechselt. Aber er grinste mich bloß unverschämt an. »Sie sind ja nicht sehr gesprächig.«

»Aber Sie, ja? Zählt das heute schon als Wortgewandtheit, wenn man das Wörtchen hey über die Lippen bringt?« *Andy! Halt dein loses Mundwerk! Da wirst du auf einer Promiparty aus heiterem Himmel von einem traumhaften Typen angebaggert, und dir fällt nichts Besseres ein, als ihm gleich kontra zu geben?* Aber ihm schien diese ruppige Behandlung nichts auszumachen, im Gegenteil. Er grinste sogar noch frecher.

»Sorry«, sagte ich zerknirscht. »Fangen wir noch mal von vorne an? Ich heiße Andrea. So, das war doch schon viel besser.« Ich gab ihm die Hand. Was er wohl von mir wollte?

»So schlecht fand ich den Anfang gar nicht. Ich bin Christian. Nett, Sie kennen zu lernen, Andrea.« Er strich sich eine braune Locke aus der Stirn und trank einen Schluck Budweiser – aus der Flasche! Irgendwie kam er mir bekannt vor, aber ich konnte ihn nicht recht einordnen.

»Bud, hm?«, sagte ich und zeigte auf die Flasche. »Ich hätte gar nicht gedacht, dass man hier so was Prolliges wie Bier überhaupt bekommen kann.«

Er lachte, tief aus dem Bauch heraus. »Sie nehmen wirklich kein Blatt vor den Mund, hm?« Ich muss ziemlich verlegen aus der Wäsche geschaut haben, denn er fuhr lächelnd fort: »Nein, nein, das gefällt mir ja gerade. So etwas ist selten, vor allem in dieser Branche. Tja, ich konnte mich einfach nicht überwinden, mit dem Strohhalm Champagner aus einem Piccolofläschchen zu schlürfen. Das hat so was Unmännliches. Da habe ich den Barmann so lange bekniet, bis er irgendwo in der Küche ein Bier für mich ausgegraben hat.« Die widerspenstige Locke kringelte sich schon wieder in seine Stirn. Er bot mir eine Zigarette an, die mir prompt aus der Hand fiel. Was aber beileibe kein Beinbruch war, denn so konnte ich ihn, als ich mich danach bückte, auch unterhalb der Gürtellinie ein bisschen näher begutachten.

Also dann, von unten nach oben: topmodische Gucci-Loafer; eine tief auf den Hüften sitzende, leicht ausgestellte Diesel-Jeans, die genau an den richtigen Stellen verwaschen und am Saum ein klein wenig ausgefranst war; schwarzer Gürtel, vermutlich ebenfalls Gucci; schlichtes weißes T-Shirt, das nur das Auge des Kenners beziehungsweise der Kennerin als Armani oder Hugo Boss identifizieren konnte und das er bestimmt nur deshalb angezogen hatte, damit man sah, wie perfekt er gebräunt war. Der schwarze Blazer sah teuer aus, ein guter Schnitt, möglicherweise sogar nach Maß gefertigt. Insgesamt war dieser Christian zwar nur durchschnittlich groß, dafür aber überdurchschnittlich sexy. Doch am auffallendsten waren seine grünen Augen. Meergrün, dachte ich, oder vielleicht doch flaschengrün? Größe, Figur, die ganze Erscheinung, alles erinnerte mich leise an Alex, bloß in einer etwas gehobeneren Preisklasse. Eine kleine Spur cooler, einen winzigen Hauch attraktiver. Und ein ganzes Stück älter, um die 30. Und wahrscheinlich aalglatt.

Er gab mir Feuer. »Und wie hat es Sie auf diese Party verschlagen, Andrea? Gehören Sie vielleicht zu den wenigen vom Schicksal Begünstigten, die Marshall Madden mit seiner Kunst beglückt?«

»Schön wär's. Aber was nicht ist, kann ja noch werden. Er hat mir nämlich ziemlich unmissverständlich zu verstehen gegeben, dass ich ihm meine Haare anvertrauen sollte«, sagte ich. Plötzlich merkte ich, dass ich mich regelrecht anstrengte, diesen Fremden zu beeindrucken. »Nein, ich arbeite bei *Runway*. Ein Kollege hat mich hergeschleppt.«

»Bei *Runway*, hm? Cooler Job, wenn man auf Sadomaso steht. Und wie gefällt es Ihnen?«

Zu seinen Gunsten ging ich davon aus, dass er damit meine Arbeit meinte und nicht S&M. Das hatte ja fast so geklungen, als ob er wusste, wovon er redete. Vielleicht war ihm aus eigener Erfahrung bekannt, dass die Branche von innen lange nicht so glamourös war, wie sie von außen erschien. Ob ich ihm von meiner Albtraumaufgabe des Abends erzählen sollte, von der Ablieferung des BUCHS? Um Gottes Willen, bloß nicht, ich hatte ja keine Ahnung, wer dieser Typ eigentlich war. Womöglich arbeitete auch er bei *Runway*, in irgendeiner abgelegenen Abteilung, die ich noch nicht kannte, oder bei einer anderen Elias-Clark-Zeitschrift. Oder er war einer von diesen dreisten Klatschreportern, vor denen Emily mich gewarnt hatte: »Plötzlich stehen sie vor dir. Sie machen sich an dich ran, um dich über Miranda oder *Runway* auszuquetschen. Nimm dich bloß in Acht.« Da war er wieder, der alte *Runway*-Verfolgungswahn.

»Na ja«, antwortete ich möglichst lässig und unverbindlich. »Es ist schon ein seltsamer Laden. Eigentlich habe ich für Mode nicht besonders viel übrig. Ich würde viel lieber schreiben. Aber für den Anfang kann man wohl nicht zu viel verlangen. Und was machen Sie beruflich?«

»Ich schreibe.«

»Ach ja? Das muss toll sein.« Hoffentlich klang es nicht halb so herablassend, wie es gemeint war. Aber ich hatte langsam die Nase voll davon, dass sich in New York jeder Möchtegernintellektuelle als Autor, Schauspieler, Dichter oder Künstler ausgab. *Ich habe für die College-Zeitung geschrieben*, dachte ich. *Und als ich noch auf der High School war, ist sogar mal ein Essay von mir in einer Monatszeitschrift veröffentlicht worden.* Aber bildete ich mir deswegen ein, Schriftstellerin zu sein? »Und was schreiben Sie so?«

»Hauptsächlich literarische Sachen. Momentan sitze ich an meinem ersten historischen Roman.« Er trank einen Schluck und versuchte sich erneut als Lockenbändiger.

An seinem »ersten historischen Roman«? Das hörte sich ja fast so an, als ob er schon mehrere nichthistorische in der Schublade hatte. »Ach, und wovon handelt er?«

Er überlegte kurz. »Ich beschreibe darin das Leben im Zweiten Weltkrieg, und zwar aus der Perspektive einer jungen Amerikanerin. Ich bin noch mit den letzten Recherchen beschäftigt und muss auch noch meine Interviews abtippen. Deshalb habe ich bis jetzt noch nicht sehr viel zu Papier gebracht, aber die Arbeit lässt sich ziemlich gut an …«

Ich hörte ihm nur noch mit halbem Ohr zu. Heilige Scheiße. Die Story kannte ich doch, ich hatte im *New Yorker* darüber gelesen, ein Vorbericht über einen Roman, auf den die ganze Buchwelt mit angehaltenem Atem zu warten schien und dessen realistisch dargestellte Heldin tief beeindruckte. Mein Gott, der Typ mit dem ich hier plauderte, war Christian Collinsworth, der literarische Wunderknabe, den es mit 20 Jahren aus der Unibibliothek direkt in die Bestsellerlisten katapultiert hatte. Sein erstes Buch war von der Kritik in den höchsten Tönen gelobt und als literarisches Meisterwerk des 20. Jahrhunderts bejubelt worden. Seitdem hatte er noch zwei Romane nachgelegt, die ebenfalls den Weg in die Bestsellerlisten gefunden hatten. In dem *New-Yorker*-Artikel war Christian nicht nur als »der kommende Stern der amerikanischen Literaturszene« beschrieben worden, sondern auch als »umwerfend attraktiver Frauentyp, dem die Damenwelt auch dann noch zu Füßen liegen wird, wenn sich seine Leserschaft eines Tages wider Erwarten von ihm abwenden sollte.«

»Klingt echt interessant«, sagte ich. Auf einmal war ich viel zu ausgelaugt, um mir noch geistreiche, schlagfertige oder charmante Antworten einfallen zu lassen. Wozu sollte dieser berühmte Schriftsteller seine Zeit ausgerechnet mit mir verplempern? Sicher wartete er bloß auf seine Freundin, die bestimmt ein Supermodel war und nur noch schnell ein 10000-Dollar-Foto-Shooting zu erledigen hatte, bevor sie sich zu ihm gesellte. *Außerdem kann es dir doch so oder so egal sein*, ging ich streng mit mir ins Gericht. *Falls du es vergessen haben solltest, du hast schon einen Freund, einen unglaublich lieben, hilfsbereiten, süßen Kerl. Verbrenn dir nicht die Finger!* Schnell entschuldigte ich mich mit irgendeiner Ausrede, ich müsse jetzt unbedingt sofort nach Hause. Christian musterte mich belustigt.

»Sie haben Angst vor mir«, stellte er mit einem spöttischen Lächeln fest.

»Ich? Angst vor Ihnen? Wieso sollte ich? Oder hätte ich etwa Grund dazu?«, flirtete ich zurück. Ich konnte nicht anders, er lud mich geradezu dazu ein.

Er nahm meinen Ellenbogen und drehte mich in Richtung Ausgang. »Kommen Sie, ich setze Sie in ein Taxi.« Und schwups, stand ich schon draußen auf dem roten Teppich, ehe ich nein sagen konnte oder herzlichen Dank, ich finde schon allein heim, oder: Glaub ja nicht, ich nehme dich mit zu mir.

»Brauchen Sie ein Taxi?«, fragte der Portier.

»Ja, bitte. Ein Taxi für die Dame«, antwortete Christian.

»Nein, danke, ich habe einen Wagen«, sagte ich und deutete

auf die Reihe der wartenden Limousinen vor dem Paris Theater.

Ohne ihn anzusehen, spürte ich, dass Christian schon wieder lächelte. *Dieses Killerlächeln*. Er brachte mich hinüber und hielt mir schwungvoll die Wagentür auf.

»Danke sehr«, sagte ich förmlich, während ich ihm zum Abschied die Hand hinstreckte. »Es war nett, Sie kennen gelernt zu haben, Christian.«

»Das Vergnügen war ganz meinerseits, Andrea.« Statt mir die Hand zu schütteln, hob er sie an seine Lippen. »Ich hoffe, wir sehen uns bald wieder.« Inzwischen hatte ich mich auf den Rücksitz geschwungen, ohne über meine eigenen Füße zu stolpern oder mich sonst wie zu blamieren, und konzentrierte mich krampfhaft darauf, nicht rot zu werden. Doch dafür war es wohl leider schon zu spät. Als der Wagen losrollte, blickte er mir nach.

Komisch, wie sich der Mensch verändert. Obwohl ich vor zwei Monaten noch nie eine Limousine von innen gesehen hatte, war es mir inzwischen fast zur Selbstverständlichkeit geworden, mich von einem Chauffeur durch die Gegend kutschieren zu lassen. Dass ich mit Hollywoodstars eine Party feierte, war kaum noch der Rede wert. Und da sollte ich mich von einem Handkuss des wohl begehrtesten New Yorker Junggesellen beeindrucken lassen? *Das zählt alles nicht*, rief ich mir ins Gedächtnis. *Das gehört zu dieser anderen Welt, und diese andere Welt ist nichts für dich. So spannend und aufregend sie von außen auch aussehen mag, du würdest darin ganz schnell den Boden unter den Füßen verlieren*. Aber ich konnte den Blick nicht von meiner Hand losreißen, auf der ich noch den sanften Druck seiner Lippen zu spüren meinte. Entschlossen steckte ich sie schließlich in meine Tasche, holte das Handy heraus und rief Alex an. Aber was, wenn überhaupt, sollte ich ihm bloß erzählen?

9

Es dauerte zwölf Wochen, bis ich anfing, mich mit den Designerklamotten einzudecken, die mir bei *Runway* regelrecht nachgeschmissen wurden. Zwölf unendlich lange Wochen mit 14-Stunden-Tagen und höchstens fünf Stunden Schlaf. Zwölf elendig lange Wochen, in denen ich mich tagein, tagaus von oben bis unten inspizieren lassen musste, ohne ein einziges Wort des Lobes oder wenigstens der Anerkennung zu hören. Zwölf grauenvoll lange Wochen, in denen ich mir dumm, inkompetent und rundum unbedarft vorkam. Zu Beginn meines vierten *Runway*-Monats gab ich mich geschlagen. Ich beschloss, eine neue Frau zu werden und mich dementsprechend in Schale zu schmeißen.

Bis dahin hatte mir die morgendliche Kleiderwahl die letzten Kräfte geraubt. Selbst ich sah ein, dass es wesentlich praktischer gewesen wäre, eine *Runway*-kompatible Garderobe zu besitzen. Jeder Morgen war schlimm, aber das Anziehen war das Allerschlimmste daran. Der Wecker rappelte so früh, dass ich es nicht über mich brachte, irgendjemandem davon zu erzählen, als ob allein die Erwähnung dieser Uhrzeit einen Schmerzreiz auslöste. Pünktlich morgens um sieben Uhr im Büro anzutanzen, war so schwierig, dass es schon fast wieder ans Komische gegrenzt hätte, wenn mir nicht viel eher nach Weinen zumute gewesen wäre. Natürlich war es auch früher schon vorgekommen, dass ich um sieben nicht mehr im Bett lag, weil ich zum Beispiel am Flughafen eine bestimmte Maschine erwischen wollte oder in letzter Sekunde noch für eine Prüfung büffeln musste. Ansonsten kannte ich diese Uhrzeit fast nur als das Ende einer durchgefeierten Nacht, nicht gerade ein Schreckensszenario, wenn man gemütlich ausschlafen konnte. Doch nun lagen die Dinge anders. Hier handelte es sich um einen konstanten, nicht nachlassenden, unmenschlichen Schlafentzug. Ich konnte machen, was ich wollte, aber ich schaffte es nie, vor zwölf ins Bett zu kommen. In den letzten zwei Wochen war es besonders schlimm gewesen, da die Arbeit am Frühjahrsheft in der entscheidenden Phase war und ich manchmal bis kurz vor elf in der Redaktion hocken musste, bis das BUCH fertig war. Meistens war es schon nach Mitternacht, wenn ich endlich zu Hause einlief, und dann musste ich schließlich auch noch was essen und mich aus den Klamotten schälen, bevor ich wie eine Tote einschlief.

Für mich war die Nacht um 5.30 Uhr mit einem Schrillen zu Ende. Ich zwang mich, einen Fuß unter der Bettdecke raus und in Richtung Wecker zu strecken (der strategisch so platziert war, dass ich mich bewegen musste, um an ihn ranzukommen). Ich stocherte so lange mit den Zehen herum, bis ich einen Treffer landete und das Geplärr aufhörte. So ging es in Siebenminutenintervallen weiter, bis ich um 6.04 Uhr in heller Panik aus dem Bett und in die Dusche stürzte.

Danach folgte der Kampf mit dem Kleiderschrank, normalerweise zwischen 6.31 und 6.37 Uhr. Lily, die in ihrer Uni-Einheitskluft aus Jeans, Sweatshirt und Hanfhalskette selbst nicht gerade als die große Modeexpertin daherkam, staunte jedes Mal, wenn wir uns trafen: »Sag mal, was für Sachen ziehst du eigentlich ins Büro an? Deine Klamotten sind okay, aber damit kannst du dich doch nicht bei *Runway* blicken lassen.«

Ich behielt wohlweislich für mich, dass ich genau aus diesem Grund in den ersten Monaten extra früh aufgestanden war, finster entschlossen, meinen sportlich lässigen Look ein bisschen auf *Runway* zu trimmen. Mit einer Tasse Kaffee in der Hand stand ich morgens eine halbe Stunde vor dem Kleiderschrank und quälte mich endlos mit Stiefeln und Gürteln, Wollstoffen und Mikrofasermaterial ab. Wenn ich fünfmal die Strümpfe gewechselt hatte, um den richtigen Farbton zu treffen, dämmerte es mir plötzlich: Strümpfe waren verpönt. Meine Absätze waren immer zu flach, zu breit, zu dick. Ich besaß nicht ein einziges Kleidungsstück aus Kaschmir. Da das Wort »Stringtanga« für mich noch nicht existierte, grübelte ich ewig darüber nach, was ich anziehen sollte, damit sich mein Slip nicht abzeichnete – eines der beliebtesten Lästerthemen in der Kaffeepause. Und so oft ich auch dazu Anlauf nahm, ich konnte mich nicht überwinden, in einem trägerlosen Top zur Arbeit zu gehen.

Nach drei Monaten schmiss ich die Flinte ins Korn. Ich war seelisch, körperlich und geistig am Ende, ausgelaugt vom täglichen Kleiderwahlmartyrium. Es war ein Morgen wie jeder andere, ich stand mit meinem Kaffee vor dem Schrank und inspizierte meine guten, alten Lieblingssachen. Warum sollte ich mich noch länger dagegen wehren? Wenn ich Designerklamotten trug, hieß das doch noch lange nicht, dass ich eine voll angepasste *Runway*-Klapperschnepfe war oder meine Seele verkauft hatte. Nachdem ich in letzter Zeit immer öfter immer bissigere Kommentare über mein Outfit hatte einstecken müssen, war mir sogar schon der Gedanken gekommen, ob ich nicht mit meiner modischen Sturheit vielleicht sogar meinen Job aufs Spiel setzte. Ich sah mich im Spiegel an und musste lachen: Dieses Ding im Maidenform-BH und im Baumwollslip von Jockey wollte es mit einer *Runway*-Schönheit aufnehmen? Ha, ha! In diesen Klamotten? Garantiert nicht. Ich arbeitete schließlich bei der einflussreichsten Modezeitschrift der Welt: Da reichte es einfach nicht, nur sauber und adrett auszusehen. Ich schob meine langweiligen Blusen zur Seite und förderte den Tweedrock (Prada), den schwarzen Rolli (Prada) und die Halbstiefel (Prada) ans Tageslicht, die James mir eines Abends zugesteckt hatte, als ich noch auf das BUCH wartete.

»Was ist das?«, fragte ich, während ich den Kleidersack aufmachte.

»Was du anziehen solltest, wenn du nicht gefeuert werden willst, Andy«, antwortete er. Er lächelte zwar, konnte mir aber nicht in die Augen sehen.

»Wie bitte?«

»Hör mal zu. Ich finde, du solltest wissen, dass dein, äh, dein Look hier nicht bei allen gut ankommt. Schon klar, diese Designerklamotten sind ein teurer Spaß, aber das muss nicht sein. Ich habe so viele Sachen in der Kleiderkammer, dass kein Mensch etwas davon merkt, wenn du dir mal ein Teil, äh, borgen würdest.« Er setzte das Wort »borgen« mit den Fingern in Anführungsstriche. »Und natürlich solltest du auch die PR-Leute anrufen und dir die Discountkarten der Designer geben lassen. Ich kriege 30 Prozent Rabatt, aber da du für Miranda arbeitest, würde es mich fast wundern, wenn sie dir überhaupt etwas berechnen. Es gibt keinen Grund, an deinem … College-Look festzuhalten.«

Ich biss mir auf die Zunge. Dass ich versucht hatte, mit meinen Billigschuhen und den Jeans von der Stange der Welt zu beweisen, dass ich mich nicht vom *Runway*-Glanz hatte blenden lassen, behielt ich in diesem Augenblick lieber für mich. Wer mochte James wohl auf mich angesetzt haben? Emily? Oder gar Miranda persönlich? Aber eigentlich spielte es keine Rolle. Schließlich hatte ich schon drei volle Monate bei *Runway* durchgehalten, und wenn mir ein Prada-Pulli garantieren konnte, dass ich auch noch die letzten neun überlebte – dann immer her damit. Von diesem Tag an war mein Gammellook passé.

Als ich um 6.50 aus dem Haus trat, war ich ziemlich zufrieden mit meiner Erscheinung – und war wohl auch nicht die Einzige, der ich gefiel. Ich war noch keine zehn Schritte weit gekommen, da pfiff schon ein Straßenverkäufer hinter mir her; eine Frau sprach mich an, die mir neidisch erzählte, dass sie seit drei Monaten mit den Gedanken spielte, sich genau die Stiefel zuzulegen, die ich trug. *Daran könnte man sich gewöhnen*, dachte ich mir. Irgendwas musste man schließlich sowieso anziehen, nackt ging keiner zur Arbeit, und in meinem neuen Outfit fühlte ich mich jedenfalls um Klassen besser als in meinen eigenen Sachen. An der nächsten Ecke stieg ich in ein Taxi, kein Notfall mehr, sondern alte Gewohnheit. Drinnen war es warm und gemütlich, aber ich war zu müde, um mich auch nur darüber freuen zu können, dass ich mich nicht mit den anderen Werktätigen in die U-Bahn quetschen musste. Ich krächzte: »Madison 64. Schnell bitte.« Der Fahrer sah mich im Rückspiegel an, mitleidig, wie es mir schien, und sagte: »Elias-Clark-Building, richtig?« Dann trat er aufs Gas. Nach einer halsbrecherischen Fahrt von genau sechs Minuten – um diese Uhrzeit gab es noch keinen nennenswerten Verkehr – kamen wir mit quietschenden Reifen vor dem ranken, schlanken Monolithen zum Stehen, dem die darin arbeitenden Angestellten von der Figur her nachzueifern schienen. Der Fahrpreis betrug wie jeden Morgen 6,40 Dollar, und wie jeden Morgen gab ich dem Fahrer einen Zehner und sagte: »Der Rest ist für Sie.« Und wie jeden Morgen freute ich mich über sein ungläubiges Staunen. »Mit bestem Dank von *Runway*.«

Das hatte ich schon nach meiner ersten *Runway*-Woche rausgehabt, dass die Spesenabrechnungen nicht gerade Elias-Clarks starke Seite waren. Tag für Tag zehn Dollar für ein Taxi? Kein Problem. Bei einem anderen Unternehmen hätte man vielleicht nachgeprüft, ob ich überhaupt das Recht hatte, mit dem Taxi zur Arbeit zu fahren. Bei Elias-Clark wunderte man sich höchstens, dass ich mir ein mickriges Taxi nahm, statt mich mit der Limousine chauffieren zu lassen. Dass ich *Runway* jeden Tag zehn Dollar extra aus den Rippen leierte, befriedigte mich zutiefst, auch wenn es der Firma vermutlich nicht wehtat. Man hätte es passiv-aktiven Widerstand nennen können – *ich* nannte es ausgleichende Gerechtigkeit.

Nachdem ich dafür gesorgt hatte, dass wenigstens *ein* Mensch froh gelaunt in den Tag starten konnte, sprang ich beschwingt aus dem Taxi. Das Gebäude hieß zwar Elias-Clark-Building, aber die eine Hälfte der Bürofläche gehörte JS Bergmann, dem renommiertesten Bankhaus der Stadt. Obwohl wir uns mit ihnen nicht einmal die Fahrstühle teilten, blieb es nicht aus, dass sich ihre reichen Banker und unsere Modeschönheiten in der Lobby über den Weg liefen und einander unter die Lupe nahmen.

Ich hatte mich gerade für mein allmorgendliches Duett mit Eduardo gewappnet, als ich unvermittelt von hinten angesprochen wurde. »Hi, Andy. Was macht die Kunst? Lange nicht gesehen.« Die Stimme klang so müde und gelangweilt, dass ich mich fragte, warum mich der Typ nicht einfach in Frieden ließ.

Ich drehte mich um. Es war Benjamin, einer von Lilys zahllosen abgelegten Exfreunden, der neben dem Eingang auf dem Bordstein hockte und eine Zigarette rauchte. Der erste Mann, der Lily wirklich etwas bedeutet hatte. Ich hatte mit dem guten alten Benji (den Namen hasste er) kein Wort mehr gesprochen, seit dem Tag, an dem Lily ihn in seiner Studentenbude in flagranti bei einem flotten Dreier erwischt hatte. Die beiden Mädchen, zwei Freundinnen, die mit Lily im A-Capella-Chor sangen, hatten ihr danach nie wieder in die Augen sehen können. Als ich versuchte, ihr einzureden, dass die drei ihr nur einen Streich spielen wollten, kaufte sie mir das nicht ab, sondern heulte sich tagelang die Augen aus dem Kopf und nahm mir das Versprechen ab, keiner Menschenseele zu verraten, was sie gesehen hatte. Ich hielt Wort, aber dafür plauderte Benji umso mehr, brüstete sich vor allen Leuten mit seiner Meisterleistung. Er hätte »zwei Trällertussis genagelt, während die dritte dabei zusah«, als ob Lily sich die große Sexshow ihres Mackers freiwillig reingezogen hätte. Nach dieser Geschichte hatte Lily geschworen, sich nie wieder zu verlieben, und bis jetzt schien sie sich an ihren Vorsatz zu halten. Zwar war sie kein Kind von Traurigkeit, aber anschließend servierte sie die Typen ruckzuck wieder ab, um sich nicht aus Versehen womöglich doch noch in sie zu vergucken.

Ich hätte Benjamin fast nicht wieder erkannt. Früher war

er sportlich und attraktiv gewesen, ein ganz normaler Kerl. Aber die Arbeit bei Bergman hatte ein Wrack aus ihm gemacht. Sein Anzug war zerknittert und schlabberte ihm um die Glieder, und er sog mit der Verzweiflung eines Cracksüchtigen an seiner Marlboro. Obwohl es erst sieben Uhr war, sah er völlig fertig aus. Ich genoss seinen jämmerlichen Anblick. Weil es irgendwie eine Revanche für Lily war und weil ich nicht der einzige Depp war, der sich zu dieser unchristlichen Stunde zur Arbeit schleppte. Auch wenn man ihm sein Elend vermutlich mit 150 000 Dollar im Jahr versüßte.

Benji winkte mir mit seiner Zigarette, deren Glut im morgendlichen Dunkel einen leuchtenden Bogen beschrieb. Ich zögerte einen Augenblick, ob ich zu ihm rübergehen sollte – ich wollte schließlich nicht zu spät kommen. Aber Eduardo bedeutete mir, dass Miranda noch nicht im Hause war. Ich konnte also beruhigt ein paar Minütchen abzweigen.

»Hi, Andy. Wie geht's? Du bist anscheinend die Einzige, die hier jeden Tag zu nachtschlafender Zeit zur Arbeit aufkreuzt«, murmelte er, während ich in meiner Tasche nach meinem Lippenstift kramte, um mir noch schnell die Lippen nachzuziehen. »Wie kommt das?«

Er sah so müde und geschafft aus, dass mich fast so etwas wie Mitleid überkam. Aber nur fast. Schließlich konnte ich mich vor Erschöpfung selbst kaum auf den Beinen halten.

»Das kommt daher, dass ich für eine Frau arbeite, die mir alles abverlangt. Deshalb habe ich geschlagene zweieinhalb Stunden vor allen anderen in der Redaktion anzutanzen«, raunzte ich ihn bitter an.

»Ist ja schon gut! War doch nur 'ne Frage. Sorry. Das klingt aber wirklich ziemlich übel. Bei welcher Zeitung bist du denn?«

»Ich arbeite für Miranda Priestly«, sagte ich und hoffte auf eine verständnislose Miene. Ich freute mich immer, wenn ich auf einen halbwegs gebildeten Menschen traf, der nicht den leisesten Schimmer hatte, wer Miranda war. Etwas, das mich jedes

Mal aufs Neue froh machte. Um nicht zu sagen glücklich. Und tatsächlich, Benji enttäuschte mich nicht. Er zuckte mit den Schultern, paffte an seiner Zigarette und sah mich fragend an.

»Sie ist die Herausgeberin von *Runway*.« Ich senkte die Stimme und legte genüsslich los. »Und der schlimmste Drachen, dem ich je begegnet bin. Ich wusste gar nicht, dass es solche Leute überhaupt gibt. Sie ist kein Mensch, sie ist eine Maschine.« Am liebsten hätte ich dem armen Benji eine ganze Litanei von Klagen heruntergebetet, aber bevor ich richtig in Fahrt geriet, besann ich mich blitzschnell auf den guten alten *Runway*-Rückzieher. Von einer Sekunde auf die andere wurde ich nervös, ja fast panisch, dass dieser ahnungslose, fischblütige Trottel einer von Mirandas Lakaien war oder ein Klatschreporter, der mich aushorchen sollte. Oder vielleicht hatte sich in den letzten Sekunden auch jemand von hinten an mich herangepirscht, der jede Gehässigkeit mithörte, die ich von mir gab. Beides ziemlich lächerliche Vorstellungen. Trotzdem, ich konnte nicht anders: Schadensbegrenzung, ich musste Schadensbegrenzung betreiben, und zwar hurtig.

»Andererseits ist sie natürlich die einflussreichste Frau der New Yorker Zeitungs- und Verlagswelt. Man schafft es nicht an die Spitze einer derart wichtigen Branche, wenn man den ganzen Tag nur Süßholz raspelt. An ihrer Stelle würde ich es genauso machen. So, und jetzt muss ich los. Ciao. Man sieht sich.« Damit suchte ich das Weite. Ich konnte gar nicht vorsichtig genug sein. Die einzigen Menschen, bei denen ich richtig über Miranda vom Leder ziehen durfte, waren Lily, Alex und meine Eltern.

»Nimm's nicht so schwer, Andy«, rief er mir nach. »Sieh mich an. Ich bin schon seit Donnerstagmorgen hier.« Damit ließ er seine glimmende Zigarette fallen und trat sie halbherzig auf dem Beton aus.

»Hallo, Eduardo«, sagte ich mit einem kläglichen Lächeln. »Mann, wie ich Montage hasse.«

»Hallo, Goldstück. Es könnte schlimmer sein. Wenigstens sind Sie heute Morgen vor ihr da«, antwortete er tröstend, und spielte damit auf die Unglückstage an, an denen Miranda schon um fünf Uhr aufkreuzte und von einem Wachmann nach oben begleitet werden musste, da sie sich strikt weigerte, eine Ausweiskarte bei sich zu tragen. Dann tigerte sie unruhig im Büro auf und ab und bombardierte Emily und mich so lange mit Anrufen, bis endlich eine von uns aufwachte, in ihre Klamotten sprang und ins Büro raste, als ob der nationale Notstand ausgebrochen wäre.

Ich stemmte mich gegen das Drehkreuz. Vielleicht würde Eduardo mir an diesem Montag gnädig sein und mich ohne die übliche Show durchlassen. Falsch gedacht!

»*Yo, tell me what you want, what you really, really want*«, schmetterte er mit seinem strahlenden Lächeln und seinem spanischen Akzent. Schon war mein Freude darüber, dass ich den Taxifahrer glücklich gemacht und es geschafft hatte, vor Miranda in der Redaktion zu sein, wie weggeblasen. Wie jeden Morgen stand ich kochend vor der Sicherheitssperre und hätte Eduardo am liebsten den Kragen umgedreht. Aber weil er so ein netter Kerl war und einer der wenigen Freunde, die ich im ganzen Haus hatte, fügte ich mich zähneknirschend in mein Schicksal. »*I'll tell you what I want, what I really, really want, I wanna – I wanna – I wanna – I wanna – I really, really, really wanna zigga zig aaaaaahhhh*«, antwortete ich. Ich gab mein Bestes, aber mehr als ein müder Abklatsch der Spice Girls kam nicht dabei heraus. Und wie jeden Morgen revanchierte sich Eduardo, indem er auf sein Knöpfchen drückte und mich durch die Sperre ließ.

»Und nicht vergessen: der 16. Juli!«, rief er mir noch nach.

»Alles klar, der 16. Juli ...«, rief ich zurück. Irgendwie hatte er herausbekommen, dass wir am gleichen Tag Geburtstag hatten, eine Tatsache, die seitdem zum festen Bestandteil unseres allmorgendlichen Begrüßungsrituals geworden war.

Die Elias-Clark-Seite des Gebäudes hatte acht Fahrstühle, die eine Hälfte für die Etagen 1 bis 17, die andere für alles, was darüber lag. Wirklich wichtig waren eigentlich nur die ersten vier, da die Redaktionen der renommiertesten Zeitschriften alle in den unteren 17 Stockwerken residierten. Über den Fahrstuhltüren prangten große beleuchtete Schilder, die auf die einzelnen Büros hinwiesen. Im ersten Stock lag ein topmodernes Fitnessstudio, das die Angestellten kostenlos benutzen durften und das mit allen Schikanen ausgerüstet war: Nautilusmaschinen, mindestens 100 Stairmaster-Geräte, Laufbänder und Ergometer. Außerdem gab es Saunen, japanische Badezuber und Dampfbäder und neben den Umkleideräumen einen Schönheitssalon, wo man sich im Notfall schnell eine Maniküre, Pediküre oder Gesichtspackung machen lassen konnte. Angeblich brauchte man noch nicht mal eigene Handtücher mitzubringen, was ich allerdings nur vom Hörensagen wusste. Zum einen fehlte mir die Zeit, und zum anderen war das Studio zwischen sechs Uhr morgens und zehn Uhr abends immer so rappelvoll, dass man kaum zwischen den Fitnessfreaks hindurchkam. Ob Autor, Redakteur oder Vertriebsassistent – jeder musste sich drei Tage im Voraus zu seiner Kickbox- oder Yogastunde anmelden, und selbst dann verlor er seinen Platz wieder, wenn er nicht eine Viertelstunde vor Unterrichtsbeginn antanzte. Wie bei fast allem, was im Elias-Clark-Building dazu gedacht war, den Mitarbeitern das Leben angenehmer zu gestalten, empfand ich den Gedanken, dort herumzuhampeln, bloß als stressig.

Ich hatte auch läuten hören, dass es im Tiefgeschoss eine Kindertagesstätte geben sollte, aber da mir bis jetzt noch keine Kollegin über den Weg gelaufen war, die tatsächlich Kinder hatte, konnte ich den Wahrheitsgehalt dieses Gerüchts nicht überprüfen. Wirklich interessant wurde es erst im zweiten Stock, wo die Cafeteria lag. Miranda setzte nie einen Fuß dort hinein, es sei denn, sie war zum Lunch mit Irv Ravitz verabredet, dem Verlagsleiter von Elias-Clark. Der mischte sich zum Essen gern unter das arbeitende Volk, um zu beweisen, dass wir alle eine große Familie waren.

Hoch und immer höher ging es hinauf, vorbei an all den berühmten Titeln. Die meisten mussten sich eine Etage teilen, durch den Empfang getrennt wie durch eine Grenze. Im 17. Stock stieg ich aus. Da ich natürlich mal wieder meine Plastikkarte vergessen hatte, blieb mir nichts anderes übrig, als in unseren Bürotrakt einzubrechen. Sophy fing erst um neun an, ich war also auf mich allein gestellt. Ich bückte mich unter ihre Empfangstheke, drückte den Entriegelungsknopf und setzte zum Sprint an, um durch den Spalt zu schlüpfen, bevor sich die Glastür automatisch wieder schloss. An manchen Tagen brauchte ich für diese sportliche Disziplin drei oder vier Versuche, heute genügten zwei.

Ich nahm denselben Weg wie jeden Morgen durch den um diese Uhrzeit noch dunklen Korridor. Links von mir lag die Werbeabteilung, deren Assistentinnen am liebsten in Chloé-T-Shirts und hochhackigen Stiefeln herumliefen und Visitenkarten verteilten, auf denen in Riesenlettern das Wort *Runway* prangte. Sie lebten beziehungsweise arbeiteten in ihrer eigenen Welt, die nicht das Geringste mit dem zu tun hatte, was auf der Redaktionsseite des Korridors vor sich ging. Die Redaktion suchte die Kleider für die Modeseiten aus, warb um die Gunst der besten Autoren, stimmte die Accessoires auf die Outfits ab, führte die Auswahlgespräche mit den Models, bearbeitete die Artikel, entwarf die Layouts und beauftragte die Fotografen. Redakteure reisten zu Foto-Shootings in die interessantesten Ecken der Welt, heimsten bei den Designern Geschenke und Rabatte ein, spürten den neuesten Trends nach und besuchten die angesagtesten Events, weil sie wissen mussten, »wer was trug.«

Dann gab es noch die Akquise-Abteilung, deren Aufgabe es war, Anzeigenraum zu verkaufen. Manchmal schmissen sie eine Party, aber da bei ihnen noch nie ein Promi eingelaufen war, ließ sich dort kein New Yorker blicken, der sich für »hip« hielt. Ich erfuhr von diesen Partys immer nur hinten herum, wenn mein Telefon den ganzen Tag nicht stillstand, weil irgendwelche unbedeutenden Leute hofften, durch mich an eine Einladung zu kommen. Offiziell wurden wir aus der Redaktion selbstredend nicht eingeladen, weil wir sowieso nicht kommen würden. Dann nicht genug damit, dass die *Runway*-Girls jeden verachteten, terrorisierten und diskriminierten, der nicht zu ihnen gehörte – sie errichteten auch noch innere Klassenschranken.

Hinter der Akquise-Abteilung erstreckte sich ein schier endlos langer, schmaler Korridor, der irgendwann in eine winzige Teeküche mündete. Hier gab es diverse Sorten Tee und Kaffee und sogar einen Kühlschrank, für den Fall, dass man sich sein Mittagessen von zu Hause mitbringen wollte. Diesen Service hätte man sich sparen können, da der einzige Kaffee, mit dem sich die Angestellten bei Kräften hielten, von Starbucks kam und die Mahlzeiten mit Bedacht in der Cafeteria ausgesucht oder bei einem Lieferservice geordert wurden. Aber die Küche hatte einen lieben, fast rührenden Touch, als ob Elias-Clark sagen wollte: *»Was wir nicht alles für euch tun! Wir geben euch Lipton-Tee und Süßstoff und eine Mikrowelle, falls ihr euch mal etwas zu essen aufwärmen wollt. Wir sind eben eine große, glückliche Familie!«*

Um 7.05 landete ich endlich in unserem Trakt, so müde, dass ich kaum noch kriechen konnte. Worauf der Tag erst richtig losging: Ich schloss Mirandas Büro auf. Bevor ich die Festbeleuchtung einschaltete, gönnte ich mir jeden Morgen einen kostbaren Augenblick im Dunkeln. Ich blickte auf die Lichter der Großstadt und fühlte mich wie in einen New-York-Film versetzt, vorzugsweise einen von den Streifen, wo die glückliche Heldin auf der Dachterrasse einer Luxuswohnung ihrem Lover in die Arme sinkt. Von der Sorte gibt's ja jede Menge. Jedenfalls lag mir die Metropole zu Füßen. Dann drückte ich auf den Lichtschalter, und mein Tagtraum war zu Ende. Das kurze morgendliche Hochgefühl, in der Stadt der unbegrenzten Möglichkeiten zu sein, verschwand. Stattdessen grinsten mir von einem Foto die identischen Zwillingsgesichter von Caroline und Cassidy entgegen.

Als Nächstes sperrte ich den eingebauten Kleiderschrank im Vorzimmer auf, in den ich Mirandas Mantel aufhängte (und auch meinen, wenn sie nicht zufälligerweise Pelz trug. Miranda konnte es nämlich gar nicht leiden, wenn ihr kostbarer Nerz neben einem von unseren armseligen Wollmänteln hing). Hinter der Tür bewahrten wir außerdem alles auf, was sonst so anfiel: ausrangierte Mäntel und Kleider im Wert von zigtausend Dollar, Sachen aus der Reinigung, die noch zu Miranda nach Hause gebracht werden mussten, und mindestens 200 der berühmt-berüchtigten weißen Hermés-Schals. Anscheinend wurde das schlichte weiße Tuch seit dem letzten Jahr nicht mehr hergestellt. Ein Verantwortlicher von Hermés hatte tatsächlich angerufen, um das Auslaufen der Produktion anzukündigen und sich für diese Maßnahme persönlich zu entschuldigen. Miranda hatte ihn kurz und bündig abgefertigt und anschließend die gesamten Restbestände aufgekauft. Von den etwa 500 Schals, die zwei Jahre vor meiner Zeit in die Redaktion geliefert worden waren, war nicht einmal mehr die Hälfte übrig. Miranda ließ sie überall liegen, im Restaurant, im Kino, auf Modenschauen, bei Besprechungen und im Taxi. Sie vergaß sie im Flugzeug, in der Schule ihrer Töchter, auf dem Tennisplatz. Natürlich ging sie ohne ihren eleganten Hermés-Schal nie aus dem Haus, aber das erklärte noch lange nicht, wo die Dinger alle abblieben. Ob sie sie als Taschentuch benutzte? Ob sie sich lieber Notizen auf Seide machte statt auf Papier? Auf jeden Fall schien sie der festen Auffassung zu sein, dass es sich dabei um ein Wegwerfprodukt handelte, und niemand traute sich, sie eines Besseren zu belehren. Elias-Clark hatte für jeden Schal ein paar hundert Dollar geblecht, und Miranda verschliss sie fast so schnell wie Papiertaschentücher. Wenn sie so weitermachte, würde sie in spätestens zwei Jahren schalmäßig auf dem Trockenen sitzen.

Bis jetzt standen jedoch noch jede Menge der stabilen orangefarbenen Schachteln bei uns im Wandschrank. Alle drei oder vier Tage, wenn Miranda zum Essen ging, sagte sie: »Aan-dreh-aa, ich brauche einen neuen Schal.« Ich fand es ungemein tröstlich, dass ich längst die Kurve gekratzt haben würde, wenn sie irgendwann tatsächlich ohne einen einzigen Schal dastand. Meine unbekannte Nachfolgerin war nicht zu beneiden, wenn sie Miranda eines Tages eröffnen musste, dass es keinen weißen Hermés-Schal mehr gab, nicht für Geld und nicht für gute (oder böse) Worte. Ein grauenvoller Gedanke. Das arme Ding konnte einem jetzt schon Leid tun.

Als ich so weit alles vorbereitet hatte, rief Uri an.

»Andrea? Challo, challo. Uri hier. Kommen Sie bitte runter? Ich chabe Ihnen was mitgebracht. Ich bin in der 58. Straße, vor dem New York Sports Club.«

Sein Anruf war eine gute, wenn auch leider keine todsichere Methode, mich wissen zu lassen, dass Miranda relativ bald auf der Matte stehen würde. Oder aber auch nicht. Meistens schickte sie zunächst Uri vorbei, der mit dem Wagen ihre Sachen ablieferte: Kleidung für die Reinigung, Zeitschriften, Artikel, die sie zu Hause durchgearbeitet hatte, Schuhe oder Taschen, die zur Reparatur mussten, und das BUCH. Ich verfrachtete den Krempel dann nach oben und erledigte alles Nötige, bevor sie erschien, damit sie durch solchen Alltagskram nicht belästigt wurde. Normalerweise traf sie eine halbe Stunde nach ihrem Klimbim ein. Uri brachte mir das Zeug und fuhr dann gleich wieder zurück, um sie abzuholen.

Wo genau er sie einsammelte, blieb schleierhaft. Denn da die Frau, wie Emily berichtete, niemals schlief, konnte sie überall sein. Ich hielt das zunächst für ein Ammenmärchen, aber nur so lange, bis ich morgens vor Emily anfangen musste und als Erste den Anrufbeantworter abhörte. Jede Nacht hinterließ uns Miranda zwischen ein und sechs Uhr morgens acht bis zehn kryptische Nachrichten. Sachen wie: »Cassidy möchte eine von diesen Nylontaschen, die heute alle Mädchen haben. Bestellen Sie ihr eine mittelgroße in ihrer Lieblingsfarbe«, oder: »Ich brauche Telefonnummer und Adresse des Antiquitätengeschäfts zwischen der 70. und der 80. Straße, wo ich die Kommode gesehen habe«. Als ob wir selbstverständlich zu wissen hatten, welche Nylontaschen bei Zehnjährigen zurzeit der letzte Schrei waren oder in welchem der vier- bis fünfhundert Antiquitätenläden, mit denen jener Teil der Stadt gepflastert war, sie irgendwann irgendwas gesehen hatte, was ihr gefiel. Dennoch tippte ich jeden Morgen kreuzbrav die Nachrichten vom Band ab – keine einfache Aufgabe. Ich musste es x-mal vor- und zurückspulen, um sie mit ihrem britischen Genäsel überhaupt richtig verstehen und dem Text vielleicht doch noch den einen oder anderen konkreteren Anhaltspunkt entnehmen zu können. Nur so ließ es sich vermeiden, Miranda um eine nähere Erläuterung bitten zu müssen.

Einmal hatte ich es tatsächlich gewagt, Emily vorzuschlagen, bei Miranda nachzufragen; das hatte mir nur einen von ihren entsetzten Blicken eingetragen. Sich bei einer Unklarheit direkt an Miranda zu wenden, war offensichtlich ausgeschlossen. Es war besser, man wurstelte sich selbst irgendwie durch und ließ sich hinterher zusammenstauchen, weil man wieder mal etwas falsch verstanden hatte. Die antike Kommode aufzuspüren, kostete mich zweieinhalb Tage. Mit gespitztem Bleistift, Block und Papier und einem Blick wie ein Luchs ließ ich mich stundenlang mit der Limousine durch Manhattan kutschieren. Ich klapperte alle Antiquitätenhandlungen ab, die mir unterkamen, und nahm vorsichtshalber auch gleich noch ein paar am Wegesrand liegende Möbelgeschäfte und Trödler mit. Man konnte schließlich nie wissen. Ab dem vierten Laden hatte ich meine Fragetechnik so verfeinert, dass ich es mit einem Profidetektiv hätte aufnehmen können.

»Guten Tag, führen Sie antike Kommoden?«, schleuderte ich in den Raum, sobald ich durch die elektronisch gesicherte Tür geschlüpft war. Ab dem sechsten Geschäft blieb ich gleich im Eingang stehen. Irgendeine eingebildete Verkaufsschnepfe musterte mich kritisch von oben bis unten – was sonst? –, um zu sehen, ob sich die Mühe einer Antwort überhaupt lohnte. Dann erst bemerkten die meisten, dass draußen eine Limousine auf mich wartete, und rangen sich ein Ja oder Nein ab. Andere wollten sich das gesuchte Stück erst noch lang und breit beschreiben lassen.

Falls sie Möbel führten, auf die meine Zweiwortbeschreibung – antik + Kommode – zutraf, setzte ich sofort mit einem knappen: »War Miranda Priestly kürzlich bei Ihnen?« nach. Wenn sie mich bis dahin noch nicht für verrückt gehalten hatten, standen sie spätestens nach dieser Frage kurz davor, einen Wachmann zu rufen. Einige hatten den Namen noch nie gehört, was für mich aus zwei Gründen erfreulich war: Zum einen erfreute mich mal wieder der Anblick dieser normal funktionierenden Menschen, deren Leben nicht von Miranda dominiert wurde, und zum anderen bedeutete es, dass ich den Laden sofort wieder verlassen konnte, ohne mich durch ein langwieriges Gespräch aufhalten zu lassen. Die lächerlichen Figuren, denen der Name tatsächlich etwas sagte, spitzten sofort die Ohren. Viele hielten mich für eine Klatschkolumnistin und wollten wissen, für welche Zeitung ich schrieb. Dann sog ich mir die tollsten und spannendsten Erklärungen für meine Erkundigung aus den Fingern, aber keiner konnte mir weiterhelfen, niemand hatte Ms. Priestly in der letzten Zeit gesehen. In den drei Läden, wo man sie persönlich kannte, hieß es: »Ms. Priestly hat uns schon seit Monaten nicht mehr beehrt! Was wir sehr bedauern! Bitte richten Sie ihr doch von Franck/Charlotte/Sarabeth die herzlichsten Grüße aus!«

Nachdem die Suche nach dem Laden zweieinhalb Tage erfolglos geblieben war, gab Emily mir endlich grünes Licht, Miranda um weitere Informationen zu bitten. Schon vor dem Elias-Clark-Building brach mir der Schweiß aus, und als Eduardo mich nicht gleich durch das Drehkreuz lassen wollte, drohte ich ihm damit, einfach drüberzuklettern. Mit zitternden Händen betrat ich unseren Bürotrakt. Die sorgfältig ausgearbeitete kleine Rede, die ich für Ihre Majestät vorbereitet hatte, die ganzen falschen Floskeln und verlogenen Phrasen, wo waren sie hin? Wie weggeblasen. Dann musste es eben auch ohne gehen. Statt meine Frage wie üblich schriftlich einzureichen, bat ich Miranda um eine Privataudienz. Vermutlich war sie so verdattert, dass ich es gewagt hatte, sie unaufgefordert anzusprechen, dass sie mir die Bitte gewährte. Um hier niemanden auf die Folter zu spannen, fasse ich mich kurz: Miranda seufzte und schnalzte mit der Zunge, beleidigte und stichelte, wie es ihre charmante Art war, aber zuletzt klappte sie ihren schwarzen Terminplaner von Hermés auf (der übrigens unpraktisch, aber schick mit einem weißen Hermés-Schal verschnürt war) und entnahm ihm … die Visitenkarte des gesuchten Antiquitätenladens!

»Ich hatte Ihnen die Angaben doch auf Band gesprochen, Aan-dreh-aa. Konnten Sie sie nicht aufschreiben?« Und obwohl ich ihr das Kärtchen am liebsten rechts und links um die Ohren gehauen hätte, ließ ich den Vorwurf stumm auf mir sitzen. Erst als mir die Adresse ins Auge sprang, hätte ich fast einen Tobsuchtsanfall gekriegt: 68. Straße 244. Kein Wunder, dass ich den Laden nicht gefunden hatte. Da hätte ich noch wochenlang erfolglos jedes Haus, jeden Hinterhof und jeden Keller in den 70ern abklappern können. Ich hatte gerade 33 Arbeitsstunden mit der Suche nach einem Geschäft verplempert, das in einem andern Teil der Stadt lag!

An diese Geschichte musste ich denken, während ich die letzte ihrer nächtlichen Nachrichten abtippte. Dann beeilte ich mich, nach unten zu kommen, um Uri am vereinbarten Treffpunkt die Sachen abzunehmen. Jeden Morgen sagte er mir genau, wo er geparkt hatte, aber ich konnte noch so blitzfix nach unten flitzen, er hatte immer schon alles ausgeladen und ins Gebäude gebracht, damit ich ihn nicht erst lange zu suchen brauchte. Heute genauso. Bepackt mit Plastiktüten, Kleidern und Büchern, stand er vor der Sperre in der Lobby und wartete auf mich.

»Nicht so schnell, nicht so schnell«, brummte er wie ein gütiger Großvater, als ich aus dem Fahrstuhl stürzte. »Den ganzen Tag sehe ich Sie immer nur rennen, rennen, rennen. Miranda nimmt Sie sehr chart ran. Darum bringe ich Ihnen die Sachen. Sie mussen langsamer machen, chören Sie? Ich wunsche Ihnen einen schönen Tag.«

Ich sah ihn dankbar an und musterte Eduardo mit einem nur halb witzig gemeinten giftigen Blick, der unmissverständlich zum Ausdruck brachte, was gerade in mir vorging: Ich bring dich um, wenn du auf die Idee kommst, mich jetzt eine Show abziehen zu lassen. Es wirkte. Er ließ mich anstandslos passieren. Und ich war wieder etwas gnädiger gestimmt. Wundersamerweise dachte ich auch noch daran, am Kiosk vorbeizugehen und mir von Ahmed die Zeitungen geben zu lassen. Obwohl die Presseabteilung Miranda die Blätter jeden Morgen um neun in ihr Büro liefern ließ, musste ich ihr trotzdem immer einen zweiten Satz beschaffen, damit sie unter gar keinen Umständen auch nur eine Sekunde ohne Zeitung am Schreibtisch zu sitzen brauchte. Das Gleiche galt auch für die Wochenzeitschriften. Niemanden schien es zu stören, dass wir für eine Frau, die nur die Klatschkolumnen und die Modeseiten las, neun Zeitungen am Tag und sieben Zeitschriften in der Woche bezahlten.

Ich verstaute die ganzen Sachen erst mal unter meinem Schreibtisch, es wurde schließlich höchste Zeit, die ersten Bestellungen aufzugeben. Auswendig wählte ich die Nummer von Mangia, einem Feinschmeckerimbiss, und wie immer ging Jorge an den Apparat.

»Morgen, alter Knabe. Ich bin's«, sagte ich und klemmte mir den Hörer unters Kinn, um zwischendurch schon mal die E-Mails abzurufen. »Dann wollen wir mal.« Jorge und ich waren dicke Freunde. Wenn man jeden Morgen vier-, fünfmal miteinander telefoniert, kommt man sich sehr schnell näher.

»Morgen, Baby. Ich schick dir gleich einen von meinen Jungs rüber. Ist sie schon da?«, fragte er. Obwohl er genau wusste, für wen ich da endlose Bestellungen aufgab, hatte er nicht die leiseste Vorstellung davon, was für ein Mensch dieses soeben georderte Frühstück verzehren würde. Jorge war einer von meinen vier Morgenmusketieren. Eduardo, Uri, Jorge und Ahmed, der Lichtblick an jedem neuen Arbeitstag. Das Beste an ihnen war, dass sie im Grunde mit *Runway* nicht das Geringste zu tun hatten, obwohl ihre gesamte Existenz nur darum zu kreisen schien, das Leben des Drachens noch perfekter zu gestalten. Trotzdem ahnte keiner von ihnen, über wie viel Macht und Ansehen Miranda tatsächlich verfügte.

Sekunden später war das erste Frühstück auf dem Weg in die Redaktion, nur um vermutlich schnurstracks in den Müll zu wandern. Miranda aß jeden Morgen vier fettige Scheiben Speck, zwei Würstchen, ein klebriges Stück Käseplunder und spülte das Ganze mit einem großen Milchkaffee von Starbucks hinunter (zwei Stücke Rohrzucker!). Die Meinungen darüber, wo sie die Kalorien ließ, gingen im Büro auseinander. Die eine Fraktion meinte, sie sei permanent auf der Atkins-Diät, die andere vermutete, sie sei vom großen Gott der Gene mit einem schier übermenschlichen Stoffwechsel ausgestattet worden. Wie auch immer, sie nahm jedenfalls kein Gramm zu, obwohl sie das fetteste, süßeste, ungesündeste Essen der Welt vertilgte, eine Sünde, die sie uns Normalsterblichen niemals hätte durchgehen lassen. Da man das Frühstück höchstens zehn Minuten warm halten konnte, bestellte ich, bis sie aufkreuzte, alle naselang ein neues und beförderte das alte in den Müll.

Das Telefon klingelte. Um diese Tageszeit konnte es niemand anders sein als Miranda persönlich.

»Büro Miranda Priestly«, zwitscherte ich und machte mich auf die übliche eiskalte Dusche gefasst.

»Emily, ich bin in zehn Minuten da. Sorgen Sie dafür, dass mein Frühstück auf dem Tisch steht.«

Sie hatte sich angewöhnt, uns beide »Emily« zu nennen, womit sie uns – vollkommen zu Recht – zu verstehen gab, dass wir absolut austauschbar und in nichts voneinander zu unterscheiden waren. Es wurmte mich noch immer, obwohl ich mir inzwischen ein dickes Fell zugelegt hatte. Außerdem war ich viel zu müde, um mich wegen so etwas Unwichtigem wie meinem Namen aufzuregen.

»Ja, Miranda. Wird erledigt.« Sie hatte bereits aufgelegt. Die echte Emily kam herein.

»Hi, ist sie schon da?«, flüsterte sie. Wie jeden Morgen warf sie als Erstes einen verstohlenen Blick in Richtung Mirandas Büro. Natürlich ohne ein Hallo oder Guten Morgen, genau wie ihr großes Vorbild.

»Nein, aber sie hat gerade angerufen. Noch zehn Minuten. Bis dann.«

Ich steckte mein Handy und meine Zigaretten ein und stürzte hinaus. Zehn Minuten, mehr Zeit blieb mir nicht, um nach unten zu fahren, über die Madison zu laufen, den Kaffee zu holen und mich wieder hinter meinen Schreibtisch zu schwingen – und um mir unterwegs die erste Zigarette des Tages reinzuziehen. Ich trat die Kippe aus, schob mich bei Starbucks durch die Tür und musterte die Schlange. Wenn es nicht mehr als acht Leute waren, stellte ich mich meistens hinten an, wie ein ganz normaler Mensch. Meistens aber – so wie heute – warteten schon 20 müde Büromenschen geduldig auf ihre Dosis Koffein. Das hieß: Ich musste mich vordrängeln. Nicht gerade mein Lieblingshobby, aber Miranda schien einfach nicht zu begreifen, dass man ihren großen Milchkaffee, nicht nur nicht liefern lassen konnte, sondern dass er mich zur Hauptgeschäftszeit bis zu einer halben Stunde kostete. Ein paar Wochen hielt ich es aus, mich bei meinem täglichen Kaffeegang per Handy zur Schnecke machen zu lassen (»Aan-dreh-aa, wo bleiben Sie? Ich habe Ihnen vor 25 Minuten gesagt, dass ich komme, aber mein Frühstück ist immer noch nicht da. Das geht so nicht.«) Dann wurde es Zeit, zur Selbsthilfe zu schreiten. Ich bat um ein Gespräch mit der Filialleiterin.

»Vielen Dank, dass Sie sich Zeit für mich nehmen«, sagte ich zu der zierlichen Schwarzen. »Sie müssen entschuldigen, mein Ansinnen wird Ihnen sicher sehr absonderlich vorkommen. Aber ich wollte Sie fragen, ob es vielleicht irgendwie machbar wäre, dass ich beschleunigt abgefertigt werde.« Ich holte zu einer Erklärung aus, dass ich für eine wichtige, uneinsichtige Persönlichkeit arbeitete, die es nicht ertragen konnte, morgens auf ihren Kaffee zu warten. Und hatte Glück. Marion, die Filialleiterin, studierte nebenbei an der Abendschule Modedesign.

»O nein, ich glaub es nicht. Sie arbeiten für Miranda Priestly? Und sie trinkt unseren Milchkaffee? Einen Großen? Jeden Morgen? Ich fass es nicht. Aber ja, aber sicher. Da müssen wir uns etwas einfallen lassen. Ich weise gleich meine Mitarbeiter an, Sie immer als Erste zu bedienen. Machen Sie sich keine Gedanken mehr. Sie ist schließlich die mächtigste Frau in der gesamten Modebranche!« Marion war außer sich vor Begeisterung, während ich mich regelrecht zwingen musste, ihr ebenso überschwänglich zu danken.

So kam es, dass ich einfach schnurstracks an x gereizten New Yorkern vorbeispazieren konnte, die vielleicht schon seit Ewigkeiten warteten – und fand es grässlich, gerade wenn die Schlange so unendlich lang war wie heute. Als kleine Abbitte ließ ich mir nicht nur einen, sondern gleich vier Becher Kaffee geben, so viele, wie ich auf dem kleinen Tablett tragen konnte. Mein Schädel pochte, und meine Augen brannten. Das hier war also jetzt mein Leben, nach vier Jahren harter Arbeit und guter Noten. Bloß nicht daran denken.

Außer dem großen Milchkaffee für Miranda nahm ich heute einen Grande Amaretto Cappucino, einen Mocha Frappuccino, einen Caramel Macchiato und ein halbes Dutzend Muffins und Croissants, alles zusammen für grandiose 28,83 Dollar. Die Quittung verwahrte ich sorgfältig in meiner *Runway*-Brieftasche, die von solchen Belegen schon fast aus den Nähten platzte. Elias-

Clark würde mir die Auslagen erstatten, ohne mit der Wimper zu zucken.

Jetzt musste ich mich sputen; seit Mirandas Anruf waren immerhin schon 20 Minuten vergangen. Wahrscheinlich hockte sie inzwischen stinksauer hinter ihrem Schreibtisch und fragte sich, wohin ich eigentlich jeden Morgen verschwand (etwas, das ihr das Starbucks-Logo auf dem Becher jederzeit verraten hätte). Und tatsächlich – noch bevor ich meine Einkäufe hinaustragen konnte, klingelte das Handy. Mein Herz machte einen Satz – wie immer. Aber der Anruf kam von Emily, auf Mirandas Leitung.

»Sie ist hier, und sie kocht vor Wut«, flüsterte sie. »Wo bleibst du denn?«

»Es geht nicht schneller«, knurrte ich.

Emily und mich verband mittlerweile eine herzliche Abneigung. Da sie die Senior-Assistentin war, fungierte eher ich als Mirandas persönliche Assistentin. Ich war dafür zuständig, den Kaffee und die Mahlzeiten heranzuschaffen, ihren Töchtern bei den Hausaufgaben zu helfen und die ganze Stadt abzuklappern, um das perfekte Geschirr für eine Dinnerparty zu besorgen. Emily kümmerte sich um die Spesenabrechungen, buchte die Flüge und orderte alle paar Monate Mirandas neue Kleider, was bei weitem die zeitraubendste Aufgabe darstellte. Wenn ich also morgens auf Beutezug ging, musste Emily ganz allein die Stellung halten, sich mit den klingelnden Telefonen herumschlagen und einer hellwachen Miranda zu Diensten sein. *Ich* war neidisch darauf, dass sie in ärmellosen Tops ins Büro kommen konnte, weil sie nicht sechsmal am Tag als Jägerin und Sammlerin in das bitterkalte New York hinausgescheucht wurde. *Sie* war neidisch, weil ich das Büro verlassen konnte und dabei immer ein paar Minütchen extra abzweigte, um privat in der Gegend herumzutelefonieren oder eine Zigarette zu rauchen.

Normalerweise brauchte ich für den Rückweg länger als für den Hinweg, weil ich unterwegs noch meine Leckereien an den

Mann bringen musste. Ich verteilte sie unter den Obdachlosen, einem kleinen Trüppchen von Stammkunden, die in der 57. Straße die Treppen bevölkerten, in den Eingängen schliefen und sich allen Versuchen der Stadtväter widersetzten, sie zu vertreiben. Meistens probierte die Polizei es am frühen Morgen, weil dann auf den Straßen noch nicht so viel Betrieb herrschte, aber wenn ich meinen ersten Kaffeegang machte, waren sie noch da. Es tat mir richtig gut, dafür zu sorgen, dass dieser sündhaft teure, von Elias-Clark finanzierte Kaffee den ärmsten und unerwünschtesten Personen der Stadt zu Gute kam. Dabei ging ich immer nach einem ganz genauen Plan vor:

Der nach Urin stinkende Mann, der vor der Chase Bank schlief, bekam Morgen für Morgen den Mocha Frappucino. Er wachte nie auf, wenn ich ihm den Becher hinstellte (mit Strohhalm selbstverständlich), aber wenn ich ein paar Stunden später die nächste Runde absolvierte, war der Kaffee weg – und der Mann ebenso.

Der Caramel Macchiato ging an die alte Frau mit dem Einkaufswagen und dem Schild: OBDACHLOS/SUCHE ARBEIT/HABE HUNGER. Sie hieß Theresa, wie ich inzwischen wusste. Anfangs hatte ich ihr immer einen großen Milchkaffee gebracht. Sie bedankte sich zwar, trank aber nie einen Schluck, so lange ich noch dabeistand. Irgendwann fragte ich sie, ob sie vielleicht gar keinen Kaffee mochte. Da schüttelte sie energisch den Kopf und sagte, sie wolle ja nicht wählerisch sein, aber ihr sei der Milchkaffee einfach zu stark und nicht süß genug. Am nächsten Tag brachte ich ihr einen Kaffee mit Vanillearoma und Sahnehäubchen. Ob es so besser sei? Ja, schon sehr viel besser, bloß jetzt vielleicht ein kleines bisschen *zu* süß. Noch einen Tag später hatte ich ihren Geschmack endlich getroffen: Ohne Aroma, mit einem Klacks Schlagsahne und einem Schuss Karamellsirup. Theresa griente mich aus ihrem fast zahnlosen Mund dankbar an und ließ von diesem Morgen an ihren Kaffee nie mehr kalt werden.

Den dritten Becher bekam Rio, der Nigerianer, der verkaufte CDs von seiner Decke aus. Obdachlos schien er nicht zu sein, aber er kam eines Morgens angedackelt, als ich Theresa mit ihrer Tagesration versorgte, und sagte beziehungsweise trällerte: »Yo, yo, yo. Bist du die gute Starbucks-Fee? Darf ich mir auch einen Kaffee wünschen?« Am nächsten Tag spendierte ich ihm auf Elias-Clark-Kosten einen Grande Amaretto Cappucino, und wir wurden Freunde.

Als ich wieder in die Lobby kam, hielt Pedro, der mexikanische Bote von Mangia, vor den Fahrstühlen ein Schwätzchen mit Eduardo.

»Hi, da ist ja unser Goldstück«, begrüßte er mich, während sich ein paar Klapperschnepfen neugierig die mageren Hälse nach uns verdrehten. »Alles da, wie immer. Speck, Würstchen und das eklige Käseteil. Sie haben heute nur ein Frühstück bestellt. Wo Sie das bloß alles lassen, so dünn wie Sie sind.« Er grinste. Dünn, ich? Der Mann hatte ja keine Ahnung. Pedro wusste ganz genau, dass die Bestellung nicht für mich bestimmt war. Aber genau wie alle anderen, mit denen ich vor acht Uhr morgens zu tun hatte, kannte er keine Details. Ich drückte ihm einen Zehner in die Hand – das Frühstück kostete 3,99 Dollar – und machte mich auf den Weg nach oben.

Miranda telefonierte, als ich ins Büro kam. Ihr Gucci-Trenchcoat aus Schlangenleder lag quer über meinem Schreibtisch. Mein Blutdruck schoss in die Höhe. War es wirklich zu viel verlangt, dass ihre Hoheit zwei Schritte extra machte und ihren Mantel in den Schrank hängte? Warum musste sie ihn auf meinen Tisch schmeißen? Ich stellte den Kaffee ab, warf einen Blick auf Emily, die mit drei Telefonaten gleichzeitig beschäftigt war, und hängte den Schlangentrenchcoat auf. Meinen eigenen Mantel stopfte ich unter den Schreibtisch. Wir wollten ja schließlich nicht, dass er im Schrank einem Gucci-Modell zu nahe kam, oder?

Dann nahm ich zwei Stücke Rohrzucker, einen Löffel und

eine Serviette aus der Schublade. Ich konnte mich gerade noch beherrschen, ihr nicht in den Kaffee zu spucken. Nachdem ich den fettigen Speck, die prallen Würstchen und das »eklige Käseteil« auf einen Porzellanteller gepackt hatte, wischte ich mir die Hände an den Sachen ab, die für die Reinigung bestimmt waren. Sie waren ebenfalls unter meinem Schreibtisch verstaut, damit Miranda nicht sah, dass sie noch nicht abgeholt worden waren. Theoretisch hätte ich den Teller jeden Tag in der Teeküche heiß abspülen müssen, aber ich konnte mich einfach nicht dazu überwinden. Es wäre zu erniedrigend gewesen, vor allen Augen auch noch Mirandas private Tellerwäscherin zu spielen. Deshalb wischte ich ihn immer nur mit einem Kosmetiktuch ab und kratzte eventuelle Käsereste mit dem Fingernagel herunter. Wenn der Teller heillos verdreckt oder verkrustet war, weichte ich ihn vorher mit einem Schuss San Pellegrino ein. Miranda konnte froh und dankbar sein, dass ich ihn nicht mit einem Spritzer Bildschirmreiniger putzte. Dass ich zu solchen Überlegungen überhaupt fähig war, bewies mir, dass ich auf ein neues moralisches Tief herabgesunken war. Es erschreckte mich bloß, dass es so schnell gegangen war.

»Denken Sie daran, die Models sollen lächeln«, tönte es von nebenan. An ihrem Ton erkannte ich, dass sie mit Lucia telefonierte, die für die bevorstehenden Fotoaufnahmen in Brasilien verantwortlich war. »Ich will glückliche Girls, strahlende Girls, lachende Girls, gesunde Girls. Kein Gegrübel, keine aggressiven Posen, keine finsteren Blicke, kein dunkles Make-up. Halten Sie sich daran, Lucia. Etwas anderes werde ich nicht akzeptieren.«

Ich ging hinüber und stellte ihr den Teller und den Kaffee auf den Schreibtisch, die Serviette mit dem Zucker und dem Löffel legte ich daneben. Sie würdigte mich keines Blickes. Ich wartete noch einen Augenblick, ob sie mir irgendwelche Papierstapel mitgeben wollte, die ich faxen oder ablegen sollte, aber sie ignorierte mich, und ich verzog mich wieder ins Vorzimmer.

Halb neun. Ich war seit drei Stunden auf den Beinen und fühlte mich wie nach einem Zwölfstundentag. Gerade wollte ich zum zweiten Mal die E-Mails abrufen, als Miranda herüberkam. Die Jacke mit dem Gürtel betonte ihre Wespentaille und brachte ihren perfekt sitzenden Etuirock ideal zur Geltung. Sie war stinksauer.

»Aan-dreh-aa! Der Milchkaffee ist kalt. Das ist mir unbegreiflich. Sie waren schließlich lange genug fort. Holen Sie mir einen frischen.«

Ich atmete tief durch und biss die Zähne zusammen, um mir meinen Hass nicht anmerken zu lassen. Miranda stellte den verschmähten Kaffee auf meinen Schreibtisch und fing an, in der neuesten *Vanity Fair* zu blättern, die eine Kollegin bei mir für sie deponiert hatte. Ich konnte Emilys Blick spüren, vermutlich eine Mischung aus Mitgefühl und Verärgerung. Einerseits tat es ihr Leid, dass ich schon wieder zum Kaffeeholen abkommandiert wurde, gleichzeitig nahm sie es mir übel, dass ich mich nicht einfach mit einem freundlichen Lächeln ins Unvermeidliche fügte. Schließlich hätten Millionen junger Frauen für meinen Job ihr Leben gegeben.

Mit einem Seufzer, der nicht zu überhören war, aber auch nicht als offene Kritik interpretiert werden konnte, schlüpfte ich wieder in meinen Mantel und schleppte mich in Richtung Fahrstuhl. Eines stand jetzt schon fest: Es würde mal wieder ein sehr, sehr langer Tag werden.

Die zweite Kaffeeexpedition ging wesentlich glatter über die Bühne als die erste. Bei Starbucks herrschte nicht mehr so viel Betrieb, und Marion legte sofort mit dem Milchkaffee los, als sie mich hereinkommen sah. Diesmal gab ich keine größere Bestellung auf, ich wollte die Sache endlich hinter mich bringen und mich wieder hinter den Schreibtisch klemmen. Nur für Emily und mich nahm ich noch je einen Cappuccino mit. Ich wollte gerade bezahlen, da klingelte mein Handy. Verdammt noch mal, dieses Weib war wirklich das Allerletzte. Keine Manieren, keine

Geduld, kein Anstand. Ich war noch keine vier Minuten weg – wieso machte sie jetzt schon wieder einen Aufstand? Mit der einen Hand das Tablett balancierend, wühlte ich mit der anderen das Handy aus der Manteltasche. Ich hatte gerade beschlossen, mir zum Ausgleich für diese Sklaventreiberallüren eine weitere Zigarette zu gönnen, als ich sah, dass der Anruf aus Lilys Wohnung kam.

»Na, stör ich?«, fragte sie. Sie klang aufgeregt. Ich warf einen Blick auf die Uhr. Wieso war sie um diese Zeit zu Hause und nicht in der Uni?

»Du doch nicht. Ich bin gerade auf meiner zweiten Kaffeerunde. Ist was passiert? Müsstest du jetzt nicht im Seminar hocken?«

»Doch, eigentlich schon. Aber ich war gestern Abend noch mal mit Mr. Rosa-T-Shirt aus, und da sind es leider ein paar Margaritas zu viel geworden. Genauer gesagt, acht Margaritas zu viel. Er pennt noch, und da wollte ich nicht einfach abdampfen. Aber ich rufe wegen was anderem an.«

»Ja?« Ich war nicht ganz bei der Sache. Der eine Cappucinobecher war schon halb durchgeweicht, und mit dem Handy unter dem Kinn war es das reinste Kunststück, eine Zigarette aus der Packung zu fummeln.

»Stell dir vor. Heute Morgen um acht – um acht! – kreuzt doch tatsächlich mein Vermieter auf, um mir zu sagen, dass ich ausziehen muss«, berichtete sie fröhlich.

»Er schmeißt dich raus? Aber wieso das denn, Lil? Und was willst du jetzt machen?«

»Anscheinend ist rausgekommen, dass ich nicht Sandra Gers bin und dass sie schon seit sechs Monaten nicht mehr hier wohnt. Da ich nicht mit ihr verwandt bin, durfte sie mir die Sozialwohnung nicht untervermieten. Das war mir natürlich von Anfang an klar, deshalb habe ich mich ja auch als sie ausgegeben. Keine Ahnung, wie sie mir draufgekommen sind. Aber ist auch egal. Ich hatte nämlich eine grandiose Idee. Warum ziehen wir nicht zusammen? Das Zimmer bei Shanti und Kendra hast du doch monatsweise gemietet, richtig? Und du bist doch auch nur bei ihnen eingezogen, weil du keine andere Bleibe hattest, richtig?«

»Zweimal richtig.«

»Aber jetzt hättest du eine! Wir suchen uns zusammen was!«

»Super!« Das klang selbst für meine Ohren etwas lau, obwohl ich von ihrem Plan begeistert war.

»Also, was ist? Bist du dabei?« Anscheinend hatte ich ihr ein bisschen den Wind aus den Segeln genommen.

»Was für eine Frage! Auf jeden Fall, Lil. Wirklich, die Idee ist spitze. Tut mir Leid, wenn ich nicht gleich vor Freude ausflippe, aber ich stehe hier draußen im Schneeregen, und mir läuft kochend heißer Kaffee am linken Arm runter und …« *Biep-biep*. Ein Anruf auf der anderen Leitung. Ich hätte mir fast mit der brennenden Zigarette den Hals verbrannt, als ich nach dem Handy griff, um einen Blick auf die Anzeige zu werfen. Es war Emily.

»Scheiße, Lil, da kommt gerade ein Anruf von Miranda. Ich muss Schluss machen. Aber herzlichen Glückwunsch noch mal zum Rauswurf! Ich freue mich so für uns. Ich melde mich später noch mal, okay?«

»Okay, dann also bis …«

Aber da hatte ich sie schon aus der Leitung geschmissen. Ich wappnete mich für die nächste Gardinenpredigt.

»Ich schon wieder«, sagte Emily spitz. »Hör mal, was treibst du eigentlich? Du sollst bloß einen Kaffee holen, verdammt noch mal. Das ist doch keine Staatsaktion. Denk daran, früher hatte ich deinen Job, und ich weiß ganz genau, dass es nicht so lange dauert …«

»Was?«, sagte ich laut und legte die Hand auf den Apparat. »Wie bitte? Ich kann dich nicht verstehen. Kannst du mich hören? Ich bin in einer Minute zurück!« Ich klappte das Handy zu und vergrub es auf dem tiefsten Grund meiner Manteltasche.

Dann schmiss ich meine kaum angerauchte Marlboro auf den Bürgersteig und beeilte mich, wieder ins Büro zu kommen.

Miranda war so gnädig, diesen etwas wärmer geratenen Milchkaffee zu akzeptieren. Zwischen zehn und elf gönnte sie Emily und mir sogar ein relativ friedliches Stündchen, indem sie am Telefon mit Mr. BTB turtelte. Offiziell hatte ich ihren Gatten erst vor einer Woche kennen gelernt, bei der BUCH-Ablieferung am Mittwochabend. Er nahm gerade seinen Mantel aus dem Garderobenschrank, als ich in die Diele kam. Zehn Minuten lang schwafelte er mir die Ohren von »Mr. Tomlinson« voll. Seit dieser Begegnung behandelte er mich immer ganz besonders zuvorkommend, erkundigte sich nach meinem Befinden oder lobte mich für meine Arbeit. Natürlich färbten diese Nettigkeiten in keiner Weise auf seine Frau ab.

Gerade wollte ich ein paar PR-Leute anrufen, um ihnen ein paar anständige Outfits fürs Büro abzuschwatzen, da riss mich Mirandas holde Stimme aus meinen Gedanken: »Emily, den Lunch.« Die echte Emily nickte mir zu: Ich durfte loslegen. Ich wählte die gespeicherte Nummer von Smith and Wollensky, und am anderen Ende meldete sich die Neue.

»Tag, Kim. Hier spricht Andrea, Büro Miranda Priestly. Ist Sebastian da?«

»Guten Tag. Wie war noch gleich der Name?« Die Frau war unmöglich. Obwohl ich zweimal in der Woche zur gleichen Uhrzeit anrief, tat sie jedes Mal so, als ob sie noch nie etwas von mir gehört hätte.

»Büro Miranda Priestly. Bei *Runway*. Ich will wirklich nicht unhöflich sein« – *ach, nein?* – »aber ich bin ein bisschen in Eile. Könnten Sie mich bitte zu Sebastian durchstellen?« Jede andere Mitarbeiterin hätte ich einfach bitten können, Mirandas übliche Bestellung weiterzuleiten, nur diese Kim war viel zu begriffsstutzig dafür. Deshalb hatte ich es mir angewöhnt, mich gleich mit dem Restaurantchef verbinden zu lassen.

»Einen Augenblick, bitte. Ich sehe nach, ob er zu sprechen

ist.« *Worauf du Gift nehmen kannst, mein Täubchen. Miranda Priestly ist sein Leben.*

»Andy, meine Gute. Wie geht es Ihnen?«, hauchte Sebastian ins Telefon. »Gehe ich recht in der Annahme, dass Sie mich anrufen, weil unsere allerliebste Modeherausgeberin ihren Lunch möchte?«

Wie er wohl reagieren würde, wenn ich mir den Spaß erlaubte, ihm zu sagen, dass der Lunch nicht für Miranda bestimmt war, sondern für mich? Schließlich war Smith and Wollensky kein Pizzaservice, sondern ein Sternerestaurant, das nur für Ihre Majestät eine Ausnahme machte.

»Sie gehen recht. Gerade eben hat sie verlauten lassen, dass ihr der Sinn nach einer Köstlichkeit aus Ihrer Küche steht. Und sie lässt Sie ganz herzlich grüßen.« Ein solches Gesülze wäre Miranda im Leben nicht über die Lippen gekommen. Aber Sebastian war so ein großer Fan von ihr, dass ich ihm gern diese kleine Freude machte. Er lachte entzückt auf.

»Fantastisch! Einfach fantastisch! Wir machen uns gleich ans Werk. Sie können das Essen jederzeit abholen«, trällerte er ausgelassen. »Und bitte richten Sie ihr doch meine besten Grüße aus.«

»Aber natürlich, wird gemacht. Bis gleich dann.« Es lohnte sich, ihm ein bisschen um den Bart zu gehen, denn er tat sehr viel für mich und erleichterte mir die Arbeit. Wenn Miranda nicht auswärts aß, servierte ich ihr das Mittagessen am Schreibtisch und hielt im Vorzimmer für diesen Fall einen kleinen Vorrat an Tellern bereit. Die meisten waren Muster neuer Geschirrkollektionen, die wir von den Designern geschickt bekamen, der Rest stammte aus der Cafeteria. Da es zu aufwändig gewesen wäre, sich auch noch um Saucieren, Steakmesser und Leinenservietten zu kümmern, ließ ich mich von Sebastian damit versorgen.

Und wieder zog ich mir an diesem kalten, trüben Februartag meinen schwarzen Wollmantel über, steckte Handy und Zigaretten ein und brach zur nächsten Expedition auf. Obwohl es bis zu dem Restaurant zu Fuß nur 15 Minuten waren, spielte ich mit dem Gedanken, mir einen Wagen kommen zu lassen. Erst als mir der frische Wind um die Nase wehte, überlegte ich es mir anders, steckte mir eine Zigarette an und stapfte los. Ach, wie gut mir der Spaziergang tat.

Um diese Jahreszeit kamen einem nicht so viele ziellos umherbummelnde Touristen in die Quere. Früher hatte ich mich über die Leute aufgeregt, die beim Gehen telefonierten, doch inzwischen war ich dieser Unart selbst verfallen. Ich zückte mein Handy und rief in Alex' Schule an, wo er, wenn mich mein lahmes Gedächtnis nicht täuschte, zu dieser Zeit möglicherweise gerade im Lehrerzimmer saß und Mittagspause machte.

Nach dem zweiten Klingeln meldete sich eine schrille Frauenstimme.

»Grundschule 277, Mrs. Whitmore am Apparat. Was kann ich für Sie tun?«

»Könnte ich bitte Alex Fineman sprechen?«

»Darf ich fragen, wer Sie sind?«

»Ich bin Andrea Sachs, seine Freundin.«

»Ach, Sie sind das! Wir haben schon so viel von Ihnen gehört.« Besonders angetan klang sie allerdings nicht, eher das Gegenteil.

»Tatsächlich? Das freut mich aber. Ich habe natürlich auch schon viel von Ihnen gehört. Alex ist ganz begeistert von seinen Kollegen.«

»Das hört man gern. Aber was ich noch sagen wollte, Andrea. Sie scheinen ja wirklich einen tollen Job zu haben. Es muss sehr interessant sein, für so eine begnadete Persönlichkeit zu arbeiten. Sie können sich wirklich glücklich schätzen.«

Ja, Mrs. Whitmore. Ja, ja. Was meinen Sie, wie *glücklich ich mich schätze. Wenn Sie wüssten. Erst gestern, dieses Gefühl der Erfüllung, als ich meiner Chefin Tampons besorgen durfte und mir hinterher anhören musste, dass es die Falschen waren und dass ich überhaupt nichts richtig machen könne. Glück ist vermutlich das einzige*

Wort, das die Empfindung beschreibt, mit der ich jeden Morgen die bekleckerte, versiffte Wäsche meiner Chefin für die Reinigung aussortieren darf. Oder noch ein schönes Beispiel. Ich kann mir kaum etwas Befriedigenderes vorstellen, als geschlagene drei Wochen lang die besten Hundezüchter in New York und Umgebung abzuklappern, um zwei perfekte französische Bulldoggenwelpen zu finden, damit die zwei verwöhntesten, krätzigsten Gören der Welt ihre eigenen Haustiere bekommen. Ja, Glück ist gar kein Ausdruck!

»Ja, es ist eine einmalige Gelegenheit«, plapperte ich wie ein Papagei. »Ein Job, für den Millionen junger Frauen ihr Leben geben würden.«

»Das können Sie laut sagen, meine Beste! Ach, wen haben wir denn da? Gerade kommt Alex herein. Ich gebe Sie ihm.«

»Andy, mein Schatz! Wie geht's, wie steht's?«

»Frag lieber nicht. Ich bin gerade auf der Lunchexpedition. Und wie hat sich dein Tag so angelassen?«

»Kann bis jetzt nicht klagen. Meine Klasse hat nach dem Mittagessen Musik, das heißt, ich habe anderthalb Stunden frei. Und dann müssen wir noch mehr Sprechübungen mit ihnen machen«, sagte er etwas frustriert. »Wie sie so jemals richtig lesen lernen sollen, ist mir schleierhaft.«

»Und, hat es heute wieder eine Messerstecherei gegeben?«

»Nein.«

»Na also, was verlangst du denn? Du hattest einen relativ schmerzlosen, unblutigen Tag. Freu dich doch. Lesen kannst du ihnen morgen immer noch beibringen. Weißt du schon da Neueste? Lily hat vorhin angerufen. Sie ist aus ihrer Wohnung geflogen, und wir wollen zusammenziehen. Klasse, was?«

»Ich gratuliere. Das wird bestimmt lustig mit euch beiden. Aber es könnte auch fast ein bisschen anstrengend werden, dauernd Lily um sich zu haben … und vor allem Lilys Kerle … Versprichst du mir, dass wir möglichst oft zu mir gehen?«

»Na klar. Aber du wirst dich bei uns schon wohlfühlen. So wie früher im Studentenheim.«

»Wirklich Pech für sie, dass sie aus der billigen Wohnung raus muss. Für dich ist es natürlich ein Glück.«

»Ja, ich kann es noch gar nicht fassen. Ich hab nichts gegen Shanti und Kendra, aber irgendwie bin ich zu alt dafür, bei irgendwelchen Fremden zur Untermiete zu wohnen.« Darüber hinaus stand ich zwar total auf indisches Essen, konnte jedoch auf den ständigen Currygeruch in meinen Klamotten gut verzichten. »Ich wollte Lily vorschlagen, dass wir heute Abend irgendwo unseren Neubeginn feiern. Hättest du auch Lust? Wir könnten ins East Village gehen, dann hast du es nicht so weit.«

»Ja, gern. Gute Idee. Ich passe nachher auf Joey auf, aber um acht müsste ich wieder in der Stadt sein. Bis dahin hast du noch nicht mal Feierabend. Ich bringe Max mit, und wir treffen uns dann später. Sag mal, hat Lily zurzeit einen Freund? Max ist nämlich solo, und er könnte mal wieder ein bisschen Action vertragen.«

»Was?«, lachte ich. »Hör mal, willst du etwa andeuten, meine Freundin wäre ein loses Weibsbild? Sie ist bloß ein Freigeist, mehr nicht. Ob sie einen Freund hat? Was ist das denn für eine Frage? Gestern hat ein Typ bei ihr gepennt, der ›Mr. Rosa-T-Shirt‹ heißt. Seinen richtigen Namen weiß ich nicht.«

»Ist ja auch nicht so wichtig. Bei uns geht gerade der Pausengong. Ruf mich an, wenn du das BUCH abgeliefert hast, okay?«

»Okay. Bis dann.«

Bevor ich das Handy einstecken konnte, klingelte es schon wieder. Eine Nummer, die ich nicht kannte, also weder Miranda noch Emily. Ich konnte aufatmen.

»Bür-äh, hallo?« Ob bei der Arbeit, zu Hause oder unterwegs, ich meldete mich automatisch immer mit »Büro Miranda Priestly«, was extrem peinlich sein konnte, wenn jemand anderer anrief als meine Eltern oder Lily. Diese Unsitte musste ich mir schleunigst wieder abgewöhnen.

»Spreche ich mit der reizenden Andrea Sachs, die ich auf Marshalls Party aus Versehen in Angst und Schrecken versetzt habe?«, fragte eine rauchige, sexy Stimme. Christian! Ich war fast erleichtert gewesen, dass er nach dem nächtlichen Handgeknutsche anscheinend auf Tauchstation gegangen war. Doch kaum hatte ich ihn an der Strippe, überkam mich, genau wie auf der Party, gleich wieder der fast unwiderstehliche Wunsch, ihn mit meinem Esprit und Charme zu becircen, ich schwor mir, gaaanz, gaaanz cool zu bleiben.

»Ganz recht. Dürfte ich fragen, wer Sie sind? An jenem Abend haben mich mehrere Männer in Angst und Schrecken versetzt.« *Okay, gar nicht so übel für den Anfang. Tief durchatmen, cool bleiben.*

»War die Konkurrenz denn wirklich so groß?«, gab er geschmeidig zurück. »Na ja, vermutlich schon. Und? Wie geht es Ihnen so, Andrea?«

»Super, klasse, spitze«, flunkerte ich munter drauflos. Mir waren gerade die Flirttipps im *Cosmopolitan* wieder eingefallen, in denen es hieß, man solle bei einer neuen Bekanntschaft immer schön »locker und flockig« bleiben, weil die meisten Männer nicht gerade auf Zynikerinnen stehen. »Die Arbeit macht mir Freude. Mein Job könnte gar nicht besser sein! Es wird immer interessanter. Es gibt so viel zu lernen, so viel zu tun. Ja, es ist wirklich toll. Und wie geht es Ihnen?« *Reden Sie nicht zu viel über sich, bringen Sie ihn dazu, über das Thema zu sprechen, mit dem er sich am besten auskennt und für das er sich am meisten interessiert: sich selbst.*

»Sehr überzeugend, Andrea. Ich bin beeindruckt. Ein ungeübter Zuhörer hätte Ihnen die Lobeshymnen glatt abgekauft. Aber Sie kennen ja sicher den alten Spruch: Einen Lügner kann man nicht so leicht belügen. Nur keine Bange. Diesmal lasse ich es Ihnen noch durchgehen.« Eigentlich wollte ich diese Unterstellung entrüstet von mir weisen, aber es ging nicht. Stattdessen musste ich laut lachen. Der Typ ließ sich echt nichts vormachen. »Könnte ich vielleicht schnell zur Sache kommen? Ich fliege nämlich gleich nach Washington, und die Wachleute hier am Flughafen sind nicht besonders begeistert, dass ich mit dem Handy durch ihre Sicherheitskontrollen marschiere. Also: kurze Frage, kurze Antwort. Haben Sie Samstagabend schon etwas vor?«

Es gab kaum eine Frage, die ich noch weniger leiden konnte. Was sollte man darauf antworten? Man hatte ja keine Ahnung, worauf man sich unter Umständen einließ. Vielleicht suchte er für seine Freundin irgendeinen Deppen mit Helfersyndrom, der ihr zur Hand ging, und ich war die ideale Kandidatin für den Job? Oder brauchte er jemanden, der mit seinem Hund Gassi ging, während er mal wieder ein Interview gab? Ich dachte noch über eine möglichst unverfängliche Antwort nach, als er weitersprach: »Ich habe nämlich um neun einen Tisch im Babbo reserviert. Ein paar Freunde und Bekannte werden auch da sein, Leute aus der Zeitschriftenbranche, ziemlich interessante Typen. Ein Redakteur von *The Buzz* zum Beispiel und ein paar Mitarbeiter vom *New Yorker*. Ein nettes Völkchen. Hätten Sie Lust?«

Sollte das etwa ein Date werden? Doch, das hörte sich nach einem echten Date an. Er wollte mit mir ausgehen! Christian Collinsworth wollte mit mir ausgehen, an einem Samstagabend. Und nicht nur das: Er wollte mit mir ins Babbo, wo er zufällig für sich und mich und eine Gruppe kluger und hochinteressanter Leute einen Tisch reserviert hatte, Leute wie er. Von *New-Yorker*-Mitarbeitern ganz zu schweigen! Hatte ich etwa auf der Party erwähnt, dass das Babbo das Restaurant meiner Träume war und dass ich alles dafür geben würde, dort zu essen? Ich hatte sogar einmal versucht, für Alex und mich einen Tisch zu bekommen, aber es war für die nächsten fünf Monate komplett ausgebucht gewesen. Und seit drei Jahren hatte mich keiner mehr zu einem Date eingeladen, keiner außer Alex.

»Ich, äh, hm, tja, also. Ich, äh, ich weiß gar nicht, was ich sagen soll.« *Mein Gott, war ich das, die da so stammelte?* »Ich weiß wirklich nicht, was ich sagen soll.« *Das hat er inzwischen sicher schon kapiert. Sieh zu, dass du zu Potte kommst.* »Ich würde sehr gern mitkommen, aber ich kann nicht. Ich habe schon etwas anderes vor.« Insgesamt keine üble Antwort, dachte ich. Obwohl ich ein bisschen brüllen musste, um mich über das Heulen einer Polizeisirene hinweg verständlich zu machen, war sie halbwegs würdevoll ausgefallen. Weder hatte ich zugegeben, dass ich für einen Samstagabend noch nichts geplant hatte, noch, dass ich einen Freund hatte. Was ging diesen Menschen schließlich mein Privatleben an?

»Haben Sie wirklich schon etwas vor, Andrea, oder befürchten Sie, Ihr Freund könnte etwas dagegen haben, dass Sie mit einem anderen Mann ausgehen?«, klopfte er auf den Busch.

»Das hat Sie gar nichts zu kümmern«, sagte ich altjüngferlich. *Mein Gott, war ich das?* Ganz in Gedanken ging ich bei Rot über die Ampel und wurde fast von einem Lieferwagen umgenietet.

»Okay, wie Sie meinen. Aber das war nicht meine letzte Einladung. Und ich glaube, nächstes Mal sagen Sie ja.«

»Ach ja? Und wie kommen Sie darauf?« Sein Selbstbewusstsein klang mir immer mehr nach Arroganz. Was ihn aber leider auch nicht weniger sexy machte.

»Es ist nur so eine Ahnung, Andrea, mehr nicht. Zerbrechen Sie sich bloß nicht Ihr süßes Köpfchen. Es war lediglich eine Einladung zu einem guten Essen in anregender Gesellschaft. Vielleicht hätte er auch Lust mitzukommen, Ihr Freund? Er muss ein netter Kerl sein. Ich würde ihn gern kennen lernen!«

»Nein!« Was für ein Gedanke, Christian und Alex an einem Tisch, zwei tolle Typen, wie sie unterschiedlicher nicht hätten sein können. Ich konnte mir lebhaft vorstellen, wie Christian auf den ewigen Weltverbesserer Alex reagieren würde. Er hätte ihn als kreuzbraves, naives Landei abgetan. Andersherum wäre das Urteil wohl ebenso vernichtend – und für mich noch peinlicher ausgefallen. Alex würde nicht das Geringste anfangen können mit den hässlichen Eigenschaften, die ich an Christian so unglaublich anziehend fand: die Eleganz, die Dreistigkeit, das freche Mundwerk und die Selbstsicherheit, an der jede Beleidigung wie von einem Panzer abprallte.

»Nein«, lachte ich gezwungen, um meinem ersten, geradezu entsetzten Nein ein wenig die Spitze zu nehmen. »Das wäre wohl keine besonders gute Idee. Obwohl er Sie sicher auch gern kennen lernen würde.«

Er lachte ebenfalls, aber spöttisch, herablassend. »Das war nur ein Scherz, Andrea. Ihr Freund ist bestimmt ein toller Kerl, aber ich kann durchaus darauf verzichten, seine Bekanntschaft zu machen.«

»Ja, ja. Natürlich. Das war mir klar, dass es nur ein ...«

»Entschuldigen Sie, aber ich muss mich sputen. Rufen Sie mich einfach an, wenn Sie es sich noch anders überlegen oder wenn sich Ihre anderen Pläne zerschlagen, okay? Die Einladung steht. Also dann: einen schönen Tag.« Bevor ich mich noch verabschieden konnte, hatte er das Gespräch beendet.

Fassungslos blieb ich mitten auf dem Bürgersteig stehen. Was war denn das gewesen? Ich spulte das Gespräch in Gedanken noch einmal zurück: Berühmter Schriftsteller kriegt irgendwie meine Handynummer raus, ruft mich an und lädt mich für Samstagabend in Trendrestaurant ein. Keine Ahnung, ob er vorher gewusst hatte, dass ich in festen Händen war. Auf jeden Fall ließ er sich dadurch nicht sonderlich schocken. Aber eines stand fest: Ich hatte viel zu lange mit ihm telefoniert. Ein Blick auf die Uhr bestätigte mir meinen Verdacht. Ich hatte das Büro vor 32 Minuten verlassen. So lange brauchte ich sonst noch nicht mal für den Hin- und Rückweg.

Immerhin hatte ich es schon bis zu dem Restaurant geschafft. Ich steckte schnell das Handy weg, drückte die schwere Holztür auf und trat ein. Obwohl in dem gedämpft beleuchteten Raum alle Tische besetzt waren und Dutzende von Bankern und Anwälten an ihren Steaks herumsäbelten, herrschte eine Grabesstille, als ob der dicke Teppich und die maskulinen Farben jedes Geräusch schluckten.

»Andrea!« Sebastian hatte mich schon erspäht und kam auf mich zugestürzt, als wäre ich ein reitender Bote mit einer rettenden Medizin. »Wie wir uns freuen, Sie zu sehen!« Zwei junge Frauen in grauen Röcken, die hinter ihm standen, bestätigten diese Aussage mit ernstem Kopfnicken.

»Tatsächlich? Warum denn nur?« Wie immer konnte ich der Versuchung nicht widerstehen, Sebastian ein bisschen auf die Schippe zu nehmen. Er war ein solcher Schleimer.

Er beugte sich mit verschwörerischer Miene zu mir. Die Aufregung stand ihm ins Gesicht geschrieben. »Sie wissen doch, was für eine hohe Meinung mein Personal und ich von Ms. Priestly haben. *Runway* ist eine so unvergleichliche Zeitschrift. Wir bewundern alles daran, die exzellenten Fotoaufnahmen, die großartige Aufmachung und natürlich die faszinierenden Textbeiträge! Einfach hinreißend!«

»Faszinierende Textbeiträge, hm?« Ich musste mir ein Grinsen verkneifen. Er nickte stolz, drehte sich um und ließ sich von einer seiner Mitarbeiterinnen den Beutel reichen.

»So! Da hätten wir es. Das perfekte Mahl für die perfekte Herausgeberin – und ihre perfekte Assistentin«, fügte er mit einem Augenzwinkern hinzu.

»Danke, Sebastian, auch in Mirandas Namen.« Ich warf einen prüfenden Blick in die Tasche, um mich zu überzeugen, dass auch an alles gedacht war. Ein riesiges Ribeye-Steak, so blutig, dass es genauso gut hätte roh sein können. Okay. Zwei dampfend heiße Ofenkartoffeln, so groß wie junge Kätzchen. Okay. Eine Beilagenschale mit Kartoffelpüree, verfeinert mit Sahne und Butter. Okay. Abgezählte acht Stangen Spargel, makellos weiß und mit saftigen Köpfchen. Okay. Dazu die Sauciere mit der zerlassenen Butter, ein Pillendöschen mit grobkörnigem, koscherem Salz, ein scharf geschliffenes Steakmesser und eine gestärkte weiße Leinenserviette, die heute zu einem Röckchen gefaltet war. Wie niedlich. Sebastian wartete gespannt auf meine Reaktion.

»Gut gemacht, Sebastian«, sagte ich in dem Ton, mit dem man einen jungen Hund dafür lobt, dass er sein Geschäft draußen verrichtet hat. »Heute haben Sie sich wirklich selbst übertroffen.«

Er strahlte über das ganze Gesicht. Dann blickte er bescheiden zu Boden. »Zu gütig. Sie wissen ja, wie sehr mir Ms. Priestly am Herzen liegt und dass es mir eine große Ehre ist ...« Er geriet ins Stocken.

»Ihren Lunch zuzubereiten?«, ergänzte ich hilfsbereit.

»Ja, ganz genau. Eine große Ehre. Sie verstehen.«

»Und ob, Sebastian, und ob. Ich kann Ihnen versichern, Sie wird begeistert sein.« Ich brachte es nicht über mich, ihm zu sagen, dass ich, sobald ich wieder im Büro war, als Allererstes sein Serviettenkunstwerk zerstörten musste, da die Ms. Priestly, die er so vergötterte, beim Anblick einer nicht wie eine Serviette aussehenden Serviette einen Tobsuchtsanfall bekommen würde, auch wenn sie von einem Origami-Großmeister zum Hut oder zum Stöckelschuh gefaltet worden wäre. Gerade wollte ich den Rückweg antreten, als mein Handy klingelte.

Sebastian sah mich erwartungsvoll an. Er hoffte, ja er betete, dass die Stimme am anderen Ende seiner Göttin gehörte, seinem Existenzgrund. Und er wurde nicht enttäuscht.

»Emily? Sind Sie das, Emily? Ich kann Sie kaum verstehen!« Ja, es war Mirandas liebliches Organ, ratternd wie ein Maschinengewehr und genauso tödlich.

»Hallo, Miranda. Jawohl, Andrea hier.« Als ich ihren Namen in den Mund nahm, war Sebastian einer Ohnmacht nahe.

»Bereiten Sie meinen Lunch persönlich zu, Andrea? Nach meiner Uhr habe ich Sie vor genau 35 Minuten losgeschickt. Ich sehe keinen Grund, warum das Essen nicht längst vor mir stehen sollte. Sie vielleicht?«

Sie hatte mich mit dem richtigen Namen angesprochen! Was für ein Triumph. Leider blieb mir keine Zeit, ihn zu feiern.

»Bitte entschuldigen Sie die Verzögerung, aber es gab einige Probleme wegen ...«

»Ersparen Sie mir die Einzelheiten. Sie wissen, solche Trivialitäten interessieren mich nicht.«

»Ja, natürlich. Ich verstehe. Es kann jetzt auch nicht mehr lange ...«

»Ich rufe Sie an, um Ihnen zu sagen, dass ich mein Essen will. Das lässt nicht viel Interpretationsspielraum, Emily! Ich. Will. Mein. Essen. Sofort!« Klick. Gespräch beendet. Ich zitterte so heftig, dass mir das Handy aus der Hand fiel.

Der arme Sebastian, der richtiggehend unter Schock stand, ermannte sich und hob es auf.

»Ist sie wütend auf uns, Andrea? Wir haben Sie doch hoffentlich nicht verärgert?« Auf seiner Stirn pochte eine Ader. Ich wäre fast in die Luft gegangen, aber im Grunde tat er mir leid. Warum lag diesem unscheinbaren Mann so viel an einer Miranda Priestly? Warum überschlug er sich fast, ihr zu Diensten zu sein, ihr seine Ergebenheit zu beweisen, sie zu beeindrucken? Er wäre genau der Richtige für meinen Job, dachte ich. Er konnte schon mal ein Bewerbungsschreiben aufsetzen, denn ich würde ihr die Brocken vor die Füße schmeißen. Mein Entschluss stand fest, ich würde auf der Stelle ins Büro zurückgehen und kündigen. Ich hatte die Schnauze voll. Gestrichen voll. Was gab ihr das Recht, so mit mir zu reden? Ihre Stellung? Ihre Macht? Ihr Prestige? Gott? Prada? Ich hatte es nicht nötig, mich so behandeln zu lassen.

Die übliche Lunchrechnung über 95 Dollar lag auf der Theke. Ich krakelte in Windeseile eine unleserliche Unterschrift darunter. Ob es meine oder Mirandas oder Mahatma Gandhis war, scherte mich einen feuchten Dreck, so geladen war ich. Ich stampfte nach draußen und stürzte mich so schnell auf das nächste Taxi, dass ich um ein Haar einen älteren Herrn über den Haufen gerannt hätte. Sorry, aber ich musste weiter. Ich hatte schließlich einen Job zu kündigen. Trotz des starken Mittagsverkehrs schafften wir die Strecke in zehn Minuten, und ich drückte dem Fahrer einen 20er in die Hand. Von mir aus hätte es gern auch noch ein bisschen mehr sein dürfen, aber ich hatte leider keinen 50er dabei. Während er noch das Wechselgeld abzählte, knallte ich schon die Wagentür hinter mir zu. Er würde schon wissen, was er mit so einem saftigen Trinkgeld anfangen sollte. Seinem Töchterchen etwas schenken oder einen kaputten Wasserboiler reparieren lassen. Von mir aus konnte er es auch nach Feierabend in gepflegter Kollegenrunde versaufen. Was auch immer er damit anstellte, die Kohle war bei ihm auf jeden Fall besser angelegt als bei Elias-Clark.

Vor selbstgerechtem Zorn kochend, stürmte ich in das Gebäude, alles andere als damenhaft, wie mich die kritischen Blicke der Klapperschnepfen sogleich wissen ließen.

Doch ich hatte keine Zeit zu verlieren. Hastig zog ich meinen Ausweis durch das Lesegerät und warf mich gegen das Drehkreuz. Verdammt! Ich war mit dem Hüftknochen voll gegen die Stange geknallt. Toll, das würde einen wunderschönen blauen Fleck geben. Ich hob den Kopf. Vor mir stand Eduardo, strahlend wie ein Honigkuchenpferd. Das durfte doch wohl nicht sein Ernst sein!

Ich schoss ihm meinen Killerblick zu, mit dem ich mir schon öfter den Weg freigeschossen hatte, aber heute verpuffte er wirkungslos. Ohne ihn aus den Augen zu lassen, wirbelte ich zum nächsten Drehkreuz herum, zog den Ausweis durch und warf mich gegen die Stange. Zu spät, Eduardo war schneller gewesen. Während ich wie ein Depp vor der Sperre stand und mir die schmerzende Hüfte rieb, ließ er sechs Klapperschnepfen hintereinander durch das erste Drehkreuz. Ich war so frustriert, dass ich fast losgeheult hätte. Doch Eduardo ließ sich nicht erweichen

»Nun ziehen Sie doch nicht so ein Gesicht. Das ist hier keine Folter, das ist ein kleines Späßchen. Und jetzt bitte aufpassen. *I think we're alone now. There doesn't seem to be anyone a-rou-ound. I think we're alone now. The beating of our hearts is the only sou-ound.*«

»Eduardo, ich bitte Sie. Dazu fällt mir jetzt wirklich nichts ein. Ich hab keine Zeit für solche Scherze!«

»Okay, okay. Dann erlasse ich Ihnen ausnahmsweise die Schauspielerei, sie brauchen bloß zu singen. Erst ich, dann Sie. *Children, behave! That's what they say when we're together. And watch how you play! They don't understand, and so we're …*«

Wahrscheinlich konnte ich mir die Kündigung sparen, wenn ich es irgendwann tatsächlich bis nach oben schaffte, weil Miranda mich bis dahin längst gefeuert haben würde. Also dann, jetzt war sowieso schon alles egal. Da konnte ich genauso gut einem anderen Menschen eine Freude machen »*… running as fast as we can*«, setzte ich ein, ohne auch nur einen Takt zu verpassen. »*Holdin' on to one another's hand. Tryin' to get away into the night, and then you put your arms around me and we tumble to the ground and then you say …*«

Eduardos Kollege Mikey, der Unsympath von meinem ersten Arbeitstag, spitzte neugierig die Ohren. Ich beugte mich näher an Eduardo heran. Er sang die letzten Zeilen: »*I think we're alone now. There doesn't seem to be anyone a-rou-ound. I think we're alone now. The beating of our hearts is the only sou-ound.*« Er lachte laut und riss die Hand hoch. Ich klatschte ihn ab, high five! Und die Sperre tat sich auf.

»Einen schönen Tag noch, Andy«, rief er mir lachend nach.

»Ihnen auch, Eduardo, Ihnen auch.«

Im Fahrstuhl kam ich allmählich wieder zu mir. Aber richtig bei Sinnen war ich eigentlich erst wieder vor dem Vorzimmer, wo ich beschloss, doch nicht zu kündigen. Abgesehen von dem nächstliegenden Grund, dass ich viel zu viel Schiss hatte, ihr mit diesem Ansinnen unvorbereitet gegenüberzutreten, weil sie mich vermutlich doch nur kalt lächelnd abservieren würde. »Nein, ich verbiete Ihnen zu kündigen.« Und was sollte ich dann sagen? –, musste ich daran denken, dass es nur um ein Jahr meines Lebens ging. Ein einziges Jahr, das mir viele Türen öffnen würde. Ein Jahr = 12 Monate = 52 Wochen = 365 Tage. Länger musste ich es in diesem Irrenhaus nicht aushalten. Dann war ich frei und konnte das tun, was ich wirklich wollte. Außerdem war ich viel zu ausgepowert, um auch nur daran zu denken, mir einen anderen Job zu suchen.

Emily sah vom Schreibtisch hoch, als ich hereinkam. »Sie ist gleich wieder da. Sie musste nur kurz zu Mr. Ravitz rauf. Wirklich, Andrea. Wo bist du so lange gewesen? Du weißt doch, dass sie ihre Wut an mir auslässt, wenn du sie warten lässt. Und was soll ich ihr dann sagen? Dass du lieber eine Zigarette rauchst, statt den Kaffee zu holen, dass du mit deinem Freund telefonierst, statt dich um ihren Lunch zu kümmern? Nein, das ist einfach nicht fair.« Frustriert wandte sie sich wieder ihrem Computer zu.

Da konnte ich ihr nicht widersprechen. Es war nicht fair. Mir gegenüber, ihr gegenüber, jedem halbwegs zivilisierten Menschen gegenüber. Ich hatte ein schlechtes Gewissen, dass sie unter meinen ausgedehnten Verschnaufpausen leiden musste, und schwor mir, mich zu bessern.

»Du hast vollkommen Recht, Em. Es tut mir leid. Soll nicht wieder vorkommen.«

Ihre Miene hellte sich deutlich auf. »Dafür wäre ich dir wirklich dankbar, Andrea. Ich habe deine Arbeit selbst lange genug gemacht. Ich weiß, was man dir zumutet. An manchen Tagen musste ich fünf-, sechs-, siebenmal raus zum Kaffeeholen, da konnte es regnen, stürmen oder schneien. Und ich war so hundemüde, dass ich kaum noch einen Fuß vor den anderen setzen konnte. Ich weiß, wie das ist! Manchmal war ich noch nicht mal unten auf der Straße, da hat sie schon hinter mir her telefoniert, wo denn der Kaffee bleibt, der Lunch oder die Zahncreme für besonders empfindliche Zähne – immerhin ein Trost, dass sie wenigstens ein bisschen Gefühl in den Zähnen hat. Aber so ist sie nun mal, Andy. So ist das Leben hier. Damit musst du dich abfinden, sonst schaffst du es nie. Sie meint es nicht böse, wirklich nicht. Das ist eben ihre Art.«

Ich nickte, auch wenn sie mich nicht ganz überzeugt hatte. Zwar hatte ich noch nie in einer anderen Firma gearbeitet, konnte mir aber einfach nicht vorstellen, dass sich alle Bosse so aufführten wie Miranda. Oder etwa doch?

Ich stellte den Lunchbeutel ab und begann mit dem Anrichten. Mit den bloßen Fingern nahm ich die Speisen aus den luftdicht abschließenden Thermotöpfchen und platzierte sie appetitlich auf einem Porzellanteller. Das Auge isst schließlich mit. Dann wischte ich mir die Hände an einer von Mirandas Versace-Hosen ab, die noch in die Reinigung mussten, und stellte den Teller auf das gekachelte Teakholztablett, das ich unter meinem Schreibtisch aufbewahrte. Daneben kamen die Sauciere mit der zerlassenen Butter, das Salz und das Besteck, das ich aus seinem Faltenröckchen befreit hatte. Ein prüfender Blick und siehe da: Ich hatte das San Pellegrino vergessen. Jetzt aber zügig – sie konnte jeden Augenblick wieder zurück sein. Ab in die Teeküche, eine Hand voll Eiswürfel holen. Ich musste sie anhauchen, um keinen Gefrierbrand zu bekommen. Vom Anpusten zum Anlecken wäre es nur ein klitzekleiner Schritt gewesen. *Nein, Andrea! Da stehst du drüber! Du spuckst ihr nicht ins Essen und du lutschst auch nicht auf ihren Eiswürfeln rum. So tief bist du noch nicht gesunken!*

Miranda war noch nicht zurück, als ich wieder ins Vorzimmer kam. Ich schenkte schnell das Wasser ein. So, fertig. Jetzt konnte sie kommen. Sobald sie sich hinter den Riesentisch geklemmt hatte, würde sie Order geben, die Tür zu schließen. Und das wäre dann das erste und einzige Mal am Tag, dass ich ihrem Befehl gern nachkam, bedeutete es doch nicht nur, dass wir jetzt eine halbe Stunde Ruhe vor ihr hatten, da sie ihr allmittägliches Seelenschwätzchen mit Mr. BTB führte, sondern auch, dass wir ebenfalls etwas futtern durften. Eine von uns düste nach unten, griff sich irgendwas Essbares, sauste wieder nach oben; dann war die andere dran. Unsere Verpflegung versteckten wir unter dem Schreibtisch oder hinter dem Computerbildschirm, für den Fall, dass sie plötzlich unangekündigt im Zimmer stand. Wenn es bei *Runway* ein unausgesprochenes, aber ehernes Gesetz gab, dann dieses: Vor Miranda Priestly wurde nicht gegessen. Punktum.

Es war Viertel nach zwei. Mein Magen tippte eher auf späten Abend. Vor sieben Stunden hatte ich zum letzten Mal einen Bissen zu mir genommen, und zwar einen hastig hinuntergeschlungenen Muffin zwischen Starbucks und Büro. Ich hatte solchen Hunger, dass ich mich fast an Mirandas Steak vergriffen hätte.

»Wenn ich nicht sofort was zu essen kriege, kipp ich vom Hocker, Em. Ich lauf schnell nach unten und hol mir was. Soll ich dir was mitbringen?«

»Bist du wahnsinnig geworden? Du hast ihr doch noch nicht mal den Lunch serviert. Sie kann jede Sekunde wieder da sein.«

»Aber es geht mir wirklich nicht gut. Ich kann nicht mehr warten.« Mir war schwindelig vor Schlafmangel. Der niedrige Blutzuckerspiegel tat ein Übriges. Womöglich würde ich es vor lauter Schwäche sowieso nicht schaffen, ihr das Steaktablett zu bringen, auch wenn sie im nächsten Augenblick auf der Bildfläche erschien.

»Andrea, komm zu dir. Stell dir doch mal vor, du begegnest ihr im Fahrstuhl oder am Empfang. Sie würde ausrasten! Das ist viel zu riskant. Warte, ich hol dir was.« Sie schnappte sich ihr Portemonnaie und lief hinaus. Keine vier Sekunden später kam Miranda durch den Korridor herangestelzt. Schwindel, Hunger und Erschöpfung waren wie weggeblasen, sobald ich ihr verkniffenes Gesicht erblickte. In Windeseile hatte ich mich hochgerappelt, das liebevoll arrangierte Tablett nach nebenan geschleppt und mich wieder auf den Stuhl sinken lassen.

Mit dröhnendem Kopf und trockenem Mund hockte ich hinter meinen Schreibtisch, als ihr erster Jimmy Choo die Schwelle überschritt. Sie würdigte mich keines Blickes und schien zum Glück auch nicht zu bemerken, dass die echte Emily nicht an ihrem Platz saß. Ich hatte den Eindruck, als ob die Besprechung mit Mr. Ravitz nicht sehr erfreulich verlaufen war, aber vielleicht sah sie auch nur deshalb so grimmig aus, weil sie sich zu ihm hatte bemühen müssen. Mr. Ravitz war der einzige Mensch im ganzen Gebäude, dem Miranda in irgendeiner Form entgegenkam.

»Aan-dreh-aa! Was ist das? Was um alles in der Welt ist das?«

Wie eine Rakete schoss ich hoch und rüber in ihr Büro. Vor uns beiden stand, nicht zu übersehen, der gleiche Lunch, den sie jeden Tag aß, wenn sie nicht im Restaurant speiste. Im Geiste ging ich schnell alle kritischen Punkte durch. Nichts fehlte, nichts stand an der falschen Stelle oder auf der falschen Seite, nichts war falsch zubereitet. Was hatte sie bloß?

»Äh, nun ja, äh, das ist Ihr Lunch«, sagte ich leise. Es kostete mich eine fast übermenschliche Anstrengung, nicht sarkastisch zu klingen. »Stimmt etwas nicht?«

Der Gerechtigkeit halber muss ich wohl zugeben, dass sie nur den Mund aufmachte, aber in meinem halb weggetretenen Zustand kam es mir so vor, als ob sie bluttriefende Reißzähne bleckte.

»Stimmt etwas nicht?«, äffte sie mich mit einer Quietschstimme nach, die nicht im Geringsten nach mir, ja nicht einmal menschlich klang. Sie kniff die Augen zu Schlitzen zusammen und beugte sich vor. »Jawohl, es stimmt etwas nicht. Etwas stimmt ganz und gar nicht. Können Sie mir erklären, weshalb ich DAS HIER auf meinem Schreibtisch vorfinden muss?«

Ich verstand nur Bahnhof. Wollte sie mir vielleicht ein Rätsel aufgeben? Gute Frage eigentlich, weshalb sie DAS DA auf ihrem Schreibtisch vorfinden musste. Dass sie den Lunch vor einer Stunde bestellt hatte, konnte offensichtlich nicht die korrekte Antwort sein. Aber eine andere hatte ich nicht auf Lager. Ob ihr das Tablett nicht gefiel? Nein, das war nicht möglich: Sie hatte es schon x-mal gesehen und sich noch nie darüber beschwert. Hatten sie ihr versehentlich das falsche Fleisch geschickt? Nein, das war es auch nicht. Als mir das Restaurant einmal ein wunderschönes Filet mitgegeben hatte, weil der Koch dachte, es würde ihr besser munden als das zähe Ribeye-Steak, hätte sie bei dem Anblick fast eine Herzattacke bekommen. Sie hatte mich gezwungen, den Koch anzurufen und ihn zur Minna zu machen, während sie daneben stand und mir die Beschimpfungen in den Mund legte.

»Es tut mir leid, Miss. Bitte verzeihen Sie mir«, sagte er leise. Er hörte sich an wie der liebste Mensch der Welt. »Es ist meine Schuld. Ich dachte mir, eine gute Kundin wie Ms. Priestly hätte nur das Beste verdient. Ich habe ihr auch nichts extra dafür berechnet. Aber Sie können sich darauf verlassen, dass es nie wieder vorkommen wird. Mein Wort darauf.« Ich hätte fast geheult, als ich ihm sagen musste, dass er eine Niete sei und bis an sein Lebensende als Koch in einer zweitklassigen Steakbraterei versauern werde. Er hatte sich noch einmal entschuldigt und ›mir‹ Recht gegeben. Von dem Tag an hatte Miranda stets ihr blutiges Ribeye bekommen. Daran konnte es also auch nicht liegen. Ich hatte keine Ahnung, was ihr nicht passte.

»Aan-dreh-aa. Hat Mr. Ravitz' Assistentin Ihnen nicht gesagt, dass wir zusammen in der grässlichen Cafeteria lunchen?«, fragte sie bedächtig, als ob sie nur mit größter Mühe die Beherrschung bewahrte.

Das durfte doch wohl nicht wahr sein! Die Hetze, die Sebastianschmeicheleien, die Gardinenpredigt, das 95-Dollar-Essen, das Tiffany-Geträller, das Tablettarrangement, die Schwindelgefühle, der Hunger, die Warterei – das war alles für die Katz gewesen?

»Äh, nein, sie hat nicht angerufen. Dann heißt das also, ich kann abräumen?«, fragte ich und deutete auf das Tablett.

Sie sah mich an, als ob ich ihr vorgeschlagen hätte, eine ihrer Töchter zu fressen. »Was denken Sie denn, was es heißt, Emily?« Schade, nachdem sie meinen Namen die ganze Zeit so gut hingekriegt hatte.

»Ich denke, das heißt, ich kann abräumen.«

»Ich bin beeindruckt, Emily. Was für ein Glück für mich, dass

Sie mit so einer raschen Auffassungsgabe gesegnet sind. Schaffen Sie das Essen weg. Und dass mir so etwas ja nicht noch einmal vorkommt. Das wäre alles.«

Einen Augenblick lang fühlte ich mich wie in einen Hollywoodfilm versetzt. Ich sah die Szene direkt vor mir, in der ich mit einer schwungvollen Geste das Tablett mitsamt dem Essen vom Schreibtisch fegte. Durch diese Tat zur Besinnung gebracht, würde sie sich reumütig bei mir dafür entschuldigen, so verächtlich mit mir geredet zu haben. Aber das ungeduldige Trommeln ihrer Fingernägel auf der Schreibtischplatte holte mich schnell wieder in die Realität zurück. Ich nahm das Tablett an mich und ging hinaus.

»Aan-dreh-aa! Schließen Sie die Tür. Ich muss mich einen Augenblick sammeln«, rief sie mir nach. Schon klar, dieser Schock, plötzlich einen Feinschmeckerlunch serviert zu bekommen, den man auch noch persönlich bestellt hatte, wollte erst mal verkraftet werden.

In diesem Moment kam Emily vom Kiosk zurück. Damit ich nicht aus den Pantinen kippte, hatte sie mir eine Dose Cola Light und eine Tüte Rosinen mitgebracht, natürlich ohne ein Gramm Fett oder Zucker. Als sie Miranda rufen hörte, stellte sie die Einkäufe schnell weg, sprang zur Verbindungstür und zog sie leise zu.

»Was ist passiert?«, flüsterte sie und starrte entgeistert auf das Essenstablett, mit dem ich wie angewachsen neben meinem Schreibtisch stand.

»Nichts Besonderes«, knurrte ich sarkastisch. »Nur, dass unsere reizende Chefin anscheinend schon zu Mittag gespeist hat. Sie hat mir bloß den Marsch geblasen, weil ich kein Prophet bin und keinen Röntgenblick besitze, um ihr in den Magen zu schauen.«

»Ich glaub's nicht«, sagte Emily. »Sie staucht dich zusammen, weil du ihren Lunch geholt hast und nicht wissen konntest, dass sie schon woanders gegessen hat? Was für eine Kuh.«

Ich nickte. Kaum zu fassen, dass sich Emily ausnahmsweise mal auf meine Seite schlug, statt mir einen Vortrag zu halten, dass ich einfach zu dumm für diesen Job war. Doch ich hatte mich zu früh gefreut. Von einer Sekunde auf die andere verwandelte sich ihre Wut in Zerknirschtheit. Der altbekannte *Runway*-Rückzieher.

»Denk daran, was wir vorhin besprochen haben, Andrea.« Volle Kraft zurück! »Sie macht das nicht aus Gehässigkeit. Sie meint es nicht böse. Aber sie kann sich nun mal nicht mit jedem Kleinkram abgeben. Nimm es ihr nicht übel. Kipp das Essen weg und Schwamm drüber.« Emily wandte sich ab und schaltete ihren Computer ein. Natürlich hatte sie Schiss, dass das Vorzimmer womöglich verwanzt war und Miranda alles mitgehört hatte. Mit einem hochroten Kopf ärgerte sie sich sichtlich, dass sie die Beherrschung verloren hatte. Ich konnte mir nicht vorstellen, wie sie es so lange in diesem Job ausgehalten hatte.

Vor lauter Hunger hätte ich das Steak am liebsten selbst gegessen, aber allein bei dem Gedanken, dass es noch vor wenigen Sekunden auf Mirandas Schreibtisch gestanden hatte, wurde mir speiübel. Ich schleppte das Tablett in die Teeküche und hielt es leicht schief, so dass alles, aber auch alles, was sich darauf befand, direkt im Müll landete – das gesamte fachmännisch zubereitete und gewürzte Mahl, der Porzellanteller, die Sauciere, das Salzdöschen, die Leinenserviette, das Besteck, das Steakmesser, das Kristallglas. Schwupp, weg war's. Mir konnte es schnuppe sein. Morgen Mittag würde ich alles noch einmal besorgen, falls sie dann zufälligerweise wieder Hunger hatte.

Als ich es endlich ins Drinkland geschafft hatte, war Alex wütend und Lily ziemlich hinüber. Ob Alex wohl ahnte, dass ich heute von einem anderen Mann zu einem Date eingeladen worden war? Von einem Mann, der nicht nur berühmt und älter war, sondern auch ein ziemlicher Spinner? Ob er es mir anmerkte? Ob er es witterte? Ob ich es ihm sagen sollte? Ach was, lieber nicht. Ich hatte ja schließlich nicht vor, darauf einzugehen, und interessieren tat mich der Typ sowieso nicht. Wozu also wegen nichts und wieder nichts die Pferde scheu machen?

»Hallo, du Modepuppe«, nuschelte Lily und schwenkte ihren Gin Tonic. Dass dabei ein Schwall auf ihre Strickjacke schwappte, schien sie nicht mitzukriegen. »Oder sollte ich besser sagen du zukünftige Mitbewohnerin? Hol dir was zu trinken. Los, darauf müssen wir einen heben!«

Ich gab Alex einen Kuss und setzte mich neben ihn.

»Mann, was für ein scharfes Outfit«, sagte Alex und ließ den Blick anerkennend über meine Prada-Kluft gleiten. »Seit wann schmeißt du dich denn so in Schale?«

»Seit heute. Seit man mir klargemacht hat, dass ich bald auf der Straße sitze, wenn ich mich klamottenmäßig nicht anpasse. Ein ziemlicher Hammer eigentlich, aber die Sachen sind echt nicht übel. Und irgendwas muss der Mensch schließlich sowieso anziehen.

So, und jetzt muss ich mich erst mal bei euch entschuldigen. Tut mir leid, dass ich so spät komme. Das BUCH wurde heute ewig nicht fertig, und als ich es endlich abgeliefert hatte, musste ich für Miranda noch Basilikum besorgen.«

»Ich dachte, sie hätte einen Koch«, sagte Alex spitz. »Wieso konnte der das nicht machen?«

»Sie hat tatsächlich einen Koch. Sie hat auch eine Haushälterin, ein Kindermädchen und zwei Kinder. Ich habe nicht den leisesten Schimmer, wieso sie ausgerechnet auf mich kam. Auf die Ehre hätte ich wirklich verzichten können, vor allem, weil es in der ganzen Fifth Avenue kein Feinkostgeschäft gibt, genauso wenig wie in der Madison oder in der Park Avenue. Erst in der Lexington habe ich eines gefunden, aber die hatten natürlich kein Basilikum. Es hat mich eine geschlagene Dreiviertelstunde extra gekostet, das Zeug aufzutreiben. Am besten kaufe ich auf Firmenkosten ein Gewürzregal und schleppe es tagein, tagaus mit mir rum. Aber ich kann euch verraten, es waren wirklich lohnende 45 Minuten. Ihr könnt euch gar nicht vorstellen, was für wichtige Sachen ich alles gelernt habe bei meiner Basilikumexpedition, was für Erkenntnisse mir diese Erfahrung für meine Zukunft in der Zeitschriftenbranche gebracht hat. Jetzt bin ich auf der Überholspur! Ich fange nicht erst als kleiner Schreiberling an, sondern gleich als Redakteur!« Ich grinste.

»Auf deine Zukunft!«, tönte Lily, an der mein Sarkasmus offenbar völlig vorbeigegangen war.

»Sie ist total abgefüllt«, sagte Alex leise und beäugte Lily besorgt wie beim Besuch eines kranken Tantchens im Hospital. »Sie muss schon Stunden vor Max und mir hier gewesen sein. Entweder das, oder sie trinkt wahnsinnig schnell. Max ist übrigens schon wieder weg.«

Lily hatte immer viel getrunken, aber das war eigentlich kein Wunder – was sie machte, machte sie richtig. Sie hatte an der Junior High School als Erste einen Joint geraucht und an der High School als Erste ihr Jungfräulichkeit verloren. Sie stand auf alles, was ihr nicht guttat. (Und das galt auch für Kerle.) Hauptsache, sie spürte, dass sie *am Leben* war.

»Ich verstehe nicht, wie du mit dem Typen ins Bett steigen kannst, obwohl du genau weißt, dass er seine Freundin nie im Leben verlassen wird«, hatte ich mich einmal laut über eine ihrer Affären gewundert.

»Und ich verstehe nicht, wie du dich immer so brav an die Spielregeln halten kannst«, hatte sie bissig zurückgegeben. »Bei dir ist alles vorgeplant und festgelegt. Gönn dir ein bisschen Spaß. Leb mal 'ne Runde, Andy! Fühl was! Es ist ein tolles Gefühl, am Leben zu sein!«

Schon möglich, dass sie in letzter Zeit etwas mehr trank als früher, aber ich wusste, dass ihr Studium ungeheuer anstrengend war, selbst für jemanden mit ihrer Energie, und dass die Professoren an der Columbia wesentlich anspruchsvoller und unzugänglicher waren als die Dozenten an der Brown, die sie um den Finger gewickelt hatte. *Wer weiß*, dachte ich, während ich der

Bedienung winkte. *Vielleicht ist Alkohol tatsächlich eine gute Krücke*. Ich bestellte einen Absolut mit Grapefruitsaft und gönnte mir einen tüchtigen Schluck. Doch mir wurde nur übel davon, weil ich bis auf die Cola Light und die Rosinen, die Emily mir am Mittag besorgt hatte, immer noch nichts im Magen hatte.

»Wahrscheinlich ist es an der Uni gerade besonders stressig«, sagte ich zu Alex, als ob Lily gar nicht da wäre. Aber die bekam sowieso nicht mit, dass wir über sie redeten, da sie gerade einem Yuppie-Typen an der Bar verführerisch zuklimperte. Alex legte den Arm um mich, und ich schmiegte mich an ihn. Wie gut das tat, seine Nähe zu spüren. Es kam mir vor, als hätte er mich seit Wochen nicht mehr umarmt.

»Ich will wirklich kein Spielverderber sein«, sagte Alex. »Aber ich muss langsam zusehen, dass ich nach Hause komme. Kann ich euch zwei alleine lassen?«

»Du willst schon gehen? So früh?«

»Früh? Andy, ich sitze jetzt geschlagene zwei Stunden hier rum und sehe deiner besten Freundin beim Trinken zu. Ich wollte mit dir zusammen sein, aber du warst nicht da. Und jetzt ist es fast Mitternacht, und ich muss noch Hefte korrigieren.« Er blieb ruhig, aber ich merkte ihm an, dass er verärgert war.

»Du hast ja Recht, und es tut mir leid. Wirklich. Du weißt doch, dass ich dich normalerweise nicht warten lassen würde.«

»Ja, ist mir schon klar. Ich behaupte ja gar nicht, dass es deine Schuld ist. Ich verstehe schon. Aber du musst mich auch verstehen, okay?«

Ich nickte und gab ihm einen Kuss, fühlte mich dabei jedoch beschissen. Ich schwor mir, es wieder gutzumachen und mir einen ganzen Abend nur für ihn Zeit zu nehmen. Schließlich hatte er wahnsinnig unter mir und meiner Arbeit zu leiden.

»Dann kommst du nicht mehr mit zu mir?«, fragte ich geknickt.

»Höchstens wenn du Hilfe brauchst, Lily nach Hause zu schaffen. Es wartet ein Riesenstapel Hefte auf mich.« Er umarmte mich noch einmal, drückte Lily einen Kuss auf die Wange und ging zur Tür. »Ruf mich an, wenn du mich brauchst«, sagte er noch, dann war er verschwunden.

»Warum ist Alex denn schon gegangen?«, fragte Lily, obwohl sie die ganze Zeit neben uns gesessen hatte. »Ist er sauer auf dich?«

»Kann schon sein«, seufzte ich. »Ich hab ihn in letzter Zeit aber auch ganz schön mies behandelt.« Ich ging zur Bar, um mir eine Speisekarte zu holen, und als ich wieder zurückkam, hatte sich der Wall-Street-Typ an Lily rangemacht und hockte Knie an Knie neben ihr. Er sah aus wie Ende 20, hätte mit seinen Geheimratsecken aber auch ein ganzes Teil älter sein können.

Ich warf Lily ihre Jacke zu. »Komm, zieh dich an. Wir gehen«, sagte ich, ohne ihn aus den Augen zu lassen. Er war sowieso nicht der Größte, aber in seiner Bundfaltenhose wirkte er geradezu mickrig. Dass sein Mund keine fünf Zentimeter vom Ohr meiner besten Freundin entfernt war, machte ihn mir auch nicht unbedingt sympathischer.

»Warum so eilig, Süße?«, näselte er beleidigt. »Deine Freundin und ich, wir kommen uns gerade näher.« Lily nickte und wollte einen Schluck aus ihrem leeren Glas trinken.

»Das ist ja reizend. Aber wir müssen jetzt los. Wie heißen Sie?«

»Stuart.«

»Nett, Sie kennen gelernt zu haben, Stuart. Was halten Sie davon, wenn Sie Lily Ihre Telefonnummer geben? Dann kann sie Sie anrufen oder auch nicht, wenn es ihr wieder besser geht. Was meinen Sie?« Ich bleckte lächelnd die Beißerchen.

»Klar, warum nicht. Von mir aus. Man sieht sich.« Er sprang auf und verdünnisierte sich so schnell in Richtung Bar, dass Lily überhaupt nichts davon mitbekam.

»Stuart und ich freunden uns ein bisschen an, nicht wahr, Stu?« Sie drehte sich zur Seite, sah seinen leeren Platz und machte ein verdutztes Gesicht.

»Stuart musste dringend los, Lil. Komm, wir gehen.«

Ich stopfte sie in ihre grüne Seemannsjacke und zog sie hoch. Schwankend folgte sie mir nach draußen. Der Wind war eisig, schneidend. Vielleicht würde er ihr guttun.

»Mir geht's dreckig«, lallte sie.

»Ich weiß, Kleines. Ich weiß. Komm, wir nehmen uns ein Taxi. Ich bring dich nach Hause, okay? Meinst du, du schaffst es?«

Sie nickte, beugte sich lässig nach vorne und übergab sich. Der Schwall ergoss sich über ihre braunen Boots und spritzte bis auf die Jeans. *Was würden wohl die Runway-Girls zu meiner besten Freundin sagen?*, schoss es mir durch den Kopf.

Ich pflanzte Lily auf die Fensterbank eines Geschäfts, das so aussah, als ob es keine Alarmanlage hätte, und befahl ihr, sich nicht von der Stelle zu rühren. Dann lief ich über die Straße in einen spanischen Laden, der um diese Zeit noch geöffnet war. Bis ich wieder zurück war, hatte sie sich noch einmal übergeben, diesmal war die Bescherung auf ihrer Seemannsjacke gelandet. Ihr Blick war glasig. Ich hatte zwei Flaschen Mineralwasser gekauft, eine zum Trinken, eine zum Abwischen. Aber sie bot ein derartig ekeliges Bild, dass ich beide Flaschen über sie auskippte, eine über ihre Schuhe, eine über die Jacke. Besser pitschnass als nach Erbrochenem stinkend, wenn wir ein Taxi kriegen wollten. Sie war so blau, dass sie sich weder wehrte noch bedankte.

Ich musste all meine Überredungskünste mobilisieren, um den Taxifahrer zu erweichen. Dass ich ihm versprach, auf den wahrscheinlich sowieso schon ziemlich deftigen Fahrpreis noch ein dickes Trinkgeld draufzupacken, wirkte besser als 1000 Worte. Schließlich mussten wir von der Lower East Side weit rauf bis auf die Upper West Side. Der Trip würde mich mindestens 20 Mäuse kosten. Aber wofür hatte frau schließlich ein Spesenkonto? Ich brauchte die Fahrt bloß als irgendeine Besorgungsexpedition für Miranda zu deklarieren, und schon würde man mir die Kohle erstatten. Ja, das würde gehen.

Die drei Treppen hoch bis in ihre Wohnung waren noch weniger lustig als die 20-minütige Taxifahrt, aber als ich sie endlich oben hatte, ging es besser. Lily schaffte es sogar, sich in der Dusche allein zu waschen, nachdem ich sie aus ihren Klamotten gepellt hatte. Als ich sie anschließend zu ihrem Bett geleitete, kippte sie mit dem Gesicht zuerst auf die Matratze und schlief auf der Stelle ein. Mich überkam ein leises Gefühl der Nostalgie. Ich musste an unsere Zeit auf dem College denken und an all die verrückten Sachen, die wir damals gemacht hatten. So unbeschwert wie damals würden wir nie wieder sein.

Vielleicht übertrieb Lily es doch ein bisschen mit dem Trinken. Sie schien in letzter Zeit ständig unter Strom zu stehen. Als Alex in der vergangenen Woche darauf zu sprechen gekommen war, hatte ich sie in Schutz genommen: Sie wäre eben immer noch Studentin und noch nicht in der realen Welt gelandet, wo ein erwachsener Mensch Verantwortung zu übernehmen hatte (wie zum Beispiel die, ein San Pellegrino perfekt einzuschenken!). Ich selbst war schließlich auch nie ein Kind von Traurigkeit gewesen. Wie viele Zweiergelage wir gefeiert hatten, bei denen einiges an Rotwein niedergemacht wurde. Nach der Examensfete hatte Lily mich getröstet, während ich kopfüber über dem Klo hing. Nach einem Abend, von dem mir nicht viel mehr als acht Rum-Colas und eine grauenvolle Karaokeversion von »Every Rose has its Thorn« in Erinnerung geblieben war, hatte sie mich heil nach Hause gefahren und unterwegs viermal angehalten, weil ich reihern musste. An ihrem 21. Geburtstag hatte ich sie in mein Bett gepackt und alle zehn Minuten nachgesehen, ob sie noch atmete, bis ich übermüdet auf dem Fußboden eingeschlafen war. Zweimal war sie in dieser Nacht noch aufgewacht. Einmal, weil ihr wieder übel wurde, und das andere Mal, um mir zu sagen, dass ich der beste Kumpel sei, den man sich nur wünschten könnte. Und dafür hatte man schließlich Freunde, dass man zusammen becherte, irgendwelchen Mist baute und aufeinander aufpasste. Oder nicht? Waren das alles nur College-

Rituale, die man zu absolvieren hatte? Alex war überzeugt gewesen, dass es diesmal anders war, kein harmloser Exzess. Aber ich konnte es einfach nicht so sehen.

Eigentlich hätte ich sie in dieser Nacht nicht allein lassen dürfen, aber es war fast zwei Uhr morgens. Und ich musste in fünf Stunden wieder im Büro sein. Meine Klamotten stanken nach Erbrochenem, und in Lilys Kleiderschrank hätte ich garantiert kein Teil gefunden, das ich zur Arbeit anziehen konnte – schon gar nicht, seit ich in die Prada-Liga aufgestiegen war. Ich seufzte, deckte sie zu und stellte ihr den Wecker auf sieben Uhr, nur für den Fall, dass sie bis dahin wieder so weit bei sich war, um es noch rechtzeitig in die Uni zu schaffen.

»Ciao, Lil. Ich gehe dann. Alles okay?« Ich legte ihr das schnurlose Telefon aufs Kopfkissen.

Sie machte die Augen auf, sah mich an und lächelte. »Danke«, murmelte sie und war auch schon wieder weggedöst. An einem Marathon hätte sie in ihrem Zustand zwar nicht teilnehmen können und einen Motorrasenmäher hätte ich ihr vermutlich auch nicht anvertraut, aber ansonsten fehlte ihr nichts, was ein gesundes Schläfchen nicht heilen konnte.

»Gern geschehen.« Ich war echt am Ende. 21 Stunden am Stück, in denen ich mir für andere den Arsch aufgerissen hatte. »Wir telefonieren morgen«, sagte ich und schleppte mich mit letzter Kraft zur Tür. »Falls wir bis dahin noch leben.« Und dann konnte ich endlich, endlich nach Hause.

10

»Hey, gut, dass ich dich erwische!« Cara war am Telefon. Wieso klang sie morgens um Viertel vor acht schon so außer Atem?

»Äh, ja. Ist was passiert, dass du auf einmal so früh anrufst?« Beim Reden spulte ich innerlich ein halbes Dutzend Szenarien ab: Was mochte Miranda wohl diesmal dringend brauchen?

»Nein, nein, keine Sorge. Ich wollte dich nur vorwarnen: Mr. BTB ist im Anmarsch und freut sich heute offenbar ganz besonders auf ein Schwätzchen mit dir.«

»Ach was, das ist aber schön. Ist ja immerhin schon fast eine Woche her, seit er mich über mein Leben im Allgemeinen und Speziellen ausgequetscht hat. Ich hab mir schon Sorgen gemacht, ob meinem größten Fan wohl irgendwas zugestoßen ist.« Ich war fertig mit der Aktennotiz und ließ sie ausdrucken.

»Du kannst dich glücklich schätzen, weißt du das eigentlich? Von mir will er überhaupt nichts mehr wissen.« Jetzt trug sie aber mächtig dick auf. »Er hat nur noch Augen für dich. Soviel ich gehört habe, will er die Details der Party im Met mit dir durchgehen.«

»Super, gaaanz toll. Bin schon tierisch gespannt auf sein Bruderherz. Bisher kenne ich ihn ja nur vom Telefon, und da hat er immer bloß Schwachsinn verzapft. Also was jetzt – bist du sicher, dass BTB zu mir unterwegs ist? Ist denn kein freundlicher Geist da oben im Himmel, der für heute Gnade walten lässt?«

»Nix, diesmal gibt es kein Entkommen. Miranda hat um halb

neun einen Termin bei ihrem Fußspezialisten, also wird er wohl solo aufkreuzen.«

Ich nahm mir die Eintragungen in Emilys Terminkalender vor. Tatsächlich, ein Miranda-freier Vormittag. »Fantastisch. Was kann ein Mädchen sich Schöneres wünschen, als schon in aller Herrgottsfrühe mit BTB zum geselligen Teil überzugehen. Warum quatscht der Kerl eigentlich so viel?«

»Das liegt doch wohl auf der Hand: Wer Miranda heiratet, kann einfach nicht ganz dicht sein. Lass von dir hören, wenn er was besonders Albernes von sich gegeben hat. Ich muss jetzt los. Caroline hat gerade, keine Ahnung wieso, einen Stila-Lippenstift von Miranda volle Kanne gegen den Badezimmerspiegel gedonnert.«

»Wir haben echt ein bewegtes Leben, stimmt's? Und sind cool wie noch mal was. Na denn, danke für die Warnung. Ich melde mich wieder bei dir.«

»Okay, bye.«

Bis BTB eintrudelte, nahm ich mir den Briefentwurf noch mal vor. Es ging um eine Anfrage von Miranda an das Kuratorium des Metropolitan Museum of Art. Im März wollte sie dort in einem der größeren Säle eine Dinnerparty für ihren Schwager veranstalten, der ihr, wie ich wohl wusste, von Herzen zuwider war, sich leider Gottes aber trotzdem nicht so ohne weiteres aus dem Stammbuch tilgen ließ. Mr. Tomlinsons kleiner wilder Bruder Jack hatte soeben verlauten lassen, er werde Frau und Kinder (drei an der Zahl) verlassen und seine Masseurin heiraten. Er und BTB waren eigentlich klassische Zuchtgewächse der schnöseligen Ostküstenaristokratie, doch mit Ende 20 hatte Jack sich seines Harvard-Images entledigt und war nach South Carolina gezogen, wo er in null Komma nichts mit Immobilien ein Vermögen an Land gezogen hatte. Emilys Schilderungen zufolge war er zum hinterwäldlerischen Südstaatler par excellence mutiert, der ständig auf Strohhalmen herumkaute und Ströme von Tabaksaft in die Gegend spuckte – und damit Miranda, der Hüterin von wahrer Klasse und Kultur, ein Dorn im Auge war. Nun hatte BTB Miranda gebeten, eine Verlobungsparty für seinen kleinen Bruder zu organisieren, was sie als treu sorgendes Eheweib natürlich keinesfalls abschlagen konnte. Und nach dem Motto »Wenn schon, denn schon« kam für einen solchen Event ganz klar nichts anderes in Frage als das Met.

Sehr geehrte Mitglieder, blablabla, ersuche Sie hiermit um Genehmigung, in Ihren Räumlichkeiten eine kleine Soiree zu veranstalten, blablabla, Catering, Blumenschmuck und musikalische Untermalung selbstverständlich nur vom Feinsten, blablabla, freuen uns über Ideen und Vorschläge Ihrerseits, blabla. Nachdem ich auch bei der letzten Durchsicht keine eklatanten Fehler fand, mogelte ich noch schnell Mirandas Unterschrift darunter und bestellte einen Kurier.

Fast im gleichen Atemzug klopfte es an der Tür, die ich zu dieser frühen Stunde stets geschlossen hielt, weil sowieso noch kein Mensch im Haus war. Mann, sind die schnell, dachte ich noch, als die Tür auch schon den Blick auf BTB freigab, der bis über beide Ohren grinste. So was gehörte vor acht Uhr morgens einfach verboten.

»Andrea«, säuselte er, schritt forsch auf meinen Schreibtisch zu und bedachte mich mit einem herzensguten Lächeln, das in mir sofort Schuldgefühle aufkommen ließ, weil ich ihn trotz und alledem nicht ausstehen konnte.

»Guten Morgen, Mr. Tomlinson. Was führt Sie denn so früh zu uns?«, fragte ich. »Es tut mir Leid, aber Miranda ist noch nicht im Büro.«

Er zuckte mit der Nase wie ein Nagetier auf Beutezug. »Ja, ja«, gluckste er, »sie kommt wohl erst nach dem Mittagessen, wenn ich es recht verstanden habe. Na, meine kleine Andy, wir zwei haben aber schon ewig lang nicht mehr gemütlich miteinander geplauscht. Nun erzählen Sie Ihrem lieben Mr. T. doch einmal: Wie geht's uns denn immer?«

»Warten Sie, ich nehme Ihnen das erst mal ab«, sagte ich und griff nach dem Matchsack mit Mirandas Monogramm, randvoll mit getragener Kleidung, die ich zur Reinigung bringen sollte. Außerdem befreite ich ihn von der Handtasche, die unlängst wieder aufgetaucht war: ein Unikat, für Miranda zum Dank für all ihre freundliche Unterstützung eigens im Auftrag von Silvia Venturini Fendi von Hand in kunstvollem Kristall-Design mit Perlen bestickt. Eine Modeassistentin von *Runway* hatte ihren Wert auf knapp 10000 geschätzt. Nun allerdings, da ich sie wieder in Händen hielt, fiel mir auf, dass einer der beiden fragilen Ledergriffe, die von der Ausstattungsabteilung sicherlich schon zwei Dutzend Mal reklamiert und von Fendi stets anstandslos nachgenäht worden waren, erneut lose herabbaumelte. Die Tasche war zur Aufnahme einer zierlichen Damenbörse gedacht; zur Not ließen sich auch noch eine Sonnenbrille und äußerstenfalls ein klitzekleines Handy darin verstauen: Beschränkungen, die Miranda nicht zur Kenntnis nahm. Diesmal hatte sie eine XL-Flasche Parfüm von Bulgari, eine Sandale mit abgebrochenem Absatz, die ich vermutlich zum Richten hätte bringen sollen, ihren Tagesplaner von Hermès, der jeden Laptop an Ausmaß und Gewicht in den Schatten stellte, ein überdimensionales Hundehalsband mit Stacheln, das meinem Gefühl nach entweder Madelaine gehörte oder als Accessoire für die nächsten Shootings dienen sollte, sowie das BUCH, das ich ihr am Abend zuvor frei Haus geliefert hatte, hineingestopft. Ich persönlich hätte eine Tasche im Wert von 10000 Dollar so gewinnbringend wie möglich verhökert und mir damit ein Jahr Miete gesichert; Miranda sah darin lediglich einen Müllbehälter.

»Danke, Andy. Sie sind ja wirklich rührend um uns bemüht. Nun denn, Mr. T. brennt darauf, mehr von Ihrem Leben zu erfahren. Was tut sich denn so bei Ihnen?«

Was tut sich denn so bei Ihnen? Was tut sich denn so bei Ihnen? *Hmmm, genau betrachtet – nicht allzu viel, würde ich mal schätzen. Den Großteil meiner Zeit bringe ich damit zu, die Fronarbeit für Ihre sadistische Gattin lebend zu überstehen. In den wenigen freien Minu-*

ten unter der Woche – sofern sie mir da nicht auch noch irgendetwas reinwürgt, was kein normaler Mensch schaffen kann – versuche ich gegen die fortschreitende Gehirnerweichung anzukämpfen, auf die ihre Seniorassistentin mit ihrem Gewäsch unerbittlich hinarbeitet. Bei den immer seltener werdenden Anlässen, die mich außer Reichweite dieses Magazins bringen, rede ich mir regelmäßig gut zu, dass es vollkommen okay ist, pro Tag mehr als 800 Kalorien zu mir zu nehmen und dass ich kein Elefant bin, nur weil ich Kleidergröße 38 trage. Kurz gesagt, die Antwort auf Ihre Frage lautet: Nichts Besonderes.

»Ach, Mr. Tomlinson, eigentlich nichts Besonderes. Ich habe hier eine Menge zu tun. Und sonst unternehme ich was mit meiner besten Freundin oder mit meinem Freund. Dann ist da ja auch noch meine Familie.« *Früher habe ich viel gelesen*, wollte ich hinzusetzen, *aber jetzt bin ich einfach zu müde dazu. Ich habe immer gern Sport getrieben, aber auch dazu fehlt mir augenblicklich schlicht die Zeit.*

»Darf ich raten, wie alt Sie sind? 25, stimmt's?« Hä? Worauf wollte er denn damit wieder hinaus?

»Äh, nein, 23. Ich habe erst letzten Mai meinen Abschluss gemacht.«

»Ach was, 23?!« Offensichtlich wusste er nicht, was er dazu sagen sollte. Ich machte mich auf alles gefasst. »Nun erzählen Sie Mr. T. doch einmal, wie vergnügen sich 23-Jährige denn heutzutage hier in der Stadt? In Restaurants? In Clubs? Etwas dergleichen?« Wieder lächelte er, und ich fragte mich, ob der Schein nicht trog und er am Ende gar nicht nach einem Übermaß an Aufmerksamkeit heischte: Vielleicht verfolgte er ja keinerlei finstere Absichten, sondern wollte wirklich einfach bloß *reden*.

»Hm, man vergnügt sich bei allem Möglichen, würde ich mal sagen. Weniger in Clubs, aber gern in netten Kneipen und schicken Bars und so was. Oder einfach irgendwo beim Essen, oder im Kino.«

»Na, das klingt doch sehr lustig. So hab ich's in Ihrem Alter auch gemacht. Jetzt stehen bloß noch Arbeitsessen und Wohltätigkeitsveranstaltungen auf dem Programm. Hauen Sie auf den Putz, solange es geht, Andy.« Dazu das passende väterlich-vertrottelte Zwinkern.

»Ich tu mein Bestes«, brachte ich heraus. *Nun geh doch endlich, geh doch endlich, geh doch endlich*, war alles, was ich denken konnte, während ich sehnsüchtig zu dem Bagel hinstarrte, der lauthals nach mir schrie. Was musste der Kerl auch aufkreuzen und mich um die drei Minuten Ruhe und Frieden bringen, die der Tag für mich bereithielt?

Er wollte gerade etwas erwidern, als die Tür aufgestoßen wurde, und Emily im Takt der Musik, die aus ihren Ohrstöpseln drang, hereinwalzte. Beim Anblick unseres Besuchers fiel ihr die Kinnlade herunter.

»Mr. Tomlinson!« Mit einem Ruck riss sie sich die Kopfhörer ab und ließ den Discman (von Apple) eilends in ihrer Gucci-Tasche verschwinden. »Ist irgendwas passiert? Alles in Ordnung mit Miranda?« Gehabe und Tonfall verrieten ehrliche Betroffenheit. Eine 1-A-Vorstellung: gestatten, unsere Assistentin, die Aufmerksamkeit und Liebenswürdigkeit in Person.

»Hallo, Emily. Nein, nein, nichts ist passiert. Miranda wird gleich da sein. Mr. T. wollte nur rasch vorbeikommen und ihre Sachen abliefern. Und, wie geht's Ihnen heute?«

Emily strahlte ihn an. Freute sie sich echt, dass er da war? »Prächtig. Danke der Nachfrage. Und wie geht es Ihnen? Hat sich Andrea gut um Sie gekümmert?«

»O ja, und ob«, sagte er und ließ das x-tausendste Lächeln in meine Richtung wandern. »Ich wollte Einiges wegen der Verlobungsparty meines Bruders mit ihr durchgehen, aber wie mir scheint, ist es dafür wohl noch ein bisschen zu früh, oder?«

Einen Augenblick lang dachte ich, sein »zu früh« bezöge sich auf die Tageszeit, und wollte schon »Ja!« schreien, doch dann ging mir auf, dass er meinte, die Planungen seien noch nicht weit genug gediehen, um Einzelheiten festzulegen.

Zu Emily gewandt, sagte er: »Was haben Sie da bloß für ein Prachtexemplar von Assistentin an Land gezogen!?«

»Absolut«, presste Emily durch fest zusammengebissene Zähne hervor. »Die beste überhaupt.« Sie grinste.

Ich grinste auch.

Mr. Tomlinson grinste hoch drei; konnte es eine Stoffwechselstörung sein? Vielleicht eine leichte Manie oder irgendwas in der Richtung.

»Na, dann macht sich Mr. T. wohl mal wieder auf den Weg, Mädels. Es war wie immer ganz reizend, mit Ihnen zu plaudern. Einen schönen Morgen Ihnen beiden, und auf Wiedersehen.«

»Wiedersehen, Mr. Tomlinson!«, rief Emily ihm nach, als er um die Ecke in Richtung Empfang verschwand.

»Warum warst du so unhöflich zu ihm?«, fragte sie. Unter dem dünnen Lederblazer, den sie nun ablegte, trug sie ein noch dünneres Chiffonoberteil mit U-Ausschnitt, das vorne wie ein Korsett durchgeschnürt war.

»Unhöflich? Ich habe ihm Mirandas Klamotten abgenommen und mich mit ihm unterhalten, bis du gekommen bist. Was ist denn daran unhöflich?«

»Du hast zum Beispiel nicht auf Wiedersehen gesagt. Und dann dein Blick.«

»Mein Blick?«

»Ja, dein Blick, mit dem du jedem klar machst, wie hoch erhaben du über alles bist, wie verhasst dir das Ganze hier ist. Das kannst du vielleicht bei mir bringen, aber nicht bei Mr. Tomlinson. Er ist Mirandas *Ehemann*, und du darfst ganz einfach nicht so mit ihm umspringen.«

»Em, findest du ihn denn nicht auch ein bisschen, ich weiß nicht… seltsam? Er redet ohne Punkt und Komma. Wieso ist er so nett, wenn sie so… so überhaupt nicht nett ist?« Emily warf einen prüfenden Blick in Mirandas Büro, wo ich die Zeitungen bereits vorschriftsmäßig zurechtgelegt hatte.

»Seltsam? Wie kommst du darauf, Andrea? Er zählt zu den bekanntesten Steueranwälten in Manhattan.«

Es war sinnlos. »Schwamm drüber – was rede ich da überhaupt. Was läuft bei dir? Wie war dein Abend?«

»Ach, gar nicht so übel. Ich habe mit Jessica Geschenke für ihre Brautjungfern besorgt. Wir haben alles abgeklappert – Scoop, Bergdorf's, Infinity, einfach alles. Und ich hab einen Haufen Klamotten anprobiert, die für Paris passen könnten, aber dafür ist es wohl wirklich noch zu früh.«

»Für Paris? Du fährst nach Paris? Heißt das, du lässt mich hier allein mit ihr sitzen?« Der letzte Satz war mir wider Willen herausgerutscht.

Wieder dieser Blick, als hätte ich nicht alle Tassen im Schrank. »Ja, ich fahre im Oktober mit Miranda nach Paris, zu den Modenschauen für die Frühjahrskonfektion. Dazu nimmt sie immer ihre Seniorassistentin mit, damit die hautnah bei allem dabei ist. Ich habe zwar hier schon ungefähr eine Million Modenschauen mitgemacht, aber die in Europa sind doch noch was anderes.«

Ich rechnete rasch nach. »Im Oktober – bis dahin sind es ja noch sieben Monate. Du probierst jetzt Kleider für eine Reise an, die in sieben Monaten stattfindet?« Es hatte nicht so grob klingen sollen, wie es herauskam; aber Emily ging prompt in die Defensive.

»Ja, schon. Ich hatte ja auch gar nicht vor, etwas zu kaufen – bis dahin wird sich im Stil schon wieder viel geändert haben. Aber ich wollte mich einfach mal umschauen. Verstehst du, das ist ein Riesending. Wohnen im Fünf-Sterne-Hotel, abends auf die verrücktesten Parties. Und, mein Gott, du bist bei den schärfsten, exklusivsten Modenschauen dabei, die es überhaupt gibt.«

Emily hatte mir schon erzählt, dass Miranda drei- bis viermal pro Jahr zu Modenschauen nach Europa flog. London ließ sie grundsätzlich aus, das taten alle, aber in Mailand und Paris begutachtete sie im Oktober die Frühjahrskollektion, im Juli die neue Wintermode und im März die nächste Herbstkollektion. Manchmal hängte sie noch ein paar Tage Urlaub dran. Wir hatten uns halb tot geschuftet, um alles für die bevorstehenden Modenschauen am Monatsende vorzubereiten. Mir schoss die Frage durch den Kopf, warum Miranda dabei offenbar keine Assistentin brauchte.

»Wieso nimmt sie dich nicht überallhin mit?« Ich wagte mich einfach mal vor, obwohl ich mir mit der Antwort garantiert eine weitschweifige Erklärung einhandelte. Es war schon aufregend genug, dass Miranda zwei volle Wochen (erst Mailand, dann Paris) nicht im Büro sein würde, aber bei dem Gedanken, für die Hälfte der Zeit auch noch Emily los zu sein, wurde mir fast schwindlig vor Glück. Vor meinem inneren Auge sah ich Cheeseburger mit gebratenem Speck, meine alten, zerfetzten Jeans und flache Schuhe – womöglich sogar Turnschuhe. »Wieso nur im Oktober?«

»Es ist ja nicht so, dass sie da drüben keine Hilfe hätte. Von der französischen und der italienischen *Runway* werden auf jeden Fall Assistentinnen für Miranda abgestellt, und meistens stehen ihr auch die Redakteurinnen selbst zur Verfügung. Aber zum Auftakt der Frühjahrsmodenschauen veranstaltet sie immer eine Riesenparty – angeblich *der* Event des Jahres in diesen Kreisen. Ich fliege nur für die eine Woche nach Paris. Was wohl heißt, dass ich ihr dort am besten von Nutzen sein kann.« Jawohl, ja.

»Mhm – klingt doch aber nach einer supertollen Woche. Und ich halte derweil hier die Stellung?«

»Ja, so ungefähr. Aber das wird kein Zuckerschlecken, sage ich dir. Vermutlich eher die härteste Woche überhaupt. Wenn sie verreist ist, braucht sie ständig irgendwelche Hilfsdienste. Du wirst sie ziemlich oft am Telefon haben.«

»Na prima«, sagte ich. Sie verzog das Gesicht.

Ich döste mit offenen Augen vor dem leeren Computerbildschirm, bis das Büro sich allmählich mit lebenden Menschen füllte, auf die ich meine Aufmerksamkeit richten konnte. Um zehn Uhr trudelten die ersten Klapperschnepfen ein, die ihre Überdosis Champagner vom gestrigen Abend unauffällig mit kleinen Schlucken Kaffee (Magermilch, nicht aufgeschäumt) zu kurieren versuchten. James sah wie jedes Mal, wenn er wusste, dass Miranda noch nicht im Büro war, bei mir herein und verkündete, er habe letzte Nacht im Balthazar den Mann seines Lebens kennen gelernt.

»Er saß da an der Bar und trug die irrste rote Lederjacke, die ich jemals gesehen habe – und was drunter war, konnte sich auch sehen lassen, ich sag's dir. Wie er sich die Austern auf die Zunge gleiten ließ ...« Er stöhnte laut auf. »Es war einfach göttlich.«

»Und, hast du seine Nummer?«, fragte ich.

»Seine Nummer? Unsere Nummer, meinst du wohl. Gegen elf lag er splitterfasernackt auf meiner Couch, o Mann, ich sag dir –«

»Na, das ist ja reizend, James. Was sollst du dich auch lange zieren. Obwohl, ehrlich gesagt – nimmst du es nicht doch ein bisschen sehr locker? Im Zeitalter von AIDS??«

»Ach Süße, sogar du wärst von deinem hohen Ross heruntergestiegen und hättest bedenkenlos auf Knien all deinen Idealen von wegen Nur-der-letzte-Engel-auf-Erden-ist-gut-genug-für-Mich mit Freuden abgeschworen, wenn dir der Typ untergekommen wäre. Glaub mir, er ist der Hammer. Absolut der Hammer!«

Bis elf war alles abgeklärt: zum Beispiel wer irgendwo ein Exemplar der aktuellen Hosenserie von Theory Max oder – eigentlich ein Ding der Unmöglichkeit – die neuesten Sevens-Jeans ergattert hatte. Damit war es Zeit, bei Jeffys Ständern eine Mittagspause einzulegen und dort die Gespräche über Klamotten der besonderen Art fortzuführen. Morgen für Morgen rollte Jeffy die Gestelle für Kleider, Badeanzüge, Hosen, Hemden, Mäntel, Schuhe und alles Übrige heraus, was für die großen Modeaufnahmen möglicherweise in Frage kam. Er reihte die Ständer wie Spaliere über die gesamte Etage an den Wänden auf, damit die Redakteurinnen das aktuell Gewünschte finden konnten, ohne sich durch die Kleiderkammer kämpfen zu müssen.

Diese war, genau genommen, natürlich keine Kammer, sondern eher eine Art kleine Aula. Umsäumt wurde sie von Schuhen jeder Größe, Farbe und Form, der Traum eines jeden Schuhfetischisten: Dutzende Sandaletten, Slingpumps mit Pfennigabsätzen, flache Ballerinas, hochhackige Stiefel, offene Sandalen und perlenbesetzte Stöckelschuhe. Die Schubladen, ob eingebaut oder lose in irgendeiner Ecke übereinander gestapelt, enthielten sämtliche erdenklichen Abarten von Strümpfen, Söckchen, BHs, Slips, Unterröcken, Miedern und Corsagen. Sie brauchen dringend einen Push-Up-BH von La Perla in Leopardenmuster? Schauen Sie doch in der Kleiderkammer nach. Hautfarbene Netzstrümpfe oder die coole neue Sonnenbrille von Dior? In der Kleiderkammer. Die Schubladen und Regale mit den Accessoires nahmen die komplette Länge der beiden hinteren Wände in Anspruch, und was da an Ware – von ihrem Wert ganz zu schweigen – versammelt war, verschlug einem schlicht den Atem. Füllfederhalter. Schmuck. Bettwäsche. Schals, Handschuhe, Skimützen. Pyjamas. Capes. Schultertücher. Schreibwaren. Seidenblumen. Hüte, Hüte sonder Zahl. Und Taschen. Taschen! Shopping Bags, Bowling Bags, Rucksackmodelle und Unterarmtäschchen, Schultertaschen, Umhängetaschen, Kuverttaschen, Kuriertaschen, einfach alles, vom Miniformat bis zur Übergröße, samt und sonders versehen mit exklusiven Etiketten und Preisschildern, deren Beträge die monatliche Hypothekenrate des durchschnittlichen amerikanischen Häuslebauers weit überstiegen. Den noch verbleibenden Platz nahmen Ständer um Ständer mit Kleidung ein, so dicht an dicht, dass kein Durchkommen war.

Also mühte sich Jeffy den lieben langen Tag, die Kleiderkammer zu einem halbwegs brauchbaren Anlaufplatz umzugestalten, in dem Models (und Assistentinnen wie meine Wenigkeit) Kleider anprobieren und tatsächlich bis zu den Schuhen und Taschen in der dritten Reihe vorstoßen konnten; und das ging nur, indem er sämtliche Ständer in den Korridor bugsierte. Mir war noch keiner untergekommen, ob Autor, Liebhaber, Kurier oder Stylist, der angesichts jener endlosen Reihen von Modeständern in den Fluren nicht wie angewurzelt stehen geblieben und ins Glotzen verfallen wäre. Manchmal bestimmten die Modenschauen (in Sydney oder Santa Barbara) die Kleiderordnung auf den Ständern, zu anderen Zeiten waren es die einzelnen Kategorien (Bikinis, Kostüme), meistens jedoch kam einem das Ganze bloß wie ein gewollt, aber nicht gekonnt lässiges Sammelsurium von *sündhaft teuerem Zeug* vor. Zwar blieb wirklich jeder staunend stehen, um die flaumweichen Kaschmirschals und kunstvoll mit Perlen bestickten Abendkleider zu befühlen, aber die eigentlichen – selbst ernannten – Herrscherinnen über dieses Reich waren die Klapperschnepfen, die »ihre« Kleider eifersüchtig bewachten und sich schier endlos über jedes einzelne Teil verbreiteten.

»Die einzige Frau auf der ganzen Welt, die diese Caprihose tragen kann, ist Maggie Rizer«, ließ Hope, eine Modeassistentin, die es mit ihren 1,82 Meter immerhin auf bombastische 47 Kilo brachte, sich vor unserem Vorzimmer vernehmen; sie hielt sich die Hose an und seufzte. »In denen würde mein Hintern noch fetter aussehen, als er sowieso schon ist.«

»Andrea«, rief ihre Freundin, die ich nur flüchtig kannte und die in der Abteilung für Accessoires arbeitete, »sag Hope doch bitte, dass sie nicht fett ist.«

»Du bist nicht fett«, kam es automatisch aus meinem Mund. Ich hätte verdammt viel Zeit sparen können, wenn ich mir den Spruch auf ein T-Shirt gedruckt oder einfach direkt auf die Stirn tätowiert hätte. Ständig musste ich irgendwelchen Mitarbeiterinnen von *Runway* versichern, dass sie beileibe nicht fett waren.

»O mein Gott, sieh dir bloß diesen Wanst an. Die Rettungsringe auf der ›Queen Elizabeth‹ sind ein Dreck dagegen. Ich bin ein Monstrum!« Sie hatten nichts anderes im Kopf (wenn schon nicht auf den Rippen) als Fett. Emily schwor hoch und heilig, ihre Oberschenkel hätten »mehr Umfang als ein Riesenmammutbaum.« Jessica fand, ihre »wabbeligen Oberarme« sähen aus wie die von Roseanne Barr. Sogar James jammerte, sein Hintern hätte eines Morgens, als er aus der Dusche kam, derart unförmig ausgesehen, dass er erwogen hatte, sich »fett schreiben zu lassen« und zu Hause zu bleiben.

Anfangs, fand ich, hatte ich die unzähligen Bin-ich-fett-Fragen noch ganz cool und rational gekontert: »Wenn du fett sein sollst, Hope, was ist dann mit mir? Ich bin fünf Zentimeter kleiner als du und wiege mehr.«

»Ach Andy, jetzt mach keine Witze. *Ich* bin der Fettklops. *Du* bist schön dünn und siehst super aus!«

Natürlich dachte ich, sie hielte mich zum Besten, aber bald ging mir auf, dass Hope – ebenso wie all ihre zaundürren Kolleginnen und übrigens auch die meisten Typen im Büro – das Gewicht anderer bis aufs letzte Gramm genau einschätzen konnte. Nur beim Blick in den Spiegel starrte ihnen plötzlich eine Seekuh ins Gesicht.

Und ganz egal, wie viel Mühe ich mir auch gab, das Ganze von einer vernünftigen Warte aus zu sehen und mir immer wieder ins Gedächtnis zu rufen, dass ich normal war und die anderen nicht – die ständigen Bemerkungen zum Thema Übergewicht hatten mich nicht kaltgelassen. Vier Monate erst war ich in dem Laden, und schon hatte ich genügend Knoten (wenn nicht gar Paranoia) im Hirn, um mindestens zeitweise zu vermuten, jene Kommentare könnten vorsätzlich auf mich gemünzt sein. So wie: Ich, die hochgewachsene, umwerfende, grazile Modeassistentin, tue so, als fände ich mich total verfettet, bloß damit dir, du Mops von einer persönlichen Assistentin, endlich aufgeht, dass DU hier das Pummelchen bist. Mit meinen 52 Kilo bei 1,75

Meter hatte ich mich im Vergleich zu anderen Mädels meines Alters immer als eher schlank eingestuft. Außerdem war ich bislang der Meinung gewesen, größer als 90 % der Frauen (und mindestens die Hälfte aller Männer) zu sein, die mir so begegneten. Erst seit ich in diesem Reich der Wahnvorstellungen arbeitete, wusste ich, wie es war, sich von morgens bis abends, tagaus, tagein, klein und dick vorzukommen. Wie ein stämmiger, gedrungener Troll in einer Schar von Elfen. Und falls ich je auch nur einen Augenblick lang vergessen sollte, dass ich Kleidergröße 38 trug, rief der tägliche Klatsch und Tratsch es mir zuverlässig wieder ins Gedächtnis.

»Dr. Eisenberg sagt, die Bestform kriegt man nur hin, wenn man auch auf Obst verzichtet«, schaltete Jessica sich in die Unterhaltung ein, während sie sich einen Rock von dem Narcisco-Rodriguez-Ständer angelte. Sie hatte sich unlängst mit einem der jüngsten Vizepräsidenten von Goldman Sachs verlobt und litt schon jetzt unter Stress, wenn sie an die bevorstehende, glamouröse Hochzeit dachte. »Und sie hat Recht. Seit meiner letzten Anprobe habe ich noch mindestens fünf Kilo abgenommen.« Ich konnte damit leben, dass sie sich weiter kasteite, obwohl sie kaum noch genügend Körperfett hatte, um normal zu funktionieren; was ich unverzeihlich fand, war, dass sie darüber *redete*. Ganz egal, welche Koryphäen aus dem medizinischen Bereich sie anführte oder mit wie vielen Erfolgsstories sie sich brüstete – mein Interesse an dem Thema war gleich null.

Gegen eins gaben alle Büroinsassen Gas, um rechtzeitig zur Mittagspause fertig zu sein. Wobei »Mittagspause« nichts mit Essen zu tun hatte, sondern mit der spannenden Frage, wer sich wohl dazu einfand. Träge sah ich zu, wie der übliche Tross von Hair-Stylisten, ständigen und freien Mitarbeitern, Freunden und Liebhabern aufmarschierte, um nach Herzenslust in dem Glamour zu schwelgen, der sich unvermeidlich aus einer Kulisse von edelsten Klamotten, traumhaft schönen Gesichtern und einem schier unerschöpflichen Vorrat an endlos, endlos, endlos langen Beinen ergab.

Sobald er sicher sein konnte, dass sowohl Miranda als auch Emily in die Mittagspause gegangen waren, fand sich Jeffy bei mir ein und drückte mir zwei riesige Einkaufstüten in die Hand. »Da, für den Anfang müsste es reichen.«

Ich kippte den Inhalt der einen Tüte neben meinem Schreibtisch auf dem Boden aus und fing an zu sortieren. Hosen von Joseph in Camel und Schwarz-Anthrazit, beide lang und lässig geschnitten, mit tief angesetzter Taille und aus traumhaft weicher Wolle. Braune Wildlederhosen von Gucci, in denen noch der letzte Bauerntrampel wie ein Supermodel ausgesehen hätte, und zwei Paar genau richtig verwaschene Jeans von Marc Jacobs, die wie für mich gemacht schienen. Acht oder neun verschiedene Tops, angefangen bei einem hautengen Rippenrolli von Calvin Klein bis zu einer total durchsichtigen, äußerst knappen Folklorebluse von Donna Karan. Ein rattenscharfes Wickelkleid von Diane Von Furstenburg lag sorgsam zusammengelegt über einem marineblauen Samtanzug von Tahari. Auf den ersten Blick verliebte ich mich in einen Denim-Faltenrock von Habitual, der mir knapp bis zum Knie reichte und perfekt zu dem abgefahrenen Blumenmuster des Blazers von Katayone Adelie passen würde.

»Die Klamotten … sind die alle für mich?« Hoffentlich klang ich ordentlich begeistert und nicht etwa pikiert.

»Ja, kein Thema. Die liegen schon seit Ewigkeiten in der Kleiderkammer herum. Das eine oder andere haben wir vielleicht mal zu Modeaufnahmen gebraucht, aber an die Firmen ist nie was davon zurückgegangen. So alle paar Monate mache ich bei mir Klarschiff und schmeiße das Zeugs raus, und da bist du mir neulich eingefallen. Du trägst Größe 38, stimmt's?«

Ich nickte, immer noch sprachlos.

»Ja, das dachte ich mir schon. Die meisten anderen haben 32 oder noch kleiner, also bedien dich.«

Autsch. »Super. Einfach super, Jeffy, wie kann ich dir bloß danken. Das ist ja der Wahnsinn!«

»Schau das auch noch durch«, sagte er und zeigte auf die zweite Tüte, die am Boden stand. »Du glaubst doch wohl nicht, dass du in dem Samtanzug Eindruck schinden kannst, wenn du dazu noch weiter diese gammelige Botentasche mit dir rumschleppst?«

Die zweite, noch praller gefüllte Tüte spuckte ein Wahnsinnssortiment von Schuhen, Taschen und etlichen Mänteln aus. Hochhackige Stiefel von Jimmy Choo, mal bis zum Knöchel, mal bis zum Knie reichend, zwei Paar offene Sandalen mit Pfennigabsätzen von Manolo, klassische schwarze Pumps von Prada und Loafers von Tod, die ich auf keinen Fall im Büro anziehen durfte, wie Jeffy mir sogleich einschärfte. Ich hängte mir eine anschmiegsame rote Wildledertasche um, die vorne unübersehbar mit dem verschlungenen Doppelinitial »CC« versehen – und trotzdem nicht halb so schön war wie das kaffeebraune Shopping-Teil aus Leder von Celine, das ich mir über den anderen Arm streifte. Krönung des Ganzen war ein langer Trench im Military-Look mit den unverkennbaren Riesenknöpfen von Marc Jacobs.

»Du machst doch Witze«, sagte ich leise und griff nach einer Sonnenbrille von Dior, die er offenbar noch in letzter Sekunde dazugestopft hatte. »Das kann nicht dein Ernst sein.«

Zufrieden grinsend zog er den Kopf ein. »Tu mir bloß einen Gefallen und zieh das Zeug auch an, o.k.? Und erzähl ja keiner Menschenseele, dass du dir als Erste was davon aussuchen durftest – die reißen sich doch alle um die Ausmistaktionen in der Kleiderkammer.« Wie der Blitz war er aus der Tür, als er Emily hinten im Flur etwas rufen hörte, und ich schob meine neue Garderobe mit dem Fuß unter den Schreibtisch.

Emily brachte das Übliche aus der Cafeteria mit: einen Fruchtmilchshake ohne Zusatzstoffe und ein Plastikschüsselchen Eisbergsalat mit Broccoli und Balsamico. Keine Vinaigrette, bloß purer Essig. Miranda würde jede Minute wieder da sein – Uri hatte eben angerufen und gemeldet, dass er sie gleich abladen würde – was hieß, dass mir nicht die üblichen, üppigen sieben Minuten blieben, in denen ich zur Suppentheke sausen und mir den Inhalt des Schälchens am Schreibtisch in den Schlund gießen konnte. Die Zeit verstrich, ich war halb verhungert, aber ich brachte einfach nicht die Energie auf, mich zwischen den Klapperschnepfen durchzuschlängeln, mich von der Frau an der Kasse taxieren zu lassen und mich dann noch zu fragen, ob ich es ohne bleibende Schäden überstehen würde, siedend heiße (und dick machende!) Suppe in solcher Schallgeschwindigkeit zu schlucken, dass sie mir fast die Speiseröhre verbrannte. *Lohnt sich nicht*, dachte ich. *Mal eine Mahlzeit auszulassen, bringt dich nicht um*, sagte ich mir. *Im Gegenteil, wenn du all deinen geistig wie körperlich fitten und stabilen Kolleginnen glauben willst, macht es dich bloß stärker. Und außerdem sehen 2000-Dollar-Hosen an Mädchen, die sich permanent den Bauch vollstopfen, nicht gerade heiß aus*, machte ich mir klar. Also ließ ich mich auf den Stuhl fallen und tröstete mich damit, wie mustergültig ich *Runway* soeben vertreten hatte.

11

Irgendwo tief in meinen Träumen klingelte das Handy – so hartnäckig, dass ich dann doch wach wurde und mich fragte, ob sie es war. Nach einer verblüffend kurzen Orientierungsphase *(Wo bin ich? Wer ist »sie«? Welcher Tag ist heute?)* war mir klar, dass es nichts Gutes bedeuten konnte, wenn an einem Samstagmorgen um acht das Telefon klingelte. Von meinen Freunden stand keiner auch nur annähernd so früh auf, und nachdem meine Eltern oft genug durchs Netz gefallen waren, hatten sie sich zähneknirschend damit abgefunden, dass ihre Tochter vor Mittag nicht zu erreichen war. In den sieben Sekunden, die ich für diesen Gedankengang brauchte, überlegte ich außerdem, warum zum Teufel ich den Anruf überhaupt entgegennehmen sollte. Bis mir Emilys gute Gründe vom ersten Tag wieder in den Sinn kamen, woraufhin ich einen Arm aus meinem gemütlichen Bett streckte und damit über den Fußboden fegte. Ich erwischte das Teil gerade noch, bevor es aufhörte zu klingeln.

»Hallo?« Wow, meine Stimme klang klar und kräftig, als hätte ich die letzten paar Stunden konzentriert auf irgendeine sinnvolle Tätigkeit verwandt und nicht praktisch im Koma vor mich hin gedämmert.

»Morgen, Schätzchen! Schön, dass du schon wach bist. Ich wollte dir bloß sagen, dass wir in ungefähr zehn Minuten bei dir sind, okay?«, dröhnte mir die Stimme meiner Mutter ins Ohr. Der Umzug! Heute war mein Umzugstag! Ich hatte komplett verschwitzt, dass meine Eltern mir dabei helfen wollten, die Kisten mit meinen Kleidern, CDs und Fotoalben in das neue Apartment zu schaffen, das Lily und ich gemietet hatten. Um mein Monstrum von Bett sollte sich die Spedition kümmern.

»Oh, hi Mom«, murmelte ich und schaltete wieder auf Schläfrig-Modus. »Ich dachte schon, sie wär's.«

»Nichts da, heute hast du Pause. Wo sollen wir denn parken? Gibt es da irgendwo eine Tiefgarage?«

»Ja, direkt unterm Haus, die Zufahrt geht rechts von der Third ab. Gebt meine Apartmentnummer an, dann kriegt ihr Ermäßigung. Ich muss mich noch schnell anziehen. Bis gleich.«

»Okay, Schätzchen. Dann mal ran an die Arbeit!«

Ich ließ mich aufs Kissen zurückfallen und rechnete durch, ob ich Chancen hatte, noch ein bisschen weiterzuschlafen. Aber nachdem sie nun schon die ganze Strecke von Connecticut bis hierher gefahren waren, um mir zu helfen ... Genau in dem Moment fing der Wecker an zu tröten. Aha! Also war mir der Umzugstag doch nicht ganz entfallen. Ich schloss daraus, dass ich noch nicht komplett reif für die Klapsmühle war. Ein kleiner Trost, immerhin.

Aus dem Bett zu kommen war womöglich noch schwerer als unter der Woche, obwohl ich ein paar Stunden später dran war. Mein müdes Gestell, das ich nun aus den Federn hievte, war nämlich kurzzeitig der Illusion erlegen, es würde aufholen und das berüchtigte »Schlafdefizit«, von dem in jedem Grundkurs für Psychologie die Rede war, abbauen können. Neben dem Bett lag ein kleiner Stapel zusammengefalteter Klamotten – außer der Zahnbürste das Einzige, das ich noch nicht in Kisten gepackt hatte. Ich zog die blaue Adidas-Jogginghose, das Kapuzensweatshirt von Brown und die schmutzstarrenden, grauen Turnschuhe von New Balance an, die mich rund um die Welt begleitet hatten. Keine Sekunde, nachdem der letzte Schluck Mundspülung gurgelnd im Abfluss verschwunden war, schnarrte der Summton.

»Hi, ihr. Ich lasse euch rauf, kleinen Moment bloß.«

Zwei Minuten später klopfte es, und vor der Tür stand – Alex, zerzaust, im Knitterlook, aber hinreißend wie eh und je. Die verwaschenen Jeans hingen ihm von den nicht vorhandenen Hüften, und sein langärmliges, marineblaues T-Shirt saß genau richtig knapp. Die klitzekleine Nickelbrille, die er nur trug, wenn seine Kontaktlinsen ihn in den Wahnsinn trieben, prangte vor rot entzündeten Augen, und seine Frisur ließ an einen wild gewordenen Mop denken. Ihn sehen und umarmen war eins. Seit unserem kurzen Kaffeetreff am letzten Sonntagnachmittag hatte ich ihn nicht mehr zu Gesicht bekommen. Eigentlich hatten wir den ganzen Tag plus die Nacht miteinander verbringen wollen, doch Miranda machte uns einen Strich durch die Rechnung, weil sie mit Caroline zum Notarzt musste und mich ad hoc als Babysitter für Cassidy rekrutierte. Bis ich heimkam, war es zu spät, um noch etwas Sinnvolles mit ihm zu unternehmen, und seit neuestem hatte er es aufgegeben, in meinem Bett auf Vorposten zu lagern, bloß um einen Blick auf mich zu erhaschen, was ich gut verstehen konnte. Eigentlich hatte er gestern bei mir übernachten wollen, aber meinen Eltern gegenüber pflegte ich immer noch diese halbherzige So-tun-als-ob-Haltung: Obwohl sämtliche Beteiligten wussten, dass Alex und ich miteinander schliefen, sollte kein Umstand und kein Sterbenswörtchen darauf hindeuten. Also hatte ich ihn nicht in der Wohnung haben wollen, wenn meine Eltern eintrudelten.

»Hey, Babe. Ich dachte, ihr könntet heute vielleicht ein bisschen Hilfe brauchen.« Er hielt ein paar große Kaffeebecher und eine Tüte hoch, die mit Sicherheit Salzbagels enthielt, meine Lieblingssorte. »Sind deine Eltern schon da? Ich hab für sie auch Kaffee mitgebracht.«

»Ich dachte, du müsstest heute den beiden kleinen Mädchen Nachhilfe geben«, sagte ich. In dem Moment kam Shanti in einem schwarzen Hosenanzug aus ihrem Zimmer. Mit gesenktem Kopf lief sie an uns vorbei, murmelte irgendwas, von wegen sie müsse den ganzen Tag arbeiten, und verließ die Wohnung. So selten, wie wir miteinander redeten, hatte sie womöglich gar nicht mitgekriegt, dass ich heute zum letzten Mal hier war.

»Müsste ich auch, aber ich habe bei ihren Eltern angerufen, und die meinten, morgen Vormittag würde es genauso gut passen, also stehe ich ganz zu deiner Verfügung!«

»Andy! Alex!« Hinter Alex tauchte mein Vater im Flur auf und strahlte, als wäre dies der schönste Morgen seit Menschengedenken. Auch meine Mom sah so unverschämt wach aus, dass ich mich fragte, ob sie irgendwas genommen hatte. Ich checkte kurz die Lage und kam zu dem Schluss, dass sie völlig zu Recht annehmen würden, Alex sei kurz vor ihnen gekommen. Schließlich hatte er seine Schuhe noch an und hielt ganz offensichtlich eben erst eingekaufte Lebensmittel in Händen. Außerdem stand die Tür noch offen. Puh – Glück gehabt.

»Andy hat gesagt, Sie hätten heute keine Zeit«, sagte mein Vater und deponierte Kaffeebecher sowie eine stark nach Salzbagels aussehende Tüte auf dem Tisch im Wohnzimmer. Er vermied absichtlich jeden Augenkontakt. »Kommen Sie gerade, oder sind Sie im Aufbruch?«

Ich schenkte Alex ein Lächeln und hoffte bloß, dass es ihm nicht schon leid tat, worauf er sich da in aller Herrgottsfrühe eingelassen hatte.

»Oh, ich bin vor einer Minute gekommen, Dr. Sachs«, sagte Alex munter. »Ich habe meine Nachhilfestunden verlegt, weil ich mir dachte, Sie könnten noch jemanden brauchen, der mit anpackt.«

»Ganz ausgezeichnet – das ist uns bestimmt eine große Hilfe. Hier bitte, bedienen Sie sich von den Bagels, Alex. Leider haben wir nur Kaffee für drei dabei, wir wussten ja nicht, dass Sie auch hier sein würden.« Mein Dad wirkte ernstlich bekümmert, was ich rührend fand. So ganz wohl war ihm offenbar noch immer nicht dabei, dass seine jüngste Tochter einen Freund hatte, aber er bemühte sich nach Kräften, es nicht zu zeigen.

»Kein Problem, Dr. Sachs. Ich habe auch was mitgebracht,

also müsste es leicht für alle reichen.« Damit machten mein Vater und mein Freund es sich auf dem Futon gemütlich und ließen sich gemeinsam das Frühstück schmecken.

Ich probierte je einen Salzbagel aus den beiden Tüten und merkte, dass ich mich tierisch darauf freute, wieder mit Lily zusammenzuwohnen. In dem knappen Jahr seit unserem Abgang vom College hatten wir uns zwar bemüht, mindestens einmal am Tag miteinander zu telefonieren, aber zu einem richtigen Treffen reichte es fast nie. Ab jetzt würden wir abends im gemeinsamen Heim einlaufen und uns wie in alten Zeiten über die Katastrophen des Tages austauschen. Alex und Dad unterhielten sich über Sport (Basketball, glaube ich), während Mom und ich die Kisten in meinem Zimmer beschrifteten. Es waren traurig wenige: ein paar Kartons mit Bettzeug und Kissen, einer mit Fotoalben und diversem Schreibzubehör (für meinen nicht vorhandenen Schreibtisch), ein paar Kosmetik- und Toilettenartikel sowie ein Haufen Kleidersäcke mit Klamotten, die absolut nicht nach *Runway* aussahen. Eigentlich lohnte es sich gar nicht, sie zu beschriften; wahrscheinlich schlug da schon die pflichtbewusste Assistentin in mir durch.

»Auf geht's«, rief mein Vater aus dem Wohnzimmer.

»Psst! Du weckst noch Kendra auf«, zischte ich im Flüsterton. »Es ist schließlich erst neun Uhr morgens und Samstag.«

Alex schüttelte den Kopf. »Sie ist doch vorhin zusammen mit Shanti los, glaube ich jedenfalls. Es waren ganz sicher zwei, sie trugen beide Hosenanzüge und sahen nicht gerade happy aus. Sieh doch mal in ihrem Zimmer nach.«

Die Tür war nur angelehnt, und ich stieß sie sachte auf. Das Etagenbett (ohne das im Zimmer überhaupt kein Platz mehr gewesen wäre) war tadellos gemacht; auf den aufgeschüttelten Kissen thronte je ein Stoffhund von der gleichen Marke. Erst jetzt fiel mir auf, dass ich bisher noch keinen Fuß in das Zimmer meiner Vermieterinnen gesetzt hatte. In den paar Monaten unseres Zusammenwohnens hatte ich mich nie länger als dreißig Sekunden am Stück mit den beiden Mädels unterhalten. Ich wusste bis heute nicht genau, was sie eigentlich machten, wo sie hingingen oder ob sie noch andere Freunde hatten. Nein, hier hielt mich nichts mehr.

Alex und Dad hatten die Essensreste entsorgt und brüteten jetzt über einem Schlachtplan. »Stimmt, sie sind weg. Ich glaube, sie wissen gar nicht, dass ich heute die Fliege mache.«

»Und wenn du ihnen eine Nachricht hinterlässt?«, schlug Mom vor. »Vielleicht auf deinem Scrabble-Brett?« Die Scrabble-Sucht hatte ich von meinem Vater geerbt, mitsamt der Theorie, dass zu jeder neuen Behausung ein neues Spiel gehörte, ich also das alte zurückließ.

Es kostete mich die letzten fünf Minuten in dieser Wohnung, um die Plättchen zu »Danke fuer alles und viel Glück XO Andy« zu arrangieren. 108 Punkte. Nicht schlecht.

Eine weitere Stunde dauerte es, bis beide Autos bepackt waren, wobei ich hauptsächlich als Türsteherin agierte und die Fahrzeuge im Auge behielt, derweil die anderen von oben eine neue Ladung holten. Die Profis von der Spedition, die für den Transport des Betts mehr verlangten, als das Mistding ursprünglich gekostet hatte, ließen auf sich warten, also starteten Dad und Alex schon mal Richtung Zentrum. Bislang kannte ich unsere neue Wohnung, die Lily über eine Anzeige in der *Village Voice* gefunden hatte, nur aus Erzählungen. Sie hatte mich mitten am Tag in der Arbeit angerufen und ins Handy geplärrt: »Bingo! Bingo! Das ist es! Bad mit fließend Wasser, Parkettboden fast ohne Dellen, und in den vier Minuten, die ich jetzt schon hier bin, weit und breit weder Mäuse noch Kakerlaken. Los, komm und schau's dir an!«

»Bist du high oder was?«, flüsterte ich. »*Sie* ist da, was heißt, ich kann nirgendwohin.«

»Also entweder du kommst gleich oder gar nicht. Du weißt doch, wie's läuft. Ich habe meine Mappe und alles dabei.«

»Ach Lily, jetzt komm. Und wenn's der Nottermin für meine

Herzverpflanzung wäre, die würden mich auf der Stelle feuern. Wie kann ich denen mit einer Wohnungsbesichtigung kommen?«

»Okay, halbe Minute noch, dann ist sie weg. Das hier ist ein Sammeltermin, es sind noch mindestens 25 andere Kandidaten da, und die füllen alle schon die Bewerbungsformulare aus. Entweder jetzt oder nie.«

Auf dem abartigen Wohnungsmarkt von Manhattan waren halbwegs normale Behausungen noch seltener – und noch heißer begehrt – als halbwegs normale Heteros. Sollten sie zudem auch noch halbwegs erschwinglich sein, waren sie schwerer zu ergattern als, sagen wir, eine Privatinsel vor der Südküste von Afrika. Vermutlich jedenfalls. Was spielte es schon für eine Rolle, dass die meisten nicht mehr waren als ein Rattenloch mit faulenden Dielen, abgeblätterten Tapeten und Haushaltsgeräten aus der Frühsteinzeit. Keine Kakerlaken? Keine Mäuse? Nehmen wir!

»Lily, ich vertraue dir, mach einfach. Kannst du mir eine Beschreibung mailen?« Ich musste so schnell wie möglich vom Telefon weg – Miranda konnte jede Sekunde zurück sein, und wenn sie mich bei einem Privatgespräch erwischte, war ich geliefert.

»Also, ich habe die Kopien von deinen Gehaltszetteln – die sind ja übrigens echt ätzend…, und ich habe die Bankbescheinigungen von uns beiden und die Ausdrucke von der Kreditauskunft und deinen Arbeitsvertrag. Das einzige Problem ist der Bürge. Er muss im Großraum New York leben und mehr als das Vierzigfache unserer Monatsmiete verdienen, und meine Großmutter bringt's nie und nimmer auf hundert Riesen, kein Gedanke. Können deine Eltern für uns bürgen?«

»Mann, Lil, keine Ahnung. Ich habe sie noch nicht gefragt, und jetzt kann ich sie nicht gut anrufen. Mach du das.«

»Schön. Verdienen sie denn so viel?«

Ich wusste es nicht genau, aber wen sollten wir sonst fragen?

»Ruf sie einfach an«, sagte ich. »Erklär ihnen das mit Miranda, sag ihnen, es tut mir leid, dass ich nicht selbst mit ihnen sprechen kann.«

»Mach ich«, sagte sie. »Hauptsache, wir kriegen die Bude. Ich ruf wieder an«, und damit klinkte sie sich aus. 20 Sekunden später klingelte es, und ich sah wieder Lilys Handynummer auf dem Display des Büroapparates. Emily blickte anzüglich zur Decke, wie immer, wenn sie mich mit Freunden reden hörte. Ich griff nach dem Hörer, wandte mich aber erst mal ihr zu.

»Es ist wichtig«, zischte ich. »Meine beste Freundin versucht für mich übers Telefon eine Wohnung zu mieten, weil ich hier keine Scheißsekunde lang weg –«

Drei Stimmen überfielen mich gleichzeitig. Die von Emily klang gemessen, kühl und hatte einen leise warnenden Unterton. »Andrea, bitte«, setzte sie an, während in derselben Sekunde Lily mir ins Ohr kreischte: »Sie machen es, Andy, sie machen es, hörst du?« Doch obwohl sich beide namentlich an mich richteten, bekam ich keine davon richtig mit. Die einzige Stimme, die klar und deutlich bis zu mir durchdrang, gehörte Miranda.

»Gibt es hier ein Problem, Aan-dreh-aa?« Schock – diesmal hatte sie meinen Namen richtig hingekriegt. Lauernd hing sie über mir, bereit zum Angriff.

Ich warf Lily auf der Stelle aus der Leitung (was sie hoffentlich verstehen würde) und wappnete mich gegen die Attacke. »Nein, Miranda, alles in bester Ordnung.«

»Gut. Dann hätte ich jetzt gern einen Eisbecher, und zwar möglichst bevor er komplett geschmolzen ist. Vanilleeis – kein Joghurt, dass das klar ist, keine geeiste Milch, und nichts Zuckerfreies oder Fettarmes – mit Schokosirup und richtiger Schlagsahne. Nicht aus der Dose, verstanden? Echte Schlagsahne. Das wäre alles.« Sie machte auf dem Absatz kehrt; wie es aussah, war sie nur hereingeschneit, um mir auf die Finger zu sehen. Emily grinste hämisch. Das Telefon klingelte. Schon wieder Lily. Verdammt – konnte sie mir nicht einfach eine Mail schicken? Ich nahm ab und presste den Hörer ans Ohr, ohne einen Ton zu sagen.

»Ich weiß schon, du kannst nicht reden, also hör einfach zu. Deine Eltern bürgen für uns, das ist schon mal super. Die Wohnung hat ein großes Schlafzimmer, und wenn wir im Wohnzimmer eine Wand einziehen, ist immer noch Platz genug für eine Doppelcouch *und* einen Sessel. Keine Badewanne, aber die Dusche sieht ganz okay aus. Spülmaschine: Fehlanzeige, was auch sonst, Klimaanlage ebenfalls, aber wir können diese Kästen an den Fenstern einbauen. Waschmaschine im Keller, Portier auf Teilzeit, ziemlich direkt an der Linie 6, und – halt dich fest – ein Balkon!«

Mein Japsen gab ihr einen willkommenen Vorwand, noch weiter aufzudrehen: »Echt jetzt! Der Wahnsinn, oder? Sieht zwar aus, als würde er jeden Moment runterkrachen, aber erst mal ist er ja noch dran! Mit Platz für zwei, und wir könnten draußen rauchen, und – ach, es ist einfach der Hammer!«

»Wie viel?«, krächzte ich und schwor mir innerlich, dass diese zwei Wörtlein die letzten sein würden, die mir über die Lippen kamen.

»Die ganze Pracht für 2280 pro Monat. Stell dir vor – für 1140 Dollar pro Nase kriegen wir einen BALKON! So was findest du einmal in 100 Jahren. Also was ist, soll ich?«

Ich hätte gerne geantwortet, aber mittlerweile bewegte sich Miranda erneut Schritt um Schritt auf ihr Büro zu und machte dabei vor versammeltem Publikum die Veranstaltungskoordinatorin zur Schnecke. Sie war eindeutig mies gelaunt, und mir persönlich reichte es für heute. Die Kleine, die sie gerade am Wickel hatte, ließ beschämt den Kopf hängen, ihre Wangen glühten, und ich betete bloß, dass sie nicht losheulen und damit alles nur noch schlimmer machen würde.

»Andy! Das ist doch wirklich lächerlich, verdammt noch mal. Sag einfach ja oder nein! Reicht es denn nicht, dass ich heute das Seminar schwänzen musste und du nicht von der

Arbeit wegkommst, um dir die Bude hier anzusehen – schaffst du's nicht mal, ja oder nein zu sagen? Was soll ich –« Lily stand kurz davor auszurasten, was ich absolut verstehen konnte, und trotzdem blieb mir nichts übrig, als aufzulegen. Sie plärrte so laut in den Hörer, dass es im ganzen stillen Büro widerhallte, und Miranda stand bloß noch einen guten Meter entfernt. Am liebsten hätte ich die arme Veranstaltungskoordinatorin ins Klo abgeschleppt und mit ihr dort ein Heulkonzert veranstaltet. Vielleicht könnten wir ja auch mit vereinten Kräften Miranda in eine Toilettenkabine zwängen und den lose um ihren Hühnerhals drapierten Hermés-Schal ein bisschen enger knüpfen. Was wäre dabei wohl mein Part – zuziehen oder sie festhalten? Am Ende war es vielleicht noch wirkungsvoller, ihr das Scheißteil einfach in den Rachen zu stopfen und zuzusehen, wie sie nach Luft rang und –

»Aan-dreh-aa!« Die Stimme abgehackt und stählern. »Worum habe ich Sie vor geschlagenen fünf Minuten gebeten?« Scheiße! Der Eisbecher. Ich hatte den Eisbecher vergessen. »Gibt es einen besonderen Grund, weshalb Sie immer noch dasitzen, statt Ihrer Arbeit nachzugehen? Ist das Ihre Auffassung von Humor? Hat irgendetwas in meinem Auftreten oder meinen Worten nahe gelegt, ich ließe es am nötigen Ernst fehlen? Hat es das?« Fast fielen ihr die blauen Augen aus dem Kopf, und ihre Stimme war gefährlich nahe an der Übersteuerungsgrenze. Ich sperrte den Mund auf – doch statt meiner ergriff Emily das Wort.

»Miranda, es tut mir ganz schrecklich leid. Ich habe Andrea gebeten, ans Telefon zu gehen, weil ich dachte, Caroline oder Cassidy könnten dran sein, und ich hing gerade an der anderen Leitung, wegen der Bluse von Prada, die Sie bestellen wollten. Andrea war schon auf dem Sprung. Tut mir leid, es wird nicht wieder vorkommen.«

Es geschahen noch Zeichen und Wunder! Das Muster an Vollkommenheit hatte gesprochen – und für mich erbärmlichen Wurm Partei ergriffen.

Miranda wirkte für den Augenblick besänftigt. »Gut denn. Und jetzt besorgen Sie mir meinen Eisbecher, Andrea, aber zügig.« Damit begab sie sich in ihr Büro, griff zum Hörer und gurrte im nächsten Moment BTB die Ohren voll.

Ich ließ einen Blick zu Emily wandern, die tat, als sei sie schwer beschäftigt. Die E-Mail, die ich ihr hinüberballerte, bestand aus einem einzigen Wort: *Warum?*

Die Antwort erfolgte prompt: *Weil ich dachte, am Ende feuert sie dich noch, und ich habe absolut keinen Bock, schon wieder eine Neue einzuarbeiten.* Also begab ich mich auf die Jagd nach dem einzig wahren Eisbecher und rief Lily vom Handy aus an, sobald der Aufzug unten war.

»Es tut mir leid, echt. Es ist bloß so, dass –«

»Hör mal, für so was ist mir meine Zeit zu schade«, sagte Lily tonlos. »Findest du nicht auch, dass du ein kleines bisschen überreagierst, wenn du am Telefon nicht mal mehr ja oder nein sagen kannst?«

»Ich kann das schlecht erklären, Lil, es ist bloß –«

»Vergiss es. Ich muss los. Ich rufe dich an, wenn wir die Bude kriegen. Wobei's dir vermutlich so oder so egal ist.«

Ich wollte protestieren, doch sie hatte schon abgeschaltet. Verdammt! Wie sollte Lily aber auch verstehen, was ich selbst vor kaum vier Monaten noch für vollkommen lächerlich gehalten hätte. Es war wahrhaftig nicht fair, sie auf der Suche nach einer Wohnung für uns beide kreuz und quer durch Manhattan zu hetzen und dann nicht mal auf ihre Anrufe zu reagieren, aber was hatte ich für eine Wahl?

Kurz nach Mitternacht erwischte ich sie endlich wieder am Telefon und hörte, dass wir die Wohnung hatten.

»Ich glaub's nicht, Lil. Wie kann ich dir bloß danken. Dafür hast du aber was bei mir gut – versprochen!« Und dann kam mir ein Gedanke. Sei spontan! Ruf dir einen Wagen, fahr nach Harlem und bedank dich persönlich bei deiner besten Freundin. »Lil, bist du zu Hause? Ich komme vorbei, und wir feiern, okay?«

Der erwartete Freudenschrei blieb aus. »Bemüh dich nicht«, sagte sie ruhig. »Ich hab hier eine Flasche Southern Comfort stehen, und Mr. Zungenring ist da. Mehr brauche ich im Moment nicht.«

Der Hieb saß, doch ich wusste Bescheid. Es kam nur alle Jubeljahre vor, dass Lily richtig sauer wurde, aber wenn es so weit war, musste man sie einfach in Ruhe lassen, bis sie von selbst wieder aus ihrem Schneckenhaus herauskam. Ich hörte Flüssigkeit in ein Glas gluckern und Eiswürfel klimpern. Sie nahm einen langen, kräftigen Schluck.

»Okay. Aber ruf mich an, wenn du was brauchst, ja?«

»Wozu? Damit du stumm wie ein Fisch am Hörer hängst? Nein danke.«

»Lil –«

»Mach dir keine Sorgen. Mir geht's prima.« Noch ein Schluck. »Ich ruf dich wieder an. Ach ja, und Glückwunsch uns beiden.«

»Ja, Glückwunsch uns beiden«, echote ich, aber da hatte sie schon wieder aufgelegt.

Ich rief Alex auf dem Handy an und fragte, ob ich noch vorbeikommen sollte, aber auch er klang nicht so begeistert, wie ich mir das erhofft hatte.

»Andy, ich würde dich wirklich gern sehen, das weißt du ja, aber ich bin gerade mit Max und den anderen unterwegs. Nachdem du unter der Woche irgendwie nie mehr Zeit hast, habe ich für heute Abend was mit ihnen ausgemacht.«

»Ach so, und wo seid ihr? In Brooklyn oder irgendwo hier in der Gegend? Vielleicht könnte ich dazustoßen?« Wahrscheinlich waren sie irgendwo ganz in der Nähe, denn die restliche Bande wohnte ebenfalls auf der Upper East Side.

»Hör zu, sonst liebend gern, aber heute ist ganz einfach ein Männerabend angesagt.«

»Na klar. Okay. Ich wollte eigentlich mit Lily die neue Wohnung feiern, aber irgendwie haben wir uns in die Haare gekriegt.

Sie kapiert nicht, wieso ich im Büro nicht richtig telefonieren kann.«

»Na ja, Andy, ich muss dir sagen, dass ich das streckenweise auch nicht so ganz verstehe. Ich weiß schon, dass diese Miranda eine harte Nuss ist – glaub mir, ich weiß es wirklich –, aber irgendwie habe ich den Eindruck, als würdest du alles, was mit ihr zu tun hat, fast übertrieben ernst nehmen?!« Er gab sich hörbar Mühe, nicht einen auf Konfrontationskurs zu machen.

»Vielleicht tue ich das ja tatsächlich!«, schoss ich zurück. Ich war stinkig, weil er mich nicht auf Knien anflehte, heute Abend mit von der Partie zu sein, und weil er Lilys Partei ergriff, wobei sie ja im Grunde Recht hatte und er auch. »Es geht um mein Leben, verstehst du? Um meine Karriere, meine *Zukunft*. Was soll ich denn machen, verdammt noch mal? Das Ganze als Witz betrachten?«

»Andy, du drehst mir das Wort im Mund herum. Du weißt ganz genau, dass ich es so nicht gemeint habe.«

Zu spät, ich war schon auf 180. Erst Lily und jetzt auch noch Alex? Zusätzlich zu Miranda, tagaus, tagein? Es war einfach zuviel; am liebsten hätte ich geheult, stattdessen brüllte ich los.

»Ein einziger mieser Witz, was? Das denkt ihr doch von meinem Job! O *Andy, du bist in der Modebranche, das kann doch nicht so wild sein?*«, zitierte ich und fand mich dabei selbst zum Kotzen. »Entschuldige, aber es sind nun mal nicht alle Leute Gutmenschen oder Doktoranden! Entschuldige, falls –«

»Melde dich wieder, wenn du dich beruhigt hast«, sagte er. »Das muss ich mir nicht länger anhören.« Klick. Weg war er! Ich ging davon aus, dass er wieder anrufen würde, aber als ich so gegen drei endlich einschlief, hatten weder Alex noch Lily von sich hören lassen.

Eine volle Woche war das jetzt her, und die beiden waren zwar nicht mehr erkennbar sauer, aber dennoch irgendwie verändert. Ich war nicht dazu gekommen, bei ihnen persönlich Abbitte zu leisten, weil wir mitten in der Endredaktion der neuesten

Ausgabe steckten, hoffte jedoch, es würde sich alles einrenken, wenn Lily und ich erst zusammen wohnten. In unserer neuen, gemeinsamen Wohnung, wo alles wieder so laufen würde wie damals im College, als das Leben so viel freundlicher zu uns war.

Die Spediteure, die um elf endlich eintrudelten, brauchten genau neun Minuten, um mein heiß geliebtes Bett auseinanderzunehmen und die Einzelteile hinten in den Möbelwagen zu knallen. Mom und ich quetschten uns zu ihnen ins Führerhaus. In der Eingangshalle meiner neuen Behausung waren Dad und Alex in eine angeregte Unterhaltung mit dem Portier vertieft, der eine geradezu fatale Ähnlichkeit mit John Galliano hatte; meine Kisten standen aufeinandergestapelt an der Wand.

»Gut, dass du kommst, Andy. Das ist Mr. Fisher, und er besteht – natürlich völlig zu Recht – darauf, die Wohnung nur in Anwesenheit eines Mieters aufzuschließen«, sagte mein Vater mit einem breiten Lächeln und zwinkerte dem Portier dabei zu.

»Nanu, ist Lily denn noch nicht da? Sie wollte gegen zehn, halb elf hier sein.«

»Nein, bis jetzt nicht. Soll ich sie anrufen?«, fragte Alex.

»Ja, wäre wohl besser. Ich kann ja schon mal mit Mr. – äh – Fisher raufgehen, damit wir hier loslegen können. Frag sie, ob sie Hilfe braucht.«

Mr. Fishers Lächeln troff vor Geilheit. »Ich bitte Sie, Sie gehören doch jetzt quasi zur Familie«, schleimte er und taxierte dabei meinen Busen. »Nennen Sie mich einfach John.«

Fast hätte ich mich an dem mittlerweile kalten Kaffee verschluckt, den ich immer noch im Becher mit mir herumschleppte. Hatte ich am Ende nicht mitbekommen, dass der allseits verehrte Retter des Hauses Dior heimlich, still und leise den Geist ausgehaucht hatte und in seinem nächsten Leben mir als Portier zugeteilt worden war?

Alex nickte und polierte seine Brille mit einem Zipfel seines T-Shirts – dafür hätte ich ihn regelmäßig küssen können. »Geh du mit deinen Eltern rauf. Ich rufe Lily an.«

Ich war mir nicht so ganz sicher, was ich davon halten sollte, dass mein Vater spontan dicke Freundschaft mit meinem neuen Designer-Portier geschlossen hatte, immerhin dem Mann, der unweigerlich über alle Details meines Lebens unterrichtet sein würde. Die Eingangshalle war ganz nett, wenn auch nicht gerade der letzte Schrei. Sie bot eine helle Steinverkleidung und ein paar wenig einladende Sitzgelegenheiten vor den Aufzügen und hinter dem Abteil mit den Postfächern. Unser Apartment, Nr. 8C, ging nach Südwesten, was, soweit ich gehört hatte, als Pluspunkt galt. John öffnete die Tür mit seinem Hauptschlüssel und trat, stolzgeschwellt wie ein frischgebackener Vater, einen Schritt zurück.

»Da wären wir«, sagte er mit großer Geste.

Ich wagte mich als Erste hinein, auf alles gefasst: doch weder stank es durchdringend nach Schwefel noch flatterten Fledermäuse unter der Decke. Alles war überraschend sauber und hell. Zur Rechten lag die Küche, ein weiß gefliestes, handtuchschmales Kämmerchen mit halbwegs weißen Resopalschränken und Arbeitsflächen in geflecktem Granitimitat. Über dem Herd prangte eine eingebaute Mikrowelle.

»Das ist ja toll«, sagte meine Mom nach einem Blick in den Kühlschrank. »Schon mit Eiswürfelbehältern.« Die Möbelpacker kämpften sich mit meinem Bett ächzend durch den Flur.

Von der Küche ging es ins Wohnzimmer; die Zwischenwand zur Gewinnung des zweiten Schlafzimmers war bereits eingezogen. Die Operation hatte den Wohnraum zwar sämtliche Fenster gekostet, aber das war letztlich halb so wild. Das dadurch abgeknapste Zimmer war von annehmbarem Format (auf alle Fälle größer als mein letztes), und die Wand zum Balkon wurde komplett von einer hohen Glasschiebetür eingenommen. Das Bad bot Kitsch hoch zwei: Kacheln und Wände in unterschiedlichen Rosatönen, und zwar jeweils knapp daneben. Das eigentliche Schlafzimmer war deutlich größer als der verbliebene Wohnbereich und mit einem winzigen Einbauschrank, einem Deckenventilator sowie einem kleinen, offenbar vor der Jahrtausendwende zuletzt geputzten Fenster ausgestattet, das direkten Ausblick auf ein Apartment im Nachbargebäude bot. Lily hatte sogleich Ansprüche darauf angemeldet, und mir war es nur recht. Sie brauchte letztlich ein Schlaf- und Arbeitszimmer, sprich: mehr Platz, und ich legte mehr Wert auf Licht und direkten Zugang zum Balkon.

»Danke, Lil«, flüsterte ich.

»Was hast du gesagt, Schätzchen?« Meine Mutter stand hinter mir.

»Ach, nichts. Bloß, dass Lily das wirklich super hingekriegt hat. Ich wusste ja nicht, was mich hier erwarten würde, aber es ist doch Spitze, oder was meinst du?«

Sie mühte sich sichtlich um eine möglichst taktvolle Formulierung. »Ja, für New York ist es sicher eine ganz tolle Wohnung. Ich tue mich nur schwer damit, dass ihr so viel zahlt und so wenig dafür bekommt. Deine Schwester und Kyle zahlen alles in allem 1400 pro Monat für ihre Eigentumswohnung ab, und die hat Klimaanlage, eine brandneue Spülmaschine, eine Wasch-Trockeneinheit, drei Schlafzimmer und zwei Marmorbäder!« Aus ihrem Mund klang es wie eine Offenbarung. Klar, für 2280 Dollar kriegte man ein Stadthaus an der Uferpromenade von Los Angeles, eine Maisonnette-Wohnung mit altem Baumbestand vor der Tür in Chicago, ein Fünf-Zimmer-Split-Level in Miami oder ein ganzes verfluchtes Schloss samt Burggraben in Cleveland. Das war nichts Neues.

»Und zwei Wagenstellplätze sowie kostenlose Benutzung von Golfplatz, Fitnesscenter und Pool«, steuerte ich bereitwillig bei. »Ich weiß, ich weiß. Aber ob du's glaubst oder nicht, die Bude ist echt ein Hit. Ich denke mal, wir werden es uns hier so richtig gut gehen lassen.«

Sie nahm mich in den Arm. »Das denke ich auch. Solange ihr nicht zu viel rackert, um es überhaupt noch zu genießen«, bemerkte sie leichthin.

Mein Dad gesellte sich zu uns und schnürte den Beutel auf, den er den ganzen Tag mit sich herumgeschleppt hatte. Er enthielt nicht, wie von mir vermutet, die Sportklamotten für das Racketballmatch, das er heute noch bestreiten wollte, sondern eine kastanienbraune Schachtel mit der knalligen Aufschrift »Limited Edition!«. Ein Scrabble-Spiel. Die Liebhaber-Ausgabe mit dem drehbaren Untersatz für das Spielbrett und den eingelassenen Spielfeldern, die ein Verrutschen der Buchstabenplättchen verhinderten. Zehn Jahre standen wir nun schon in den einschlägigen Geschäften bewundernd davor, aber nie hatte sich ein würdiger Anlass ergeben, um dieses Prachtstück tatsächlich zu erwerben.

»Ach Dad. Das solltest du doch nicht!« Ich wusste, dass die Sonderausgabe weit über 200 Dollar kostete. »Ach, ist das schön!!«

»Genieß es bei Leben und Gesundheit«, sagte er und erwiderte meine Umarmung. »Oder, noch besser, mach deinem alten Herrn damit Feuer unterm Hintern, darauf wird es vermutlich hinauslaufen. Ich kann mich noch an die Zeiten erinnern, als ich dich gewinnen lassen musste, sonst wärst du wie ein wütender Stier durchs Haus getrampelt und hättest den ganzen Abend lang geschmollt. Und was ist jetzt?! Meine armen alten Hirnzellen sind allesamt verschmort, und ich hätte keine Chance mehr gegen dich. Obwohl, versuchen will ich's natürlich trotzdem.«

Ich wollte eben erwidern, dass ich den besten Lehrmeister gehabt hatte, der sich nur denken ließ, als Alex hereinkam – und seine Miene verhieß nichts Gutes.

»Was ist?«, fragte ich.

»Ach, gar nichts.« Sein Blick sprach Bände: Erst wollte er meine Eltern aus dem Weg haben. »Ich hab schon mal eine Kiste mit raufgebracht.«

»Komm, wir holen noch ein paar«, nahm Dad die Anregung auf und zog Mom Richtung Tür. »Vielleicht hat Mr. Fisher ja so was Ähnliches wie eine Sackkarre. Da könnten wir gleich eine ganze Ladung draufpacken. Bis gleich.«

Alex und ich warteten ab, bis die Fahrstuhltüren sich wieder geschlossen hatten.

»Also, ich habe eben mit Lily gesprochen«, sagte er langsam.

»Sie ist doch nicht immer noch sauer auf mich, oder? Sie war die ganze Woche über so komisch.«

»Nein, das ist es wohl nicht.«

»Was dann?«

»Na ja, sie war gar nicht zu Hause …«

»Wo denn dann? Bei irgendeinem Typen? Hat sie es echt fertiggebracht, ihren eigenen Umzugstag zu verschwitzen?« Ich riss eines der Fenster in dem abgeteilten Schlafzimmer auf, um den frischen Farbgeruch mit Kaltluft zu verscheuchen.

»Nein. Um es genau zu sagen, sie war auf einer Polizeiwache.« Alex sah stur auf seine Schuhe.

»Sie war wo??? Was ist mit ihr? O mein Gott! Ist sie überfallen worden oder vergewaltigt? Ich muss sofort zu ihr.«

»Ihr geht's gut, Andy. Man hat sie bloß festgenommen.« Er sprach in demselben ruhigen Ton, mit dem er Eltern die traurige Mitteilung machte, dass ihr Kind sitzen geblieben war.

»Festgenommen? Man hat sie festgenommen?« Wider Willen war ich doch laut geworden. Eben zerrte Dad ein Monstrum von Sackkarre herein, das unter den ungleich gestapelten Kisten jeden Moment umzukippen drohte.

»Wen hat man festgenommen?«, erkundigte er sich beiläufig. »Hier, Mr. Fisher hat den ganzen Krempel für uns heraufgeschafft.«

Ich zermarterte mir das Hirn nach einer halbwegs plausibel klingenden Lüge, doch Alex kam mir zuvor. »Ach, ich habe Andy bloß gerade erzählt, dass sie gestern Abend im Videokanal einen Bericht über TLC gebracht haben, diese drei Rapperinnen, und von denen ist eine wegen Drogenbesitzes festgenommen worden. Ausgerechnet die, die eigentlich immer einen halbwegs normalen Eindruck gemacht hat…«

Kopfschüttelnd ließ Dad den Blick durch den Raum wandern; er hörte nur mit einem Ohr zu und fragte sich vermutlich, seit wann Alex und ich uns so intensiv für weibliche Popstars interessierten. »Ich würde sagen, der einzige Platz, an den dein Bett hinpasst, ist mit dem Kopfteil da hinten gegen die Wand«, sagte er. »Apropos, ich schaue wohl mal lieber nach, wie weit sie damit sind.«

Kaum war die Wohnungstür ins Schloss gefallen, warf ich mich Alex buchstäblich in den Weg.

»Los, sag schon: sag, was ist passiert?«

»Andy, du kreischst ja. So schlimm ist es gar nicht. Eigentlich ist es sogar ziemlich komisch.« Mit den Lachfältchen um die Augen sah er eine Sekunde lang genauso aus wie Eduardo. Bäh.

»Alex Fineman, wenn du mir nicht auf der Stelle sagst, was mit meiner besten Freundin los ist –«

»Okay, okay, ganz ruhig.« Er hatte einen Heidenspaß mit mir. »Sie war letzte Nacht mit einem Typen unterwegs, ›Mr. Zungenring‹, so ihre Bezeichnung – kennen wir den Herren?«

Ich starrte ihn bloß an.

»Na egal, jedenfalls sind sie essen gegangen, und danach wollte Mr. Zungenring sie nach Hause begleiten, und da fand sie es wohl eine witzige Idee, ihn was sehen zu lassen: auf der Straße, direkt vor dem Restaurant. Damit er auch ja anbeißt.«

Ich stellte mir vor, wie Lily, das Pfefferminzpraliné zum Ausklang ihres romantischen Abendessens noch auf der Zunge, lässig auf die Straße schlenderte – und dort plötzlich ihr T-Shirt hochzerrte, für einen Typen, der sich gegen Geld ein Stück Metall durch die Zunge hatte rammen lassen. Großer Gott.

»O nein. Sie ist doch nicht…«

Alex nickte gewichtig und verbiss sich das Lachen.

»Du willst mir erzählen, dass sie meine Freundin festgenommen haben, weil sie ihre Brüste hergezeigt hat? Das ist ja wohl ein Witz. Wir sind hier in New York. Ich sehe Tag für Tag Frauen, die praktisch oben ohne herumlaufen – und zwar bei der Arbeit!« Meine Stimme wurde schon wieder schrill, ich konnte nichts dagegen machen.

»Ihr Hinterteil.« Er heftete den Blick erneut auf seine Schuhe und lief knallrot an – sei's, weil es ihm peinlich war oder er vor Lachen fast platzte.

»Ihr was?«

»Nicht ihre Brüste. Ihr Hinterteil. Ihre untere Hälfte. Tutti completti. Von vorn und von hinten.« Jetzt grinste er über beide Backen. Offenbar amüsierte er sich köstlich. Mach dir bloß nicht in die Hose, dachte ich.

»O nein, das darf nicht wahr sein«, stöhnte ich. In welchen Schlamassel hatte meine Freundin sich da gebracht? »Und ein Bulle hat es mitgekriegt und sie festgenommen?«

»Nein, offenbar waren zwei Kinder Zeugen des Vorfalls und haben ihre Mutter darauf aufmerksam gemacht…«

»O Gott.«

»… worauf die Mutter sagte, sie solle die Hose wieder hochziehen, worauf Lily ihr lautstark klar machte, wohin sie sich ihre Vorschläge stecken könnte, worauf die Frau losging und an der nächsten Straßenecke einen Bullen auftrieb.«

»O nein, hör auf. Bitte hör auf.«

»Es wird noch besser. Als die Frau mit dem Bullen im Schlepptau zurückkam, waren Lily und Mr. Zungenring, ihrer Aussage nach, auf der Straße schwer miteinander zugange.«

»Wie bitte? Meine Freundin Lily Goodwin? Meine süße, anbetungswürdige beste Freundin seit der achten Klasse zieht sich nackt aus und lässt es sich an der Straßenecke besorgen? Von Typen mit Zungenringen?«

»Reg dich ab, Andy. Mit ihr ist alles okay, ehrlich. Der Bulle hat sie eigentlich nur deswegen festgenommen, weil sie ihm den Stinkefinger gezeigt hat, als er fragte, ob sie vorher wirklich die Hose runtergelassen hätte…«

»Großer Gott. Ich kann nicht mehr. So müssen sich Mütter fühlen.«

»... aber sie haben es bei einer Verwarnung belassen, und jetzt will sie zurück in ihre Wohnung und sich ein bisschen erholen – klingt, als hätte sie gestern schwer getankt. Sonst wäre sie wohl kaum auf den Einfall gekommen, einen Polizeibeamten zu reizen. Also mach dir keine Sorgen. Wir räumen jetzt erst mal dein Zeug ein, und dann fahren wir zu ihr, wenn du willst.« Er hievte die erste Kiste von der Sackkarre, die mein Dad mitten im Wohnzimmer geparkt hatte.

Warten kam nicht in Frage; ich musste sofort wissen, was los war. Sie meldete sich erst beim vierten Klingeln, kurz bevor sich ihre Mailbox einschaltete, so als hätte sie bis zur letzten Sekunde überlegt, ob sie drangehen sollte oder nicht.

»Alles in Ordnung mit dir?«, überfiel ich sie.

»Hey, Andy. Hoffentlich habe ich jetzt nicht irgendwie den Umzug vermasselt. Ihr braucht mich da im Augenblick nicht, oder? Tut mir leid, das Ganze.«

»Nein, darum geht's mir gar nicht, es geht mir um dich. Alles in Ordnung mit dir?« Mir war gerade aufgegangen, dass Lily, wenn sie jetzt, am frühen Samstagmorgen, erst auf dem Nachhauseweg war, am Ende die Nacht in der Polizeiwache verbracht hatte. »Haben sie dich etwa über Nacht dabehalten? Im *Gefängnis?*«

»Ja, schätze, so könnte man's sagen. War aber gar nicht so schlimm, nicht wie im Fernsehen oder so. Es war einfach ein Zimmer, und da hab ich geschlafen, zusammen mit einem völlig harmlosen Mädchen, das irgendeinen ähnlichen Blödsinn angestellt hatte wie ich. Die Wärter waren total cool – das Ganze war ziemlich relaxt. Keine Gitter oder so was.« Ihr Lachen klang verdächtig hohl.

Ich verdaute das einen Augenblick und versuchte, mir meine süße kleine Hippiemaus Lily knöcheltief in Urin watend und in den Fängen einer wild gewordenen Lesbe vorzustellen. »Und was zum Teufel hat Mr. Zungenring zu der ganzen Sache beigetragen? Hat er dich einfach im Gefängnis verrotten lassen?« Plötzlich fiel mir auf: Was zum Teufel hatte *ich* denn zu der Sache beigetragen? Warum hatte Lily mich nicht angerufen?

»Ach, er war eigentlich super, er –«

»Lily, warum –«

»– wäre auch dageblieben und hat sogar den Anwalt von seinen Eltern angerufen –«

»Lily. Lily! Halt mal eine Sekunde die Luft an. Warum hast du mich nicht angerufen? Ich wäre doch in null Komma nichts dagewesen und nicht eher gegangen, bis sie dich rausgelassen hätten. Also wieso? Wieso hast du nicht angerufen?«

»Ach Andy, es spielt doch keine Rolle mehr. Es war echt nicht so schlimm, ich schwör's dir. Ich hab mich einfach scheißdämlich aufgeführt, bloß weil ich so hackedicht war, aber das kommt nicht wieder vor, ich schwör's dir. Das ist es einfach nicht wert.«

»Warum? Warum hast du nicht angerufen? Ich war den ganzen Abend zu Hause.«

»Ist wirklich nicht so wichtig. Ich habe nicht angerufen, weil ich mir dachte, entweder bist du noch im Büro oder hundemüde, und ich wollte dich nicht belästigen. Schon gar nicht freitagabends.«

Ich überlegte, was ich letzten Abend eigentlich gemacht hatte. Das Einzige, was ich noch mit Bestimmtheit wusste, war, dass ich mir zum exakt 68. Mal in meinem Leben *Dirty Dancing* angesehen hatte. Und zum allerersten Mal noch vor der Szene eingeschlafen war, in der Johnny sagt »Mein Baby gehört zu mir« und sie danach buchstäblich vom Hocker reisst, und Dr. Houseman sagt, er wisse, dass es nicht Johnny war, der Penny in Schwierigkeiten gebracht hat, und ihm auf den Rücken klopft und Baby einen Kuss gibt, die seit neuestem wieder Frances genannt werden will. Eine Szene, die ich für mich persönlich immer als wesensprägend empfunden hatte.

»Im Büro? Du dachtest, ich wäre noch im Büro? Und was heißt schon hundemüde – das zählt doch nicht, wenn du Hilfe brauchst?! Was soll das, Lil?«

»Komm, lass es gut sein, Andy. Du arbeitest wie blöd, Tag und Nacht, und meistens auch noch am Wochenende. Und wenn du mal frei hast, meckerst du über deine Arbeit. Schon klar, ich weiß sehr gut, was für einen Scheißjob du dir da aufgehalst hast mit dieser Irren, die dich in einer Tour in der Gegend rumscheucht. Ich wollte einfach nicht diejenige sein, die Freitagabend dazwischenfährt, wenn du vielleicht endlich mal ausspannst oder was mit Alex machst. Er sagt, ihr seht euch so gut wie nie, und da wollte ich ihm nicht auch noch was abknapsen. Wenn die Kacke richtig am Dampfen gewesen wäre, hätte ich dich schon angerufen, und ich weiß, du wärst wie der Blitz dagewesen. Aber noch mal, zu deiner Beruhigung, es war nicht so schlimm. Schwamm drüber, okay? Ich bin ganz schön fertig, ich will bloß noch duschen und ins Bett.«

Mir hatte es schlicht die Sprache verschlagen; Lily nahm mein Schweigen für Zustimmung.

»Bist du noch da?«, fragte sie, nachdem ich ungefähr eine halbe Minute lang verzweifelt versucht hatte, ein Wort zur Entschuldigung, Erklärung oder zu sonst irgendwas zu finden. »Hör zu, ich bin eben erst zur Tür rein. Ich muss jetzt schlafen. Kann ich dich später anrufen?«

»Ähm, ja klar«, brachte ich heraus. »Lil, es tut mir alles so leid. Falls ich dir gegenüber je den Eindruck erweckt habe, dass du nicht –«

»Hör auf, Andy. Es ist alles im Lot – mit mir, mit uns. Vertagen wir das Ganze einfach.«

»Okay. Schlaf gut. Ruf mich an, wenn ich irgendwas für dich tun kann …«

»Mach ich. Ach, übrigens, was sagst du denn zu unserer neuen Heimat?«

»Super, Lily, echt super. Das hast du wirklich spitzenmäßig

hingekriegt. Es ist noch besser, als ich es mir vorgestellt habe. Uns wird's hier bestimmt gut gehen.« Ich fand selbst, dass meine Stimme hohl klang, und es war klar, dass ich nur redete, um zu reden, um Lily am Telefon festzuhalten und mich zu vergewissern, dass unsere Freundschaft nicht irgendeinen unerklärlichen, aber dauerhaften Knacks abbekommen hatte.

»Prima. Freut mich, dass sie dir gefällt. Hoffentlich findet Mr. Zungenring sie auch so schön.« Ihre Witzelei hörte sich schon wieder ziemlich gewollt an.

Danach stand ich im Wohnzimmer und starrte das Telefon an, bis Mom hereinkam und verkündete, dass sie Alex und mich zum Mittagessen einladen wollte.

»Was hast du, Andy? Und wo steckt Lily? Ich dachte, wir sollten ihr auch ein bisschen helfen, aber so gegen drei wollten wir eigentlich wieder aufbrechen. Ist sie denn schon unterwegs?«

»Nein, sie ist – äh, sie ist krank, seit gestern Abend. Es hat sich die letzten Tage offenbar schon angekündigt, und wahrscheinlich verschiebt sie den Umzug auf morgen. Das war sie gerade, am Telefon.«

»Bist du sicher, dass sie zurechtkommt? Sollten wir nicht lieber doch bei ihr vorbeischauen? Das Mädchen tut mir immer so leid – keine richtigen Eltern, nur diese alte Spinatwachtel von Großmutter.« Sie legte mir die Hand auf die Schulter, was alles nur noch schlimmer machte. »Ein Glück, dass sie dich zur Freundin hat. Sonst wäre sie ganz allein auf der Welt.«

Nach ein paar Sekunden hatte ich den Kloß im Hals bezwungen: »Ja, stimmt wohl. Aber ihr geht's so weit gut, ganz bestimmt. Sie schläft es einfach weg. Kommt, wir holen uns ein paar Sandwiches, okay? Der Portier hat mir erzählt, dass es vier Straßen weiter ein Café mit lauter leckeren Sachen gibt.«

»Büro Miranda Priestly«, meldete ich mich mit meinem neu antrainierten gelangweilten Tonfall, der Anrufern klar machen sollte, dass sie mich in meiner geheiligten E-Mail-Stunde störten.

»Hi, sss-preche ich mit Em-Em-Emily?«

»Nein, hier ist Andrea, Mirandas neue Assistentin«, teilte ich der bestimmt tausendsten neugierigen Anruferin mit.

»Ach was, Sie sind also Mirandas neue Assistentin«, röhrte die Stimme los, an der jeder Logopäde seine helle Freude gehabt hätte. »Das g-g-g-glücklichste Mädchen auf G-g-gottes Erden! Wie schmeckt Ihnen denn bisher Ihr Posten bei diesem Satansbraten?«

Ich horchte auf. Das waren ja ganz neue Töne. Noch nie, seit ich bei *Runway* arbeitete, war mir jemand untergekommen, der so dreist über Miranda zu lästern wagte. Meinte sie es ernst? Oder war das eine Falle?

»Äh, nun ja, für *Runway* zu arbeiten, ist natürlich eine äußerst lehrreiche Erfahrung«, brachte ich stammelnd heraus. »Millionen junge Frauen würden ihr Leben für solch einen Job geben.« Hatte ich das tatsächlich gerade so gesagt?

Einen Moment lang herrschte Schweigen, dann kreischte sie los wie eine Hyäne. »Ach du Scheiße, d-d-d-das haben Sie aber perfekt hingekriegt!«, heulte sie, vor Lachen halb erstickt. »Hält sie Sie hinter Schloss und Riegel und lässt Sie so lange kein Stück von G-g-g-gucci haben, bis die Gehirnwäsche Wirkung zeigt und Sie solchen Mumpitz von sich geben? F-f-f-f-antastisch! Die Frau hat echt Nerven! Alsdann, Miss Lehrreiche Erfahrung, ich habe munkeln hören, Miranda hätte sich diesmal einen L-l-l-lakaien mit ein bisschen Grips an Land gezogen, aber das war wohl wie üblich Munkeln im Dunkeln. Sie mögen T-t-t-twinsets von Michael Kors und die hübschen Pelzmäntel von J. Mendel? Gut, gut, meine Süße, nur schön weiter so. Und jetzt verbinden Sie mich mit Ihrem Nullarsch von Chefin.«

Ich war hin- und hergerissen. Spontan lag mir auf der Zunge zu sagen, sie sollte sich verpissen, schließlich kannte sie mich überhaupt nicht, und außerdem war es sonnenklar, dass sie mit dem rüden Gehabe bloß ihr Stottern kompensieren wollte. Aber stärker war der andere Impuls – mit dem Mund dicht am Hörer eindringlich zu flüstern: »Jawohl, ich bin eine Gefangene, und zwar schlimmer, als Sie es sich vorstellen können – o bitte, bitte, kommen Sie her und erretten Sie mich von dieser teuflischen Gehirnwäsche. Sie haben Recht, es ist genauso, wie Sie es beschreiben, aber *ich* bin nicht so!« Letztlich kam ich weder zum einen noch zum anderen, weil mir gerade noch rechtzeitig auffiel, dass ich keine Ahnung hatte, wer eigentlich hinter dem heiseren Gestotter am anderen Ende der Leitung steckte.

Ich holte tief Luft. Der würde ich's geben, Punkt für Punkt, nur Miranda ließ ich besser außen vor. »Da Sie schon von ihm sprechen, für Michael Kors hege ich allergrößte Bewunderung, allerdings ganz sicherlich nicht gerade wegen seiner *Twinsets*. Pelze von J. Mendel sind natürlich ein Traum, aber wir von *Runway* – sprich diejenigen, die über einen differenzierten und untadeligen Geschmack verfügen –, würden wohl eher Maßanfertigungen von Pologeorgis vorziehen. Ach, und es wäre mir lieb, wenn Sie künftig die etwas geschmeidigere Bezeichnung ›Hausangestellte‹ statt des doch recht steif und schroff klingenden ›Lakaien‹ verwenden wollten. Ich stehe Ihnen natürlich jederzeit für die Richtigstellung weiterer unkorrekter Annahmen zur Verfügung, die von Ihrer Seite noch erfolgen mögen, doch hätten Sie zuvor die Güte, mich davon zu unterrichten, mit wem ich das Vergnügen habe?«

»Touché, Mirandas neue Assistentin, touché. V-v-vielleicht werden wir zwei ja doch noch Freundinnen. Ich h-h-halte nicht viel von den Robotern, die sie normalerweise einstellt, aber das ist nicht weiter verwunderlich, nachdem ich von ihr auch nicht viel halte. Mein Name ist Judith Mason, und f-f-falls Sie damit nichts anfangen können, ich verfasse allmonatlich die Reiseartikel in Ihrem Magazin. Und jetzt verraten Sie mir doch, da Sie ja noch relativ frisch am Platz sind: S-s-sind die Flitterwochen schon vorbei?«

Ich schwieg. Was meinte sie damit? Meinem Gefühl nach saß am anderen Ende der Leitung eine tickende Zeitbombe.

»Na was? Sie genießen doch gerade jenen faszinierenden Zwischenzustand, in dem endlich jeder Ihren Namen weiß, Sie aber noch keiner gut genug kennt, um Ihre Schwächen entdeckt zu haben und Kapital daraus zu schlagen. Wenn es s-s-s-o weit ist, hört man die Englein singen, glauben Sie mir. Sie haben sich da wirklich einen ganz speziellen Arbeitsplatz ausgesucht.«

Doch bevor ich etwas erwidern konnte, sagte sie: »G-g-g-genug geflirtet für heute, meine neu gewonnene junge Freundin. Sp-p-p-paren Sie sich die Mühe mit dem Verbinden, ich kriege sie sowieso nie selbst ans Telefon. Wahrscheinlich geht ihr das Gestotter auf den Senkel. Machen Sie einfach einen Vermerk im B-b-bulletin, dass mich jemand zurückrufen soll. Danke, Schätzchen.« Klick.

Völlig platt legte ich auf und fing an zu lachen. Emily sah von Mirandas Spesenlisten hoch und fragte, wer am Apparat gewesen sei. Bei dem Namen Judith verdrehte sie die Augen fast bis zum Hinterkopf und jaulte vernehmlich auf. »Die Frau ist so eine unglaubliche Nervensäge. Also echt, ich kapiere nicht, wie Miranda auch nur ein Wort mit ihr reden kann. Aber Anrufe von Judith nimmt sie sowieso nicht entgegen, es reicht also, wenn du sie im Bulletin vermerkst, dann lässt Miranda sie von irgendwem zurückrufen.« Offenbar war Judith mit den internen Mechanismen unseres Büros besser vertraut als ich.

Ich klickte bei meinem schnittigen, türkisen iMac zweimal auf das Symbol »Bulletin« und überflog, was bis jetzt auf dem Programm stand. Das Bulletin war Mirandas ganzer Stolz, das Prunkstück des Büros, um das sich (soweit ich bisher mitbekommen hatte) all ihr Denken und Trachten drehte. Irgendeine hyperaktive, zwanghaft geschäftige Assistentin hatte es vor Jahren als simples Word-Dokument in einem Ordner angelegt, auf das sowohl Emily wie ich Zugriff hatten. Allerdings konnte immer nur eine von uns das Bulletin öffnen, um neue Botschaften, Überlegungen oder Fragen in die detaillierte Liste einzufügen. Danach druckten wir die jeweils aktuelle Fassung aus und steckten sie im Austausch gegen die soeben veraltete an das Klemmbrett, das im Regal über meinem Schreibtisch lag. Tagsüber kontrollierte Miranda es alle paar Minuten, während Emily und ich alle Hände voll zu tun hatten, beim Tippen, Ausdrucken und Ablegen mit den eingehenden Anrufen Schritt zu halten. Ständig zischte eine von uns die andere an, endlich das Bulletin zu schließen, damit sie es ihrerseits anklicken und eine Botschaft einfügen konnte. Das Ergebnis ließen wir auf unseren separaten Druckern zu Papier bringen und fetzten zum Klemmbrett; erst dort stellte sich heraus, wer gerade die aktuellere Version zu bieten hatte.

»Auf meiner ist Judith die Letzte«, sagte ich, völlig ausgepowert von dem Stress, alles fertig zu haben, bevor Miranda hereinschwebte. Eduardo hatte schon angerufen und uns vorgewarnt, dass sie auf dem Weg nach oben war. Es konnte sich nur noch um Sekunden handeln, bis Sophy Alarmstufe zwei auslöste.

»Bei meiner kommt danach noch die Rezeption vom Ritz in Paris«, krähte Emily triumphierend, während sie ihr Blatt ans Klemmbrett heftete. Ich trug mein vier Sekunden zu altes Bulletin zurück zum Schreibtisch und ließ den Blick darüber schweifen. Telefonnummern nur mit Punkten, nicht mit Gedankenstrichen unterteilen. Keine Doppelpunkte zwischen Stunden- und Minutenangaben, nur einfache Punkte. Zeiten bis zur nächsten Viertelstunde auf- oder abrunden. Telefonnummern für Rückrufe stets in eine eigene Zeile, damit sie gleich ins Auge sprangen. Zeitvermerke hielten eingegangene Anrufe fest. Unter »Notiz« fielen Mitteilungen von Emily oder mir an Miranda (sich direkt an sie zu wenden, ohne ausdrücklich von ihr aufgefordert zu sein, war undenkbar, folglich liefen alle wichtigen Infos über das Bulletin). »Zur Erinnerung« bezog sich aller Wahrscheinlichkeit nach auf eine der Botschaften, die Miranda uns irgendwann zwischen ein und fünf Uhr nachts auf der Mailbox zu hinterlassen beliebte, in der sicheren Gewissheit, dass die Angelegenheit damit so gut wie erledigt war. Falls tatsächlich eine von uns unbedingt im Bulletin namentlich Erwähnung finden musste, dann nur und ausschließlich in der dritten Person.

Oft sollten wir auf ihr Geheiß herausfinden, wann genau und unter welcher Nummer der oder jener zu sprechen war. Ob die Früchte unserer diesbezüglichen Nachforschungen unter »Notiz« oder »Zur Erinnerung« fielen, darüber gingen die Meinungen auseinander. Anfangs war mir das Bulletin wie ein »Who's Who« der Prada-Welt erschienen, doch mittlerweile winkte mein müdes Hirn bei all den Namen der Superreichen, Superwichtigen und Supermodefuzzis bloß noch genervt ab. In meinem neuen Leben als persönliche Assistentin bei *Runway* hatte die Veranstaltungskoordinatorin des Weißen Hauses kaum mehr Gewicht als der Tierarzt, der mit Miranda einen Impftermin für ihren Welpen ausmachen wollte (und sich glücklich schätzen durfte, wenn sie ihn vor Weihnachten zurückrief!).

DONNERSTAG, 8. APRIL

7.30: Anruf von Simone aus dem Pariser Büro. Hat mit Mr. Testino Termine für die Aufnahmen in Rio vereinbart und mit Giselles Agentin abgeklärt, möchte die Auswahlkollektion aber noch mit Ihnen durchsprechen. Bitte zurückrufen.
011.33.1.55.91.30.65

8.15: Anruf von Mr. Tomlinson. Bitte auf Handy zurückrufen.

Notiz: Anfrage von Bruce bei Andrea: Bei dem großen Spiegel im Eingangsbereich Ihrer Wohnung fehlt oben links eine Ecke Ziergips. Er hat exakt den gleichen Spiegel in einer Antiquitätenhandlung in Bordeaux ausfindig gemacht. Soll er ihn in Ihrem Auftrag bestellen?

8.30: Anruf von Jonathan Cole. Fliegt am Samstag nach Melbourne und möchte vorher noch klare Anweisungen. Bitte zurückrufen.
555-7700

Zur Erinnerung: Karl Lagerfeld wegen der »Modell des Jahres«-Party anrufen. Ist heute von 20.00-20.30 Ortszeit privat in Biarritz zu erreichen.
011.33.1.55.22.06.78: Privatnr.
011.33.1.55.22.58.29: Privatbüro
011.33.1.55.22.92.64: Chauffeur
011.33.1.55.66.76.33: Rufnr. des Assistenten in Paris für Notfälle

9.00: Anfrage von Natalie (Glorious Foods): Sollen die Meringues mit Beeren-Pralinémischung oder mit gewärmtem Rhabarberkompott gefüllt werden? Bitte zurückrufen.
555-9887

9.00: Anruf von Ingrid Sischy, gratuliert zur April-Ausgabe. Das Cover sei »wie immer absolut sensationell«. Möchte wissen, wer das Großporträt auf der Innenseite gestaltet hat.
Bitte zurückrufen.
555-6246: Büro
555-8833: Privat

Notiz: Anruf von Miho Kosudo, haben leider das Gesteck für Damien Hirst nicht zustellen können. Lassen ausdrücklich ausrichten, dass sie vier Stunden vor dem Haus gewartet haben und dann gehen mussten, nachdem es dort offensichtlich keinen Portier gibt. Sie versuchen es morgen noch einmal.

9.15: Anruf von Mr. Samuels. Ist nach der Mittagspause wieder erreichbar, wollte Sie aber vorsichtshalber an den heutigen Elternabend erinnern.

Vor Beginn würde er mit Ihnen gern noch über Carolines Geschichtsreferat sprechen.
Rückruf frühestens ab 14 Uhr, spätestens bis 16 Uhr.
555·5932

9.15: Zweiter Anruf von Mr. Tomlinson mit der Bitte an Andrea um eine Tischreservierung nach dem Elternabend. Rückruf auf Handy erbeten.

Notiz: Andrea hat für Sie und Mr. Tomlinson heute Abend um 20 Uhr einen Tisch im La Caravelle bestellt. Rita Jammet freut sich, Sie wieder einmal bei sich begrüßen zu dürfen, und fühlt sich geschmeichelt, dass Sie bei ihr dinieren wollen.

9.30: Anruf von Donatella Versace. Für Ihren Aufenthalt ist alles arrangiert. Sie möchte wissen, ob Sie neben Chauffeur, Koch, Fitnesstrainer, Friseur, Visagisten, persönlicher Assistentin, drei Zimmermädchen und dem Jachtkapitän noch weiteres Personal benötigen? Falls ja, bittet sie um Benachrichtigung vor ihrer Abreise nach Mailand.
Sie wird außerdem für Handys vor Ort sorgen, kann allerdings nicht persönlich anwesend sein, weil sie mit den Vorbereitungen für die Modenschauen zu tun hat.
011.3901.55.27.55.61

9.45: Anruf von Judith Mason. Bitte zurückrufen.
555·6834

Ich knüllte das Blatt zusammen und warf es in den Papierkorb unter meinem Schreibtisch, wo es sich auf der Stelle mit dem Fett vollsog, das mitsamt Mirandas drittem Frühstück bereits früher dort gelandet war. Laut Bulletin verlief der Tag bisher ziemlich normal. Gerade wollte ich bei Hotmail auf »Abholen« klicken und nachsehen, ob schon neue E-Mails angekommen waren, als sie ins Büro gerauscht kam. Die Pest über diese dämliche Sophy! Sie hatte schon wieder den Warnruf vergessen.

»Ich gehe davon aus, dass das Bulletin auf dem neuesten Stand ist«, sagte sie eisig, ohne eine von uns eines Blickes zu würdigen oder unsere Anwesenheit sonstwie zur Kenntnis zu nehmen.

»Das ist es, Miranda«, gab ich zur Antwort und hielt es ihr hin, damit sie nicht etwa danach greifen musste. *Vier Wörter, und der Zähler läuft*, dachte ich und betete innerlich, dass mein Vorgefühl stimmen mochte und ich für meinen Teil maximal mit einem 75-Wörter-Tag davonkommen würde. Sie entledigte sich ihrer kurzen Nerzjacke, in deren weichem Flaum ich am liebsten auf der Stelle mein Gesicht vergraben hätte, und warf sie achtlos auf meinen Schreibtisch. Ich verfrachtete das Prachtstück von totem Tier in den Schrank und erschrak plötzlich, als ich unauffällig meine Wange an den Pelz schmiegte: Es hingen noch winzige Eisklümpchen darin. Wie überaus passend.

Dann entfernte ich den Deckel von einem lauwarmen Milchkaffee und türmte sorgsam Speck, Würstchen und Käsecroissant zu dem üblichen Fettberg auf einen schmuddeligen Teller. Alles zusammen balancierte ich, auf Zehenspitzen schleichend, in ihr Büro und setzte es so behutsam wie möglich auf einer Ecke des Schreibtischs ab. Sie war mit der Abfassung einer Notiz (auf eierschalenfarbenem Briefpapier von Dempsey und Carroll) beschäftigt und sprach so leise, dass ich es um ein Haar überhört hätte.

»Aan-dreh-aa, ich muss die Verlobungsparty mit Ihnen durchsprechen. Holen Sie sich ein Notizbuch.«

Ich nickte und kam gleichzeitig zu der Erkenntnis, dass Nicken nicht als Wort zählte. Diese Verlobungsparty war schon jetzt der Nagel zu meinem Sarg, und dabei sollte sie erst in gut einem

Monat steigen. Aber da Mirandas Abreise zu den europäischen Modeschauen kurz bevorstand und sie zwei Wochen fort sein würde, waren wir seit Tagen mit wenig anderem als mit der Planung dieses Großereignisses zugange. Also fand ich mich mit Stift und Block wieder bei ihr ein, ohne große Hoffnung, auch nur ein Wort von dem zu verstehen, was sie mir zu sagen hatte. Einen Augenblick liebäugelte ich mit der Idee, mich hinzusetzen, was das Aufnehmen eines Diktats sehr viel angenehmer gemacht hätte, nahm dann aber wohlweislich doch Abstand davon.

Sie seufzte so schwer, als drohte sie unter der übermenschlichen Anstrengung zusammenzubrechen, und zupfte an dem weißen Hermès-Schal, den sie um ihr Handgelenk drapiert hatte. »Setzen Sie sich mit Natalie von Glorious Foods in Verbindung, und sagen Sie ihr, ich ziehe das Rhabarberkompott vor. Lassen Sie sich nicht von ihr beschwatzen, dass sie mit mir persönlich sprechen müsse, dazu besteht keine Notwendigkeit. Klären Sie die Blumenbestellung mit Miho. Wegen Tischwäsche, Tischkarten und Serviertabletts verbinden Sie mich irgendwann vor dem Lunch mit Robert Isabell. Außerdem möchte ich mit der Frau vom Met sprechen, und sagen Sie ihr, sie soll mir vorab das Tischarrangement faxen, damit ich die Sitzordnung festlegen kann. Das wäre fürs Erste alles.«

Sie hatte den ganzen Sermon heruntergerattert, ohne auch nur eine Sekunde im Schreiben innezuhalten, und händigte mir nun die eben verfertigte Notiz zur Weiterleitung aus. Ich kritzelte den letzten Rest auf meinen Block; hoffentlich hatte ich alles richtig verstanden – bei ihrem Akzent und dem Schnellfeuergewehrtempo, in dem sie sprach, war das nicht immer ganz einfach.

»Okay«, murmelte ich und wandte mich zum Gehen. Gesamtzahl der Miranda-Wörter: fünf. *Vielleicht schaffe ich's heute ja unter 50.* Ich spürte ihren Blick, der den Umfang meines Hinterns taxierte, während ich auf meinen Schreibtisch zusteuerte, und überlegte kurz, ob ich auf dem Absatz kehrtmachen und rückwärts gehen sollte wie die gläubigen Juden nach dem Gebet an der Klagemauer. Nein. Lieber gab ich mir alle Mühe, praktisch schwebend außer Sicht- und Reichweite zu kommen und stellte mir dabei Abertausende *Chassidim* vor, von Kopf bis Fuß in Pradaschwarz gekleidet, die rückwärts im Kreis um Miranda Priestly paradierten.

12

Der himmlische Tag, auf den ich hingefiebert, von dem ich so lange geträumt hatte, war endlich, endlich da. Miranda war weg – nicht bloß aus dem Büro, sondern sicher außer Landes. Vor einer knappen Stunde war sie auf ihren Sitz in der Concorde gehechtet, um in Europa Gespräche mit maßgeblichen Designern zu führen: Herz, was willst du mehr? Emily versuchte mir zwar weiterhin weiszumachen, dass Miranda noch weniger Ruhe gab, wenn sie im Ausland war, aber das kaufte ich ihr nicht ab. Mitten in meinen Planungen, wie und womit genau ich jede einzelne göttliche Sekunde der kommenden zwei Wochen zu verbringen gedachte, bekam ich eine E-Mail von Alex.

Hey, Babe, wie geht's? Hoffe so weit gut. Und sicher schon mal besser, nachdem sie weg ist, oder? Genieß es. Wollte eigentlich nur fragen, ob Du mich heute so gegen halb vier anrufen könntest. Da habe ich eine Stunde frei, bevor der Leseunterricht losgeht, und ich muss Dir was sagen. Nichts Weltbewegendes, aber ich würde gern mit Dir reden. Alles Liebe, A.

Natürlich machte ich mir sofort Gedanken und schrieb zurück, ob irgendwas los wäre, aber er hatte sich wohl gleich danach ausgeloggt, jedenfalls kam keine Antwort mehr von ihm. Ich machte im Geist einen Vermerk, ihn um Punkt halb vier anzurufen; welch himmlisches Gefühl von Freiheit, zu wissen, dass SIE nicht da war und mir dazwischenfunken konnte. Für alle Fälle schrieb ich noch »A. ANRUFEN, HEUTE 15.30« auf einen Briefbogen von *Runway* und klebte ihn seitlich an meinen Monitor. Eben wollte ich mich bei einer Schulfreundin melden, die mir vor einer Woche zu Hause auf den Anrufbeantworter gesprochen hatte, da klingelte das Telefon.

»Büro Miranda Priestly« – fast hätte ich laut aufgeseufzt. Ich wollte im Augenblick einfach mit keiner Menschenseele sonst sprechen.

»Emily? Sind Sie das? Emily?« Die Stimme war unverkennbar, sie drang durch die Leitung und schien sich im ganzen Büro zu verbreiten. Von ihrem Platz am anderen Ende konnte Emily unmöglich etwas gehört haben, trotzdem blickte sie zu mir hin.

»Hallo Miranda. Andrea am Apparat. Kann ich etwas für Sie tun?« Wie um alles in der Welt kam die Frau an ein Telefon? In Windeseile überflog ich den Reiseplan, den Emily getippt und für die Zeit von Mirandas Abwesenheit an alle ausgegeben hatte. Sie war noch keine sechs Minuten in der Luft und schon hielt es sie ohne Hörer am Ohr nicht mehr auf ihrem Sitz.

»Das will ich hoffen. Ich habe eben den Plan durchgesehen, und es fehlt die Bestätigung für den Friseur- und Make-up-Termin vor dem Abendessen am Donnerstag.«

»Ähm, ja, Miranda, das liegt daran, dass Monsieur Renaud von den Leuten für Donnerstag noch keine ganz endgültige Bestätigung einholen konnte, aber er sagte, es sei zu 99 Prozent sicher, dass es klappt und –«

»Aan-dreh-aa, beantworten Sie mir die Frage: ist 99 Prozent das Gleiche wie 100? Heißt das *endgültig bestätigt*?« Im nächsten Moment sagte sie zu irgendwem, vermutlich einer Flugbegleiterin, die »Vorschriften und Einschränkungen bezüglich des Gebrauchs von elektronischen Geräten« seien ihr »herzlich gleichgültig« und die Dame möge doch »bitte jemand anderen damit langweilen«.

»Aber es verstößt gegen die Vorschriften, Ma'am, und ich muss Sie bitten, Ihr Telefon auszuschalten, bis wir die Reiseflughöhe erreicht haben. Es ist einfach zu gefährlich«, sagte die Stimme flehentlich.

»Aan-dreh-aa, sind Sie noch dran? Hören Sie …«

»Ma'am, ich muss darauf bestehen. Schalten Sie jetzt bitte das Gerät aus.« Vor lauter Grinsen hatte ich schon Muskelkater – ich konnte mir lebhaft vorstellen, dass Miranda Zustände bekam, wenn sie jemand »Ma'am« nannte, was nun eindeutig auf ältere Damen gemünzt war.

»Aan-dreh-aa, ich muss auflegen wegen dieser *Stewardess*. Ich melde mich wieder, wenn diese *Stewardess* grünes Licht gibt. Sorgen Sie in der Zwischenzeit dafür, dass der Friseur- und Make-up-Termin bestätigt wird, und fangen Sie mit den Interviews wegen des neuen Kindermädchens an. Das wäre alles.« Noch ein letztes »Ma'am« von der Flugbegleiterin, dann war die Leitung tot.

»Was wollte sie?«, fragte Emily, die Stirn in tiefe Dackelfalten gelegt.

»Sie hat meinen Namen dreimal hintereinander richtig hingekriegt«, sagte ich großkotzig. Emily sollte ruhig ein bisschen schmoren. »Wie findest du das? Klingt doch fast nach dem Beginn einer wunderbaren Freundschaft. Wer hätte das gedacht? Andrea Sachs und Miranda Priestly, ein Herz und eine Seele.«

»Andrea, was hat sie gesagt?«

»Sie will den Termin für Friseur und Make-up am Donnerstag ausdrücklich bestätigt haben, weil ›zu 99 Prozent sicher‹ natürlich nicht reicht. Ach, und dann noch irgendwas wegen Interviews für ein neues Kindermädchen? Das muss ich wohl falsch verstanden haben. Egal – sie ruft in 30 Sekunden sowieso wieder an.«

Emily holte tief Luft und begegnete meiner Begriffsstutzigkeit mit so viel Haltung und Würde, wie sie nur aufbringen konnte. Kein leichtes Unterfangen für sie. »Nein, das hast du keineswegs falsch verstanden. Nachdem Cara nicht mehr bei Miranda ist, braucht sie logischerweise ein neues Kindermädchen.«

»Wie, was soll das heißen, nicht mehr ›bei Miranda‹? Wenn sie nicht mehr ›bei Miranda‹ ist, wo ist sie dann, zum Teufel?« Ich konnte einfach nicht glauben, dass Cara auf und davon war, ohne mir Bescheid zu sagen.

»Miranda war der Meinung, dass Cara an einem anderen Arbeitsplatz glücklicher sein würde«, sagte Emily – mit Sicherheit eine weitaus diplomatischere Formulierung, als Miranda selbst sie verwendet hatte. Wie wenn sie je auch nur einen Funken Mitgefühl für das Glück oder Unglück von anderen aufgebracht hätte.

»Komm, Emily, bitte. Erzähl schon, was war wirklich los?«

»Wenn ich Caroline richtig verstanden habe, hat Cara die Mädchen neulich auf ihre Zimmer geschickt, weil sie ihr Widerworte gegeben haben. Miranda fand es unangemessen, dass Cara dergleichen Entscheidungen trifft. Und ich stimme ihr darin voll und ganz zu. Schließlich und endlich ist Cara ja nicht ihre Mutter, oder?«

Das hieß, Cara war gefeuert worden, weil sie zwei verzogenen, krätzigen Balgen Zimmerarrest verordnet hatte? »Ja, da muss ich dir Recht geben. Es zählt ganz klar nicht zu den Aufgaben eines Kindermädchens, sich langfristig über das Wohlergehen ihrer Schützlinge Gedanken zu machen«, sagte ich mit gewichtigem Nicken. »Hier ist Cara eindeutig zu weit vorgeprescht.«

Weder ging Emily auf meinen triefenden Sarkasmus ein, noch schien sie ihn auch nur im Mindesten zu bemerken. »Haargenau. Außerdem hat Miranda immer Anstoß daran genommen, dass Cara nicht Französisch spricht. Wie sollen die Mädchen sich so je ihren amerikanischen Akzent abgewöhnen?«

Keine Ahnung. Was war mit ihrer Privatschule, die für 18000 Dollar pro Jahr Französisch als Pflichtfach ansetzte, unterrichtet von drei Muttersprachlern? Was war mit ihrer leiblichen Mutter, die längere Zeit in Frankreich gelebt hatte, immer noch ein halbdutzend Mal pro Jahr dorthin reiste und die Sprache in

Schrift und Wort perfekt, mit wunderbar melodiöser Aussprache, beherrschte? »Recht hast du. Ohne Französisch kein Kindermädchen. Hab's verstanden.«

»Egal was oder wie, jedenfalls bist du dafür zuständig. Hier ist die Nummer von der Agentur, mit der wir arbeiten«, sagte sie und schickte sie mir per E-Mail herüber. »Sie wissen, wie heikel Miranda ist – wer wollte es ihr auch verdenken – und geben sich normalerweise große Mühe bei der Auswahl.«

Ich beäugte sie argwöhnisch. Wie wohl ihr Leben vor Miranda Priestly ausgesehen hatte? Ein Weilchen schlief ich mit offenen Augen weiter, dann klingelte das Telefon erneut. Gottlob ging Emily dran.

»Hallo Miranda. Ja – ja, ich kann Sie hören. Nein, absolut kein Problem. Friseur und Make-up für Donnerstag sind bestätigt. Und Andrea hat bereits erste Erkundigungen wegen des neuen Kindermädchens eingezogen. Sobald Sie zurück sind, stehen drei ernsthafte Kandidatinnen zum Auswahlgespräch bereit.« Mit schräg geneigtem Kopf ließ sie den Stift über ihre Lippen gleiten. »Mhm, ja. Ja, endgültig bestätigt. Nein, nicht 99 Prozent, 100. Definitiv. Ja, Miranda. Ja, ich habe die Bestätigung selbst vorgenommen, und ich bin mir ganz sicher. Sie freuen sich alle schon sehr. Okay. Einen schönen Flug noch. Ja, er ist bestätigt. Ich schicke gleich ein Fax. Okay. Ciao.« Sie legte auf und schien vor Wut am ganzen Leib zu zittern.

»Warum kapiert diese Frau es einfach nicht? Ich sage ihr, der Termin für Friseur und Make-up ist bestätigt. Wiederhole es für sie. Wozu denn noch 50 Mal das Gleiche? Und weißt du, was sie gesagt hat?«

Ich schüttelte den Kopf.

»Weißt du, was sie gesagt hat? Nachdem sie schon nicht mehr weiß, wo ihr der Kopf steht vor lauter Ärger, soll ich den Reiseplan dahingehend umschreiben, dass Friseur und Make-up bestätigt sind, und dann soll ich ihn ins Ritz faxen, damit ihr bei der Ankunft das korrekte Exemplar vorliegt. Ich tue alles für die

Frau – ich gebe mein Herzblut für sie – und dafür muss ich mich so von ihr anmachen lassen?« Sie war den Tränen nahe. So spannend es war, Emily bei einem ihrer seltenen Ausfälle gegen Miranda zu erleben – ich musste vorsichtig sein, weil jeden Augenblick der paranoide *Runway*-Rückzieher zu erwarten stand. Jetzt kam es auf den richtigen Ton an: mitfühlend, aber ohne Partei zu ergreifen.

»Es liegt nicht an dir, Em, ganz sicher nicht. Sie weiß, wie hart du arbeitest und was für eine tolle Assistentin du bist. Wenn sie nicht der Meinung wäre, dass du deinen Job super machst, hätte sie dich längst in die Wüste geschickt. Damit hat sie ja normalerweise nun wirklich keine Mühe.«

Emilys weinerliche Stimmung war verflogen; jetzt näherte sie sich der Trotzphase, was hieß, dass sie mir innerlich zwar Recht gab, Miranda aber sofort verteidigen würde, wenn ich zu drastisch wurde. In Psychologie hatte ich mal was vom Stockholm-Syndrom und von Täter-Opfer-Bindungen gehört, allerdings nie richtig verstanden, wie das eigentlich funktionierte. Vielleicht sollte ich bei Gelegenheit eine von Emilys und meinen kleinen Sessions hier auf Video aufnehmen und dem Prof als Anschauungsmaterial für das nächste Semester zukommen lassen. Noch weiter behutsam vorzugehen, hätte mich übermenschliche Anstrengung gekostet; also holte ich tief Luft und sprang ins kalte Wasser.

»Sie ist eine Irre, Emily«, sagte ich so leise und eindringlich wie nur möglich. »Es liegt nicht an dir, sondern an ihr. Sie ist eine taube Nuss, eine seichte, verbitterte Frau mit Tonnen und Abertonnen von fantastischen Klamotten – und nicht viel mehr.«

Emilys Miene versteinerte sichtlich, die Haut über ihren Wangen und am Hals schien zum Zerreißen gespannt und ihre Hände hörten auf zu zittern. Gleich würde sie mich plattmachen – aber nun gab es kein Halten mehr.

»Ist dir noch nie aufgefallen, dass sie überhaupt keine Freunde hat? Klar, es rufen Tag und Nacht die coolsten Leute bei ihr an, aber doch nicht, um mit ihr über ihre Kinder oder über ihre Arbeit oder ihre Ehen zu reden. Sie rufen an, weil sie etwas von ihr wollen. Von außen betrachtet, wirkt es natürlich wahnsinnig beeindruckend, aber stell dir doch bloß mal vor, alle rufen dich nur an, weil sie –«

»Schluss damit!«, schrie sie, und jetzt strömten ihr tatsächlich die Tränen übers Gesicht. »Halt endlich die Schnauze, verdammt! Kommst hier hereinmarschiert und bildest dir ein, du hättest den vollen Durchblick. Das kleine Fräulein ist ja sooo sarkastisch und sooo erhaben über alles! Hör zu, du kapierst gar nichts. Null, niente!«

»Em –«

»Komm mir nicht mit deinem ›Em‹, Andy. Lass mich ausreden. Ich weiß, dass Miranda schwierig ist. Ich weiß, dass sie manchmal wirkt, als wäre sie vollkommen durchgedreht. Ich weiß, wie es ist, wenn man nie zum Schlafen kommt und ständig Angst hat, sie könnte anrufen, und von deinen Freunden hat keiner Verständnis. Ich weiß es, ich weiß es, ich weiß es! Aber wenn du es so ätzend findest und bloß ständig über sie und alle anderen meckern kannst, warum ziehst du dann nicht Leine? Es ist deine Einstellung, die ist das Problem. Und wenn du sagst, Miranda wäre eine Irre – also ich denke mal, es gibt da sehr, sehr viele Leute, die finden, dass sie enorme Gaben und Talente und unheimlich was drauf hat, und die eher dich für die Irre halten, weil du nicht alles daransetzt, einer Frau von diesem unglaublichen Format zuzuarbeiten. Denn das ist sie, das ist sie wirklich!«

Ich ließ das für einen Moment wirken und musste ihr Recht geben. Soweit ich es beurteilen konnte, war Miranda als Herausgeberin tatsächlich einsame Spitze. Jeder noch so winzige Text für das Magazin wurde von ihr unerbittlich bis aufs letzte Komma durchgeprüft, und sie hatte keinerlei Bedenken, alles umzuschmeißen und von vorne anzufangen, egal, welche Ungelegenheiten und welches Ungemach sie allen anderen damit bereitete. Zwar entschieden die einzelnen Moderedakteurinnen selbst über die Outfits für die Aufnahmen, aber die ganze Aufmachung und die Models wurden einzig und allein von Miranda bestimmt. Und auch die Mitarbeiter, die für die eigentlichen Aufnahmen zuständig waren, führten lediglich Mirandas spezifische und minutiöse Anweisungen aus. Sie hatte das letzte – und häufig genug schon das erste, entscheidende – Wort bei jeder Ausgabe, von Armbändern, Taschen, Schuhen, Outfits und Frisuren über sämtliche Beiträge, Interviews, Fotos und Models bis hin zu den Aufnahmeorten und Fotografen – und war damit zweifellos an vorderster Stelle für den verblüffenden Erfolg verantwortlich, den *Runway* Monat für Monat verbuchte. Ohne Miranda Priestly wäre *Runway* nicht *Runway*, Teufel noch mal, es wäre keinen Pfifferling wert, und das wusste ich so gut wie jeder andere. Trotzdem sah ich immer noch nicht ein, wieso all das ihr das Recht geben sollte, mit den Leuten so rüde umzuspringen. Warum galt sie wegen ihres Talents, ein finster dreinblickendes, langbeiniges asiatisches Model mit einem Abendkleid von Balmain in eine Nebenstraße von San Sebastian zu platzieren, als so sakrosankt, dass niemand sie für ihr Benehmen zur Rechenschaft zog? Das hatte ich immer noch nicht kapiert, aber was wusste ich schon. Ich war ja nur ein blödes Gänschen, im Gegensatz zu Emily.

»Emily, ich will doch bloß sagen, dass du wirklich eine Superassistentin bist und sie froh sein kann, jemanden zu haben, der so hart arbeitet wie du und sich so aufreibt für den Job. Du sollst doch nur einsehen, dass es nicht dein Fehler ist, wenn sie mit irgendwas unzufrieden ist. Sie ist von Natur aus unzufrieden. Du hast wirklich dein Möglichstes getan.«

»Weiß ich doch. Weiß ich. Aber du würdigst sie zu wenig, Andy. Denk mal drüber nach. Denk echt mal drüber nach. Sie hat so unglaublich viel erreicht und hat dafür so viele Opfer bringen müssen. Und ihr manchmal etwas unfreundliches Auftreten – gilt das nicht für die Supererfolgstypen in allen Bereichen? Sag mir einen Geschäftsführer, Firmenpartner, Filmregisseur oder wen auch sonst, der nicht manchmal Härte zeigen muss? Das gehört nun mal zum Job.«

In der Sache kamen wir auf keinen gemeinsamen Nenner, das sah ich schon. Emily hatte sich Miranda und *Runway* und allem, was dazugehörte, mit Haut und Haaren verschrieben, und ich verstand einfach nicht, wieso. Sie unterschied sich um keinen Deut von den aberhundert anderen persönlichen Assistentinnen, Redaktionsassistentinnen, stellvertretenden, hauptamtlichen, leitenden und Chefredakteurinnen von Modemagazinen, und trotzdem, es wollte mir schlicht und einfach nicht in den Kopf. So wie ich es bisher erlebt hatte, wurde jede einzelne von ihrer direkten Vorgesetzten gedemütigt, niedergemacht und grundsätzlich schikaniert – und exerzierte das Gleiche an ihren Untergebenen, sobald sie befördert wurde. Und wozu – damit sie alle am Ende ihres langen, mühseligen Aufstiegs sagen konnten, sie hätten bei der Modenschau von Yves Saint-Laurent in der ersten Reihe gesessen und zwischendurch ein paar Prada-Taschen abgestaubt?

Es war an der Zeit einzulenken. »Ich weiß«, gab ich seufzend nach, da sie so gar nicht locker lassen wollte. »Hoffentlich ist dir wenigstens klar, dass du diejenige bist, die ihr einen Gefallen tut, wenn du dich mit dem Scheiß da herumschlägst, und nicht umgekehrt.«

Ich war auf einen schnellen Konter gefasst. Stattdessen grinste Emily mich an. »Ich hab ihr doch ungefähr hundertmal gesagt, dass der Donnerstagtermin für Friseur und Make-up bestätigt ist, ja?«

Ich nickte. Sie sah geradezu verdächtig übermütig aus.

»Das war glatt gelogen. Ich hab keine Menschenseele angerufen und nirgendwo irgendwas bestätigt!«, krähte sie.

»Emily! Ist das dein Ernst? Und was machst du jetzt? Du hast doch gerade noch Stein und Bein geschworen, dass der Termin steht.« Zum ersten Mal, seit ich bei *Runway* arbeitete, war ich in Versuchung, sie zu umarmen.

»Jetzt komm schon, Andy. Glaubst du ehrlich, dass irgendwer mit einem Funken Verstand nein sagt, wenn sie einen Friseur- und Make-up-Termin haben will? Damit kann seine ganze Karriere geritzt sein – er wäre schön blöd, ihr abzusagen. Ich bin mir sicher, dass der Typ es sowieso schon eingeplant hatte. Wahrscheinlich musste er bloß noch seine Reisepläne ummodeln oder irgend so was. Ich brauche keine Bestätigung von ihm, weil ich einfach weiß, dass er es macht. Ihm bleibt doch gar nichts anderes übrig. Sie ist Miranda Priestly!«

Jetzt war ich den Tränen nahe, aber ich sagte bloß: »Was muss ich denn für diese Kindermädchen-Interviews alles wissen? Wahrscheinlich sollte ich mich lieber gleich dranmachen.«

»Ja«, stimmte sie zu, offenbar noch immer hochzufrieden mit ihrem cleveren Schachzug. »Das wäre vielleicht keine schlechte Idee.«

Die erste Kandidatin reagierte, als wäre unmittelbar vor ihr eine Bombe eingeschlagen.

»Mein Gott!«, plärrte sie los, als ich am Telefon fragte, ob sie es wohl einrichten könne, sich persönlich bei mir im Büro vorzustellen. »Mein Gott! Ist das Ihr Ernst?«

»Äh, heißt das ja oder nein?«

»Großer Gott, ja. Ja, ja, ja! Bei *Runway*? O Gott. Wenn ich das meinen Freundinnen erzähle. Die fallen tot um. Garantiert. Sagen Sie mir bloß, wo und wann.«

»Sie haben aber schon verstanden, dass Miranda sich augenblicklich auf Reisen befindet und deshalb nicht selbst mit Ihnen sprechen kann?«

»Ja. Klar.«

»Und Sie wissen auch, dass Sie die beiden Töchter von Miranda betreuen sollen? Dass Ihre Arbeit nichts mit *Runway* zu tun hat?«

Mit einem tiefen Seufzer schien sie sich in die traurigen Tatsachen zu fügen. »Ja, natürlich. Kindermädchen. Habe ich vollkommen verstanden.«

Hatte sie offensichtlich nicht, denn als sie aufkreuzte, entsprach sie zwar äußerlich den Anforderungen (groß, tadellos gepflegt, halbwegs akzeptabel angezogen und knapp vor dem Verhungern), erkundigte sich aber wieder und wieder, welche Aufgabenbereiche ihre Anwesenheit in der Redaktion erfordern würden.

Ich bedachte sie mit dem vernichtendsten Blick, den ich auf Lager hatte. Die Wirkung war gleich null. »Äh, keine. Darüber hatten wir doch schon gesprochen. Ich führe im Auftrag von Miranda lediglich einige Vorgespräche durch, die eben im Büro stattfinden, aber das ist auch schon alles. Die Zwillinge wohnen woanders, verstehen Sie?«

»Richtig, ja«, lenkte sie ein. Zu spät: Sie war schon aus dem Rennen.

Die nächsten drei von der Agentur, die bereits im Empfangsbereich warteten, waren nicht viel besser: Zwar allesamt mit den körperlichen Merkmalen ausgestattet, die Miranda voraussetzte (die Agentur wusste wirklich haargenau, worauf sie Wert legte), aber keiner von ihnen hätte ich meine künftigen Neffen oder Nichten anvertraut, und das war der Standard, den ich für die Auswahl angesetzt hatte. Eine hatte in Cornell Frühkindliche Pädagogik studiert, glotzte mich aber nur verständnislos an, als ich zart anzudeuten versuchte, dieser Job könne sich ein klein wenig von ihren früheren unterscheiden. Eine andere war mal mit einem berühmten Basketballspieler gegangen und hatte dabei »tiefe Einblicke in die Welt der Prominenz« gewonnen. Doch auf meine Frage, ob sie je mit Sprößlingen von Prominenten zu tun gehabt habe, rümpfte sie instinktiv die Nase und teilte mir mit, dass Kinder berühmter Leute es ja »immer nicht leicht hätten.« Abgehakt. Die dritte und viel versprechendste Kandidatin war in Manhattan aufgewachsen, hatte gerade in Middlebury ihren Abschluss gemacht und wollte ein Jahr als

Kindermädchen jobben, um sich eine Reise nach Paris zu finanzieren. Hieß das, sie sprach Französisch? Ja. Das einzige Problem war, dass sie als absolute Stadtpflanze keinen Führerschein besaß. War sie gewillt, das zu ändern? Nein, sie fand, die Straßen seien auch so schon verstopft genug. Nummer drei ebenfalls erledigt. Den restlichen Tag tüftelte ich an taktvollen Formulierungen herum, die Miranda klarmachen sollten, dass ein attraktives, durchtrainiertes, im Umgang mit Prominenten vertrautes Mädchen, das in Manhattan wohnte, Auto fahren und schwimmen konnte, über einen Uniabschluss verfügte, Französisch sprach und völlig frei in ihrer Zeitgestaltung war, mit einiger Wahrscheinlichkeit nicht als Kindermädchen würde arbeiten wollen.

Es musste Gedankenübertragung gewesen sein, denn im nächsten Augenblick klingelte das Telefon. Ich rechnete nach und warf einen raschen Blick auf den von Emily im Sekundentakt festgelegten Reiseplan. Demnach war Miranda soeben in Paris gelandet und befand sich auf dem Weg zum Ritz.

»Büro Miran-«

»Emily!«, kreischte sie. Wohlweislich unterließ ich es für diesmal, sie zu korrigieren. »Emily! Der Fahrer hat mir ein anderes Telefon gegeben, und das heißt, ich habe keine einzige Nummer. Das ist inakzeptabel. Vollkommen inakzeptabel. Wie soll ich ohne Telefonliste von hier aus Geschäfte führen? Verbinden Sie mich auf der Stelle mit Mr. Lagerfeld.«

»Ja, Miranda, bitte bleiben Sie einen Augenblick dran.« Ich schaltete sie auf Warteschleife und rief Emily zu Hilfe. Völlig sinnlos. Eher hätte ich den Hörer mit Stumpf und Stiel auffressen können, als Karl Lagerfeld aufzutreiben, bevor Miranda sich schäumend vor Wut ausklinken würde, nur um erneut anzurufen und mich zu nerven: »Wo zum Teufel ist er? Was heißt das, Sie können ihn nicht finden? Wissen Sie nicht, wie man mit einem Telefon umgeht?«

»Sie will Karl«, rief ich zu Emily hinüber. Wie der Blitz fuhr sie hoch und durchwühlte hektisch sämtliche Blätter auf ihrem Schreibtisch.

»Okay, hör zu. Wir haben maximal 30 Sekunden. Du übernimmst Biarritz und den Fahrer, ich probiere es in Paris und bei der Assistentin«, rief sie zurück, während ihre Finger schon über das Tastenfeld flogen. Ein Doppelklick auf die Liste »Kontakte«, die wir beide auf der Festplatte hatten; unter den Tausenden von Namen genau fünf Nummern, bei denen ich es versuchen musste: Biarritz eins, Biarritz zwei, Biarritz Studio, Biarritz Pool und Biarritz Fahrer. Ein Blick auf die restlichen Einträge unter »Karl Lagerfeld« zeigte mir, dass Emily insgesamt sieben Nummern zu erledigen hatte, abgesehen von weiteren in New York und Mailand. Genauso gut konnten wir uns gleich die Kugel geben.

Nach Biarritz eins versuchte ich es gerade mit Biarritz zwei, als das rote Licht aufhörte zu blinken. Miranda habe aufgelegt, teilte Emily mir mit – nur für den Fall, dass ich es nicht mitbekommen hätte. Dabei waren höchstens 15 Sekunden vergangen – heute hatte sie es offenbar besonders eilig. Natürlich klingelte es sofort wieder; ich schenkte Emily einen flehenden Hundeblick, und sie erbarmte sich. Mit ihrer Begrüßungsformel kam sie ungefähr so weit wie ich, dann nickte sie gewichtig und ging daran, Miranda zu beruhigen. Ich war mittlerweile, o Wunder, bei Biarritz Pool angelangt und hatte eine Frau am Apparat, die keine Silbe Englisch sprach. Vielleicht waren solche Leute ja Schuld an dem allgemeinen Französisch-Wahn?

»Ja, Miranda, ja. Andrea und ich wählen uns gerade durch. Es kann sich nur noch um Sekunden handeln. Ja, ich verstehe. Nein, ich weiß, dass es frustrierend ist. Wenn ich Sie noch ungefähr zehn Sekunden in die Warteschleife setzen darf, bis dahin haben wir ihn sicher irgendwo erreicht. Okay?« Sie drückte auf den Knopf und tippte gleichzeitig hektisch weiter Nummern ein. Nach dem zu schließen, was sie da auf Französisch mit einem – für mein Gefühl – grauenvollen Akzent radebrechte, versuchte sie gerade jemandem am anderen Ende klarzumachen, wer Karl Lagerfeld war. Wir waren nicht so gut wie erledigt, wir waren eindeutig tot. Eben wollte ich die verrückte Französin abwürgen, die unablässig weiter in den Hörer kreischte, als das rote Blinklicht erneut erlosch. Emily wählte noch immer wie eine Wilde.

»Sie ist weg!« Ich hörte mich an wie ein Rettungssanitäter bei der Herzmassage.

»Du bist dran!«, brüllte Emily zurück und hackte weiter auf die Tasten. Es klingelte.

Ich nahm ab und sparte mir die Mühe, den Mund aufzumachen, weil ich sowieso wusste, was mich erwartete.

»Aan-dreh-aa! Emily! Egal wer, zum Teufel … wieso habe ich Sie in der Leitung und nicht Mr. Lagerfeld? Wieso?«

Meine erste Eingebung – stillhalten und abwarten, bis die Schimpfkanonade überstanden war – entpuppte sich, wie üblich, als falsch.

»Hallo-hooo? Ist da jemand? Übersteigt das Ansinnen, einen Anruf weiterzuleiten, die Fähigkeiten sowohl der einen wie der anderen meiner beiden Assistentinnen?«

»Nein, natürlich nicht, Miranda. Es tut mir leid –« das leichte Zittern in meiner Stimme bekam ich einfach nicht unter Kontrolle, »– aber wie es scheint, ist Mr. Lagerfeld augenblicklich nicht zu erreichen. Wir haben es schon unter mindestens acht –«

»*Augenblicklich nicht zu erreichen?*«, echote sie im Falsett. »Was soll das heißen, ›augenblicklich nicht zu erreichen‹?«

Welches dieser vier schlichten Wörtchen bereitete ihr Verständnisschwierigkeiten? Augenblicklich. Nicht. Zu. Erreichen. Klar wie Kloßbrühe: Wir finden den Scheißkerl einfach nicht. Und deswegen haben Sie ihn auch nicht an der Strippe. Wenn *Sie* ihn irgendwo erreichen können – fein, dann gehört er Ihnen. Mir schossen ungefähr eine Million stacheldrahtspitzer Bemerkungen durch den Kopf, aber heraus kam nur das Gestammel einer Erstklässlerin, der die Lehrerin wegen Schwatzens einen Tadel verpasst hatte.

»Äh, das heißt, Miranda, wir haben alle Nummern angerufen, unter denen er bei uns aufgelistet ist, und da ist er offenbar nirgends«, brachte ich heraus.

»Ja, wie denn auch!« Mit einem Mal war ihre ganze, sorgsam gehütete lässige Haltung so gut wie beim Teufel. Ein übertrieben tiefer Atemzug, dann hatte sie sich wieder gefangen: »Aan-dreh-aa. Ist Ihnen bekannt, dass Mr. Lagerfeld sich diese Woche in Paris aufhält?« Was veranstalteten wir hier – Englisch für Ausländer?

»Ja natürlich, Miranda. Emily hat es unter allen Nummern in –«

»Und ist Ihnen weiterhin bekannt, dass Mr. Lagerfeld für die Zeit seines Aufenthalts in Paris, wie von ihm vorab mitgeteilt, per Handy zu erreichen ist?« Jeder einzelne Muskel ihres Kehlkopfs tat sein Äußerstes, um nicht die mindeste Anspannung in ihrer Stimme durchklingen zu lassen.

»Äh, nein, in unserer Telefonliste ist keine Mobilnummer angegeben, daher wussten wir nicht, dass Mr. Lagerfeld überhaupt ein Handy besitzt. Aber Emily hat gerade seine Assistentin am Telefon, sie wird die Nummer sicher gleich haben.« Emily reckte den Daumen hoch, kritzelte etwas auf ein Blatt und rief ein ums andere Mal: »*Merci*, o ja, danke, ich meine, *merci*!«

»Miranda, ich habe die Nummer jetzt da. Soll ich Sie sofort verbinden?«, fragte ich mit stolzgeschwellter Brust. Gute Arbeit! Eine Klassevorstellung unter stressigsten Bedingungen. Was machte es schon, dass meine süße Folklorebluse, die mir Komplimente von zwei – nicht einer, zwei – Modeassistentinnen eingetragen hatte, mittlerweile Schweißflecken unter den Armen aufwies. Egal. Gleich würde ich diese wild gewordene Irre jenseits des Ozeans aus der Leitung haben – ein erregendes Gefühl.

»Aan-dreh-aa?« Es klang wie eine Frage, aber mich beschäftigte eigentlich nur die Überlegung, ob es nicht doch ein Muster für die scheinbar willkürlichen Namensverwechslungen gab. Anfangs hatte ich gedacht, sie täte es absichtlich, damit wir uns noch kleiner und nichtswürdiger fühlten, aber dann kam ich zu der Überzeugung, dass wir in ihren Augen bereits hinreichend klein und nichtswürdig waren und sie es nur deshalb tat, weil sie sich beim besten Willen nicht mit derart belanglosen Details wie den Namen ihrer beiden Assistentinnen aufhalten konnte. Emily hatte meinen Verdacht bestätigt und gesagt, ungefähr jedes zweite Mal würde Miranda sie Emily nennen, sonst entweder Andrea oder Allison – das war ihre Vorgängerin gewesen. Damit fühlte ich mich schon besser.

»Ja?« Verdammt, ich quiekte schon wieder. Schaffte ich es denn nicht, gegenüber dieser Frau einen Rest von Würde und Anstand zu bewahren?

»Aan-dreh-aa, wozu machen Sie so einen Wirbel um Karl Lagerfelds Mobilnummer, nachdem ich sie hier vorliegen habe. Er hat sie mir vor fünf Minuten gegeben, aber wir wurden unterbrochen, und wenn ich sie eintippe, stimmt irgendetwas nicht.« Das Letzte kam so heraus, als sei alles und jeder außer ihr selbst Schuld an diesem Ärgernis und Ungemach.

»Oh. Sie, äh, Sie haben die Nummer? Und Sie wussten, dass er die ganze Zeit unter der Nummer zu erreichen war?«, fragte ich, Emily zuliebe – und brachte Miranda damit nur noch mehr auf die Palme.

»Habe ich mich vielleicht nicht deutlich genug ausgedrückt? Verbinden Sie mich mit 03.55.23.56.67.89. Unverzüglich. Oder ist das etwa zu schwierig?«

Emily schüttelte langsam und ungläubig den Kopf und zerknüllte den Zettel mit der Nummer, die wir eben so mühsam erkämpft hatten.

»Nein, nein, Miranda, natürlich nicht. Ich verbinde Sie sofort. Eine Augenblick.« Ich drückte auf Konferenzschaltung, wählte die Nummer, hörte eine ältere männliche Stimme »Hallo!« in den Hörer rufen und drückte erneut auf Konferenzschaltung. »Mr. Lagerfeld, Miranda Priestly, ich verbinde«, meldete ich, wie das Fräulein vom Amt in den 50er-Jahren. Und statt den Anruf stumm zu schalten und dann auf »Lautsprecher« zu drücken, damit Emily und ich mithören konnten, legte ich einfach auf. Ein paar Minuten lang saßen wir schweigend da. Ich musste mich schwer am Riemen reißen, Miranda nicht sofort mit den wüstesten Schmähworten zu belegen. Stattdessen wischte ich mir den Schweißfilm von der Stirn und atmete lange und tief durch. Emily sprach als Erste.

»Nur damit ich das richtig verstehe: Sie hatte die ganze Zeit seine Nummer und war bloß zu blöd, sie zu wählen?«

»Oder vielleicht fühlte sie sich einfach nicht danach«, schlug ich vor. Die seltene Chance, mit Emily gemeinsam Front gegen Miranda zu machen, wollte ich mir um keinen Preis entgehen lassen.

»Ich hätte es wissen müssen«, sagte sie kopfschüttelnd, als sei sie von sich selbst schwer enttäuscht. »Das hätte ich wirklich wissen müssen. Sie ruft mich doch ständig an, damit ich sie mit Leuten verbinde, die im Nebenzimmer oder zwei Straßen weiter im Hotel sitzen. Ich weiß noch, dass ich das anfangs völlig abartig fand – von Paris aus in New York anzurufen, um sich mit jemandem in Paris verbinden zu lassen. Mittlerweile ist es für mich natürlich ganz normal, aber dass ich das hier nicht habe kommen sehen…«

Ich wollte eben zum Lunch in die Cafeteria abzischen, als das Telefon schon wieder klingelte. Von der Theorie ausgehend, dass ein Blitz nie zweimal in denselben Baum einschlägt, beschloss ich, bei Emily ein paar Punkte zu sammeln, und hob ab.

»Büro Miranda Priestly.«

»Emily! Ich stehe im strömenden Regen auf der Rue de Rivoli, und mein Fahrer ist verschwunden! Verschwunden! Verstehen Sie? Er ist weg! Schaffen Sie ihn augenblicklich her!« So hysterisch hatte ich sie noch nie erlebt.

»Eine Sekunde, Miranda. Ich habe seine Nummer hier.« Ich suchte den Schreibtisch nach dem Reiseplan ab, den ich eben noch dorthin gelegt hatte, sah aber bloß alle möglichen anderen Papiere, veraltete Bulletins und Stapel früherer Ausgaben von *Runway*. Es waren nur drei, vier Sekunden vergangen, doch ich hatte das Gefühl, als stünde ich unmittelbar neben ihr und sähe zu, wie der Regen über ihren Pelz von Fendi strömte und ihr Make-up zerlaufen ließ. Im nächsten Moment würde sie mir eine scheuern und sagen, dass ich ein mieses Stück Scheiße war, eine Null, ein Trampel, ein absoluter, totaler Versager. Mir blieb keine Zeit, um mich abzuregen und mir vorzuhalten, dass sie auch nur ein Mensch war (theoretisch jedenfalls), der im Regen stand und den Zorn darüber an seiner fast 6000 Kilometer entfernten Assistentin ausließ. Ich kann nichts dafür. Ich kann nichts dafür. Ich kann nichts dafür.

»Aan-dreh-aa! Meine Schuhe sind *ruiniert*. Hören Sie? Hören Sie mir überhaupt zu? Finden Sie auf der Stelle meinen Fahrer!«

Ich spürte, wie mich eine gänzlich unpassende Anwandlung zu überkommen drohte; mir saß ein Kloß im Hals, meine Nackenmuskeln waren angespannt, ein Gefühl zwischen Lachen und Weinen. Beides keine gute Idee. Emily musste etwas mitgekriegt haben, denn sie schoss hoch und gab mir ihre Kopie des Reiseplans. Sie hatte sogar die insgesamt drei Nummern markiert, unter denen der Fahrer zu erreichen war: Autotelefon, Handy und, natürlich, privat.

»Miranda, ich werde Sie einen Augenblick in die Warteschleife setzen müssen, bis ich ihn erreicht habe. Geht das in Ordnung?« Ich wartete keine Antwort ab (was sie rasend machen würde, wie ich wohl wusste), legte ihren Anruf um und wählte erneut Paris an. Zum Glück hob der Fahrer gleich unter der ersten Nummer und beim ersten Klingeln ab. Pech war nur, dass er kein Englisch sprach. Ich hatte nie zu selbstzerstörerischen Aktionen geneigt, doch jetzt hieb ich meinen Kopf mit aller Kraft auf die Schreibtischplatte. Nach dem dritten Mal übernahm Emily den Anruf. Sie verlegte sich aufs Brüllen – weniger, damit der Chauffeur ihr miserables Französisch so vielleicht besser verstand, sondern schlicht, um ihm den grimmigen Ernst der Lage klar zu machen. Neue Fahrer mussten immer erst ein bisschen abgerichtet werden; vor allem galt es, ihnen die törichte Vorstellung auszutreiben, Miranda werde nicht gleich sterben, wenn man sie einmal 45 Sekunden oder auch eine volle Minute warten ließ.

Nachdem Emily dem Fahrer genügend Beleidigungen an den Kopf geworfen hatte, dass er mit Karacho dorthin zurückraste, wo er Miranda vor drei, vier Minuten stehen gelassen hatte, legten wir beide die Köpfe auf dem Tisch ab. Der Appetit aufs Mittagessen war mir so ziemlich vergangen, und das irritierte mich. Fing *Runway* schon an, auf mich abzufärben? Oder wirkten Adrenalin und Nerven vereint als todsicherer Appetitzügler? Das war es! Die allgemeine Magersucht bei *Runway* war nicht auf eigene Willensentscheidungen zurückzuführen, sondern lediglich die körperliche Reaktion auf den ständigen Terror und die alles beherrschende Atmosphäre der Beklemmung, die auf den Magen schlugen. Ich nahm mir vor, der Sache weiter nachzugehen; am Ende war Miranda noch eine Ecke schlauer als gedacht und hatte sich bewusst zu einem solchen Drachen stilisiert, dass die Leute von der Angst vor ihr buchstäblich aufgefressen wurden.

»Aber, aber, meine Damen! Kopf hoch! Die Vorstellung, Miranda könnte euch so sehen! Der Anblick würde sie nicht entzücken!«, trällerte James vom Flur her. Er hatte sein Haar mit irgendeinem schmierigen Wachszeug nach hinten gegelt, das Bed Head hieß (»Scharfer Name – wer kann da widerstehen?«), und trug eine Art Footballtrikot, hauteng, mit einer 69 auf Brust und Rücken. Subtilität und vornehme Zurückhaltung in Person, wie immer.

Keine von uns würdigte ihn auch nur eines Blickes. Laut Uhr war es erst vier. Anfühlen tat es sich wie Mitternacht.

»Alsdann, lasst mich raten. Mama war pausenlos in der Leitung, weil sie irgendwo zwischen dem Ritz und Alain Ducasse einen Ohrring verloren hat, den ihr gefälligst wiederfinden sollt, und wenn ihr hundertmal in New York seid und nicht in Paris.«

Ich schnaubte. »Glaubst du vielleicht, wegen so was wären wir in dem Zustand? Das ist unser *Job*. Kinkerlitzchen von der Sorte erledigen wir jeden Tag. Denk dir was Besseres aus.«

Sogar Emily lachte. »Echt, James, das reicht nicht. Einen Ohrring finde ich in jeder Stadt der Welt binnen weniger als zehn Minuten.« Aus unerklärlichen Gründen schien ihr das Spielchen plötzlich Spaß zu machen. »Etwas schwieriger wäre es höchstens, wenn sie uns nicht mitteilt, in welcher Stadt sie ihn verloren hat. Aber das würden wir auch noch hinkriegen.«

James zog sich, gespieltes Entsetzen in der Miene, Schritt um Schritt rückwärts aus dem Büro zurück. »Gut denn, meine Damen, dann noch weiterhin einen schönen Tag, ja? Wenigstens hat sie euch nicht restlos fertig gemacht. Das ist doch schon was, oder? Ihr beiden seid gottlob noch gaaaanz gut beieinander. Yeah. Äh, also schönen Tag...«

»NICHT DOCH SO SCHNELL, HERZCHEN«, kreischte eine Stimme in den höchsten Tönen. »MARSCH ZURÜCK DA HINEIN, UND DANN ERZÄHLST DU DEN MÄDELS, WAS DU DIR DABEI GEDACHT HAST, HEUTE FRÜH DIESEN ABGESCHMACKTEN FETZEN DA ANZUZIEHEN!« Nigel bekam James am linken Ohr zu fassen und schleifte ihn zwischen unsere Schreibtische.

»Ach, komm schon«, jaulte James, der genervt tat, obwohl es ihm sichtlich Spaß machte, von Nigel in die Zange genommen zu werden. »Du findest das Top doch super!«

»SUPER? DAS DING DA? DIESEN SCHWEISSSCHWULEN SPORTSKANONENLOOK, DEN DU DA DRAUF HAST? ÜBERLEG'S DIR BESSER NOCH MAL, OKAY? OKAY?«

»Was ist denn verkehrt an einem engen Footballtrikot? Ich finde, es sieht scharf aus.« Emily und ich nickten zustimmend.

Es war vielleicht nicht gerade besonders geschmackvoll, aber er sah irre cool damit aus. Außerdem war es ziemlich hammerhart, Modetipps von einem Typen zu kriegen, der da in Boot-Cut-Jeans (Zebra-Print) in unserem Büro stand und dazu einen schwarzen Sweater trug, mit V-Ausschnitt vorne und Guckloch hinten, das seine ansehnliche Rückenmuskulatur enthüllte. Vervollständigt wurde das Ensemble durch einen Schlapphut aus Stroh und einen (sehr subtilen, zugegeben!) Hauch Kajal.

»BÜBCHEN, MODE IST NICHT DAZU DA, DEINE SEXUELLEN VORLIEBEN AUF T-SHIRTS ZU PROPAGIEREN. NEIN, NEIN, IST SIE NICHT! DU WILLST EIN BISSCHEN HAUT ZEIGEN? SCHARF! DU WILLST EIN BISSCHEN WAS VON DEINEN KNACKIGEN JUGENDLICHEN KURVEN SEHEN LASSEN? *SCHARF*! ABER KLAMOTTEN SIND KEINE REKLAMETAFEL FÜR DEINE LIEBLINGSSTELLUNGEN, MEIN FREUND. IST DAS SOWEIT KLAR?«

»Also, Nigel!« James mimte überzeugend den Besiegten, um nicht zu zeigen, wie sehr er Nigels ungeteilte Aufmerksamkeit genoss.

»NIX ›NIGEL‹, SÜSSER. UND JETZT AB MIT DIR ZU JEFFY, SAG IHM, ICH HÄTTE DICH GESCHICKT. ER SOLL DIR DAS NEUE TANK-TOP VON CALVON GEBEN, DAS WIR FÜR DIE AUFNAHMEN IN MIAMI BESTELLT HABEN. DAS, WAS DIESES HINREISSENDE SCHWARZE MODEL TRAGEN SOLL – GOTT, DER KERL IST ZUM ANBEISSEN, WIE EIN SCHOKOCREMETÖRTCHEN. KSCH, NUN SCHWIRR AB. UND DANN LASS DICH ANSEHEN!«

James flitzte los wie ein frisch aufgezogenes Spielzeughäschen, und Nigel wandte sich der versammelten Damenwelt zu: »WIE STEHT ES MIT IHRER KLEIDERBESTELLUNG?«

»Sie will erst die Modekataloge abwarten«, sagte Emily gelangweilt. »Sie meinte, es hat Zeit, bis sie zurück ist.«

»HAUPTSACHE, IHR SEHT ZU, DASS ICH RECHTZEITIG BESCHEID WEISS, DAMIT ICH FÜR DIESE PARTY ALLES AUF

DIE REIHE KRIEGE!« Er verschwand Richtung Kleiderkammer, wahrscheinlich in der Hoffnung, in der Umkleidekabine noch einen Blick auf James zu erhaschen.

Was die Bestellprozedur für Mirandas neue Garderobe anging, so hatte ich eine Runde davon bereits durchgestanden – keine schöne Erfahrung. Bei den Modenschauen pendelte sie mit dem Skizzenblock in der Hand von einem Laufsteg zum anderen und bereitete damit die Paradevorstellung auf der einzig maßgeblichen Bühne von *Runway* vor, bei der die New Yorker Gesellschaft erfuhr, was sie in der kommenden Saison zu tragen hatte – und die Mittelschicht Amerikas, was sie gern tragen würde. Damals ahnte ich allerdings noch nicht, dass Miranda den Kreationen auf den Laufstegen nicht zuletzt deshalb so große Aufmerksamkeit widmete, weil sie dort zum ersten Mal zu Gesicht bekam, worin sie selbst sich in den nächsten Monaten hüllen würde.

Ein paar Wochen nach Mirandas Rückkehr ins Büro bekam Emily dann von ihr eine Liste mit den Namen der Designer, deren Kataloge sie interessierten: die üblichen Verdächtigen, die daraufhin zusahen, schleunigst in die Gänge zu kommen – bis zum Zeitpunkt von Mirandas Anfrage waren die Aufnahmen von den Modenschauen häufig noch gar nicht entwickelt, geschweige denn bearbeitet oder zu Musterbüchern zusammengefasst. Derweil stand bei *Runway*, in Erwartung der Kataloge, die gesamte Belegschaft Gewehr bei Fuß. Allen voran natürlich Nigel, zur allgemeinen Durchsicht und zur Auswahl der für Miranda persönlich bestimmten Outfits. Dazu nach Möglichkeit jemand von der Abteilung für Accessoires, der bei der Zusammenstellung der passenden Schuhe und Taschen behilflich sein sollte, und unter Umständen noch eine extra abgeordnete Moderedakteurin zur allgemeinen Abstimmung – insbesondere wenn größere Posten wie etwa ein Pelzmantel oder ein Abendkleid anstanden. Sobald die diversen Abteilungen alle angeforderten Stücke zu einem überzeugenden Ganzen zusammengefügt hatten, quartierte sich Mirandas Privatschneider für ein paar Tage in der Redaktion ein, um die notwendigen Änderungen vorzunehmen. Kein Mensch bekam dann mehr irgendetwas geschafft, weil Jeffy die Kleiderkammer komplett ausräumen musste und Miranda sich mit dem Schneider dort ewig und drei Tage verbarrikadierte. Bei der ersten Anprobenrunde kam ich zufällig genau im richtigen Moment vorbei, um Nigel brüllen zu hören: »MIRANDA PRIESTLEY! RUNTER MIT DEM FETZEN, ABER EINSZWEIFI. IN DEM SIEHST DU AUS WIE DIE LETZTE SCHLAMPE. EIN X-BELIEBIGES FLITTCHEN!« Ich klebte förmlich mit dem Ohr an der Tür, die jeden Moment aufgerissen werden konnte, riskierte also buchstäblich Kopf und Kragen, bloß um Zeugin zu sein, wie sie ihn in ihrer unnachahmlich gekonnten Weise zur Schnecke machte – doch ich hörte nichts weiter als eine leise gemurmelte Zustimmung und das Rascheln des Kleides, das sie sich über den Kopf zog.

Nachdem ich mittlerweile schon eine gewisse Zeit bei Miranda diente, schien die Ehre, die neue Garderobe für sie zu bestellen, nunmehr mir zuzufallen. Viermal pro Jahr, mit der Präzision eines Schweizer Uhrwerks, blätterte sie sich durch die Musterkataloge, als wären sie einzig für sie bestimmt, und suchte Kostüme von Alexander McQueen und Hosen von Balenciaga aus wie andere T-Shirts von L.L. Bean. Ein gelber Haftzettel auf die schmal geschnittene Stretchhose von Fendi, einer mitten auf das Chanel-Kostüm, der dritte, mit einem fetten »NEIN«, quer über dem passenden Seidentop. Und so ging es weiter und weiter, Seite um Seite, Haftzettel um Haftzettel, bis sie die komplette Garderobe für die kommende Saison direkt vom Laufsteg weg geordert hatte – Zeug, das zum Großteil noch gar nicht gefertigt war.

Ich hatte Emily beim Faxen von Mirandas Bestellungen an die diversen Designer zugesehen; die Felder für Größen- und Farbwahl blieben dabei grundsätzlich unausgefüllt. Wer seine Manolos wert war, wusste ohnehin, was für Miranda Priestly taugte. Doch mit den richtigen Größen war es natürlich nicht getan – wenn die Klamotten bei *Runway* eintrudelten, mussten sie immer noch gekürzt und abgenäht werden, damit sie nach Unikaten aussahen. Erst wenn die komplette Garderobe bestellt, zugestellt, maß- und passgerecht gemacht und vom Privatchauffeur per Limousine zu ihr nach Hause transportiert worden war, ließ Miranda die Kollektion der letzten Saison aus den Klauen: dann türmten sich im Büro Müllsäcke voll Zeug von Yves, Celine und Helmut Lang. Das meiste war nicht älter als vier bis sechs Monate, höchstens ein-, zweimal, wenn überhaupt, getragen, und alles nach wie vor so rasend schick, so irre cool, dass es in den meisten Läden noch gar nicht zu haben war. Doch sobald es zur letzten Saison gehörte, kam es für Miranda ebenso wenig in Frage wie, sagen wir, eine Kunstlederhose.

Hin und wieder fand ich etwas Passendes, ein Tank-Top oder eine Jacke im Oversize-Format, aber nachdem alles in Größe 32 war, standen die Aussichten eher schlecht. Meistens verteilten wir die Sachen an Leute mit Töchtern unter zwölf – die Einzigen, die mit etwas Glück tatsächlich hineinpassten. Ich stellte mir kleine Mädchen mit knabenhaften Körpern vor, die in Pradaröcken und verführerischen Spaghettiträgerkleidchen von Dolce und Gabbana herumstolzierten. Wenn wirklich mal ein echt atemberaubender, superteurer Fummel dabei war, befreite ich ihn aus dem Müllsack und lagerte ihn unter meinem Schreibtisch, bis ich ihn ungesehen nach Hause schmuggeln konnte. Ein paar Mal schnell bei eBay reingeklickt oder kurz bei einem der vornehmen Second-Hand-Shops auf der Madison Avenue vorbeigeschaut, und schon hatte ich mein mageres Salär ein bisschen aufgepolstert. Kein Diebstahl, fand ich, sondern lediglich Nutzbarmachung von mir anvertrautem Gut.

Zwischen sechs und neun Uhr abends – Mitternacht bis drei Uhr früh, nach ihrer Zeitrechnung – rief Miranda insgesamt noch sechsmal an, um sich mit verschiedenen Leuten verbinden zu lassen, die allesamt längst in Paris waren. Ich fertigte sie lustlos, aber ohne größere Pannen ab und packte schließlich zusammen um mich davonzuschleichen, bevor das Telefon am Ende noch mal klingelte. Erst als ich mich erschöpft in meinen Mantel zwängte, fiel mein Blick auf den Zettel, den ich mir an den Monitor gepappt hatte, damit genau das nicht passieren sollte, was nun doch passiert war: »A. ANRUFEN, HEUTE 15:30«. In meinem Hirn verschwamm alles, meine Kontaktlinsen waren schon seit Ewigkeiten zu winzigen, steinharten Glasscherben eingetrocknet, und jetzt fing es in meinem Kopf an zu pochen. Kein stechender Schmerz, nur dieses dumpfe, stumpfe Unbehagen, das sich nicht genau orten ließ, aber schleichend, unerbittlich, weiter wachsen würde, bis ich entweder gnädig in Ohnmacht fiel oder es mir den Schädel sprengte. Über der elenden Hektik mit den ganzen Telefonaten aus Übersee, über all der Angst und Panikmache hatte ich vergessen, mir die 30 Sekunden zu nehmen und zu tun, worum Alex mich gebeten hatte. Schlicht und einfach vergessen, etwas so Simples wie einen Rückruf bei jemandem, der mich sonst nie mit irgendwelchem Ansinnen behelligte.

Ich setzte mich in das dunkle, stille Büro und griff zum Hörer; er war noch leicht schweißig, von meinem letzten Telefonat mit Miranda vor ein paar Minuten. Unter Alex' Privatnummer meldete sich nach ewigem Klingeln nur der Anrufbeantworter, aber auf dem Handy hatte ich ihn sofort dran.

»Hi.« Er wusste von der Rufanzeige, dass ich es war. »Wie war dein Tag?«

»Ach egal, wie immer. Alex, es tut mir so leid, dass ich dich nicht um halb vier zurückgerufen habe. Ich fang lieber gar nicht erst damit an – hier ist es zugegangen wie im Tollhaus, sie hat uns mit Anrufen bombardiert und –«

»Hey, vergiss es. Halb so wild. Hör mal, im Moment passt es gerade nicht so gut. Kann ich dich morgen anrufen?« Er war irgendwie nicht richtig bei der Sache, seine Stimme klang weit weg, als spräche er von einem Münztelefon am anderen Ende der Welt.

»Äh, klar. Aber ist denn alles okay? Willst du mir nicht wenigstens schnell sagen, worum es ging? Ich hab mir wirklich Sorgen gemacht.«

Er schwieg und sagte dann: »Den Eindruck erweckst du eigentlich nicht. Ich bitte dich ein einziges Mal, mich zu einer bestimmten Zeit anzurufen – ganz zu schweigen davon, dass deine Chefin momentan nicht mal im Lande ist – und du schaffst es erst sechs Stunden später, dich bei mir zu melden. Das hört sich nicht so recht danach an, als ob es dir besonders am Herzen liegt.« In seiner Stimme lagen weder Sarkasmus noch Tadel. Er fasste bloß die Tatsachen zusammen.

Ich wickelte die Telefonschnur um meinen Finger, bis die Blutzufuhr komplett unterbrochen war, der Knöchel hervortrat und die Fingerkuppe weiß wurde. Meine Zunge meldete einen metallischen Geschmack: Ich hatte mir die Unterlippe blutig gebissen.

»Alex, es ist nicht so, dass ich es vergessen habe« – eine glatte Lüge, um mich aus seiner nicht erhobenen Anklage herauszuwinden. »Ich hatte bloß keine Sekunde Luft, und nachdem es irgendwie ernst klang, wollte ich auch nicht anrufen und gleich wieder auflegen müssen. Ich meine, sie hat mich allein heute Nachmittag bestimmt zwei Dutzend Mal angerufen, und jedes Mal brannte es. Emily ist um fünf gegangen und hat mich mit dem Telefon allein hier sitzen gelassen, und Miranda rief weiter und weiter und weiter an, und jedes Mal, wenn ich es bei dir probieren wollte, war sie schon wieder auf der anderen Leitung. Ich, äh, verstehst du?«

Meine Entschuldigungskanonade klang selbst für meine Ohren reichlich lahm, aber ich fand kein Ende. Er wusste genauso gut wie ich, dass ich es schlicht und einfach vergessen hatte. Nicht weil er mir egal war oder mir nicht am Herzen lag, sondern weil alles, was nichts mit Miranda zu tun hatte, irgendwie bedeutungslos wurde, sobald ich im Büro auf der Matte stand. In gewisser Hinsicht verstand ich es selbst immer noch nicht; anderen erklären konnte ich es daher erst recht nicht, geschweige denn bei irgendjemandem auf Verständnis für das Phänomen hoffen, dass der Rest der Welt einfach ausgeblendet wurde und es nur noch *Runway* gab. Und das, obwohl es der einzige Aspekt in meinem Leben war, den ich zutiefst verabscheute. Und der einzige, der zählte.

»Du, ich muss zurück zu Joey, bevor er und seine beiden Kumpels die ganze Bude zerlegen.«

»Joey? Heißt das, du bist in Larchmont? Normalerweise musst du mittwochs doch nicht auf ihn aufpassen. Ist alles okay?« Vielleicht gelang es mir ja mit diesem, wie ich fand, gelungenen Schlenker, ihn von der allzu offensichtlichen Tatsache abzulenken, dass ich geschlagene sechs Stunden an nichts als an meinen Job gedacht hatte. Er würde mir berichten, dass seine Mutter irgendwie bei der Arbeit aufgehalten worden war oder vielleicht zu einem Elternabend musste und der eigentliche Babysitter abgesagt hatte. Darüber zu meckern, war nicht seine Art, aber wenigstens würde er mir erzählen, was so los war.

»Ja, ja, alles in bester Ordnung. Meine Mom hatte bloß heute Abend eine dringende Besprechung. Andy, ich kann jetzt wirklich nicht länger reden. Ich wollte dir eine gute Nachricht mitteilen. Aber du hast nicht zurückgerufen«, sagte er tonlos.

Ich wickelte die mittlerweile aufgedröselte Telefonschnur so fest um Zeige- und Mittelfinger, dass das Blut in ihnen zu pochen begann. »Tut mir leid«, war alles, was ich herausbrachte. Ja, er hatte Recht, es war gefühlsroh von mir, dass ich ihn nicht zurückgerufen hatte, aber im Augenblick war ich zu kaputt für komplizierte Verteidigungsstrategien. »Alex, bitte. Tu mir das nicht an. Weißt du, wie lange es her ist, dass mir jemand am Telefon eine gute Nachricht erzählt hat? Bitte.« Diesem rationalen Argument würde er sich nicht verschließen, das wusste ich.

»Ach, so aufregend ist es nun auch wieder nicht. Ich habe bloß endlich alles für das Ehemaligentreffen festgemacht.«

»Was? Echt? Wir fahren also hin?« Ich hatte – wie ich mir einbildete, ganz beiläufig und nebenbei – immer mal wieder zur Sprache gebracht, ob wir nicht zusammen zum ersten Ehemaligentreffen unseres Colleges fahren sollten, aber Alex war, höchst untypisch für ihn, sehr vage geblieben und wollte sich auf nichts festlegen. Es war zwar wirklich noch reichlich früh für irgendwelche Planungen, aber die Hotels und Restaurants in Providence waren immer schon Monate im Voraus ausgebucht. Ich hatte das Thema schließlich vor ein paar Wochen fallen gelassen und mir gedacht, irgendwas würde sich schon finden, irgendwo würden wir schon unterkommen. Er aber hatte natürlich sehr wohl mitbekommen, wie schrecklich gern ich mit ihm hinfahren wollte, und alles arrangiert.

»Ja, die Sache ist geritzt. Wir haben ein Mietauto – und zwar einen Jeep – und ich habe ein Zimmer im Biltmore reserviert.«

»Im Biltmore? Machst du Witze? Da hast du ein Zimmer gekriegt? Das gibt's doch gar nicht.«

»Na ja, du hast immer gesagt, du würdest gern da absteigen, also dachte ich mir, versuchen wir's einfach. Ich hab sogar noch einen Tisch für zehn Personen zum Brunch am Sonntag im Al Forno bestellt. Das heißt, wir könnten beide unsere Leute zusammentrommeln und da ein großes Treffen veranstalten.«

»Ich pack's nicht. Und das hast du alles schon erledigt?«

»Klar. Ich hatte mich eben so darauf gefreut, dir davon zu erzählen und zu hören, wie du komplett ausflippst. Aber offensichtlich warst du zu beschäftigt, um zurückzurufen.«

»Alex, ich bin ganz aus dem Häuschen. Ich weiß gar nicht, was ich sagen soll. Es ist der Wahnsinn, ich kann's einfach nicht fassen, dass du schon alles geregelt hast. Tut mir wirklich leid wegen vorhin, aber ich freue mich schon tierisch auf Oktober. Wir werden ein tolles Wochenende haben, und das ist nur dir zu verdanken.«

Wir redeten noch ein paar Minuten weiter, und als ich auflegte, wirkte er nicht mehr ganz so vergrätzt. Dafür konnte ich kaum noch ein Glied rühren. Die Anstrengung, ihn versöhnlich zu stimmen und ihn mit genau den richtigen Worten einesteils davon zu überzeugen, dass ich ihn nicht aus Geringschätzung vergessen hatte, ihm aber auch zu versichern, wie dankbar und begeistert ich war, hatten mir das letzte Restchen Mark aus den Knochen gesogen. Keine Ahnung, wie ich es bis zum Auto und nach Hause schaffen sollte und ob ich noch ein freundliches Wort für Mr. Fisher, meinen Galliano-Portier, übrig hatte. Ich war völlig erschöpft – so restlos und total, dass es sich fast schon wieder gut anfühlte – und spürte daneben nur noch Erleichterung, dass Lilys Tür zu war und kein Licht mehr unter dem Spalt durchschien. Ich überlegte, ob ich mir noch etwas zu essen bestellen sollte, aber allein bei dem Gedanken an die Anstrengung, irgendwo eine Speisekarte und ein Telefon aufzutreiben, machte ich schon schlapp. Wieder eine Mahlzeit, die ohne mich stattfand.

Stattdessen setzte ich mich auf die bröckelige Pracht meines unmöblierten Betonbalkons und rauchte genüsslich eine Zigarette. Meine Energie reichte nicht mehr aus, um den Rauch auszupusten – ich ließ ihn einfach aus dem Mund entweichen und in der stillen Nacht vor sich hin schweben. Irgendwann ging die Tür auf, und Lily schlurfte durch den Flur. Ich machte schnell das Licht aus und blieb leise im Dunkeln sitzen. 15 Stunden Reden am Stück – für heute war es genug.

13

»Sie hat den Job«, verfügte Miranda nach ihrem Gespräch mit Annabelle – meiner zwölften Interviewpartnerin und einer von insgesamt zweien, die ich überhaupt für würdig befunden hatte, vor Miranda zu treten. Annabelle war gebürtige Französin (und sprach als solche wiederum so wenig Englisch, dass die Zwillinge ihre Antworten für mich übersetzen mussten), konnte einen Abschluss an der Sorbonne, einen hochgewachsenen, sehnigen Körper und wundervolles braunes Haar vorweisen. Außerdem hatte sie Stil. Offensichtlich schreckten sie weder Mirandas brüskes Auftreten noch die Forderung, in Stilettos zur Arbeit zu erscheinen. Sie wirkte selbst ziemlich cool und brüsk, mied tunlichst jeden direkten Blickkontakt, tat immer eine Spur gelangweilt und uninteressiert und war zutiefst von sich überzeugt. Ich war heilfroh, dass Miranda sie haben wollte – zum einen, weil ich nun nicht noch wochenlang weitere Bewerberinnen auf ihre Kindermädchentauglichkeit testen musste, und zum anderen, weil ich es als winzigkleines Zeichen dafür nahm, dass ich den Dreh allmählich raus hatte.

Welchen Dreh genau, wusste auch ich nicht sicher, aber augenblicklich lief alles so rund, wie ich es mir nur wünschen konnte. Die Garderobenbestellung hatte ich ohne allzu viele peinliche Schnitzer hinter mich gebracht. Es war zwar nicht direkt der Hit gewesen, als ich Miranda die Lieferung von Givenchy vorlegte und den Namen dabei versehentlich so aussprach, wie er sich las, was sich dann mit »Gi-Wen-Chi« eher chinesisch anhörte. Aber nachdem sie mich böse genug angefunkelt und den einen oder anderen ätzenden Kommentar von sich gegeben hatte, wurde ich über die korrekte Aussprache belehrt, und alles lief so weit ganz ordentlich, bis irgendwer ihr sagen musste, dass die Kleider von Robert Cavalli, die sie haben wollte, noch gar nicht existierten und erst in drei Wochen fertig sein würden. Auch das hatte ich souverän gemanagt, außerdem die diversen Termine für die Anproben in der Kleiderkammer mit ihrem Schneider auf die Reihe gebracht und praktisch die ganze neue Garderobe zu ihr nach Hause schaffen lassen, in jenes berühmte Ankleidezimmer, in dem locker ein normales Einzimmerapartment Platz gehabt hätte.

Die Planung für die Party war in der Zeit von Mirandas Abwesenheit weiter gediehen und lief nun seit ihrer Rückkehr wieder auf Hochtouren, aber die Panik hielt sich erstaunlich in Grenzen – wie es schien, war alles geregelt, so dass die Sache am kommenden Freitag reibungslos über die Bühne gehen konnte. Von Chanel war, während Miranda noch in Europa weilte, ein eng anliegendes, bodenlanges, mit Perlen besticktes Traumkleid in Rot geliefert worden, das ich unverzüglich an die Reinigung weiterleitete, um ihm dort den letzten Schliff verpassen zu lassen. Im Vormonat hatte ich in *Women's Wear Daily* ein ähnliches Kleid von Chanel in Schwarz gesehen; als ich Emily darauf ansprach, nickte sie bedeutungsvoll.

»40000 Dollar«, sagte sie und wackelte mit dem Kopf wie ein altes Weiblein, während sie unter »style.com«, auf Dauersuche nach Inspirationen für ihre bevorstehende Europareise mit Miranda, eine schwarze Hose anklickte.

»Vierzigtausend WAS?«

»Ihr Kleid. Das rote von Chanel. Kostet im Laden 40000 Dollar. Miranda zahlt natürlich nicht den vollen Preis, aber ganz umsonst werden sie es ihr auch nicht überlassen haben. Wahnsinn, was?«

»40000 DOLLAR?«, fragte ich noch einmal. Nicht zu fassen,

dass ich erst Stunden zuvor ein Einzelstück in Händen gehalten hatte, das dermaßen viel wert war. Unwillkürlich versuchte ich mir zu vergegenwärtigen, was das eigentlich hieß – 40 Riesen: die Studiengebühr für zwei volle Jahre College, das Grundkapital für ein neues Haus, das durchschnittliche *Jahres*einkommen einer vierköpfigen amerikanischen Familie. Oder, wenn einem gar nichts anderes einfiel, ein ganzer Berg Taschen von Prada. Aber ein einzelnes Kleid? Damit war der Gipfel erreicht, dachte ich, doch der nächste Hammer kam, als die Couture-Reinigung das Kleid zurücklieferte. In dem Umschlag mit der kalligraphisch ziselierten Aufschrift Ms. *Miranda Priestly* steckte eine sorgsam von Hand beschriebene, cremefarbene Karte:

> Art des Kleidungsstücks: *Abendkleid.* Designer: *Chanel.* Länge: *Knöchellang.* Farbe: *Rot.* Größe: 32. Beschreibung: *Perlenbesatz (Handarbeit), ärmellos, leichter U-Ausschnitt, verdeckter seitlicher Reißverschluss, schweres Innenfutter aus Seide.* Leistungen: *Erste Grundreinigung.*
> Gebühr: $ 670.

Der Rechnung war eine persönliche Mitteilung der Chefin beigefügt, die (davon war ich überzeugt) sowohl ihren Laden als auch ihre Privatwohnung von den Einkünften abbezahlte, die sie Mirandas Reinigungswahn verdankte.

> *Es war uns eine große Freude, ein so außergewöhnliches Stück in Arbeit zu haben, und wir hoffen, es wird Ihnen bei Ihrer Party im Metropolitan Museum of Art viel Vergnügen bereiten. Weisungsgemäß werden wir das Kleid am Montag, dem 24. Mai, zur Nachreinigung abholen lassen. Sollten Sie weitere Dienste von unserer Seite benötigen, lassen Sie es uns bitte wissen. Mit den besten Grüßen, Colette.*

So oder so, es war erst Donnerstag, Miranda hatte ein funkelnagelneues, frisch gereinigtes Abendkleid sorgsam in ihrem Schrank verstaut, und Emily hatte exakt die von ihr dazu gewünschten silbernen Sandalen von Jimmy Choo ausfindig gemacht. Der Hairstylist war für 17.30 zu ihr nach Hause bestellt, die Visagistin für 17.45, und Uri stand um Punkt Viertel nach sechs bereit, um Miranda und Mr. Tomlinson ins Museum zu kutschieren.

Miranda war schon unterwegs zu Cassidys Turngala, und ich hoffte ebenfalls früher aus dem Büro zu kommen. Mit dem heutigen Tag hatte Lily die letzte Prüfung für dieses Semester hinter sich, ein würdiger Anlass, um irgendwo überraschend mit ihr feiern zu gehen.

»Hey, Em, meinst du, ich könnte heute so gegen halb sieben, sieben Schluss machen? Miranda meinte, sie bräuchte das BUCH nicht, es hätte sich sowieso nichts Großartiges getan«, fügte ich noch rasch hinzu. Wieso musste ich meine gleichrangige Kollegin eigentlich um Erlaubnis bitten, wenn ich einmal schon nach zwölf statt wie üblich nach vierzehn Stunden Feierabend machen wollte?

»Äh, klar. Ja, ach, egal. Ich bin jetzt weg.« Sie checkte die Uhrzeit am Bildschirm. Kurz nach fünf. »Bleib noch ein, zwei Stunden, und dann mach dich vom Acker. Sie hat heute Abend etwas mit den Zwillingen vor, da sind wohl nicht mehr viele Telefonate zu erwarten.« Sie war mit dem Typen verabredet, den sie über Neujahr in Los Angeles kennen gelernt hatte. Er hatte es nicht nur endlich nach New York geschafft, sondern – Wunder über Wunder – auch tatsächlich angerufen. Sie wollten erst in der Craftbar etwas trinken, und wenn er sich anständig benahm, durfte er danach mit zu Nobu. Emily hatte den Tisch bereits vor fünf Wochen reserviert, als er per E-Mail seinen Besuch in New York avisierte; allerdings musste sie immer noch Mirandas Namen angeben, um überhaupt auf die Gästeliste gesetzt zu werden.

»Und, was machst du, wenn du da einläufst und ganz klar nicht Miranda Priestly bist?«, hatte ich blöd nachgefragt.

Und zur Belohnung die übliche, gekonnte Augenverdreh-tiefer-Seufzer-Kombi kassiert. »Ich sage einfach, Miranda ist heute wegen eines unerwarteten Termins nicht in der Stadt, lege eine Geschäftskarte vor und erkläre ihnen, dass ich die Reservierung für sie wahrnehmen soll. Wo ist das Problem?«

Nach Emilys Abgang rief Miranda nur noch einmal an, um mir mitzuteilen, dass sie morgen erst gegen Mittag wieder im Büro sein würde, bis dahin aber eine Kopie der Restaurantbesprechung wünschte, die sie heute »in der Zeitung« gelesen hatte. Schlau wie ich war, fragte ich nach, ob sie sich womöglich an den Namen des Restaurants oder gar der Zeitung erinnerte, in der die Besprechung gestanden hatte, aber das gefiel ihr gar nicht.

»Aan-dreh-aa, ich bin für die Turngala ohnehin schon zu spät dran. Verschonen Sie mich mit solchen Lappalien. Es war ein Asien-Restaurant, und es stand heute in der Zeitung. Das wäre alles.« Wie immer, wenn sie mich mitten im Gespräch abwürgte und ihr Motorola V60 zuklappte, malte ich mir aus, dass das Handy sich eines Tages mir nichts, dir nichts um ihre perfekt manikürten Finger schließen und sie mit einem Haps verschlingen würde, nicht ohne zuvor genüsslich jeden einzelnen ihrer makellos lackierten Nägel zu rotem Konfetti zerschreddert zu haben. Umsonst gehofft, bisher jedenfalls.

Im Geist notierte ich mir, morgen früh als Erstes dieses geheimnisvolle Restaurant ausfindig zu machen, und flitzte zum Wagen. Ich rief Lily von meinem Handy an, und sie meldete sich, als ich schon vor dem Haus stand und raufgehen wollte; also blieb ich sitzen und winkte bloß Mr. Fisher zu, der mit seiner längeren Haartracht und den zusätzlichen Zierkettchen an seiner Uniform Tag für Tag mehr nach Designer aussah.

»Na, wie sieht's aus? Ich bin's.«

»Hiiiiiii«, trällerte sie, vergnügter als seit Wochen, wenn nicht

Monaten. »Ich bin fertig. Fertig! Sommersemester erledigt, alles geschafft außer einem läppischen kleinen Exposé für die Magisterarbeit, das ich demnächst abgeben muss, aber danach kann ich das Ding zur Not noch zehnmal umarbeiten. Das heißt, ich bin frei bis Mitte Juli. Wie findest du das?« Sie schäumte schier über vor Glück.

»Super, ich freu mich so für dich! Lust auf ein Festessen? Du hast die Wahl – die Rechnung geht auf *Runway*.«

»Echt? Freie Wahl?«

»Ja. Ich stehe unten, und ich habe einen Wagen. Komm runter, und dann lassen wir's uns irgendwo so richtig gut gehen.«

»Stark!«, quiekte sie. »Ich wollte dir sowieso endlich mal lang und breit von meinem kleinen Freudianer erzählen. Der ist ja so was von schön! Eine Sekunde, dann bin ich unten. Muss mich nur noch in die Jeans werfen.«

Fünf Minuten später kam sie herausgesprintet. So fesch und aufgedreht hatte ich sie schon lange nicht mehr gesehen. Enge, ausgeblichene Boot-Cut-Jeans mit perfektem Hüftsitz, dazu eine langärmlige Folklorebluse aus fließendem Stoff und, zur Krönung, braunlederne Flip-Flops mit türkisfarbenen Perlen. Damit nicht genug! Sie hatte Make-up aufgelegt und ihre Lockenmähne ganz offensichtlich irgendwann binnen der letzten 24 Stunden einem Föhn ausgesetzt.

»Du siehst echt gut aus«, sagte ich, als sie auf die Rückbank hechtete. »Gibt's eine Geheimformel?«

»Der kleine Freudianer, was sonst. Er ist echt der Wahnsinn. Ich glaube, mich hat's schwer erwischt. Jedenfalls steht er bislang bei neun von zehn, ob du's glaubst oder nicht.«

»Also erst mal lass uns entscheiden, wo es hingehen soll. Ich hab noch nichts weiter reserviert, aber ich kann überall anrufen und tun, als wäre ich Miranda. Ganz egal, wo du willst.«

Sie trug Lipgloss auf und begutachtete sich im Rückspiegel. »Wo ich will?«, fragte sie verträumt.

»Wo du willst. Vielleicht auf einen Mojito ins Chicama?«,

schlug ich vor, wohl wissend, dass Lily am besten mit Drinks zu ködern war. »Oder ins Meet, die Cosmos da sollen echt super sein. Oder ins Hudson Hotel – vielleicht können wir da sogar draußen sitzen? Aber wenn dir eher nach Wein ist, würde ich gern mal –«

»Andy, können wir nicht ins Benihana gehen? Da wollte ich schon immer mal hin.« Sie schenkte mir einen treudoofen Blick.

»Ins Benihana? Du willst echt ins Benihana? Zu dieser Massenabfertigung, wo du neben Horden von Touristen mit plärrenden Kindern sitzen musst und arbeitslose asiatische Schauspieler dir das Essen direkt am Tisch zubereiten? Du meinst DAS Benihana?«

Sie nickte dermaßen begeistert, dass ich wohl oder übel den Fahrer nach der Adresse fragte, doch sie fuhr mir dazwischen:

»Nicht nötig, ich hab sie hier. 56. zwischen 5. und 6.«, dirigierte sie.

Mein entgeisterter Blick entging ihr offensichtlich. Meine seltsam aufgekratzte Freundin verbreitete sich glückstrahlend über den kleinen Freudianer, der so hieß, weil er Doktorand im letzten Stadium war – in Psychologie natürlich. Kennen gelernt hatten sie sich in der Low Library von Columbia, in der Studentenlounge für die höheren Semester. Sie ließ mich über keine seiner Qualitäten im Unklaren: 29 (»Viiiel reifer als die anderen, aber nicht die Spur zu alt«), gebürtig aus Montreal (»Total süßer französischer Akzent, aber klar, irgendwie doch voll amerikanisch«), nicht kurz geschoren (»Aber auch keiner von diesen ausgeflippten Pferdeschwanztypen«) und genau die richtige Stoppellänge (»Sieht aus wie Antonio Banderas mit Dreitagebart«).

Die Küchensamurais zogen ihre Schau ab, schnipselten und würfelten und warfen mit Fleischbällchen um sich, wozu Lily lachte und klatschte wie ein kleines Mädchen beim ersten Zirkusbesuch. Kaum zu glauben, dass Lily tatsächlich einen Typen gefunden hatte, den sie mochte – aber es war die einzige logische Erklärung für ihren offensichtlich euphorischen Zustand. Noch schwerer zu glauben war, dass sie angeblich noch nicht mit ihm geschlafen hatte (»Volle zweieinhalb Wochen hängen wir jetzt schon in der Uni ständig zusammen, und – nichts! Bin ich nicht gut?«). Als ich fragte, warum ich ihn bisher noch nie in unserer Wohnung gesehen hatte, lächelte sie stolz und sagte: »Zu einer Einladung ist die Zeit noch nicht reif. Wir lassen es langsam angehen.« Nach dem Essen standen wir noch vor dem Restaurant, und sie unterhielt mich mit den witzigen Geschichten, die der kleine Freudianer so auf Lager hatte – als plötzlich Christian Collinsworth aufkreuzte.

»Andrea. Die reizende Andrea. Ich muss schon sagen, es überrascht mich, dass Sie ein Fan des Benihana sind … Was würde denn wohl Miranda dazu sagen?«, neckte er mich und schlang mir einen Arm um die Schulter.

»Ich, ähm, also …« Vor lauter Stottern fiel mir überhaupt nichts mehr ein. Die Worte waren wie weggeblasen, nur einzelne Gedankenfetzen schossen mir noch durch den Kopf. *Essen im Benihana. Christian weiß Bescheid! Miranda im Benihana! Sieht hinreißend aus in seiner Bomberjacke! Merkt bestimmt, dass ich nach Benihana rieche! Kein Küsschen auf die Wange! Küsschen auf die Wange!* »Also, es ist nicht, dass, äh, dass …«

»Wir haben bloß gerade überlegt, wo wir als Nächstes hinwollen«, warf Lily ein und hielt Christian, der offenbar allein unterwegs war, wie mir erst jetzt auffiel, die Hand hin. »In der Hitze des Gefechts haben wir wohl gar nicht gemerkt, dass wir mitten auf der Straße stehen geblieben sind. Haha! Wie findest du das, Andy? Ich heiße Lily«, sagte sie zu Christian, der ihr die Hand schüttelte und sich eine Locke aus der Stirn strich, wie er es schon auf der Party so oft getan hatte. Wieder überkam mich das seltsame Gefühl, dass ich ihm stunden-, ja tagelang verzückt dabei zuschauen könnte, wie er diese eine, hinreißende Locke aus seinem Wunderwerk von Gesicht strich.

Ich starrte die beiden an, bis mir dämmerte, dass ich vielleicht irgendwas sagen sollte, aber sie schienen ganz gut allein zurechtzukommen.

»Lily«, Christian ließ sich den Klang auf der Zunge zergehen. »*Lily*. Schöner Name. Fast so schön wie *Andrea.*« Wenigstens kriegte ich es hin, nicht gleich wieder wegzuschauen. Lily strahlte wie ein Honigkuchenpferd. Ich wusste genau, was sie dachte: der Typ war nicht nur scharf und in einem interessanten Alter, sondern auch noch charmant. In ihrem Hirn arbeitete es – wollte ich etwas von ihm, Alex hin, Alex her, und falls ja, was konnte sie tun, um die Sache in Gang zu bringen? Sie fand Alex Spitze, klar, wer tat das nicht, aber es ging ihr einfach nicht in den Kopf, wie zwei so junge Menschen derart viel Zeit miteinander verbringen konnten – zumindest behauptete sie das. Aber ich wusste, dass es einzig und allein der Monogamie-Faktor war, der sie wurmte. Wenn es auch nur den Hauch einer Chance gab, dass es zwischen Christian und mir funkte, war Lily mit Feuer und Flamme dabei.

»Lily, freut mich, Sie kennen zu lernen. Ich bin Christian, ein Freund von Andrea. Stellen Sie sich immer vors Benihana, um ein Schwätzchen zu halten?« Bei seinem Lächeln spielte mein Magen Aufzug.

Lily warf ihre braunen Locken mit Schwung zurück und sagte: »Wo denken Sie hin, Christian! Wir haben gerade im Town gegessen und suchen jetzt nach einem netten Plätzchen, wo man noch was trinken kann. Haben Sie eine Idee?«

Im Town! Das war eines der schicksten und teuersten Restaurants in der Stadt. Miranda ging dorthin. Jessica und ihr Verlobter gingen dorthin. Emily laberte mir ständig die Ohren voll, wie gern sie mal dorthin wollte. Aber Lily?

»Ach, das ist ja merkwürdig«, sagte Christian, der ihr die Story offensichtlich abkaufte. »Ich war gerade mit meinem Agenten dort beim Essen. Komisch, dass ich Sie nicht gesehen habe …«

»Wir haben ganz hinten gesessen, in dem Eck hinter der Bar«, warf ich rasch ein. Offenbar gewann ich allmählich meine Fassung wieder. Und zum Glück hatte ich aufgepasst, als Emily mir auf der Suche nach einem passenden Ort für ihr Date unter »citysearch.com« das winzige Bild von der Restaurantbar gezeigt hatte.

»Mhm.« Er nickte leicht abwesend und sah dabei süßer aus denn je. »Ihr Mädels wollt also irgendwo noch was trinken?«

Ich verspürte ein unbändiges Verlangen, mir den Mief vom Benihana aus Kleidern und Haaren zu spülen, doch Lily ließ mir keine Chance. Ob Christian wohl auch merkte, dass sie uns unbedingt verkuppeln wollte? Aber nachdem er so begehrenswert und sie so wild entschlossen war, hielt ich einfach den Mund.

»Genau, wir haben eben gerade überlegt, wo. Hätten Sie einen Vorschlag? Wäre natürlich riesig, wenn Sie mitkämen«, behauptete Lily und zupfte ihn kokett am Ärmel. »Gibt's in der Gegend irgendwo was Nettes?«

»Ach, hier im Geschäftsviertel ist es mit den Bars nicht gerade weit her, aber ich treffe mich gleich mit meinem Agenten im Au Bar, wie wäre es denn damit? Er holt nur noch schnell ein paar Papiere aus dem Büro. Vielleicht würden Sie ihn ja gern kennen lernen, Andy – man weiß nie, wann man mal einen Agenten brauchen kann. Also, was halten Sie vom Au Bar?«

Lily schoss mir einen Blick Marke Nun-mach-Schon zu, der mit jedem Wimpernschlag schrie: *Er ist zum Anbeißen, Andy! Zum Anbeißen! Keinen Schimmer, wer er ist und was er macht, aber er ist scharf auf dich, also reiß dich zusammen und sag ihm, Au Bar fändest du toll!*

»Au Bar fände ich toll«, brachte ich vor, und das, obwohl ich noch nie dort gewesen war. »Passt perfekt, denke ich.«

Lily lächelte, Christian lächelte, und so zogen wir drei denn los. Christian Collinsworth und ich gingen zusammen etwas trinken. Galt das als Date? *Natürlich nicht, jetzt mach dich nicht lächerlich*, rief ich mich zur Ordnung. *Alex, Alex, Alex*, betete ich als stummes Mantra herunter – fest entschlossen, nicht zu vergessen, dass ich einen Freund hatte, der mich innig liebte, und gleichzeitig enttäuscht über mich selbst, weil ich mir eigens vornehmen musste, nicht zu vergessen, dass ich einen Freund hatte, der mich innig liebte.

Ein x-beliebiger Donnerstag, kein Feiertag stand an – trotzdem war die Türsteherbrigade hinter den Abstand heischenden Samtkordeln vollzählig versammelt. Wir drei kamen zwar problemlos hinein, aber dafür wollten sie den vollen Preis: zwanzig Piepen, bloß für den Eintritt.

Bevor ich meine Barschaft loswerden konnte, fischte Christian ein dickes Bündel Geldscheine aus der Tasche, pellte drei Zwanziger davon ab und drückte sie dem Kassierer wortlos in die Hand.

Ich wollte protestieren, aber Christian legte mir zwei Finger auf die Lippen. »Andy, Schätzchen, zerbrechen Sie sich deswegen doch nicht Ihr hübsches Köpfchen.« Und bevor ich mich seiner Berührung entziehen konnte, umschloss er mit beiden Händen mein Gesicht. Irgendwo im hintersten Winkel meines vollständig benebelten Hirns feuerten die Synapsen Warnschüsse ab, dass ein Kuss bevorstand. Ich wusste es, fühlte es kommen, und konnte mich doch nicht rühren. Er nahm die Hundertstelsekunde Zögern als Zustimmung, beugte sich vor und berührte mit den Lippen meinen Hals. Streifte ihn eigentlich nur, ganz kurz, züngelte vielleicht eine Spur, irgendwo zwischen Kinn und Ohr, aber letztlich war es, ganz klar, ein Kuss auf den Hals; dann griff er nach meiner Hand und zog mich nach drinnen.

»Christian, warten Sie! Ich, äh, ich muss Ihnen etwas sagen«, fing ich an und war mir dabei nicht ganz sicher, ob so ein völlig unerwarteter, minimaler Zungenkuss tatsächlich eine langatmige Erklärung von wegen »habe einen Freund« und »möchte keine missverständlichen Signale aussenden« erforderlich machte. Christian war offenbar nicht dieser Meinung, denn er hatte mich schon zu einer Couch in einem dunklen Eck bugsiert, wo ich Platz nehmen sollte. Was ich auch brav tat.

»Ich hole uns was zu trinken, okay? Nun schauen Sie doch nicht so bedenklich. Ich beiße nicht.« Er lachte, und ich spürte, wie ich rot wurde. »Oder wenn doch, wird es Ihnen gefallen, das verspreche ich.« Damit ließ er mich sitzen und steuerte die Bar an.

Um nicht umzukippen oder ernsthaft darüber nachdenken zu müssen, was da soeben vorgefallen war, suchte ich den finsteren, höhlenartigen Raum nach Lily ab. Wir waren noch keine drei Minuten da, und schon hatte sie einen baumlangen Schwarzen in ein intensives Gespräch verwickelt, hing förmlich an seinen Lippen und warf übermütig den Kopf zurück. Ich schlängelte mich durch die trinkfreudige Meute aus aller Herren Länder. Woher wussten die bloß, dass das hier der angesagte Schuppen für alle war, die keinen amerikanischen Pass ihr eigen nannten? Eine Gruppe männlicher Mittdreißiger plärrte irgendwas, das sich für mein Gefühl nach Japanisch anhörte, zwei Frauen führten wild gestikulierend eine hitzige Unterhaltung auf Arabisch, und ein junges, offensichtlich nicht sehr glückliches Pärchen bepfefferte sich gegenseitig mit finsteren Blicken und zornigem Gezischel, das mir Spanisch vorkam, genauso gut aber auch Portugiesisch hätte sein können. Lilys Typ hatte seine Hand schon gefährlich nahe an ihrem Hintern und war offenbar völlig hin und weg von ihr. Ich beschloss, mir den üblichen Eingangsschmus zu sparen. Schließlich hatte Christian Collinsworth meinem Hals gerade eine Mundmassage verpasst. Ohne den Typ weiter zu beachten, packte ich Lily am rechten Arm und wollte sie Richtung Couch ziehen.

»Andy! Lass das«, fauchte sie und machte sich los, lächelte den Kerl dabei aber unverwandt weiter an. »Was bist du denn so grob. Darf ich dich meinem Freund vorstellen? William, das ist meine beste Freundin Andrea. Normalerweise führt sie sich nicht so auf. Andy, das ist William.«

»Nun, darf ich fragen, warum Sie mir Ihre Freundin entführen wollen, Aan-dreh-aa?« Williams Bass brach sich an den Wänden des unterirdischen Gewölbes. An einem anderen Ort, zu einer anderen Zeit oder in anderer Begleitung wäre mir vielleicht sein warmes Lächeln aufgefallen, oder wie galant er sofort aufstand und mir seinen Stuhl anbot, aber hier und jetzt war das Einzige, was ich voll und ganz wahrnahm, sein britischer Akzent. Und es war völlig egal, dass er einem Mann gehörte, einem großen, schwarzen Mann, der weder in Form, Farbe noch Format auch nur die geringste Ähnlichkeit mit Miranda Priestly hatte. Ich hörte den Akzent, hörte den Mann meinen Namen aussprechen, *genauso wie sie*, und sofort schlug mein Puls schneller.

»William, entschuldigen Sie, es hat nichts mit Ihnen zu tun. Es gibt da bloß ein kleines Problem, und ich würde gern mit Lily kurz unter vier Augen reden. Ich bringe sie gleich wieder her.« Und damit griff ich sie mir erneut, diesmal fester, und zerrte sie mit. Schluss mit dem Scheiß: Ich brauchte meine Freundin.

Endlich hockten wir auf der Couch, die Christian mir vorher als Sitzgelegenheit zugewiesen hatte. Ich vergewisserte mich, dass er immer noch damit beschäftigt war, den Barkeeper auf sich aufmerksam zu machen (ein Hetero an der Bar – das konnte die ganze Nacht dauern), und holte tief Luft.

»Christian hat mich geküsst.«

»Na und? War er schlecht? Ach so, das ist es? Die schnellste Methode, auf der Skala von zehn auf null abzusacken –«

»Lily! Ob gut oder schlecht, was macht das schon aus?«

Sie zog die Brauen hoch und wollte etwas sagen, aber ich schnitt ihr einfach das Wort ab.

»Nicht, dass es weiter wichtig wäre, aber er hat mich auf den Hals geküsst. Das Problem ist hierbei gar nicht *wie*, sondern dass es überhaupt passiert ist. Was ist mit Alex? Ich bin nicht der Typ, der durch die Gegend läuft und sich von anderen küssen lässt, verstehst du?«

»Aber immer doch«, murmelte sie vor sich hin, dann sagte sie laut: »Andy, mach dich nicht lächerlich. Du liebst Alex, und er liebt dich, deswegen ist es doch trotzdem voll in Ordnung, wenn dir hin und wieder mal danach ist, wen anderen zu küssen. Menschenskind, du bist erst 23. Sieh das Ganze doch mal ein bisschen locker!«

»Nicht ich habe ihn geküsst... er mich!«

»Also eins muss jetzt erst mal ganz klar sein. Du erinnerst dich doch noch, als Monica damals mit Bill zugange war und das ganze Land und sämtliche Eltern und Ken Starr blitzfix zur Stelle waren, von wegen, sie hätten Sex gehabt? Das war kein Sex. Und genauso wenig geht es als ›wen küssen‹ durch, wenn ein Typ statt der Wange versehentlich deinen Hals erwischt.«

»Aber –«

»Schnauze, Schätzchen, lass mich ausreden. Was das Ganze auch war – du wolltest, dass es passiert, und nur darum geht es. Gib's zu, Andy. Du wolltest Christian küssen, egal, ob es ›falsch‹ oder ›schlecht‹ ist oder ›gegen die Regeln‹. Wenn du das nicht zugibst, belügst du dich selbst.«

»Also Lily, jetzt mal im Ernst, ich find's nicht fair, dass –«

»Andy, ich kenne dich mittlerweile seit neun Jahren – es steht dir doch ins Gesicht geschrieben. Du findest ihn absolut unwiderstehlich und hast ein schlechtes Gewissen deswegen, weil er sich nicht exakt an deine Spielregeln hält, ja? Dabei ist es vermutlich genau das, was du an ihm magst. Na los doch, genieß es. Wenn Alex der Richtige für dich ist, dann ist und bleibt er es. Und jetzt entschuldige mich bitte, ich hab nämlich den Richtigen für mich gefunden – fürs Erste jedenfalls.« Und mit einem Satz – buchstäblich – war sie hoch von der Couch und tänzelte zurück zu William, der bei ihrem Anblick bis über beide Ohren strahlte.

Es war mir irgendwie peinlich, so ganz allein auf der riesigen Samtcouch zu hocken; also hielt ich Ausschau nach Christian, aber er stand nicht mehr an der Bar. Lass dir ein bisschen Zeit, dachte ich. Es würde sich schon alles irgendwie ergeben, wenn ich bloß aufhörte, mir so viele Gedanken zu machen. Vielleicht hatte Lily ja Recht, und ich mochte Christian tatsächlich – was war daran so verkehrt? Er war nicht auf den Kopf gefallen, er war ein Wunder von Mann, und seine »Lass-mich-das-machen«-Masche fand ich einfach total sexy. Mit jemandem in der Kneipe zu hocken, der rein zufällig sexy war, galt ja wohl noch nicht als Betrug. In all den Jahren musste Alex bei der Arbeit, im Studium oder sonstwo doch auch mal das eine oder andere coole, attraktive Mädchen begegnet sein, das gewisse Gedanken in ihm wachgerufen hatte. Machte ihn das schon zum Abtrünnigen? I wo. Mit frisch gestärktem Selbstvertrauen (und getrieben von dem nunmehr verzweifelten Wunsch, Christian endlich wieder vor mir, neben mir, bei mir zu haben) stürzte ich mich ins Getümmel.

Ich fand ihn ins Gespräch mit einem graumelierten Herren von vielleicht Ende 40 vertieft, der einen überaus eleganten Anzug mit Weste trug und sein Gegenüber ernst betrachtete. Christian fuchtelte beim Reden wie wild mit beiden Händen; seinem Gesichtsausdruck nach zu schließen war er irgendwas zwischen amüsiert und bis aufs Äußerste gereizt. Aus der Entfernung konnte ich nicht hören, worum es ging, aber offenbar starrte ich so gespannt zu den beiden hin, dass der Ältere auf mich aufmerksam wurde und mir zulächelte. Christian stutzte leicht, folgte seiner Blickrichtung und gewahrte mich.

»Andy, Schätzchen«, sagte er in völlig anderem Ton als noch wenige Minuten zuvor. Offenbar bereitete ihm der Rollenwechsel vom Verführer zum väterlichen Freund keinerlei Schwierigkeiten. »Kommen Sie, ich möchte Ihnen einen Freund von mir vorstellen. Das ist Gabriel Brooks, mein Agent, Manager und Rundumheld. Gabriel, das ist Andrea Sachs, sie arbeitet derzeit für *Runway*.«

»Freut mich, Sie kennen zu lernen, Andrea«, sagte Gabriel und nahm meine Hand auf diese ätzend behutsame Art und

Weise, die mir klar machen sollte, dass ich kein Kerl war, sondern bloß ein zartes Vögelchen, dem ein ordentlicher Händedruck sämtliche Knochen brechen würde. »Christian hat mir schon viel von Ihnen erzählt.«

»Ach ja?«, sagte ich und drückte ein bisschen fester zu, mit dem Erfolg, dass sein Griff noch lascher wurde als ohnehin schon. »Nur Gutes, will ich hoffen.«

»Gewiss doch. Wie ich höre, sind Sie ebenfalls ein aufstrebendes Talent in der schreibenden Zunft, gleich unserem gemeinsamen Freund hier?« Er lächelte.

Erstaunlich – offenbar hatte Christian tatsächlich mit ihm über mich gesprochen; unsere damalige Unterhaltung zum Thema Schreiben war für mich eigentlich nicht mehr als Smalltalk gewesen. »Ja, na ja, ich schreibe sehr gerne, und hoffe natürlich eines Tages –«

»Wenn Sie bloß halb so gut sind wie der eine oder andere, den ich über ihn bekommen habe, dann freue ich mich schon darauf, Ihre Arbeiten zu lesen.« Aus einer seiner Innentaschen kramte er ein Ledereetui heraus und entnahm ihm eine Visitenkarte. »Im Augenblick ist es für Sie noch zu früh, ich weiß, aber wenn Sie so weit sind, jemandem Ihre Sachen vorzulegen, kommen Sie hoffentlich auf mich zurück.«

Ich brauchte jedes Restgramm an Willenskraft und innerer Stärke, damit mir nicht die Kinnlade herunterfiel oder die Knie den Dienst versagten. *Kommen Sie hoffentlich auf mich zurück?* Der Mann, der Christian Collinsworth, den literarischen Wunderknaben schlechthin, vertrat, hatte soeben seiner Hoffnung Ausdruck verliehen, ich würde auf ihn zurückkommen. Der helle Wahnsinn.

»O danke«, krächzte ich und verstaute die Karte in meiner Tasche (bei erster Gelegenheit würde ich sie wieder hervorholen und von oben bis unten unter die Lupe nehmen). Die beiden lächelten mir freundlich zu; nach ungefähr einer Minute begriff ich, dass damit für mich das Zeichen zum Aufbruch gegeben war. »Ja dann, Mr. Brooks, äh, Gabriel, hat mich wirklich sehr gefreut, Sie kennen zu lernen. Ich muss mich allmählich auf den Heimweg machen, aber hoffentlich laufen wir uns bald wieder einmal über den Weg.«

»Die Freude ist ganz meinerseits, Andrea. Nochmals Glückwunsch zu diesem fantastischen Haupttreffer. Vom College direkt zu *Runway*. Das ist wirklich nicht ohne.«

»Ich begleite Sie noch hinaus«, sagte Christian, nahm mich beim Ellbogen und bedeutete Gabriel, er werde gleich zurück sein.

Wir machten kurz an der Bar Halt, wo Lily mir zwischen zwei stürmischen Liebesbezeugungen von William zu meiner geringen Überraschung mitteilte, ich dürfe gern allein nach Hause fahren. Am Fuß der Treppe, die zur Straße hinaufführte, küsste Christian mich auf die Wange.

»Schön, dass wir uns heute so zufällig getroffen haben. Und jetzt werde ich mir wohl von Gabriel die Lobhudeleien über Sie anhören dürfen.« Er grinste.

»Wir haben doch keine zwei Worte miteinander gewechselt.« Warum kleisterte mich bloß jeder so mit Komplimenten zu?

»Richtig, Andy, aber Ihnen ist offensichtlich nicht klar, dass die Welt der Autoren eine kleine ist. Ob Sie nun Krimis oder Features oder normale Zeitungsartikel schreiben – jeder kennt jeden. Dass Potenzial in Ihnen steckt, erschließt sich für Gabriel schlicht und einfach daraus, dass Sie einen Job bei *Runway* ergattert haben, dass Sie sich verständlich und intelligent ausdrücken können und, okay, zum Teufel, mit mir befreundet sind. Was hat er schon zu verlieren, wenn er Ihnen seine Karte gibt? Mit etwas Glück hat er die nächste Bestsellerautorin an Land gezogen. Und so viel steht fest – Gabriel Brooks zu kennen kann nie schaden.«

»Hmmm, wahrscheinlich haben Sie Recht. Sei's, wie es sei, ich muss jetzt nach Hause – schließlich soll ich in ein paar Stunden wieder auf der Matte stehen. Danke für alles. Ich weiß es wirklich zu schätzen.« Ich reckte mich hoch, um ihn auf die Wange zu küssen; halb wartete ich darauf, dass er mir sein Gesicht ganz zuwandte, halb wünschte ich es mir. Aber er beließ es bei einem Lächeln.

»Es war mir weit mehr als nur ein Vergnügen, Andrea Sachs. Ich wünsche Ihnen eine gute Nacht.« Und bevor mir auch nur eine halbwegs intelligente Replik einfiel, war er schon auf dem Weg zurück zu Gabriel.

Ich verdrehte die Augen in Selbstanklage und begab mich auf Taxisuche. Es hatte angefangen zu regnen – kein Wolkenbruch, bloß ein leichtes Dauernieseln – und logisch, waren schon sämtliche Taxis in Manhattan besetzt. Also rief ich beim Chauffeurdienst von Elias-Clark an, gab ihnen meine VIP-Nummer, und genau sechs Minuten später hielt ein Wagen mit quietschenden Reifen vor mir am Bürgersteig. Ich hatte eine Botschaft von Alex auf der Mailbox: Er wollte wissen, wie mein Tag so verlaufen war, und ließ durchblicken, dass er den ganzen Abend zu Hause sein und Stundenpläne schreiben würde. Wann hatte ich ihn das letzte Mal mit irgendwas überrascht? Höchste Zeit für eine spontane Aktion, auch wenn sie Aufwand erforderte. Der Fahrer erklärte sich bereit, so lange wie nötig zu warten, also sprintete ich nach oben, sprang unter die Dusche, gab fünf Minuten Föhnzeit zu und haute in Windeseile das Zeug für den kommenden Tag in eine Tasche. Nach elf war fast kein Verkehr mehr, also schafften wir es in weniger als einer Viertelstunde bis nach Brooklyn. Alex wirkte aufrichtig erfreut, sagte wieder und wieder, er könne es gar nicht fassen, dass ich so spät unter der Woche noch den ganzen Weg bis zu ihm auf mich genommen hätte, und das sei die schönste Überraschung, die er sich nur vorstellen könne. Und als ich später da lag, den Kopf auf seiner Brust, an meiner Lieblingsstelle, und dem Rhythmus seines Atems lauschte, während er mit meinen Haaren spielte und im Fernsehen *Conan* lief, dachte ich fast überhaupt nicht mehr an Christian.

»Äh, hi. Könnte ich bitte mit der Redakteurin für ›Essen und Trinken‹ sprechen? Nein? Okay, dann vielleicht mit einer Assistentin oder irgendwem sonst, der mir sagen kann, wann genau eine bestimmte Restaurantkritik erschienen ist?« Diese Tante in der Telefonzentrale der *New York Times* war ein echter Drachen. Sie hatte abgehoben, »Was?« in den Hörer gebellt und tat nun so, als sprächen wir verschiedene Sprachen (was durchaus sein mochte). Doch meine Hartnäckigkeit zahlte sich aus; ich fragte die Ziege dreimal nach ihrem Namen (»Wir nennen hier keine Namen, Lady«), drohte mich bei ihrem Vorgesetzten zu beschweren (»Was? Glauben Sie, den kümmert das? Ich kann Sie gerne mit ihm verbinden«) und schwor schließlich Stein und Bein, persönlich in ihrem Büro am Times Square aufzukreuzen und alles in meiner Macht Stehende zu veranlassen, damit sie auf der Stelle gefeuert würde (»Ach wirklich? Da fürchte ich mich aber«). Zum Schluss wurde sie es leid und stellte mich zu irgendwem durch.

»Redaktion«, schnauzte eine weitere, genervt klingende Frauenstimme. Ob ich mich bei Miranda am Telefon wohl auch so anhörte? Falls nicht, wollte ich gern darauf hinarbeiten. So unmissverständlich darauf gestoßen zu werden, welche Zumutung der Anruf bedeutete, war dermaßen frustrierend, dass ich am liebsten sofort wieder aufgelegt hätte.

»Hi, ich hätte nur eine kurze Frage«, sprudelte ich verzweifelt los, bevor sie den Hörer auf die Gabel knallen konnte. »Sind bei Ihnen in der gestrigen Ausgabe irgendwelche Kritiken von Asien-Restaurants erschienen?«

Sie seufzte auf, als hätte ich von ihr verlangt, ein Bein für wissenschaftliche Zwecke zur Verfügung zu stellen. Noch ein Seufzer. »Haben Sie es online versucht?« Seufzer Nummer drei.

»Ja, ja, natürlich, aber da konnte ich –«

»Wenn wir eine produziert haben, dann steht sie da drin. Ich kann mir schließlich nicht jedes Wort merken, das in der Zeitung vorkommt.«

Jetzt war die Reihe an mir, tief Luft zu holen. Ich versuchte, Ruhe zu bewahren. »Die liebenswürdige Dame in der Zentrale hat mich mit Ihnen verbunden, da Sie in der Archivabteilung tätig sind. Und damit zuständig für die Registrierung jedes einzelnen Wortes, wie ich doch annehmen möchte.«

»Hören Sie, wenn ich jeder vagen Beschreibung auf den Grund gehen soll, die ich hier Tag für Tag von Hinz und Kunz geliefert kriege, dann käme ich zu nichts anderem mehr. Sie müssen es einfach online versuchen.« Zwei weitere tiefe Seufzer. Hoffentlich fing sie nicht gleich an zu hyperventilieren.

»Nichts da, jetzt hören *Sie* mir mal eine Minute zu«, legte ich los; dieser faulen Schnepfe, die auf ihrem Posten im Gegensatz zu mir eine mehr als ruhige Kugel schob, würde ich es zeigen. »Ich rufe aus dem Büro von Miranda Priestly an, und zufällig –«

»Entschuldigung, sagten Sie, Sie rufen aus dem Büro von Miranda Priestly an?« Ich hörte förmlich, wie ihre Lauscher sich aufrichteten. »Miranda Priestly… vom Magazin *Runway*?«

»Eben die. Warum? Mal von ihr gehört?«

Und nun vollzog sich an ihr die wundersame Wandlung von der missachteten grauen Assistentenmaus zur verzückten Modesklavin. »Von ihr gehört? Wie denn nicht? Gibt es irgendwen, dem der Name Miranda Priestly nichts sagt? Die maßgebliche Frau in der Modebranche? Was sagten Sie noch, wonach sucht sie?«

»Nach einer Besprechung. Gestern in der Zeitung. Ein Asien-Restaurant. Online habe ich nichts gefunden, aber vielleicht war ich ja nicht gründlich genug.« Das war geschwindelt. Ich hatte es gecheckt und war mir ziemlich sicher, dass die *New York Times* in der ganzen letzten Woche kein einziges Asien-Restaurant besprochen hatte, aber das wollte ich ihr nicht auf die Nase binden. Vielleicht konnte unsere kleine Grau-raus-Mode-rein-Maus ja ein Wunder wirken.

Außer bei der *Times* hatte ich es schon bei der *Post* und der *Daily News* probiert, aber ohne Erfolg. Nach Eingabe der Nummer von Mirandas Firmenkreditkarte war mir darüber hinaus Zugang zu den gebührenpflichtigen Archiven des *Wall Street Journal* gewährt worden, wo ich tatsächlich eine Kurzbesprechung über ein neues Thai-Restaurant im Village fand, das ich jedoch sofort wieder streichen musste, als ich feststellte, dass die Hauptgerichte durchschnittlich nur sieben Dollar kosteten und »citysearch.com« es unter »preiswert« auflistete.

»Ja, klar, bleiben Sie bloß eine Sekunde dran. Ich sehe gleich mal für Sie nach.« Und mit einem Mal tippte unser kleines Fräulein Kann-mir-schließlich-nicht-jedes-Wort-aus-der-Zeitung-Merken eifrig auf der Tastatur herum und summte uns zweien dazu vergnügt was vor.

Mir brummte noch der Schädel von den Strapazen der Nacht. Es hatte Spaß gemacht, Alex zu überraschen, und es war erstaunlich entspannend gewesen, einfach faul bei ihm in der Wohnung herumzuhängen, aber zum ersten Mal seit vielen, vielen Monaten konnte ich nicht einschlafen. Wieder und wieder quälten mich Gewissensbisse und die Erinnerung daran, wie Christian mich auf den Hals geküsst und ich Alex nichts davon erzählt hatte. Je häufiger ich mir all die Gedanken aus dem Kopf zu schlagen versuchte, desto intensiver kehrten sie zu mir zurück. Als ich zum Schluss endlich doch einschlief, träumte ich, dass Alex bei Miranda als Kindermädchen arbeitete und – anders als die realen Angestellten – auch bei ihr wohnen musste. Wenn ich ihn in meinem Traum sehen wollte, musste ich jedes Mal mit Miranda zusammen heimfahren und ihn in ihrer Wohnung besuchen. Dabei nannte sie mich hartnäckig Emily und trug mir irgendwelchen Mumpitz auf. Bis zum Morgengrauen war Alex Mirandas Zauber erlegen und verstand nicht mehr, was ich an ihr so schlimm fand, und, übler noch, hatte Miranda sich Christian geangelt. Gott sei Dank fuhr ich irgendwann mit einem Ruck aus diesem Albtraum hoch, der damit endete, dass Miranda, Christian und Alex sonntagmorgens in teuren Bademänteln um den Tisch saßen, die *Times* lasen und sich köstlich amüsierten, derweil ich das Frühstück herrichtete, servierte und wieder abräumte. Mein Nachtschlaf war also ungefähr so entspannend gewesen wie ein Solospaziergang durch die Bronx um vier Uhr morgens, und jetzt machte mir diese Restaurantbesprechung auch noch das letzte Fünkchen Hoffnung auf einen stressfreien Freitag zunichte.

»Hm, nein, also wir haben in letzter Zeit tatsächlich nichts über Asien-Restaurants gebracht. Ich versuche nur gerade mich persönlich zu erinnern, ob es irgendwelche neuen schicken Adressen für Asien-Küche gibt. Also ich meine solche, die für Miranda eventuell in Frage kämen?« Es klang, als wollte sie die Unterhaltung unter allen Umständen am Laufen halten.

Ich dagegen wollte dieses Mäuschen schleunigst aus der Leitung haben und sparte mir daher jeden Kommentar zu ihrem vertraulichen »Miranda«. »Okay, gut, das habe ich mir schon gedacht. Aber vielen Dank jedenfalls, das war sehr nett von Ihnen. Wiederhören.«

»Warten Sie!« Sie klang so dringend, dass ich den Hörer wieder Richtung Ohr hob. »Ja?«

»Äh, also, ich wollte nur sagen, falls es irgendwie sonst noch was gibt, was ich oder einer von den anderen hier tun kann, dann rufen Sie einfach an, ja? Wir sind alle große Bewunderer von Miranda, und wir würden, äh, gern helfen, wo wir nur können.«

Man hätte meinen können, die First Lady der Vereinigten Staaten wäre soeben an die verkappte Modemaus im Redaktionsarchiv mit dem Ansinnen herangetreten, für den Präsidenten einen Artikel mit entscheidenden Informationen bezüglich eines unmittelbar bevorstehenden Kriegs herauszusuchen – und nicht etwa irgendeine Besprechung irgendeines Restaurants in irgendeiner Zeitung. Das Traurigste daran war: Ich hatte von Anfang an gewusst, dass sie zu Kreuze kriechen würde.

»Okay, ich richte es aus, ganz bestimmt. Recht herzlichen Dank.«

Emily sah von einer weiteren Spesenabrechnung auf und fragte: »Wieder kein Glück?«

»Null. Mir ist schleierhaft, wovon sie redet, und dem Rest der Stadt offenbar auch. Ich habe von jeder Zeitung in Manhattan, die sie liest, jemanden am Apparat gehabt, habe im Internet gesucht, mit Leuten vom Archiv, mit Restaurantkolumnisten und mit Köchen gesprochen. Kein Einziger kann sich erinnern, dass in der letzten Woche ein entsprechendes Asien-Restaurant aufgemacht hätte, geschweige denn innerhalb der letzten 24 Stunden besprochen worden wäre. Sie hat sie ganz einfach nicht mehr alle. Und was jetzt?« Ich ließ mich wieder auf den Stuhl fallen und band mein Haar zum Pferdeschwanz zusammen. Noch nicht mal neun Uhr morgens, und die Kopfschmerzen strahlten schon bis in Hals und Schultern aus.

»Ich schätze«, teilte sie mir gemessen mit, »du wirst bei ihr nachfragen müssen.«

»O nein, bloß nicht! Wie wird sie nur reagieren?«

Wie üblich prallte mein Sarkasmus an Emily wirkungslos ab. »Sie kommt gegen Mittag. Ich an deiner Stelle würde mir vorher genau überlegen, was ich sage, denn sie wird ungemütlich werden, wenn du die Besprechung bis dahin nicht hast. Vor allem, nachdem du schon seit gestern Abend davon weißt«, rieb Emily mir mit kaum verhohlenem Lächeln unter die Nase. Sie freute sich offensichtlich diebisch auf die Abreibung, die mir bevorstand.

Außer Warten blieb mir nicht viel zu tun. Zu meinem Glück – oder auch nicht – absolvierte Miranda derzeit die allmonatliche Marathonsitzung bei ihrem Seelenklempner (»Sie hat einfach nicht die Zeit, jede Woche extra da rüberzufahren«, lautete Emilys Erklärung auf meine Frage, warum sie sich drei Stunden am Stück antat): der einzige Block des gesamten 24-Stunden-Tags, in dem sie garantiert nicht bei uns anrufen würde – und ich genau das natürlich eben jetzt hätte brauchen können. Der Berg von ungeöffneter Post, der sich in den letzten zwei Tagen auf meinem Schreibtisch angesammelt hatte, war akut vom Einsturz bedroht und würde sich im Fall des Falles auf die Schmutzwäsche ergießen, die ebenfalls seit zwei Tagen darauf wartete, von meinen Füßen weg zur Reinigung zu kommen. Ein Riesenseufzer, um alle Welt wissen zu lassen, wie dreckig es mir ging, dann wählte ich die Nummer der Saubermänner.

»Hi Mario, ich bin's. Ja, weiß schon – lange nichts mehr hören lassen. Schickt ihr mir bitte jemanden zum Abholen? Super. Danke.« Ich legte auf und zwang mich, mir ein paar Teile auf den Schoß zu laden, durchzusortieren und auf der entsprechenden Computerliste unter »Ausgang« zu vermerken. Wenn Miranda abends um Viertel vor zehn anrief und wissen wollte, wo sich ihr neues Chanel-Kostüm befand, musste ich lediglich das Dokument öffnen, um ihr mitzuteilen, dass es gestern hinausgegangen war und morgen zurückerwartet wurde. Ich tippte die Ladung für heute ein (eine Bluse von Missoni, zwei identische Hosen von Alberta Ferretti, zwei Pullover von Jil Sander, zwei weiße Schals von Hermès und ein Burberry-Trenchcoat), stopfte sie in eine Einkaufstüte mit dem Logo von *Runway* und ließ sie von einem Boten nach unten bringen, wo die Reinigungsfuzzis sich ihrer annehmen würden.

Was war ich doch gut! Obwohl ich es nun wirklich oft genug machen musste, fand ich es nach wie vor widerlich, in anderer Leute schmutziger Wäsche herumzuwühlen. Nach dem täglichen Sortieren und Eintüten rochen meine Hände immer durchdringend nach Miranda – eine Mischung aus Bulgari und Feuchtigkeitslotion, gelegentlich angereichert mit einer Brise Zigarettenrauch von BTB und insgesamt gar nicht mal so unangenehm – trotzdem wurde mir regelmäßig schlecht davon, bis ich es abgewaschen hatte. Britischer Akzent, Parfüm von Bulgari, weiße Seidenschals – um nur einige der schlichteren Freuden des Lebens zu nennen, die für mich auf Dauer ruiniert waren.

In der Post war das Übliche: zu 99 Prozent Schrott, den Miranda gar nicht erst zu Gesicht bekam. Alles mit der allgemeinen Anschrift »Chefredaktion« wanderte direkt in die Abteilung für Leserbriefe; allerdings waren mittlerweile viele Leser auf den Trichter gekommen und adressierten ihre Post direkt an Miranda. Ich brauchte durchschnittlich vier Sekunden, um einen Schrieb zu überfliegen und zu entscheiden, ob es sich um einen Leserbrief an die Herausgeberin (weg damit), um die Einladung zu einem Wohltätigkeitsball oder um eine kurze Meldung einer lange verschollenen Freundin handelte. Heute waren es ganze Tonnen, die in den Papierkorb wanderten: atemloses Geschwurbel von Teenagern und Hausfrauen, sogar ein paar Schwule waren darunter (oder, wir wollen ja nicht unfair sein, vielleicht auch schlicht besonders modebewusste Heteros): »Miranda Priestly, Sie sind nicht nur der Liebling der Modewelt, sondern auch die Königin in meiner Welt!«, schmachtete einer. »Welch waghalsige, aber geniale Entscheidung, den Artikel ›Rot – das neue Schwarz‹ in die Aprilausgabe aufzunehmen – ich stehe ganz auf Ihrer Seite!«, verkündete ein anderer. Ein paar Schreiber geiferten über eine angeblich sexuell anstößige Reklame von Gucci, die zwei Frauen mit hochhackigen Schuhen und Strapsen eng aneinandergeschmiegt auf einem zerwühlten Bett zeigte, wieder andere zeigten sich empört angesichts der ausgemergelten Models mit tief in den Höhlen liegenden Augen, die – sorgfältig auf heroinsüchtig zurechtgemacht – den *Runway*-Artikel über Gesundheitstipps illustrierten. Eine Standardpostkarte war auf der einen Seite in verschnörkelten Lettern an Miranda Priestly adressiert und stellte auf der Rückseite die simple Frage: »Warum? Warum produzieren Sie ein so langweiliges, blödes Magazin?« Ich lachte laut auf und steckte die Karte in meine Tasche; meine Sammlung von kritischen Zuschriften und Postkarten wuchs und wuchs – bald würde kein Platz mehr an der Kühlschranktüre sein. Lily fand, mit den negativen Gedanken und feindseligen Äußerungen anderer brächte ich böses Karma ins Haus; ich vermochte sie einfach nicht davon zu überzeugen, dass alles böse Karma, das ursprünglich gegen Miranda gerichtet war, mich nur glücklich machen konnte.

Bevor ich mich an die zwei Dutzend Einladungen machte, die Miranda jeden Tag erhielt, nahm ich den letzten Brief des massiven Stapels zur Hand: eindeutig die runde, geschwungene Schrift eines Teenagermädchens, mit Herzchen statt I-Punkten und Smileys hinter fröhlichen Sätzen. Ich wollte ihn, wie alle anderen auch, nur überfliegen, doch er sperrte sich dagegen, war zu unmittelbar in seiner Traurigkeit und Ehrlichkeit; mit Herzblut geschrieben, ein einziges Flehen. Die ersten vier Sekunden waren verstrichen, und ich las immer noch.

Liebe Miranda,

ich heiße Anita und bin 17 Jahre alt und besuche die letzte Klasse der Barringer High School in Newark, NJ. Ich schäme mich so für meinen Körper, auch wenn mir jeder sagt, ich wäre nicht fett. Ich möchte wie die Models in Ihrem Magazin aussehen. Jeden Monat warte ich darauf, dass endlich die neue Runway *bei der Post dabei ist. Meine Mama findet es blöd, dass ich mein ganzes Taschengeld für ein Modemagazin ausgebe. Sie versteht nicht, wovon ich träume, aber Sie verstehen es, oder? Ich träume davon, seit ich ein kleines Mädchen bin, aber ich glaube nicht, dass es noch was wird. Warum nicht, fragen Sie? Meine Brüste sind ganz flach und mein Hintern ist größer als der bei Ihren Models, und deswegen komme ich mir so peinlich vor. Ich frage mich, will ich so leben, und dann sage ich NEIN!, weil ich mich ändern will und besser aussehen und mich besser fühlen will und deswegen frage ich Sie um Hilfe. Ich will mich zum Positiven ändern und in den Spiegel gucken und finden, dass ich einen Superbusen und einen Superhintern habe, weil sie genauso aussehen wie die im besten Magazin der Welt!*

Miranda, ich weiß, dass Sie ein wunderbarer Mensch und eine wunderbare Herausgeberin sind und dass Sie mich zu einem neuen Menschen machen könnten, und glauben Sie mir, dafür wäre ich Ihnen ewig dankbar. Aber falls Sie keinen neuen Menschen aus mir machen können, könnten Sie mir dann vielleicht ein richtig, richtig, richtig schönes Kleid für besondere Anlässe besorgen? Ich hatte noch nie ein Date, aber meine Mama sagt, Mädchen können auch alleine ausgehen, und das werde ich auch. Ich habe ein Kleid, aber das ist schon alt und kein Designerkleid oder sonst was, das so bei Runway *zu sehen ist. Meine liebsten Designer sind 1) Prada, 2) Versace und 3) John Paul Gotier. Ich finde viele toll, aber das sind meine drei Favoriten. Ich habe keine Kleider von ihnen und auch noch nie welche im Laden gesehen (ich weiß nicht, ob es die irgendwo in Newark zu kaufen gibt, aber falls Sie etwas wissen, schreiben Sie es mir bitte, dann kann ich hingehen und sie mir aus der Nähe ansehen), aber ich kenne sie aus* Runway *und finde sie echt supersuperschön.*

Ich will Sie jetzt nicht länger belästigen, aber ich wollte Ihnen noch sagen, auch wenn Sie diesen Brief in den Müll schmeißen, ich bin trotzdem weiter ein großer Fan von Ihrem Magazin, weil ich die Models und die Kleider und alles einfach ganz toll finde, und Sie natürlich auch.

Mit besten Grüßen
Anita Alvarez

P.S. Meine Telefonnummer ist 973-555-3948. Sie können zurückschreiben oder anrufen, aber bitte vor der Woche vom 4. Juli, bis dahin brauche ich nämlich ganz unbedingt ein schönes Kleid. SIE SIND SOOO LIEB!! Vieeeelen Dank!!!

Der Brief roch intensiv nach Jean Naté, dem Eau-de-Toilette-Spray, das sich landauf, landab bei Mädchen unter 13 großer Beliebtheit erfreute. Aber nicht deswegen schnürte es mir Brust und Hals zu. Wie viele Anitas gab es wohl da draußen? Junge Mädchen, deren Leben so leer war, dass sie ihren Wert, ihr Selbstvertrauen, ihre ganze Existenz an den Kleidern und Models von *Run-*

way maßen? Wie viele andere waren noch der Frau verfallen, die Monat für Monat jene verführerische Fantasiewelt in Szene setzte – und dabei ihre Bewunderung nicht wert war, keine Sekunde lang? Wie viele Mädchen ahnten nicht, dass das Objekt ihrer Verehrung eine einsame, zutiefst unglückliche und grausam veranlagte Person war, die ihre unschuldige Zuneigung und Aufmerksamkeit nicht im Geringsten verdiente?

Am liebsten hätte ich geweint, um Anita und all ihre Freundinnen, die so verzweifelt bemüht waren, sich zu Models wie Shalom oder Stella oder Carmen umzugestalten – und damit Eindruck oder geschmeicheltes Wohlwollen bei einer Frau zu schinden, die ihre Briefe mit einem Augenrollen, einem Achselzucken quittierte und fortwarf, ohne einen Gedanken zu verschwenden an das Mädchen, das damit ein Stück seines Innersten offenbart hatte. Ich verstaute den Brief in meiner obersten Schreibtischschublade und gelobte mir feierlich, irgendetwas für Anita auf die Beine zu stellen. Sie klang noch verzweifelter als die anderen, die Ähnliches schrieben, und unter all dem, was hier nutzlos herumlag, würde sich doch wohl ein anständiges Kleid für das Date finden, das ihr hoffentlich bald bevorstand.

»Hey, Em, ich gehe schnell runter zum Zeitungsstand und schaue nach, ob die neue *Women's Wear* da ist. Gott, ist das schon spät. Willst du irgendwas?«

»Kannst du mir eine Cola Light mitbringen?«

»Klar. Bin gleich wieder da«, versprach ich und schlängelte mich flink zwischen den Kleiderständern hindurch zum Aufzug, wo ich Jessica und James zuhörte, die sich eine Zigarette teilten und mutmaßten, wer wohl abends bei Mirandas Party im Met dabeisein würde. Ahmed hatte zu meiner Erleichterung endlich ein Exemplar von *Women's Wear Daily* parat; dazu schnappte ich mir die bestellte Cola Light. Die Dose Pepsi für mich tauschte ich nach kurzem Überlegen gegen eine zweite Cola Light ein. Der bessere Geschmack wog die missbilligenden Blicke und

Kommentare, die ich mir dafür auf allen Fluren einhandeln würde, nicht auf.

Ich war so in die Betrachtung des farbigen Titelfotos von Tommy Hilfiger vertieft, dass ich gar nicht bemerkte, wie eine Fahrstuhltür aufging. Aus dem Augenwinkel stach mir etwas Grünes ins Auge, ein Grün der besonderen Art – vor allem deshalb, weil meine verehrte Chefin ein Chanel-Kostüm in genau diesem grünlichen Tweed-Ton besaß: eine Farbe, wie ich sie so vorher noch nie gesehen hatte, die mir aber ungeheuer gefiel. Wider besseres Wissen hob ich den Blick und war nicht weiter überrascht, als er tatsächlich auf Miranda traf. Sie stand bolzengerade im Aufzug, das Haar wie üblich straff aus dem Gesicht gekämmt, und musterte eingehend meine vermutlich entsetzte Miene. Mir blieb keine andere Wahl, als mich in die Höhle der Löwin zu begeben.

»Äh, guten Morgen, Miranda«, brachte ich heraus, aber es klang eher geflüstert. Die Türen schlossen sich hinter uns: die nächsten 17 Stockwerke waren wir ganz allein. Ohne ein Wort zog sie ihren ledernen Terminplaner heraus und blätterte darin herum. Mit jeder Sekunde, die wir Seite an Seite dastanden und ihre Antwort auf sich warten ließ, wurde das Schweigen tiefer und lastender. *Ob sie mich überhaupt erkennt?* Konnte es sein, dass ihr meine Anwesenheit im Büro als ihre persönliche Assistentin während der letzten sieben Monate vollständig entgangen war? Oder hatte ich am Ende tatsächlich zu leise geflüstert für ihr Ohr? Warum fragte sie mich nicht sofort nach der Restaurantbesprechung und ob ich ihre Botschaft wegen der Bestellung des neuen Porzellans bekommen habe und ob für die Party am Abend alles bereit sei? Sie benahm sich, als befände sich in dieser kleinen Kabine außer ihr kein weiteres menschliches Wesen – jedenfalls keines, das sie ihrer Aufmerksamkeit für Wert befand.

Nach ungefähr einer Minute merkte ich endlich, dass der Aufzug sich seit meinem Eintritt noch keinen Millimeter gerührt hatte. O mein Gott! Sie hatte mich also sehr wohl wahrgenommen – und war offensichtlich davon ausgegangen, dass ich auf den Knopf drücken würde; stattdessen war ich zur Salzsäule erstarrt. Wie das Kaninchen vor der Schlange streckte ich jetzt einen Finger aus und tippte behutsam auf die 17, jeden Moment auf einen Zornausbruch gefasst. Doch außer dass wir unverzüglich in die Höhe schossen, geschah nichts; offenbar hatte sie gar nicht bemerkt, dass wir bis dahin noch nicht von der Stelle gekommen waren.

Fünf, sechs, sieben … Die Zeit dehnte sich schier endlos; dazu noch die Stille, die mir in den Ohren dröhnte. Schließlich nahm ich allen Mut zusammen – und musste, als ich in Mirandas Richtung sah, feststellen, dass sie mich von oben bis unten musterte. Gänzlich unverhohlen ließ sie ihren Blick von meinen Schuhen über die Hose bis zur Bluse und weiter über Gesicht und Haar wandern, ohne mir je in die Augen zu sehen. Ihre Miene signalisierte den unbeteiligten Ekel abgebrühter Polizisten in Krimiserien beim Anblick des zigsten übel zugerichteten, blutüberströmten Leichnams. Ich ließ mich kurz vor mir selbst Revue passieren: Woran konnte es haken? Kurzärmlige Bluse im Military-Look, eine brandneue Seven-Jeans, gratis von der PR-Abteilung, bloß weil ich bei *Runway* arbeitete, und ein Paar schwarze, mit fünf Zentimetern Absatz relativ flache Sandaletten – bis dato das einzige Schuhwerk, das weder Stiefel, Turnschuh noch Loafer war und mich vier oder mehr Ausflüge pro Tag zu Starbucks überstehen ließ, ohne dass meine Füße in Fetzen hingen. Normalerweise bemühte ich mich schon, die Jimmy Choos zu tragen, die ich von Jeffy hatte, aber ungefähr einmal pro Woche schrien meine gemarterten Fußgewölbe nach einer Pause. Mein Haar war frisch gewaschen und zu dem gleichen kunstvoll nachlässigen Knoten zusammengesteckt, den Emily ständig ebenso stumm wie beredt zur Schau trug, und meine Nägel waren zwar nicht lackiert, aber dafür schön lang und in halbwegs ansehnlicher Form. Die letzte Achselrasur hatte vor weniger als 48 Stunden stattgefunden. Beim letzten Gesichtscheck waren keine größeren Auswucherungen zu entdecken gewesen. Das Zifferblatt meiner Armbanduhr von Fossil zeigte nach innen – für den Fall, dass jemand versuchte, mit einem Blick die Marke zu erkennen. Zur Sicherheit tastete ich mit der Rechten noch kurz ab, ob irgendwo ein BH-Träger hervorguckte. Negativ. Was also war es? Warum, verdammt, schaute sie mich so an?

Zwölf, dreizehn, vierzehn … Der Fahrstuhl hielt und gab den Blick auf einen weiteren, blendend weißen Empfangsbereich und eine Mittdreißigerin frei, die schon zusteigen wollte, bei Mirandas Anblick aber erschrocken zurückprallte.

»Oh, ich, äh…«, entfuhr es ihr. In Panik hielt sie Umschau nach irgendeinem Vorwand, um nicht in unserer kleinen Privathölle mitschmoren zu müssen. Insgeheim hielt ich ihr die Daumen für ein glückliches Entrinnen, auch wenn es für mich natürlich netter gewesen wäre, sie bei uns an Bord zu haben. »Ich, ach herrje! Ich hab ja die Fotos für die Besprechung vergessen«, fiel ihr endlich ein: Und dann nichts wie auf dem – gefährlich wackligen – Manolo-Absatz kehrt und mit Volldampf zurück ins Büro. Die Türen schlossen sich erneut. An Miranda war das Ganze offenbar vorbeigegangen.

15, 16, und endlich, endlich!! – 17. Vor dem Fahrstuhl stand eine Horde Modeassistentinnen von *Runway* auf dem Sprung zu Zigaretten, Cola Light und gemischtem Grünfutter, sprich: Mittagessen. Ein Gesicht schöner, jünger und entsetzter als das andere. Es fehlte nicht viel, und sie hätten sich gegenseitig niedergetrampelt, nur um Miranda nicht in die Quere zu kommen. Es war wie bei einer Polonaise: die Menge teilte sich in der Mitte, drei weg zur Linken, zwei weg zur Rechten, und Ihre Majestät schritt mitten hindurch. Man starrte ihr schweigend hinterher, und mangels Alternativen heftete ich mich an ihre Fersen. Bekommt es sowieso nicht mit, so mein Gedankengang. Schließlich hatten wir meinem Gefühl nach gerade eine komplette, von A bis Z grauenvolle Woche in einem Kasten von den Ausmaßen eines Kindersargs miteinander durchgestanden, ohne dass sie meine Anwesenheit auch nur mit einem Wimpernzucken zur Kenntnis genommen hätte. Doch kaum war ich aus dem Aufzug heraus, drehte sie sich zu mir um.

»Aan-dreh-aa?« Ihre Stimme zerraspelte das gespannte Schweigen im Raum. Rein rhetorisch, dachte ich und wartete ab. Falsch geraten.

»Aan-dreh-aa?«

»Ja, Miranda?«

»Was sind das für Schuhe, die Sie da tragen?« Eine Hand leicht auf die tweedverkleidete Hüfte gestützt, fixierte sie mich. Der Aufzug war längst wieder abgezischt, und zwar ohne die Gänschen von der Moderedaktion, die immer noch total von der Rolle waren, weil sie Miranda Priestly endlich in Fleisch und Blut gesehen – und gehört! – hatten. Ich spürte sechs Augenpaare auf meinen Füßen, die sich gerade noch ganz gut angefühlt hatten, jetzt aber, unter den bohrenden Blicken von fünf Modeassistentinnen und einer Modezarin, wie der Teufel zu brennen und zu jucken begannen.

Die Beklemmung infolge der unverhofften gemeinsamen Aufzugfahrt (eine Premiere) und all der starren Blicke, die nun auf mir ruhten, schlug mir aufs Hirn; deshalb missverstand ich Mirandas Frage, was das für Schuhe seien, die ich da trüge.

»Äh, meine?«, gab ich zur Antwort und merkte erst, als es schon heraus war, dass es nicht nur respektlos, sondern schlicht giftig klang. Die Gänseschar verfiel in albernes Geschnatter und zog damit Mirandas Zorn auf sich.

»Ich frage mich, wieso die er-drü-cken-de Mehrheit meiner Modeassistentinnen augenscheinlich nichts Besseres zu tun hat, als zu schwätzen wie kleine Schulmädchen.« Sie nahm sich jede einzeln vor, mit ausgestrecktem Finger: selbst mit der Pistole auf der Brust hätte sie nicht einen ihrer Namen zustande gebracht.

»Sie!«, kühlte sie den Übermut einer Neuen, die Miranda vermutlich zum ersten Mal in ihrem Leben sah. »Haben wir Sie *dafür* eingestellt oder für die Bestellung von Garderobe für die Kostümaufnahmen?« Das Mädchen ließ den Kopf hängen und wollte etwas zu ihrer Entschuldigung vorbringen, aber Miranda hatte schon die Nächste im Visier.

»Und Sie!«, ging sie auf Jocelyn los, die Höchstrangige unter den versammelten Modeassistentinnen und den Liebling aller Redakteurinnen. »Meinen Sie nicht, dass es Millionen von Mädchen gibt, die Ihren Job wollen und ebenso viel von Mode verstehen wie Sie?« Sie trat einen Schritt zurück, musterte die vor ihr Stehenden sorgfältig von Kopf bis Fuß, eben lange genug, dass jede sich fett, hässlich und falsch angezogen vorkam, und jagte sie dann zurück an ihre Schreibtische. Tief gesenkte Köpfe, heftiges Nicken, etliche ehrlich betreten klingende, gemurmelte Entschuldigungen, dann stoben die Damen zurück in die Modeabteilung – und ließen mich allein zurück. Wieder allein, mit Miranda.

»Aan-dreh-aa? Ich kann es nicht durchgehen lassen, dass meine Assistentin in diesem Ton mit mir spricht«, erklärte sie und steuerte dabei auf die Tür zum Flur zu. Sollte ich ihr folgen? Hoffentlich hatte Eduardo, Sophy oder eins von den Modegänschen Emily rechtzeitig gewarnt, dass Miranda im Anmarsch war.

»Miranda, ich –«

»Genug.« Sie blieb bei der Tür stehen und sah mich an. »Was sind das für Schuhe, die Sie da tragen?«, wiederholte sie ihre Frage. Ihre Stimme verhieß nichts Gutes.

Ich sah ein zweites Mal prüfend auf meine schwarzen Sandaletten und überlegte, wie ich der elegantesten Frau der westlichen Hemisphäre beibringen sollte, dass ich ein Paar Schuhe von Ann Taylor Loft trug. Ein Blick auf ihre finstere Miene: Vergiss es.

»Die habe ich in Spanien gekauft«, sagte ich rasch und sah weg. »In einer süßen Boutique in Barcelona direkt bei den Ramblas, wo es diese neue spanische Designerserie gab.« Wo zum Teufel hatte ich das bloß hergezaubert?

Sie legte den Kopf schräg und hielt eine geballte Faust vor ihren Mund. Durch die Glastür sah ich James auf uns zukommen, der beim Anblick von Miranda auf dem Absatz kehrt machte und Fersengeld gab. »Aan-dreh-aa, die sind inakzeptabel. Meine Mädels hier stehen für *Runway*, und Schuhe dieser Sorte entsprechen nicht der Botschaft, die zu verbreiten ich anstrebe. Suchen Sie sich in der Kleiderkammer eine anständige Fußbekleidung. Und bringen Sie mir einen Kaffee.« Sie sah von mir zur Tür, bis ich begriff, dass ich sie ihr aufhalten sollte. Dann rauschte sie ohne ein Dankeschön hindurch Richtung Büro. Für den Kaffeegang brauchte ich Geld und meine Zigaretten, aber nichts davon so dringend, dass ich wie ein bös gezaustes Entenküken trotzdem treu und brav hinter ihr herwatscheln musste. Ich begab mich wieder zum Fahrstuhl. Die fünf Piepen für den Milchkaffee konnte Eduardo mir pumpen, und die neue Schachtel Zigaretten würde Ahmed, wie alle anderen in den letzten Monaten, *Runway* auf die Hausrechnung setzen. Ich war davon ausgegangen, dass mein Rückzug unbemerkt bleiben würde, aber ihre Stimme bohrte sich wie eine spitze Schaufelkante in meinen Hinterkopf.

»Aan-dreh-aa!«

»Ja, Miranda?« Ich blieb wie angewurzelt stehen und drehte mich zu ihr um.

»Liegt die Restaurantkritik, um die ich Sie gebeten hatte, auf meinem Schreibtisch?«

»Äh, also, ehrlich gesagt hatte ich etwas Probleme damit, sie aufzutreiben. Es war so, ich habe bei sämtlichen Zeitungen angerufen, und offenbar hat keine von ihnen in den letzten Tagen eine Besprechung von einem Asien-Restaurant gebracht. Wissen Sie vielleicht zufällig noch, äh, wie das Restaurant hieß?« Unwillkürlich hielt ich den Atem an und rüstete mich für die Attacke.

Meine Erklärungen schienen sie wenig zu interessieren – sie marschierte schon wieder weiter Richtung Büro. »Aan-dreh-aa, ich habe Ihnen doch gesagt, dass es in der *Post* stand – ist das denn wirklich so schwer herauszufinden?« Und weg war sie. In der *Post*? Heute morgen hatte ich mit dem dortigen Restaurantkritiker gesprochen, und er hatte einen heiligen Eid darauf geschworen, bei ihnen sei keine Rezension erschienen, die meiner Beschreibung entspreche, und außerdem habe es in der gesamten Woche keine einzige erwähnenswerte Neueröffnung gegeben. Sie hatte eindeutig einen Sprung in der Schüssel, und ich war diejenige, die man dafür in die Pfanne hauen würde.

Um diese Zeit war der Kaffeegang im Nu erledigt, also nahm ich mir die Freiheit, noch zehn Minuten zuzugeben und Alex anzurufen, der immer um Punkt halb eins zum Mittagessen ging. Gott sei Dank erwischte ich ihn am Handy und musste mich nicht wieder mit irgendwelchen Lehrern herumschlagen.

»Hey, Babe, wie war dein Tag soweit?« Er klang geradezu verboten gut gelaunt, und ich musste mich zusammenreißen, um ihm nicht gleich an die Gurgel zu springen.

»Bisher einsame Spitze, wie üblich. Der Laden wächst mir immer mehr ans Herz. Heute habe ich fünf Stunden nach einem imaginären Artikel gesucht, den es nur in den Wahnvorstellungen einer Frau gibt, die sich eher umbringen würde als zuzugeben, dass sie sich geirrt hat. Und du?«

»Also, mein Tag war super. Ich habe dir doch von Shauna erzählt?« Ich nickte, was er natürlich nicht sehen konnte. Shauna war eine von seinen kleinen Schützlingen und hatte bisher in der Klasse noch keinen Ton von sich gegeben. Alex hatte ihr Druck gemacht, Belohnungen versprochen, lange mit ihr geredet – alles ohne Erfolg. Er war beinahe durchgedreht, als sie frisch in seiner Klasse auftauchte, auf Betreiben einer Sozialarbeiterin, die herausgefunden hatte, dass dieses neunjährige Mädchen bisher noch nie eine Schule von innen gesehen hatte. Seither war Alex von dem Wunsch besessen, ihr zu helfen.

»Sie macht den Mund überhaupt nicht mehr zu! Ein bisschen Singen, und das war's. Ich hatte für heute einen Folksänger eingeladen, für die Kinder Gitarre zu spielen, und Shauna sang sofort mit. Seitdem ist das Eis gebrochen, und sie quasselt mit jedem, ohne Ende. Sie kann Englisch. Ihr Vokabular ist altersgemäß. Sie ist total und vollständig normal!« Seine offenkundige Euphorie wirkte ansteckend – ich musste lächeln, und plötzlich spürte ich in mir Sehnsucht aufsteigen. Mein Überraschungsbesuch bei ihm gestern Abend war schön, aber ich wie üblich viel zu alle gewesen, um noch groß etwas zur Unterhaltung beizutragen. Zwischen uns bestand die unausgesprochene Übereinkunft, schlicht abzuwarten, bis meine Strafe abgesessen, mein Sklavenjahr überstanden war und alles wieder in den alten Bahnen lief. Trotzdem, ich hatte Sehnsucht nach ihm. Und fühlte mich wegen der ganzen Sache mit Christian immer noch ziemlich mies.

»Hey, Glückwunsch! Nicht, dass du eine Bestätigung für deine überragenden Fähigkeiten als Lehrer bräuchtest, aber damit hast du sie, so oder so! Du bist bestimmt ganz aus dem Häuschen.«

»Ja, es ist ziemlich aufregend.« Im Hintergrund hörte ich es klingeln.

»Hör mal, besteht das Angebot noch, dass wir zwei uns heute einen schönen Abend machen?«, fragte ich, in der schwachen Hoffnung, dass er keine anderweitigen Pläne hatte. Als ich mich heute Morgen aus dem Bett gekämpft und meinen ausgepowerten, schmerzenden Leib unter die Dusche geschleppt hatte, rief er mir noch nach, er wollte einfach bloß ein Video ausleihen, etwas zu essen bestellen und es sich gemütlich machen. Ich knurrte irgendwas unnötig Sarkastisches zurück von wegen, er solle sich zu seinem eigenen Besten was Aufregenderes einfallen lassen, weil ich sowieso erst mitten in der Nacht heimkommen und ins Bett fallen würde und wenigstens einer von uns beiden das Leben und den Freitagabend genießen sollte. Jetzt hätte ich ihm gerne gesagt, dass ich sauer auf Miranda, auf *Runway* und auf mich selbst war, aber nicht auf ihn, und dass ich mir nichts Schöneres vorstellen konnte, als 15 Stunden am Stück mit ihm auf der Couch abzuhängen und zu kuscheln.

»Klar.« Er klang überrascht, aber erfreut. »Ich kann ja bei dir warten, bis du heimkommst, und dann überlegen wir uns was? Solange vergnüge ich mich eben mit Lily.«

»Klingt absolut perfekt. Lass dir alles über den kleinen Freudianer erzählen.«

»Über wen?«

»Egal. Du, ich muss los. Ich darf die Königin nicht länger auf ihren Kaffee warten lassen. Bis heute Abend – ich kann's kaum erwarten.«

Ich musste nur zweimal den Refrain von (meine Wahl) »We Didn't Start the Fire« absingen, damit Eduardo mich durch die Sperre ließ, und Miranda war in eine angeregte Unterhaltung vertieft, als ich ihre Kaffeevariation auf dem linken äußersten Eck des Schreibtischs abstellte. Den restlichen Nachmittag lang legte ich mich mit sämtlichen Assistenten und Redakteuren der *New York Post* an, die ich an den Apparat kriegen konnte, und versuchte ihnen klar zu machen, dass ich ihre Zeitung besser kannte als sie selbst, und dass ich bitte gerne bloß eine klitzekleine Kopie von der Asien-Restaurantkritik hätte, die tags zuvor in ihrem Blatt erschienen sein musste.

»Ma'am, ich habe es Ihnen schon ein Dutzend Mal gesagt, und ich sage es noch mal: *Wir haben kein solches Restaurant besprochen*. Ich weiß, dass Ms. Priestly nicht ganz richtig tickt und Ihnen zweifellos das Leben zur Hölle macht, aber ich kann mir einfach keinen Artikel aus den Rippen schnitzen, den es gar nicht gibt. Ist das klar?« So lautete das letzte Wort eines freien Mitarbeiters von der Klatsch-und-Tratschseite, der dazu verdonnert worden war, den Artikel aufzutreiben, damit ich endlich Ruhe gab. Er hatte sich geduldig und willig gezeigt, aber nun war er mit seiner Nächstenliebe am Ende. Emily verhandelte gerade mit einem freien Restaurantkolumnisten von der *Post*, und James hatte auf sanften Druck von mir einen Ex-Freund angerufen, der dort in der Anzeigenabteilung arbeitete und vielleicht irgendwas – irgendwas – auf die Beine stellen konnte. Es war schon drei Uhr nachmittags, und sie hatte *gestern* danach gefragt: das erste Mal, dass ich das Gewünschte nicht sofort liefern konnte.

»Emily!«, ertönte es von Miranda aus ihrem so hell und freundlich wirkenden Büro.

»Ja, Miranda?«, riefen wir wie aus einem Mund und schossen hoch, unsicher, wer von uns gemeint war.

»Emily, wie ich höre, haben Sie soeben mit den Leuten von der *Post* gesprochen?« Die echte Emily ließ sich erleichtert wieder auf ihren Stuhl sinken.

»Ja, Miranda, ich habe gerade aufgelegt. Ich habe mit insgesamt drei verschiedenen Leuten dort gesprochen, und sie sind alle felsenfest überzeugt, dass sie zu keinem Zeitpunkt innerhalb der vergangenen Woche auch nur ein einziges neues Asien-Restaurant in Manhattan besprochen haben. Vielleicht war es ja früher?« Mittlerweile stand ich vor ihrem Schreibtisch, trat von einem zehn Zentimeter erhöhten Fuß auf den anderen und betrachtete dabei gesenkten Kopfes die schwarzen Jimmy-Choo-Sandaletten, die Jeffy mir mit selbstgefälligem Grinsen aus seinem Fundus überlassen hatte.

»Manhattan?« Wie konnte man nur gleichzeitig so verwirrt *und* stinkwütend aussehen. »Wann war denn je von Manhattan die Rede?«

Jetzt war *ich* verwirrt.

»Aan-dreh-aa, ich habe Ihnen mindestens fünfmal gesagt, dass es in der Besprechung um ein neues Restaurant in *Washington* ging, in dem Sie mir, da ich nächste Woche dort sein werde, einen Tisch bestellen sollen.« Sie legte den Kopf schräg und verzog die Lippen zu einem, man konnte es nicht anders ausdrücken, boshaften Lächeln. »Was genau an diesem Projekt bereitet Ihnen solch unüberwindliche Schwierigkeiten?«

Washington? Sie hätte mir fünfmal gesagt, das Restaurant sei in *Washington*? Das wüßte ich aber. Entweder verlor sie tatsächlich den Verstand – oder empfand sadistisches Vergnügen dabei, mir zuzusehen, wie ich den meinen verlor. Doch war ich wohl tatsächlich der Volltrottel, für den sie mich hielt, denn wieder machte ich den Mund auf, ohne vorher das Gehirn einzuschalten.

»Oh, Miranda, ich bin mir ziemlich sicher, dass die *New York Post* nichts über Restaurants in Washington bringt. Soweit ich weiß, besuchen und besprechen sie nur Neueröffnungen in New York.«

»Soll das vielleicht witzig sein, Aan-dreh-aa? Entspricht das Ihren Vorstellungen von Humor?« Ihr Lächeln war wie weggewischt, sie beugte sich im Sitzen vor und erinnerte mich dabei an einen hungrigen Geier, der ungeduldig über seiner Beute kreiste.

»Äh, nein, Miranda, ich dachte bloß, dass –«

»Aan-dreh-aa, wie ich *bereits ein Dutzend Mal* klar und deutlich erwähnt habe, die Besprechung, nach der ich suche, steht in der *Washington Post*. Vielleicht haben Sie schon einmal von diesem kleinen Blatt gehört? So wie New York die *New York Times* hat, nennt auch Washington D.C., eine Zeitung sein eigen. Verstehen Sie, wie das zusammenhängt?« Es lag kein Spott mehr in ihrer Stimme: stattdessen klang sie derart gönnerhaft, dass die nächste Stufe nur noch eine Belehrung in Babysprache sein konnte.

»Ich besorge sie Ihnen sofort«, sagte ich so ruhig wie möglich und ging still hinaus.

»Ach, und – Aan-dreh-aa?« Mein Herz tat einen Sprung, und mein Magen meldete Bedenken gegen weitere Überraschungen dieser Sorte an. »Ich erwarte, dass Sie heute Abend bei der Party zugegen sind und die Gäste in Empfang nehmen. Das wäre alles.«

Ich sah zu Emily hin, die völlig baff dasaß und mit ihrer krausen Stirn so vor den Kopf geschlagen wirkte, wie ich mich fühlte.

»Habe ich das richtig gehört?«, flüsterte ich ihr zu. Emily nickte bloß und bedeutete mir, zu ihr ins Eck zu kommen.

»Das hatte ich befürchtet«, flüsterte sie bedeutungsschwer wie ein Chirurg, der einem Familienangehörigen seines Patienten mitteilen muss, dass die Öffnung des Brustraumes Furchtbares zutage gefördert hat.

»Das kann nicht ihr Ernst sein. Es ist Freitagnachmittag, vier Uhr. Die Party fängt um sieben an. Mit Smokingzwang, Himmelherrgott – sie kann doch unmöglich verlangen, dass ich da hingehe.« Ich schaute noch einmal ungläubig auf meine Armbanduhr und versuchte mich an Mirandas genauen Wortlaut zu erinnern.

»O doch, das ist ihr voller Ernst«, sagte Emily und griff zum Telefon. »Ich helfe dir, okay? Du suchst jetzt die Besprechung aus der *Washington Post* raus und legst ihr eine Kopie hin, bevor sie geht – Uri wird sie bald zu ihrem Friseur- und Make-up-Termin nach Hause kutschieren. Ich besorge dir ein Kleid und was du sonst noch für heute Abend brauchst. Keine Sorge. Das kriegen wir schon hin.« Sie tippte im Maschinengewehrtempo Nummern ein und wisperte dringend klingende Anweisungen in die Muschel. Ich stand bloß da und starrte sie an, bis sie – ohne aufzusehen – mit der Hand in meine Richtung wedelte und ich mit einem Schlag wieder in der Realität war.

»Nun geh schon«, flüsterte sie und schenkte mir einen ihrer ganz seltenen Blicke, in denen ein Hauch von Mitgefühl mitschwang. Und ich ging.

14

»Du kannst da doch nicht im Taxi aufkreuzen«, wandte Lily ein, während ich hilflos meine Wimpern mit dem eben erstandenen Mascara Marke Maybelline Great Lash beharkte. »Das ist eine formelle Abendeinladung mit Smokingzwang, also nimm dir einen Wagen, Herrgott noch mal.« Sie sah mir noch eine Minute zu, dann entriss sie mir das verklumpte Bürstchen und tippte mir sacht damit auf die Lider, die ich gehorsam schloss.

»Hast wahrscheinlich Recht«, seufzte ich. In mir sträubte sich nach wie vor alles gegen die Vorstellung, dass mein Freitagabend dafür draufgehen sollte, zufällig zu Geld gekommene Hinterwäldler aus Georgia und North oder South Carolina in großer Abendrobe zu begrüßen und mir ein gekünsteltes Lächeln nach dem anderen auf die schlecht geschminkte Visage zu pappen. Nach der Ankündigung waren mir genau drei Stunden geblieben, um ein Kleid aufzutreiben, Schminkzeug zu kaufen, mich in Schale zu werfen und sämtliche Pläne für das Wochenende umzuschmeißen, mit der Folge, dass ich in der allgemeinen Hektik vergessen hatte, mich um die Transportfrage zu kümmern.

Zum Glück hatte es auch Vorteile, für eines der größten Modemagazine des Landes zu arbeiten (ein Job, für den Millionen junger Frauen ihr Leben geben würden!): Um zwanzig nach vier war ich stolze Leihherrin eines schier atemberaubenden, bodenlangen Teils von Oscar de la Renta, freundlicherweise zur Verfügung gestellt von Jeffy, dem Herrn der Kleiderkammer und Verehrer alles Weiblichen (»Mädel, wenn schon Smoking, dann auch Oscar, und damit Schluss. So, jetzt lass die Hosen runter und probier das da für deinen lieben Jeffy an.« Als ich mich aufknöpfte, überfiel ihn ein Schaudern. Ich fragte ihn, ob er meinen halbnackten Leib wirklich so abstoßend finde, worauf er sagte, nein, kein Gedanke: Was ihm Übelkeit bereitete, war mein Slip, der sich durch die Hose abzeichnete). Die Modeassistentinnen hatten bereits ein Paar silberner Manolos in meiner Größe herbeigeschafft, und eine Frau aus der Accessoires-Abteilung kam mit einer völlig überkandidelten, silbernen Abendtasche von Judith Leiber, deren lange Kette bei jeder Bewegung klirrte und rasselte. Mein zartes Plädoyer für ein schlichtes Unterarmmodell von Calvin Klein quittierte sie mit verächtlichem Schnauben und nötigte mir das Teil auf. Stef war sich noch uneinig, ob ich eine kurze oder eine lange Halskette tragen sollte, und Allison, unlängst zur Beauty-Redakteurin aufgestiegen, hing am Telefon und vereinbarte für mich einen Termin mit ihrer Handpflegerin, die auf Wunsch auch ins Büro kam.

»Sie wartet um Viertel vor fünf im Besprechungszimmer auf dich«, teilte Allison mir über das Haustelefon mit. »Du trägst doch Schwarz? Dann besteh auf Chanel Ruby Red. Die Rechnung geht auf uns.«

Mittlerweile war das ganze Büro mehr oder weniger in hellem Aufruhr, bloß damit ich bei der abendlichen Galaveranstaltung eine halbwegs gute Figur machte. Eins war klar: Sie veranstalteten den ganzen Zirkus beileibe nicht deshalb, weil sie mich so lieb und süß fanden und sich nichts Schöneres vorstellen konnten, als mir aus der Patsche zu helfen; vielmehr wussten sie sehr wohl, dass diese Schnapsidee auf Mirandas Mist gewachsen war, und brannten nun darauf, ihr zu beweisen, was sie geschmacklich und stilistisch auf dem Kasten hatten.

Kurz bevor ich am Abend von Zuhause aus aufbrechen musste, stakste ich auf Zehnzentimeter-Manolos in mein Zimmer und gab Alex einen Kuss auf die Stirn; sie hob sich kaum merklich von dem Magazin, in das er vertieft war.

»Ich bin ganz sicher bis elf wieder da, dann können wir noch irgendwo was essen oder trinken gehen, okay? Tut mir leid, dass das dazwischengekommen ist, echt. Wenn du mit deinen Kumpels ausgehen willst, dann ruf mich an, vielleicht kann ich euch ja irgendwo treffen, okay?« Er war wie versprochen gleich von der Schule hergekommen, um den Abend mit mir zu verbringen, und hatte nicht direkt erbaut gewirkt über die Neuigkeit, dass er es sich gern bei uns gemütlich machen könne, allerdings ohne Beteiligung meinerseits. Jetzt hockte er auf dem Balkon vor meinem Zimmer, las eine alte Ausgabe von *Vanity Fair* und trank ein Bier aus dem Bestand, den Lily im Kühlschrank für Besucher bereithielt. Mir fiel auf, dass er nicht mit Lily zusammensaß.

»Wo ist sie denn?«, fragte ich.

Alex nahm einen Schluck Bier und zuckte mit den Achseln. »Ihre Tür ist zu, aber vorhin habe ich einen Typen hier herumspazieren sehen.«

»Einen Typen? Könntest du vielleicht ein paar Merkmale liefern? Welche Sorte Typ?« Ein Einbrecher? Oder war dem kleinen Freudianer schließlich doch die Ehre einer Einladung zuteil geworden?

»Kann ich nicht sagen, aber er sieht schaurig aus. Tattoos, Piercings, abgeschnittenes Netzhemd, die ganze Palette. Keine Ahnung, wo sie den aufgerissen hat.« Er genehmigte sich einen weiteren, lässigen Schluck.

Na, ich hatte jedenfalls erst recht keine Ahnung, woher ihr dieses Herzchen noch zugewachsen war, nachdem ich sie gestern Abend um elf in Gesellschaft eines äußerst höflichen Zeitgenossen namens William zurückgelassen hatte, der, soweit ich das beurteilen konnte, weder nach Rocky-Shirt noch nach wüsten Tattoos aussah.

»Alex, jetzt mal im Ernst! Du willst mir doch nicht erzählen, dass irgendein Schlägertyp hier durch die Wohnung geistert – auf offizielle Einladung oder auch nicht – und dir das wurschtegal ist? Das ist ja wohl lächerlich! Wir müssen irgendwas tun«, sagte ich und erhob mich vom Stuhl, wie immer im Zweifel, ob die Gewichtsverlagerung nicht den gesamten Balkon zum Absturz bringen würde.

»Jetzt mach mal halblang, Andy. Ein Schlägertyp ist er ganz sicher nicht.« Er blätterte eine Seite weiter. »Ein Punk-Grunge-Freak vielleicht, aber kein Schlägertyp.«

»Na, das freut mich aber. Scheiße noch mal, kommst du jetzt mit und hilfst mir nachsehen, was da los ist, oder willst du hier verschimmeln?«

Er wich noch immer meinem Blick aus, und mir wurde endlich klar, wie gekränkt er wegen des verpfuschten Abends war. Verständlich, logisch, aber ich war ebenso sauer, dass ich arbeiten musste, und es war verdammt noch mal kein Fitzelchen daran zu ändern. »Ruf doch einfach, wenn du mich brauchst.«

»Na schön«, knurrte ich und warf mich für den Sturmangriff auf das Nebenzimmer in die Brust. »Mach dir ja keine Vorwürfe, wenn du mich in Einzelteilen auf den Badezimmerfliesen wiederfindest. Wen kümmern schon solche Kleinigkeiten ...«

Wie ein kampflustiger Stier stampfte ich eine Weile durch die Wohnung und suchte nach Anzeichen dafür, dass der Typ tatsächlich da war. Das Einzige, was mir ins Auge stach, war eine leere Flasche »Ketel One« in der Spüle. Hatte Lily es wirklich geschafft, in der Zeit von Mitternacht bis jetzt eine Literflasche Wodka zu kaufen, zu köpfen und zu killen? Ich klopfte an ihre Tür. Keine Antwort. Zweiter Versuch, etwas nachdrücklicher, auf den eine männliche Stimme mit dem nahe liegenden Kommentar reagierte, es hätte geklopft. Als weiter nichts kam, drehte ich den Türknopf.

»Hallo? Jemand zu Hause?« Das Vorhaben, nicht in den Raum zu spähen, hielt ich keine fünf Sekunden durch. Mein Blick schweifte über zwei Paar verknäuelte Jeans am Boden, einen BH, der am Schreibtischstuhl baumelte, und den überquellenden Aschenbecher, der die Bude stinken ließ wie nach einer Studentenparty; dann wanderte er ohne Umschweife zum Bett, wo meine beste Freundin mit dem Rücken zu mir auf der Seite lag, nackt wie Gott sie geschaffen hatte. Daneben, fast verschwindend in ihrem Bettzeug, ein kränklich wirkender Typ mit Schweißspur anstelle eines Oberlippenbarts und fettiger Kopfbehaarung. Mit den unzähligen verschlungenen, grausigen Tattoos hob er sich kaum von Lilys blaugrün karierter Tagesdecke ab. Ein Goldring zierte seine Augenbraue, von den Ohren hing jede Menge Glitzermetall, und aus seinem Kinn sprossen zwei kleine, vorne abgerundete Stacheln. Gnädigerweise trug er Boxershorts, die allerdings so schmutzig, schmuddelig und schmierig aussahen, dass ich – na ja, beinahe – lieber darauf verzichtet hätte. Er nahm einen Zug aus seiner Zigarette, ließ lässig den Rauch entweichen, als wäre er Humphrey Bogart persönlich, und nickte vage in meine Richtung.

»Ho«, sagte er und wedelte mir mit seiner Fluppe zu. »Was dagegen, wennssu die Tür zumachs, Schätzchen?«

Wie bitte? »Schätzchen«? Dieser Schleimbeutel von Australier wollte *mir* frech kommen?

»Was rauchst du denn da – *Crack?*« Wozu noch länger gute Manieren heucheln. Angst hatte ich sowieso keine. Er war kleiner als ich und wog keine 60 Kilo – das Schlimmste, was mir nach augenblicklicher Einschätzung der Lage passieren konnte, war, dass er mich anfasste. Was er mit Lily vermutlich ausgiebig getan hatte – eine Vorstellung, die mir Schauer über den Rücken jagte, doch meine süße Freundin schlief in seinem Windschatten ungerührt weiter. »Was zum Teufel bildest du dir eigentlich ein? Das hier ist *meine* Wohnung, und du verzischst dich jetzt, und zwar pronto!«, trumpfte ich auf, vom Zeitdruck ungemein beflügelt: Immerhin blieb mir noch genau eine Stunde, um mich für den bislang stressigsten Abend meiner Karriere in Schale zu schmeißen; nebenbei noch einen ausgeflippten Junkie aus der Wohnung zu schmeißen, davon war in der Spielanleitung keine Rede gewesen.

»*Maaaaaaaaaannn*. Jetzt reg dich mal ab«, hauchte er und

nahm einen weiteren Zug. »Sieht doch nicht so aus, als ob deine Freundin hier mich schon raushaben wollte…«

»Würde sie sehr wohl, wenn sie REIN ZUFÄLLIG BEI BEWUSSTSEIN WÄRE, DU ARSCHLOCH«, brüllte ich; bei der – nicht ganz unwahrscheinlichen – Vorstellung, dass Lily mit diesem Subjekt Matratzensport betrieben hatte, standen mir die Haare zu Berge. »Ich versichere dir, dass ich für uns beide spreche, wenn ich dich auffordere, DICH VERDAMMT NOCH MAL AUS UNSERER WOHNUNG ZU VERPISSEN!«

Eine Hand legte sich auf meine Schulter, ich fuhr herum und sah in Alex' besorgtes Gesicht. Er prüfte die Lage. »Vorschlag, Andy: Du gehst unter die Dusche, und ich kümmere mich um das hier, okay?« Man konnte Alex beim besten Willen nicht als Muskelprotz bezeichnen, aber verglichen mit dem ausgemergelten Dreckhäufchen, das sich da soeben mit seinem Gesichtsschmuck aus dem Klempnerladen am nackten Rücken meiner besten Freundin schubberte, wirkte er wie ein Profiringer.

»ER« – ich zeigte hin, um Missverständnisse auszuschließen – »SOLL. RAUS. AUS. MEINER. WOHNUNG.«

»Ich weiß, und ich glaube, er wollte auch gerade gehen, nicht wahr, mein Freund?« Alex sprach in dem beruhigenden Tonfall, wie er gern für den Umgang mit tollwütigen Hunden empfohlen wird.

»*Maaaaaannn*, jetzt mach mal keinen Stress hier. Hab doch bloß'n bisschen Spaß mit Lily gehabt, weiter nix. Sie hat mich gestern Abend im Au Bar voll angebaggert – könnt ihr jeden nach fragen. Wollte unbedingt, dass ich noch mit zu ihr komme.«

»Das bezweifle ich ja gar nicht«, sagte Alex besänftigend. »Sie kann wirklich ein liebes, nettes Mädchen sein, aber manchmal trinkt sie eben so viel, dass sie nicht mehr weiß, was sie tut. Und deshalb muss ich als ihr Freund dich bitten, jetzt zu gehen.«

Freak Boy quetschte seine Zigarette im Aschenbecher zu Brei und nahm theatralisch die Hände hoch. »Mann, ist doch kein

Problem. Ich spring bloß schnell unter die Dusche, sag meiner kleinen Lily hier noch schön auf Wiedersehen, und dann mach ich mich auf die Socken.« Er schwang die Beine aus dem Bett und griff nach dem Handtuch, das neben dem Schreibtisch hing.

Alex nahm es ihm im gleichen Schwung wieder weg und sah ihm fest in die Augen. »Nein. Besser, du gehst gleich. Auf der Stelle.« So hatte ich ihn in den fast drei Jahren, die ich ihn nun schon kannte, noch nie erlebt. In seiner vollen Größe pflanzte er sich vor Freak Boy auf und ließ die Drohung wirken.

»Mann, ist ja gut. Bin schon weg«, gurrte der nach einem Blick auf Alex, dem er kaum bis zum Kinn reichte. »Zieh mich bloß schnell an, und dann raus.« Er fischte die Jeans vom Boden und zog sein abgeschnittenes T-Shirt unter Lilys nach wie vor entblößtem Leib hervor. Sie rührte sich und bekam ein paar Sekunden später mit einiger Mühe die Augen auf.

»Deck sie zu!«, schnauzte Alex, dem seine neue Rolle als Schwarzer Mann mittlerweile offensichtlich Spaß machte. Wortlos zog Freak Boy ihr die Decke über die Schultern, bis nur noch ihr wirrer schwarzer Lockenschopf zu sehen war.

»Was'n los?«, krächzte Lily und mühte sich tapfer, die Augen offen zu halten. Sie drehte sich ganz um und sah mich zornbebend in der Tür stehen, derweil Alex sich weiter bedrohlich in die Brust warf und Freak Boy zusah, seine blau und kanariengelb gemusterten Diadoras zugebunden zu kriegen und Leine zu ziehen, bevor es so richtig ungemütlich wurde. Zu spät. Ihr Blick blieb an ihm hängen.

»Wer zum Teufel ist denn das?«, fragte sie und schoss hoch, ohne zu merken, dass sie splitternackt dasaß. Alex und ich schauten unwillkürlich weg, während sie, Entsetzen im Blick, nach der Decke angelte; Freak Boy hingegen beglotzte lüstern grinsend ihre Brüste.

»Baby, soll das heißen, du weißt nicht mehr, wer ich bin?« Sein schwerer australischer Akzent verlor mit jeder Sekunde an Charme. »Gestern Nacht hast du's aber noch ganz gut gewusst.«

Er machte Anstalten, sich zu ihr aufs Bett zu setzen. Alex packte ihn am Arm und zog ihn hoch.

»Raus. Sofort. Sonst muss ich nachhelfen«, kommandierte er, sehr süß und sehr von sich eingenommen in seiner Rolle als starker Held.

Freak Boy nahm die Hände hoch und gab Schnalzgeräusche von sich. »Bin schon weg. Ruf doch mal an, Lily. Du warst echt stark letzte Nacht.« Er machte einen schnellen Abgang, dicht gefolgt von meinem Liebsten. »Mann, die hat vielleicht Pfeffer«, hörte ich ihn noch zu Alex sagen, bevor die Wohnungstür zuschlug. Lily hatte die Bemerkung offenbar nicht mitgekriegt. Sie war mittlerweile aus dem Bett heraus und hatte ein T-Shirt übergezogen.

»Lily, wer in drei Teufels Namen war denn das? So eine Null ist mir im Leben noch nicht untergekommen, ganz abgesehen davon, dass man allein bei seinem Anblick das kalte Kotzen kriegt.«

Sie schüttelte langsam den Kopf und versuchte sich offenbar angestrengt zu erinnern, wo ihr der Knabe über den Weg gelaufen war. »Zum Kotzen. Stimmt, er ist echt zum Kotzen, und ich habe keinen blassen Schimmer, was eigentlich passiert ist. Ich weiß noch, wie du gestern Abend weg bist und dass ich mich mit irgendeinem netten Kerl im Anzug unterhalten habe – wir haben uns ein paar Fläschchen Jägermeister gegeben, weiß auch nicht genau warum – und das war's.«

»Mensch Lily, wie blau musst du eigentlich gewesen sein, dass du mit so einem Fiesling ins Bett steigst, und dann auch noch in unserer Wohnung!« Ich fasste nur in Worte, was auf der Hand lag – dachte ich. Doch sie riss verblüfft die Augen auf.

»Meinst du wirklich, ich bin mit ihm im Bett gewesen?«, fragte sie zaghaft, als wollte sie die nackten Tatsachen nicht wahrhaben.

Mir fiel wieder ein, was Alex vor ein paar Monaten gesagt hatte: Lily trank mehr als normal – alle Anzeichen sprachen dafür. Sie ließ regelmäßig Seminare ausfallen, war in der Ausnüchterungszelle gelandet und hatte zu schlechter Letzt den grauenvollsten Mutanten der Spezies Mann angeschleppt, der mir je unter die Augen gekommen war. Mir fiel auch die Nachricht wieder ein, die ein Professor ihr unmittelbar nach den Abschlussprüfungen auf unser Band gesprochen hatte: Irgendwie ging es darum, dass Lilys Hausarbeit absolut brillant sei, er ihr aber trotzdem nicht die Bestnote geben könne, weil sie zu viele Seminare geschwänzt und sämtliche Arbeiten zu spät abgeliefert habe. Ich beschloss, mich vorsichtig an die Sache heranzutasten. »Lil, Süße, der Kerl ist, glaube ich, nicht das Problem. Es liegt wohl eher am Trinken.«

Sie bürstete sich die Haare, und erst jetzt fiel mir auf, dass sie frisch aus dem Bett kam – Freitagabend um sechs. Sie legte keinen Widerspruch ein, also redete ich weiter.

»Grundsätzlich hab ich ja kein Problem damit«, sagte ich in dem Bemühen, eine offene Konfrontation zu vermeiden. »Gegen ein Gläschen hier oder da ist natürlich nichts einzuwenden. Ich hab nur das Gefühl, als wäre es bei dir in letzter Zeit ein bisschen außer Kontrolle geraten, weißt du. Gab's irgendwelche Probleme in der Uni?«

Sie wollte antworten, doch da steckte Alex den Kopf zur Tür herein, sagte: »Sie ist dran«, hielt mir mein plärrendes Handy hin und war schon wieder verschwunden. *Herrrrrg-!* Die Frau hatte ein wahrhaft begnadetes Talent, mir alles und jedes zu versauen.

»Sorry«, sagte ich zu Lily und beäugte dabei argwöhnisch das Display, auf dem wieder und wieder hektisch »MP HANDY« blinkte. »Meistens braucht sie nur eine Sekunde, um mich niederzumachen, also vergiss nicht, was du sagen wolltest.« Lily legte die Bürste weg und sah mir beim Telefonieren zu.

»Büro Miran-« Nicht schon wieder diese Nummer. »Andrea hier«, korrigierte ich und wappnete mich innerlich gegen das Sperrfeuer.

»Andrea, Sie wissen, dass ich Sie heute Abend um halb sieben an Ort und Stelle erwarte?«, kläffte sie unter Verzicht auf einleitende oder verbindliche Worte.

»Öh, ähm, Sie hatten doch vorher sieben Uhr gesagt. Ich muss noch –«

»Ich sagte halb sieben, und ich sage es noch einmal. *Haaaalb siiiebänn*. Verstanden?« Klick. Sie hatte ausgeschaltet. Ich schaute auf meine Armbanduhr. Fünf nach sechs. Was nun?

»Ich soll in 25 Minuten da sein«, ließ ich die Allgemeinheit wissen.

Lily griff die Ablenkung dankbar auf. »Na, dann geben wir uns mal dran, hm?«

»Wir sind mitten im Gespräch, und das hier ist wichtig. Was wolltest du vorhin sagen?« Die Worte stimmten alle, aber wir wussten beide, dass ich in Gedanken schon Lichtjahre weit weg war. Duschen war gestrichen; ich hatte noch genau 15 Minuten, um mich ausgehfein zu machen und in den Wagen zu verfrachten.

»Komm jetzt, Andy, du musst los. Wir reden später darüber.«

Und wieder blieb mir nichts übrig, als in Windeseile, mit fliegendem Puls, loszulegen: ins Kleid steigen, mir einmal mit der Bürste durchs Haar fahren und nebenbei den Bildern von den Abendgästen, die Emily freundlicherweise für mich ausgedruckt hatte, den einen oder anderen passenden Namen zuordnen. Lily sah dem ganzen Wirbel milde amüsiert zu, doch ich wusste, dass die Geschichte mit Freak Boy ihr Kummer machte, und fühlte mich scheußlich, weil ich sie auf Eis legen musste. Alex telefonierte mit seinem kleinen Bruder und versuchte, ihn zu überzeugen, dass ihre Mutter keine grausame Hexe war, nur weil sie ihm in seinem zarten Alter die Neun-Uhr-Vorstellung im Kino verboten hatte.

Ich verabschiedete mich mit einem Kuss auf die Wange; er pfiff durch die Zähne und sagte, wahrscheinlich würde er ein paar Leute zum Abendessen treffen, aber falls ich später dazustoßen wolle, solle ich anrufen. So schnell es eben ging, stöckelte ich zurück ins Wohnzimmer, wo Lily mich mit einem Prachtstück aus schwarzer Seide erwartete. Ich sah sie fragend an.

»Eine Stola, für deinen großen Auftritt«, trällerte sie und schüttelte sie aus wie ein Bettlaken. »Meine kleine Andy soll genauso fein rausgeputzt sein wie all diese dumpfdödeligen Geldsäcke aus Carolina, bei denen du heute Abend Serviermädchen spielen musst. Hat mir meine Großmutter vor Jahren anlässlich von Erics Hochzeit geschenkt. Ich kann mich immer noch nicht entscheiden, ob ich sie schön oder scheußlich finde, aber zu den ganzen Smokings passt sie allemal, und sie ist von Chanel, das sollte reichen.«

Ich fiel ihr um den Hals. »Versprich mir bloß, falls ich mich unsterblich blamiere und Miranda mich dafür umbringt, dass du das Kleid hier verbrennst und mich in meinen ollen Sweatpants von Brown begraben lässt. Gib mir dein Wort darauf!«

»Du siehst fantastisch aus, Andy, echt. Hätte ich ja nie gedacht, dass ich mal erleben würde, wie du in einer Robe von Oscar de la Renta zu einer Party von Miranda Priestly gehst, aber hey, man kauft es dir glatt ab. Und jetzt los.«

Sie drückte mir die grässlich aufdringliche Tasche von Judith Leiber mit der elend langen Klimperkette in die Hand und hielt mir die Tür zum Flur auf. »Viel Spaß!«

Das Auto wartete vor dem Eingang, und während der Fahrer schon die Tür aufhielt, pfiff John, der sich allmählich zur Perversion in Person mauserte, mir hinterher.

»Mach sie alle, Puppe«, rief er mir nach und winkte affektiert dazu. »Bis später am Abend.« Er hatte natürlich keine Ahnung, wohin ich wollte, aber es war immerhin tröstlich, dass er mich vor dem Frühstück zurückerwartete. *Vielleicht wird es ja gar nicht so schlimm*, dachte ich und ließ mich auf die üppig gepolsterte Rückbank der Limousine sinken. Doch bei der ersten Berührung mit dem eiskalten Lederbezug fuhr ich wieder hoch. *Und was, wenn es genauso ätzend wird, wie ich's mir vorstelle?*

Bis der Fahrer herausgesprungen und um die Karre herumgesaust war, um mir die Tür aufzuhalten, hatte ich es längst bis zum Bordstein geschafft. Ich war schon einmal im Metropolitan Museum of Art gewesen, im Rahmen einer klassischen Ein-Tages-Sightseeingtour durch New York mit meiner Mom und Jill. Von den Ausstellungen wusste ich absolut nichts mehr – bloß noch, wie fürchterlich meine neuen Schuhe schon auf dem Weg zum Museum gedrückt hatten –, aber ich erinnerte mich an die schier endlose weiße Treppe zum Eingang und an das Gefühl, dass ich ewig und drei Tage brauchen würde, um sie zu erklimmen.

Sie stand noch so da, wie ich sie im Gedächtnis hatte, doch im diffusen Dämmerlicht wirkte sie gänzlich anders auf mich. An diesem Abend erschien der prächtige Aufgang über alle Zweifel erhaben und majestätisch, schöner als die Spanische Treppe oder die vor der Unibibliothek von Columbia, schöner noch als das Ehrfurcht gebietende, weit ausladende Prachtgebilde, das zum Capitol in Washington hinaufführte. Ungefähr auf Höhe der zehnten marmorweißen Stufe begann meine Begeisterung sich allerdings rapide zu verflüchtigen. Welcher abgefeimte Sadist konnte bloß auf die perfide Idee verfallen, eine Frau mit hautenger, bodenlanger Robe und spitzen Absätzen auf diesem Höllenparcours himmelan zu jagen? Nachdem ich meinen Hass nicht gut an dem Architekten oder seinem Auftraggeber vom Museum auslassen konnte, richtete ich ihn wohl oder übel auf Miranda, die ja ohnehin – direkt oder indirekt – für alles Elend und Ungemach in meinem Leben verantwortlich zeichnete.

Meinem Gefühl nach trennten mich mindestens 1000 Höhenmeter vom Gipfel; mir huschte durchs Gedächtnis, was dieser Feldwebel von Trainerin beim Spinning im Fitnessstudio damals immer in abgehacktem Ton von ihrem Minifahrrad heruntergebellt hatte (als ich für so was noch Zeit hatte): »Pumpen, pum-pen, und at-men, at-men! Strampeln, Leute, rauf auf den Hügel. Gleich habt ihr's! Nicht nachlassen! Strampelt um euer Leben!« Mit geschlossenen Augen versuchte ich mir vorzustellen, ich hätte statt mörderischer Absätze Pedale unter den Füßen, spürte den Wind im Haar, radelte die Trainerin über den Haufen, egal, nur weiter, weiter hinauf. Hauptsache, ich vergaß den tierischen Schmerz, der vom kleinen Zeh bis zur Ferse und wieder zurück raste. Zehn Stufen noch, mehr nicht, bloß noch zehn, o Gott, wieso wurde es so nass um meine Füße? Würde ich in durchgeschwitzter Designer-Robe und mit Blut im Schuh vor Miranda hintreten müssen? O bitte, bitte, sag, dass es gleich geschafft ist und ... geschafft. Oben. Keine Weltklassesprinterin hätte sich beim Gewinn ihrer ersten Goldmedaille stolzer fühlen können als ich. Ich holte Luft bis in die Zehenspitzen, verkniff mir buchstäblich die Siegerzigarette, nach der mir die Finger juckten, und trug eine neue Schicht schokobraunen Kussmund-Lipgloss auf. Jetzt war Dame spielen angesagt.

Der Wachmann hielt mir mit einer leichten Verbeugung lächelnd die Tür auf. Vermutlich hielt er mich für einen Gast.

»Hi, Miss, Sie sind bestimmt Andrea. Wenn Sie einen Augenblick dort Platz nehmen wollen, Ilana wird gleich bei Ihnen sein.« Mit dem Rücken zu mir sprach er diskret in ein Mikrofon an seinem Ärmel und nickte bestätigend, als die Antwort aus dem Hörer ertönte. »Ja, ganz recht, da drüben, Miss. Sie kommt, so schnell sie kann.«

Ich hielt Umschau in dem großzügig dimensionierten Eingangsbereich. Den Stress, mich tatsächlich hinzusetzen und hinterher das Kleid wieder in Form bringen zu müssen, wollte ich mir allerdings nicht antun. Außerdem, wann hatte ich schon mal Gelegenheit, außerhalb der Öffnungszeiten weit und breit, so wie es schien, die einzige Besucherin des Metropolitan Museum of Art zu sein? Die Kassenhäuschen waren verwaist und die Ausstellungsbereiche im Erdgeschoss lagen im Dunkeln, aber alles atmete Geschichte und Kultur. Die Stille dröhnte mir förmlich in den Ohren.

Nachdem ich fast eine Viertelstunde lang alle Ecken und Enden ausgespäht hatte, stets bestrebt, mich nicht zu weit von dem wachsamen Geheimdienstanwärter zu entfernen, schritt eine unauffällig wirkende junge Frau in einem langen blauen Kleid durch das imposante Foyer auf mich zu. Es überraschte mich, wie schlicht sie daherkam, wo sie doch immerhin den glamourösen Posten einer Veranstaltungsleiterin bekleidete. Sofort kam ich mir lächerlich vor, wie ein Mädchen aus der Provinz, das sich für eine Galaveranstaltung aufgebrezelt hatte – und was war ich schließlich anderes? Ilana hingegen hatte es, wie ich zu Recht vermutete, nicht einmal für nötig befunden, aus ihrem Bürodress in etwas Eleganteres zu schlüpfen.

»Wozu der Umstand?«, meinte sie lachend, als ich sie später darauf ansprach. »Die Leute sind ja nicht hier, weil sie *mich* sehen wollen.« Ihr glattes braunes Haar war frisch gewaschen, doch die Frisur ohne jeden Pfiff, und ihre flachen braunen Schuhe waren geradezu empörend unmodisch. Aber nach einem Blick in ihre strahlend blauen, freundlichen Augen war von meiner Seite aus alles klar.

»Sie müssen Ilana sein.« Mein Gefühl sagte mir, dass in dieser Situation ausnahmsweise ich die Tonangebende war und das Heft in die Hand nehmen sollte. »Ich bin Andrea, Mirandas Assistentin, und wenn ich in irgendeiner Weise behilflich sein kann –«

So erleichtert, wie sie dreinblickte, drängte sich mir die Frage auf, was sie wohl von Miranda hatte einstecken müssen. Den Möglichkeiten waren keine Grenzen gesetzt, und ganz bestimmt hatte meine Chefin sie wegen ihres biederen Aufzugs aufs Korn genommen. Mich schauderte bei dem Gedanken, welche Boshaftigkeiten sie einem solch lieben Mädel an den Kopf geworfen haben mochte … Genau dieses Mädel sah mich jetzt aus großen Unschuldsaugen an und verkündete vernehmlich: »Ihre Chefin ist eine ausgemachte Zimtzicke.«

Ich brauchte einen Moment, um mich von dem Schock zu erholen. »Stimmt«, sagte ich, und wir mussten beide lachen.

»Was kann ich für Sie tun? Miranda wird mich mit ihren inneren Sensoren binnen zehn Sekunden hier aufgespürt haben, also sollte ich den Eindruck erwecken, als täte ich etwas.«

»Ich zeige Ihnen die Tafel«, sagte sie und steuerte durch einen unbeleuchteten Flur auf die ägyptische Abteilung zu. »Die haut Sie vom Stuhl.«

Wir endeten in einem der kleineren Säle, der ungefähr die Ausmaße eines Tennisplatzes hatte und heute die Kulisse für einen rechteckigen Tisch mit 24 Gedecken abgab. Robert Isabell war sein Geld wert, kein Zweifel. Er war *der* New Yorker Partyplaner, der einzige, der mit traumwandlerischer Sicherheit stets genau den richtigen Ton traf und dabei kein Detail außer Acht ließ: immer auf der Höhe der Zeit, ohne jedem x-beliebigen Trend hinterherzuhecheln, schöpfte er aus dem Vollen, ohne je zu dick aufzutragen, und war herausragend, ohne es auf die Spitze zu treiben. Miranda ließ jede ihrer Veranstaltungen von Robert inszenieren, aber ich kannte seine Arbeit bisher nur von der Party zum zehnten Geburtstag von Cassidy und Caroline. Dazu hatte er Mirandas im Kolonialstil gehaltenes Wohnzimmer in eine schicke Downtown-Lounge verwandelt (tutti completti mit einer Bar für Softdrinks – aus Martinigläsern natürlich –, üppig gepolsterten Wildledersitzgarnituren und einem marokkanisch anmutenden, beheizten Tanzzelt auf der Terrasse), aber das hier verschlug mir wahr und wahrhaftig den Atem.

Alles erstrahlte in Weiß. Zart weiß, samtig weiß, blendend weiß, körnig weiß und satt weiß. Aus der Mitte des Tischs (so hatte es den Anschein) sprossen köstlich üppige, milchweiße Pfingstrosensträuße in genau der richtigen Konversationshöhe. Elfenbeinweißes Porzellan, in sich gemustert, ruhte auf frisch gestärktem weißem Linnen, und weiß lackierte Eichenstühle mit hohen Lehnen und weiß gebleichten Wildlederbezügen thronten über einem speziell für den Anlass ausgelegten, dicken weißen Teppich. Weiße Votivkerzen in schlichten weißen Porzellanhaltern bestrahlten die Pfingstrosen von unten (wundersamerweise ohne sie zu anzukokeln) und verströmten ein bei aller Helligkeit letztlich dezentes, unaufdringliches Licht. Für Farbe im Raum sorgten einzig die ringsum gehängten Leinwände mit kunstvollen Szenen aus der ägyptischen Frühzeit in satten Blau-, Grün- und Goldtönen. Das Reinweiß der Tafel stand in wohl überlegtem, erlesenem Kontrast zu den anrührend detaillierten Bildern.

Als ich den Kopf drehte, um die superbe Kombination aus jedem Blickwinkel würdigen zu können (»Dieser Robert ist wirklich ein Genie!«), stach mir eine flammende Gestalt ins Auge. Dort in der Ecke, bleistiftgerade, stand Miranda in dem eigens für diesen Abend georderten, auf Taille gearbeiteten und vorgereinigten strassbesetzten Traum von Chanel in Rot.

Zu sagen, die ganze Chose sei jeden Penny wert gewesen, schien vielleicht etwas anmaßend angesichts der Tatsache, dass die Pennies sich zu mehreren 10000 Dollar aufaddierten – aber sie sah schlicht atemberaubend aus: ein lebendes Kunstobjekt, mit stolz gerecktem Kinn und makellos gestrafften Muskeln, ein klassizistisches Relief in Perlen und Seide von Chanel. Schön im eigentlichen Sinn war sie mit ihren Knopfaugen, dem streng gefassten Haar und den harten Zügen nicht zu nennen, aber trotzdem übte sie eine ganz unbeschreibliche, unerklärliche Wirkung auf mich aus: So gern ich mir den Anschein gegeben hätte, cool zu bleiben und das Ambiente zu bewundern, ich konnte keinen Blick von ihr wenden.

Wie üblich riss mich der Klang ihrer Stimme aus meiner Versunkenheit. »Aan-dreh-aa, Sie kennen die Namen und Gesichter unserer Abendgäste? Ich gehe davon aus, dass Sie sich ihre Porträts namentlich eingeprägt haben und mich folglich bei der Begrüßung nicht durch peinliches Gestammel blamieren werden?« Außer der Anrede deutete nichts in ihren Worten und ihrer Blickrichtung darauf hin, dass ich gemeint war.

»Ähm, ja, ich bin schon einmal durch damit.« Um ein Haar hätte ich salutiert. Und starrte sie weiter an wie unter schwerer

Hypnose. »Ich nehme es mir aber jetzt zur Sicherheit noch mal vor.« *Das will ich auch hoffen, du Knalltüte*, schien ihr Blick zu sagen. Mit Mühe wandte ich den Blick ab und verzog mich. Ilana folgte mir auf dem Fuß.

»Was war das da gerade?«, fragte sie im Flüsterton. »Porträts? Redet sie irre?«

Beide von dem dringenden Wunsch erfüllt, in Deckung zu gehen, verzogen wir uns im nächsten unbeleuchteten Flur auf eine unbequeme Holzbank. »Ach das. Ja – normalerweise hätte ich mich die ganze letzte Woche damit beschäftigt, Bilder von den Gästen aufzutreiben und sie mir einzuprägen, damit ich sie heute Abend alle namentlich begrüßen kann«, erklärte ich. Ilana starrte mich in ungläubigem Entsetzen an. »Aber nachdem sie mir erst heute gesagt hat, dass ich anwesend sein soll, hatte ich nur ein paar Minuten im Auto, um sie mir anzusehen. Was denn?«, setzte ich nach. »Erstaunt Sie das etwa? Nicht doch. Für eine Party von Miranda ist das völlig normal.«

»Ich dachte bloß, heute Abend würden keine Berühmtheiten erwartet«, sagte sie in Anspielung auf Mirandas sonstige Veranstaltungen in diesen heiligen Hallen. Als bedeutender Mäzenatin wurde Miranda häufig das Sonderprivileg zuteil, das Metropolitan Museum of Art für Privatfeste und Cocktailempfänge mieten zu dürfen. Mr. Tomlinson hatte nur einmal anzufragen brauchen – und Miranda überschlug sich schier, um die Party für ihren Schwager zum spektakulärsten Ereignis in der Geschichte des Hauses zu gestalten. Dort zu dinieren, würde die reichen Südstaatler und ihre Vorzeigefrauen nachhaltig beeindrucken, vermutete sie – und zwar durchaus zu Recht.

»Ja, so auf Anhieb kennt man wohl keinen von der Bagage – halt ein Haufen Milliardäre mit netten kleinen Anwesen südlich der Mason-Dixon-Linie. Normalerweise finde ich bei solchen Anlässen die Porträts der Gäste irgendwo online oder in *Women's Wear Daily* oder so. Ich meine, ein Bild von Königin Nur, von Michael Bloomberg oder von Yohji Yamamoto ist zur

Not relativ leicht aufzutreiben. Aber Mr. und Mrs. Packard, aus irgendeinem noblen Vorort von Charleston oder wo zum Teufel sie eben wohnen? Mirandas zweite Assistentin hat sich drangemacht, während das restliche Büro damit zugange war, mich für heute Abend auszustaffieren; die meisten Gäste waren dann schließlich auch in den lokalen Klatschspalten und auf diversen Websites von Firmen ausfindig zu machen, aber es hat sie echt den letzten Nerv gekostet.«

Ilana starrte mich unverwandt fassungslos an. Irgendwie war mir klar, dass ich mich wie eine aufgezogene Puppe anhörte, trotzdem konnte ich nicht aufhören. Ihr unverhohlenes Entsetzen machte für mich alles nur noch schlimmer.

»Es ist nur noch ein Paar übrig, aber das werde ich dann wohl per Ausschlussverfahren identifizieren«, sagte ich.

»Meine Güte, es ist mir ein Rätsel, wie Sie das schaffen. Mir stinkt es ja schon, dass ich meinen Freitagabend opfern muss, aber Ihren Job würde ich im Leben nicht hinkriegen. Wie halten Sie das bloß aus? Sich so anpflaumen, so mit sich umspringen zu lassen?«

Ich stutzte kurz – mit dieser Frage hatte sie mich kalt erwischt. Niemand hatte bisher je aus freien Stücken etwas Negatives über meinen Job geäußert. Immer hatte ich geglaubt, unter den Millionen junger Frauen, die angeblich ihr Leben geben würden, um an meiner Stelle zu sein, sei ich die einzige, die meine Situation nicht ganz so uneingeschränkt rosig sah. Ihr geschockter Blick traf mich mehr als die aberhundert Idiotien, mit denen ich mich täglich in der Arbeit herumschlug; ihr reines, unverfälschtes Mitleid ließ einen Damm in meinem Inneren brechen. Was in all den Monaten unmenschlicher Plackerei für eine unmenschliche Herrin unterdrückt worden war, aufgehoben für einen passenderen Moment, kam nun mit Macht hoch. Ich brach in Tränen aus.

Die arme Ilana wusste vor Schreck nicht mehr aus noch ein. »Ach herrje, Sie Ärmste! Es tut mir ja so leid! Das wollte ich doch nicht. Sie haben wirklich einen Heiligenschein verdient dafür, dass Sie es mit dieser Hexe aufnehmen, hören Sie? Kommen Sie mit, hier entlang.« Sie nahm mich bei der Hand und zog mich in ein Büro am Ende eines weiteren unbeleuchteten Flurs. »So, und jetzt setzen Sie sich mal einen Augenblick ganz ruhig hin und lassen es sich egal sein, wie diese ganzen Gipsköpfe aussehen.«

Ich schniefte und kam mir dämlich vor.

»Sie brauchen sich nicht komisch vorzukommen deswegen, okay? Ich habe den Eindruck, als würde das schon ganz, ganz lange in Ihnen rumoren. Es tut doch gut, sich gelegentlich mal richtig auszuweinen.«

Während ich mich mühte, mir die Wimperntusche von den Wangen zu reiben, kramte sie in ihrem Schreibtisch herum. »Ah, da«, sagte sie dann triumphierend. »Für Sie, bevor ich es vernichte; und sollten Sie in Versuchung geraten, irgendwem davon zu erzählen, mache ich Sie zu Hackfleisch. Aber jetzt sehen Sie – und staunen Sie.« Lächelnd gab sie mir einen braunen Umschlag, versiegelt mit einem Aufkleber, der den Inhalt als »Vertraulich« markierte.

Ich riss das Siegel ab und zog einen grünen Schnellhefter hervor. Er enthielt ein Foto – genauer gesagt eine Farbkopie – von Miranda, hingerekelt auf den schwellenden Sitzpolstern eines Luxusrestaurants. Ich erkannte das Bild sofort: ein berühmter Gesellschaftsfotograf hatte es unlängst bei einer Geburtstagsparty für Donna Karan im Pastis aufgenommen. Im *New York Magazine* war es bereits erschienen, andere würden folgen. Sie trug darauf eins ihrer Markenzeichen, den braunweiß gefleckten Trenchcoat, in dem sie mich immer an eine Schlange erinnerte.

Offenbar nicht nur mich, denn in dieser – bearbeiteten – Version hatte irgendwer mit viel Gefühl und Fachkenntnis das rasselnde Ende einer Klapperschlange passgerecht genau dort eingefügt, wo normalerweise die Beine hingehörten. Das Ergebnis war mehr als überzeugend: Miranda die Schlange, das markante

Kinn auf die Hand gestützt, lang ausgestreckt auf der ledernen Sitzbank, über deren Kante das halb aufgerollte Klapperschwanzende hing. Perfekt.

»Super, oder?« Ilana beugte sich über meine Schulter. »Meine Kollegin Linda kam mal irgendwann nachmittags zu mir ins Büro gestampft, nachdem sie den ganzen Tag mit Miranda am Telefon gehangen hatte, um auszumachen, in welchem Saal das Diner stattfinden sollte. Linda hatte ihr einen empfohlen, weil er einfach genau die richtige Größe hat und bei weitem der schönste ist, aber Miranda bestand auf einem anderen, der näher am Museumsshop liegt. Das Ganze ging tagelang hin und her, schließlich und endlich bekam Linda die Genehmigung vom Vorstand und rief in ihrer Begeisterung sofort bei Miranda an, um ihr mitzuteilen, dass alles wunschgemäß geregelt sei. Und nun raten Sie mal, was dann passierte …«

»Na, was wohl? Sie hatte es sich mittlerweile anders überlegt.« Mich ließ es kalt, sie nicht. »Sie hat sich haarscharf und exakt für Lindas ursprüngliche Variante entschieden, aber erst als sie sicher war, dass jeder vor ihr Männchen machen würde.«

»Treffer und versenkt. Ich habe mich gefühlt wie Rumpelstilzchen persönlich. Da wirft das Museum alle seine Prinzipien über Bord – Herrgott noch mal, bei uns könnte der Präsident der Vereinigten Staaten antanzen und fragen, ob er hier mit dem Außenminister dinieren kann, keine Chance! – und da meint Ihre Chefin, sie könnte einfach hier hereingestampft kommen, uns alle herumscheuchen und uns das Leben zur Hölle machen, so oft und so lange es ihr beliebt. Na egal, das hier war jedenfalls von mir als kleine Aufheiterung für Linda gedacht. Wissen Sie, was sie damit gemacht hat? Es auf dem Kopierer verkleinert, damit es in ihre Geldbörse passt! Ich hab mir gedacht, vielleicht gibt Ihnen das ein bisschen Auftrieb. Und sei's bloß, um Ihnen zu sagen, dass Sie nicht allein sind. An vorderster Front, das wohl, aber nicht allein.«

Ich schob das Bild wieder in seinen vertraulichen Umschlag

und gab es Ilana zurück. »Sie sind wirklich ein Goldstück«, sagte ich und legte ihr die Hand auf die Schulter. »Ich ziehe meinen Hut vor Ihnen. Wenn ich verspreche, niemandem je ein Sterbenswörtchen zu verraten, woher ich sie habe, bekomme ich dann eine Kopie? In diese blöde Leiber-Tasche passt sie vermutlich nicht rein, aber ich hätte für mein Leben gern ein Exemplar davon. Bittebitte.«

Mit einem Lächeln gewährte sie mir die Bitte, ich schrieb ihr meine Adresse auf, und nach einer kurzen Wiederherstellung meines Make-ups wandelten wir gemeinsam (ich humpelnd, sie festen Schrittes) zurück ins Foyer. Die Zeiger standen mittlerweile fast auf sieben; die Gäste mussten jeden Moment eintreffen. Miranda und BTB unterhielten sich mit dem Bruder-Schwager-Bräutigam-und-Ehrengast; so wie er aussah, hatte er seine Schulzeit tief im Süden, umringt von schmachtenden Blondinen, mit Fußball, Football, Lacrosse und Rugby herumgebracht. Die schmachtende Blondine, die ihm augenblicklich still zur Seite stand, war 26 und seine Braut. Sie hielt einen Schwenker mit irgendwas drin in der Hand und honorierte die Witzchen ihres Verlobten mit beifälligem Kichern.

Miranda, die an BTBs Arm hing, übte sich in falschem Lächeln der Sonderklasse. Auch ohne zu hören, worüber sie sich unterhielten, wusste ich, dass sie bestenfalls einsilbige Antworten zu den passenden Gelegenheiten einstreute. Gesellschaftliche Umgangsformen waren nicht ihre starke Seite, Smalltalk fand sie unerträglich – aber heute Abend würde sie mit Sicherheit sämtliche Register ziehen. Mir war aufgefallen, dass sich all ihre so genannten Freunde in zwei Kategorien aufteilen ließen: Die Anzahl derjenigen, die sie als höher stehend einstufte und unbedingt beeindrucken wollte, war kurz und beinhaltete maßgebliche Persönlichkeiten wie Irv Ravitz, Oscar de la Renta, Hillary Clinton sowie sämtliche bedeutenden Kinostars. Der Rest stand unter ihr – und musste permanent daran erinnert werden: Alle Mitarbeiterinnen von *Runway*, Familienmitglieder, Eltern von Freunden ihrer Töchter – so sie nicht zufällig Kategorie Nummer eins angehörten –, nahezu alle Designer und andere Magazinherausgeber sowie ausnahmslos sämtliche Angehörige des Dienstleistungsgewerbes im In- und Ausland. Der heutige Abend versprach schon deshalb amüsant zu werden, weil die Gäste eigentlich zur zweiten Kategorie gehörten, wegen ihrer Verbindung mit Mr. Tomlinson und seinem Bruder jedoch wie die erste Garnitur behandelt werden mussten. Die seltenen Gelegenheiten, bei denen ich Zeuge sein durfte, wie Miranda mit ihrem nicht vorhandenen natürlichen Charme bei anderen Eindruck zu schinden versuchte, genoss ich stets in vollen Zügen.

Die ersten Gäste fühlte ich kommen, bevor sie in mein Gesichtsfeld traten. Die Spannung im Raum war mit Händen zu greifen. Meine Farbausdrucke im Kopf, eilte ich auf das Paar zu und bot der Dame an, für die Zwischenlagerung ihrer Pelzstola Sorge zu tragen. »Mr. und Mrs. Wilkinson, wir freuen uns sehr, dass Sie uns heute Abend die Ehre geben. Bitte, darf ich Ihnen das abnehmen. Ilana begleitet Sie ins Atrium, dort werden die Cocktails serviert.« Hoffentlich glotzte ich während meines Monologs nicht allzu unverhohlen, aber so was bekam man wahrhaftig nicht alle Tage zu sehen. Frauen in Nuttenkleidung, Männer in Frauenkleidung und Models ganz ohne jede Bekleidung – all das hatte ich auf anderen Parties von Miranda bereits erlebt, doch diese Kostümierungen hier waren mir neu. Klar, ich wusste, dass sich hier und heute nicht die New Yorker Modeschickeria traf; aber was da hereinschneite, erinnerte weniger (wie man vielleicht hätte erwarten können) an den *Dallas*-Clan als an fein herausgeputzte Sonntagsausflügler aus einem Heimatfilm.

Mr. Tomlinsons Bruder, an sich eine eindrucksvolle Erscheinung mit silbernem Haar, verstieg sich (wohlgemerkt, im Mai) zu einem weißen Frack mit kariertem Einstecktuch und einem Spazierstock. Seine Verlobte steckte in einem bauschigen, rüschigen Albtraum aus gerafftem grünen Taft, der ihren Atombusen so weit aus dem Ausschnitt quellen ließ, dass sie Gefahr lief, an ihren eigenen Silikonbrüsten zu ersticken. Neben dem Karfunkel an ihrer linken Hand erschienen die Suppenschüsseln von Diamanten, die an ihren Ohren baumelten, nicht weiter der Rede wert. Sie hatte Haare wie Zähne mit Wasserstoff gebleicht und stakste auf Schwindel erregend hohen, bleistiftdünnen Absätzen herum wie ein altgedienter Abwehrspieler der National Football League.

»Ach, ihr Lieben, wie schön, dass ihr ein bisschen Zeit für unsere kleine Party erübrigen konntet. Es geht doch nichts über Partys, oder?«, näselte Miranda in ihrem besten britischen Falsett. Die zukünftige Mrs. Tomlinson, unversehens auf Tuchfühlung mit der berühmt-berüchtigten Miranda Priestly, schien einer Ohnmacht nahe. Peinlich berührt angesichts dieser Verzückung begab sich die ganze jämmerliche Bagage, mit Miranda als Anführerin, ins Atrium.

Der restliche Abend verlief in etwa so, wie er begonnen hatte. Ich entrang meinem Gedächtnis die Namen aller Anwesenden und manövrierte mich tapfer um die Klippen der bösesten Ausrutscher herum. Wohl verlor das Aufgebot an weißen Smokings, Chiffongewändern, hochtoupierten Frisuren, hochkarätigen Juwelen und kaum der Pubertät entwachsenen Kindfrauen für mich Stunde um Stunde an Unterhaltungswert, aber Miranda faszinierte mich ohne Ende. Sie war ganz Dame, Neidobjekt aller Frauen, die an jenem Abend im Museum zugegen waren und sich nach ihrem Status wie ihrer Eleganz verzehrten, wohl wissend, dass beides um kein Geld in der Welt zu kaufen war.

Als sie mich zwischen zweitem und drittem Gang, wie gewohnt ohne ein Dankeschön oder einen Gruß zur Nacht, entließ (»Aan-dreh-aa, wir benötigen Sie heute Abend nicht weiter. Sie können gehen«), ertappte ich mich zum ersten Mal bei einem ehrlichen, spontanen Lächeln. Ilana hatte sich offenbar schon unbemerkt verzogen. Der Wagen war binnen zehn Minuten zur Stelle – ich hatte zwar kurz erwogen, die U-Bahn zu nehmen, doch die Oscar-Robe und meine Füße sprachen nachhaltig dagegen –, und ich fiel abgekämpft, aber friedlich, auf den Rücksitz.

Auf dem Weg zum Lift hielt John mich auf und händigte mir einen braunen Umschlag aus. »Ist vor ein paar Minuten gekommen. Steht ›Eilig‹ drauf.« Ich bedankte mich, setzte mich in ein Eck des Foyers und überlegte, wer mir wohl Freitagnacht um zehn dringende Post zukommen ließ. Ich riss den Umschlag auf und zog eine Karte heraus:

Liebste Andrea,

das war wirklich ein supernettes Zusammentreffen heute Abend! Lassen Sie uns doch nächste Woche einmal miteinander Sushi essen gehen oder so?! Beiliegendes habe ich Ihnen auf dem Heimweg noch schnell vorbeigebracht – dachte mir, Sie könnten eine kleine Aufheiterung gebrauchen, nach diesem Abend. Viel Spaß damit.

Gruß und Kuss,
Ilana

»Beiliegendes« war das auf Din-A-4 vergrößerte Foto von Miranda der Schlange. Ich nahm es mir zur Brust, nachdem ich die Manolos weggeschlenkert hatte, und begutachtete besonders Mirandas Augen, während ich meine armen gemarterten Füße massierte. Auf dem Bild blickte sie einschüchternd drein, gemein und widerwärtig, genauso, wie ich sie kannte. Aber heute Abend hatte sie auch traurig und einsam ausgesehen. Was würde es denn bringen, das Bild an den Kühlschrank zu hängen und mich mit Lily und Alex darüber lustig zu machen? Davon taten meine Füße auch nicht weniger weh und war mein Freitagabend nicht weniger versaut. Ich zerriss es und humpelte zum Aufzug.

15

»Andrea, hier ist Emily«, krächzte eine Stimme aus dem Telefon. »Hörst du mich?« Es war Monate her, dass Emily mich so spät am Abend zu Hause angerufen hatte; hier musste ein echter Notfall vorliegen.

»Ja, klar. Du klingst ja grauenhaft«, sagte ich und schoss vom Kissen hoch, nur von dem einen Gedanken beseelt: was Miranda angestellt haben mochte, um sie in so einen Zustand zu versetzen. Beim letzten Mal hatte sie sie Samstagnacht um elf angerufen und von Emily verlangt, für sie und Mr. Tomlinson ein Privatflugzeug zu chartern, weil ihr Linienflug von Miami nach New York wegen schlechter Wetterbedingungen gestrichen worden war. Emily wollte gerade aufbrechen und ihren Geburtstag feiern; ihr Hilferuf auf dem Anrufbeantworter erreichte mich erst am nächsten Tag. Als ich sie endlich zurückrief, war sie immer noch in Tränen aufgelöst.

»Ich hab meine eigene Geburtstagsparty verpasst, Andrea«, greinte sie los, kaum dass sie abgehoben hatte. »Meine eigene Geburtstagsparty, bloß weil ich einen Flug für sie organisieren musste!«

»Und wieso konnten sie nicht irgendwo im Hotel übernachten und es wie jeder Normalmensch am nächsten Tag wieder versuchen?« Die Frage war rhetorisch, wir wussten es beide.

»Sieben Minuten nach ihrem ersten Anruf hatte ich für sie Penthouse-Suiten im Shore Club, im Albion und im Delano reserviert, weil ich dachte, das kann sie doch im Leben nicht ernst meinen – Herrgott noch mal, es war Samstagnacht. Wie zum Teufel soll man Samstagnacht um elf einen Flug chartern?«

»Die Alternative hat ihr vermutlich nicht so richtig gefallen?«, fragte ich in besänftigendem Ton und fühlte mich einerseits grässlich schuldig, weil ich nicht zur Stelle gewesen war, andererseits im siebten Himmel, dass dieses Geschoss mich verfehlt hatte.

»Ganz und gar nicht. Sie rief alle zehn Minuten an und wollte wissen, warum ich noch immer nichts für sie gefunden hätte, und in der Zeit musste ich die anderen immer auf Warteschleife schalten, und bis ich mit Miranda durch war, hatten sie wieder aufgelegt.« Sie holte hörbar Luft. »Ein Albtraum.«

»Und, was war dann schließlich? Ich wage kaum zu fragen.«

»Was war? Frag lieber, was *nicht* war! Ich habe bei jeder einzelnen Chartergesellschaft im Staate Florida angerufen und, wen wundert's, Samstagnacht um zwölf kein Schwein mehr ans Telefon gekriegt. Ich hab mit freien Piloten per Funk verhandelt, Inland-Fluggesellschaften kontaktiert und zum Schluss so eine Art Oberguru vom Miami International Airport an der Strippe gehabt und ihm verklickert, dass ich binnen der nächsten Stunde gern zwei Leute nach New York geflogen haben möchte. Weißt du, was er gemacht hat?«

»Na?«

»Er hat gelacht. Wie bekloppt. Ich wäre eine Strohfrau für Terroristen, für Drogenschmuggler, für Was-weiß-Ich, hat er behauptet. Eher würde 20-mal hintereinander der Blitz in mich fahren, als dass ich mir um diese Zeit, ganz gleich zu welchem Preis, noch ein Flugzeug samt Piloten unter den Nagel reißen könnte. Und falls ich mir einfallen lassen sollte, noch mal anzurufen, sähe er sich gezwungen, meine Anfrage an das FBI weiterzuleiten. Wie findest du das?« Mittlerweile war sie auf der Brüllebene angelangt. »Ist es zu fassen, Scheiße noch mal? Das FBI!«

»Und das hat Miranda schätzungsweise auch prima gefallen?«

»Ja, das fand sie gaaanz, gaaanz toll. Mochte 20 Minuten lang nicht glauben, dass sich ihr kein einziges Flugzeug zu Füßen legen wollte. Und ich musste ihr ständig versichern, es läge nicht daran, dass alles ausgebucht wäre, sondern dass um diese späte Stunde vielleicht schlicht und einfach kein Charterflug mehr zu ergattern war.«

»Und dann?« Die Geschichte konnte kein Happy End haben.

»Ungefähr um halb zwei morgens hatte sie sich endlich damit abgefunden, dass sie in der Nacht nicht mehr nach Hause kommen würde – nicht, dass es irgendwas ausgemacht hätte, die Zwillinge waren sowieso bei ihrem Vater und das Kindermädchen den ganzen Sonntag verfügbar, falls sie es gebraucht hätten –, und dann sollte ich ihr ein Ticket für die Frühmaschine besorgen.«

Das kapierte ich nicht. Wenn ihr Flug gestrichen worden war, würde die Fluggesellschaft sie doch ohnehin auf den frühesten Flieger am folgenden Tag gebucht haben, insbesondere in Anbetracht ihres Premium-Vorzugs-Plus-Gold-Platin-Diamant-Business-VIP-Vielflieger-Status sowie der stattlichen Summe, die ihre Erste-Klasse-Tickets gekostet hatten. Ich brachte diesen Einwand vor.

»Ja, klar, Continental hatte sie auf ihre erste Maschine um zehn vor sieben umgebucht. Aber als Miranda spitzkriegte, dass irgendwer sich einen Platz in dem Delta-Flug um 6 Uhr 35 geangelt hatte, drehte sie total durch. Ich wäre eine absolute Null, und wozu sie eigentlich eine Assistentin hätte, die nicht mal zu so was Simplem imstande sei wie ein Privatflugzeug zu organisieren.« Schniefend nahm sie einen Schluck irgendwas, vermutlich Kaffee.

»O mein Gott, ich weiß, was jetzt kommt. Du hast doch nicht –«

»Doch, habe ich.«

»Nein. Das kann nicht dein Ernst sein. Für 15 Minuten?«

»Ja! Was hatte ich denn für eine Wahl? Sie war stinksauer auf mich – und so sah es wenigstens so aus, als täte ich was. Die paar tausend Piepen extra – Peanuts. Sie wirkte beinahe *vergnügt*, als wir auflegten. Herz, was willst du mehr?«

Wir mussten beide lachen. Den Rest brauchte Emily mir nicht zu erzählen: dass sie also in Gottes Namen zwei zusätzliche Business-Class-Tickets für den Delta-Flug besorgt hatte, nur damit Miranda endlich den Schnabel hielt und nach dem ganzen, entwürdigenden Hickhack wieder Friede, Freude, Eierkuchen herrschte.

Ich erstickte fast vor Gelächter. »Warte. Du hast also einen Wagen organisiert, der sie zum Delano bringen sollte –«

»– da war es mittlerweile kurz vor drei morgens, und in den vergangenen vier Stunden hatte sie mich exakt 22-mal auf dem Handy angerufen. Der Fahrer wartete, während die beiden in ihrer Penthouse-Suite duschten und sich umzogen, und dann fuhr er sie umgehend wieder zurück zum Flughafen, damit sie pünktlich für den *früheren* Flug zur Stelle waren.«

»Ach komm jetzt, hör auf!«, heulte ich zwischen zwei Lachkrämpfen angesichts ihrer bestrickenden Schilderung. »Das ist doch alles nicht wahr.«

Emily mühte sich, ernst zu bleiben. »Na, was denn, was denn? Das Beste fehlt ja noch.«

»Lass hören, bitte lass hören!« Ich war schier außer mir; endlich mal was, worüber Emily und ich zusammen lachen konnten. Gutes Gefühl: Wir waren ein Team, ein Doppelgespann im Kampf gegen die Tyrannin. In diesem Moment ging mir zum ersten Mal auf, wie anders das Jahr hätte verlaufen können, wenn Emily und ich echte Freundinnen geworden wären, einander hinreichend gedeckt, geschützt und vertraut hätten, um gemeinsam Front gegen Miranda zu machen. Damit wäre vielem vermutlich die Spitze genommen worden, aber von seltenen Ausnahmen wie dieser abgesehen lagen wir uns eigentlich ständig in den Haaren.

»Das Beste?« Sie legte eine Kunstpause ein, auf dass unsere geteilte Freude noch ein Weilchen länger anhielt. »Sie hat's natürlich nicht geschnallt: Der Delta-Flug ging zwar früher weg, landete aber planmäßig acht Minuten *nach* dem von Continental, auf den sie ursprünglich gebucht war!«

»Jetzt aber Schluss!« Das war wirklich die Krönung. Ich kriegte mich kaum noch ein. »Das *kann* doch nur ein Witz sein!«

Als wir schließlich auflegten, stellte ich zu meinem Erstaunen fest, dass wir über eine Stunde miteinander telefoniert hatten, fast wie gute alte Freundinnen. Natürlich klappten wir am Montagmorgen sofort wieder das Visier herunter, aber irgendwie hegte ich seit jenem Wochenende geringfügig freundlichere Gefühle für Emily. Bis zu diesem Augenblick, versteht sich. Mir anzuhören, welche empörende Zumutung oder Unannehmlichkeit sie auf mich abzuladen gedachte, so weit ging meine Zuneigung nun auch wieder nicht.

»Du klingst echt übel. Bist du krank?« Ich hätte gern einen Schuss Mitgefühl beigemischt, aber es kam einfach bloß aggressiv und vorwurfsvoll heraus.

»Kann man so sagen«, brachte sie mit Mühe heraus, bevor sie in bellenden Husten verfiel. »Richtig krank.«

Mit dieser Formulierung konnte mir mittlerweile eigentlich niemand mehr kommen: Solange keine Diagnose einer hochoffiziellen, womöglich lebensbedrohlichen Erkrankung vorlag, ging es einem gut genug, um bei *Runway* auf der Matte zu stehen. Weshalb ich auch dann noch, als Emily mit Husten fertig war und erneut darauf hinwies, sie sei ernstlich krank, keinen Augenblick lang in Betracht zog, sie würde Montagmorgen nicht hinter ihrem Schreibtisch sitzen. Schließlich sollte sie am 18. Oktober zu Miranda nach Paris fliegen, und bis dahin blieb nur noch eine gute Woche. Außerdem hatte ich persönlich in dem knappen Jahr, das ich nun schon in Lohn und Brot stand, diverse Halsentzündungen, mehrere Bronchitisattacken, eine ekelhafte Lebensmittelvergiftung sowie den permanenten Raucherhusten und die ewigen Erkältungen weggesteckt, ohne auch nur einen Tag zu fehlen.

Ein einziges Mal, als ich wegen einer Halsentzündung dringend Antibiotika brauchte, hatte ich mich zum Arzt geschlichen und darauf bestanden, sofort dranzukommen (offiziell sollte ich mich bei Autohändlern nach einem neuen Wagen für Mr. Tomlinson umsehen) –, aber für irgendwelche vorbeugenden Maßnahmen war nie Zeit geblieben. Ein Dutzend Termine für Strähnchen bei Marshall, die eine oder andere kostenlose Massage in Wellness-Einrichtungen, die sich geehrt fühlten, Mirandas Assistentin als Gast bei sich begrüßen zu dürfen, sowie zahllose Maniküren, Pediküren und Schönheitsbehandlungen – aber zum Zahnarzt oder zum Gynäkologen hatte ich es in dem ganzen Jahr nicht geschafft.

»Kann ich irgendwas tun?«, fragte ich so beiläufig wie möglich und zermarterte mir derweil das Hirn, was hinter ihrem Anruf stecken mochte. Ob sie sich wohl fühlte oder nicht, spielte – was uns beide anging – nicht die geringste Rolle. So oder so würde sie Montag früh antreten.

Ein weiterer, rasselnder Hustenanfall, der sich nach Schleim in der Lunge anhörte. »Äh, ja, allerdings. O Gott, ich glaub's einfach nicht. Warum muss das ausgerechnet mir passieren?«

»Was? Was ist denn los?«

»Ich kann nicht nach Paris fliegen. Ich habe Pfeiffer'sches Drüsenfieber.«

»Was?«

»Du hast ganz richtig gehört, ich kann nicht fliegen. Heute hat der Arzt angerufen und mir die Blutergebnisse mitgeteilt, denen zufolge ich ab sofort für die kommenden drei Wochen meine Wohnung nicht mehr verlassen darf.«

Drei Wochen! Das durfte ganz einfach nicht wahr sein. Mitleid für sie kam gar nicht erst auf in mir – schließlich hatte mich in den vergangenen Monaten einzig der Gedanke aufrecht gehalten, dass sowohl Miranda wie Emily eine ganze Woche lang aus meinem Leben verschwunden sein würden. Und nun sagte sie mir, es sei Essig damit.

»Emily, sie macht Frikassee aus dir – du musst fliegen! Weiß sie es schon?«

Unheilvolles Schweigen in der Leitung. »Äh, ja, sie weiß Bescheid.«

»Du hast sie angerufen?«

»Ja. Genauer gesagt, ich habe den Arzt bei ihr anrufen lassen, weil sie meinte, Pfeiffer'sches Drüsenfieber wäre doch bloß eine Lappalie, also musste er ihr erklären, dass ich sie und alle anderen anstecken könnte, und außerdem ...« Sie brach ab, doch ihr Tonfall ließ das Schlimmste vermuten.

»Außerdem was?« Mein Fluchtinstinkt arbeitete auf Hochtouren.

»Außerdem ... will sie, dass du sie begleitest.«

»Dass ich sie begleite, ah ja? Das ist echt originell. Und was hat sie wirklich gesagt? Sie will dich doch wohl nicht feuern, bloß weil du krank bist?«

»Andrea, ich mein's« – ihr Satz erstickte in schleimigem Auswurf, und einen Moment lang fürchtete ich, sie würde mir unter dem Hörer wegsterben – »ernst. Absolut total ernst. Sie sagte irgendwas von wegen, die Assistentinnen, die sie vor Ort gestellt bekäme, seien dermaßen unfähig, dass sie dann schon eher mit dir vorlieb nehme.«

»Na, wenn das so ist, dann nehme ich das Angebot natürlich mit Kusshand an! Es geht doch nichts über eine ordentliche Portion Honig ums Maul, um mich zu gewinnen. Sie hätte sich wirklich nicht so überschlagen müssen. Ich werde ja ganz rot!« Was fuchste mich eigentlich mehr – dass ich nach Paris fliegen sollte oder dass Miranda mich nur deshalb dabei haben wollte, weil sie mich eine Spur weniger verblödet fand als die magersüchtigen französischen Klone ... je nun, meiner selbst?

»Halt ja die Schnauze«, krächzte sie zwischen weiteren Hustenattacken, die mir allmählich auf den Nerv gingen. »Weißt du eigentlich, was für ein Scheißglück du hast? Zwei Jahre – über zwei Jahre – warte ich jetzt schon auf den Trip, und dann kann ich nicht hin. Das ist so was von absurd, dass es schon wehtut, findest du nicht?«

»Na logisch! Klischeehafter geht's gar nicht mehr: Du lebst nur für diesen Trip, ich würde lieber sterben, trotzdem fahre ich und nicht du. Was hat das Leben doch für Scherze auf Lager. Ich kriege noch Bauchmuskelkater vor Lachen«, sagte ich trocken, ohne eine Miene zu verziehen.

»Ja klar, ich find's auch voll Scheiße, aber was soll man machen? Ich habe Jeffy schon Bescheid gesagt, dass er Klamotten für dich bestellen soll. Du brauchst ganze Tonnen, für jede Modenschau, für jedes Essen und natürlich für Mirandas Party im Hotel Costes jeweils ein anderes Outfit. Allison kümmert sich um dein Make-up. Wegen Taschen, Schuhen und Schmuck musst du mit Stef reden. Du hast nur noch eine Woche, also fang gleich morgen früh damit an, okay?«

»Ich glaub's immer noch nicht, dass sie das echt von mir erwartet.«

»Glaub's lieber doch; ihr war absolut nicht nach Witzen zumute. Nachdem ich nun die ganze Woche nicht ins Büro kommen kann, müßtest du auch –«

»Was? Du kommst nicht mal ins *Büro*?« Genau wie ich hatte Emily noch keinen Tag wegen Krankheit gefehlt oder sich auch nur eine Stunde von ihrem Schreibtisch wegbewegt, solange Miranda in Reichweite war. Beim Tod ihres Urgroßvaters hatte sie das Kunststück fertiggebracht, zur Beerdigung nach Philadelphia und wieder zurückzufliegen, ohne auch nur eine Minute ihrer Arbeitszeit zu verpassen. So lief der Laden hier, Punkt. Wenn es sich nicht um Todesfälle (nur der engsten Angehörigen), schwere Verstümmelung (des eigenen Leibes) oder Atomkriege (mit direkter, von Regierungsseite bestätigter Bedrohung Manhattans) handelte, hatte man anwesend zu sein. Dem Königreich Priestly stand eine revolutionäre Umwälzung bevor.

»Andrea, ich habe Pfeiffer'sches Drüsenfieber. Ich bin hoch ansteckend. Die Sache ist echt ernst. Ich soll nicht mal irgendwo außer Haus einen Kaffee trinken gehen, geschweige denn den ganzen Tag arbeiten. Miranda hat es geschluckt, also musst du den Laden am Laufen halten. Es wird eine Heidenarbeit, alles für euren Parisaufenthalt vorzubereiten. Miranda fliegt am Mittwoch nach Mailand, und du triffst sie am Dienstag darauf in Paris.«

»Sie hat es geschluckt? Jetzt hör aber auf. Was hat sie wirklich gesagt?« Ich wollte einfach nicht glauben, dass sie etwas so Banales wie Pfeiffer'sches Drüsenfieber als Entschuldigung für einen Totalausfall akzeptiert hatte. »Mach mir wenigstens die kleine Freude. Schließlich habe ich in den nächsten Wochen hier die Hölle auf Erden.«

Emily seufzte; ich konnte *fühlen*, wie sie die Augen verdrehte. »Na ja, direkt begeistert war sie nicht. Ich habe ja gar nicht selbst mit ihr gesprochen, aber der Arzt meinte, sie habe wieder und wieder gefragt, ob das denn eine ›richtige‹ Krankheit sei. Als er ja sagte, habe sie sehr verständnisvoll reagiert.«

Ich prustete los. »Na klar, Em, na klar. Mach dir keinen Kopf, okay? Du siehst zu, dass es dir wieder besser geht, und ich kümmere mich um den Rest.«

»Ich maile dir eine Checkliste, nur zur Sicherheit, damit du nichts vergisst.«

»Werde ich nicht, darauf kannst du Gift nehmen. Sie ist im letzten Jahr viermal in Europa gewesen. Ich weiß, wie der Hase läuft. Unten bei der Bank Bargeld abheben, ein paar Tausend in Euros tauschen, noch ein paar Tausend in Reiseschecks, sämtliche Friseur- und Make-up-Termine für die Dauer ihres Aufenthalts doppelt und dreifach bestätigen lassen. Was noch? Ach ja, dem Ritz die Hölle heiß machen, damit sie ihr diesmal das richtige Handy geben, und bei den Fahrern von Anfang an klarstellen, dass Madame nicht gern wartet. Ich überlege schon, wer alles Kopien von ihrem Reiseplan braucht – den tippe ich noch, kein Problem, und ich kümmere mich auch um die Verteilung. Und sie kriegt natürlich für jeden Tag minutiös aufgelistet, was für die Zwillinge in Sachen Schule, Sport, sonstige Aktivitäten und Verabredungen auf dem Plan steht, plus die Arbeitseinteilung des gesamten Personals. Was sagst du nun? Du musst dir wirklich keine Sorgen machen – ich hab alles im Griff.«

»Denk an den Samt«, schnarrte sie mit tonloser Roboterstimme. »Und an die Schals!«

»Aber gewiss doch! Sind schon auf der Liste.« Bevor Miranda für eine Reise packte (beziehungsweise, ihre Haushälterin für sich packen ließ), besorgten Emily oder ich in einem Stoffladen tonnenschwere Rollen Samt und transportierten sie zu Miranda in die Wohnung. Dort schnitten wir sie gemeinsam mit der Haushälterin jeweils passgenau zurecht und wickelten jedes einzelne Kleidungsstück, das sie mitzunehmen gedachte, in das edle Tuch ein. Die samtigen Päckchen wurden alsdann sorgsam in Dutzenden von Vuitton-Koffern verstaut, nebst jeder Menge Extrateile, weil sie erfahrungsgemäß beim Auspacken in Paris die erste Ladung sofort in die Ecke pfefferte. Außerdem blieb normalerweise ungefähr ein halber Koffer für ein Dutzend orangefarbener Schachteln von Hermès reserviert, in denen jeweils ein einzelner weißer Schal darauf wartete, irgendwo liegen gelassen, vergessen, verlegt oder schlicht und einfach weggeworfen zu werden.

Nach halbwegs überzeugenden Mitleidsbekundungen an Emilys Adresse legte ich auf und fand Lily hingerekelt auf der Couch, eine Zigarette im Mund und ein Cocktailglas in der Hand, dessen durchsichtiger Inhalt nicht nach Wasser aussah.

»Ich dachte, hier drin würde nicht geraucht?« Ich ließ mich neben sie fallen und legte die Füße auf den zerschrammten, niedrigen Holztisch, den ich von meinen Eltern abgestaubt hatte. »Mir kann's ja egal sein, *du* wolltest es so haben.« Im Gegensatz zur Verfasserin dieser Zeilen war Lily keine echte Nikotinsüchtige; sie rauchte eigentlich nur beim Trinken und kaufte auch nie eigens Zigaretten. Nun aber lugte eine frisch entrindete

Schachtel Camel Special Lights aus der Brusttasche ihres großzügig dimensionierten Herrenhemdes. Ich deutete mit dem Kinn darauf und stupste Lily mit meinem Hausschuh an den Oberschenkel. Sie überließ mir die Packung samt Feuerzeug.

»War mir klar, dass es dir egal ist«, sagte sie nach einem genüsslichen Zug. »Ich komm einfach nicht in die Gänge, und damit kann ich mich besser konzentrieren.«

»Was steht denn an?«, fragte ich und warf ihr das Feuerzeug zurück. Nach der mageren Vorstellung vom Frühjahr nahm sie dieses Semester 17 Scheine in Angriff, um ihren Notendurchschnitt aufzupolieren. Ich sah ihr zu, wie sie einen weiteren Mund voll Rauch mit einem kräftigen Schluck Jedenfalls-kein-Wasser herunterspülte. Irgendwie war sie nicht auf der richtigen Schiene.

Sie ließ einen tiefen, bedeutungsschweren Seufzer hören. Die Zigarette hing ihr beim Sprechen aus dem Mundwinkel, jeden Moment vom Absturz bedroht. Mit ihren verwuschelten, ungewaschenen Haaren und dem verschmierten Augen-Make-up wirkte sie – einen Wimpernschlag lang – wie die typische Angeklagte in einer Gerichtsserie (oder meinethalben auch wie eine von der Gegenseite, sahen doch alle gleich aus – fettige Haare, stumpfer Blick, Gebiss und Grammatik lückenhaft). »Ein Beitrag für irgendeine x-beliebige fachidiotische Zeitschrift, den kein Schwein je lesen wird, aber ich muss ihn schreiben, damit ich was auf meiner Publikationsliste habe.«

»Gott, wie grässlich. Und wann ist Abgabetermin?«

»Morgen.« So cool wie nur was. Keine Spur von Nervosität.

»Morgen? In echt jetzt?«

Ein visueller Warnschuss in meine Richtung, ja nicht die Seiten zu wechseln: »Mhm. Morgen. Voll blöd, vor allem weil der kleine Freudianer es bearbeiten soll. Ein Doktorand in Psychologie, keine Ahnung von russischer Literatur – egal, sie haben zu wenige Lektoren, also ist er für mich zuständig. Null Chance, dass ich das noch rechtzeitig gebacken kriege. Soll er mich doch kreuzweise.« Ein weiterer Versuch, das Gesöff unter Umgehung der Geschmacksnerven hinunterzukippen. Sie verzog das Gesicht.

»Lil, was ist denn da eigentlich gelaufen? Zugegeben, es ist schon ein paar Monate her, aber beim letzten Mal hast du mir erzählt, ihr würdet es langsam angehen lassen, und er wäre ein absoluter Traum. Das war natürlich bevor du dieses, dieses *Subjekt* hier angeschleppt hast, aber …«

Visueller Warnschuss Nummer zwei, diesmal komplettiert durch einen finsteren Blick. Oft genug hatte ich den Versuch gestartet, sie auf die ganze unselige Geschichte mit Freak Boy anzusprechen, aber irgendwie hatten wir in letzter Zeit nie wirklich Zeit und Ruhe für ein Gespräch unter vier Augen gefunden. Wann immer ich das Thema anschnitt, lenkte sie sofort ab. Woraus ich schloss, dass es ihr über alle Maßen peinlich war. Der Typ war ein Ekelpaket, so weit stimmten wir überein, aber dass letztlich das Saufen an der ganzen Misere Schuld hatte, dazu wollte sie sich partout nicht äußern.

»Na ja, anscheinend habe ich ihn irgendwann an dem Abend vom Au Bar aus angerufen und gebeten dahin zu kommen«, sagte sie, ohne mich anzusehen. Stattdessen konzentrierte sie sich ganz darauf, per Fernbedienung die elegische CD von Jeff Buckley in Gang zu setzen, die meinem Gefühl nach ohne Unterlass in unserer Wohnung dudelte.

»Und? Ist er gekommen und hat dich mit – äh – jemand anderem reden sehen?« Ich versuchte mich mit Kritik zurückzuhalten, um sie nicht noch weiter von mir wegzustoßen. Ganz offensichtlich ging ihr eine Menge durch den Kopf – die Probleme an der Uni, das Trinken, der scheinbar uferlose Nachschub an Kerls –, und ich wollte so sehr, dass sie sich irgendjemandem öffnete. Bisher hatte sie mir nie irgendwas verheimlicht, vielleicht auch nur, weil ich ihre einzige Vertraute war, aber in letzter Zeit war von ihr nicht viel rübergekommen. Vier Monate waren seit jenem Ereignis verstrichen, und erst jetzt brachten wir es aufs Tapet. Komisch eigentlich.

»Nein, nicht so ganz.« Sie klang bitter. »Er ist von Morningside Heights hingefahren, aber da war ich schon nicht mehr in der Bar. Dann hat er mich offenbar auf dem Handy angerufen, und Kenny hat ihn wohl ziemlich rüde abgefertigt.«

»Kenny?«

»Das *Subjekt*, das ich im Frühsommer hier angeschleppt habe, weißt du noch?« Jetzt lächelte sie, allem Sarkasmus zum Trotz.

»Ah ja. Ich schätze mal, der kleine Freudianer war begeistert?«

»Und wie. Was soll's. Wie gewonnen, so zerronnen, oder?« Husch-hoch-und-weg, war sie in der Küche, füllte ihr Glas aus der halb leeren Flasche »Ketel One« nach, garnierte es mit einem Spritzer Mineralwasser und gesellte sich wieder zu mir auf die Couch.

Eben wollte ich sie so unaufdringlich wie möglich fragen, warum sie sich Wodka in Reinform hinter die Binde goss, wenn sie am nächsten Tag einen Zeitschriftenbeitrag abliefern sollte, doch da ertönte der Summton von unten.

»Wer ist es?«, fragte ich bei John nach, den Finger auf dem Knopf.

»Mr. Fineman hätte gern Ms. Sachs gesprochen«, verkündete er, ganz in Amt und Würden angesichts der Anwesenheit Dritter.

»Ach was? Oh, super. Schicken Sie ihn rauf.«

Lily bedachte mich mit einem Blick unter hochgezogenen Augenbrauen. Nicht schon wieder dieser Text, dachte ich. »Nun krieg dich mal wieder ein«, ihre Stimme triefte vor Sarkasmus. »Freust du dich denn gar nicht, dass dein Freund so unerwartet bei dir hereinschneit?«

»Doch, doch.« Meine trotzige Erwiderung war gelogen, und wir wussten es beide. In den letzten paar Wochen hatte es sich mit Alex ziemlich zugespitzt. Ziemlich krass zugespitzt. Wir hatten alle gefährlichen Klippen einer festen Beziehung bislang geschickt umschifft und wussten nach fast vier Jahren mehr oder weniger genau, was der andere hören wollte oder zu tun hatte. Doch angesichts meiner gnadenlosen Arbeitszeiten hatte er sich in der Schule zum Engel vom Dienst gemausert, sprich: sich freiwillig als Betreuer, Nachhilfelehrer, Mentor und Leiter jedes nur denkbaren Projekts gemeldet – und was wir in der verbleibenden, gemeinsamen Zeit dann noch zustande brachten, war ungefähr so aufregend wie das Leben eines Ehepaars fünf Jahre nach der Silberhochzeit. Wie unsere Beziehung erst aussehen mochte, wenn ich mein Jahr abgedient hatte – das wollte ich mir zurzeit lieber nicht vorstellen.

Trotzdem. Jetzt hatten das Thema schon zwei mir nahe stehende Personen ausgesprochen – erst Jill (die mir gestern Abend am Telefon deswegen die Hölle heiß gemacht hatte), und nun auch noch Lily, die mir zu verstehen gab, dass sie in Alex und mir nicht mehr das Traumpaar sah – und die, zugegeben, selbst in ihrem beschickerten Zustand ganz klar merkte, dass meine Freude über Alex' Besuch sich in Grenzen hielt. Mir grauste es vor der überfälligen Aussprache wegen Paris und dem nachfolgenden, unausweichlichen Streit, den ich gern noch ein paar Tage hinausgeschoben hätte. Am liebsten, bis ich in Europa war. Aber so weit reichte Fortunas Geduld nicht. Schon pochte Alex an die Tür.

»Hi!« Ich riss die Tür auf, erwürgte ihn halb mit meiner Umarmung und trug generell eine Spur zu dick auf. »Welche Überraschung!«

»Komme ich ungelegen? Ich war gerade mit Max um die Ecke auf einen Drink und dachte mir, ich könnte mal kurz hallo sagen.«

»Ach was denkst du denn, du Dummkopf? Ich freue mich riesig. Komm rein, komm rein.« Der äußere Schein war gewahrt, aber jeder Seelenklempner hätte vom Lehnstuhl weg den Finger darauflegen können, dass all mein Überschwang lediglich dazu diente, den inneren Mangel an Begeisterung zu überdecken.

Er holte sich ein Bier aus dem Kühlschrank, gab Lily ein Küsschen auf die Wange und machte es sich in dem grellorangen Sessel bequem, den meine Eltern in weiser Voraussicht seit den 70er-Jahren für einen ihrer Sprösslinge aufgehoben hatten. »Und, wie läuft's so?«, fragte er mit einer Kopfbewegung Richtung Stereoanlage, aus der eine herz- und steinerweichende Version von »Hallelujah« plärrte.

Lily hob die Schultern. »Auf den letzten Drücker, wie üblich«

»Ach übrigens, ich muss euch was erzählen«, warf ich so enthusiastisch wie möglich ein, um Alex und mich glauben zu machen, dass es sich tatsächlich um etwas Erfreuliches handelte. Da hatte ich ihm so zugesetzt – und er sich so eingesetzt –, alles für das Ehemaligentreffen unter Dach und Fach zu bringen: Es war Grausamkeit pur, ihm nun, weniger als zehn Tage vor dem Ereignis, eine Abfuhr zu erteilen. Einen ganzen Abend lang hatten wir überlegt, wer an unserem großen Sonntagsbrunch teilnehmen sollte, und wir wussten auch schon haargenau, wo und mit wem wir am Samstag vor dem Spiel von Brown gegen Dartmouth ein Picknick im offenen Kombi machen würden.

Beide sahen mich alarmiert an. »Ja? Was gibt's denn?«, quetschte Alex sich schließlich ab.

»Also! Gerade habe ich gehört, dass ich für eine Woche nach Paris fliegen soll!«, sagte ich mit so viel Überschwang, als hätte ich soeben einem eigentlich unfruchtbaren Paar Zwillinge in Aussicht gestellt.

»Was? Wohin?« Lily wirkte leicht verwirrt und nicht ganz bei der Sache; ihr Interesse hielt sich offenbar in Grenzen.

»Was? *Wieso?*«, fragte Alex gleichzeitig. Hätte ich verkündet, mein Syphilistest sei positiv ausgefallen, wäre aus seiner Miene vermutlich ähnlich viel Freude abzulesen gewesen.

»Emily hat Pfeiffer'sches Drüsenfieber, und Miranda will, dass ich sie zu den Modenschauen begleite. Ist das nicht eine Wucht?«, erklärte ich mit aufgesetzt munterem Lächeln. Allmählich ging mir die Puste aus. Es war übel genug, dass ich fliegen musste, aber Alex davon zu überzeugen, was für eine fantastische Chance das war, machte alles nur noch zehnmal schlimmer.

»Das verstehe ich nicht. Sie geht doch jedes Jahr zu Tausenden von Modenschauen, oder?«, fragte er. Ich nickte. »Und warum musst du dann plötzlich mit?«

Lily hatte sich offensichtlich ausgeklinkt und Zuflucht zu einem Exemplar des *New Yorker* aus meinem Bestand der letzten fünf Jahre genommen.

»Sie veranstaltet doch bei den Frühjahrsmodenschauen in Paris diese Wahnsinnsparty und möchte einfach eine von ihren amerikanischen Assistentinnen dabei haben. Erst fliegt sie nach Mailand, und dann treffen wir uns in Paris. Um, ja, um alles zu koordinieren.«

»Und diese amerikanische Assistentin musst ausgerechnet du sein, und das heißt, du kannst nicht zum Ehemaligentreffen kommen«, stellte er tonlos fest.

»Na ja, normalerweise läuft es anders. Das Ganze ist ein riesengroßes Privileg, also darf eigentlich nur die erste Assistentin hin, aber da Emily nun mal krank ist, werde eben ich fliegen. Und zwar nächsten Dienstag, und damit kann ich am Wochenende nicht zu dem Ehemaligentreffen. Es tut mir wirklich wahnsinnig leid.« Ich stand auf und setzte mich neben ihn auf die Couch, aber er machte sich sofort stocksteif.

»Ach, so einfach ist das also? Hör mal, ich habe das Zimmer komplett im Voraus bezahlt, sonst wäre uns der Sonderpreis flöten gegangen. Außerdem habe ich meine ganze Planung umgeschmissen, bloß damit ich mit dir fahren kann. Meine Mom muss sich einen anderen Babysitter suchen, weil *du* zu dem Treffen wolltest. Aber *Runway* geht natürlich vor, oder?« In all den Jahren, die wir nun schon zusammen waren, hatte ich ihn noch nie so wütend erlebt. Selbst Lily blickte von ihrem Magazin hoch, erfasste die Lage und sah schleunigst zu, dass sie aus dem Zimmer kam, bevor hier der dritte Weltkrieg ausbrach.

Ich machte Anstalten, meinen Kopf in seinen Schoß zu legen, aber er schlug die Beine übereinander und hob abwehrend die Hand. »Im Ernst, Andrea« – so nannte er mich nur, wenn er ernsthaft aufgebracht war – »ist das alles denn wirklich die Sache wert? Sei mal eine Sekunde lang ehrlich zu mir. Ist es dir das wert?«

»Was heißt: das alles? Ein Ehemaligentreffen, das es noch dutzendfach geben wird, zu verpassen, weil mein Job etwas von mir verlangt? Ein Job, der mir Türen öffnet, von denen ich nie zu träumen gewagt habe, und zwar rascher als je erwartet? Ja! Das ist es wert.«

Er ließ das Kinn auf die Brust sinken. Einen Augenblick lang dachte ich, er weinte, aber als er wieder aufsah, stand ihm der blanke Zorn ins Gesicht geschrieben.

»Meinst du vielleicht, ich würde nicht lieber mit dir nach Connecticut fahren, als eine volle Woche lang Tag für Tag 24 Stunden am Stück die Sklavin zu spielen?«, schrie ich ohne einen Gedanken daran, dass Lily noch irgendwo in der Wohnung war. »Glaubst du im Ernst, ich wollte nach Paris? Aber was wäre die Alternative?«

»Die Alternative? Das ist ja wohl ein Witz! Andy, nur für den Fall, dass du es noch nicht bemerkt haben solltest, dieser Job ist doch längst kein simpler Job mehr – er hat dich gefressen, mit Haut und Haaren!«, brüllte er zurück und lief vom Hals bis über die Ohren rot an. Normal fand ich das total süß, fallweise sogar sexy, aber heute Abend wollte ich einfach bloß noch ins Bett und schlafen.

»Alex, hör zu, ich weiß –«

»Nein, jetzt hörst *du* mir gefälligst zu! Lass mich mal für eine Sekunde außen vor – auch wenn's dir schwerfällt, was ich bezweifle – okay, vergiss, dass wir uns praktisch nie mehr sehen, weil du immer so elend lange arbeitest und ständig bei irgendwelchen Notfällen einspringen musst. Aber was ist mit deinen Eltern? Wann hast du die eigentlich zum letzten Mal gesehen? Und deine Schwester? Ist dir klar, dass du deinen neugeborenen Neffen bislang noch gar nicht zu Gesicht bekommen hast? Hat das alles denn nichts mehr zu bedeuten?« Er senkte die Stimme und beugte sich näher zu mir hin. Doch statt des erwarteten Versöhnungsversuchs kam die nächste Frage: »Und was ist mit Lily? Ist dir vielleicht noch nicht aufgefallen, dass deine beste Freundin sich zur Vollalkoholikerin entwickelt hat?« Sofort setzte er auf meinen offenkundigen Schock noch eins drauf. »Oder willst du etwa im Ernst behaupten, dass du nichts davon mitgekriegt hast? Das ist doch klar wie Kloßbrühe, Andy.«

»Ja, klar trinkt sie. So wie du und ich und alle anderen, die wir kennen. Lily ist Studentin, und unter Studenten ist das völlig normal, Alex. Was führst du dich deswegen so auf?« Laut ausgesprochen klang es noch lahmer, als es ohnehin war. Alex schüttelte bloß den Kopf. Nach einer Weile brach er das Schweigen.

»Du kapierst es einfach nicht, Andy. Ich weiß nicht genau, wie es so weit kommen konnte, aber ich habe das Gefühl, als würde ich dich gar nicht mehr kennen. Ich glaube, es ist eine Auszeit angesagt.«

»Was? Was sagst du? Es ist aus?« Erst jetzt, viel zu spät, ging mir auf, wie ernst es Alex damit war. Er war immer so verständnisvoll, so lieb, so jederzeit verfügbar gewesen, dass ich mit der Zeit davon ausging, er würde immer da sein, um mir am Ende eines langen Tages geduldig zuzuhören und mich wahlweise zu beruhigen oder aufzumuntern, wenn der Rest der Welt wieder einmal kräftig auf mich eingedroschen hatte. Das einzige Problem daran war, dass ich selbst dabei nur sehr wenig zum Gelingen der Beziehung beigetragen hatte.

»Nein, nein, nicht aus. Bloß eine Auszeit. Ich denke, es würde uns nicht schaden, unsere Beziehung mal neu zu überdenken. Du bist mit mir in letzter Zeit ganz offensichtlich nicht glücklich, und ich muss sagen, meine Begeisterung für dich hält sich auch in Grenzen. Vielleicht tut ein bisschen Abstand uns beiden ja gut.«

»›Tut uns gut?‹ Würde uns ›nicht schaden‹?« Seine abgedroschenen Formulierungen und die Idee, »eine Auszeit« könnte uns wieder näher zusammenbringen, machten mich schier rasend. Musste er denn partout so selbstsüchtig sein und ausgerechnet jetzt damit ankommen, wo ich mein Jahr bei *Runway* (hoffentlich) so gut wie abgesessen hatte und kurz vor der bislang größten Herausforderung in meiner Karriere stand? Eben hatten mich noch Trauer und Betroffenheit angewandelt, doch jetzt war ich schlicht verärgert. »Na schön. Nehmen wir also eine Auszeit«, stieß ich sarkastisch, ja böse hervor. »Und schnaufen tief durch. Hört sich doch nach einem guten Plan an.«

In seinen großen braunen Augen waren ungläubige Überraschung und Kränkung zu lesen; er presste sie fest zusammen, als wollte er mein Gesicht um keinen Preis mehr sehen. »Okay, Andy. Dann befreie ich dich jetzt von meiner deprimierenden Gegenwart und gehe. Ich wünsche dir viel Spaß in Paris, ganz ehrlich. Bis bald.« Er küsste mich auf die Wange, als wäre ich Lily oder meine Mutter, und ließ mich völlig verdattert sitzen.

»Und wenn wir noch mal darüber reden?« Ich versuchte ganz ruhig zu bleiben. Wollte er denn wirklich und wahrhaftig gehen?

Er drehte sich um und sagte mit einem traurigen Lächeln: »Heute nicht mehr, Andy. Das hätten wir in den letzten paar Monaten, im ganzen letzten *Jahr* tun sollen. Jetzt alles in einen Abend zu stopfen, bringt nichts. Denk über das Ganze nach, okay? Ich melde mich in ein paar Wochen bei dir, wenn du wieder gut gelandet bist. Und viel Glück in Paris – du machst das super, das weiß ich.« Er ging zur Tür hinaus und schloss sie leise hinter sich.

Ich rannte schnurstracks in Lilys Zimmer, um mir von ihr bestätigen zu lassen, dass er überreagierte, dass ich nach Paris musste, weil es das Beste für meine Zukunft war, dass sie kein Alkoholproblem hatte und dass ich keine schlechte Schwester war, bloß weil ich außer Landes ging, nachdem Jill eben gerade ihr erstes Kind bekommen hatte. Aber Lily war, vollständig bekleidet, auf ihrer Tagesdecke weggesackt. Das leere Cocktailglas stand auf dem Nachttisch, der aufgeklappte Laptop neben ihr auf dem Bett. Ob sie wohl schon was fabriziert hatte? Na bravo! Die Kopfzeile war da: Name der Studentin und des betreuenden Professors, Nummer des Doktorandenseminars und (mutmaßlicher) Arbeitstitel des Beitrags: »Die psychologischen Folgewirkungen der emotionalen Verstrickung von Autor und Leser«. Ich prustete laut los, aber sie rührte sich nicht; also beförderte ich den Laptop zurück auf ihren Schreibtisch, stellte den Wecker auf sieben und machte das Licht aus.

Kaum war ich in meinem Zimmer, klingelte das Handy. Nach den üblichen fünf Anfangsschrecksekunden, in denen ich jedes Mal zitterte, dass SIE es war, klappte ich es blitzartig auf; es konnte nur Alex sein. Unmöglich, dass er die Dinge so im Raum stehen ließ: er, der ohne Gutenachtkuss und »Träum was Schönes« keinesfalls einschlafen konnte. Ausgeschlossen, dass er so mir nichts, dir nichts davonspazierte und kein Problem mit der Vorstellung hatte, wochenlang nichts von mir zu hören.

»Hi, Baby«, hauchte ich in den Hörer. So sehr ich ihn – ganz akut – vermisste, war ich fürs Erste doch auch froh, ihn bloß am Telefon zu haben. Mir brummte der Schädel, die Schultern klebten mir förmlich an den Ohren, so verkrampft fühlten sie sich an: Sag doch einfach, dass das Ganze ein Riesenfehler war und du dich morgen wieder meldest. »Schön, dass du anrufst.«

»›Baby‹? Wow! Was sind denn das für rasante Fortschritte, Andy. Vorsicht, am Ende komme ich noch auf die Idee, dass Sie mir nicht ganz abgeneigt sind.« – Christian, der Süßholzraspler, mit hörbarem Grinsen in der Stimme.

»Ach, Sie sind's.«

»Puh – nicht gerade die herzlichste Begrüßung, an die ich mich erinnern kann. Was ist los, Andy? Täuscht der Eindruck, oder blocken Sie mich in letzter Zeit ab?!«

»Kein Gedanke«, log ich. »Ich hatte bloß einen miesen Tag. Wie üblich. Was gibt's?«

Er lachte. »Na, na, na. Jetzt aber. Kein Grund, Trübsal zu blasen. Sie sind auf der Überholspur zum großen Glück. Apropos, ich rufe an, weil ich fragen wollte, ob Sie Lust hätten, morgen Abend zu einer Preisverleihung und Lesung vom PEN-Club mitzukommen. Sind bestimmt viele interessante Leute dabei, und ich würde Sie gerne mal wieder zu Gesicht bekommen – aus rein beruflichen Interessen natürlich.«

Für jemandem wie mich, der in *Cosmo* haufenweise Artikel zum Thema »Woran man erkennt, dass er es ernst meint« las, mussten spätestens an diesem Punkt die Warnglocken läuten. Taten sie auch, aber ich ließ sie bimmeln. Nach diesem elend langen Tag gab ich mich – bloß für ein paar Minuten – der Illusion hin, er könnte es am Ende vielleicht, vielleicht doch aufrichtig meinen. Scheiß drauf. Es tat gut, ein paar Worte mit einem männlichen Wesen zu wechseln, das nicht auf mir herumhackte, sich allerdings auch nicht groß darum scherte, dass ich vergeben war. Die Einladung würde ich so oder so nicht annehmen, aber ein kleiner, unschuldiger Telefonflirt tat keinem weh.

»Nein, wirklich?«, fragte ich kokett. »Erzählen Sie mehr.«

»Ich kann Ihnen gern alle Gründe herunterbeten, Andy, warum Sie mitkommen sollten, und Nummer eins lautet schlicht: Ich weiß, was gut für Sie ist. Punkt.« Gott, was war er doch arrogant. Warum sprang ich bloß so darauf an?

Spiel eröffnet. Im vollen Galopp hinaus aufs Feld, und sämtlichen berechtigten Vorbehalten zum Trotz verblasste alles – die Parisreise, Lilys bedenkliche kleine Schwäche für Wodka und Alex' trauriger Blick – vor den Funken, die aus unserer spritzigen Konversation schlugen.

16

Geplant war, dass Miranda eine Woche lang mit vor Ort gestellten Assistentinnen die Modenschauen in Mailand absolvierte und dann gleichzeitig mit mir Dienstag früh in Paris eintraf, auf dass wir wie gute alte Freundinnen (ha, ha) gemeinsam ihre Party bis ins letzte Detail minutiös durchplanen konnten. Nachdem Delta nicht gewillt war, Emilys Ticket ohne viel Hin und Her auf mich umzuschreiben, hatte ich, um weiteren Streit und Frust zu vermeiden, einfach um Ausstellung eines neuen Flugscheins gebeten. 2200 Dollar – weil Modewoche war und ich Last Minute buchte. Ich musste ganz kurz schlucken, bevor ich mit der Nummer der Firmenkreditkarte herausrückte. *Was soll's*, dachte ich dann. *So viel haut Miranda in einer Woche locker für Friseur und Make-up auf den Kopf.*

Als Mirandas Juniorassistentin war ich bei *Runway* in der Kategorie menschlicher Lebensformen ganz unten angesiedelt. Andererseits rangierten Emily und ich ganz oben, wenn es um den Zugang zur Weltherrscherin über die Mode ging: Wir entschieden, wer Termine eingeräumt bekam und wann (vorzugsweise frühmorgens, dann war das Make-up noch frisch und die Garderobe faltenfrei) und wessen Nachrichten weitergeleitet wurden (wer es nicht bis ins Bulletin schaffte, war so gut wie tot).

Das hieß, wenn eine von uns Hilfe brauchte, stand die gesamte Belegschaft Gewehr bei Fuß, uns beizustehen. Gleichzeitig waren wir uns natürlich der leise verstörenden Tatsache bewusst, dass genau dieses Gesocks nicht die mindesten Skrupel hätte, uns mit einer Limousine von Elias-Clark plattfahren zu lassen, wenn wir nicht zufällig für Miranda Priestly arbeiteten. Doch nach Stand der Dinge apportierten sie gehorsam auf Befehl wie vorschriftsmäßig abgerichtete Hündchen.

Die Arbeit an der bevorstehenden Ausgabe wurde abrupt eingestellt: Nun ging es einzig darum, mich ordentlich ausstaffiert nach Paris zu verschicken. Drei Klapperschnepfen aus der Modeabteilung stellten in Windeseile eine Ausstattung zusammen, die jedem Anlass Rechnung trug, zu dem Miranda meine Anwesenheit für erforderlich halten mochte. Bis zum Zeitpunkt meines Abflugs versprach mir Lucia, die Fashion-Chefin, noch ein komplettes Handbuch mit professionellen Kohleskizzen sämtlicher Teile aus dem eben kompilierten Fundus in jeder nur erdenklichen Zusammenstellung, mit maximalem Schick- und minimalem Peinlichkeitsfaktor. Anders gesagt: Solange ich bloß ja nicht auf mein eigenes Gespür in Sachen Auswahl und Kombination vertraute, bestand für mich eine – wenn auch verschwindend geringe – Chance auf eine präsentable Erscheinung.

Würde ich unter Umständen Miranda in ein Bistro begleiten und dort steif und stumm wie eine Mumie in der Ecke stehen müssen, während sie an einem Glas Bordeaux nippte? Hose mit Aufschlägen von Theory in Graphit und ein schwarzseidener Rollkragenpullover von Celine. Im Tennisclub mit von der Partie sein, wenn sie ihre Privatstunden absolvierte, und sie dort mit Wasser sowie, auf Anforderung, mit weißen Schals versorgen, falls sie *sche-witzen* sollte? Sportliches Outfit, komplett von Kopf bis Fuß: Kapuzenjacke mit Reißverschluss (bauchfrei, natürlich), darunter ein halbes Netzhemd für 185 Dollar, Work-Out-Pants und Wildlederturnschuhe – alles von Prada. Und wenn ich vielleicht – ganz vielleicht – tatsächlich bei einer der Modenschauen in der ersten Reihe saß, wie mir alle unverdrossen prophezeiten? Den Möglichkeiten waren keine Grenzen gesetzt. Mein Favorit bisher (wir schrieben immerhin erst Montag, spätnachmittags) war ein Schulmädchenfaltenrock von Anna Sui mit einer sehr durchsichtigen und sehr gerüschten weißen Bluse von Miu Miu, dazu höchst aufreizende, halbhohe Stiefel von Christian Laboutin und ein geradezu unanständig eng anliegender Lederblazer von Katayone Adeli. Meine Express-Jeans und die Loafer von Franco Sarto verstaubten seit Monaten in meinem Schrank, und, ehrlich gesagt, vermisste ich sie noch nicht einmal sonderlich.

Weiterhin machte ich die Entdeckung, dass Allison den Titel »Beauty-Editor« zu Recht trug: Sie war eine ganze Schönheitsindustrie in Person. Binnen 24 Stunden nach »Inkenntnissetzung«, dass ich diverses Make-up und pfundweise Tipps brauchte, hatte sie ein Rundum-sicher-und-sorglos-Kosmetikpaket zusammengestellt. Das überdimensionale »Beautycase« von Burberry, das bei keiner Fluggesellschaft als Handgepäck durchgegangen wäre, enthielt Lidschatten, Lotionen, Lipgloss, Cremes, Konturstifte und Make-up in allen erdenklichen Varianten, matte, glänzende, wischfeste und farblose Lippenstifte sowie Mascara in sechs Schattierungen von hellblau bis tiefschwarz plus Wimpernformer und zwei Bürstchen, falls (Schreck lass nach!) etwas klumpte.

Verschiedenste Puder, die meinem Gefühl nach die Hälfte des Gesamtsortiments ausmachten und laut Packungsbeilage wahlweise Augenlider, Hauttönung und Wangen fixierten, akzentuierten, betonten oder kaschierten, ließen mit ihrer Vielfalt und subtilen Nuancierung jede Malerpalette vor Neid erblassen: die einen sollten bronzieren, die anderen unterstreichen, wieder andere verstärken, vergrößern oder abtönen. Ich hatte freie Wahl, mir in flüssiger oder fester Form, mit Puder oder einer beliebigen Kombination aller drei Substanzen zu den gewünschten frischen Farben zu verhelfen. Der absolute Hammer war die Grundierung: als hätte mir jemand ein Stück Haut von der Backe gepellt und eine Großpackung in exakt demselben Farbton zusammengemixt. Ob es nun »Glanz verleihen« oder »unreine Partien abdecken« sollte – jedes einzelne dieser winzigen Fläschchen traf meinen Hautton besser als, seien wir ehrlich, das, was ich diesbezüglich selbst zu bieten hatte. In einem unwesentlich kleineren karierten Köfferchen war das notwendige Zubehör verstaut: Wattebäusche, Wattepads, Q-Tips, Schwämmchen, annähernd zwei Dutzend Applikatoren, Reinigungstücher, zwei verschiedene Sorten Augenmake-up-Entferner (feuchtigkeitsspendend und ohne Ölzusatz) sowie nicht weniger als zwölf (in Worten: ZWÖLF) Feuchtigkeitslotionen (fürs Gesicht, für den Körper, mit Tiefenwirkung, mit Sonnenschutzfaktor 15, mit Schimmereffekt, mit Tönung, parfümiert, unparfümiert, hypoallergen, antibakteriell und – gesetzt den Fall, dass die fiese Pariser Oktobersonne mich wider Erwarten doch noch zu fassen bekam – mit Aloe Vera).

In einer Seitentasche des kleineren Koffers steckten darüber hinaus großformatige Ausdrucke mit vorgefertigten Gesichtern, die Allison zur praktischen Veranschaulichung des beigefügten Make-ups jeweils perfekt zurechtgeschminkt hatte. Eine dieser visagistischen Visionen trug den befremdlichen Titel »Glanz und Entspannung zur Kaminstunde«, unter den irgendwer in fetten Lettern hingerotzt hatte: FÜR FORMELLE ANLÄSSE UNGEEIGNET! Was nach Meinung des unbekannten Kommentators hieß: zarte Mattgrundierung, mit dunklerem Puder leicht abgetönt und gekrönt von zwei Tupfern Rouge in Flüssig- oder Cremeform; dazu, sehr sexy, dunkel umrandete Augen mit viel Lidschatten, stark getuschte, tintenschwarze Wimpern und augenscheinlich nachlässig aufgetragener, farbiger Lipgloss mit Extraglanzkraft. »Nie im Leben bringe ich das so hin«, raunte ich Allison zu.

»So weit kommt es hoffentlich auch gar nicht«, zischte sie wütend – und klang gleichzeitig so gestresst, dass ich fürchtete, sie würde vor Verzweiflung über das Ausmaß meiner Arroganz jeden Moment in die Knie brechen.

»Nicht? Und warum habe ich dann hier fast zwei Dutzend

Pappgesichter mit verschiedensten Vorschlägen, wie das ganze Zeug zu gebrauchen ist?«

Ein vernichtender Blick. Hätte genauso gut von Miranda stammen können.

»Andrea. Komm auf den Teppich. Das ist doch nur für Notfälle gedacht – wenn Miranda in letzter Minute darauf besteht, dass du sie irgendwohin begleiten sollst, oder wenn deine Friseurin oder Visagistin ausfällt. Ach, wo wir gerade davon reden, ich wollte dir doch noch zeigen, was ich an Haarzeug eingepackt habe.«

Während Allison mich im Gebrauch vier verschiedener Sorten von Rundbürsten zum Formföhnen unterwies, mühte ich mich, den Sinn ihrer eben geäußerten Worte zu begreifen. Demnach standen auch mir eine Friseurin und eine Visagistin zu? Ich hatte lediglich die Equipage für Miranda gebucht – wer hatte *mich* bei dem Ganzen entsprechend eingeplant?

»Das Büro in Paris«, entgegnete Allison seufzend. »Verstehst du, du repräsentierst *Runway*, und damit nimmt Miranda es sehr genau. Dir stehen einige der glanzvollsten Ereignisse auf diesem Planeten bevor, Seite an Seite mit Miranda Priestly. Und du willst doch nicht im Ernst behaupten, dass du den entsprechenden Look dafür selbst hinbekommst?«

»Nein, nie im Leben. Dabei brauche ich auf jeden Fall professionelle Hilfe. Vielen Dank.«

Allison nagelte mich weitere zwei Stunden fest, bis sie ganz sicher davon ausgehen konnte, dass selbst dann, wenn einer der insgesamt 14 für die Woche angesetzten Friseur- und Make-up-Termine unter den Tisch fiel, ich unsere Chefin nicht dadurch unsterblich blamierte, dass ich mir Wimperntusche auf die Lippen schmierte oder mir links und rechts das Haar abrasierte und den Rest zu einem Irokesenschnitt aufstachelte. Als wir endlich fertig waren, hoffte ich eine Sekunde in die Cafeteria flitzen und mir eine kalorienträchtige Suppe schnappen zu dürfen – doch schon griff Allison zu dem ihr noch vertrauten Apparat, der nun

Emily gehörte, und wählte die Nummer von Stef in der Abteilung für Accessoires.

»Hi, ich bin durch mit ihr, und sie ist gerade hier. Willst du raufkommen?«

»Warte! Ich brauche noch was zu Mittag, bevor Miranda zurückkommt!«

Allison verdrehte die Augen, genau wie Emily. Lag es irgendwie an der Position, dass erste Assistentinnen es so gut draufhatten, genervt zu wirken? »Na schön. Nein, nein, ich habe mit Andrea gesprochen«, sagte sie ins Telefon und betrachtete mich – welche Überraschung – mit den gleichen hochgezogenen Augenbrauen wie Emily. »Offenbar hat sie *Hunger*. Ich weiß. Ja, ich weiß. Ich hab's ihr gesagt, aber anscheinend besteht sie darauf, etwas zu … *essen.*«

Binnen drei Minuten war ich mit einer großen Schüssel Broccolicremesuppe mit Cheddar zurück im Büro und erspähte Miranda hinter ihrem Schreibtisch, die den Hörer so angeekelt von sich weghielt, als ob Scharen von Blutegeln daran klebten. Ob ich wohl so lange überleben würde, bis sie heute Abend endlich planmäßig nach Mailand flog?

»Andrea, das Telefon klingelt, aber wenn ich abnehme – nachdem Sie offensichtlich kein Interesse dafür aufbringen –, meldet sich niemand. Können Sie mir dieses Phänomen erklären?«, fragte sie.

Konnte ich schon, natürlich, aber nicht gerade ihr. Selten, aber doch kam es vor, dass Miranda als Einzige im Büro war und ans Telefon ging. Verständlicherweise waren die Anrufer dermaßen geschockt, wenn sie ihre Stimme hörten, dass sie prompt wieder auflegten. Kein Mensch war darauf gefasst, sie tatsächlich an den Apparat zu bekommen, denn die Chance, durchgestellt zu werden, war gleich null. Während meiner kurzen Abwesenheit hatte ich schon dutzendweise E-Mails von Redakteurinnen und Assistentinnen bekommen, die mich überflüssigerweise davon informierten, dass Miranda schon wieder ans Telefon gegangen sei. »Wo seid ihr, Mädels?«, hieß es unisono in den panischen Anfragen. »Sie geht selbst ans Telefon!!!«

Ich murmelte irgendwas in der Art, dass mir das auch hin und wieder passierte, aber Miranda war schon nicht mehr bei der Sache. Ihr Blick wanderte von mir zur der Suppenschüssel in meiner Hand. Ein sahnig grünes Rinnsal tröpfelte seitlich daran herunter. Ekel machte sich auf ihrer Miene breit, als ihr aufging, dass ich nicht nur etwas Essbares in Händen hielt, sondern ganz offensichtlich auch vorhatte, es zu mir zu nehmen.

»Schaffen Sie das weg«, herrschte sie mich aus fünf Metern Entfernung an. »Allein der Geruch macht mich schon krank.«

Ich warf das anstößige Objekt in den Mülleimer und sandte ihm hungrige Blicke hinterher, bis ihre Stimme mich mit einem Ruck in die Realität zurückholte.

»Ich bin jetzt bereit für die Durchsichten!«, schrillte sie. Nun, da ihr Reich wieder frei von Lebensmitteln war, saß sie etwas entspannter in ihrem Sessel. »Und sobald wir hier fertig sind, rufen Sie die Leute zur Features-Besprechung zusammen.«

Jedes Wort schickte eine Flutwelle von Adrenalin durch meinen Körper: Nie war ich mir sicher, was sie eigentlich genau wollte – und folglich auch immer im Ungewissen, ob ich das Richtige traf oder nicht. Eigentlich fiel die Einteilung der Durchsichten und der wöchentlichen Besprechungen in Emilys Ressort; ein Blick in ihren Terminkalender ergab für heute, drei Uhr, folgende Eintragung: *Durchsicht Aufnahmen Sedona, Lucia/Helen*. Ich wählte Lucias Durchwahl und schnarrte, sobald ihre Assistentin abgehoben hatte, in militärischem Kommandoton: »Sie ist jetzt so weit.«

Helen legte kommentarlos auf, was hieß, dass sie und Lucia so gut wie auf halber Strecke waren. Sofern sie sich nicht binnen 20, maximal 25 Sekunden einfanden, würde ich ausgeschickt werden, um sie aufzuspüren und von Angesicht zu Angesicht an etwas zu erinnern, was sie mittlerweile eigentlich wissen mussten: Wenn ich anrief und sagte: »Miranda ist jetzt so weit«, dann hieß das *jetzt* und keine 30 Sekunden später. Das war grundsätzlich einfach bloß ärgerlich, wurde einem allerdings durch die vermaledeite Auflage, so spitze Stilettos wie möglich zu tragen, noch weiter vermiest. Derartig gehbehindert das Büro in wilder Hetze nach Leuten abzugrasen, die sich aller Wahrscheinlichkeit nach vor Miranda ins letzte Loch flüchteten, war ohnehin kein Spaß; richtig lustig wurde es aber erst, wenn sie sich in der Toilette versteckten. Was Mann oder Frau dort auch normalerweise zu suchen hatten, es zählte nicht als Entschuldigung, nicht zur bestimmten Zeit am bestimmten Ort zu sein: Also musste ich vorpreschen, mitunter auf der Suche nach bekanntem Schuhwerk sogar unter den Kabinentüren durchspähen, und die Ertappten so höflich wie demütig darum ersuchen, zum Ende zu kommen und sich ins Büro von Miranda Priestly zu verfügen. Und zwar zackig.

Zum Glück für alle Beteiligten fand sich Helen binnen Sekunden ein; sie rollte einen überladenen Kleiderständer mit schwerer Schlagseite vor sich her und hatte seinen Zwilling im Schlepptau. Nach kurzem Zögern walzte sie, auf einen unmerklichen Wink von Miranda hin, die beiden Gestelle durch die Doppeltür und weiter über das Teppichdickicht.

»Ist das alles? Zwei Ständer?«, fragte Miranda, kurz von ihren Korrekturen aufblickend.

Es traf Helen offensichtlich überraschend, direkt angeredet zu werden, denn Miranda sprach grundsätzlich nicht mit anderen Assistentinnen als ihren eigenen. Aber da Lucia mit ihren Ständern noch nicht zur Stelle war, musste wohl sie gemeint sein.

»Ähm, nein. Lucia kommt jede Sekunde und bringt die anderen beiden. Soll ich, öh, schon mal anfangen und Ihnen zeigen, was wir bestellt haben?«, fragte Helen nervös und zog ihr geripptes Tank-Top über den Bahnenrock.

»Nein.«

Dann kam es: »Aan-dreh-aa! Holen Sie Lucia. Auf meiner Armbanduhr ist es drei. Ich habe Besseres zu tun als hier zu sitzen und zu warten, bis die Dame so weit ist.« Was nicht ganz stimmte, denn sie las noch immer Korrektur, und seit meinem ersten Anruf waren höchstens 35 Sekunden vergangen. Aber den Hinweis darauf sparte ich mir lieber.

»Nicht nötig, Miranda, bin schon da«, ertönte ein atemloses Piepsen, als ich eben aufstand, um auf die Suche zu gehen. Lucia schob und zog zwei weitere Ständer an mir vorbei. »Tut mir leid, wirklich. Wir haben noch auf einen letzten Mantel von YSL gewartet.«

Sie baute die nach Gattungen sortierten Kleiderständer (Blusen, Oberbekleidung, Hosen/Röcke und Kleider) im Halbkreis vor Mirandas Schreibtisch auf und entließ Helen mit einer Handbewegung. Dann gingen Miranda und Lucia jedes einzelne Stück durch und bekriegten sich, was davon für die geplanten Modeaufnahmen in Sedona, Arizona, in Frage kam und was nicht. Lucia plädierte heftig für einen »schicken Cowgirl-Look«, der sich ihrer Meinung nach vor den roten Felsformationen hervorragend machen würde, doch Miranda bügelte sie ein ums andere Mal mit der rüden Bemerkung nieder, »Cowgirl-Schick« sei ein Widerspruch in sich, sie bevorzuge »Schick pur«. Vielleicht hatte sie bei der Party von BTBs Bruder fürs Erste genügend »Cowgirl-Schick« schlucken müssen. Ich klinkte mich aus der Diskussion aus und wachte erst wieder auf, als Miranda mir auftrug, die Zuständigen für die Durchsicht der Accessoires zusammenzutrommeln.

Sicherheitshalber sah ich sofort noch einmal in Emilys Terminkalender nach, aber es stimmte schon: Dort stand für heute nichts von einer Sichtung der Accessoires. Also rief ich Stef an, teilte ihr mit, dass Miranda so weit war, und betete zu Gott, Emily möge bloß vergessen haben, den Termin einzutragen.

Vergebens. Sie hatten die Durchsicht erst für den morgigen Spätnachmittag auf dem Plan; mindestens ein Viertel dessen, was sie benötigten, war von den PR-Firmen noch gar nicht geliefert worden.

»Keine Chance. Nicht zu schaffen«, erklärte Stef und klang dabei weit weniger überzeugend als ihre Worte glauben machten.

»Und was zum Teufel soll ich ihr jetzt sagen?«, flüsterte ich zurück.

»Sag ihr die Wahrheit: Die Durchsicht ist erst für morgen angesetzt, und ein Großteil von dem Zeug ist noch nicht da. Ich mein, im Ernst! Wir warten im Augenblick noch auf eine Abendtasche, eine Unterarmtasche, drei verschiedene Fransenportemonnaies, vier Paar Schuhe, zwei Halsketten, drei –«

»Okay, okay, ich sag's ihr. Aber du bleibst beim Telefon und hebst ab, wenn ich zurückrufe. Und ich an deiner Stelle würde zusehen, dass du fertig wirst. Ich möchte wetten, es ist ihr ziemlich egal, für wann die Durchsicht angesetzt war.«

Stef warf mich kommentarlos aus der Leitung, ich schleppte mich zurück und wartete brav an der Tür, bis Miranda mich zur Kenntnis nahm. Als sie abwartend in meine Richtung blickte, sagte ich: »Miranda, ich habe gerade mit Stef gesprochen, und sie hat gesagt, die Durchsicht sollte erst morgen stattfinden, deswegen fehlt ihnen noch Etliches. Aber es müsste alles bis –«

»Aan-dreh-aa, ohne Schuhe, Taschen und Schmuck kann ich mir unmöglich ein Bild davon machen, wie die Garderobe an den Models wirkt, und morgen bin ich bereits in Italien. Sagen Sie Stef, sie soll mir vorlegen, was sie da hat, und mir von dem Rest Fotos zeigen!« Damit wandte sie sich wieder Lucia und ihren Ständern zu.

Stef diese erfreuliche Nachricht zu überbringen, erinnerte mich lebhaft an die schöne Redewendung: »Für jemanden den Kopf hinhalten«. Sie flippte total aus.

»Ich kann doch verdammt noch mal nicht in 30 Sekunden alles für eine Durchsicht zusammenstellen, kapierst du das nicht? Vergiss es einfach! Vier von meinen fünf Assistentinnen sind gerade nicht da, und die fünfte ist ein Vollidiot. Andrea, was, verdammte Scheiße noch mal, soll ich machen?« Sie war völlig hysterisch, aber es blieb nicht viel Verhandlungsspielraum.

»Okay, schön«, zwitscherte ich mit einem Blick zu Miranda, die ein Talent dafür hatte, alles mitzukriegen. »Dann sage ich Miranda, dass du gleich da bist.« Ich legte auf, bevor sie sich in Tränen auflöste.

Wie erwartet, war Stef zweieinhalb Minuten später zur Stelle, begleitet von ihrer einen vollidiotischen Assistentin und zwei Leihstücken, einer Fashion-Assistentin und James, dem Beauty-Experten, alle verschreckt blickend und mit unförmigen Weidenkörben beladen. Wie geprügelte Hunde standen sie vor meinem Schreibtisch herum, bis die Herrin sie mit einem weiteren unmerklichen Nicken zum Kotau vorließ. Da Miranda offensichtlich nicht gewillt schien, ihr Büro je wieder zu verlassen, mussten sämtliche schwer beladenen Kleiderständer, rollenden Schuhcontainer und überbordenden Accessoires-Körbe vor sie hingeschleppt werden.

Endlich hatten die Accessoires-Vertreter ihre Ware hübsch ordentlich in Reih und Glied auf dem Teppich zur Inspektion ausgelegt – und Mirandas Büro damit in eine Art Beduinenbasar verwandelt, der allerdings mehr von Madison Avenue als von Scharm-el-Scheich an sich hatte. Der Reihe nach präsentierten sie ihr Gürtel aus Schlangenhaut zu 2000 Dollar, versuchten ihr eine große Tasche von Kelly anzudrehen, sie von einem kurzen Cocktailkleid von Fendi zu überzeugen oder ihr die Vorzüge von Chiffon nahezubringen. Stef hatte – binnen 30 Sekunden und trotz des lückenhaften Bestands – eine nahezu perfekte Kollektion zur Durchsicht auf die Beine gestellt. Das Fehlende war durch Gegenstände aus früheren Shootings aufgefüllt; was an ihre Stelle treten würde, so erläuterte sie Miranda, war ähnlich, aber noch besser. Alle Redakteurinnen bei *Runway* waren Meisterinnen ihres Fachs, doch Miranda schlug sie um Längen. Sie spielte die reservierte Kundin, die kühlen Blickes, ohne auch nur einen Hauch von Interesse zu heucheln, von einem prachtvollen Stand zum nächsten schritt. Hatte sie endlich, Gott sei's gedankt, eine Entscheidung gefällt, deutete sie gebieterisch auf das Gewünschte und die Redakteurinnen nickten unterwürfig (»Allerdings, eine vorzügliche Wahl«, »O gewiss, genau das Passende«). Dann packten sie ihre Waren wieder zusammen und verfügten sich schleunigst zurück in ihre jeweiligen Abteilungen, bevor Miranda es sich wieder anders überlegte.

Die ganze Tortur dauerte nur ein paar Minuten, aber danach machte bei uns allen die Panik einer tiefen Erschöpfung Platz. Miranda hatte am Vormittag verlauten lassen, dass sie heute schon gegen vier gehen würde, um vor der großen Reise noch ein paar Stunden mit den Zwillingen zu verbringen. Also sagte ich zur Erleichterung der gesamten Abteilung die Features-Besprechung ab. Exakt um zwei Minuten vor vier begann sie zusammenzupacken – keine allzu große Anstrengung, da ich ihr alles Wichtige und Gewichtige abends rechtzeitig vor dem Abflug in die Wohnung bringen sollte. Im Grunde hatte sie nichts weiter zu tun, als die Gucci-Brieftasche und das Motorola-Handy in die Fendi-Tasche zu werfen, die sie ständig zweckentfremdete. In den vergangenen Wochen hatte dieses 10000-Dollar-Prachtstück übrigens Cassidy als Schultasche gedient und dabei etliche Perlen sowie einen Griff verloren. Zum Schluss war es auf meinem Schreibtisch gelandet: Ich sollte es, so Mirandas Anweisung, entweder reparieren lassen oder wegwerfen, wenn nichts mehr zu retten war. Tapfer hatte ich der Versuchung widerstanden, ihr weiszumachen, die Tasche sei hin, damit ich sie mir unter den Nagel reißen konnte. Stattdessen machte ich eine Lederwarenreparatur ausfindig, die ihr das Ding für lächerliche 25 Dollar wieder instand setzte.

Nachdem sie endlich draußen war, griff ich unwillkürlich zum Telefon, um mich bei Alex auszuheulen. Die halbe Nummer war schon eingetippt, als mir einfiel, was wir vereinbart hatten. Der erste Tag seit über drei Jahren, an dem wir nichts voneinander hören würden. Ich saß da, den Hörer in der Hand, starrte auf eine E-Mail, die er noch tags zuvor geschickt und mit »Alles Liebe« unterschrieben hatte, und fragte mich, ob es nicht ein entsetzlicher Fehler gewesen war, in diese Auszeit einzuwilligen. Dann wählte ich erneut, um ihm zu sagen, dass wir noch mal über alles reden und herausfinden sollten, wo was schiefgelaufen war – und dass ich bereit war, die Verantwortung für meinen Anteil am schleichenden, stetigen Niedergang unserer Beziehung zu übernehmen. Doch bevor es am anderen Ende überhaupt klingeln konnte, stand schon Stef vor meinem Schreibtisch, nach überstandener Durchsicht auf Hochtouren und bewaffnet mit dem ultimativen Accessoires-Schlachtplan für Paris. Es galt, Schuhe und Taschen, Gürtel und Schmuck, Strumpfwaren und Sonnenbrillen durchzudiskutieren, also legte ich den Hörer zurück auf die Gabel und versuchte, konzentriert ihren Instruktionen zu lauschen.

Ein siebenstündiger Flug im Zwischendeck, dazu die Kluft aus hautengen Lederhosen, offenen Riemchensandalen, Blazer und Tank-Top – doch nein: Wider Erwarten war es reisetechnisch nicht der unterste Kreis der Hölle, sondern im Gegenteil die entspannteste Zeit seit langem. Nachdem Miranda und ich beide gleichzeitig auf unterschiedlichen Wegen – sie von Mailand, ich von New York – Paris ansteuerten, war ich unversehens in der einmalig glücklichen Lage, sieben Stunden ganz und gar für mich zu haben: Unerreichbar zu sein, einen gesegneten Tag lang.

Aus mir immer noch unverständlichen Gründen hatten meine Eltern auf die Neuigkeit meiner Paris-Reise nicht halb so begeistert reagiert wie erwartet.

»Ach ja?«, lautete der berüchtigt knappe – und vielsagende – Kommentar meiner Mutter. »Du fliegst ausgerechnet jetzt nach Paris?«

»Was meinst du mit ›ausgerechnet jetzt‹?«

»Je nun, der Termin für eine Reise nach Europa scheint augenblicklich nicht ganz glücklich gewählt, weiter nichts«, – eine vage

Formulierung, hinter der sich die übliche jüdische Mutter-Tochter-Schuldzuweisung auftürmte.

»Und wieso, wenn ich fragen darf? Wann wäre es denn genehm?«

»Nun sei doch nicht gleich so gereizt, Andy. Du hast dich bloß einfach so lange nicht mehr blicken lassen – das soll kein Vorwurf sein, Dad und ich wissen schon, dass du mehr als genug zu tun hast –, aber willst du dir nicht wenigstens mal deinen neuen Neffen begucken? Er ist schon ein paar Monate auf der Welt, und du hast noch keinen Blick auf ihn geworfen?!«

»Mom! Hör auf, mir Schuldgefühle einzureden. Ich möchte ja liebend gern Bekanntschaft mit Isaac schließen, aber zurzeit geht es einfach nicht, du weißt schon –«

»Dad und ich zahlen dir auch das Ticket nach Houston, das haben wir dir doch gesagt?«

»Ja! Ungefähr 1000-mal. Ich weiß es, und ich weiß es zu schätzen. Ich weiß bloß nicht, wie ich es arbeitsmäßig auf die Reihe kriegen soll, nachdem jetzt auch noch Emily ausgefallen ist. Es geht nicht ums Geld – ich kann einfach nicht so mir nichts, dir nichts auf und davon, nicht mal am Wochenende. Fändet ihr es denn sinnvoll, dass ich einmal quer über den Kontinent – und gleich wieder zurück jette, nur falls Miranda mich Samstagmorgen dazu verdonnert, ihr Zeug von der Reinigung zu holen?«

»Nein, natürlich nicht, Andy, ich dachte bloß, das heißt, wir beide dachten bloß, dass du in den kommenden Wochen vielleicht ein paar Tage bei ihnen einschieben könntest, nachdem Miranda jetzt doch weg ist und so weiter, und wenn, dann hätten Dad und ich die Gelegenheit auch gleich zu einem Besuch wahrgenommen. Aber jetzt fliegst du ja nach Paris.«

Aus ihrem Tonfall klang heraus, was sie wirklich dachte. »Aber jetzt fliegst du ja nach Paris« hieß so viel wie: »Du düst ab nach Europa und scherst dich einen Dreck um all deine familiären Verpflichtungen.«

»Mutter, damit ein für alle Mal klar ist: Ich fliege nicht in Urlaub. Ich würde 1000-mal lieber meinen kleinen Neffen kennen lernen als Paris. Die Entscheidung darüber liegt absolut nicht in meiner Hand, wie ihr wohl wisst, auch wenn ihr euch damit schwertut. Die Sache ist ganz einfach die: Entweder fliege ich überübermorgen auf eine Woche zu Miranda nach Paris, oder ich fliege aus dem Job. Seht ihr eine Alternative? Falls ja, wüsste ich sie gerne.«

Nach geraumem Schweigen sagte sie: »Nein, natürlich nicht, Schätzchen. Wir verstehen dich ja. Ich hoffe bloß – na ja, ich hoffe bloß, dass es dir gut dabei geht.«

»Was soll denn das wieder heißen?«, blaffte ich.

»Nichts weiter«, setzte sie rasch nach. »Wirklich nur, dass es Dad und mir einzig darum zu tun ist, dass es dir gut geht, und dass du in letzter Zeit, äh, den Eindruck gemacht hast, als würdest du dich, äh, ziemlich unter Druck setzen. Ist denn so weit alles okay?«

Sie klang so offenkundig bemüht, dass ich ein bisschen Leine ließ. »Ja, Mom, alles so weit, so gut. Wenn du's genau wissen willst, ich bin wirklich nicht scharf darauf, nach Paris zu fliegen. Die Woche wird höllisch, und zwar rund um die Uhr. Aber mein Jahr ist ja bald um, und dann ist Schluss mit frustig.«

»Ich weiß, Liebes, ich weiß, dass du hart zu knabbern hattest in diesem Jahr. Ich hoffe ja nur, dass es sich am Ende für dich auszahlt. Nichts weiter.«

»Ja. Ich auch.«

Wir legten in gegenseitigem Einvernehmen auf, trotzdem wurde ich das ungute Gefühl nicht los, dass meine eigenen Eltern von mir enttäuscht waren.

Die Gepäckausgabe in Paris war der Albtraum, doch hinter der Zollkontrolle stach mir sogleich ein elegant gekleideter Chauffeur ins Auge, der ein Schild mit meinem Namen durch die Gegend schwenkte. Sobald die Fahrertür ins Schloss gefallen war, versah er mich mit einem Handy.

»Ms. Priestly hat darum ersucht, dass Sie sich gleich nach

Ihrer Ankunft bei ihr melden möchten. Ich habe mir erlaubt, die Nummer des Hotels in das Kurzwahlverzeichnis einzugeben. Sie logiert in der Coco-Chanel-Suite.«

»Ähm, oh, okay. Danke. Dann rufe ich wohl mal gleich an«, äußerte ich überflüssigerweise.

Und *wie* überflüssigerweise – bevor ich überhaupt auf die Sterntaste und die Eins drücken konnte, plärrte das Handy schon los und blinkte rot wie bei einem Großalarm. Ohne den Fahrer und seinen erwartungsvollen Blick hätte ich den Anruf vermutlich stumm geschaltet und fürs Erste ignoriert, aber ich wurde das Gefühl nicht los, dass er geheißen war, mich scharf im Auge zu behalten. Irgendwas an seiner Miene suggerierte, dass ich mir nichts Gutes tat, wenn ich den Anruf schlicht überging.

»Hallo? Hier spricht Andrea Sachs«, sagte ich in meinem professionellsten Tonfall und schloss gleichzeitig Wetten mit mir selbst ab, wer, außer Miranda, es wohl noch sein konnte.

»Aan-dreh-aa! Welche Zeit zeigt Ihre Armbanduhr momentan an?«

War das eine Fangfrage? Kam als Nächstes der Vorwurf, ich sei zu spät dran?

»Öh, lassen Sie mich nachsehen. Sie steht auf Viertel nach fünf morgens, aber ich habe sie natürlich noch nicht auf Pariser Zeit umgestellt. Also sollte sie Viertel nach elf vormittags anzeigen«, sagte ich gut gelaunt in der Hoffnung, damit einen gelungenen (und nicht zu kühnen) Auftakt zur ersten von vielen Unterhaltungen in dieser endlosen Woche gesetzt zu haben.

»Danke für Ihre epischen Ausführungen, Aan-dreh-aa. Und darf ich weiter fragen, was genau Sie in den letzten 35 Minuten getrieben haben?«

»Ja, also, Miranda, der Flug hatte ein paar Minuten Verspätung und dann musste ich noch –«

»Darf ich Sie darauf hinweisen, dass laut dem von *Ihnen* für mich erstellten Reiseplan Ihr Flieger um 10 Uhr 35 gelandet ist?«

»Ja, das war die planmäßige Ankunft, aber, verstehen Sie –«

»Ich muss mich nicht von Ihnen belehren lassen, was ich verstehe und was nicht, Aan-dreh-ah. Jedenfalls ist dergleichen mit Sicherheit nicht das, was ich unter einem akzeptablen Verhalten für die kommende Woche verstehe. Ist das so weit klar?«

»Ja, natürlich. Es tut mir leid.« Mein Herz beschleunigte dem Gefühl nach auf eine Million Schläge pro Minute, und ich spürte, wie ich rot anlief. Rot vor Scham, dass jemand so mit mir sprach, doch mehr noch, dass ich so mit mir umspringen ließ. Soeben hatte ich mich – allen Ernstes – dafür entschuldigt, dass ich nicht für eine pünktliche Landung meines internationalen Flugs gesorgt hatte und weiterhin zu blöd gewesen war, mich an der französischen Zollkontrolle vorbeizudrücken.

Ich presste mein Gesicht unbeholfen ans Fenster der Limousine und spähte hinaus in das Leben und Treiben auf den Straßen von Paris. Wie hoch gewachsen die Frauen erschienen, wie elegant die Männer, und praktisch alle waren schön gekleidet, schlank und von edler Haltung. Es war nicht mein erster Besuch in der Stadt; aber vom Rücksitz einer Nobelkarosse betrachtet wirkte sie mit ihren schicken kleinen Boutiquen und den charmanten Straßencafés doch anders als aus der Perspektive einer Rucksacktouristin, die damals am anderen Ende der Stadt in einer Art Jugendherberge Unterkunft gefunden hatte. *Könnte ich mich durchaus dran gewöhnen*, dachte ich. Der Fahrer vollführte Verrenkungen auf seinem Sitz, um mir zu zeigen, wo die Wasservorräte gelagert waren – nur für den Fall, dass ich Durst verspürte.

Schließlich hielt der Wagen vor dem Hoteleingang, und ein soignierter Kavalier im (soweit ich das beurteilen konnte) Maßanzug hielt mir den Schlag auf.

»Mademoiselle Sachs, welches Vergnügen, endlich Ihre Bekanntschaft zu machen. Mein Name ist Gerard Renaud.« Seine Stimme klang sanft und Vertrauen erweckend; das Silberhaar und die tiefen Falten im Gesicht zeigten an, dass er sehr viel älter war, als ich nach dem Telefonat mit dem mir damals noch unbekannten Herrn von der Rezeption vermutet hatte.

»Monsieur Renaud, toll, Sie endlich kennen zu lernen!« Plötzlich hatte ich nur noch einen Wunsch: in ein schönes, weiches Bett zu kriechen und mich nach dem langen Flug ordentlich auszuschlafen. Doch diese Hoffnung machte Monsieur Renaud sogleich zunichte.

»Mademoiselle Andrea, Madame Priestly wünscht Sie in ihrer Suite zu sprechen, und zwar unverzüglich, wie ich fürchte – bevor Sie sich noch in der Ihren eingerichtet haben.« Es war ihm sichtlich unangenehm, und einen kurzen Augenblick lang tat er mir noch mehr Leid als ich mir selbst. Ganz offenkundig fühlte er sich unwohl in seiner Rolle als Überbringer schlechter Nachrichten.

»Ach du Scheiße. Na toll«, knurrte ich und merkte zu spät, welche Pein ich Monsieur Renaud damit bereitete. Ich kleisterte mir ein gewinnendes Lächeln ins Gesicht und fing von vorne an. »Bitte entschuldigen Sie, ich habe einen schrecklich langen Flug hinter mir. Könnte ich denn wohl erfahren, wo ich Miranda finde?«

»Aber gewiss, Mademoiselle. Sie befindet sich augenblicklich in ihrer Suite und bekundete, so mein Eindruck, nachhaltiges Interesse an einem raschen Zusammentreffen mit Ihnen.« Fast schien es mir, als rollte Monsieur Renaud ganz leicht mit den Augen; am Telefon hatte er immer so bestürzend untadelig geklungen, aber jetzt beschlichen mich Zweifel. Natürlich beherrschte er seine Rolle viel zu gut, um sich eine Blöße zu geben oder sich gar einen verbalen Ausrutscher zu leisten, aber: Ich zog die Möglichkeit in Betracht, dass Miranda ihm ebenso von Herzen zuwider war wie mir. Konkrete Beweise konnte ich zwar nicht vorlegen, andererseits: War es denn denkbar, dass irgendwer sie *nicht* verabscheute?

Lächelnd bugsierte Monsieur Renaud mich in den offenen Fahrstuhl, erteilte Anweisungen in Französisch und sagte mir

Adieu. Der Page eskortierte mich zu Mirandas Suite und überließ mich nach dem Anklopfen fluchtartig meinem Schicksal, einsam und allein im Angesicht der Tyrannin.

Ob sie wohl selbst an die Tür kam? Kaum vorstellbar. In den elf Monaten, die ich nun schon in ihrer Wohnung ein und aus ging, hatte ich sie noch nie bei etwas erwischt, das auch nur entfernt nach Arbeit aussah – und darunter fielen auch solch gewöhnliche Verrichtungen wie An-die-Tür-Gehen, Jacke-aus-dem-Schrank-Nehmen, oder Sich-ein-Glas-Wasser-Eingießen. Als habe sie zum orthodoxen Judentum zurückgefunden und feierte alle Tage Sabbat – mit mir als Sabbat-Goi, dem die verbotenen Tätigkeiten aufgehalst wurden.

Ein hübsches Zimmermädchen in Uniform ließ mich ein. Als sie kurz und bedrückt den Kopf hob, sah ich, dass ihre Augen in Tränen schwammen.

»Aan-dreh-aa!«, ertönte es aus den unergründlichen Tiefen des grandiosesten Wohnraums, den ich mir vorstellen konnte. »Aan-dreh-aa, mein Chanel-Kostüm muss für heute Abend dringend gebügelt werden. Der Flug hat es praktisch ruiniert. Man sollte doch meinen, die von der Concorde wüssten, wie man mit Gepäck umgeht, aber meine Sachen sehen furchtbar aus. Dann rufen Sie in der Horace Mann an, und vergewissern Sie sich, dass die Mädchen pünktlich zur Schule gekommen sind. Das machen Sie künftig jeden Morgen – ich traue dieser Annabelle nicht über den Weg. Sehen Sie zu, dass Sie abends sowohl mit Caroline als auch mit Cassidy sprechen und eine Liste der anstehenden Hausaufgaben und Prüfungen erstellen. Ich wünsche allmorgendlich vor dem Frühstück einen schriftlichen Bericht. Ach ja, und verbinden Sie mich unverzüglich mit Senator Schumer, es ist dringend. Zuletzt nehmen Sie sich diesen Schwachkopf Renaud zur Brust und erklären ihm, dass ich erwarte, von ihm für die Zeit meines Aufenthalts mit kompetentem Personal versorgt zu werden. Falls das unüberwindliche Schwierigkeiten bereiten sollte, wird der Hoteldirektor sicherlich gern einspringen. Das einfältige Ding, das er mir da geschickt hat, ist mental stark beschränkt.«

Ich schaute zu dem bedauernswerten Mädchen, das wie ein in die Ecke getriebener Hamster zitternd im Eingangsbereich stand und die Tränen hinunterzuschlucken versuchte. Nachdem davon auszugehen war, dass sie Englisch verstand, schenkte ich ihr den mitleidigsten Blick, den ich auf Lager hatte, doch sie bebte bloß weiter wie Espenlaub. Dann sah ich mich um und gab mir verzweifelt Mühe, mich an all das zu erinnern, was Miranda soeben heruntergerasselt hatte.

»Wird erledigt«, rief ich ungefähr in die Richtung, aus der ihre Stimme ertönt war, irgendwo hinter dem Stutzflügel und den liebevoll über die Grundfläche eines Einfamilienhauses verteilten 17 separaten Blumenarrangements. »Bin gleich wieder da, mit allem, um was Sie gebeten haben.« Innerlich schalt ich mich für die Konstruktion mit »um was«, dann hielt ich ein letztes Mal Umschau in der sagenhaften Wohnlandschaft. Sie überstieg an Pracht und Luxus ohne Zweifel alles, was ich bis dahin je gesehen hatte: Brokatvorhänge, dicke, cremefarbene Teppichböden, schwere Tagesdecken aus Damast auf dem King-Size-Bett und vergoldete Statuetten, diskret auf Mahagoniregalen und -tischen platziert. Nur ein Flachbildschirm-Fernsehgerät und eine durchgestylte Stereoanlage in Silbermetallic ließen ahnen, dass der gesamte Raum nicht im letzten Jahrhundert von Meisterhand gestaltet worden war.

Ich drückte mich an dem bibbernden Zimmermädchen vorbei. Im Hotelflur stieß ich wieder auf den feigen Pagen.

»Würden Sie mir wohl bitte mein Zimmer zeigen?«, bat ich so höflich wie nur möglich, doch er, offenkundig überzeugt, dass ich ebenfalls Hackfleisch aus ihm machen würde, huschte abermals weit voraus. Nach etwa 20 Metern öffnete er eine Tür, auf der keine Nummer stand.

»Hier, Mademoiselle, ich hoffe, es ist alles zu Ihrer Zufriedenheit.«

Es war fast bis aufs Haar eine Replik von Mirandas Suite, nur dass der Wohnraum kleiner und die Schlafstatt ein französisches Bett war. Den Platz des Stutzflügels nahm hier ein großer Mahagonischreibtisch ein, bestückt mit imposanter Telefonanlage, elegantem Desktopcomputer, Laserdrucker, Scanner und Fax; im Übrigen aber waren sich die Räumlichkeiten in ihrer großzügigen, behaglichen Ausstattung verblüffend ähnlich.

»Diese Tür führt über einen privaten Verbindungsgang direkt von Ihrer Suite zu der von Ms. Priestly«, erläuterte er und wollte sie schon öffnen.

»Nein, danke, nicht nötig! Es genügt, dass ich Bescheid weiß.« Ich versuchte die Gravur auf dem Namensschild zu entziffern, das diskret an der Brusttasche seines perfekt gebügelten Diensthemds befestigt war. »Danke sehr, äh, Stephan.« Ich grub in meiner Tasche nach einem kleinen Trinkgeld und stellte bei der Gelegenheit fest, dass ich schlicht vergessen hatte, Euros einzutauschen. »Oh, tut mir leid, ich, äh, ich habe nur Dollars. Ist das okay?«

Er lief scharlachrot an und holte zu weitschweifigen Beschwichtigungen aus. »O nein, Miss, bitte, bemühen Sie sich nicht. Für dergleichen Details trägt Ms. Priestly bei der Abreise Sorge. Darf ich Ihnen aber, da Sie außerhalb des Hotels hiesige Währung benötigen, noch dies hier zeigen?« Er ging zu dem Mordstrumm von Schreibtisch, zog die oberste Schublade heraus und überreichte mir einen Umschlag mit dem französischen Logo von *Runway*. Darin ein Bündel Euroscheine im Wert von insgesamt rund 4000 Dollar sowie eine Karte von Briget Jardin, der Chefredakteurin und geplagten Hauptverantwortlichen für Planung und Durchführung sowohl der Reise als solcher wie auch von Mirandas bevorstehender Party:

Andrea, Schätzchen, wie schön, dass Sie mit von der Partie sind! Beiliegend Euros für Ihren Aufenthalt in Paris. Ich habe mit Monsieur Renaud gesprochen und vereinbart, dass er sich rund um die Uhr für Miranda bereithält. Unten finden Sie eine Liste mit den Nummern, unter denen er im Hotel und privat zu erreichen ist, weiterhin die Nummern des Küchenchefs, des Fitnesstrainers, des Verantwortlichen für den Limousinenservice und natürlich des Hoteldirektors. Alle haben Miranda schon mehrfach anlässlich der Modenschauen betreut, insofern sollte es dahingehend keine Probleme geben. Ich bin natürlich immer im Büro oder, falls nötig, auch per Handy, Fax, Piepser oder unter meiner Privatnummer zu erreichen, wenn Sie oder Miranda irgendetwas brauchen. Sollten wir uns vorher nicht sehen, freue ich mich, Sie anlässlich der großen Soiree am Samstag persönlich kennen zu lernen. Herzlichst, Briget

Unter den Geldscheinen steckte ein zusammengefalteter Briefbogen von *Runway* mit einer Liste von nahezu hundert Rufnummern, die sämtliche Eventualitäten eines Aufenthalts in Paris abdeckten: vom angesagtesten Floristen bis zum Notfallchirurgen. Genau die gleiche Aufzählung fand sich auf der letzten Seite des minutiösen Reiseplans, den ich für Miranda erstellt hatte – unter Verwendung täglich aktualisierter, von Briget getreulich gefaxter Informationen. Mithin konnte eigentlich nur noch der Ausbruch des dritten Weltkriegs Miranda Priestly daran hindern, die Frühjahrskollektion mit einem Minimum an Stress, Ärger und Sorge in Augenschein zu nehmen.

»Vielen, vielen Dank, Stephan. Das ist wirklich eine große Hilfe.« Ich schälte trotz und alledem ein paar Scheine von dem Bündel für ihn ab, doch höflich wie er war, tat er, als hätte er sie nicht gesehen, und verdrückte sich eilig wieder Richtung Flur. Immerhin wirkte er mittlerweile erfreulich weniger verschreckt als noch vor Minuten bei unserer ersten Begegnung.

Nach einer ersten Orientierungsrunde in meinem neuen Reich glückte es mir in relativ kurzer Zeit, sämtliche Leute aufzutreiben, nach denen es Miranda vorhin gelüstet hatte; nun endlich witterte ich eine Chance, mein müdes Haupt kurz auf dem fein gewirkten Leinenkissen abzulegen, doch kaum hatte ich die Augen geschlossen – klingelte das Telefon.

»Aan-dreh-aa, kommen Sie unverzüglich zu mir aufs Zimmer«, kläffte sie und war auch schon wieder aus der Leitung.

»Ja, Miranda, natürlich, Miranda, danke für die höfliche Anfrage. Es ist mir ein Vergnügen«, schwallte ich ins Leere, hievte meinen jetlaggeschädigten, scheinbar tonnenschweren Körper aus dem Bett und stakste unter Aufbietung aller noch verbliebener Konzentration über den absatzgefährdenden Teppichboden unseres kleinen Privatkorridors. Und wieder machte mir ein Zimmermädchen auf, als ich anklopfte.

»Aan-dreh-aa! Eben hat mich eine Assistentin von Briget angerufen und gefragt, wie viel Zeit sie für meine Ansprache bei dem Brunch heute einkalkulieren soll?« Sie blätterte in einer Kopie von *Women's Wear Daily*, die irgendwer – vermutlich Allison, noch in leidiger Erinnerung an ihren vorherigen Job – ihr vorsorglich aus dem Büro zugefaxt hatte; zwei bildschöne Männer waren mit ihrem Haar und Make-up beschäftigt, derweil neben ihr auf dem antiken Tisch eine Käseplatte wartete.

Ansprache? Was für eine Ansprache? Außer Modenschauen stand für heute lediglich irgendeine Art Preisverleihung mit anschließender Häppchenfütterung auf dem Programm, die Miranda wie üblich nach einer Viertelstunde verlassen würde, um nicht vor Langeweile einzugehen.

»Entschuldigung – Sie sagten eine Ansprache?«

»Ganz recht.« Sie klappte die Zeitung zu, legte sie gemächlich einmal zusammen und pfefferte sie dann wütend zu Boden, knapp an einem der beiden Beaus vorbei, die vor ihr knieten. »Warum zum Teufel hat mich niemand davon informiert, dass ich bei dem Mittagsempfang heute irgend so einen dämlichen Preis überreicht bekomme?«, zischte sie mit hassverzerrter Miene. So hatte ich sie noch nie erlebt. Unlust? Na klar. Unzufriedenheit? Aber immer doch. Ärger, Frust, allgemeines Unbehagen? Keine Frage, tagaus, tagein, in jeder Minute. Aber dermaßen *angekotzt* hatte sie noch nie gewirkt.

»Öh, Miranda, tut mir wirklich leid, aber die Einladung mit der Bitte um Antwort kam eigentlich von Brigets Büro, und sie haben nie –«

»Schweigen Sie. Schweigen Sie augenblicklich still! Ich bekomme von Ihnen nichts als Ausflüchte zu hören. *Sie* sind meine Assistentin, *Sie* sind diejenige, die ich mit der Organisation für Paris betraut habe, *Sie* sollten mich über dergleichen auf dem Laufenden halten.« Ihre Stimme schwoll immer mehr an. Die leise auf Englisch gestellte Anfrage des Visagisten, ob wir einen Moment unter vier Augen wünschten, ging in Mirandas Wutanfall vollständig unter. »Es ist jetzt Punkt zwölf. In einer Dreiviertelstunde muss ich aufbrechen. Bis dahin erwarte ich eine knappe, prägnante Ansprache, ausformuliert und leserlich getippt hier im Hotelzimmer vorgelegt zu bekommen. Sollten Sie sich nicht dazu in der Lage sehen, dürfen Sie die Heimreise antreten. *Und zwar unwiderruflich*. Das wäre alles.«

Ich stöckelte in neuer Rekordzeit durch den Flur und riss noch unterwegs die Klappe meines weltweit funktionierenden Handys auf. Mit fliegenden Fingern Brigets Büronummer einzutippen, war fast ein Ding der Unmöglichkeit, aber irgendwie kam ich durch. Eine ihrer Assistentinnen hob ab.

»Ich brauche Briget!«, kreischte ich mit sich überschlagender Stimme. »Wo ist sie? *Wo ist sie?* Ich muss mit ihr reden. *Auf der Stelle!*«

Am anderen Ende der Leitung herrschte kurzes, erschrecktes Schweigen. »Andrea? Sind Sie es?«

»Ja, und ich brauche Briget. Hier brennt's – wo zum Teufel ist sie?«

»Bei einer Modenschau, aber keine Sorge, sie hat ihr Handy immer eingeschaltet. Sind Sie im Hotel? Sie ruft Sie gleich zurück.«

Es dauerte nur ein paar Sekunden, bis das Telefon auf dem

Schreibtisch klingelte, aber mir kam es vor wie eine Woche. »Andrea«, zwitscherte sie in ihrem süßen französischen Akzent. »Was gibt es, meine Liebe? Monique hat gesagt, Sie sind ganz außer sich.«

»Außer mir? Allerdings, da können Sie Gift drauf nehmen! Briget, wie konnten Sie mir das antun? Ihr Büro hat uns diesen Scheißempfang aufs Auge gedrückt, und kein Schwein hat mich davon informiert, dass sie nicht nur einen Preis kriegt, sondern auch noch eine Rede halten soll?!«

»Beruhigen Sie sich, Andrea. Wir haben ganz sicher mitgeteilt –«

»Und wer darf sie schreiben? Ich! Hören Sie? Ich habe genau 45 Minuten, um eine Dankrede für einen Preis, von dem ich nichts weiß, in einer Sprache, von der ich nichts verstehe, zu schreiben. Sonst bin ich erledigt. Also, was soll ich machen?«

»Erst mal entspannen. Ich helfe Ihnen da durch. Zunächst einmal, die Zeremonie findet direkt bei Ihnen im Ritz statt, in einem der Salons.«

»In einem der was? Was für Saloons?« Ich hatte noch keine Gelegenheit gehabt, mich weiter im Hotel umzusehen, aber eine Westernkneipe stand hier eigentlich nicht zu vermuten.

»Das ist Französisch für – ach, wie heißt es bei Ihnen? Veranstaltungsräume. Sie muss also einfach nur nach unten gehen. Die Französische Modekommission ist eine Pariser Organisation, die alljährlich anlässlich der Modenschauen ihre Preise verleiht, weil zu der Zeit ohnehin alle in der Stadt sind. *Runway* wird in der Kategorie Modereportage ausgezeichnet. Es ist keine, wie sagt man bei Ihnen, keine große Sache, eigentlich bloß eine Formalität.«

»Na super, wenigstens weiß ich jetzt, worum sich's dreht. Und was genau soll ich nun schreiben? Wie wär's: Sie diktieren mir das Ganze auf Englisch herunter, und ich lasse es mir von Monsieur Renaud übersetzen, okay? Legen Sie los. Ich bin so weit.« Meine Stimme klang wieder etwas selbstbewusster, aber den

Stift festzuhalten, bereitete mir noch Mühe. Vor lauter Erschöpfung, Anspannung und Hunger verschwamm mir der auf dem Tisch bereitliegende, hoteleigene Schreibblock vor Augen.

»Andrea, Sie haben schon wieder Glück.«

»Ach was? Zurzeit fühle ich mich eigentlich nicht gerade vom Glück verfolgt, Briget.«

»Diese Veranstaltungen finden immer auf Englisch statt. Es ist keine Übersetzung nötig. Also, Sie schreiben mit, ja?«

»Ja, ja, ich schreibe mit«, murmelte ich. Eigentlich meine allererste Chance, Miranda zu beweisen, dass ich noch zu mehr taugte als bloß zum Kaffeeholen – aber in der Hektik ging diese Erkenntnis total unter.

Nachdem ich aufgelegt und das Ganze in Rekordgeschwindigkeit heruntergetippt hatte – Schreibmaschineschreiben war so ziemlich das einzige sinnvolle Fach meiner gesamten High-School-Zeit gewesen –, überschlug ich, dass Miranda zum Ablesen höchstens drei Minuten brauchen würde. In wilder Hast leerte ich ein halbes Fläschchen San Pellegrino und schlang dazu ein paar Erdbeeren hinunter, die ein wohlmeinender Zeitgenosse auf meiner Minibar deponiert hatte. *Ein Cheeseburger wäre mir lieber gewesen*, dachte ich. Irgendwo in meinem Gepäck, das sauber aufgestapelt in der Ecke stand, war ein Twix verstaut, aber ich hatte keine Zeit mehr, danach zu fahnden. Seit Erhalt meines Marschbefehls waren exakt 40 Minuten verstrichen: Nun stand die Probe aufs Exempel an.

Ein wieder anderes, aber nicht weniger verschreckt wirkendes Zimmermädchen führte mich in den Wohnraum. Natürlich hätte ich stehen bleiben sollen, doch die Lederhose, aus der ich seit gestern nicht mehr herausgekommen war, klebte mir förmlich an den Beinen, und die Riemchensandalen – im Flugzeug noch kein großes Problem – schienen sich mittlerweile in lange, biegsame Rasierklingen verwandelt zu haben, die gnadenlos in Fersen und Zehen einschnitten. Also beschloss ich, auf den schwellenden Polstern der Couch Platz zu nehmen. Kaum hatten meine schmerzenden Knie dankbar nachgegeben und meine Pobacken mit dem Kissen Bekanntschaft geschlossen, als auch schon Mirandas Schlafzimmertür aufflog und ich mich instinktiv wieder hochrappelte.

»Wo ist meine Ansprache?«, fragte sie automatisch bei meinem Anblick; in ihrem Schlepptau befand sich ein weiteres Zimmermädchen, das ihr einen einzelnen, vergessenen Ohrring nachtrug. »Sie haben doch wohl etwas aufgesetzt?« Sie trug eines ihrer klassischen Chanel-Kostüme – Rundkragen mit Pelzbesatz – und eine mehrreihige Kette aus ungewöhnlich großen Perlen um den Hals.

»Aber natürlich, Miranda«, sagte ich stolz. »Ich denke, es wird passen.« Nachdem sie keine Anstalten machte, sich des Blattes zu bemächtigen, ging ich zu ihr hin, doch bevor ich es ihr noch hinhalten konnte, riss sie es mir aus der Hand. Erst als ihre Augen nicht mehr über das Papier huschten, fiel mir auf, dass ich die ganze Zeit den Atem angehalten hatte.

»Gut. Es ist gut. Mit Sicherheit nichts Bahnbrechendes, aber so weit, so gut. Gehen wir.« Sie hängte sich eine passende, gesteppte Handtasche von Chanel über die Schulter.

»Pardon?«

»Ich sagte, gehen wir. Diese alberne kleine Veranstaltung beginnt in 15 Minuten, und mit etwas Glück sind wir in 20 wieder draußen. Dergleichen hasse ich wirklich wie die Pest.«

Meine Ohren trogen mich nicht: Sie hatte »Gehen« und »wir« gesagt, also sollte ich mit. Ich starrte an mir herunter und dachte: wenn sie – offensichtlich, sonst hätte sie was gesagt – kein Problem mit den Lederhosen und dem passenden Blazer hatte, wer war ich dann, mir darüber Gedanken zu machen? Vermutlich würden Heerscharen von Assistentinnen um ihre Chefinnen herumscharwenzeln, und was wir dabei trugen, interessierte letztlich keine Menschenseele.

Der »Salon« war, genau wie von Briget beschrieben, ein typischer Veranstaltungsraum mit ein paar Dutzend runden Tischchen und einem leicht erhöhten Podiumsbereich. Ich verzog mich ganz nach hinten und sah mir dort mit diversen anderen Kolleginnen einen megaöden, total uninteressanten Videoflop an, in dem es darum ging, auf welche Weise die Mode unser aller Leben beeinflusst. In der darauffolgenden halben Stunde hielten etliche weitere Leute das Mikrofon in Beschlag, und dann, bevor auch nur die erste Preisverleihung in Angriff genommen worden war, trat eine ganze Armee von Kellnern mit Salatschälchen und Weingläsern auf den Plan. Ich warf ahnungsvolle Blicke Richtung Miranda, die es fertigbrachte, gleichzeitig gelangweilt und gereizt zu wirken, und verdünnisierte mich so gut wie möglich hinter dem eingetopften Baum, der mir bislang beim Kampf gegen den Schlaf tröstlichen Halt geboten hatte. Keine Ahnung, wie oft mir die Augen schon zugefallen waren, bis auch meine Nackenmuskeln endgültig den Dienst aufkündigten und mir das Kinn auf die Brust fiel. Erst ihre Stimme rief mich zurück ins Hier und Jetzt.

»Aan-dreaa! Ich habe keine Zeit für diesen Mumpitz«, wisperte sie vernehmlich genug, dass ein paar Klapperschnepfen am Tisch nebenan zu uns hersahen. »Man hat mich von dieser Preisverleihung weder unterrichtet noch entsprechend darauf vorbereitet. Ich gehe.« Damit kehrte sie mir den Rücken zu und steuerte Richtung Ausgang.

Ich stolperte hinterher. Sie an der Schulter zurückzureißen, verkniff ich mir allerdings wohlweislich. »Miranda? Miranda?« Sie nahm mich einfach nicht zur Kenntnis. »Miranda? Wer soll denn dann im Namen von *Runway* den Preis entgegennehmen?«, flüsterte ich so diskret wie möglich, ohne ganz unter die Hörgrenze abzusinken.

Sie fuhr herum und nahm mich direkt aufs Korn. »Was geht mich das an? Meinethalben erledigen Sie das.« Und ohne ein weiteres Wort war sie verschwunden.

O-mein-Gott. Das durfte einfach nicht wahr sein. Gleich würde ich in meinem eigenen, unspektakulären, billigen Bettzeug aufwachen und zu der Erkenntnis gelangen, dass der ganze Tag, ach was, das ganze Jahr, nichts weiter als ein Horrortraum der Sonderklasse gewesen war. Die Frau erwartete doch nicht im Ernst, dass ich – die *Junior*assistentin – mich die Stufen hochschleppte und einen Preis für die beste Modereportage entgegennahm? Hektisch hielt ich Ausschau, ob vielleicht noch jemand von *Runway* zugegen war. Leider nein. Ich ließ mich auf einen Stuhl fallen und überlegte: Sollte ich Emily oder Briget zu Rate ziehen? Oder ganz einfach ebenfalls das Weite suchen, nachdem Miranda so offensichtlich nichts an dieser ehrenvollen Verleihung gelegen war. Eben hatte ich auf dem Handy die Büronummer von Briget eingetippt (vielleicht schaffte sie es ja noch rechtzeitig, den Scheißpreis selbst in Empfang zu nehmen), da hörte ich von der Bühne: »...verneigen wir uns vor der amerikanischen Redaktion von *Runway* in Hochachtung für ihre treffenden, unterhaltsamen und stets informativen Modereportagen. Ein herzliches Willkommen der weltberühmten Herausgeberin, einer lebenden Ikone der Modewelt, Ms. Miranda Priestly!«

Der aufbrandende Applaus ließ meinen Herzschlag stocken. Mir blieb weder Zeit nachzudenken noch Briget, Miranda oder, am nahe liegendsten, mich selbst (weil ich Dämlack diesen gottverfluchten Job überhaupt angenommen hatte) zu verwünschen. *Links-rechts-links-rechts* erklommen meine Beine ohne eigenes Zutun und irgendwelche Zwischenfälle die drei Stufen bis hinauf zum Podium. Ich befand mich im akuten Schockzustand – sonst wäre mir sicherlich aufgefallen, dass der enthusiastische Beifall zu geisterhaftem Schweigen verstummte, weil kein Mensch wusste, wer zum Henker ich eigentlich war. Aber irgendwie hatte mich eine höhere Macht beim Wickel, die mich zwang, lächelnden Angesichts die Plakette aus den Händen des verkniffen dreinblickenden Vorsitzenden entgegenzunehmen und sie zittrig vor mir auf dem Rednerpult abzulegen. Erst als ich aufsah und hunderte neugieriger, bohrender, verwirrter Blicke auf mich gerichtet sah, wusste ich mit Bestimmtheit, dass mein letztes Stündlein geschlagen hatte.

Die Stille währte nach meinem Dafürhalten vielleicht zehn, höchstens fünfzehn Sekunden, aber sie war so überwältigend, so allumfassend, dass ich mich ernsthaft fragte, ob ich nicht vielleicht doch schon tot war. Kein Sterbenswörtchen war zu hören, kein Silberbesteck kratzte verschämt über einen Teller, kein Glas stieß klingend ans andere, und keiner der Anwesenden erkundigte sich auch nur im Flüsterton, wer denn da für Miranda Priestly einsprang. Sie saßen bloß da und starrten mich an, bis ich endlich irgendetwas sagen musste. Von der erst vor einer Stunde niedergeschriebenen Rede war mir kein Wort mehr in Erinnerung: Hilf dir selbst, dann hilft dir Gott.

»Hallo«, setzte ich an; meine Stimme hallte mir in den Ohren. Ob es am Mikrofon lag oder daran, dass mir das Herz bis zum Hals schlug – egal; jedenfalls hatte ich sie nicht im mindesten unter Kontrolle. »Mein Name ist Andrea Sachs, und ich bin Mir- äh, ich arbeite für *Runway*. Leider Gottes ist Miranda, äh, Ms. Priestly, augenblicklich verhindert, aber ich bin gerne bereit, den Preis in ihrem Namen – und natürlich im Namen aller Mitarbeiter von *Runway* – entgegenzunehmen. Ich danke – äh« – mir wollte weder der Name der Organisation noch ihres Präsidenten einfallen – »Ihnen allen von Herzen für diese, äh, diese außerordentliche Ehre. Ich weiß, dass ich für alle spreche, wenn ich sage, dass wir uns sehr geehrt fühlen.« Gott im Himmel, was war das bloß für ein idiotisches Gestammel! Und trotz meiner alles beherrschenden Nervosität, entging mir nicht, dass sich im Publikum Unruhe breitmachte. Ohne ein weiteres Wort stieg ich so würdevoll wie möglich vom Podium herunter und merkte erst beim Hinterausgang, dass ich die Plakette liegengelassen hatte. Eine Hotelangestellte trug sie mir gnadenlos bis ins Foyer nach und drückte sie mir in die Hand. Kaum war sie weg, ersuchte ich einen der Portiers, mir das Ding aus den Augen zu schaffen. Achselzuckend steckte er es in seine Tasche.

Dieses Biest!, war alles, was ich in meiner Wut und Erschöpfung noch denken konnte. Wie gern hätte ich abgefeimte Wege ersonnen, sie vom Leben zum Tode zu bringen. Mein Handy klingelte – wer konnte das wohl sein? Ich stellte es auf »stumm« und bestellte an der Rezeption einen Gin Tonic. »Bitte, und zwar jetzt und gleich und hier. Bitte.« Die Frau musterte mich kurz und nickte. Ich kippte mir den Drink in zwei langen Zügen hinter die Binde und begab mich zurück in die oberen Etagen unter die Knute meiner Herrin. Zwei Uhr nachmittags, mein erster Tag in Paris und ein Gefühl, als wollte ich am liebsten sterben. Bloß dass Sterben nicht in Frage kam.

17

»Hotelsuite von Miranda Priestly«, machte ich von meinem neuen Pariser Büro aus Meldung. Die grandiosen vier Stunden, die mir zum Ausschlafen bewilligt worden waren, hatten um sechs Uhr morgens mit dem Notruf eines Lagerfeld-Assistenten ein jähes Ende gefunden. Bei der Gelegenheit ging mir auf, dass offenbar sämtliche Anrufe für Miranda direkt in *mein* Hotelzimmer umgeleitet wurden. Seit ich den Fuß über die Schwelle gesetzt hatte, klingelte das Telefon ohne Unterlass, die zwei Dutzend bereits vorhandenen Botschaften auf dem Anrufbeantworter einmal außer Acht gelassen. Ganz Paris mitsamt dem Umland wusste anscheinend, dass Miranda anlässlich der großen Modenschauen hier logierte.

»Hi, ich bin's. Wie geht's Miranda? Ist alles okay? Schon was in die Hose gegangen? Wo ist sie, wieso bist du nicht bei ihr?«

»Hey, Em! Danke für deine freundliche Anteilnahme. Wie geht's denn dir überhaupt?«

»Was? Ach, ganz gut. Noch ein bisschen wacklig, aber es wird allmählich wieder. Egal. Was ist mit *ihr*?«

»Ja, danke, mir geht's auch gut, lieb, dass du dich erkundigst. Ja, der Flug war elend lang, und ich habe noch keine 20 Minuten am Stück geschlafen, weil dauernd das Telefon klingelt und, ach ja, ich habe mir vor einem Publikum, das eigentlich gern Miranda erlebt hätte, ihr aber offenbar nicht interessant genug war, eine komplette Rede aus dem Ärmel geschüttelt, weil ich von der, die ich vorher noch schnell geschrieben hatte, kein Wort mehr wusste. Hab mich vor versammelter Mannschaft komplett zum Deppen gemacht und bin vor Angst beinahe gestorben, aber sonst ist alles paletti.«

»Andrea! Hör auf mit dem Geblödel! Ich mache mir wirklich ernsthafte Sorgen. Schließlich war nicht viel Zeit, um das Ganze vorzubereiten, und du weißt, wenn irgendwas schiefläuft, gibt sie sowieso mir die Schuld.«

»Emily, nimm's bitte nicht persönlich, aber ich kann momentan nicht mit dir reden. Ich kann einfach nicht.«

»Wieso? Stimmt irgendwas nicht? Wie ist ihr Meeting gestern gelaufen? Ist sie pünktlich hingekommen? Hast du alles, was du brauchst? Und denkst du daran, dich immer passend anzuziehen? Vergiss nicht, du bist da drüben die Repräsentantin von *Runway*, und du sollst auch danach aussehen.«

»Emily, ich muss jetzt Schluss machen.«

»Andrea! Da stimmt doch irgendwas nicht. Erzähl, was hast du so getrieben?«

»Also – in meiner üppigen Freizeit habe ich grob gerechnet bisher ein halbes Dutzend Massagen, zwei Kosmetikbehandlungen und ein paar Maniküren absolviert. Miranda und ich lassen uns hier gemeinsam verwöhnen und verstehen uns blendend. Sie gibt sich größte Mühe, mich nicht zu sehr einzuspannen, weil sie meint, ich soll lieber die Chance nützen und diese herrliche Stadt in vollen Zügen genießen. Also, die meiste Zeit sind wir faul und lassen es uns gut gehen, trinken köstlichen Wein, gehen shoppen und so. Das Übliche eben.«

»Andrea! Hör zu, das ist absolut nicht komisch. Jetzt mal im Ernst, was zum Geier geht bei euch ab?« Je aufgebrachter sie klang, desto besser fühlte ich mich.

»Emily, was soll ich schon groß sagen? Was willst du hören? Wie es bisher so gelaufen ist? Also gut. Hauptsächlich habe ich mich mit der Frage abgeplagt, wie ich zum Schlafen kommen soll, wenn unaufhörlich das Telefon klingelt, und wie ich mir gleichzeitig zwischen zwei und sechs Uhr morgens genügend Futter in den Rachen stopfen kann, um die restlichen 20 Stunden durchzuhalten. Scheiße, Em, hier geht's zu wie im Ramadan, von Sonnenaufgang bis Sonnenuntergang gibt es nicht das kleinste Krümelchen. Was du hier alles verpasst – du kannst dir echt leid tun.«

Es blinkte auf der anderen Leitung, und ich schaltete Emily auf Warteschleife. Jedes Mal wenn es klingelte, dachte ich unwillkürlich, es wäre Alex, der mir sagen wollte, dass alles wieder gut werden würde. Seit meiner Ankunft hatte ich ihn zweimal mit meinem internationalen Handy angerufen, aber wie in Juxzeiten als Teenager jedes Mal aufgelegt, sobald er sich meldete. Noch nie hatten wir so lange nichts voneinander hören lassen; einerseits wollte ich wissen, wie es ihm ging, andererseits musste ich mir auch eingestehen, dass das Leben erheblich einfacher lief, seit wir den Streitereien und gegenseitigen Vorwürfen Einhalt geboten hatten. Trotzdem hielt ich wieder einmal den Atem an – bis Mirandas Stimme mir ins Ohr kreischte.

»Aan-dreh-aa, wann soll Lucia eintreffen?«

»Oh, hallo Miranda. Moment, ich schaue schnell in ihrem Reiseplan nach. Ah ja, hier steht, dass sie heute direkt von dem Shooting in Stockholm herfliegt. Sie müsste schon im Hotel sein.«

»Verbinden Sie mich.«

»Ja, Miranda, einen Augenblick, bitte.«

Ich klinkte mich wieder bei Emily ein. »SIE ist es, bleib dran. – Miranda? Ich habe jetzt Lucias Nummer da und verbinde Sie.«

»Warten Sie, Aan-dreh-aa. Ich verlasse das Hotel in 20 Minuten und bin den ganzen Tag unterwegs. Bis ich zurückkomme, brauche ich ein paar Schals und einen neuen Koch. Er sollte mindestens zehn Jahre Erfahrung vorwiegend in französischer Küche vorzuweisen haben und vier Abende pro Woche für die Familie sowie zweimal im Monat für Dinnerpartys zur Verfügung stehen. So, und jetzt verbinden Sie mich mit Lucia.«

Eigentlich hätte ich ja einen Schreikrampf kriegen müssen,

weil Miranda allen Ernstes von mir verlangte, ihr von Paris aus einen neuen Koch für New York zu verschaffen, aber ich dachte nur an eins: Gleich verließ sie das Hotel – ohne mich – und war bis abends weg. Zurück zu Emily mit der frohen Botschaft, dass Miranda einen neuen Koch wünschte.

»Ich kümmere mich darum, Andy«, würgte sie unter Husten heraus. »Ich sondiere schon mal das Feld, und dann kannst du dir die aussichtsreichsten Kandidaten vornehmen. Finde aber erst mal heraus, ob Miranda mit der Vorstellungsrunde warten will, bis sie wieder hier ist, oder ob du lieber schon vorher ein paar einfliegen lassen sollst, okay?«

»Das kann nicht dein Ernst sein.«

»O doch. Cara zum Beispiel hat Miranda letztes Jahr angeheuert, während sie in Marbella war. Das vorige Kindermädchen hatte sie einfach sitzen gelassen, und sie sagte, ich solle ihr die drei Finalistinnen schicken, damit sie sofort wieder jemanden hätte. Also frag nach, okay?«

»Alles klar«, brummte ich. »Und danke.«

Nach dem ganzen Geschwafel über Massagen bekam ich plötzlich Lust, mir selbst mal eine zu gönnen. Der nächste freie Termin, so erfuhr ich am Telefon, war erst am frühen Abend; zur Überbrückung ließ ich mir ein Riesenfrühstück aufs Zimmer servieren. Bis der Page erschien, hatte ich mich in einen der hoteleigenen, plüschigen Morgenmäntel gehüllt, die passenden Schlappen dazu angezogen und rüstete mich innerlich für ein köstlich duftendes Schlemmermahl mit Omelett, Croissants, Plundergebäck, Muffins, Bratkartoffeln, Frühstücksflocken und Crêpes. Pappsatt und randvoll mit Tee watschelte ich zurück zu dem bislang schmählich vernachlässigten Bett und war so schnell weg, dass ich später ernsthaft überlegte, ob mir wohl jemand was in den Orangensaft getan hatte.

Die Massage bildete die Krönung dieses herrlich entspannten Tages. Miranda hatte nur einmal – ein einziges Mal! – angerufen und mich aus dem Schlaf gerissen, weil sie für den nächsten Tag eine Reservierung zum Mittagessen haben wollte. *Gar nicht mal so übel*, dachte ich, während die Masseurin mit starker Hand meine verspannten Nackenmuskeln durchknetete. *Hat durchaus auch Vorteile, das Ganze*. Ich war gerade wieder am Wegdösen, als das Handy, das ich nur höchst widerwillig mitgenommen hatte, penetrant zu klingeln anfing.

»Hallo?«, sagte ich in munterem Tonfall, aus dem sich nicht schließen ließ, dass ich mich gerade als schläfrige Aktstudie in Öl auf dem Tisch rekelte.

»Aan-dreh-aa. Verlegen Sie meinen Friseur- und Make-up-Termin vor und sagen Sie den Leuten von Ungaro Bescheid, dass ich heute Abend verhindert bin. Ich gehe stattdessen auf eine kleine Cocktailparty, und Sie kommen mit. Halten Sie sich in einer Stunde bereit.«

»Äh, ja, äh, klar«, stammelte ich und versuchte gleichzeitig die Information zu verdauen, dass ich tatsächlich mit ihr irgendwohin ging. Bei der Erinnerung an das letzte Mal, als sie mich brandeilig herbeizitiert hatte – gestern war das gewesen, gestern –, durchzuckte es mich, und ich schnappte nach Luft wie ein Karpfen auf dem Trockenen. Ich sprach der Masseurin meinen Dank aus und setzte ihre Dienste auf die Hotelrechnung, obwohl ich sie nur zehn Minuten in Anspruch genommen hatte. Dann sprintete ich nach oben: Wie war diese neue Hürde am elegantesten zu überwinden? Und wie viel Neues konnte noch kommen, bevor ich automatisch müde abwinkte? Nicht mehr viel.

Binnen Minuten hatte ich Mirandas Friseur- und Make-up-Termin verlegt. (Sie wurde von zwei Schwulen betreut, die direkt den Hochglanzseiten von *Maxim* entsprungen zu sein schienen, wohingegen die Restaurierungsarbeiten an mir von einer missmutigen Person durchgeführt wurden, deren verzweifelte Miene bei meinem ersten Anblick mir noch immer in den Knochen steckte.)

»Kein Pro-bläm«, quiekte Julien. »Wiieer sind ssur Stelle, wie sagen Sie? Pünktlisch auf die Minute! Wir 'alten uns diese Woche frei, falls Madame Priestly uns ssu andere Zeiten benötischt!«

Dann piepste ich wieder Briget an und überließ ihr die Absage bei den Leuten von Ungaro. Zeit für den Gang zum Schrank. Das Skizzenbuch mit meinen verschiedenen »Looks« lag auf dem Nachttisch bereit, um verwirrten Opfern der Modewelt wie mir Trost und Rat zu spenden. Was um Himmels willen hatten all die Haupt- und Unterpunkte zu bedeuten?

Modenschauen:
1. Tagsüber
2. Abends

Mahlzeiten:
  1. Frühstückmeetings
  2. Mittagessen
    A. Zwanglos (Hotel oder Bistro)
    B. Formell (Das »Espadon« im Ritz)

  3. Dinner
    A. Zwanglos (Bistro, Zimmerservice)
    B. Halbformell (gehobenes Restaurant, zwanglose Dinnerparty)
    C. Formell (Restaurant »Le Grand Vefour«, formelle Dinnerparty)

Partys:
  1. Zwanglos (Champagnerfrühstück, Fünfuhrtee)
  2. Schick (Cocktailpartys bei Non-VIPs, Buchpräsentationen, Stehempfänge)
  3. Elegant (VIP-Cocktailpartys, sämtliche Veranstaltungen in Museen oder Galerien, Partys der Designer-Teams nach den Modenschauen)

Verschiedenes:
1. Transport vom und zum Flughafen
2. Sportveranstaltungen (Trainerstunden, Turniere etc.)
3. Einkaufsbummel
4. Erledigungen
   A. Couture-Salons
   B. Geschäfte und Boutiquen der gehobenen Klasse
   C. Delikatessenläden, Fitnesseinrichtungen oder Kosmetikberatungen

So weit ich sehen konnte, fehlten Hinweise für den Fall, dass unklar blieb, ob die Veranstalter VIPs waren oder nicht. Hier tat sich natürlich eine bedrohlich große, potenzielle Fehlerquelle auf: das bevorstehende Ereignis ließ sich auf die Kategorie »Partys« einengen, was schon mal ein guter erster Schritt war, aber dann geriet ich in die Grauzone. Fiel die Party schlicht unter »Schick«, sprich: Unterpunkt zwei, oder handelte es sich tatsächlich um den verschärften Fall von Unterpunkt drei, was hieße, dass einer der hocheleganten Fummel angesagt war? Statt präziser Instruktionen zum Thema »Grauzone« bzw. »Nicht genau definiert« fand sich lediglich gegen Ende der Auflistung eine von unbekannter Hand offenbar in letzter Minute hingekritzelte Notiz: *In Zweifelsfällen (tunlichst zu vermeiden) gilt für High-Class-Events: Weniger ist mehr.* Alsdann hatte ich das Problem wohl weitgehend eingekreist: Kategorie »Partys«, Unterpunkt »Schick«. Fragte sich bloß noch, welches von den sechs Outfits, die Lucia für diese spezifische Kombination vorgesehen hatte, sich an mir am wenigsten lächerlich ausnehmen würde.

Nach einem überaus peinlichen Vorlauf mit einem Tank-Top im Feather-Look und bis zum Oberschenkel reichenden Lacklederstiefeln entschied ich mich schließlich für Seite 33: fließender, weiter Patchworkrock von Roberto Cavalli mit Girlie-Shirt und schwarzen Bikerstiefeln von Dolce & Gabbana.

Scharf, sexy, schick – aber nicht zu elegant – und ohne dass ich wie ein aufgeputzter Pfau, ein Relikt der 80er oder gar nuttig daherkam. Herz, was willst du mehr? Eben durchwühlte ich die Taschenkollektion nach einem passenden Begleitstück, als die bärbeißige Friseurin und Visagistin eintrudelte und sich stirnrunzelnd daran machte, die Katastrophe, die ich in ihren Augen ganz offensichtlich darstellte, auf ein erträgliches Maß zu reduzieren.

»Äh, meinen Sie, Sie könnten das da unter meinen Augen vielleicht ein bisschen aufhellen?« Ich formulierte meinen Vorstoß bewusst zaghaft, um nur ja nicht den Eindruck zu erwecken, ich wollte ihr ins meisterliche Handwerk pfuschen. Wahrscheinlich wäre es schlauer gewesen, ich hätte selbst zu Pinsel und Schwamm gegriffen, vor allem, nachdem mir mehr Arbeitshilfen und Instruktionen zur Verfügung standen als den NASA-Wissenschaftlern zum Bau der Space Shuttle. Aber dieser weibliche Dragoner vom Schminkregiment war auf Knopfdruck zur Stelle, ob es mir nun passte oder nicht.

»Nichts da!«, bellte sie, offensichtlich nicht von dem gleichen Wunsch nach feinfühligem Vorgehen getrieben wie ich. »So sieht es besser aus.«

Sie betonte meine Augenringe mit einem letzten, balkendicken schwarzen Strich und verschwand so fix, wie sie gekommen war. Ich schnappte mir die Gucci-Tasche im Alligator-Look und fand mich 15 Minuten vor der mutmaßlichen Abfahrtszeit im Foyer ein, um doppelt und dreifach sicherzugehen, dass der Fahrer bereitstand. Ich debattierte gerade mit Renaud, ob wir wohl getrennt fahren sollten, damit Miranda nicht in die Verlegenheit kam, mit mir sprechen zu müssen, oder ob sie das Risiko eingehen würde, mit ihrer Assistentin zusammen auf dem Rücksitz zu hocken und sich am Ende von ihr etwas einzufangen – da erschien sie. In aller Ruhe musterte sie mich von Kopf bis Fuß – und verzog keine Miene. Ich hatte bestanden! Zum ersten Mal, seit ich für sie arbeitete, weder der übliche, zutiefst angewiderte

Blick noch zumindest ein ätzender Kommentar – und das ohne größeren Aufwand: ein Spezialeinsatz der Moderedakteurinnen in New York, ein Trupp Pariser Haarkünstler und Visagisten sowie der Großteil dessen, was die Welt derzeit an Haute Couture zu bieten hatte, mehr war dazu nicht nötig gewesen.

»Ist der Wagen schon da, Aan-dreh-aa?« In ihrem kurzen, gesmokten Cocktailkleid aus Samt sah sie umwerfend aus.

»Ja, Ms. Priestly, bitte hier entlang«, schaltete Monsieur Renaud sich gewandt ein und geleitete uns an einer Gruppe vorbei, die offensichtlich ebenfalls zu den Modenschauen aus Amerika angereist war: superhippe Redaktionstypen, die in ehrfürchtiges Schweigen verfielen, als wir an ihnen vorbeimarschierten, Miranda zwei Schritte voraus, eine dünne, auffallende und hoffnungslos verkniffene Erscheinung. Ich musste beinahe rennen, um hinterherzukommen, obwohl ich 15 Zentimeter größer war als sie. Beim Wagen angekommen, zögerte ich, bis ihr Blick »Na? Worauf zum Teufel warten Sie noch?« signalisierte, erst dann schlüpfte ich nach ihr auf die Rückbank der Limousine.

Gott sei Dank schien der Fahrer zu wissen, wo es hinging: In der letzten Stunde hatte mich die Schreckensvision geplagt, dass Miranda mich am Ende fragen würde, wo die geheimnisvolle Cocktailparty eigentlich stattfand. Doch sie ließ mich in Ruhe und schärfte stattdessen Mr. BTB übers Handy ein, am Samstag ja so rechtzeitig einzutreffen, dass noch reichlich Zeit zum Umziehen und für einen Drink vor der großen Party blieb. Im Weiteren ging es darum, ob er Caroline und Cassidy im Privatjet seiner Firma nach Paris mitnehmen solle oder nicht: Da er erst Montag zurückflog, würden sie einen Tag Schule verpassen, wovon Miranda nichts wissen wollte. Als wir am Boulevard Saint Germain vor einem überaus edlen Apartementhaus hielten, stellte ich mir erstmals die Frage, was ich hier heute Abend eigentlich verloren hatte. Miranda hütete sich stets, Emily, mich oder sonst jemanden vom Personal in aller Öffentlichkeit zu schikanieren (womit sie in gewisser Hinsicht erkennen ließ, dass sie grundsätzlich sehr wohl wusste, was sie uns antat). Nachdem sie mich also nicht gut herumscheuchen konnte, um ihr Drinks zu holen, jemanden an die Strippe zu kriegen oder ihr Zeug zur Reinigung zu schaffen – was wurde dann, außer gepflegtem Herumstehen, von mir erwartet?

»Aan-dreh-aa, die Gastgeber sind ein befreundetes Ehepaar aus unserer Zeit in Paris. Sie haben mich gebeten, eine Assistentin mitzubringen, die sich um ihren Sohn kümmern soll, damit er sich nicht wie üblich bei solchen Anlässen langweilt. Sie beide werden sicherlich gut miteinander auskommen.« Sie wartete, bis der Fahrer ihr die Tür aufhielt, und entstieg sodann mit ihren göttlichen Jimmy-Choo-Pumps anmutig dem Wagen. Während ich noch mit dem Griff an meiner Seite kämpfte, war sie schon die drei Stufen hinauf und überließ ihren Mantel dem erwartungsvoll dreinblickenden Butler. Also ließ ich mich für einen Augenblick auf den weichen Ledersitz zurückfallen und kaute auf dem Leckerbissen von Information herum, den sie mir eben so lässig hingeworfen hatte. Die Frisur, das Make-up, die Umplanung, die panische Suche nach dem richtigen Look, die Motorradbrautstiefel – dafür, dass ich den ganzen Abend auf irgendeinen stinkreichen, verwöhnten Rotzlöffel (noch dazu einen *französischen*) aufpassen sollte?

Wieder und wieder hielt ich mir vor, dass mich nur noch wenige Monate vom *New Yorker* trennten; bald erhielt ich den Lohn für mein Sklavenjahr, und auf dem Weg zu meinem Traumjob würde ein öder Abend mehr oder weniger mich nicht umbringen. Doch es half nichts. Plötzlich wollte ich bloß noch zusammengerollt bei meinen Eltern auf der Couch liegen und mir von meiner Mom einen Becher Tee in der Mikrowelle wärmen lassen, während Dad das Scrabble-Spiel aufbaute. Wollte auch Jill und Kyle dabeihaben, mit dem Baby, das vor sich hin gluckste und mich angrinste, wollte von Alex am Telefon hören, dass er mich liebte. Niemand würde sich über meine fleckigen Jogginghosen oder meine schockierend unpedikürten Zehen aufregen, und ich würde in aller Ruhe ein dickes, fettes Schokoladeneclair vertilgen dürfen. Keine Menschenseele dort wusste etwas von Modenschauen irgendwo überm großen Teich oder wollte auch nur eine Silbe davon hören. Aber all das schien unendlich fern, Lichtjahre weit weg; momentan musste ich mich stattdessen mit einem Rattenschwanz von Leuten herumschlagen, die für den Laufsteg lebten und starben. Und mit einem garantiert hoffnungslos verzogenen kleinen Bengel, der auf Französisch in der Gegend herumplärrte.

Endlich schleppte ich meinen spärlich, aber schick bekleideten Leib durch den kleinen Vorgarten zum Eingang, vor dem kein Butler mehr wartete. Aus einem offenen Fenster drang durchaus flotte Live-Musik, es roch nach Duftkerzen. Ich holte einmal tief Luft und griff nach dem Klopfer, doch da schwang die Tür wie von selbst auf. Eins steht fest: nie, niemals in meinem jungen Leben war ich so verdutzt wie an jenem Abend, als Christian mich lächelnd in Empfang nahm.

»Andy, mein Herz, wie schön, dass du kommen konntest.« Er beugte sich vor und küsste mich auf den Mund – reichlich frech, wenn man bedenkt, dass ich ihn in ungläubigem Staunen sperrangelweit aufgerissen hatte.

»Was tust du denn hier?«

Grinsend schob er sich die unvermeidliche Locke aus der Stirn. »Das könnte ich genauso gut dich fragen. Nachdem du mir überallhin nachzulaufen scheinst, drängt sich mir der Verdacht auf, dass du etwas von mir willst.«

Ganz Dame, wurde ich erst rot und schnaubte dann laut. »Ja, wahrscheinlich. Allerdings bin ich hier nicht zu Gast, sondern lediglich ein pikfein angezogener Babysitter. Miranda hat gesagt, ich solle mitkommen, und mir erst in letzter Sekunde eröffnet, dass ich heute Abend auf den Sohn der Gastgeber aufpassen darf. Wenn du mich also bitte entschuldigen willst, damit ich mich vergewissere, ob der kleine Teufelsbraten genügend Milch und Buntstifte zur freien Verfügung hat.«

»Ach, ich bin mir ziemlich sicher, ihm fehlt nichts zu seinem Glück, höchstens noch ein Kuss von seiner Babysitterin.« Er nahm mein Gesicht zwischen seine Hände und küsste mich erneut. Ich öffnete den Mund, um ihn zu fragen, was zum Teufel hier eigentlich vorging, doch er verstand meinen Protestversuch als Entgegenkommen und ließ seine Zunge in meinen Mund wandern.

»Christian!«, zischte ich gedämpft; Miranda würde vermutlich nicht lange fackeln, wenn sie mich dabei erwischte, wie ich auf einer ihrer Partys mit irgendeinem hergelaufenen Kerl herummachte. »Was soll der Scheiß? Lass mich los!« Ich wand mich aus seinem Griff, doch er ließ ungerührt weiter dieses anbetungswürdige Lächeln sehen, das mich zur Weißglut brachte.

»Meine liebe Andy, du scheinst mir heute ein klein wenig schwer von Begriff. Das hier ist *mein* Haus, und die Gastgeber sind *meine* Eltern. Schlau wie ich bin, habe ich ihnen aufgetragen, deine Chefin zu bitten, dass sie dich mitbringen soll. Hat sie etwa behauptet, ich wäre erst zehn? Oder ist das auf deinem Mist gewachsen?«

»Das ist ein Scherz. Bitte sag, dass das ein Scherz ist!«

»Mitnichten. Lustig, oder? Nachdem ich dich sonst offenbar nicht zu fassen kriege, dachte ich, vielleicht klappt es ja auf diesem Wege. Meine Stiefmutter ist Fotografin, sie arbeitet häufig für die französische *Runway* und hat sich mit Miranda angefreundet, als die in Paris war. Also habe ich einfach durch sie ausrichten lassen, dass ihr vereinsamter Sohn nichts gegen ein bisschen Gesellschaft in Form einer attraktiven Assistentin einzuwenden hätte. Hat Wunder gewirkt. Komm, lass uns was trinken.« Er platzierte mir eine Hand ins Kreuz und dirigierte mich zu einer massiven Eichenholzbar im Wohnzimmer, hinter der drei livrierte Barkeeper mit dem Ausschank von Martini, Scotch und edlem Perlwasser in eleganten Champagnerflöten beschäftigt waren.

»Jetzt noch mal im Klartext: Ich muss also heute nicht den Babysitter spielen? Du hast nicht zufällig noch einen kleinen Bruder oder so was?« Es überstieg mein Fassungsvermögen, dass ich mit Miranda Priestly zu einer Party fuhr und den ganzen Abend nichts weiter zu tun haben sollte, als mit einem berühmten Schriftsteller zu turteln, der ebenso klug wie sexy war. Vielleicht hatten sie mich ja eingeladen, damit ich zur Unterhaltung der Gäste tanzte oder sang? Oder ihnen ging ein Serviermädchen ab, und ich war diejenige, die am leichtesten in letzter Minute einspringen konnte? Vielleicht führte uns der Weg ja auch zur Garderobe, wo ich das Mädchen ablösen durfte, das da jetzt so müde und gelangweilt hockte? Mein Hirn weigerte sich schlichtweg, Christian seine Story abzukaufen.

»Also, ich würde sagen, deine Qualitäten als Babysitter könnten heute durchaus noch zum Einsatz kommen, denn ich gedenke jede Menge Aufmerksamkeit zu fordern. Trotzdem wird der Abend für dich wohl nicht ganz so schrecklich werden wie befürchtet. Warte hier einen Moment.« Er küsste mich auf die Wange und verschwand in der Menge der Partygäste, die zum Großteil aus distinguiert wirkenden Herren und vage der Kunstszene zuzurechnenden, eleganten Frauen zwischen 40 und 60 bestand: offenbar eine Mischung aus Bankern und Mitarbeitern diverser Magazine, abgerundet von ein paar Designern, Fotografen und Models. Das Stadthaus, in dem dieser illustre Kreis sich zusammengefunden hatte, mündete nach hinten in einen kleinen, stilvoll gemauerten Hof, in dem ein Geiger sanfte Melodien bei Kerzenlicht spielte. Ich spähte hinaus und erkannte auf Anhieb Anna Wintour; in ihrem cremefarbenen, seidenen Hängerkleid und den strassbesetzten Manolo-Sandalen sah sie einfach traumhaft aus. Sie unterhielt sich angeregt mit jemandem, der ihr Freund sein mochte; ob er sie amüsierte, gleichgültig ließ oder zu Tränen rührte, ließ sich hinter der riesigen Sonnenbrille von Chanel allerdings nicht ausmachen. Die Presse zog gern Vergleiche zwischen Anna und Miranda, was ihre Launen und Unarten betraf, aber ich persönlich war der festen

Überzeugung, dass kein Mensch auch nur annähernd so unerträglich sein konnte wie diese meine Chefin.

Ein paar *Vogue*-Redakteurinnen (schätzte ich) beäugten Anna von hinten so matt und misstrauisch wie unsere Redaktionsschnepfen Miranda; neben ihnen stand Donatella Versace, das Gesicht so mit Make-up zugekleistert, die Kleider so hauteng am Leib, dass sie gar nicht mehr derart hätte kreischen müssen, wie sie es tat, um als lebende Karikatur ihrer selbst durchzugehen. Sie wirkte ungefähr so echt wie ein Picasso aus dem Kaufhaus.

Ich nippte an dem Glas Champagner, das mir so unerwartet zuteil geworden war, während sich neben mir ein Italiener (ausnahmsweise kein gut aussehender) in blumiger Prosa über seine lebenslange Leidenschaft für den weiblichen Körper verbreitete, bis Christian wieder auftauchte.

»Lass dich für eine Minute entführen«, sagte er und manövrierte mich ein weiteres Mal elegant durch das Getümmel. Mit seinen genau richtig verwaschenen Diesel-Jeans, dem weißen T-Shirt unter dem dunklen Sportsakko und den Loafers von Gucci fügte er sich nahtlos ein in diese Welt des schönen Scheins.

»Wo soll's denn hingehen?«, fragte ich, weiterhin auf der Hut vor Miranda; ganz gleich, was Christian behauptete, ich hatte immer noch das Gefühl, als müsste ich eigentlich in der Ecke stehen, Faxe verschicken und die neuesten Änderungen in den Reiseplan einarbeiten.

»Erst einmal bekommst du noch einen Drink, und ich vielleicht auch. Und dann bringe ich dir das Tanzen bei.«

»Wie kommst du auf die Idee, dass ich nicht tanzen kann? Rein zufällig bin ich eine begnadete Tänzerin.«

Von irgendwo zauberte er ein weiteres Glas Champagner her und reichte es mir. Die flotten Klänge, die ich schon von draußen vernommen hatte, stammten von einer sechsköpfigen Band, die den paar Dutzend Gästen unter 35 in einem fantastisch kastanienbraun getäfelten Salon einheizte. Wie auf ein Stichwort stimmten sie »Let's Get It On« an, und Christian zog mich an sich. Sein Duftwasser roch leicht männlich-arrogant, irgendwas Gediegenes wie Polo Sport. Seine Hüften bewegten sich in natürlichem Einklang mit der Musik, das Denken war ausgeschaltet, wir glitten ganz einfach zusammen über das Parkett, und er sang mir leise ins Ohr. Der übrige Raum verschwamm – vage bekam ich mit, dass noch andere auf der improvisierten Tanzfläche unterwegs waren und irgendwo ein Toast ausgebracht wurde, aber für mich war das einzig Greifbare in diesem Moment Christian. Im letzten, hintersten Winkel meines Hirns erinnerte mich etwas bohrend und mahnend, dass jener Körper, der sich da an mich schmiegte, nicht Alex gehörte, doch was spielte das schon für eine Rolle. Keine, jedenfalls nicht heute Abend.

Es war schon nach eins, als mir wieder einfiel, dass ich ja eigentlich mit Miranda da war. Ich hatte sie seit Stunden nicht mehr gesehen; sicher war sie, ohne einen Gedanken an mich zu verschwenden, längst zurück im Hotel. Doch als ich mich schließlich von der Couch im Arbeitszimmer von Christians Vater hochrappelte, entdeckte ich sie beim fröhlichen Plausch mit Karl Lagerfeld und Gwyneth Paltrow, alle drei offenbar unbekümmert ob der Tatsache, dass sie in wenigen Stunden gute Miene zur Modenschau von Christian Dior machen mussten. Sollte ich mich dazugesellen? Doch Miranda hatte mich schon gesichtet.

»Aan-dreh-aa! Kommen Sie her!« Ihre Stimme hatte beinahe etwas Ausgelassenes und übertönte mühelos das Getöse der anderen Partygäste, die in den letzten Stunden merklich auf Touren gekommen waren, nicht zuletzt dank der Fürsorge der lächelnden Barkeeper. Mir war vom Champagner so warm und wohl zumute, dass ich selbst über Mirandas albernen britischen Akzent hinweghörte. Besser konnte der Abend eigentlich nicht mehr werden, dachte ich, und doch – da stand sie und war offensichtlich gewillt, mich ihren hochberühmten Freunden vorzustellen.

»Ja, Miranda?«, gurrte ich in meinem schmeichlerischsten, Vielen-Dank-dass-ich-hier-sein-darf-Ton. Sie sah nicht mal ansatzweise in meine Richtung.

»Holen Sie mir ein San Pellegrino, und dann lassen Sie den Wagen vorfahren. Ich bin bereit zur Abfahrt.« Die zwei Frauen und der Mann neben ihr fingen an zu kichern, und ich lief knallrot an.

»Gewiss. Ich bin gleich wieder da.« Das Wasser nahm sie ohne das kleinste Dankeschön entgegen, dann bahnte ich mir meinen Weg durch die gelichtete Menge zum Wagen. Ob ich mich noch bei Christians Eltern bedanken sollte? Vielleicht doch besser nicht. An der Eingangstür lehnte er selbst, offenbar rundum zufrieden mit sich und der Welt.

»Und, meine kleine Andy, hast du dich nett amüsiert mit mir?« Er lallte ein ganz kleines bisschen, was seinem Charme jedoch keinerlei Abbruch tat.

»War so weit in Ordnung, schätze ich mal.«

»Bloß in Ordnung? Das hört sich ja an, als hätte ich dir heute Abend noch die oberen Etagen zeigen sollen? Alles zu seiner Zeit, meine Süße, alles zu seiner Zeit.«

Ich gab ihm einen Klaps auf den Arm. »Nun bilde dir mal ja nichts ein, Christian. Sag deinen Eltern schönen Dank von mir.« Diesmal ergriff ich die Initiative und küsste ihn auf die Wange, bevor er seinerseits tätig werden konnte. »Gute Nacht.«

»Kleines Biest!« Sein Lallen war jetzt etwas ausgeprägter. »Du bist ein richtiges kleines Biest. Wetten, das gefällt deinem Freund an dir?« Er lächelte, aber es war nicht fies gemeint. Für ihn gehörte all das einfach zu seiner Flirtmasche dazu, doch die Anspielung auf Alex ernüchterte mich kurzfristig. Gleichzeitig ging mir auf, dass ich mich seit Jahren nicht mehr so gut amüsiert hatte. Trinken, Tanzen, seine Hände auf meinem Rücken, die mich näher zu ihm hin zogen – an diesem einen Abend hatte ich mich lebendiger gefühlt als in all den Monaten zusammen, die ich nun schon für *Runway* arbeitete und die aus nichts als Frust, Schikane und Erschöpfung bis ins Mark bestanden hatten. Vielleicht geht Lily deswegen so oft auf die Piste, dachte ich: Typen, Feiern, am ganzen Leib spüren, dass du jung und am Leben bist. Ich konnte es kaum erwarten, ihr am Telefon alles brühwarm zu erzählen.

Fünf Minuten später gesellte Miranda sich zu mir auf den Rücksitz der Limousine. Sie wirkte beinahe vergnügt. Ob sie beschwipst war? Nein, ausgeschlossen. Sie nippte höchstens mal hier und da, und auch das nur, wenn der gesellschaftliche Anlass es erforderte. Perrier und San Pellegrino zog sie Champagner allemal vor, und für einen Milchshake oder einen Milchkaffee ließ sie jeden Cosmo stehen.

Erst nahm sie mich ein Weilchen wegen des Terminplans für den kommenden Tag in die Mangel (zum Glück hatte ich in meiner Tasche eine Kopie dabei), aber dann drehte sie sich zu mir und sah mich zum ersten Mal an diesem Abend richtig an.

»Emily – äh, Aan-dreh-aa, wie lange arbeiten Sie jetzt schon für mich?«

Ein Schuss von der Breitseite – und mein benebeltes Hirn weigerte sich, auf die Schnelle das Motiv zu erraten, das dahinterstehen konnte. Ein komisches Gefühl, mit einem Mal etwas anderes gefragt zu werden als immer nur, warum ich Volltrottel irgendwas nicht geschwind genug gefunden, besorgt oder gefaxt hatte. Bis dato hatte sie mir nie eine persönliche Frage gestellt. Sofern ihr die Details meines Einstellungsgesprächs nicht noch gegenwärtig waren – was unwahrscheinlich schien, so wie sie an meinem ersten Arbeitstag durch mich hindurch gesehen hatte –, wusste sie weder, ob – und wenn ja, wo – ich aufs College gegangen war, ob – und wenn ja, wo – ich in Manhattan wohnte und ob ich in den wenigen kostbaren Stunden des Tages, in denen ich mir nicht für sie die Hacken ablief, noch irgendwas unternahm – und wenn ja, was. Und doch, trotz aller wohl fundierter Bedenken sagte mir meine Intuition, dass es in diesem Gespräch möglicherweise, nur ganz möglicherweise, tatsächlich um mich gehen mochte.

»Nächsten Monat wird es ein Jahr, Miranda.«

»Und haben Sie das Gefühl, dabei einiges gelernt zu haben, das Ihnen künftig von Nutzen sein könnte?« Angesichts ihres stechenden Blicks verkniff ich mir unverzüglich den Drang herunterzurattern, was ich alles »gelernt« hatte: Mit wenigen bis null Anhaltspunkten in einer Millionenstadt ein einzelnes Geschäft zu finden oder aus einem Dutzend Zeitungen eine Restaurantkritik herauszufiltern. Einfühlsam auf zickige Mädels zu reagieren, die vor Beginn der Pubertät bereits über mehr Lebenserfahrung verfügten als meine Eltern im Doppelpack. Von dem Pakistani, der das Essen ins Haus lieferte, bis hin zum Chefredakteur eines wichtigen Verlags jedermann mit Betteln, Brüllen, Beschwatzen, Vollheulen, Vollsülzen, vollem Charmeeinsatz oder nacktem Druck dahin zu bringen, dass ich haarscharf und exakt zum richtigen Zeitpunkt das Richtige bekam. Und dann natürlich noch die Kunst, jede Herausforderung binnen weniger als einer Stunde zu meistern, weil Wendungen wie »Ich weiß nicht« – oder »Das geht nicht« als billige Ausflüchte galten. Kein Zweifel, es war ein sehr lehrreiches Jahr gewesen.

»Aber ja, natürlich«, sprudelte ich los. »In dem einen Jahr bei Ihnen habe ich mehr gelernt, als ich mir von jedem anderen Job hätte erhoffen können. Es ist wirklich spannend mitzubekommen, wie ein so großes – ein so gigantisches – Magazin zustande kommt, der Produktionsablauf, die ganzen verschiedenen Aufgabenbereiche. Und natürlich auch vor Ort zu erleben, wie Sie das alles managen, wie viele Entscheidungen Sie treffen müssen – es ist ein Wahnsinnsjahr gewesen, und ich bin Ihnen so dankbar dafür, Miranda!« So dankbar, dass meine Arbeitszeiten mir nicht erlaubten, einen Zahnarzt aufzusuchen, obwohl die zwei Backenzähne mir seit Wochen das Leben zur Hölle machten, aber was sollte es. Dafür wusste ich jetzt alles über den Zauberschuhkünstler Jimmy Choo.

Kaufte sie mir den Schmus ab? Offenbar ja, jedenfalls nickte sie gravitätisch. »Nun, Sie wissen ja, Aan-dreh-aa, wenn ein Jahr verstrichen ist und meine Mädels sich gut geführt haben, erachte ich sie einer Beförderung für wert.«

Das Herz klopfte mir bis zum Hals. War es endlich so weit? Würde sie mir im nächsten Atemzug mitteilen, sie hätte bereits alles in die Wege geleitet und mir einen Posten beim *New Yorker* gesichert? Auch wenn sie keine Ahnung hatte, dass ich einen Mord begehen würde, um dort arbeiten zu dürfen? Vielleicht hatte sie ja einfach erspürt, was mein Herzensanliegen war.

»Ich habe natürlich so meine Bedenken, was Sie betrifft. Ihr mangelnder Enthusiasmus ist mir ebenso wenig entgangen wie Ihr Seufzen und Fratzenschneiden, wenn ich Ihnen etwas in Ihren Augen Unzumutbares auftrage. Ich will hoffen, dass sich darin lediglich Ihre Unreife manifestiert, nachdem Sie sich in anderen Bereichen als halbwegs kompetent erwiesen haben. Woran genau wären Sie denn interessiert?«

Halbwegs kompetent! Ebenso gut hätte sie mich zur intelligentesten, kultiviertesten, hinreißendsten und fähigsten Vertreterin meiner Altersstufe erklären können, die ihr je untergekommen war. Miranda Priestly hatte mir soeben mitgeteilt, dass sie mich für halbwegs kompetent hielt!

»Ja, also – nicht, dass ich nichts für Mode übrig hätte, klarer Fall, wer hätte das nicht?«, beeilte ich mich anzufügen, immer ihre Miene im Fadenkreuz, die wie üblich so gut wie nichts verriet. »Es ist bloß so, dass ich immer davon geträumt habe, selbst zu schreiben, insofern wäre das ein Gebiet, in das ich, äh, gern meine Fühler ausstrecken würde.«

Sie faltete die Hände im Schoß und guckte durchs Fenster. Nach 45 Sekunden verlor ich offenbar rapide an Unterhaltungswert. »Nun, ich weiß natürlich nicht, ob Sie auch nur einen Funken Talent haben, aber von mir aus können Sie zur Probe ja einmal den einen oder anderen Kurztext für uns schreiben. Vielleicht eine Theaterkritik oder eine Notiz unter der Rubrik Gesellschaftsereignisse. Natürlich nur, solange es Ihre Tätigkeit in meinem Dienst nicht beeinträchtigt und außerhalb der Arbeitszeiten stattfindet.«

»Ja sicher, sicher doch. Das wäre fantastisch!« Wir führten eine richtiggehende Unterhaltung, und bis jetzt war noch keinmal ein Wort wie »Frühstück« oder »Reinigung« gefallen. Nachdem es so gut lief, musste ich es einfach versuchen: »Mein Traum wäre, eines Tages für den *New Yorker* zu arbeiten.«

Mit einem Schlag war sie wieder ganz da und richtete erneut ihren Blick auf mich. »Was reizt Sie denn daran? Völlig glanzlos, reines Handwerk.« Für den Fall, dass die Frage rhetorisch gemeint war, ging ich lieber auf Nummer sicher und hielt den Mund.

Ich hatte nur noch ungefähr 20 Sekunden: Erstens waren wir schon fast beim Hotel und zweitens ließ ihr ohnehin flüchtiges Interesse an meiner Person fühlbar nach. Während sie die eingegangenen Anrufe auf ihrem Handy durchscrollte, bemerkte sie ganz nebenbei: »Hmmm, der *New Yorker*. Condé Nast.« Ich nickte heftig, aber sie nahm meine Anfeuerungsversuche nicht zur Kenntnis. »Da kenne ich natürlich eine Menge Leute. Wir warten ab, wie der Rest der Reise verläuft, und vielleicht rufe ich dann einmal dort an, wenn wir zurück sind.«

Der Wagen hielt vor dem Hotel. Monsieur Renaud war schneller als der Page und riss höchstpersönlich für Miranda den Schlag auf.

»Meine Damen! Ich hoffe, Sie hatten einen angenehmen Abend«, säuselte er und mühte sich nach Kräften, seinen abgekämpften Zustand mit einem Lächeln zu kaschieren.

»Wir brauchen den Wagen morgen früh um neun für die Schau von Dior. Ich habe um halb neun eine Frühstücksbesprechung im Foyer. Bis dahin wünsche ich nicht gestört zu werden«, blaffte sie, nun wieder ganz sie selbst. Alle Anflüge von Menschlichkeit waren verdampft wie ein Tropfen auf einem heißen Stein. Sie ließ mir keine Chance, ein Schlusswort zu sprechen oder mich zumindest untertänigst für unsere Unterhaltung zu bedanken, sondern verschwand schnurstracks nach oben. Ich tauschte einen müden, teilnahmsvollen Blick mit Monsieur Renaud und nahm den anderen Aufzug.

Das Silbertablett mit den appetitlich arrangierten Pralinés auf meinem Nachttisch war das i-Tüpfelchen dieses so völlig unerwartet grandiosen Abends, an dem ich vor mir selbst als Model durchgegangen war, heftig mit einem der heißesten Typen, die ich persönlich kannte, geflirtet hatte und von Miranda Priestly als halbwegs kompetent eingestuft worden war. Endlich schien sich alles zusammenzufügen; erste zarte Anzeichen deuteten darauf hin, dass die Opfer des vergangenen Jahres sich also wohl doch gelohnt hatten. Ich ließ mich so, wie ich war, aufs Bett fallen und starrte an die Decke. Nicht zu fassen: ich hatte Miranda tatsächlich ins Gesicht gesagt, dass ich für den *New Yorker* arbeiten wollte, und sie hatte mich weder ausgelacht noch angebrüllt, war in keinster Weise ausgeflippt und hatte mich nicht einmal mit dem spöttischen Hinweis abgefertigt, dass ich dummes Gänschen besser zusehen sollte, bei *Runway* Karriere zu machen. Es kam mir wirklich fast so vor, als hätte sie mich angehört und *verstanden*. Verstanden und ihr Okay gegeben. Es wollte mir einfach nicht ins Hirn.

Beim Ausziehen ließ ich mir Zeit und kostete in Gedanken den Abend noch einmal aus; sah Christian vor mir, wie er mich durchs Haus und übers Parkett geführt hatte, seinen Schlafzimmerblick, die ewige Locke, und Mirandas unmerkliches Nicken, als ich ihr anvertraute, dass ich vom Schreiben träumte. Was für ein Abend. Einer der besten in jüngster Zeit. Hier in Paris war es mittlerweile halb vier, in New York demnach halb zehn – die ideale Zeit, um Lily noch zu erwischen, bevor sie zu ihrem Zug durch die Gemeinde aufbrach. Doch statt einfach ihre Nummer zu wählen und das hartnäckige Blinken zu ignorieren, das – na welche Überraschung – eine volle Mailbox signalisierte, schnappte ich mir pflichtbewusst und doch frohgemut einen Bogen Hotelbriefpapier und zückte den Kugelschreiber. Jede Menge nervtötende Anfragen nervtötender Zeitgenossen, so sicher wie das Amen im Gebet – doch was konnten sie Aschenputtel nach dem Tanz mit ihrem Traumprinzen an diesem Abend schon noch anhaben?

Die ersten drei Nachrichten waren Bestätigungen von Monsieur Renaud und seinen Assistenten bezüglich diverser Chauffeurdienste und Termine für den bereits angebrochenen Tag. Alle endeten mit einem Gutenachtgruß, was mich rührte. Offenbar betrachteten die Herren mich als menschliches Wesen und nicht bloß als gesichtslose Sklavin. Zwischendurch ertappte ich mich bei einem Gefühl zwischen Hoffen und Bangen, ob wohl etwas von Alex dabei war. Prompt erklang an vierter Stelle seine Stimme.

»Hi, Andy, ich bin's, Alex. Tut mir leid, dass ich dich da drüben belästige, ich weiß, dass du irrsinnig zu tun hast, aber es gibt etwas zu besprechen, also ruf mich bitte auf meinem Handy zurück, sobald du die Botschaft gekriegt hast. Macht nichts, wenn's später wird, aber ruf an, okay? Äh, okay. Ciao.«

Kein »Ich liebe dich«, kein »Du fehlst mir« oder »Hoffentlich bist du bald wieder da«, aber dergleichen fiel wohl unter die Kategorie »Unangebracht«, wenn man sich für eine Auszeit entschieden hatte. Ich löschte die Nachricht und beschloss, einer spontanen Eingebung folgend, den Rückruf auf morgen zu verschieben. So dringend hatte seine Stimme auch wieder nicht geklungen, und jetzt, um halb vier Uhr früh nach einem traumhaften Abend, war ich nicht mehr in der besten Verfassung für ein ausgedehntes Gespräch über den »derzeitigen Stand unserer Beziehung«.

Die letzte Botschaft stammte von meiner Mom und gab mir ähnlich viele Rätsel auf.

»Hallo, Schätzchen, hier ist Mom. Bei uns ist es jetzt ungefähr acht Uhr, keine Ahnung, wie spät es bei euch ist. Hör zu, es ist nichts Schlimmes – alles so weit in Ordnung –, aber es wäre schön, wenn du zurückrufen könntest. Wir bleiben noch ein Weilchen auf, es kann also ruhig später werden, aber bitte auf jeden Fall möglichst noch heute. Wir hoffen beide, dass du dich gut amüsierst, und wir reden dann später. Alles Liebe!«

Seltsam. Sehr seltsam. Sowohl Alex wie meine Mutter hatten von sich aus in Paris angerufen und darum ersucht, dass ich sie notfalls mitten in der Nacht zurückrief. Nachdem »lange aufbleiben« für meine Eltern hieß, sich maximal bis zu Lettermans Eingangsgeschwafel wach zu halten, wusste ich, dass irgendwas im Busch war. Andererseits hatte sich keiner von beiden sonderlich beunruhigt oder völlig von der Rolle angehört. Am besten, ich gönnte mir erst mal ein ausgiebiges, genüssliches Schaumbad mit allem, was das Ritz diesbezüglich zu bieten hatte, und tankte dabei genügend auf, um mir irgendwelchen Quark von meiner Mutter anzuhören oder mit Alex den Stand der Dinge zu diskutieren, ohne dass mein himmlischer Abend komplett im Eimer war.

Ein schönes heißes Bad und aller Luxus, den man von der Juniorausgabe der Coco-Chanel-Suite im Pariser Ritz erwarten durfte, einschließlich der zart duftenden Feuchtigkeitslotion, mit der ich mich hinterher einrieb. Zu guter Letzt hüllte ich meinen rundum verhätschelten Leib in den flauschigsten Frotteebademantel, den er je zu spüren bekommen hatte, und wählte, ohne weiter nachzudenken, zuerst die Nummer meiner Eltern. Ein Fehler, wie sich herausstellte: schon das »Hallo«, mit dem Mom sich meldete, klang schwer gestresst.

»Hey, ich bin's. Ist alles okay? Ich wollte mich sowieso morgen rühren, hier war bisher bloß einfach die Hölle los. Aber ich habe echt einen Superabend hinter mir!« Irgendwelches Gesülze über Christian konnte ich mir sparen, nachdem meine armen Eltern noch gar nichts von den Komplikationen mit Alex wussten, aber dass Miranda meine Idee eines Wechsels zum *New Yorker* offenbar wohlwollend zur Kenntnis genommen hatte, würde sie beide sicherlich in Hochstimmung versetzen.

»Schatz, ich möchte dich nicht gern unterbrechen, aber es ist etwas passiert. Wir haben heute einen Anruf vom Lenox Hill Hospital bekommen, das ist in der 77. Straße, glaube ich, und wie es klang, hat Lily einen Unfall gehabt.«

Abgedroschene Phrase hin oder her – einen Augenblick lang blieb mir das Herz stehen. »Was? Was redest du da? Was für ein Unfall?«

Aus ihrer mühsam beherrschten Stimme und der bewusst sachlichen Wortwahl hörte ich heraus, welche Anstrengung es sie kostete, so ruhig und souverän zu klingen, wie Dad es ihr für das Gespräch mit mir zweifellos nahe gelegt hatte. »Ein Autounfall, Liebes. Ich fürchte, es ist ziemlich ernst. Lily saß am Steuer – sie hatte noch jemanden bei sich, einen Kommilitonen, glaube ich – und ist in der verkehrten Richtung in eine Einbahnstraße abgebogen. Dann ist sie offenbar mit ungefähr 65 Sachen frontal auf ein Taxi geprallt. Der Polizeibeamte, mit dem ich gesprochen habe, meinte, es sei ein Wunder, dass sie überhaupt noch am Leben ist.«

»Ich verstehe kein Wort. Wann ist das passiert? Kommt sie wieder auf den Damm?« Vor lauter unterdrücktem Schluchzen konnte ich kaum noch reden, denn so sehr meine Mutter sich auch bemühte, ruhig zu bleiben: Jedes ihrer sorgsam gewählten Worte verdeutlichte mir den Ernst der Lage. »Mom, wo ist sie denn? Kommt sie durch?«

Erst jetzt merkte ich, dass meine Mutter ebenfalls weinte – nur ganz still. »Andy, ich gebe dir deinen Vater. Er weiß das Neueste von den Ärzten. Hab dich lieb, Schätzchen.« Den letzten Satz quetschte sie so gerade noch heraus.

»Hallo Liebes, wie geht's? Tut mir leid, dass wir nichts Besseres zu berichten haben.« Die Stimme meines Dads klang tief und beruhigend, und einen Augenblick lang gab ich mich der

Illusion hin, es würde alles wieder ins Lot kommen. Lily hatte sich nicht den Hals, sondern höchstens das Bein oder ein, zwei Rippen gebrochen; und die paar Schrammen im Gesicht stichelte ihr der von allen Seiten empfohlene plastische Chirurg in null Komma nichts wieder zusammen. Auf alle Fälle war es nichts Ernstes.

»Dad, jetzt sag mir bitte, was ist denn nun eigentlich passiert? Mom hat erzählt, Lily wäre mit vollem Karacho in ein Taxi geknallt? Das kapiere ich nicht. Erstens hat Lily überhaupt kein Auto, und zweitens hasst sie Autofahren wie die Pest. Nie im Leben würde sie kreuz und quer durch Manhattan gondeln. Wie habt ihr davon erfahren? Wer hat bei euch angerufen? Und was ist mit ihr?« Ich war schon wieder kurz vor einem hysterischen Anfall, und wieder klang Dad so sanft und gleichzeitig bestimmt, dass ich mich beruhigte.

»Jetzt schnauf mal tief durch, dann erzähle ich dir alles, was ich weiß. Der Unfall war gestern, aber wir haben erst heute davon gehört.«

»Gestern! Gestern? Und kein Mensch hat mir Bescheid gesagt?«

»Herzchen, sie *haben* ja bei dir angerufen. Der Arzt hat gesagt, dass Lily dich in ihrem Terminplaner als erste Adresse in Notfällen angegeben hat, weil ihre Großmutter doch nicht mehr so gut beieinander ist. Jedenfalls hat es das Krankenhaus wohl bei dir privat und auf deinem normalen Handy versucht, aber natürlich ohne Erfolg. Und nachdem sich binnen 24 Stunden niemand meldete, haben sie sich Lilys Terminplaner noch mal vorgenommen und festgestellt, dass wir den gleichen Nachnamen haben wie du, und dann hier angerufen, um herauszufinden, wo du zu erreichen bist. Aber Mom und ich wussten nicht mehr, in welchem Hotel du wohnst, deswegen haben wir wiederum bei Alex nachgefragt.«

»Ich werde wahnsinnig. Von gestern bis heute: War sie die ganze Zeit allein? Ist sie immer noch im Krankenhaus?« Ich kam mit Fragen gar nicht hinterher, und die Antworten ließen für mein Gefühl elend auf sich warten. Herausgehört hatte ich bisher nur, dass ich offenbar der wichtigste Mensch in Lilys Leben war, nachdem sie unter dieser Rubrik für Notfälle, die man in Gottes Namen ausfüllte, aber doch nie und nimmer ernst nahm, meine Nummer angegeben hatte. Nun also hatte sie mich – allein mangels Alternativen – dringend gebraucht, und ich war nirgends auffindbar gewesen. Das Schluchzen war mir vergangen, doch die Tränen rannen trotzig weiter in heißen Strömen über meine Wangen, und meine Kehle fühlte sich an, als hätte jemand den Kloß darin mit Bimsstein entfernen wollen.

»Ja, sie ist noch im Krankenhaus. Ich will jetzt ganz offen mit dir sprechen, Andy. Es ist keineswegs sicher, ob sie durchkommt.«

»Was? Was soll das heißen? Kann mir vielleicht endlich mal jemand was Konkretes sagen?«

»Liebes, ich habe bestimmt ein halbes Dutzend mal mit ihrem Arzt gesprochen, und ich weiß sie dort in den allerbesten Händen. Aber die Sache ist die, dass Lily im Koma liegt, Schätzchen. Der Arzt hat mir zwar versichert, dass –«

»Im Koma? Lily liegt im Koma?« Was war das für ein hanebüchenes Gefasel: Die Wörter schienen nicht den mindesten Sinn zu ergeben.

»Liebes, beruhige dich. Ich weiß, es ist ein schwerer Schock für dich, und ich hätte es dir tausendmal lieber nicht am Telefon sagen müssen. Wir haben schon überlegt, ob wir damit warten sollen, bis du wieder da bist, aber es sind ja noch etliche Tage, und da dachten wir, du solltest es doch lieber gleich wissen. Aber du sollst auch wissen, dass Mom und ich alles tun, was in unseren Kräften steht, damit sie möglichst gut versorgt wird. Sie hat für uns ja immer mit zur Familie gehört, das weißt du, und wir lassen sie jetzt natürlich auch nicht allein.«

»O Gott, ich muss zurück, Dad, ich muss zurück! Sie hat niemanden außer mir, und ich sitze hier, am anderen Ende des Atlantiks. Ach, Scheiße, aber übermorgen ist diese dämliche

Party, wegen der ich überhaupt hier bin, und Miranda feuert mich unter Garantie, wenn ich da nicht aufkreuze. Was mache ich bloß? Was mache ich bloß?«

»Andy, bei dir ist es schon reichlich spät. Ich glaube, es wäre das Beste, wenn du dich ein Weilchen schlafen legst und die Dinge noch mal in Ruhe überdenkst. Ganz klar, am liebsten würdest du auf der Stelle herkommen, das weiß ich; aber bedenke dabei auch, dass Lily momentan nicht bei Bewusstsein ist. Laut Aussage des Arztes stehen die Chancen zwar mehr als gut, dass sie binnen der nächsten 48 bis maximal 72 Stunden aufwachen wird und ihr Körper diese Zeit lediglich zu einer Art verlängertem Heilschlaf braucht, aber mit letzter Sicherheit lässt sich da gar nichts sagen«, fügte er leise an.

»Und wenn sie aufwacht? Ist sie vermutlich hirngeschädigt oder gelähmt oder wer weiß was? O Gott, ich halt's nicht aus.«

»Sie wissen es schlicht noch nicht. Offenbar reagieren ihre Füße und Beine auf Reize, was darauf hindeutet, dass keine Lähmung vorliegt, aber sie hat etliche Schwellungen am Kopf, die man erst einordnen kann, wenn sie wieder bei Bewusstsein ist. Wir müssen einfach abwarten.«

Wir redeten noch kurz weiter, dann legte ich abrupt auf und wählte hastig Alex' Handynummer.

»Hi, ich bin's. Warst du schon bei ihr?«, überfiel ich ihn ohne jede Einleitung, ganz Klein-Miranda.

»Andy. Hi. Du weißt also Bescheid?«

»Ja, ich habe gerade mit meinen Eltern gesprochen. Warst du schon bei ihr?«

»Ja, ich bin momentan im Krankenhaus. Sie lassen mich zwar nicht in ihr Zimmer, weil gerade keine Besuchszeit ist und ich nicht zur Familie gehöre, aber ich wollte trotzdem da sein, nur für den Fall, dass sie aufwacht.« Er klang so weit, weit weg, ganz in seinen eigenen Gedanken gefangen.

»Was ist denn nun eigentlich passiert? Meine Mom hat irgendwas erzählt von wegen, sie wäre falsch herum in eine Einbahnstraße gefahren und auf ein Taxi draufgebrettert oder so was? Das kann doch wohl nicht sein?«

»Ach Mann, es ist echt ein Albtraum« – seufzend bequemte er sich dazu, mir endlich die Geschichte von A bis Z zu erzählen, nachdem sich bisher offenbar niemand sonst dazu bereit gefunden hatte. »Ganz genau blicke ich zwar auch noch nicht durch, aber ich habe mit dem Typen geredet, der bei ihr im Auto saß, Benjamin heißt er, der, den sie damals im College abserviert hat, weil er auf flotte Dreier stand, weißt du noch?«

»Na logo, der arbeitet jetzt im gleichen Gebäude wie ich. Ich sehe ihn gelegentlich. Was zum Teufel hatte denn der da zu suchen? Lily findet ihn zum Kotzen – über die Sache damals ist sie nie so richtig weggekommen.«

»Ja, das dachte ich auch, aber wie es scheint, haben sie sich in letzter Zeit öfter getroffen und waren eben auch gestern Abend zusammen aus. Er hat erzählt, dass sie Karten für das Phish-Konzert im Nassau Coliseum hatten und zusammen hingefahren sind. Vermutlich hat er dabei zu viel geraucht, also hat Lily sich erbarmt und hinter das Steuer geklemmt. Ging auch alles problemlos, bis sie mitten in der Stadt bei Rot über die Ampel gefahren und verkehrt herum in die Madison Avenue eingebogen ist, direkt in den entgegenkommenden Verkehr hinein. Frontalzusammenstoß auf der Fahrerseite mit einem Taxi und na ja, so weiter und so fort.« Ihm versagte die Stimme, und da wusste ich, dass es schlimmer stand, als irgendwer bislang hatte durchblicken lassen.

In der vergangenen halben Stunde hatte ich nacheinander Mom, Dad und Alex mit allen anstehenden Fragen bombardiert – außer mit der offenkundigsten: Warum war Lily bei Rot über die Ampel gefahren und gegen die Fahrtrichtung abgebogen? Wie immer wusste Alex, was mich bewegte, und nahm die Antwort vorweg.

»Ihr Blutalkoholspiegel lag fast um das Doppelte über der zulässigen Promillegrenze«, konstatierte er so trocken und deutlich formuliert wie möglich, um es nur ja nicht wiederholen zu müssen.

»O Gott.«

»Wenn – falls – sie wieder zu sich kommt, hat sie jede Menge Ärger am Hals, mal ganz abgesehen davon, dass sie wieder gesund werden muss. Zum Glück ist der Taxifahrer mit ein paar Beulen und Prellungen davongekommen, und Benjamins linkes Bein ist zwar Schrott, aber sie meinen, es wird wieder. Wir müssen einfach abwarten, was mit Lily ist. Wann kommst du?«

»Was?« Ich mümmelte noch daran, dass Lily sich mit einem Typen, der meinem Eindruck nach bei ihr ein für alle Mal unten durch war, dermaßen die Kante gegeben hatte, dass sie nun als Komapatientin das Krankenhaus bevölkerte.

»Ich habe gefragt, wann du kommst?« Ich schwieg, er setzte nach. »Du kommst doch wohl her? Oder willst du im Ernst in Paris bleiben und deine beste Freundin auf Erden im Hospital vor sich hin siechen lassen?«

»Was soll das heißen, Alex? Soll das heißen, dass ich Schuld bin, weil ich es nicht habe kommen sehen? Dass sie nur deshalb im Hospital gelandet ist, weil ich zurzeit in Paris bin? Dass das Ganze nicht passiert wäre, wenn ich gewusst hätte, dass sie Benjamin wieder aus der Mottenkiste geholt hat? Was jetzt? Was genau willst du mir sagen?« Meine Stimme überschlug sich, aber nach all dem Gefühlswirrwarr am frühen Morgen verspürte ich nur noch das eine, überwältigende Bedürfnis, irgendjemanden anzuschreien.

»Das hast du gesagt, nicht ich. Ich bin lediglich davon ausgegangen, dass du natürlich so schnell wie möglich zu ihr willst. Ich breche nicht den Stab über dich, Andy – das weißt du. Und ich weiß natürlich auch, dass es für dich schon schrecklich spät ist und du in den nächsten paar Stunden ohnehin nichts unternehmen kannst. Ruf mich doch einfach an, wenn du weißt, wann du ankommst. Dann hole ich dich vom Flughafen ab, und wir fahren direkt zum Krankenhaus.«

»Schön. Danke, dass du dich um sie kümmerst. Ich weiß das wirklich zu schätzen, und Lily auch, ganz sicher. Ich melde mich, wenn feststeht, wie es weitergeht.«

»Okay, Andy. Du fehlst mir. Und ich weiß, dass du das Richtige tun wirst.« Die Leitung war tot, ehe ich ihn wegen dieser Bemerkung zerpflücken konnte.

Das Richtige tun? Das *Richtige*? Was zum Teufel sollte das jetzt wieder? Offenbar ging er davon aus, dass ich auf seinen Wink mit dem Zaunpfahl hin ins nächste Flugzeug springen würde. Zum Kotzen, genau wie sein gönnerhafter, salbungsvoller Tonfall, bei dem ich mir sofort wie ein kleines Schulmädchen vorkam, das er gerade beim Schwätzen ertappt hatte. Zum Kotzen, dass er jetzt bei Lily war, bei *meiner* Freundin, dass er als Kontaktperson zwischen meinen eigenen Eltern und mir fungierte, dass er wieder mal auf seinem hohen moralischen Ross saß und das letzte Wort hatte. Vorbei die Zeiten, in denen ein solches Gespräch mit ihm mir die tröstliche Gewissheit gegeben hätte, dass wir das Ganze gemeinsam durchstehen würden und nicht als Angehörige zweier feindlicher Lager. Wann war unsere Beziehung so ins Trudeln geraten?

Ich brachte nicht mehr die Kraft auf, ihn auf das Offenkundige hinzuweisen: Wenn ich früher abreiste, war ich meinen Job los und hatte mich fast ein volles Jahr lang umsonst abgerackert. Bisher hatte ich den entsetzlichen Gedanken verdrängt, aber nun stand er mir ganz klar vor Augen: Ob ich da war oder nicht, hatte für Lily im Augenblick keinerlei Bedeutung, weil sie bewusstlos im Krankenhaus lag. Verschiedene Optionen wirbelten mir durch den Kopf. Sollte ich bleiben, bis die Party vorbei war, und dann versuchen, Miranda verständlich zu machen, was passiert war, damit sie mich gehen ließ, ohne mich zu feuern? Oder, wenn Lily zwischenzeitlich wieder wach wurde und aufnahmebereit schien, konnte ihr dann nicht jemand erklären, dass ich sobald wie möglich kommen würde, was zu dem Zeitpunkt vermutlich nur noch ein paar Tage bedeutete? In den düsteren

Morgenstunden nach einem langen, durchtanzten Abend mit sehr viel Schampus und der Nachricht, dass meine beste Freundin nach einer Trunkenheitsfahrt im Koma lag, klangen diese Lösungsmöglichkeiten eigentlich ganz vernünftig, aber irgendwo tief in meinem Inneren wusste ich, dass sie alle beide nichts taugten.

»Aan-dreh-aa, sagen Sie in der Schule Bescheid, dass die Mädchen am Montag nicht kommen, weil sie noch bei mir in Paris sind, und schreiben Sie auf, was sie alles nachholen müssen. Dann verlegen Sie den Restauranttermin für heute Abend auf halb neun, und wenn es nicht passt, sagen Sie ganz ab. Haben Sie das Buch aufgetrieben, nach dem ich Sie gestern gefragt habe? Ich brauche vier Exemplare – zwei in Französisch, zwei in Englisch – und zwar vor dem Treffen zum Dinner. Ach ja, und die Endfassung des gedruckten Menüs für die Party morgen – ich will meine Änderungen noch einmal durchgehen. Auf keinen Fall irgendwas mit Sushi, ist das klar?«

»Ja, Miranda«, sagte ich und kritzelte alles mit rasender Geschwindigkeit in das Notizbuch von Smythson, das mir die Accessoires-Abteilung in weiser Voraussicht zu meinem Sortiment von Taschen, Schuhen, Gürteln und Schmuck dazugepackt hatte. Ich fuhr zur ersten Dior-Modenschau meines Lebens, und neben mir spuckte Miranda im Maschinengewehrtempo Instruktionen aus, ohne Rücksicht darauf, dass ich keine zwei Stunden geschlafen hatte. Um Viertel vor acht hatte eine männliche Nachwuchskraft im Auftrag von Monsieur Renaud bei mir angeklopft und persönlich dafür Sorge getragen, dass ich auch tatsächlich aufstand und – sechs Minuten früher als ausgemacht – vollständig bekleidet zur Stelle war, um Miranda zu der Modenschau zu begleiten. Es handelte sich um einen sehr höflichen jungen Mann, der taktvoll darüber hinwegsah, dass ich schlicht auf der Tagesdecke kollabiert war, und sogar die grelle Beleuchtung dämpfte, die mich beim Schlafen offenbar nicht gestört hatte. Mir blieben 25 Minuten, um zu duschen, Allisons kleinen Modeberater zu konsultieren, mich anzuziehen und zu schminken (der Dragoner stand so früh am Morgen noch nicht zur Verfügung).

Mein leichter Kater war nichts im Vergleich zu dem stechenden Schmerz, der mich durchzuckte, als mir die Telefonate der vergangenen Nacht wieder einfielen. Lily! Ich musste Alex oder meine Eltern anrufen und hören, ob sich in den letzten paar Stunden – Gott, es kam mir vor wie eine Woche – irgendwas getan hatte, aber dazu fehlte die Zeit.

Auf der Fahrt nach unten kam ich zu dem Schluss, dass ich nur noch einen, einen einzigen lausigen Tag bleiben musste. Sobald die Party überstanden war, würde ich zu Lily fahren. Vielleicht konnte ich ja, wenn Emily wieder einsatzbereit war, sogar ein Weilchen freinehmen und Lily tatkräftig zur Seite stehen, damit sie den Unfall und seine unvermeidlichen, unangenehmen Folgen möglichst gut verkraftete. Meine Eltern und Alex würden die Stellung halten, bis ich käme – *es ist ja nicht so, als stünde sie ganz allein da*, hielt ich mir vor. Und hier ging es um mein Leben. Meine Karriere, meine gesamte Zukunft stand auf dem Spiel; was konnten da zwei Tage – für jemanden, der noch gar nicht bei Bewusstsein war – schon groß ausmachen? Aber für mich – und ganz gewiss für Miranda – machten sie ungeheuerlich viel aus.

Irgendwie schaffte ich es noch vor Miranda auf den Rücksitz der Limousine. Sie warf einen scharfen Blick auf meinen Chiffonrock, enthielt sich aber zunächst jeden Kommentars zu meinem Aufzug. Gerade hatte ich das Notizbuch wieder in der Tasche von Bottega Venetta verstaut, da klingelte mein neues, weltübergreifendes Handy. Ich wollte es schon auf stumm schalten, doch ihre Majestät bedeutete mir, den Anruf entgegenzunehmen.

»Hallo?« Ich behielt Miranda im Auge, die im Tagesplan blätterte und tat, als höre sie nicht zu.

»Hi, Liebes.« Mein Dad. »Wollte dir nur kurz das Neueste berichten.«

»Okay.« Mir war so kreuzunwohl dabei, in Mirandas Gegenwart zu telefonieren, dass ich meine Antworten auf das Allernötigste beschränkte.

»Eben hat der Arzt angerufen und gesagt, es sieht so aus, als würde Lily bald wieder zu sich kommen. Ist das nicht wunderbar? Ich dachte, dass du doch sicher darüber Bescheid wissen wolltest.«

»Ja, natürlich. Das ist wirklich wunderbar.«

»Hast du schon entschieden, ob du kommst?«

»Äh, nein, noch nicht. Miranda veranstaltet morgen Abend eine Party, und dabei braucht sie unbedingt meine Hilfe, deswegen … Du hör mal, Dad, tut mir leid, aber im Moment ist es gerade ungünstig. Kann ich dich zurückrufen?«

»Sicher, jederzeit.« Es sollte neutral klingen, aber ich hörte die Enttäuschung aus seiner Stimme heraus.

»Fein. Danke für den Anruf. Bye.«

»Wer war das?«, erkundigte sich Miranda, die Augen immer noch auf ihr Programm gerichtet. Es hatte angefangen zu regnen, und in dem Pladdern der Tropfen auf dem Autodach ging ihre Stimme fast unter.

»Hmm? Ach, das war mein Vater. Aus Amerika.« Was redete ich da für ein Blech? Aus *Amerika*?

»Und was war sein Anliegen, das mit Ihren Aufgaben bei der Party morgen Abend kollidiert?«

Mir schossen eine Million Ausflüchte durch den Kopf, aber es blieb keine Zeit, auch nur eine davon logisch weiterzuspinnen – zumal sie nun ausnahmsweise ganz Ohr war. Also Augen zu und durch.

»Ach, nichts weiter. Eine Freundin von mir hatte einen Unfall. Sie liegt im Krankenhaus. Im Koma, genauer gesagt. Und da wollte er mir eben erzählen, wie es ihr geht, und fragen, ob ich heimkomme.«

Sie hörte sich das an, nickte bedächtig und griff dann nach der neuesten Ausgabe des *International Herald Tribune*, die der aufmerksame Fahrer bereitgelegt hatte. »Aha.« Kein »Das tut mir aber leid«, kein »Und, wie geht es Ihrer Freundin?« – nur eine eisige, nichts sagende Bemerkung und ein Blick wie frisch gespitzte Bleistifte.

»Aber ich fahre nicht, definitiv nicht. Ich weiß, wie wichtig es ist, dass ich morgen bei der Party zur Stelle bin. Ich habe lange darüber nachgedacht, und ich wollte Ihnen sagen, dass ich mich der Verpflichtung Ihnen und meiner Arbeit gegenüber als würdig erweisen werde, und das heißt, ich bleibe.«

Schweigen. Dann, mit einem leisen Lächeln: »Aan-dreh-aa, ich begrüße Ihre Entscheidung sehr. Es ist erfreulich, dass Sie die richtigen Prioritäten setzen. Ich muss nämlich sagen, dass ich anfangs bei Ihnen so meine Bedenken hatte. Zum einen haben Sie ganz offenkundig keinen blassen Schimmer von Mode und, schlimmer noch, bringen auch keinen Funken Interesse dafür auf. Zum anderen ist mir keineswegs entgangen, wie nachhaltig und nuanciert Sie Ihr Missfallen ob jedes Ansinnens von meiner Seite bekunden, das Sie Ihrerseits lieber nicht weiter verfolgen würden. Was die Arbeit betrifft, haben Sie sich als angemessen kompetent erwiesen, aber Ihre Einstellung lässt doch noch einiges zu wünschen übrig.«

»Oh, Miranda, wenn Sie bitte –«

»Lassen Sie mich ausreden! Was ich sagen wollte: Nun, da Sie echtes Engagement demonstrieren, sehe ich mich sehr viel geneigter, Ihnen zu dem Ziel zu verhelfen, das Sie anstreben. Sie können stolz auf sich sein, Aan-dreh-aa.« Ein Monolog von solcher Länge, Tiefe und Gewichtigkeit – ich war der Ohnmacht nahe, ob vor Freude oder Pein, wer wollte das sagen: Doch sie ging noch einen Schritt weiter. Mit einer Geste, die für eine Frau ihres Kalibers in jeder Hinsicht ganz und gar undenkbar erschien. Sie legte ihre Hand auf meine und sagte: »In Ihrem Alter war ich ganz genauso.« Mir fiel nicht die kleinste passende Silbe zur Erwiderung ein, und da hielten wir auch schon mit quietschenden Reifen vor dem Carrousel du Louvre, und der Fahrer sprintete heraus, um uns die Türen aufzuhalten. Ich schnappte mir ihre und meine Tasche und hätte gern gewusst, ob dieser Augenblick die Krönung oder den Tiefpunkt meines bisherigen Lebens darstellte.

Meine erste Pariser Modenschau ist mir nur verschwommen in Erinnerung. Es war ziemlich finster, so viel weiß ich noch, und die Musik wirkte übertrieben laut angesichts all der höchst dezent zur Schau gestellten Eleganz, aber wenn ich heute an jenen zweistündigen Einblick in eine bizarre Welt zurückdenke, spüre ich nur wieder, wie dreckig es mir damals ging. In den von Jocelyn passend zu meinem Outfit – eng anliegender Kaschmirpullover von Malo über einem Chiffonrock – liebevoll ausgesuchten Stiefeln von Chanel fühlten sich meine Füße an wie durch den Reißwolf gedreht. Verkatert, verängstigt und halb verhungert, wie ich war, schlug mir mein Brummschädel massiv auf den Magen. Zusammen mit einer Meute drittklassiger Reporter und anderem Geschmeiß, das keines Sitzplatzes für würdig erachtet worden war, versuchte ich aus der letzten Reihe Miranda im Blick zu behalten und gleichzeitig die unauffälligsten Winkel zu eruieren, in denen ich zur Not meiner Übelkeit freien Lauf lassen konnte. *In Ihrem Alter war ich ganz genauso. In Ihrem Alter war ich ganz genauso. In Ihrem Alter war ich ganz genauso.* Die Worte dröhnten mir im Takt zu dem steten, unablässigen Pochen durch Schläfen und Stirn.

Nahezu eine volle Stunde ließ Miranda mich in Ruhe, doch dann war Schluss mit lustig. Wohlgemerkt, wir befanden uns in ein und demselben Raum, aber sie griff zum Handy, um bei mir ein San Pellegrino zu bestellen. Von dem Moment an klingelte es durchschnittlich alle zehn Minuten, und jede Anfrage löste eine weitere akute Schmerzattacke in meinem geplagten Hirn aus. *Klingeling.* »Verbinden Sie mich mit Mr. Tomlinson in seinem Flieger.« (16 Versuche, aber BTB wollte einfach nicht drangehen.) *Klingeling.* »Nur zur Erinnerung an alle *Runway*-Redakteurinnen, die zurzeit in Paris sind: Ihr Aufenthalt hier bedeutet keinerlei Entbindung von ihren gewöhnlichen Pflichten. Ich will alles zum ursprünglich vereinbarten Abgabetermin vorliegen haben!« (Die paar Adressatinnen, die ich unter ihren verschiedenen Pariser Hotelnummern zu fassen bekam, lachten bloß und legten auf.) *Klingeling.* »Besorgen Sie mir auf der Stelle ein anständiges Putensandwich – ich kann keinen Schinken mehr sehen.« (Fünf Kilometer mit meinen Folterstiefeln kreuz und quer durch die Pampa, allein beim Gedanken an Putenbrust drehte es mir den Magen um, aber anders als in Amerika, wo es das Zeug an jeder Ecke gab, war hier nichts zu holen – was sie zweifellos wusste, diese Sadistin, denn in New York hatte sie mich nie um so etwas geschickt.) *Klingeling.* »Ich erwarte fertig ausgearbeitete Dossiers zu den bislang viel versprechendsten drei Köchen in meiner Suite, wenn wir von der Modenschau zurück sind.« (Emily führte sich auf, als wollte ich ihr ans Leben, versprach aber schließlich, alles an Informationen zu faxen, was sie bisher über potenzielle Kandidaten in Erfahrung gebracht hatte. Zu »Dossiers« durfte ich sie dann selbst verarbeiten.) *Klingeling! Klingeling! Klingeling! In Ihrem Alter war ich ganz genauso.*

Fußlahm und grün im Gesicht nahm ich vor den Klappergestellen, die über den Laufsteg flanierten, Reißaus, um schnell eine zu rauchen. Kaum hatte ich das Feuerzeug angeworfen, ließ sich – was sonst – mein Handy schrill vernehmen. »Aan-dreh-aa! Aan-dreh-aa! Wo stecken Sie denn, zum Kuckuck noch mal?«

Zerstreut zertrat ich die noch gar nicht angezündete Zigarette und schlüpfte wieder hinein; noch eine Umdrehung meiner Magenwände, und das Unheil war nicht mehr aufzuhalten, fragte sich bloß, wann genau und wo.

»Ganz hinten an der Wand.« Bis ich fertig gesprochen hatte, stimmte es sogar. »Unmittelbar links von der Tür. Sehen Sie mich?«

Sie drehte den Kopf hin und her, bis sie mich schließlich ausgemacht hatte. Ich wollte das Telefon ausschalten, doch ihre Flüsterstimme drang weiter unüberhörbar an mein Ohr. »Rühren Sie sich nicht vom Fleck, verstanden? Ihnen als meiner Assistentin sollte doch wohl klar sein, dass Sie sich zu meiner Verfügung zu halten haben, statt draußen herumzutändeln, wenn ich Sie brauche. Das ist inakzeptabel, Aan-dreh-aa!« Sie bahnte sich ihren Weg bis nach hinten und baute sich vor mir auf. Derweil stolzierte eine Frau in einem bodenlangen, unten leicht ausgestellten Empirekleid aus Silberlametta (so sah es jedenfalls aus) durch die ehrfürchtig staunende Menge, und die Musik wechselte von irgendeiner Art bizarrem gregorianischen Gesang zu lupenreinem Heavy Metal. Mein Herz machte den Taktwechsel prompt mit. Miranda spuckte zwar weiter Gehässigkeiten aus, als sie bei mir angelangt war, aber wenigstens klappte sie jetzt endlich ihr Handy zu. Ich tat es ihr nach.

»Aan-dreh-aa, wir haben da ein ernstes Problem. Das heißt, *Sie* haben ein ernstes Problem. Soeben erhielt ich einen Anruf von Mr. Tomlinson. Annabelle hat ihn darauf aufmerksam gemacht, dass die Pässe der Zwillinge letzte Woche abgelaufen sind.«

»Oh, tatsächlich?«, war alles, was ich herausbrachte, ohne meinen nicht vorhandenen Mageninhalt hinterherzuschicken, aber damit war sie natürlich nicht zufrieden. Vor Zorn traten ihr die Augen aus dem Kopf.

»*Oh, tatsächlich?*«, äffte sie mich nach, in einem Ton, der die Umstehenden bewog, nach einer tollwütigen Hyäne Ausschau zu halten. »Oh, tatsächlich? Ist das alles, was Sie dazu beizusteuern haben?«

»Nein, nein, natürlich nicht, Miranda. Ich habe es nicht so gemeint. Kann ich irgendetwas tun?«

»*Kann ich irgendetwas tun?*« Nun hörte sie sich an wie ein quengeliges Kleinkind. Jedem anderen Erdenbewohner hätte ich dafür mit Wonne eine gelangt. »Allerdings, das können Sie glauben,

Aan-dreh-aa. Nachdem Sie ganz offensichtlich nicht imstande sind, dergleichen im Vorfeld zu erledigen, werden Sie zusehen müssen, dass die Pässe rechtzeitig bis zum Abflug der Zwillinge heute Abend erneuert sind. Es kommt nicht in Frage, dass meine eigenen Töchter die morgige Party verpassen, haben Sie mich verstanden?«

Eine gute Frage. Ich verstand beim besten Willen nicht, wieso es meine Schuld sein sollte, dass zwei Zehnjährige über ungültige Pässe verfügten, um die sich, rein theoretisch, zwei Elternteile, ein Stiefvater und ein rund um die Uhr erreichbares Kindermädchen hätten kümmern können, aber ich verstand auch, dass es letztlich keine Rolle spielte. In Mirandas Augen war ich schuld, und das genügte. Auf keinen Fall würde sie verstehen wollen, dass es mit dem Flug der Mädchen Essig war. Ich konnte zwar aus dem Stand Wunder vollbringen und Unmögliches sofort erledigen, aber binnen weniger als drei Stunden vom Ausland aus den Bundesbehörden Reisedokumente aus dem Kreuz zu leiern, das war nicht drin. Punkt. Aus. Ende. Nach einem vollen Jahr im Dienste von Miranda die erste wirklich und wahrhaftig unlösbare Aufgabe: Sie konnte mich noch so lange anblaffen, unter Druck setzen oder niedermachen, es war schlicht und einfach nicht drin. *In Ihrem Alter war ich ganz genauso*.

Scheiß auf sie. Scheiß auf Paris. Scheiß auf Modenschauen und die endlosen Spielchen Marke »Ich bin fetter als du«. Scheiß auf die ganze Meute, die Mirandas Gehabe tolerierte, weil sie die Kunst beherrschte, talentierte Fotografen in Kombination mit sündteuren Klamotten in gelungene Shootings für ein Modemagazin zu verwandeln. Scheiß drauf, dass sie überhaupt auf die Idee kam, mich mit sich zu vergleichen. Und Recht damit hatte. Was zum Teufel tat ich eigentlich hier, wieso ließ ich mich von dieser allen Freuden des Lebens abholden Teufelin dermaßen schikanieren und knechten? Damit ich vielleicht, ganz vielleicht, in 30 Jahren wieder genau hier saß, umgeben von Heerscharen, die mir notgedrungen die Füße küssten, und meinerseits eine Assistentin zur Schnecke machen konnte, die mich dafür zur Hölle wünschte?

Ich schnappte mir mein Handy und tippte drauflos. Miranda wurde fuchsteufelswild.

»Aan-dreh-aa!«, zischte sie wie eine aufs Äußerste gereizte Schlange, wahrte jedoch nach wie vor, ganz Dame, die Contenance. »Was tun Sie da? Ich sage Ihnen, dass meine Töchter umgehend neue Pässe benötigen, und Sie befinden den Zeitpunkt für geeignet, ein Schwätzchen am Telefon zu halten? Sind Sie der gänzlich irrigen Meinung, ich hätte Sie etwa zu diesem Zweck nach Paris kommen lassen?«

Nach dem dritten Klingeln hob meine Mutter ab. Ich überfiel sie umstandslos.

»Mom, ich nehme den nächsten Flieger, den ich kriegen kann. Ich rufe an, wenn ich in New York bin. Ich komme nach Hause.« Ohne eine Antwort abzuwarten, klappte ich das Handy zu und stellte mich Mirandas ehrlich verblüfftem Blick. Kopfweh hin, Übelkeit her, ich musste einfach grinsen, als ich sie ausnahmsweise einmal so ganz und gar sprachlos vor mir stehen sah. Leider Gottes berappelte sie sich schnell wieder. Hätte ich mich ihr augenblicklich zu Füßen geworfen und alles zu erklären versucht, wäre mir vielleicht der Hauch einer Chance geblieben, aber mittlerweile war es mir absolut scheißegal, ob ich den Job behielt oder nicht.

»Aan-dreh-ah, ist Ihnen die Tragweite Ihrer Handlungen bewusst? Ist Ihnen klar, dass ich, wenn Sie so ohne weiteres auf und davon gehen, gezwungen bin –«

»Leck mich, Miranda. Leck mich am Arsch.«

Sie schnappte pfeifend nach Luft und schlug entsetzt die Hand vor den Mund; das Spektakel erregte die Aufmerksamkeit der umstehenden Klapperschnepfen, sie flüsterten miteinander und zeigten mit Fingern auf diese Null von Assistentin, die – man höre, und zwar laut und deutlich – einer der großen lebenden Legenden in der Modewelt derart unverfroren die Stirn geboten hatte.

»Aan-dreh-aa!« Ich entwand meinen Oberarm ihrem Klauengriff und setzte ein Lächeln auf, das von Paris bis Dakar reichte. Es war an der Zeit, diesem unhöflichen Geflüster in Gesellschaft ein Ende zu setzen.

»Tut mir sehr leid, Miranda«, verkündete ich in normaler Lautstärke und, zum ersten Mal seit meiner Landung in Paris, mit fester Stimme, »aber ich werde bei der Party morgen wohl nicht zugegen sein können. Das verstehen Sie sicher, oder? Jedenfalls wünsche ich Ihnen viel Vergnügen, es wird bestimmt sehr hübsch. Das wäre alles.« Bevor sie zu einer Antwort ansetzen konnte, schulterte ich meine Tasche und stolzierte ungeachtet der stechenden Schmerzen, die mich von der Ferse bis zu den Zehenspitzen durchzuckten, hinaus auf die Straße, um mir ein Taxi zu schnappen. Nie in meinem ganzen Leben hatte ich mich besser gefühlt. Ich war unterwegs nach Hause.

18

»Jill, jetzt lass doch deine Schwester in Ruhe!« Die Stimme meiner Mutter hätte Tote aufwecken können. »Ich glaube, sie schläft noch.« Und dann plärrte es von unten die Treppe hoch: »Andy? Schläfst du noch?«

Ich zwängte ein Lid weit genug auf, um nach der Uhr zu schielen. Viertel nach acht. Morgens. Grundgütiger, was dachten sich diese Leute bloß?

Ich musste gehörig Schwung nehmen, bis ich endlich zum Sitzen kam. Jede Faser meines Leibs bat und bettelte darum, bloß noch ein kleines bisschen weiterschlafen zu dürfen.

»Morgen!« Lächelnd drehte Lily sich zu mir um, ihr Gesicht nur Zentimeter vor meiner Nase. »Die Frühbrigade ruft zum Einsatz.« Jill, Kyle und der Kleine waren zu Thanksgiving angereist, weshalb Lily Jills Kinderzimmer hatte räumen müssen. Derzeit nächtigte sie auf dem ausziehbaren Unterteil meines eigenen Jugendbetts.

»Was gibt's da zu meckern? Ich weiß zwar nicht wieso, aber du siehst zu dieser frühen Stunde eigentlich ganz froh und munter aus.« Sie lag auf einen Ellbogen gestützt im Bett, las Zeitung und nahm immer wieder mal einen Schluck Kaffee aus der Tasse, die neben ihr am Boden stand.

»Ich höre schon seit Ewigkeiten Isaac beim Brüllen zu.«

»Hat er gebrüllt? Echt?«

»Sag bloß nicht, du hättest ihn nicht gehört. Seit halb sieben geht das in einem fort. Er ist ja wirklich ein Schnuckelchen, aber dieser Morgenterror muss bald mal ein Ende haben.«

»Mädels!«, schrie meine Mutter erneut durchs Treppenhaus. »Ist da oben schon wer wach? Macht nichts, wenn ihr noch schlaft, sagt mir bloß Bescheid, so oder so, damit ich weiß, wie viele Waffeln ich auftauen soll!«

»So oder so? Ich bring sie um, Lil.« Dann brüllte ich durch die geschlossene Tür: »Wir schlafen noch, merkst du das denn nicht? Tief und fest, kann noch Stunden dauern. Wir hören weder das Baby noch dich noch sonst was!« Lily lachte, als ich mich wieder aufs Bett fallen ließ.

»Nimm's locker«, sagte sie, ganz untypisch ernst. »Sie freuen sich einfach, dass du wieder zu Hause bist, und ich für mein Teil bin auch froh, hier zu sein. Es ist ja nicht mehr für lange, und immerhin haben wir uns. Halb so wild.«

»Nicht mehr für lange? Ich fühle mich jetzt schon reif für die Klapsmühle.« Ich schlüpfte aus einem von Alex' alten Sporthemden, das mir als Nachthemd diente, und zog ein Sweatshirt über. Die Jeans, die ich nun schon seit Wochen Tag für Tag trug, lag zusammengeknäuelt neben meinem Schrank; mittlerweile saß sie um die Hüften herum etwas strammer. Nachdem ich nicht mehr bloß von Kaffee, Zigaretten und Suppe im Schnelldurchgang leben musste, hatte mein Körper die Chance genutzt und sich die zehn Pfund wieder draufgepackt, die mir bei *Runway* abhanden gekommen waren. Und das Tolle dabei war: Es machte mir nicht die Bohne aus; laut Lily und meinen Eltern sah ich nicht fett, sondern gut aus, und das nahm ich ihnen ohne weiteres ab.

Lily zog sich eine Jogginghose über die Boxershorts, in denen sie geschlafen hatte, und knotete ein buntes Tuch um ihre Locken. Die strenge Frisur gab den Blick auf die bösen roten Stellen frei, an denen ihre Stirn unsanft Bekanntschaft mit Splittern von der Windschutzscheibe geschlossen hatte, aber die Fäden waren schon gezogen, und der Arzt hatte ihr versprochen, dass höchstens minimale Narben zurückbleiben würden. »Na komm«, sagte sie und griff nach den Krücken, die stets in

Reichweite standen. »Schließlich fahren sie heute alle wieder, dann können wir morgen vielleicht mal anständig ausschlafen.«

»Sie gibt sowieso keine Ruhe, bis wir runterkommen, oder?«, brummelte ich und half ihr beim Aufstehen. Der Gips um ihren rechten Knöchel war von meiner gesamten Familie mehr oder weniger fantasievoll bemalt worden.

»So ist es.«

Meine Schwester erschien in der Tür, auf dem Arm das vollgesabberte Baby, das bei unserem Anblick zufrieden gluckste. »Schaut mal, wer da ist«, flötete sie und ließ den Kleinen zu seinem Entzücken ein bisschen auf und ab hopsen. »Isaac, sag deiner Tante Andy, sie soll nicht so hässlich und garstig zu uns sein, wo wir doch alle ganz bald fahren. Machst du das für deine Mami, Schätzchen? Hm?«

Isaac tat sein Bestes und ließ ein sehr niedliches Babyniesen vernehmen. Jill strahlte, als wäre er soeben zu voller Männlichkeit erblüht und hätte uns Sonette von Shakespeare vorgetragen. »Hast du das gesehen, Andy? Hast du das *gehört*? Ach mein Süßer, was bist du doch für ein Goldschatz!«

»Guten Morgen«, brummte ich und gab ihr einen Kuss auf die Wange. »Ich will nicht, dass ihr schon fahrt, das weißt du doch? Und Isaac darf herzlich gerne bleiben, so lange er will, vorausgesetzt er schläft von Mitternacht bis zehn Uhr morgens, wie sich das gehört. Mann, von mir aus kann sogar Kyle weiter hier herumhängen, er muss nur versprechen, nicht den Mund aufzumachen. Na, was sagst du? So kompliziert ist es doch gar nicht mit uns.«

Lily war schon über die Treppe nach unten zu meinen Eltern gehumpelt, die sich von Kyle verabschiedeten, bevor sie zur Arbeit fuhren.

Ich machte unsere Betten. Lily war aus dem Koma erwacht, als ich noch im Flugzeug saß, und nach Alex hatte ich sie als zweite wieder bei Bewusstsein gesehen. Sie hatten sie in der Folge von Kopf bis Fuß scheibchenweise mit allen nur erdenklichen

Tests unter die Lupe genommen, aber abgesehen von ein paar Platzwunden im Gesicht, am Hals und an der Brust sowie dem gebrochenen Fuß fehlte ihr absolut nichts. Sie sah natürlich furchtbar aus, aber das war nach dem Ringelpiez mit einem entgegenkommenden Fahrzeug nun auch nicht anders zu erwarten gewesen. Jedenfalls war sie schon wieder ganz munter auf den Beinen und für jemanden, der knapp an der Katastrophe vorbeigeschrammt war, geradezu unverschämt gut drauf.

Mein Dad hatte die Idee gehabt, dass wir unser Apartment von November bis einschließlich Dezember untervermieten und in der Zeit bei ihnen wohnen sollten. Ich war zwar nicht gerade erbaut davon, aber angesichts meines Kontostands blieb mir wenig anderes übrig. Außerdem schien es Lily ganz recht zu sein, ein Weilchen aus der Stadt mit ihrem Klatsch und Tratsch wegzukommen und abzuwarten, bis die Wogen sich etwas geglättet hatten. Wir hatten die Bude im Internet als perfekte »Ferienwohnung« im Herzen von New York angepriesen und waren wie vom Donner gerührt, als ein älteres schwedisches Ehepaar, dessen Kinder alle in der Stadt lebten, anstandslos den vollen von uns verlangten Preis akzeptierte – 600 Dollar mehr pro Monat, als wir selbst dafür zahlten. Mit dem Überschuss ließ es sich für uns mehr als gut leben, zumal meine Eltern uns Essen, frische Wäsche und einen nur leicht ramponierten Toyota zur Verfügung stellten. Die Schweden blieben bis Anfang Januar – dann begann für Lily wieder das Semester und für mich, tja, was auch immer.

Die offizielle Kündigung war durch Emily erfolgt. Nicht, dass über die Fortsetzung meines Beschäftigungsverhältnisses nach meinem kleinen verbalen Ausrutscher noch irgendwelche Zweifel bestanden hätten, aber Miranda hatte mir unbedingt noch eine verpassen müssen. Sprich: Es dauerte keine drei Minuten, bis die von mir so heiß geliebte, gnadenlos effiziente *Runway*-Maschinerie in Gang gesetzt war.

Eben saß ich im Taxi und befreite meinen linken Fuß von dem Würgegriff des Sadomaso-Stiefels, als das Telefon klingelte. Instinktiv fuhr ich zusammen, doch dann fiel mir unsere kleine Szene wieder ein. Es *konnte* nicht sie sein. Blitzschnell legte ich in Gedanken eine tabellarische Liste an: eine Minute, bis Miranda den Mund wieder zugeklappt und sich gefangen hatte, um den Gaffern ringsum kein Schauspiel zu bieten; eine weitere Minute, um ihr Handy zu finden und Emily zu Hause anzurufen, eine dritte, um ihr die unappetitlichen Details meiner historischen Entgleisung darzulegen, und die letzte schließlich für Emilys Versicherung, sie würde »persönlich dafür Sorge tragen, dass alle nötigen Maßnahmen ergriffen wurden«. Genau. Auch wenn die Rufnummernanzeige bei internationalen Verbindungen nicht funktionierte – es bestand nicht der leiseste Zweifel, wer da am Apparat war.

»Hi, Em, wie geht's?«, trällerte ich und massierte meinen bloßen Fuß, sorgsam darauf bedacht, ihn nicht in Berührung mit dem versifften Boden des Taxis kommen zu lassen.

Auf solch munteres Gezwitscher war sie offenbar nicht gefasst. »Andrea?«

»Ja, ich bin's, am Apparat. Was gibt's? Ich hab's ziemlich eilig, also …« Sollte ich sie unverblümt fragen, ob sie anrief, um mir zu kündigen? Ach, dieses eine Mal konnte ich ihr Zeit zum Luftholen lassen. Derweil wappnete ich mich für die Gardinenpredigt, die unweigerlich auf mein Haupt niedergehen würde – wie konntest du sie und mich und *Runway* und die ganze Welt der Mode bloß so enttäuschen und blamieren, bla, bla, bla, aber es kam nichts dergleichen.

»Ja, ach so, natürlich. Ich habe also gerade mit Miranda gesprochen …« Sie ließ den Satz verklingen, als hoffte sie, ich würde ihn fortsetzen und ihr erklären, dass das Ganze ein großer Irrtum war und ich in den seither verstrichenen vier Minuten alles wieder ausgebügelt hatte.

»Und hast gehört, was passiert ist, nehme ich an?«

»Äh, ja. Andy, was ist denn bloß los?«

»Das sollte ich vielleicht dich fragen, hm?«

Schweigen.

»Hör zu, Em, ich werde das Gefühl nicht los, dass du meine Entlassungspapiere vor dir liegen hast. Ist schon okay – ich weiß, dass die Entscheidung nicht auf deinem Mist gewachsen ist. Also sie hat dir gesagt, dass du mich abservieren sollst?« Obwohl ich mich so leicht fühlte wie seit Monaten nicht mehr, hielt ich unwillkürlich den Atem an; vielleicht schlug das Schicksal ja doch Kapriolen, und Miranda hatte meine rüde Abfuhr nicht als unverschämt, sondern als höchst eindrucksvoll empfunden.

»Ja. Ich soll dir mitteilen, dass du fristlos gekündigt bist und dein Zimmer im Ritz räumen sollst, bevor sie von der Modenschau zurück ist.« Sie sprach leise, mit einem Anflug von Bedauern in der Stimme. Vielleicht sah sie innerlich schon all die Stunden, Tage und Wochen vor sich, die es sie kosten würde, wieder eine Nachfolgerin zu finden und anzulernen, aber irgendwie klang es, als steckte noch mehr dahinter.

»Ich werde dir fehlen, stimmt's, Em? Komm, spuck's schon aus. Ich sag's auch keinem weiter. Wenn's nach mir geht, hat das Gespräch nie stattgefunden. Du lässt mich nicht gerne ziehen, was?«

Wunder über Wunder: Sie lachte. »Was hast du zu ihr gesagt? Von ihr war immer nur zu hören, du hättest dich sehr derb und undamenhaft benommen. Genaueres konnte ich nicht aus ihr herauskitzeln.«

»Ach, wahrscheinlich weil ich ihr gesagt habe, dass sie mich am Arsch lecken kann.«

»Ist nicht wahr!«

»Was meinst du, warum du mich feuern sollst? Glaube mir, es ist wahr.«

»O mein Gott.«

»Tja, ich müsste lügen, wenn ich nicht zugäbe, dass es der großartigste Moment in meinem ganzen kläglichen bisherigen

Leben war. Aber jetzt stehe ich natürlich blöd da: von der mächtigsten Frau im Verlagsgeschäft vor die Tür gesetzt. Mein so gut wie ausgereiztes Kreditkonto wieder aufzufüllen, kann ich mir wohl erst mal abschminken, und mit neuen Jobs in der Magazinbranche sieht es auch düster aus. Vielleicht sollte ich mich im feindlichen Lager bewerben? Die würden mich doch mit Kusshand nehmen?«

»Logo. Schick Anna Wintour deine Unterlagen – sie und Miranda konnten sich noch nie besonders riechen.«

»Mhm. Ich denke drüber nach. Du, Emily, wir sind uns deswegen aber nicht böse, oder?« Natürlich war uns beiden klar, dass wir außer Miranda Priestly nichts, aber auch rein gar nichts gemeinsam hatten, doch ich wollte die Gunst der Stunde nutzen.

»Nein, wo denkst du hin«, sagte sie gekünstelt – wohl wissend, dass ich von nun an in ihren Kreisen nicht einmal mehr mit spitzen Fingern angefasst werden würde. Ab heute musste Emily so tun, als wäre ich Luft für sie, aber damit konnte ich leben. Vielleicht würden wir in zehn Jahren, wenn sie bei der Modenschau von Michael Kors in der ersten Reihe saß, während ich immer noch bei Filene's einkaufen und im Benihana essen ging, über die ganze Sache herzlich lachen. Vielleicht aber auch nicht.

»Ich würde ja gern weiter mit dir schwatzen, aber im Moment sitze ich ziemlich in der Scheiße. Ich muss mir überlegen, wie ich am schnellsten nach Hause komme. Meinst du, ich kann das Ticket für den Rückflug noch benutzen? Sie kann mich doch nicht gut feuern und im Ausland auf dem Trockenen sitzen lassen?«

»Verständlich wäre es durchaus, Andrea.« Aha! Eine letzte Spitze. Tröstlich zu wissen, dass letztlich doch alles beim Alten blieb. »Schließlich hast ja eigentlich du sie sitzen lassen – hast sie durch dein Benehmen gezwungen, dich zu feuern. Aber so rachsüchtig wird sie schon nicht sein. Stell uns einfach die Umbuchungsgebühr in Rechnung, ich deichsle das dann irgendwie.«

»Danke, Em. Das ist echt nett von dir. Und dir auch viel Glück. Du wirst bestimmt mal eine super Moderedakteurin.«

»Wirklich? Glaubst du?«, fragte sie eifrig. Mir war zwar schleierhaft, wieso sie irgendwas auf die Meinung der größten Modeniete aller Zeiten gab, aber sie klang ganz aus dem Häuschen.

»Auf jeden Fall. Da beißt die Maus keinen Faden ab.«

Kaum war ich mit Emily fertig, rief Christian an – und wusste natürlich schon Bescheid. Unglaublich. Ließ sich von mir aber mit Wonne die pikanten Einzelheiten schildern und deckte mich mit Versprechungen und Angeboten ein – eine Kombination, bei der mir wieder übel wurde. Ich ließ ihn so cool wie möglich abfahren und versprach lediglich, mich zu melden, wenn mir danach war.

Monsieur Renaud und sein Gefolge wussten offenbar, o Wunder, noch nichts von meinem unrühmlichen Abgang. Jedenfalls überschlugen sie sich fast vor Beflissenheit, als ihnen zu Ohren kam, dass ich wegen eines Notfalls in der Familie unverzüglich die Heimreise antreten musste. Die blitzfix vom Hotel zusammengetrommelte Kleinarmee brauchte genau eine halbe Stunde, um mir einen Platz im nächsten Flieger nach New York zu sichern, meinen Krempel zusammenzupacken und mich auf den Rücksitz einer mit allen feuchtfröhlichen Freuden des Lebens ausgestatteten Limousine Richtung Charles de Gaulle zu verfrachten. Der Fahrer schien durchaus zu einem Schwätzchen aufgelegt, aber meine Antworten fielen eher einsilbig aus: Ich wollte die verbleibenden Minuten meines Daseins als miesest bezahlte, aber höchst privilegierte Assistentin der freien Welt ganz und gar auskosten. Ein letzter, langer, genüsslicher Schluck von diesem köstlich trockenen Gesöff aus einer eleganten Champagnerflöte. Ich hatte 11 Monate und 44 Wochen – umgerechnet gut 3000 Arbeitsstunden – gebraucht, um endgültig zu dem Schluss zu kommen, dass aus mir im Leben kein Spiegelbild von Miranda Priestly werden würde.

Hinter dem Zoll fand ich diesmal keinen Fahrer in Livree mit hochgehaltenem Schild vor, sondern meine Eltern, die bei meinem Anblick strahlten wie zwei Honigkuchenpferde. Wir fielen uns in die Arme, und sobald sie sich von dem Schock über mein Outfit erholt hatten (hautenge, völlig verwaschene D&G-Jeans, Pumps mit Pfennigabsätzen und eine total durchsichtige Bluse – hey, das stand so unter der Kategorie »Verschiedenes«, Unterpunkt »Transport vom und zum Flughafen« und war bei weitem das Passendste, was die Belegschaft von *Runway* mir für eine Flugreise mitgegeben hatte), rückten sie mit der frohen Botschaft heraus: Lily war wach und bei vollem Bewusstsein. Wir fuhren auf direktem Weg ins Krankenhaus, und kaum war ich zur Tür herein, durfte ich mich von meiner frisch aus dem Koma erwachten Freundin wegen meines Aufzugs schwach anreden lassen.

Nach ihrer Entlassung musste sie sich natürlich noch mit den Gerichten herumschlagen: Immerhin war sie volltrunken und mit überhöhter Geschwindigkeit entgegen der Einbahnstraße gefahren. Doch da die übrigen Beteiligten mit leichten Blessuren davongekommen waren, hatte der Richter ein Höchstmaß an Milde walten lassen und ihr lediglich einen Termin bei der Suchtberatung zur Auflage gemacht sowie sie zu ungefähr 30 Jahren gemeinnütziger Arbeit verdonnert. Der Eintrag wegen des Trunkenheitsdelikts allerdings würde ihr bleiben. Wir redeten nicht viel darüber – sie gab immer noch nicht gern zu, dass sie ein Alkoholproblem hatte –, aber als ich sie von der ersten Gruppensitzung im East Village wieder abholte, meinte sie immerhin, es sei ganz cool gewesen, nicht zu viel Gefühlsduselei, aber natürlich irgendwie doch »total nervig«. Ich quittierte Letzteres mit Emilys tödlichem Spezialblick, worauf sie einräumte, es seien ein paar ganz süße Typen dabei, und es könne ja nicht schaden, wenn sie zur Abwechslung mal einen netten

Abend lang nüchtern bliebe. Na bitte. Meine Eltern hatten sie überredet, zum Dekan ihrer Fakultät von Columbia zu gehen und Klartext zu reden. Zunächst graute es ihr natürlich davor, aber letztlich erwies es sich als guter Schritt: Er beurlaubte sie für den Rest des Semesters, ohne dass sie damit als durchgefallen galt, und klärte mit der Finanzabteilung ab, dass sie sich im Frühjahr mit ihrem Stipendium zurückmelden konnte.

Wie es aussah, renkten sich Lilys Leben und unsere Freundschaft also allmählich wieder ein. Was man von meiner Beziehung zu Alex nicht sagen konnte. Er hatte an Lilys Bett gesessen, als ich ins Zimmer platzte, und ehrlich gestanden wäre es mir lieber gewesen, meine Eltern hätten derweil nicht diskret in der Cafeteria gewartet. Nach der steifen Begrüßung gab es natürlich erst mal ein großes Buhei um Lily, aber in der halben Stunde, bis er die Jacke anzog und sich allseits winkend verabschiedete, hatten wir kein vernünftiges Wort miteinander gewechselt. Ich rief ihn von zu Hause an, hörte jedoch nicht mehr als seine Mailbox. Nach etlichen weiteren Probeanrufen erwischte ich ihn schließlich kurz vor dem Schlafengehen.

»Hi!«, sagte ich so gewinnend und souverän wie möglich.

»Hey.« Mein Liebreiz prallte offenbar wirkungslos an ihm ab.

»Hör zu, sie ist auch deine Freundin, ich weiß, und für dich ist so was absolut selbstverständlich, aber ich weiß gar nicht, wie ich dir für alles danken soll, ganz ehrlich: Du hast mich aufgespürt, meinen Eltern geholfen, stundenlang bei Lily am Bett gesessen …«

»Kein Problem. Das ist doch völlig normal, Freunden in der Not beizustehen. Alles halb so wild.« Völlig normal, ja klar, außer für jemanden, der sich mit seinen völlig verschobenen Prioritäten für den Nabel der Welt hielt und rein zufällig gerade mit ihm telefonierte.

»Alex, bitte, können wir nicht einfach reden, ohne –«

»Nein. Da gibt's im Moment nichts zu reden. Das ganze letzte Jahr habe ich darauf gewartet, manchmal sogar darum gebettelt, aber von dir kam einfach nichts. Irgendwann in der Zeit ist mir die Andy abhanden gekommen, in die ich mich mal verliebt habe. Ich weiß nicht, wie und wann genau es passiert ist, jedenfalls bist du ganz sicher nicht mehr die gleiche, die du vor diesem Job warst. ›Meine‹ Andy wäre nie und nimmer auf die Idee verfallen, eine Modenschau oder eine Party oder sonst was könnte wichtiger sein als eine Freundin, die sie dringend – und zwar wirklich dringend – nötig hat. Klar freue ich mich, dass du hergekommen bist und einsiehst, dass es das einzig Richtige war, aber jetzt brauche ich erst mal wieder Zeit, um mir zu überlegen, wo ich und du, wo wir beide eigentlich stehen. Für mich ist das nichts Neues, Andy. Es geht schon sehr, sehr lange so – du warst bloß immer zu beschäftigt, um es mitzukriegen.«

»Alex, du hast mir noch nicht die kleinste Chance gegeben, mich in Ruhe mit dir hinzusetzen und dir zu erklären, was gelaufen ist. Kann sein, dass du Recht hast und ich nicht mehr die bin, die ich war. Ich glaub's zwar nicht – und selbst wenn ich mich verändert habe, dann vielleicht nicht unbedingt *nur* zum Schlechteren. Sind wir denn wirklich so weit auseinander gedriftet?«

Noch vor Lily war *er* mein bester Freund, so viel wusste ich mit Bestimmtheit; aber mehr war er für mich schon seit vielen Monaten nicht mehr gewesen. Es stimmte, was er sagte, und es war an der Zeit, ihm das einzugestehen, auch wenn's schwer fiel. Ich holte tief Luft.

»Du hast Recht.«

»Habe ich das? Meinst du?«

»Ja. Ich habe mich dir gegenüber abscheulich selbstsüchtig und unfair benommen.«

»Und was jetzt?« Er klang nicht nach gebrochenem Herzen, bloß resigniert.

»Weiß auch nicht. Wir reden nicht mehr miteinander? Wir sehen uns nicht mehr? Keine Ahnung, wie das funktionieren soll. Ich will, dass du weiter zu meinem Leben gehörst, und ich kann mir nicht vorstellen, dass ich ganz aus deinem verschwinde.«

»Ich auch nicht. Aber ich bin mir nicht sicher, wie lange wir das durchhalten. Wir sind ja damals gleich zusammengekommen, und ob wir es nun schaffen, ›gute Freunde zu werden‹? Scheint mir unwahrscheinlich, aber wer weiß? Vielleicht wenn wir es uns lange und gut überlegt haben …«

An jenem ersten Abend nach meiner Rückkehr heulte ich wie ein Schlosshund, nicht nur wegen Alex, sondern weil so vieles im vergangenen Jahr sich verändert und verschoben hatte. Als unbedarftes kleines Aschenputtel hatte es mich zu Elias-Clark verschlagen – und mit einer mittleren Portion Lebenserfahrung sowie der Erkenntnis, dass ich immer noch ein Aschenputtel war, wieder hinausgeweht. Doch in der Zwischenzeit hatte ich mehr erlebt als in 100 anderen Anfängerjobs. Und prangte auf meinem Lebenslauf nun auch der Schandfleck »Kündigung«, hatte mein Freund mir auch den Laufpass gegeben und war mir nichts Greifbares geblieben außer einem Koffer (na gut, vier Koffern, von Louis Vuitton), randvoll mit atemberaubenden Designerklamotten – vielleicht hatte das Ganze sich ja trotzdem gelohnt?

Ich stellte das Handy stumm, fischte ein altes Notizbuch aus der untersten Schreibtischschublade und fing an zu schreiben.

Mein Vater hatte sich schon in sein Büro verdrückt, und meine Mutter erwischte ich gerade noch auf dem Weg zur Garage, nachdem ich mich endlich die Treppe hinuntergeschleppt hatte.

»Morgen, Schätzchen. Wusste nicht, dass du schon wach bist! Ich muss los. Jills Flug geht um zwölf, also seht zu, dass ihr zeitig loskommt. Falls irgendwas schiefgeht, ich habe das Handy dabei. Ach so, ja, seid ihr beide, Lily und du, heute Abend zum Essen da?«

»Frag mich nicht. Ich bin gerade aufgestanden und habe noch

keinen Schluck Kaffee intus. Könnten wir die Entscheidung über das Abendessen nicht vielleicht ein Weilchen vertagen?«

Meine patzige Antwort verpuffte ins Nichts – Mom war schon halb aus der Tür, bis ich überhaupt den Mund aufgemacht hatte. Lily, Jill, Kyle und der Kleine saßen schweigend um den Küchentisch versammelt, jeder in einen Teil der *Times* vertieft. In ihrer Mitte stand ein Teller mit Waffeln, bei deren saft- und kraftlosem Anblick einem augenblicklich der Appetit verging, dazu eine Flasche vom billigsten Ahornsirup und, frisch aus dem Kühlschrank, ein Stück steinharte Butter. Allgemeinen Beifall fand offenbar nur der Kaffee, den mein Vater traditionsgemäß mitsamt dem Frühstücksgebäck allmorgendlich von Dunkin Donuts mitbrachte, weil er (wer wollte es ihm verübeln) allem misstraute, was meine Mutter von eigener Hand zubereitet und gebraut hatte. Ich spießte eine Waffel mit der Gabel auf und wollte sie auf dem Pappteller klein schneiden, doch schon beim ersten Anlauf zerfiel sie in ihre breiigen Bestandteile.

»Wer soll denn das essen. Hat Dad heute keine Donuts mitgebracht?«

»Doch, aber die hat er im Schrank vor seinem Büro versteckt«, knödelte Kyle. »Wollte nicht, dass deine Mutter sie sieht. Magst du sie holen?«

Das Telefon riss mich aus meiner Suche nach dem verborgenen Schatz.

»Hallo?« Wenigstens meldete ich mich nicht mehr mit »Büro Miranda Priestly«, aber den supergenervten Ton hatte ich immer noch gut drauf.

»Hallo. Ich hätte gern Andrea Sachs gesprochen.«

»Am Apparat. Mit wem habe ich das Vergnügen?«

»Andrea, hi, hier spricht Loretta Andriano vom Magazin *Seventeen.*«

Holla. Ich hatte mir 200 Zeilen für eine »fiktionale« Story über eine 16jährige abgerungen, die vor lauter Lernen für die Aufnahmeprüfung zum College Freunde und Familie schmählich vernachlässigt. Schwachsinn, in zwei Stunden heruntergerissen, aber ich glaubte den richtigen Ton zwischen komisch und anrührend getroffen zu haben. Ging es etwa darum?

»Hi! Wie geht's?«

»Danke, gut. Ihre Story ist bei mir auf dem Schreibtisch gelandet, und ich muss sagen, sie gefällt mir nicht schlecht. Muss natürlich noch mal überarbeitet werden, und an der Sprache ist auch noch Etliches zu feilen – das Gros unserer Leserschaft ist unter 13 – aber ich würde sie gern in der Februarausgabe bringen.«

»Im Ernst?« Das war ja fast zu schön, um wahr zu sein. Ich hatte die Story an ein Dutzend Teeny-Magazine sowie, als etwas ausgereiftere Version, an weitere zwei Dutzend Frauenzeitschriften eingesandt, bisher aber von nichts und niemanden auch nur ein Sterbenswörtchen gehört.

»Aber ja. Wir zahlen pro Zeile 15,00, und Sie müssten uns dann bitte noch ein paar Steuerformulare ausfüllen. Sie haben ja schon Erfahrung als freie Autorin?«

»So gesehen, nein, aber ich habe vorher für *Runway* gearbeitet.« Was die Bemerkung nützen sollte, wusste ich selber nicht – in der ganzen Zeit dort hatte ich höchstens gefälschte Aktennotizen verfasst, um andere damit in Angst und Schrecken zu versetzen; aber Loretta schien die klaffende Lücke in meiner logischen Argumentation nicht aufzufallen.

»Ach, tatsächlich? Ich habe gleich nach dem College als Modeassistentin bei *Runway* angefangen. In dem einen Jahr habe ich mehr gelernt als in den fünf danach.«

»Es war wirklich eine unnachahmliche Erfahrung. Ein echter Glücksfall für mich.«

»Und was haben Sie dort gemacht?«

»Ich war persönliche Assistentin von Miranda Priestly.«

»Wirklich? Sie armes Ding, davon wusste ich ja gar nichts. Moment mal – waren Sie das, die Miranda neulich in Paris gefeuert hat?«

O Gott – das war ein schwerer Fehler gewesen. Ein paar Tage nach meiner Rückkehr hatte die *Times* auf ihrer Klatschseite eine gar nicht mal so kurze Notiz über den ganzen Schlamassel gebracht, aus »gut unterrichteten Kreisen«: Wahrscheinlich eine der Klapperschnepfen, die mein unmögliches Auftreten aus nächster Nähe miterlebt hatten. So exakt wie ich dort zitiert wurde, war kaum eine andere Quelle denkbar. Und natürlich war ich nicht die Einzige, die den Artikel gelesen hatte. Mir schwante, dass Lorettas Begeisterung für meine Story sich damit schlagartig in Luft auflösen würde, aber jetzt gab es kein Zurück mehr.

»Äh, ja. Aber es war eigentlich gar nicht so schlimm, wie es sich anhörte. In dem Artikel haben sie wirklich maßlos übertrieben.«

»Na, ich hoffe doch nicht! Irgendwer musste diesem Weib schließlich mal Bescheid stoßen, und wenn Sie es waren, dann Hut ab! Sie hat mir in dem einen Jahr bei *Runway* das Leben zur Hölle gemacht, und dabei hatte ich nicht mal direkt mit ihr zu tun.

Hören Sie, ich muss jetzt zu einem Presselunch, aber wie wär's, machen wir einen Termin aus? Dann könnten Sie bei der Gelegenheit den notwendigen Papierkram erledigen, und ich wollte Sie ohnehin kennen lernen. Wenn Sie noch andere Texte haben, die Ihrer Meinung nach für das Magazin geeignet wären, dann bringen Sie sie einfach mit.«

»Ja gerne. Herzlich gerne.« Wir vereinbarten ein Treffen für kommenden Freitag um drei, und ich legte auf, immer noch völlig baff. Kyle und Jill hatten Lily den Kleinen aufs Auge gedrückt, bis sie fertig mit Anziehen und Packen waren, und er war in eine Art Dauergreinen verfallen, das sich anhörte, als könnte es jede Sekunde in hysterisches Gebrüll umschlagen. Ich schälte ihn aus seinem Sitz, legte ihn mir über die Schulter und massierte ihm durch den Frotteestrampler hindurch den Rücken, bis er sich, o Wunder, wieder beruhigte.

»Nie im Leben rätst du, wer das war«, trällerte ich und hopste mit Isaac durchs Zimmer. »Eine Redakteurin von *Seventeen* – sie wollen mich, schwarz auf weiß!«

»Halt die Luft an! Sie drucken deine Lebensgeschichte?«

»Nein, nicht meine – ›Jennifers‹ Lebensgeschichte. Mickrige 200 Zeilen, nicht der Rede wert, aber immerhin ein Anfang.«

»Ach, red doch nicht. Junges Mädchen schnappt über, weil sie was erreicht hat, und stößt schließlich alle vor den Kopf, die eine wichtige Rolle in ihrem Leben spielen. Jennifers Story. Ganz klar.« Lily schaffte es, gleichzeitig zu grinsen und mit den Augen zu rollen.

»Na ja, und wenn. Läppische Details. Was zählt, ist: Sie bringen sie in der Februarausgabe, und sie löhnen 3000 Dollar dafür. Ist das nicht der Wahnsinn?«

»Glückwunsch, Andy. Im Ernst, das ist echt der Hammer. Und damit kannst du dann hausieren gehen, nicht?«

»Ge-nau. Es ist zwar nicht der *New Yorker*, aber fürs Erste ganz okay. Wenn ich noch mehr von der Sorte unterbringe, vielleicht in verschiedenen anderen Magazinen, dann wird's vielleicht doch noch was mit mir. Am Freitag treffe ich mich mit der Redakteurin, und ich soll alles mitbringen, was ich bisher so geschrieben habe. Und sie hat nicht mal gefragt, ob ich Französisch kann. Außerdem hasst sie Miranda. Ich glaube, mit der werde ich gut zurechtkommen.«

Ich fuhr die Texanergang zum Flughafen, besorgte Lily und mir auf dem Rückweg zwei vollfette, leckere Lunchpakete von Burger King, damit die Frühstücksdonuts sich in unserem Magen nicht so allein fühlten, und brachte den restlichen Tag – sowie die beiden folgenden – am Schreibtisch zu, auf dass ich meiner neuen Verbündeten gegen Miranda auch etwas vorzulegen hatte.

19

»Einen großen Vanillecappuccino, bitte.« Den Mann hinter der Theke kannte ich nicht. Es war ja auch schon fast fünf Monate her, seit ich hier, im Starbucks an der 57. Straße, zum letzten Mal mit einem Tablett voller Kaffeebecher und Snacks so schnell wie möglich hinausgewankt war, bevor Miranda mich feuerte, weil ich einmal zwischendurch Luft geholt hatte. Rückblickend fand ich es tausendmal besser, für ein aus tiefstem Herzen gebrülltes »Leck mich am Arsch« gefeuert worden zu sein als dafür, statt Rohrzuckerwürfeln zwei Päckchen Süßstoff erwischt zu haben. Im Endergebnis das Gleiche, aber ein ungleich anderer Spielverlauf.

Wer hätte gedacht, dass das Personal bei Starbucks so häufig wechselte? Von den Typen, die da an den Espressomaschinen zugange waren, kam mir kein einziger auch nur entfernt bekannt vor – was die ganze Zeit, die ich hier zugebracht hatte, in noch weitere Ferne rückte. Ich strich meine schwarze Hose (guter Schnitt, aber kein Designerstück) glatt und vergewisserte mich, dass die Aufschläge kein Sammelbecken für allen Dreck und Schneematsch der Stadt abgaben. Zwar wusste ich die ganze Belegschaft eines Modemagazins vehement gegen mich, fand aber trotzdem, dass ich für das sage und schreibe zweite Vorstellungsgespräch meines Lebens verdammt gut aussah. Erstens war mir mittlerweile klar, dass in dieser Branche keine Menschenseele Kostüme trug, und zweitens hatte mich dieses Jahr in der dünnen Luft der Haute Couture, wahrscheinlich durch simple Osmose, doch irgendwie verändert.

Der Cappuccino war eine Spur zu heiß, aber bei diesem nasskalten Wetter einfach ein Gedicht. Die einbrechende Dämmerung legte sich über die Stadt wie eine schwere Schneewolke – normalerweise eine Stimmung, die Depressionen bei mir hervorrief. Immerhin schrieben wir den deprimierendsten Monat des Jahres (Februar), und an Tagen wie diesem verkrochen selbst optimistische Naturen sich zähneklappernd unter der Bettdecke, während die Pessimisten ohne eine extra Hand voll Aufmunterungspillen nicht mal ansatzweise eine Chance hatten. Aber im Starbucks herrschte freundliches Licht und kein großes Gedränge; ich schmiegte mich in einen der wuchtigen grünen Sessel und versuchte nicht daran zu denken, wer hier wohl zuletzt seinen ungewaschenen Haarschopf an den Polstern abgewischt hatte.

In den zurückliegenden drei Monaten war Loretta zu meiner Mentorin, meiner großen Stütze und Retterin geworden. Wir hatten uns auf Anhieb blendend verstanden, und seit jenem ersten Kennenlernen hatte sie mich liebevoll unter ihre Fittiche genommen. Schon als ich ihr eigentlich geräumiges, aber zum Bersten vollgestopftes Büro betrat und sah, dass sie – schluck! – fett war, beschlich mich dunkel das Gefühl, dass ich sie liebenswert finden könnte. Sie bot mir einen Platz an und las Wort für Wort, was ich in der vergangenen Woche zu Papier gebracht hatte: humoristische Schilderungen von Modenschauen, böse Bemerkungen zum Leben einer Promi-Assistentin und eine hoffentlich einfühlsam geschriebene Story, wie es dahin kommen kann – oder wie man es nicht so weit kommen lässt –, dass eine Beziehung, in der die Partner einander umständehalber kaum sehen, nach drei Jahren den Bach hinuntergeht. Es war wie im Bilderbuch, übelster Kitsch; aber Loretta und ich hatten uns schlicht gesucht und gefunden, redeten uns die Albträume über *Runway* von der Seele (die mich noch nach wie vor heimsuchten: in dem letzten wurden meine Eltern von der Pariser Modepolizei auf offener Straße wegen des Tragens von Shorts erschossen, und Miranda setzte es irgendwie durch, mich ganz legal zu adoptieren) und stellten rasch fest, dass uns außer sieben Jahren Altersunterschied nichts trennte.

Dank meines genialen Einfalls, die gesamte *Runway*-Garderobe an einen der überkandidelten Second-Hand-Läden in der Madison Avenue zu verhökern, verfügte ich über ein kleines Vermögen und konnte es mir leisten, für einen Apfel und ein Ei zu schreiben; Hauptsache, mein Name wurde erwähnt. Ich hatte lange abgewartet, ob Emily oder Jocelyn nicht doch irgendwann anrufen und mir mitteilen würden, der Kurier zur Abholung der Sachen sei bereits unterwegs. Doch da sich absolut nichts tat, durfte ich wohl frei über das Zeug verfügen. Beiseite legte ich nur das Wickelkleid von Diane Von Furstenburg. Den Inhalt meiner Schreibtischschubladen hatte Emily in Kisten gekippt und mir per Post zugeschickt. Bei der Durchsicht stieß ich auf den Brief von Anita Alvarez, der glühenden *Runway*-Verehrerin, der ich die erträumte Robe hatte schicken wollen. Bisher war ich nie dazu gekommen, aber jetzt wickelte ich das wild gemusterte Kleid in Seidenpapier, warf noch ein Paar Manolos und ein paar Zeilen in Mirandas Handschrift dazu – dieses Talent besaß ich zu meinem Verdruss offenbar immer noch. Einmal im Leben wenigstens sollte das Mädel ein richtig schönes Teil sein Eigen nennen und genießen. Und, wichtiger noch: glauben, dass es da draußen in der großen weiten Welt jemanden gab, dem sie nicht egal war.

Bis auf das eine, diesem wohltätigen Zwecke zugedachten Kleid hatte ich nur die engen, supersexy D&G-Jeans und die klassische, gesteppte Handtasche an der Kette behalten, wobei ich Letztere an Mom weiterreichte (»O Schätzchen, ist die schön. Was ist das noch mal für eine Marke?«). Alles andere, die transparenten Tops, die Lederhosen, die Stiefel mit Stachelbesatz und die Riemchensandalen, machte ich zu klingender Münze. Die Frau an der Kasse rief die Geschäftsinhaberin zu Hilfe, und schließlich einigten sie sich darauf, den Laden ein paar

Stunden lang dicht zu machen, um mein Hamstergut in aller Ruhe zu sichten. Allein die Behältnisse von Louis Vuitton – zwei große Koffer, eine mittelgroße Reisetasche und ein überdimensionaler Schrankkoffer – brachten mir sechs Riesen ein, und als die Damen unter viel aufgeregtem Gekicher und Getuschel ihre Musterung endlich abgeschlossen hatten, rauschte ich mit einem Scheck über etwas mehr als 38000 Dollar davon. Damit waren, meinen Berechnungen nach, Miete und sogar Verpflegung für ein Jahr gesichert, in dem ich sorgenfrei an meiner Schriftstellerkarriere feilen konnte. Dann schneite auch noch Loretta in mein Leben, und die Sonne ging auf.

Vier Sachen war ich schon an sie losgeworden – einen Klappentext, zwei Beiträge zu je 50 Zeilen und die ursprüngliche, längere Story. Doch damit nicht genug, schien sie förmlich besessen davon, mir Kontakte zu verschaffen und sich aus eigenem Antrieb mit Kollegen von anderen Magazinen in Verbindung zu setzen, die möglicherweise an freien Beiträgen interessiert waren. Und genau deshalb war ich an diesem grauen Wintertag im Starbucks gelandet – auf dem Weg zu Elias-Clark. Loretta hatte mir zugeredet wie einem störrischen Gaul und mir tausendmal versichert, Miranda würde sich nicht auf mich stürzen, sobald ich das Gebäude betrat, und mich mit einem gezielten Pfeil aus dem Blasrohr zur Strecke bringen; trotzdem war ich nervös. Nicht mehr starr vor Angst wie früher, als ein harmloses Handyklingeln genügte, um mein Herz Flickflack schlagen zu lassen, aber immer noch ziemlich zappelig bei der Vorstellung (so unwahrscheinlich sie auch schien), Miranda irgendwo über den Weg zu laufen – ihr oder Emily oder sonst wem, außer James: Als Einziger hatte der sich in der Zwischenzeit regelmäßig bei mir gemeldet.

Irgendwie war Loretta auf die Idee verfallen, bei ihrer alten Zimmergenossin aus Collegetagen anzurufen, die, wie der Zufall wollte, bei *The Buzz* als Redakteurin für die Stadtnachrichten arbeitete. Loretta teilte ihr mit, sie hätte *die* neue Autorin entdeckt – das sollte dann wohl ich sein. Sie vereinbarte mit ihr das heutige Vorstellungsgespräch und warnte die Dame sogar vor, dass Miranda mir den Stuhl vor die Tür gesetzt hatte, was diese mit einem Hohnlachen und der Bemerkung quittierte, wenn sie niemanden nähmen, der irgendwann mal von Miranda gefeuert worden sei, könnten sie ihre Beiträge mehr oder weniger selbst schreiben.

Vom Cappuccino gestärkt und belebt klemmte ich mir die Mappe mit meinen gesammelten Werken unter den Arm und steuerte, diesmal ganz in Ruhe, ohne hektisch klingelndes Handy und eine Wagenladung Kaffee auf dem Tablett, das Elias-Clark-Gebäude an. Von draußen checkte ich kurz, ob auch ja keine Klapperschnepfen Marke *Runway* in der Lobby herumgeisterten, und stemmte mich dann mit geballter Kraft gegen das Trägheitsmoment der Drehtür. Fünf Monate, seit ich mich zuletzt hier durchgekämpft hatte, und alles war wie immer: Ahmed hinter der Kasse in seinem Zeitungskiosk, ein Hochglanzposter, das für das kommende Wochenende eine Party von *Chic* im Lotus verhieß. Statt mich ordnungsgemäß als externe Besucherin anzumelden, spazierte ich instinktiv direkt auf die Drehkreuze zu. Und vernahm sogleich eine vertraute Stimme: *I can't remember if I cried when I read about his widowed bride, but something touched me deep inside, the day, the music died. And we were singing…«* American Pie! *Ist das süß von ihm*, dachte ich. Das Abschiedslied, das ich nie hatte singen können. Ich drehte mich um und sah Eduardo, feist und verschwitzt wie eh und je. Doch sein Grinsen galt nicht mir. Vor dem Drehkreuz ganz in seiner Nähe stand eine klapperdürre junge Frau mit brünettem Haar und grünen Augen. Sie trug eine todschicke, enge Nadelstreifenhose, ein bauchfreies Tank-Top, ein Kaffeetablett, eine Tüte, aus der die Zeitungen und Zeitschriften oben herausquollen, drei komplette Outfits an Kleiderbügeln und einen Matchsack mit dem aufgedruckten Monogramm »MP«. Gerade hatte ich geschnallt, was hier Sache war, da fing ihr Handy an zu klingeln. Sie fuhr zusammen und sah aus, als würde sie jeden Moment in Tränen ausbrechen. Doch so sehr sie auch auf das Drehkreuz eindrosch, es half nichts. Mit einem tiefen Seufzer begann sie zu singen: »*Bye, bye, Miss American Pie, drove my Chevy to the levee, but the levee was dry; and good old boys were drinking whiskey and rye, singing this will be the day that I die, this will be the day that I die …*« Ich sah noch mal zu Eduardo hin. Jetzt lächelte er mir verstohlen zu und zwinkerte. Und noch bevor die hübsche Brünette mit Singen fertig war, drückte er auf den Summer und ließ mich durch, als gehörte ich zu den Schönen und Wichtigen dieser Welt.

Danksagung

Mein Dank geht an die vier Menschen, die dazu beigetragen haben, dass mein Traum Wirklichkeit werden konnte:

Stacy Creamer – meine Lektorin. Wenn Sie das Buch nicht mögen, geben Sie Stacy die Schuld – sie hat die lustigsten Stellen herausgestrichen.

Charles Salzberg – Autor und Lehrer. Er hat mich angespornt, nicht aufzugeben. Wenn Ihnen das Ergebnis nicht gefällt, geben Sie ihm eine Mitschuld.

Deborah Schneider – Agentin der Sonderklasse. Sie beteuert ständig, dass sie mindestens fünfzehn Prozent von allem liebt, was ich tue, sage und – vor allem – schreibe.

Richard David Story – mein ehemaliger Chef. Seit ich ihn nicht mehr jeden Morgen vor 9 Uhr ertragen muss, ist er mir sehr ans Herz gewachsen.

Danken möchte ich auch allen, die mir zwar in keiner Weise geholfen, dafür aber versprochen haben, ganz viele Bücher zu kaufen, wenn ich sie namentlich erwähne:

Dave Baiada, Dan Barasch, Heather Bergida, Lynn Bernstein, Dan Braun, Beth Buschman-Kelly, Helen Coster, Audrey Diamond, Lydia Fakundiny, Wendy Finerman, Chris Fonzone, Kelly Gillespie, Simone Girner, Cathy Gleason, Jon Goldstein, Eliza Harris, Peter Hedges, Julie Hootkin, Bernie Kelberg, Alli Kirshner, John Knecht, Anna Weber Kneitel, Jaime Lewisohn, Bill McCarthy, Dana McMakin, Ricki Miller, Daryl Nierenberg, Wittney Rachlin, Drew Reed, Edgar Rosenberg, Brian Seitchik, Jonathan Seitchik, Marni Senofonte, Shalom Shoer, Josh Ufberg, Kyle White und Richard Willis.

Ein besonderer Dank geht an Leah Jacobs, Jon Roth, Joan und Abe Lichtenstein und die Weisbergers: Shirley und Ed, Judy, David und Pam, Mike und Michele.

Nachweis

Die Liedzeilen auf S. 169 stammen von:

»Wannabe«

Die Liedzeilen auf S. 201 f. stammen von:

»I Think We're Alone Now«

Die Liedzeilen auf S. 473 f. stammen von:

»American Pie«

Die Party Queen von Manhattan

Für meine Großeltern:
Damit sie mich leichter
von ihren anderen Enkelkindern
unterscheiden können.

»How does it feel to be
one of the beautiful people?«

Aus »Baby, You're a Rich Man« (1967)
von John Lennon und Paul McCartney

1

Obwohl ich das braune Tierchen, das da über mein welliges Parkett huschte, nur aus dem Augenwinkel erspäht hatte, wusste ich gleich, dass es nur eine Kakerlake sein konnte – und zwar die mit Abstand fetteste, fleischigste Küchenschabe, die je meinen Weg gekreuzt hatte. Bevor das Biest unter dem Bücherschrank verschwand, schrammte es haarscharf an meinen *nackten Füßen* vorbei. Schlotternd aktivierte ich die Chakrenatmung, die ich seit einem unfreiwilligen Aufenthalt in einem indischen Aschram beherrschte, in den ich von meinen Eltern vor ein paar Jahren zwangsverschleppt worden war. Einige Male konzentriert Luft geholt, und mein Herzschlag beruhigte sich wieder. Nach ein paar Minuten hatte ich mich so weit gefangen, dass ich zum Gegenangriff übergehen konnte. Als Erstes rettete ich Millington aus ihrem Versteck, denn sie hatte sich, ebenso erschrocken wie ich, unter der Couch verkrochen. Dann ging alles blitzschnell. Ich sprang in ein Paar kniehohe Lederstiefel, riss die Wohnungstür auf, um dem Geziefer einen Fluchtweg zu bieten, und versprühte in sämtlichen (zwei) Räumen ein hochwirksames, nur auf dem Schwarzmarkt erhältliches Insektengift. Ich umklammerte die Spraydose wie eine tödliche Angriffswaffe und ließ den Knopf erst zehn Minuten später wieder los, als das Telefon klingelte.

Das Display zeigte Penelopes Nummer an. Fast hätte ich in meiner Panik den Apparat einfach klingeln lassen, aber dann fiel mir ein, dass sie eine der insgesamt zwei Personen war, bei denen ich im Notfall um Asyl bitten konnte. Sollte die Kakerlake den Giftgasangriff überstehen und noch einmal durchs Wohnzimmer spazieren, würde ich bei Pen oder Onkel Will unterschlüpfen müssen. Und weil ich nicht genau wusste, wo sich Will heute Abend rumtrieb, war es wohl klüger, die Kommunikation zu Penelope nicht abreißen zu lassen. Ich ging ran.

»Pen, ich bin gerade von der riesigsten Küchenschabe in ganz Manhattan überfallen worden. Was soll ich machen?«, platzte ich heraus, kaum dass ich den Hörer in der Hand hatte.

»Bette, ich muss dir was Wichtiges erzählen!«, legte sie ungerührt los. Meine missliche Lage ließ sie offensichtlich kalt.

»Wichtiger als der Angriff der Killerkakerlake?«

»Avery hat mir gerade einen Heiratsantrag gemacht!«, trällerte Penelope. »Wir sind verlobt!«

Verdammt. *Wir sind verlobt*, drei kleine Wörter, die für sie das Glück auf Erden bedeuteten und für mich den Super-GAU. Ich schaltete sofort auf Autopilot um. Es wäre, gelinde gesagt, nicht gerade angemessen gewesen, das auszusprechen, was ich in diesem Moment wirklich dachte. *Er ist eine Niete, Pen. Ein verzogener kleiner Junge im Körper eines zugekoksten und zugekifften Riesenbabys. Er weiß, dass er dir nicht das Wasser reichen kann. Deshalb steckt er dir schnell einen Verlobungsring an den Finger, bevor du irgendwann von selber draufkommst. In spätestens zehn Jahren serviert er dich wegen einer Jüngeren ab, und dann stehst du vor einem Scherbenhaufen. Tu es nicht! Tu es nicht! Tu es nicht!*

»Das gibt's doch nicht!«, rief ich. »Herzlichen Glückwunsch. Wie ich mich für dich freue!«

»Ach, Bette, das dachte ich mir. Ich kann kaum sprechen, es geht alles so schnell.«

So schnell? Es war doch irgendwie zu erwarten gewesen. Seit du neunzehn warst, hast du keinen anderen Mann mehr angeguckt. Das sind jetzt immerhin acht Jahre. Ich hoffe bloß, er fängt sich bei seinem Junggesellenabschied keinen Herpes ein.

»Ich will alles wissen, jede Einzelheit. Wann? Wie? Was für ein Ring?« Trotz des Schocks spielte ich die Rolle der besten

Freundin gar nicht so übel und betete die unvermeidlichen Fragen ziemlich überzeugend herunter.

»Ich kann nicht lange reden, wir sind nämlich im Plaza Hotel. Weißt du noch, dass er mich heute Abend unbedingt von der Arbeit abholen wollte?« Sie ließ mir keine Zeit für eine Antwort und plapperte aufgeregt weiter. »Er ist in einer Limousine vorgefahren und hat behauptet, er hätte sie nur gemietet, weil er kein Taxi kriegen konnte. Seine Eltern würden uns in zehn Minuten zum Essen erwarten. Ich war ein bisschen sauer, weil wir eigentlich ins Per Se wollten. Du weißt ja, wie schwer es ist, da überhaupt einen Tisch zu kriegen. Als wir dann bei ihm zu Hause waren und in der Bibliothek noch einen Cocktail getrunken haben, kamen plötzlich unsere Eltern rein, seine und meine. Und bevor ich wusste, wie mir geschah, lag er schon vor mir auf den Knien.«

»Eure Eltern waren dabei? Er hat dir vor allen Leuten einen Antrag gemacht?« Mir war klar, dass ich entsetzt klang, aber ich konnte es nicht ändern.

»Vor allen Leuten? Es war ja schließlich kein Massenauflauf, Bette. Er hat die allerliebsten Sachen gesagt. Und ohne unsere Eltern hätten wir uns schließlich nie kennen gelernt, deshalb konnte ich ihn schon verstehen. Und jetzt die Krönung – er hat mir zwei Ringe geschenkt!«

»Zwei Ringe?«

»Zwei Ringe. Einen lupenreinen runden Sechskaräter in einer Platinfassung, der seiner Ururgroßmutter gehört hat und in der Familie als eigentlicher Verlobungsring weitervererbt wird, und einen bildhübschen, rechteckigen Dreikaräter, der sehr viel tragbarer ist.«

»Tragbarer?«

»Man kann doch nicht mit so einem dicken Klunker am Finger in New York rumspazieren. Ich fand das echt eine klasse Idee.«

»Zwei Ringe?«

»Nun krieg dich wieder ein. Nach den Cocktails sind wir in die Gramercy Tavern gegangen. Mein Vater hat während des gesamten Essens tatsächlich nicht ein einziges Mal sein Handy eingeschaltet, und einen einigermaßen gelungenen Trinkspruch hat er sich auch noch ausgedacht. Reife Leistung. Anschließend sind wir mit der Pferdekutsche durch den Central Park gefahren, und jetzt haben wir uns im Plaza eine Suite genommen. Ich musste dich einfach anrufen, um dir die gute Nachricht zu erzählen.«

Ich erkannte Penelope kaum wieder. Wo war meine alte Freundin geblieben? Die Frau, die sich Verlobungsringe noch nicht mal in der Auslage beim Juwelier anschaute, weil sie fand, dass sie sowieso alle gleich aussahen? Die Frau, die vor gerade einmal drei Monaten, als sich eine ehemalige Studienkollegin von uns in einer Pferdekutsche verlobte, mit dem Kommentar »Kitschiger geht's nicht« reagiert hatte? Diese Frau sollte sich von einem Tag auf den anderen in die Billigversion einer Stepford-Verlobten verwandelt haben? Oder war ich bloß neidisch? Natürlich war ich neidisch. Für mich lag eine Verlobung in weiter Ferne. Ich kam mit dem Thema Hochzeit höchstens sonntags beim Brunch in Berührung, wenn ich die Heiratsanzeigen in der *New York Times* studierte, besser bekannt auch unter dem Namen »Sportseite für weibliche Singles«. Aber darum ging es überhaupt nicht.

»Danke, dass ich es als Erste erfahre! Ich will unbedingt noch mehr hören, ich bin ja schon so gespannt. Aber jetzt musst du erst mal deine Verlobung vollziehen. Nun lauf und mach deinen Bräutigam glücklich. Klingt das nicht irre? Deinen Bräutigam?«

»Ach, Avery hat gerade einen Anruf aus dem Büro bekommen. Ich sag ihm die ganze Zeit, er soll endlich auflegen ...« Sie sprach lauter, damit er es mitbekam. »Aber er hört einfach nicht auf zu reden. Und wie war dein Abend?«

»Ein typischer Freitag. Mal sehen. Millington und ich haben

einen Spaziergang gemacht, bis rüber auf die andere Seite vom Fluss. Unterwegs hat ihr ein Obdachloser ein Plätzchen geschenkt, da war sie ganz aus dem Häuschen. Und als ich wieder zu Hause war, habe ich – mit ein bisschen Glück – das größte Insekt der westlichen Hemisphäre gekillt. Ich habe mir was beim Vietnamesen bestellt, das Essen dann aber doch in den Müll gekippt, weil mir wieder eingefallen ist, was letztens in der Zeitung stand. Bei mir um die Ecke wurde ein vietnamesisches Restaurant geschlossen, weil sie dort Hundefleisch verarbeitet haben. Und jetzt freue ich mich schon auf ein königliches Mahl aus aufgewärmtem Reis mit Bohnen, begleitet von einem Päckchen Twizzlers. Hilfe, ich klinge ja wie eine Diätwerbung.«

Statt mich zu trösten, lachte sie bloß. Dann klickte es in der Leitung: noch ein Anruf.

»Ah, das ist Michael. Ich muss es ihm sagen. Du hast doch nichts gegen eine Konferenzschaltung?«

»Nur zu. Ich kann es kaum erwarten, dass du es ihm erzählst.« Sobald Penelope aufgelegt hatte, würde Michael mir bestimmt sein Beileid aussprechen. Schließlich konnte er Avery noch weniger leiden als ich.

Klicken, Stille, noch ein Klicken. »Ist da jemand?«, kiekste Penelope aufgeregt. Und das von einer Frau, die sonst nicht zum Kieksen neigte. »Michael? Bette? Seid ihr beide dran?«

Michael arbeitete wie Penelope und ich bei UBS, aber seitdem er zum Vizepräsidenten befördert worden war, bekamen wir ihn viel seltener zu sehen als früher. Obwohl auch Michael eine feste Freundin hatte, war mir erst durch Penelopes Verlobung eines richtig klar geworden: Wir wurden allmählich erwachsen.

»Hi, Mädels«, sagte Michael. Er klang erschöpft.

»Michael, stell dir vor! Ich habe mich verlobt!«

Er zögerte kurz. Die Nachricht überraschte ihn sicher genauso wenig wie mich, und ich vermutete stark, dass auch er sich erst einmal eine begeisterte Antwort aus den Rippen leiern musste.

»Pen, das ist ja fantastisch!«, rief er überschwänglich. Die Lautstärke half, den Mangel an echter Freude in seiner Stimme auszugleichen. Diesen Trick musste ich mir unbedingt für die Zukunft merken.

»Ich weiß!«, trällerte sie. »Wie schön, dass ihr euch so für mich freut, Bette und du. Avery hat mich erst vor ein paar Stunden gefragt, und ich bin so glücklich, dass ich platzen könnte.«

»Eins steht fest: Das muss gefeiert werden«, sagte Michael laut. »Im Black Door, nur wir drei. Wir gießen uns tüchtig einen hinter die Binde.«

»Unbedingt.« Ich war froh, dass ich auch etwas beitragen konnte. »Eine Feier ist auf jeden Fall angesagt.«

»Okay, Schätzchen!«, hörten wir Penelope rufen. Verständlicherweise rangierten unsere Ausgehpläne bei ihr momentan erst an zweiter Stelle. »Kinder, Avery ist fertig mit Telefonieren. Er zieht an meinem Kabel. Avery, lass das! Finger weg! Ich muss auflegen, aber ich melde mich später noch mal. Und wir sehen uns ja morgen im Büro, Bette. Ihr seid die Größten!«

Es klickte, dann fragte Michael: »Bist du noch da?«

»Klaro. Wer ruft zurück? Du oder ich?« Man wusste nie, ob man nach so einer Konferenzschaltung nicht vielleicht doch noch einen Lauscher in der Leitung hatte. Deshalb fingen wir immer erst ein neues Gespräch an, bevor wir loslästerten.

Im Hintergrund quäkte eine verzerrte Lautsprecherstimme, und er sagte: »Mist, ich bin gerade angepiept worden. Ich kann jetzt nicht. Verschieben wir es auf morgen?«

»Klar. Liebe Grüße an Megu. Und, Michael? Tu mir den Gefallen und lass dir noch ein bisschen Zeit mit dem Verloben, ja? Nicht dass du mir jetzt auch noch das sinkende Schiff verlässt. Das könnte ich nicht ertragen.«

Er lachte und würgte den Piepser ab, der einen Heidenlärm machte. »Keine Bange, so schnell will ich auch noch nicht unter die Haube. Versprochen. Ich ruf dich morgen an. Und, Bette? Kopf hoch. Avery mag zwar einer der ärgsten Unsympathen sein, den wir kennen, aber Penelope ist glücklich. Und das ist doch die Hauptsache.«

Ich starrte noch ein paar Minuten auf das stumme Telefon, dann ging ich zum Fenster und beugte mich weit hinaus, um einen Blick auf die paar Zentimeter Flusslandschaft zu erhaschen, die meine gesamte Aussicht darstellten. Die Wohnung machte insgesamt nicht viel her, aber wenigstens gehörte sie wieder mir allein, seit mein Freund Cameron vor fast zwei Jahren ausgezogen war. Obwohl sie so lang und schmal war, dass ich mit ausgestreckten Beinen fast von Wand zu Wand reichte, obwohl sie in Murray Hill lag, obwohl sich die Dielen wellten und die Invasion der Kakerlaken begonnen hatte, zählte für mich nur eines: dass ich die Alleinherrscherin über mein kleines Reich war. Das Haus, ein Betonmonster mit mehreren Flügeln, lag zwischen der Vierunddreißigsten Straße und der First Avenue. Zu meinen illustren Mitbewohnern gehörten der Sänger einer Boygroup, ein Squashprofi, eine zweitklassige Pornoqueen, bei der sich die Besucher die Klinke in die Hand gaben, ein Otto Normalverbraucher, ein ehemaliger Kinderstar, der seit zwei Jahrzehnten keinen Film mehr gedreht hatte, und eine Unzahl relativ frisch gebackener Jungakademiker, die sich noch nicht ganz vom Wohnheimdasein abgenabelt hatten. Es warb mit einer »prachtvollen Aussicht« auf den East River, und das stimmte sogar, wenn man unter »prachtvoll« auch einen Baukran, eine Hand voll Müllcontainer und die Fensterfront des gegenüberliegenden Gebäudes verstand. Vom Fluss waren genau zehn Zentimeter zu erspähen, aber nur dann, wenn man sich unter unmenschlichsten Verrenkungen aus dem Fenster hängte. Und für dieses Paradies musste ich monatlich kaum mehr berappen als andere Leute für ein geräumiges Einfamilienhaus außerhalb der Stadt.

Ich dachte darüber nach, wie ich auf Penelopes Neuigkeit

reagiert hatte. Bestimmt hatte ich ehrlich erfreut geklungen, wenn auch nicht gerade ekstatisch. Aber Ekstase lag nun mal nicht in meiner Natur, und das wusste Penelope auch. Ich hatte gebührendes Interesse an ihren – zwei! – Verlobungsringen geheuchelt und ihr versichert, wie sehr ich mich für sie freute. Dass meine Antworten nicht besonders tief schürfend oder überschwänglich ausgefallen waren, hatte sie vor lauter Glück sicher gar nicht gemerkt. Insgesamt: eine glatte Zwei plus.

Meine Atmung hatte sich mittlerweile so weit beruhigt, dass ich mir eine dringend benötigte Zigarette anstecken konnte. Dass die Kakerlake nicht wieder aufgetaucht war, half natürlich auch. Ich redete mir ein, dass ich nur deshalb so mies drauf war, weil ich nicht wollte, dass Penelope den falschen Mann heiratete, und nicht, weil ich neidisch auf sie war. Sie hatte einen Verlobten, ich noch nicht mal einen Freund. Es klappte einfach nicht. Cameron war vor zwei Jahren ausgezogen, und obwohl ich mich nach den diversen, erfolgreich überstandenen Phasen der Verlustbewältigung (Arbeitswut, Kaufrausch, Fressattacken) schon mit mehreren Männern getroffen hatte (Blind Dates, Verabredungen in der Kneipe oder auch zum Essen), war es nur zweimal zu einer dritten Begegnung gekommen. Ein viertes Rendezvous, das alles entscheidende, hatte sich bei keinem ergeben. In regelmäßigen Abständen ließ ich mir von Penelope bestätigen, dass es nicht an mir lag, aber allmählich kamen mir doch leise Zweifel, ob ich mir nicht selbst etwas vormachte.

Ich zündete mir an der ersten Zigarette eine zweite an und ignorierte Millingtons vorwurfsvollen Hundeblick. Der Selbsthass hüllte mich ein wie eine warme Wolldecke. Was war ich bloß für ein Mensch, dass ich mich an einem der schönsten Tage im Leben meiner besten Freundin nicht aufrichtig über ihr Glück freuen konnte? Wie boshaft und labil musste man sein, um zu hoffen, dass sich die ganze Sache als Schuss in den Ofen erweisen würde? Raste ich etwa schon mit Lichtgeschwindigkeit auf das Schwarze Loch der Hoffnungslosigkeit zu?

Ich griff zum Telefon und rief Onkel Will an. Vielleicht konnte er mich aufbauen. Er war nicht nur einer der klügsten und bissigsten Menschen auf dem Planeten, sondern auch mein ureigener Cheerleader. Als er sich mit einem leichten Gin-Tonic-Nuscheln in der Stimme meldete, lieferte ich ihm eine etwas geschönte Kurzfassung von Penelopes Treulosigkeit.

»Sag bloß, du hast ein schlechtes Gewissen, weil du nicht gleich vor Freude über die gute Nachricht an die Decke gesprungen bist?«

»Ja, genau.«

»Ach, Darling. Es könnte schlimmer sein. Wenn du dich zum Beispiel an einem Missgeschick deiner Freundin ergötzen würdest.«

»Äh, wie bitte?«

»Ich spreche von Schadenfreude. Immerhin profitierst du nicht von ihrem Unglück. Weder emotional noch sonst wie.«

»Sie ist nicht unglücklich. Sie ist im siebten Himmel. Ich bin die Unglückliche.«

»Na, siehst du! Du bist gar nicht so übel, wie du denkst. Und wenigstens brauchst du nicht dieses verhätschelte Muttersöhnchen zu heiraten, dem der liebe Gott anscheinend nur zwei Talente in die Wiege gelegt hat, nämlich das Geld seiner Eltern zu verprassen und große Mengen Marihuana zu konsumieren. Oder täusche ich mich?«

»Nein, natürlich nicht. Es ist nur, weil sich plötzlich alles verändert hat. Penelope ist mein Leben, und jetzt will sie heiraten. Natürlich musste es irgendwann so kommen, aber doch nicht so bald.«

»Die Ehe ist etwas für Spießer. Das weißt du doch genau, Bette.«

Vor meinem inneren Auge stiegen Bilder von unserem üblichen Sonntagsbrunch auf: Will, Simon, ich und die Sonntagsbeilage. Beim Essen sezierten wir genüsslich die Heiratsanzeigen und lasen, untermalt von gehässigem Gekicher, mit viel Fantasie zwischen den Zeilen.

Will fuhr fort: »Warum, um alles in der Welt, bist du so erpicht darauf, dich in eine lebenslange Beziehung zu stürzen, deren einziger Zweck es ist, dir noch das letzte Quäntchen Individualität auszutreiben? Sieh mich an. Zweiundsechzig Jahre alt, nie verheiratet, glücklich und zufrieden.«

»Du bist schwul, Will. Außerdem trägst du sogar einen goldenen Ring am Finger.«

»Na und? Denkst du, ich würde Simon heiraten, wenn ich könnte? Diese standesamtlichen gleichgeschlechtlichen Eheschließungen, wie sie zum Beispiel in San Francisco veranstaltet werden, entsprechen nicht ganz meinem Stil. Das darfst du mir glauben.«

»Du hast doch schon vor meiner Geburt mit ihm zusammengelebt. Ob du es wahrhaben willst oder nicht, du bist so gut wie verheiratet.«

»Ganz und gar nicht, Schatz. Wir können die Beziehung jederzeit ohne juristische oder emotionale Verstrickungen beenden. Und genau deshalb funktioniert sie. Aber genug, das ist ja alles nichts Neues für dich. Erzähl mir etwas über den Ring.«
Ich knabberte meine letzten Twizzlers und erzählte ihm das, was ihn wirklich interessierte. Irgendwann muss ich dann wohl auf dem Sofa eingedöst sein. Um drei Uhr kläffte Millington mich wach, weil sie endlich ins Bett umziehen wollte. Ich schleppte sie und mich ins Schlafzimmer, vergrub den Kopf unter dem Kissen und sagte mir wie ein Mantra immer wieder den einen Satz vor: Es ist nicht das Ende der Welt. Es ist nicht das Ende der Welt. Es ist nicht das Ende der Welt.

2

Bei meinem Glück fiel Penelopes Verlobungsparty ausgerechnet auf einen Donnerstag, auf den Abend also, an dem ich immer bei Onkel Will und Simon zum Essen eingeladen war. Natürlich wollte ich niemanden enttäuschen, aber bevor ich meine guten Absichten in die Tat umsetzen konnte, lag erst noch ein mit Hindernissen gepflasterter Weg vor mir. Es fing schon damit an, dass ich trotz heftigstem Gewinke und hektischstem Gehampel ewig lange kein Taxi bekam, obwohl es weder Weihnachten noch Geschäftsschluss war, weder regnete noch schneite. Geschlagene zwanzig Minuten musste ich mir vor meinem hässlichen Nachkriegsbetonklotz die Beine in den Bauch stehen, bis endlich ein Wagen anhielt. Als ich dem Fahrer Wills Adresse nannte, höhnte er nur: »Central Park West? Bei dem Verkehr? Ohne mich!«, stieg aufs Gas und brauste mit quietschenden Reifen davon. Nachdem sich irgendwann ein zweites Taxi meiner erbarmt hatte, gab ich dem Mann aus lauter Dankbarkeit fünfzig Prozent Trinkgeld.

»Guten Abend, Bettina. Aber, aber, was machen Sie denn für ein Gesicht? Alles in Ordnung?« Normalerweise legte ich großen Wert darauf, Bette genannt zu werden, und die meisten Leute hielten sich auch daran. Nur meine Eltern nicht – und George, Onkels Wills Portier, der so alt und liebenswürdig war, dass er sich schlichtweg alles erlauben konnte.

»Bloß der übliche Taxitrouble, George«, seufzte ich und gab ihm ein Küsschen. »Und wie war Ihr Tag?«

»So schön wie immer«, antwortete er, ohne einen Hauch

von Sarkasmus. »Seit ich heute Morgen für ein paar Minuten die Sonne gesehen habe, geht es mir prächtig.« Er konnte einem wirklich Leid tun. Aber wenigstens musste er sich nicht mit einem Ekelpaket von einem Chef herumschlagen, der ihm tagtäglich irgendwelche geflügelten Worte um die Ohren haute.

»Bette?«, rief Simon aus dem diskret abgeschirmten Postraum der Eingangshalle. »Hast du es doch noch geschafft?«

Im nächsten Moment stand er auch schon vor mir, weiße Tenniskluft, die Schlägertasche über den breiten Schultern, und umarmte mich so herzlich, wie ich von einem Hetero noch nie umarmt worden war. Unser gemeinsames Essen am Donnerstag war ein Pflichttermin. Ihn zu verpassen, wäre einem Sakrileg gleichgekommen. Den Rest der Woche konnte ich von einer derart anregenden männlichen Gesellschaft höchstens träumen (den Brunch am Sonntag natürlich ausgenommen). Will war ein äußerst herzlicher, humorvoller Mann, berühmt für seine haarsträubenden politischen Ansichten und seine Abneigung gegen Kartoffeln. Egal in welcher Form, ob gebraten, gekocht oder püriert, ob als Salzkartoffeln, Pommes frites, Gratin oder Kroketten – sie kamen ihm nicht auf den Teller. Und das galt natürlich auch für seine Gäste. Will ernährte sich schon nach der Atkinsdiät, bevor sie überhaupt erfunden worden war.

In den fast dreißig Jahren, die Will und Simon nun schon zusammenlebten, hatten sie verschiedene Rituale entwickelt. So kamen für sie zum Beispiel überhaupt nur drei Urlaubsziele in Frage: St. Barth im Januar (auch wenn es Will dort in letzter Zeit ein wenig »zu französisch« geworden war), Palm Springs im Frühling und hin und wieder ein spontanes Wochenende in Key West. Ihren Gin Tonic nahmen sie ausschließlich aus edlen Kristallgläsern zu sich. Die Montagabende waren von neunzehn bis dreiundzwanzig Uhr für einen Besuch im Restaurant Elaine's reserviert. Jedes Jahr veranstalteten sie eine Weihnachtsfeier, auf der immer einer von ihnen einen grünen Rollkragenpullover anhatte und der andere einen roten. Will war knapp eins neunzig. Er trug das graue Haar kurz geschoren und lief am liebsten in Pullovern mit Wildlederflicken auf den Ellbogen herum. Simon maß nur eins fünfundsechzig. Er hatte eine extrem sportliche Figur und war zu jeder Jahreszeit von Kopf bis Fuß in Leinen gewandet. Wie pflegte er immer zu sagen? »Als schwuler Mann hat man die Freiheit, sich über die Konventionen der Mode hinwegzusetzen. Ein Recht, das wir uns hart erkämpfen mussten.« Auch jetzt, eben erst vom Tennisplatz zurück, hatte er sich noch schnell ein weißleinenes Kapuzenshirt übergezogen.

»Schönes Kind, wie geht es dir? Komm, komm. Will wundert sich bestimmt schon, wo wir bleiben. Und ich kann dir versprechen, dass uns das neue Mädchen etwas Fantastisches gezaubert hat.« Als der perfekte Gentleman, der er war, nahm er mir meine schwere Tasche ab, hielt mir die Fahrstuhltür auf und drückte den obersten Knopf, PH für Penthouse.

»Wie war es beim Tennis?«, fragte ich. Wieso gab es eigentlich keinen Mann in meinem Alter, der so toll gebaut war?

»Ach, du kannst es dir denken. Ein Haufen alter Knacker, die über den Platz hecheln und sich nach Bällen recken, an die sie sowieso nicht rankommen. Und jeder tut so, als ob er einen Aufschlag wie Andy Roddick hätte. Ein bisschen lächerlich, aber doch immer wieder amüsant.«

Durch die Wohnungstür, die einen Spaltbreit offen stand, hörte ich, wie Will mit dem Fernseher redete. Er kann nicht anders. Früher war Will ein Topreporter gewesen, der als Erster über Liza Minellis Alkoholrückfall, RFKs Affären und Patty Hearsts Abstieg vom Societygirl zum Sektenmitglied berichtet hatte. Erst die »Sittenlosigkeit« in den Jahren der demokratischen Regierung brachte ihn schließlich dazu, sich von allem Glanz und Glamour ab- und der Politik zuzuwenden. Er nannte diesen Entschluss seine »ganz private Clinton-Wende«. Inzwischen hatte sich Will zum Nachrichtenjunkie entwickelt und war politisch so weit an den Rand des konservativen Spektrums gerückt, dass er rechts außen höchstens noch von Attila, dem Hunnenkönig, hätte überholt werden können. Er war mit Sicherheit der einzige schwule, rechte Entertainment- und Gesellschaftskolumnist in ganz Manhattan, der die Themen Entertainment und Gesellschaft scheute wie der Teufel das Weihwasser. Auf dem größeren der beiden Fernsehapparate, die er in seinem Arbeitszimmer aufgestellt hatte, lief rund um die Uhr der Nachrichtensender Fox. Sein ständiges Lob? »Endlich ein Sender für *meine* Zielgruppe.«

Und Simons unvermeidliche Antwort? »Na klar. Für die riesige Zielgruppe, die sich aus schwulen, rechten Entertainment- und Gesellschaftskolumnisten in Manhattan zusammensetzt.«

Der kleinere Apparat zeigte abwechselnd CNN, CNN Headline News, C-Span und MSNBC, für Will samt und sonders Helfershelfer einer »liberalen Verschwörung«. Auf diesem Fernseher stand auch ein handgeschriebenes Warnschild: KENNE DEINEN FEIND.

Auf CNN führte Bill Hemmer gerade ein Interview mit Frank Rich über die Medienberichterstattung im Umfeld der letzten Wahl. »Bill Hemmer ist ein Warmduscher, ein Turnbeutelvergesser UND ein Sauna-unten-Sitzer!«, raunzte Will, stellte sein Kristallglas ab und schleuderte einen maßgefertigten Schuh nach dem Gerät.

»Hallo, Will«, sagte ich.

»Da haben wir in diesem Land Dutzende von hellen Köpfen, die qualifiziert wären, über Politik zu diskutieren und sich intelligent darüber zu äußern, ob und in welcher Weise die Berichterstattung den Ausgang der Wahl beeinflusst hat, und dann lädt man sich *wen* ins Studio ein? Einen Idioten von der *New York Times*? Das stinkt doch drei Meilen gegen den Wind! Und diesen Mist muss ich mir anhören?«

Ich verkniff mir ein Lächeln. »Musst du nicht, Onkel Will.

Mach die Kiste doch einfach aus.« Er starrte wie hypnotisiert auf den Bildschirm. Nun konnte es eigentlich nicht mehr lange dauern, bis er die *New York Times* mit der *Iswestija* verglich oder sie als Revolverblatt bezeichnete, das die ehrliche, hart arbeitende amerikanische Bevölkerung für dumm verkaufte.

»Soll ich mir etwa Bill Hemmers voreingenommene Kommentare zu Frank Richs voreingenommenen Kommentaren entgehen lassen? Im Ernst, Bette. Wir wollen doch nicht vergessen, dass wir es hier mit einer Zeitung zu tun haben, bei der sich die Reporter, wenn der Redaktionsschluss droht, noch schnell irgendwelche frei erfundenen Artikel aus den Fingern saugen.« Er trank einen Schluck und zielte mit der Fernbedienung auf die beiden Apparate, die augenblicklich verstummten. Er hatte bis zum Abschalten nur fünfzehn Sekunden gebraucht – ein einsamer Rekord.

»Genug Müll für heute«, sagte er und umarmte mich. »Du siehst fantastisch aus, Darling. Wie immer. Aber könntest du nicht vielleicht doch ab und zu einmal ein Kleid anziehen?«

Ein, wie ich fand, etwas ungeschickter Übergang zu seinem zweitliebsten Lieblingsthema: meinem Leben. Onkel Will war neun Jahre älter als meine Mutter, und obwohl beide schworen, dass sie von denselben Eltern abstammten, konnte man es kaum glauben. Mutter, die für ihr Leben gern in Kaftan und Espadrilles herumlief, war entsetzt gewesen, als ich meine neue Stellung in der Investmentbank antrat, weil dort eine seriösdezente Einheitskluft vorgeschrieben war, während es mein Onkel als Zumutung empfand, dass ich zur Arbeit in Kostüm oder Hosenanzug zu erscheinen hatte statt in einem umwerfenden Valentino-Modell und hochhackigen Riemchensandalen von Louboutin.

»In meinem Beruf muss man sich nun mal gediegen kleiden.«

»Das scheint wohl so zu sein. Ich hätte bloß nicht gedacht,

dass du irgendwann einmal unter die Banker gehst.« Die alte Leier.

»Dabei dachte ich immer, für dich und deinesgleichen wäre der Kapitalismus das Höchste«, witzelte ich. »Und mit ›deinesgleichen‹ meine ich natürlich die Republikaner, nicht die Schwulen.«

Er zog die buschigen grauen Augenbrauen hoch. »Reizend. Ganz reizend. Ich habe ja auch nichts gegen das Bankgewerbe, Darling. Das müsstest du eigentlich wissen. Bei einer Bank hat man die schönsten Aussichten auf eine ehrenwerte Karriere. Besser so eine Stelle als ein Job als Weltverbesserer, wie er deinen Eltern vorschwebt. Aber du bist mir einfach noch zu jung, um in einem langweiligen Büro zu versauern. Du musst unter Menschen. Du solltest auf Partys gehen, Leute kennen lernen, deine Jugend genießen, alles mitnehmen, was New York dir zu bieten hat, statt in der Abteilung für Privatvermögen den ganzen Tag am Schreibtisch zu sitzen. Es geht doch darum, was du dir vom Leben wünschst.«

Auf diese Frage war mir noch nie eine überzeugende – oder auch nur halbwegs annehmbare – Antwort eingefallen. Dabei war sie durchaus berechtigt. Als ich noch zur Schule ging, glaubte ich, dass ich nach dem Studium beim Friedenskorps landen würde. Für meine Eltern wäre das der einzig logische Schritt gewesen. Aber dann lernte ich an der Uni Penelope kennen, die aus einem völlig anderen Elternhaus kam als ich. Sie fand es spannend, dass ich nicht jede Privatschule in Manhattan kannte und noch nie in Martha's Vineyard gewesen war, und ich fand es natürlich toll, dass sie sich genau mit solchen Sachen auskannte und schon überall gewesen war. Es dauerte nicht einmal bis zu den Weihnachtsferien, da waren wir unzertrennlich. Und am Ende des ersten Studienjahrs zog ich endgültig einen Schlussstrich unter meine alternative Vergangenheit, indem ich meine Grateful-Dead-T-Shirts in den Müll warf. Jerry war sowieso schon lange tot. Penelope und ich hatten jede Menge Spaß, zusammen und mit anderen. Für mich war es eine höchst willkommene Abwechslung, einmal nicht mit Leuten abzuhängen, die sich Dreadlocks in die Haare machten, ihr Badewasser recycelten und nach Patschuliöl müffelten. Endlich war ich nicht mehr die Ökoaußenseiterin, die sich viel zu gut mit der Rettung der Mammutbäume auskannte. Ich trug die gleichen Jeans und T-Shirts wie alle anderen, ohne lange zu fragen, ob sie in einem Ausbeuterbetrieb hergestellt worden waren oder nicht. Ich aß die gleichen Hamburger und trank das gleiche Bier. Es war eine herrliche Zeit, vier wunderbare Jahre unter Gleichgesinnten, von denen nicht ein einziger zum Friedenskorps wollte. Und als dann die großen Firmen auf dem Campus erschienen und mit fetten Gehältern lockten, mit dicken Prämien winkten und uns auch noch zum Vorstellungsgespräch nach New York einflogen, griff ich zu, genau wie der Rest meiner Collegeclique. Dafür gab es einen einfachen Grund: Wie sonst hätte man sich als zweiundzwanzigjähriger Berufsanfänger die Miete in Manhattan leisten können? Und nach Manhattan zog es uns alle.

Ich konnte es immer noch nicht fassen, wie rasend schnell die letzten fünf Jahre vergangen waren, wie von einem Schwarzen Loch verschluckt, in einem Wirbel aus Trainingsprogrammen, Vierteljahresberichten und Jahresendausschüttungen. Mir blieb kaum Zeit, darüber nachzudenken, wie sehr ich meine Arbeit hasste. Dass ich zu allem Überfluss auch noch gut darin war, machte die Sache nicht besser. Im Gegenteil, es schien der Beweis dafür zu sein, dass ich die richtige Entscheidung getroffen hatte. Aber Will wusste und spürte, dass sie falsch war. Und wenn ich nicht so bequem gewesen wäre, hätte ich mir längst etwas anderes gesucht.

»Was ich mir vom Leben wünsche? Sag bloß, darauf erwartest du im Ernst eine Antwort?«, gab ich zurück.

»Wieso denn nicht? Wenn du nicht bald die Kurve kriegst,

wachst du eines schönes Tages auf und bist vierzig. Und man hat dich zur Vizepräsidentin befördert. Und was dann? Dann stürzt du dich von der nächsten Brücke. Am Bankgewerbe ist nichts auszusetzen, Darling, es ist bloß nicht die richtige Branche für dich. Du brauchst einen Beruf, in dem du mit Menschen zu tun hast, in dem du auch einmal lachen kannst. Ich finde, du solltest *schreiben*. Und dich natürlich sehr viel besser kleiden.«

Dass ich seit ein paar Monaten mit dem Gedanken spielte, mir eine Stelle im gemeinnützigen Bereich zu suchen, verschwieg ich ihm lieber. Wenn er erfuhr, dass seine Bemühungen, mich vom Gutmenschentum abzubringen, gescheitert waren, würde er für den Rest des Abends mit einer Leichenbittermiene am Tisch sitzen. Als ich einmal unvorsichtigerweise eine leise Andeutung darüber gemacht hatte, in welche Richtung ich mich beruflich umorientieren wollte, war er alles andere als entzückt gewesen. Sich sozial zu engagieren sei zwar eine noble Geste, gewiss, doch solche Pläne würden mich unweigerlich wieder auf den Pfad führen, der mich – ich zitiere – schnurstracks in den Kreis der Ökofreaks und Müslimampfer zurückbeförderte. Also widmeten wir uns lieber den üblichen Themen. Zuerst kam mein nicht vorhandenes Liebesleben an die Reihe (»Darling, du bist viel zu jung und viel zu hübsch, um mit deiner Arbeit verheiratet zu sein.«). Als Nächstes ließ Will eine Tirade über die Leser seiner Kolumne los (»Ist es vielleicht meine Schuld, dass der belehrungsresistente Plebs die Wahrheit über seine gewählten Amtsträger nicht mehr hören will?«). Dann versetzte uns ein Zeitsprung kurz in meine Phase als Umweltaktivistin an der Highschool zurück (»Gott sei Dank, dass die Ära der Räucherstäbchen passé ist!«), und zuletzt knöpfte er sich noch einmal meine Garderobe vor. (»Schlecht sitzende, maskuline Hosen sind kein Outfit für ein Rendezvous.«)

Als er gerade zu einem Monolog über die Vorzüge eines Chanelkostüms angesetzt hatte, wurden wir zu Tisch gebeten. Wir nahmen unsere Drinks mit und begaben uns ins Esszimmer.

»Na, einen produktiven Tag gehabt?« Simon begrüßte Will mit einem Küsschen auf die Wange. Er trug inzwischen eine Art Hausanzug aus Leinen, in dem er ein bisschen wie Hugh Heffner vom *Playboy* aussah. In der Hand hielt er ein Champagnerglas.

»Natürlich nicht«, antwortete Will, stellte seinen Gin-Tonic weg und schenkte sich und mir ein Glas Champagner ein. »Redaktionsschluss ist doch erst um Mitternacht. Wieso sollte ich da vor zweiundzwanzig Uhr anfangen und mir den ganzen Tag verderben? Was feiern wir?«

Ich machte mich heißhungrig über den Gorgonzolasalat her. Endlich mal was anderes als der Fraß, den ich sonst immer hastig an einer Straßenecke hinunterschlang. Dann gönnte ich mir einen großen Schluck Champagner. Wenn es irgendwie möglich gewesen wäre, mich jeden Abend bei Will und Simon zum Essen einzuladen, ohne dabei wie die mieseste Schnorrerin der Welt auszusehen, hätte ich es sofort gemacht. Aber es gehörte sich einfach nicht, anderen Leuten öfter als einmal in der Woche auf die Pelle zu rücken, auch wenn es sich bei diesen Leuten um meinen Onkel und seinen Lebensgefährten handelte. Wäre ich so tief gesunken, wäre mein Ruf als Nichte von der traurigen Gestalt auf ewig besiegelt gewesen.

»Sag bloß, wir müssen etwas feiern, um uns ein Gläschen Champagner gönnen zu dürfen?«, spottete Simon und nahm sich von dem Rinderfilet, das es als Hauptgang gab. »Ich dachte einfach, es wäre mal eine nette Abwechslung. Und jetzt schieß los, Bette. Verrätst du uns, was du heute Abend noch vorhast?«

»Ich will zu Penelopes Verlobungsparty. Und ich muss auch leider gleich schon los. Die zukünftigen Schwiegermütter haben die Feier zusammen ausgeheckt. Das glückliche Paar hatte da überhaupt nichts mitzubestimmen. Immerhin steigt die Party in einem Club in Chelsea und nicht in einem Nobelhotel auf der Upper East Side. So weit sind die beiden Avery und Penelope wenigstens entgegengekommen.«

»Und wie heißt der Club?« Die Frage kam ausgerechnet von Will, einem Mann, der eigentlich nur in den gediegensten Etablissements verkehrte, in düsteren, holzvertäfelten Räumen, die mit Zigarrenrauch geschwängert waren.

»Sie hat den Namen erwähnt, aber ich habe ihn vergessen. Fing mit B an, glaube ich. Moment mal.« Ich kramte einen Zettel aus meiner Handtasche. »Da hätten wir ihn ja. Also, er liegt in der 27. Straße und heißt…«

»Bungalow 8«, tönte es mir im Chor entgegen.

»Wieso wisst ihr das?«

»Darling, man kann doch kaum eine Zeitung aufschlagen, ohne dass einem der Name von der Gesellschaftsseite entgegenspringt.«

»Angeblich orientiert er sich an den Bungalows des Beverly Hills Hotels, und der Service soll genauso gut sein. Es ist zwar nur ein Nachtclub, aber es heißt, dass man sich dort alle Wünsche erfüllen lassen kann, ganz egal, ob es dich nach einem ausgefallenen Sushi gelüstet oder ob du dir einen Hubschrauber mieten willst. Die meisten Clubs sind nach ein paar Monaten wieder weg vom Fenster, aber das Bungalow 8 wird bleiben, darin sind sich alle einig«, ergänzte Simon.

»Das habe ich nun davon, dass ich abends immer nur im Black Door herumhocke.« Ich schob meinen Teller weg. »Ihr seid mir doch nicht böse, wenn ich jetzt schon gehe? Aber Penelope wollte unbedingt, dass ich ein bisschen früher komme, bevor die Invasion von Averys Freunden und ihrer Familie losbricht.«

»Geh ruhig, Bette. Aber zieh dir vorher noch kurz die Lippen nach. Und sieh zu, dass du dir einen flotten jungen Verehrer anlachst«, sagte Simon. Als ob es im Bungalow 8 nur so von attraktiven Junggesellen wimmeln würde, die bloß auf mich warteten.

»Oder wenigstens einen flotten jungen Bettgenossen für die Nacht.« Will zwinkerte mir zu. Es war nur halb als Scherz gemeint.

»Ihr seid wirklich goldig.« Ich verteilte rechts und links je ein Küsschen, zog mir die Strickjacke über und griff nach meiner Handtasche. »Habt ihr denn überhaupt keine Skrupel, eure einzige Nichte zu verkuppeln?«

»Nicht den geringsten«, verkündete Will. Simon schüttelte mit ernster Miene den Kopf. »Und jetzt lauf. Sei ein braves Lotterlieschen, und amüsier dich schön, hörst du?«

Vor dem Club drängelten sich die Wartenden in Dreierreihen. Die Schlange reichte bis zur nächsten Straßenecke. Wenn es nicht um Penelope gegangen wäre, hätte ich den Taxifahrer gar nicht erst anhalten lassen. Ich pflasterte mir ein freundliches Lächeln ins Gesicht und marschierte an allen vorbei bis nach vorn, wo ein hünenhafter Kerl stand, eine Liste in der Hand und einen Knopf im Ohr, wie ein CIA-Agent.

»Hi, ich bin Bette, und ich gehöre zu Penelopes Party.« Ich ließ den Blick an der Schlange entlangwandern. Nicht ein einziges bekanntes Gesicht.

Der Riese sah mich verständnislos an. »Hi, schön dich kennen zu lernen, Penelope. Würdest du dich bitte hinten anstellen? Immer schön einer nach dem anderen.«

»Nein, das hier ist Penelopes Party, und ich bin ihre Freundin. Sie hat mich gebeten, besonders früh da zu sein. Deshalb müsste ich jetzt gleich rein.«

»Hm, ist ja toll. Gehst du mal einen Schritt zur Seite?« Er legte eine Hand über seinen Ohrstöpsel, lauschte konzentriert hinein, nickte ein paarmal mit dem Kopf und betrachtete die Warteschlange, deren Ende inzwischen hinter der Straßenecke verschwunden war.

»Okay, Leute!«, rief er so laut, dass das spärlich bekleidete Partyvolk schlagartig verstummte. »Der Laden ist gerammelt voll. Laut Vorschriften der Feuerpolizei dürfen wir nur noch so viele Leute reinlassen, wie rauskommen. Also fasst euch in Geduld, oder kommt später wieder.«

Ein Stöhnen ging durch die Menge. *Hm, so wird das nichts*, dachte ich. *Er versteht den Ernst der Lage nicht.*

»Entschuldigen Sie bitte? Sir?« Er drehte sich genervt zu mir um. »Heute Abend findet hier die Verlobungsparty meiner besten Freundin Penelope statt, und sie braucht mich. Sie kennen ihre Mutter nicht, sonst wüssten Sie, dass ich unbedingt rein muss.«

»Hm. Sehr interessant. Ihre Freundin Penelope kann heiraten, wen sie will, von mir aus auch Prinz William. Aber an mir kommt keiner mehr vorbei. Sonst würden wir gegen die Brandschutzbestimmungen verstoßen, und das kann uns teuer zu stehen kommen.« Er beruhigte sich ein bisschen. »Stellen Sie sich hinten an, und ich sehe zu, was ich machen kann, damit Sie so schnell wie möglich reinkönnen, okay?« Das war wohl tröstlich gemeint, aber es brachte mich nur noch mehr in Rage. Der Typ kam mir irgendwie bekannt vor, ich wusste bloß nicht, woher. So wie sich sein verwaschenes grünes T-Shirt über der breiten Brust spannte, glaubte ich ihm gern, dass er sich jedem in den Weg stellen würde, der den Versuch machte, an ihm vorbeizuschlüpfen. Ein Mann, mit dem nicht zu spaßen war. Gegen diese These sprachen allerdings seine tief auf den Hüften sitzenden Schlabberjeans, die eher darauf schließen ließen, dass er sich selbst nicht allzu wichtig nahm. Fast das Schönste an ihm waren seine halblangen Haare, so dicht und dunkel und so seidig schimmernd, dass man regelrecht hätte neidisch werden können, und mit Abstand das Beste, was ich je auf einem Männerkopf hatte sprießen sehen. Während ich sie noch bewunderte, zog er sich eine graue Cordjacke über und sah sogar noch süßer aus.

Der Kerl musste ein Model sein, eindeutig. Ich verkniff mir die zickige Bemerkung, dass so ein Rausschmeißerjob für einen wie ihn, der wahrscheinlich über die siebte Schulklasse nicht hinausgekommen war, wohl Balsam für das Ego war, und stellte mich schmollend ganz hinten an. Wiederholte Versuche, Penelope und Avery auf dem Handy zu erreichen, brachten nichts. Ich landete abwechselnd auf der einen oder auf der anderen Mailbox. Der Gorilla am Eingang ließ im Durchschnitt alle zehn Minuten zwei Leute rein. Nach einer geschlagenen Stunde wartete ich immer noch. Als ich mir gerade in den buntesten Farben ausmalte, wie ich es ihm wohl am besten heimzahlen könnte, erspähte ich Michael und seine Freundin, die aus dem Club kamen und sich neben der Tür eine Zigarette anzündeten.

»Michael!«, kreischte ich. Dass ich dabei vermutlich wie ein hysterisch gewordenes Nebelhorn klang, war mir schnuppe. »Michael, Megu, hier drüben!«

Sie brauchten nicht lange, um mich in der Menschenmenge zu entdecken. Kein Wunder, eigentlich. Schließlich hüpfte ich herum wie Rumpelstilzchen und zeterte wie Schneewittchens Stiefmutter. Von Würde keine Spur. Sie winkten mich zu sich, und ich sprintete rüber.

»Ich müsste eigentlich längst drin sein. Aber dieser gehirnamputierte Riese am Eingang lässt mich einfach nicht vorbei. Penelope dreht mir den Hals um!«

»Hi, Bette. Auch dir einen wunderschönen Abend«, sagte Michael und gab mir ein Küsschen.

»Entschuldigung.« Ich umarmte erst ihn und dann seine Freundin Megu, die hinreißende japanische Medizinstudentin, mit der er zusammenlebte. »Wie geht's euch, Leute? Sagt bloß, ihr habt heute Abend tatsächlich beide frei?«

»Wieso? Das kommt doch mindestens alle sechs Monate einmal vor.« Megu lächelte und kuschelte sich an Michael. »Dass wir ein Zeitfenster von grandiosen zwölf Stunden haben, in denen ich keine Bereitschaft habe und er nicht arbeiten muss.«

»Und dann kommt ihr hierher? Ihr spinnt wohl. Megu, du

bist wirklich ein Schatz. Michael, ist dir eigentlich klar, was für ein Glückspilz du bist?«

»Aber sicher.« Er sah sie liebevoll an. »Sie weiß, dass Penelope mir ebenfalls den Hals umdrehen würde, wenn wir nicht gekommen wären, aber ich glaube, wir haben schon genug gesehen. Ich muss in vier Stunden zur Arbeit, und Megu will unbedingt mal wieder sechs Stunden am Stück durchschlafen. Deshalb machen wir uns jetzt vom Acker. Da, pass auf. Der Gorilla lässt anscheinend wieder welche rein.«

Tatsächlich, die Wachablösung hatte begonnen. Ein Strom fantastisch aussehender Menschen quoll heraus, ein anderer hinein.

»Hatten Sie nicht gesagt, ich wäre die Nächste auf der Liste?«, fragte ich den Türsteher trocken.

»Bitte, treten Sie näher. Prinzessin Penelope erwartet Sie«, antwortete er mit einer weit ausholenden Geste, während er mit der anderen Hand an seinem Ohrstöpsel herumfummelte. Wahrscheinlich drangen ihm lebenswichtige Informationen in die Gehörgänge.

»Siehst du, jetzt bist du drin«, sagte Michael und zog Megu mit sich. »Melde dich mal im Lauf der Woche, dann gehen wir einen trinken. Und bring Penelope mit – mir ist es den ganzen Abend nicht gelungen, auch nur ein Wort mit ihr zu wechseln. Dabei haben wir uns so viel zu erzählen. Grüß sie von mir.« Und schon waren sie weg, offenbar froh über ihren erfolgreichen Fluchtversuch.

Auf dem Bürgersteig standen kaum noch Leute. Die letzten Nachzügler hingen an ihren Handys, und es schien ihnen vollkommen egal zu sein, ob sie drinnen oder draußen waren. Nachdem sich die Schlange in nichts aufgelöst hatte, gewährte der Türsteher endlich auch mir Zutritt.

»Allerherzlichsten Dank. Was hätte ich bloß ohne Sie gemacht?«, sagte ich, als ich mich an dem Riesenkerl vorbeidrängte. Ich riss die große Glastür auf und ging hinein. In dem schummerigen Vorraum stolperte ich fast über Avery, der sich sehr innig mit einem sehr hübschen, sehr üppig gebauten Mädchen unterhielt.

»Hi, Bette. Wo hast du denn den ganzen Abend gesteckt?« Er kam auf mich zu und nahm mir den Mantel ab. Keine Sekunde später war auch Penelope da. Sie sah verärgert aus, aber dann überwog doch die Erleichterung, mich zu sehen. Sie trug ein kurzes schwarzes Cocktailkleid, eine mit Pailletten besetzte Stola und silberne Sandalen mit extrem hohem Absatz. Ich wusste sofort, dass sie von ihrer Mutter eingekleidet worden war.

»Bette!«, zischte sie, packte mich am Arm und eskortierte mich von Avery weg, der sich sofort wieder in das innige Gespräch mit dem Busenwunder vertiefte. »Warum kommst du so spät? Lässt mich mutterseelenallein?«

Ich hob die Augenbrauen. »Mutterseelenallein? Inmitten von schätzungsweise zweihundert Leuten? Wie viele Jahre kennen wir uns nun schon? Und da muss ich bis heute warten, um zu erfahren, dass du zweihundert Freunde hast? So was nennt man Party!«

»Ja, ganz schön beeindruckend, was? Genau fünf Leute in diesem Club sind meinetwegen hier: Meine Mutter, mein Bruder, eine Kollegin aus der Immobilienabteilung, die Sekretärin meines Vaters und jetzt du. Megu und Michael haben sich abgeseilt, stimmt's?« Ich nickte. »Die anderen hat Avery angeschleppt. Und meine Mutter. Wo bist du gewesen?« Sie trank einen Schluck und gab mir ihr Glas. Ihre Hände zitterten ein wenig, dabei war es nur eine Champagnerflöte, keine Crackpfeife.

»Schätzchen, ich bin schon vor über einer Stunde hier eingelaufen, wie ich es dir versprochen hatte. Aber dann kam ich nicht durch die Tür.«

»Unmöglich!« Sie machte ein entsetztes Gesicht.

»Doch. Ein Gorilla zum Anbeißen, aber trotzdem ein Gorilla.«

»Ach, Bette, das tut mir ja so Leid! Warum hast du nicht angerufen?«

»Hab ich doch versucht, ein paar Dutzend Mal, aber anscheinend hast du das Handy nicht gehört. Mach dir keinen Kopf deswegen. Heute ist dein großer Abend, du sollst ihn richtig genießen, okay?«

»Jetzt brauchst du erst mal einen Drink«, sagte sie und nahm einer Bedienung einen Cosmopolitan vom Tablett. »Hast du so eine Party schon mal gesehen?«

»Der Wahnsinn. Wie lange hat deine Mutter diesen Event denn geplant?«

»Vor ein paar Wochen hat sie auf der Gesellschaftsseite gelesen, dass Gisele und Leo hier beim ›Turteln‹ gesichtet wurden. Wie ich sie kenne, hat sie den Laden gleich am nächsten Tag gebucht. Sie liegt mir sowieso dauernd in den Ohren, dass ich mehr in solchen Nobelschuppen verkehren soll, wegen der ›gehobenen Klientel‹. Ich hab ihr nicht erzählt, dass ich schon mal mit Avery hier war. An dem Abend war es so voll, dass man sich nicht gewundert hätte, wenn die gehobene Klientel mitten auf der Tanzfläche eine Nummer geschoben hätte.«

»Davon hätte sich deine Mutter bestimmt nicht abschrecken lassen. Eher das Gegenteil.«

»Auch wieder wahr.« Eine schaufensterpuppenlange Frau drängelte sich zwischen uns, um Penelope auf eine widerwärtig übertriebene Art mit Küsschen zu bedecken. Ich kippte schnell meinen Cosmo und zog weiter. Nach einem Smalltalk mit ein paar Kollegen von der Bank, die gerade erst eingetroffen waren und ohne die Computer, hinter denen sie sich normalerweise verschanzten, ein bisschen orientierungslos in der Gegend herumstanden, wechselte ich ein paar Worte mit Penelopes Mutter, weil es sich nun mal so gehörte. Die bekannte Tatsache, dass Eigenlob stinkt, konnte sie nicht davon abhalten, sich selbst ein paar Komplimente über ihr Chanelkostüm und ihre Schuhe zu machen. Dann ließ sie mich stehen, um Penelope zu einem weiteren Gästegrüppchen zu geleiten. Ich blickte mich um und kam mir mit einem Mal ganz klein und hässlich vor. Anscheinend war ich die Einzige, die keine Designerklamotten trug. Mein Outfit hatte ich mir vor ein paar Monaten um drei Uhr morgens aus den Katalogen von J. Crew und Banana Republic im Internet zusammengestellt. Obwohl Will mich in letzter Zeit immer beharrlicher darauf hinwies, dass ich mir eine »Ausgehgarderobe« zulegen sollte, schwebte ihm dabei bestimmt keine Konfektionsware von der Stange vor. Mir kam der Gedanke, dass sich die Leute hier ebenso wohl – wenn nicht sogar noch wohler – fühlen würden, wenn sie nackt herumstolzierten. Denn noch imponierender als ihre perfekte Kleidung war das zur Schau getragene Selbstbewusstsein, das nichts mit irgendeiner Mode zu tun hatte. Zwei Stunden und drei Cosmos später war ich zwar immer noch nicht sehr viel heiterer, aber dafür definitiv angeheitert. Aber statt nach Hause zu gehen, nahm ich mir noch einen Drink und ging nach draußen, um frische Luft zu schnappen.

Von der Warteschlange war nicht einmal mehr das Schwanzende übrig. Nur der Gorilla, der mich so lange im Club-Fegefeuer hatte schmoren lassen, stand noch da. Ich legte mir ein paar giftige Bemerkungen zurecht, für den Fall, dass er mich ansprach, aber er grinste nur und vertiefte sich wieder in sein Taschenbuch, das in seinen Riesenpranken wie ein Streichholzbriefchen aussah. Schade, dass er so ein Unsymp war – aber das ist bei den süßesten Kerlen meist der Fall.

»Ich würde doch zu gern wissen, was Sie an mir so gestört hat.« Ich konnte es mir einfach nicht verkneifen. Nun war ich schon seit fünf Jahren in New York und hatte in all der Zeit Clubs mit Türstehern erfolgreich gemieden. Wenigstens hatte ich von meinen Eltern ein gewisses Maß an Stolz geerbt – oder an Unsicherheit, je nachdem, wie man es betrachtete.

»Wie bitte?«

»Ich meine vorhin, als Sie mich nicht auf die Verlobungsparty meiner besten Freundin gelassen haben.«

Er schüttelte den Kopf und schmunzelte in sich hinein. »Es ist wirklich nichts Persönliches. Ich bekomme eine Gästeliste, und an die muss ich mich halten. Wer nicht draufsteht oder erst aufkreuzt, wenn schon hundert andere Leute warten, muss sich eben hinten anstellen. Mehr ist es nicht.«

»Klar.« Nur wegen seiner Selbstherrlichkeit hatte ich Penelopes großen Abend halb verpasst. Leicht schwankend nuschelte ich: »Nichts Persönliches. Natürlich nicht.«

»Ich kann echt darauf verzichten, mich auch noch von Ihnen blöd von der Seite anquatschen zu lassen. Was meinen Sie eigentlich, mit wie vielen ausgemachten Zimtzicken und Streithammeln ich mich hier jeden Abend herumschlagen muss? Am besten beenden wir das Gespräch. Soll ich Ihnen ein Taxi rufen?«

Vielleicht lag es an dem vierten Cosmo – flüssiger Mut im Cocktailglas –, aber ich war nicht in der Stimmung, mir sein herablassendes Getue gefallen zu lassen. »Ach, stecken Sie sich Ihre Wohltaten doch sonst wo hin«, raunzte ich und marschierte so aufrecht wie möglich zurück in den Club.

Ich umarmte Penelope, verabschiedete mich von Avery und strebte halbwegs zielsicher wieder dem Ausgang zu. Unterwegs kam ich an einer jungen Frau vorbei, die in einer Ecke stand und leise vor sich hin weinte, aber durchaus nicht unfroh darüber zu sein schien, dass sie bei ihrer kleinen Szene Zuschauer hatte. Nachdem ich noch ein exotisches Pärchen umkurvt hatte, das unter heftigstem Körpereinsatz miteinander knutschte, stand ich wieder draußen. Den Türsteher, der sich sein abgegriffenes Taschenbuch vor die Nase hielt – *Lady Chatterley* (so ein alter Sexmolch!) –, behandelte ich wie Luft. Die Straße war wie ausgestorben, und zu allem Überfluss fing es auch noch an zu nieseln. Super. Damit stand fest, dass sich in absehbarer Zeit kein leeres Taxi blicken lassen würde.

»He, kann ich Ihnen helfen?«, fragte er, nachdem er drei gackernde Mädels auf Highheels eingelassen hatte. »Bei Regen findet man in dieser Gegend nur schwer ein Taxi.«

»Nein, danke. Ich komme schon allein zurecht.«

»Wie Sie meinen.«

Die Minuten fühlten sich wie Stunden an, und der warme Sommerschauer verwandelte sich in einen kalten Dauerregen. Was wollte ich mir – und ihm – eigentlich beweisen? Er drückte sich in den Eingang, um sich vor der Nässe zu schützen, und las ungerührt weiter, als ob er von der Sintflut, die auf uns niederging, nicht das Geringste mitbekam. Irgendwann blickte er grinsend hoch und sagte: »Ja, das sieht man, dass Sie allein zurechtkommen. So ist es richtig, zeigen Sie's mir. Geben Sie sich nur ja keine Blöße. Sonst würde ich Ihnen womöglich noch einen Schirm leihen, damit Sie trockenen Hauptes bis zur Eighth Avenue kommen, wo Sie im Handumdrehen ein Taxi finden würden. Ich bin tief beeindruckt.«

»Sie haben einen Schirm?«, rutschte es mir heraus. Ich war nass bis auf die Haut, und die Haare klebten mir in triefenden, kalten Strähnen am Kopf.

»Mehrere. Speziell für Abende wie diesen. Für unsere Gäste ist uns nichts zu teuer. Aber ich darf wohl annehmen, dass Sie kein Interesse daran haben.«

»Dürfen Sie. Mir geht es prima.« Und für diesen Kerl hatte ich mich fast ein bisschen erwärmt? Kaum zu fassen. In dem Moment rollte eine Limousine vorbei, und mir kam eine Idee. Ich griff zum Handy.

»Guten Abend, hier spricht Bette Robinson, Kundennummer sechs-drei-drei-acht. Könnten Sie mir eine Limousine schicken?«

»Alles ausgebucht!«, fuhr mich eine ärgerliche Frauenstimme an.

»Warten Sie! Ich bin Stammkundin bei Ihnen und ...«

Klick.

Ich stand buchstäblich da wie ein begossener Pudel und kochte vor Wut.

»Kein Wagen zu kriegen, hm? So ein Pech aber auch«, sagte er mitfühlend, ohne von seinem Buch aufzusehen. Ich hatte *Lady Chatterley* mit zwölf Jahren gelesen, als ich aus dem *Aufklärungsbuch für Mädchen* bereits alles Nötige über Sex wusste, aber ich konnte mich nicht mehr daran erinnern. Vielleicht, weil ich ein schlechtes Gedächtnis hatte. Oder weil Sex für mich seit zwei Jahren ein Fremdwort war. Es mochte aber auch daran liegen, dass die heißen Liebesschnulzen, die ich in meiner Freizeit so begeistert verschlang, alles andere überlagerten. So gern ich auch einen bissigen Kommentar über seine Lektüre abgegeben hätte, mir fiel keiner ein. »Kein Wagen zu kriegen«, pflichtete ich ihm seufzend bei. »Heute ist einfach nicht mein Tag.«

Er kam in den Regen heraus und reichte mir einen langen Stockschirm, der mit dem Logo des Clubs bedruckt war. »Nun nehmen Sie schon. Gehen Sie bis zur Eighth Avenue, und wenn Sie dann immer noch kein Taxi finden, wenden Sie sich an den Türsteher vom Serena. Sagen Sie ihm, dass ich Sie schicke, dann besorgt er Ihnen einen Wagen.«

Natürlich hätte ich auch hoch erhobenen Hauptes an ihm vorbeirauschen und die U-Bahn nehmen können, aber um ein Uhr nachts war dieser Gedanke alles andere als verlockend. »Danke«, murmelte ich und senkte den Kopf, damit ich seine triumphierende Miene nicht sehen musste. Ich nahm den Schirm und machte mich auf den Weg.

Fünf Minuten später saß ich in einem Taxi, pitschnass zwar, aber wenigstens warm.

Nachdem ich dem Fahrer meine Adresse genannt hatte, ließ ich mich erschöpft in die Polster sinken. Zu dieser nächtlichen Stunde waren Taxis nur für genau zwei Dinge gut: auf dem Rücksitz zu knutschen oder reihum die Freunde aus der Clique mit dem Handy anzurufen. Da für mich keine der beiden Alternativen in Frage kam, lehnte ich den nassen Kopf an das Kunstleder, auf dem wohl schon viele ungewaschene Köpfe ihre fettigen Spuren hinterlassen hatten, schloss die Augen und freute mich auf den ungestümen Empfang, den Millington mir in ein paar Minuten bereiten würde. Wer brauchte schon einen Freund – oder eine frisch verlobte beste Freundin –, wenn er einen Hund hatte?

3

Die Woche nach Penelopes Verlobungsparty war fast nicht zum Aushalten. Es war natürlich meine eigene Schuld. Wahrscheinlich gab es tausende von Methoden, wie man sich von seinen Eltern abnabeln und gegen seine Herkunft rebellieren konnte, ohne sich dabei zum Sklaven machen zu lassen, aber ich war eindeutig zu blöd, sie zu finden. So hockte ich denn in meinem duschkabinengroßen Kabäuschen bei UBS Warburg – wie tagein, tagaus in den letzten sechsundfünfzig Monaten –, den leicht klebrigen Telefonhörer wie festgewachsen am Ohr. Heute war er mit einem Schmierfilm aus Maybelline Fresh Look Foundation (im Farbton Tawny Blush) und ein paar Sprenkeln L'Oreal Wet Shine Lipgloss (in Rhinestone Pink) überzogen. Ohne den Hörer aus der Hand zu legen, rieb ich den Belag herunter und wischte meine Pfoten unter dem Schreibtischstuhl ab. Am anderen Ende der Leitung zeterte lautstark ein »Minimum« vor sich hin, einer von jenen Kunden, die nur die in meiner Abteilung erforderliche Mindestsumme von einer Million Dollar investiert hatten und wesentlich anstrengender und detailversessener waren als jeder Vierzig-Millionen-Dollar-Klient.

»Mrs. Kaufman, ich habe wirklich größtes Verständnis dafür, dass Sie sich wegen der geringfügigen Kurseinbußen Sorgen machen, aber ich kann Ihnen versichern, dass wir alles unter Kontrolle haben. Mir ist klar, dass Ihr Neffe, der Innenausstatter, die Ansicht vertritt, Ihr Portfolio sei zu einseitig auf Unternehmensaktien hin orientiert, aber ich kann Ihnen versichern, dass unsere Trader hervorragende Arbeit leisten und nur in Ihrem besten Interesse handeln. Ob ein jährlicher Gewinn von zweiunddreißig Prozent bei den heutigen wirtschaftlichen Gegebenheiten realistisch ist, kann ich Ihnen auch nicht sagen. Aber ich werde Aaron ausrichten, dass er Sie zurückrufen soll, sobald er wieder am Platz ist. Ja. Natürlich. Ja. Ja. Ja, sobald er aus seiner Besprechung zurück ist, meldet er sich bei Ihnen. Ja. Versprochen. Ja. Selbstverständlich. Ja. Vielen Dank für Ihren Anruf. Gut. Auf Wiederhören.« Ich wartete, bis es klickte, dann knallte ich den Hörer auf die Gabel.

Jetzt vegetierte ich schon seit fast fünf Jahren auf diesem Posten und hatte in der ganzen Zeit noch nicht ein einziges Mal das kleine Wörtchen *nein* ausgesprochen. Bevor man sich dafür qualifiziert hatte, musste man anscheinend mindestens zweiundsiebzig Monate Berufserfahrung auf dem Buckel haben. Ich suchte mir einen Computer, um Aaron eine E-Mail zu schreiben und ihn anzuflehen, mir Mrs. Kaufman vom Leib zu halten und sie baldmöglichst zurückzurufen. Zu meiner Überraschung fand ich ihn an seinem Schreibtisch vor, wo er eifrig seine tägliche dämliche Inspirationsmail an die Mitarbeiter in die Tasten haute.

Einen wunderschönen guten Morgen, werte Kollegen. Wir wollen auch heute wieder daran denken, dass wir unseren Kunden zeigen, welche enormen Kräfte wir für sie mobilisieren! Unser ganzes Geschäft steht und fällt mit unseren Beziehungen zu diesen Menschen. Dass wir mit Geduld und Verständnis auf sie eingehen, ist für sie genauso wichtig wie unser ergebnisorientierter Umgang mit ihren Portfolios. Heute darf ich Sie auf die Einführung einer neuen wöchentlichen Gruppenbesprechung hinweisen. Ziel ist es, uns im größeren Kreis darüber auszutauschen, wie wir den Service für unsere Klienten noch weiter verbessern können. Das Meeting, das von nun an jeden Freitag um sieben Uhr früh stattfinden soll, bietet uns allen die Gelegenheit, uns von dem üblichen Schubladendenken frei zu machen. Das Frühstück geht auf mich, werte Kollegen. Ich erwarte vollzähliges Erscheinen und einen sprudelnden Quell an Ideen und Vorschlägen. Und nicht vergessen: »Große Entdeckungen und Erfindungen gelingen nur im Zusammenspiel vieler Köpfe.« – Alexander Graham Bell.

Ich starrte auf die Mail, bis sie mir vor den Augen verschwamm. Was war nervtötender? Die bis zum Abwinken zitierten »werten Kollegen«, das »Schubladendenken« oder der »sprudelnde Quell«? Ob er diese Schreiben absichtlich fabrizierte, um mir meine elend öden Tage noch mehr zu vermiesen? Fragen über Fragen, aber so lange ich darüber nachsann, kam ich wenigstens nicht dazu, mich vor den angedrohten Siebenuhrmeetings zu grausen. Zwischenzeitlich meisterte ich einen weiteren Notruf, diesmal von Mrs. Kaufmans wutschnaubendem Neffen. Das Gespräch dauerte rekordverdächtige siebenundfünfzig Minuten und bestand zu neunzig Prozent aus Vorwürfen über Dinge, für die ich nicht zuständig war. Ich blieb stumm wie ein Fisch, gab ihm nur, um die Sache abzukürzen, hin und wieder Recht, dass ich tatsächlich so ahnungslos und inkompetent war, wie er behauptete.

Nachdem ich aufgelegt hatte, sprang mir erneut Aarons Mail ins Auge. Was sollte mir das Zitat von Mr. Bell sagen? Was hatte es mit meinem Leben zu tun, was kümmerte es mich? Ich wusste es nicht. Ich wusste nur, wenn ich in der Mittagspause einen Fluchtversuch unternehmen wollte, hieß es: jetzt oder nie. Eine günstigere Gelegenheit würde sich so schnell nicht ergeben. In den ersten Jahren bei UBS Warburg hatte ich mich treu und brav an die firmeninterne Regel gehalten, das Gebäude über Mittag nicht zu verlassen. Wie alle anderen auch hatte ich mir das Essen ins Büro kommen lassen. Aber seit ein paar

Wochen stahlen Penelope und ich uns mittags für zehn, zwölf Minuten heimlich aus dem Haus, um uns selbst zu versorgen, uns gegenseitig unser Leid zu klagen und ausgiebig zu tratschen – falls bei den paar Minütchen von »ausgiebig« überhaupt die Rede sein konnte. Auf meinem Bildschirm erschien eine Hausmitteilung:

P.Lo: Bist du so weit? Falafel? In fünf Minuten am Stand in der 52. Straße?

Ich tippte schnell ja ein, drückte auf Senden und drapierte zur Tarnung mein Jackett über die Stuhllehne. Trotzdem erntete ich von einem Vorgesetzten misstrauische Blicke, als ich mir meine Tasche unter den Arm klemmte. Also stellte ich vorsichtshalber auch noch eine dampfende Tasse Kaffee auf meinen Schreibtisch, zum Beweis, dass ich das Büro nicht verlassen hatte. Die anderen Kabäuschenmäuschen, von denen ich mich mit einer gemurmelten Erklärung verabschiedete, beachteten mich nicht weiter. Sie waren zu sehr mit Telefonieren beschäftigt. Lässig steuerte ich die Aufzüge an. Penelope, die zwei Etagen über mir in der Immobilienabteilung arbeitete, war bereits im Fahrstuhl. Wie ein perfekt eingespieltes Team von Superspioninnen würdigten wir einander keines Blickes. Sie ließ mich zuerst aussteigen. Während ich noch einen kleinen Rundgang durch die Eingangshalle machte, schlüpfte sie schon zur Tür hinaus. Mit gebührendem Abstand zockelte ich in meinen unbequemen Stöckelschuhen am Springbrunnen vorbei hinter ihr her. Es war so warm und schwül, dass man das Gefühl hatte, gegen eine Wand zu laufen. Die Luft stand. Wir wechselten kein Wort miteinander, bis wir uns vor den Imbissständen in die Schlange eingereiht hatten – in der übrigens auch tiefes Schweigen herrschte. Die anderen Bürosklaven, die schon vor uns standen, konzentrierten sich ganz darauf, ihre wenigen freien Minuten nach Kräften auszukosten. Andererseits wirkten sie aber auch gereizt und ungeduldig, weil sie in ihrer kostbaren Pause zum Warten verdonnert waren.

»Was nimmst du?«, fragte Penelope, während sie an den drei Verkaufsständen mit den verführerisch duftenden, appetitlich brutzelnden exotischen Speisen entlangspähte, hinter denen Männer mit unterschiedlichster Gewandung und Gesichtsbehaarung standen und den hungrigen AnzugträgerInnen darboten, was immer sie gehackt und geschnippelt, geschmort und gebraten hatten.

»Ist doch sowieso alles das Gleiche. Entweder Fleisch auf Spieß oder Teigtasche mit irgendwas drin«, sagte ich tonlos, mit Blick auf den qualmenden Grill. »Alles gehopst wie gesprungen.«

»Was ist dir denn für eine Laus über die Leber gekrochen?«

»Ach, entschuldige. Ich müsste natürlich vor Freude aus dem Häuschen sein, dass fünf Jahre Sklavenarbeit so reiche Früchte tragen. Sieh uns doch an. Wie tief sollen wir noch sinken?« Ich ließ mutlos die Schultern hängen. »Schlimm genug, dass wir bei einem Sechzehnstundentag keine anständige Mittagspause kriegen, aber dass wir uns das Essen noch nicht mal selbst aussuchen dürfen, ist echt zum Kotzen.«

»Schon klar, Bette. Aber wieso kriegst du deswegen gerade heute die Motten?«

»Weil ich heute einen besonders miesen Tag habe. Obwohl eigentlich sowieso alle Tage gleich sind.«

»Wieso? Was gibt es denn? Irgendwas Neues?«

Am liebsten hätte ich gesagt: »Zwei Ringe.« Aber ich verkniff es mir gerade noch. In dem Moment kleckerte sich eine übergewichtige Frau, die Reeboks zu einem Kostüm trug, das noch billiger aussah als meines, eine Ladung brühwarme Soße über ihre bestickte Rüschenbluse. Ich kriegte Beklemmungen. In zehn Jahren würde ich genauso ein jämmerliches Bild abgeben.

»Kein bisschen Neues, das ist es ja eben! Tag für Tag das gleiche Spiel!«, antwortete ich so vehement, dass sich zwei blonde Typen, die eben erst einer Nobeluni hätten entsprungen sein können, neugierig zu mir umdrehten. Sie sahen so schnuckelig aus, dass ich mich um ein Haar wieder eingekriegt hätte, aber dann fiel mir ein, dass diese unverschämt scharfen Lacrosse-Spieler nicht nur viel zu jung für mich waren, sondern vermutlich auch noch unverschämt umwerfende Freundinnen hatten, die acht Jahre jünger waren als ich.

»Also wirklich, Bette. Ich weiß gar nicht, was du hast. Das nennt man Arbeit. Es ist ein Job. Ganz egal, was man beruflich macht, man wird nie den ganzen Tag in einem Countryclub herumhocken und Cocktails schlürfen. Klar, ich kann mir auch was Schöneres vorstellen, als jede wache Minute am Schreibtisch zu verbringen. Und Finanzen sind beileibe nicht der Traum meiner eingeschlafenen Füße – ich habe mir nie vorgestellt, dass ich eines Tages in einer Bank arbeiten würde, aber so schlimm, wie du tust, ist es nun auch wieder nicht.«

Penelopes Eltern hatten versucht, ihr eine Karriere bei der *Vogue* oder bei Sotheby's schmackhaft zu machen, damit sie dort den letzten Schliff bekam, bevor sie planmäßig in den Hafen der Ehe einlief, aber als sie darauf bestand, wie der Rest der ungewaschenen Horden eine Stelle in der freien Wirtschaft anzunehmen, hatten sie zugestimmt – schließlich war es durchaus denkbar, in der Finanzwelt einen Ehemann zu finden. Hauptsache, sie vergaß nicht, worauf es wirklich ankam, legte keinen allzu starken Ehrgeiz an den Tag und kündigte praktisch noch am Tag der Trauung. Obwohl auch Penelope des Öfteren über die Arbeit schimpfte, hatte ich doch den Eindruck, dass sie mit ihrem Job eigentlich ganz zufrieden war.

Als sie unsere Spieße mit einem Fünfdollarschein bezahlte, blieb mein Blick an ihrer Hand hängen. Sogar ich musste zugeben, dass der Ring fantastisch war. Und das sagte ich ihr auch, mindestens zum zehnten Mal. Sie strahlte. Es war nicht leicht, sich über ihre Verlobung zu ärgern, wo ihr die Freude so deutlich ins Gesicht geschrieben stand. Dass Avery sich seit dem Heiratsantrag mächtig ins Zeug legte und den liebevollen Verlobten geradezu perfekt hinbekam, machte sie natürlich noch glücklicher. Dreimal hintereinander hatte er sie abends von der Arbeit abgeholt und ihr, man glaubt es nicht, morgens sogar das Frühstück ans Bett gebracht. Dazu verzichtete er seit drei Wochen auf sein liebstes Hobby, nämlich die Clubszene unsicher zu machen. Einzige Ausnahme: die Verlobungsparty. Solange Penelope nicht mitmachen musste, hatte sie nichts dagegen, dass Avery seine Nächte an – oder sogar tanzend auf – Bartischen verbrachte. Wenn er mit seinen Kumpels aus der Consultingfirma zum Feiern loszog, gingen Penelope und ich – mit Michael, wenn er frei hatte – auf ein Bierchen ins Black Door, eine abgewrackte Spelunke. Für uns gab es nichts Schöneres, als dort gemütlich zu versacken. Mehr brauchten wir nicht. Jedenfalls musste irgendjemand Avery den Tipp gegeben haben, dass man zwar ruhig seine Freundin sechs Abende in der Woche allein lassen durfte, aber nicht seine Verlobte. Deshalb gab er sich große Mühe und blieb öfter zu Hause. Aber ich wusste, dass die guten Vorsätze nicht lange vorhalten würden.

Unauffällig kehrten wir in die Bank zurück. Abgesehen vom firmeneigenen Schuhputzer (der das Haus mittags natürlich ebenfalls nicht verlassen durfte. Man konnte ja nie wissen, womöglich verlangte zwischen ein und zwei Uhr plötzlich irgendein feiner Herrenhalbschuh danach, auf Hochglanz gewienert zu werden.), bemerkte keiner etwas von unserem verbotenen Ausflug. Er warf uns einen giftigen Blick zu. Penelope kam mit in mein Kabäuschen und pflanzte sich auf den Stuhl, der theoretisch für Besucher und Kunden reserviert war, auch wenn ihn bislang noch keine der beiden Kategorien je in Beschlag genommen hatte.

»Wir haben jetzt übrigens einen Termin«, sagte sie aufgeregt, während sie sich über den köstlich duftenden Teller auf ihrem Schoß hermachte.

»Tatsächlich? Wann ist es denn so weit?«

»Exakt nächstes Jahr in einer Woche. Am zehnten August, auf Martha's Vineyard, denn da hat schließlich alles angefangen. Wir sind erst seit ein paar Wochen verlobt, aber unsere Mütter sind jetzt schon total außer Rand und Band. Ich habe echt keine Ahnung, wie ich das aushalten soll.«

Schon als Wickelkinder hatten Avery und Penelope gemeinsam mit ihren Familien Urlaub gemacht, im Sommer auf der Promiinsel Martha's Vineyard, im Winter in einem mondänen Skiort in den Adirondacks. Es gab haufenweise Fotos davon. Als Kinder besuchten sie exklusive Privatschulen und verbrachten einen großen Teil ihrer freien Zeit damit, sich von ihren stolzen Müttern auf Wohltätigkeitsveranstaltungen, Partys und bei Polospielen präsentieren zu lassen. Avery fühlte sich in dieser Welt wie ein Fisch im Wasser. Schon als Jugendlicher engagierte er sich in Clubs, Komitees und Stiftungen und ging sechsmal in der Woche feiern, finanziert durch mehr als großzügige Zuschüsse seiner Eltern. Kurz und gut, er gehörte zur jungen New Yorker Schickiszene, in der jeder jeden kannte. Penelope dagegen zeigte, sehr zum Verdruss ihrer Eltern, keinerlei Interesse am Leben der oberen Zehntausend. Im Gegenteil, sie rebellierte dagegen und umgab sich lieber mit mittellosen Künstlertypen, mit genau den ungeratenen jungen Leuten also, die ihrer Mutter Albträume bescherten. Während all dieser Zeit waren Avery und Penelope nicht einmal besonders gute Freunde – geschweige denn ein Liebespaar. Obwohl Penelope, wie sie mir später anvertraute, schon seit Jahren insgeheim für ihn schwärmte. Aber sie waren einfach zu verschieden. Er war einer der beliebtesten Jungen an seiner Schule, ein charmanter, athletischer Fußballspieler mit passablen Noten, der so verteufelt gut aussah, dass er sich alles leisten konnte, auch ein extrem arrogantes Auftreten. Im Gegensatz dazu fristete Penelope ein Mauerblümchendasein, in einem Alter, in dem nur blonde Haare und große Titten zählten: das übliche Schicksal eines Mädchens, das auf eine ganz eigene, ungewöhnliche Art hübsch war. Sie tröstete sich mit ihren guten Noten und bemühte sich ansonsten, möglichst wenig aufzufallen. Das Verhältnis der beiden änderte sich erst, als sie sich nach Averys erstem Collegejahr auf Martha's Vineyard wiedersahen. Während sie gemeinsam draußen im Freiluftpool saßen, schlug es bei Avery wie der Blitz ein. Er sah sie zum ersten Mal richtig an – ihre zarten Glieder, das glatte, rabenschwarze Haar, die dunklen, geschwungenen Wimpern, die großen braunen Augen –, und erkannte, was für ein bezauberndes, elegantes Geschöpf sie war.

Also machte sie das, was man, wie jeder weiß, als braves Mädchen auf gar keinen Fall machen darf, wenn man sich seinen guten Ruf und seine Selbstachtung bewahren will. Sie ging noch am gleichen Abend mit ihm ins Bett, nur Minuten nachdem er sie zum ersten Mal geküsst hatte. (»Ich konnte nicht anders. Ich konnte es nicht fassen, dass Avery Wainwright scharf auf mich war!«) Doch dann war alles anders gekommen als in den zahllosen Geschichten, in denen eine Frau mit einem Typen schläft, den sie kaum kennt und der nach der einen gemeinsamen Nacht nie wieder etwas von sich hören lässt. Penelope und Avery wurden tatsächlich ein Paar, und ihre von beiden Eltern mit Begeisterung aufgenommene Verlobung war am Ende nur noch Formsache.

»Führen sie sich etwa noch schlimmer auf als sonst?«

Sie verdrehte die Augen. »Schlimmer als sonst? Interessante Formulierung. Ich hätte es nicht für möglich gehalten, aber du hast Recht. Meine Mutter ist kaum noch zum Aushalten. Weißt du, worum wir zuletzt gestritten haben, bis die Fetzen flogen? Ob sich ein Kleid, das nicht von Vera Wang oder Carolina Herrera entworfen wurde, überhaupt Hochzeitskleid nennen darf. Ich fand, ja. Sie fand natürlich, nein. Und da hat es dann mächtig gekracht.«

»Wer hat gewonnen?«

»Die Klügere gab nach. Mir ist es eigentlich relativ egal, von welchem Designer das Kleid ist. Hauptsache, es gefällt mir. Ich muss mir nämlich taktisch ganz genau überlegen, an welcher Stelle ich mich durchsetzen will. Zum Beispiel bei der Hochzeitsanzeige. In der Frage werde ich weder wanken noch weichen.«

»Definier mal Hochzeitsanzeige.«

»Bitte nicht.« Sie grinste und nahm einen Schluck Dr. Pepper.

»Raus damit.«

»Nicht, Bette. Es ist auch so schon schlimm genug. Zwing mich nicht, es auszusprechen.«

»Los, Pen. Stell dich nicht so an. Komm, es wird von Mal zu Mal leichter. Sag es einfach.« Ich stupste aufmunternd ihren Stuhl an und beugte mich gespannt vor.

Sie schlug die schlanken Hände vors Gesicht und schüttelte den Kopf. »Die *New York Times*.«

»Wusste ich's doch! Will und ich werden uns zurückhalten, versprochen. Deine Mutter macht keine halben Sachen, hm?«

»Wem sagst du das?«, stöhnte Penelope. »Und Averys Mutter ist natürlich auch ganz versessen darauf.«

»Ach, Pen, wie himmlisch. Jetzt kann endlich auch der Rest der Welt sehen, was für ein bildhübsches Jubelpaar ihr seid«, kicherte ich.

»Du müsstest sie hören, Bette. Es ist grauenvoll. Averys Mom hat schon einen Fototermin arrangiert, und sie hat alle möglichen Ideen, wie wir posieren sollen, damit unsere Augenbrauen auf gleicher Höhe sind. Das steht in den ganzen Ratgebern, dass man darauf unbedingt achten soll. Dabei ist die Hochzeit doch erst in einem Jahr!«

»Ja, aber solche Dinge muss man lange und gründlich im Voraus planen.«

»Genau ihre Worte!«, ächzte sie.

»Und wenn ihr einfach durchbrennt und heimlich heiratet?« Aber sie kam nicht mehr zum Antworten, denn in diesem Augenblick klopfte Aaron an meine Kabäuschenwand und wedelte entschuldigend mit den Händen, um uns zu zeigen, wie Leid es ihm tat, uns bei unserem »kleinen Palaver«, wie er unsere Mittagspause nannte, stören zu müssen.

»Ich will euer kleines Palaver wirklich nicht unterbrechen, meine Damen«, begann er. Penelope und ich hätten den Satz auswendig aufsagen können. »Bette, kann ich kurz mit Ihnen sprechen?«

»Ich wollte sowieso gerade gehen«, meinte Penelope. »Wir sehen uns dann später, Bette.« Und schon suchte sie das Weite. Ich merkte ihr an, wie erleichtert sie war, dass der Kelch noch einmal an ihr vorübergegangen war.

»Bette?«

»Ja, Aaron?« Er klang so sehr wie der nervige Chef aus *Alles Routine*, dass es wohl fast jeder witzig gefunden hätte. Bloß ich nicht, weil ich darauf gefasst sein musste, von ihm zur Brust genommen zu werden.

»Ich hätte nur gern gewusst, ob Sie schon dazu gekommen sind, das Zitat des Tages zu lesen.« Er räusperte sich geräuschvoll und hob die Augenbrauen.

»Aber natürlich, Aaron. Ich habe es sogar vor mir. ›Die Hingabe des Einzelnen an die Gruppenaufgabe – das ist es, was Teams, Firmen, die Gesellschaft und die Zivilisation funktionieren lässt.‹ Ja, das hat mir sehr viel gegeben.«

»Tatsächlich?« Seine Miene hellte sich auf. »Das war zwar das geflügelte Wort von gestern, aber es freut mich trotzdem, dass es eine solche Wirkung gezeigt hat.«

»Es passt ja auch so gut. Ihre Zitate sind ungeheuer lehrreich. Aber wieso fragen Sie? Gibt es ein Problem?«, säuselte ich.

»Ein Problem? Nein, so würde ich es nicht nennen. Nur eine kleine Anmerkung. Sie waren vorhin zehn Minuten lang nicht aufzufinden. Nun werden Sie sagen, was sind schon zehn Minuten? Gewiss, das ist für Sie und mich nicht viel, aber für Mrs.

Kaufman, die auf eine Rückmeldung von Ihnen gewartet hat, war es eine Ewigkeit.«

»Eine Ewigkeit?«

»Wenn Sie sich so lange von Ihrem Schreibtisch entfernen, können Sie unseren Kunden nicht die Aufmerksamkeit schenken, auf die wir bei UBS mit Recht so stolz sind. Ich möchte Sie nur bitten, diesen Gedanken beim nächsten Mal zu berücksichtigen.«

»Es tut mir wirklich Leid. Ich hab mir bloß etwas zu essen geholt.«

»Das ist mir klar, Bette. Aber ich muss Sie doch hoffentlich nicht daran erinnern, dass es den Angestellten ausdrücklich untersagt ist, Zeit mit Essenholen zu verschwenden. Sie sollen sich etwas kommen lassen. Ich habe eine ganze Schublade voll mit Lieferserviceprospekten, da dürfte auch für Ihren Geschmack etwas dabei sein.«

Ich knirschte stumm mit den Zähnen.

»Und noch etwas, Bette. Penelopes Abteilungsleiter kann sicher ebenso wenig auf ihre Mitarbeit verzichten wie ich auf die Ihre. Also wollen wir die mittäglichen Palaver auf ein Minimum beschränken, okay?« Aaron lächelte, was bei seinem fleckigen, speckigen Pferdegebiss fast einem Akt der Körperverletzung gleichkam. Mir schoss eine Frage durch den Kopf, die ich als Zwölfjährige in einer Fernsehserie aufgeschnappt hatte und die ich mir seitdem bei näherer Betrachtung eines männliches Wesens in schönster Regelmäßigkeit stellte: Wenn er der letzte Mann auf der Welt wäre und ich die letzte Frau, würde sich mir der Magen umdrehen, wenn ich ihn küssen müsste? In Aarons Fall fiel die Antwort eindeutig aus: ein lautes, entschlossenes Ja.

»Okay? Können wir uns darauf verständigen?« Er trat nervös von einem Fuß auf den anderen. Es war mir ein Rätsel, wie es dieser linkische Hasenfuß geschafft hatte, mich auf der Karriereleiter um mindestens drei Sprossen abzuhängen. Auch wenn sich die Kunden vor Ekel schüttelten, wenn er ihnen die Hand gab – der Mann ließ sich auf dem Weg nach oben nicht aufhalten. Er ging ab wie ein Zäpfchen.

Eigentlich wollte ich nur noch meine Ruhe haben, aber statt einfach brav mit dem Kopf zu nicken und zu beten, dass er sich endlich wieder verdünnisierte, leistete ich mir einen entscheidenden Fehler. Einen Fehler in Form einer Frage: »Haben Sie an meinen Leistungen etwas auszusetzen, Aaron? Ich gebe wirklich mein Bestes.«

»Auszusetzen? So würde ich es nicht formulieren, Bette. Ich finde, Sie schlagen sich... äh... achtbar. Aber wir wollen uns schließlich alle weiterentwickeln, nicht wahr? Wie Winston Churchill einmal sagte...«

»Achtbar? Tolles Kompliment. Ungefähr so, als würde man einer Frau sagen, sie wäre ›interessant‹ oder ›nett‹. Ich arbeite achtzig Stunden die Woche, Aaron. Ich opfere UBS mein ganzes Leben.« Um zu beweisen, was für eine Heldin der Arbeit ich war, hätte ich ihm eigentlich nicht mit meiner Wochenarbeitszeit zu kommen brauchen. Darin schlug er mich nämlich um mindestens fünfzehn Stunden. Aber trotzdem. Wenn ich nicht gerade im Internet einkaufte, mit Will telefonierte oder mich in der Mittagspause mit Penelope aus dem Haus schlich, schuftete ich mich tatsächlich für die Firma ab.

»Seien Sie nicht so empfindlich, Bette. Mit einem Hauch mehr Lernbereitschaft und einer Spur mehr Kundenfreundlichkeit hätten Sie sogar das Potenzial, befördert zu werden. Wenn Sie die Palaver mit Ihrer Freundin reduzieren und sich ein bisschen mehr ins Zeug legen würden, könnten Sie reiche Früchte ernten.«

Ein Jammer, dass ich keinen Regenschirm hatte. Bei Aarons feuchter Aussprache hätte ich gut einen gebrauchen können. Und dann geschah es. Plötzlich machte es »klick«. Einfach so. Ohne langes Abwägen von pro und kontra, ohne umständliches Hin und Her, ohne hü oder hott, ohne die leiseste Qual der Wahl. Mein Entschluss stand fest. Ohne Netz und doppelten Boden. Sogleich überkam mich ein tiefes Gefühl der Ruhe, gepaart mit der unumstößlichen Gewissheit, dass ich es keine Sekunde länger mit diesem menschlichen Lama aushalten würde.

»Schon gut, Aaron. Es hat sich auspalavert. Ein für alle Mal. Ich kündige.«

Es dauerte ein paar Sekunden, bis bei ihm der Groschen fiel. »Wie bitte?«

»Hiermit möchte ich fristgerecht zum Monatsende kündigen«, erläuterte ich, auch wenn meine Selbstsicherheit ein wenig zu bröckeln begann.

Er setzte seine Denkermiene auf, wischte sich die schweißnasse Stirn und legte sie auch noch ein paarmal in Falten. »Das ist wohl nicht nötig«, sagte er ruhig.

Nun stand *ich* da wie der Ochs vorm Berg. »Lieb gemeint, Aaron. Aber ich halte es hier einfach nicht mehr aus.«

»Sie haben mich missverstanden. Ich meinte, dass wir auf die Einhaltung einer Kündigungsfrist keinen Wert legen. Es dürfte ein Leichtes sein, Ersatz für Sie zu finden, Bette. Ob Sie es glauben oder nicht, es gibt genügend Leute da draußen, die darauf brennen, für uns zu arbeiten. Bitte regeln Sie die Formalitäten mit der Personalabteilung, und räumen Sie bis heute Abend Ihren Schreibtisch. Ansonsten: Alles Gute für Ihren weiteren Lebensweg.« Er rang sich ein schmallippiges Lächeln ab und marschierte hinaus. Ein kleines Wunder. Es hatte geschlagene fünf Jahre gedauert, bis ich miterleben durfte, wie er sich einmal so richtig auf die Hinterbeine stellte.

In meinem Kopf ging es zu wie auf einer Achterbahn, ein wildes Kreuz und Quer der Gedanken, ein derartig rasantes Auf und Ab, dass ich es selbst kaum noch mitkam. Aaron hatte Mumm – kaum zu glauben! Ich hatte gekündigt. *Gekündigt!* Einfach so, ohne Sinn und Verstand. Musste es Penelope sagen. Penelope war verlobt. Wie sollte ich meinen Krempel nach

Hause schaffen? Konnte ich trotz Kündigung einen Wagen auf Firmenkosten mieten? Würde ich Arbeitslosenunterstützung bekommen? Würde ich wegen der Imbissstände auch weiterhin mittags ins Geschäftsviertel kommen? Sollte ich meine Kostüme in einem rituellen Akt auf dem Scheiterhaufen verbrennen? Millington würde sich freuen wie ein Schneekönig, wenn ich schon tagsüber mit ihr spazieren ging. Am helllichten Tag! Wenn ich Lust hatte, konnte ich mir im Fernsehen jeden Tag *Der Preis ist heiß* reinziehen. Warum war ich nicht schon viel früher auf die geniale Idee mit der Kündigung gekommen?

Trotzdem, an eine Jubelfeier war noch nicht zu denken. Ich musste das eben Geschehene erst mal verdauen. Wie gelähmt starrte ich noch ein paar Minuten auf den Bildschirm und flüchtete mich zuletzt aufs Klo, wo ich mich in eine Kabine einschloss und meine Wunden leckte. Manche Leute waren so cool, dass sie vor Lässigkeit kaum laufen konnten. Und ich? Ich war so doof, dass ich vor Blödheit kaum schnaufen konnte. Ich atmete tief durch und sagte mir ein paarmal mein neues Mantra vor: Es ist nicht das Ende der Welt. Es ist nicht das Ende der Welt. Doch was herauskam, glich eher einem unterdrückten Schluchzen. Diesmal war ich wirklich zu weit gegangen.

4

»Nimm es dir nicht so zu Herzen, Bette. Es ist ja nun nicht so, als hättest du wen abgemurkst. Du hast bloß gekündigt. Herzlichen Glückwunsch! Willkommen im Erwachsenenwunderland verantwortungsloser Handlungen. So ist das Leben eben. Es läuft nicht immer nach Plan.« Simon gab sein Bestes, um mich zu trösten, während wir darauf warteten, dass Will nach Hause kam. Wie hätte er auch ahnen können, dass ich die Ruhe und Heiterkeit in Person war?

So zenmäßig ausgeglichen hatte ich mich schon seit Ewigkeiten nicht mehr gefühlt, zuletzt wohl in dem indischen Aschram. »Es ist mir bloß ein bisschen unheimlich, dass ich nicht weiß, wie es weitergehen soll.«

Statt mit den Nerven am Ende zu sein, hatte ich den vergangenen Monat sogar ziemlich genossen. Obwohl ich eigentlich gleich allen von meiner Kündigung erzählen wollte, konnte ich mich einfach nicht dazu aufraffen. Das lag nicht etwa daran, dass mir die Geschichte peinlich gewesen wäre, sondern an einer unheiligen Dreieinigkeit aus Faulheit, Passivität und Arbeitsscheu. Jedes Mal wenn ich zum Telefonhörer griff, überkam mich ein Gefühl der Lähmung, und der Gedanke, jemandem die (nichtigen) Gründe für meine Kündigung erklären oder mit ihm über meine (nicht vorhandenen) Zukunftspläne diskutieren zu müssen, erschien mir als unerträgliche Mühsal. Vermutlich gab es für meinen Zustand einen schönen Fachbegriff aus der Seelenforschung, irgendwas wie Traumabewältigung oder Konfliktvermeidung oder so, aber das war mir egal. Ich bevorzugte die gute alte Vogel-Strauß-Taktik und steckte den Kopf in den Sand. Anders ausgedrückt: Ich blieb jeden Tag gemütlich bis um ein Uhr im Bett, hockte mich nachmittags entweder vor die Glotze oder machte mit Millington einen Spaziergang. Wenn ich dann noch Zeit übrig hatte, ging ich shoppen und schaffte mir allerlei überflüssigen Krempel an, »um die innere Leere in mir auszufüllen«, wie es in einem Psychoratgeber bestimmt geheißen hätte. Außerdem traf ich die bewusste Entscheidung, ernsthaft mit dem Rauchen wieder anzufangen, damit es mir abends nach der Late-Night-Talkshow nicht zu langweilig wurde. Das alles klingt so deprimierend wie nur was, aber ich hatte seit Jahren keine derart befriedigenden vier Wochen mehr erlebt. Von mir aus hätte es ruhig immer so weitergehen können. Doch dann rief Will eines Tages in der Bank an und bekam meine Nachfolgerin an die Strippe.

Interessanterweise hatte ich ganz ohne eigenes Zutun fünf Kilo abgenommen. Sportlich betätigen tat ich mich überhaupt nicht mehr. Ich sparte mir meine Energie für die Verpflegungsmärsche zum Supermarkt. Trotzdem hatte ich mich noch nie so fit gefühlt, fitter auf jeden Fall als während meiner Sechzehnstundentage im Büro. Auf dem College war ich noch ein Strich in der Landschaft gewesen, aber danach hatte ich Pfund um Pfund zugelegt, weil mir der Schreibtischjob für den Sport keine Zeit mehr ließ. Außerdem ernährte ich mich fast nur noch von Hotdogs, Donuts und Schokoriegeln, die ich mit süßem Kaffee runterspülte, bis ich das Gefühl hatte, dass auf meinen Zähnen ein pelziger Belag wucherte. Zwar waren meine Eltern und Freunde so rücksichtsvoll, mich nicht auf meine Fettpolster anzusprechen, aber das war auch gar nicht nötig. Dass ich fürchterlich aussah, wusste ich auch so. Ich begann jedes neue Jahr mit dem festen Vorsatz, mich öfter im Fitnessstudio abzustrampeln, doch normalerweise hielt dieser nur bis zum vierten Tag – beziehungsweise Morgen. Spätestens dann verpasste ich meinem Wecker einen Kick, drehte mich auf die andere Seite und gönnte mir lieber noch ein Extrastündchen in den Federn. Will war der Einzige, der mich immer wieder daran erinnerte, in was für eine Vogelscheuche ich mich verwandelt hatte. »Weißt du noch, Darling? Früher sind dir die Scouts von Modelagenturen auf der Straße nachgelaufen, um dir einen Vertrag anzubieten. Ich fürchte fast, diese Zeiten sind vorbei.« Oder: »Bette, Darling, vor ein paar Jahren sahst du aus wie das blühende Leben, frisch, gesund und natürlich. Wo ist bloß dieser Look geblieben?« Wo er Recht hatte, hatte er Recht. Spätestens als der Knopf an meiner heiß geliebten Sevens-Jeans so tief in meinem Bauchfleisch versank, dass er nur noch zu ertasten war, konnte ich die Augen vor meinem Übergewicht nicht mehr verschließen. Dass mich die Arbeitslosigkeit dünner machte, empfand ich als höchst aufschlussreich. Mein Teint wurde klarer, mein Blick strahlender, und zum ersten Mal seit fünf Jahren schmolz der Hüft- und Bauchspeck dahin wie Schnee an der Sonne, ohne dass ich deshalb obenrum wie ein Bügelbrett ausgesehen hätte. Das ließ nur einen Schluss zu: Gott hatte mich nicht für die Arbeit bestimmt. Aber weil ich mir natürlich nicht anmerken lassen durfte, wie sehr ich das Nichtstun genoss, spielte ich der Welt den zerknirschten, bekümmerten Trauerkloß vor. Und Simon fiel tatsächlich darauf herein.

»Ich glaube, dir würde jetzt ein Cocktail gut tun. Was kann ich dir mixen, Bette?«

Wie hätte er auch wissen können, dass ich mir schon seit einiger Zeit im stillen Kämmerlein das eine oder andere Gläschen zu Gemüte führte? Aber nicht etwa, um meine Sorgen zu ertränken, aus Verzweiflung oder gar Einsamkeit. Nein, es war die souveräne Entscheidung einer Erwachsenen. Warum hätte ich nein sagen sollen, wenn mich die Lust auf ein Glas Wein, ein Schlückchen Sekt oder einen vierfachen Wodka überkam? Ich war schließlich ein freier Mensch, der tun und lassen konnte, was er wollte. Anstandshalber tat ich aber lieber trotzdem so, als ob ich eine Sekunde überlegen müsste, bevor ich sein Angebot annahm. »Einen Martini vielleicht?«

Ich hatte noch nicht ausgesprochen, da rauschte auch schon Onkel Will herein, der – im Gegensatz zu mir – von Tatendrang und Vitalität nur so strotzte. »Famos, famos!«, näselte er wie ein britischer Snob, eine Sprech- und Ausdrucksweise, die er sich bei der BBC abgelauscht hatte, seiner heimlichen Liebe unter den Fernsehsendern. »Simon, einen extratrockenen Martini mit Grey Goose und drei Oliven für unsere kleine Exbankerin. Darling! Ich bin ja so stolz auf dich!«

»Ach, ja?« Die Nachricht, die er mir vor ein paar Stunden aufs Band gesprochen hatte, hatte alles andere als begeistert geklungen. (»Bette, Darling, dein Spiel ist aus. Ich hatte gerade eine Büromaus am Apparat, die behauptet, an deinem Schreibtisch zu sitzen. Und da stellt sich mir doch die Frage, was du wohl gerade treibst. Ich hoffe, du sitzt beim Friseur und lässt dir Strähnchen machen. Oder hast du dir einen Lover zugelegt? Wir erwarten dich heute Abend Punkt sechs. Dann kannst du uns deinen Abgang in allen grausigen Einzelheiten schildern. Bitte halte dir auch den Rest des Abends frei, damit du uns zu einer kleinen Dinnerparty bei Elaine begleiten kannst.« Und *klick*.)

»Aber natürlich, Darling! Endlich hast du dieser grässlichen Bank den Rücken gekehrt. Du bist eine betörende Person, eine faszinierende Frau, ein Prachtmädel, und das alles hat dein langweiliger Job überhaupt nicht zur Geltung kommen lassen.« Er legte mir seine perfekt manikürten Hände auf die Hüften. »Was sehen meine alten Augen? Ist da etwa eine Taille? Mein Gott, Simon, die Frau hat ihre Figur zurück. Kaum zu fassen. Du siehst aus, als hättest du dir in den letzten Wochen an allen kritischen Stellen Fett absaugen lassen. Wie schön, dich wieder zu sehen, Darling!« Er prostete mir mit seinem Martini zu. (Die Cocktails hatte Simon gemixt, wie üblich. Will durfte nicht mehr an den Shaker, weil er allzu großzügig mit dem Alkohol umging.)

Mit der anderen Hand nahm er den grauschwarzen Wollhut ab, den er schon so lange trug, wie ich denken konnte.

Simon lächelte, erhob ebenfalls das Glas und stieß vorsichtig mit uns an, um nur ja keinen Tropfen des kostbaren Drinks zu verschütten. Ich ließ es etwas schwungvoller angehen und kippte mir dabei natürlich etwas auf die Jeans. Wenn ich allein gewesen wäre, hätte ich das Zeug vermutlich aus dem Stoff rausgelutscht. Ähem.

»So«, sagte Will. »Jetzt ist es also amtlich. Und was hast du als Nächstes vor? Dich journalistisch zu betätigen vielleicht? Für eine Modezeitschrift? Wie ich höre, sind bei der *Vogue* zurzeit ein paar Stellen frei.«

»Ich bitte dich«, seufzte ich. Musste er mir mit diesen Zukunftsfragen unbedingt die Laune vermiesen? »Ich bei der *Vogue*? Glaubst du etwa, ich hätte das nötige Talent und die Qualifikationen, um für diese Chefredakteurin zu arbeiten? Wie heißt die Frau noch gleich?«

Simon meldete sich zu Wort. »Anna Wintour. Und die Antwort lautet nein und nochmals nein.«

»Nein? Wie wäre es dann mit *Harper's Bazaar*?«, fragte Will.

»Ach, Will.« Ich warf einen Blick auf meine leicht lädierten, flachen Pumps. Zwar hatte ich Birkenstocksandalen und brave Rastazöpfchen hinter mir gelassen, aber der Businesslook haftete mir immer noch an.

»Nur nicht jammern, Darling. Du findest schon etwas. Und denk daran, im äußersten Notfall kannst du immer noch bei mir anheuern.« Wills unauffällige Überredungsversuche, ich solle doch in seine Fußstapfen treten, kannte ich schon seit der Highschool. Immer wieder schmierte er mir Honig ums Maul, ich sei ja im Recherchieren und Schreiben das reinste Naturtalent, und es würde ihm ungeheuren Spaß machen, mit mir zusammenzuarbeiten. Meine Eltern hatten sämtliche Schulaufsätze, die je meiner Feder entflossen waren, aufgehoben und Will Kopien davon geschickt. Und als ich an der Uni mit dem

Englischstudium anfing, hatte mich mein Onkel mit einem riesigen Blumenstrauß beschenkt. Auf dem dazugehörigen Kärtchen stand: DER ZUKÜNFTIGEN KOLUMNISTIN IN DER FAMILIE. Er war wirklich überzeugt davon, dass ich es in seiner Branche zu etwas bringen könnte, und bot mir des Öfteren an, mir seine besten Tricks und Kniffe zu verraten. Eigentlich hätte ich auch gar nichts dagegen gehabt. Mich störte bloß, dass seine Kolumnen seit einiger Zeit immer mehr eher erzkonservativen Streitschriften glichen und nicht mehr viel Ähnlichkeit mit den geistreichen Gesellschafts- und Entertainmentkommentaren hatten, an die sich seine getreue Leserschaft über die Jahre gewöhnt hatte. Dass er ein Meister auf seinem Gebiet war, lag daran, dass er nie bloßen Klatsch weiterverbreitete und sich selbst nicht zu wichtig nahm. Ich war selbst einer seiner größten Fans gewesen, bis er vor kurzem eine halbe Seite über die Vereinten Nationen geschrieben hatte, die für ihn »der leibhaftige Teufel« waren. (Eine kurze Zusammenfassung gefällig? »Warum müssen eigentlich in unserem hoch technisierten Zeitalter die Diplomatenhorden der Welt persönlich in New York einfallen? Damit sie uns die letzten Parklücken und die besten Restauranttische wegschnappen können? Um das babylonische Sprachengewirr in dieser Stadt noch zu vergrößern? Sollen sie doch bleiben, wo der Pfeffer wächst, und per E-Mail abstimmen. Warum müssen wir ihretwegen unter endlosen Verkehrsstaus und chaotischen Sicherheitsmaßnahmen leiden, obwohl sowieso kein Mensch auf sie hört? Und wenn sie sich strikt weigern, sich aus ihrer Heimat auf elektronischem Wege zu Wort zu melden, warum verfrachten wir den ganzen UNO-Krempel nicht einfach nach Nebraska? Ob sie dann wohl immer noch so versessen darauf wären, in unser Land zu kommen, um hier die großen Weltverbesserer zu spielen?«) Eigentlich hätte ich gar nichts dagegen gehabt, mich journalistisch zu betätigen, aber so einfach wollte ich es mir dann doch nicht machen. »Hey, du Glückspilz! Dein Onkel ist ein berühmter, erfolgreicher Kolumnist? Und rein zufällig hatte er einen Job für dich?« Ich konnte die Kommentare regelrecht hören. Wills Mitarbeiter wären sicher alles andere als entzückt, wenn ich einfach anmarschiert käme und gleich Artikel schreiben dürfte. Außerdem hatte ich Angst, unser gutes Verhältnis zu gefährden. Will war schließlich nicht nur das einzige Familienmitglied in meiner Nähe, sondern auch ein großartiger Freund, und wenn Penelope erst geheiratet hatte, würde er mein einziger Kontakt zur Außenwelt sein. Deshalb war es wohl nicht besonders ratsam, ihm als Mitarbeiterin den ganzen Tag auf der Pelle zu hocken.

»Wenn man meinem Exboss glauben darf, bin ich bis jetzt noch an allen Idealen gescheitert, die er mir in seinen Zitaten des Tages ans Herz gelegt hat. Und mit so jemandem willst du zusammenarbeiten?«

»Ich bitte dich! Du wärst auf jeden Fall besser als die Jungspunde bei mir im Büro, die sich lieber auf irgendwelchen Kontaktbörsen im Internet tummeln, als Fakten zu recherchieren.« Er schnaubte verächtlich. »Obwohl ich natürlich selbst nicht gerade einer der radikalsten Verfechter einer verbissenen Arbeitsmoral bin. Wie könnte ich sonst jeden Tag einen solchen Käse fabrizieren?« Er leerte sein Martiniglas und erhob sich vom ledernen Diwan. »Aber denk mal darüber nach, ja? Und jetzt kommt. Die Pflicht ruft. Wir müssen auf eine Dinnerparty.«

Ich seufzte. »Okay, aber ich kann nicht bis zum Ende bleiben. Heute Abend trifft sich noch mein Buchclub.«

»Sag bloß, du gehst raus und mischst dich unter Menschen, Darling? Was lest ihr denn gerade?«

Blitzschnell nannte ich ihm den erstbesten seriösen Titel, der mir einfiel. »*Moby Dick.*«

Simon machte große Augen. »Du liest *Moby Dick*? Im Ernst?«

»Ach was«, lachte Will. »Sie liest *Liebe und Leid in Louisiana* oder irgendeine andere Schmonzette. Bist du denn dafür nicht langsam ein bisschen zu alt?«

»Du verstehst das nicht, Will.« Ich drehte mich zu Simon um. »Ich kann es ihm noch so oft erklären, es geht ihm einfach nicht in den Kopf.«

»Was denn? Dass meine hübsche, hochintelligente Nichte mit ihrem Anglistikstudium schmalzige Liebesromane nicht nur liest, sondern regelrecht süchtig danach ist? Du hast Recht, Darling. Das begreife ich wirklich nicht.«

Ich ließ den Kopf hängen und spielte die Zerknirschte. »*Gefährliches Geheimnis* kommt gerade frisch aus der Druckerpresse. Und es wurde mit Spannung erwartet. Daran sieht man mal wieder, dass ich gar nicht so allein auf der Welt bin, wie du immer tust. Bei Amazon ist es eines der meistbestellten Bücher, und die Lieferzeit beträgt drei Wochen!«

Will sah Simon an und schüttelte ungläubig den Kopf. »Aber warum liest du so etwas, Darling? Warum?«

Tja. Warum? Wie sollte ich diese Frage je beantworten? Ich hatte sie mir selbst oft genug gestellt. Eigentlich hatte meine Sucht ganz harmlos angefangen. Die Einstiegsdroge war ein Taschenbuch gewesen, das ich auf dem Flug von Poughkeepsie nach Washington im Netz des Vordersitzes fand: *Süße Sünden*. Ich war dreizehn und damit alt genug, um zu wissen, dass ich mich damit von meinen Eltern lieber nicht erwischen lassen sollte. Also las ich es heimlich. Nach der Ankunft verzog ich mich mit der Ausrede, Halsschmerzen zu haben, in unser Hotelzimmer, um es zu Ende zu lesen, und verpasste so den Protestmarsch der Abtreibungsbefürworter, zu dem wir extra angereist waren. Es dauerte nicht lange, und ich entwickelte einen siebten Sinn für Liebesromane, ob in der Stadtbücherei oder im Supermarkt. Wo sie auch standen, ich fand sie und gab mein gesamtes – mageres – Taschengeld für sie aus. Ich verschlang zwei bis drei davon in der Woche, und weil ich ahnte, dass sie verboten waren, hortete ich sie ganz unten in meinem Wandschrank und las nur nachts darin. Vor dem Einschlafen achtete ich sorgfältig darauf, dass ich sie auch ja wieder in ihr Versteck zurücklegte.

Anfangs waren mir die sinnlich-schwülstigen Bilder auf dem Umschlag noch peinlich, genau wie die überaus anschaulich beschriebenen Sexszenen. Weil meine Eltern auf gar keinen Fall erfahren sollten, dass ich irgendetwas über dieses Thema wusste, vergewisserte ich mich immer erst gründlich, dass ich allein war, bevor ich mich in ein romantisches Abenteuer vertiefte. Erst mit knapp siebzehn bekannte ich mich offen zu meinem Laster. Mein Dad wollte in der Buchhandlung eine Bestellung abholen, und als wir an der Kasse standen, legte ich *Leibwächter der Königin* dazu und sagte beiläufig: »Ich hab mein Portemonnaie vergessen. Zahlst du für mich mit? Zu Hause gebe ich dir das Geld wieder.«

Er hob es mit spitzen Fingern hoch. Seiner Miene nach zu urteilen fand er es in etwa genauso appetitlich wie ein platt gefahrenes Tier von der Landstraße. Dann lachte er. »Lass es gut sein, Bettina. Stell den Schrott da zurück ins Regal, und such dir was Anständiges aus. Ich habe deiner Mutter versprochen, dass wir in zwanzig Minuten wieder zurück sind. Wir haben keine Zeit für deine Scherze.«

Aber ich blieb standhaft. Er bezahlte das Buch, wenn auch nur, um endlich nach Hause zu kommen. Einigermaßen verwundert kam er beim Abendessen noch einmal darauf zurück. »Liest du wirklich solchen Mist?«, fragte er, das Gesicht konzentriert in Falten gelegt.

»Doch, ja«, antwortete ich einsilbig, um mir meine Verlegenheit nicht anmerken zu lassen.

Klappernd fiel Mutter die Gabel aus der Hand. »Nein«, sagte sie so energisch, als ob sie damit das Gegenteil beweisen könnte. »Ausgeschlossen.«

»Do-hoch«, trällerte ich, ein halbherziger Versuch, für bessere Stimmung zu sorgen. »Genau wie fünfzig Millionen andere Leser, Mom. Liebesromane sind entspannend *und* interessant. Man hat Leid, Ekstase und ein Happyend – was will man mehr?« Ich wusste, wovon ich redete, hatte sämtliche Zahlen und Fakten parat. Und die waren beeindruckend. Mit den zweitausend Titeln, die jährlich neu auf den Markt kommen, fährt die Branche einen Umsatz von anderthalb Milliarden Dollar ein. Zwei Fünftel aller amerikanischen Frauen kaufen mindestens einen Liebesroman im Jahr. Mehr als ein Drittel aller belletristischen Neuerscheinungen sind Liebesromane. Erst vor kurzem hatte eine Shakespeare-Forscherin (und Professorin an der Columbia University) gestanden, ein Dutzend solcher »Nackenbeißer und Schmonzetten« verfasst zu haben. Warum sollte ich mich also schämen?

Was ich damals meinen Eltern und an diesem Abend auch Will und Simon verschwieg, war die Tatsache, wie sehr ich diese Romane liebte. Natürlich war es zum Teil auch eine Flucht vor dem Alltag, aber so schlimm, dass ich mein Heil in einer Fantasiewelt hätte suchen müssen, war die Welt andererseits auch wieder nicht. Ich empfand es einfach als inspirierend, vom Schicksal zweier bildschöner Menschen zu lesen, die alle Hindernisse überwanden und einander so sehr liebten, dass sie schließlich ihr Glück fanden. Natürlich waren die Sexszenen auch nicht zu verachten, doch am besten gefiel es mir, dass die Romane immer gut ausgingen. Sie verbreiteten eine derart optimistische Stimmung, dass ich mich sofort auf den nächsten stürzte. Sie waren unterhaltsam und so verlässlich wie ein guter alter Freund, aber vor allem erzählten sie von Liebesbeziehungen, wie ich sie mir – Feminismus, politische Korrektheit und Gleichberechtigung hin oder her – mehr als alles andere erträumte. Ich verglich alle Einzelheiten meines eigenen Lebens mit dem großen Ideal. Ich konnte nicht anders. Ich wollte eine Liebe wie aus dem Märchenbuch. Womit natürlich meine Beziehung zu Cameron – und die meisten anderen Beziehungen zwischen Männern und Frauen im New York von heute – nicht mithalten konnte. Trotzdem gab ich die Hoffnung nicht auf – noch nicht.

Und diese Gefühle sollte ich vor Simon ausbreiten? Besser

nicht. Deshalb nahm ich mich lieber selbst auf die Schippe, wenn mich jemand fragte, warum ich solche Bücher las.

»Ach«, lachte ich, ohne Will oder Simon in die Augen zu sehen. »Es ist bloß eine kleine Jugendsünde, die ich noch nicht ganz abgelegt habe.«

Diese Antwort fand Will besonders komisch. »Eine kleine Jugendsünde? Und dann gehörst du zu einem Buchclub, der nur das eine Ziel verfolgt, dein Lieblingsgenre zu ergründen und zu würdigen?«

Da hatte er Recht. Bis ich den Buchclub fand, war ich mit meinem Hang zum Trivialen überall nur auf Unverständnis gestoßen. Sowohl in der Familie als auch bei meinen Freundinnen auf der Highschool oder am College. Penelope schüttelte bloß den Kopf, wenn sie irgendwo in meiner Wohnung einen Liebesschinken entdeckte (was kein Kunststück war, weil sie überall herumlagen). Ich besaß vierhundert Stück davon, verstaut in Kisten, Schränken und Unterbettkommoden. Das eine oder andere stand sogar im Bücherregal, wenn das Titelbild nicht allzu peinlich war. Obwohl mir längst klar war, dass außer mir noch Millionen anderer Frauen solche Bücher lasen, hatte ich erst vor zwei Jahren in einer Buchhandlung eine Gleichgesinnte kennen gelernt. Ich kam gerade aus dem Büro und wollte mir für den Feierabend einen deftigen Schmöker aussuchen, als mich jemand von hinten ansprach.

»Sie sind nicht allein«, sagte eine weibliche Stimme.

Ich drehte mich um. Vor mir stand eine junge Frau mit einem herzförmigen Gesicht und ungeschminkten rosigen Lippen. Sie war etwa genauso alt wie ich und sah aus wie ein Porzellanpüppchen, so zart gebaut, dass man Angst hatte, sie könnte jeden Augenblick zerbrechen.

»Wie bitte? Meinen Sie mich?« Blitzschnell versteckte ich *Fantasien der Frauen* unter einem dicken Englisch-Griechisch-Lexikon.

Sie nickte und kam einen Schritt näher. »Ich wollte Ihnen

nur sagen, Sie brauchen sich nicht zu schämen. Sie sind nicht allein«, flüsterte sie.

»Wer sagt denn, dass ich mich schäme?«, fragte ich.

Sie warf einen Blick auf den Roman, der noch halb unter dem Wörterbuchwälzer hervorlugte, und zog die Augenbraue hoch.

»Nur, dass Sie es wissen: Ich bin diesen Büchern ebenfalls verfallen. Ich heiße Courtney. Ich habe studiert, bin voll berufstätig und scheue mich nicht davor, mich zu meiner Sucht zu bekennen. Wir sind stark, wir sind viele. Wir treffen uns zweimal im Monat, trinken gemütlich was, quatschen über die Bücher und versichern uns gegenseitig, dass wir nicht spinnen. Teils Buchclub, teils Selbsthilfegruppe.« Sie kramte einen zerknitterten Kassenzettel aus ihrer schicken Schultertasche, schraubte mit den Zähnen einen Montblanc-Füller auf und kritzelte eine Adresse in Soho und eine E-Mail-Adresse darauf.

»Unser nächstes Treffen findet Montagabend statt. Ich lade Sie ein. Wenn Sie noch Fragen haben, können Sie mir gern mailen, aber sehr viel mehr gibt es darüber sowieso nicht zu sagen. Im Moment lesen wir das hier.« Sie hielt es mir unauffällig hin: *Herz in Gefahr*. »Es wäre toll, wenn Sie kommen könnten.«

Dass ich mich tatsächlich eine Woche später in der Wohnung einer wildfremden Frau wiederfand, war vielleicht der beste Beweis für meine unheilbare Sucht nach romantischem Lesestoff. Ich merkte schon bald, dass Courtney mir nicht zu viel versprochen hatte. Die Gruppe bestand ausnahmslos aus intelligenten, coolen, jungen Frauen, alle unterschiedlich, aber alle interessant. Zwei waren Schwestern, Zwillinge, um genau zu sein, die übrigen weder miteinander verwandt noch alte Freundinnen oder Kolleginnen. Alle waren ähnlich zufällig wie ich auf die Gruppe gestoßen. Zu meiner großen Überraschung war ich die Einzige, die sich wenigstens der Familie gegenüber geoutet hatte. Alle anderen hatten es noch nicht gewagt, ihrem Mann, ihren Freundinnen oder Eltern zu beichten, mit welcher Art von Literatur sich der Buchclub beschäftigte. Mittlerweile war ich schon zwei Jahre dabei, und in der ganzen Zeit hatte nur noch eine Frau ihrem Freund ihre Lieblingslektüre offenbart. Mit ihrem Geständnis erntete sie eine solche Ladung an Hohn und Spott, dass sie sofort mit ihm Schluss machte, denn ein Mann, der sie wirklich liebte (wie zum Beispiel der Held eines Liebesromans), hätte sich wegen eines derart harmlosen Zeitvertreibs niemals so gnadenlos über sie lustig gemacht. Wir gingen zusammen durch dick und dünn und hatten schon einiges gemeinsam durchgestanden, berufliche Veränderungen, Hochzeiten und sogar einen Gerichtsprozess. Aber wenn wir uns auf der Straße oder auf einer Party über den Weg liefen, tauschten wir höchstens ein kurzes Hallo und einen vielsagenden Blick aus. Nachdem ich mich schon die ganze Woche auf den heutigen Abend gefreut hatte, konnte auch Will mich nicht überreden, ihn ausfallen zu lassen.

Obwohl wir zügig aufbrachen, waren Simon, Will und ich, als wir an der Ecke 88. Straße und Second Avenue aus dem Wagen stiegen, offensichtlich nicht die ersten Gäste.

»Achtung, aufgepasst!«, konnte Simon gerade noch raunen, als auch schon Elaine persönlich auf uns zugewatschelt kam.

»Ihr seid spät dran!«, raunzte sie. »Mischt euch schon mal unters Volk. Ich bringe euch gleich etwas zu trinken.«

Ich folgte meinen beiden Begleitern in den hinteren Teil des legendären Restaurants und sah mich um. Zwischen den wandhohen Bücherregalen hingen handsignierte Fotografien von Schriftstellern – so ziemlich alles, was im zwanzigsten Jahrhundert überhaupt ein Buch veröffentlicht hatte. Das viele Holz verlieh dem Raum eine familiäre Atmosphäre, und man hätte fast meinen können, dass man sich in irgendeiner gemütlichen Kneipe befand. Aber eben nur fast, denn an dem Tisch, der für zwanzig Personen gedeckt war, hatten sich bereits die ersten Berühmtheiten eingefunden. Ich erkannte den Juristen Alan

Dershowitz, die Chefredakteurin des *New Yorker*, Tina Brown, CNN-Moderator Tucker Carlson, den Schriftsteller Dominick Dunne und die Journalistin und TV-Moderatorin Barbara Walters. Während ich genüsslich an dem Martini nippte, den mir eine Bedienung gebracht hatte, füllten sich die restlichen Plätze allmählich mit einem Haufen bunter Vögel aus Politik und Medienwelt.

Als Will sein Glas auf Charlie Rose erhob, dessen neues Buch wir heute Abend feiern wollten, beugte sich das einzige andere weibliche Wesen unter vierzig zu mir und fragte leise: »Wie hat es dich denn hierher verschlagen?«

»Ich bin Wills Nichte. Er hat mich zwangsverpflichtet.«

Sie schmunzelte und legte mir die Hand auf den Schoß. Im ersten Moment dachte ich, sie wollte mich anbaggern, aber dann wurde mir klar, dass sie mir nur möglichst unauffällig die Hand geben wollte. »Ich bin Kelly. Ich habe diese kleine Dinnerparty für deinen Onkel organisiert, deshalb ist es für mich wohl ebenfalls so eine Art Pflichtveranstaltung.«

»Schön, dich kennen zu lernen«, flüsterte ich. »Ich bin Bette. Ich war vorhin bei Will zu Besuch, und da hat er mich einfach mitgeschleppt. Nette Party.«

»Findest du? Mein Ding ist so was eigentlich nicht, aber für deinen Onkel scheint es genau das Richtige zu sein. Von den Eingeladenen, die zugesagt hatten, sind tatsächlich die meisten erschienen – was sonst fast nie passiert –, und Elaine hat wie immer das Ganze im Griff. Alles in allem bin ich mit dem Ergebnis ziemlich zufrieden. Wenn jetzt noch alle halbwegs nüchtern bleiben, wird es ein perfekter Abend.«

Nachdem die Tischgesellschaft mit der ersten Runde Cocktails kurzen Prozess gemacht hatte, widmete sie sich nun dem Salat. »Wie genau ist das zu verstehen, wenn du sagst, dass du die Party organisiert hast?«, fragte ich, ehrlich gesagt, weniger aus brennendem Interesse, sondern schlicht, um Smalltalk zu machen. Kelly schien es nicht zu bemerken.

»Ich leite eine PR-Agentur.« Sie nippte an ihrem Weißwein. »Wir vertreten die unterschiedlichsten Kunden – Restaurants, Hotels, Boutiquen, Plattenfirmen, Filmstudios, einzelne Prominente. Unsere Aufgabe ist es, ihr Image zu promoten. Das machen wir unter anderem durch unsere Presse- und Medienarbeit, Präsentationen und Produkteinführungen.«

»Und wen vertrittst du hier? Doch nicht etwa Will? Ich wusste gar nicht, dass er eine PR-Beraterin hat.«

»Nein, Charlies Verlag hat mich beauftragt, ein Essen mit herausragenden Medienpersönlichkeiten zu organisieren. Natürlich hat der Verlag auch eine eigene Werbeabteilung, aber um eine Dinnerparty wie die von heute Abend auf die Beine zu stellen, braucht man besondere Beziehungen. Und da komme ich ins Spiel.«

»Verstehe. Und woher kennst du die ganzen Promis?«

Sie lachte. »Dafür habe ich meine Leute, ein ganzes Büro voll. Sie sind nur dazu da, alles zu kennen, was Rang und Namen hat. Bevorzugt Namen. Wir haben sage und schreibe fünfunddreißigtausend potenzielle Ansprechpartner in unserer Datenbank, die wir jederzeit kontaktieren können. Ja, so viel zu uns. Und was machst du beruflich?«

Ich hatte Glück. Während ich noch an einer Notlüge bastelte, wurde Kelly von Elaine in den vorderen Teil des Restaurants gewinkt. Als ich mich Simon zuwandte, der links neben mir saß, bemerkte ich einen Fotografen, der geduckt in der Ecke stand und unauffällig, will heißen ohne Blitzlicht, Aufnahmen machte.

Ich musste an das erste Mediendinner denken, zu dem Will mich mitgenommen hatte. Damals war ich vierzehn und wohnte noch in Poughkeepsie. Eine Party bei Elaine, mit Buchpräsentation, genau wie heute. Ich hatte Simon gefragt: »Ist das nicht abartig, dass wir beim Essen fotografiert werden?«

»Natürlich nicht, Kleines«, hatte er mit einem leisen Lachen geantwortet. »Genau deswegen sind wir doch alle hier.

Die Frage ist doch die: Hat die Party überhaupt stattgefunden, wenn auf den Gesellschaftsseiten kein Foto davon erscheint? Die Publicity, die der Autor und sein Buch hier bekommen, ist mit Geld nicht zu bezahlen. Soweit ich weiß, ist der Fotograf vom *New-York*-Magazin. Wenn er seine Bilder im Kasten hat, kommt sofort der nächste. Zumindest hoffen das alle.«

An jenem Abend erteilte mir Will meine erste Lektion in Sachen gepflegter Konversation. Solange man nicht vergisst, dass es den meisten Menschen herzlich gleichgültig ist, was man sagt oder denkt, ist kein großes Geheimnis dahinter. Man nimmt einfach seinen rechten Tischnachbarn ins Visier und bombardiert ihn mit Fragen. Vorausgesetzt, man heuchelt ein gewisses Interesse, kann man fragen, was man will, und wenn sich eine peinliche Gesprächspause ergibt, überbrückt man sie einfach mit noch mehr Fragen. Nach jahrelangem Training war ich inzwischen so geübt, dass ich mit fast jedem Gesprächspartner eine Unterhaltung führen konnte. Aber an diesem Abend hatte ich genauso wenig Spaß daran wie als Teenager. Deshalb verabschiedete ich mich nach dem Salat und machte mich aus dem Staub.

Ich fuhr mit der U-Bahn zu Alex ins East Village, wo sich der Buchclub heute traf. Unterwegs hörte ich auf meinem iPod »In My Dreams« von REO Speedwagon. Als ich am Astor Place ausstieg, wurde ich von einer zierlichen Frau angerempelt, die wie eine Bibliothekarin aussah, mich aber wie eine gelernte Eishockeyspielerin beiseite schubste. Auf meine ernst gemeinte Entschuldigung (dass ich nichtswürdiger Wurm ihr in den Weg getreten war) wirbelte sie wie eine Furie herum und schnauzte mich mit verkniffener Miene an: »*ENTSCHULDIGUNG??* KÖNNEN SIE AUF DEM BÜRGERSTEIG NICHT RECHTS GEHEN, WIE ES SICH GEHÖRT?« Dann stapfte sie schimpfend davon. Klare Sache: Die Frau hatte ein paar *Heiße Nächte* bitter nötig.

Bis in Alex' Einzimmerwohnung war es ein mörderischer

Aufstieg. Sie wohnte über einer chinesischen Wäscherei, im sechsten Stock – ohne Aufzug. Sie war Künstlerin, stets von Kopf bis Fuß in Schwarz gekleidet, mit ständig neuen Haarfarben und einem kleinen Gesichtspiercing, das abwechselnd von der Lippe zur Nase und von der Nase zur Augenbraue wanderte. Eine East-Village-Künstlerin mit einem leidenschaftlichen Hang zu Liebesromanen. Von uns allen hatte sie eindeutig am meisten zu verlieren, falls ihr Bekanntenkreis von ihrer heimlichen Passion erfuhr. Wenn jemand aus der Nachbarschaft wissen wollte, was wir bei ihr zu suchen hatten, sollten wir antworten, wir wären eine Selbsthilfegruppe für anonyme Sexsüchtige. Darauf ich, verwundert: »Du gibst lieber zu, dass du sexsüchtig bist, als dass du Frauenromane liest?« Darauf sie, wie aus der Pistole geschossen: »Und ob! Süchtig sein ist cool. Alle kreativen Leute sind süchtig.« Also taten wir ihr den Gefallen.

Alex, die in ihrer abgewetzten Lederhose und dem verwaschenen T-Shirt noch punkiger aussah als sonst, drückte mir zur Begrüßung erst mal einen Drink in die Hand. Ich pflanzte mich damit auf ihr Bett und wartete auf die anderen, während sie noch sechs, sieben Lagen Wimperntusche auftrug. Janie und Jill, die Zwillinge, trudelten als Nächste ein. Sie waren Anfang dreißig. Janie ging wieder zur Uni und machte einen Promotionsstudiengang in Architektur. Jill arbeitete bei einer Werbeagentur. Den verpönten Schmonzetten waren sie schon als kleine Mädchen verfallen, seit sie sich heimlich welche von ihrer Mutter ausgeborgt und nachts unter der Bettdecke geschmökert hatten. Bald nach ihnen kreuzte Courtney auf, stellvertretende Chefredakteurin von *Teen People*, die mich damals in der Buchhandlung angesprochen hatte. Die Arme war gleich doppelt geschlagen. Nicht genug damit, dass sie leidenschaftlich gern Schnulzen las, sie wurde auch noch von einem inneren Drang getrieben, selbst welche zu schreiben. Als Letzte kam Vika, halb Schwedin, halb Französin, die einen hinreißenden

Akzent hatte und an einer noblen Privatschule als Erzieherin arbeitete. Wir waren wirklich ein bunt gemischtes Trüppchen.

»Also dann, bevor wir loslegen: Gibt es irgendwelche Neuigkeiten?«, fragte Jill, während wir anderen noch mit unseren sirupsüßen Drinks beschäftigt waren. Sie führte immer die Regie und versuchte dafür zu sorgen, dass wir beim Thema blieben, ein hoffnungsloses Unterfangen, weil unsere Treffen eher etwas von Therapiesitzungen als von literaturwissenschaftlichen Diskussionen an sich hatten.

»Ich habe gekündigt«, erklärte ich fröhlich und erhob meinen stillosen roten Plastikbecher.

»Na, dann Prost!«, riefen die anderen und stießen mit mir an.

»Wurde aber auch langsam Zeit, dass du die Brocken hinschmeißt«, sagte Janie.

Vika war ebenfalls dieser Meinung: »Ja, ja, err wird dir nischt fehlen, dein Boss, stimmt?«

»Stimmt genau. Aaron wird mir garantiert nicht fehlen.«

Courtney schwenkte ihren zweiten Drink und sagte: »Aber was sollen wir denn jetzt ohne die Zitate des Tages machen? Oder kann sie dir vielleicht jemand mailen?«

Schon vom zweiten Treffen an hatte ich die Gruppe regelmäßig an Aarons gesammelten Weisheiten teilhaben lassen. Ich versorgte sie mit den Höhepunkten der vergangenen Wochen und trug sie, mit einem begleitenden Kommentar versehen, laut vor. Die Mädels kringelten sich vor Lachen. Bald revanchierten sie sich mit eigenen Zitaten, mit fiesen, sarkastischen oder gehässigen Sprüchen, die ich Aaron bei Bedarf um die Ohren hauen sollte.

»Da fällt mir was ein.« Ich zog einen Computerausdruck aus meiner Tasche. »Das hier kam drei Tage vor meiner Kündigung. Ausgesprochen erbaulich und kaum noch zu überbieten: ›Teamwork heißt: weniger ich, mehr wir.‹ Ist das nicht scharfsinnig, meine Damen?«

»Wow.« Janie seufzte. »Ich danke dir sehr für dieses geflügelte Wort. Ich werde es mir auf jeden Fall zu Herzen nehmen. Genau, was ich im Leben brauche: weniger ich, mehr wir.«

»Geht mir auch so«, sagte Alex. »Und das Zitat passt klasse zu einem Spruch, der mir erst letztens untergekommen ist. Er stammt von unserem Freund Gore Vidal und lautet: ›Jedes Mal wenn ein Freund von mir Erfolg hat, stirbt etwas in mir.‹«

Während wir noch lachten, meldete sich Janie zu Wort. Sie hatte uns ebenfalls etwas mitzuteilen. »Wo wir gerade über unsere Chefs lästern … Ich, äh, ich hatte einen Zwischenfall mit dem meinigen.«

»Einen Zwischenfall?«, fragte Jill. »Davon hast du mir ja gar nichts erzählt.«

»Es ist erst gestern Abend passiert. Du hast schon geschlafen, als ich nach Hause gekommen bin, und heute haben wir uns den ganzen Tag noch nicht gesehen.«

»'ört, 'ört «, sagte Vika und zog die Augenbrauen hoch. »Was fürr ein Zwischenfall?«

»Na ja, wir hatten ein kleines Techtelmechtel«, antwortete sie mit einem scheuen Lächeln.

»Wie bitte?«, sagte beziehungsweise kreischte Jill. Sie starrte ihre Schwester mit einem Blick an, in dem sich Ent- und Begeisterung zu gleichen Teilen mischten. »Was ist passiert?«

»Na ja, er hat mich zum Essen eingeladen, nachdem wir einen Auftrag an Land gezogen hatten. Es gab Sushi und Drinks …«

»Und dann?«, half ich nach.

»Gab es noch mehr Drinks. Und dann? Peng – liege ich nackt auf seiner Couch.«

»Ach du grüne Neune!« Jill schüttelte den Kopf.

Janie sah sie an. »Reg dich nicht auf. Es war nichts Besonderes dabei.«

»Aber deiner Karriere wird das bestimmt nicht sehr förderlich sein.«

»Du weißt eben nicht, welche Talente ich auf manchen Gebieten habe.« Janie schmunzelte schelmisch.

»Hast du mit ihm geschlafen?«, fragte Alex aufgeregt. »Bitte, sag ja. Das wäre die absolute Krönung des Abends. Die Investmentbankerin Bette kündigt aus heiterem Himmel ihren Job, und du schiebst eine Nummer mit deinem Boss. Dann hätte ich endlich das Gefühl, dass unsere Treffen nicht umsonst waren.«

»Ich weiß bloß nicht so recht, ob das wirklich als eine Nummer durchgeht«, sagte Janie.

»Was zum Geier soll denn das wieder heißen?«, fragte Alex. »Entweder ihr hattet Sex, oder ihr hattet keinen.«

»Also, wenn er nicht mein Boss wäre, würde es wahrscheinlich überhaupt nicht zählen. Ein paarmal rein und raus, und das war's schon. Nichts Weltbewegendes.«

»So viel habe ich in zwei Jahren nicht mehr auf die Reihe gekriegt«, sagte ich.

»Das ist ja alles höchst interessant. Ich würde zu gern wissen, wie viele Kerle noch in die Kategorie ›nicht weltbewegend‹ fallen. Janie? Hast du noch mehr auf Lager?«, fragte Courtney. Alex kam mit sechs randvollen Schnapsgläsern auf einem Tablett aus der Kochnische.

»Vergesst *Heiße Nächte* mit letztlich nicht so weltbewegenden Boys. Die richtig heißen Girls sind doch alle hier«, sagte sie, teilte den Schnaps aus, und dann ging die Post ab.

5

Die nächsten drei Wochen rannen ähnlich träge dahin wie mein erster Monat als Arbeitslose. Es gab nur einen Wermutstropfen, der mir das süße Nichtstun vermieste: die täglichen Kontrollanrufe von Will und meinen Eltern. Sie liefen immer nach dem gleichen Schema ab. Hier ein Beispiel:

Mom: Hi, Spatz. Na, hat sich schon was getan?
Ich: Hi, Mom. Nein, bin immer noch am Klinkenputzen. Ein paar Angebote sehen vielversprechend aus, aber das Richtige war noch nicht dabei. Wie geht es euch?
Mom: Uns geht es gut, Schatz. Wir machen uns nur Sorgen um dich. Erinnerst du dich noch an Mrs. Adelman? Ihre Tochter ist bei Earth Watch für Spendenaufrufe und Sponsoren zuständig, und sie hat gesagt, du kannst sie jederzeit anrufen. Sie suchen immer engagierte, qualifizierte Leute.
Ich: Hm, das klingt gut. Ich kümmere mich darum. (Schnell auf CBS rübergezappt, wo gerade die Talkshow von Oprah Winfrey anfängt.) Ich mach' jetzt lieber Schluss, muss noch ein paar Bewerbungen schreiben.
Mom: Bewerbungen? Aber natürlich. Da will ich dich nicht länger aufhalten. Viel Glück, Schatz. Du findest sicher bald was.

Abgesehen von den sieben quälend langen Minuten, in denen ich tagtäglich beteuern musste, dass es mir gut ging, dass sich die Jobsuche bestens anließ und dass ich bestimmt bald etwas finden würde, genoss ich meine Freiheit in vollen Zügen. Ich hatte *Der Preis ist heiß*, ich hatte Millington und eine ganze Wohnung voller Liebesromane. Während ich gemütlich im Internet surfte, mir selten, aber hin und wieder doch ein Jobangebot ausdruckte und noch seltener eine Bewerbung losschickte, futterte ich mich tütenweise durch Chips und Bonbons. Wenn ich eines nicht war, dann deprimiert. Oder doch? Es war schwer zu sagen, weil ich kaum mehr einen Fuß vor die Tür setzte und mich ansonsten praktisch nur noch mit Überlegungen beschäftigte, wie ich meinen derzeitigen Lebensstil aufrechterhalten konnte, ohne jemals wieder arbeiten gehen zu müssen. Immer wieder hört man Leute sagen: »Ich war nur eine Woche ohne Beschäftigung, aber ich dachte, ich gehe die Wände hoch! Ich bin einfach ein Mensch, der produktiv sein muss, der seinen Beitrag leisten will, verstehen Sie?« Nein, das verstand ich nicht. Sicher, um meine Finanzen stand es nicht zum Besten, aber früher oder später würde sich schon etwas ergeben, und wenn nicht, konnte ich im Notfall immer noch Will und Simon um Hilfe bitten. Wozu sich Sorgen machen, wenn ich meine Zeit viel sinnvoller verbringen konnte, indem ich mir die Ratgebersendung von Dr. Phil ansah, wo ich so viele wertvolle Lektionen fürs Leben lernte?

Zehn Minuten am Tag gingen für die Expedition zum Briefkasten drauf. Obwohl die Post nachmittags um zwei kam, konnte ich mich meist erst am späten Abend aufraffen, sie zu holen. Raus aus dem Fahrstuhl, eine Hand voll Rechnungen und Kataloge geschnappt, wieder rein in den Fahrstuhl. Dreizehnter Stock! Als ich mich wegen der Unglückszahl nicht recht hatte entscheiden können, ob ich die Wohnung überhaupt besichtigen sollte, hatte der Makler mit spöttischer Herablassung reagiert: »Dann glauben Sie wahrscheinlich auch an Astrologie, was? Bei dem Preis werden Sie sich doch um so einen Humbug nicht scheren, noch dazu bei einer Wohnung mit Klimaanlage!« Anscheinend war es in New York üblich, sich von Leuten, denen man für Dienstleistungen gutes Geld in den Rachen schmiss, obendrein auch noch beleidigen lassen zu müssen. Prompt hatte ich eine Entschuldigung gestammelt und den Vertrag unterschrieben.

Heute machte ich besonders fette Beute: Die neueste *In Touch* lag im Briefkasten, so prall gefüllt mit Klatsch und Tratsch aus der Welt der Schönen und Reichen, dass ich damit locker eine ganze Stunde totschlagen konnte. Wieder oben angekommen, sah ich mich forschend nach überlebenden Kakerlaken um und ließ dann ergeben Millingtons hysterische Begrüßung über mich ergehen. Weil sie jeden Tag fest davon ausging, dass ich sie endgültig im Stich gelassen hatte, empfing sich mich bei meiner Rückkehr jedes Mal mit einer derart aberwitzigen Show aus Schniefen, Schnaufen, Schnuppern, Schnüffeln und Schwanzwedeln – sowie dem einen oder anderen Pfützchen –, dass es mich nicht gewundert hätte, wenn sie irgendwann vor Aufregung tot umgefallen wäre.

Ich dachte an das halbe Dutzend Hundeerziehungsratgeber, die der Züchter uns »für den Notfall« mitgegeben hatte, ignorierte tapfer Millingtons Sperenzchen, ließ Tasche und Mantel irgendwo fallen und bewegte mich gemächlich rüber zur Couch. Kaum hatte ich mich hingesetzt, sprang sie auf meinen Schoß, richtete sich zu voller Zwergengröße auf und ließ mich in den Genuss der rituellen Gesichtswaschung kommen. Dann hörte das Küsschengeben auf, und der Niesanfall begann. Erst prustete sie mir voll auf den Hals, und als ob das noch nicht reichte, versprühte sie auch noch eine richtig schöne Ladung auf meinen Rock.

»Braves Mädchen«, sagte ich tröstend, obwohl ich ein ziemlich schlechtes Gewissen hatte, weil ich das arme Tierchen, das am ganzen Leib zitterte, mit ausgestreckten Armen von mir weghielt. Aber die Wiederholung von *Newlyweds: Nick & Jessica* hatte gerade angefangen, und so eine Niesattacke konnte gut und gerne ihre zehn Minuten dauern. Erst vor kurzem hatte ich mir die Schwachheit abgewöhnt, immer an meinen Exfreund Cameron zu denken, wenn ich Millington ansah. Ein kleiner, aber nicht zu verachtender Fortschritt.

Ungefähr zwei Jahre nach dem College hatte Penelope mich auf einer von Averys Grillpartys mit Cameron verkuppelt. Ob es am Glanz seiner braunen Haare lag oder an dem knackigen Po in seiner Khakihose, weiß ich auch nicht. Auf jeden Fall war ich hin und weg von ihm, so hin und weg zumindest, dass ich überhörte, wie er dauernd mit irgendwelchen berühmten Leuten angab, die er kannte, und übersah, dass er nach jedem Essen unappetitlich in seinen Zähnen pulte. Ich war bis über beide Ohren verliebt in ihn, jedenfalls eine Zeit lang. Er schwärmte von Aktien und Börsengeschäften, von seiner glücklichen Privatschulzeit, von Wochenendtrips in die Hamptons und nach Palm Beach. Für mich war er so eine Art soziologisches Versuchsobjekt – in freier Wildbahn gar nicht mal so selten anzutreffen, aber trotzdem höchst fremdartig und faszinierend, und ich konnte einfach nicht genug von ihm kriegen. Natürlich war die ganze Sache von Anfang an zum Scheitern verurteilt – seine Eltern gehörten zu den oberen Zehntausend, meine zur linken Sponti- und Aktivistenszene und waren sogar schon mal vom FBI bespitzelt worden. Aber seit ich in der Bank arbeitete und mir dazu auch noch einen Oberschnösel von Freund mit ausgeprägten Reiche-Leute-Allüren angelacht hatte, glaubten mir meine Eltern allmählich doch, dass ich mein Leben nicht Greenpeace widmen würde. Als uns beiden nach einem Jahr zur gleichen Zeit eine Mieterhöhung ins Haus flatterte, zogen wir zusammen. Genau sechs Monate dauerte es, bis wir merkten, dass wir, abgesehen von der Wohnung, den Jobs in der Finanzbranche und Freunden wie Avery und Penelope, keinerlei Gemeinsamkeiten hatten. Also taten wir das, was alle Paare tun, in deren Beziehung es kriselt: Wir suchten uns etwas, was uns enger miteinander verbinden sollte. Oder zumindest etwas, worüber wir uns unterhalten konnten. Sonst redeten wir eher wenig und über nicht besonders prickelnde Themen. Zum Beispiel, wer von uns an der Reihe war, den Vermieter anzurufen und ihm eine neue Klobrille aus dem Kreuz zu leiern. Jedenfalls entschieden wir uns für einen Yorkshireterrier, stolze vier Pfund Hund, das Pfund zu stolzen achthundert Dollar, wie Cameron mir mit schöner Regelmäßigkeit vorrechnete. Ich hätte ihm den Hals umdrehen können, als er zum x-ten Mal den Kommentar abließ, er hätte schon Vorspeisen auf dem Teller gehabt, die mehr auf die Waage brachten als unsere neue Hausgenossin. Schließlich war die Idee mit dem Hundekauf auf seinem Mist gewachsen. Und das, obwohl ich gegen alles allergisch war, was ein Fell hatte, egal, ob lebendig oder ausgestopft, ob Tier oder Pelzmantel. Aber auch von diesem Argument hatte er sich nicht erschüttern lassen.

»Cameron, du weißt doch, wie ich auf Hunde reagiere. Ich habe keine Ahnung, warum du mir – oder dir – das antun willst.« Dabei dachte ich besonders an ein Winterwochenende in den Adirondacks zurück, das Wochenende, an dem ich seine Eltern kennen gelernt hatte. In ihrem Feriendomizil hätte sich auch ein englischer Landjunker heimisch gefühlt: ein echtes, prasselndes Feuer im offenen Kamin – keine Gasflammen mit Fernbedienung! Keine Holzscheite aus dem Baumarkt! –, Gastgeber und Gastgeberin in schottisch karierten Hausanzügen, auf Schränken und Tischen dekorative Holzenten im Landhausstil, eine Getränkeauswahl wie in einem Herrenclub und zwei große, tapsige Golden-Retriever-Welpen. Ich nieste und triefte und schniefte, bis Camerons dauerbeschwipste Mutter (»Trinken Sie noch ein Gläschen Sherry, Kind. Altes Hausmittel.«) die ersten auffällig unauffälligen Bemerkungen darüber fallen ließ, ob meine Beschwerden wohl ansteckend wären, und sein schwer betüterter Vater tatsächlich seinen Gin Tonic wegstellte und mir anbot, mich in die Notaufnahme zu fahren.

»Keine Bange, Bette. Ich habe mich genau erkundigt. Der Hund, den ich gefunden habe, ist perfekt für uns.« Dabei setzte er eine derart selbstgefällige Miene auf, dass ich im Stillen schon die Tage zählte, bis unser gemeinsamer Mietvertrag auslief. Einhundertundsiebzig. Ich konnte mich kaum noch daran erinnern, wieso es überhaupt einmal zwischen uns hatte funken können und was vor der frostigen Funkstille gewesen war, die unser Verhältnis inzwischen prägte. Ein wenig unterbelichtet war er schon immer gewesen; darüber konnten auch die besten Privatschulen kaum hinwegtäuschen. Dass er süß aussah, stand fest, frisch und knackig wie aus einem Katalog für Unterwäsche, und er wusste genau, wie und wann er seinen Charme anknipsen musste. Aber sonst? War es zwischen uns einfach immer irgendwie locker gelaufen: Wir hatten die gleichen Freunde, waren beide Kettenraucher, jammerten gern über Gott und die Welt und besaßen zwei fast identische lachsfarbene Hosen. Hätte man aus Cameron und mir einen guten Liebesroman machen können? Nein, vermutlich nicht. Aber in den ersten Jahren nach dem College hatte mir diese laue, lauwarme Version einer Beziehung völlig ausgereicht.

»Ich glaub dir ja gern, dass es ein ganz besonderer Hund ist, Cameron«, sagte ich so langsam, als ob ich es mit einem begriffsstutzigen Drittklässler zu tun hätte. »Das Problem ist bloß, dass ich allergisch bin. Und zwar gegen Hunde. Gegen Hunde im Allgemeinen und im Besonderen. Das verstehst du doch, oder?« Ich lächelte lieb.

Er ließ sich durch meinen herablassenden Ton nicht aus der Ruhe bringen. Ich war beeindruckt. Er schien es tatsächlich ernst zu meinen. »Ich habe herumtelefoniert und ein bisschen recherchiert, und jetzt hab ich ihn gefunden: den – einen Tusch, bitte! – den hypoallergenen Hund. Komm, sprich es mir nach, hy-po-al-ler-gen.« Er grinste.

»Einen hypoallergenen Hund? Sag bloß, so was kann man züchten? Das Letzte, was ich in meinem Leben brauche, ist eine mutierte Töle, die mich auf dem schnellsten Weg ins Krankenhaus befördert. Du spinnst wohl.«

»Aber Bette. Er wäre das ideale Haustier. Der Züchter hat mir versichert, dass man auf diese Hunde keine Allergien bekommen kann, weil sie kein Fell haben, sondern richtige Haare. Du wärst immun dagegen. Ich habe für Samstag einen Termin vereinbart, damit wir uns einen aussuchen können. Bis dahin reserviert er uns mindestens ein Männchen und ein Weibchen, damit wir die Wahl haben.«

»Ich muss arbeiten«, sagte ich wenig begeistert. Mir war klar, dass unsere Beziehung die Verantwortung für ein weiteres Familienmitglied nie und nimmer aushalten würde. Vielleicht wäre es am besten gewesen, sofort Schluss zu machen, aber wie will man im Dezember eine neue Wohnung finden und noch dazu eine, die so groß und preiswert war? Und Hunde sind natürlich auch was Süßes und bringen einen auf andere Gedanken. Also ließ ich mich breitschlagen. »Na schön. Dann gehe ich eben am Sonntag ins Büro, damit wir deinen antiallergischen Hund abholen können.«

Er umarmte mich und fing begeistert an zu erzählen, dass er vorhatte, einen Wagen zu mieten und in der Nähe des Züchters vielleicht noch ein paar Antiquitätenläden abzuklappern. (Und das von dem Knaben, der auf mich eingeredet hatte wie auf ein krankes Pferd, damit er nur ja seinen alten Sitzsack behalten konnte, als wir zusammengezogen waren?) Womöglich war die mutierte Töle ja doch die Lösung für all unsere Probleme.

Irrtum.

Ein großer, grober, grotesker Irrtum.

Na ja, das ist vielleicht ein kleines bisschen übertrieben. Natürlich löste der Hund kein einziges Problem. (Wen wundert's?) Aber in einem behielt Cameron doch Recht. Millington war tatsächlich hypoallergen. Ich konnte sie auf den Arm nehmen, mit ihr schmusen und mir von ihrem Bart die Nase kitzeln lassen, ohne dass es mich irgendwo juckte. Bloß war sie leider selbst allergisch. Und zwar auf ALLES. Als sie sich in der Küche des Züchters an ihre Geschwister schmiegte, fanden wir ihr Niesen noch niedlich. Putzig. Das einzige Weibchen im ganzen Wurf hatte einen Schnupfen, und wir durften sie wieder gesund pflegen. Aber der Schnupfen ging nicht weg, und Millington hörte nicht auf zu niesen. Nachdem wir sie drei Wochen lang rund um die Uhr betütelt hatten – Cameron half brav mit, das muss ich ihm lassen –, ging es unserer kleinen Knutschkugel immer noch nicht besser, obwohl uns ihre Behandlung inzwischen um fast dreitausend Dollar ärmer gemacht hatte: Tierarztrechnungen, Antibiotika, Diätfutter und zwei Besuche in der Notaufnahme der Tierklinik, als sie nachts so heftig keuchte und schnaufte, dass wir Angst hatten, sie würde ersticken. Wir vernachlässigten unsere Arbeit, lagen uns ständig in den Haaren und plünderten unsere Konten. Unsere Gehälter reichten kaum aus, um die Kosten für den Hund zu decken. Die endgültige Diagnose? »Reagiert stark auf die meisten Allergie auslösenden Stoffe im Haushalt wie Staub, Schmutz, Pollen, Reinigungssprays, Spül- und Waschmittel, Farben, Parfüme und Haare anderer Tiere.«

Es war schon eine Ironie des Schicksals: Mir, der Königin von Allergistan, hatte man einen Hund zugeschanzt, der auf absolut alles allergisch reagierte. Vielleicht hätte ich darüber sogar lachen können, wenn Cameron, Millington und ich in den ersten drei Wochen jeweils mehr als vier Stunden Schlaf am Stück bekommen hätten, aber das hatten wir nicht. Deshalb fand ich die Sache ganz und gar nicht lustig. In der ersten Nacht der vierten schlaflosen Woche fragte ich mich, was wohl andere Leute in unserer Situation tun würden. Ein vernünftiges Paar in einer funktionierenden Beziehung würde das Tier dem Züchter zurückgeben, sich einen ausgedehnten Urlaub in sonnigen Gefilden gönnen und über das Abenteuer mit dem hyperallergischen Hund, das mit der Zeit zur netten Erinnerung und zur witzigen Partyanekdote verblassen würde, nur noch hin und wieder leise schmunzeln. Und was tat ich? Ich heuerte eine Reinigungsfirma an und ließ jedes Haar, jeden Schmutzkrümel, jedes Staubkörnchen entfernen, damit der Hund atmen konnte. Und ich setzte Cameron vor die Tür. Acht Monate später erfuhr ich von Penelope, dass er sich mit seiner neuen Freundin verlobt hatte. Auf einem Golfplatz in Schottland. Im Kilt! Sie wollten nach Florida ziehen, wo die Eltern der Braut eine kleine, aber feine Insel besaßen. Damit war der Fall Cameron für mich erledigt: Klappe zu, Affe tot. Zwei Jahre später hatte Millington gelernt, den Geruch von Waschmittel zu ertragen, Cameron begoss die Geburt seines ersten Kindes mit dem familienüblichen Gin Tonic, und ich durfte mich jeden Abend auf die stürmische Begrüßung durch meine Hausgenossin freuen und die Pfützchen aufwischen, die ihr vor Begeisterung über meine Rückkehr entflossen. Jedem das Seinige.

Als Millington endlich aufgehört hatte zu niesen, rollte sie sich neben mir auf der Couch zusammen und schlief ein. Der kleine Körper, der sich an mein Bein schmiegte, hob und senkte sich im Rhythmus ihres Atems. Nach den *Newlyweds* stieß ich beim Zappen auf eine extralange Sondersendung von *Schwuler Blick macht Heteros schick*. Carson durchforstete die Garderobe eines Heteros mit einer Küchenzange und bedachte die einzelnen Teile mit Kommentaren wie: »Eindeutig Gap 87.« Beim Anblick meines Kleiderschranks hätte er wohl ebenso angewidert reagiert. Ich war schließlich eine Frau und hätte, wenn ich mich mal in Schale werfen wollte, mehr zu bieten haben müssen als ein paar Anne-Taylor-Kostüme von der Stange, eine mickrige Service-Jeans und eine Hand voll Tops.

Kurz nach elf klingelte das Telefon. Ich wartete vorsichtshalber erst mal ab, bis die Nummer das Anrufers auf dem Display erschien. Onkel Will. Abnehmen oder nicht, das war hier die Frage. An den Abenden, wenn er seine Kolumnen abliefern musste, rief er immer zu den sonderbarsten Zeiten an, aber ich war so erschöpft vom süßen Nichtstun, dass ich mich nicht gleich aufraffen konnte, mit ihm zu sprechen. Doch da nahm mir zum Glück schon der Anrufbeantworter die Entscheidung ab.

»Ach, Bette. Nun nimm schon ab«, knurrte Will. »Ich finde, diese Anruferkennung ist die reinste Beleidigung. Du könntest wenigstens den Anstand haben, mich mitten im Gespräch abzuwimmeln. Auf ein Display schauen und einfach nicht rangehen, das kann jeder. Aber wer etwas auf sich hält, stellt sich der realen Situation und serviert sein Gegenüber mit ein paar wohlgesetzten Worten ab. Das nenne ich eine Leistung.« Er seufzte. Ich musste lachen.

»Entschuldige, entschuldige. Ich war unter der Dusche«, flunkerte ich.

»Aber gewiss, Darling. Unter der Dusche, um elf Uhr abends. Du wolltest sicher gleich noch ausgehen, stimmt's?«, spottete er.

»Wäre das so undenkbar? Ich war doch neulich erst auf der Piste. Penelopes Party, weißt du noch? Bungalow 8? Der einzige Mensch in der westlichen Hemisphäre, der diesen Club nicht kannte? Klingelt da was bei dir?« Ich biss in meinen Slim Jim. Ich ernährte mich praktisch von diesen Würstchen, seit ich entdeckt hatte, wie entsetzt meine Eltern waren, dass sie mir schmeckten.

»Das ist schon so lange her, dass ich mich kaum noch daran erinnern kann«, sagte er nachdenklich. »Hör mal, Darling. Ich rufe nicht an, um an dir herumzumäkeln, auch wenn es mir unbegreiflich ist, dass eine attraktive junge Frau wie du um elf Uhr an einem Donnerstagabend allein zu Hause hockt, irgendwelche wurstähnlichen Produkte in sich hineinstopft und sich mit einem hündischen Fünfpfünder unterhält. Das soll mich jetzt nicht kümmern. Aber ich hatte gerade eine geniale Idee. Hast du eine Minute Zeit?«

Wir prusteten beide ins Telefon. Wenn ich eines hatte, dann Zeit. »Du liegst mächtig falsch, Mr. Superkolumnist. Ich unterhalte mich mit einem hündischen Vierpfünder.«

»Jetzt hör mir mal zu, Bette. Ich weiß selbst nicht, warum ich nicht schon früher darauf gekommen bin. Wahrscheinlich war ich blind und taub. Aber jetzt verrate mir doch mal, wie du Kelly fandest.«

»Kelly? Was für eine Kelly?«

»Die junge Frau, die auf der Dinnerparty bei Elaine neben dir gesessen hat. Wie fandest du sie?«

»Sie war sehr nett. Wieso?«

»*Wieso?* Darling, ich glaube, deine Gehirnzellen sterben langsam ab. Was würdest du davon halten, für Kelly zu arbeiten?«

»Häh? Wer arbeitet für Kelly? Tut mir Leid, im Moment habe ich die totale Mattscheibe.«

»Okay, Bette. Dann noch einmal ganz langsam von vorn, Schritt für Schritt für die geistig Minderbemittelten unter uns. Da du zurzeit erwerbslos bist und dich für meinen Geschmack schon zu sehr an das Nichtstun gewöhnt hast, dachte ich mir, es wäre eine gute Idee, wenn du für Kelly arbeiten würdest.«

»Partys organisieren?«

»Darling, sie macht viel mehr, als nur Partys zu organisieren. Sie hält Kontakt zu Clubbesitzern, sie füttert die Klatschkolumnisten mit den neuesten Horrorstorys über anderer Leute Klienten, damit sie dann nur Gutes über ihre eigenen Klienten schreiben, sie verschickt Geschenke an VIPs, damit sie zu ihren Veranstaltungen kommen und die Presse anlocken. Sie geht jeden Abend aus und macht immer eine gute Figur. Ja, je länger ich darüber nachdenke, desto überzeugter bin ich, dass du in eine Eventagentur passen würdest. Wie klingt das?«

»Ich weiß nicht«, sagte ich. »Mir schwebte eher etwas anderes vor, etwas …«

»Sinnvolles?«, half er mir auf die Sprünge. So verächtlich,

wie er es aussprach, hätte er genauso gut »Schwachsinniges« sagen können.

»Ja, genau. Trotzdem natürlich etwas anderes als das, was meine Eltern machen«, murmelte ich. »Aber morgen habe ich ein Vorstellungsgespräch bei ›Essen auf Rädern‹. Nur, um mal etwas anderes kennen zu lernen.«

Er antwortete nicht gleich, und ich wusste, dass er seine nächsten Worte sorgfältig abwog. »Darling, das hört sich natürlich wunderbar an. Wie schön, dass es immer noch Leute gibt, die die Welt verbessern wollen. Trotzdem will ich nicht versäumen, dich darauf hinzuweisen, dass du, wenn du in Sachen Karriere tatsächlich in die genannte Richtung steuerst, Gefahr läufst, wieder zur Patschulifraktion überzulaufen. Das wäre gewiss nicht in deinem Sinne.«

Ich seufzte. »Gewiss nicht, nein. Es klang nur so interessant.«

»Ich will beileibe nicht behaupten, dass die Planung von Partys ebenso erfüllend ist wie das Engagement für Menschen in Not, aber bestimmt um einiges amüsanter. Und das ist kein Verbrechen, Darling. Kellys Firma ist noch jung, aber mit Sicherheit eine der besten – ein handverlesener, imponierender Kundenstamm und unübertroffen, wenn es darum geht, möglichst viele seichte und egozentrische Personen kennen zu lernen. Außerdem könntest du dann endlich wieder aus dem Schneckenhaus heraus, in das du dich verkrochen hast. Was meinst du?«

»Ich weiß nicht. Kann ich es mir überlegen?«

»Aber natürlich, Darling. Ich gebe dir genau dreißig Minuten, um das Für und Wider eines Jobs abzuwägen, bei dem du dir deine Brötchen mit Partybesuchen verdienen kannst. Ich bin zuversichtlich, dass du die richtige Entscheidung treffen wirst.« Er legte auf, ohne meine Antwort abzuwarten.

An diesem Abend konnte ich lange nicht einschlafen und verbrachte den gesamten folgenden Tag mit Zögern und Zaudern. Ich spielte mit den jungen Hunden in der Zoohandlung an der Ecke, legte einen Boxenstopp in Dylan's Candy Bar ein und stellte meine gesamten Taschenbücher in alphabetischer Reihenfolge auf. Zugegeben, ich war neugierig, was für Aufgaben der Job in der Agentur mit sich bringen würde. Er hatte etwas, was mich ansprach, nämlich die Chance, unter Leute zu kommen und nicht den ganzen Tag am Schreibtisch zu versauern. Und nach fünf Jahren in der Bank hatte ich auch gelernt, mindestens fünf Sachen gleichzeitig zu erledigen. Und nachdem Will mich nun schon seit Ewigkeiten von Event zu Event schleppte, beherrschte ich die Kunst, mich mit jedem Menschen über jedes Thema zu unterhalten, aus dem Effeff. Wenn ich auch manchmal innerlich vor Langeweile wegdöste, spiegelte ich doch nach außen hin nichts als gebanntes Interesse. Zwar fühlte ich mich oft ein bisschen fehl am Platz, aber dann schaltete ich mein Mundwerk einfach auf Dauerbetrieb, bis mein Gegenüber glaubte, dass ich auf dem gesellschaftlichen Parkett die Souveränität in Person war. Hinzu kam, dass der Gedanke, noch ein paar Stapel Lebensläufe auszudrucken und bei potenziellen Arbeitgebern um ein Vorstellungsgespräch zu betteln, um einiges unattraktiver war als der, Partys zu organisieren. Nachdem auch noch mein Kontostand gerade den absoluten Nullpunkt unterschritten hatte, klang die Idee mit der PR-Agentur wie ein wahr gewordener Traum.

Ich rief Will an.

»Einverstanden. Aber ich muss Kelly vorher noch fragen, was der Job genau beinhaltet. Gibst du mir ihre E-Mail-Adresse?«

Will schnaubte. »Ihre *was*?« Für einen Mann, der sich sogar gegen die Anschaffung eines Anrufbeantworters wehrte, kam ein Computer gleich zweimal nicht in Frage. Er hämmerte seine Kolumnen in eine klapprige Schreibmaschine und ließ sie von einer Assistentin in die vorgeschriebene elektronische Form bringen. Wenn es ans Bearbeiten ging, baute er sich hinter ihr auf und tippte mit dem Finger auf den Bildschirm, um ihr zu zeigen, wo sie etwas löschen beziehungsweise einfügen sollte.

»Die Computeradresse, an die ich ihr einen elektronischen Brief schicken kann«, erläuterte ich.

»Du bist göttlich, Bette. Wirklich. Wozu brauchst du denn so was? Ich sage ihr, dass sie dich anrufen soll, damit ihr einen Antrittstermin vereinbaren könnt.«

»Ist das nicht ein bisschen voreilig, Will? Vielleicht sollte ich ihr erst mal meinen Lebenslauf schicken. Und wenn er ihr gefällt, werden wir schon sehen, wie es weitergeht. So läuft das nämlich normalerweise ab in der realen Welt.«

»Ja, das ist mir auch schon zu Ohren gekommen«, antwortete er. »Wenn du mich fragst, die reinste Zeitverschwendung. Du wärst die ideale Kandidatin für den Job, weil du aus der Bankbranche alle nötigen Fähigkeiten mitbringst – Detailversessenheit, Ordnungsmanie, Terminfetischismus. Und dir kann ich nur noch einmal sagen, dass sie eine tolle Frau ist. Sie war nämlich früher meine Assistentin. Ich rufe sie schnell an und sage ihr, wie glücklich sie sich schätzen kann, dass sie dich gefunden hat. Damit bist du ein für alle Mal aus dem Schneider, Schatz.«

»Sie war deine Assistentin? Das wusste ich nicht«, sagte ich. Wie alt Kelly wohl sein mochte?

»Doch, doch. Sie hat gleich nach dem Studium bei mir angefangen. Ihr Vater hatte bei mir noch einen Gefallen gut. Kelly einzustellen war die beste Entscheidung meines Lebens. Sie war klug, hoch motiviert und hat mir Ordnung beigebracht. Dafür habe ich sie im Journalistischen angelernt. Sie war hinterher noch eine Zeit lang bei *People*, und dann ist sie in die PR-Branche gewechselt. Sie würde dich mit offenen Armen aufnehmen. Glaub mir.«

»Okay«, sagte ich zögernd. »Wie du meinst.«

»Ich meine nicht, ich weiß, Darling. Betrachte die Sache als erledigt. Ich sage ihr, sie soll dich anrufen, damit ihr die Einzelheiten besprechen könnt, aber ich sehe da eigentlich keinerlei Probleme. Sorg du nur dafür, dass du deine Garderobe ausmistest und alles ausrangierst, was sich Kostüm nennt oder wie ein solches aussieht. Dann ist alles im Lot.«

6

Als ich, wie ausgemacht, an meinem ersten Arbeitstag um Punkt neun antanzte, holte Kelly mich selbst unten am Empfang ab. Sie umarmte mich, als wäre ich eine uralte Freundin, die sie seit Ewigkeiten nicht gesehen hatte.

»Wir freuen uns ja so, dich bei uns zu haben, Bette!«, hauchte sie und warf dabei einen verstohlenen Blick auf mein Outfit. Ihr Gesichtsausdruck war nicht akut panisch, eher hoffnungslos verzweifelt, aber dann setzte sie entschlossen ein strahlendes Lächeln auf und zog mich mit sich zum Aufzug.

Ich war zwar – kluges Kind! – nicht im Kostüm aufgekreuzt, aber erst als ich sah, was die anderen Mitarbeiter von Kelly & Company trugen, wurde mir klar, was für einen Fehlgriff ich mir trotzdem geleistet hatte. Mein Verständnis von lässigem Schick (grauschwarze Umschlaghose, hellblaues Oxford-Hemd und schlichte, flache Schuhe) war ein bisschen anders als das der übrigen Belegschaft. Das Büro, ein großzügiger Raum mit einer wandhohen Fensterfront und einer Aussicht bis hinunter zur Wall Street und hinüber bis nach New Jersey, wirkte fast so luftig wie ein Loft. Um einen großen runden Tisch hatte sich ein halbes Dutzend Leute versammelt, allesamt blendende Erscheinungen und von Kopf bis Fuß in Schwarz gewandet. Die dürrste der offensichtlich unterernährten jungen Frauen rief Kelly zu: »Die Gesellschaftsseite auf Leitung zwei. Sie wollen einen Kommentar über die neuesten Hochzeitstrends.« Kelly bot mir einen Platz an, fasste sich ans Ohr und rückte ihr kleines Headset zurecht. Im nächsten Augenblick begrüßte sie jemanden mit großem Hallo und vielen Komplimenten, während sie vor dem Fenster auf und ab ging. Ich setzte mich neben die Hungerkünstlerin. Als ich mich ihr vorstellen wollte, reckte sie mir ihren Zeigefinger entgegen, ein deutliches Zeichen, dass ich warten sollte. Erst jetzt fiel mir auf, dass alle am Tisch gleichzeitig redeten, wenn auch nicht miteinander. Jeder hatte einen kleinen Knopf im Ohr. Schon in wenigen Wochen würde ich mich selbst so sehr an das Telefonieren mit einem Freisprechhandy gewöhnt haben, dass ich mir ohne meinen kleinen Mann im Ohr komplett nackt – ja, regelrecht entblößt – vorkam. Aber bei meiner ersten Begegnung mit Kellys Team fand ich es einfach nur komisch. Die junge Frau nickte ein paarmal ernst mit dem Kopf, warf mir einen Blick zu und murmelte etwas Unverständliches. Höflich drehte ich mich zur Seite. Ob hier wohl heute noch irgendeiner mit mir sprechen würde?

»Hallo? Hallo? Wie war noch gleich der Name?«, hörte ich sie fragen, während ich mir schon einmal den Rest der Truppe ansah. Der Anteil der Männer und Frauen hielt sich die Waage, und das Gleiche galt für ihr geradezu unverschämt attraktives Äußeres. Meine Augen wurden immer größer. Plötzlich tippte mich jemand auf den Rücken.

»He«, sagte die Superdürre. »Wie heißt du?«

»Ich?«, fragte ich blöde, in der Annahme, sie hätte noch wen in der Leitung.

Sie lachte. Kein besonders nettes Lachen. »Meinst du vielleicht, hier ist sonst noch jemand, den ich nicht kenne? Ich bin Elisa.« Sie gab mir die Hand, die eiskalt und sehr, sehr dünn war. An ihrem knochigen Ringfinger schlackerte ein Diamantring.

»Ach, so. Hi. Ich bin Bette Robinson«, antwortete ich nach einer kleinen Schrecksekunde. »Ich fange heute an.«

»Ja, schon gehört. Also dann: Willkommen an Bord. Während Kelly telefoniert, was bestimmt noch eine Weile dauert, kann ich dich ja schon mal den andern vorstellen.« Sie schlang ihr welliges, rotblondes Haar zu einem fransigen Knoten und fasste es von unten mit einer Haarklemme. Ein paar Strähnen, die sich lösten, strich sie sich elegant hinters Ohr. Sie betastete den Knoten, um sich zu vergewissern, dass er auch ja richtig – das heißt: zerzaust genug – saß. Das alles wirkte so lässig cool, dass ich fast neidisch wurde. Den krönenden Abschluss bildete eine riesige schwarze Sonnenbrille, die die ganze Frisurenpracht zusammenhielt. Wie an den silbernen Gs auf den Bügeln – sogar für einen Modemuffel wie mich – unschwer zu erkennen war, handelte es sich um ein Modell von Gucci. Ich hätte dieser Verschönerungszeremonie noch stundenlang zuschauen können, so souverän und anmutig lief sie ab.

Elisa stand auf, ging um den Tisch herum und schaltete dreimal hintereinander das Licht ein und aus. Sofort erhob sich ringsum ein Chor von Entschuldigungen: Man habe soeben auf der anderen Leitung einen lebenswichtigen Anruf bekommen und werde sich, wenn es recht sei, in ein paar Minuten wieder melden. Fast gleichzeitig fassten sechs manikürte Hände an sechs Ohren und nahmen sechs Headsets ab. Ohne ein Wort sagen zu müssen, hatte sich Elisa die ungeteilte Aufmerksamkeit des ganzen Büros gesichert.

»Hallo, Leute. Das ist Bette Robinson. Sie wird hauptsächlich mit Leo und mir zusammenarbeiten, also macht ihr das Leben nicht so schwer, okay?«

Alle nickten.

»Hi«, brachte ich mit krächzender Stimme heraus.

»Das ist Skye«, sagte Elisa und deutete auf eine zappelige junge Frau in einem engen, langärmligen schwarzen T-Shirt, einem fünf Zentimeter breiten Ledergürtel mit einer riesigen, strassbesetzten Schnalle über dunkelblauen Jeans und den fantastischsten Cowboystiefeln, die ich je gesehen hatte. Sie trug eine ultrajungenhafte Kurzhaarfrisur, die ihre kurvenreiche, durch und durch feminine Figur nur noch mehr betonte. Am liebsten hätte ich sie nur bewundernd angestarrt, aber ich riss mich zusammen und rang mir ein Hallo ab. Skye erwiderte meinen Gruß mit einem unergründlichen Lächeln. »Skye arbeitet momentan an dem Auftrag für Kooba-Handtaschen«, erläuterte Elisa, bevor sie mit dem nackten Finger auf den nächsten schick angezogenen Menschen deutete. »Das ist Leo, er schmeißt den Laden zusammen mit mir – und ab jetzt auch noch mit dir«, fügte sie in einem Ton hinzu, den ich nicht ganz einordnen konnte.

»Hi. Schön, dich kennen zu lernen«, sagte Leo, stand auf und gab mir ein Küsschen auf die Wange. »Man freut sich doch immer über ein neues hübsches Gesicht im Büro.« Dann drehte er sich wieder zu Elisa um: »Tut mir Leid, aber ich muss los. Ich bin mit diesem Typen von Diesel-Jeans zum Frühstück verabredet. Sagst du Kelly Bescheid?« Sie nickte. Er schlang sich seinen Rucksack über die Schulter und lief zur Tür.

»Davide, sag Bette hallo«, befahl Elisa dem letzten Mann, der noch am Tisch saß. Mit seinen von dichten Wimpern umrahmten, dunklen Augen spähte er düster unter einer üppig schwarzen Mähne hervor. Er fuhr sich mit den Fingern durchs Haar und starrte mich an. Nach ein paar quälend langen Sekunden ließ er sich zu einem höchst dubios klingenden »Allo« herab.

»Hi, Davide«, sagte ich. »Was ist denn das für ein toller Akzent?«

»Italienisch natürlich, was für eine Frage«, antwortete Elisa an seiner Stelle. »Hörst du das nicht?«

Schlagartig wurde mir klar, dass zwischen Elisa und Davide etwas lief – man konnte das elektrische Knistern fast spüren. Ich klopfte mir selbst auf die Schulter: Bravo, du Superhirn. Klasse zusammengereimt. Aber bevor ich noch weiter über meine Klugheit ins Schwärmen geraten konnte, sank Elisa auf Davides Schoß, schlang die Arme um seinen Hals wie ein kleines Mädchen, das seinen Daddy herzte, und küsste ihn – ganz untöchterlich – voll auf den Mund.

»Also echt, Elisa. Könntet ihr uns bitte mit euren Liebesbekundungen verschonen?«, stöhnte Skye und verdrehte die Augen. »Schlimm genug, dass wir uns vorstellen müssen, wie ihr in eurer Freizeit Sex habt, aber wir wollen es uns nicht auch noch vorführen lassen, okay?«

Mit einem tiefen Seufzer erhob Elisa sich wieder von Davide, der zum Abschied noch schnell ihre linke Brust tätschelte. Ich versuchte mir vorzustellen, wie im Konferenzraum bei UBS zwei Mitarbeiter derart zur Sache gingen, und hätte um ein Haar laut losgeprustet.

»Okay. Also«, fuhr sie ungerührt fort, als ob die kleine Grapscheinlage nie passiert wäre. »Skye, Leo und Davide sind die Ansprechpartner für die aktuellen Projekte. Die drei da drüben…« Sie zeigte auf zwei Blondinen und eine Brünette, die hochkonzentriert vor ihren PowerBook-Laptops saßen. »…sind die LISTEN-Girls und dafür verantwortlich, dass wir über jeden, den wir für einen Event brauchen könnten, alle nur denkbaren Informationen zur Verfügung haben. Kennst du den Spruch, dass es wirklich nur ein paar Leute auf der Welt gibt, die man unbedingt kennen muss? Unsere LISTEN-Girls kennen sie alle.«

»Mmm, aha«, sagte ich, obwohl ich keinen Schimmer hatte, wovon sie eigentlich redete. »Logo.«

Drei Stunden später hatte ich das Gefühl, schon drei Monate bei Kelly & Company zu arbeiten. Während des Meetings hingen alle lässig in den Stühlen, nuckelten Cola Light und Fiji-Wasser und redeten über die Party, die sie für Candace Bushnells neues Buch schmeißen würden. Skye ging eine Checkliste durch, während die anderen sie mit den neuesten Infos über die Rückmeldungen der Eingeladenen, das Menü, die Positionierung der Fotografen und die Journalistenbetreuung versorgten. Anschließend ließ Kelly von einem der LISTEN-Girls die aktuelle Zusagenliste verlesen, als sei es das Wort Gottes. Jeder Name wurde mit einem Nicken, Seufzen, Lächeln, Murmeln,

Kopfschütteln oder Augenaufschlag kommentiert. Ich selbst kannte höchstens eine Hand voll davon: Nicole Richie. Karenna Gore Schiff. Natalie Portman. Gisele Bündchen. Kate und Andy Spade. Bret Easton Ellis. Rande Gerber. Die Crew von *Sex and the City*, sämtliche Darsteller und sonstige Mitarbeiter. Nicken, Seufzen, Lächeln, Murmeln, Kopfschütteln, Augenaufschlag. So ging es fast drei Stunden am Stück. Als endlich die Vor- und Nachteile jedes einzelnen Gastes bis ins letzte Detail durchgehechelt waren – ob überhaupt und wenn ja, dann in welcher Form die Party und damit auch die Berichterstattung in den Medien von seinem Auftritt profitieren würde – war ich geschaffter als nach jedem Gespräch mit Mrs. Kaufman. Ich konnte gar nicht schnell genug ja sagen, als Elisa mich um zwei Uhr fragte, ob ich Lust hätte, auf einen Kaffee mitzukommen.

Draußen rauchten wir erst mal eine. Plötzlich überkam mich eine nostalgische Sehnsucht nach Penelope und unserem mittäglichen Teller Falafel vor dem UBS-Gebäude. Auf dem Weg zum Café gönnte Elisa mir die ersten Blicke hinter die Kulissen von Kelly & Company. Wer den Laden in Wahrheit schmiss (sie), wer den Laden am liebsten schmeißen würde (alle anderen). Ich besann mich auf meine altbewährte Konversationstechnik und bombardierte sie mit Fragen. Die Antworten ließ ich an mir vorüberrauschen. Erst als wir an einem Ecktisch Platz genommen hatten – Elisa trank ihren Kaffee natürlich entkoffeiniert und schwarz –, drang wieder etwas von dem, was sie sagte, zu mir durch.

»O Gott! Ich werd nicht mehr! Siehst du, was ich sehe?«, zischelte sie.

Ich folgte ihrem Blick bis zu einer hoch gewachsenen Frau, die stinknormale Jeans und einen langweiligen Blazer trug. Sie hatte mittelbraune Haare und eine mittelprächtige Figur. Die totale Durchschnittsfrau. So aufgeregt, wie Elisa sich gebärdete, musste sie eigentlich eine Prominente sein, aber mir kam sie nicht im Mindesten bekannt vor.

»Wieso? Wer ist denn das?«, fragte ich. Wir steckten verschwörerisch die Köpfe zusammen. Obwohl es mich in Wahrheit nicht die Bohne interessierte, konnte es nicht schaden, wenigstens so zu tun.

»Nicht wer, *was*!«, flüsterte sie erregt, ohne die Frau auch nur für eine Sekunde aus den Augen zu lassen.

»Wie, *was*?« Ich stand komplett auf dem Schlauch.

»Was soll das heißen, was? Machst du *Witze*? Siehst du sie denn nicht? Brauchst du eine Brille?« Ich dachte, sie wollte sich über mich lustig machen, aber nein. Sie holte tatsächlich eine Nickelbrille aus ihrer überdimensionalen Handtasche. »Da, aufsetzen. Und jetzt guck noch mal hin.«

Ich starrte und starrte, aber ich verstand nach wie vor nur Bahnhof. Als Elisa es nicht mehr aushielt, beugte sie sich vor und sagte: »Ihre Tasche! Ein Traum! Hast du so was schon mal gesehen?«

Die Frau hatte ihre Handtasche über dem Arm, während sie sich einen Kaffee bestellte. Als es ans Zahlen ging, stellte sie sie auf die Theke, kramte ihre Geldbörse heraus und hängte sie sich wieder über den Arm. Elisa stöhnte. Für mich sah das Ding bloß wie eine ganz gewöhnliche Handtasche aus, nur größer.

»O Gott! Das halte ich nicht aus. Ich fass es nicht – eine Crocodile Birkin. Die seltenste von allen.«

»Eine was?«, fragte ich. Natürlich hätte ich so tun können, als ob ich genau im Bilde wäre, aber dazu war ich nach meiner Rückkehr ins Reich der Berufstätigen viel zu kaputt.

Sie sah mich nachdenklich an. Den fassungslosen Blick hätte sie sich patentieren lassen können. »Du hast echt keinen Schimmer, was?«

Ich schüttelte den Kopf.

Sie holte tief Luft, stärkte sich mit einem Schluck Kaffee und legte mir die Hand auf den Arm, als ob sie sagen wollte: *Hör gut zu. Was ich dir jetzt anvertraue, ist die einzige Information, die du in deinem ganzen Leben brauchen wirst.* »Du hast doch schon einmal etwas von Hermès gehört, oder?«

Ich nickte. Sie wirkte sichtlich erleichtert. »Natürlich. Mein Onkel trägt Krawatten von denen.«

»Gut, schön. Aber viel wichtiger als die Hermès-Krawatten sind die Hermès-Handtaschen. Ihr erster grandioser Erfolg war das Modell Grace, benannt nach Grace Kelly, die eine besaß. Aber die Krönung der gesamten Kollektion – ungefähr tausendmal prestigeträchtiger – ist die Birkin.«

Sie musterte mich gespannt, und ich murmelte: »Hm, edles Stück. Sehr schöne Tasche.«

Elisa seufzte. »Das kannst du laut sagen. Für die Crocodile Birkin muss man um die zwanzig Riesen hinblättern. Und sie ist jeden Cent wert.«

Ich schnappte nach Luft – und kriegte sie prompt in die falsche Röhre. »Wie viel? Das glaub ich nicht. Unmöglich! So viel Geld für eine Tasche?«

»Das ist keine *Tasche*, Bette, das ist ein *Lebensstil.* Und ich würde dir das Geld cash auf die Kralle hinblättern, wenn ich bloß eine ergattern könnte.«

»Ich kann mir nicht vorstellen, dass sich die Leute darum prügeln, so viel Geld für eine Tasche ausgeben zu dürfen«, sagte ich. Was mir, zu meiner Verteidigung sei's gesagt, in diesem Moment extrem logisch vorkam. Wie hätte ich schließlich ahnen sollen, dass ich mich damit als ahnungsloses Dummchen entlarvte? Doch zum Glück klärte Elisa mich auf.

»Meine Güte, Bette. Du hast echt keinen blassen Schimmer, oder? Ich hätte es nicht für möglich gehalten, dass es noch einen Menschen auf diesem Planeten gibt, der nicht wenigstens auf der Warteliste für eine Birkin steht. Wenn du dich sofort anmeldest, kannst du mit ein bisschen Glück vielleicht eines Tages deiner Tochter eine schenken.«

»Meiner Tochter? Eine Tasche für zwanzigtausend Dollar? Du willst mich wohl auf den Arm nehmen.«

Das war nun endgültig zu viel für Elisa. Sie sackte vornüber und legte den Kopf auf den Tisch. »Nein, nein, nein«, stöhnte sie, wie von tiefster Pein ergriffen. »Kapier's doch endlich. Das ist keine Tasche, es ist eine fundamentale Aussage. Eine Lebenseinstellung. Die Essenz der Frau als Frau. Ihre *Daseinsberechtigung.*«

Ich lachte, das war mir nun wirklich zu melodramatisch. Da fuhr sie erbost in die Höhe.

»Ich hatte mal eine Freundin, die furchtbar an Depressionen litt, nachdem ihre Großmutter gestorben und ihre dreijährige Beziehung in die Brüche gegangen war. Sie konnte nicht essen, nicht schlafen, sie konnte morgens nicht mal mehr aufstehen. Sie verlor ihren Job, weil sie jeden Tag zu spät ins Büro kam. Sie hatte riesige Tränensäcke unter den Augen. Wollte keinen Menschen sehen. Ging nicht ans Telefon. Als sie mich nach Monaten endlich wieder in ihre Wohnung gelassen hat, gestand sie mir, dass sie am liebsten Selbstmord begehen würde.«

»Die Ärmste«, murmelte ich. Irgendwie hatte ich bei dem abrupten Themenwechsel den Faden verloren.

»Ja, es war schlimm. Aber weißt du, warum sie sich zuletzt doch wieder berappelt hat? Auf dem Weg zu ihr hatte ich kurz auf einen Sprung bei Hermès reingeschaut und mir ein Wartelistenupdate geben lassen... nur für den Fall der Fälle. Und weißt du was? Ich konnte ihr berichten, dass sie nur noch achtzehn Monate von einer Birkin entfernt war. Nicht zu glauben. Nur achtzehn Monate!«

»Und wie hat sie reagiert?«, fragte ich.

»Was denkst du denn? Sie war außer sich vor Freude! Als sie das letzte Mal nachgefragt hatte, waren es noch fünf Jahre gewesen. Aber in der Zwischenzeit waren neue Näherinnen eingestellt worden, und die Wartezeit hatte sich auf anderthalb Jahre verkürzt. Sie war wie verwandelt. Ist unter die Dusche gesprungen und mit mir essen gegangen. Das war vor sechs Monaten. Inzwischen hat sie ihre Stelle wieder und einen neuen

Freund. Verstehst du nicht? Die Birkin hat ihr ihren Lebenswillen zurückgegeben! Man kann sich nicht umbringen, wenn eine Birkin zum Greifen nah ist. Das geht einfach nicht.«

Ich sah sie an. Ob sie mich nicht doch veräppeln wollte? Wollte sie nicht. Sie strahlte, und ihre Augen leuchteten. Sie wirkte wie beseelt, wie beflügelt, ihr Leben bis zur Neige auszukosten. Ich dankte ihr, dass sie mich über die Bedeutung der Birkin aufgeklärt hatte, und fragte mich, in was für eine Welt ich mit dem neuen Job eigentlich hineingeraten war. Mit der des Investmentbankings war sie jedenfalls nicht zu vergleichen. Ich hatte eindeutig noch viel zu lernen.

7

Ich hatte meinen vierten Tag als Partyplanerin bei Kelly & Company hinter mir. Es war Abend, halb acht, und an dem Zeitungskiosk bei mir vor dem Haus gab es nur noch eine einzige *Daily News* mit Wills Kolumne. Seit ich das Alphabet beherrschte, las ich »Volkes Will(e)« jede Woche, doch ich hatte mich irgendwie nie aufschwingen können, die Zeitung auch zu abonnieren, in der sie erschien. Natürlich behielt ich Will gegenüber meine Meinung für mich, dass sie allmählich zur Bühne eines notorisch miesepetrigen Querulanten verkommen war, aber es fiel mir immer schwerer, mir einen Kommentar zu verkneifen.

»'n Abend, Bette! Tolle Kolumne heute, wenn ich das sagen darf!«, rief Seamus, der Portier, während er mir die Tür aufhielt. Leicht angeheitert wedelte er mit der Zeitung. »Ihr Onkel trifft aber auch jedes Mal den Nagel auf den Kopf!«

»Ja? Ist sie gut? Ich hab sie noch nicht gelesen.« Ich beeilte mich, an ihm vorbeizukommen.

»Gut ist gar kein Ausdruck. Sie ist fantastisch! Endlich mal einer, der kapiert, was Sache ist. Wer sich über Hillary Clinton lustig machen kann, ist ein Freund von mir! Ich dachte schon, ich wäre der einzige Mensch in ganz New York, der George W. gewählt hat, aber nein, bin ich nicht, wenn ich Ihrem Onkel glauben darf.«

»Hm. Da könnten Sie Recht haben.« Ich steuerte schnurstracks den Fahrstuhl an, aber er musste noch eine Bemerkung nachschieben.

»Kommt er Sie demnächst mal wieder besuchen? Ich würde es ihm zu gern persönlich sagen, dass ich große Stücke auf ihn halte.«

»Ich gebe Ihnen auf jeden Fall Bescheid«, rief ich, während sich gnädig die Fahrstuhltür hinter mir schloss. Kopfschüttelnd dachte ich daran, wie begeistert Seamus gewesen war, als er bei Wills erstem und bislang einzigem Besuch bei der Anmeldung seinen Namen erkannt hatte. Ich fand es erschreckend, dass Wills Fangemeinde aus Leuten wie ihm bestand.

Millington führte wahre Freudentänze auf, als ich die Tür aufschloss. Seit ich wieder regelmäßig arbeitete, begrüßte sie mich noch stürmischer als sonst. Ich kraulte ihr schuldbewusst den Kopf. Die Arme. Ihr Auslauf musste heute leider ausfallen. Als sie einsah, dass sie das Haus an diesem Abend nicht mehr verlassen würde, trollte sie sich brav auf ihr Hundeklo. Dann setzte sie sich zu mir auf die Couch, um mit mir zusammen Wills aktuelle Wütereien zu lesen.

Ich hatte es mir gerade mit meiner Speisekartensammlung gemütlich gemacht, um mir etwas zum Essen zu bestellen, als mein Handy losbrummte. Es wanderte auf der Tischplatte herum wie ein Aufziehspielzeug. Eigentlich musste ich rangehen. Es war nämlich ein Firmenhandy, das, genau wie meine neuen Kollegen, anscheinend nie zur Ruhe kam. Ich war die letzten drei Abende nicht zu Hause gewesen, weil ich irgendwelche Events besuchen musste. Dabei war ich Kelly keine Sekunde von der Seite gewichen, während sie Beratungsgespräche mit Klienten führte, lahme Barkeeper feuerte, Promis bauchpinselte und Presseausweise ausstellte. Die Arbeitszeit war noch schlimmer als in der Bank – ein ganzer Tag im Büro gefolgt von einer ganzen Nacht auf der Piste –, aber wenigstens war ich im Büro unter lauter jungen, hübschen Leuten, und wenn man sich schon fünfzehn Stunden am Tag mit einem einzigen Thema beschäftigen musste, dann doch lieber mit DJs oder Champagnercocktails als mit diversifizierten Portfolios.

SMS!, leuchtete es auf meinem Farbdisplay auf. SMS? Ich hatte noch nie eine bekommen oder selbst geschrieben. Ich zögerte kurz, aber dann drückte ich doch auf »Lesen«.

8ung din @9? cip dwntn w.broad. bd

Huch! Was war das denn? Eine kryptische Einladung zum Dinner, so viel stand fest, aber wo und mit wem? Der einzige Hinweis, die Spur, die zum Absender führte, war eine Nummer, die ich nicht kannte. Als ich sie wählte, meldete sich sofort eine atemlose Frauenstimme.

»Hi, Bette! Alles klar? Bist du dabei?«, sagte sie. Und schon verflüchtigte sich meine leise Hoffnung, dass sich der Anrufer nur verwählt hatte.

»Äh, hi. 'tschuldigung, aber wer ist da, bitte?«

»Bette! Ich bin's, Elisa. Falls du dich erinnerst. Wir arbeiten seit einer Woche rund um die Uhr zusammen. Die ganze Mannschaft geht nachher noch feiern, dass wir die Candace-Party glücklich hinter uns haben. Die üblichen Verdächtigen. Wir sehen uns um neun?«

Eigentlich war ich mit Penelope im Black Door verabredet, weil ich sie während meines Arbeitslosenwinterschlafs kaum zu Gesicht bekommen hatte. Aber die erste Einladung meiner neuen Kollegen konnte ich auch nicht gut ausschlagen.

»Klar, sicher. Klingt klasse. Wie hieß das Restaurant noch mal?«

»Cipriano Downtown.« So wie sie sich anhörte, war sie leicht fassungslos, dass ich das nicht sofort aus ihren SMS-Kürzeln herausgelesen hatte. »Das kennst du doch bestimmt?«

»Aber ja. Ein toller Laden. Wäre es okay, wenn ich eine Freundin mitbringe? Ich hatte heute Abend nämlich schon was vor und …«

»Dann klappt es also! Bis später. Und bring sie ruhig mit!«, krähte sie und legte auf.

Ich klappte mein Handy zu und tat das, was jeder New Yorker als Erstes tut, wenn er von einem Restaurant erfährt, von dem er noch nie etwas gehört hat: Ich schlug es im *Zagat* nach. Einundzwanzig Punkte für das Essen, zwanzig für das Ambiente und immerhin noch satte achtzehn für den Service. Und es war auch kein Name, der nur aus einem einzigen harmlos klingenden Wörtchen bestand wie zum Beispiel Rocco, Butter oder Lotus, bei dem man fast unter Garantie einen besonders misslungenen Abend erwarten konnte. Es ließ sich also alles recht vielversprechend an.

> »Sehen oder gesehen werden« – eine Alternative, die sich nicht stellt bei diesem Norditaliener in SoHo, wo sich die »Bussigesellschaft« der Eurobabes trifft, um an dem einen oder anderen Salatblättchen zu knabbern. Dabei ist die »kreative« Küche erstaunlich gut. Zwar kann man sich dort als Einheimischer wie ein »Fremder im eigenen Land« vorkommen, aber die hohe Punktezahl spricht für sich.

Okay, dann also auf zur Eurobabe-Nacht. Was auch immer das heißen mochte. Kaum war die eine Entscheidung gefallen, baute sich schon die nächste drohend vor mir auf. Was sollte ich anziehen? Elisa und der Rest der Truppe erschienen abwechselnd in schwarzen Hosen, schwarzen Röcken oder schwarzen Kleidern im Büro, ein Rezept, an das man sich wohl gefahrlos halten konnte. Ich rief Penelope in der Bank an.

»Hi, ich bin's. Wie geht's?«

»Frag nicht. Du kannst von Glück sagen, dass du dieser Knochenmühle entronnen bist. Braucht Kelly vielleicht noch Verstärkung?«

»Schön wär's. Aber sag mal – was hältst du davon, wenn du heute Abend alle kennen lernst?«

»Alle?«

»Na ja, nicht alle, nur meine engsten Kollegen. Ich weiß,

dass wir schon andere Pläne hatten, aber weil wir doch immer ins Black Door gehen, dachte ich mir, es wäre vielleicht mal eine nette Abwechslung, mit ihnen essen zu gehen. Hast du Lust?«

»Klar.« Sie klang todmüde. »Avery zieht nachher noch mit ein paar alten Freunden aus der Highschool um die Häuser, da wollte ich wirklich nicht mit. Aber ein Abendessen hört sich gut an. Wo soll es denn steigen?«

»Cipriani Downtown. Warst du da schon mal?«

»Nein, aber meine Mutter redet von nichts anderem mehr. Sie liegt mir ständig in den Ohren, dass ich es mal ausprobieren soll.«

»Langsam krieg ich die Krise: Deine Mutter und mein Onkel kennen jeden angesagten Laden in der Stadt, und wir zwei Hübschen? Null Ahnung von nix.«

»Wem sagst du das?«, seufzte sie. »Avery ist genauso – er kennt alles und jeden. Mich interessiert das alles nicht. Ich finde es schon anstrengend genug, einfach nur zu funktionieren. Aber heute Abend hätte ich Lust. Ich würde gern Leute kennen lernen, die davon leben, dass sie Partys organisieren. Und das Essen soll echt spitze sein.«

»Na, damit werden sie meine Leutchen nicht vom Hocker reißen. Ich war diese Woche vierzig Stunden lang mit Elisa zusammen, aber ich habe sie nie einen Bissen essen sehen. Anscheinend ernährt sie sich ausschließlich von Zigaretten und Cola Light.«

»Die Diät der Powerfrauen, hm? Toll. So viel Engagement für den Job kann man nur bewundern«, seufzte Penelope. »Ich mache in ein paar Minuten Feierabend. Sollen wir uns nachher ein Taxi teilen?«

»Klasse Idee. Ich hol dich kurz vor neun an der Ecke 14. und Fifth ab. Wenn ich ins Taxi steige, gebe ich dir kurz Bescheid«, sagte ich.

»Super. Ich warte dann unten. Bis gleich.«

Ich pirschte mich an den Kleiderschrank heran. Nach ein paar An- und Ausziehübungen entschied ich mich für eine enge schwarze Hose und ein schlichtes schwarzes Top. Ich grub ein paar halbwegs anständige Stöckelschuhe aus, die ich bei einem Einkaufsbummel in SoHo erstanden hatte, und nahm mir noch die Zeit, meinen schwarzen Mopp glatt zu föhnen. Ich hatte ihn von meiner Mutter geerbt, eine Mähne, wie sie sich jeder wünscht, bis er merkt, wie viel Arbeit man damit hat: Man kann sie nicht zum Pferdeschwanz bändigen, und wenn man weggehen will, kostet sie einen jedes Mal eine halbe Stunde. Zum krönenden Abschluss schminkte ich mich sogar, was so selten vorkam, dass das Bürstchen für die Wimperntusche verklumpt und ein paar Lippenstifte in ihren Hülsen festgeklebt waren. Egal! Ich hatte »The Living Years« von Mike & the Mechanics aufgelegt und trällerte lauthals mit, während ich mein Gesicht verschönerte. Kaum zu glauben, aber es machte richtig Spaß. Der Aufwand lohnte sich. Dank der dahingeschmolzenen Pfunde quollen mir keine Speckröllchen mehr über den Hosenbund, obwohl mir an den entscheidenden Stellen die entscheidenden Rundungen erhalten geblieben waren. Bei meiner ziemlich stümperhaften Pinselei mit dem Maskara waren perfekt getuschte Wimpern herausgekommen, und meine sonst so langweiligen grauen Augen wirkten auf einmal sexy und temperamentvoll.

Penelope erwartete mich, wie vereinbart, an der Ecke, und um Punkt neun stiegen wir an unserem Fahrtziel aus dem Taxi. Die ganze Welt schien sich am West Broadway an kleinen Tischchen unter freiem Himmel versammelt zu haben, geschniegelt und gebügelt und unverschämt happy. Wir fanden das Restaurant nicht gleich, weil man leider auf die Anbringung eines Schilds verzichtet hatte. Vielleicht ist das nur praktisch gedacht: Weil die meisten New Yorker In-Lokale nach spätestens sechs Monaten sowieso sang- und klanglos wieder eingehen, hat man beim Auszug eine Sache weniger, um die man sich kümmern muss. Aber zum Glück hatte ich mir aus dem *Zagat* die Hausnummer gemerkt. Wir sahen es schon von weitem. Die Bar wurde dicht von spärlich, aber teuer bekleideten Frauen belagert, deren ältere männliche Begleiter dafür sorgten, dass ihre Cocktailgläser niemals leer wurden.

»Bette! Hi, hier drüben!«, rief Elisa. Sie lehnte, ein Champagnerglas in der einen, eine Zigarette in der anderen Hand, an einem der Stühle, so verführerisch posierend, dass man Angst haben musste, ihre dürren Glieder würden jeden Augenblick mitten durchbrechen. »Die anderen sind alle schon drin. Schön, dass du es geschafft hast!«

»Mein Gott, ist die mager«, flüsterte Penelope, während wir hinübergingen.

»Hi«, sagte ich und drückte Elisa das obligatorische Begrüßungsküsschen auf die Wange. Als ich ihr Penelope vorstellen wollte, reckte sie mir mit geschlossenen Augen noch immer das Gesicht entgegen. Sie rechnete wohl mit einem Doppelbussi. Nachdem ich erst kürzlich in der *Cosmopolitan* gelesen hatte, dass der traditionelle europäische Zweifachschmatzer eine alberne, affektierte Angewohnheit war, beschloss ich, von heute an hart zu bleiben. Von mir würde es keine Küsse im Doppelpack mehr geben. Ich verschmähte ihre Wange und sagte nur: »Danke für die Einladung. Scheint ja echt ein toller Laden zu sein.«

Sie ließ sich von meiner Abfuhr nicht erschüttern. »Ja, wirklich. Das kannst du laut sagen. Einen göttlicheren Salat als hier findest du auf der ganzen Welt nicht. Hi, ich bin Elisa«, fuhr sie, an Penelope gewandt, fort.

»Entschuldigung, wie unhöflich von mir.« Ich wurde rot. Was sollte Penelope nur von mir halten? »Penelope, darf ich dir Elisa vorstellen? Sie hat mir die ganze Woche gezeigt, wo es langgeht. Und das ist Penelope, meine beste Freundin.«

»Wow, was für ein Klunker«, sagte Elisa. Sie griff statt nach Penelopes rechter Hand nach ihrer linken und befingerte ihren

Verlobungsring. »Wie viel Karat hat denn der? Da kann man ja blind werden, so wie der funkelt.« Dabei trug Penelope heute Abend nur ihren »tragbaren« Dreikaräter. Was Elisa wohl zu ihrem Zweitring gesagt hätte?

»Danke«, antwortete Penelope, sichtlich erfreut. »Ich habe mich kürzlich verlobt …« Aber bevor sie den Satz zu Ende bringen konnte, kam Davide von hinten und umschlang Elisas Wespentaille – ganz vorsichtig, damit sie nur ja nicht in der Mitte auseinander brach. Er flüsterte ihr etwas zu, und sie schüttete sich aus vor Lachen.

»Davide, Schatz, benimm dich! Bette kennst du ja. Und das ist Penelope, ihre Freundin.«

Eine Runde Küsschen-Küsschen (mein guter Einzelkussvorsatz hatte gerade einmal zwanzig Sekunden gehalten). Davide konnte sich an Elisa gar nicht satt sehen, er verschlang sie regelrecht mit den Augen. »Unser Tisch. Er ist fertig«, verkündete er ruppig mit seinem starken Akzent, tätschelte ihr das knochige Hinterteil und raunte ihr ins Ohr: »Komm rein, wenn du *finito* bist.« Irgendwie klang Davides Aussprache für mich immer noch leicht dubios, mal französisch, mal italienisch und wieder zurück.

»Ich bin fertig«, trällerte sie und warf ihre Zigarette auf den Boden. »Kommt, gehen wir rein.«

Wir hatten einen Tisch für sechs Personen in der hintersten Ecke des Restaurants. Elisa klärte mich gleich auf, dass coole Leute immer vorne sitzen, die total Endcoolen aber hinten. Skye und Leo vervollständigten die Gruppe, die am Vorabend die Buchpräsentation für Candace Bushnell auf die Beine gestellt hatte. Elisa und Davide waren das einzige Pärchen. Alle nippten lässig an ihren Drinks und unterhielten sich, so locker und entspannt, wie es nur Leute draufhaben, die von keinerlei Selbstzweifeln angekränkelt sind. Und natürlich trug kein Mensch Schwarz. Skye und Elisa hatten fast identische Minikleider an, die eine ein knallig korallenrotes mit silbernen Highheels, die andere ein leuchtend aquamarinblaues mit farblich darauf abgestimmten Sandalen im Metalliclook, die fast bis unters Knie geschnürt waren. Und das, obwohl es ein recht kalter Oktoberabend war. Die Männer sahen aus wie direkt einer Armani-Boutique entsprungen. Davide war noch im Bürodress. Sein dunkelgrauer Anzug war zwar um einiges enger geschnitten als hierzulande sonst üblich, aber bei seiner Größe und Figur konnte er sich das leisten. Leo war die perfekte Kombination aus hip und cool, in verwaschenen Paper-Denim-Jeans und einem hautengen Siebziger-Jahre-T-Shirt mit der Aufschrift: VIETNAM: ALS ICH RAUS BIN, WAREN WIR AM GEWINNEN. Dazu die neuesten, orangefarbenen Pumas. Als Penelope und ich die letzten noch freien Plätze neben ihm ansteuerten, erhob er sich gewandt, küsste mich rechts und links und bot uns Stühle an, ohne sich in seinen Ausführungen auch nur für eine Sekunde unterbrechen zu lassen. Ich sah Penelope an, dass sie genauso angestrengt wie ich versuchte, so zu tun, als ob eine Verabredung wie diese das Normalste von der Welt wäre. Als alle saßen, verteilte Leo die Speisekarten und winkte den Kellner heran, um die Getränke zu bestellen, ohne zwischendurch auch nur einmal Luft geholt zu haben.

Ich überlegte hin und her, aber nachdem ich jahrelang immer nur Gin Tonic bei meinem Onkel getrunken hatte, wollte mir ums Verrecken kein angesagter Drink einfallen. War nicht momentan Wodka in Mode?

»Ich nehme einen Absolut mit Grapefruitsaft«, murmelte ich, vom Kellner als Erste ins Visier genommen.

»Im Ernst?«, fragte Elisa und sah mich entgeistert an. »Ich glaube, Absolut gibt es hier gar nicht. Sollen wir nicht lieber mit ein paar Flaschen Wein anfangen?«

»Klar, gute Idee.« Super, voll in den ersten Fettnapf getreten.

»Mach dir nichts draus. Ich war drauf und dran, ein Bier zu

bestellen«, flüsterte Penelope. Ich prustete los, als ob es die witzigste Bemerkung aller Zeiten wäre.

Für die Bestellung kramte Davide sein gesamtes Stümperitalienisch hervor, fuchtelte dazu ausdrucksvoll mit den Händen und hauchte irgendwann selbstverliebt gar einen Kuss auf seine Fingerspitzen. Elisa und Skye verfolgten hingerissen seine Bemühungen. Dann schaltete er für uns minderbemittelte Einsprachler wieder auf seinen Kunstakzent um. »Ich hab für den Anfang drei Flaschen Chianti bestellt, wenn das recht ist. Und bis dahin, stilles oder sprudelndes Wasser?«

Elisa drehte sich zu mir und sagte stolz: »Davide kommt aus Sizilien.«

»Ach, wie interessant«, antwortete ich. »Leben seine Eltern noch da?«

»Nein, nein. Er ist schon mit vier Jahren rübergekommen, aber er fühlt sich seinem Geburtsland noch sehr stark verbunden.«

Während über das Wasser abgestimmt wurde, umschiffte ich klug den zweiten Fettnapf und behielt lieber für mich, dass ich mit stinknormalem Leitungswasser durchaus zufrieden gewesen wäre. Davide orderte drei Flaschen von jeder Sorte. Nach meinen Berechnungen hatten wir schon jetzt knapp dreihundert Dollar auf den Kopf gehauen, ohne auch nur eine Vorspeise bestellt zu haben.

»Ein guter Wein, Davide«, meinte Skye, die mit ihren manikürten Nägeln die Tasten ihres Handys bearbeitete. Wahrscheinlich komponierte sie eine SMS. »Das kann ich persönlich bestätigen. Ich verbringe schon seit Jahren den Sommer in der Toskana, und ich muss sagen, für mich gibt es keine andere Sorte.« Da klingelte ihr Telefon. Als sie die Nummer auf dem Display erkannte, stopfte sie es angewidert in ihre Handtasche.

Nachdem ich nichts Intelligentes über die Vorzüge des Chianti beitragen konnte, vertiefte ich mich lieber in die Speisekarte. Ob die Mitarbeiter von Kelly & Company wohl alle reich geerbt hatten? Meine Eltern fuhren in den Sommerferien einmal um die Ecke zum Cayuga Lake, wo sie mit den Einheimischen ein veganisches Grillfest veranstalteten und Lakritztee tranken. Es gibt doch nichts Schöneres, als das schwer verdiente Gehalt der ersten Arbeitswoche für ein Essen zum Fenster rauszuschmeißen, das man noch nicht mal geplant hat.

»Das war ja wohl gestern Abend der Reinfall des Jahrhunderts«, sagte Davide. »Wie viel Pech muss man haben, dass sich nicht ein einziger Promi der Güteklasse A blicken lässt?«

»Es waren doch einige aus *Sex and the City* da«, sagte Leo nachdenklich.

»Ich bitte dich. Willst du etwa Chris Noth und John Corbett als Güteklasse A bezeichnen?«, fragte Skye. »Hast du Sarah Jessica Parker irgendwo gesehen? Nein! Und überhaupt. SATC« – na endlich, die coole Abkürzung für Eingeweihte – »ist doch so was von passé. Der Abend war ein Albtraum.«

Die Gruppe hatte den Auftrag gehabt, für Warner Books die Präsentation von Candace Bushnells neuestem Roman zu organisieren. Nach allem, was ich wusste, war es eine ziemliche Pleite gewesen. Da ich an dem Projekt nicht von Anfang an beteiligt gewesen war, hatte ich an einem anderen Event teilgenommen, dem Begrüßungsessen für den Chefmanager eines neuen Kunden.

Leo seufzte. »Ich weiß. Du hast ja so Recht. Es war unterste Schublade!«

»Grottig! Kein Stil. Wenn ich nur an die Schnepfen draußen auf der Terrasse denke. Wo kamen die überhaupt her? Und wie die über den Champagner hergefallen sind. Also ob sie noch nie welchen gesehen hätten. Und die zwei Typen mit dem prolligen Akzent, die sich geprügelt haben? Entsetzlich«, fügte Skye hinzu.

»Da hast du wirklich nichts verpasst, Penelope«, sagte Elisa tröstend. Dabei hatte die arme Penelope offensichtlich nicht den leisesten Schimmer, worum sich das Gespräch drehte. »Aber das ist auch das Gute an Buchpräsentationen. Diese Verlagsleute sind normalerweise dermaßen weit neben der Spur, dass sie überhaupt nicht merken, ob sich auf so einer Party echte VIPs oder nur abgehalfterte Expromis tummeln.«

Davide nippte bedächtig an seinem Wein und nickte. »Wenigstens brauchen wir uns jetzt keine ›Die LISTE macht die Party'-Rede von Kelly mehr anzuhören. Ich glaube ehrlich nicht, dass ich das noch mal durchstehen würde.«

Die berühmte LISTE schwirrte nun schon seit Montag durch jedes zweite Gespräch, aber Kelly war bis jetzt noch nicht dazu gekommen, mich in die Geheimnisse der Datenbank, die alles enthielt, was »Rang und Namen« hatte, einzuweihen. Morgen sollte es nun endlich so weit sein. Irgendwie traute ich der Sache noch immer nicht ganz. Ob Kelly wohl wirklich die schon geradezu abartig muntere Frohnatur war, als die sie daherkam? Bis jetzt hatte sie ihren gnadenlosen Optimismus jedenfalls eisern durchgehalten. Und obwohl Will ihr wahrscheinlich keine große Wahl gelassen hatte, schien sie sich doch ehrlich zu freuen, mich als Neuzugang gewonnen zu haben. Ich hatte sie nun vier volle Tage gründlichst unter die Lupe genommen, um irgendeinen verborgenen Makel oder ein geheimes Laster an ihr aufzuspüren, aber bis jetzt war es mir nicht gelungen, auch nur den allerkleinsten Charakterfehler zu finden. Sollte sie wirklich nichts weiter als eine liebe, nette, reizende und erfolgreiche Person sein? Sie hatte nur eine einzige echte Schwäche, ihre Vorliebe für lustige E-Mails, die mit Smileys übersät waren. Aber da sie das Wort *Palaver* noch kein einziges Mal in dem Mund genommen hatte und mir auch nicht mit blöden Sprüchen kam, sah ich mehr als gnädig darüber hinweg.

Mitten in einer angeregten Diskussion darüber, ob sich Kelly wohl im reifen Alter von vierunddreißig Jahren die Lider hatte korrigieren lassen, klingelte mein Handy. Hastig brachte ich es zum Schweigen. Aber ich hätte mich nicht zu beeilen brauchen. Es störte nicht nur niemanden, dass ich ranging, man erwartete es sogar von mir.

»Hi, Bette. Na, was macht die Kunst?«

Es war Michael, und er klang ein wenig verwundert.

»Michael, Schatz. Wie geht es dir?« *Schatz?* Das musste mir irgendwie rausgerutscht sein. Der ganze Tisch, am meisten aber Penelope, spitzte die Ohren.

»Schatz?« Michael lachte. »Sag mal, bist du blau? Ich habe früher freibekommen. Wenn du mir verrätst, wo du bist, stoße ich noch dazu.«

Ich musste ebenfalls lachen. Was für ein Gedanke, dass der liebe, gute Michael seine üblichen albernen Schoten erzählte, während Davide in den höchsten Tönen von der Villa auf Sardinien schwärmte, die er für August gemietet hatte. »Ich bin gerade mit ein paar Kollegen essen, aber wir müssten in einer Stunde fertig sein. Ich melde mich, wenn ich wieder zu Hause bin.«

»Klar«, sagte er verwirrt. »Aber ruf mich auf dem Festnetzanschluss an, bei meinem Handy ist der Akku leer.«

»Okay, also bis dann.« Ich klappte das Handy zu.

»Das war doch nicht etwa *unser* Michael?«, fragte Penelope erstaunt.

Elisa hing vor Neugier halb über dem Tisch. »Wer war das? Ein Lover? Ein scharfer Manager aus der Bank? Unausgesprochene Gefühle, zu denen ihr euch nun endlich bekennen könnt, seit ihr nicht mehr zusammenarbeitet? Nun sag schon.«

Obwohl Michael bis über beide Ohren in seine hinreißende Freundin verliebt war und Penelope genau wusste, dass zwischen Michael und mir nicht das Geringste lief, spielte ich mit, denn ich genoss es, zum ersten Mal an diesem Abend im Mittelpunkt des Interesses zu stehen. »Hm, so etwas Ähnliches«, sagte ich und sah auf den Tisch. »Aber es ist noch nicht spruchreif.«

»Ui«, quiekte Elisa. »Wusste ich's doch! Sag Kelly, sie soll ihn auf die LISTE setzen, dann kann er seine scharfen Bankerfreunde zu unseren Events mitbringen. Klasse! Kommt, Leute. Wir stoßen an. Auf Bette und ihren neuen Freund.«

»So würde ich das nicht unbedingt…«

»Auf Bette!«, riefen sie im Chor und erhoben die Gläser. Penelope machte zwar auch mit, aber sie mied dabei meinen Blick. Alle nippten. Ich genehmigte mir einen großen Schluck und stieß Penelope verschwörerisch in die Seite. Bis zum Nachtisch betrachtete ich die Welt nur noch durch einen weinseligen Schleier.

»Also, Leute. Ich habe mit Amy gesprochen, und sie meint, wir dürfen heute Abend im Bungalow auflaufen«, verkündete Leo und strich sich die perfekt gesträhnten Haare aus der Stirn. Er war der einzige Schwule am Tisch, auch wenn man es kaum glauben konnte, nachdem sich die Gespräche bis jetzt ausschließlich darum gedreht hatten, welche Kosmetiksalons die besten in der Stadt waren, was für schicke neue Männer-Flipflops es bei John Varvatos gab und wie ärgerlich es war, dass ihr Pilates-Training immer erst mit zehnminütiger Verspätung anfing.

»Bungalow? Meinst du Bungalow 8?«, fragte ich. Anscheinend hatte der viele Wein mein Fettnäpfchenradarsystem außer Gefecht gesetzt.

Alles verstummte. Vier perfekt gepflegte und/oder geschminkte Gesichter fuhren zu mir herum. Nach ein paar Sekunden ungläubigen Schweigens überwand sich schließlich Skye, meine Frage zu beantworten.

»Ja«, sagte sie leise, ohne mir in die Augen zu sehen, so peinlich war ihr meine Unwissenheit. »Amy Sacco, die Besitzerin von Bungalow 8 und Lot 61, ist eine sehr gute Freundin von Kelly. Wir stehen heute Abend alle auf der Gästeliste, für die beste Party der Woche.«

Allgemeines Kopfnicken.

»Ich bin zu allen Schandtaten bereit«, sagte Davide, der mit

Elisas Haaren spielte. »Solange wir einen Tisch bekommen. Sonst halte ich es nicht durch, nicht heute Abend.«

Elisa war natürlich ganz seiner Meinung.

Als die Rechnung kam, war es bereits weit nach Mitternacht, und obwohl Penelope sich angeregt mit Leo unterhielt, sah ich ihr an, dass sie nach Hause wollte. Aber mir war noch nach Party, also verzog ich mich mit ein paar vielsagenden Blicken in Richtung Toilette und wartete dort auf sie.

»Was für ein netter Abend«, sagte sie.

»Ja, coole Truppe, was? Mal was anderes.«

»Auf jeden Fall. Würde es dir was ausmachen, wenn ich nicht mehr mitkomme?« Sie klang sehr distanziert.

»Hast du was? Dir fehlt doch nichts?«

»Nein, nein, alles bestens. Aber es ist schon spät, und besonders große Lust, noch in einen Club zu gehen, habe ich auch nicht. Avery und ich hatten ausgemacht, dass wir nicht allzu spät zu Hause sein wollen, deshalb muss ich jetzt langsam los. Das Essen war prima. Ich bin bloß müde. Lass dir ja nicht von mir den Abend verderben, okay?«

»Willst du wirklich allein gehen? Wir können uns auch ein Taxi teilen«, schlug ich vor. »Dann komme ich zur Abwechslung mal ein bisschen früher ins Bett. Ich bin auch schon ziemlich hinüber.«

»Mach dich nicht lächerlich. Geh, und amüsier dich für mich mit.«

Wir gingen zurück an den Tisch, wo die – wie ich hoffte – letzte Flasche Wein die Runde machte. Als der Kellner mit schwungvoller Geste die Rechnung für alle auf den Tisch legte, schnappte ich nach Luft. Eine blitzschnelle Kopfrechnung ergab, dass mich der Abend bis jetzt schon schlappe zweihundertsechzig Dollar gekostet hatte. Doch zum Glück schien es in diesen Kreisen nicht üblich zu sein, sich die Rechnung zu teilen, denn Davide griff schon nach der kleinen Ledermappe und verkündetet lässig: »Heute übernehme ich das.«

Keiner widersprach oder zuckte auch nur mit der Wimper.

Er legte eine pechschwarze Kreditkarte in die Mappe und reichte sie dem Kellner. Da war sie, die sagenumwobene American Express Black Card, die nur ausgewählte Kunden mit einem Mindestumsatz von hundertfünfzigtausend Dollar im Jahr in die Finger bekamen. Ich wusste selbst erst seit ein paar Tagen, dass es sie gab. Sie war in einem Nebensatz über die Tochter eines Gesellschaftslöwen erwähnt worden: »Wer braucht schon eine Black Card, wenn er einen Daddy hat, der im Geld schwimmt.« Außer mir schien niemand auch nur im Geringsten beeindruckt.

»Können wir dann?«, fragte Elisa und strich sich das Kleid über den beneidenswert schlanken Hüften glatt. »Wir brauchen zwei Taxis. Leo und Skye, ihr nehmt das erste. Davide, Bette, Penelope und ich kommen nach. Ich hätte am liebsten den Tisch links von der Bar, okay?«

»Augenblick«, sagte Penelope. »Ich komme nicht mehr mit. Das Essen war spitze, aber ich muss morgen früh raus. Es war nett, euch alle mal kennen zu lernen.«

»Ausgeschlossen, Penelope! Du kannst noch nicht nach Hause. Der Abend fängt doch jetzt erst richtig an! Gib dir einen Ruck, das wird eine Superparty!«, kreischte Elisa.

Penelope lächelte. »Ein andermal vielleicht, aber heute Abend bin ich einfach zu erledigt.« Sie nahm ihre Jacke, umarmte mich rasch und winkte den anderen zum Abschied zu. »Danke für das Essen, Davide. Es war sehr schön mit euch«, sagte sie und lief hinaus, bevor ich ihr sagen konnte, dass ich sie später noch anrufen würde.

Wir stiegen so, wie Elisa uns vorsortiert hatte, in die bestellten Taxis. Ich schaffte es gerade noch, an den richtigen Stellen zu nicken und etwas Zustimmendes zu murmeln. Doch erst als wir vor dem Bungalow 8 an der Absperrung standen, spürte ich so richtig, wie angesäuselt ich war. Dazu kam noch, dass ich so gut wie null Erfahrung mit auch nur halbwegs angesagten

Nachtclubs hatte und mich somit in der idealen Verfassung befand, mir etwas wirklich Peinliches zu leisten.

»Elisa, ich sollte lieber gehen«, sagte ich matt. »Ich bin nicht besonders gut drauf und muss morgen schon früh im Büro sein wegen …«

Sie stieß einen schrillen Schrei aus, und in ihr hohlwangiges Gesicht kam richtig Leben. »Bette! Das soll wohl ein Witz sein! Du bist doch praktisch noch eine Bungalow-Jungfrau. Du kommst mit rein. Abfeiern gehört zum Job – nicht vergessen.«

Dass die gesamten gut dreißig Leute in der Warteschlange – hauptsächlich Männer – zu uns herüberstarrten, schien Elisa nicht weiter zu kümmern. Davide klatschte sich gerade auf höchst komplizierte Weise mit einem der Türsteher ab. Mir blieb nichts anderes übrig, ich musste den Weg des geringsten Widerstands gehen.

»Okay«, murmelte ich. »Klingt klasse.«

»Sammy, wir stehen heute Abend auf Amys Gästeliste«, wandte Elisa sich siegessicher an den Türsteher, mit seinen eins neunzig Körpergröße und gut zwei Zentnern Gewicht ein Bär von einem Mann. Wie es der Zufall wollte, war es derselbe Gorilla, der am Abend von Penelopes Party den Einlass geregelt hatte. Obwohl ihm das Chaos am Eingang offensichtlich nicht sehr behagte, sagte er, nachdem Elisa ihn wieder aus ihrer Klammerumarmung entlassen hatte: »Natürlich, Elisa. Wie viele Personen seid ihr? Immer herein in die gute Stube. Ich sage dem Geschäftsführer, er soll euch einen guten Tisch geben.«

»Spitze, Schätzchen. Besten Dank.« Sie gab ihm einen Kuss auf die Wange, hakte sich bei mir ein und flüsterte: »Diese Typen bilden sich ein, sie wären Gott. Dabei würde kein Mensch auch nur ein Wort mit ihnen wechseln, wenn sie nicht hier an der Tür stehen würden.«

Ich nickte. Hoffentlich hatte er uns nicht gehört. Obwohl – verdient hätte er es. Er sah mich an.

»Hi«, sagte Sammy und nickte mir zu. Er hatte mich tatsächlich wieder erkannt.

»Hi«, antwortete ich. Geistreiche Antwort. Um ein Haar hätte ich noch nachgeschoben, dass er heute Abend wohl kein Problem damit hatte, mich reinzulassen. Aber ich konnte mich gerade noch beherrschen. »Danke für den Schirm neulich.«

Aber er hörte mich nicht. Er hatte sich umgedreht, um die rote Samtkordel loszuhaken und den wartenden Horden zu verkünden, dass ihre Zeit noch nicht gekommen war. Er sprach ein paar Worte in sein Walkie-Talkie und hielt uns die Tür auf. Gleich nachdem wir an der Garderobe vorbei waren, wurden wir von einer dicken Qualmwolke eingehüllt.

»Woher kennst du ihn?«, fragte Elisa, während Davide alles begrüßte, was in erreichbarer Nähe stand und Hände hatte, die man schütteln konnte.

»Wen?«

»Den Blindgänger vom Eingang.«

»Wen?«

»Na, den Gorilla«, antwortete sie und zündete sich gierig eine Zigarette an, die wohl nicht nur aus Tabak bestand.

»Ich dachte, du magst ihn«, sagte ich. »So herzlich, wie du ihn umarmt hast.«

»Was will man machen? Das gehört nun mal dazu. Dabei sieht er gar nicht mal so übel aus. Kennst du ihn?«

»Vor ein paar Wochen war er ziemlich fies zu mir, auf Penelopes Verlobungsfeier. Er hat mich ewig lange vor der Tür versauern lassen. Ich weiß, dass ich ihn früher schon mal gesehen habe, aber ich kann mich nicht erinnern, wo.«

»Hm.« Sie hatte sich aus meiner Erklärung längst ausgeklinkt. »Los, wir holen uns was zu trinken.«

Obwohl Bungalow 8 einer der angesagtesten Clubs im ganzen Land war, konnte ich ihm nicht allzu viel abgewinnen. Er bestand aus einem einzigen rechteckigen Raum, am hinteren Ende die Theke, an den Längswänden ungefähr acht Tische mit Sitzbänken. In der Mitte wurde getanzt. Nur die hohe, gläserne Decke und die Palmenreihen verliehen der Atmosphäre einen halbwegs exotischen Touch.

»He, Mädels, hier drüben«, rief Leo, der – Elisas Wunsch war ihm Befehl – ganz links hinten in der Ecke saß. Von irgendwoher beschallte ein DJ den Club mit 50 Cent. Skye hatte sich bereits häuslich auf dem Schoß eines mir unbekannten Kerls niedergelassen und betrieb rhythmische Beckenbodengymnastik. Der Tisch war das reinste Bararsenal – Flaschen mit Veuve Clicquot, Ketel One und Tanquaray, zum Mischen verschiedene Karaffen mit Orangen-, Grapefruit- und Cranberrysaft, dazu selbstverständlich Tonicwater und Mineralwasser. Nachdem Penelope mir erzählt hatte, wie sündhaft teuer ihre Party gewesen war, konnte ich mir denken, dass hier jede Flasche mit mehreren hundert Dollar zu Buche schlug.

»Kann ich dir einen Cocktail mixen?«, fragte Leo.

Nach so einer Blamage mit einem uncoolen Drink wollte ich lieber nichts riskieren. Deshalb bat ich einfach um ein Glas Champagner.

»Sollst du haben«, sagte er. »Möchtest du tanzen? Skye, kommst du mit?«

Aber Skye hatte keinen Blick für ihn übrig. In den letzten Minuten war ihre Gymnastik zum Tanz auf dem Vulkan ausgeartet. Ihre Antwort konnten wir uns schenken.

Das Szenevolk verband eines: Man gehörte zu den schicksten und schönsten der Schicken und Schönen. Alle waren in der gleichen Altersklasse, zwischen Mitte zwanzig und Mitte dreißig, und alle offensichtlich nicht zum ersten Mal hier. Die Frauen waren sehr groß, sehr schlank und stellenweise sehr nackt. Tief geschnittene Dekolletés und hoch geschlitzte Röcke gaben den Blick auf jede Menge Haut frei. Die Männer, die mit ihnen tanzten, bewegten sich mit geschmeidiger Eleganz, ohne auch nur für eine Sekunde ins Schwitzen zu geraten oder zu vergessen, ihren Partnerinnen zwischendurch aufmerksam nachzuschenken. Mein einziger Abend in einer Disco hatte anders ausgesehen. Ich, der rebellische Teenager, verschüchtert in einer Ecke, davor eine Masse sich windender, zuckender Leiber.

Während ich noch dastand und staunte, hatte Leo sich bereits einen dunkelhaarigen Schönling geangelt. Sie tanzten mit einem Pärchen wie aus einer Castingshow, hautnah und rhythmisch perfekt aufeinander abgestimmt. Hin und wieder drehten sie sich, so dass sich die »Girls« Becken an Becken gegenüberstanden und verführerisch mit den Hüften kreisten.

Ich ging aufs Klo. Auf dem Rückweg schlangen sich plötzlich zwei Arme um mich. Ich konnte bloß erkennen, dass ihre Besitzerin hüftlanges, gewelltes Haar von unbestimmbar mausbrauner Farbe hatte. Außerdem schlug mir ihr Atem entgegen, eine ausgewogene Mischung aus Zigarettenqualm und Mundwasser.

»Bette, Bette! Mein Gott, haben wir uns lange nicht mehr gesehen!«, kreischte es begeistert an meiner Schulter. Sie steckte mit dem Kinn zwischen meinen Brüsten, was mir, gelinde gesagt, nicht gerade angenehm war, nachdem ich noch immer nicht wusste, um wen es sich bei dieser anhänglichen Person eigentlich handelte. Sie drückte mich noch einmal, und als sie mich endlich freiließ, staunte ich erst mal eine Runde Bauklötze.

Abby Abrams.

»Abby? Bist du das? Mensch, das ist ja wirklich schon eine Ewigkeit her«, sagte ich. Ich wählte meine Worte mit Bedacht. Sie musste ja nicht gleich merken, wie sehr sich meine Wiedersehensfreude in Grenzen hielt. Aus unserer gemeinsamen Collegezeit waren mir von ihr nichts als böse Erinnerungen geblieben, und nachdem wir alle nach New York umgesiedelt waren, hatte ich ihre Existenz total verdrängt. Bis jetzt war die Stadt groß genug gewesen, dass ich ihr immerhin fünf Jahre lang nicht über den Weg gelaufen war. Doch nun hatte mich mein Glück verlassen. Sie sah härter aus als früher, härter und älter, als sie war. Sie hatte sich die Nase korrigieren und die Lippen mit Collagen aufspritzen lassen, aber am auffälligsten war der neue Silikonbusen. Bei ihrem zwergenhaften Wuchs schien Abby nur noch aus ihrer opulenten Oberweite zu bestehen.

»Ich nenne mich inzwischen Abigail«, verbesserte sie mich sofort. »Verrückter Zufall, was? Aber ich hatte schon läuten hören, dass du jetzt bei Kelly arbeitest, da mussten wir uns früher oder später hier über den Weg laufen.«

»Wieso? Wie meinst du das? Wie lange wohnst du denn schon in New York?«

Sie starrte mich mitleidig an und zerrte mich mit sich zur nächsten Couch. Ich wollte die Hand wegziehen, aber sie hielt sie eisern umklammert und rückte mir beängstigend nah auf die Pelle. »Sag mal, ist das dein Ernst? Weißt du das denn nicht? Ich stehe doch im *Fokus* der Medienwelt!«

Ich musste mir die freie Hand vor den Mund halten und so tun, als ob ich einen Hustenanfall hätte, damit sie nicht merkte, dass ich losprustete. Schon auf dem College hatte Abby gern verkündet, dass sie im Fokus von irgendwas stand, sei es bei einer Studentinnenverbindung, beim Basketballteam der Männer oder der Studentenzeitung. Was es genau bedeuten sollte, wusste keiner, aber nachdem sie den Ausdruck irgendwo aufgeschnappt hatte, konnte sie ihn sich nicht mehr abgewöhnen. Im ersten Studienjahr wohnten wir auf derselben Etage. Ich merkte gleich, dass sie eine fast unheimliche Begabung dafür hatte, die Achillesfersen anderer Leute aufzuspüren. Dauernd fragte sie mich aus, auf welchen Jungen ich stand, nur um sich dem Betreffenden dann keine zwölf Stunden später »rein zufällig« an den Hals zu werfen. Einmal bekam ich mit, dass sie eine asiatische Studentin fragte, wie man mit dem Eyeliner diesen »schicken Schlitzaugenlook« hinbekam. Ein andermal »borgte« sie sich von einer Kommilitonin eine Hausarbeit und gab sie als ihre eigene aus. Sie gestand das »Versehen« erst ein, als der Professor drohte, beide durchfallen zu lassen. Mit Penelope, die Abby ungefähr zur gleichen Zeit kennen lernte, war ich mir einig, dass man sie tunlichst meiden sollte. Sie war mir von Anfang an unsympathisch, eine von den Frauen, die einem mit wohl gezielten fiesen Bemerkungen den Freund, die Frisur oder die Klamotten madig machen und anschließend die Zerknirschte spielen, wenn man gekränkt ist. Wir zeigten ihr immer wieder die kalte Schulter, aber sie kapierte es einfach nicht. Sie suchte hartnäckig den Kontakt zu uns, um uns niederzumachen. Kein Wunder also, dass sie nie eine echte Freundin hatte. Aber wenigstens blieben ihr noch die Herren der Schöpfung. Es gab kaum eine Studentenvereinigung oder Sportmannschaft, die sie nicht in- und auswendig kannte.

»Im Fokus der Medienwelt, hm? Nein, das wusste ich nicht. Wo arbeitest du denn?«, fragte ich gelangweilt. Ich schwor mir, mich von ihr nicht reizen zu lassen.

»Hm, mal sehen. Anfangs war ich bei der *Elle*, und dann habe ich zur *Slate* gewechselt – ein Blatt mit wesentlich mehr Klasse. Dann war da noch der Abstecher zu *Vanity Fair*, aber da war es mir viel zu spießig. Jetzt schreibe ich freiberuflich – meine Artikel erscheinen überall!«

Komisch, ich konnte mich nicht erinnern, ihren Namen irgendwo gelesen zu haben.

»Und du, Sweetie? Wie gefällt dir dein neuer Job?«, kreischte sie.

»Ach, ich bin ja erst seit einer Woche dabei. Bis jetzt läuft jedenfalls alles bestens. Ich kann nicht genau sagen, ob wir im Fokus der PR-Welt stehen, aber mir macht die Arbeit Spaß.«

Entweder prallte mein Sarkasmus an ihr ab, oder sie ignorierte ihn einfach. »Super, Bette. Eine Spitzenfirma; ihr repräsentiert die allerbesten Kunden. Und was für ein hinreißendes Top! Dieser Schnitt! Genau das Richtige, wenn man ein kleines Bäuchlein kaschieren will. Ich trage diese Tops auch immer!«

Ohne es zu wollen, zog ich den Bauch ein.

Bevor ich mit einer fiesen Bemerkung kontern konnte, fuhr sie fort: »Und sonst? Siehst du manchmal noch was von Cameron? So hieß doch dein Freund, oder? Man munkelt, er hätte dich wegen eines Models sitzen gelassen, aber das habe ich natürlich nicht geglaubt.«

»Cameron? Ich wusste gar nicht, dass du ihn kennst. Aber andererseits ... Er ist ein Mann, und er lebt in New York ...«

Sie ging nicht auf meinen Seitenhieb ein.

»Ach, Bette, es ist wirklich zu schön, dich zu treffen. Kann ich dich mal zum Lunch einladen? Wir haben uns so viel zu erzählen. Ich wollte mich schon seit Ewigkeiten bei dir melden, aber nach dem College warst du wie vom Erdboden verschluckt! Mit wem hängst du jetzt so ab? Immer noch mit diesem stillen Mäuschen? So ein liebes Ding. Wie hieß sie noch gleich?«

»Du meinst bestimmt Penelope. Sie ist fantastisch und verlobt, und, ja, ich treffe mich oft mit ihr. Ich kann sie ja von dir grüßen.«

»Unbedingt, aber unbedingt. Dann rufe ich dich nächste Woche im Büro an, und wir gehen irgendwo superschick lunchen, okay? Und Glückwünsche noch mal, dass du nicht mehr in der Bank versauerst, sondern in der realen Welt angekommen bist. Ich kann es gar nicht erwarten, dich allen vorzustellen. Es gibt so viele Leute, die du kennen lernen musst!«

Während ich an einer noch witzigeren Antwort feilte, gesellte sich Elisa zu uns. Ich hätte nie gedacht, dass ich jemals so erfreut sein würde, sie zu sehen.

»Elisa, das ist Abby«, sagte ich mit einer halbherzigen Geste.

»Abigail, um genau zu sein«, warf Abby ein.

»Stimmt, ja. Und das ist meine Kollegin Elisa, Abby.«

»Kennen wir uns nicht?«, nuschelte Elisa mit einer Zigarette zwischen den Zähnen und kramte in ihrer Handtasche nach einem Feuerzeug.

»Doch, bestimmt«, antwortete Abby. Sie schnappte sich ein Streichholzheftchen vom nächsten Tisch und gab Elisa galant Feuer. »Könnte ich vielleicht eine schnorren?«

Sie tauschten Kippe gegen Feuer und fingen an, sich angeregt über eine neue Klatschkolumne zu unterhalten, die New York Scoop hieß. Bei uns im Büro hatte sie auch schon für Gesprächsstoff gesorgt. Ohne dass sie je viel beachtet worden wäre, dümpelte sie anscheinend schon jahrelang vor sich hin. Erst seit eine neue Kolumnistin frischen Wind hineingebracht hatte, war sie plötzlich in aller Munde. Die Tratschtante schrieb unter dem wenig originellen Pseudonym Ellie Insider. Die Kolumne erschien zweimal die Woche, sowohl in einer Papier- als auch in einer Online-Version. Anders als sonst üblich ohne Foto der Verfasserin. Für Abby war sie zurzeit das Angesagteste unter der Mediensonne, aber Elisa meinte, dass man sie nur in Mode- oder Entertainmentkreisen las. Allerdings prophezeite sie, dass sie sich bald auch noch andere Publikumsschichten erobern würde. Ein wirklich faszinierendes Thema, zumindest für anderthalb Minuten. Dann kam mir die göttliche Eingebung, dass ich mich auch einfach davonstehlen konnte.

Als ich mir einen Weg durch die Tanzenden bahnte, fiel mir erneut auf, wie fantastisch alle aussahen und was für ein wahnsinniges Rhythmusgefühl sie hatten. Im Gegensatz zu mir, denn ich konnte mich zu Musik überhaupt nicht bewegen. Tanzen war noch nie meine Stärke gewesen. Auf der Highschool hatte ich mich zu dem einen oder anderen lahmen Blues über das Parkett schieben lassen (aber niemals zu »Stairway to Heaven«, das mir mit seinen acht Minuten viel zu lang war), und in meiner Collegezeit war ich auch schon mal, wenn ich genug getankt hatte, vor einer Musikbox herumgehüpft. Aber hier kam ich mir vor wie von einem anderen Stern. Mich überfielen die alten Ängste, die ich noch zu gut aus meiner Jugend kannte. Es war, als wäre ich wieder vierzehn, als starrte die ganze Welt auf meine Zahnspange und meinen Babyspeck. Ich musste sofort hier raus oder zumindest wieder zurück an meinen Tisch, weg aus dieser Tanzhölle. Als ich mich eben zur Flucht entschlossen hatte, legte sich plötzlich eine Hand auf meinen Rücken.

»Hallöchen«, sagte ein Großgewachsener, der so braun gebrannt war, wie es die Outdoorsonne nie hingekriegt hätte. »Wollen wir tanzen?« Er sprach mit englischem Akzent.

Ich konnte mich in letzter Sekunde beherrschen, sonst hätte ich mich umgedreht und vergewissert, ob er nicht vielleicht doch eine andere meinte. Und dann hatte er mich, mit meinem rauchgeschwängerten Atem und meinem nass geschwitzten Top, auch schon an sich gezogen und legte los. Ob wir tanzten? Und ob wir tanzten! Seit sich das letzte Mal in der U-Bahn ein Perverser an mich gepresst hatte, war kein Mensch mehr so eng mit mir auf Tuchfühlung gegangen. Entspann dich, amüsier dich, entspann dich, amüsier dich, sagte ich mir im Stillen vor. Bloß nicht aus der Ruhe bringen lassen. Aber eigentlich war es ganz einfach; mein Gehirn schaltete sich ab, als ich mich an diesen goldhäutigen Gott schmiegte, der mir ein Glas Champagner anbot. Beim ersten ließ ich mir noch Zeit, das zweite kippte ich hinunter, und ehe ich's mich versah, hockte ich auf seinem Schoß und lachte mit dem Rest der Tischgesellschaft über irgendeine Skandalgeschichte, während der umwerfende Unbekannte mit meinen Haaren spielte und mir die Zigaretten anzündete.

Ich vergaß alles: dass ich vollkommen unpassend in Schwarz gekleidet war, dass ich mich von einer dreikäsehohen Wichtigtuerin hatte beleidigen lassen müssen, die mich schon an der Uni gepiesackt hatte, dass ich keinerlei Rhythmusgefühl besaß. Mit das Letzte, was ich noch mitbekam, war, dass ein Freund des Gottes an den Tisch trat und ihn fragte, wer denn das hinreißende Geschöpf auf seinen Knien sei. Ich kapierte erst, dass es um mich ging, als mich mein schöner Fremder von hinten umarmte und sagte: »Meine Entdeckung – superb, nicht wahr?« Und ich, das hinreißende Geschöpf, die superbe Entdeckung – lachte glockenhell, drehte mich zu ihm um und küsste ihn. Was dankenswerterweise das Allerletzte ist, woran ich mich erinnere.

8

Eine wütende Männerstimme riss mich aus dem Tiefschlaf. Im ersten Moment dachte ich, jemand stünde neben dem Bett und rammte mir eine Schaufel in den Schädel. Doch es dröhnte so gleichmäßig vor sich hin, dass ich fast wieder eingedöst wäre. Bis mir schlagartig klar wurde, dass ich in einem fremden Bett lag. Auch das komplett schwarze, komplett falsche Outfit der gestrigen Nacht war nirgends zu sehen; stattdessen trug ich extrem knappe graue Boxershorts von Calvin Klein und ein zeltgroßes weißes T-Shirt mit der Aufschrift SPORTS CLUB LA. *Keine Panik*, befahl ich mir und spitzte die Ohren, um zu verstehen, was der Mann da schimpfte. Denk nach. Wo warst du gestern Abend, was hast du gemacht? Für den Anfang gar nicht mal so schlecht, wenn man bedenkt, dass es nicht eben zu meinen Angewohnheiten gehörte, mich bis zum Filmriss zu besaufen. *Mal sehen. Elisa hat angerufen, Dinner im Cipriani, mit dem Taxi ins Bungalow 8, alle an einem Tisch, getanzt mit … mit einem knusperbraunen Briten.* Mist. *Das Letzte, was ich noch weiß, ist, dass ich in einem Club mit einem Fremden getanzt habe, und jetzt liege ich in einem Bett – einem riesigen, bequemen Bett mit kuschelweichen Laken –, das ich nicht kenne.*

»Wie oft muss ich es Ihnen noch sagen? Man kann Bettwäsche von Pratesi nicht kochen«!«, brüllte die Männerstimme. Ich sprang aus dem Bett und sah mich nach einem Fluchtweg um. Ein schneller Blick aus dem Fenster zeigte mir, dass wir mindestens zwanzig Stockwerke über dem Erdboden waren.

»Ja, Sir. Es tut mir Leid, Sir«, antwortete eine klägliche Frauenstimme mit spanischem Akzent.

»Das würde ich Ihnen gern glauben, Manuela. Das würde ich Ihnen sogar sehr gern glauben. Ich bin ein vernünftiger Mensch, aber so kann es einfach nicht weitergehen. Ich werde Ihnen leider kündigen müssen.«

»Aber, Sir. Lassen Sie mich wenigstens …«

»Tut mir Leid, Manuela, aber meine Entscheidung steht fest. Sie bekommen noch den restlichen Lohn für diese Woche, aber auf Ihre weiteren Dienste verzichte ich.« Es raschelte, jemand schluchzte leise, dann herrschte Stille. Einige Minuten später fiel mit lautem Knall eine Tür ins Schloss.

Von meinem Magen kam das Signal, dass er diesen Kater nicht mehr allzu lange tolerieren würde, und ich blickte mich verzweifelt nach der Toilette um. Vergeblich, genauso vergeblich wie die Suche nach meinen Sachen. Während ich noch hektisch hin und her überlegte, ob ich dem Wüterich lieber halbnackt oder würgend entgegentreten sollte, kam er herein.

»Hallo«, sagte er und warf einen flüchtigen Blick in meine Richtung. »Wieder auf den Beinen? Du warst letzte Nacht ziemlich hinüber.«

Der Typ sah dermaßen gut aus, dass ich sogar meine Übelkeit vergaß. Er war noch brauner, als ich ihn in Erinnerung hatte, so braun, dass sein hautenges weißes T-Shirt, die bequem geschnittene weiße Hose und die weißen Zähne dagegen regelrecht leuchteten. Apropos Zähne: Er hatte das perfekteste Gebiss, das mir bei einem Engländer je untergekommen war. Er erinnerte mich an Enrique aus *Macht der Begierde*; er hätte auf jedem Buchdeckel eine tolle Figur abgegeben.

»Hm, ja, das kann man wohl sagen. So was, ähem, ist mir noch nie passiert. Du musst schon entschuldigen, aber ich weiß nicht mal mehr deinen Namen.«

Anscheinend fiel ihm plötzlich ein, dass ich ein echter

Mensch war und nicht nur eine Bettdekoration, denn er setzte sich neben mich.

»Ich heiße Philip. Philip Weston. Denk dir nichts – ich habe dich nur mitgenommen, weil ich keine zwei Taxen bekommen konnte und keine Lust mehr hatte, dich zu Hause abzusetzen. Zwischen uns war nichts. Ich bin kein böser Vergewaltiger. Ich bin Anwalt«, sagte er stolz mit seinem englischen Blaublüterakzent.

»Na dann, vielen Dank. Eigentlich habe ich doch gar nicht so viel getrunken – dachte ich jedenfalls. Aber ich erinnere mich bloß noch, dass wir getanzt haben.«

»Tja, so was kann vorkommen. Verdammt stressig der Morgen so weit, oder? Ich hasse es, wenn man mir die Schlussentspannung nach dem Yoga mit so einem Scheiß ruiniert.«

»Kann ich mir vorstellen.« Und was war mit meinem Stress? Wer von uns beiden war denn in einem fremden Bett aufgewacht? Aber ich wollte nicht streiten, dazu war meine Situation nun doch zu heikel.

»Meine Haushälterin wollte die Pratesi-Bettwäsche im Kochprogramm waschen. Wozu hat man schließlich Personal, wenn man ihm dauernd auf die Finger schauen muss? Gottlob habe ich es gerade noch gemerkt.«

Schwul. Der Typ war eindeutig schwul. Er war nicht Enrique, sondern Enriques kauziger Freund Emilio. Mir plumpste ein Stein vom Herzen.

»Und was genau wäre dann passiert?« Ich wusch und trocknete Bettwäsche auch auf der höchsten Stufe, um sie möglichst weich zu kriegen. Aber mein Zeug war auch Billigware, deren Wohlergehen mir, ehrlich gesagt, nicht sonderlich am Herzen lag.

»Was passiert wäre? Ja, lebst du denn hinterm Mond?« Er sprang auf, marschierte quer durchs Zimmer zur Kommode und sprühte sich ein paar Spritzer Cologne von Helmut Lang in die Halsbeuge. »Der Fadenverlauf wäre ruiniert gewesen! Die

Wäsche hat pro Doppelbettgarnitur zweitausendachthundert britische Pfund gekostet! Und diese Banausin hätte sie um ein Haar kaputtgebrüht!« Er stellte die Flasche weg und rieb sich ein anderes Mittel in die goldene Haut. Aftershave wäre schön gewesen, aber vermutlich war es doch eher eine Feuchtigkeitslotion. Ich schmiss schnell mein inneres Umrechnungsprogramm an: viertausend Dollar.

»Oh, das war wirklich dumm von mir. Aber ich wusste ja nicht, dass Bettwäsche so viel kosten kann. Mein Beileid, an deiner Stelle wäre ich bestimmt auch entsetzt.«

»Schon gut. Tut mir Leid, dass du das alles mitbekommen musstest.« Er zog sich das T-Shirt über den Kopf. Zum Vorschein kam eine völlig nackte, makellos gemeißelte Männerbrust. Es war fast ein Jammer, dass er schwul war. Er machte die Badezimmertür hinter sich zu und drehte die Dusche auf. Als er ein paar Minuten später wieder im Schlafzimmer erschien, trug er nur ein süßes Nichts von einem Handtuch um die Hüften. Er nahm Hemd und Anzug aus dem – eichengetäfelten – begehbaren Kleiderschrank, überreichte mir meine ordentlich zusammengelegten Sachen und ging diskret hinaus, damit ich mich ungestört umziehen konnte.

»Kommst du allein nach Hause?«, rief Philip. Es klang, als wäre er am anderen Ende der Welt. »Ich muss ins Büro. Ein frühes Morgenmeeting.«

Ins Büro? O Gott. Ich hatte total vergessen, dass ich zurzeit wieder arbeitete. Panisch warf ich einen Blick auf den Wecker und gab mir selbst Entwarnung: Es war erst kurz nach sieben. Und Philip hatte bereits seine Yogaübungen hinter sich. Und das, obwohl wir wohl kaum vor drei Uhr morgens bei ihm zu Hause eingetrudelt sein konnten. Kurz nur, aber dafür umso intensiver, dachte ich an das eine Mal zurück, als ich es selbst mit Yoga probiert hatte. Keine besonders angenehme Erinnerung. Nachdem ich mich in der ersten Stunde dreißig Minuten lang abgequält hatte, verkündete die Lehrerin dreißig

Sekunden nach Einnahme der zweiten Stellung – dem »Halbmond«, falls jemand es genau wissen will –, dass diese Verrenkung genauso gesund sei wie acht Stunden Schlaf. Auf mein unwillkürliches höhnisches Schnauben hin fragte sie nach, ob ich irgendwelche Probleme hätte. Ich verkniff mir die Gegenfrage, die mir sofort durch den Kopf schoss: Warum hatte uns arme Menschlein noch nie jemand über die Vorteile der Halbmondstellung aufgeklärt? Warum vergeudeten wir seit Urzeiten ein Drittel unserer Lebenszeit mit Schlafen, wenn es vollkommen reichen würde, uns einfach nur für eine halbe Minute in der Hüfte abzuknicken? Stattdessen hatte ich nur etwas von einem »coolen Konzept« gemurmelt und mich hinausgeschlichen, als sie mal einen Augenblick nicht aufpasste.

Philips Diele war länger als meine gesamte Wohnung, und ich musste mich an seiner Stimme orientieren, um das richtige Zimmer zu finden. An den Wänden hingen bunte abstrakte Bilder, und der dunkel gebeizte Boden – Echtholzparkett, kein Laminat – brachte die schlichten Stahlrohrmöbel besonders gut zur Geltung. Der ganze Raum sah aus, als hätte man ihn direkt aus einem Designermöbelhaus hierher gebeamt. Unterwegs zählte ich insgesamt zwei Bäder, zwei Schlafzimmer, ein Wohnzimmer und eine Bibliothek (samt wandhohen, eingebauten Bücherschränken, zwei Mac G4 Computern und einem Weinregal), bevor ich ihn in der Küche aufspürte, lässig an die Arbeitsplatte aus Granit gelehnt. Er fütterte einen Hightech-Entsafter mit Blutorangen. Ich nannte noch nicht mal einen Dosenöffner mein eigen.

»Du machst Yoga? Ich kenne keinen Mann, der Yoga macht.« Jedenfalls keinen Hetero, fügte ich im Stillen hinzu.

»Natürlich. Es ist ein ausgezeichnetes Krafttraining. Und es reinigt den Geist, das gefällt mir besonders. Sehr amerikanisch vermutlich, aber trotzdem lohnend. Du solltest es mal mit mir versuchen.« Und bevor ich wusste, wie mir geschah, hob er mich hoch, pflanzte mich neben die Spüle, drückte meine Knie auseinander und fing an, mir den Hals abzuküssen.

Wie von der Tarantel gestochen sprang ich wieder herunter, wodurch ich ihm nur noch näher auf die Pelle rückte.

»Ich dachte, du wärst... Hm, bist du denn nicht...?«

Zwei klare grüne Augen sahen mich abwartend an.

»Es ist bloß, weil... Wegen gestern Nacht und so, und überhaupt. Du weißt schon, die Pratesi-Bettwäsche, und dass du Yoga machst und so...«

Er wusste immer noch nicht, worauf ich hinauswollte. Also dann: Augen zu und durch.

»Bist du denn nicht schwul?« Ich hielt den Atem an. Hoffentlich war er kein heimlicher Schwuler oder noch schlimmer, einer, der sich für sein Schwulsein hasste.

»Schwul? Ich?«

»Na ja, eben einer, der auf Männer steht.«

»Ist das dein Ernst?«

»Ach, ich weiß auch nicht, es kam mir bloß so vor...«

»Schwul? Du hältst mich für homosexuell?«

Ich kam mir vor wie in einer Realityshow, wo alle Beteiligten in irgendein Geheimnis eingeweiht waren, nur ich nicht. Indizien, so viele Indizien, aber kein echter Beweis. In Windeseile versuchte ich, das Puzzle zusammenzusetzen, aber irgendwie passten die Teile nicht ganz ineinander.

»Sicher, eigentlich kenne ich dich gar nicht. Es ist bloß, na ja, weil du dich so elegant kleidest und so schick eingerichtet bist, und na ja, wegen dem Cologne von Helmut Lang. Mein Freund Michael wüsste noch nicht mal, wer Helmut Lang überhaupt ist.«

Er bleckte lachend seine strahlend weißen Zähne und zerzauste mir das Haar, als ob ich ein süßer kleiner Fratz wäre. »Vielleicht umgibst du dich nur mit den falschen Männern. Ich kann dir versichern, ich bin durch und durch hetero. Ich habe bloß einen hoch entwickelten Sinn für Ästhetik und die schöneren Dinge des Lebens. Jetzt komm, wenn wir uns beeilen, kann ich dich doch noch zu Hause absetzen.« Er zog sich einen Kaschmirpullover über und schnappte sich seine Schlüssel.

Ich hatte offensichtlich noch viel zu lernen. Vorerst musste ich allerdings zusehen, dass ich schnellstens ins Büro kam. Im Fahrstuhl nach unten schwiegen wir. Dafür drückte mich Philip, der Ästhet, gegen die Wand und schlabberte an meinen Lippen herum, was sich einerseits widerwärtig, anderseits aber auch wahnsinnig aufregend anfühlte.

»Mmm, du bist echt zum Anbeißen. Bitte, noch eine letzte Kostprobe.« Aber bevor er meinen Mund noch mal als Dauerlutscher missbrauchen konnte, ging die Tür auf. Zwei livrierte Portiers schwenkten auf der Stelle um und mutierten zu unserem Begrüßungskomitee.

»Verzieht euch«, befahl Philip den Männern und streckte abwehrend mit einer Drohgebärde die Hände aus. »Kein Kommentar heute.«

Sie grinsten. Anscheinend waren sie es gewöhnt, dass Philip fremde Frauen aus dem Haus eskortierte. Schweigend hielten sie uns die Tür auf. Erst auf dem Bürgersteig erkannte ich, wo wir waren: ungefähr einen Straßenblock vom Fluss entfernt. Im berühmten Archives Building.

»Wo wohnst du?«, fragte er und befreite dabei eine neben dem Hauseingang geparkte Vespa von ihrer mit »PW« bedruckten Plane und zerrte unter dem Sitz einen silbernen Helm heraus.

»Murray Hill. Ist das okay?«

Er lachte spöttisch. »Keine Ahnung. Sag du's mir. Ich würde mich zwar nicht darum reißen, in Murray Hill zu wohnen, aber wenn es dir gefällt, bitte schön.«

Wie sollte ein Mensch mit den Stimmungsumschwüngen dieses Mannes mithalten? »Ich meinte«, sagte ich pikiert, »ob es okay ist, dass du mich da absetzt. Ich kann mir jederzeit ein Taxi nehmen.«

»Was immer du willst, mein Herz. Mir ist alles recht. Murray Hill liegt genau auf meinem Weg.« Er fischte den Zündschlüssel aus der Hosentasche und schnallte seine Hermès-Tasche auf den Gepäckträger. »Können wir dann? Ich werde erwartet.« Er schwang sich auf das Maschinchen und gönnte mir doch tatsächlich mal wieder einen Blick. »Also?«

Dieser Ton! Ich war sprachlos. Und dann schnippte er auch noch mit den Fingern! »Los, Baby, du musst dich entscheiden. Fährst du mit oder nicht? Ist gar nicht so schwierig. Gestern Abend warst du nicht so unentschlossen.«

Den klassischen Jungmädchentraum, irgendwann einmal einem Typen mit gutem Grund eine schallende Ohrfeige zu verpassen, hatte ich nie ad acta gelegt. Und nun war sie da, die ideale Gelegenheit, auf dem Präsentierteller und in Technicolor. Aber das Fingerschnippen und die Andeutung, dass in der Nacht vielleicht doch etwas vorgefallen war, machten mich stumm. Ich drehte mich um und ließ ihn stehen.

»Nun sei doch nicht so eine Mimose!«, rief er hinter mir her. »Ich hab doch nur Spaß gemacht. Zwischen uns war nichts. Nix. Null. Zero. Total tote Hose. Sowohl bei dir als auch bei mir.« Er lachte, so witzig kam er sich vor. Ich ging einfach weiter.

»Bitte. Wie du meinst. Ich habe im Moment keine Zeit für Dramatik, aber werde dich suchen … und finden. Im Ernst. Es kommt nicht gerade häufig vor, dass eine Frau meinem Charme widersteht. Du faszinierst mich. Hinterleg deine Telefonnummer an der Pforte, dann melde ich mich.« Der Motor der Vespa sprang an, und er brauste davon. Und obwohl ich gerade beleidigt und abserviert worden war, fühlte ich mich trotzdem wie der große Sieger. Natürlich nur, wenn er die Wahrheit gesagt hatte und ich tatsächlich nicht im Vollsuff mit ihm in die Kiste gestiegen war.

Mein Triumphgefühl hielt genau vierzig Minuten vor. Genauso lange, wie ich brauchte, um in ein Taxi zu springen, nach

Hause zu düsen, Katzenwäsche zu machen, mir reichlich Deo unter die Arme zu sprühen, meine Haare mit Trockenshampoo zu entfetten und mich mit duftender Bodylotion einzuschmieren. Während ich durch die Wohnung spurtete, um irgendetwas Frisches zum Anziehen aufzutreiben, überlegte ich, wie ich wohl jemals eine gute Mutter abgeben sollte, wenn ich sogar meinen Hund vernachlässigte. Millington hockte schmollend unter dem Couchtisch und strafte mich mit Missachtung, weil ich sie die ganze Nacht allein gelassen hatte. Außerdem hatte sie mir aufs Kopfkissen gepieselt, aber für eine große Putzaktion war jetzt nicht die Zeit. Ich quetschte mich mit den anderen Pendlern in die U-Bahn und schaffte es mit nur einer Minute Verspätung ins Büro. Während ich noch davon träumte, meinen Kater mit dem einzigen mir bekannten Gegenmittel zu bekämpfen – ein Riesenbecher Kaffee und ein Brötchen mit Butter, Speck, Ei und Käse –, winkte Elisa mich zu sich herüber. Sie hatte mir einen Platz vor dem sonnigsten Fenster freigehalten und schien sehr darauf erpicht, mit mir zu reden.

Das Büro, ein riesiger rechteckiger Raum, war an den Seiten von schicken Ledersofas und Sitzgruppen gesäumt. Im Grunde genommen gab es keine Einzelarbeitsplätze, nur zwei große, halbmondförmige Tische, ein Kreis mit zwei schmalen Lücken, durch die wir an die Faxgeräte und Drucker herankamen, die in der Mitte standen. Jeder Mitarbeiter hatte einen eigenen Laptop, den er abends entweder einschließen oder mit nach Hause nehmen konnte. Bei der Verteilung der Plätze herrschte das Prinzip »Wer zu spät kommt, den bestrafen die Kollegen«. Alles kämpfte um die zwei, drei Stellen im Kreis, die Kelly aus ihrem Büro nicht einsehen konnte. Elisa hatte uns echte Spitzenplätze gesichert. Ich stellte meinen Laptop auf den Tisch und nahm mit äußerster Vorsicht den Becher mit dem Kaffee aus der Papiertüte. Ich durfte von meiner dringend benötigten Medizin auch nicht den kleinsten Tropfen verschütten. Elisa blieb vor Aufregung fast die Luft weg.

»Los, Bette. Nun setz dich schon endlich hin. Erzähl mir alles. Ich dreh gleich durch.«

»Was willst du denn hören? Es war sehr schön gestern Abend. Danke für die Einladung.«

»Das doch nicht!«, kreischte sie. »Wie war …« Dramatische Kunstpause. Tiefer Atemzug. »Phillipe?«

»Phillipe? Meinst du Philip? Besonders französisch kam er mir nicht vor.«

»Wen interessiert denn das? Aber ist er nicht sagenhaft?«

»Ich fand ihn irgendwie daneben«, erwiderte ich, was immerhin teilweise der Wahrheit entsprach. Dass ich ihn zugleich auch ziemlich interessant fand, brauchte ich Elisa ja nicht unbedingt auf die Nase zu binden. Sie japste und fasste mich scharf ins Auge.

»Was hast du gesagt?«, raunte sie.

»Was ich gesagt habe? Dass ich ihn irgendwie …«

»Ich hab dich schon verstanden«, knurrte sie. »Mir ist bloß schleierhaft, wieso du so was von dir gibst. Das sah mir gestern noch ein bisschen anders aus, so wie du dich beim Tanzen an ihn rangeschmissen hast. Er hat echt was drauf, was? Übung macht eben doch den Meister. Wer etwas anderes behauptet, lügt.«

Natürlich hätte sie noch immer über die Tanzerei reden können, aber etwas an ihrer verträumten, abwesenden Miene verriet mir, dass sie etwas anderes meinte.

»Elisa, worauf willst du hinaus?«

»Ach, Bette, nun tu doch nicht so! Wir reden hier schließlich über Philip Weston!«

»Und was soll mir das sagen?«

»Meine Güte, Bette. Wie peinlich für dich. Ist das dein Ernst? Du hast keine Ahnung, wer er ist?« Sie zählte es mir an den Fingern ab. »Eton-Schüler, Oxford-Absolvent, Jurastudium in Yale. Der jüngste Rechtsanwalt, der es bei Simpson Thatcher jemals zum Partner gebracht hat. Sein Großvater ist ein Herzog; seinem Vater gehören zwischen London und Manchester ganze

Landstriche plus ein paar schöne Filetgrundstücke in Edinburgh. Ein Treuhandvermögen, das größer ist als so mancher Staatshaushalt. Exlover von Gwyneth, derzeit Gespiele mehrerer Topmodels, von *Vanity Fair* zum ›Nightlife Adonis‹ gekürt. Und, klingelt es jetzt bei dir?« Sie kriegte kaum noch Luft.

»Nicht sehr laut«, sagte ich. Das wollte erst einmal verarbeitet werden. Ein Herzog? Gwyneth? Mir rauschte das Blut in den Ohren.

»Welche Ironie des Schicksals«, murmelte sie vor sich hin. »Jede Frau auf diesem Planeten hat nur das eine Lebensziel, mit Philip Weston Sex zu haben, und du schaffst es und weißt noch nicht mal, wer er ist. Das halte ich im Kopf nicht aus.«

»Wie bitte? Sex mit ihm gehabt haben?« *Wenn du damit meinst, dass ich mir anhören durfte, wie er seine Haushälterin feuert, weil sie fast seine Viertausend-Dollar-Bettwäsche ruiniert hätte, doch, ja, dann könnte man schon von einer unvergesslichen Liebesnacht reden.*

»Bette! Jetzt spiel nicht länger die Unschuld vom Lande. Wir haben euch doch gestern Abend alle gesehen!«

Ich verstand überhaupt nichts mehr, bloß, dass mich der Mann, der mit Gwyneth Paltrow in der Kiste gewesen war, nackt gesehen hatte. Samt meiner antiken Unterwäsche, den unrasierten Beinen und der halb zugewucherten Bikinizone.

»Da war nichts«, murmelte ich. Wie lange würde ich wohl brauchen, um meine Koffer zu packen, meinen Namen zu ändern und nach Bhutan auszuwandern?

»Ach nein?« Sie lächelte anzüglich.

»Nein, wirklich nicht. Okay, ich gebe zu, ich bin in seinem Bett aufgewacht und hatte seine Sachen an, aber sonst ist absolut nichts vorgefallen.«

Sie wirkte verblüfft – und zugleich enttäuscht. »Wie soll das möglich sein? Einem solchen Bild von Mann kann doch keine Frau widerstehen.«

»Hast *du* mit ihm geschlafen, Elisa?«, fragte ich keck.

Sie machte ein Gesicht, als ob ich ihr eine Ohrfeige verpasst hätte. »Nein!«

»Tut mir Leid, ich wollte nicht andeuten… Es sollte bloß ein Witz sein. Ich habe wirklich nicht gedacht, dass du…«

»Musst du auch noch Salz in die Wunde reiben? Ich bin seit Ewigkeiten hinter ihm her, aber der Mann schaut mich noch nicht mal richtig an. Natürlich sehe ich ihn dauernd auf irgendwelchen Partys, und er weiß auch, wer ich bin. Vielleicht ist es nur eine Frage der Zeit…« Die Arme stand mal wieder ein bisschen neben sich.

Ich hüstelte, und sie kam mit einem Ruck wieder zu sich. Ich fühlte mich fast ein wenig geschmeichelt, dass Philip mich gestern Abend abgeschleppt hatte, wo er doch mit einem Fingerschnippen Elisa hätte haben können, aber ich hatte mich zu früh gefreut.

»Der Typ pennt mit jeder halbwegs ansehnlichen Frau, die nicht bei drei auf den Bäumen ist. Deshalb verstehe ich nicht, warum ich bei ihm nicht landen kann«, sagte sie tonlos.

»Mit jeder?«, fragte ich. So schnell wollte ich die Illusion, sein Herzblatt zu sein, nun doch nicht aufgeben.

»Na ja, mit jeder, die ein bisschen was hermacht. Wieso fährt er dann bloß nicht auf mich ab? Vielleicht steht er einfach nicht auf schlanke Frauen.«

Autsch. Das hatte gesessen. Sie ging rasch die Liste seiner Eroberungen durch.

»Mal sehen. Skye hatte was mit ihm, aber das ist schon ewig her, da war er noch nicht halb so begehrt wie heute. Und eine von den LISTEN-Girls – die hübsche –, und die Tussi, die letzten Monat auf der Titelseite der *Marie Claire* war, und noch eine ganze Hand voll heiße Models.« Sie hörte und hörte nicht auf, eine Frau schöner und reicher und prominenter als die andere. Auch wenn ich kaum Acht gab, kannte ich immerhin die Namen. Wozu hatte ich jahrelang Klatschkolumnen und Gesellschaftsseiten gelesen? Als das erste Dutzend voll war, kam Kelly aus ihrem Büro und rief mich in ihre Pelztierhöhle. Der ganze Raum schillerte in einer halluzinogenen Mischung aus Zebra-, Leoparden- und Tigerstoffen. Abgerundet wurde das Ganze durch große, dicke Plüschkissen und einen gepunkteten Veloursteppich.

»Hi, Bette. Wie geht's, wie steht's?«, fragte sie fröhlich, schloss die Tür und bot mir einen Stuhl an. Dem Gefühl nach war er tatsächlich mit echtem Fell bezogen.

»Super, spitze. Meine erste Woche war wirklich toll.«

»Wie schön! Der Meinung bin ich auch!« Strahlelächeln.

»Hm, ja. Im Ernst, ich fühle mich sehr wohl hier, und ich verspreche, mich so schnell wie möglich einzuarbeiten, damit ich auch etwas beitragen kann, statt immer nur zuzuschauen«, sagte ich. So redete man doch, wenn man halbwegs nüchtern und bei Verstand war, oder?

»Super, klasse. Und jetzt erzähl mal von gestern Abend.« Sie faltete die Hände und beugte sich vor.

»Gestern Abend? Ach so. Ja, also, ich war mit Elisa, Skye, Leo und ein paar anderen essen. Wir hatten einen wunderbaren Abend. Du hast wirklich ein Spitzenteam. Aber natürlich werde ich in Zukunft darauf achten, dass ich nicht immer so spät ins Bett komme.« Ich lachte. Hoffentlich klang ich einigermaßen cool. Schließlich war ich es nicht gewöhnt, meine nächtlichen Freizeitaktivitäten mit meinem Boss zu besprechen. Aaron war jedenfalls nicht mein Vertrauter für den Morgen danach gewesen. Aber Kelly hörte gespannt zu.

»Beziehungsweise, dass du überhaupt nicht ins Bett kommst …« Sie schmunzelte.

Hoppla. Das nannte man wohl eine Gratwanderung zwischen Privatem und Beruflichem. Aufgepasst! »Das Essen war sagenhaft! Und ich bin total begeistert von meinen Kollegen!« Das eine hatte zwar mit dem anderen nicht das Geringste zu tun, aber etwas Besseres fiel mir nicht ein.

Sie beugte sich noch weiter vor, strich sich die Locken aus

dem Gesicht und stemmte die Ellbogen auf den rustikalen Holztisch. »Bette, Schatz, du kannst nicht erwarten, dass du … die Nacht mit Philip Weston verbringen kannst, ohne dass die ganze Welt davon erfährt. Hier, sieh mal.« Sie schob mir einen Computerausdruck rüber. Mit zitternden Händen griff ich danach.

Ich erkannte sofort die aktuelle Ausgabe der Kolumne, von der Abby und Elisa am Vorabend gesprochen hatten, New York Scoop. Die Schlagzeile lautete: Philip Weston – Die Nacht mit der geheimnisvollen Unbekannten. In dem Artikel stand, ein »hübsches junges Ding«, angeblich »die Neue« bei Kelly & Company, habe sich Philip am Abend zuvor im Bungalow 8 »genähert«. »Bleiben Sie am Ball. Bei uns erfahren Sie, ob das rätselhafte Geschöpf noch einmal in Erscheinung tritt.« Verfasst war der Text von »Ellie Insider«. *Was für ein blödes Pseudonym*, dachte ich.

Obwohl ich immerhin, der Zeilenschinderei sei Dank, ein halbes Kompliment geerntet hatte – »hübsches junges Ding« –, wurde mir flau im Magen. Ich sah Kelly entsetzt an.

»Ich habe alle Hebel in Bewegung gesetzt, um herauszufinden, wer diese Ellie Insider ist. Halb Manhattan ist hinter ihr her. Der Artikel schlägt ein wie eine Bombe. Kaum zu glauben, wie schnell sich so was verbreitet, was? Das ist wohl der Vorteil einer Onlineausgabe, obwohl … ich denke immer noch, diese, diese *Blogs*, oder wie heißt so was noch, diese Ergüsse im Internet werden nur von Leuten geschrieben, die es nicht bis in die Printmedien schaffen.«

»Es war wirklich nicht so, wie es hier steht, Kelly. Ich kann alles erklären. Es hat sich einfach so ergeben, dass wir nach dem Essen noch weitergezogen sind …«

»Den Rest kann ich mir lebhaft vorstellen. Und ich bin total hin und weg!«

»Hin und weg?« War das ihre Art, mir möglichst schonend meine Kündigung beizubringen?

»Natürlich! Besser geht's doch gar nicht mehr. Philip Weston, Bungalow 8 und Kelly & Company in einem Artikel. Ich hätte nur eine Bitte. Achte doch nächstes Mal darauf, dass die Gesellschaftsseiten der etablierten Presse auch etwas davon mitbekommen. Es kann bestimmt nicht schaden, dass wir in Ellie Insiders Kolumne erwähnt werden, aber sie ist noch ziemlich neu auf dem Markt, und ich glaube nicht, dass sie schon eine sehr große Leserschaft hat.«

Ich klappte den Mund auf und wieder zu. Wahrscheinlich sah ich aus wie ein Fisch auf dem Trockenen. Aber zum Glück bekam Kelly nichts davon mit.

»Ist er nicht ein toller Typ? Unter uns Pastorentöchtern, ich stehe schon seit Ewigkeiten auf ihn.«

»Echt wahr? Auf Philip?«

»Ich bitte dich! Sag mir eine Frau, die nicht scharf auf ihn ist. Nicht nur, dass er ständig in der Zeitung steht. Allein, wie er aussieht, vor allem oben ohne.«

Sie hatte genau den gleichen verträumten Blick wie vorhin Elisa. »Und, ist da mal was gelaufen zwischen euch?«, fragte ich – und hoffte nach Kräften, dass die Antwort negativ ausfiel.

»Leider nein! Ich sehe gut aus, aber nicht gut genug für Philip. Aber ich habe ihn einmal auf einer Wohltätigkeitsveranstaltung erlebt, wo er als Junggeselle versteigert wurde. Und da hat er sein Hemd ausgezogen. Dreihundert Frauen sind total ausgeflippt. Ein Anblick für die Götter.«

Die Gäule gingen mit mir durch. Einen Augenblick lang vergaß ich, dass ich keine Freundin, sondern meine Chefin vor mir hatte. »Ja, er hat echt den Wahnsinnswaschbrettbauch, ich hab's heute Morgen gesehen, als er aus der Dusche kam«, schwelgte ich, ohne daran zu denken, was man in den Satz noch alles hineinlesen konnte.

Kelly fasste mich mit einem halb neidischen, halb beschwörenden Blick ins Auge. »Dann kann ich davon ausgehen, dass du ihn wiedersiehst, wenn er sich bei dir meldet?«

Das war wohl kaum als Frage gemeint. »Ach, was weiß ich, ob er noch mal anruft«, murmelte ich. Großer Gott, würde mir überhaupt irgendwer abnehmen, dass ich nicht mit Philip geschlafen hatte??

Sie betrachtete mich eindringlich, und dann lächelte sie. »Bette, Kind. Du wirst es vielleicht selbst nicht glauben, aber auf deine eigene, unverwechselbare Art siehst du fantastisch aus. Und es ist eine allseits bekannte Tatsache, dass es keinen Mann gibt, der schöne Frauen mehr schätzt als Philip Weston. Natürlich ruft er dich an. Und dann sagst du ja, okay? Selbstverständlich kannst du ihn zu all unseren Events einladen. Und es ist auch völlig in Ordnung, dass du die ganze Nacht durchmachst, wenn du mit ihm ausgehst.«

Mich überkam ein seltsames Hochgefühl, wie bei einem frisch verknallten Highschoolgirl.

»Okay, gut. Ich werde es mir merken.« Am liebsten hätte ich sie umarmt.

»Super. Gott, ist das aufregend! Halte mich bloß auf dem Laufenden, ja? Sollen wir dann mal loslegen?«

»Gute Idee«, erwiderte ich leise, erleichtert, dass dieses Thema fürs Erste beendet war. »Du wolltest mir heute die LISTE erklären, oder?«

»Ja. Die LISTE. Das wichtigste Werkzeug für den Erfolg der Agentur. Ohne die Leute, die wir unseren Kunden vermitteln können, sind wir gar nichts. Es hat Jahre gedauert, aber jetzt besitzen wir eine der größten Datenbanken in der gesamten Branche. Rutsch mal zu mir rüber, dann zeig ich sie dir.«

Ich zog meinen Fellhocker hinter den Schreibtisch und setzte mich wieder hin, während Kelly auf ihrem Desktop ein Symbol anklickte. »Hier ist es«, schnurrte sie. »Mein Baby. Die umfassendste Liste von Trendsettern, die es gibt.«

Die Seite, die auf dem Bildschirm erschien, ähnelte der einer Job- oder Mietagentur. Man entschied sich für eine Suchkategorie, markierte das entsprechende Kästchen und drückte auf

Suchen. Es gab Listen für vier maßgebliche Locations – New York, Los Angeles, Miami, die Hamptons – und mehrere untergeordnete für ein Dutzend anderer Städte in den USA und ungefähr zwei Dutzend im Ausland. In einer Spalte am linken Bildrand waren untereinander zahllose Suchkriterien angeordnet: Kunst, Literatur, Film, Zeitungen, Mode, Musik, Jetset, Junger Jetset, Medienelite, Finanzwelt, Zeitschriften, Architektur, Industrie, Diverse.

»Man sucht sich aus, welche Art von Leuten man haben will, und das Programm liefert einem dann die Informationen dazu. Hier, pass auf.« Sie markierte »Literatur« und »Junger Jetset« und bekam tausende von Treffern. »Wir wissen alles über jeden. Den vollständigen Namen, Privatadressen, Büroadressen, Telefon-, Handy-, Fax- und Piepsernummern, E-Mail-Adressen, Zweitvillen, Ferienhäuser, Auslandswohnsitze, Geburtstage, Angaben über eventuell vorhandene EhepartnerInnen, Kinder und Kindermädchen. Für den Fall, dass man es noch genauer wissen will, gibt es zusätzlich eine Unterkategorie, die uns zum Beispiel verrät, ob jemand schwul, hetero, single oder monogam ist, ob er fremdgeht, sich oft auf Partys blicken lässt, viel verreist oder regelmäßig in Klatschkolumnen auftaucht. Wenn man so viel von jemandem weiß, ist es ein Kinderspiel, eine handverlesene Gästeliste zusammenzustellen. Du verstehst?«

Ich nickte stumm.

»Hier, probieren wir es mal mit deinem Onkel.« Sie gab seinen Namen in das Suchfeld ein, und schon erschienen alle Informationen über ihn, die man sich nur wünschen konnte: Adresse und Telefonnummer, Angaben über sein Büro, seine genaue Berufsbezeichnung, der Titel seiner Kolumne und ihre nationale Verbreitung, die Anzahl seiner Berufsjahre, sein Geburtstag und eine kurze Anmerkung, dass er oft in Key West und Europa Urlaub machte. Er war verlinkt mit »Schwuler«, »Literatur«, »Zeitungen« und »Medienelite«. Es fehlte nur noch ein Querverweis zu »Erzkonservativer Reaktionär«, aber das behielt ich lieber für mich.

»Wahnsinn, so etwas habe ich ja noch nie gesehen.« Ich konnte die Augen gar nicht mehr vom Bildschirm losreißen.

»Unglaublich, was? Und das ist noch nicht alles. Wie du siehst, tauchen in dieser Datenbank keine echten Meinungsmacher und auch keine Promis auf. Für die beiden Gruppen haben wir separate Listen, weil sie am wichtigsten sind.«

»Separate Listen?«

»Ja. Komm, ich zeig's dir.« Sie schloss das erste Programm und klickte auf das Symbol für »Presse«. »Auf der einen Seite hat man die Medienelite – Leute wie deinen Onkel, Frank Rich, Dan Rather, Barbara Walters, Rupert Murdoch, Mort Zuckerman, Tom Brokaw, Arthur Sulzberger, Thomas Friedman und so weiter, die einen so hohen Bekanntheitsgrad besitzen, dass wir sie natürlich bei unseren Events sehen möchten, von denen man aber nicht unbedingt erwarten kann, dass sie dann auch darüber berichten. Sie sind einfach selbst so etwas wie Stars, und deshalb brauchen wir noch einmal eine komplett separate Datenbank für Meinungsmacher, echte, aktive Medienleute, aus Zeitungen und Zeitschriften, aus Rundfunk und Fernsehen, die uns tatsächlich die konkrete Medienpräsenz verschaffen können, die unsere Kunden von uns erwarten. Natürlich überschneiden sich beide Gruppen zum Teil. Man kann einen Promi haben, der zufälligerweise für eine Zeitschrift schreibt, oder einen Manager aus der Filmbranche, der für ein Lokalblatt Kritiken verfasst, deshalb sind sie alle untereinander durch Querverweise vernetzt.«

Ich lieh mir die Maus aus und scrollte durch die einzelnen Felder. Die Mediendatenbank war nach demographischen Daten noch weiter unterteilt. In getrennten Rubriken waren die entscheidenden Ansprechpartner auf Gebieten wie Musik, Design, Reisen, Lifestyle, Mode, Entertainment, Klatsch, VIPs, Sport oder soziales Engagement gesammelt.

»Das ist einfach unglaublich. Wie viele Namen sind denn das insgesamt?«

»In allen drei Datenbanken zusammen ungefähr fünfunddreißigtausend. Und dabei hast du noch nicht mal die Promidatenbank gesehen, die für uns die wichtigste ist.« Ein paar Mausklicks weiter erschien eine Liste der Reichen, Berühmten und Schönen.

»Das ist die Betriebsliste mit Extraangaben zu sämtlichen Promis: PR-Menschen, Agenten, Manager und Assistenten, dazu noch Infos über ihre Familie und vor allem ihre Vorlieben – bevorzugte Fluggesellschaft, Lieblingsblumen, Lieblingswasser, Lieblingskaffee, Lieblingslikör, Hotels, Designer und Musik. Diese Liste wird fast stündlich aktualisiert.«

Sie öffnete den Eintrag von Charlize Theron. Sie besaß Wohnsitze in Südafrika, Malibu und den Hollywood Hills; ihr Freund war Stuart Townsend, sie flog ausschließlich American Airlines (und dann nur erster Klasse) oder mit dem Privatjet; sie drehte zurzeit in Rom, sie würde in fünf Monaten mit der Arbeit an einem neuen Film beginnen, und sie hatte vier Angestellte, wobei ihr Agent momentan auch die Rolle des PR-Mannes übernommen hatte.

»Ich fass es nicht! Wie schafft ihr das bloß, diese vielen Infos dauernd auf den neuesten Stand zu bringen? «

Kelly lachte, sie freute sich über mein ungläubiges Staunen. »Elisa hat dir doch die drei LISTEN-Girls vorgestellt?«

Ich nickte.

»Es ist nicht gerade der glamouröseste Job der Welt, aber sie werden gut dafür bezahlt, dass sie alle Publikationen auf dem Markt gründlich durchforsten, ganz egal, ob sie auf Papier oder online verfügbar sind. Da picken sie dann alle Details heraus, die uns nützlich sein könnten. Sie sind alle aus gutem Haus und haben die besten Connections. Deshalb sind sie sowieso ständig auf Partys und lernen die richtigen Leute kennen. Heute Morgen haben die Girls zum Beispiel als Erstes die aktuelle ›Baby Power‹-Ausgabe des *New York* Magazins gewälzt, in der die führenden New Yorker unter dreißig vorgestellt werden. Diejenigen von ihnen, die wir bis dahin übersehen hatten, sind inzwischen längst in unserer Datenbank gelandet.«

»Also echt jetzt. Kelly, ich bin schwer beeindruckt.«

»Das glaub ich dir gern. Ich würde vorschlagen, du stellst zur Übung selbst mal eine Gästeliste für eine hypothetische Party zusammen. Sagen wir, der Anlass ist die Eröffnung des zweiten Kaufhauses des britischen Lifestyle-Unternehmens Asprey in den USA. Die Party findet in den Geschäftsräumen in der Madison Avenue statt. Dem Management geht es darum, den Namen Asprey auf dem amerikanischen Markt so bekannt zu machen, wie er es auf dem englischen bereits ist. Das heißt, sie brauchen ein paar richtige Zugpferde. Stell eine Liste mit fünfhundert Gästen zusammen: vierhundert aus dem üblichen Partyvolk, hundert Promis und ausgewählte Presseleute. Natürlich würden wir zu einem echten Event dieser Art nur hundert bis maximal hundertfünfzig Personen einladen, aber es soll ja nur ein Training sein.«

Plötzlich meldete sich mein Kater zurück, so eindringlich, dass ich sofort etwas unternehmen musste.

»Wird gemacht. Reicht es dir bis Montag?«, fragte ich, ohne mir die Kämpfe und Krämpfe in meinem Inneren anmerken zu lassen, und erhob mich zentimeterweise, um nur ja kein Magenbeben auszulösen.

»Perfekt«, nickte Kelly. »Und mach dir auch gleich ein paar Gedanken über mögliche Partygeschenke. Ach ja, noch etwas.«

»Ja?«

»Hast du für dieses Wochenende schon etwas mit Philip geplant?«

»Philip? Was für ein Philip?« Ich dachte, es ginge immer noch um die LISTE, aber anscheinend waren wir übergangslos wieder in meinem Privatleben gelandet.

»Bette!« Sie lachte. »Erinnerst du dich nicht mehr? Der umwerfende Superhengst, in dessen Bett du gestern genächtigt hast. Unternimmst du was mit ihm?«

»Ach, *der* Philip. Aber es war wirklich nicht so, wie es aussieht, Kelly. Es war eher …«

Sie fiel mir ins Wort. »Pst, Bette. Du musst dich doch nicht rechtfertigen. Dein Privatleben geht nur dich etwas an.« Und das war keine Spur ironisch gemeint. »Aber überleg es dir, ob du nicht doch am Wochenende mit ihm ausgehen willst. Vielleicht zum Dinner ins Matsuri oder auf einen Drink ins Cain oder Marquee?«

»Tja, hm. Würde mich ehrlich gesagt wundern, wenn er sich bei mir meldet. Aber falls doch, mal sehen.«

»Der ruft schon an, Bette. Schön, dass du nicht ganz abgeneigt bist. Wer auf den Mann nicht anspringt, muss verrückt sein! Ich mache heute früher Feierabend, deshalb wünsche ich dir jetzt schon mal ein schönes Wochenende.«

»Danke. Ich dir auch, Kelly.« Ich schob mich wieder ein paar Zentimeter näher Richtung Tür. Was war das denn gerade gewesen? Hatte ich etwa meiner Chefin versprochen, eine Affäre fortzusetzen, die überhaupt noch nicht angefangen hatte? Kaum zu fassen. »Dann bis Montag.«

Sie griff lächelnd zum Telefon und reckte aufmunternd den Daumen in die Höhe. Ich schlüpfte hinaus und hielt schnurgerade auf meinen Arbeitsplatz zu. Unterwegs heimste ich mehr als ein (unverdientes) Lob ein: »Gut gemacht«, »Superfang«, »Fette Beute«. Auf dem Laptop fand ich eine Nachricht von Elisa vor: Sie sei »in der Mittagspause«. Mochten ihr die übliche Flasche Fiji-Wasser, der Beutel Babykarotten und das halbe Dutzend Marlboro Lights wohl bekommen. Ich setzte mich hin und rief erst einmal Penelope an.

»Na, wie geht's dir heute?«, fragte sie.

»Gut. Und dir?« In meiner Stimme schwang ein gutes Maß an unterschwelliger Spannung mit.

»Super. Danke für die Einladung gestern Abend. Es war, hm, sehr interessant.«

»Echt, so schlimm?«

»Nein! Das habe ich nicht gesagt, Bette. Es war überhaupt nicht schlimm. Bloß *anders*. Hoffentlich hast du es mir nicht übel genommen, dass ich schon so früh abgedampft bin, aber ich war total fix und foxi. Wie lief denn der Rest des Abends?«

»Willst du bloß nett sein, oder hast du wirklich keine Ahnung?« Ich sandte ein Stoßgebet zum Himmel, dass sie vom Brodeln in der Gerüchteküche noch nichts mitbekommen hatte.

»Okay, ich geb's zu, ich wollte bloß nett sein. Avery hat es mir heute Morgen gleich als Erstes gemailt. Es hat mich echt übermenschliche Beherrschung gekostet, dich nicht auf der Stelle anzurufen. Aber jetzt will ich alles wissen, von der ersten bis zur letzten Sekunde. Du darfst nicht die kleinste Kleinigkeit auslassen. Am besten fängst du an mit: ›Als ich ihn im Bungalow kennen gelernt habe, trug er ein schwarzes Rib-Shirt und eine schwarze Hose und hat mir ein Stoli Vanilla mit Sprite spendiert.‹ Das ist so in etwa die Detailfülle, die mir vorschwebt.«

»Pen, ich bin im Büro, ich kann jetzt nicht reden«, sagte ich. Meine KollegInnen, die angestrengt auf ihre Bildschirme starrten, waren ganz Ohr, um sich auch ja kein Wort von mir entgehen zu lassen.

»Bette! Das kann doch nicht dein Ernst sein! Da hüpfst du mit einem der begehrtesten Junggesellen auf dem freien Markt in die Federn, von dem sogar Avery beeindruckt ist, weil ihm die Frauen reihenweise zu Füßen liegen, und willst es mir nicht erzählen?«

»Ich habe nicht mit ihm geschlafen!«, sagte beziehungsweise brüllte ich ins Telefon. Skye und Leo – plus ein paar Assistentinnen – rissen die Köpfe hoch und grinsten.

»Ach nein?«, flüsterte es irgendwo in der Runde.

Leo verdrehte nur die Augen, als ob er sagen wollte: »Mein Gott, für *wie* blöd hältst du uns eigentlich?«

Einen Augenblick lang fühlte ich mich tatsächlich geschmeichelt. Sicher, es hatte ein bisschen was von einer Schlampe, mit jemandem ins Bett zu gehen, den man eben erst kennen gelernt hatte. Aber mir war es allemal lieber, dass sie glaubten, Philip Weston hätte sich dazu herabgelassen, mir seine Gunst zu erweisen. Besser, als davon auszugehen, dass er mir nur aus Mitleid und Pflichtgefühl sein Bett zur Verfügung gestellt hatte, ohne die Matratze mit mir zu teilen.

»Mensch«, sagte Penelope. »Nun sei doch nicht so empfindlich. Okay, dann hast du also nicht mit ihm geschlafen. Ich glaube dir. Aber eine Frage hätte ich doch noch: Wieso nicht, zum Teufel? Ich muss dich doch bestimmt nicht daran erinnern, dass du seit Jahren wie eine Nonne lebst, oder? Worauf wartest du? Der Mann soll doch der reinste Wahnsinn sein!«

Ich musste lachen, zum ersten Mal an diesem vermaledeiten Vormittag. Sie hatte ja völlig Recht, warum regte ich mich auf? Wenn ich wegen meiner nicht gerade sehr diskreten Eskapaden nicht gefeuert wurde – und im Moment sah es wohl eher nach einer Beförderung aus –, warum sollte ich dann nicht wenigstens meinen Spaß haben?

»Ich kann mich nicht mehr besonders gut an gestern Abend erinnern«, flüsterte ich. »Aber nach Feierabend erzähle ich dir brühwarm alles, was mir noch einfällt.«

»Geht nicht. Avery und ich sind bei seinen Eltern zum Essen eingeladen, und es sieht nicht so aus, als ob ich ihm das noch ausreden kann. Verschieben wir es auf morgen? Sollen wir uns im Black Door treffen?«

»Das wäre toll, aber da bin ich mit dem Buchclub unterwegs, erst was essen, dann was trinken. In Little Italy, glaub ich.«

Sie seufzte. »Dann peilen wir wohl am besten das übernächste Wochenende an. In den nächsten vierzehn Tagen bin ich nämlich beruflich in St. Louis. Würde dir das passen?«

Für mich war es noch neu, mit anderen Leuten Termine zu vereinbaren als mit meinem Buchclub, Will oder Penelope, aber die Arbeit machte auch vor den Wochenenden nicht halt. Ich blätterte in meinem Terminkalender, der von Tag zu Tag voller wurde. »Doch, das würde gehen. Ich habe allerdings Kelly versprochen, dass ich mit den anderen eine neue Location für die *Playboy*-Party auskundschafte. Bis dahin sind es zwar noch vier Monate, aber trotzdem gerät hier schon alles in Panik. Hast du Lust mitzukommen?«

Penelope zögerte. Anscheinend fand sie den Vorschlag nicht besonders prickelnd, aber sie konnte auch nicht gut nein sagen, denn sie hatte ja schon zugegeben, dass sie an dem Wochenende Zeit hatte. »Klar, ich komme mit. Hört sich gut an. Die Einzelheiten können wir dann immer noch besprechen. Und falls dir plötzlich doch noch was von gestern Nacht einfällt, kannst du es mir gerne jederzeit anvertrauen.«

»Du Biest«, gab ich zurück.

Sie lachte.

»Na, dann viel Spaß bei deinen zukünftigen Schwiegertigern. Und pass gut auf, wenn sie dir sagen, wie viele Enkelkinder sie sich wünschen, sortiert nach Geschlecht und Augenfarbe. Du hast jetzt schließlich gewisse Verpflichtungen …«

Es tat gut, sie noch einmal lachen zu hören.

»Bettina Robinson, ich glaube kaum, dass ausgerechnet *du* mir in solchen Dingen Ratschläge erteilen kannst – bei deinem liederlichen Lebenswandel in den letzten vierundzwanzig Stunden … Bis die Tage.«

»Ciao.« Ich legte auf und atmete tief durch. Eine solche Nacht und ein solcher Morgen danach verlangten unbedingt nach einem zweiten Brötchen mit Speck, Ei und Käse. Ich musste zwar noch die Partyliste mit den fünfhundert Gästen und den Geschenken schreiben, aber die konnte warten. Mein Kater nicht.

9

Drei Wochen später – drei Wochen, die mit dem Schreiben von Listen, der modischen Aufrüstung meiner Garderobe und dem allmählichen Hineinfinden in die wunderbare Welt von Kelly & Company mehr als ausgefüllt gewesen waren –, stand ich mal wieder in einer endlosen Schlange und wartete, diesmal auf Penelope. Die Frauen vor dem Sanctuary strichen sich mit manikürten Fingern das nach der neuesten japanischen Methode künstliche entkrauste Haar glatt. Damit sie bei dieser Prozedur auf ihren hohen Stöckelschuhen nicht umkippten, mussten sie von ihren männlichen Begleitern festgehalten werden, die dabei so richtig schön ihre Muskeln spielen lassen konnten und sich freuten, dass sich der regelmäßige Verzehr blutiger Steaks endlich einmal auszahlte. Es war ein frostiger Abend Anfang November, aber außer mir schien keiner zu bemerken, dass der Sommer längst vorbei war. Wohin ich mich auch drehte und wendete, überall nur nackte Haut: gebräunt, geschrubbt, gecremt, geschminkt, gezupft und gewachst. Abgrundtiefe, bronzefarbene Dekolletés, schmale, leicht glitzernde Bauchstreifen, wohl geformte Beine bis in solche Höhen, wie man sie sonst höchstens am Strand oder beim Gynäkologen zu sehen bekam. Man wippte zum Rhythmus der Loungemusik, die durch die imposante Stahltür drang, vibrierend vor gespannter Erwartung auf das, was die Nacht wohl bringen würde. Den ersten Martini, der in den Adern kribbelte, den heißen Pulsschlag der Musik, den köstlich würzigen Rauch einer Zigarette, perfekte Haut auf perfekter Haut.

Es gibt kaum etwas Berauschenderes, als an einem Samstagabend in New York vor dem neuesten, schicksten Club der Stadt zu stehen, umringt von hoffnungsfrohen, hinreißenden Glitzergeschöpfen, erfüllt von einer Stimmung, in der jeder Traum wahr zu werden verspricht… wenn man es nur am Türsteher vorbei in den Club schafft.

Zu meiner Überraschung hatte Will die Berichte über meinen (ausgefallenen) One-Night-Stand alles andere als begeistert aufgenommen. Als ich ihn nach der Arbeit angerufen hatte, war ich mir eigentlich ziemlich sicher gewesen, dass er von dem Artikel nichts wusste. Ich konnte mir einfach nicht vorstellen, dass er so was wie den New York Scoop überhaupt las. Aber das war ein Irrtum, und zwar ein gewaltiger. Anscheinend hatte inzwischen ganz New York dieses Machwerk entdeckt – und vor allem Ellie Insiders Kolumne.

»Hallo, Bette. Dein Onkel wartet sehnlichst auf deinen Anruf. Er scharrt schon ungeduldig mit den Hufen. Augenblick, ich hole ihn«, sagte Simon leicht unterkühlt. Seltsam. Sonst fragte er mich immer, wie es mir ging oder wann ich mal wieder zum Essen kommen würde.

»Bette? Bist du das tatsächlich, meine Nichte in persona? Sag bloß, unsere frisch gebackene VIP lässt sich tatsächlich herab, ihren alten Onkel mit einem Anruf zu beglücken?«

»Wieso VIP? Wovon redest du?«

»Von einem kleinen Artikel über eine ›geheimnisvolle Fremde‹ vielleicht? Da dein neuer Freund ein ausgesprochener Medienliebling zu sein scheint, werden seine… ähem… seine Eroberungen vom Scoop getreulich aufbereitet. Oder hast du die Kolumne etwa nicht gelesen?«

»Mein neuer Freund? Du meinst wohl den erlauchten Philip Weston, hm?«

»Ebenjenen, Darling. Nicht ganz der Typ, der mir vorschwebte, als ich dir zugeredet habe, dich zu amüsieren und dir einen netten Jungen zu suchen, aber was weiß ich schon? Ich bin ja nur ein alter Mann, der das Leben durch seine bildschöne junge Nichte genießt. Wenn du den Reizen eines reichen britischen Schnösels erliegst, kann ich es auch nicht ändern.«

»Will! Ich fass es nicht, dass ausgerechnet *du* glaubst, was in der Zeitung steht. Du solltest es wirklich besser wissen. Es war alles ganz anders.«

»Offenbar muss ich dir sanft, aber doch auf die Sprünge helfen. Seit ein paar Tagen liest die ganze Welt Ellie Insider. Allem Anschein nach ein hinterlistiges kleines Ding, aber sie hat den Dreh raus. Willst du behaupten, dass du nicht bei ihm übernachtet hast? Oder dass es sich um eine andere ›Neue‹ bei Kelly & Company handelt? Sollte das der Fall sein, musst du schleunigst auf einer Gegendarstellung bestehen. Du möchtest schließlich nicht, dass ein übler Geruch an dir haften bleibt.«

»So einfach ist es auch wieder nicht«, gab ich zurück.

»Ich verstehe«, antwortete er leise. »Aber eigentlich geht es mich ja auch gar nichts an. Hauptsache, du hast deinen Spaß. Alles andere ist unwichtig. Wir sehen uns Sonntag zum Brunch? Die Hochzeit für Hochzeiten hat begonnen, und demnach dürfen wir uns wohl auf einige interessante Anzeigen freuen. Zieh deine schicksten Schuhe an, Darling.«

Ich sagte zu, obwohl ich mich nicht recht wohl dabei fühlte. Es war, als hätte sich zwischen uns eine Kluft aufgetan, oder zumindest ein Spalt.

»Hi, Bette, hier bin ich!«, rief Penelope. Sie musste noch schnell ihr Taxi bezahlen und winkte mir zu.

Ich winkte zurück. »Hi, auf die Sekunde pünktlich. Elisa und der Rest der Truppe sind auch schon da, aber ich wollte nicht, dass du allein reingehen musst.«

»Mensch, siehst du klasse aus!«, sagte sie und betrachtete mich anerkennend vom Scheitel bis zur Sohle. »Wo hast du denn die tollen Klamotten aufgestöbert?«

Ihre Komplimente gingen mir runter wie Öl. Nach einem

Monat bei Kelly & Company hatte ich die Nase voll davon gehabt, immer so rumzulaufen, als ob ich zu einer Beerdigung wollte. Ich hatte mein schwarzes Zeug aussortiert, mich mit ein paar herausgerissenen Seiten aus *Lucky* und *Glamour* bewaffnet und mich schnurstracks bei Barney's in einen Kaufrausch gestürzt. An der Kasse rechnete ich im Stillen aus, wie viele Jahre es wohl dauern würde, bis ich die Sachen bezahlt hatte, aber dann zückte ich doch tapfer meine Kreditkarte. Als ich sie zurückbekam, hätte ich schwören können, dass sie glühte. An einem einzigen Nachmittag hatte ich nicht nur meiner hausbackenen Vergangenheit ein für alle Mal Lebewohl gesagt, sondern auch einem ausgeglichenen Kontostand.

Die Mühe hatte sich gelohnt. Es war zwar nicht gerade Haute Couture, aber ich konnte mit meinem neuen Look trotzdem ziemlich zufrieden sein: eine Paige-Jeans, die teurer war als meine gesamten monatlichen Fixkosten, ein mit Spitze gesäumtes, hauchzartes Seidentop in Apfelgrün, ein Tweedblazer, der zwar zu nichts so richtig passen wollte, den aber mein Verkäufer Jean-Luc für »unverzichtbar« erklärt hatte, und das Unterarmtäschchen von Chanel, das Will mir zum einundzwanzigsten Geburtstag geschenkt hatte. Sein Kommentar dazu: »Kein Mädchen sollte die Schwelle zum Frausein ohne ein Designerstück überschreiten müssen, das ihm den Weg ebnet. Möge dir ein langes Konsumentenleben voller Verbraucherglück und Markentreue beschieden sein.«

In den fünf Jahren bei UBS war ich achtzig Stunden die Woche an den Schreibtisch gekettet gewesen. Da ich zum Geldausgeben nie die Zeit gefunden hatte, war auf meinem Konto nach und nach ein schönes kleines Polster für schlechte Zeiten angewachsen. Acht Wochen ohne Arbeit und ein Nachmittag bei Barney's hatten ein ziemliches Loch in meine Ersparnisse gerissen, aber mein Hintern hatte in einer Jeans noch nie knackiger ausgesehen. Während ich vor dem Sanctuary zwischen den Schlanken und Schönen stand, sonnte ich mich in dem Gefühl, dass ich dazugehörte. Und das war mir jeden Cent wert.

»Hallöchen«, sagte ich und umarmte Penelope. »Gefällt es dir? Das ist mein neuer ›Ich war noch nie auch nur halbwegs cool, aber ich gebe wirklich mein Bestes‹-Look. Wie findest du mich?«

»Ich finde, du siehst scharf aus«, antwortete sie. Auf Penelope war eben immer Verlass. »Hat hier vielleicht jemand vor, sich heute Abend mit einer gewissen englischen Gottheit zu treffen?«

»Sollte mich wundern. Philip Weston scheint nicht besonders auf Frauen zu stehen, die nicht sofort mit gespreizten Beinen auf sein Bett sinken. Und ob die andere Sorte bei ihm mehr Glück hat, wage ich ebenfalls zu bezweifeln. Ist ja auch egal. Er war jedenfalls unglaublich arrogant und von sich selbst eingenommen. Da hilft auch das beste Aussehen nichts.«

»Und in so was kann man sich natürlich nicht vergucken«, sagte Penelope mit gespieltem Ernst.

»Natürlich nicht«, antwortete ich. »Los komm, ich erfriere. Die anderen sind schon alle drin.«

»Hast du die Schlange gesehen? Ist heute Abend was Besonderes geboten? Bei dem Andrang könnte man fast meinen, Britney legt einen Striptease hin.«

»Ich weiß bloß, dass der Club gestern erst eröffnet hat. Man munkelt, er wäre das Exklusivste vom Exklusivsten, eine Art aufgemotzte VIP-Lounge. Kelly wollte, dass wir ihn uns mal ansehen, nur für den Fall, dass die Gerüchte tatsächlich wahr sind. Wenn der Laden wirklich so toll ist, buchen wir ihn für die *Playboy*-Party.«

Kelly & Company hatte vor über einem Jahr den Auftrag bekommen, in Manhattan ein Fest zum fünfzigjährigen Bestehen des *Playboy* zu organisieren. Die Jubiläumsfeierlichkeiten sollten im Januar in Chicago beginnen und im März in Los Angeles ihren Höhepunkt finden, dazwischen waren Partys in Las

Vegas, Miami und New York geplant. Es war ein Großauftrag, unser bis dahin wichtigstes Projekt, das uns im Büro fast jeden Tag mit Beschlag belegte. Kelly hatte uns am Vortag zu sich gerufen, die Zahl auf der Countdowntafel auf hundertvierundsechzig geändert und um die neuesten Zwischenberichte gebeten. Die LISTEN-Girls durchforsteten die Datenbank nach Promis der Güteklasse A und B und würden schon bald die endgültige Siegerliste präsentieren können. Wir anderen hatten alle Hände voll damit zu tun, Anrufe von irgendwelchen Leuten abzuwimmeln, die uns Einladungen für sich selbst oder ihre Kunden oder beides abschwatzen wollten. Nimmt man dazu noch Hugh Heffners ausdrückliche Weisung, über sämtliche Details (inklusive Location, Datum, Uhrzeit und Gäste) absolutes Stillschweigen zu bewahren, hat man ein ideales Rezept für das totale Chaos.

»Ich habe mir den Club heute mal auf Citysearch im Internet angesehen. Da wird der Geschäftsführer zitiert, der sagt, dass er ein ›anspruchsvoll kreatives‹ Publikum ansprechen will. Und ich dachte immer, so redet man nur von der Nouvelle Cuisine, aber wer bin ich schon?«, seufzte Penelope.

Mir war erst kürzlich klar geworden, dass in Manhattan eigentlich nur ein Ordnungsprinzip Gültigkeit hat: Exklusivität. Was wahrscheinlich teilweise auch daran liegt, dass sich hier, auf dieser kleinen Insel, so viele Menschen drängen. Für die New Yorker ist alles ein Wettkampf, sei's die Suche nach einem Taxi oder einem freien Platz in der U-Bahn, die Jagd nach einer Hermès-Birkin-Tasche oder nach Jahreskarten für die Knicks. Auf einer Eigentümerversammlung einen Antrag durchzubringen braucht Ewigkeiten. Spröde Hostessen in populären Restaurants verlangen, dass man einen Tisch sechs Monate im Voraus bestellt. »Wenn du ohne Mühe reinkommst, lohnt es die Mühe nicht«, so ein beliebter Spruch. Spätestens seit den Tagen von Studio 54 hat das Publikum den Einlass in einen Nachtclub zum Leistungssport erhoben. Und in den angesagtesten Läden gibt es sogar Abstufungen des Eingelassenwerdens. Durch die Tür zu kommen war nur der Anfang, das schaffte jede Jungstudentin, die ein hautenges Top trug. Wie sagte mal jemand in Bezug auf das Sanctuary? »Wie, mit der Meute an der Bar? Da gehe ich doch lieber gleich zu McDonald's.« Elisa hatte uns strikt angewiesen, direkt in die VIP-Lounge durchzugehen. Nur dort ging anscheinend »echt die Post ab«. Früher haben sich Jagger und Bowie in den legendären Privatsalons des Studio 54 die Nächte um die Ohren geschlagen. Heute halten Leo, Colin und Lindsay in abgeschiedenen Gemächern Hof, geschützt vor neugierigen Blicken. Und der Rest der Menschheit kämpft darum, eingelassen zu werden.

Ich hatte mich schon vor geraumer Zeit daran gewöhnt, kein VIP zu sein – ich wäre nie auf die Idee verfallen, dass ich in diese Kategorie gehören könnte. Aber als ich zum ersten Mal außerhalb der Nachtclubszene auf einen VIP-Raum stieß, erwachte mein gerechter Zorn. Für mich war es das erste Vorzeichen der Apokalypse, als mein Zahnarzt Dr. Quinn in seiner Praxis ein getrenntes Wartezimmer für Promis eröffnete. »Damit sich unsere namhaften Patienten wohl fühlen können«, wie mir die Sprechstundenhilfe erklärte. »Nehmen Sie doch bitte im normalen Warteraum Platz.« Also mischte ich mich zähneknirschend unter das gemeine Volk, blätterte in einer zwei Jahre alten Illustrierten und versuchte, den übergewichtigen Gentleman, der mir gegenübersaß, mittels Hypnose zu zwingen, keine Kaugummiblasen mehr zerplatzen zu lassen. Sehnsüchtig starrte ich auf die Tür mit dem VIP-Schild und malte mir in den leuchtendsten Farben aus, was für ein edles Zahnarztwunderland wohl dahinter lag. Ich fand mich damit ab, dass ich nun einmal zu denen gehörte, die von einer solchen Vorzugsbehandlung nur träumen konnten. Doch heute, nur ein paar Monate später, stand ich in meiner megageilen neuen Ausgehkluft vor dem Sanctuary, in dem eine Truppe megatoller Freunde schon auf mich wartete. Endlich war auch ich auf der Siegerstraße angekommen.

Aus den Augenwinkeln sah ich eine Frau, die wie Abby ausschaute, aber genau konnte ich sie nicht erkennen. Sie begrüßte den Türsteher mit einem Küsschen und ging hinein. »Hör mal, Penelope, du errätst nie, wen ich letztens getroffen habe. Kaum zu fassen, dass ich es dir noch nicht erzählt habe. Weißt du, wer an dem Abend, als du nicht mehr ins Bungalow 8 mitkommen wolltest, auch da war? Abby. Abby Abrams.«

Penelope machte große Augen. Falls überhaupt möglich, hasste sie Abby noch mehr als ich. Sie behandelte sie wie Luft, seit Abby sie einmal in einem leeren Seminarraum abgefangen hatte, um ihr zu sagen, sie solle es sich nicht zu Herzen nehmen, dass ihr Vater ein Verhältnis mit seiner Sekretärin habe, das tue seiner Liebe zu ihr bestimmt keinen Abbruch. Penelope war so geschockt, dass sie nur fragen konnte: »Woher weißt du das?« Worauf Abby fies grinste und zurückfragte: »Ist das dein Ernst? Ich dachte, das weiß jeder.«

»Du hast diese Giftspritze getroffen und mir nichts davon erzählt? Was hat sie denn gesagt?«

»Das Übliche. Es freut dich bestimmt zu hören, dass sie jetzt im Fokus der Medienwelt steht. Nennt sich inzwischen Abigail, woraufhin ich sie natürlich so oft wie möglich mit Abby angesprochen habe. Hat einen neuen Busen und sich das halbe Gesicht umschneidern lassen, aber ansonsten ist sie ganz die Alte.«

»Die würde doch für fünfzig Cent ihre eigene Großmutter verkaufen, wenn sie dadurch nach oben kommen könnte«, knurrte Penelope.

»Wo du Recht hast, hast du Recht«, antwortete ich. »Könnte sein, dass du ihr heute Abend über den Weg läufst. Ich glaube, sie ist gerade reingegangen.«

»Toll. Wirklich super. Was für ein Glück.«

Ich hakte mich bei Penelope unter, holte tief Luft und zog sie mit mir, an der Schlange vorbei bis ganz nach vorne. Hoffentlich strömte mir das Selbstvertrauen aus allen Poren. Ein magersüchtiger Schwarzer mit einer riesigen Afroperücke, einem langärmeligen Netzhemd und knallengen pinkfarbenen Leggings sah uns unter seinen mit Glitter besetzten Augenwimpern hervor an.

»Steht ihr auf der Gästeliste?«, fragte er. Für jemanden, der sich derart weiblich kleidete, klang seine Stimme überraschend barsch.

»Und ob«, sagte ich lässig. Schweigen. »Ja, wir stehen auf der Liste. Wir gehören zu Kelly & Company.«

Keine Antwort. Er hatte die Liste in der Hand, warf aber keinen Blick darauf. Vermutlich hatte er mich nicht verstanden.

»Wir sind bei der Geschäftsführung angemeldet. Wir wollen den Club als Location testen.«

»Name!«, raunzte er gleichgültig. Meine Erklärung hätte ich mir sparen können. Während ich ihm meinen Nachnamen buchstabierte, rauschten vier Typen in altmodischen Trainingsanzügen und eine Frau in einem Fummel aus den Zwanzigerjahren an mir vorbei.

»Romero, sei ein Schatz und nimm das dumme Seil weg, damit wir reinkönnen«, befahl die Frau und tätschelte seine Wange.

»Wird gemacht, Sofia. Immer hereinspaziert«, säuselte er. Die Frau in dem Fummel war Sofia Coppola. Ihr Gefolge im Schlepptau, marschierte sie hinein. Der Türsteher wurde von allen mit einem Kopfnicken begrüßt. Er war vor Stolz und Freude dermaßen aus dem Häuschen, dass er geschlagene drei Minuten brauchte, um sich zu fassen, und weitere zwei, bis ihm wieder einfiel, dass wir immer noch vor ihm standen.

»Robinson«, wiederholte ich leicht gereizt. »R-O-B-«

»Danke, ich kann buchstabieren«, knurrte er. Auch an seine Stinklaune hatte er sich wieder erinnert. »Ja, ihr habt Glück. Du stehst auf der Liste. Sonst kommt hier heute Abend nämlich keiner rein.«

»Mmm.« Mehr fiel mir auf diese faszinierende Eröffnung nicht ein.

Er griff nach der Samtkordel, aber hob sie nicht hoch. Stattdessen beugte er sich vor und sagte zu Penelope: »Noch einen Rat fürs nächste Mal, Mädels: KEIN Freizeitlook.«

Penelope kicherte. Offenbar war ihr nicht klar, dass es unser neuer Transvestitenfreund ernst meinte.

»Ich sage bloß, wie es ist«, fuhr er fort, von Sekunde zu Sekunde lauter werdend. Die zappelige, aufgeregte Menge war verstummt, fünfzig Augenpaare bohrten sich in unsere Hinterköpfe. »Wir wollen hier etwas mehr Klasse sehen, etwas mehr Stil.«

Ich zermarterte mir das Hirn nach einer schlagfertigen Antwort. Vergeblich. Bevor ich wusste, wie mir geschah, kam eine Frau zu uns herüber, so jung, so groß und mit solchen Riesenmöpsen ausgestattet, dass sie eher nach Hollywood gepasst hätte. Sie sah sich bemüßigt, uns einen knappen, aber höchst informativen Vortrag über die aktuelle Modesituation zu halten.

»Zurzeit sind vor allem die Vierzigerjahre in.« Sie lächelte freundlich.

»Häh?«, sagte Penelope und nahm mir damit die Antwort aus dem Mund.

»Das ist natürlich nur eine von vielen Möglichkeiten, aber eine hoch effektive. Schwarzweiß und knallroter Lippenstift. Dazu vielleicht ein Paar antike Pumps von Prada oder sogar noch weniger Absatz. Es geht darum, sich von der Masse abzuheben.« Ein paar Leute hinter uns lachten gönnerhaft.

Dabei sah die Frau selbst so aus, als ob sie einem wild gewordenen Schönheitschirurgen unters Messer geraten wäre.

Was ich sagte? Was ich tat? Gar nichts. Ohne ein Quäntchen, eine Prise oder auch nur einen Hauch an Selbstachtung zu wahren, streckten wir dem Gorilla demütig die Hände hin, ließen uns abstempeln und schlüpften beschämt unter der hoch gehaltenen Kordel hindurch. Die letzte Kränkung ereilte uns, kurz bevor die Tür hinter uns ins Schloss fiel, denn wir hörten noch, wie die plastisch aufgemotzte Giraffe zu dem Netzhemdfreak sagte: »Es wäre ja alles nicht so schlimm, wenn sie wenigstens auf die richtigen Marken achten würden.«

»Träum ich?«, fragte Penelope, die genauso verdattert aussah, wie ich mich fühlte.

»Leider nein. Was sind wir bloß für Jammergestalten?«

»Für so etwas Jämmerliches wie uns gibt es keinen Ausdruck. Es war so wie früher, wenn im Fernsehen *Risiko* kam. Ich wusste alle Antworten, nur leider immer zehn Sekunden zu spät.«

Ich wollte ihr gerade vorschlagen, uns mit eimerweise unverdünntem Wodka zu trösten, als Elisa uns erspähte.

»Dieser Laden ist ja so heiß«, hauchte sie mir ins Ohr, während sie Penelope mit einem Winken begrüßte. »Ihr glaubt es nicht. Ganz rechts, hinterste Ecke? Kristin Davis. Ganz rechts, direkt davor? Suzanne Somers. Zugegeben, nicht ganz oberste Schublade, aber trotzdem Promis. Ganz links, nicht ganz in der Ecke? Sting und Trudie Styler. Beim Knutschen! Auf der runden Ledercouch in der Mitte Heidi Klum und Seal. Und Davide hat gehört, dass Zac Posen auch noch kommt.«

»Wow.« Penelope gab sich redliche Mühe, die Beeindruckte zu spielen. »Ist ja mächtig viel los heute Abend. Bette? Was meinst du? Sollen wir uns was zu trinken holen?«

»Ich bin noch nicht fertig«, zischte Elisa. Sie zog mich näher an sich heran und suchte den Raum wie mit einer eingebauten Radaranlage ab. »Am Nebenausgang, der da mit der Bedienung flirtet? Ethan Hawke. Was natürlich fast ein bisschen peinlich ist, weil Andre Balazs auch da ist, der Neue von Uma Thurman. Er sitzt da drüben auf der ersten Bank, mit Geschäftsfreunden. Und da! Die hässliche lesbische Bloggerin, die immer nur schreibt, wie viel Koks sie sich letzte Nacht wieder reingezogen hat, steht in der Ecke und beobachtet alles. Morgen kann man es in ihrem Blog nachlesen, aber so, als ob sie die ganze Nacht abgefeiert und nicht nur Leute bespitzelt hätte. Und da! Direkt hinter ihr, ein Mitarbeiter von Rush & Molloy. Du weißt doch, die mit der Klatschkolumne. Sie tauschen ihre Spione regelmäßig aus, damit sie niemand erkennt, aber wir haben eine Quelle, die uns von den Neuen immer sofort die Fotos und Lebensläufe rüberfaxt … Hmmm, sieht nicht so aus, als ob Philip heute Abend auch da ist. Schade. Du hattest dich sicher schon auf ihn gefreut, was?«

»Philip? Ach nein, eigentlich nicht«, murmelte ich, was immerhin nur halb gelogen war.

»Wirklich nicht? Heißt das, er hat dich immer noch nicht angerufen? Wie traurig. Ich kenne das Gefühl, Bette. Nimm es nicht persönlich. Er hat offensichtlich einen seltsamen Geschmack.«

Drei Wochen lang war ich Elisas Fragen ausgewichen und hatte so getan, als ob mir Philip Weston gestohlen bleiben könnte. Fast hätte ich ihr zum wiederholten Mal erklärt, dass er mich gar nicht anrufen konnte, weil ich ihm schließlich meine Nummer nicht gegeben hatte, obwohl er sie haben wollte. Aber ich sparte mir meinen Atem. Es war offensichtlich ein heikles Thema, das man besser nicht vertiefte. Außerdem fand ich es auch nicht gerade prickelnd, dass er nichts von sich hatte hören lassen, Telefonnummer hin oder her.

Elisa führte uns zu einem kleinen Kreis aus weißen Wildledersofas – eine schwachsinnige Idee für einen Club, in dem die Leute nichts anderes taten als essen, trinken und fummeln. Dort saßen schon Leo, Skye, Davide und ein Mann, den Elisa uns als den »Denker und Lenker dieses Clubs« vorstellte.

»Hi, ich bin Bette, und das ist meine Freundin Penelope«, sagte ich und gab dem Typen mit der in altmodischen Fußballerkreisen bestens bekannten Vokuhilafrisur die Hand.

»Yo. Danny.«

»Ohne Danny wären wir heute Abend nicht hier«, seufzte Elisa. Der ganze Tisch nickte bedeutungsvoll. »Er hat das Konzept Sanctuary aus der Taufe gehoben und auf die Beine gestellt. Stimmt doch, Danny?«

»Logo.«

Warum dieses Wohlstandsjüngelchen krampfhaft so tun musste, als ob er der tiefsten, schwärzesten Bronx entstammte, war mir schleierhaft.

»Dann hast du wohl auch den charmanten Gorilla an der Tür eingestellt, hm?«, fragte ich. Elisa warf mir einen warnenden Blick zu.

An Danny ging meine leise Kritik offenbar völlig vorbei. »Kaputte Type. Aber kriegt alles gebacken. Hält uns die Loser vom Leib. Alles andere geht mir am Arsch vorbei.«

Mmm. Penelope nickte brav und stieß mich gleichzeitig mit dem Ellbogen in die Rippen. Ich konnte mir nur mit Mühe ein Grinsen verbeißen. Der liebe Danny kriegte ja doch die Zähne auseinander.

»Und wie bist du auf das Konzept Sanctuary gekommen?«, fragte Penelope, die ihn wie einen Außerirdischen anstarrte.

Er trank einen Schluck Stella Artois und sah sie an, als ob er erst noch einordnen müsste, welcher Sprache sie sich soeben bedient hatte. Er kniff verwirrt die Augen zusammen, fasste sich an die tief gerunzelte Stirn und drehte bedächtig den Kopf hin und her. »Lady. Alle anderen Schuppen sind doch der Stress pur. Die Schlange vor dem Bungalow ist ein Albtraum, und die Medienfuzzis im Soho House kann ich nicht ausstehen. Da dachte ich mir, es wird Zeit für einen Club, wo wir ein bisschen chillen können. Cool abhängen. Und so.«

Er schien erleichtert zu sein, dass es ihm doch noch gelungen war, seine Idee in Worte zu fassen. Na ja, unter so einem Frisurendeckel konnten einem die Gedanken auch leicht ein bisschen einrosten.

Bevor diese faszinierende Konversation in die entscheidende Phase eintreten konnte – unzweifelhaft der Punkt, an dem Danny auch noch der Name seines eigenen Clubs wieder einfiel –, entdeckte ich einen mir gut bekannten Bronzekörper.

»O Gott, er ist hier«, flüsterte ich theatralisch und duckte mich, um erst mal zwischen den anderen in Deckung zu gehen.

Alles drehte sich um.

»Philip. Philip Weston ist da, soeben eingetrudelt. Mit einem, einem, einem *Model.*« Wahrscheinlich hörte ich mich an wie ein betrogenes Eheweib.

»Du wirst doch wohl nicht eifersüchtig sein?«, flüsterte mir Elisa ins Ohr. »Und ich dachte schon fast, du wärst immun gegen den berüchtigten Weston-Charme. Gut, dann bist du ja doch eine heißblütige Amerikanerin. Allerdings, nur weil du dich für ihn interessierst, muss er sich noch lange nicht für dich interessieren.«

»Hey, Mann! Philip! Hier sind wir!«, rief Danny. Und bevor ich's mich versah, war Philip schon bei uns am Tisch und drückte mir zur Begrüßung einen Kuss auf den Mund.

»Hallo, schöne Frau. Ich hatte gehofft, dich hier zu treffen. Vor mir läuft so leicht keine davon.«

»Wie bitte?« Mehr brachte ich beim besten Willen nicht heraus. Sollte er mit dem Kuss und der Bemerkung tatsächlich mich gemeint haben? Und nicht vielleicht doch die schlanke Schöne, die geduldig wartend einen Schritt hinter ihm stand und nicht im Geringsten beunruhigt zu sein schien?

»Du hast beim Portier deine Telefonnummer nicht hinterlegt. Wie nennt ihr das hier? Das Pflänzchen-rühr-mich-nicht-an Spielen? Aber ich liebe die Herausforderung, und da dachte ich mir, ich spiele einfach mit und stöbere dich selbst auf.«

Elisa sank hinter ihm auf die Couch, den Mund weit aufgerissen, einen geschockten Ausdruck im Gesicht.

»Mitspielen?«, stammelte ich.

»Normalerweise kenne ich so etwas nicht, dass eine Frau vor mir die Flucht ergreift, wenn du weißt, was ich meine. He, Kollege, könnte ich einen Tanq mit Tonic bekommen?«, sagte er zu Danny, als ob der unser Kellner wäre.

»Logo, Mann. Schon in der Mache«, antwortete Danny und setzte sich so rasant in Bewegung wie jemand, dem man Drogen oder Mädchen angeboten hatte.

Philip rief hinter ihm her: »Und bring auch etwas für Sonja mit.« Er wandte sich an das Mädchen mit den Beinen bis zum Bauch. »Sonja, Kind, was möchtest du trinken? Gingerale? Gemüsesaft? Sag es mir, Liebes.«

Sie starrte ihn nur stumm an. Fast – aber nur fast – fand ich den Gedanken, dass er sich von einer Frau begleiten ließ, während er sich anschickte, eine andere zu erobern, amüsant. Denn schließlich wollte er mich doch erobern, oder etwa nicht?

Elisa hatte sich wieder auf Davides Schoß gesetzt. Anscheinend hatte sie sich von Philips unerwartetem Eintreffen erholt. Unauffällig nahm sie ein kleines Tütchen mit weißem Pulver aus ihrer meergrünen Balenciaga-Tasche und steckte es Skye zu, die sofort in Richtung Damentoilette abdampfte. Aber Elisa hatte noch mehr zum Naschen mitgebracht. Aus einem Seitenfach holte sie eine Hand voll Pillen und verteilte sie am Tisch. Rasch wurden die Muntermacher mit Champagner, Wodka und dem, was Skye, unsere Cocktailkritikerin, den »einzigen anständigen Cosmopolitan in diesem ganzen Drecksnest« nannte, hinuntergespült.

»O, Philip, isch denke, isch ’ätte gern einen Tomatensaft, oui?«, sagte Sonja und grub verführerisch die Zähne in ihre Unterlippe.

»Los, Leute. Kommt spielen. Es reicht für alle«, rief Elisa. Bei dem Getöse der Hotel-Costes-CD war sie kaum zu verstehen. Das Stück hätte vielleicht als relaxte Loungemusik durchgehen können, wenn es nicht so laut abgespielt worden wäre, dass es locker jeden Düsenjet übertönt hätte.

Während Danny die Drinks für Philip und Sonja holte, unternahm Penelope den eher sinnlosen Versuch, ein Gespräch mit Elisa zu führen, die von Minute zu Minute aufgekratzter wurde. Ich konnte mich nicht bewegen, stand nur dumm und stumm da wie ein Ölgötze.

»Möchtest du mich nicht deiner … Begleitung vorstellen?«, wandte ich mich schließlich an Philip. Ich war mir nicht ganz sicher, was für ein Benehmen die Etikette von einer Frau verlangte, wenn sich der Typ, in dessen Bett sie vor kurzem erst genächtigt hat, mit seiner Freundin im Schlepptau auf die Pirsch nach ihr macht.

»Aber gern, mein Herz. Sonja, das ist das hinreißende Geschöpf, von dem ich dir erzählt habe. Die, die mir, so unglaublich es klingen mag, vor ein paar Wochen einen Korb gegeben hat. Sie war natürlich sternhagelvoll; das ist die einzige plausible Erklärung.« Sonja nickte. Weiß der Himmel, ob ihr Englisch für diese Ausführungen reichte. Vermutlich nicht, denn Philip schaltete vorsichtshalber auf Französisch um. Das einzige Wort, das ich verstand, war *nom* – Name. Er erklärte ihr wohl, dass er nicht wusste, wie ich hieß.

»Bette«, sagte ich und gab Sonja die Hand. Philip beachtete ich nicht weiter.

»Son-jaa«, kicherte sie und zeigte ihr strahlendes Zahnpastareklamegebiss.

»Sonjas Eltern haben sie mir anvertraut. Sie ist diese Woche in New York, um sich bei Modelagenturen vorzustellen«, erklärte er mit seinem aufreizend hinreißenden englischen Akzent. »Unsere Eltern haben nämlich in Saint-Tropez benachbarte Villen. Deshalb war sie schon immer so etwas wie eine kleine Schwester für mich. Erst fünfzehn Jahre alt. Kaum zu glauben, was?« Ich muss zugeben, dass er sie tatsächlich mit einem brüderlich stolzen Blick betrachtete, obwohl bei ihrer Erscheinung ein lüsternes Beäugen durchaus angebracht gewesen wäre.

Wieder ergriff mich die mittlerweile sattsam bekannte Lähmung, die nun auch auf meine Sprechwerkzeuge übergriff. Deshalb war es regelrecht eine Erleichterung für mich, als Penelope mir eröffnete, dass sie aufbrechen wolle.

»Ich weiß, wir sind gerade erst gekommen«, sagte sie leise zu mir. »Aber das ist hier einfach nicht meins. Kommst du ohne mich aus? Du hast ja noch deine Kollegen und bist nicht allein.«

»Pen, du spinnst wohl! Ich komme natürlich mit.« Einerseits war ich froh, dass sie mir einen guten Grund lieferte, mich verabschieden zu können, andrerseits regte sich aber auch der Wunsch in mir, noch zu bleiben und mit Philip zu reden.

Danny kam zurück und eskortierte die Cocktailkellnerin an unseren Tisch. Philip und Sonja bekamen ihre Drinks, ich einen Piccolo Piper mit einem rot gestreiften Trinkhalm. Penelope ging leer aus.

»Hier, trink noch was, bevor wir gehen«, sagte ich und drückte ihr die Flasche in die Hand.

»Bette, ich bin total erledigt, okay? Aber du kannst wirklich noch bleiben und ...«

Da ertönte aus Elisas Mund ein Schrei: »AVERY!« Sie hievte blitzschnell ihr Knochengerüst von der Couch und stürzte auf einen großen blonden Mann zu, der ein rosa Businesshemd trug. Penelope und ich machten große Augen. *Ihr* Verlobter umarmte *meine* Kollegin, als ob sie uralte Freunde wären. »Komm mit rüber. Leute, ich muss euch meinen liebsten Partyboy vorstellen, Avery Wainwright. Avery, das ist ...«

Als sie unsere entgeisterten Mienen bemerkte, stoppte sie sich mitten im Satz, eine Leistung, die ich ihr bis dahin nicht zugetraut hätte.

»Hallo, Schatz. Das ist ja eine Überraschung, dich hier zu sehen«, sagte Avery, löste sich aus Elisas Klammergriff und zog Penelope leicht beschämt an sich.

»Das kannst du laut sagen«, antwortete sie leise, ohne ihm in die Augen zu sehen. »Wolltest du heute Abend nicht mit den Jungs essen gehen?«

Am liebsten hätte ich Penelope auf der Stelle ins Black Door verfrachtet, damit sie ihren Kummer ersäufen konnte. Obwohl Avery sich, genau genommen, nichts hatte zuschulden kommen lassen, war es für sie bestimmt nicht erfreulich, ihm unter diesen Umständen zu begegnen. Vielleicht konnte ich wenigstens versuchen, dafür zu sorgen, dass die anderen von ihrer Zweimannshow nicht allzu viel mitbekamen.

»Das haben wir auch gemacht. Wir waren im Sparks, und dann wollten die meisten nach Hause, aber Rick, Thomas und ich hatten noch Lust, diesen neuen Club auszuchecken. Siehst du, da drüben sind sie«, fügte er rasch noch hinzu, wie jemand, der sich ertappt fühlt.

Rick und Thomas waren tatsächlich da. Kaum angekommen, hatten sie auch schon eine Hand voll blutjunger Frauen an ihren Tisch eingeladen, die bereits mächtig in Fahrt waren. Penelope sah aus, als ob ihr schlecht wäre. Sie wusste genau, dass Avery, wenn er ihr nicht über den Weg gelaufen wäre, nun wahrscheinlich mit einer von ihnen knutschen würde.

»Aha«, murmelte sie, während Rick und Thomas, auf der Polsterbank stehend, ein Mädchen zwischen sich nahmen und anfingen, mit den Hüften zu kreisen. »Verstehe.«

»Nicht doch, Baby. Es ist nicht so, wie du denkst. Die Frauen sind Bekannte, aus der Firma. Es ist alles rein freundschaftlicher Natur.«

»Aus der Firma?« Ihre Stimme war stahlhart, ihr Blick eiskalt. Alles wartete gespannt auf den großen Knall. Hektisch plapperte ich auf Elisa, Philip, Danny und Sonja ein und versuchte gleichzeitig, Penelope ein paar Schritte vom Tisch wegzumanövrieren, damit sie Avery keine Szene machte.

»Bei welchen Agenturen hast du dich denn schon vorgestellt, Sonja?«, fragte ich. Ob Philip nicht vielleicht doch »Schulen« gemeint hatte? Sie war noch ein halbes Kind.

»Ah, die üblischen. Elite, Ford, Wil'elmina. Philip meint, isch würde ein gutes Model abgeben.«

»Auf jeden Fall, Kleines. Sie sah schon immer umwerfend aus, sogar als sie noch in Windeln durch die Villa getapst ist. Fast ein Jammer, dass bei ihr noch der Staatsanwalt die Hand drauf hat.« Jetzt konnte er sich eines anzüglichen Blickes doch nicht erwehren.

»Die 'and? Worauf?«, fragte sie mit einem Augenaufschlag, der zum Dahinschmelzen war.

»Nichts, Kleines. Setz dich doch, und lass dich von der Männerwelt anbeten, während ich eine Minute mit Betty rede, okay?«

»Betty klingt wirklich nett, aber ich ziehe doch, Bette vor«, sagte ich so freundlich wie möglich.

»Du bist mir ja eine ganz Scharfe«, antwortete er und zog mich an sich, aber ohne mich zu küssen. Es war schwer, sich auf seine perfekt gemeißelten Gesichtszüge zu konzentrieren, während hinter mir Avery in flehenden Tönen auf Penelope einredete.

»Schatz, ich kann dir auch nicht sagen, warum sie mich einen Partyboy genannt hat. Du weißt doch, dass ich abends gern weggehe. Wenn du doch nur öfter mitkommen würdest. Elisa ist bloß eine zugekokste Schnepfe, die zufälligerweise weiß, wo die besten Partys abgehen. Das ist alles.«

Der Kerl hatte Nerven. Elisa als Kokserin bezeichnen, aber selbst die größte Schniefnase unter der Sonne sein. Penelope hatte viele Talente, von denen Leute wie ich nur träumen konnten. Sie wusste zum Beispiel, wie man ein Geschenk einpackt, wann man einen Dankesbrief schreiben muss oder wie man korrekt einen Tisch deckt, aber wenn es um Avery oder Drogen beziehungsweise um Avery *und* Drogen ging, hatte sie leider ein Brett vor dem Kopf. Als Skye von der Toilette kam, zog sie die Nase hoch. Der DJ legte OutKast auf, was Elisa dazu inspirierte, Davide und Skye auf die Bank zu zerren und mit ihnen ein Tänzchen hinzulegen. Dabei verschlang sie Philip regelrecht mit den Augen, doch der bekam davon nichts mit.

Ihre Pfennigabsätze bohrten kreisrunde Löcher in das weiße Wildleder, was meine Laune schlagartig um einiges verbesserte.

Doch die gute Stimmung hielt nicht lange vor. Das schrille Zirpen hinter mir war unverwechselbar.

»Bette! Du schon wieder, wie witzig!« Abby riss so heftig an meinem Arm, dass mein Champagner auf das Lederpolster schwappte.

»Hi, Abby.« Meine Begeisterung hielt sich in Grenzen. Verzweifelt sah ich mich nach einer Fluchtmöglichkeit um, ohne auch nur Augenkontakt mit ihr aufzunehmen.

»Das scheint ja mächtig gefunkt zu haben zwischen dir und Philip, hm?« Sie zwinkerte mir zu. Am liebsten hätte ich ihr das Grinsen aus dem Gesicht gekratzt.

»Mm. Und? Was treibst du hier?«

Sie lachte und richtete sich auf ihren Zwölfzentimeterabsätzen zu voller Zwergengröße auf. »Braucht man einen Grund, um sich ein bisschen zu amüsieren? Nein, nicht möglich, ist das etwa Avery Wainwright? Den hab ich ja schon eine Ewigkeit nicht mehr gesehen. Alle Achtung, hat sich ganz schön proper herausgemacht.«

»Er ist verlobt«, keifte ich. »Mit Penelope. Du erinnerst dich doch noch an Penelope?«

Sie stellte sich noch dümmer, als sie sowieso schon war. »Hm. Du kennst ja den alten Spruch.«

»Nein, was für einen?«

»Drum prüfe, wer sich ewig bindet, ob sich nicht doch was Bessres findet.« Sie rieb sich die Hände.

Als sie meine Reaktion bemerkte, sagte sie: »Ach, Bette. Nun komm wieder runter. Das war doch bloß ein Scherz!« Sie setzte eine künstlich zerknirschte Miene auf. »An deinem Sinn für Humor musst du echt noch ein bisschen arbeiten. Dabei fällt mir ein …«

»Abby, es war schön, dich zu sehen, aber ich muss mich wieder um meine Freunde kümmern. Wir haben so was wie eine berufliche Besprechung.« Ich duckte mich von ihr weg und ergriff die Flucht.

»Klar, Honey. Aber wir müssen demnächst unbedingt mal zusammen lunchen, okay? Ich kann es kaum erwarten, dass du mir alles über Philip und deinen neuen Job erzählst. Alle Welt redet noch über den Artikel im New York Scoop«, rief sie mir nach.

Eigentlich wollte ich nachsehen, wie es Penelope ging, aber Avery redete so eindringlich auf sie ein, dass ich nicht stören wollte. Ich ging zurück zum Tisch, wo Davide mir sofort einen Drink in die Hand drückte.

Keine Minute später kam Penelope auf mich zu. »Bette, wir gehen«, sagte sie matt. Sie sah aus, als ob sie sich lieber umbringen würde, als noch zu bleiben.

»Geht's? Hör mal, lass doch einfach Avery noch ein bisschen feiern, und wir gehen irgendwo einen Happen essen. Mich hält hier nichts. Wenn ich bleibe, mache ich womöglich irgendwas, was mir hinterher Leid tut. Mich zum Beispiel von Philip abschleppen zu lassen und eine wilde Liebesnacht mit ihm zu verbringen, obwohl er der fürchterlichste Mann ist, den ich kenne.«

Sie seufzte. »Nein, danke. Ich glaube, wir müssen wirklich nach Hause. Aber danke noch mal. Ich rufe dich morgen an.«

Wahrscheinlich würden beide in dieser Nacht kein Auge zutun. Avery war so zugekokst, dass er schon eine Betäubungsspritze für Pferde bräuchte, um einzuschlafen. Womöglich würde er auch noch Flashbacks bekommen, von dem ganzen Acid, das er als Student eingeschmissen hatte, und versuchen, einen Wellensittich zu fressen oder aus dem Fenster zu fliegen. Arme, liebe Penelope.

»Bette, Schatz, kommst du?«, fragte Philip und legte mir den Arm um die Schultern, ganz wie ein fester Lover und nicht wie der Mann, von dem ich mir einredete, dass ich nicht mit ihm ins Bett wollte. »Wir fahren zu mir. Vielleicht bis du diesmal nicht zu blau, um …«

»Aber klar, sicher doch. Und dann machen wir zusammen mit Sonja eine Pyjamaparty zu dritt«, entgegnete ich etwas pampiger als beabsichtigt. »Das wird ein Heidenspaß.«

»Du bist ganz schön frech, weißt du das?« Seine Hand kroch über mein hauchdünnes Top zwischen meine Schulterblätter. »Was regst du dich denn gleich so auf? Sei doch nicht immer so verkrampft, mein Herz. Ich lade Sonja in ihrer Suite ab, und dann lernen wir uns ein bisschen näher kennen. Was meinst du?«

Bevor ich antworten konnte, flüsterte er Sonja etwas auf Französisch ins Ohr. Sie nickte heftig, hob ihre perfekten Augenbrauen und kicherte. »*Oui*, *oui*, natürlisch ist es okay, dass ihr Zeit für eusch 'abt«, sagte sie. Nett von ihr, uns zu einer beschwipsten, beschwingten Sexnacht ihr Okay zu geben.

»Weißt du was, Philip?« Gute Frage. Ich wusste ja selbst nicht genau, wie ich ihm erklären sollte, warum es heute Abend nichts mit uns werden würde. »Es ist nicht richtig, sie mutterseelenallein in ein Hotelzimmer zu stecken. Sie bleibt doch nur diese eine Woche. Und sie ist erst fünfzehn. Findest du nicht, dass du auf sie aufpassen solltest? Bei ihrem Aussehen kann sie doch sicher keine drei Schritte gehen, ohne dass sie von irgendeinem Kerl angebaggert wird.«

Er machte ein nachdenkliches Gedicht. Anscheinend kaufte er mir meine schwesterliche Sorge um Sonja tatsächlich ab, denn er nickte. »Du hast völlig Recht, mein Herz. Ich bringe sie brav ins Bettchen, und dann nehmen wir uns irgendwo anders ein Hotelzimmer. Gute Idee. Wir schwirren ab, Leute«, verkündete er in Richtung der anderen. Elisa schaffte es vor lauter ungläubigem Staunen gerade noch, mir ein Okayzeichen zu geben. Sehr dezent.

Nun gut, dann würde ich die beiden eben vor dem Archives abwimmeln und allein mit dem Taxi nach Murray Hills weiterfahren. Das war auf jeden Fall einfacher, als lange darüber zu diskutieren. Während ich Sonja und Philip zum Ausgang folgte, kam ich mir vor wie das pummelige, ungelenke Kind zweier Olympioniken.

»He, ein Taxi, ja?«, sagte Philip zu dem Türsteher und schnippte mit den Fingern. Obwohl mir eine solche Arroganz sonst höchst zuwider war, kam sie mir, nachdem uns der Gorilla vorher so mies behandelt hatte, ausnahmsweise ziemlich gelegen. So lange zumindest, bis ich plötzlich erkannte, dass es gar nicht der unterernährte Netzhemdheld mit der Afroperücke war, sondern der süße (aber ungehobelte) Türsteher vom Bungalow 8, Sammy. Wenn Blicke töten könnten, wäre Philip wie von einer Kugel durchbohrt hintenüber gekippt. Und schon hatte er mich ebenfalls erkannt, obwohl ich mich noch schnell wegducken wollte. Er drehte sich um und hielt stumm ein vorbeifahrendes Taxi an.

Sonja rutschte als Erste hinein, Philip folgte als Nächster. Dann stand nur noch ich neben dem Wagen, dessen Tür Sammy mir aufhielt. Ich weiß auch nicht, warum ich zu ihnen einstieg, aber ich tat es. Es war, als müsste sich mein Körper an ein unsichtbares Drehbuch halten.

»Danke«, murmelte ich kläglich. Im selben Moment tönte Philip: »Geht das auch ein bisschen schneller da draußen? Meine beiden heißen Perlen wollen zu mir nach Hause.« Sonja legte kichernd ihr Köpfchen an Philips Schulter, Sammy sah mich ausdruckslos an und knallte die Tür zu. Als sich das Taxi in Bewegung setzte, warf ich noch einen letzten Blick auf die ungeduldige Warteschlange vor dem Club und auf die Paparazzi, die mit schussbereiter Kamera auf Promis lauerten wie Süchtige vor dem nächsten Schuss. Alle gierten nur darauf hineinzukommen. Und obwohl ich nicht hätte in Worte fassen können, wieso, war mir definitiv zum Heulen zumute.

10

»Wie schaffst du es bloß, dass du essen kannst, was du willst, und dabei trotzdem nicht zunimmst?«, fragte ich Penelope wohl schon zum tausendsten Mal. Wir hatten gerade eine Stunde auf einen Tisch im EJ's gewartet. Ich war so ausgehungert, dass ich am liebsten die Speisekarte rauf und runter bestellt hätte, erfreute mich aber andererseits so sehr an meiner neuen schlanken Figur, dass ich sie nicht aufs Spiel setzen wollte. Ich ging nicht mehr in Fastfoodrestaurants und verzichtete morgens sogar auf das traditionelle Brötchen mit Speck, Ei und Schinken. Nur meinen heiß geliebten Slim Jims konnte ich nicht immer widerstehen. Es war mir schon fast in Fleisch und Blut übergegangen, darauf zu achten, was ich zu mir nahm. Umso seltsamer kam es mir vor, dass Penelope das Gleiche wie immer orderte – ein Käseomelett aus drei Eiern mit Speck und Bratkartoffeln, dazu ein paar Pfannkuchen mit Schokochips und einem dicken Klacks Butter obendrauf. Sie zog spöttisch die Augenbrauen hoch, als ich ein Eiweißomelette mit Spinat und Tomaten und zwei Scheiben trockenen Vollkorntoast bestellte, aber bis auf ein gemurmeltes »Hast du dich bei Elisa angesteckt?« verzichtete sie dankenswerterweise auf jeden Kommentar.

»Ist mit Avery und dir wieder alles im Lot?«, fragte ich, um das Thema zu wechseln. Und vielleicht wartete sie ja auch nur auf die Gelegenheit, sich alles von der Seele zu reden. Im Sanctuary hatte ich nichts tun können, um ihr zu helfen, obwohl ich sah, wie sehr sie litt. Als sie mich am nächsten Morgen anrief, hatte ich sofort meine Verabredung zum Sonntagsbrunch mit Will und Simon sausen lassen und war ins Taxi gesprungen.

Sie wich meinem Blick aus und konzentrierte sich darauf, ihre Pfannkuchen in schmale, gleichmäßige Streifen zu zerteilen. Schneiden, essen. Schneiden, essen. Schneiden, essen. Erst nach dem dritten Bissen antwortete sie. »Es könnte nicht besser sein«, sagte sie tonlos. »Nachdem er mir alles erklärt hatte, habe ich eingesehen, dass das Ganze gestern Abend bloß ein großes Missverständnis war.«

»Das glaube ich auch. Du warst ja auch überhaupt nicht darauf gefasst, ihn zu treffen«, sagte ich wie ein Stichwortgeber.

Sie lachte bitter. »Du kennst ja Avery. Taucht zu den unmöglichsten Nachtzeiten immer da auf, wo man ihn am wenigsten erwartet. Ein Glück, dass wenigstens einer von uns beiden gern unter Menschen geht, sonst würden wir nur zu Hause aufeinander hocken und uns gegenseitig verrückt machen.«

Ich wusste nicht, was ich dazu sagen sollte. Also beließ ich es bei einem Nicken.

»Und wie war es bei dir? Als wir gegangen sind, schienst du dich ja prächtig mit Elisa und Philip zu amüsieren. War es noch ein schöner Abend?«

Was für eine Frage, wo ich mir doch in der Sanctuary-Gesellschaft so fehl am Platz vorgekommen war wie jemand, der unbefugt in eine Welt eingedrungen war, zu der nur Mitglieder Zutritt hatten. Ein Gefühl, das ich gut kannte, seit ich bei Kelly & Company arbeitete. Ich dachte daran, wie ich in das Taxi gestiegen war und darauf bestanden hatte, zu Hause abgesetzt zu werden, und dass Philip zu meiner Verblüffung mit keinem Wort widersprochen hatte. Und daran, wie leer mir anschließend meine Wohnung erschienen war, trotz Millington, die sich im Bett neben mir zusammengerollt hatte. Ich sah Penelope an und fragte mich, wann wir uns so fremd geworden waren.

»Es geht. Schade, dass du so früh verschwunden bist …« Ich brach ab. Das klang ja fast wie ein Vorwurf.

Sie blickte von ihrem Teller auf und musterte mich scharf. »Tut mir Leid, ich konnte ja nicht wissen, dass diese Geschichte mit Avery passieren würde. Ich wäre sowieso lieber allein mit dir weggegangen, so wie früher, aber du wolltest ja unbedingt, dass wir uns mit deinen Kollegen treffen und den Club auschecken. Anscheinend wirst du diese Leute zurzeit gar nicht mehr los.«

»Bitte, Pen. Es war nicht so gemeint. Ich wollte nur sagen, dass ich lieber mit dir zusammen bin als mit den anderen. Ich würde sie jederzeit gegen dich eintauschen. Nachdem ihr weg wart, wurde es nur noch schlimmer. Philip hat die Tochter von Bekannten gesittet, und ich habe mir ein Taxi mit ihnen geteilt, weil ich im Club keine Szene machen wollte. Aber dann hat irgendwer mitbekommen, wie ich zu ihnen eingestiegen bin. Ich kam mir plötzlich echt vor wie das Letzte. Ach, und dann tauchte auch noch Abby auf. Es war einfach nicht mein Abend. Es wäre besser gewesen, ich hätte mich auch frühzeitig vom Acker gemacht.«

»Dann bist du mit zu ihm? Und wo hat das Mädchen geschlafen?«

»Nein, ich bin nur mitgefahren, weil ich nicht wollte, dass Philip einen Aufstand macht. Ich habe mich brav zu Hause absetzen lassen. Aber das glaubt mir keiner, der uns zusammen gesehen hat.«

»Warum bist du nicht mit zu ihm gegangen? Und was heißt, ›irgendwer‹ hat was mitbekommen?« Sie hatte Mühe, alles einzuordnen. Kein Wunder, sie kannte ja noch nicht mal sämtliche Beteiligten.

Ich verlegte mich aufs Flunkern. »Ich weiß einfach nicht so recht, ob ich mich wirklich in Philips Welt hineinwagen soll. Es ist schon ziemlich schräg, besonders auch deshalb, weil er irgendwie mit fast allen Events zu tun hat, an denen ich arbeite.«

»Da kann ich dir auch nicht weiterhelfen. Du hast mich ihm ja nicht mal vorgestellt«, sagte sie.

Der Vorwurf saß, und ich hatte ihn verdient. Aber ich wollte kein großes Thema daraus machen. »Nein? Ach, es war einfach alles so hektisch. Glaub mir, du hast nicht viel verpasst. Dass er fantastisch aussieht, weißt du selbst, aber ansonsten ist er nur ein verzogener Rotzbengel, der gern auf Partys geht. Auch wenn er einen Akzent hat, bei dem man schwach werden könnte. Eine Quadratschande, dass er so wahnsinnig schnuckelig aussieht.« Ich seufzte laut.

»Eine wirklich gelungene Rede, meine Liebe, aber du hättest dein Gesicht mal sehen sollen, als er mit dem Model angetanzt kam. Ich dachte, dich trifft auf der Stelle der Schlag. Du magst ihn, oder? Gib es zu.«

Wie sollte ich ihr erklären, dass mich irgendetwas zu ihm hinzog, obwohl mich gleichzeitig etwas anderes abstieß? Ich wollte nicht zugeben, wie geschmeichelt ich mich fühlte, dass ein Mann wie Philip ein Auge auf mich geworfen hatte, auch wenn er nicht gerade mein Traum war. Ich wollte auch nicht von der Situation im Büro anfangen, von Elisas Eifersüchteleien und davon, dass Kelly mich offenbar gern mit Philip verkuppelt hätte, weil es gute PR für die Firma gewesen wäre. Also zuckte ich nur mit den Schultern und salzte schweigend mein Omelette.

Penelope begriff, dass ich nichts sagen wollte. In den neun Jahren, die wir uns nun kannten, war es das erste und einzige Mal, dass wir gemeinsam am Tisch saßen und einander absichtlich etwas vorenthielten. Sie wollte mir nicht anvertrauen, wie ihr wegen Avery wirklich zumute war, ich wollte ihr nichts über Philip erzählen. Zwischen uns herrschte ein ungewohntes, wenn auch durchaus freundschaftliches Schweigen, bis sie sagte: »Natürlich weiß ich nicht alles, und mir ist auch klar, dass du sehr wohl imstande bist, auf dich selbst aufzupassen, aber tu mir den einen Gefallen und sei vorsichtig, ja? Philip ist bestimmt ein netter Kerl, und trotzdem, ich habe bei Averys Freunden schon so einiges erlebt, und nun auch mit deinen

Kollegen. Mir ist diese ganze Szene einfach suspekt. Ist nur so ein Gefühl, aber ich mache mir Sorgen um dich.«

Sie legte ihre Hand auf meine, und da wusste ich, dass wir irgendwann wieder zueinander finden würden. Bis dahin würden wir es wohl bei einer Fernbeziehung belassen müssen.

11

»Okay, Mädels. Ruhe jetzt!«, rief Kelly, als sie in den Konferenzraum gestöckelt kam. »Hat heute Morgen schon einer den Skandalalarm gelesen?«

»Ja, ich«, meldete sich Leo vom anderen Ende des Glastischs, der eher in ein schickes Hotel gepasst hätte als in ein Büro. »Unsere Neue hat es mal wieder in die Presse geschafft.«

Das Karussell in meinem Magen fing an, sich zu drehen. Weil ich zehn Minuten zu spät zur Arbeit gekommen war, hatte ich mir den Klatsch- und Tratschbericht noch nicht zu Gemüte geführt. Böser Fehler. Der Skandalalarm wurde täglich ab sechs Uhr früh von einer Assistentin für uns aufbereitet – eine Zusammenfassung aller Kolumnen, Artikel und Storys, die in irgendeiner Weise mit unseren Kunden oder der Promiwelt zu tun hatten. Spätestens um neun lag der Bericht auf dem Tisch. Bevor wir im Büro erschienen, hatten wir uns aber sowieso schon über die aktuellen Neuigkeiten informiert. Noch vor dem Zähneputzen überflogen wir im Internet Drudge, Page Six, Liz Smith, Rush & Molloy, *USA Today*, *Variety*, New York Scoop, verschiedene Blogs und Kolumnen und die wichtigsten Schlagzeilen. Wir mussten möglichst frühzeitig erfahren, ob sich irgendetwas Weltbewegendes ereignet hatte, um gewappnet zu sein, wenn anschließend unsere Telefone den ganzen Tag über heiß liefen. Unser büroeigener Skandalalarm war also eher eine Tradition als eine echte Nachrichtenbörse. Wirklich Neues enthielt eigentlich nur der Promialarm, der Bericht mit Informationen darüber, welche VIPs sich zurzeit in der Stadt aufhielten und warum, wo sie wohnten (und unter welchem Namen), und wie man sie am besten kontaktierte, um sie mit Geld und/oder guten Worten zu überzeugen, an einem bestimmten Event teilzunehmen. Seit vier Wochen analysierte ich, sobald ich aus dem warmen Bett gekrochen war, pflichtbewusst die wichtigsten Websites – und zog mir ein paar Stunden später den Bericht rein –, und der einzige Morgen, an dem ich nicht tipptopp auf dem Laufenden war, war natürlich genau der, auf den es ankam.

»Hm, ich habe heute Morgen ehrlich gesagt noch nicht reingeschaut. Aber was soll schon groß drinstehen?. Ich war doch dieses Wochenende bloß im Sanctuary – mit euch allen zusammen. Und dann bin ich nach Hause gefahren. Allein«, fügte ich noch hinzu, als ob ich mich vor den anderen rechtfertigen müsste.

»Dann wollen wir doch mal sehen«, sagte Kelly und griff zu einem Computerausdruck der Online-Kolumne. »›Die Neue bei Kelly & Company scheint fest entschlossen, sich beim Abfeiern von ihren Kollegen nicht abhängen zu lassen. Laut unseren Quellen soll die (noch) namenlose Fremde am Samstagabend Geschäft und Vergnügen aufs Reizvollste unter einen Hut gebracht haben. Nachdem sie im Auftrag ihrer Eventagentur das Sanctuary als mögliche Location für die streng geheime *Playboy*-Party ausgekundschaftet hatte, verließ sie den Club in Begleitung von Philip Weston und einem noch unbekannten Model. Ihr Ziel? Wir können es uns denken …‹« Kelly ließ die letzten Worte im Raum stehen und grinste mich an.

Ich bekam einen feuerroten Kopf.

»Was will man mir da unterstellen? Das ist doch von vorn bis hinten gelogen! Und wer, zum Teufel, hat diesen Mist verzapft?«

»Ellie Insider natürlich. Es ist auch ein Foto dabei, wie du mit Philip und einer umwerfenden Schönheit in ein Taxi steigst. Man kann sich also leicht denken, worauf sie hinauswill...«, fuhr Kelly lächelnd fort. Sie schien ihr Glück kaum fassen zu können.

Ganz schön absurd, dass wir mein Privatleben während unserer wöchentlichen Mitarbeiterbesprechung erörterten, bei der es eigentlich strikt um Berufliches gehen sollte.

»Kelly, es tut mir wirklich Leid, wenn dieses Geschmiere dich oder die Firma in ein schlechtes Licht rückt. Wieso wollen die Leute so etwas lesen? Ehrlich, obwohl es niemanden etwas angeht, aber es war nicht so, wie...«

»Ich zitiere: ›Das neue Society-Girl, Mitarbeiterin der Eventagentur Kelly & Company.‹ Weißt du, was das für ein Knüller ist? Hoffentlich nennt sie nächstes Mal deinen Namen. Wahrscheinlich hat sie den nicht rechtzeitig bestätigt gekriegt, weil du noch nirgendwo verzeichnet bist.«

Elisas Lächeln wirkte ziemlich gequält.

»Und nicht nur das. Auch wir anderen kommen vor, als eifriges Partyvolk«, sagte Leo stolz.

»Und die *Playboy*-Party wird erwähnt!«, ergänzte Skye.

»Was weiß ich, woher sie das haben«, murmelte ich. »Und falsch ist es auch noch.«

»Bette, Honey. Es spielt überhaupt keine Rolle, ob es richtig oder falsch ist. Hauptsache, es wird berichtet. Du bist zwar erst seit wenigen Wochen bei uns, aber du hast für das Team schon unheimlich viel erreicht. Und was meinst du, wie Danny sich freuen wird, dass sein Club genannt wird. Gut gemacht. Weiter so.«

Und damit gab Kelly das Startsignal zum gemeinsamen Brainstorming: »Okay, Leute. Lasst hören. Nächsten Monat läuft *Shrek* 3 an. In spätestens zwei Wochen müssen die Einladungen raus. Dafür ist Skye zuständig. Womit locken wir das Volk zur Premierenfeier?«

»Ich weiß immer noch nicht, warum wir so einen Aufstand um einen Kinderfilm machen«, sagte Skye in dem üblichen Jammerton, den sie bei Besprechungen so gern anschlug.

»Wieso kann das Studio die Feier nicht selbst auf die Beine stellen?«

»Das war eine rhetorische Frage, richtig? Wir veranstalten Premierenfeiern, weil sie nicht viel Arbeit machen und gut bezahlt werden. Natürlich verfügt Dream Works über eine eigene PR-Abteilung, aber die hat alle Hände voll zu tun mit den Golden-Globe- und Oscar-Partys und der Publicity für die größeren Filme. Außerdem sitzen fast die gesamten wichtigen Presseleute in New York. Wir haben Beziehungen, die das Studio nicht hat.«

»Ich weiß, ich weiß«, seufzte Skye. Elisa warf ihr einen tadelnden Blick zu, und sie nahm etwas mehr Haltung an. »Kinderfilme sind bloß so öde.«

»Also, Skye, wenn du keine Lust hast, diesen Event zu managen, sind Elisa, Leo, Bette oder sogar Brandon sicher gern bereit, dir die Arbeit abzunehmen. Ich muss dir wohl nicht erklären, wie viele Promis heutzutage Kinder haben. Liv, Courtney, Gwyneth, Sarah Jessica, um nur einige zu nennen. Du willst damit hoffentlich nicht ausdrücken, dass du ihre Sprösslinge langweilig findest.«

»Nein, natürlich nicht. Du kannst auf mich zählen – ich häng mich voll rein. Und solche Partys haben wir ja auch schon ein Dutzend Mal organisiert. Okay. Hat jemand den Bericht über die Harry-Potter-Premierenfeier, die wir im Sommer organisiert haben?«

»Ja, hier ist er.« Leo klappte einen Ordner auf und nahm ein paar zusammengeheftete Blätter Papier heraus. »Ein Sonntagnachmittag im August, auf dem Anwesen von Christie Brinkley in Bridgehampton. Die Party ging um elf Uhr los, die Filmvorführung war von zwölf bis halb zwei, damit alle ausreichend Zeit hatten, wieder in die Stadt zu kommen. Das Angebot für die Kinder umfasste unter anderem: Planschbecken, die mit Speiseeis und Trinkpäckchen gefüllt waren, Ponyreiten, ein kleiner Streichelzoo, eine Zuckerwattemaschine, eine Schneekugelmaschine, ein paar frei laufende Clowns. Für die Erwachsenen hatten wir aufmerksame und attraktive Cocktailkellnerinnen, die die Gäste unauffällig mit schicken Drinks versorgten, die, vor neugierigen Kinderaugen geschützt, im Haus gemixt wurden, hauptsächlich Mimosas, Bloody Marys, Wodka-Orange, Champagner, Margaritas, Sangria und auf Wunsch auch Frozen Daiquiris oder Piña Coladas. Matt Lauer, Susan Sarandon, Katie Couric, Aerin Lauder, Russell Simmons und Courtney Cox hatten Kinder dabei. Hinzu kamen noch ein paar hundert andere, die zwar nicht so bekannt, aber ebenso fotogen waren. *People*, *US Weekly*, *Star*, *Sunday Styles*, *Gotham*, *W* und ein Dutzend Onlineseiten haben Fotos gebracht, darunter auch das New York Social Diary und Patrick McMullens Website. Warner Brothers waren begeistert.«

»Okay, Kinder. Damit hätten wir also schon das Grundgerüst für die Party. Wir wissen, was ankommt. Um diese Jahreszeit können wir die Party natürlich nicht in den Hamptons feiern, aber das bewährte Format behalten wir bei. Ich schlage das Clearview in Chelsea vor. Dort sehen sie es ziemlich locker, wenn in der Eingangshalle der Bär tobt«, sagte Kelly, während sie Punkt für Punkt von ihrer Liste abhakte. »Was noch?«

»Zum Essen das, was Kinder am liebsten mögen«, meinte Elisa. »Würstchen, Burger, Süßigkeiten.«

»Den eigenen Eisbecher kreieren«, fügte Leo nahtlos an.

»Luftballons, Zauberer, Plätzchen backen, Seifenblasen«, leierte Skye uninspiriert herunter.

»Ein Typ im Shrek-Kostüm.«

»Grüne Gesichtsbemalung.«

»Für Eltern ein rotes Tuch. Da fällt uns doch sicher noch was Besseres ein. Wie wäre es mit diesen Minitrampolinen?«

»Spinnst du? Viel zu gefährlich. Genauso gut könnten wir eine Neonreklame aufhängen: ›Bitte, bitte, verklagt uns!‹ Wie wäre es, wenn wir den Schriftzug ›Shrek‹ in überdimensionaler Größe in grünen Glühbirnen leuchten lassen?«

Alles nickte. Ich fand es allmählich etwas peinlich, dass ich überhaupt noch nichts Produktives beigetragen hatte, aber ich war noch nie auf einer Filmpremiere gewesen und wusste davon nicht mehr, als dass die Stars über einen roten Teppich stolzierten.

»Und wenn wir keinen roten Teppich nehmen, sondern einen grünen?«, schlug ich vor, ohne lange zu überlegen, ob das nun eine Schnapsidee war oder nicht. Der halb erwartete Entrüstungssturm blieb aus, stattdessen erntete ich recht zufriedene Mienen.

»Super Idee, Bette! Wir nehmen einen grünen Teppich, und am Ende gibt es darauf noch ein Abschlusshooting, damit alle ihre Bilder bekommen. Ein grüner Teppich bringt uns garantiert mehr Fotos ein. Das klingt ja alles schon sehr vielversprechend. Gut, dann also weiter, zu unserem Megaauftrag. Wie weit sind wir mit der *Playboy*-Party?«

Elisa hatte wieder Farbe im Gesicht und schien sich auch beruhigt zu haben. Sie stand auf, ganz die perfekte Dame in ihrem Diane-von-Fürstenberg-Wickelkleid, und deutete mit ihrer Haarbürste auf das schwarze Brett.

»Wie ihr alle seht, ist der Termin schon in wenigen Monaten. Nach vielen nächtlichen Erkundungen und Diskussionen haben wir uns für das Sanctuary als Location entschieden. Leo, gibst du uns ein Logistik-Update?«

Leo sah sie an, als ob er sagen wollte: »Seit wann hast du mir was zu befehlen?« Doch er räusperte sich nur und informierte uns, dass er gerade dabei war, Angebote von Partyausstattern einzuholen (die vom Mobiliar bis zur Beleuchtung alles im Angebot hatten) und bis zum Ende der Woche eine Auswahlliste zusammengestellt haben würde. »Ich bin mir sicher, dass wir bei Bureau Batek landen«, sagte er. »Auf die läuft es doch jedes Mal wieder raus.«

Nach weiteren anderthalb Stunden, in denen wir noch die Themen Präsente, Sponsoren und Einladungen besprachen, wurden wir in die Mittagspause entlassen, begleitet von der Devise »sehen oder gesehen werden«. Während die anderen ins Pastis gingen, verzog ich mich ein paar Blocks weiter westlich in einen Pizzaladen, wo ich garantiert keinen Menschen aus der Firma treffen würde. Nur neben den Toiletten war noch ein Tisch frei. Ich quetschte mich in die kleine Nische und rief als Allererstes Will in der Redaktion an. Zu meiner Überraschung saß er tatsächlich an seinem Schreibtisch.

»Wieso bist du nicht zu Hause?«, fragte ich. »Heute ist doch noch nicht mal Redaktionsschluss.« Will ging höchstens ein-, zweimal die Woche ins Büro und wenn möglich noch seltener.

»Hallo, Darling. Ich ringe mit meiner Kolumne, sie erweist sich in dieser Woche als ausgesprochen widerspenstig.« Er zögerte kurz, dann fügte er hinzu: »Ehrlich gesagt, beiße ich mir in jüngster Zeit regelmäßig die Zähne daran aus.«

Er klang frustriert und resigniert. So kannte ich ihn gar nicht.

»Was ist los mit dir, Onkel Will? Gibt's Ärger?«, fragte ich. Meine eigenen Probleme konnten ruhig einen Augenblick warten.

Er seufzte tief. »Ärger? Das wäre zu viel gesagt. So spannend ist es wirklich nicht, Darling. Das kannst du mir glauben. Die Leserzahlen von ›Volkes Will(e)‹ sind in diesem Jahr zurückgegangen. Einige Zeitungen haben die Kolumne herausgenommen. Mein neuer sechsunddreißigjähriger Redakteur hat keinen Sinn für Humor – dauernd liegt er mir in den Ohren, dass der Leser beziehungsweise die Leserin von heute ›gesellschaftlich sensibler‹ sei als früher und ich mich deshalb um größere ›politische Korrektheit‹ bemühen solle. Natürlich habe ich ihm gesagt, er könne mir mal im Mondschein begegnen, aber er fängt bestimmt bald wieder damit an. Und eines steht fest: Wer will sich schon mit meiner Kolumne beschäftigen, wenn er stattdessen von den Abenteuern hübscher junger Partygirls lesen kann, die mit reichen, berühmten Junggesellen poussieren?«

»Du hast es also gesehen?«

»Natürlich. Muss ich davon ausgehen, dass in diesem billigen Geschreibsel das eine oder andere Körnchen Wahrheit steckt?«, fragte er.

»Natürlich nicht!«, rief ich so laut, dass sich der Kassierer umdrehte und mich anstarrte. »Ich war am Samstag beruflich im Sanctuary, und da habe ich Philip ganz zufällig getroffen. Hinterher haben wir uns aus rein praktischen Gründen ein Taxi geteilt. Das Mädchen ist eine Freundin der Familie. Es war überhaupt nichts Skandalöses dabei.«

»Sieht ganz danach aus, als ob diese Person, diese Ellie Insider, sich hervorragend auf ihr Metier versteht. Tröste dich damit, dass sie wenigstens deinen Namen nicht erwähnt hat, Darling. Noch nicht. Das kann nicht mehr lange dauern.«

»Weißt du, wer sie ist, Will? Du müsstest ihr doch eigentlich schon mal über den Weg gelaufen sein.«

Will lachte leise. Das verhieß nichts Gutes. »Es werden viele Namen genannt, aber eine heiße Spur gibt es nicht. Manche Leute sind der festen Überzeugung, dass sie ein Societygirl ist, die ihre Freunde verpetzt. Andere glauben eher, dass sie selbst relativ unbekannt ist, aber ein paar gute Informanten hat. Gott weiß, wer dahintersteckt, vielleicht sogar die ehemalige Herausgeberin dieser Modezeitschrift. Wie hieß sie noch gleich? Die, die immer die gehässigen Buchkritiken schreibt. Zuzutrauen wäre es ihr.«

»Ich finde es auf jeden Fall unheimlich. Von mir aus kann sich diese Ellie Insider langsam mal wieder auf einen anderen einschießen. Soll sie sich doch jemanden vornehmen, der ein bisschen interessanter ist als ich und tatsächlich ein skandalumwittertes Leben führt. In die Rolle passe ich nun wirklich nicht.« Ich biss in mein Stück Pizza. Sie schmeckte mir so köstlich wie noch keine zuvor.

»Ich verstehe dich ja, Darling. Aber denk daran: Philip ist die Rolle des extravaganten Prominenten doch regelrecht auf den Leib geschrieben. Entschuldige, aber ich muss Schluss machen. Die dumme Kolumne scheint sich diese Woche wirklich nicht von selbst schreiben zu wollen. Wir telefonieren, ja? Kommst du am Donnerstag zum Essen?«

»Natürlich«, antwortete ich automatisch, aber dann fiel mir ein, dass ich an dem Abend zur Präsentation des neuen Gucci-Duftes musste. Ich brachte es nicht übers Herz, ihm abzusagen. »Meinst du etwa, das würde ich mir entgehen lassen? Auf keinen Fall. Bis dann.«

Ich schlang den Rest der göttlichen Pizza hinunter und bestellte mir noch ein Stück, das ich ebenfalls in Rekordzeit verputzte. Während ich gelangweilt auf eine halb zerfledderte *Post* blickte, die wohl jemand liegen gelassen hatte, klingelte mein Handy. ELTERN – blinkte es auf dem Display auf.

»Hallo?«, meldete ich mich. War es meine Mutter, mein Vater? Oder beide? Manchmal machten sie sich einen Spaß daraus, hintereinander anzurufen, so dass wir auf drei verschiedenen Apparaten eine Dreiwegekonferenz abhalten konnten.

»Bette, bist du das?«, trompetete Mutter mir ins Ohr. »Kannst du mich hören?« Sie war überzeugt, dass man mit einem Handy nur telefonieren konnte, wenn man wie in ein Megafon hineinbrüllte. Deshalb war jeder Anruf von ihr eine Tortur für die Gehörgänge.

»Ich verstehe dich gut, Mom. Laut und deutlich. Wie geht es dir?«

»Ich kann nicht lange reden, weil ich gleich in eine Besprechung muss. Aber in der Klinik hat mir heute jemand erzählt, dass dein Bild auf einer Internetseite war. Stimmt das? Ein Foto von dir und einem Prominenten und einer anderen Frau? So habe ich sie jedenfalls verstanden.«

Unmöglich! Meine Mutter, die sich erst vor ein paar Wochen eine E-Mail-Adresse zugelegt hatte, ließ sich jetzt schon über Klatschkolumnen im Internet informieren? Ich stritt sofort alles ab. »Es war nichts, Mom. Nur ein kleines Bildchen von einem Event, mit dem ich beruflich zu tun hatte.«

»Das ist ja toll, Bette! Gratuliere! Ich kann es kaum erwarten, es zu sehen. Ich habe Dad gebeten, online zu gehen und es mir auszudrucken, aber er hat die Seite nicht aufbekommen. Machst du uns eine Kopie?«

»Na klar«, antwortete ich brav. »Wird gemacht. Aber ehrlich, es ist echt nichts Wichtiges. Sag mal, kann ich dich zurückrufen? Ich muss jetzt schleunigst wieder zurück ins Büro.«

»Natürlich, Spatz. Und noch einmal: Gratulation! Erst ein paar Wochen im neuen Job, und schon in den Schlagzeilen!«

Wenn sie wüsste, dachte ich und klappte das Handy zu. Zum Glück brauchte ich nicht zu befürchten, dass mein Vater den Dreh rauskriegen würde, wie man sich beim New York Scoop kostenlos als Leser registrierte. Solange ihm das Bild keiner ausdruckte, konnte ich mich in Sicherheit wiegen. Aber nur so lange.

12

»Den heutigen Abend möchte ich mit einem Trinkspruch auf Bette eröffnen«, sagte Courtney und schwenkte das Glas mit ihrem Mojito.

Ich war in eine SMS von Kelly vertieft – die höfliche Bitte (sprich: der ausdrückliche Befehl), mich bei der Premierenfeier von *Mr. and Mrs. Smith* blicken zu lassen, die Skye und Leo organisiert hatten. Die Uraufführung sollte um Punkt elf Uhr zu Ende sein, was bedeutete, dass ich auf einen längeren Sprung bei der Party im Duvet vorbeischauen und trotzdem schon um ein Uhr im Bett liegen konnte – mindestens eine ganze Stunde früher als sonst in den letzten Wochen. Ich hatte mir gerade überlegt, dass ich meine Pläne für den Abend locker unter einen Hut bringen konnte, als Courtney meinen Namen sagte. Sofort war ich ganz Ohr.

»Auf mich? Womit um alles in der Welt habe ich mir denn einen Trinkspruch verdient?«, fragte ich verdutzt.

Die Gruppe starrte mich an wie das achte Weltwunder im Tal der Ahnungslosen. Janie fing sich als Erste wieder. »Entschuldige bitte, aber glaubst du vielleicht, wir leben im luftleeren Raum? Oder dass wir nur innerhalb des Buchclubs existieren?«

Ich schwieg. Inzwischen war mir halbwegs klar, worauf das Ganze hinauslief, aber ich wollte es einfach nicht wahrhaben.

Jill zerstieß in einer Schüssel ein paar Limonen mit Zucker und löffelte mir den Brei in meinen Drink. »Bette, wir lesen alle den New York Scoop – den liest doch jeder. Und darin bist du zufälligerweise Tag für Tag die Hauptattraktion. Wann wolltest du uns eigentlich verraten, dass dein neuer Lover rein zufällig Philip Weston heißt?« Die anderen lachten.

»Mensch, Leute, nicht so hastig. Er ist nicht mein Lover.«

»Da scheint Ellie Insider aber anderer Meinung zu sein«, meinte Alex, die an diesem Abend durchfallgrün gefärbte Haare hatte. Ich konnte es nicht fassen, dass sogar die Punkerkohorten aus dem East Village diese grässliche Kolumne lasen.

»Ja, das stimmt«, ergänzte Vikka nachdenklich. »Und dafür gehst du ganz schön 'äufig mit ihm aus. Und warum auch nischt? Er sieht wirklisch zum Verlieben, zum Anbeißen, zum Vernaschen aus.«

Ja, Philip Weston war ein Bild von einem Mann. Und es gab wohl kein weibliches Wesen zwischen fünfzehn und fünfzig, das sich nicht die Finger nach ihm leckte. Warum sollte ich die Welt also nicht in dem Glauben lassen, dass er mit mir ging? Wenn ich schön die Klappe hielt, würde kein Mensch auf die Idee kommen, dass ich seit der einen Nacht, die ich in seinem Bett – zwischen seinen Pratesi-Laken! – verbracht hatte, nicht mehr bei ihm gewesen war. Und es würde mir auch keiner abkaufen, dass wir uns nur deshalb regelmäßig sahen – und zusammen gesehen wurden –, weil ich bei jedem von Kelly & Company organisierten Event zumindest kurzzeitig in Erscheinung treten musste. In den letzten Wochen war ich Philip fast jeden zweiten Tag »zufällig« über den Weg gelaufen. Schließlich gehörte es zu meinem Beruf, erstklassige Partys zu organisieren, und zu Philips gutem Ruf, sich nicht eine einzige davon entgehen zu lassen.

Wie sollte ich erklären, dass wir bei diesen Gelegenheiten kaum mehr als ein paar Worte miteinander wechselten, obwohl er immer besonders darauf achtete, mir auch ja den Arm um die Schultern zu legen (beziehungsweise die Hand auf den Hintern) oder mir einen Kuss auf den Hals zu drücken, sobald ein Fotograf in der Nähe war? Jeder Außenstehende musste uns für ein unzertrennliches Liebespaar halten. Doch was als »heiße Zärtlichkeiten« tituliert wurde, war in etwa genauso lauwarm wie mein nächtliches Geschmuse mit Millington. Was sollte daran schon interessant sein?

Ich wusste die Antwort. Dass er DER Mr. Angesagt war und ich mit ihm rummachte.

»Ja, er ist echt schnuckelig, was?«, sagte ich. Und es stimmte. Philip Weston mochte einer der arrogantesten Schnösel sein, die ich kannte, aber es wäre lächerlich gewesen, mir und anderen weiszumachen, dass ich nicht auf ihn stand.

»Und ob. Und wir wollen auch nicht vergessen, dass er direkt aus einem Liebesroman entsprungen sein könnte. So etwas gibt es im realen Leben doch sonst gar nicht«, seufzte Courtney. »Ich glaube, ich werde ihn mir zum Vorbild für den Herzensbrecher in meinem nächsten Buch nehmen.«

»Wen, Philip?« Ich konnte mir zwar kaum vorstellen, dass einer unserer Lieblingshelden über seine beinahe zu heiß gewaschene Bettwäsche jammerte, aber andererseits konnte dem Genre im neuen Jahrtausend ein bisschen frischer Wind sicher auch nicht schaden.

»Bette! Er ist groß, attraktiv und einflussreich. Und Engländer ist er auch noch, der rätselhafte Fremde«, sagte sie und wedelte mit *Wilde Liebe unter Palmen*, auf dessen Buchdeckel ein Prachtstück von einem Mannsbild im Lendenschurz prangte. »Er sieht sogar noch besser aus als Dominick! Dabei hat man den ja extra so gezeichnet, dass er den perfekten Frauentraum abgibt.«

Wo sie Recht hatte, hatte sie Recht. Philip verkörperte den romantischen Helden besser als jeder andere Mann, den ich kannte – wenn man mal von seiner Persönlichkeitsstruktur absah, aus der ich noch immer nicht schlau wurde.

Ich konnte mich den ganzen Abend nicht mehr richtig auf unsere Buchdiskussion konzentrieren. Zu sehr beschäftigte mich die Frage, ob ich Philip wohl später noch auf der Party treffen und wie der Abend verlaufen würde.

Ich verabschiedete mich früh und zog mich noch schnell zu Hause um, bevor ich mich auf den Weg ins Duvet machte, einen neuen Club. Wo natürlich der erste Mensch, auf den meine Augen fielen, Mr. Weston persönlich war.

»Bette, mein Herz. Ich muss dir unbedingt ein paar alte Kumpel aus England vorstellen«, sagte er und drückte mir einen flüchtigen, aber deshalb nicht weniger köstlichen Kuss auf die Lippen.

Instinktiv blickte ich mich um. Ich hatte mir geschworen, mich in Zukunft besser vor Fotografen in Acht zu nehmen, aber ich konnte nichts Ungewöhnliches entdecken, nur die übliche Ansammlung schöner, reicher Menschen.

»Hi«, sagte ich. Zwei Dinge fielen mir auf: erstens, jetzt, wo er vor mir stand, hatte er sogar noch mehr Ähnlichkeit mit dem Romanhelden Dominick, und zweitens, Courtney hatte Recht: Philip sah tatsächlich besser aus. »Kann ich in einer Minute nachkommen?«, fragte ich. »Ich möchte mich nur noch schnell bei Kelly sehen lassen.«

»Aber selbstverständlich, schöne Frau. Bringst du mir dann einen Cocktail mit? Das wäre famos!« Und er trollte sich zu seinen Freunden, fidel wie ein kleiner Junge auf dem Spielplatz.

Ich redete kurz mit Kelly, fragte Leo und Skye, ob sie Hilfe brauchten, winkte Elisa zu, die heftig mit Davide knutschte, stellte mich zwei potenziellen Kunden vor (dem umschwärmten Designer Alvin Valley und dem, laut Kelly, »gefragtesten Stylisten in Hollywood«) und brachte Philip einen Wodka Tonic. Und all das in nicht einmal einer Stunde. Damit hatte sich die Frage, ob an diesem Abend mit Philip etwas laufen würde, weitgehend von selbst erledigt. Der amüsierte sich bestens mit seinen »Kumpeln«. Die dumpfen Kopfschmerzen, die ich seit dem Vormittag erfolgreich ignoriert hatte, meldeten sich wieder, und ich wusste, dass ich mir eine weitere durchfeierte Nacht nicht erlauben konnte. So bald es irgendwie ging, verdrückte ich mich. Um Viertel nach zwölf war ich zu Hause, geschlagene fünfzehn Minuten früher als angepeilt. Um halb eins schlief ich wie ein Murmeltier – nachdem ich Zähneputzen und Waschen als überflüssige Rituale hatte ausfallen lassen. Als sechseinhalb Stunden später der Wecker rappelte, kam ich mir vor wie durch die Mangel gedreht.

Ich druckte mir schnell die aktuellen Klatschnews aus und zog sie mir in der U-Bahn rein, begleitet von einem großen Becher Kaffee und einem Butterbagel mit Zimt und Rosinen. Natürlich sprang mir als Erstes der Artikel aus dem New York Scoop ins Auge, was sonst? Schon wieder ein Foto vom Traumpaar der Saison, der Kuss, den Philip mir gegeben hatte, riesig und in Nahaufnahme. Von ihm war nur der Hinterkopf zu sehen, aber von mir das ganze Gesicht: die Miene verträumt und halb entrückt, die Augen halb geschlossen, schmachtender Blick. Beziehungsweise ein nicht mehr ganz nüchterner, je nach Betrachtungsweise. Nachdem mir am Abend keine Kameras aufgefallen waren, hatte ich mich sicher gefühlt. Und nun das. Es traf mich wie ein Schlag in die Magengrube. Vor allem auch deshalb, weil ich seit heute nicht mehr nur »Philips neue Flamme«, »die Neue bei Kelly & Company« oder »der Agenturneuling« war, sondern ich selbst sein durfte. Genau so, wie es mir alle prophezeit hatten. Direkt unter dem Foto stand in dicken, fetten Lettern mein Name, und für den Fall, dass es im Bundesstaat New York noch einen Menschen gab, der nicht über meine Aktivitäten auf dem Laufenden war, erklärte eine dazugehörige Textzeile: BETTINA ROBINSON FEIERT SICH NACH OBEN – EINE FRAU FÜR JEDE PARTY. Es war ein seltsames Gefühl. Einerseits war es mir peinlich, dass mich überhaupt jemand in diesem nicht mehr ganz taufrischen Zustand gesehen hatte, andererseits ärgerte ich mich schwarz über die Verdrehung der Tatsachen. Aber am schlimmsten traf mich die Erkenntnis, dass damit für mich auch das letzte Fitzelchen Privatsphäre dahin war.

Die Strecke von der U-Bahn ins Büro kam mir sechs Meilen

länger vor, als sie tatsächlich war. Zu allem Überfluss wurde ich auch noch von zwei wildfremden Menschen überholt, die sich beim Gehen über »Philips neue Freundin« unterhielten: »Die aus der PR-Agentur, wie hieß sie noch gleich?«

Ich stellte meinen Laptop auf den runden Tisch und wurde sofort von der gesamten Belegschaft umringt.

»Dann habt ihr es wohl schon gesehen?« Ich ließ mich in einen ledernen Bürosessel sinken.

»Ist ja eigentlich nicht viel Neues dabei«, meinte Kelly. Sie klang ein wenig enttäuscht. »Hier steht bloß, dass Philip Weston nun schon so oft in Begleitung von Bettina Robinson gesichtet wurde, dass man von einer festen Beziehung ausgehen muss.«

»Von einer festen Beziehung?« Vor lauter Schreck über das Foto und die Textzeile hatte ich völlig vergessen, den dazugehörigen Artikel zu lesen.

»Ja, genau. Ellie Insider schreibt, dass ihr laut einer ungenannten Quelle fast jede Nacht miteinander verbringt, nachdem ihr in den heißesten Clubs wie Bungalow und Marquee abgefeiert habt.«

»Wir haben keine Beziehung«, beteuerte ich.

»Die Bilder sprechen eine andere Sprache, Bette. Gott sei Dank, möchte ich hinzufügen.« Kelly drehte ihren Flachbildschirm herum, damit auch die anderen einen Blick auf die Fotos von Philip und mir werfen konnten.

Mein Privat- und Berufsleben überlappten sich nicht nur, sie waren untrennbar miteinander verwoben. Jeder Volltrottel konnte erkennen, dass ich nur dank meiner Bekanntschaft mit Philip in so kurzer Zeit zu einem voll akzeptierten Mitglied des Teams aufgestiegen war, so rasend schnell, dass sich mir der Kopf drehte.

»Ich finde bloß, Beziehung ist ein bisschen zu viel gesagt«, wandte ich zaghaft ein. Wollten oder konnten sie mich nicht verstehen?

»Ganz egal, wie du es nennen würdest. Hauptsache, du bleibst an Philip dran. Wusstest du schon, dass uns T-Mobile nur deswegen engagiert hat, weil du mit Mr. Weston gehst?«

Nur deswegen?, dachte ich.

»Überraschung, Bette! Wir haben heute Morgen einen Anruf von ihrer Werbeabteilung bekommen. Sie wollen, dass wir ihren neuen BlackBerry in der jüngeren New Yorker Szene promoten. Und sie haben sich für uns entschieden, weil wir, wie jeder sehen kann, in dieser Szene führend vertreten sind. An der Wall Street ist der BlackBerry natürlich längst der absolute Renner, genauso wie in Hollywood, wo sich sämtliche Größen – und Nieten – der Filmbranche schon einen zugelegt haben. Aber hier hat er noch nicht so eingeschlagen, wie T-Mobile sich das vorstellt. Das wollen wir nach Kräften ändern. Und ich freue mich, dir mitteilen zu können, dass du allein für die gesamte Logistik des Events verantwortlich bist. Du müsstest sie lediglich mit mir abstimmen.«

»Ich? Verantwortlich für die Logistik?«, stammelte ich.

»T-Mobile wäre entzückt, wenn du die Veranstaltung organisieren und Philip als Gastgeber dafür gewinnen würdest. Es könnte nicht besser für uns laufen!«, trällerte sie. Wenn sie wüsste, dass Philip höchstwahrscheinlich noch nicht mal meinen Nachnamen kannte. Und dann sollte er eine Party geben, nur weil ich ihn darum bat?

»Skye wird dich unterstützen und dir zur Hand gehen.« Die Genannte nahm diese Ankündigung nicht gerade begeistert auf. »Und wir anderen sind natürlich ebenfalls für dich da. Die Party soll schon am 22. November steigen, das ist der Dienstag vor Thanksgiving. Du musst dich also ranhalten.«

Eine blitzschnelle Kalkulation ergab, dass es bis dahin keine drei Wochen mehr waren. Was ich vor Schreck auch laut aussprach.

»Ach, Bette, mach keinen Stress«, sagte Elisa mit einem genervten Blick. »Das ist doch ein Klacks. Du suchst dir eine

Location, trommelst ein paar Sponsoren zusammen, schreibst die Einladungen, gehst die LISTE durch und machst in der letzten Woche die Pressearbeit. Wenn Philip als Gastgeber auftritt, werden die Medien sowieso darüber berichten. Das ist doch wirklich nicht die Welt.«

Als die Besprechung endlich zu Ende war, schnappte ich mir meinen Laptop und verzog mich ins nächste Starbucks. Panisch überlegte ich, was für den BlackBerry-Event alles zu erledigen war. Insgeheim hoffte ich fast, dass Philip für ein Ja eine Gegenleistung verlangen und nur dann als Gastgeber auftreten würde, wenn ich mit ihm schlief. Aber diese Anwandlung dauerte nur eine Sekunde. Alle Welt glaubte, wir hätten eine heiße Affäre, dabei war es eher so, als ob wir beide davor zurückscheuten. Ihm schien es nur darum zu gehen, vor den Kameras der Fotografen den großen Liebhaber zu spielen. Reden konnte er wie ein Weltmeister der Verführung, aber wenn es ans Handeln ging, war er höchstens Kreisklasse. Er schien fast erleichtert zu sein, wenn ich ihn abends abschüttelte und mich allein auf den Heimweg machte. Ich hatte es mir so zusammengereimt, dass er eine (oder mehrere) heimliche Geliebte hatte und es ihm deshalb sehr gelegen kam, dass die Öffentlichkeit uns für ein Liebespaar hielt. Und das war irgendwie beleidigend – er könnte wenigstens mit mir schlafen *wollen*, auch wenn dann nichts daraus wurde. Aber wir schienen stillschweigend zu der Übereinkunft gekommen zu sein, es bei unserem derzeitigen Verhältnis zu belassen.

Ich hatte gerade eine Nachricht in Amy Saccos Büro hinterlassen, um mich zu erkundigen, ob ich Bungalow 8 für die BlackBerry-Party reservieren könnte, als mein Handy klingelte. Es war Penelope.

»Hi, was gibt's Neues? Ein Anruf am helllichten Tag? Wann hat es das zuletzt gegeben? Wie läuft's mit Aaron?«

»Weißt du eigentlich, wie viel angenehmer es sich hier arbeiten lässt, seit du nicht mehr da bist?«, fragte Penelope. »Wenigstens muss ich mir jetzt nicht mehr dreimal am Tag das Wort Palaver an den Kopf knallen lassen. Und wie läuft's mit deinem Lover?«

»Mit Philip? Einfach traumhaft«, antwortete ich.

»Erzähl schon«, sagte Penelope, die vergeblich versuchte, sich ihre mangelnde Begeisterung nicht anmerken zu lassen. Ich wusste, dass sie Philip nicht ausstehen konnte, auch wenn sie es bis jetzt noch nicht laut ausgesprochen hatte.

»Mal sehen. Es ist einfach nicht zu fassen. Wir gehen auf diese absoluten Wahnsinnspartys, wo er tatsächlich ein paar Worte mit mir wechselt, um sodann auf Teufel komm raus mit jeder anderen Frau im Raum zu flirten. Manchmal darf ich ihm seinen Lieblingscocktail bringen – Wodka Tonic, falls du es genau wissen willst. Ich lass mich von ihm für die Fotografen küssen, und dann begeben wir uns schnurstracks in unsere jeweiligen Betten. Sex? Fehlanzeige. Seit der einen Nacht, die ich bei ihm im Tiefschlaf verbracht habe, war ich nicht mehr bei ihm.«

»Bei den vielen Models, Schauspielerinnen und Partygirls, mit denen er in London, Los Angeles und New York schläft, ist er vielleicht nur ausgepowert. Möglich wär's doch.«

»Habe ich dir schon einmal gesagt, was für eine gute Freundin du bist, Pen? Echt, du findest immer die richtigen Worte.«

Sie lachte. »Na ja, du weißt doch, ich finde, du hast etwas Besseres verdient. Aber egal, reden wir zur Abwechslung mal über mich. Ich hab dir etwas zu sagen.«

»Du bist schwanger?« Ich beugte mich gespannt vor.

Sie seufzte, und ich sah direkt vor mir, wie sie die Augen verdrehte.

»Du bist schwanger, aber das Baby ist nicht von Avery?«

Als ich mit dieser Vermutung nur ein Schnauben erntete, probierte ich es ein letztes Mal.

»Du bist schwanger, und ...«

»Bette!« Sie klang gereizt. Anscheinend fand sie mein Rätselraten nicht ganz so lustig wie ich.

»Entschuldige. Komm, erzähl.«

»Ich gehe.«

»Was?«

»Ich gehe. Ich verschwinde. Ich haue ab.«

»O nein, das gibt's doch nicht.«

»Doch«, sagte sie.

»Und du bist fest entschlossen?«

»Ja.«

»Ist das dein Ernst? Einfach so? Aus und vorbei? Kommst du damit klar?«

Nun würde sie also doch nicht heiraten. Hurra! Natürlich durfte ich mir meine Freude auf gar keinen Fall anmerken lassen, was nicht ganz einfach war, vor allem, weil Penelope, wie ich sie kannte, wohl nur dann zu so einem Entschluss kommen konnte, wenn sie Avery in flagranti erwischt hatte. Sonst hätte sie ihm nie den Laufpass gegeben. Aber eigentlich klang sie dafür ganz munter. Vielleicht hatte sie erkannt, dass eine Trennung einfach das Vernünftigste war.

»Soll ich dir was sagen? Es kam zwar alles ein bisschen überraschend, aber jetzt bin ich sehr froh. Der Lebensabschnitt ist vorbei, und von nun an kann es eigentlich nur besser werden.«

Ich nippte nachdenklich an meinem Kaffee. »Wenn du so glücklich bist, musst du einen anderen kennen gelernt haben. Wer ist er? Ich hatte ja keine Ahnung, dass es zwischen dir und Avery nicht mehr so läuft. Wieso weiß ich nichts davon?«, fragte ich. »Und was ist mit den Ringen? Du weißt ja, die Etikette verlangt, dass du den Ring – beziehungsweise in deinem Fall die Ringe – zurückgeben musst, wenn du diejenige bist, die die Verlobung löst. Großer Gott, er hat dich doch wohl nicht etwa betrogen?« Ich tat so, als ob ich ihm eine solche Schandtat niemals zugetraut hätte. »Dieser Mistkerl...«

»Bette, hör auf! Sei still. Ich habe mich nicht von Avery getrennt, sondern gekündigt!«, sagte sie leise, damit ihre Kolleginnen nicht mithören konnten.

Uff – ein Griff ins Klo. Und eine herbe Enttäuschung.

»Du hörst bei UBS auf? Echt? Wieso, wie kommt das denn?«

»Mir blieb irgendwie nichts anderes übrig. Avery ist in Los Angeles an der juristischen Fakultät angenommen worden, deshalb ziehen wir nach Kalifornien. Das Semester fängt zwar erst im Januar an, aber wir wollen jetzt schon übersiedeln, damit wir uns noch ein bisschen eingewöhnen können.«

»Kalifornien?«

»Hm.«

»Das heißt, du verlässt nicht Avery, sondern mich?« Der Schock saß tief. Eben noch hatte ich mich klammheimlich über meinen Verdacht gefreut, dass sich meine beste Freundin einen Lover zugelegt hatte, und was war daraus geworden? Die Gewissheit, dass sie ans andere Ende des Landes auswandern würde.

»Ich verlasse dich nicht«, sagte sie seufzend. »Ich schmeiße bloß meinen Job hin und ziehe nach Kalifornien. Wahrscheinlich nur für drei Jahre, so lange, wie das Studium dauert. Und ich bin doch auch nicht aus der Welt. Was meinst du, wie gern du mich besuchen kommst, wenn es erst Februar ist und du dich tagelang nicht aus der Wohnung traust, weil die ganze Stadt einem Gefrierschrank gleicht?«

»Kann Avery denn nicht bei uns an der Ostküste studieren? Muss dieser selbstsüchtige Typ dich unbedingt nach Kalifornien verschleppen?«

»Nun halt schon die Klappe, Bette, und freu dich für mich. Die Uni in Los Angeles hat nun mal einen erstklassigen Ruf, und ich könnte einen Tapetenwechsel vertragen. Bis auf die paar Jahre im College hab ich mein ganzes Leben in New York verbracht. Natürlich komme ich wieder, das steht fest. Aber ich möchte auch mal etwas anderes sehen.«

Sie hatte völlig Recht. Ich war schließlich ihre Freundin, und als solche hatte ich mir gefälligst ein paar aufmunternde Wort abzuringen, auch wenn es mir schwer fiel.

»Bitte entschuldige, Pen. Es kommt bloß alles so plötzlich.

Ich wusste ja noch nicht mal, dass Avery sich an der Westküste beworben hat. Wenn du happy bist, bin ich es auch. Und ich geb mir auch ganz große Mühe, nicht nur daran zu denken, wie sehr du mir fehlen wirst, okay?«

»Ja, er hat sich erst auf den allerletzten Drücker für Kalifornien entschieden. Das hätte ich selbst nie für möglich gehalten. Und um dich mache ich mir keine großen Sorgen. Du hast ja jetzt eine neue Clique und kommst bestimmt auch ohne mich zurecht.« Obwohl sie den letzten Satz nicht besonders betonte, enthielt er viel mehr, als sie aussprach.

»Dann müssen wir aber wenigstens eine Riesenabschiedsparty für euch schmeißen«, sagte ich gezwungen heiter. Eigentlich hätte ich ihr widersprechen müssen, doch ich tat es nicht.

»Da kennst du aber unsere Mütter schlecht. Sie stecken schon mitten in den Vorbereitungen. Weil es bei uns schon ziemlich bald losgeht mit dem Umzug, haben sie für Samstag ein Essen im Four Seasons geplant. Du kommst doch, ja? Es wird bestimmt furchtbar, aber ich zähl auf dich.« Sie räusperte sich. »Philip darfst du auch mitbringen.«

»Pen! Natürlich komme ich, was für eine Frage. Und fürchtet euch nicht, Philip bleibt euch mit Sicherheit erspart.«

Auf meinem Display erschien eine 917er Nummer, die ich nicht kannte. Womöglich ging es um die BlackBerry-Party.

»Tut mir Leid, Pen. Aber ich krieg gerade einen Anruf rein. Ich melde mich später noch mal, ja?«

»Klar, kein Problem.«

»Okay. Dann bis nachher. Und herzlichen Glückwunsch noch mal. Hauptsache, du bist glücklich! So oder so, ich freue mich für dich.«

Ich schaffte es gerade noch, der Mailbox zuvorzukommen. »Spreche ich mit Bette?«, fragte eine raue Männerstimme.

»Am Apparat.«

»Hallo, Bette. Hier Sammy aus Amy Saccos Büro. Sie hatten wegen einer Reservierung bei uns angerufen?«

Sammy? War das nicht der Türsteher vom Bungalow 8? Oder ein anderer Mitarbeiter mit dem gleichen Namen? Dass Türsteher auch Bürotätigkeiten übernahmen, war mir neu.

»Ja, genau. Einen schönen guten Tag«, sagte ich so geschäftsmäßig wie möglich. Dabei kannte er meinen Namen gar nicht und wusste sicher auch nicht, dass ich die nörgelnde Tante ohne Schirm war.

»Ihnen auch. Vielen Dank für Ihre Nachricht. Amy hat mich gebeten, Sie zurückzurufen, weil Sie leider den ganzen Nachmittag verhindert ist.« Was er sonst noch zu sagen hatte, ging in kreischendem Sirenengeheul unter.

»Entschuldigung, das habe ich nicht mitbekommen. Es ist so laut, als würden gerade acht Feuerwehrautos vorbeirasen.« Ich musste regelrecht schreien, um mich verständlich zu machen.

»Ich kann es auch hören, und nicht nur durchs Telefon. Wo sind Sie denn gerade?«

»Im Starbucks, Ecke Achte und Broadway. Warum?«

»Das ist ja ein Zufall. Ich bin direkt gegenüber. Ich kam gerade aus dem Unterricht, als Amy angerufen hat. Warten Sie, ich bin gleich da.« Ich klappte das Handy zu und saß einen Augenblick da wie gelähmt. Dann kramte ich blitzschnell Lipgloss und Haarbürste aus der Handtasche und sprintete zum Klo, das natürlich, wie sollte es auch anders sein, besetzt war. Als ich mich umdrehte, kam er schon auf die Eingangstür zu, und ich hastete zurück zum Tisch. Wenigstens hatte er von meinem hektischen Hin und Her nichts mitbekommen.

Es blieb keine Zeit, mich unauffällig noch etwas herzurichten. Ich musste mich voll darauf konzentrieren, mich in eine möglichst coole und zugleich geschäftige Pose zu werfen. Ein Ding der Unmöglichkeit. Wenn ich etwas trank, würde ich mich garantiert verschlucken, wenn ich so tat, als ob ich telefonierte, würde ich das Handy fallen lassen. Also starrte ich derart entschlossen auf meinen Terminplaner, dass er unter meinem bohrenden Blick um ein Haar in Flammen aufgegangen wäre. Eine hastige Bestandsaufnahme ergab, dass mein Körper eine Reihe klischeehafter Reaktionen zeigte, die nur eine Interpretation zuließen. Zitternde Hände, hämmerndes Herz, trockener Mund konnten nur eines bedeuten: Das Mindeste, was ich für Sammy empfand, was Sympathie. Das Allermindeste! Im Grunde ging es mir nicht viel anders als Lucinda vor ihrem ersten Rendezvous mit Marcello in *Die Zärtlichkeit des Ölbarons*. Ich kam mir vor wie die Heldin aus einem Liebesroman, so kribbelig war mir vor Aufregung.

Ich spürte ihn neben mir, noch bevor ich ihn sah, eine schemenhafte Gestalt, ganz in Schwarz. Und wie er duftete! Nach frisch gebackenem Brot oder Zuckerplätzchen. Köstlich. Es dauerte wohl eine halbe Minute, bis ich endlich den Mut aufbrachte, die Nase aus meinem Terminplaner zu nehmen und ihn anzublicken, und zwar genau in dem Moment, als er sich räusperte.

»Hallo«, sagte ich.

»Hallo«, sagte er und hörte sofort auf, gedankenverloren an einem mehligen Fleck auf seiner Hose herumzurubbeln.

»Äh, möchten Sie… möchtest du dich nicht setzen?«, stammelte ich. Wieso kriegte ich eigentlich im entscheidenden Moment nie einen intelligenten oder auch nur halbwegs zusammenhängenden Satz auf die Reihe?

»Gern. Und, äh, wir bleiben beim Du, ja? Ich dachte mir, ich komme einfach schnell rüber. Ist doch, äh, eventuell praktischer, die Sache persönlich zu besprechen.« Ein Glück, er hörte sich auch nicht viel besser an als ich.

»Ja, finde ich auch. Viel praktischer. Habe ich dich richtig verstanden? Du hattest gerade Unterricht? Machst du einen Barkeeperkurs? Das wollte ich auch schon immer mal lernen!« Das wurde ja immer schwachsinniger, was ich da von mir gab. Aber ich konnte nicht anders. »So etwas sollte jeder können, ob er nun in einer Bar arbeitet oder nicht. Oder nicht? Ich würde jedenfalls gern wissen, wie man einen anständigen Cocktail mixt. Oder so.«

Da lächelte er, ein Strahlelächeln von einem Ohr bis zum anderen. *Bitte, lieber Gott, lass ihn nie wieder damit aufhören.* »Nein, ich lerne nicht mixen, ich lerne backen«, sagte er.

Dass sich ein Türsteher fürs Backen interessierte, klang ziemlich schräg. Na, wenigstens hatte er ein Hobby. Immer nur Leute wegen ihres Aussehens abzuwimmeln musste ziemlich öde sein, wenn man mal davon absah, dass es sicher gut fürs Ego war.

»Ach, wirklich? Wie faszinierend. Backst du viel in deiner Freizeit?«, fragte ich, bloß um ihn nicht weiter stumm anzustaunen. Aber leider kam es wie eine Fangfrage in einem Kreuzverhör herüber. »Äh, ich meine, ist das Backen deine große Leidenschaft?«

»Leidenschaft?« Er grinste. »So würde ich es nicht gerade nennen, aber ich koche und backe gern. Allerdings nicht nur zum Vergnügen.«

O nein! Kein Wunder, dass er sich über mich lustig machte. Wie konnte ich aber auch nur so dumm sein, ein Wort wie Leidenschaft in den Mund zu nehmen?

»Nicht nur zum Vergnügen?« Nun hörte ich mich auch noch wie eine arrogante Pute an! »Entschuldigung, so war das nicht gemeint. Inwiefern denn?«

»Ich lerne Koch.«

»Wirklich? Und wo arbeitest du?«

»Noch nirgends, eigentlich. Ich bin eben erst mit der Ausbildung fertig geworden und mache jetzt nebenher noch ein paar Kurse. Zum Beispiel für die Herstellung von Backwaren.« Er lachte.

»Wie bist du denn darauf gekommen?«

»Ach, es kann einfach nicht schaden, wenn man sich auch auf dem Gebiet ein bisschen auskennt. Als Junge habe ich zu Hause höchstens mal ein Omelette gemacht, aber das war im Großen und Ganzen auch schon alles, was das Kochen anging. Als ich noch auf der Highschool war, hatte ich mal einen

Ferienjob als Kellner im Statler Hotel. Eines Tages hat der Restaurantchef mitbekommen, dass ich den Kaffee immer aus gut einem Meter Höhe direkt in die Tasse eingeschenkt habe. Der Mann war begeistert. Er meinte, ich wäre ein Naturtalent und sollte mich hier in New York an der Hotelfachschule anmelden. Er hat mir sogar ein paar Stipendien verschafft. Ich habe natürlich die ganze Zeit nebenher gejobbt – als Hilfskellner, Kellner, Nachtportier, Barkeeper, einfach alles, was anfiel. Und nach der Abschlussprüfung hat er mir dann auch noch für ein Jahr einen Praktikumsplatz in einem Sternerestaurant in Frankreich vermittelt. Es ist alles über ihn gelaufen.«

Mir stand vor Bewunderung der Mund offen, gewiss kein schönes Bild. Aber Sammy ließ sich dadurch nicht abschrecken und redete weiter.

»Du wunderst dich bestimmt, dass ich im Bungalow den Gorilla mache, hm?« Er grinste.

»Ach was, gar nicht. Hauptsache, es gefällt dir. Und in gewisser Weise ist es ja einfach nur die andere Seite des Gastgewerbes, stimmt's?«

»Erst die Pflicht, dann die Kür. Mittlerweile kommt es mir so vor, als ob ich sämtliche New Yorker Restaurants in- und auswendig kenne.« Er lachte. »Aber wenn ich irgendwann meinen eigenen Laden aufmache, kann ich davon nur profitieren. Hoffentlich muss ich darauf nicht mehr allzu lange warten.«

Anscheinend sah ich immer noch ziemlich dumm aus der Wäsche, denn er musste schon wieder lachen. »Der wichtigste Grund ist natürlich die Kohle. Als Barkeeper oder Türsteher verdient man nicht schlecht. Ein weiterer Vorteil: Man kann abends nicht weggehen und Geld ausgeben. Deshalb habe ich mir von dieser Sorte gleich mehrere Jobs gesucht. Alle sagen, dass es nichts Schwierigeres gibt, als in dieser Stadt ein Restaurant aufzumachen. Anscheinend muss man sich in der Szene echt gut auskennen. Wer was mit wem hat, wer wirklich wichtig ist, wer nur so tut, als ob er was zu melden hat. Im Grunde interessiert mich das nicht die Bohne. Ich verkehre auch nicht in diesen Kreisen, aber wenn ich meine Zielgruppe studieren will, geht das nirgendwo besser als in ihren ureigenen Jagdgründen.«

Er schlug sich erschrocken die Hand vor den Mund. »Entschuldige, das hätte ich mir wohl lieber verkneifen sollen. Nicht dass du meinst, ich hätte was gegen dich und deine Freunde.«

Die Liebe! Diese Himmelsmacht! Hatte mich am Schlafittchen. Um ein Haar hätte ich ihn gepackt und abgeküsst, so zerknirscht sah er aus, der Ärmste.

»Ist schon gut«, sagte ich und wollte instinktiv nach seiner Hand greifen, doch in letzter Sekunde verließ mich der Mut. Lucinda aus dem *Ölbaron* hätte die Nerven gehabt, es durchzuziehen. Aber ich war eben keine Romanheldin. »Ich finde es toll, was du alles machst. Ich kann mir vorstellen, dass es an manchen Abenden ganz schön hoch hergeht. Du kriegst bestimmt die lächerlichsten Auftritte zu sehen.«

Er legte los, als ob er nur auf dieses Stichwort gewartet hätte: »Du würdest es nicht glauben. Diese Leute – sie haben so viel Geld und so viel Zeit, und was machen sie damit? Sie betteln mich auf Knien an, dass ich sie in einen Club lasse. Was Besseres fällt ihnen nicht ein.« Er sah mich an.

»Aber es macht doch sicher auch Spaß, oder nicht? Wie sie sich regelrecht darum reißen, nett zu dir zu sein.« Was für ein Blick! Ich konnte überhaupt nicht mehr geradeaus denken.

»Ich bitte dich, Bette. So ist es doch gar nicht, und das weißt du auch. Sie kriechen mir in den Arsch, weil sie an mir vorbeikommen wollen, das ist alles. Es geht ihnen doch nicht um mich als Person. Sie kennen mich ja gar nicht. Freundlich und respektvoll sind sie genau so lange, bis sie den Club betreten haben. Wenn sie mir irgendwo auf der Straße begegneten, würden sie mich nicht wieder erkennen.«

Er zog die Brauen zusammen. Was für eine süße, umwölkte Denkerstirn! Und als er dann auch noch seufzte, hätte ich ihn am liebsten in den Arm genommen. »Entschuldige, ich rede zu viel. Vergiss alles, was ich eben von mir gegeben habe. So ernst nehme ich diesen Job nun auch wieder nicht, dass ich mir deswegen graue Haare wachsen lassen müsste. Er ist nur Mittel zum Zweck. Ich kann einiges einstecken, wenn es mir dabei hilft, irgendwann mein eigenes Restaurant aufzumachen.«

Von mir aus hätte er noch stundenlang weiterreden können. Hauptsache, ich konnte mir ausgiebig sein schönes Gesicht ansehen, die Lippen, die ausdrucksstarken Hände. Aber er war fertig. Als ich ihm sagen wollte, dass ich es noch nie von dieser Warte aus betrachtet hatte, schnitt er mir sanft das Wort ab. »Lass es gut sein. Ich schätze, du bist einfach ein Mensch, bei dem es einem leicht fällt, aus sich herauszugehen«, sagte er. Dabei lächelte er so bezaubernd, dass ich beinahe das Atmen vergessen hätte. »Ich wär dir dankbar, wenn du den ganzen Kram für dich behalten könntest. Es braucht ja nicht jeder zu wissen, was ich vorhabe.«

Da hatte er Recht. Es war besser, wenn keiner wusste, woher man kam und wohin man wollte. Sonst wurde man sofort in eine Schublade gesteckt, in die ganz persönliche »Muss-man-kennen«- oder »Kann-man-getrost-übersehen«-Kategorie eingeordnet. Man lief Gefahr, aus dem Weg geschubst oder ins Abseits gedrängt zu werden, und wenn man nicht aufpasste, gruben einem die anderen, nur um selbst besser dazustehen, das Selbstvertrauen ab. Onkel Will meinte es scherzhaft, wenn er sagte: »Was ich nicht haben kann, mache ich nieder.« Ganz anders die meisten Szeneleute, von denen Sammy gesprochen hatte. Ihnen war es mit dieser Einstellung bitterernst. Ja, ich hatte verstanden. Laut und deutlich.

»Aber klar. Kein Problem. Das sehe ich ein. Ich… also, ich finde es total cool, was du alles machst«, antwortete ich.

Wieder so ein Strahlelächeln. Ah! Während ich überlegte,

womit ich ihm noch einmal den Sonnenschein ins Gesicht zaubern konnte, fiel ihm ein, dass wir ja eigentlich etwas Geschäftliches zu bereden hatten.

Von der Verletzlichkeit, die er eben noch an den Tag gelegt hatte, war nichts mehr zu spüren, als er sagte: »Ich hole mir eben einen Kaffee, dann stehe ich dir für Fragen wegen der Veranstaltung zur Verfügung. Soll ich dir etwas mitbringen?«

Ich schüttelte den Kopf und deutete auf meine halb volle Tasse.

»Sag bloß, du willst keinen doppelten zuckerfreien Latte mit Vanillesirup und fettarmem Milchschaum?«

Lachend schüttelte ich noch einmal den Kopf.

»Du glaubst wohl, ich mache Witze, hm? Aber das bestelle ich hier immer.«

»Nie im Leben.«

»Ist aber wahr, Ehrenwort. Zwanzig Lebensjahre und ein paar Zerquetschte bin ich wunderbar mit stinknormalem Bohnenkaffee ausgekommen. Mal mit, mal ohne Zucker, spätabends auch mal entkoffeiniert, aber immer ganz simpler Kaffee. Bis mir ein Freund von Milchkaffee vorgeschwärmt hat. Und der nächste von Milchkaffee mit Vanillesirup. Der Rest ergab sich dann von selbst. Mir wäre es fast lieber, sie würden sich weigern, mir dieses Gebräu zu verkaufen, und mir ins Gewissen reden: ›Nimm dich zusammen, Sammy. Sei ein Mann und trink eine Tasse guten, alten Filterkaffee.‹ Aber das fällt ihnen gar nicht ein. Und ich kann leider nicht anders.« Damit stand er auf und ging zur Theke.

Das Lächeln der Bedienung war leicht zu deuten: Du brauchst nur mit den Fingern zu schnippen, und ich bin dein. Ich behielt ihn so scharf im Auge, dass ich den Atem anhielt, und erst als er sich wieder zu mir setzte, atmete ich laut wieder aus.

»So. Jetzt reicht es aber wirklich mit meinen Geschichten. Wollen wir dann die Party besprechen?« Er strich sich über den Hinterkopf, mit einer Geste, die mir unendlich vertraut vorkam.

»Gern. Wo fangen wir an?« Ich nippte an meinem Kaffee und spielte die coole Eventmanagerin.

»Mit wie vielen Gästen rechnet ihr?«

»Kann ich nicht genau sagen, weil ich noch keine endgültige Liste habe« – genauso wenig wie eine vorläufige, aber das musste ich ihm ja nicht unbedingt auf die Nase binden. »Ich schätze, ein paar hundert werden es schon werden.«

»Und wie stellt ihr euch das mit dem Personal vor? Leute von Kelly & Company oder von uns?«

Auch darauf hatte ich noch keine Antwort parat und musste mir schnell etwas halbwegs Plausibles aus den Fingern saugen. »Da wir uns definitiv um Sponsoren bemühen, werden wir wohl den Alkohol stellen, aber beim Bedienungspersonal auf euch zurückgreifen. Und dann brauchen wir natürlich noch eure, hm, eure …«

»Security?«, half er mir auf die Sprünge. Er schien zu spüren, dass ich das Wort »Türsteher« vermeiden wollte.

»Ja, genau. Das muss ich allerdings noch abklären.«

»Klingt gut. Momentan ist an dem Abend nur Lot 61 frei, aber es wäre durchaus möglich, dass Amy am Belegungsplan noch was ändert. Wer spielt den Gastgeber?«

»Äh, ein gewisser Philip Weston. Er, er …«

»Ist dein Freund, ich weiß. Ich hab euch in der letzten Zeit öfter zusammen gesehen. Da wird Amy sicher begeistert sein. Mach dir keine Gedanken um Bungalow 8, ich bin mir sicher, ihr könnt ihn haben.«

»Nein, nein, das hast du falsch verstanden«, sagte ich hastig. »Er ist nicht mein Freund. Nur ein Bekannter, der … »

»Schon gut, was geht es mich an? Ich hatte immer das Gefühl, er wäre ein ziemliches Arschloch, aber was weiß ich schon?« Klang er wirklich verbittert, oder war es nur Wunschdenken meinerseits?

»Stimmt, das geht dich wirklich nichts an«, gab ich so pikiert zurück, dass er regelrecht vor mir zurückwich.

Wir starrten uns an, bis er als Erster den Blick senkte.

Er nahm noch einen Schluck Kaffee und suchte seine Sachen zusammen. »Also dann, war nett mit dir. Ich gehe alles noch mal mit Amy durch und melde mich dann wegen der Reservierung. Aber du kannst davon ausgehen, dass es klappt. Wenn Mr. Blaublut persönlich eine Party schmeißen will, schubst ihn so leicht keiner von der Türschwelle. Am besten fängt er jetzt schon mal an, sich auf die Sonnenbank zu legen, damit er bis zur Party auch braun genug ist.«

»Wie reizend, dass du dir solche Gedanken um ihn machst. Ich werde es ihm ausrichten. Und dir bis dahin viel Spaß mit deinen Windbeuteln und Sahneschnitten. Um das Organisatorische kümmere ich mich selbst, oder ich bespreche es direkt mit Amy. Sosehr ich es auch genieße, mich von dir verbal attackieren zu lassen, habe ich momentan wirklich nicht die Zeit dafür.« Ich stand mit weichen Knien auf und ging in Richtung Ausgang. Das war doch wohl nicht zu fassen! Wie um alles in der Welt hatte es binnen weniger Minuten zu so einem Klimawandel zwischen uns kommen können?

»Bette!«, rief er hinter mir her, als ich schon an der Tür war. *Es tut ihm Leid. Er hat momentan furchtbar viel Stress, kriegt nicht genug Schlaf, und er wollte seine miese Laune wirklich nicht an mir auslassen. Entweder das, oder er ist so wahnsinnig eifersüchtig auf Philip, dass er sich seine fiesen Bemerkungen nicht verkneifen konnte. Eines von beidem oder beides zusammen*, dachte ich. Aber ganz egal, wie er sich entschuldigte, ich würde ihm selbstverständlich verzeihen.

Ich drehte mich um. Wenn ich gedacht hatte, er käme zerknirscht hinter mir hergelaufen, hatte ich mich getäuscht. Er saß immer noch am Tisch und hielt etwas in der Hand, womit er mir winkte. Mein Handy. Das natürlich losplärrte, bevor ich wieder bei ihm war.

Er warf einen Blick auf das Display. Seine Miene wurde starr, und er rang sich ein kühles Lächeln ab. »Tja, wenn man vom

Teufel spricht … Soll ich rangehen? Keine Bange, ich verrate ihm nicht, dass wir bei Starbucks sitzen. Ich behaupte einfach, wir kommen gerade mit unserem Privatjet aus Cannes zurück.«

»Her damit«, fauchte ich. Ich hätte mich in den Bauch beißen können. Warum war ich so blöd gewesen, Philips Nummer zu speichern? Ich riss Sammy das Handy weg. Als ich seine Hand streifte, durchfuhr es mich wie ein elektrischer Schlag – trotz meiner Wut. Ich schaltete auf stumm und schmiss das lästige Teil in meine Tasche.

»Meinetwegen kannst du ruhig rangehen.«

»Deinetwegen? Wie gnädig«, sagte ich und stürmte zur Tür. Als ich mich noch einmal umdrehte, sah ich, wie er mir kopfschüttelnd nachblickte. *Im* Ölbaron *wäre diese Szene ganz anders gelaufen*, dachte ich traurig. Ein Gedanke aber tröstete mich ein wenig: Am Anfang jeder Liebesgeschichte, auch der im Buch, müssen die beiden Partner erst einmal so manches Hindernis überwinden. Es war also noch lange nichts verloren.

13

Nach dem Treffen im Starbucks rauschte der Rest des Tages komplett an mir vorbei, so sehr hatten mich der absurde Streit mit Sammy und Penelopes Umzugspläne aufgewühlt. Nimmt man dazu noch die Tatsache, dass ich ganz allein einen Großevent planen musste, der schon in zweieinhalb Wochen stattfinden sollte, war es wohl kein Wunder, dass ich mich am liebsten mit Millington auf dem Sofa zusammengerollt und mir rund um die Uhr *Harry und Sally* reingezogen hätte. Als ich zu Hause ankam, bewegte sich mein Smalltalkquotient mit rasantem Tempo gegen null. Doch bevor ich das rettende Ufer der heimischen vier Wände erreichte, musste ich erst noch die Eingangshalle durchqueren, wo mir garantiert Seamus, der redselige Portier, auflauern würde. Ich hatte es schon bis zu den Fahrstühlen geschafft und freute mich im Stillen über meinen Triumph, als er plötzlich neben mir stand.

»Na, wie war der Tag?«, fragte er und grinste dabei wie ein Honigkuchenpferd.

»Hätte schlimmer sein können. Und bei Ihnen?«

»Das hört sich aber nicht sehr gut an, Bette!«, trällerte er. Ob ich wohl irgendetwas ausstrahlte? Ein Signal, das »Quatsch mich zu« bedeutete?

»Von sehr gut war auch nicht die Rede. Mein Tag war durchwachsen. Nicht übel«, antwortete ich. Vielleicht sollte ich lieber die Treppe nehmen. In den dreizehnten Stock hochzukraxeln war immer noch besser, als auf den Fahrstuhl zu warten und mich von Seamus belabern zu lassen.

»Irgendwie habe ich es im Urin, dass er noch besser wird«, antwortete er. Hatte er mir etwa zugezwinkert? Er hatte, eindeutig.

»Ach ja?«, sagte ich. Wie ein Hypnotiseur starrte ich die Fahrstuhltür an. Nun geh schon endlich auf! »Das klingt spannend.«

»Ist es auch. Und ich bin der Überbringer der guten Nachricht. Hiermit verkünde ich Ihnen offiziell, dass dieser Tag für Sie in den nächsten paar Minuten eine entscheidende Wende zum Besseren nehmen wird.« Dies gab er in einem solchen Brustton der Überzeugung von sich, begleitet von einem derart penetranten »Ich weiß etwas, was du nicht weißt«-Ton, dass er mich tatsächlich neugierig machte.

»Worauf wollen Sie hinaus? Habe ich vielleicht Besuch?«, fragte ich, einerseits entsetzt, andererseits aber auch neugierig, wer wohl mein Gast sein mochte und auf mich wartete.

»Ich habe fast schon zu viel verraten«, trällerte er. »Und es geht mich ja auch gar nichts an. Dann will ich mich mal wieder an die Tür stellen.« Er tippte sich an die Mütze und machte auf dem Absatz kehrt. Ob es wohl irgendeine höfliche Methode gab, ihm zu verklickern, dass er mich in Zukunft mit seinem Geschwätz verschonen sollte?

Als ich, endlich oben angekommen, in den Korridor zu meiner Wohnung einbog, wusste ich sofort, worauf er angespielt hatte. Vor der Glückszahl 1313 lag das fantastischste Blumenarrangement, das ich in meinem ganzen Leben je gesehen geschweige denn bekommen hatte. Mein erster Gedanke war, dass es versehentlich bei mir abgegeben worden und in Wahrheit für jemand anderen bestimmt war, aber als ich näher kam, lachte mir von dem Umschlag, der in der Zellophanverpackung steckte, mein Name entgegen. Okay, dann war es also kein Zustellungsfehler. Mein zweiter Gedanke? Die Blumen waren von Sammy, der noch einmal über alles nachgedacht hatte und sich für sein Benehmen entschuldigen wollte. Ja! Er war eben doch kein übler Kerl, im Gegenteil, er war ein Gentleman, der auf diese reizend altmodische Art zum Ausdruck brachte, dass es ihm Leid tat. *Mir tut es auch Leid*, leistete ich ihm stumm Abbitte. *Ich weiß selbst nicht, warum ich so zickig und gemein war. Dabei ist seitdem keine Sekunde vergangen, in der ich nicht an dich gedacht habe. Ja, ich würde wahnsinnig gern mit dir essen gehen und unseren dummen Streit begraben. Und weißt du was? Ich könnte dich mir durchaus als den Vater meiner zukünftigen Kinder vorstellen. Es wird also höchste Zeit, dass wir uns richtig kennen lernen. Was meinst du, wie unsere Sprösslinge staunen werden, wenn sie erfahren, dass unsere große Liebe mit einem Streit und einem Blumenstrauß begonnen hat! Ist das romantisch – ich halt's nicht aus. Ja, Liebling! Ja, ich verzeihe dir, und ich entschuldige mich tausendmal. Aber ich weiß, unsere Beziehung wird gestärkt daraus hervorgehen.*

Ich nahm das Gesteck hoch und ging hinein, so außer mir vor Freude, dass ich kaum mitbekam, wie Millington sich an meine Beine schmiegte. Blumen waren schließlich das A und O jedes Liebesromans. Es waren drei Dutzend Rosen in Violett, Pink und Weiß in einer runden Glasschale, die mit glitzernden Glasmurmeln gefüllt war. Schlicht und edel, ohne jeden Schnickschnack – keine Schleifchen, kein Band, kein Grün, kein Schleierkraut. Die Aussage war klar: erlesene Eleganz vom Allerteuersten. Auch die Karte war ungewöhnlich. Schweres, cremefarbenes Pergament. Ich riss sie regelrecht aus dem violett gefütterten Umschlag. Blitzschnell landete mein Blick auf der Unterschrift. Und dann wäre ich um ein Haar in Ohnmacht gefallen.

> Schöne Frau, natürlich spiele ich den Gastgeber für den BlackBerry-Event! Das wird die nobelste Party des Jahres. Du bist eine Wucht. Gruß und Kuss, Philip.

Was?! Ich las den Text ein paarmal rauf und runter, bis ich mir ganz sicher war, dass mein Gehirn ihn richtig verarbeitet hatte.

Und dann las ich ihn noch einmal, weil ich es immer noch nicht glauben konnte. Woher hatte er meine Adresse? Wieso wusste er etwas von dem Event, obwohl ich mit ihm noch gar nicht darüber gesprochen hatte? Vor allem aber: Wo war Sammys Entschuldigung, seine flammende Liebeserklärung? Ich schmiss die Karte quer durch den Raum, stellte die Blumen in die Küche und warf mich dramatisch aufs Sofa. Keine zwei Sekunden später fingen das Handy und der Festnetzapparat gleichzeitig an zu klingeln. Ein rascher Blick auf die Displays brachte mir zwei weitere Enttäuschungen ein: Der eine Anruf war von Elisa, der andere von Onkel Will. Keine Spur von Sammy.

Ich klappte das Handy auf, vertröstete Elisa und begrüßte erst mal Will.

»Darling, ist etwas passiert? Du bist spät dran, und Simon und ich hatten Angst, dass du deine öffentliche Bloßstellung womöglich mutterseelenallein im Suff ertränkst. Wir fanden, du sahst toll aus auf dem letzten New-York-Scoop-Foto! Los, wir gießen uns gemeinsam einen hinter die Binde. Kommst du?«

Verdammt! Ich hatte das Essen völlig vergessen. Obwohl wir uns seit Jahren regelmäßig am Donnerstagabend trafen, hatte ich die letzten Einladungen wegen Terminkollisionen absagen müssen. Und die heutige Verabredung hatte ich total verpennt.

»Will! Bitte entschuldige die Verspätung, aber ich bin erst vor zwei Minuten zur Tür rein. Musste eben noch Millington füttern. Ich bin schon unterwegs.«

»Kein Problem, Darling. Ziemlich dürftige Ausrede, wenn du mich fragst. Doch lassen wir das einmal dahingestellt sein. Hauptsache, du gibst mir keinen Korb. Dann sehen wir dich gleich?«

»Natürlich. Ich bin in ein paar Minuten da.«

Ich legte auf, ohne mich lange zu verabschieden, und griff wieder zum Handy.

»Entschuldige, Elisa, aber mein Onkel hat gerade angerufen.«

»Bette! Du glaubst es nicht! Ich habe die beste Neuigkeit der Welt. Setz dich lieber hin. Gottogott, ich bin ja so aufgeregt.«

Hoffentlich hatte sie sich nicht verlobt. Noch so ein trautes Glück verkraftete ich momentan beim besten Willen nicht. Ich lehnte mich in die Polster und fasste mich in Geduld. Früher oder später würde sie schon zur Sache kommen.

»Du glaubst es nie, mit wem ich gerade gesprochen habe ...« Sie verstummte. Anscheinend sollte ich raten. Also tat ich ihr den Gefallen.

»Mit niemand anderem als dem attraktivsten, begehrtesten – und inzwischen leider vergebenen – Junggesellen Philip Weston. Er hat angerufen, um unser gesamtes Team zu einer Party einzuladen, und ich saß zufälligerweise am Telefon – und ach, Bette, nicht böse sein, aber ich konnte nicht anders, ich habe ihn gefragt, ob er für den BlackBerry-Event den Gastgeber spielt. Und er hat zugesagt!« Ihre Stimme schnappte über.

»Wirklich?«, sagte ich mit gespieltem Erstaunen. »Klasse. Natürlich bin ich dir nicht böse; dann brauche ich ihn wenigstens nicht selbst zu fragen. Hat er sich gefreut? Meinst du, er hat wirklich Lust dazu?« Eigentlich war es mir egal, aber ein paar Worte des Interesses musste ich mir wohl doch abringen.

»Also, technisch gesehen, habe ich nicht wirklich mit ihm gesprochen, aber ich bin mir sicher, er ist begeistert.«

»Was meinst du damit, technisch gesehen? Du hast doch gerade erzählt, dass er angerufen hat und ...«

»Huch, habe ich das so gesagt? Hoppla!« Sie kicherte. »Der Anruf kam von seiner Assistentin. Und als ich ihr den Vorschlag unterbreitet habe, hat sie ihn für Philip angenommen. So oder so, es läuft auf dasselbe raus, Bette. Mach dir keine Gedanken. Ist das nicht super?«

»Ja. Und es scheint tatsächlich zu klappen. Ich habe nämlich gerade Blumen von ihm bekommen, und auf der Karte steht auch, dass er mitmacht.«

»O Gott, Philip Weston schickt dir Blumen? Bette, er muss verliebt sein. Dieser Mann ist wirklich etwas Besonderes.« Ein tiefer Seufzer.

»Okay. Also dann, Elisa. Ich muss los. Und noch mal danke, dass du schon alles arrangiert hast. Das war echt nett.«

»Was hast du vor? Ein heißes Date mit Philip?«

»Nein, nein. Ich bin bei meinem Onkel zum Essen eingeladen, und anschließend haue ich mich sofort aufs Ohr. Seit ich bei Kelly & Co arbeite, bin ich nie mehr vor zwei Uhr ins Bett gekommen. Ich bin fix und fertig.«

»Wem sagst du das? Genial, was? Wo gibt es das sonst, einen Job, bei dem man nächtelang durchfeiern muss? Wir sind echte Glückspilze.« Noch ein Seufzer, gefolgt von einer bedeutungsschwangeren Kunstpause.

»Okay, dann ciao. Danke noch mal, Elisa. Und einen schönen Abend, hörst du?«

»Aber immer«, antwortete sie. »Noch was, Bette. Ich muss es dir sagen. Kann schon sein, dass du die Stelle deinem Onkel zu verdanken hast, aber ich finde trotzdem, du schlägst dich wacker.«

Autsch. Ein typisches Elisa-Kompliment. Ein kleiner Seitenhieb, verpackt in ein dickes Lob. Aber ich hatte nicht die Energie, darauf einzugehen, und sagte nur: »Findest du? Danke, Elisa. Das bedeutet mir sehr viel.«

»Doch, wirklich. Du hast dir Philip Weston geangelt, und jetzt organisierst du schon selbstständig einen ganzen Event. Dafür habe ich fast ein ganzes Jahr gebraucht.«

»Dafür? Wofür?«, fragte ich.

»Für beides«, sagte sie.

Wir lachten. Obwohl sie mir in dieser Sekunde tatsächlich wie eine Freundin vorkam, machte ich lieber Schluss, bevor ihr womöglich noch einfiel, mich zu einer weiteren Party zu zitieren.

Ich zog mich schnell um, verpasste Millington zum Abschied ein paar Krauleinheiten, warf noch einen letzten bösen Blick auf die Blumen und düste nach unten, um mir ein Taxi zu nehmen. Simon und Will kabbelten sich, als ich ankam. Nachdem ich die Wohnungstür aufgeschlossen hatte, wartete ich erst mal in ihrer ultramodernen Diele, bis der Sturm vorüber war. Ich nahm unter dem knallbunten Warhol Platz, der über der Granitbank an der Wand hing. Wir hatten das Bild im Kunstunterricht durchgenommen, aber ich konnte mich an nichts mehr erinnern, was man mir damals vielleicht darüber beibringen wollte.

»Ich begreife einfach nicht, wie du diesen Menschen zu uns nach Hause einladen kannst«, hörte ich Simons Stimme aus der Bibliothek.

»Was ist denn daran so schwer zu verstehen? Er ist mein Freund, er ist in der Stadt, und es wäre unhöflich, ihn nicht einzuladen«, antwortete Will unerschütterlich.

»Will, der Mann hasst Schwule. Er verdient seinen Lebensunterhalt damit, dass er Schwule hasst. Er wird dafür *bezahlt*, dass er Schwule hasst. Wir sind schwul. Ist das wirklich zu hoch für dich?«

»Firlefanz, Darling. Firlefanz. Manches von dem, was man in der öffentlichen Arena von sich gibt, dient nur dem Zweck, eine Kontroverse anzuheizen. Das ist gut für die Karriere. Deshalb muss man es noch lange nicht ernst meinen. Denk doch nur einmal an meine Kolumne von letzter Woche. Wie ich mich in einem Augenblick der Schwäche zu der Aussage habe hinreißen lassen, dass Rap eine eigenständige Kunstform sei. Meinst du vielleicht, meine Leser würden mir einen solchen Unfug abnehmen? Bei Rush ist es ähnlich. Sein Juden-Schwulen-Schwarzen-Hass ist nur für die Einschaltquoten. Persönlich denkt er völlig anders.«

»Du bist ja so naiv, Will. So unendlich naiv. Für mich ist das Thema damit erledigt.« Eine Tür knallte, ein langer Seufzer ertönte, Eiswürfel klirrten in ein Glas. Zeit für meinen Auftritt.

»Bette! Darling! Ich habe dich gar nicht kommen hören. Hast du unseren kleinen Streit belauscht?«

Ich gab ihm ein Küsschen und hockte mich auf die limonengrüne Chaiselongue. »Und ob. Du willst dir tatsächlich den erzreaktionären Kotzbrocken Rush Limbaugh ins Haus holen?«, fragte ich, obwohl es mich im Grunde kaum überraschte. Bei Onkel Will musste man immer auf alles gefasst sein.

»Jawohl. Er hat mich im Lauf der Jahre sicher schon ein halbes Dutzend Mal eingeladen. Und ich habe ihn immer als reizenden Gastgeber erlebt. Natürlich wusste ich damals nicht, wie stark er an diesen Abenden jeweils unter Medikamenten stand, aber das macht ihn mir irgendwie noch sympathischer.« Er holte tief Luft. »Genug davon. Was gibt es Neues in deinem glamourösen Leben?«

Ich fand es schon immer erstaunlich, dass sich dieser Mann durch nichts und niemanden aus der Ruhe bringen ließ. Ich weiß noch, wie meine Mutter mir, als ich zehn Jahre alt war, erklärt hatte, dass Onkel Will schwul war und Simon sein Partner. Solange zwei Leute miteinander glücklich seien, spielten Dinge wie Geschlecht, Hautfarbe oder Religion keine Rolle (was natürlich nicht für mich galt. Dass mein Zukünftiger aus einem jüdischen Elternhaus zu stammen hatte, verstand sich von selbst. Aber wenn es nicht gerade um ihr eigenes Kind ging, waren meine Eltern die liberalsten und tolerantesten Menschen der Welt.). Ein paar Wochen später kamen Will und Simon zum Essen. Während wir vor Bergen von Rosenkohl und einem vegetarischen Linsengericht saßen, fragte ich mit meiner niedlichen Kleinmädchenstimme: »Onkel Will, wie ist das, wenn man schwul ist?«

Er hob die Augenbrauen, warf meinen Eltern und Simon einen Blick zu und sah mir in die Augen. »Sehr angenehm, Schätzchen, glaub mir. Ich war auch schon mit Frauen zusammen, aber manche Männer können eben mit Frauen und andere nicht. Wenn du verstehst, was ich meine.« Ich verstand nur Bahnhof, aber ich genoss die gequälten Mienen meiner Eltern.

»Schläfst du mit Simon in einem Bett, so wie Mommy und Daddy?«, hakte ich nach und setzte vorsichtshalber mein engelsgleiches Unschuldsgesicht auf.

»Ja, Darling. Wir sind genau wie deine Eltern. Nur anders.« Er trank einen Schluck Scotch, den meine Eltern extra für ihn besorgt hatten, und lächelte Simon an. »Wir sind ein richtiges Ehepaar. Wir streiten uns und vertragen uns wieder, und ich traue mich sogar, ihm in die Wahl seiner Kleidung hineinzureden. Ganz wie in einer Ehe.«

»Nun, das war ein sehr interessantes Thema, nicht wahr?« Mein Vater räusperte sich. »Eines solltest du dir merken, Bette. Du musst immer alle Leute gleich behandeln, auch wenn sie anders sind als du.«

Wie langweilig. Ich hatte keine Lust auf noch einen seiner Friede-Freude-Eierkuchen-Vorträge, deshalb setzte ich alles auf eine Karte – und auf meine letzte Frage. »Wann hast du gemerkt, dass du schwul bist, Onkel Will?

Er nahm noch einen Schluck und sagte: »Ich glaube, als ich in der Army war. Eines Tages ging mir auf, dass ich schon seit einiger Zeit intim mit meinem befehlshabenden Offizier verkehrte«, antwortete er nachdenklich. Dann nickte er, nun war er sich sicher. »Ja, genau. Und das hat mir doch sehr zu denken gegeben.«

Ich wusste zwar nicht genau, was »intim mit jemandem verkehren« und »befehlshabender Offizier« bedeutete, aber das machte nichts. Das laute Japsen meines Vaters und der messerscharfe Blick, den meine Mutter Will zuwarf, genügten mir vollauf. Als ich ihn Jahre später fragte, ob er seine Vorliebe für Männer tatsächlich in der Army entdeckt hätte, sagte er lachend: »Ich weiß nicht, ob es da anfing, Darling. Auf jeden

Fall war es die einzige Anekdote, die man bei Tisch erzählen konnte.«

Er nippte entspannt an seinem Martini und sah mich abwartend an. Aber bevor ich ihm von meinem neuen, aufregenden Leben erzählen konnte, sagte er: »Ich nehme an, deine Eltern haben dich auch zum Erntedankfest eingeladen?«

»Haben sie, ja«, seufzte ich. Jedes Jahr luden meine Eltern an Thanksgiving alle Freunde und Bekannten zu einer großen Gartenparty ein. Sie fand immer an einem Donnerstag statt, und es gab nie Truthahn. Mutter hatte mich erst vor ein paar Tagen am Telefon daran erinnert. Vater und sie rechneten fest mit mir. Will und Simon sagten jedes Jahr erst zu und dann in letzter Sekunde mit irgendeiner Ausrede wieder ab.

»Wenn du möchtest, nehmen wir dich am Mittwoch nach der Arbeit im Auto mit«, bot Will an. Ach ja? Wer's glaubt, wird selig. »Und was macht die Arbeit? Nach allem, was man so liest, scheinst du dich ihr ja mit Haut und Haar verschrieben zu haben.« Er verzog keine Miene, aber seine Augen blitzten schelmisch, und ich gab ihm einen Klaps auf die Schulter.

»Hm, du meinst vermutlich den New York Scoop. Wieso haben sich diese Schmierfinken eigentlich ausgerechnet auf mich eingeschossen?«

»Sie nehmen jeden ins Visier, Darling. Kolumnisten dieses Kalibers – ob im Internet oder in den Printmedien – betrachten es nun einmal als ihre einzige Aufgabe, Klatsch und Tratsch aus der Luxusetage zu verbreiten. Hast du den letzten Artikel gelesen?«

»Sag bloß, es gibt schon wieder einen neuen?« Mir schwante nichts Gutes.

»Und ob, Darling. Leider. Meine Assistentin hat ihn mir vor einer Stunde gefaxt.«

»Ist er schlimm?«, fragte ich. Dabei wollte ich die Antwort gar nicht wissen.

»Schmeichelhaft ist er nicht gerade. Weder für dich noch für mich.«

»Das darf doch wohl nicht wahr sein. Dass sie sich für Philip interessieren, ist ja noch irgendwie verständlich. Und dass sie über mich berichten, damit muss ich mich anscheinend wohl oder übel abfinden. Aber jetzt nehmen sie auch noch dich aufs Korn?«

»Ich kann mich verteidigen, Darling. Natürlich gibt es Schöneres, aber ich komme damit schon klar. Was dich angeht, hast du völlig Recht. Du wirst dich damit abfinden müssen. Allerdings möchte ich dir dringend raten, dir in der Öffentlichkeit keine allzu großen Dummheiten zu leisten, zumindest dann nicht, wenn du in Begleitung eines gewissen Herrn auftrittst. Aber damit sage ich dir gewiss nichts Neues.«

Ich nickte. »Ich frage mich bloß, was an mir so spannend sein soll. Ich bin ein Niemand. Tagsüber gehe ich brav zur Arbeit, abends gehe ich aus – und warum? Weil ich muss. Trotzdem liegt plötzlich mein ganzes Leben auf dem Präsentierteller, und jeder kann sich nach Lust und Laune davon bedienen.«

»Nicht *dein* Leben – *sein* Leben«, korrigierte Will und spielte abwesend mit dem schmalen Platinreif an seinem Finger, den Simon »unseren Ehering« nannte und Will »Simons Schmusedecke«.

»Das stimmt natürlich. Aber ich stecke heillos mit drin. Philip ist immer da, wo ich auch hinkomme. Und auch sonst ist die ganze Situation irgendwie ziemlich verfahren.«

»Inwiefern?« Aus den Augenwinkeln sahen wir, wie Simon wütend an der Bibliothek vorüberrauschte: eine Furie in elfenbeinfarbenem Leinen. Wir schmunzelten, und Will flüsterte »beleidigte Leberwurst«.

»Na ja, zum einen finde ich ihn als Menschen nicht besonders sympathisch.«

»Darling! Ich will doch nicht hoffen, dass du dich durch

solch eine Marginalie von einer Affäre abhalten lässt! Wenn Sympathie« – spöttischer Unterton – »die Grundbedingung für Sex wäre, wäre die Menschheit längst ausgestorben.«

»Und da wären wir auch schon beim zweiten Thema. Ich schlafe nicht mit ihm. Beziehungsweise, er schläft nicht mit mir.«

Will zog die Augenbraue hoch. »Ich gebe zu, das ist unbegreiflich.«

»Angefangen hat es natürlich damit, dass ich nicht wollte. Zumindest glaubte ich das. Zuerst *dachte* ich bloß, er sei ein ziemlicher Kotzbrocken, heute weiß ich es. Trotzdem finde ich ihn wahnsinnig attraktiv. Nicht dass ihn das irgendwie liebenswerter machen würde. Er ist einfach völlig anders als alle, die ich sonst so kenne. Aber er will mich nicht.«

Will antwortete nicht gleich. Er musste sich erst eine passende Antwort zurechtlegen. »Verstehe. Nun, ich muss sagen, das überrascht mich gar nicht.«

»Will! Bin ich denn wirklich so eine Vogelscheuche?«

»Darling, ich habe weder die Lust noch die Zeit, dein Ego zu streicheln. Du weißt genau, dass ich das nicht so gemeint habe. Ich finde es deshalb nicht überraschend, weil in der Regel genau die Männer, die am meisten über ihr Liebesleben reden, darin die größte Selbstbestätigung finden und sich in erster Linie darüber definieren, in der Praxis oft nicht gerade glänzen. Wer in dieser Hinsicht mit sich zufrieden ist, genießt und schweigt. Der langen Rede kurzer Sinn: Sei froh, wie es ist. Besser könnte es für dich doch gar nicht sein.«

»Ach, nein? Wieso denn nicht?«

»Weil es nach allem, was ich weiß, für deine Chefin und deine Kollegen wichtig ist, dass der Engländer im Spiel bleibt, richtig?«

»Richtig. Deine Nichte trägt ihre Haut zu Markte wie eine Hochglanzprostituierte. Und wessen Schuld ist das? Deine.«

Er überging diesen Seitenhieb. »Die Sache hat doch auch ihr

Gutes. Du kannst so viel Zeit mit ihm verbringen, wie du willst – oder wie es der Agentur nützt. Aber du musst nichts Anrüchiges dafür tun. Du bekommst viel Anerkennung für wenig Körpereinsatz.«

So konnte man es natürlich auch sehen. Ich überlegte, ob ich ihm von Sammy erzählen sollte, von meinen romantischen Gefühlen, die leider nicht erwidert wurden. Aber wahrscheinlich hätte ich mich mit meiner Schwärmerei nur lächerlich gemacht. Bevor ich mich so oder so entscheiden konnte, klingelte mein Handy.

»Es ist Philip«, erklärte ich nach einem Blick auf das Display. Auch diesmal wusste ich nicht, ob ich den Anruf annehmen sollte. »Er hat ein besonderes Talent dafür, im ungünstigsten Moment anzurufen.«

»Sprich mit ihm, Darling. Ich schaue inzwischen mal nach Simon und kümmere mich um sein angegriffenes Nervenkostüm. Er ist völlig am Ende, woran dein alter Onkel nicht ganz unschuldig ist.« Er ging hinaus.

»Hallo?«, sagte ich. Komisch, dass man am Handy immer so tat, als ob man nicht wüsste, mit wem man sprach.

»Bitte warten, bitte warten. Sie werden mit Philip Weston verbunden«, sagte eine blecherne Stimme. Dann war auch schon Philip in der Leitung. »Bette! Wo steckst du? Der Fahrer hat gesagt, dass du nicht zu Hause bist, und ich kann mir nicht vorstellen, wo du dich sonst herumtreiben könntest.«

Was bildete er sich eigentlich ein? Dass ich kein eigenes Leben hatte, wenn ich mal nicht mit ihm zusammen war?

»Entschuldigung, mit wem spreche ich bitte?«, fragte ich kühl.

»Nun, zier dich nicht so, Bette. Ich bin's, Philip. Ich habe dir einen Wagen geschickt, aber du bist nicht zu Hause. Im Bungalow geht heute Abend die Post ab, und ich will dich dabeihaben. Du musst kommen«, befahl er.

»Vielen Dank für dein Interesse, Philip. Aber ich kann nicht. Ich habe schon etwas anderes vor«, antwortete ich fest.

Im Hintergrund lief Eminem, und dann hörte ich eine gedämpfte Männerstimme.

»Du, da ist so ein Typ, der will, dass ich dich von ihm grüße. Der Türsteher, ist das die Möglichkeit? Anscheinend frequentierst du dieses Etablissement öfter, als ich dachte. He, Mann, wie heißt du?«

Ich hätte mich lieber in siedendem Öl kochen lassen, als mich über die Zwischenstation Philip mit Sammy zu unterhalten. Aber bevor ich das Thema wechseln oder ihn bitten konnte, ein paar Schritte weiter zu gehen, weil er bei dem Krach kaum zu verstehen war, sagte Philip: »Belauschst du etwa meine Gespräche? Verzieh dich, Mann.«

Ich zuckte zusammen.

»Vielen, vielen Dank auch noch für die herrlichen Blumen, Philip«, stieß ich hervor, um ihn abzulenken. »So ein wunderschönes Gesteck habe ich noch nie gesehen. Und ich freue mich ja so, dass du bei der BlackBerry-Party mitmachst.«

»Was?« Mehr Gemurmel im Hintergrund. »Der Gorilla heißt Sammy, und er behauptet, dass er mit dir eine Party organisiert oder so. Wovon redet der Mann, Bette?«

»Ja, das sagte ich doch gerade. Es geht um die BlackBerry-Party.« Ich musste regelrecht schreien, um mich verständlich zu machen. »Die Party, zu der du mir zugesagt hast... die Blumen... der Brief. Weißt du nicht mehr?«

»Blumen?« Offenbar hatte er tatsächlich keinen Schimmer, wovon ich redete.

»Die du mir vorhin geschickt hast.«

»Ach so, ja. Das war garantiert Marta. Sie nimmt mir den lästigen Kleinkram ab und versendet zum Beispiel zu den passenden Gelegenheiten Präsente. Meine rechte Hand.«

Nun war ich die Verblüffte. »Marta?«

»Meine Assistentin. Sie organisiert mein Leben, sorgt dafür, dass ich mich nicht blamiere. Funktioniert prima, stimmt's?« Ich sah regelrecht vor mir, wie er ins Handy grinste.

»Und hat sie dir auch erzählt, dass sie die Einladung, bei der BlackBerry-Party den Gastgeber zu spielen, für dich angenommen hat?«, fragte ich, nur mit Mühe höflich bleibend.

»Natürlich nicht, mein Herz. Aber das macht nichts. Wenn sie es will, will ich es auch. Sie sagt mir einfach nur, wann ich wo einlaufen soll, und dann marschiere ich los. Was?«, fragte er. Das Letzte galt offensichtlich nicht mir.

»Wie bitte?«, fragte ich zurück.

»Augenblick mal eben, der Gorilla will mit dir reden. Er sagt, es ist etwas Berufliches.«

Der Mensch war unmöglich. Ich hatte – fast – vergessen, dass Sammy neben ihm stand. Sicher hatte er das mit den Blumen gehört und wie herablassend Philip über ihn sprach. »Warte! Philip, du kannst doch nicht einfach ...«

»Hallo, Bette?« Sammy. Ich kriegte kein Wort raus. »Bist du noch da?«

»Ja«, sagte ich leise. Schon meldeten sich die Schmetterlinge im Bauch, ohne die kein richtiger Liebesroman auskam. Mir wurde ganz schwach.

»Hör mal, ich wollte nur ...«

Ich fiel ihm ins Wort. »Tut mir Leid, dass er sich wie ein Vollidiot aufführt, er kann nun mal nicht anders. Vollidiot bleibt Vollidiot.«

Beredtes Schweigen, dann ein tiefes, frohes Lachen. »Das hast du gesagt. Aber ich will dir nicht widersprechen.« Wieder wurde im Hintergrund gemurmelt, dann rief Sammy: »Geht klar, ich pass drauf auf.«

»Was ist denn da los?«, fragte ich.

»Dein Freund, äh, dein Bekannter, hat gerade eine andere, äh, Bekannte entdeckt und ist reingegangen, um sie zu begrüßen. Und ich stehe jetzt mit seinem blöden Handy da. Hoffe, er kann es verkraften, falls es zufälligerweise von einem Taxi überrollt werden sollte. Hör mal, ich wollte mich noch wegen vorhin entschuldigen. Ich weiß auch nicht, was da in mich gefahren ist. Aber ich hatte kein Recht, so mit dir zu reden. Wir kennen uns ja noch nicht mal und überhaupt, so etwas gehört sich einfach nicht.«

Da war sie! Die herzzerknirschte Entschuldigung! Sie hätte nicht überzeugender ausfallen können, wenn er in Boxershorts von Calvin Klein vor meiner Wohnungstür aufgekreuzt wäre und mir ein Ständchen gebracht hätte. Am liebsten wäre ich durch das Handy gekrochen, direkt in seine Arme. Immerhin gelang es mir, ein Mindestmaß an Haltung zu bewahren.

»Schon vergessen. Mir tut es auch Leid, dass ich dich so angeschnauzt habe. Es war genauso meine Schuld. Also, denk nicht weiter dran.«

»Super. Dann hätten wir dieses Missverständnis also ausgeräumt und können uns wieder auf unsere Zusammenarbeit konzentrieren. Amy hat mir heute gesagt, dass ich für eure Party der Ansprechpartner sein soll. Es wäre wirklich ein Jammer, wenn unsere Jobs unter dieser Sache leiden müssten.«

»Ach so.« Unsere Jobs, unsere Zusammenarbeit. Natürlich. »Nein, schon gut. Alles in Butter.«

Mein Versuch, mir die Enttäuschung nicht anmerken zu lassen, ging wohl ziemlich in die Hose, denn er fuhr verlegen fort: »Äh, ja, unsere Jobs, und äh, ja, unsere Freundschaft, okay?« Ich konnte fast spüren, wie er rot wurde. Der Ärmste. Wie gern hätte ich mich jetzt tröstend an ihn geschmiegt.

»Sicher. Unsere Freundschaft.« Obwohl es mir gut tat, seine Stimme zu hören, war es wohl besser, das Gespräch zu beenden. Es wurde von Sekunde zu Sekunde unerträglicher.

»Ach, Bette, da fällt mir noch was ein! Amy lässt euch ausrichten, dass ihr das Bungalow 8 an dem gewünschten Abend haben könnt. Das ist eine feste Zusage, ihr steht schon im Reservierungsbuch. Sie bittet euch nur, ein paar von ihren Bekannten auf die Gästeliste zu setzen, ansonsten habt ihr natürlich völlig freie Hand, wen ihr einladet. So entgegenkommend ist sie sonst nie. Klasse, was?«

»Wow!«, sagte ich mit gespielter Begeisterung. »Das ist wirklich eine gute Nachricht. Herzlichen Dank auch!«

Weibliches Gekicher im Hintergrund, eine Frau rief ein paarmal seinen Namen.

»Entschuldige, aber ich muss wieder ran. Mein Typ wird verlangt. Es war schön, mit dir zu reden, Bette. Und danke noch mal für dein Verständnis, wegen heute Nachmittag. Kann ich dich morgen anrufen? Um ... um weitere Einzelheiten zu besprechen?«

»Aber klar, natürlich. Ich freue mich schon«, antwortete ich rasch. Ich wollte Schluss machen, denn Will war gerade hereingekommen, in der Hand ein ominöses Blatt Papier. »Bis dann also. Ciao.«

»War das dein Freund?«, fragte Will, der nach seinem Drink griff und sich wieder im Sessel niederließ.

»Nein«, seufzte ich und nahm meinen Martini. »Das kann man leider nicht sagen.«

»Ich will uns beileibe nicht die Laune vermiesen, aber früher oder später wirst du den Artikel ja doch lesen müssen.« Er räusperte sich und beugte sich über den Zettel. »Von Ellie Insider. Erst kommt ein Absatz über ihre Reise nach Los Angeles und über die vielen Filmstars, mit denen sie dort letzte Woche gefeiert hat. Als Nächstes folgt ein kleiner Erguss darüber, wie sich alle Modeschöpfer darum reißen, sie für besondere Anlässe einkleiden zu dürfen. Dann sind wir dran. Kurz, aber leider nicht schmerzlos. ›Die Freunde von Philip Weston sind auch unsere Freunde. Höchste Zeit also, dass wir seine neue Flamme ein bisschen besser kennen lernen. Was wissen wir über Bette Robinson? Sie hat an der Emory University studiert, war eine Zeit lang bei UBS Warburg beschäftigt und ist heute der neue Liebling der PR-Agentur Kelly & Company. Aber wussten Sie schon, dass sie auch die Nichte des Kolumnisten Will Davis ist? Gewiss, dieser früher so gern gelesene Chronist der Manhattaner Gesellschaft hat seine besten Zeiten hinter sich, aber dennoch fragen wir uns, was er wohl davon hält, dass seine Nichte zum Stadtgespräch geworden ist. Wir vermuten, dass er nicht sehr erfreut darüber ist.‹ Das war's«, sagte Will abschließend und legte den Zettel gelassen beiseite.

Mir wurde übel. Als ob ich gerade aus einem Traum erwacht wäre, in dem ich nackt durch die Schulcafeteria spaziert war. »Ach Gott, Will, das tut mir ja so Leid. Ich wollte dich doch nie in diese Geschichte hineinziehen. Und was sie über deine Kolumne von sich gibt, ist eine Unverschämtheit«, log ich.

»Ach Bette, Darling, sei still. Wir wissen doch beide, dass sie Recht hat. Aber man kann sowieso nichts daran ändern, was diese Leute schreiben, deshalb wollen wir uns nicht grämen. Komm, gehen wir essen.« Er fand genau die richtigen Worte, doch seine gespannte Miene sagte etwas anderes. Und mich überkam ein seltsames Gefühl von Trauer und Nostalgie nach der Zeit *vor* meinem schönen, neuen Leben.

14

»Kannst du mir noch mal ganz genau erklären, warum deine Mutter ein Abschiedsessen für euch veranstalten will, obwohl sie stinksauer ist, dass ihr wegzieht?«, fragte ich Penelope. Es war ein langer, harter Tag gewesen, aber das stundenlange Listenwälzen und die endlosen Anrufe bei Sponsoren für die BlackBerry-Party – die bereits in vier Tagen steigen sollte – hatten sich gelohnt. Die Planung lief wie am Schnürchen. Um zur Abwechslung auch mal über etwas anderes als über PR zu reden, war ich am Abend zu einem Kurzbesuch bei Penelope eingelaufen. Ich hatte es mir auf dem Schlafzimmerfußboden gemütlich gemacht. Offenbar war Avery, was die Einrichtung anging, zu keinen größeren Kompromissen bereit gewesen – riesiges Junggesellenwasserbett auf hohem schwarzem Podest, wuchtige schwarze Ledercouch und ein einziges Objekt, das notfalls als »Deko« durchging: eine große, leicht verfärbte Lavalampe. Averys ganzer Stolz aber hing im Wohnzimmer an der Wand, ein 55-Zoll-Plasmafernseher. Laut Penelope konnte Avery weder Geschirr spülen noch Socken waschen, aber seine Flachflimmerkiste brachte er jedes Wochenende mit einer besonders milden Reinigungsflüssigkeit auf Hochglanz. Bei meinem letzten Besuch hatte er Penelope angewiesen, der Putzfrau zu sagen, »dass sie die Finger von meinem Fernseher lassen soll. Mit ihrer Scheuermilch ruiniert sie mir den Bildschirm. Ich schwöre bei Gott, wenn ich sie noch einmal dabei erwische, kann sie sich einen neuen Job suchen«. Penelope hatte nur geschmunzelt, als ob sie sagen wollte: »Männer – sind und bleiben halt Spielkinder.«

Während ich mich auf dem Fußboden lümmelte, stand sie vor dem Bett und packte Averys Sachen in die Louis-Vuitton-Koffer, die sie von seinen Eltern für die Verlobungsreise nach Paris geschenkt bekommen hatten. Dabei lästerten wir genüsslich über das Essen, das später am Abend zu ihren Ehren stattfinden sollte. Die Frage, warum Avery seinen Krempel nicht selber packen konnte, behielt ich lieber für mich.

»Was weiß ich?«, gab sie zurück. »Wenn mich nicht alles täuscht, geht es ihr darum, ›den Schein zu wahren‹. So hat sie sich zumindest geäußert. Aber ich glaube, in Wahrheit hatte Mutter heute Abend einfach nichts Besseres vor, und zu Hause herumsitzen wollte sie auch nicht.«

»Da kommt natürlich Freude auf.« Die leere Tüte in meiner Hand erinnerte mich daran, dass ich soeben ein ganzes Pfund scharfe Red Hots vertilgt hatte, in sage und schreibe zwölf Minuten. Nach diesem einsamen Rekord fühlte sich mein Mund abwechselnd taub und kribbelig an, aber so was hatte mich noch nie aufgehalten. Mund auf, Mund zu und durch.

»Mir graut es jetzt schon. Ich kann bloß hoffen, dass es kein Supergau wird. Was zum Henker ist das denn hier?« Mit spitzen Fingern hielt sie ein knallblaues T-Shirt mit gelber Aufschrift hoch: LIEBER PUDELNACKT ALS BOXERSHORTS. »Igitt! Meinst du, das hat er schon mal angehabt?«

»Wahrscheinlich. Und … tschüs!«

Sie warf es in den Müll. »Aber du bist mir nicht böse, dass ich dich für heute Abend zwangsverpflichtet habe?«

»Pen! Ich bin dir böse, weil du wegziehst, aber doch nicht, weil du mich zu deinem Abschiedsessen einlädst. Ich habe nichts dagegen, mich von deinen Eltern im Four Seasons freihalten zu lassen. Wann soll ich denn aufkreuzen?«

»Wann du Lust hast. Es fängt um halb neun an. Wenn du ein paar Minuten früher kommst, können wir uns vorher auf dem Klo noch ein bisschen Mut ansaufen. Im Ernst, ich spiele echt mit dem Gedanken, einen Flachmann mitzubringen. Ist das schlimm? Äh! Nicht so schlimm wie das hier.« Diesmal präsentierte sie mir angewidert ein Paar verschossene, verschlissene Boxershorts, mit einem nicht zu übersehenden Pfeil in Neonpink, der direkt auf den Eingriff zielte.

»Lieber ein Flachmann als ein aufgeblasener Macho. Wie soll ich bloß ohne dich auskommen?«, seufzte ich. Ich hatte mich immer noch nicht an den Gedanken gewöhnt, dass Penelope, seit zehn Jahren meine beste – und einzige – Freundin, ans andere Ende des Kontinents ziehen wollte.

»Du schaffst das schon«, sagte sie bestimmt. Bestimmter jedenfalls, als ich es mir gewünscht hätte. »Du hast Michael und Megu und deine neuen Kollegen, und jetzt hast du auch noch einen Freund.«

Es klang seltsam, dass sie Michael erwähnte, wenn man bedachte, dass wir ihn fast überhaupt nicht mehr zu Gesicht bekamen.

»Ich bitte dich. Michael hat Megu. Und die Kollegen sind bloß Kollegen. Ein komischer Haufen, der vor lauter Geld und Alkohol kaum noch laufen kann. Und was meinen ›Freund‹ angeht, das will ich jetzt lieber überhört haben.«

Die Wohnungstür fiel ins Schloss. »Wo ist meine Sahneschnitte?«, tönte Avery aus der Diele. »Ich kann es kaum erwarten, dir die Kleider vom Leib zu reißen und dich ins Bett zu zerren!«

»Sei still, Avery!«, rief sie, nicht besonders verlegen. »Bette ist da.«

Aber die Warnung kam zu spät. Er stand schon in der Tür: oben ohne, die Jeans offen. Aus dem Hosenschlitz lugten giftgrüne Boxershorts.

»Ach. Hi, Bette.« Er nickte mir zu, ohne sich im mindesten zu schämen, dass ich seinen großen Auftritt als Verführer mitbekommen hatte.

»Hi, Avery«, sagte ich und sah schnell zu Boden. Wohl zum tausendsten Mal fragte ich mich, was um alles in der Welt

Penelope an ihm fand – abgesehen von seinem wirklich erstklassigen Waschbrettbauch. »Ich wollte sowieso gerade gehen. Ich muss nach Hause und mich für das Four Seasons in Schale schmeißen. Apropos, was trägt man eigentlich in so einem Nobelschuppen?«

»Was du normalerweise anziehen würdest, wenn du bei deinen Eltern zum Essen eingeladen bist«, antwortete Penelope, während Avery wie ein hyperaktives Kind mit einem Sockenknäuel Zielübungen veranstaltete.

»Die Antwort würde ich mir an deiner Stelle noch mal überlegen. Es sei denn, du meinst Schlabberhosen mit einem farblich undefinierbaren GIVE-PEACE-A-CHANCE-T-Shirt. Dann also bis nachher, ihr zwei.«

Ich umarmte Penelope und machte mich umgehend vom Acker. Man wollte schließlich nicht stören, und ich konnte mir ja denken, wie es im Schlafgemach weitergehen würde – auch wenn ich es mir im Detail lieber nicht vorstellen wollte. Ich nahm mir ein Taxi. Wenn ich früh genug nach Hause kam, konnte ich noch kurz unter die Dusche springen und vorher sogar mit Millington eine Runde Gassi gehen. Doch das war leichter gesagt, als getan. Meine kleine Yorkie-Dame ließ sich nämlich erst ein paarmal von mir durch die Wohnung jagen. Immer wieder schlüpfte sie mir durch die Finger. Wie alle Hunde hatte auch sie einen siebten Sinn, was Spaziergänge betraf, aber anders als ihre Artgenossen ging sie nur äußerst ungern aus dem Haus. Der Staub und die Pollen setzten sie regelmäßig für Stunden außer Gefecht, aber mir war es trotzdem wichtig, dass sie ab und zu an die frische Luft kam. Meistens hieß es nur: einmal um den Block und schnurstracks wieder nach Hause. Ihre Verdauung war mir ein Rätsel. Wir hatten es gerade bis zum Madison Square Park geschafft, ohne dem verrückten Penner in die Arme zu laufen, der Millington normalerweise mit seinem Einkaufswagen erschreckte, als jemand meinen Namen rief.

»Bette! Hallo, hier drüben!«

Ich drehte mich um. Es war Sammy. Er saß auf einer Bank und trank Kaffee. Es war so kalt, dass man seinen Atem sehen konnte. Und neben ihm? Neben ihm thronte eine atemberaubende Schönheit. Verdammt. Es gab kein Entkommen. Es war zu spät. Ausgeschlossen, jetzt noch so zu tun, als hätte ich ihn nicht gesehen. Außerdem beschloss Millington exakt in diesem Moment zum ersten Mal in ihrem kurzen Leben, sich von ihrer geselligen Seite zu zeigen. Sie sprang in großen Sätzen zu der Bank hinüber, zog die Rollleine bis zum Anschlag stramm und machte es sich auf Sammys Schoß gemütlich.

»Hallo. Na, du Schätzchen? Bette, wer ist denn dieser süße Fratz?«

»Niedlich«, sagte die Brünette und fasste Millington mit kühlem Blick ins Auge. »Ich persönlich ziehe ja Cavalier-King-Charles-Spaniel vor, aber Yorkies sind auch nicht zu verachten.«

Miau.

»Hi, ich bin Bette«, brachte ich heraus und streckte ihr die Hand hin. Das freundliche Lächeln, das ich Sammy zugedacht hatte, entgleiste vermutlich zur Grimasse.

»So förmlich?«, sagte sie gurrend – und ließ mich ungemütliche drei Sekunden an meiner ausgestreckten Hand verhungern, bis sie mir endlich die Pfote gab. »Isabelle.«

Aus der Nähe war Isabelle (leider) auch nicht unattraktiver als aus der Ferne, aber wenigstens ein Stück älter. Sie hatte die typische Modelfigur (ausgehungerte Bohnenstange), doch was ihr fehlte, war die dazugehörige jugendlich unbekümmerte Ausstrahlung, die Selbstsicherheit, die der ganzen Welt verkündet: »Mich hat die Manhattaner Dating-Szene noch nicht ausgepowert. Ich bin weiterhin bester Hoffnung, dass mir eines schönen Tages doch noch der Richtige über den Weg läuft.« Isabelle hatte diesen Traum offensichtlich schon vor längerer Zeit begraben, aber wenigstens waren ihr zum Trost eine

34er Hosengröße, eine hinreißende, schokoladenbraune Chloe-Handtasche und unanständig stramme Möpse geblieben.

»Na, und was treibt dich hierher?«, fragte Sammy mit einem verlegenen Räuspern, das mir auf der Stelle verriet, dass Isabelle weder eine alte Freundin noch seine Schwester, noch seine Arbeitskollegin war. Aber er hatte offensichtlich nicht die Absicht, mich über sie ins Bild zu setzen.

»Gassi gehen. Frische Luft schnappen. Nichts Besonderes.« Das klang bestimmt ziemlich frostig, aber mein Talent für Smalltalk schien sich unerklärlicherweise verflüchtigt zu haben.

»Ja, geht mir genauso.« Ehrlich gesagt, hörte er sich auch nicht sonderlich souverän an.

Als feststand, dass uns beiden keine intelligente Bemerkung mehr einfallen wollte, schnappte ich mir Millington, die sich kaum von Sammy losreißen konnte, verabschiedete mich und trat entwürdigend schnell den Rückzug an. Ich hörte noch, wie Isabelle lachte und Sammy fragte, wer denn seine kleine Freundin da sei. Sie hatte Glück. Wäre ich nicht eine wahre Meisterin der Selbstbeherrschung gewesen, hätte ich mich vermutlich umgedreht und ihr geraten, dem Arzt zu sagen, dass er künftig mit ihren Botoxinjektionen ein bisschen sparsamer umgehen sollte, damit sie diesen verräterisch starren Reh-im-Scheinwerferlicht-Blick wieder loswurde.

Dann ist es also amtlich, dachte ich, während ich unter der brühend heißen Dusche stand. *Sammy hat eine Freundin*. Falls man so eine Tussi wie dieses Vierzig-plus-Gewächs überhaupt so nennen konnte, vielleicht wäre »reife Begleiterin« angebrachter gewesen. Natürlich war er nicht eifersüchtig gewesen, als er sich im Starbucks über Philip lustig gemacht hatte. Ich kam mir von Sekunde zu Sekunde lächerlicher vor. Wütend kramte ich einen marineblauen Hosenanzug, der noch aus meiner Zeit in der Bank stammte, aus der Versenkung beziehungsweise der hintersten Ecke des Kleiderschranks hervor, föhnte mir halbherzig irgendwie die Haare glatt und schmierte mir eine Portion Abdeckcreme ins Gesicht. Fertig. Das musste reichen.

Bis ich im Four Seasons ankam, war ich beinahe selbst überzeugt davon, dass mir Sammy gestohlen bleiben konnte. Wenn er eine Freundin haben wollte, die edlere Klamotten, mehr Geld und die dreifache Oberweite von mir hatte, dann war das ganz allein seine Sache. Was sollte ich mit einem Menschen, der nur an Oberflächlichkeiten interessiert war? Ich fing gerade an, im Geiste eine Liste seiner – garantiert – vielen, vielen Fehler zusammenzustellen (die zwar nicht zu erkennen waren, aber doch irgendwo an ihm zu finden sein mussten), als mein Handy klingelte. Es war Elisa. Bestimmt wollte sie mich mal wieder des Längeren und Breiteren und Ausführlicheren über Philip ausquetschen. Sie konnte mir gestohlen bleiben. Ich wollte mich eben beim Oberkellner nach Penelopes Gesellschaft erkundigen, da schrillte es schon wieder los. Und als ich auf Vibrationsalarm schaltete, schickte Elisa einfach eine SMS hinterher: NOTFALL – SOFORT MELDEN.

»Bette, bist du das?« Ich drehte mich um; es war Michael. »Weißt du schon, wo sie sitzen?«, fragte er. Er sah abgearbeitet und irgendwie missmutig aus. Penelope hatte mir erzählt, dass er bis über beide Ohren in Arbeit steckte und seit einer halben Woche eine Nachtschicht nach der anderen schob.

»Nein, sind wir die Ersten?« Ich gab ihm einen Kuss auf die Wange. Ich konnte mich kaum noch daran erinnern, wann ich ihn das letzte Mal gesehen hatte, so lange war es schon her. »Wo ist Megu?«

»Im Krankenhaus, sie hat Dienst. Ich meine, Pen hätte gesagt, dass sie einen Nebenraum genommen haben. Sehen wir mal weiter hinten nach.«

»Machen wir.« Ich hakte mich bei ihm unter. Es war ein Gefühl wie Nachhausekommen. »Wir haben schon ewig nichts mehr zusammen unternommen. Hast du hinterher noch was vor? Sollen wir Pen ins Black Door entführen, auf einen gepflegten Drink oder sechs?«

Er lächelte, auch wenn es ihm sichtlich schwer fiel. »Auf jeden Fall. Wo wir schon mal alle zur selben Zeit am selben Ort sind. Das ist so selten heutzutage, das muss man ausnutzen. Ich bin dabei.«

Der Tisch bot achtzehn bis zwanzig Personen Platz. Ich wollte gerade Penelopes Vater begrüßen, da fing mein Handy an zu vibrieren.

Ich entschuldigte mich und lief schnell nach draußen. Schon wieder Elisa. Mein Gott, was konnte bloß so wichtig sein, dass sie mir wie eine Großwildjägerin nachstellte? Ich wartete, bis das lästige Teil zu brummen aufhörte, und klappte es auf, um es auszuschalten. Aber genau in dieser Sekunde unternahm sie den nächsten Vorstoß, und plötzlich quäkte ihre Stimme in meiner Hand.

»Bette? Bist du das? Bette? Es ist lebenswichtig!«

»Hör mal, du hast wirklich eine ungünstige Zeit erwischt. Ich bin im Four Seasons, eine Einladung zum Essen ...«

»Du musst sofort kommen. Kelly dreht total durch.«

»Elisa, lass mich bitte ausreden. Es ist Samstagabend, halb neun, und ich bin im Four Seasons. Ich feiere hier mit meiner besten Freundin und ihrer gesamten Familie, und es ist wirklich ein wichtiger Anlass. Ich bin überzeugt, du schaffst es solo, Kelly wieder zu bändigen.« Innerlich gratulierte ich mir zu meinem entschlossenen Ton. Klare Aussagen machen und Grenzen setzen – wozu hatte meine Mutter mir das schließlich spätestens seit meinem sechsten Lebensjahr eingetrichtert?

Elisa atmete schwer, im Hintergrund war leises Gläserklirren zu hören. »Tut mir Leid, aber Kelly lässt sich heute Abend garantiert nicht mit einem Nein abspeisen. Sie hat gesagt, wenn sie und die Typen von BlackBerry mit dem Dinner im Vento fertig sind, sollen wir uns spätestens um halb zehn mit der ganzen Truppe im Soho House treffen.«

»Ausgeschlossen. Du weißt, dass ich kommen würde, wenn es irgendwie machbar wäre. Aber ich kann hier mindestens die nächsten zwei Stunden nicht weg.« Was war denn das für ein Unterton in meiner Stimme? Doch nicht etwa ein schwankender? »Halb zehn ist viel zu früh. Wieso ausgerechnet am Samstag? Und mit so einer üppigen Vorlaufzeit?«

»Ich verstehe dich ja, aber es gibt kein Entkommen. Du bist für den Event verantwortlich, Bette! Sie sind eben schon früher nach New York gekommen, und Kelly dachte, mit einer Einladung zum Dinner würden sie fürs Erste Ruhe geben. Aber sie bestehen darauf, dich kennen zu lernen… dich und Philip. Sie werden anscheinend langsam nervös. Kein Wunder, bis zur Party sind es ja auch nur noch ein paar Tage.«

»Philip? Das kann doch nicht dein Ernst sein.«

»Gehst du mit ihm, oder gehst du nicht mit ihm? Und er hat uns zugesagt, dass er den Gastgeber spielt.« Sie klang wie eine rechthaberische große Schwester. Aus den Augenwinkeln sah ich, dass Penelope mich suchte, und mir wurde klar, wie unmöglich ich mich ihr gegenüber benahm.

»Elisa, ich kann nicht…«

»Bette, ich will hier wirklich keinen auf große böse Vorgesetzte machen, aber es geht um deinen Job. Ich werde dir helfen, so gut ich kann, aber du musst da aufkreuzen. Du wirst in einer halben Stunde abgeholt. Ich schicke dir einen Wagen. Und in den steigst du gefälligst ein.«

Gespräch beendet. Penelope nahm mich in den Arm.

»Was für einen tollen Plan ihr zwei da ausgeheckt habt!« Sie griff nach meiner Hand und zog mich zum Tisch, wo Mr. Wainwright – Penelopes Schwiegervater in spe – eine sehr distinguiert wirkende Dame – Penelopes Großmutter – mit sämtlichen Einzelheiten seines neuesten Prozesses zuschwallte. Wollte denn da niemand rettend einschreiten?

»Plan? Was für ein Plan?«

»Michael hat mir verraten, dass ihr mich ins Black Door entführen wollt. Eine super Idee. Nur wir drei. Das wurde aber auch mal wieder Zeit, und...«, sie blickte sich um, »...und wenn ich das hier erst hinter mir habe, bade ich in Alkohol, das schwöre ich dir. Wenn du wüsstest, was Averys Mutter sich heute Abend geleistet hat. Sie hat meine Mutter und mich beiseite genommen und mir feierlich *Kreative Dinnerpartys* geschenkt, den *›ultimativen Führer für die perfekte Gastgeberin‹*. Und es kommt noch besser. Nicht genug damit, dass sie mir ein paar extravagante Menüvorschläge angestrichen hat, nein, sie hat auch noch Averys Lieblingsgerichte markiert, damit ich ›die Köchin instruieren‹ kann. Außerdem hat sie mich noch eigens darauf hingewiesen, dass er kein Essen mag, das man – ich zitiere – ›mit Stöckchen zu sich nimmt‹.«

»Mit Stöckchen?«

»Sie meint Stäbchen. Das sei viel zu kompliziert für ihn.«

»Herrlich. Du kriegst die beste Schwiegermutter der Welt.«

»Eben. Meine Mutter stand nur stumm dabei und hat genickt. Sie konnte Averys Mom immerhin damit trösten, dass wir in Kalifornien keine Schwierigkeiten haben werden, Personal zu finden, wegen der ›Horden‹ mexikanischer Einwanderer. ›Das gelobte Land der Billiglöhne‹ waren, glaube ich, ihre Worte.«

»Also, lass uns in Zukunft daran denken: Deine und meine Eltern unter einem Dach, das können wir vergessen«, sagte ich. »Was meinst du, wie sie bei so einem Thema aneinander rasseln würden? Weißt du noch, das letzte Mal?«

»Wie könnte ich das je vergessen?«, seufzte sie. »Das war wirklich denkwürdig.«

Während der vier Jahre am College hatten wir unsere Eltern mit viel List und Tücke auf Abstand voneinander gehalten. Aber dann kam die Abschlussfeier. Jede Seite war neugierig auf die andere, und unsere Mütter ließen nicht locker, bis Penelope und ich schließlich kapitulierten und vorschlugen, alle gemeinsam essen zu gehen. Doch damit hatten wir schon das erste Problem: Wo? Meine Eltern wollten unbedingt ein rein vegetarisches Rohkostbistro ausprobieren, dessen Besitzer eine eigene Kochbuchreihe herausgab, Penelopes Eltern jedoch in das Steak House gehen, das sie immer besuchten, wenn sie zu Besuch kamen. Wir einigten uns schließlich auf ein teures asiatisches Kettenrestaurant, das eigentlich keinem zusagte. Kaum dort angekommen, ging es erst richtig los. Es gab weder den Tee, den meine Mutter normalerweise trank, noch den speziellen Cabernet, der Penelopes Vater am besten schmeckte. Auch die Konversation gestaltete sich überaus schwierig. Themen wie Politik, berufliche Tätigkeiten oder Zukunftspläne der frisch gebackenen Collegeabsolventinnen waren aus Mangel an Gemeinsamkeiten tabu. Es lief dann darauf hinaus, dass sich mein Vater fast den ganzen Abend mit Avery unterhielt (und sich hinterher über ihn lustig machte), während ich mit meiner und Penelope mit ihrer Mutter plauderte. Ihr Vater und ihr Bruder waren damit beschäftigt, drei Flaschen Rotwein zu leeren, weshalb es nicht weiter auffiel, dass sie höchstens ein paar Worte miteinander wechselten. Der Abend endete genauso ungemütlich, wie er angefangen hatte. Jeder beäugte jeden, und alle fragten sich, was Pen und ich wohl aneinander fanden. Nachdem wir die holde Verwandtschaft wieder im Hotel abgeliefert hatten, steuerten wir die nächste Kneipe an, ließen uns voll laufen und machten uns einen Spaß daraus, alle der Reihe nach zu imitieren. Und schworen uns an jenem Abend wohl ein Dutzend Mal, in Zukunft ein solches Zusammentreffen unter allen Umständen zu verhindern.

»Nimmst du meinen Vater ein bisschen unter die Fittiche? Er kennt eigentlich nur zwei Sorten von Menschen – Anwälte oder Klienten. Das hier ist so was wie Neuland für ihn.« Penelope schien einigermaßen guter Stimmung zu sein. Wie sollte ich ihr bloß beibringen, dass ich nicht einmal bis zum Essen bleiben konnte, weil ich mit dem schönen Schuft auf die Piste musste, der angeblich mein Liebhaber war.

»Hör mal, Pen, ich muss dir was beichten, aber ich weiß eigentlich nicht so richtig wie. Es ist wirklich fies und gemein von mir und echt eine Zumutung, aber ich habe gerade einen Anruf bekommen, und die haben mir die Pistole auf die Brust gesetzt, weil ich doch für dieses Projekt zuständig bin und die Leute, mit denen meine Chefin gerade essen ist, extra früher nach New York gekommen sind und mich unbedingt kennen lernen wollen, und obwohl ich ihr gesagt habe, dass ich unmöglich kommen kann, hat sie darauf bestanden und mir – zwar nicht persönlich, aber über eine dritte Person – damit gedroht, dass ich meinen Job verlieren könnte, wenn ich nicht in einer guten halben Stunde antanze, und ich habe auf sie eingeredet wie auf einen lahmen Gaul, aber sie hat sich nicht umstimmen lassen, und deshalb ist es wohl das Beste, ich mache gleich kurz die Biege und komme dann so schnell wie möglich zurück, damit wir noch ins Black Door gehen können, wenn ihr auf mich wartet.« Stopp! Anhalten! Durchatmen! Penelopes düstere Miene ignorieren. »Es tut mir echt wahnsinnig Leid«, sagte ich so laut, dass sich die Kellner nach mir umdrehten. Irgendwie gelang es mir, das flaue Gefühl in der Magengrube, Michaels überraschte Miene und den pikierten Blick von Penelopes Mutter zu ignorieren.

»Wann musst du weg?«, fragte Penelope ausdruckslos.

»In einer halben Stunde. Sie schicken mir einen Wagen.«

Sie drehte nachdenklich an ihrem Ohrstecker. »Na, wenn es nicht anders geht. Ich verstehe schon, Bette.«

»Wirklich?« Ich wusste nicht recht, ob ich ihr glauben sollte. Wütend klang sie jedenfalls nicht.

»Aber ja. Ich weiß doch, dass du lieber bleiben würdest. Natürlich bin ich enttäuscht. Aber du würdest bestimmt nicht gehen, wenn es nicht wichtig wäre.«

»Es tut mir so Leid, Pen. Ich mache es wieder gut, versprochen.«

»Schwamm drüber. Jetzt setzt du dich erst mal neben Averys

Freund. Ist er nicht süß? Und Single ist er auch. Mach dir wenigstens noch ein paar schöne Minuten.« Es klang alles so weit, so gut, aber ich sah ihr an, dass es ihr nicht leicht über die Lippen kam.

Während Averys Freund (von wegen süß!) sofort anfing, von seiner wilden Studentenzeit in Michigan zu schwärmen, kippte ich in rascher Folge drei Cocktails. Eine junge Frau aus der Bank, die ich nicht kannte und die seit einiger Zeit wie eine Klette an Pen hing, brachte aus dem Stegreif einen ungeheuer witzigen, charmanten Trinkspruch aus, für den Penelope sich mit einer Umarmung bedankte. Ich schluckte meine Verbitterung hinunter. Mich beschlich das Gefühl, dass alle mich anstarrten und für eine schreckliche Freundin hielten. Aber vermutlich litt ich nur unter Verfolgungswahn. Dann war die halbe Stunde, die mir wie eine knappe Sekunde erschien, auch schon vorbei. Ich wollte lieber unauffällig verschwinden, statt mich reihum zu verabschieden und die Feier zu stören. Doch als Penelope ewig lange nicht in meine Richtung sah, sondern im Gegenteil meinem Blick regelrecht auswich, schlüpfte ich in einem günstigen Moment einfach hinaus.

Auf dem Bürgersteig bot ich einem adrett gekleideten Mann einen Dollar für eine Zigarette, aber er nahm mein Geld nicht an und schenkte mir eine. Von dem Wagen, der mich abholen sollte, war weit und breit nichts zu sehen. Als ich eben überlegte, ob ich nicht noch für ein paar Minuten wieder reingehen sollte, fuhr eine limonengrüne Vespa vor, die mir schwer bekannt vorkam.

»Hi, mein Herz. Komm in die Hufe.« Philip klappte das Helmvisier hoch, nahm mir die Zigarette aus der Hand und genehmigte sich ein paar Züge. Er drückte mir grob einen Kuss auf den – vor Verblüffung offen stehenden – Mund und stieg ab, um den Beifahrerhelm unter der Sitzbank hervorzuholen.

»Was machst du denn hier?«, fragte ich, nachdem er mir die Kippe zurückgegeben hatte, und sog tief den Rauch ein.

»Was denkst du wohl, was ich hier mache? Wir werden erwartet. Also, sehen wir zu, dass wir es hinter uns bringen, okay? Schicker Anzug.« Grinsend betrachtete er mich vom Scheitel bis zur Sohle.

Sein Handy klingelte beziehungsweise dudelte und zwar »Like a Virgin«. Nun war ich mit Grinsen an der Reihe. Er gab irgendwem Bescheid, dass wir in zehn Minuten da sein würden.

»Ich warte auf den Wagen, den Elisa mir schicken wollte«, sagte ich.

»Kannst du vergessen, Schatzi. Dafür hat sie mich geschickt. Wir fahren zu meinem Freund Caleb, und Elisa liefert uns die BlackBerry-Typen dann frei Haus.«

Das ergab alles überhaupt keinen Sinn, nur eines schien klar zu sein: Er befolgte Elisas Anordnungen. »Und was wollen wir bei deinem Freund?«, fragte ich.

»Er schmeißt eine kleine Geburtstagsparty, ein Kostümfest. Können wir dann?« Das war also die Erklärung für sein Outfit, eine Discokluft im Stil der Siebzigerjahre: braune Schlaghosen aus Polyester, hautenges weißes Hemd und irgendein bunt gemusterter Stofffetzen um den Kopf.

»Philip, du hast doch gerade gesagt, dass wir uns mit Kelly und den BlackBerry-Leuten treffen. Wir können jetzt nicht auf ein Kostümfest. Ich verstehe überhaupt nichts mehr!«

»Schwing dich rauf, mein Herz, und immer schön locker bleiben. Ich weiß schon, was ich tue.« Er ließ den Motor aufheulen, falls man das gemütliche Knattern einer Vespa so nennen kann, und klopfte einladend auf den Beifahrersitz. Ich kletterte so anmutig, wie es mein Hosenanzug zuließ, hinter ihm auf den Roller und legte ihm die Arme um die Taille. Sein Waschbrettbauch war so steinhart, dass ich mich kaum festhalten konnte.

Ich weiß bis heute nicht, warum ich mich umgedreht habe. Es gab keinen Grund, keinen Anlass, wenn man einmal davon absieht, dass ich von einem übergeschnappten, metrosexuellen

Promi auf einer Vespa entführt wurde. Trotzdem sah ich noch einmal zurück, bevor wir losdüsten. Penelope stand auf dem Bürgersteig, meinen Schal über dem starr ausgestreckten Arm. Für den Bruchteil einer Sekunde trafen sich unsere Blicke, dann gab Philip Gas, und weg waren wir.

15

»Bleib cool, Liebes. Wie gesagt, ich weiß, was ich tue.« Philip parkte die Vespa auf dem Teppichläufer vor einem tollen Apartmenthaus im West Village und steckte dem Portier ein paar Scheine zu, was dieser mit einem diskreten Kopfnicken quittierte. Plötzlich ging mir auf, dass ich mich zum ersten Mal seit dem Morgen, an dem ich in seiner Wohnung aufgewacht war, wieder allein mit Philip befand.

»Wie war das? Ich soll cool bleiben?«, kreischte ich los. »Verzeihung, Sir, würden Sie mir wohl bitte ein Taxi rufen?«, sagte ich zu dem Portier, der Philip sogleich einen fragenden Blick zuwarf.

»Bette, sei so gut und reg dich ab. Du brauchst kein Taxi. Die Party findet hier statt. Sei ein braves Mädchen, komm schön mit rein, und dann holt Papi dir was zu trinken.«

Ich traute meinen Ohren nicht. *Der Typ hat in Manhattan jedes attraktive weibliche Wesen zwischen sechzehn und fünfundvierzig aufs Kreuz gelegt und faselt was von »Papi« und »braves Mädchen«?* Ich konnte mich allerdings nicht länger mit dieser verstörenden Entwicklung aufhalten, weil ich es in spätestens zehn Minuten bis zum Soho House schaffen musste.

Aber er gab partout keine Ruhe. »Elisa hat angerufen, und ich habe ihr gesagt, dass ich auf keinen Fall kommen kann, weil ich auf Calebs Party muss. Dann wollte sie wissen, ob sie die Leute von BlackBerry vielleicht herschleppen kann; die fänden es bestimmt cool, eine ›echte Downtown-Party‹ zu erleben, hat sie gemeint, oder irgend so einen Scheiß in der Art.

Sie müssten jede Minute hier eintrudeln. Wir sind genau da, wo wir sein sollen, okay?«

Ich sah ihn zweifelnd an. Was lief hier eigentlich ab? Wollte Elisa mich absichtlich auf die falsche Fährte locken? Ich überlegte kurz. Nein, sie konnte diese Party auf keinen Fall sabotieren, ohne dass Kelly davon Wind bekam, und außerdem, was hätte sie davon gehabt? Gut, irgendwann hatte sie offenbar selbst mal ein Auge auf Philip geworfen, und in letzter Zeit war sie mir auch deutlich unterkühlter vorgekommen, aber das lag doch wohl einzig und allein daran, dass wir alle einfach irre viel zu tun hatten und neben den Vorbereitungen für die *Playboy*-Party auch noch individuelle Events planen mussten. Ich wollte im Augenblick nur eins: Penelope anrufen und ihr erklären, dass ich nicht gelogen hatte, bloß um von ihrem Dinner wegzukommen und in die dunkle Nacht zu entschwinden, mit diesem Blödmann, den sie für meinen Freund hielt. Philip war schon an dem Portier vorbeigeschlendert und wartete ungeduldig, dass ich nachkam; sobald wir im Aufzug waren, ging er wie gewohnt zum Angriff über.

»Bette, ich kann's kaum erwarten, bis ich dich die ganze Nacht in den Fingern habe«, säuselte er mir ins Haar, betatschte mich an allen strategisch wichtigen Punkten und ließ die Hände unter meine Bluse gleiten. »Du bist echt eine scharfe Schnecke, sogar in diesem albernen Outfit.«

Ich schubste seine Grapschpfoten weg und stieß einen Seufzer aus. »Sehen wir zu, dass wir's hinter uns bringen, okay?«

»Was regst du dich so künstlich auf, Schatzi? Ah, jetzt verstehe ich, du hättest es gern eine Spur härter. Aber gern, mit dem größten Vergnügen…« Und schon rieb sich seine gesamte untere Hälfte an meiner, technische Ausführung fünf minus, dazu noch die unausweichlichen Vorstöße seiner Schlabberzunge. Und so was hatte Gwyneth sich gefallen lassen? Vielleicht hatte er mit den Unmassen von Mädels immer nur einmal geschlafen, weshalb sie es sich sparen konnten, ihn darüber aufzuklären, dass er von Tuten und Blasen keine Ahnung hatte. Seine Verführungstechnik war jedenfalls schlicht das Allerletzte. Und mit einem Mal fiel mir etwas auf: Philip attackierte mich mit seinen Leidenschaftsausbrüchen immer nur dann, wenn klar war, dass sie nicht zum Ziel führen würden. Genau wie eben jetzt: Es bestand keinerlei Risiko, dass ich mir die Kleider vom Leib reißen und ihn auf Knien um Sex anflehen würde, wenn jeden Moment die Fahrstuhltür aufgehen konnte. Was sie in dem Moment auch tat – und uns direkt in Calebs Penthousewohnung entließ. Schnell und unauffällig das Gesabber aus dem Gesicht gewischt, einmal tief durchgeatmet und ran an den Feind.

»Philip, Baby, komm her!«, rief ein langhaariger Schlaks, der mit einem zusammengerollten Geldschein in der Hand auf der Couch saß und sich über einen Spiegel beugte. Quer über seinen Schoß drapiert lag etwas, das mir ganz nach einem nackten Mädchen aussah. Sie himmelte ihn von unten an, als wäre er der Dalai-Lama und Michael Jackson in einer Person. Der Typ nahm schnell eine Nase voll, gab das Röhrchen an die Nackte weiter und setzte sich seine Maske wieder auf.

»Cally, Cal-man, das ist Bette. Bette, Caleb, der Gastgeber dieser fabelhaften Party und seit heute ein Gentleman jenseits der zwanzig.«

»Hi, Caleb, freut mich, dich kennen zu lernen«, sagte ich zu der Maske. »Vielen Dank für die Einladung.«

Die drei sahen sich an, sahen mich an und brachen in schallendes Gelächter aus. »Bette, wie wär's denn erst mal mit einer kleinen Kostprobe hier bei uns, und dann gehen wir nach oben? Die anderen sind alle auf dem Dach.«

»Äh, für mich nicht, danke«, sagte ich. Mein Blick hing wie gebannt an der unbekleideten jungen Dame. Sie zog sich die zwei spärlichen Linien rein, die Caleb ihr übrig gelassen hatte, und drehte sich auf den Rücken. Genau besehen war sie nicht komplett nackt, wenn man das Fetzchen fuchsroter Seide gelten ließ, das gerade mal ihre unterste Beckenregion bedeckte und die Kehrseite vollständig frei ließ. Was ich beim ersten Hinsehen für einen Tanga gehalten hatte, war nur der hellere Abdruck eines Bikinihöschens, und ihre Brüste hatten aus ihrer seidenen Stütze – einem Ding, das nur entfernt an einen BH erinnerte, aber weder Haken, Träger noch eine feste Form hatte – ebenfalls längst den Weg ins Freie gefunden. Glückselig lächelnd rollte sie sich zusammen, nippte an ihrem Champagner und ließ uns wissen, sie werde hier unten noch ein bisschen weiterfeiern und sich dann später zu den anderen gesellen.

»Wie du willst, Babe«, sagte Caleb und bedeutete uns, ihm zurück in den Fahrstuhl zu folgen, den er mit einem Spezialschlüssel zur Dachterrasse hinaufdirigierte. Als die Tür sich wieder öffnete, hätte es mich fast umgehauen. Ich weiß zwar selbst nicht, was ich eigentlich genau erwartet hatte, aber mit Sicherheit nicht das. Vielleicht eher so etwas wie Michaels Halloweenparty, zu der er Freunde von UBS und aus dem College die vier Stockwerke bis zu seiner Wohnung hatte hinaufkeuchen lassen. In der Küche standen dann ein paar Flaschen billiger Alk mit Softdrinks zum Mixen sowie Candy Corn, Salzbrezeln und Salsa in Müslischüsseln auf dem Tisch. Ein Typ in Frauenkleidung verkündete, der Pizzaservice sei schon unterwegs, und die restlichen kostümierten Feierwilligen saßen herum und beredeten, wer von ihrem Collegejahrgang mittlerweile verlobt oder befördert worden war und was für eine Scheiße Präsident Bush im Irak veranstaltete.

Hier nun bot sich mir ein völlig anderes Bild. Die Dachterrasse war offenbar exakt nach dem Vorbild der Sky Bar in Los Angeles gestaltet, todschick und elegant zugleich, mit fließenden Formen, tief gelegten Polsterlandschaften, Wärmestrahlern und kubistischen Leuchtern, die alles in ein weiches Licht tauchten. Hinter einer Art Dschungelvegetation lugte die Rauchglastheke der Bar hervor, und in einem anderen Eck war die Koje für den DJ aufgebaut, fast gänzlich versteckt, um nur ja keinen Zentimeter des unglaublichen Ausblicks tief unter uns zu verstellen. Allerdings schien sich zumindest im Moment niemand sonderlich für die Flusslandschaft des Hudson zu interessieren, und ich verstand auch sofort, warum: das Fleisch, das es hier zu bestaunen gab, war wesentlich faszinierender – und ausufernder – als irgendein x-beliebiger Fluss.

Es gibt Partys, und es gibt Kostümpartys, und dann gibt es noch das, was da auf Calebs Dach ablief und streng genommen wohl auch als Kostümparty durchgegangen wäre, in der Praxis aber eher nach einer Neuauflage von *Hair* aussah – plus Unterwäsche von La Perla, minus den Geschmacksverirrungen der Sechziger. Am liebsten hätte ich mir auf der Stelle Schuhe und Hosenanzug ausgezogen und wäre bloß in BH und Slip durch die Gegend geturnt, und sei's nur, um so wenig wie möglich aufzufallen. Selbst damit hätte ich ganz eindeutig noch mehr angehabt als jedes andere der anwesenden weiblichen Wesen, wäre aber wenigstens nicht ganz so overdressed gewesen.

Caleb war kurz verschwunden und kam mit Champagner für mich und einem Wasserglas mit einer bernsteinfarbenen Flüssigkeit für Philip zurück. Ich kippte den Schampus auf Ex und beglotzte unverhohlen das Mädel in Calebs Schlepptau. Bevor auch nur die geringste Chance bestand, dass er sie uns vorstellte, küsste er sie – so ungeniert, ausgiebig und mit derart leidenschaftlichem Zungeneinsatz am Rande der Kiefersperre, dass ich mich beinah als Dritte im Bunde fühlte.

»Mhm«, murmelte er schließlich, wieder Herr seiner Zunge, und biss seine Kusspartnerin verspielt in den Hals. »Leute, das hier ist… der absolute Hit. Im Ernst, habt ihr im Leben schon mal so eine Megamieze gesehen?«

»Toll«, pflichtete ich ihm bei, als wäre das fragliche Objekt gar nicht anwesend. »Stimmt genau.« Der Megamieze schien es nichts auszumachen, dass Caleb offensichtlich nicht auf ihren Namen kam – oder ihn noch gar nicht in Erfahrung gebracht hatte. Na ja, das war nicht weiter wichtig. Es gab schließlich einen Haufen Leute, die ständig miteinander rumhingen, ohne zu wissen, wie die anderen eigentlich alle hießen. Irgendwie war die Musik immer zu laut und jeder breit bis zum Anschlag, aber vor allem war es allen letztlich scheißegal. »Namen merke ich mir erst, wenn sie auf der Gesellschaftsseite stehen«, hatte beispielsweise Elisa zu dem Thema mal abgesondert. Das betreffende Mädchen schien generell keine großen Einwände zu haben, vielleicht nicht zuletzt, weil sie – so mein Eindruck – nicht ein Wort von unserer Unterhaltung mitkriegte. Sie kicherte bloß hemmungslos, zupfte an ihrem Outfit herum und war im Übrigen bestrebt, Caleb so oft wie möglich an unzweideutigen Stellen zu betatschen. Ein weiterer als Frau verkleideter Typ (in Ganzkörperkostüm, mit nackten Brüsten, Glitzereyeliner und schwarz-weiß-kariertem Kopftuch à la Jassir Arafat) kam zu uns rüber und verkündete, in ein paar Minuten wären die Wagen da und würden uns ins Bungalow 8 karren, zu Calebs »eigentlicher« Party.

»Die wird hoffentlich besser als meine schrottige Geburtstagsparty letztes Jahr«, meinte Philip.

»Wieso schrottig?«, fragte ich. Eigentlich war es mir egal, aber ich wollte irgendwie so tun, als gehörte ich dazu, damit keiner merkte, dass mir fast die Augen aus dem Kopf fielen.

»Die Dumpfbacken an der Tür haben jeden reingelassen, und binnen einer Stunde war alles voll mit den letzten Schwachköpfen. Echt übel.«

»Stimmt«, sagte der verweiblichte Arafat. »Rundum übel. Aber heute Abend sieht es besser aus. Der Riesenkerl, wie heißt er noch, Sammy, macht den Türsteher. Er ist kein Genie, aber auch kein totaler Blödmann.«

Sammy! Bei der Vorstellung, ihn in Kürze zu sehen, hätte ich am liebsten seinen Namen herausgeschmettert, den Typen umarmt, der ihn gerade ausgesprochen hatte, und einen Veitstanz aufgeführt. Aber erst musste ich das hier hinter mich bringen.

»Und, als was gehst du?«, fragte mich der Turbanträger.

»Als zugeknöpftes Bies… Businessweib«, antwortete Philip zuvorkommend statt meiner. Und nach einem Blick in die Runde fragte ich mich, wieso sich auf Kostümpartys die Typen eigentlich immer als Mädels verkleiden und die Mädels als Schlampen. Egal wie cool die Party und wie teuer der Alkohol, den man kredenzt bekommt, es ist jedes Mal das Gleiche, so sicher wie das Amen im Gebet. Ich hielt Ausschau nach den üblichen, spärlich bekleideten Kätzchen, Krankenschwestern, Prinzessinnen, Sängerinnen, französischen Zimmermädchen, Cheerleaderinnen, Klosterschülerinnen, Teufelinnen, Engelchen und Tänzerinnen, aber mit solchen Kategorien hielt sich die hier versammelte weibliche Welt nicht weiter auf. Streng genommen trug keine von ihnen ein richtiges Kostüm, sondern lediglich ein paar glänzende Stofffetzen und Glitzeraccessoires, die einzig und allein dem Zweck dienten, sie mehr oder weniger so zu präsentieren, wie Gott sie in ihrer ganzen Pracht geschaffen hatte.

Auf einem Diwan rekelte sich eine Brünette in magentaroten Pumphosen, die unterhalb der Hüften von einem Gürtel zusammengehalten wurden und an den Knöcheln bauschig zusammenliefen. Durch den hauchfeinen, fließenden Stoff sah man ihren mit Diamanten besetzten Tanga, eingebettet zwischen zwei superknackigen Gesäßbacken. Mit Diamanten besetzt war auch der BH, der ihr Dekolleté auf jene makellose Art und Weise zur Geltung brachte, die zum Hinschauen einlud, ohne zu suggerieren, dass hier eine zweite Pamela Anderson auf ihre Entdeckung wartete. Sie war in Begleitung einer Freundin, die keinen Tag älter als sechzehn sein konnte, mit ihren Haaren herumspielte und über endlos lange Beine verfügte, die in den silbernen Netzstrümpfen abschnittsweise wie geschuppt wirkten. Die roten Ledershorts, die sie darüber trug, fingen oben dermaßen tief unten an und hörten unten dermaßen weit oben auf, dass dafür bei der Wachsenthaarung garantiert eine

Sonderbehandlung nötig gewesen war. Vervollständigt wurde ihr »Kostüm« nur noch durch zwei silberne Troddeln an ihren Apfelbrüstchen und einen gigantischen Kopfputz aus buntscheckigen Federn und Fellen, der lang über ihren Rücken herabfiel. Kein einziges Mal in den siebenundzwanzig Jahren meines Lebens habe ich mich je sexuell zu Frauen hingezogen gefühlt, aber die zwei da hätte ich am liebsten auf der Stelle vernascht.

»Großer Gott, die könnten glatt für Unterwäsche Reklame machen«, murmelte ich vor mich hin.

»Tun sie auch«, gab Philip zurück und beäugte sie mit unverhohlener Lust. »Sag bloß, du weißt nicht, wer die beiden sind? Raquel und Maria Thereza, die Top of the Pops bei Victoria's Secret in diesem Jahr, der jüngste brasilianische Superhit.«

Dass die Fotos von den Mädels nicht entfernt so retuschiert waren, wie ich mir immer eingeredet hatte, machte mich völlig fertig. Wir drehten eine Runde entlang der halb hohen Glaswände, die dem Dach als Begrenzung dienten. Philip klatschte nacheinander Jimmy Fallon und Derek Jeter ab und tauschte Wangenküsschen (immer knapp am Mund vorbei) mit einer Reihe von Modemagazinredakteurinnen, Sitcom-Schauspielerinnen und Hollywood-Sternchen. Ich checkte kurz mein Handy, ob Elisa oder Kelly angerufen hatten, und entdeckte Philip dabei, wie er dem Mädel mit den Nippelquasten den Rücken massierte. Jetzt erkannte ich sie auch – sie trug auf der Abbildung im Katalog den geilen Taillenslip, den ich mir kürzlich bei Victoria's Secret bestellt hatte. Ich hatte sie insgeheim der Vorspiegelung falscher Tatsachen beschuldigt, als ich diesen Hauch von nichts nach Lieferung anprobierte und in den Spiegel guckte. Aus einem abgeflachten Plasmateil ganz oben an einer der Außenwände erschallte der Soundtrack von Hotel Costes, zu dem die Gäste tanzten, wenn sie nicht gerade rauchten, sich die nächste Linie reinzogen, Sushi mampften oder einander beglotzten. Ich schaute ständig zur Tür, in Sorge, dass Elisa und die anderen uns auf der Terrasse nicht finden würden, und schickte ihr schließlich eine SMS mit Instruktionen. Irgendwann ließ ich mir von einem hinreißenden Kellner in Lendenschurz und Pumps einen Drink aufschwatzen, blieb aber hartnäckig in der Nähe der Tür, um auf jeden Fall mitzubekommen, wer kam und ging. Das spaßige Treiben wurde kurz unterbrochen, als Caleb verkündete, unten stehe ein Wagenpark bereit, um alle in den Club zu kutschieren. Doch dann ging die Party in den Aufzügen und den zwei Dutzend Mietlimousinen, die bis zum Horizont die Straße säumten, einfach weiter.

»Philip, wir können hier nicht weg!«, zischte ich ihm zu, als er versuchte, mich in den Aufzug zu bugsieren. »Wir warten doch auf die Leute von BlackBerry.«

»Mach keinen Aufstand, Liebes. Elisa hat angerufen und gesagt, deine Chefin hätte angerufen und gesagt, dass das Treffen heute Abend gestrichen ist.«

Ich musste mich verhört haben. Das war doch nicht die Möglichkeit!

»Was? Das meinst du doch nicht im Ernst.« Man hatte mich von Penelopes Dinner weggezerrt, um Kunden zu betreuen, die sich bestens dafür bedankten? Allein die Vorstellung war absurd.

Er zuckte mit den Schultern. »So hat sie es jedenfalls gesagt. Komm, Schätzchen, du kannst vom Wagen aus telefonieren.«

Ich klemmte mich zwischen Caleb und Philip und versuchte, möglichst keinen der zahlreichen entblößten Körperteile des Mädchens zu berühren, das quer über unseren Knien lag.

Ich wählte Elisas Nummer und hätte vor Frust beinahe laut losgebrüllt, als sich die Mailbox einschaltete. Kelly meldete sich nach dem dritten Klingeln und schien leicht überrascht, meine Stimme zu hören.

»Bette? Ich verstehe dich ganz schlecht. Jedenfalls, das Treffen heute Abend fällt aus. Wir haben im Soho House schön gegessen und dann noch ein paar Drinks am Pool genommen, aber ich glaube, die Leute sind nicht so richtig ans New Yorker Nachtleben gewöhnt und schon wieder zurück ins Hotel, das heißt, du hast jetzt frei. Aber sie freuen sich schon total auf die Woche!«, plärrte sie über irgendwelche Musik hinweg in den Hörer, ohne daran zu denken, dass *ich sie* ausgezeichnet verstehen konnte.

»Oh, ach so, okay. Äh, gut. Solange du sicher bist –«

»Ist Philip bei dir?«, schrie sie.

Als er seinen Namen durchs Telefon hörte, kniff Philip mich spielerisch ins Knie und ließ seine Hand höher wandern.

»Ja. Direkt neben mir. Willst du mit ihm sprechen?«

»Nein, nein, *du* sollst mit ihm sprechen. Ihr seid hoffentlich schon im Bungalow. Da geht heute Nacht die Post ab – zu Calebs Geburtstag laufen sie alle auf.«

»Hä?«

»Jede Menge Fotomenschen, das ist doch für alle die Gelegenheit ...«

Trotz des Unbehagens, das Kelly mir mit ihrer nur zu offensichtlichen Verkupplungstaktik bereitete: In dem Moment fand ich sie und meinen Job einfach cool und die Vorstellung, mich je wieder mit offenen Investmentfonds zu beschäftigen, einfach abartig. Die BlackBerry-Party sollte das Highlight des Jahres werden, Kelly mich dafür in den Himmel heben. Und da würde es wohl nicht weiter schaden, wenn ich mich ein paarmal mit Philip ablichten ließ, bevor ich mich zu Penelope und Michael ins Black Door verdrückte. Außerdem waren wir sowieso schon unterwegs, oder? Gut, ich war stinksauer, dass sie mich aus Penelopes Party rausgerissen hatten, aber letztlich, so redete ich mir ein, war es doch kein Beinbruch, richtig?...

»Alles klar, hab verstanden«, gab ich aufgesetzt fröhlich zurück, während ich gleichzeitig Philips Hand von dort, wo sie momentan verweilte – an der Innenseite meines Oberschenkels – entfernte und ihr einen großmütterlich tadelnden Klaps versetzte. »Danke für das Gespräch, Kell. Bis Montag.«

Einer hinter dem anderen hielten die Wagen in der 27. Straße, und ich sah die Warteschlange: an die hundert Leute, denen samt und sonders die Kinnlade runterklappte, als wir in unserer ausgeflippten Kostümierung herausquollen. Sammy stand mit einem zeternden Partygast, der eine lange blonde Perücke und extreme Highheels trug, ein Stück abseits. Ich versuchte, ihn auf mich aufmerksam zu machen, als wir vor der Warteschlange einscherten, doch ein anderer Rausschmeißer preschte vor.

»Wie viele sind Sie insgesamt?«, fragte er Philip in liebenswürdigem Ton, der nicht verriet, ob er wusste, was für eine Gesellschaft er da vor sich hatte.

»Ach, keine Ahnung, Mann, vierzig? Sechzig? Scheiße, woher soll ich das wissen?«

»Echt Pech, aber heute Abend geht da gar nichts«, sagte der Türsteher, schon über die Schulter hinweg. »Geschlossene Gesellschaft.«

»Guter Mann, Sie verstehen wohl nicht ganz ...« Philip hieb ihm auf den Rücken, und der Gorilla machte ein Gesicht, als wollte er ihm die Fresse polieren, doch dann sah er die Kreditkarte, die Philip ihm hinhielt – die einzig wahre, einzigartige Black Card. Die Verhandlungen waren eröffnet.

»Im Augenblick habe ich nur drei Tische. Ich lasse sechs pro Tisch rein und dann noch mal zehn dazu, aber mehr ist echt nicht drin«, erklärte er. »An jedem anderen Abend, kein Problem, aber heute krieg ich's absolut nicht gebacken.«

Der Typ war offensichtlich neu und völlig ahnungslos, mit wem er es da zu tun hatte, doch Philips Miene nach zu schließen, würde er darüber nicht mehr allzu lange im Unklaren bleiben. Er hielt dem unbedarften Türsteher seine Nase vors Gesicht und sagte mit so viel Nachdruck wie Beherrschung in der Stimme: »Hören Sie, Mann, es interessiert mich einen feuchten Furz, was Sie für Probleme haben, aber so läuft das nicht. Caleb ist einer meiner besten Kumpel, und das hier ist *seine* Party. Ihre drei Tische können Sie sich sonst wo hinstecken. Sechs Minimum, zwei Flaschen pro als Willkommensgruß, und die ganze Meute auf einmal rein. *Jetzt und gleich.*«

Ich stellte fest, dass Sammy seinen Gesprächspartner abgefertigt hatte, und versuchte mich so unauffällig wie möglich von der Frontlinie davonzustehlen und in der Menge unterzutauchen, damit er mich bloß ja nicht zusammen mit Philip sah. Sämtliche Typen um mich herum tippten wie wild auf ihre Handys ein, um irgendwen aufzutreiben, der den Rausschmeißer dazu bewegen mochte, die magische Samtkordel auszuhaken. Die Mädels pirschten sich mit rührendem Hundeblick an die Türsteher an, strichen ihnen über die Arme und raunten ihnen zu, warum sie unter allen Umständen auf der Stelle eingelassen werden müssten. Als Sammy auf Philip zusteuerte, drängte ich mich doch wieder nach vorn, um nichts zu verpassen – und geriet prompt in sein Blickfeld. Bitte, bitte, bettelte ich insgeheim, sag der ganzen Bagage, sie soll sich verpissen und mit ihrem Scheißgeld irgendwo anders einen draufmachen. Aber er sah bloß noch mal kurz zu mir und befahl dem zweiten Türsteher: »Lass sie rein, Anthony.«

Der arme Kerl hatte sich bis zu diesem Punkt wacker gehalten und sich als erstaunlich entgegenkommend und gewaltfrei erwiesen; nun aber war er offensichtlich mit den Nerven am Ende und gab doch tatsächlich Widerworte. »Mann hey, Scheiße, das sind an die achtzig Leute, die da rein wollen. Ist mir egal, mit wie viel Scheinen die rumwedeln, ich bin geliefert, wenn –«

»Ich hab gesagt, lass sie rein. Mach so viele Tische frei, wie du brauchst, und gib den Leuten alles, was sie haben wollen. Auf der Stelle.« Damit warf er mir einen letzten Blick zu, verschwand nach drinnen und überließ Anthony seinem Schicksal.

»Na, Kumpel?«, trumpfte Philip auf, offensichtlich unbeleckt von jedem Zweifel, dass nur und ausschließlich sein VIP-Status uns Zugang verschafft hatte. »Nun tun Sie schön, was der gute Mann da eben gesagt hat. Nehmen Sie die Karte hier, und sehen Sie verdammt noch mal zu, dass wir unsere Tische bekommen. Das werden Sie doch wohl hinkriegen, oder?«

Anthony nahm die Black Card mit zornbebenden Händen entgegen und hielt den ungefähr vierzig Leuten von unserem Tross, die schon eingetroffen waren, die Tür auf. Als wir im Gänsemarsch hineinspazierten, verfielen die Wartenden in tiefes Schweigen und kiebitzten, welche Promis sich in unserer illustren Gesellschaft befinden mochten.

»Da ist Johnny Depp!«, flüsterte eine Frau in Bühnenlautstärke.

»Omeingott! Ist das nicht Philip Weston?«, fragte eine andere.

»Der war doch mal mit Gwyneth zusammen, oder?«, steuerte ein Typ aus der Schlange bei.

Philip geleitete mich mit sichtlich stolzgeschwellter Brust zu dem Tisch, den der Oberkellner soeben freigemacht hatte. Die vertriebenen Gäste standen keine zwei Meter von uns entfernt, ihre Drinks in der Hand und schamrot im Gesicht, derweil wir es uns auf den gepolsterten Sitzbänken gemütlich machten.

Philip zog mich auf den Schoß und rubbelte mir übers Bein – die Art von Knettechnik, die unangenehm kitzelt und bei genauerem Nachdenken eigentlich richtig wehtut. Er mixte mir einen Wodka Tonic – die Vierhundert-Dollar-Flasche Grey Goose hatte im Handumdrehen auf unserem Tisch gestanden –, begrüßte alles, was an uns vorbeizog, mit Namen und vergrub sich zwischendurch gelegentlich in meinem Hals.

Bei einer dieser Abtauchaktionen legte er sein Kinn auf meine Schulter und starrte zu dem Model hin, das neben mir saß, die Beine verführerisch gekreuzt, das Kinn auf die Hände und die Ellbogen auf die Knie gestützt. Ihre Nippeltroddeln waren um diese späte Stunde nicht mehr ganz an ihrem Platz.

»Sieh sie dir an«, hauchte er mir rauchig in den Nacken, den Blick auf das spillerige Gör geheftet. »Wie sie die älteren Models nachmacht, sich alle Bewegungen von ihnen abschaut, Hüften, Augen, Mund, weil sie weiß, dass das sexy ist. Sie wächst gerade erst rein in ihren Körper, kapiert noch nicht so richtig, was sie da eigentlich an ihm hat, und sie lernt so schnell wie ein frisch geschlüpftes Küken. Ist es nicht irre, ihr dabei zuzusehen?«

Mhmmmm, absolut irre. Spannend ohne Ende, dachte ich, schüttelte ihn ab und sagte, ich wäre gleich wieder da. Er fiel um ein Haar auf die Kleine drauf, als ich mich von ihm löste, und bedachte sie mit unzweideutigen Komplimenten, während ich noch auf halbem Weg durch den Klub war.

Auf einer Polsterbank nahe dem Eingang lag, lang hingestreckt, Elisa; Kopf und Schultern ruhten an der Brust eines mir unbekannten attraktiven Mannes, ihre bloßen Füße – noch mit den roten Abdrücken von den Riemchensandalen – in Davides Schoß. Was aus den Leuten von BlackBerry geworden war, schien ihr kein großes Kopfzerbrechen zu machen, falls sie die neue Situation denn schon mitbekommen hatte. Ich war mir nicht mal ganz sicher, ob sie überhaupt bei Bewusstsein oder zumindest noch am Leben war, bis ich nahe genug bei ihr stand und sah, wie sich die tiefe Kuhle, die ihren Bauch darstellen sollte, fast unmerklich hob und senkte.

»Bette, Schätzchen, da bist du ja!« Sie brachte nur mit größter Mühe die Energie auf, sich über die Musik hinweg verständlich zu machen, hatte aber eindeutig an dem Tag nicht genügend Kalorien zu sich genommen, um länger in aufrechter Haltung zu verharren. Das Debakel mit BlackBerry brachte ich wohl besser ein andermal zur Sprache.

»Hey«, murmelte ich, die Begeisterung in Person.

»Komm her. Ich möchte dir den begnadetsten Hautpflegetherapeuten von ganz Manhattan vorstellen. Marco, das ist Bette. Bette, Marco.«

»Kosmetikologe«, korrigierte er sie wie aus der Pistole geschossen.

Ich hatte eigentlich raus zu Sammy gehen und mich bei ihm bedanken wollen, aber so wie es aussah, kam ich zumindest um ein paar Minuten an ihrem Tisch nicht herum. Also setzte ich mich hin und mixte mir erst mal einen Wodka Tonic. »Hi, Marco, nett, Sie kennen zu lernen. Woher kennen Sie Elisa?«

»Woher ich Elisa kenne? Nun, ich möchte doch behaupten, dass ich für diese makellose, *schimmernde* Haut verantwortlich bin!« Er nahm ihren Kopf zwischen seine wohl gepflegten Finger und hielt ihn mir hin wie eine Gipsbüste. »Da, sehen Sie. Wie ebenmäßig? Wie ganz und gar frei von Unreinheiten und Verfärbungen? Das ist Leistung!« Er sprach mit einem leicht spanisch angehauchten Akzent und viel Enthusiasmus.

»M-hm, sieht super aus. Vielleicht können Sie mir ja auch irgendwann mal was Gutes tun«, sagte ich, nachdem mir partout nichts Geistreicheres einfallen wollte.

»M-hm«, echote er und nahm mein Gesicht unter die Lupe. »Bin ich mir nicht so sicher.«

Ich verstand das als Stichwort, mich verabschieden zu dürfen, doch da stemmte sich Elisa zum Sitzen hoch und sagte: »Ihr zwei Süßen dürft euch jetzt ein paar Minütchen allein miteinander vergnügen, Davide und ich müssen nämlich noch ein paar Freunde begrüßen.«

Ich schaute auf. Davide beugte sich unauffällig vor, ließ unter dem Tisch mit einem Griff Elisas weißgoldenes Diortäschchen aufschnappen, das auf dem Boden stand, drehte einen Schlüssel von dem Ring ab, schüttete aus einem klitzekleinen Päckchen weißes Puder in die längste Nut des Schlüssels und hielt ihn sich unter die Nase. Seine Hand verdeckte den Schlüssel zur Gänze, und wer nicht ganz genau hinsah, hätte wohl angenommen, dass Davide bloß etwas in der Nase juckte oder eine Allergie ihn leicht schnüffeln ließ. Im nächsten Augenblick hatte er die Nut wieder aufgefüllt und gab den Schlüssel unter der Hand an Elisa weiter, die ebenfalls so rasend schnell vorging, dass ich mir nicht mal mehr sicher war, was da wann direkt vor meiner – oder vielmehr unter ihrer – Nase abgelaufen war. Keine drei Sekunden später lag der Schlüsselring wieder in Elisas Tasche, und die zwei sprangen hoch, um die Runde zu machen.

»Sie hätten uns zumindest auch was anbieten können, finden Sie nicht?«, fragte Marco.

»Ja, doch, schon«, erwiderte ich. Sollte ich zugeben, dass ich es noch nie probiert hatte, zwar tierisch neugierig war, meine Angst die Neugier aber immer überwog?

Marco seufzte vielsagend und nahm einen ausgiebigen Schluck von seinem Drink.

»Harter Tag?«, fragte ich, erneut unsicher, ob ich weiter mit ihm plaudern oder so schnell wie möglich verschwinden sollte.

»Das können Sie laut sagen. Elisa hat mir heute schon wieder den ganzen Terminplan vermasselt. Und dabei weiß sie genau, wie ich es hasse, wenn sie auf meinem Behandlungsstuhl in Ohnmacht fällt.« Ein weiterer Seufzer.

»Hä? Sie ist in Ohnmacht gefallen? Ist sie so weit okay?«

Er verdrehte die Augen bis zum Gehtnichtmehr und stieß einen dritten, extralangen genervten Seufzer aus. »Schauen Sie sie doch an – kommt sie Ihnen etwa okay vor? Hey, ich hab absolut nichts gegen Hungerkuren – hab ja selbst schon ein paar hinter mir –, aber man ist schließlich auch verantwortlich für das, was man tut. Man *weiß* doch, wann man kurz davor ist, in Ohnmacht zu fallen! Wenn es einem vor den Augen flimmert und man sich schwummrig fühlt. Damit will einem der Körper sagen, dass es Zeit ist, in den Powerriegel zu beißen, den man für solche Fälle dabei hat. Und Frauen wie Elisa sollten solche Warnzeichen gefälligst ernst nehmen und verdammt noch mal von meinem Stuhl runterklettern, statt mir meinen ganzen Terminplan durcheinander zu bringen.«

Ich wusste nicht recht, was ich darauf antworten sollte, also blieb ich einfach sitzen und hörte weiter zu.

»Die Mädels meinen alle, sie könnten sich eine geschlagene Woche von nichts als von diesem Schnüffelzeugs ernähren und dann bei mir vom Stuhl kippen, und ich darf mich dann um sie kümmern. War früher ganz okay, ja, aber mittlerweile hab ich echt was Besseres zu tun. Ich seh das genauso wie bei irgend so einem Heroinjunkie: Ist mir doch egal, Mann, was du dir reinziehst, Hauptsache, du verpasst dir nicht bei mir eine Überdosis, weil, dann habe *ich* ein Problem am Hals. Verstehen Sie?«

Ich nickte und dachte dabei: *Was täte die Welt bloß ohne solch einfühlsame Zeitgenossen wie diesen hier.*

»Gibt natürlich welche, die noch schlechter dran sind als ich«, fuhr er ganz ernsthaft fort. »Ein Freund von mir ist Visagist. Der hat neben seinem Schminkkoffer auch immer noch einen mit Powerriegeln und Fruchtsaftkartons dabei, weil ihm die Mädels regelmäßig aus den Latschen kippen. Wenn sie bei mir auf dem Stuhl ohnmächtig werden, muss ich wenigstens nicht wieder ganz von vorn anfangen. Außerdem brauchen sie ihn normalerweise immer kurz vor irgendwelchen Riesenveranstaltungen, auf die sie wochenlang hingehungert haben, damit sie nur ja in ihre Kleider passen. Echt heavy, Mann. Und wir dürfen sie dann in Einzelteilen vom Boden kratzen.«

»Ja, kann ich mir vorstellen. Hören Sie, es war echt nett, Sie kennen zu lernen, aber ich muss jetzt kurz weiter und einen Freund begrüßen. Sind Sie noch ein paar Minuten da?«, fragte ich, weil mir klar wurde, dass ich, wenn überhaupt, dann ziemlich bald Leine ziehen sollte.

»Klar, kein Problem. Bis später dann.« Er nickte mir zu und beugte sich über den Tisch, um sich den nächsten Drink zu mixen.

Ich wollte Sammy suchen und mich bei ihm für sein Eingreifen bedanken, ihm womöglich noch erklären, dass ich weder als Philips Date oder Freundin noch überhaupt aus freien Stücken da war. Aber als ich mich endlich an der Menge vor der Tür vorbeigekämpft hatte – die im Lauf der vergangenen Stunde unverhältnismäßig angeschwollen zu sein schien –, war Sammy nirgends auszumachen.

»Hey, wissen Sie zufällig, wo Sammy ist?«, fragte ich Anthony so beiläufig wie möglich.

Anscheinend hatte er sich seit unserer letzten Interaktion wieder beruhigt; er warf einen Blick auf sein Clipboard und schüttelte den Kopf.

»Nee, der ist schon früh weg. Wollte sein Mädchen treffen und lässt mich hier im Regen stehen, bei einer der größten Partys im ganzen Jahr. Macht er normal nicht, so was, muss wohl was Wichtiges gewesen sein. Wieso, haben Sie'n Problem? Wenn Sie'n bisschen warten, bis ich ein paar von den Leuten hier los bin, kann ich mal sehen, was sich tun lässt.«

»Nein, kein Problem. Wollte nur Hi sagen.«

»Na okay, morgen ist er wieder da.«

Ich schnorrte mir eine Zigarette von einem Typen in einem smaragdgrünen Ballkleid und redete mir selbst gut zu, wieder reinzugehen. Aber das erwies sich als unnötig. Die Party kam zu mir.

»Bette! Ich hab ja gehofft, dass ich dich hier treffe!«, kreischte Abby. Vor lauter Busen sah man kaum noch was von ihrem Gesicht. »Solltest du nicht besser da drin sein und dein Bubilein im Auge behalten?«

»Hi, Abby. Wär echt supernett, mit dir zu schwatzen, aber ich bin gerade am Abdüsen.«

»Abigail, bitte. Komm, gehen wir rein und rauchen eine, okay? Um der guten alten Zeiten willen.«

Ich hätte ihr gern um die Ohren gehauen, dass von guten alten Zeiten keine Rede sein konnte, aber die Vorstellung von

Sammy, der jetzt gerade irgendwo mit der Botoxbraut Isabelle kuschelte, nahm mir den Wind aus den Segeln.

»Klar«, sagte ich lustlos. »Wie du meinst.«

»Los, erzähl schon. Wie ist es mit Philip? Echt irre, dass ihr zwei euch gefunden habt!«, sagte sie und beugte sich mit Verschwörermiene vor.

»Irre? Wieso?« Womit konnte ich dieser Unterhaltung bloß ein Ende machen?

»Aber Bette! Klar ist es irre! Also, ich hoffe, du nimmst es mir nicht übel, wenn ich dir eine persönliche Frage stelle, aber das wollte ich immer schon wissen: Wie ist er denn nun im Bett? Weil, das weißt du ja sicher, es gibt da so Gerüchte, dass –«

»Abby, ich möchte nicht unhöflich sein, okay? Aber für längere Gespräche habe ich im Moment keine Zeit. Ich muss echt los.«

Sie nahm es gelassen. »Klar, kein Problem. Du musst ja hundemüde sein bei deinem neuen Job. Jedenfalls holen wir das ganz bald nach, ja? Oh, und übrigens: Ich finde es total super, was du mit dem Kostüm da angestellt hast – dass so ein Durchschnittsteil überhaupt nach irgendwas aussehen kann!«

Ich machte, dass ich wegkam, und nahm Kurs auf Elisas Tisch, um mich wieder zu sammeln. Doch dann steuerte ich die Bar an und kippte mir einen Martini rein – genauso gemixt, wie Will ihn mochte. Eigentlich gar nicht mal so übel, dazuhocken und mich im Alleingang zu betrinken. Doch als mir eine ganze Horde hinreißender, praktisch nackter Mädels auf die Pelle rückte, war Schluss mit lustig. Kelly hin, Fotografen her – ich brachte es einfach nicht über mich, mir Philips faszinierende Erläuterungen zum Wachstumszyklus südamerikanischer Models oder Marcos Vorschläge bezüglich der effektivsten Hungermethoden aller Zeiten noch weiter anzuhören. Also schickte ich Philip und Elisa eine SMS, mir wäre auf einmal gar nicht gut, und ließ mich auf die Rückbank eines Taxis fallen. Ein Blick auf die Uhr – halb zwei. Ob sie wohl noch im Black Door waren? Die Antwort auf meine stumme Frage bekam ich, als Michael nach dem fünften Klingeln ein Hallo in den Hörer lallte.

»Tut mir Leid«, sagte ich.

»Bin gerade nach Hause gekommen«, erwiderte er. »Hast einen netten Abend im Black Door mit Pen und Avery verpasst. Aber eins lass dir gesagt sein: kein Vergleich zu einem netten Abend im Black Door mit Pen und Bette!«

Sobald der Taxameter lief, versuchte ich Penelope zu erreichen, wieder und wieder, bis ich zu Hause war und schließlich um kurz nach drei einschlief. Jedes Mal schaltete sich bloß die Mailbox ein.

16

Sieben Stunden später griff ich erneut zum Hörer, schließlich wollte ich Penelope dringend erklären, dass die Dinge nicht so waren, wie sie aussahen, aber es ging niemand ans Telefon. Kurz nach zwölf Uhr hob schließlich Avery ab; er klang ziemlich k.o. und leicht verkatert.

»Hi, Bette, was gibt's?«

»Hi, Avery. Ist Penelope zu sprechen, bitte?« Ich hatte null Interesse, mit ihm mehr als das Allernotwendigste an Worten zu wechseln.

Ich hörte Geraschel und etwas, das verdächtig nach Geflüster klang, dann sagte Avery: »Sie ist heute bei ihren Eltern zum Brunch. Kann ich ihr was ausrichten?«

»Avery, bitte, gib sie mir. Ich weiß, dass sie da und sauer auf mich ist, und ich möchte ihr das Ganze erklären. Es ist da irgendwie ein falscher Eindruck entstanden.«

Er reagierte auf meine flehentliche Bitte mit einem gedämpften, verschwörerisch klingenden Tonfall; offenbar sollte Penelope ihn nicht hören. »Hey, Bette? Mach dir nichts draus. Ich wäre gestern Abend auch lieber auf Calebs Party gewesen. Glaub mir – wenn ich irgendwie von diesem elenden Dinner weggekonnt hätte, wäre ich sofort mitgekommen. Pen hat einfach total überreagiert.«

Klar, Avery hatte über die Party Bescheid gewusst. Mist.

»Es war nicht so, Avery. Ich wäre nicht lieber –« Stopp, dachte ich, du rechtfertigst dich vor der falschen Person. »Kannst du sie mir nicht einfach geben?«

Weiteres Geraschel und ein leises Rufen, und dann sagte Penelope hallo, als hätte sie keine Ahnung, dass ich am anderen Ende war.

»Hi, Pen, ich bin's. Wie geht's?«

»Ach, Bette. Hallo. Mir geht's gut, und dir?«

Solche Gespräche hatte ich schon zu Dutzenden mit meiner stets überaus höflichen, aber mittlerweile leicht senilen Urgroßmutter geführt. Penelope war exakt so sauer auf mich, wie ich befürchtet hatte.

»Hör mal, Pen, ich weiß, dass du im Moment eigentlich nicht mit mir reden willst. Tut mir Leid, wenn Avery irgendwie getrickst hat, um dich ans Telefon zu kriegen, aber ich möchte mich wirklich bei dir entschuldigen. Es ist gestern Abend nicht so gelaufen, wie es vielleicht den Anschein hatte.«

Funkstille.

»Sie haben mich vom Büro aus angerufen und gesagt, es wären ganz überraschend irgendwelche Leute von BlackBerry in der Stadt, und ich sollte mich mit ihnen treffen. Ich organisiere diese Woche ihren Event und hatte keine Chance, mich da irgendwie drumrum zu mogeln.«

»Ja, das hattest du gesagt.« Ihre Stimme war gut unter dem Gefrierpunkt.

»Na, und genauso war es auch. Ich hatte vor, mich da vielleicht für ein Stündchen blicken zu lassen, allerseits hallo zu sagen und hoffentlich bis zum Dessert wieder bei euch zu sein. Als ich auf den Wagen gewartet habe, den Elisa mir schicken wollte, kam plötzlich Philip an. Offenbar wollten die Leute von BlackBerry ihn auch kennen lernen, und deshalb sollte nun auf einmal er mich abholen. Im Ernst, Pen, ich wusste echt nicht, dass Elisa das alles umdirigiert hatte.«

Nach einem Augenblick Stille sagte sie sehr leise: »Avery hat erzählt, alle hätten dich in der Stadt auf der Party von irgendeinem Typen gesehen. Das hört sich für mich nicht nach Arbeit an.«

Das von wegen »alle hätten dich gesehen« fand ich ziemlich gruselig, aber fürs Erste musste ich schleunigst weiter erklären, was sich tatsächlich ereignet hatte. »Ich weiß, Pen, ich weiß. Zu mir hat Philip gesagt, dass Elisa ihm gesagt hätte, wir würden Kelly da treffen.«

»Und wie ging es aus? Ist es gut gelaufen?« Es klang, als taute sie ein bisschen auf, aber was nun als Nächstes kam, würde wohl kaum noch irgendwelche wärmeren Gefühle in ihr erwecken.

»Nein, letztlich habe ich sie überhaupt nicht getroffen. Anscheinend hatten sie nach dem Drink mit Kelly dann genug und sind zurück ins Hotel. Aber da war es schon ein Uhr, viel zu spät, um noch zurück zu euch zu fahren! Es tut mir so Leid, Pen. Ich bin von deinem Abschiedsdinner weg, weil ich dachte, es bliebe mir keine andere Wahl, und letztlich war die ganze Aktion ein Schlag ins Wasser.« Schöne Scheiße, aber immerhin entsprach sie der Wahrheit.

»Warum bist du denn nicht ins Black Door gekommen?«, fragte sie. Aber dann wurde ihre Stimme weicher. »Ich wusste ja, dass du nicht einfach abhaust, um auf irgendeine Party zu gehen«, sagte sie. »Avery hat ständig drauf rumgehackt, du hättest die ganze Story mit dem Termin nur erfunden, weil das die irrste Geburtstagsparty aller Zeiten wäre. Aber ich konnte einfach nicht glauben, dass du so was tust. Ich war bloß nicht mehr ganz so überzeugt, als ich gesehen habe, wie du mit Philip abgedüst bist.«

Am liebsten hätte ich Avery auf der Stelle mit der Telefonschnur erdrosselt, aber ich musste am Ball bleiben und bei Penelope weiter Boden gutmachen. »Du weißt doch wohl, dass ich so was nie tun würde, Pen. Ich wollte gestern Abend wirklich nur bei euch sein. Und falls es dich tröstet, der Abend war der reine Horror. Definitiv absolut und ohne Frage *kein* Spaß.«

»Na, ich werde ja sicher die Woche im Internet was darüber lesen«, sagte sie leichthin und lachte. Aber mir machte sie nichts vor; sie war immer noch verärgert. »Apropos, hast du heute schon reingeschaut?«

Mein Herzschlag setzte eine Zehntelsekunde aus. »Heute? Es ist Sonntag! Wovon redest du?«

»Ach, es war halb so wild, längst nicht so übel wie manches, was man sonst so liest. Kein Grund zur Sorge«, versuchte sie mich rasch zu beschwichtigen, erzielte damit aber haargenau den gegenteiligen Effekt. »Avery hat mir die Kolumne vor ein paar Minuten gezeigt. War bloß ein ziemlich gehässiger Kommentar dabei, dass du zu einer Kostümparty im Businessdress aufgekreuzt bist.«

Echt nicht zu fassen! Relativ gesehen war der Beitrag vermutlich vollkommen harmlos, aber aus irgendeinem Grund fuchste er mich noch mehr als all die Lügen und verzerrten Darstellungen bezüglich meiner nächtlichen Aktivitäten: Wenn ich nicht mal mehr anziehen konnte, was ich wollte, ohne mir öffentliche Kommentare dafür einzuhandeln, dann hatte ich meinem Gefühl nach kein Fitzelchen Privatleben mehr.

»Na toll. Echt toll«, brachte ich mit einiger Mühe heraus. »Dann steht also fest, dass ich tatsächlich gestern Abend bei der Kostümparty gewandet war wie zu einer Vorstandssitzung. Immerhin kannst du daraus schließen, dass ich nicht vorhatte, mich von deinem Dinner zu verkrümeln.«

»Das weiß ich doch, Bette. Das Thema hatten wir schon, okay?«

Kurz vor dem Auflegen fiel mir ein, dass ich Penelope noch gar nicht zu der BlackBerry-Party eingeladen hatte.

»Hey, Pen, wie ist es, kommst du am Dienstag mit? Schleif Avery auch hin, oder komm allein, ganz wie du magst. Wird bestimmt lustig.«

»Echt?« Sie klang erfreut. »Klar, klingt super. Dann können wir zwei mal endlich in aller Ruhe quatschen. Das haben wir schon seit Ewigkeiten nicht mehr gemacht, hm?«

»Nichts lieber als das, Pen. Wirklich, ich würde mich gern

mit dir in irgendeine Ecke verdrücken und über alle ablästern, aber, weißt du, ich werde dabei nicht eine Sekunde Luft haben. Ich bin für den ganzen Event zuständig, und das heißt, ich rase durch die Gegend wie angestochen und muss hundert Sachen gleichzeitig machen. Ich fänd's superschön, wenn du vorbeischaust, aber um gemütlich zu quatschen, ist das wohl nicht der richtige Abend.«

»Oh, stimmt. Natürlich. Hab ich mir schon fast gedacht«, sagte sie.

»Wie wär's denn gleich nach Thanksgiving?«, fragte ich. »Treffen wir uns da doch zum Abendessen, nur wir zwei, bevor ihr umzieht.«

»Äh, ja, klar. Lass uns telefonieren, wenn's so weit ist, okay?« Schon war sie wieder auf Abstand; so wie sie klang, wollte sie bloß noch weg vom Hörer.

»Okay. Ja dann, äh, noch mal, tut mir Leid wegen gestern Abend. Freu mich auf nächste Woche …«

»Mhm. Schönen Tag noch, Bette. Ciao.«

»Ciao, Pen. Bis ganz bald.«

17

Wenn es dir im zarten Alter von siebenundzwanzig Jahren passiert, dass mitten in der Nacht das Telefon klingelt, gehst du normalerweise davon aus, dass irgendein Typ trotz schwerer Schlagseite deine Nummer auf die Reihe gekriegt hat und findet, du könntest doch noch auf eine Runde rüberkommen – und denkst nicht etwa, dass in der Arbeit irgendwas katastrophal schief gelaufen ist, was Auswirkungen auf dein gesamtes künftiges Leben haben wird. Auf die Nacht vor der BlackBerry-Party traf das nicht zu. Als mein Handy morgens um halb vier anfing zu schrillen, wusste ich sehr genau, was mir blühte.

»Spreche ich mit Betty?«, hörte ich eine nicht mehr ganz junge, weibliche Stimme fragen, sobald ich das Teil aufgeklappt hatte.

»Hallo? Wer ist denn da? Ja, hier Bette«, sagte ich, immer noch ziemlich ausgeknockt, obwohl ich mittlerweile aufrecht saß und einen Stift in der Hand hielt.

»Betty, hier spricht Mrs. Carter«, sagte die Stimme.

»Verzeihung. Würden Sie Ihren Namen bitte noch einmal wiederholen?«

»Mrs. Carter.« Aha. »Die Mutter von Jay-Z.«

AHA!! »Hi, Mrs. Carter.« Die Einzige, die bei der Einteilung auf der Partyliste zwei Kategorien belegt hatte, als »Promi« und »Mutter«.

»Ist ja total spannend, dass wir morgen Ihren Sohn und seine ganze Baga… äh, seine ganzen Freunde bei uns willkommen heißen dürfen. Wir freuen uns schon sehr!«, sagte ich und klopfte mir insgeheim selbst auf die Schulter, wie überzeugend ich mich doch anhörte.

»Ja, Liebes, eben deswegen rufe ich an. Es ist hoffentlich nicht schon zu spät? Eine Partyplanerin von Ihrem Format ist doch sicherlich um Mitternacht noch auf. Oder liege ich da verkehrt, Schätzchen?«

»Ähm, nein, kein Gedanke. Obwohl, ich bin natürlich in New York, was heißt, hier ist es drei Uhr morgens. Aber lassen Sie sich deswegen bitte bloß keine grauen Haare wachsen. Sie können mich jederzeit anrufen. Gibt es irgendein Problem?«

Bitte nicht, bitte nicht, bitte nicht, betete ich stumm. Was konnte man denn noch von mir wollen, nach dem Scheck über hundertfünfzigtausend Dollar, den Penthousesuiten im Gansevoort und den Businesstickets, die wir diesem Typen, seiner Mutter, seiner Superstarfreundin und seinen neun engsten Freunden in den Rachen gestopft hatten? Auf meine Frage, warum sie überhaupt Hotelzimmer brauchten – selbst ich weiß, dass Jay-Z in New York eine Bude mit nur unwesentlich weniger Zimmern als der Buckingham Palace sein eigen nennt –, lachte seine Mom nur und sagte: »Reservieren Sie sie einfach.«

»Die Sache ist die, mein Kleiner hat gerade angerufen und gesagt, er sieht eigentlich gar nicht ein, warum es morgen schon so früh losgehen soll. Und ob Sie uns nicht etwas Späteres buchen könnten.«

»Etwas Späteres?«

»Ja, eben einen Flug, der ein bisschen später ankommt als der, den Sie schon –«

»Ich verstehe Sie durchaus«, sagte ich eine Spur zu scharf. »Es ist nur so, dass die Party um sieben anfängt und Sie alle laut dem bisherigen Plan um zwei landen. Wenn wir das noch weiter nach hinten verschieben, besteht die Gefahr, dass Sie nicht rechtzeitig eintreffen.«

»Ach, dafür finden Sie sicher eine Lösung, Liebes. Jetzt muss ich aber dringend in die Falle, damit ich morgen fit bin – diese Tour von LA nach New York macht mich immer ganz fertig. Also faxen Sie mir einfach die Bestätigung, wenn alles unter Dach und Fach ist. Bussibussi.« Und damit hängte sie auf, bevor ich noch ein Wort erwidern konnte.

Bussibussi? Bin ich hier vielleicht der Arsch vom Dienst? Ich pfefferte das Handy an die Wand und spürte keinen Funken Befriedigung, als nach einem letzten kläglichen Aufjaulen die Abdeckung des Batteriefachs aufsprang und das Display verblich. Millington spielte vorsorglich Vogel Strauß, um meinem Zorn zu entgehen, und hatte den Kopf unter dem Kissen vergraben. Konnte man in meinem Alter noch von jetzt auf gleich eine schwere und allumfassende Abhängigkeit von Tranquilizern oder Schmerzmitteln entwickeln? Am besten von beidem? Zum Glück waren die Fluggesellschaften Tag und Nacht erreichbar, und so wählte ich denn (übers Festnetz) die Nummer von American Airlines, bevor ich am Ende noch weitere meiner Habseligkeiten in ihre Einzelteile zerlegte.

Die Frau von der Zentrale klang genauso müde und im Druck, wie ich mich fühlte; alsdann, Augen zu und durch.

»Hi, ich hätte da eine blöde Frage. Ich habe für heute auf Ihrem Acht-Uhr-Flug von LAX nach JFK für zwölf Leute Plätze reserviert, und nun wäre es ganz toll, wenn man die alle auf einen etwas späteren Flug umbuchen könnte?!«

»Name!«, schnauzte sie. Auf Desinteresse war ich ja gefasst gewesen, aber was mir hier entgegenschlug, war nackte Aggression. Ob sie mich als Nächstes wohl »versehentlich« aus der Leitung werfen würde? Wer wollte es ihr verdenken – ich letztlich nicht.

»Äh, die Reservierung ist auf den Namen Gloria Carter. Alles Business Class.«

Einen Augenblick herrschte tiefes Schweigen, dann sagte sie: »Gloria Carter? Sie meinen *die* Gloria Carter? Die Mutter von Jay-Z?«

Wie um alles in der Welt die Leute so was nur immer wussten, war mir schleierhaft, aber ich witterte Morgenluft und blieb dran. »Ja genau. Er fliegt zu einem Auftritt nach New York, zusammen mit seiner Mutter und ein paar Freunden. Falls Sie zufällig in New York wohnen und es einrichten können, sind Sie natürlich herzlich gern dazu eingeladen.«

Sie ließ pfeifend die Luft entweichen und sagte: »Gibt's doch gar nicht! Echt? Ich arbeite momentan von unserem Call Center in Tampa aus, aber mein Bruder wohnt in Queens, und der würde bestimmt für sein Leben gern hingehen.«

»Ja, dann schauen wir doch erst mal, was sich da mit dem Umbuchen machen lässt. Sie sollen bloß nicht auf den letzten Drücker ankommen – höchstens ein, zwei Stunden später als ursprünglich geplant vielleicht. Ist der Flug denn normalerweise pünktlich?«

»Schätzchen, Flüge von LAX nach JFK sind nie pünktlich.« Ich zog den Kopf ein. »Aber meist hält es sich in Grenzen. Mal sehen, ich hätte da was um zehn ab Los Angeles, der wäre um vier in Newark. Haut das noch hin?«

»Ja, ja, das wäre ganz wunderbar. Und haben Sie denn da auch noch zwölf Plätze frei?«, fragte ich, in der Hoffnung, einen Engel auf zwei Beinen erwischt zu haben.

Sie lachte. Um genau zu sein, sie gackerte. Kein gutes Zeichen. »Klar habe ich noch zwölf Plätze, aber nicht alle in der Business Class. Das Äußerste, was geht, sind vier in der Business, sechs in der ersten und zwei in der Economy. Für die in der ersten müssten Sie natürlich Aufschlag zahlen, das wären dann insgesamt, Moment, ich seh mal nach … siebzehntausend Dollar. Ist das okay?«

Jetzt war ich mit Gackern an der Reihe. Nicht dass es irgendwas zu lachen gegeben hätte, aber die einzige Alternative war loszuheulen. »Bleibt mir was anderes übrig?«, fragte ich.

»Scheint eher nicht so«, erwiderte sie und hörte sich dabei verdächtig so an, als machte ihr das Ganze einen Heidenspaß.

»Und wie es aussieht, sollten Sie sich wohl rasch entscheiden – einer von den Plätzen in der Business Class ist gerade weg.«

»Dann los!« Ich war kurz vorm Brüllen. »Buchen Sie, und zwar sofort.«

Ich gab ihr die Nummer meiner Firmenkreditkarte durch; immer noch besser, als Mrs. Jay-Z beibringen zu müssen, dass in den späteren Flügen nichts mehr frei war, und damit zu riskieren, dass sie das komplette Unternehmen cancelten. Danach kroch ich zurück unter die warme Decke.

Als sich ein paar Stunden später der Wecker mit seinem nervenden Dauerton in mein Bewusstsein bohrte, hatte ich das Gefühl, die ganze Nacht zusammengerollt auf einem Betonfußboden zugebracht zu haben. Glücklicherweise hatte ich mein Outfit für die Party schon am Abend zuvor in eine Extratüte verpackt und musste deshalb im Augenblick nicht mehr tun, als unter der Dusche aufrecht und bei Bewusstsein zu bleiben.

Wenn es überhaupt einen passenden Zeitpunkt gab, um Geld für ein Taxi auf den Kopf zu hauen, dann jetzt – also ergatterte ich eins, auf halbem Weg die Straße runter, und stürzte mich kopfüber hinein. Statt ohne Empfang in der U-Bahn-Röhre zu hocken, konnte ich hier nebenbei wenigstens noch ein paar Websites mit den neuesten Nachrichten checken, dank meinem brandneuen BlackBerry: ein Geschenk der Firmenleitung, damit ich mich »mit ihrem Produkt vertraut machen« konnte. Ich zog mir Clips von der Premiere von *Shrek 3*, der Präsentation von Grey Goose und natürlich die Kolumne aus New York Scoop rein, die Philip, mich und meinen Hosenanzug ganz groß rausbrachte.

Selbstverständlich blieb das Taxi keine drei Blocks von meinem Apartment entfernt im Stau stecken, und selbstverständlich beschloss ich – entgegen dem Rat des Taxifahrers –, um jeden Preis in diesem wohltemperierten Gefährt sitzen zu bleiben, ganz gleich, welche astronomische Summe der Taxameter anzeigte oder wie lange es dauern mochte, die zwei Meilen durch den Stadtdschungel zurückzulegen. Ich musste noch die Checkliste für die BlackBerry-Party vervollständigen. Ein scharfes Bonbon im Mund und eine Vorfrühstückszigarette zwischen den Fingern (der Fahrer hatte mir seinen Segen gegeben), checkte ich auf meinem etwas demoliert aussehenden Handy, ob Mrs. Jay-Z am Ende in den vier Stunden seit unserem letzten Gespräch noch einmal angerufen hatte. Nein, Gott sei Dank nicht. Aber auch Penelope hatte sich nicht gemeldet, und das beunruhigte mich. Meine Erklärungsversuche, dass die Dinge nicht so waren, wie sie schienen, dass Philip einfach aufgekreuzt war und ich mir nicht irgendeine Story aus den Fingern gesogen hatte, um von ihrem Dinner wegzukommen, hatten sich selbst für mich ziemlich lasch und läppisch angehört – Pen tat sich vermutlich noch schwerer damit. Das Schlimmste an der ganzen Sache war, dass sie und Avery umgebucht hatten und schon an dem Abend fliegen wollten. Wieso sie es dermaßen eilig hatten, kapierte ich nicht, vor allem nachdem Avery erst in gut einem Monat mit der Uni anfing. Ich ging mal davon aus, dass er scharf drauf war, sich an der Westküste möglichst schnell an einen brandneuen Partyzirkel anzudocken. Und Penelope war vermutlich mehr als scharf darauf, Thanksgiving nicht mit ihren oder Averys Eltern verbringen zu müssen. Penelopes Mutter hatte ihre Lakaien angewiesen, sämtliche Kisten und Koffer abzuholen und vorab Richtung Westen zu verfrachten, damit Avery und Pen sich mit nichts als ihren Handköfferchen auf den Weg machen konnten. Michael hatte vor, sie zum Flughafen zu bringen, aber für mich kam das natürlich nicht mal ansatzweise in Frage.

Die einzige Nachricht stammte von Kelly: Sie wollte morgens gleich als Erstes die ausgefüllte Checkliste auf dem Schreibtisch haben und dann mit mir durchgehen, was noch zu allerletzt zu erledigen war. Ich faltete die mittlerweile ziemlich verknitterten Blätter auseinander und zog mit den Zähnen die

Kappe vom Stift. In den paar Minuten, die mir im Taxi noch blieben, einfach nur auf die Liste zu starren, war genau die passende Beschäftigung, fand ich; schließlich hatte ich noch reichlich Zeit, bis Kelly ins Büro kam, und das Wichtigste war im Augenblick, Jay-Z und seine Equipe von dem umgebuchten Flug in Kenntnis zu setzen und dafür zu sorgen, dass sie ohne irgendwelche Probleme an Bord gelangten.

Ich schaute noch kurz beim Skandalalarm rein – sieh an, welch freudige Überraschung. Die Typen von der Gesellschaftsseite hatten sich an die Absprache gehalten und einen Artikel über meine Party geschrieben, der etwas Exklusives, Aufregendes und vor allem Endcooles erwarten ließ:

> Wie wir hören, ist Jay-Z als Überraschungsgast der Party im Bungalow 8 vorgesehen, bei der BlackBerry heute Abend sein neues Palmtop-Design vorstellen wird. Bette Robinson von Kelly & Company wollte diese Info zwar nicht bestätigen, doch Beobachter gehen fest davon aus, dass es sich bei dem geheimnisvollen Unbekannten um den Rapper handelt, der mit ihrem Lover Philip Weston eng befreundet ist. In diesem Zusammenhang noch ein weiteres pikantes Detail: Offenbar wurde Mr. Weston mit ein paar Freunden am Samstagabend bei einer Halloween-Party gesichtet, wo sie brasilianischen Models (das jüngste von ihnen knapp vierzehn) an die Wäsche gingen.

Das war die beste Werbung für den neuen BlackBerry, die man sich vorstellen konnte. Alles Wesentliche, vom Firmennamen über die Erwähnung von BlackBerry bis hin zu der geschickt eingestreuten Mutmaßung über den Stargast des Abends, entsprach exakt meinen Vorgaben. Kelly würde vor Begeisterung im Sechseck springen, wenn sie das sah, das wusste ich. Ich klopfte mir selbst auf die Schulter, wie schön ich da Erwähnung gefunden hatte, und dachte an eine der kleinen Lektionen zurück, die Elisa mir mal erteilt hatte.

»Denk immer dran, es gibt einen Riesenunterschied zwischen Knüller und Bonbon«, hatte sie gesagt, mit einem Haufen ausgedruckter Klatschkolumnen vor sich auf dem Arbeitstisch.

»Was? Was meinst du damit?«

»Na, guck mal hier.« Sie deutete auf ein paar Sätze einer aufstrebenden Stylistin, die bemerkt hatte, dass Julia Roberts ihre Kostüme weiter machen lassen musste, vermutlich, so das Mädel, weil sie schwanger war. Die Gesellschaftsseite sprach als Erste mit der Stylistin, der als Erster die Veränderung aufgefallen war. »Was ist das – Knüller oder Bonbon?«

»Das fragst du mich?«

»Bette, solche Sachen musst du wissen. Wie, zum Teufel, willst du unseren Kunden sonst die Berichterstattung verschaffen, für die sie uns bezahlen?«

»Ich weiß nicht … Knüller«, sagte ich aufs Geratewohl.

»Richtig. Und warum?«

»Elisa, mir ist klar, dass es hier irgendwie um was Wichtiges geht, aber ich weiß nicht, was es ist. Sag's mir doch einfach, statt mit mir lustige Fragespielchen zu veranstalten, das würde uns vermutlich eine Menge Zeit sparen.«

Sie verdrehte dramatisch die Augen und sagte: »Wenn du genau hinschaust, erkennst du den Unterschied zwischen Knüller und Bonbon. Alles, was pikant und nach Enthüllung und ein bisschen Skandal klingt, ist ein Knüller. Auftritte von Promis bei einer Party oder in der Öffentlichkeit, oder die Erwähnung der Location, wo sie waren, sind Bonbons. Du kannst dich von den Klatschkolumnisten nicht ständig mit Bonbons eindecken lassen, ohne ihnen je einen Knüller dafür zu liefern. Das ist so eine Art Tauschhandel – je mehr Infos du hast, desto mehr Bonbons kriegst du.«

»Das heißt also, irgendeine PR-Agentin wollte, dass ihre

Kundin in der Kolumne erwähnt wird, und hat dafür dieses Häppchen über Julia Roberts geliefert?« Es klang so abgeschmackt, aber es ergab zweifellos einen Sinn.

»Exakt. Die PR-Agentin hat der Gesellschaftsseite diese Stylistin auf dem Silbertablett präsentiert und kam dann im Gegenzug mit einer ihrer eigenen Klientinnen an, über die berichtet werden sollte.«

Na, das war ja wohl nicht weiter schwierig. Vielleicht hatte die Gesellschaftsseite also Interesse an Meldungen über heißbegehrte New Yorker Junggesellen in Begleitung brasilianischer Küken, die mit knapper Not in Filme ab zwölf durften. Ja, hatte sie, und als ich unsere aktuelle Infoseite durchsah, auf der wir für die Vertreter der Presse alle Informationen über die Party zusammenstellten, fand ich tatsächlich das freudige Angebot eines Rechercheurs, im Gegenzug etwas über die BlackBerry-Party zu schreiben. Hm, das war nun wirklich nicht schwer gewesen. Moralisch verwerflich und das Gegenteil von integer, das ja, absolut. Aber schwierig nicht.

Als Kelly um neun ins Büro gesegelt kam, hatte ich die Checkliste fertig und mich drei Mal vergewissert, dass das Fax mit den neuen Flugdaten in den Palästen Seiner Majestät Jay-Z und der Königinmutter sowie bei seinem PR-Berater, seinem Agenten, seinem Manager und einem halben Dutzend weiterer Wichtigtuer gelandet war. Um zehn nach neun tanzte ich mit einem fetten Aktenordner voller Terminpläne, Kontaktinfos und Bestätigungsnummern bei ihr an und pflanzte mich auf das Zebrasofa direkt unter dem Fenster.

»Und, alles bereit für heute Abend, Bette?«, fragte sie, scrollte sich gleichzeitig mit Schwung durch ihren Posteingang und gluckerte eine Literflasche Cola Light in sich hinein. »Sag mir, dass wir gut sind.«

»Sind wir«, trällerte ich und hielt ihr die *Post* unter die Nase. »Besser als gut, dreimal gut – sieh dir das hier an.«

Sie machte sich gierig über den Artikel her, und mit jedem

Wort, das sie las, wurde ihr Lächeln breiter. »Oh Mann«, murmelte sie und schluckte schwer. »Mannomann. Warst du das?«

Ich musste schwer an mich halten, um nicht auf dem Zebrateppich herumzutänzeln. »Mhm, war ich«, sagte ich, die Ruhe in Person, obwohl in meinem Inneren heller Aufruhr herrschte.

»Wie das? Über Events wird *nie* im Vorhinein geschrieben!«

»Sagen wir, ich habe mir Elisas aufschlussreiche Lektion über die Bedeutung von Knüllern und Bonbons sehr zu Herzen genommen. BlackBerry wird zufrieden sein, oder?«

»Scheiße, das ist fantastisch, Bette. Der Wahnsinn!« Sie ging es zum dritten Mal durch und griff zum Hörer. »Fax das sofort an Mr. Kroner von BlackBerry und sag ihm, ich melde mich bald.« Sie legte auf und sah mich an. »Okay, besser könnte es echt nicht laufen. Und jetzt zum Rapport.«

»Alles klar. Die Infoblätter sind vor zehn Tagen an die üblichen Tages- und Wochenzeitungen rausgegangen.« Ich reichte ihr ein Exemplar und redete weiter, während sie es überflog. »Fest zugesagt haben bisher Reporter oder Redakteure von *New York*, *Gotham*, *Observer*, *E!*, *Entertainment Weekly*, *New York Post*, *Variety* und den Wochenendbeilagen. Aus purer Gutmütigkeit habe ich noch ein paar Leute von den Monatszeitschriften eingeladen, auch wenn sie darüber garantiert nichts schreiben.«

»Was ist mit der *Daily News?*«, fragte sie. Die gehörte zu den Blättern, die kürzlich Wills Kolumne eingestellt hatten, und ich war mir wie eine miese Verräterin vorgekommen, sie auch nur anzuschreiben.

»Bis jetzt noch keine Zusage, aber es würde mich sehr wundern, wenn sie nicht doch jemanden schicken. Sämtliche Türsteher haben Anweisung, jeden reinzulassen, der sich per Geschäftskarte als offizieller Pressevertreter legitimieren kann.«

Sie nickte. »Apropos, damit das klar ist, *wir* stellen die Türsteher, oder? Ich will unter keinen Umständen, dass die Typen von Grey Goose da Hinz und Kunz reinschleusen.«

Das war ein etwas kitzliger Punkt. »Die Typen von Grey Goose« hatten sich als Sponsoren angeboten und wollten im Gegenzug für Spirituosen im Wert von Tausenden von Dollars ihr Logo auf der Einladung und jede Menge freundliche Erwähnung in der (von uns versprochenen) Presse. Angeblich hatten sie Verständnis dafür, dass sie uns nicht mit Gästen kommen durften, die wir nicht im Vorfeld sorgsam geprüft und auf die Liste gesetzt hatten. Aber bei Sponsoren dieses Kalibers konnte man davon ausgehen, dass sie davon ausgingen, mit Fug und Recht dutzendweise Freunde und Geschäftspartner zu »ihrer« Party anschleppen zu dürfen. Die Diskussion mit Sammy über dieses Thema hätte ich mir sparen können; er hatte die ganze Prozedur schon bis zum Erbrechen absolviert und versicherte mir lediglich, im vorliegenden Fall sähe er da gar kein Problem.

»Nach menschlichem Ermessen sollte diesbezüglich nichts schief gehen. Sammy ist der beste und erfahrenste Türsteher vom Bungalow und hat heute Abend Dienst. Ich habe persönlich mit ihm gesprochen.« *Und gleichzeitig davon geträumt, seiner Freundin das Collagen aus dem Schmollmund abzusaugen.* Schwamm (oder Puderquaste) drüber.

Im Gegensatz zu Elisa wusste Kelly sofort, von wem die Rede war. »Ausgezeichnet. Für einen Türsteher fand ich ihn immer schon ganz helle. Welche VIPs haben denn bisher verbindlich zugesagt?«

»Na ja, auf jeden Fall mal Jay-Z plus Konsorten. Er hat darauf bestanden, dass wir seine halbe Plattenfirma auf die Gästeliste setzen, doch bisher hat sich von denen kaum wer auf die Einladung hin gerührt, demnach ist da wohl nicht viel zu befürchten. Ansonsten haben wir – definitiv – Chloe Sevigny, Betsey Johnson, Drew Barrymore, Carson Daly, Andy Roddick, Mary-Kate und Ashley und Jon Stewart. Plus ein paar weitere Top-Acts, wobei die Liste nach oben offen ist. Wenn ein Künstler von dem Format eine Privatvorstellung in so einer winzigen Location gibt… Könnte gut sein, dass Gwen oder Nelly oder wer sonst gerade in der Gegend ist, einfach hereinschneit. Die Türsteher wissen Bescheid.«

»Und wer hat die Liste final abgesegnet?«

»Ich bin sie mit Philip und Elisa durchgegangen, das letzte Wort hatte natürlich Mr. Kroner von BlackBerry, und wie es aussah, war er höchst erfreut über das, was uns da ins Haus steht.«

Kelly war mit der ersten Flasche Cola Light fertig und holte sich aus der Kühlbox unter ihrem Schreibtisch die nächste. »Und, ganz schnell noch, wie sieht's mit Deko, Werbegeschenken, Interviews und der Arbeitsaufteilung aus?«

Das hieß, wir waren so gut wie fertig mit der Besprechung, und ich wurde immer kribbliger, nicht nur, weil ich dringend noch einen Kaffee (und am Ende auch ein zweites Eierkäsesandwich) brauchte, sondern weil ich merkte, dass Kelly schwer beeindruckt war, wie ich diese Party meisterte. Seit mir das Projekt in den Schoß gefallen war, hatte ich quasi Tag und Nacht daran gesessen, und zwar gern, auch wenn mir sonnenklar war, was für einen Schwachsinn wir da eigentlich veranstalteten. Ich hatte schon fast vergessen, wie es sich anfühlt, sich den Arsch aufzureißen und ordentliche Arbeit zu liefern: verdammt gut.

»Samantha Johnson legt auf, die ist ein Garant für Superstimmung. Um die Deko kümmert sich das Bungalow, die Anweisung lautet: minimal, elegant und vor allem schlicht, schlicht, schlicht. Ich fahre heute Nachmittag hin und seh's mir an, aber ich gehe mal davon aus, dass es bei ein bisschen wirkungsvoll platziertem Nippes hier und da bleibt. Und natürlich die von unten beleuchteten Palmen. Guckt sowieso keiner hin, bei all den Models, die sich angesagt haben.«

Bei dem Wort *Models* hellte sich Kellys Miene noch weiter auf. »Wie viele und wer?«, fragte sie im Kasernenhofton.

»Also, zum einen die übliche Riege von Supermodels, und

dann haben wir noch bei dieser neuen Firma angefragt – wie heißt die gleich? Beautiful Bartenders. Bei denen kann man Schauspieler und Models als Barkeeper und Servicepersonal mieten. Vor zwei Wochen hab ich welche bei einem Event von Calvin Klein im Einsatz erlebt und mir gleich ein ganzes Rudel gekrallt, Hauptsache, sie haben alle lange Haare und treten von Kopf bis Fuß in Weiß auf. Sehen fantastisch aus und kommen echt gut rüber.« *Wie redete ich eigentlich?*

»Ansonsten kümmern sich die Praktikantinnen jetzt noch um die Geschenktüten: ein Minifläschchen Grey Goose, Lippenstift und Lidschatten von MAC, die neueste *US Weekly*, ein Geschenkgutschein über dreißig Prozent Rabatt bei Barney's Co-op und eine Sonnenbrille von Kate Spade.«

»Ich wusste gar nicht, dass Kate Spade überhaupt Sonnenbrillen macht«, sagte Kelly. Ein Schluck noch, und der zweite Liter Cola Light war ebenfalls weg.

»Ich auch nicht. Genau deshalb wollte sie vermutlich, dass sie mit in die Tüten kommen.« So, und jetzt gab ich mal besser ein bisschen Gas. »Das war's dann eigentlich. Ich habe mich mit Mr. Kroner abgesprochen, und er weiß Bescheid, welche Punkte er gegenüber der Presse besonders ansprechen soll und welche möglichst nicht. Und ich bleibe den ganzen Abend da, für den Fall, dass etwas schief läuft. Aber davon gehe ich insgesamt nicht aus. Ach ja, und ich habe mit Philip gesprochen und ihm klar gemacht, dass er als Gastgeber nicht literweise Wodka trinken, Schulmädchen unter die Röcke gucken und sich mit sichtlichem Vergnügen dem Drogenkonsum hingeben sollte. Ob er sich daran hält, dafür kann ich nicht garantieren, aber zumindest kennt er die Regeln.«

»Na, wir machen das Ganze doch, um uns alle gut zu amüsieren, oder? Und wenn Philip dabei auch ein bisschen Spaß haben will, sehen wir das nicht so eng. *Hauptsache, die Presse bekommt nichts davon mit.* Ist das klar?«

»Selbstverständlich.« Ich nickte feierlich und fragte mich

im Stillen, wie um alles in der Welt ich die Kolumnisten und Fotografen von demjenigen fern halten sollte, mit dem wir sie auf der Einladung gelockt hatten. Aber darüber würde ich später nachdenken. »Eins noch, Kelly. Es tut mir so schrecklich Leid wegen dem ganzen Mist im New York Scoop. Ich komme mir allmählich vor wie eine wandelnde Zielscheibe, bloß weil ich angeblich was mit Philip Weston habe. Ein Glück, dass ich nicht paranoid veranlagt bin, sonst wäre ich bestimmt überzeugt, dass diese Ellie es auf mich abgesehen hat.«

Sie warf mir einen merkwürdigen, fast schon mitleidigen Blick zu. Setzten die ganzen Kommentare ihr doch mehr zu, als sie es sich hatte anmerken lassen? Bisher hatte sie all meine Entschuldigungsversuche wegen der Online-Kolumne abgeschmettert und mir versichert, mit Philip Weston in irgendeine Verbindung gebracht zu werden, sei auf alle Fälle gut und hätte das Image der Firma aufgemöbelt, aber vielleicht war sie die verbalen Angriffe nun doch langsam leid. Womit wir schon zu zweit wären.

»Bette, ich muss dir etwas mitteilen«, sagte Kelly langsam und holte dabei die dritte Flasche Cola Light aus der Kühlbox.

Klang nicht gut. Klang gar nicht gut. *Okay, es ist so weit,* dachte ich. *Jetzt feuert sie mich wegen was, wofür ich absolut nichts kann. Und man sieht ihr an, wie sie sich abquält deshalb – immerhin steht sie bei Will nach wie vor im Wort, aber wie es aussieht, lasse ich ihr keine andere Wahl. In dieser Szene dreht sich alles um die Presse, und da bin ich nun mal baden gegangen. Was bleibt ihr übrig, es ist verdammt noch mal ihre Pflicht, mich zügig an die Luft zu setzen – sie hat den Laden hier aufgebaut, und kaum bin ich dabei, schädige ich nachhaltig seinen Ruf. Wie soll ich das bloß Will beibringen? Oder meinen armen alten Eltern?* Im Geist rechnete ich schon durch, wie lange ich für eine durchgreifende Umgestaltung meines Lebenslaufs und entsprechend anders formulierte Bewerbungen brauchen würde, als Kelly sich nach einem weiteren Schluck vernehmlich räusperte.

»Bette. Versprich mir, dass das, was ich dir jetzt erzähle, ganz, ganz strikt unter uns bleibt.«

Puh. Glück gehabt. Das hörte sich nicht nach der klassischen Kündigungsmitteilung an.

»Ja natürlich«, blubberte ich erleichtert los. »Wenn du das so sagst, klar.«

»Ich war gestern mit einer Frau von Ralph Lauren zum Mittagessen verabredet. Und ich hoffe sehr, dass wir sie unter Vertrag kriegen – das wäre bis jetzt unser mit Abstand größter und bedeutendster Kunde.«

Ich nickte und ließ sie weiterreden.

»Und eben deswegen musst du unter allen Umständen dichthalten, was das angeht. Wenn es vorher durchsickert, wenn du irgendwem davon erzählst, weiß sie, von wem es letztlich kommt – und dann können wir uns das Ganze abschminken.«

»Verstehe«, sagte ich, die Seriosität in Person.

»Es betrifft New York Scoop …«

»Du meinst: Ellie Insider?«

Kelly sah mich an. »Ja. Wie du weißt, handelt es sich dabei natürlich um ein Pseudonym. Sie hat sich schwer Mühe gegeben, um unerkannt durch die Gegend zu ziehen und ahnungslose Zeitgenossen auszuquetschen. Keine Ahnung, ob dir der Name was sagt, aber das Mädel, das diese Kolumne schreibt, heißt in Wirklichkeit Abigail Adams.«

Keine Ahnung wieso, aber eine Hundertstelsekunde vorher wusste ich, was da aus Kellys Mund kommen würde. Abby. Ich hatte nie auch nur im Traum erwogen, dass es sich bei der Kolumnistin um jemanden handeln könnte, den ich von früher kannte – oder dem ich zumindest irgendwo schon mal begegnet war –, doch in dem Moment überkam mich die Erleuchtung. Und haute mich nichtsdestoweniger vom Hocker. Ich starrte Kelly an und hatte dabei das gleiche Gefühl wie damals in der fünften Klasse, als mir der rote Kickball in der

Sportstunde mit voller Wucht in die Magengrube knallte und mir die Luft wegblieb. *Wieso war ich da nicht schon längst draufgekommen? Wie vernagelt konnte man eigentlich sein?* Ich versuchte wieder zu Atem zu kommen und zu kapieren, was Kelly da sagte. Der ganze Mist im New York Scoop – all die schamlosen Übertreibungen, Ausschmückungen, Schlussfolgerungen und nackten Lügen – stammte von niemand anderem als von Abby, dem selbsternannten *Fokus* der Medienwelt. *Warum, zum Teufel, hasst sie mich so?*, dachte ich wieder und wieder. *Warum? Warum? Warum?* Okay, wir hatten uns noch nie richtig ausstehen können, das war klar. Aber warum versuchte sie nun, mein Leben zu ruinieren?

Kelly kam ich wohl weniger geschockt als vielmehr ahnungslos vor, denn als Nächstes sagte sie: »Ja, ich konnte mit dem Namen auch nichts anfangen. Irgendein graues Mäuschen, schätze ich, aber sie macht ihre Sache gut – wenn keiner sie kennt, schöpft auch keiner Verdacht. Die Frau von Ralph Lauren ist mit Abigails Bruder verheiratet, und ich musste ihr schwören, es nicht weiterzusagen. Irgendwie wollte sie es wohl mal loswerden. Oder meine Diskretion prüfen. Spielt letztlich keine Rolle. Verlier kein Sterbenswörtchen darüber, aber falls du dem Mädel mal über den Weg läufst, dann sieh zu, dass sie die *richtigen* Bilder und Informationen kriegt.«

Zuerst hatte ich ja gedacht, Kelly hätte mich über die Identität der Kolumnistin aufgeklärt, damit ich ihr unter allen Umständen aus dem Weg gehen konnte, aber offensichtlich verfolgte sie ein völlig anderes Ziel.

Sie fuhr fort: »Jetzt kannst du sie gezielt füttern – ganz cool und nebenbei, mit allem Möglichen, was nach Knüller klingt. Damit steigen unsere Chancen noch, die Kunden ins Gespräch zu bringen.«

»Klingt gut«, krächzte ich. Ich wollte endlich raus aus dem Büro und Wort für Wort noch mal nachlesen, was Abby bisher geschrieben hatte. Wie war sie da überhaupt drangekommen? Verbittert stellte ich mir vor, wie sie sich an jenem ersten Abend im Bungalow 8 gefühlt haben musste, dem Abend, an dem ich Philip kennen gelernt hatte und ihr über den Weg gelaufen war – eine wandelnde Goldgrube. Wenn ich so darüber nachdachte, passte alles zusammen: In letzter Zeit war sie überall aufgetaucht, wie ein Schachtelteufelchen aus dem Nichts, und hatte die üblichen fiesen Kommentare und spöttischen Blicke abgesondert.

»Okay, Schluss damit. Mach dir darüber jetzt keine großen Gedanken. Konzentrier dich einfach darauf, dass heute Abend alles wie am Schnürchen läuft. Es wird bestimmt super, oder, was meinst du?«

Ich murmelte irgendwas wie »Doch, ganz bestimmt, super« und schleppte mich aus dem Büro. Im Geist stellte ich Abby bereits zur Rede, malte mir tausend verschiedene Möglichkeiten aus, die mir alle höchst verlockend erschienen. Erst als ich wieder an dem runden Tisch auf meinen Laptop starrte, ging mir auf, dass ich mir meine wilden Fantasien abschminken konnte. Kein Mensch durfte von dem erfahren, was Kelly mir soeben eröffnet hatte, am allerwenigsten Abby selbst.

Ich versuchte, mich zu konzentrieren. Schnitt die Gesellschaftsseite aus und pappte sie ans Infobrett, sah dann im Internet nach, ob der Flieger, der Jay-Z von Los Angeles nach New York bringen sollte, pünktlich in New York gestartet war und somit höchstwahrscheinlich auch planmäßig in Los Angeles landen und von dort wieder abheben würde. So weit, so gut. Als Nächstes verdonnerte ich zwei Praktikantinnen dazu, nach Newark rauszufahren und zu warten, bis der Trupp eingetroffen war. Eigentlich eine überflüssige Maßnahme, nachdem die Hotelfritzen vom Gansevoort zwei Stretchlimousinen zur Abholung schicken würden. Aber ich wollte jemanden vor Ort haben, der aus eigener Anschauung bestätigen konnte, dass Jay-Z & Co. angekommen und ohne irgendwelche Verwicklungen ins Auto gestiegen waren. Schnell noch ein Anruf bei

Sammy – ruhig, mein Herz –, der mir versicherte, dass alles wie geschmiert lief. Damit war meine Liste abgehakt. Es war später Nachmittag, und ich hatte absolut nichts mehr zu tun außer möglichst nicht an die böse, böse Hexe Abby zu denken.

18

Jay-Z landete nicht bloß pünktlich, sondern sogar ein paar Minütchen zu früh, und er war die Höflichkeit und Aufmerksamkeit in Person. Und praktisch alle, die zugesagt hatten, kamen auch wirklich, und Wunder über Wunder, die Leute, die sich uneingeladen einfanden, gehörten samt und sonders zu denen, die wir auch noch gern zu dem Event gebeten hätten. Mr. Kroner verschanzte sich für den Abend mit seinen Partnern an einem Tisch, den wir mit einem ebenso kleinen wie auffälligen »RESERVIERT«–Schild garniert hatten und an dem wir einen nicht enden wollenden Strom hübscher Mädels zum Winkewinkemachen vorbeilotsten.

Die größte Überraschung stellte Philip dar. Ich war auf das Schlimmste gefasst gewesen, sprich, dass er im berauschten Zustand mich oder die Firma lächerlich machen würde. Aber er hielt buchstäblich seine Nase aus allem heraus und schnoberte nicht einmal in irgendwelchen Dekolletés herum, zumindest nicht vor klickenden Kameras, und das war die Hauptsache. Ich hatte vorher auf ihn eingeredet wie auf ein krankes Pferd, dass er als Gastgeber nur ja zu jedermann nett sein sollte, doch meine Ängste erwiesen sich als vollkommen unbegründet. Er lieferte von Anfang bis Ende eine perfekte Vorstellung ab. Machte die Runde bei sämtlichen Grüppchen, gab artig die Pfote, brachte sich mit weisem Nicken bei den Unternehmerfuzzis ein, gab den Bankern ein Schnäpschen und den Models ein Piccolöchen aus und verbreitete bei den Promis schulterklopfenden Charme à la Clinton. Ich beobachtete ihn, wie er

Männlein und Weiblein mit seinem lässigen Gang, seinem Lächeln und seinem scheinbar angeborenen Konversationstalent um den linken kleinen Finger wickelte: Schon klar, wieso die Klatschkolumnen ihm ständig auf den Fersen waren und sämtliche Frauen, an denen er Interesse bekundete, auf der Stelle dahinschmolzen. Er konnte parlieren, schäkern, zuhören und wirkte dabei so natürlich, dass sich, wo immer er auftauchte, die allgemeine Lautstärke wie von selbst um seinetwillen zu dämpfen schien. Er war das Licht, an dem sich alle wärmten, und ich schwirrte genauso darum herum wie sie, war auf eine verrückte Art und Weise ebenso davon angezogen.

Die einzige Beinahekatastrophe war, dass Samantha Ronsons Flug von London gestrichen wurde und wir damit ohne DJ dastanden. Allerdings nur ungefähr eine Sekunde: Genau dann kriegte ich nämlich eine Anfrage von Jake Gyllenhaals PR-Frau, ob wir ihn für den Abend nicht auf die VIP-Liste setzen könnten. Und nachdem ich kürzlich erst einen Artikel über Es-geht-auch-ohne-Profi-DJs gelesen hatte, griff ich zum Hörer und bat Jake sowie die anderen Promis, die fest zugesagt hatten, doch ihre ganz persönlichen iPods mitzubringen und nach Jay-Z's Zwanzigminutenset je eine Stunde lang den DJ zu spielen. Es war ein beispielloser Erfolg. Die Schönen und Berühmten ließen sich nicht lumpen, legten alle Favoriten auf, die ihre iPods hergaben, so dass alsbald keiner der Anwesenden mehr im Unklaren über Jerry Seinfelds absolutes Lieblingstanzstück war. Alles andere lief perfekt. Kein Gezerr und Gezeter um die Geschenktüten, keine Tätlichkeiten vor der Tür – kaum etwas lenkte von der zentralen Botschaft ab, die da lautete: Wenn so viel junges, hippes, cooles Stadtvolk sich auf einer Party von BlackBerry einfindet, heißt das doch wohl, dass BlackBerry – richtig! – jung, hip und cool ist und du, egal, wer du bist und wo du was über diesen tollen Event gelesen hast, dir so ein Teil zulegen solltest, damit du auch dazugehörst.

Alles in allem war es ein Erfolg auf der ganzen Linie. Kelly war happy, der Kunde begeistert (wiewohl leicht schockiert und am Folgetag schwer verkatert – offenbar war Mr. Kroner dergleichen fröhliches Dauerkampftrinken wie an jenem Abend nicht gewohnt), und die Fotofritzen hatten alle Promis, die unser Team ihnen zum Fraß vorwarf, bis zum Abwinken abgelichtet. Zu guter Letzt war der Abend auch nicht ganz folgenlos geblieben, was mein Liebesleben betraf.

Irgendwann brauchte ich eine Pause und verdrückte mich mit dem üblichen Vorwand, ich ginge bloß kurz eine rauchen. Draußen las Sammy schon wieder ein zerfleddertes Taschenbuch. Diesmal war es *Empire Falls* von Richard Russo.

»Und, ist es lustig da drin?«, fragte er und gab mir Feuer. Ich schützte die Flamme mit beiden Händen vor dem Wind. War es Liebe, Lust oder Lungenkrebs im Frühstadium, was mir durch die Brust fuhr, als unsere Finger sich berührten? Egal, jedenfalls für den Augenblick.

Und mit einem Mal war alles schön und gut. »Ja«, sagte ich lachend, »schockt mich ehrlich gesagt selbst. Hättest du mir vor ein paar Monaten erzählt, ich würde im Bungalow 8 eine Party mit Jay-Z als Hauptattraktion auf die Beine stellen, hätte ich dich vermutlich für verrückt erklärt. Obwohl ich meinen Bankjob immer megascheiße fand und mir gar nicht mehr vorstellen konnte, wie es ist, wenn man irgendwas *richtig gut* auf die Reihe bringen will.«

Er lächelte. »Anscheinend schlägst du dich sehr wacker. Du bist in aller Munde.«

»In aller Munde? Soll das ein Kompliment sein?«

Er wandte sich ein paar Mädchen zu und ließ sie nach einem Blick auf die Liste gnädig passieren. »Ach was. Du hast dir bloß das ganze Rambazamba heute Abend hier ausgedacht und in die Tat umgesetzt. Keine Ahnung, wann bei uns das letzte Mal eine Party so reibungslos über die Bühne gegangen ist.«

»Echt?« Irgendwie wusste ich, dass das ganze Gespräch ein einziger Witz war – schließlich und endlich ging es doch nur um einen Einsatz als Event-Planerin –, aber das Lob tat trotzdem gut.

»Klar. Die Frage ist: Gefällt es dir denn?«

»Na ja, *gefallen* ist wohl ein bisschen übertrieben ausgedrückt, aber das gilt ja für fast alles, oder?« Er lachte, und ich verkrallte mich in meinen Manteltaschen, um nicht sein Gesicht in beide Hände zu nehmen. »Kein Vergleich mit dem Friedenskorps natürlich, aber für den Augenblick ist es okay.«

Sofort umwölkte sich seine Miene. »Mhm«, war sein ganzer Kommentar.

»Und, was machst du an Thanksgiving?« Die Frage rutschte mir heraus, bevor mir aufging, dass sie klang, als wollte ich etwas mit ihm unternehmen – und nicht bloß einfach das Thema wechseln. »Fährst du mit deiner Freundin irgendwohin?«, schob ich lässig nach, um ihm klar zu machen, dass ich im Bilde war.

Er warf mir einen weiteren düsteren Blick zu und wand sich so ostentativ, dass die Botschaft nicht zu übersehen war. Ich hatte mich zu weit vorgewagt.

»Ich, äh, ich wollte damit nicht –«

»Nein, keine Bange«, fiel er mir ins Wort und lehnte sich an die Tür, als wäre ihm plötzlich schwindlig. »Es ist bloß, na ja, alles irgendwie ein bisschen kompliziert. Lange Geschichte. Aber jedenfalls, ich fahre für das Wochenende nach Hause. Meinem alten Herrn geht es nicht so besonders, und ich bin schon ein paar Monate nicht mehr da gewesen.«

»Und wo bist du zu Hause?«

Er sah mich neugierig an, als wollte er aus meiner Miene etwas herauslesen, und sagte dann ruhig: »In Poughkeepsie.«

Hätte er »Laos« gesagt, wäre ich weniger geschockt gewesen. Wollte er mich verarschen? Auf die Schippe nehmen? Hatte er irgendwie herausgefunden, dass ich auch aus Poughkeepsie kam und dieses Wochenende hinfahren wollte, und fand das irgendwie witzig? Aber das harmlose Lächeln, mit dem er mir beim Denken zusah, sprach dagegen.

»Poughkeepsie, New York?«, brachte ich heraus.

»Haargenau.«

»Das ist ja irre. Ich komme auch von da –«

»Ja, ich weiß. Ich war mir bloß nie sicher, ob du es umgekehrt auch wusstest. Ich erinnere mich noch gut an dich«, sagte er leise und ließ den Blick zur Straße schweifen, auf der es absolut nichts zu sehen gab.

Und dann fiel es mir natürlich ein. Konkrete Anhaltspunkte hatte es zwar kaum gegeben, aber er war mir die ganze Zeit irgendwie bekannt vorgekommen. Zum Beispiel an dem Abend, an dem wir genau hier gestanden hatten und er witzelte, das Mädel in dem verunglückten Kaftan, das eben reingegangen war, sollte mal bei irgendeiner Landkommune einen Kurs in »Authentischem Hippieschick« belegen. Oder an dem Tag, als er sich bei Starbucks mit der Hand über den Hinterkopf strich und ich hätte schwören können, genau diese Geste schon mal gesehen zu haben. Und dann der allererste Abend, wo er mich nicht zu Penelopes Verlobungsparty einlassen wollte und ich das Gefühl nicht loswurde, dass er mich anstarrte und förmlich darauf wartete, dass ich irgendwas sagte. Es fiel mir wie Schuppen von den Augen. Samuel Stevens, der verboten gut aussehende Typ aus der Highschool, von dem alle dachten, er wäre schwul, weil er so groß und so schön war und in keinem Team mitspielte, sondern meist für sich blieb oder in ein paar bekannten Restaurants am Ort jobbte. Der Typ, der unter uns Teenagern als eingebildet und arrogant galt, weil wir Grünschnäbel nicht checkten, dass er in Wahrheit unendlich schüchtern war, ein Einzelgänger, der seinem Gefühl nach in keine der verschiedenen Cliquen passte. Der Typ, der im Werkunterricht mir schräg gegenübersaß, immer voll konzentriert auf die Holztabletts oder Kaugummispender, die wir da fabrizierten, und der nie flirtete, ins Leere starrte, schlief oder mit seinen Banknachbarn tuschelte. Der Typ, hinter dem eigentlich sämtliche Mädchen hätten her sein müssen und den sie stattdessen hassten, weil er irgendwie abgehoben war, sein Horizont schon damals über die bescheuerten Spielchen und Rangordnungen der Highschool hinausreichte und er nicht zu bemerken schien, dass es außer ihm noch andere Menschen auf diesem Planeten gab. Ich rechnete rasch nach und kam zu dem Schluss, dass ich ihn zuletzt vor fast zwölf Jahren gesehen hatte. Bei diesem einen gemeinsamen Kurs in Werken war ich in der Neunten und er in der Zwölften gewesen. Danach machte er seinen Abschluss und ward nicht mehr gesehen.

»Werken bei Mr. Mertz, 1991, stimmt's?«

Er nickte.

»Mein Gott, warum hast du denn bis jetzt nichts davon gesagt?«, fragte ich, fischte eine weitere Zigarette aus der Schachtel und bot ihm auch eine an. Er gab erst mir und dann sich Feuer.

»Ich weiß nicht, hätte ich vielleicht machen sollen. Ich dachte eben, du hättest keinen blassen Schimmer. Irgendwie kam ich mir blöd vor, dass ich nicht gleich was gesagt habe, und dann war es irgendwann zu spät. Aber ich erinnere mich noch, dass du, während die anderen mit Schleifpapier und Meißel zugange waren, dauernd am Schreiben warst. Sah nach Briefen aus, Zeile um Zeile, Blatt um Blatt, und ich habe mich immer gefragt, wie es sein kann, dass jemand so viel mitzuteilen hat. Wer war denn der Glückliche?«

Das mit den Briefen hatte ich schon fast vergessen; den letzten von der Sorte hatte ich vor Jahren geschrieben, als meine Eltern mich noch tagtäglich fragten, was ich heute zum Wohl der Menschheit beigetragen hätte. Das Briefeschreiben lehrten sie mich, kaum dass ich Sätze zu Papier bringen konnte, und ich fand es toll. Ich schrieb an Kongressabgeordnete und Senatoren, an Lobbyisten, Umweltschutzorganisationen und, wenn es sich ergab, auch an den Präsidenten. Jeden Abend kam beim Essen ein neues schreiendes Unrecht auf den Tisch, und tags darauf setzte ich mich hin und beschwerte mich schriftlich bei irgendwem über die Todesstrafe, die Abholzung der Wälder, unsere Abhängigkeit von ausländischen Öllieferanten, das Verbot von Verhütungsmitteln für Teenager oder die restriktiven Einwanderungsgesetze. Es waren unsägliche Machwerke, die vor Selbstgerechtigkeit nur so strotzten, aber meine Eltern überschütteten mich für jedes einzelne mit Lob, und ich war nicht zu bremsen. Gegen Ende der Highschool ließ mein Eifer etwas nach, aber ganz damit aufgehört habe ich erst, als ein Typ, mit dem ich in meinem ersten Jahr am College rummachte, den neuesten Brief auf meinem Schreibtisch fand und eine Bemerkung fallen ließ von wegen, das fände er ja total süß, wie ich versuchte, die Welt zu retten. Es lag allerdings weniger an seinem Kommentar – die Zeit war einfach reif. Der Lebensstil meiner Eltern hatte für mich damals schon einiges an Reiz verloren, und ich verwandelte mich in rasantem Tempo von der alternativen Friedensbewegten in eine stinknormale Collegegöre. Vielleicht war ich dabei ein bisschen radikal vorgegangen. Irgendwo gab es sicher die berühmte goldene Mitte, aber fünf Jahre bei der Bank und ein aufregendes neues Leben als Partyplanerin erwiesen sich als zunehmend weniger geeignet, mich auf den Pfad der Selbstlosigkeit zurückzuführen.

Als mir auffiel, dass Sammy mich aufmerksam beobachtete, riss ich mich aus meinen Erinnerungen und sagte: »Ach, nein, das waren keine Liebesbriefe oder irgendwas in der Art. Die Jungs standen nicht besonders auf die Dreadlocks-und-Espadrilles-Kombi, in der ich damals rumgelaufen bin. Es waren einfach Briefe an … ach, ich weiß nicht, nichts Spezielles.«

»Also ich fand dich immer ziemlich süß.«

Ich lief auf der Stelle knallrot an.

Keine Ahnung wieso, aber mit dem Satz hatte Sammy mich glücklicher gemacht, als wenn er mir seine unsterbliche Liebe gestanden hätte. Allerdings konnte ich nicht lange darin schwelgen, weil mein Handy blökend den Empfang einer SMS verkündete: *Schatzi, wo bist du? Cristal-Nachschub – flott!*

Herrgott, da drinnen liefen drei Dutzend männliche Models und Kellner herum, die nur darauf warteten, Philip mit allem zu versorgen, wonach ihm der Sinn stand. Aber offenbar war mein Typ dringend gefragt.

»Hey, ich muss da wieder rein und aufpassen, dass sich alle in Würde und Anstand betrinken, aber was ich noch fragen wollte: Brauchst du morgen vielleicht eine Mitfahrgelegenheit?«

»Morgen? Nach Poughkeepsie? Fährst du denn hin?«

»Ich kann doch unmöglich das alljährliche Erntefest verpassen.«

»Erntefest?« Zwischendurch lüftete er die Samtkordel, diesmal für ein Pärchen, das sich kaum noch auf den Beinen halten konnte und diesen Umstand mit ausgiebigem Begrapschen zu kaschieren versuchte.

»Frag nicht. Das veranstalten meine Eltern jedes Jahr anstelle von Thanksgiving, und dazu muss ich antreten. Mein Onkel drückt sich garantiert wieder – er kommt jedes Mal in letzter Minute mit irgendeiner unaufschiebbaren Verpflichtung an –, aber ich kann seinen Wagen haben. Und würde dich gern mitnehmen, wenn es dir passt«, sagte ich und sandte ein Stoßgebet gen Himmel, dass er ja sagen und seine vermoderte Tussi nicht mit von der Partie sein würde.

»Äh, ja, klar. Ich meine, wenn's dir recht ist, wär das super. Sonst hätte ich Donnerstag früh den Bus genommen.«

»Tja, ich wollte eigentlich morgen gleich nach Feierabend los. Also wenn du auch schon Mittwoch starten könntest, würde ich mich freuen, wenn du mir Gesellschaft leistest.« Na also, endlich brachte ich so was wie eine halbwegs normale Unterhaltung mit dem Knaben zuwege.

»Ja, doch, das fände ich toll«, sagte er und wirkte so angetan, wie ich es wäre, wenn ich vier Stunden im Greyhound um die Hälfte kürzen könnte. Aber natürlich war es nur meine bezaubernde Gesellschaft, die ihn zur Zusage bewogen hatte, und nicht etwa die Aussicht, den widerlich klebrigen Sitzen und der erstickenden Enge in dem Überlandbus zu entgehen.

»Na prima. Dann treffen wir uns, sagen wir um sechs, vor der Wohnung meines Onkels, Central Park West, 68. Straße, nordwestliche Ecke?«

Er konnte gerade noch sagen, dass er sich mächtig darauf freute, als Philip in Erscheinung trat und mich buchstäblich am Arm wieder hineinschleifte. Angesichts dessen, was am folgenden Tag in Aussicht stand, leistete ich keinen nennenswerten Widerstand. Ließ mich glückstrahlend treiben, nahm die Komplimente von sämtlichen Firmenangehörigen entgegen und hörte mir an, wie super die Gäste das fanden, was wir heute Abend da aufgezogen hatten. Gegen zwei, als die Party ein, zwei Gänge runterschaltete, schützte ich bei Philip, der mit Leo und einer Flasche Cristal rundum ausgesorgt zu haben schien, eine weitere Kopfschmerzattacke vor. Zu Hause machte ich es mir im Bett mit einem Slim Jim und dem neuesten Schnulzenroman gemütlich. Herzchen, was willst du mehr.

19

Während ich im Foyer von Wills Apartmenthaus auf Sammy wartete, wurde ich vor Aufregung ganz kribblig. Der Tag hatte sich endlos hingezogen. Und das, obwohl Kelly zur Feier des Partyerfolgs der gesamten Belegschaft ein Frühstück spendiert und mir in ihrer Bürohöhle mitgeteilt hatte, nach meiner gelungenen Vorstellung sei ich nunmehr zur stellvertretenden Projektleiterin für die *Playboy*-Party befördert und damit ihr direkt unterstellt. Elisas Miene versteinerte sich bei der offiziellen Bekanntmachung; schließlich war sie schon anderthalb Jahre länger dabei – und offensichtlich davon ausgegangen, dass sie den bisher größten Event der Firmengeschichte managen würde. Aber nach ein paar Bemerkungen in der Richtung, sie fände es ja schön, »jemand anderem eine Chance zu geben, Ordnung in das vorprogrammierte totale Chaos zu bringen«, pappte sie sich ein Lächeln ins Gesicht und schlug vor, auf das freudige Ereignis anzustoßen. Alle hatten über die Party berichtet, selbst Zeitungen und Websites, die gar keine Vertreter geschickt hatten, überschlugen sich mit Schilderungen, wie die Promis und sonstigen Gesellschaftsgrößen »scharenweise herbeigeströmt« seien, um das »schärfste neue Technikspielzeug für hippe Großstädter« zu feiern. In dem Trubel ging die Kiste beinahe unter, die Mr. Kroner uns aus seinem Büro schicken ließ und die so viele BlackBerries enthielt, dass man einen kompletten Laden damit hätte bestücken können. Seine überschwänglichen Dankeszeilen waren mir fast schon peinlich. Über den kurzen Bericht im New York Scoop, wonach ich schluchzend in der Ecke gesessen hätte, während Philip mit einem aus Nigeria stammenden Soapstar herummachte, ging ich locker hinweg, und es regte mich auch nicht weiter auf, dass Elisa mir eröffnete, sie wäre »aus Versehen« auf Philips Vespa gelandet, weil sie sturzbetrunken gewesen sei und sich mit Davide gezofft habe, aber »es ist nichts – *gar nichts, ich schwör's bei allem, was dir und mir heilig ist* – passiert«. Nein, nichts von alledem kam auch nur entfernt bei mir an, weil nichts davon mich dem Moment näher brachte, an dem ich endlich mit Sammy in ein und demselben Wagen sitzen würde. Als er schließlich ins Foyer trat, in einer verschossenen Jeans und einem himmlisch kuscheligen Pullover, einen Seesack über der Schulter, fragte ich mich ernsthaft, ob ich es schaffen würde, lange genug auf die Straße zu gucken, um uns aus der Stadt rauszubringen.

»Hey«, begrüßte er mich und steuerte auf die Bank zu, wo ich mich hinter meiner Zeitung verschanzte. »Ich kann dir gar nicht sagen, wie nett ich das von dir finde.«

»Ach was«, sagte ich und gab ihm auf Zehenspitzen ein Küsschen auf die Wange. »Du tust doch *mir* einen Gefallen damit. Ich sag schnell meinem Onkel Bescheid, dass er die Schlüssel runterbringen soll.«

Will hatte sich bereit erklärt, mir seinen Lexus für das Wochenende zu leihen – allerdings erst, nachdem ich geschworen hatte, felsenfest bei der Story zu bleiben, die er zur Erklärung seines Nichterscheinens erfunden hatte. Und obwohl ich Sammy lediglich bei dessen Eltern abliefern sollte, bestand Will darauf, meinen Mitfahrer ebenfalls umfassend in Kenntnis zu setzen.

»Und du schwörst, dass du sämtliche Details im Kopf hast, Darling?«, fragte er nervös bei der Schlüsselübergabe in der Tiefgarage.

»Will, hör auf, mich zu nerven. Du weißt genau, dass ich dich nicht hängen lasse. Ich nehme das Übel allein auf mich. Wie immer.«

»So ist es brav. Gehen wir das Ganze noch einmal durch. Wenn sie dich fragt, wo ich bin, sagst du was?«

»Ich erkläre ihr schlicht, dass ihr zwei, du und Simon, die Vorstellung unerträglich fandet, ein komplettes Wochenende in einem Solarhaus zu verbringen, wo immer mitten unter dem Duschen das warme Wasser alle ist und die naturbelassenen, ungefärbten Laken kratzen wie noch mal was und alles irgendwie schmuddelig aussieht, weil beim Putzen keine chemischen Keulen zum Einsatz kommen, und deshalb habt ihr beschlossen, die diesjährige Ernte lieber in Key West von der euch kostenlos zur Verfügung gestellten Suite mit Strandblick aus zu bewundern. Ach ja, und außerdem findet ihr es stinklangweilig, wenn sich die Unterhaltung beim Abendessen ausschließlich um ökopolitische Fragen dreht. Na, alles so weit, so gut?« Ich strahlte ihn an.

Er warf Sammy einen hilfesuchenden Blick zu und hustete ein paarmal.

»Keine Sorge, Sir, Bette hat die Story intus«, beruhigte Sammy ihn, während er auf dem Beifahrersitz Platz nahm. »Simon wurde in letzter Minute gebeten, für einen erkrankten Musiker einzuspringen, und Sie wollten ihn über die Feiertage nicht allein lassen, sosehr Sie sich auch gefreut haben, alle wiederzusehen. Sie hätten ja selbst angerufen, aber Sie müssen ganz dringend den Beitrag für diesen Fiesling von Redakteur fertig schreiben und melden sich dann nächste Woche. Ich mache mit Bette unterwegs noch einen Probelauf.«

Will ließ den Schlüssel in meine Hand fallen. »Danke, Sammy. Und du, Bette, gibst schön Acht bei den Vorträgen über Selbstverwirklichung – Frauen sind zu allem imstande, na klar – und nimmst es mir ollem Schrumpfgreis nicht allzu übel, dass ich es mir am Pool mit einem Daiquiri und einem guten Buch gemütlich mache.«

Er hätte echt einen Tritt in den Hintern verdient, aber so wie er dastand und sich diebisch über seine gelungene Ausrede freute, konnte ich nicht anders, als ihn zum Abschied zu umarmen. »Okay, aber dafür schuldest du mir wieder mal was.« Ich verstaute Millington samt Transportkorb auf dem Rücksitz und warf ihr einen Greenie zum Knabbern hinein, damit sie während der Fahrt Ruhe gab.

»Na, aber sicher doch, Darling. Ich bring dir eins von diesen kitschigen Fransenshirts mit, vielleicht auch ein, zwei Duftkerzen mit Kokosaroma. Abgemacht? Fahr schön vorsichtig. Oder auch nicht. Hauptsache, du rufst mich nicht an, wenn's irgendwo brennt, jedenfalls nicht die nächsten drei Tage. Viel Spaß!«, rief er uns nach und hauchte dem Rückspiegel Luftküsse zu.

»Der gefällt mir«, sagte Sammy, während wir auf dem stark befahrenen West Side Highway dahinkrochen. »Wie ein kleiner Junge, der sich krank stellt, damit er nicht in die Schule muss.«

Ich schob *Monster Ballads* in den Sechsfach-CD-Wechsler und klickte mich zu »To Be with You« von Mr. Big durch. »Ja, er ist echt ein klasse Typ. Ganz ehrlich, ich wüsste nicht, was ich ohne ihn machen würde. Wenn ich heute normal bin, liegt das einzig und allein an ihm.«

»Was ist denn mit deinen Eltern?«

»Die sind in den Sechzigern stecken geblieben«, erwiderte ich, »und sie nehmen es bitterernst. Als ich mir mit dreizehn zum ersten Mal die Beine rasiert habe, hat meine Mutter angefangen zu weinen, weil sie Angst hatte, ich würde mich dem von männlichen Vorstellungen diktierten Schönheitsideal unterwerfen.«

Er lachte, streckte entspannt die Beine aus und faltete die Hände hinter dem Kopf. »Sag bitte nicht, dass sie dir speziell diese Übung wieder ausgeredet hat.«

»Nein … obwohl, damals schon. Ich habe erst im College wieder damit angefangen. Einmal haben sie hartnäckig behauptet, ich ganz allein sei für die Zerstörung eines kompletten Ökosystems verantwortlich, und zwar, weil ich mir eine Schlüsselkette aus Schlangenleder gekauft hatte. Ach ja, und zu der größten Pyjamaparty in der vierten Klasse durfte ich nicht hingehen, weil ihnen zu Ohren gekommen war, dass die Eltern von dem Mädchen, bei dem das Ganze steigen sollte, ihre Zeitungen grundsätzlich nicht ins Altpapier warfen. Meine Eltern meinten, in einem solchen Umfeld zwölf Stunden zu verweilen, könnte einem Kind bleibende Schäden zufügen.«

»Du willst mich auf den Arm nehmen.«

»Keineswegs. Wobei das nicht heißen soll, dass die zwei nicht ganz toll wären. Sie sind bloß so *wahnsinnig* engagiert. Manchmal wäre ich gern ein bisschen mehr so wie sie.«

»Also ich hab ja in der Highschool nicht so viel von dir mitgekriegt, aber damals warst du auf jeden Fall eher auf ihrer Linie und nicht so wie jetzt, auf dieser – äh, Partyschiene.«

Mir fiel keine Antwort ein.

»Nein, so war das nicht gemeint«, fügte er rasch hinzu. »Ich hatte bloß den Eindruck, dass du immer bei so vielen ernsthaften Sachen mit dabei warst. Ich weiß noch, wie du mal in der Schülerzeitung einen Leitartikel über das Recht auf Abtreibung geschrieben hast. Eines Tages habe ich ein paar Lehrer im Hausaufgabenraum darüber reden hören – sie wollten nicht glauben, dass du erst in der Neunten warst. Daraufhin habe ich den Artikel gelesen und konnte ihnen nur zustimmen.«

Er hatte den Artikel gelesen und erinnerte sich daran. Mir lief ein kleiner Schauer über den Rücken; es war, als hätte sich plötzlich ein Band zwischen uns geknüpft.

»Ja, schon, aber es ist schwer, dabeizubleiben, vor allem, wenn es etwas ist, was du dir nicht selbst ausgesucht hast.«

»Wohl wahr.« Aus dem Augenwinkel sah ich ihn nicken. »Sie klingen aber doch interessant, deine Eltern.«

»Ach, du hast ja keine Ahnung. Zum Glück waren sie wenigstens *jüdische* Hippies und hielten als solche nicht viel von Selbstkasteiung. Mein Vater sagt immer, ob du nun aus ärmlichen oder wohlhabenden Verhältnissen kommst, das allein macht dich nicht überzeugender – die Argumente zählen, nicht das materielle Drumherum.«

Er sah mich von der Seite an. Ich spürte seinen Blick und merkte, dass er mir aufmerksam zuhörte.

»Doch stimmt schon. Ich bin in einer Kommune in New Mexico geboren – dass das tatsächlich ein richtiger Bundesstaat ist, habe ich erst geglaubt, als ich ihn 2000 bei der Wahl auf der Landkarte von CNN entdeckt habe. Meine Mutter erzählt mit Vorliebe die Geschichte, wie sie mich in ihrem Ehebett zur Welt gebracht hat, in Anwesenheit sämtlicher Kommunekinder, die mit eigenen Augen sehen sollten, wie sich das Wunder eines neuen Lebens entfaltet. Keine Ärzte, keine Betäubungsmittel, keine sterilen Laken – nur ein Ehemann mit einem Abschluss in Pflanzenkunde, eine seelenvolle Hebamme, die mit Yogaatemtechnik arbeitete, der Guru der Kommune mit seinem Singsang und zwei Dutzend Kinder unter zwölf, die sich nach diesem wundersamen Erlebnis vermutlich bis weit über dreißig in Enthaltsamkeit geübt haben.«

Ich weiß nicht, wieso ich ihm das alles erzählte. Das hatte ich schon ewig nicht mehr gemacht – die Letzte, die die Geschichte gehört hatte, war vermutlich Penelope gewesen, damals, als wir uns bei der Orientierungswoche am College kennen lernten und sie mir im Gebüsch hinter den Tennisplätzen bei einem Joint anvertraute, dass ihr Vater die Leute aus seinem Büro besser kannte als seine Familie und sie bis zum Alter von fünf gedacht hatte, ihr schwarzes Kindermädchen sei ihre Mutter. Um sie aufzuheitern, kam ich mit meiner Story daher, die ihr zeigen sollte, dass ihre Eltern vollkommen normal waren. An jenem Abend lagen wir noch stundenlang kichernd im Gras, total bekifft und happy. Meine diversen Liebhaber hatte ich zwar immer brav zu Hause angeschleppt, aber so wie jetzt hatte ich noch nie mit jemandem über meine Eltern geredet. Bei Sammy konnte ich mich plötzlich total öffnen.

»Das ist ja nicht zu fassen. Und wie lange warst du in der Kommune? Kannst du dich noch daran erinnern?«

»Als ich ungefähr zwei war, kriegten meine Eltern beide Lehraufträge in Vassar und sind dann eben mit mir nach Poughkeepsie gezogen. Aber der Kommune verdanke ich meinen Namen. Erst wollten sie mich Angela nennen, nach Angela Davis, der schwarzen Bürgerrechtlerin, aber dann hat ihnen ihr Schamane oder sonst wer Bettina vorgeschlagen, zu Ehren von Bettina Aptheker, der einzigen Frau im Komitee der Bewegung für Meinungsfreiheit in Berkeley. Mit zwölf schaltete ich dann auf Bette um, da hatte Bette Midler gerade mit »The Wind Beneath My Wings« einen Riesenhit und war echt cool. Als mir klar wurde, dass ich mich nach einer rothaarigen Schnulzensängerin benannt hatte, war es zu spät. Jetzt nennen mich alle so, außer meinen Eltern natürlich.«

»Wow. Sie klingen echt interessant. Ich würde sie gern mal kennen lernen.«

Was sollte ich darauf antworten – dass ich ihm mit Vergnügen seine zukünftigen Schwiegereltern vorstellen würde? Vielleicht nicht ganz das Passende. Also fragte ich ihn nach seinen Eltern. In der Highschool hatte ich absolut nichts von Sammy und seinem häuslichen Umfeld mitbekommen. »Wie ist es denn bei dir? Irgendwelche deftigen Storys, oder ist deine Familie halbwegs normal?«

»Na ja, normal trifft es vielleicht nicht ganz. Meine Mutter ist gestorben, als ich sechs war. Brustkrebs.«

Ich setzte zu einer Entschuldigung und irgendwelchem sinnlosen Beileidsgemurmel an, aber er redete einfach weiter.

»Klingt beschissen, ich weiß, aber ich war im Grunde noch so klein, dass ich mich kaum mehr erinnere. Es war schon komisch, ohne Mutter aufzuwachsen, vor allem wohl für meine ältere Schwester, aber Dad hat den Laden super geschmissen.«

»Alles okay mit ihm? Du hast irgendwas gesagt, es ginge ihm nicht so besonders.«

»Ja, er ist so weit okay. Bloß einsam, denke ich mal. Er hatte jahrelang eine Freundin, und ich weiß nicht so genau, was vorgefallen ist, aber jedenfalls ist sie vor ein paar Monaten nach South Carolina gezogen, und das setzt ihm doch ziemlich zu. Deshalb dachte ich mir, ein Besuch würde ihm vielleicht ganz gut tun.«

»Und deine Schwester? Was ist mit der?«

»Sie ist dreiunddreißig, verheiratet und hat fünf Kinder. *Fünf* Kinder, vier Jungs und ein Mädchen, der Wahnsinn, oder? Sie hat gleich nach der Highschool mit der Produktion angefangen. Sie wohnt in Fishskill, könnte also jederzeit bei Dad vorbeischauen, aber ihr Mann stellt sich irgendwie immer quer, und jetzt hat sie auch viel um die Ohren, weil sie die Ausbildung zur Krankenschwester nachholen will.«

»Habt ihr ein enges Verhältnis, ihr zwei?« Es war seltsam, wie da plötzlich eine völlig neue Welt Form annahm, die ich nie mit dem schulterklopfenden Türsteher vom Bungalow 8 in Verbindung gebracht hätte.

Während er überlegte, holte er eine Dose Cola aus seinem Rucksack und bot zuerst mir einen Schluck an, bevor er selber trank.

»Eng? Das würde ich nicht unbedingt sagen. Ich glaube, es passte ihr nicht, dass ich von zu Hause weg aufs College gegangen bin, und sie saß da, hatte schon das erste Kind, und das zweite war unterwegs. Sie macht immer wieder so Bemerkungen von wegen, dass Dad sich ja nur an mir festhält und er wenigstens auf einen von uns beiden stolz sein kann – weißt schon, die Sorte eben. Aber sonst ist sie voll in Ordnung. Puh, das war jetzt aber schweres Geschütz. Tut mir Leid.«

Ist okay, red von mir aus über was immer du willst, ich bin dabei – doch bevor ich irgendwas in der Richtung äußern konnte, kam ein Stück von Whitesnake, und Sammy lachte sich einen Ast. »Was soll das denn jetzt? Wie kannst du dir bloß so einen Mist anhören?«

Ab da war lockeres Geplauder angesagt, über Musik und Filme und die Witzfiguren, mit denen wir es als Angehörige der werktätigen Bevölkerung tagtäglich zu tun hatten. Er umschiffte das Thema Philip weiträumig, und ich ließ dafür Isabelle links liegen. Abgesehen davon redeten wir miteinander, als hätten wir nie etwas anderes getan. Als mir aufging, dass wir in einer halben Stunde da sein würden, rief ich meine Eltern an und sagte, ich würde nur noch kurz jemanden absetzen und danach gleich bei ihnen aufkreuzen.

»Bettina, was soll denn der Zirkus. Er kann doch selbstverständlich bei uns mit zu Abend essen!«, kam es fast schon schrill von meiner Mutter.

»Mom, er will zu seiner Familie, nicht zu meiner. Ich bin mir ziemlich sicher, dass es ihn nach Hause zieht.«

»Na, richte ihm jedenfalls aus, dass er gern kommen kann. Dein Vater würde sich riesig freuen, nachdem wir von deinen Freunden sonst nie was zu sehen kriegen. Wenn er mag, ist er natürlich auch morgen Abend bei der Party herzlich willkommen. Hier ist alles so weit bereit für den Startschuss.«

Ich versprach, die Information weiterzugeben, und legte auf.

»Worum ging's da jetzt?«, fragte er.

»Ach, meine Mutter wollte, dass du noch auf ein verspätetes Abendessen mitkommst, aber ich habe ihr gesagt, du würdest vermutlich lieber gleich zu deinem Dad. Außerdem ist das, was sie dir unter dem Decknamen ›Essen‹ andrehen will, auch beim besten Willen kaum runterzukriegen.«

Nach kurzem Schweigen sagte er: »Also, wenn du nichts dagegen hast, käme ich gern mit. Mein alter Herr rechnet sowieso erst morgen mit mir. Und vielleicht kann ich mich ja in der Küche nützlich machen und den Tofu geschmacklich ein bisschen verfeinern.« Er sagte es zögerlich und eher nebenbei, doch ich spürte (betete, hoffte, wünschte inständig), dass da noch mehr dahintersteckte.

»Öh, äh, okay«, versuchte ich genauso cool zurückzugeben,

hörte mich aber wohl eher so an, als fände ich die Idee absolut bescheuert. »Ich meine, wenn du Lust hast, dann – fein.«

»Ganz sicher?«

»Aber ja. Ich fahr dich danach heim und verspreche, dich nicht länger als unbedingt nötig in der Falle hocken zu lassen. Wie lang oder kurz auch immer, die zwei werden auf jeden Fall versuchen, dich zum fleischlosen Leben zu bekehren, aber das wird hoffentlich zu ertragen sein.« Das Unbehagen war verflogen. Ich war in Hochstimmung – gemixt mit ein bisschen Bammel.

»Okay, das klingt gut. Du hast mir jetzt so viel von ihnen erzählt, da würde ich sie wirklich gern in echt kennen lernen.«

Als wir in die Zufahrt einbogen, die mitten durch das nun schon seit fünfundzwanzig Jahren von meinen Eltern bewohnte Riesengrundstück führte, saß Mom dick eingemummelt und mit Handschuhen draußen auf der Verandaschaukel. Der Toyota Prius, den meine Eltern sich für Notfälle hielten (was sie wohl sagen würden, wenn sie wüssten, dass sämtliche Topstars in Hollywood ebenfalls mit so einem Hybridmodell herumkurvten?), war mit einer Plane abgedeckt, weil sie normalerweise alles per Fahrrad erledigten. Mom warf ihr Buch über Batiktechnik hin und war beim Auto, bevor ich den Motor abgestellt hatte.

»Bettina!«, rief sie, riss die Fahrertür auf und schlug begeistert die Hände zusammen. Dann zog sie mich heraus und umarmte mich stürmisch, und nicht zum ersten Mal stellte ich mir die Frage, ob sich außer meiner Mutter und meinem Hund wohl jemals noch wer so sehr über mein Erscheinen freuen würde. Wir hielten uns ein Weilchen länger als nötig umschlungen. Warum hatte mir eigentlich so vor diesem Besuch gegraut?

»Hi, Mom. Gut siehst du aus.« Was stimmte. Wir hatten beide langes, ungebärdiges volles Haar, nur war ihres mittlerweile wunderschön grau und fiel ihr – seit Teenagerzeiten als Madonnenfrisur – lang und glänzend über den Rücken. Sie war groß und grazil, der Typ Frau, bei der nur der entschlossene Gesichtsausdruck verrät, dass sie nicht so zerbrechlich ist, wie sie wirkt. Wie üblich trug sie kein Make-up und als Schmuck nur einen türkisfarbenen Sonnenanhänger an einem zarten Silberkettchen. »Das ist Sammy, ein Freund von mir. Sammy, meine Mutter.«

»Hallo, Mrs. Robinson.« Er stutzte kurz. »Wow, das ist ja voll das Songzitat. Obwohl, ich schätze mal, das sind Sie schon gewöhnt.«

»Allerdings. ›Jesus loves me more than you will know‹, die guten alten Simon & Garfunkel. Aber sagen Sie doch bitte einfach Anne zu mir.«

»Anne, das war wirklich nett, mich so spontan mit einzuladen. Ich hoffe nur, dass ich nicht doch irgendwie störe.«

»Ach was, Sammy. Was hätten wir ohne euch zwei heute Abend wohl groß angefangen? Und nun rein mit euch, bevor ihr euch noch was abfriert.«

Wir befreiten das niesende Hündchen aus dem Transportkäfig und folgten meiner Mutter bis zu dem Mittelding aus Gewächshaus und Wintergarten, das sie vor ein paar Jahren hinten angebaut hatten, »um der Natur nahe zu sein, wenn das Wetter draußen nicht mitspielt«. Es war der einzige moderne Trakt dieses rustikalen Anwesens, stand mit seinem minimalistischen Zendesign im krassen Widerspruch zu dem ansonsten vorherrschenden Blockhüttenflair – und bei mir ganz oben auf der Liste: spitzwinklige Glaspaneele, draußen bis zum Spätherbst von üppigem Rotahorn beschattet, drinnen mit sämtlichen nur denkbaren Arten und Abarten von Pflanzen, Büschen, Blumen und Gesträuch ausgestattet, die in einer solchen Ökosphäre gediehen. Dazu ein Seerosenteich im Planschbeckenformat mit zum Relaxen einladenden Teakholz-Liegestühlen am Rand, die Ausblick auf den riesigen Garten und seinen üppigen Baumbestand boten. Mein Vater korrigierte Klausuren an einem niedrigen Holztisch unter einem chinesischen Lampion und sah eigentlich ganz proper aus, in Jeans und Plüschsocken zu Naot-Sandalen (»Was sollen wir mit den teuren deutschen Birkenstocks, wenn die Israelis so was genauso gut hinkriegen«, lautete einer seiner Lieblingssprüche). Seit unserem letzten Treffen war er ein Stückchen mehr ergraut, aber putzmunter wie eh und je. Bei meinem Anblick sprang er auf und schloss mich in die Arme.

»Bettina, Bettina, wieder zurück im Nest«, trällerte er und machte Anstalten, mich herumzuschwenken. Gott, wie peinlich. Ich entwand mich und gab ihm ein flüchtiges Küsschen auf die Wange.

»Hi, Dad. Ich würde dir gern einen Freund von mir vorstellen. Sammy, das ist mein Dad.«

Bittebitte Dad, sei ganz normal. Bei dem Mann musste man auf alles gefasst sein, vor allem wenn er auf einen Lacher von mir aus war. Als meine Eltern zum ersten Mal nach meinem Collegeabschluss wieder den Weg in die Stadt fanden, war ich mit ihnen und Penelope essen gegangen. Meine süße Freundin hatte meine süßen Eltern davor vielleicht ein-, zweimal gesehen und nicht die mindeste Erinnerung zurückbehalten, aber Dad hat ein Gedächtnis wie ein Elefant. Nachdem ich sie einander erneut vorgestellt hatte, küsste er ihr galant die Hand und sagte: »Aber gewiss doch, meine Liebe, wie könnte ich das je vergessen? Sie hatten damals bei unserem Treffen zum Abendessen einen ganz herzallerliebsten Knaben dabei, wie hieß er doch gleich? Adam? Andrew? Er war ungemein intelligent und wortgewandt, soviel ich mich erinnere«, und das brachte er völlig trocken, ohne den leisesten sarkastischen Unterton.

Ein typisches Beispiel für Dads subtile Witze, die einzig auf mich gemünzt waren. Avery war bei dem fraglichen Dinner dermaßen bekifft gewesen, dass er selbst simple Fragen nach Studienfach oder Herkunftsort nur mit Mühe beantworten konnte. Obwohl er Avery und Penelope seit Jahren nicht mehr zu Gesicht bekommen hatte, rief mein Vater immer noch gelegentlich bei mir an und gab sich mit verstellter Stimme als Averys Dealer aus, der anfragte, ob ich nicht ein Pfund »astreinen Shit« kaufen wollte. Wir kugelten uns regelrecht vor Lachen, und das stachelte ihn natürlich an, auch weiterhin hier und da solche Schoten zu bringen. Penelope, deren Eltern grundsätzlich nicht durchblickten und sowieso kaum je in Erscheinung traten, hatte den Witz damals überhaupt nicht verstanden und nur freundlich gelächelt. Doch nachdem Dad vorläufig nichts über Sammy wusste, waren wir diesmal wohl auf der sicheren Seite.

»Ist mir ein Vergnügen, Sammy. Setzen Sie sich, und leisten Sie einem alten Mann ein bisschen Gesellschaft. Sind Sie hier aus der Gegend?«

Wir nahmen alle Platz. Sammy pflanzte sein imposantes Gestell sorgsam auf eines der perlenbestickten Sitzkissen, die rings um den Tisch auf dem Boden lagen. Ich ließ mich zwischen ihn und meine Mutter plumpsen, die mit ihren anmutig zum Lotussitz verknoteten Beinen locker um zwanzig Jahre jünger wirkte. Dad goss allen eine Tasse von dem ägyptischen Yogi-Lakritz-Tee ein, den Mom stets eimerweise braute.

»Und, was ist fürs Wochenende so geplant?«, erkundigte ich mich munter.

»Also, die Gäste kommen erst morgen am späten Nachmittag, das heißt, bis dahin habt ihr frei. Ihr könnt ja mal schauen, was an der Uni so auf dem Programm steht, da ist sicher die eine oder andere nette Veranstaltung dabei«, erklärte meine Mutter.

»Die Balletttruppe der Uni gibt morgen eine Matineevorstellung. Wenn euch das interessiert, könnte ich Karten besorgen«, bot Dad an. Er lehrte seit Ewigkeiten Ökologie in Vassar und war als Professor dermaßen beliebt, dass er praktisch alles arrangieren und besorgen konnte. Meine Mutter, gleichermaßen beliebt, arbeitete in der psychologischen Beratungsstelle der Uni, halb als Ansprechpartnerin für Notfälle (Krisenbetreuung bei Vergewaltigungen, Selbstmordversuchen und allgemeiner Depression) und halb als Aktivistin und Befürworterin ganzheitlicher Ansätze zur Lösung studentischer Probleme (Akupunktur, Kräuter, Yoga).

»Ich schau mal im Programm nach, aber denkt dran, dass Sammy hier eigentlich seine eigene Familie besuchen will«, entgegnete ich und bedeutete ihnen mit einem hoffentlich gelungenen Warnblick, es gut sein zu lassen. Ich nahm mir einen Löffel braunen Rohrzucker und gab den Topf an Sammy weiter.

»Apropos, weshalb konnte Will noch mal nicht kommen?«, fragte meine Mutter eher obenhin.

Bevor ich den Mund aufbekam, legte Sammy schon los; ihm war natürlich nicht klar, dass meine Eltern Will mit seinen herzerweichenden Storys und Schwindeleien längst durchschaut hatten und wir als Familie uns ein Vergnügen daraus machten, einander sein neuestes Ammenmärchen immer wieder herunterzubeten. Er und meine Mutter standen sich nahe, obwohl sie eine nervige liberale Hippie-Veteranin war und er ein nerviger rechtskonservativer Republikaner. Dennoch telefonierten sie jede Woche miteinander und waren bei Treffen ein Herz und eine Seele, auch wenn sie mir gegenüber gern gepfefferte Bemerkungen über den jeweils anderen vom Stapel ließen.

»War es nicht irgendwas, dass Simon arbeiten musste?«, sagte Sammy zu mir. »Genau, die Philharmoniker haben Simon in letzter Minute angerufen und gebeten, für einen erkrankten Musiker einzuspringen. Eigentlich weniger gebeten als vor vollendete Tatsachen gestellt. Er hatte gar keine andere Wahl«, sprudelte er los, bevor ich ihm den Hahn abdrehen konnte. Immerhin, er hielt sich brav an den Text.

Mom lächelte erst mir, dann Dad zu. »Ach ja? Und ich dachte, er hätte irgendwas von einem dringenden Treffen mit seinem Promianwalt gesagt, in dessen Kanzlei in New Jersey.«

Sammy lief augenblicklich rot an, wohl in dem Glauben, die

Geschichte irgendwie vermurkst zu haben. Es wurde Zeit einzuschreiten.

»Sie wissen, dass Simon nicht für irgendwen einspringen muss, Sammy, und sie wissen auch, dass du es weißt. Denk dir nichts, du hast prima dichtgehalten.«

»Lieb gemeint, Sammy, aber ich kenne mein Bruderherz wirklich schon zu lange, um ihm solche Storys noch abzukaufen. Was ist es denn diesmal? Miami? Die Bahamas?«

»Key West«, sagte ich, worauf alle genervt gen Himmel blickten.

»Gewonnen«, sagte Dad zu Mom. Dann klärte er mich auf. »Deine Mutter hat mit mir gewettet, dass er in letzter Minute absagen und die Schuld auf Simon schieben würde. Ehrlich gesagt, freut es mich ungemein, dass er zumindest diesen alten Hut von wegen Redaktionsschluss an den Nagel gehängt hat.« Die zwei brachen in schallendes Gelächter aus.

»Na gut, dann mache ich mich wohl mal ans Abendessen«, kam es als Nächstes von Mom. »Ich war heute auf dem Bauernmarkt und habe alles gekauft, was sie an Saisonware da hatten.«

»Darf ich helfen?«, fragte Sammy. »Und sei es nur, um meine Schwindelei von vorhin wieder gutzumachen. Außerdem fände ich es toll, mal wieder privat bei jemandem in der Küche herumzuschnipseln – das habe ich schon seit Ewigkeiten nicht mehr gemacht.«

Meine Eltern beäugten ihn mit fragendem Blick.

»Sammy ist gelernter Koch«, erklärte ich. »Er war am Culinary Institute of America, der renommiertesten gastronomischen Ausbildungsstätte dieses Landes, und will irgendwann sein eigenes Restaurant aufmachen.«

»Ach, das ist ja hochinteressant. Und, sind Sie derzeit irgendwo in der Stadt als Koch tätig?«, erkundigte sich mein Vater.

Sammy lächelte schüchtern und blickte zu Boden. »Ja, seit ein paar Monaten bin ich für den Sonntagsbrunch in der Gramercy Tavern zuständig. Ein sehr kritisches Publikum. Da kann ich eine Menge lernen.«

Es durchzuckte mich förmlich. Was hatte der Typ denn noch alles auf der Pfanne?

»Na, dann folgen Sie mir unauffällig. Wissen Sie zufällig irgendwas Aufregendes, was man mit Zucchini anstellen könnte?«, erkundigte sich meine Mutter und hakte sich bei ihm unter, sobald er sich von dem Sitzkissen hochgehievt hatte.

Zwei Minuten später fand ich Sammy am Herd und Mom am Tisch vor, von wo aus sie ihn fassungslos bestaunte.

»Was soll das werden?«, fragte ich meinen Traummann, der soeben vier Portionen Nudeln abschüttete und mit einem Spritzer Olivenöl zurück in den Topf gab. Er wischte sich die Hände an der Schürze ab, die meine Mutter ihm geliehen hatte (und deren Aufdruck verkündete: IM ANNEHMEN LIEGT FRIEDEN), und ratterte die vorläufige Menüfolge herunter.

»Also, als Entree stelle ich mir Nudelsalat mit gestiftelten Möhren und Gurken vor, nur leicht angedünstet und mit gerösteten Pinienkernen bestreut, dazu vielleicht noch eine kleine Vorspeise mit Zucchini. Deine Mom hat gesagt, für den ersten Gang hätte sie gern etwas ganz Leichtes, da kämen Focaccia mit Curry-Kichererbsenpaste plus gefüllte rote Paprika mit Reis und Friseesalat in Frage. Was haltet ihr von Bratäpfeln mit Schlagsahne und dem Sorbet hier als Nachtisch? Sie haben da wirklich ganz exquisite Zutaten ausgesucht, Mrs. Robinson.«

»Mal ehrlich, Mom, was hattest du denn eigentlich geplant?«, fragte ich und weidete mich an den Mienen der zwei.

»Auflauf.« Ihr Blick hing wie gebannt an Sammy. »Einfach alles in einen Topf werfen und ein paar Minuten überbacken, dachte ich.«

»Na, das klingt doch auch ganz wunderbar«, sagte Sammy schnell. »Ich kann es gern so machen, wenn Ihnen das lieber ist.«

»NEIN!«, brüllten Dad und ich wie aus einem Mund. »Bitte

nicht, Sammy. Uns läuft schon das Wasser im Mund zusammen«, meinte Dad, klopfte ihm auf die Schulter und naschte ungeniert von der Kichererbsenpaste.

Es wurde, wie nicht anders zu erwarten, ein wahrhaft grandioses Abendessen – so köstlich, dass ich mir die üblichen Kommentare der fleischfressenden Kaste (»Den armen Tieren das ganze Futter wegnehmen ...«) mit Leichtigkeit verkneifen konnte. All meine Bedenken, wie es wohl werden würde, wenn Sammy mit meinen Eltern an einem Tisch saß, hatten sich spätestens nach dem Entree in Luft aufgelöst. Sammy ließ sich glückstrahlend mit Lob überschütten und wirkte so gelöst und gesprächig, wie ich ihn bis dahin noch nie erlebt hatte. Bevor ich wusste, wie mir geschah, durfte ich mutterseelenallein den Tisch abräumen, derweil meine Eltern Sammy im Wintergarten mit Bildern von mir als Nackedei in der Badewanne und allerlei anderem traktierten, was eigentlich nur für die jeweiligen Erzeuger von Belang ist. Kurz vor Mitternacht verabschiedeten sie sich endlich.

»Ihr könnt herzlich gern noch aufbleiben, aber dein Vater und ich müssen jetzt ins Bett«, erklärte Mom und drückte dabei ihre Nelkenzigarette aus – ein Luxus, den die beiden sich nur zu besonderen Anlässen gönnten. »Morgen geht's schließlich hoch her.« Sie reichte Dad die Hand, und er nahm sie mit einem Lächeln. »War richtig nett, Sie kennen zu lernen, Sammy. Wir freuen uns immer sehr, wenn Bette einen ihrer *Freunde* herbringt.«

Sammy sprang auf. »Hat mich auch sehr gefreut, Sie kennen zu lernen. Danke für die Einladung. Und viel Spaß bei der Party morgen. Klingt ja alles ganz toll.«

»Ja, ach, es ist eben eine alte Tradition. Wär schön, wenn Sie mit dabei sind. Nächtchen«, sagte Dad gut gelaunt und folgte Mom ins Haus, nicht ohne Sammy ein inbrünstiges Dankeschön für die erste essbare Mahlzeit in der Geschichte seines Ehelebens ins Ohr geraunt zu haben.

»Die sind echt toll«, sagte Sammy leise, nachdem die Tür hinter ihnen ins Schloss fiel. »Nach deiner Beschreibung war ich auf Vertreter einer Monstrositätenshow gefasst. Dabei sind die beiden doch völlig normal.«

»Tja, kommt wohl drauf an, was du als normal bezeichnest. Wie steht's, bist du so weit?«

»Äh, ja, klar. Und du?« So richtig eilig schien er es nicht zu haben.

»Na, ich dachte, du wolltest gleich nach Hause, aber wir könnten ja auch noch irgendwohin, falls dir danach ist«, sagte ich und holte tief Luft.

Er überlegte schier endlos und sagte dann: »Was hältst du davon, wenn wir noch beim Starlight vorbeischaun?«

Jetzt war es offiziell: Der Kandidat hatte hundert Punkte.

Ich atmete tief aus. »Ins Schwarze getroffen. Ist ja auch bloß das beste Diner auf Gottes weiter Erde. Und du findest das echt genauso toll wie ich?«

»Noch viel toller. Ich hab mich da zu Highschoolzeiten oft allein herumgedrückt, was weiß Gott kein Vergnügen war. Bloß ich, mit einem Buch oder einer Zeitschrift und einer Tasse Kaffee. Es hat mir schier das Herz gebrochen, als die Bedienung mit der Warze plötzlich nicht mehr da war.«

Das Starlight war das Epizentrum unseres Schülerlebens gewesen. Ich hatte einen Großteil meiner Teenagerjahre dort mit meinen Freundinnen herumgehangen, die gleich mir nicht hübsch oder cool genug waren, um als beliebt zu gelten, sich aber immerhin mit Fug und Recht den Volltrotteln und Losern (hauptsächlich den grässlich ungeselligen Mathe- und Computerfreaks) überlegen fühlen durften, die auf der Rangleiter noch unter uns standen. Die soziale Hierarchie wurde streng gewahrt: Die coolen Kids belegten den Raucherbereich mit Beschlag, die gesellschaftlich schwer Geforderten beschäftigten sich in den beiden Nischen ganz hinten mit Videospielen, und meine Clique (Hippies verschiedenster Couleur, alternative

Jungpunks und Aufstreber, die den gesellschaftlichen Durchbruch noch nicht ganz geschafft hatten) besetzte das halbe Dutzend Tische dazwischen sowie die gesamte Theke. Die Jungs quetschten sich in einem Eck zusammen, rauchten und fachsimpelten mit der Aura des Mannes von Welt, ob sie – mit der Pistole auf der Brust zur Entscheidung gezwungen – eher auf Blowjobs oder auf Sex verzichten würden. Derweil tranken wir, ihre getreuen Gefährtinnen (mit denen es kaum je übers Küssen hinausging) unseren Kaffee und zerpflückten sämtliche Mädels an der Schule anhand der Kriterien »beste Klamotten«, »schönster Busen« und »tollster Freund«. Starlight war Poughkeepsies Antwort auf Central Perk, das Café in »Friends«, bloß dass die Tische hier immer klebrig waren und die Sitzbänke aus braunem Kunstleder, das Ganze von Neonröhren beleuchtet wurde und den Bedienungen entweder grausliche Warzen im Gesicht sprossen oder ein Finger fehlte. Manche Leute hängen bis ins hohe Alter an ihren Kinderzimmern oder an den Orten, wo sie mit der Familie immer Urlaub gemacht haben – und ich für mein Teil fand mich wie eine Brieftaube auf dem Heimflug jedes Mal, wenn ich in der Gegend war, hier ein. Die Vorstellung, wie oft Sammy da allein gesessen haben mochte, stimmte mich traurig und nostalgisch zugleich.

Wir enterten die unserem Gefühl nach unklebrigste Sitzecke und hielten uns zum Schein die laminierten Speisekarten vors Gesicht, die seit Jahrzehnten das Gleiche anboten. Obwohl ich eigentlich pappsatt war, schwankte ich lange zwischen Zimttoast und Pommes frites, beschloss schließlich, dass außerhalb von Manhattan andere Grenzwerte für die tägliche Kohlehydrataufnahme der Durchschnittsfrau zwischen zwanzig und dreißig galten, und nahm beides. Sammy bestellte bei einer meiner Lieblingsbedienungen, der ein unglaublich langes einzelnes Haar aus ihrer Kinnwarze wuchs, einen schlichten Kaffee mit fettarmer Milch statt Sahne, was ihr ein verächtliches Schnauben entlockte. Im Folgenden spielten die beiden quer durch den Raum »Wenn Blicke töten könnten«.

Zwischen einem Schlückchen Kaffee hier und einem Häppchen da plauderten wir angeregt.

»Du hast nie einen Ton gesagt, dass du für den Brunch in der Gramercy Tavern zuständig bist. Da würde ich gerne mal hingehen.«

»Na was, und du hast nie einen Ton gesagt, dass du die Zweitbeste in deinem Jahrgang warst. Und dass du den Martin-Luther-King-Preis für interkulturelle gemeinnützige Arbeit gewonnen hast.«

Ich musste lachen. »O Mann, sie haben echt nichts ausgelassen, oder? Erst hab ich ja gedacht, was für ein Glück, dass du drei Klassen über mir warst, da wirst du dich sicher an gar nichts mehr erinnern, aber sie haben dir natürlich auf die Sprünge geholfen.«

Die Kellnerin schenkte Sammy Kaffee nach und spendierte seinem Becher ein kostenloses kleines Fußbad.

»Sie sind stolz auf dich, Bette. Und das finde ich einfach toll.«

»Sie *waren* stolz auf mich. Jetzt sehen die Dinge anders aus. Ich glaube, meine neueste Beschäftigung, sprich, Promis ins Bungalow 8 zu locken und mich von Klatschkolumnisten verhackstücken zu lassen, ist nicht so ganz das, was sie sich für mich vorgestellt haben.«

Er lächelte melancholisch. »Wir machen doch alle Kompromisse, hm? Das heißt noch lange nicht, dass du nicht mehr diejenige bist, die du damals warst.«

Ich wollte es ihm nur zu gern glauben. »Gehen wir, okay?«, fragte ich und bat um die Rechnung, die sich, egal, wie viele Leute am Tisch saßen und was sie bestellt hatten, immer auf exakt drei Dollar pro Person belief. »Ich sollte mir meine Kräfte für morgen aufsparen. Hoffentlich lässt du dich noch überreden, bei dem rauschenden Fest mit von der Partie zu sein ...«

Er beglich die Rechnung mit einem Zwanziger (»Zum Ausgleich für all die Abende, an denen ich stundenlang hier rumgehockt bin und nur ein paar lausige Cent als Trinkgeld dagelassen habe«) und lotste mich, die Hand auf meinem Rücken, hinaus in die Vorhalle, wo er mir neben der Drehvitrine mit Kuchen noch schnell aus einem dieser albernen Automaten mit einer Greifkralle ein kleines Plüschschwein angelte. Ich drückte es ans Herz, was ihn zu der Bemerkung veranlasste, besser könne man sein gesammeltes Kleingeld wohl nicht anlegen. Die zehn Meilen zu seinem Elternhaus fuhren wir schweigend, wobei mir auffiel, dass ich diesen Teil der Stadt überhaupt nicht kannte, trotz all der Jahre, die ich in Poughkeepsie gelebt hatte. Wir hingen beide unseren Gedanken nach; kein munteres Geplauder mehr, keine Scherze und vertraulichen Eröffnungen wie in den vergangenen neun Stunden, die wir miteinander verbracht hatten – neun Stunden, die mir vorkamen wie fünf Minuten. Schließlich hielt ich auf der kurzen, ungeteerten Zufahrt vor einem kleinen, properen Haus im klassizistischen Stil.

»Das war echt schön heute. Der Tag, der Abend, alles zusammen. Danke fürs Mitnehmen und für das Abendessen – und überhaupt.« Er schien es nicht sonderlich eilig zu haben, aus dem Auto zu kommen, und an diesem Punkt begann ich etwas ernsthafter die Möglichkeit in Betracht zu ziehen, dass er mich am Ende küssen wollte. In meinen Schnulzenromanen wäre jetzt garantiert der Hinweis gekommen, dass es zwischen uns heftig knisterte.

»Das meinst du doch wohl nicht im Ernst. Wenn hier wer wem zu danken hat, dann ich dir! Ohne dich lägen wir jetzt vermutlich alle mit einer scheußlichen Lebensmittelvergiftung darnieder.« Das war das Erstbeste, was mir in den Kopf kam. Ich stopfte die Hände unter die Knie, damit sie endlich aufhörten zu zittern.

Und dann stieg er aus. Stieg einfach aus. Machte die Tür auf, schnappte sich seinen Seesack vom Rücksitz, winkte kurz und murmelte irgendwas von wegen, er würde sich am nächsten Tag bei mir melden. Die Enttäuschung traf mich wie ein Schlag ins Gesicht, und ich legte schleunigst den Rückwärtsgang rein. Bloß weg hier, bevor ich anfing zu heulen. *Wie bist du bloß auf die Schnapsidee verfallen, dass er sich auch nur eine Spur für dich interessiert?*, fragte ich mich, während ich im Stillen den Abend noch einmal abspulte. *Er brauchte eine Mitfahrgelegenheit, und du hast dich angeboten, und er war freundlich und nett, aber das war's dann auch. Den Floh hast du dir selbst ins Ohr gesetzt, und du solltest ihn auf der Stelle von da entfernen, bevor du dich komplett zum Affen machst.* Beim Wenden sah ich eine Gestalt auf den Wagen zukommen.

Er sagte irgendwas, das ich nicht verstand. Ich betätigte den Fensterheber und trat auf die Bremse.

»Hast du was vergessen?«, fragte ich mit hoffentlich nicht allzu zittriger Stimme.

»Ja.«

»Okay, warte kurz. So, jetzt ist die Tür hinten auf, dann –«

Weiter kam ich nicht. Er langte durch das offene Fahrerfenster über meinen Schoß hinweg. Einen Moment lang hatte ich plötzlich Schiss, bis er den Zündschlüssel umdrehte und der Motor erstarb. Als Nächstes schnallte er mich los, riss die Tür auf und zog mich aus der Karre.

»Wa –, was soll denn –«

Er brachte mich zum Schweigen, indem er mein Gesicht in beide Hände nahm – genauso, wie es sich jedes Mädchen immer erträumt und wie es kein Typ jemals tut. Exakt wie auf dem Umschlag von *Brennendes Begehren*, wenn ich mich richtig erinnerte: das Bild, das für mich das Nonplusultra einer romantischen Affäre symbolisierte. Seine Hände waren kühl und stark. Sicher merkte er, wie meine Wangen glühten, aber darüber machte ich mir nun keine Gedanken mehr. Er beugte sich zu mir herunter und küsste mich so sacht, dass ich einfach nur dastand und es geschehen ließ, zu überwältigt, um den Kuss auch nur zu erwidern.

»Nächstes Mal denke ich gleich dran, versprochen«, sagte er. John Wayne hätte es nicht besser hingekriegt. Dann hielt er mir galant die Tür auf und bedeutete mir, wieder einzusteigen. Gute Idee – lange würden meine Beine mich nämlich nicht mehr tragen. Ich fiel wie ein nasser Sack auf den Sitz und grinste Sammy selig hinterher, bis er im Haus verschwunden war.

20

Ich hatte eben den letzten langgezogenen Lampion an die Schnur gehängt, da hielt Mom es nicht länger aus.

»Schätzchen, dein Sammy hat einen ganz reizenden Eindruck auf uns gemacht. Dein Vater und ich fanden es gestern Abend sehr schön mit ihm.«

»Ja, doch, er wirkt ganz nett.« Ich ließ sie mit Wonne zappeln.

»Was meinst du, ob er zur Party kommt?« Sie stellte einen Teller Kichererbsenmus neben eine Platte mit gemischten Oliven und trat einen Schritt zurück, um ihr Werk zu bewundern.

»Ich glaube nicht. Er würde wohl schon gern, aber wir sind ja beide bloß für das Wochenende hier, und er wollte doch auch das eine oder andere mit seinem Dad unternehmen. Er hat was gesagt, dass sie heute Steak essen gehen oder so.«

»Ah-ja?«, sagte sie knapp, sichtlich bemüht, keinen Kommentar zu der Horrorvorstellung einer wilden Orgie mit Bergen von Fleisch abzugeben. Sammy hatte lediglich erwähnt, dass sein Vater und er an Thanksgiving irgendwo auswärts speisen würden, aber es war so kinderleicht und machte solch tierischen Spaß, Mom auf die Palme zu bringen. »Vielleicht hätte er ja Lust, danach noch vorbeizuschauen und ein paar unserer Kostproben aus heimischem Anbau zu genießen?«

»Mhm, klingt echt verführerisch. Ich werd's ihm sagen.« Ich hatte Sammys Anruf noch immer nicht verdaut. Er hatte mir erklärt, er könne nicht zu der Party kommen und würde –

schlimmer noch – auch nicht mit mir zurückfahren. So nett die Hinfahrt gewesen sei, aber er müsse Samstagabend arbeiten und nehme deshalb den Bus. Ich hatte kurz überlegt, auch schon früher zu fahren, aber daran wären meine Eltern mit Sicherheit nicht sehr erbaut gewesen. Also wünschte ich ihm nur noch einen schönen Abend und legte auf.

»Hey, Bettina, kannst du mir hier wohl ein bisschen zur Hand gehen?« Mein Vater war damit beschäftigt, liebevoll einen Haufen Zweige und Brennholz in höchst komplizierter Flechttechnik übereinander zu schichten. Es war das Herzstück eines jeden Erntedankfests, das große Freudenfeuer, um das sich alle scharten, wo getanzt, Wein getrunken und »der Ernte gehuldigt« wurde, was immer das hieß.

Ich eilte ihm zu Hilfe. In meiner so zünftigen wie zwanglosen Kluft – ausgeleierte Cordhose, die noch aus Highschoolzeiten stammte, Wolljacke und dicker Fleecepullover – fühlte ich mich fremd und pudelwohl zugleich: endlich befreit von den windigen Tanktops und den hautengen, hinternliftenden, schenkelstraffenden Jeans, die ich mittlerweile fast schon aus tiefster Überzeugung trug. Meine Füße steckten in flauschigen Angorasocken und butterweichen Mokassins mit Gummisohle, Perlenstickerei und Fransenbesatz – damals in den Augen der Modebewussten an der Highschool eine schauerliche Geschmacksverirrung, aber ich hatte sie trotzdem getragen. Und trug sie nun wieder, mit dem Unterschied, dass sie jetzt auf jeder zweiten Seite von *Lucky* abgebildet waren. Es kam mir ein bisschen unredlich vor, aber die Dinger waren einfach viel zu bequem, um ihretwegen Prinzipienreiterei zu betreiben. Ich füllte meine Lunge tief mit spätherbstlicher Luft und überlegte, ob es sein konnte, dass ich mich rundum glücklich und zufrieden fühlte.

»Also, Dad, was soll ich machen?«

»Dir den Stapel da beim Wintergarten vornehmen und hier rübertragen, wenn's geht«, sagte er und lud sich ächzend einen halben Baumstamm auf die Schulter.

Er warf mir ein Paar riesige Arbeitshandschuhe zu, die von all den Erdarbeiten längst pechschwarz geworden waren. Ich ließ meine Hände in den Dingern verschwinden und begann, ein Holzscheit nach dem anderen zu verlegen.

Meine Mutter verkündete, sie ginge jetzt unter die Dusche, und in der Küche stünde eine Kanne ägyptischer Yogi-Lakritz-Tee. Wir gossen uns jeder eine Tasse ein und machten Päuschen.

»So, nun erzähl mal, Bettina. Wie stehst du zu dem Pfundskerl, den du da gestern Abend angeschleppt hast?«

»Pfundskerl?«, gab ich zurück – eher um Zeit zu schinden, als mich über den Ausdruck lustig zu machen. Logisch, die zwei brannten darauf, von mir zu hören, dass Sammy und ich ein Paar waren – und ich hätte ihnen den Gefallen weiß Gott mehr als gern getan –, aber ihnen jetzt das ganze Drum und Dran auseinander zu klamüsern, das war mir echt zu viel.

»Dir ist natürlich klar, dass deine Mutter und ich uns für dich letztlich so einen Knaben erträumen wie den von Penelope. Wie heißt er doch gleich wieder?«

»Avery.«

»Ja, genau, Avery. Der hätte uns sicher bis ans Lebensende mit Gras vom Feinsten versorgt, aber nachdem dieser Traummann offenbar schon vergeben ist, könnten wir uns mit Sammy durchaus anfreunden.« Er musste über seinen Witz selbst schmunzeln.

»Tja, also, was großartig Aufregendes gibt's da irgendwie nicht zu berichten. Ich hab ihn eigentlich bloß bis hierher mitgenommen.« Weiter wollte ich das Thema nicht vertiefen – irgendwie war ich dem Gefühl nach doch schon ein bisschen über das Alter hinaus, in dem ich Mom und Dad an meinen Liebeswirren teilhaben ließ.

Er nippte an seinem Tee und schaute mich über den Rand des Bechers hinweg an, dessen Aufdruck ihn als Friedensveteran auswies. Meine Eltern in irgendeiner Hinsicht als Veteranen zu bezeichnen, strafte ihren ungebrochenen Tatendurst

Lügen, aber ich enthielt mich jeglichen Kommentars. »Na gut, okay. Und wie geht's dir mit deinem neuen Job?«

Volle vierundzwanzig Stunden hatte ich keinen Gedanken an die Arbeit verschwendet, doch mit einem Mal verspürte ich das panische Bedürfnis, meine SMS zu checken. Ein Glück, dass mein Handy hier keinen Empfang hatte; und die Nachrichten über den Festnetzanschluss meiner Eltern abzurufen, war mir nun doch zu blöd.

»Eigentlich gar nicht mal so schlecht«, sagte ich schnell. »Viel besser als erwartet. Mit dem Team komme ich größtenteils gut zurecht. Und die Partys machen nach wie vor Spaß, auch wenn ich weiß, dass das vermutlich bald ausgereizt ist. Ich lerne unheimlich viel neue Leute kennen. Insgesamt ist es augenblicklich wohl genau das Richtige.«

Er nickte, aber mir war klar, dass ihm etwas auf der Zunge lag.

»Was?«, fragte ich.

»Ach, nichts. Es ist nur alles sehr interessant.«

»Was soll daran so interessant sein? Es ist ein PR-Job im Eventbereich, schlicht und nicht besonders ergreifend.«

»Ja, genau, das meinte ich eben. Versteh mich nicht falsch, Bettina, aber wir – also deine Mutter und ich – sind bloß irgendwie etwas überrascht, dass du dich für diese Schiene entschieden hast.«

»Na, immerhin ist es nicht mehr UBS! Mom hat fast einen Herzanfall gekriegt, als sie rausfand, dass Dow Chemical da zu den Kunden gehört. Drei Wochen lang hat sie mir Tag für Tag Briefe geschrieben, ich hätte Mitschuld an der Abholzung der Wälder, an all den lungenkranken Kindern und irgendwie – das habe ich nie ganz verstanden – auch am Irakkrieg. Weißt du das nicht mehr? Sie war dermaßen in Panik, dass ich den Kunden schließlich abgeben musste. Und jetzt regt ihr euch auf, weil ich einen neuen Job habe?«

»Wir regen uns gar nicht auf, Bettina, wir dachten bloß, es wäre an der Zeit, dass du etwas, etwas… Sinnvolleres machst.

Vielleicht bei einer Uni oder einer Forschungsstätte, die Anträge für Fördermittel abfassen. Du konntest doch immer so toll schreiben. Und hast du nicht auch mal eine Zeit lang davon gesprochen, in der Familienberatung zu arbeiten? Was ist denn daraus geworden?«

»Ich hab von allem Möglichen gesprochen, Dad. Aber dann hat sich das hier ergeben, und es macht mir Spaß. Ist das so schlimm?« Es klang schon fast nach Verteidigungsrede, aber das Thema ging mir echt auf die Nerven.

Lächelnd legte er seine Hand auf meine. »Nein, natürlich nicht. Irgendwann wirst du deinen Weg schon finden, ganz bestimmt.«

»Meinen Weg finden? Das klingt aber verdammt abfällig. Was ich zurzeit mache, ist voll in Ordnung –«

»Bettina? Robert? Wo seid ihr denn? Die Mädels von der Lebensmittelkooperative haben gerade angerufen, sie werden gleich da sein. Ist der Holzstoß fertig?«, hallte die Stimme meiner Mutter durchs Haus. Wir sahen uns an und standen auf.

»Schon unterwegs, Schatz«, rief Dad.

Ich stellte die beiden Becher in die Spüle und sauste an meinem Vater vorbei nach oben, wo ich die nächste ausgebeulte Hose aus dem Schrank zog. Einmal kurz mit der Bürste durchs Haar, ein bisschen Vaseline auf die Lippen (jene Lippen, die Sammy vor nicht einmal vierundzwanzig Stunden geküsst hatte), und schon hörte ich unten im Garten die ersten Stimmen.

Binnen einer Stunde war das Haus rammelvoll. Abgesehen von den paar Nachbarn und Unimenschen, die ich seit Jahren kannte, bevölkerten Horden wildfremder Leute die Räume, süffelten warmen Apfelmost und stippten Pitabrot in Auberginenpüree.

»Sag mal, wer sind die eigentlich alle?«, fragte ich Mom in der Küche, wo sie neue Ladungen Limonade zusammenmixte. Es war kurz nach Sonnenuntergang – oder besser gesagt, nach dem Dunkelwerden, denn die Sonne hatte sich den ganzen Tag nicht blicken lassen. Die ersten Töne der für diesen Abend engagierten Klezmerband ließen einen Mann, der ganz ähnliche Sandalen trug wie mein Vater, juchzend vor Begeisterung in der Gegend herumhüpfen, als ob ihn irgendwas gestochen hätte. Klassische Thanksgivingdinners laufen definitiv anders ab.

»Ja, stimmt, dieses Jahr sind viele Neue dabei. Nachdem dein Vater in dem Semester nur ein Seminar hält, haben wir uns doch mal ein bisschen mehr unters Volk gemischt. Die Gruppe an dem Tisch da ist von unserer Lebensmittelkooperative – wir haben seit ein paar Monaten eine neue. Habe ich dir das schon erzählt? Die alte war echt nicht mehr tragbar, so was von faschistisch! Ach ja, und die zwei netten Pärchen da drüben sind samstags immer auf dem Gemüsemarkt an der Euclid Street. Und sonst? Ein paar Leute haben wir letzten Monat bei der einwöchigen Mahnwache zur Abschaffung der Todesstrafe kennen gelernt, und dann sind noch welche von unserem Komitee für die Errichtung nachhaltiger Ökodörfer da …«

Sie schwatzte munter weiter, während sie die aufgefüllten Eiswürfelbehälter im Gefrierschrank verstaute und ich, an die Arbeitsplatte gelehnt, zu rekonstruieren versuchte, wann genau mir das Leben meiner Eltern final entglitten war.

»So, jetzt komm, ich will dir Eileen vorstellen. Sie arbeitet auch beim Notruf und war dieses Jahr unser Engel vom Dienst. Sie weiß praktisch alles über dich, ihr müsst euch unbedingt kennen lernen.«

Die Suche erübrigte sich: Eileen kam in die Küche gesegelt, als wir gerade die Tabletts mit den Limonadekrügen wieder raustragen wollten.

»Ach, wen haben wir denn da!«, säuselte sie und nahm mich ohne Umschweife wie ein Kleinkind in ihre wabbeligen, fleischigen Arme. Sie war nicht unangenehm fett, nur rundum gut gepolstert, und wirkte mit ihrem breiten Lächeln auf Anhieb ungemein vertrauenerweckend.

»Wie schön, dass wir uns endlich kennen lernen! Deine Mutter hat mir so viel von dir erzählt – ich hab sogar ein paar von den genialen Briefen gelesen, die du in der Highschool immer geschrieben hast!« Ich funkelte Mom an, doch statt tot umzufallen, zuckte sie nur mit den Achseln.

»Wirklich? Na ja, das ist ja schon eine Weile her. Aber über dich habe ich auch schon eine Menge Gutes gehört.« Schwindlerin – ich kannte gerade mal ihren Namen, aber Mom sah erfreut drein.

»Pff – tatsächlich? Na, komm her, setz dich zu Tante Eileen und erzähl ihr was. Wie lebt es sich so, wenn man berühmt ist?«

Also, »Tante Eileen« war ja wohl einen Tick daneben – ich schätzte sie auf höchstens zehn Jahre älter als mich. Egal, ich stieg darauf ein und ließ mich am Küchentisch nieder. »Berühmt? Ach was. Stimmt zwar, ich arbeite mit berühmten Leuten – das bleibt bei einem PR-Job nicht aus –, aber mich selbst würde ich nicht so bezeichnen«, sagte ich vorsichtig. Sicher verwechselte Eileen mich mit der Tochter irgendeiner anderen Freundin.

»Mädchen, wir hier in Poughkeepsie leben zwar hinter dem Mond, aber mit der Klatschpresse kenne ich mich aus wie keine Zweite! Und jetzt raus mit der Sprache: Wie ist es, mit diesem Gott Philip Weston auszugehen?« Sie sog scharf die Luft ein und schien einer Ohnmacht nahe. »Komm schon, und lass ja nichts aus. Wir sind uns doch wohl einig, dass es sich um das hinreißendste Mannsbild handelt, das unser Planet derzeit beherbergt?!«

Ich brachte ein verlegenes Lachen zustande und überlegte fieberhaft, wie ich mich aus der Affäre ziehen konnte, aber dann sah ich Moms Miene.

»Pardon?«, fragte sie. »Philip wer?«

Eileen starrte sie ungläubig an. »Anne, du willst mir doch nicht im Ernst erzählen, du wüsstest nicht, dass dein eigen Fleisch und Blut sich den begehrenswertesten Junggesellen auf

Gottes weiter Erde geschnappt hat? Im *Ernst?*«, kreischte sie. »Ich hab dich bisher nur deshalb nicht direkt danach gefragt, weil ich wusste, dass Bettina heute Abend hier sein würde, und da wollte ich natürlich sämtliche pikanten Details aus erster Hand erfahren!«

Mom blickte so fassungslos drein, als ob ich ihr eine gescheuert hätte. Immerhin wurde mir blitzartig bewusst, dass meine Eltern – zum Glück – keine von Abbys Kolumnen aus der letzten Zeit gelesen hatten.

»Ich, äh, also mir war gar nicht bekannt, dass du einen Freund hast«, stammelte die Arme, die sich höchstwahrscheinlich gleich doppelt betrogen fühlte: Schlimm genug, dass die Tochter ihr bedeutsame Informationen vorenthalten hatte, aber musste ihre Kollegin diesen Aussetzer in der Mutter-Tochter-Beziehung nun auch noch hautnah mitbekommen? Ich wollte Mom umarmen, sie beiseite nehmen und ihr alles erklären, aber Eileen bombardierte mich gnadenlos mit weiteren Fragen.

»Hat er mal eine Erklärung geliefert, warum er und Gwynnie nicht mehr zusammen sind? Das habe ich nie verstanden. Und, wie ist es, kennt er die Königin von England eigentlich persönlich? Ich denke mal ja, nachdem er ja auch von königlichem Geblüt ist und so weiter, aber ich wüsste gern, wie das so in echt ist?«

»Von königlichem Geblüt?«, flüsterte Mom und hielt sich an der Arbeitsplatte fest. Sie hatte tausend Fragen, das sah man ihr an, aber die einzige, die sie herausbrachte, lautete: »Und der junge Mann, der gestern Abend hier war?«

»Er war hier?«, hakte Eileen sofort ein. »Philip Weston war hier? In Poughkeepsie? Gestern Abend? O mein Gott...«

»Nein, Philip Weston war nicht hier. Ich habe einen Freund im Auto mitgenommen, und er kam noch kurz mit, um Mom und Dad kennen zu lernen. Philip und ich sind kein Paar in dem Sinn, sondern lediglich ein paarmal miteinander ausgegangen. Er ist auch mit allen meinen Kolleginnen gut befreundet.«

»Ooooh«, kam es von Eileen. Offenbar stellte die Erklärung sie zufrieden. Moms Begeisterung hingegen hielt sich deutlich in Grenzen.

»Mit wem bist du ein paarmal ausgegangen? Weston Werwiewas? Doch nicht etwa einer von den berühmten englischen Westons?«

Ein bisschen stolz war ich ja schon, dass selbst Mom schon von ihm gehört hatte. »Der und kein anderer«, sagte ich. Gottlob, die Wogen schienen sich zu glätten.

»Bettina, ist dir *klar*, dass die Westons notorische Antisemiten sind? Erinnerst du dich nicht mehr an die Sache mit den Schweizer Bankkonten, der Bereicherung am Holocaust? Darüber hinaus wird ihnen auch noch nachgesagt, dass sie ihr Geld unter anderem durch Ausbeutungsbetriebe in Südamerika verdienen. Und du bist mit einem von dieser Sippe *zusammen*?«

Eileen merkte blitzfix, dass sich hier etwas höchst Ungemütliches zusammenbraute, und verdrückte sich unauffällig.

»Ich bin nicht mit ihm zusammen«, sagte ich beharrlich, obwohl mein Leugnen allmählich so zwecklos wie lächerlich war, nachdem ich eben zugegeben hatte, dass ich mit Philip ausging.

Sie fixierte mich, als hätte sie mich seit Ewigkeiten nicht mehr gesehen, und schüttelte bedächtig den Kopf. »Das hätte ich wirklich nicht von dir erwartet, Bettina. Nie im Leben.«

»Was?«

»Dass meine Tochter sich in solcher Gesellschaft bewegt. Du bist clever, ehrgeizig und erfolgreich, damit kommen wir gut klar, aber daneben haben wir uns auch bemüht, dir ein gewisses Maß an sozialem und bürgerlichem Verantwortungsbewusstsein zu vermitteln. Was ist daraus geworden, Bettina? Sag mir das bitte.«

Ich kam nicht zum Antworten; ein Mann, den ich noch nie zuvor gesehen hatte, stürzte in die Küche und verkündete,

Mom werde draußen im Garten zu einem Fototermin erwartet. Die letzten fünf Jahre hatten meine Eltern auf ihrem alljährlichen Erntefest stets Spenden für die Frauenhäuser in der Umgebung gesammelt, und die Veranstaltung war darüber zu einer Institution geworden, über die sowohl die Lokal- wie die Schülerzeitungen von Poughkeepsie berichteten. Ich sah zu, wie der Fotograf meine Eltern im Wintergarten und vor dem Feuer in Positur stellte, und mischte mich den restlichen Abend tapfer unters Volk. Weder Mom noch Dad kamen noch einmal auf meinen Job oder auf Philip Weston zurück, aber mir war weiterhin nicht wohl in meiner Haut. Plötzlich konnte ich es kaum mehr erwarten, wieder zurück in der Stadt zu sein.

21

Die Woche nach Thanksgiving war brutal. Dass meine Eltern so betroffen reagiert hatten, setzte mir schwer zu. Philip belaberte mich nonstop auf allen Kanälen. Und bei Sammy herrschte totale Funkstille. Kein Grund zur Panik, sagte ich mir ständig, durchlebte in Gedanken wieder und wieder DEN KUSS, tagträumte davon, wie Sammy mich aus dem Auto gezogen hatte, und fragte mich, wann er sich wohl endlich melden würde. Aber irgendwann war das alles dann doch mal ziemlich abgenudelt. Obendrein erschienen neue Kolumnen von Abby über mich, und das, obwohl ich volle fünf Tage nicht vor Ort gewesen war. Auch wenn ich das Ganze nur noch verschwommen in Erinnerung hatte, eins wusste ich mit Sicherheit: Abby war beim Erntefest meiner Eltern NICHT zugegen gewesen. Wieso sprang mir dann mein Name in fetten Lettern von der Schlagzeile des New York Scoop entgegen? ÄRGER IM PARADIES? ROBINSON TANKT AN DER HEIMATFRONT AUF. Im Weiteren walzte Abby lang und breit aus, wie merkwürdig sie es fand, dass ich so »plötzlich abgetaucht« sei, nachdem Philip und ich doch praktisch »unzertrennlich« gewesen waren. Dass ich »Zuflucht« im hunderte von Kilometern entfernten Haus meiner Eltern gesucht hatte, sei ein klares Anzeichen für schwere Beziehungsprobleme. Der Extrazusatz schlug dem Fass den Boden aus: Mein »Wochenende weitab des Partyzirkels« könne unter Umständen auch darauf hindeuten, dass eine »Entziehungskur« anstand oder die »schnöde Verlassene« ihre Wunden lecken musste. Zum schlechten Schluss ermunterte Abby noch all ihre LeserInnen, in dem spannenden Match Weston gegen Robinson ja weiter am Ball zu bleiben.

Ich riss das oberste Blatt von dem Stapel, knüllte es zusammen und warf es quer durchs Zimmer. Beziehungsprobleme? Entziehungskur? *Schnöde verlassen*? Die Andeutung, Philip und ich seien am Ende doch kein Paar, machte mich noch saurer als die gegenteilige Behauptung. Und was hieß hier Entziehungskur? Schlimm genug, als wild gewordenes Partygirl hingestellt zu werden – aber eins, das damit nicht umgehen konnte, war nur noch peinlich. Allmählich wurde das Ganze zum absurden Theater. Ich brauchte drei volle Tage, um Kelly (und Elisa, die ungewöhnlich besorgt wirkte) davon zu überzeugen, dass Philip und ich keinen Knatsch miteinander hatten, dass ich in Poughkeepsie nicht auf die Suche nach einer passenden Rehaklinik gegangen war und definitiv nicht vorhatte, Philip in absehbarer Zeit aus welchen Gründen auch immer fallen zu lassen.

Im Dezember ließ ich mich bei so vielen Events wie möglich blicken, posierte mit Philip und handelte mir weitere boshafte Kommentare von Abby ein, der das Ganze diebischen Spaß zu machen schien – kurz, es herrschte wieder der ganz normale Wahnsinn. Kelly teilte uns reihum für Urlaub ein; ich übernahm Heiligabend eine Cocktailparty jüdischer Akademiker und hatte dafür Silvester frei. Ich freute mich tierisch – über die Feiertage wollte ich endlich, wie schon lange vereinbart, Penelope in Los Angeles besuchen und hatte mir, gleich als der Urlaubsplan stand, das Ticket besorgt. Bei der üblichen Lagebesprechung am Montagmorgen, zwei Wochen vor Weihnachten, ging es turbulenter zu denn je. Ich träumte mit offenen Augen davon, bald in Flipflops und Shorts mit Pen am Strand zu sitzen und bei ein paar Bloody Marys ausgiebig zu quatschen, da drängte sich Kellys Stimme in meine Fantasien.

»Wir haben einen neuen und sehr, sehr spannenden Kunden gewonnen«, sagte Kelly mit breitem Lächeln. »Ab heute vertreten wir offiziell die Vereinigung der Nachtklubbesitzer von Istanbul.«

»Istanbul hat ein Nachtleben?«, fragte Leo und warf einen kritischen Blick auf seine über alle Kritik erhabenen Fingernägel.

»Wie, sind in Syrien denn Nachtclubs überhaupt erlaubt?«, krähte Elisa wie ein aufgescheuchtes Huhn. »Ich meine, die ganzen Moslems trinken doch grundsätzlich keinen Tropfen, oder?«

»Istanbul liegt in der Türkei, Elisa«, belehrte Leo sie mit ausgesprochen selbstgefälliger Miene. »Und ja, es ist ein muslimisches Land, aber schon sehr verwestlicht, und sie haben da die totale Trennung zwischen Kirche und Staat, gut, in dem Fall wohl eher zwischen Moschee und Staat.«

Kelly lächelte beifällig. »Genau, Leo, das trifft es genau. Wie ihr alle wisst, haben wir mittlerweile das Potential für eine internationale Klientel, und das hier ist meines Erachtens das ideale Sprungbrett. Eine Vereinigung von ungefähr dreißig Clubbetreibern auf der Suche nach einem Promoter, der publik macht, was sich bei ihnen Abend für Abend so tut. Und da sind sie auf uns verfallen.«

»Wie, es kommen echt Leute in die Türkei, um Party zu machen?«, sagte Elisa mit gerümpfter Nase. »Ich meine, ist ja schließlich nicht Ibiza oder so.«

»Na ja, eben deshalb sollen wir ihnen ja ein bisschen unter die Arme greifen«, kam es von Kelly. »Soviel ich weiß, ist Istanbul eine kosmopolitische Metropole und zieht ein tolles europäisches Publikum an; die Leute fahren auf die Strände und Clubs ab und kaufen gern günstig ein. Aber seit dem elften September ist der Tourismusmarkt schwer eingebrochen, und nun würden sie vor allem den jüngeren Amerikanern gern vor Augen führen, dass man in Istanbul genauso leicht abfeiern kann wie in Europa, aber deutlich preiswerter *und* exotischer. Es ist unser Job, das genau so zu verkaufen.«

»Und wie, bitte schön, soll das gehen?«, fragte Leo mit einem extrem gelangweilten Blick auf die Schnalle seines Gucci-Gürtels.

»Na, indem ihr euch zunächst einmal mit der Szene vertraut macht. Will heißen, ihr begebt euch an Neujahr allesamt nach Istanbul. Skye und ich halten hier die Stellung. Ihr startet am achtundzwanzigsten.«

»Was?« Ich war kurz vorm Ausrasten. »Wir fliegen in die *Türkei? In zwei Wochen?*« O Gott, wie sollte ich das Penelope beibringen. O Gott, wie aufregend.

»Kelly, ich finde, Bette hat Recht. Ich halte das, also ich meine, das ist keine gute Idee, jedenfalls, mir liegt so was nicht, solche Abstecher in – Krisengebiete«, erklärte Elisa.

»Ich hab ja gar nicht gesagt, dass ich nicht hin will«, flüsterte ich kläglich.

»Krisengebiete? Geht's dir noch gut?«, fragte Skye.

»Das wär mir an sich egal. Ich finde bloß die Vorstellung nicht so wahnsinnig aufregend, um den halben Erdball in ein Dritte-Welt-Land zu fliegen, wo man sich vor allem Essen und Trinken in Acht nehmen muss und jede Art von Zimmerservice vergessen kann. Und das zu Neujahr?« Leo warf Kelly einen Blick zu.

»Genau da liegt ja der Hund begraben«, sagte Kelly mit bewundernswerter Engelsgeduld. »Die Türkei hat sich zu einer Demokratie nach westlichem Zuschnitt entwickelt. Sie bewirbt sich um die Mitgliedschaft in der EU. Istanbul punktet mit absoluten Luxushotels mitten im Zentrum – Four Seasons, Ritz und Kempinski plus eine Versace-Boutique, Herrgott. Damit seid ihr doch wohl aus dem Schneider. Und nebenbei habt ihr nichts weiter zu tun, als so viele Clubs und Lounges und Restaurants auszuchecken, wie's nur geht. Schmeißt euch in Schale. Trinkt ihnen den Champagner weg. Geht shoppen. Bringt Geld unter die Leute. Macht Party bis zum Gehtnichtmehr. Läutet gemeinsam das neue Jahr ein. Und, natürlich, haltet die Gäste bei Laune.«

»Die Gäste? Die Nachtclubbesitzer, meinst du wohl?«, maulte Elisa, die Arme vor der Brust verschränkt, als wäre sie die Sittenwächterin der Nation. »Das kannst du vergessen. Ich werf mich doch nicht irgendwelchen hergelaufenen türkischen Clubbesitzern an den Hals, Kelly, nicht mal dir zuliebe!«

Kelly grinste nur. »Echt witzig.« Kunstpause. »Hab keine Angst, meine kleine Elisa. Die Gäste, von denen ich spreche, sind eine handverlesene Gruppe Trendsetter aus dem uns allen vertrauten Manhattan.«

Elisa fuhr hoch. »Was? Wer? Heißt das, wir haben angesagtes Volk mit an Bord?«, fragte sie.

Davide und Leo reckten ebenfalls die Köpfe. Die ganze Mannschaft saß gespannt da und wartete, dass Kelly die Katze aus dem Sack ließ. »Na ja, es liegen noch nicht von allen verbindliche Bestätigungen vor, aber mehr oder weniger fest zugesagt haben bisher Marlena Bergeron, Emanuel de Silva, Monica Templeton, Oliver Montrachon, Alessandra Uribe Sandoval und Camilla von Alburg. Zum Glück steht hier für Silvester bis jetzt noch nichts Größeres auf dem Plan – da kommt so was wie unsere kleine Sause gerade recht. Ihr fliegt mit dem Privatjet hin und wohnt im Four Seasons. Der Kunde stellt Limousinen, Essen, Trinken und alles, was ihr sonst noch braucht, um es für sie und die Fotografen so richtig krachen zu lassen.«

»Privatjet?«, murmelte ich.

»Fotografen?«, winselte Elisa. »Sag bloß, du packst uns das Flugzeug mit einem Haufen Paparazzi voll.«

»Nur die üblichen Verdächtigen – maximal drei, alles Freie, sprich, an kein Blatt gebunden. Dazu vielleicht noch drei oder vier Reporter, damit haben wir die optimale Berichterstattung.«

Hm. Das hieße, in nicht mal zwei Wochen säße ich im Flieger nach Istanbul, im Gepäck den schweren Auftrag, am Pool eines der weltbesten Hotels abzuhängen, die Nächte durchzutanzen und durchzutrinken und lediglich Sorge zu tragen, dass die handverlesene Truppe von Promis und Szenegängern stets genug Alkohol intus hatte, um in die Kamera zu strahlen, aber nicht so viel, dass sie vor den Reportern völligen Stuss verzapfte. Die Partyfotos würden uns aus sämtlichen Klatschblättern und Zeitungen entgegenlachen, wenn wir zurückkamen, und in den Bildunterschriften würde stehen, dass alle, auf die es irgendwie ankam, in Istanbul Party machten, und keiner würde auf die Idee kommen, dass das Ganze ein von vorne bis hinten bezahlter Werbefeldzug war. Eine brillante Idee, die aufs Schönste das Motto unseres Gewerbes – Von der Bühne direkt ins Blatt – versinnbildlichte.

Doch dann sah ich plötzlich Penelope vor mir und bekam kaum noch Luft. Wie konnte ich ihr schon wieder so was antun?

»Bette, ich habe mir erlaubt, für dich und Philip die Flitterwochensuite zu reservieren. Das ist das Wenigste, was ich für mein schnuckeliges Lieblingspärchen tun kann!«, verkündete Kelly mit stolzgeschwellter Brust.

»Philip kommt auch mit?«, krächzte ich. Seit Sammy mich geküsst hatte, kam mir diese Pseudobeziehung zu Philip noch verdrehter vor als ohnehin schon.

»Na klar doch! Die Idee stammt ja hauptsächlich von ihm! Ich habe ihm bei der BlackBerry-Party von unserem neuen Kunden erzählt, und er bot mir Unterstützung an und sagte, er würde gern mit ein paar Freunden rüberjetten und Party machen, wenn das der Sache dienlich wäre. Er hätte uns dafür sogar den Privatjet seines Vaters zur Verfügung gestellt, aber die Nachtclubbesitzer hatten ihren eigenen schon fest eingeplant. Na, da freust du dich aber, Bette?!«

Ich wollte irgendwas antworten, doch Kelly war schon auf dem Weg zur Tür. »Okay, Leute, die nächsten Wochen gibt es jede Menge zu erledigen. Elisa, du bist für den Kontakt mit dem Kunden und den Gästen zuständig und kümmerst dich um die Reiseplanung – sieh zu, dass alle Bescheid wissen, wann sie wohin sollen und was sie brauchen. Leo, du bleibst mit den Reportern, Fotografen und Redakteuren in ständiger Verbindung; setz als Erstes eine kurze Pressemitteilung und ein Infoblatt auf, und versorg sie mit so vielen Archivfotos von unseren Gästen, wie du auftreiben kannst. Davide, du legst Infomappen über die Gruppe an, die ihr unter eure Fittiche nehmt. Ist natürlich alles in unseren Datenbanken gespeichert; stell die jeweiligen Profile zusammen – gesellschaftlicher Werdegang, Vorlieben, Abneigungen etc. –, und gib sie so schnell wie möglich an das Team weiter. Danach erteilst du die entsprechenden Anweisungen beim Four Seasons, damit gesichert ist, dass sie jedem Gast die richtige Sorte Wasser, Wein und Snacks ins Zimmer stellen. Größere erotische Konflikte sollte es eigentlich nicht geben, aber erkundige dich vorsichtshalber noch mal. Abgesehen davon, dass Camilla mal was mit Oliver gehabt hat und Oliver jetzt angeblich was mit Monica hat, scheint sich der Gruppeninzest in Grenzen zu halten. Das vereinfacht die Sache.«

Alle machten sich fieberhaft Notizen, und die LISTEN-Girls, die von ganz hinten zusehen durften, erstarrten vor Ehrfurcht.

»Und was soll ich machen, Kelly?«, fragte ich, als sie sich zum Gehen wandte.

»Du? Du, Bette, konzentrierst dich einzig und allein auf Philip. Alles andere lass nur unsere Sorge sein. Er ist die Schlüsselfigur bei dem Ganzen, also halt ihn unter allen Umständen bei Laune. Besorg ihm alles, was er will. Versorg ihn mit allem, was er braucht. Wenn Philip happy ist, sind seine Freunde es auch, und das ganze Unternehmen wird ein Kinderspiel.« Sie zwinkerte uns zu, was wohl heißen sollte, ob damit alle Klarheiten beseitigt seien, und begab sich zurück an ihren Schreibtisch.

Leo, Skye und Elisa verfielen in fröhliches Geschnatter und beschlossen, die erste Planungsphase mit einem Mittagessen im Pastis anzugehen. Ich ließ sie ziehen. Eine alptraumartige Vorstellung setzte sich hartnäckig in meinem Kopf fest: Philip, lang ausgestreckt und lediglich mit seidenen Boxershorts bekleidet auf dem Balkon einer mit allen Schikanen ausgestatteten Hochzeitssuite; dazu der Reporter, der auf unserem Doppelbett hockte und ihn in diversen heillos verrenkten Yogastellungen ablichtete, derweil Penelope von fern zusah.

22

Dienstagabend kriegte ich Penelope endlich an die Strippe. Sie klang weit weg, rein räumlich und zeitlich, aber auch sonst. Obwohl sie Stein und Bein schwor, sie hätte mir längst verziehen, dass ich mich bei ihrer Abschiedsparty aus dem Staub gemacht hatte, klang es nicht so, als wäre sie wirklich drüber weg. Ich hatte ihr bisher weder von Sammys Kuss noch von den Diskussionen mit meinen Eltern beim Erntefest erzählt, geschweige denn sie aufgeklärt, dass Abby hinter den fiesen Artikeln im New York Scoop steckte. Vor drei Monaten wäre allein das schon schier unbegreiflich gewesen, und nun war ich drauf und dran, es noch viel, viel schlimmer zu machen, sprich: womöglich final zu versauen.

Drei Stunden hatte ich mir gut zugeredet, die Sache mit Penelope zu klären – und gleichzeitig ständig an Sammy gedacht. War er zu Hause? Leitete er die Trennung von seiner Freundin in die Wege, damit aus uns beiden ein Paar werden konnte? Wenn wir uns im Bungalow trafen, schien er immer sehr angetan von mir. Bestimmt würde er das Richtige tun – was natürlich nichts anderes hieß, als Isabel in die Wüste zu schicken und sich auf eine zweifellos lange und glückliche Liebesbeziehung mit mir einzulassen.

Schließlich drang der Befehl vom Großhirn zu meinen Fingern durch, ich wählte Penelopes Nummer, wollte aber – zum zigsten Mal – schon wieder auflegen, als sie dranging.

»Hi! Wie geht's dir denn?«, fragte ich mit viel zu dick aufgetragener Begeisterung. Ich hatte mir meinen Text noch nicht hundertprozentig zurechtgelegt und versuchte so viel Zeit wie möglich zu schinden.

»Bette! Hi. Was gibt's?« Sie klang ähnlich enthusiastisch.

»Nichts Besonderes. Das Übliche, weißt schon.« Okay, runter mit dem Pflaster, und zwar kurz und schmerzhaft. »Ich muss dir was sagen, Pen –«

Sie fiel mir ins Wort. »Vorher muss ich dir erst mal was sagen, und zwar was ganz Furchtbares.« Sie holte tief Luft. »Unser Silvestertermin fällt ins Wasser.«

Was? Wie konnte das sein? Wusste sie etwa schon von den Türkeiplänen? Und war deshalb so sauer, dass sie mir mit der Absage zuvorkam? Offenbar interpretierte sie mein irritiertes Schweigen als unterdrückten Zorn.

»Bette, bist du noch dran?«, sprudelte sie los. »Es tut mir so Leid, ich weiß gar nicht, wo ich anfangen soll. Vorhin haben meine Eltern angerufen und mir mitgeteilt, sie hätten für die Woche zwischen Weihnachten und Neujahr eine Villa in Las Ventanas gemietet. Ich habe ihnen gesagt, Neujahr sei bei mir schon verplant, aber sie meinten, sie hätten auch noch Averys Eltern und seinen Bruder eingeladen, das heißt, wir müssen alle mit, und mir bleibt keine Wahl. Wie üblich.«

Das war doch wohl zu schön, um wahr zu sein.

»Echt? Du fliegst also stattdessen nach Mexiko?« Ich fragte bloß nach, um sicherzugehen, dass ich alles richtig verstanden hatte, aber für Penelope klang ich wohl mehr als verstimmt.

»Ach Bette, es tut mir ja so schrecklich Leid. Für das verfallene Ticket komme ich selbstverständlich auf, und ich kauf dir auch ein neues für den erstmöglichen Termin, an dem du Zeit hast. Aber bittebitte verzeih mir. Falls es dich irgendwie tröstet, dann sei versichert, dass dieses Neujahr für mich der absolute Albtraum sein wird…« Sie klang so jämmerlich, dass ich am liebsten durch den Hörer geschlüpft wäre, um sie in den Arm zu nehmen.

»Pen, jetzt mach dir mal keinen Kopf –«

»Echt? Du bist nicht stinksauer auf mich?«

»Wenn wir schon die Karten auf den Tisch legen, dann muss ich dir ehrlicherweise wohl auch sagen, dass ich angerufen habe, weil ich über Neujahr nicht kommen kann. Da verschickt Kelly uns nämlich alle in die Türkei.«

»In die *Türkei*?« Jetzt klang sie verwirrt. »Wieso in die Türkei?«

»Zum Arbeiten, ob du's glaubst oder nicht. Wir haben einen neuen Kunden – irgend so eine Vereinigung von Nachtclubbesitzern –, und die wollen uns als Promoter für das Istanbuler Nachtleben. Heißt, wir kommen mit der Party zu ihnen und garantieren, dass hier fett darüber berichtet wird. Und da bot sich Neujahr wohl als idealer Start an.«

Sie lachte und sagte: »Soll das heißen, du hast mich lang und breit jammern lassen, nur um mir hinterher zu verklickern, dass du sowieso nicht kommen kannst? Du altes Ekelpaket!«

»Ähm, 'tschuldigung, du hast mir vor nicht mal einer Minute klar und deutlich zu verstehen gegeben, dass ich nicht zu kommen brauche. Nix mit ›altes Ekelpaket‹!« Wir mussten beide lachen, und mir fiel ein tonnenschwerer Stein vom Herzen.

»Jetzt mal im Ernst, wie cool ist das denn?«, fragte sie. »Habt ihr auch ein bisschen Zeit für Besichtigungen? Die Hagia Sofia soll ja so was wie eine transzendentale Erfahrung sein. Und dann die Blaue Moschee. Der große Basar. Eine Bootstour über den Bosporus! Großer Gott, Bette, ich kann's kaum fassen …«

Was sollte ich dazu sagen? Dass bislang tagsüber nur Hot-Stone-Massagen auf dem Plan standen und die einzige fest vereinbarte Bootstour eine ausgemachte Sauftour zu werden versprach? Nicht doch. Also murmelte ich irgendwas Beschwichtigendes und versuchte, so schnell wie möglich das Thema zu wechseln. »Ja, es klingt so weit echt super. Was ist denn bei dir so angesagt?«

»Ach, nicht so doll viel«, sagte sie. »Halt dies und das.«

»Penelope! Du bist vor kurzem ans andere Ende des Kontinents gezogen, wenn ich mich recht erinnere. Na und, wie ist es da? Was läuft so ab? Sag schon!« Ich steckte mir eine Fluppe an, lud mir Millington auf den Schoß und war auf jede Menge Schwärmereien über Wochenend und Sonnenschein in Los Angeles gefasst, aber Penelope klang alles andere als begeistert.

»Also, so weit ist es ganz okay«, meinte sie zögernd.

»Du hörst dich mies an. Was ist denn los?«

»Ach, ich weiß nicht.« Sie seufzte. »Kalifornien ist schon gut. Nein, schön, richtig schön. Wenn man sich von solchem Mist wie diesen albernen Bio-Soja-Süßgras-Drinks fern hält, lebt es sich hier gar nicht schlecht. Wir haben eine Superwohnung in Santa Monica, ganz in der Nähe vom Strand, und es ist traumhaft, dass unsere Eltern so weit weg sind. Ich weiß auch nicht, es ist bloß…«

»Bloß was?«

»Ach, ich dachte, Avery würde es hier ein bisschen ruhiger angehen lassen, aber er hat sich sofort an eine ganze Horde angedockt, die er noch aus der Highschool kennt und die nach dem College hierher gezogen sind. Ich sehe ihn praktisch überhaupt nicht mehr. Die Uni geht erst Mitte Januar los, das heißt, er wird noch einen weiteren vollen Monat die Nacht zum Tag machen, und zwar sieben Tage die Woche.«

Typisch, dachte ich, verkniff es mir aber wohlweislich. »Ach Süße, das ist bestimmt nur die Eingewöhnungsphase. Wenn er erst mal mit der Uni anfängt, wird er schon kürzer treten.«

»Schätze ich auch. Du hast sicher Recht. Es ist bloß, dass er, na ja… Egal, ist nicht so wichtig.«

»Penelope! Was wolltest du gerade sagen?«

»Du hältst mich bestimmt für das Letzte.«

»Darf ich dich daran erinnern, teure Freundin, dass du mit einer Frau sprichst, die, ich zitiere, sich aus rein beruflichen Gründen einen ständigen Begleiter zugelegt hat. Ich glaube, damit bin ich nicht direkt in der Position, über andere den Stab zu brechen.«

Sie seufzte erneut. »Also, ich hab gestern Abend, während er im Viceroy war, Averys Posteingang bei Yahoo gecheckt und dabei ein paar sehr seltsame E-Mails gefunden.«

»Ihr habt wechselseitig Zugang zu euren E-Mail-Konten?«, fragte ich entsetzt.

»Ach was. Aber sein Passwort war nun wirklich leicht rauszukriegen. Ich habe den Kosenamen eingetippt, den er seiner Haschpfeife gegeben hat, und voilà! Schon war ich drin.«

»Echt? Und was hast du da entdeckt?« Ich fand es überhaupt nicht schlimm, dass sie in seine virtuelle Privatsphäre eingedrungen war. Schließlich hatte ich selbst monatelang versucht mitzulesen, wenn Cameron sein Passwort eintippte, aber er war immer zu schnell.

»Ich weiß, dass ich wahrscheinlich überreagiere, aber es waren ein paar sehr neckische E-Mails an eine Frau dabei, mit der er in New York zusammengearbeitet hat.«

»Was meinst du mit *neckisch*?«

»Er hat sich lang und breit darüber ausgelassen, wie gut sie doch Alkohol verträgt – besser als jede andere Frau, die er kennt.«

»Wow, das ist mir aber mal ein Don Juan. Der Knabe könnte glatt ein Handbuch zum Thema Verführung schreiben.«

»Ja? Ich weiß, es klingt lächerlich, aber irgendwie schwang da doch was mit. Unterschrieben hat er immer mit ›xoxo‹.«

»O Gott. Ist er schwul? Er ist doch bestimmt nicht schwul, oder? Welcher Hetero macht denn so was?«

»Na, ich hab so was jedenfalls noch nie von ihm zu lesen bekommen. Es hat mich ganz kribblig gemacht. Als er gestern um drei Uhr morgens nach Hause kam, habe ich ihn ganz beiläufig gefragt, ob er eigentlich noch Kontakt mit irgendwelchen Exkollegen hat, und er hat nein gesagt, bevor er weggepennt ist. Was meinst du, reagiere ich zu empfindlich? Heute Morgen war er dann wieder so süß, hat gemeint, wir könnten doch shoppen gehen, den ganzen Tag miteinander verbringen …«

Mir fiel keine vernünftige Antwort ein. Bis zur Hochzeit waren es immer noch mehr als acht Monate. Vielleicht – ganz vielleicht – dämmerte es Penelope ja doch noch rechtzeitig, was für ein ausgewachsenes Rindvieh Avery war. Ich wollte mit größtem Vergnügen das Feuer schüren, wo es nur ging, aber auf den richtigen Trichter musste sie schon selbst kommen.

»Na ja«, sagte ich langsam, jedes Wort auf die Goldwaage legend. »Alle Beziehungen haben ihre Höhen und Tiefen, das ist doch ganz normal, oder? Deswegen verlobt man sich ja erst mal. Wenn du irgendwas an ihm entdeckst, von dem du meinst, dass du es auf Dauer nicht ertragen kannst, dann, na ja, bist du eben noch nicht verheiratet und –«

»So habe ich es nicht gemeint, Bette«, sagte sie scharf. Hoppla. »Ich liebe Avery, und selbstverständlich heirate ich ihn auch. Ich hatte nur das Bedürfnis, mit meiner besten Freundin über einen sicherlich völlig lächerlichen, unbegründeten, paranoiden Verdacht zu sprechen. Und das ist ganz klar mein Problem, nicht das von Avery. Ich muss einfach mehr Vertrauen haben, was seine Gefühle für mich betrifft, mehr ist es nicht.«

»Klar doch, Pen, klar. Verstehe ich absolut. Ich wollte dir auch nichts unterstellen. Und ich bin natürlich immer für dich da, wenn du reden willst. Tut mir Leid, was ich eben gesagt habe.«

»Ach egal, ich bin im Moment wohl schnell reizbar. Hab ein bisschen Heimweh. Also, danke fürs Zuhören. Entschuldige, dass ich dir die Ohren voll gelabert habe. Wie geht's denn dir nun eigentlich? Was macht Philip? Ist er brav?«

Wie um alles in der Welt waren die Dinge bloß dermaßen aus dem Ruder gelaufen? Da fragte meine beste Freundin mich nach Philip – und hatte keinen blassen Schimmer, dass Sammy überhaupt existierte? In jenen uralten – so kam es mir jedenfalls vor – Zeiten, als wir noch beide in der Bank arbeiteten und abends im Black Door abhingen, wäre es undenkbar gewesen, dass ich ihr nicht brühwarm von so etwas wie DEM KUSS erzählt hätte.

»Ach, es ist ziemlich kompliziert. Alle denken, dass wir zusammen sind – er vermutlich auch –, wir sind es aber eigentlich nicht«, sagte ich, wohl wissend, wie schwachsinnig das klang. Aber für umfassende Erklärungen fehlte mir die Energie.

»Es geht mich ja im Grunde nichts an, Bette, aber ob er so ganz das Richtige für dich ist?«

Was würde sie wohl sagen, wenn sie wüsste, was Mom mir über die Westons erzählt hatte?

Ich seufzte. »Ich weiß schon, Pen. Im Moment wächst mir einfach alles über den Kopf, verstehst du?«

»Ehrlich gesagt, nein«, gab sie zur Antwort. »Dazu bräuchte ich schon ein paar nähere Erklärungen.«

»Es ist schlicht so, dass dieser Job sich irgendwie in allen Bereichen meines Lebens breit macht. Meine Chefin zeichnet sich nicht gerade durch klare Abgrenzungen aus zwischen dem, was im und was außerhalb vom Büro stattfindet, darum gibt es eine Menge Überschneidungen. Kannst du mir folgen?«

»Nein. Was hat deine Chefin mit deinem Privatleben zu tun?«

»Es ist nicht nur das. Will hat mir den Job verschafft und erwartet, dass ich mich wacker schlage. Den Gefallen muss und will ich ihm tun. Und ich glaube, ich schlage mich tatsächlich wacker, was immer das heißen mag. Aber die ganze Geschichte mit Philip hängt dabei sozusagen mit dran.« Es ergab hinten und vorn keinen Sinn, was ich da von mir gab; genauso gut hätte ich Kisuaheli reden können.

»Na gut«, sagte sie zögernd. »Ich habe keine Ahnung, wovon du eigentlich sprichst, aber ich bin immer für dich da, ja? Du brauchst nur den Hörer in die Hand zu nehmen.«

»Ich weiß, Süße, hab tausend Dank.«

»Noch mal, es tut mir so Leid wegen Neujahr, aber ich freue mich, dass du nun stattdessen was viel Tolleres unternimmst. Es wird bestimmt in allen Zeitungen stehen …«

»Ach Mensch, da erinnerst du mich an was! Um ein Haar hätte ich's vergessen: Du kennst doch diese widerwärtigen Kolumnen über mich im New York Scoop?«

»Ja klar, an denen kam man ja in letzter Zeit kaum noch vorbei.«

»Und, irgendeine Ahnung, wer die Verfasserin ist?«

»Logisch. Das ist doch irgend so ein blödes Pseudonym, oder? Ellie Soundso?«

»Ja, und, wer ist das?«

»Woher soll ich das wissen?«

»Dahinter, liebste Pen, versteckt sich Abby. Der *Fokus*. Diese Schlampe hängt sich an mich und veröffentlicht den ganzen Krempel unter falschem Namen.«

Penelope schnappte nach Luft. »Abby? Bist du sicher? Und, was hast du jetzt vor? Du musst sie irgendwie kaltstellen.«

Ich schnaubte. »Das weiß ich selber! Kelly hat es mir schon vor Wochen erzählt, aber ich musste schwören, nichts zu verraten. Ich bin schier wahnsinnig geworden deswegen, andererseits war dauernd so eine Hektik, dass ich total vergessen habe, dir davon zu erzählen. Ist das nicht verrückt? Ich hätte nie gedacht, dass sie mich dermaßen hasst.«

»Allerdings, sehr seltsam. Gut, sie ist nicht gerade dein größter Fan – und meiner auch nicht –, aber das ist schon extrem fies, selbst für ihre Verhältnisse.«

»Ich will bloß eins, nämlich sie zur Rede stellen, und das geht nicht. Es ist zum Mäusemelken.« Ich warf einen Blick zur Uhr und fuhr von der Couch hoch. »O Gott, Pen, es ist ja schon fast acht. Tut mir echt Leid, dass ich dich abwürge, aber heute Abend trifft sich der Buchklub bei mir, und ich muss noch alles herrichten.«

»Also irgendwie finde ich's toll, dass du immer noch dieses Zeug liest, du alte Romantikerin.«

Ich dachte an Sammy und hätte um ein Haar losgelegt. In letzter Sekunde konnte ich mich noch stoppen.

»Jaja, kennst mich ja, immer Hoffnung im Herzen«, sagte ich munter.

Nach dem Telefonat fühlte ich mich einen Tick besser. Eigentlich hätte ich an dem Abend im Internet nach Informationen über die Leute, die mit uns in die Türkei flogen, suchen sollen, aber den Buchklub ließ ich nur sausen, wenn es absolut nicht anders ging. Ich brauchte eine volle Stunde, um die Bude auf Vordermann zu bringen, doch als der Summer zum ersten Mal ertönte und ich mich umsah, wusste ich, dass die Mühe sich gelohnt hatte.

»Der Abend steht ganz im Zeichen unseres heutigen Themas«, verkündete ich, nachdem alle Platz genommen hatten. Wir lasen gerade *Verkauft an ihren Latin Lover*; auf dem Umschlag umarmte ein hoch gewachsener Smokingträger (vermutlich der Latin Lover) eine elegante Abendkleidträgerin auf dem Oberdeck einer Yacht oder sonst irgendeines Luxusdampfers. »Also, hier haben wir erst mal einen Krug Sangria und einen mit Margaritas.«

Applaus, Beifallsrufe, allgemeines Einschenken.

»Dazu gibt es Quesadillas mit Hühnerfleisch, Miniburritos, höllenscharfe Tortillachips und Guacamoledip. Und als Nachspeise Magnoliamuffins.«

»Was haben Muffins mit rosa Zuckerguss mit unserem Latino-Thema zu tun?«, fragte Courtney und stibitzte sich einen von der Servierplatte.

»Das war zugegeben eher eine willkürliche Entscheidung – mir ist schlicht keine spanische Nachspeise eingefallen, die es mit Magnoliamuffins aufnehmen kann«, erklärte ich. In dem Moment gab Millington, die sich ins Eck verkrochen hatte, zaghaft Laut. »Komm her, Süße. Schön brav, meine Kleine, komm her«, und wahrhaftig, sie folgte. Kam zu uns getapst und ließ uns den Sombrero im Westentaschenformat sehen, den ich ihr zu diesem feierlichen Anlass verpasst hatte.

»Ist ja wohl nicht wahr«, lachte Jill und schnappte sich das

Hündchen, um seine Kopfbedeckung auf Augenhöhe zu bewundern.

»Doch, doch. Den hab ich in der Stadt in einem Baby-Kostümladen gefunden. Da, mit Kinnriemen, damit er oben bleibt. Ist das nicht megacool?«

Janie nahm sich noch eine Quesadilla und kraulte Millington abwesend mit der freien Hand. »Bette, wenn ich mir überlege, dass du dich anfangs schlicht geweigert hast, irgendwas bei dir steigen zu lassen, und jetzt bist du die Musterhausfrau des Clubs … Echt beeindruckend, ich muss schon sagen.«

Ich lachte. »Offenbar greift mein Job auch auf meine sonstigen Lebensbereiche über. Mittlerweile stelle ich jede Art von Event im Schlaf auf die Beine.«

Erst wurde gegessen und getrunken, bis wir genügend Sangria intus hatten, um uns bei der Diskussion über die ausgewählte Lektüre keinerlei Zwang mehr anzutun. Als Vika ihre zerfledderte Ausgabe aus der Handtasche zog, waren wir alle schon ziemlich hinüber.

»Ich lese euch jetzt die Zusammenfassung von der Website vor«, kündigte sie an. »Seid ihr bereit?«

Wir nickten.

»Okay, dann los. ›Der spanische Millionär Cesar Montarez begehrt Rosalind, seit er sie zum ersten Mal gesehen hat; nie zuvor hat er eine solch elektrisierende Anziehungskraft empfunden. Gleichzeitig hat er wenig Respekt vor geldgierigen Frauen – seien es Geliebte oder Vorzeigeehefrauen. Rosalind ist fest entschlossen, keines von beiden jemals zu werden – bis Cesar entdeckt, dass sie insgeheim Schulden hat. Nun kann er sie *kaufen*, als seine *Geliebte*… und Rosalind bleibt kaum eine andere Wahl, als auf sein Angebot einzugehen …‹ Wow. Klingt ja heiß. Und, wie ist euer Eindruck?«

»Es ist so irre romantisch, wie er sie in dem Restaurant am Strand sieht und einfach *weiß*: Die ist es. Warum sind normale Männer nicht auch so?«, fragte Courtney.

Sammy ist bestimmt so, sagte ich mir im Stillen und ließ meine Gedanken abschweifen.

Wir tauschten uns darüber aus, welche Figuren, Handlungsschwenks und Sexszenen uns in dem Buch am besten gefielen, und landeten darüber unweigerlich bei unserem eigenen Leben – Geschichten von der Arbeit, ein bisschen Gemecker über die Familie, aber hauptsächlich ging es (natürlich) um Männer.

Kurz vor Mitternacht klingelte der Portier aus dem Foyer an.

»Ja?«, sagte ich und hielt den Knopf der Gegensprechanlage gedrückt.

»Ich habe hier einen Herrn namens Philip Weston, der zu Ihnen möchte, Bette. Soll ich ihn hinaufschicken?«

»Philip? Er ist hier? Jetzt in dem Moment?« Dass ich es laut gesagt hatte, merkte ich erst, als Seamus trällerte: »Ganz recht, Bette.«

»Ich habe Besuch«, sagte ich mit wachsender Panik. »Sagen Sie Philip bitte, er soll mich anrufen, wenn er zu Hause ist?«

»Bette, Liebes, nun lass mich schon raufkommen. Mein Kumpel hier – wie heißt du? Seamus! Netter Kerl! Wir trinken gerade zusammen ein Bierchen und sprechen davon, was für ein liebes gutes Mädchen du bist. Und nun sei ein liebes gutes Mädchen und lass mich rauf.«

Ich schaute mich an, mit meinen zerschlissenen Jeans und dem Fetzen, der ein T-Shirt darstellen sollte, und fragte mich, was um Himmels willen Philip wohl mitten in der Nacht von mir wollte. Bei einem normalen Typen wäre die Antwort klar gewesen, aber Philip hatte noch nie angesäuselt angerufen, geschweige denn sich persönlich blicken lassen. Irgendwas stimmte hier nicht.

»In Gottes Namen«, seufzte ich. »Dann komm eben rauf.«

»O mein Gott, Philip Weston ist hier? Jetzt in dem Moment?«, keuchte Janie. »Aber wir sehen doch alle total beschissen aus. Guck dich bloß an.«

Sie hatte völlig Recht, doch daran war nun auf die Schnelle nichts mehr zu ändern.

»Glaub ja nicht, dass du so leicht davonkommst, Bette. Wir verziehen uns, aber beim nächsten Treffen solltest du ein paar Erklärungen parat haben«, meinte Vika warnend.

Courtney nickte. »Ständig behauptest du, an den Kolumnen im New York Scoop sei kein wahres Wort dran, und dann taucht Philip Weston mitten in der Nacht bei dir in der Wohnung auf? Du schuldest uns jede Menge saftige Details!«

Es klopfte an der Tür, dann bumperte irgendwas dumpf draußen im Flur. Ich machte auf, und Philip kam hereingetorkelt.

»Bette, Liebes, ich binnein klit-zekleines bisschen blau«, lallte er und ließ sich schwer gegen die Wand fallen.

»Ja, das sehe ich. Komm rein«, sagte ich. Halb schleifte, halb hievte ich ihn ins Zimmer, wo die Mädels neugierig Spalier standen.

»Philip Weston«, sagte Janie atemlos.

»Wer auch sonst.« Er grinste und sah sich einmal kurz im Raum um, bevor er sich auf die Couch plumpsen ließ. »Sag mal, Püppi, wo kommen denn die ganzen umwerfenden Mädels her?«

Courtney starrte ihn volle zehn Sekunden an, dann drehte sie sich zu mir und sagte überaus betont: »Bette, wir räumen dann jetzt das Feld. Ab durch die Mitte, Mädels, überlassen wir Bette und Philip, äh, sich selbst. Beim nächsten Treffen wird sie uns sicher alles haarklein erzählen. Apropos, was haben wir dafür auf dem Programm?«

Alex hielt *Die Zähmung des dunklen Lords* so hoch, dass nur wir den Titel erkennen konnten, und sagte: »Ich bin für das hier.«

»Gebongt«, erwiderte ich. »Also lesen wir das bis zum nächsten Mal. Danke fürs Kommen, Leute.«

»O nein, *wir* haben zu danken«, sagte Janie, während ich alle zum Abschied umarmte.

»Gott, bin ich gespannt auf deine Story«, flüsterte Jill mir ins Ohr.

Als sie weg waren, widmete ich mich wieder dem angeheiterten Engländer auf meiner Couch. »Kaffee oder Tee?«

»Gin Tonic klingt absolut fabelhaft, Liebes. Ich hätte nichts gegen einen kleinen Schlummertrunk einzuwenden.«

Ich stellte den Wasserkessel auf den Herd und setzte mich ihm gegenüber in den Sessel. Er stank zehn Kilometer gegen den Wind nach Alkohol. Die Ausdünstungen drangen ihm aus sämtlichen Poren – der typische Geruch, der verriet, dass er die ganze Nacht systematisch durchgesoffen hatte. Allerdings sah er dabei immer noch zum Anbeißen aus. Eigentlich hätte er quietschgrün im Gesicht sein müssen, aber die solide Sonnenbräune überdeckte alles. Seine Igelfrisur war ziemlich zerdrückt, doch auch das wirkte hinreißend.

»Na, wo hast du dich heute Abend so herumgetrieben?«, fragte ich.

»Ach, da und dort, Liebes, da und dort. Die ganze Zeit war mir so 'ne Scheißreporterin auf den Fersen, mit ihrem Scheißkameramann. Hab ihnen gesagt, sie sollen sich verpissen, aber ich glaub, sie sind mir hinterher bis hier«, murmelte er und griff nach Millington, die ihn beäugte, zu knurren anfing und Reißaus nahm. »Na komm schon her, Hundilein. Sag dem lieben Philip guten Tag. Was hat sie denn, die Süße?«

»Ach, sie ist grundsätzlich vor großen, sturzbetrunkenen britischen Staatsbürgern auf der Hut, die Loafers von Gucci ohne Socken tragen. Nimm es nicht persönlich.«

Aus irgendeinem Grund fand er das saukomisch und fiel vor Lachen beinahe von der Couch. »Na gut, wenn sie nicht will, dann komm du doch mal her und gib mir einen unanständigen Begrüßungskuss.«

Der Wasserkessel trötete, und ich goss den Tee auf. Dabei erspähte ich Millington, die in dem stockdunklen Badezimmer leise vor sich hin zitternd auf den Fliesen kauerte.

»Liebes, du hättest dir doch nicht solche Umstände machen müssen«, rief er vom Wohnzimmer und klang dabei schon eine Spur zusammenhängender.

»Tee macht keine Umstände, Philip. Das Wasser kocht sich praktisch von selbst.«

»Nein, Schätzchen, ich meinte deine auserlesene Abendgarderobe. Aber ich falle natürlich so oder so über dich her, egal, was du anhast.« Er kriegte den nächsten Lachanfall. Was war mir da bloß für ein Witzbold ins Haus geschneit.

Ich stellte ihm einen Becher hin, und er zwickte mich zum Dank in den Hintern.

»Philip, bitte.« Ich seufzte.

Erstaunlich energisch umfasste er meine Hüften und zog mich auf seinen Schoß.

»Alle denken, dass du meine kleine Freundin bist, Liebes.« Jetzt lallte er wieder.

»Ja, komisch, nicht? Wo wir doch noch nie, äh, intim geworden sind.«

»Das posaunst du doch wohl hoffentlich nicht überall herum?«, fragte er blitzschnell – und war mit einem Mal voll da.

»Was?«

»Komm her, Püppi. Küss mich.«

»Ich bin ja da, Philip«, sagte ich. Bloß nicht durch die Nase atmen.

Er schob die Hand unter mein T-Shirt und strich mir über den Rücken. Was sich so gut anfühlte, dass ich es für den Bruchteil einer Sekunde schaffte, nicht daran zu denken, wer mir da an die Wäsche ging – nicht Sammy, sondern Philip im Vollrausch. Ohne zu überlegen, schlang ich die Arme um seinen Hals und presste meine Lippen auf die seinen. Dass er den Mund öffnete, um zu protestieren, und nicht etwa, um den Kuss zu erwidern, merkte ich erst einen Augenblick später.

»Holla, Liebes, immer sachte mit den jungen Gäulen.« Er fuhr zurück und betrachtete mich so entsetzt, als hätte ich mir soeben sämtliche Kleider vom Leib gerissen und mich auf ihn gestürzt.

»Wo ist das Problem? Jetzt sag schon.« Diesmal würde er mir nicht entkommen. Keine halbherzigen Ausflüchte mehr. Ich musste ein für alle Mal Bescheid wissen, dass es nicht nur Einbildung meinerseits war, sondern tatsächlich stimmte: Aus welchem Grund auch immer würde er lieber sterben, als mir ernsthaft auf den Leib zu rücken.

»Ach, Liebes, du weißt doch, dass ich auf dich stehe. Wo bleibt denn der Gin Tonic? Weißt du was, den führe ich mir jetzt zu Gemüte, und dann halten wir ein Pläuschchen, hm?«

Ich kletterte von ihm runter und holte eine Flasche Stella Artois aus dem Kühlschrank. Die hatte ich vor einem Jahr angeschafft, weil damals in *Glamour* stand, man solle immer ein kühles Bier vorrätig haben, falls sich tatsächlich mal ein echter Mann zu einem in die Wohnung verirrte. Welch weiser Ratschlag. Doch als ich zurückkam, lag Philip da wie ein nasser Sack.

»Hey, Philip, schau mal, ich hab ein Bier für dich.«

»Aaahah.« Ihm entrang sich ein Stöhnen, aber das Zucken um die Augen verriet, dass er nur simulierte.

»Na komm schon, steh auf. Kann sein, dass du betrunken bist, aber schlafen tust du nicht. Soll ich dich nicht vielleicht besser in ein Taxi setzen?«

»Mhm. Ich mach nur kurz ein kleines Nickerchen, Liebes.« Mit einem weiteren Stöhnlaut schwang er seine Füße samt Loafers überraschend flott auf die Couch und drückte sich eins von meinen Zierkissen ans Herz.

Kurz nach zwei warf ich dem schnarchenden Helden eine Decke über, zerrte Millington aus dem Spalt zwischen Badewanne und Waschbecken heraus und kuschelte mich mit ihr ins Bett, ohne mich noch groß auszuziehen oder das Licht auszumachen.

23

Schließlich war es so weit. An dem Tag, der uns abends in die Türkei bringen sollte, war ich im Büro eingelaufen, um noch schnell das eine oder andere zu holen, was dringend mit auf die Reise musste – und fand ein Fax von Will vor. Auf dem Deckblatt stand nur »BÄH«, der nachfolgende Ausschnitt aus dem New York Scoop trug die Überschrift: MANHATTANS LIEBLINGSPARTYGÄNGER: SCHWUL ODER BLOSS COOL DANEBEN? Gezeichnet: Ellie Insider, na klar. Dass ich wusste, wer sie war, machte die Sache nicht besser. Und diese Dreckschleuder nahm wahrhaftig kein Blatt vor den Mund.

Philip Weston, Millionenerbe und eifriger Mitmischer im New Yorker Club der britischen Hätschelkinder, ließ letzte Woche im Roxy, dem berüchtigten schrillen Szenetreff in Chelsea, etliche Augenbrauen in die Höhe schnellen. Pressebekannt durch seine Liaisons mit diversen Vogue-Redakteurinnen, brasilianischen Models und Hollywood-Sternchen, wurde er zuverlässigen Quellen zufolge an diesem Abend beim innigen Tête-à-tête mit einem unbekannten Vertreter männlichen Geschlechts im VIP-Bereich des Clubs gesichtet. Davon aufgeschreckt, brauste er schnurstracks auf seiner Vespa zum Apartment seiner aktuellen Flamme Bettina Robinson, einer Mitarbeiterin von Kelly & Company (siehe Kasten gegenüber). Westons PR-Agent verweigerte jeden Kommentar.

Siehe Kasten gegenüber. Siehe Kasten gegenüber. Siehe Kasten gegenüber. Ich las die drei Wörtlein bestimmt ein Dutzend Mal, bevor ich todesmutig einen Blick auf die folgende Seite warf. Und richtig, was sah ich da? Einen Schnappschuss von mir im Bungalow 8 an jenem ersten Abend, eng an Philip geschmiegt und offensichtlich in Ekstase, während ich mir literweise Champagner hinter die Binde kippte (jedenfalls sah es so aus) und scheinbar weder von dem Fotografen noch von Philips Zugriff auf meinen Hintern das Mindeste mitbekam. Hätte es noch eines Beweises bedurft, wie ludermäßig ich mich an dem Abend aufgeführt hatte, bevor es zum Filmriss kam, dann hatte ich ihn hier schwarz auf weiß. Überschrift: WER IST BETTINA ROBINSON? Gezeichnet: Ellie Insider. Die einspaltige Kolumne ging über die gesamte Seitenlänge und listete im Schnellverfahren Einzelheiten zu meiner Person auf, von Datum und Ort (Gottlob nur »New Mexico«) meiner Geburt über Schul- und Hochschulausbildung bis zu meiner Stellung bei UBS und meinem Verhältnis zu Will, der hier als »umstrittener, landesweit ausschließlich von der gehobenen weißen Mittelschicht über fünfzig goutierter Kolumnist« tituliert wurde. Ein Albtraum, aber so weit korrekt. Erst beim letzten Abschnitt kam mir das kalte Kotzen. Abby führte jemanden ins Feld, der behauptete, ich hätte schon in den ersten Semestern an der Uni innige Bekanntschaft mit unzähligen Betten im Wohnheim der Jungs gepflegt, außerdem sei bis heute nicht geklärt, ob bei der Erlangung meines akademischen Grades alles mit rechten Dingen zugegangen sei. Einer anderen Quelle zufolge hatte ich mich planmäßig bei Kelly & Company an die Spitze geboxt, obwohl ich über keinerlei Erfahrung im PR-Bereich verfügte. Auf Nachfrage von Abby gab »die Quelle« ihr lediglich zu verstehen, es sei doch allgemein bekannt, dass ich keine meiner Seminararbeiten selbst abgefasst und mich stattdessen lieber eng an die höheren Semester männlichen Geschlechts gehalten hätte, nach dem Motto »Je mehr, desto besser«. Der letzte Satz dieses so kurzen wie bemerkenswerten Abschnitts unterstellte, ich wäre Philip seit unserem ersten Treffen skrupellos nachgestiegen, um selbst in die Schlagzeilen zu kommen und meiner frisch gestarteten Karriere auf die Sprünge zu helfen.

Es versteht sich wohl von selbst, dass ich mir Abby am liebsten auf der Stelle geschnappt und mit ausgesucht qualvollen Methoden vom Leben zum Tode befördert hätte. Wie genau das vonstatten gehen sollte, würde ich mir überlegen, wenn ich wieder ordentlich Luft bekam. Im Augenblick pfiff ich auf dem letzten Loch. Verrückt, aber irgendwie konnte ich Abbys Erguss sogar noch was Positives abgewinnen: Hätte sie den ganzen Schrott einfach sich selbst und nicht mir aufgeladen, wäre ihr mein aufrichtiger Beifall sicher gewesen. So aber verpuffte diese meine moralische Anwandlung in der Sekunde, da Kelly aus ihrem Büro trat, eine Ausgabe des eben erwähnten Schundhefts unter dem Arm und ein derart irres Grinsen im Gesicht, dass ich auf meinem Bürostuhl instinktiv ein gutes Stück vor ihr zurückrollte.

»Bette! Du weißt also schon davon? Hast es gelesen?« Sie walzte auf mich zu wie eine Planierraupe auf einen besonders störrischen Gebäudeteil.

Aus meinem verdatterten Blick schloss Kelly offensichtlich, dass ich alles abstreiten wollte, und knallte mir als unwiderlegbaren Beweis die Blätter auf den Tisch. »Hast du denn nicht mal in den Skandalalarm reingeschaut?«, kreischte sie mich an. »Die Mädels haben mich deswegen heute in aller Herrgottsfrühe zu Hause angerufen.«

»Äh, Kelly, das Ganze steht mir echt bis –«

»Du kleines Rabenaas! Da gaukelst du uns die ganze Zeit vor, du wärst das totale Arbeitstier, das sich in der Bank bis zur Erschöpfung abschuftet und ansonsten nicht ein Fünkchen an Aufregung zu bieten hat, und was muss ich hier lesen? Du bist in Wahrheit ein mit allen Wassern gewaschenes Partygirl? Jetzt mal im Ernst, so was kannst du doch nicht bringen. Wir hatten dich eigentlich unter der Kategorie ›Eher zugeknöpft‹ eingeordnet, womit wir dir natürlich nicht zu nahe treten wollten. Ganz ehrlich, ich hätte nie gedacht, dass stille Wasser *so* tief sein können. Wo hast du bloß die ganzen letzten Jahre gesteckt? Ist dir klar, dass du einen kompletten *Kasten* füllst? Da, lies.«

»Hab ich schon«, gab ich mechanisch zurück. Mein Schock wich allmählich der Erkenntnis, dass Kelly auch bei Berichterstattung dritten Grades eher erfreut als entsetzt reagierte. »Dir ist aber klar, dass das Ganze erstunken und erlogen ist? Die Tusse, die das zusammengeschmiert hat, kenne ich schon von der Uni, und sie –«

»Bette, du bist im Kasten. Sprich mir nach. Im Kasten. Vom New York Scoop! Mit einem Wahnsinnsbild, auf dem du rüberkommst wie ein Rockstar. Und das bist du: ein Star! Glückwunsch! Lass uns feiern!!«

Weg war sie – vermutlich, um vor Tau und Tag ein Champagnerfrühstück zu organisieren, derweil ich überlegte, ob ich nicht einfach nach Istanbul fliegen und auf ewig dort bleiben könnte. Keine drei Minuten später klingelte das Telefon zum ersten Mal – und bescherte mir in der Folge einen unbekömmlichen und grausamen Anruf nach dem anderen. Nummer eins war Dad, der mir mitteilte, einer seiner Studenten habe ihm trotz Weihnachtsferien den Artikel per E-Mail zukommen lassen, gefolgt von meiner Mutter, die zufällig gehört hatte, wie ein paar ehrenamtlich Tätige beim Notruf sich darüber mokierten, ob ich wohl je klipp und klar zugeben würde, dass ich mit einem notorischen Judenhasser und Sklaventreiber liiert war, was für sie die Frage aufwarf, ob ich nicht mal mit irgendwem über den komplexen Problembereich »Promiskuität und Selbstwertgefühl« sprechen wolle. Eine Unbekannte bot mir auf dem Anrufbeantworter ihre Dienste als PR-Beraterin an, nicht ohne die freundliche Anmerkung, unter ihren Argusaugen wäre ein solcher Lapsus nie passiert; und ein paar Klatschkolumnisten aus Provinzblättern im ganzen Land wollten wissen, ob ich mich zu Telefoninterviews bequemen würde, in denen es um brisante Themen wie beispielsweise die Trennung von Brad Pitt und Jennifer Aniston, meine Lieblingslocation zum Abfeiern in New York und meine Einschätzung bezüglich Philips sexueller Orientierung ging. Megu ließ mich im Namen von Michael wissen, wenn ich über irgendwas reden wollte, wären sie beide hundert pro für mich da. Elisa rief auf dem Weg zum Büro vom Taxi aus an und gratulierte mir zu meinem neuen Status als Kastenschlager. Dito Philips Assistentin Marta. Der Anruf von Simon ereilte mich auf dem Weg zum Flughafen. Seine Auslassungen, wonach kein Mensch mit einem Funken Selbstachtung den New York Scoop läse und ich mir demzufolge keine Sorgen zu machen bräuchte, dass irgendwer dieses Machwerk je auch nur zu Gesicht bekommen würde, waren wirklich rührend, wenn ich an frühere Debatten zwischen ihm und mir über dieses Thema zurückdachte.

Ich beschloss, sie alle miteinander nicht weiter zu beachten, aber dann fiel mir ein, dass ich ja bald außer Landes sein würde und vorher wohl nicht drum herumkam, mich zumindest bei meinen Eltern telefonisch zu verabschieden. Ich entschied mich für Dads Handy, in der Hoffnung, dass es nicht an war und ich den beiden eine Nachricht mit dem Tenor *Frohes neues Jahr, und ich melde mich, sobald ich wieder da bin* hinterlassen konnte. Aber es sollte nicht sein.

»Sieh an, wen haben wir denn da. Anne, komm her, unsere berühmte Tochter ist am Telefon. Bettina, deine Mutter möchte mit dir reden.«

Im Hintergrund rumorte es, dann piepste es ein paarmal im Apparat – wahrscheinlich hatten sie versehentlich auf ein paar Tasten gedrückt. Schließlich drang die Stimme meiner Mutter klar und vernehmlich an mein Ohr.

»Bettina? Warum schreiben die solches Zeug über dich? Stimmt das denn alles? Klär mich bitte auf, ich weiß nämlich überhaupt nicht, was ich den Leuten sagen soll, wenn sie mich fragen. Ich bin natürlich immer davon ausgegangen, dass nicht ein einziges Wort davon wahr ist, aber seit ich das mit diesem Weston weiß...«

»Mom, ich hab im Moment keine Zeit für längere Erklärungen. Ich bin gerade auf dem Weg zum Flughafen. Aber es ist natürlich alles gelogen, das kannst du dir ja wohl denken?!«

Sie seufzte – ob erleichtert oder gefrustet, war für mich nicht herauszuhören. »Schätzchen, du kannst dir vielleicht vorstellen, dass eine Mutter ins Grübeln gerät, vor allem wenn sie mitbekommt, was für ein merkwürdiges und mysteriöses Leben ihre Tochter mit einem Mal führt.«

»Merkwürdig vielleicht, Mom, aber nicht mysteriös. Ich verspreche dir, euch alles zu erklären, wenn ich zurückkomme, aber jetzt muss ich aufhören, sonst verpasse ich den Flieger. Grüß Dad schön von mir. Ich rufe an, wenn ich am Sonntag wieder da bin, okay? Hab dich lieb.«

Sie schien noch einen Augenblick zu überlegen, ob sie nicht doch nachhaken sollte. Dann seufzte sie erneut. »Gut, also sprechen wir uns dann. Sieh dir so viel wie möglich an, Liebes, und pass auf dich auf. Und versuch dein Privatleben aus den Schlagzeilen herauszuhalten, okay?«

Alles in allem war es ein rundum beschissener Vormittag gewesen, aber zum Glück stand ich alsbald vor einem neuen Problem, das mich diese elende Kolumne vergessen ließ: Louis Vuitton. In rauen Mengen. Gepäckkarren voller Schrankkoffer, Rollkoffer, Schmuckkoffer, Kleidersäcke, Reisetaschen und Kosmetikköfferchen mit dem verschlungenen LV-Emblem. Man hätte das Stammhaus in Mailand und die gigantische Boutique an der Fifth Avenue locker damit füllen können. Offenbar hatten alle den Hinweis auf dem Memo beherzigt, dass Louis Vuitton die angesagte Gepäckmarke war. Drei Träger in burgunderroten Uniformen mühten sich redlich, das Zeug von dem Terminal mit dem schönen Namen Million Air in den Bauch der Gulfstream zu verfrachten, aber es ging nur zäh voran. Elisa, Davide, Leo und ich waren schon etliche Stunden früher mit einer Limousine aus der Stadt nach Teterboro gefahren, um alles für die Ankunft des Helikopters vorzubereiten, der Philip und seine Truppe von dem Landeplatz an der Wall Street zum Flughafen bringen sollte.

Nachdem ich nun mit solch anregenden und anspruchsvollen Aufgaben betraut war wie beispielsweise die Verladung all der vielen schönen Louis Vuittons zu überwachen oder dafür zu sorgen, dass genügend Evian-Sprühfläschchen an Bord waren, konnte ich mich nicht groß weiter darüber aufregen, dass man mich als verlogene, liederliche Moglerin dargestellt hatte, und zwar im derzeit hippsten und angesagtesten Klatschblatt auf dem Markt, das seinen Weg zu all meinen Freunden, Kollegen und Familienangehörigen gefunden hatte. Laut Plan sollte der Flieger um fünf starten, und es waren auch schon alle an Bord – bis auf eine in letzter Minute eingeladene Mitreisende, eine Promimieze und ihr »Gast«, die angerufen und mitgeteilt hatten, sie steckten im Lincoln Tunnel im Stau fest –, da bahnte sich die erste Krise an.

Die Träger sahen sich außerstande, die Unmengen von Gepäck im Flugzeug unterzubringen. »Wir sind heute maximal ausgelastet«, sagte einer von ihnen zu mir. »Mit sechs normalen oder vier übergroßen Teilen pro Person wird eine Gulfstream Five spielend fertig. Aber die Gruppe hier ist weit drüber.«

»Wie weit?«

Er runzelte die Stirn. »Im Schnitt hat jeder von Ihnen vier übergroße Gepäckstücke, ein Mädel hatte sogar sieben, darunter einen Schrankkoffer, den wir mit dem Kran an Bord hieven mussten.«

»Was schlagen Sie vor?«, fragte ich.

»Tja, Ma'am, das Beste wäre wohl, Sie lassen was von dem Krempel hier.«

Ich sah die Katastrophe nahen, beschloss aber, mich erst einmal kooperativ zu zeigen und nachzufragen, ob sich wohl irgendwer freiwillig von einem Teil seiner Habe trennen würde. Also ging ich an Bord, lieh mir das Sprechfunkgerät des Kopiloten aus und erläuterte die Situation über die Bordlautsprecher. Wie nicht anders zu erwarten, erntete ich nur Hohn und Spott.

»Das ist doch wohl nicht dein Ernst«, sagte Oliver, halb erstickt vor Lachen. »Scheiße noch mal, das hier ist ein Privatflugzeug. Sollen die sich doch was ausdenken.« Als Begründer eines überaus erfolgreichen Hedgefonds und – laut *Gotham Magazine* – Manhattans begehrtester Junggeselle des Jahres 2004 war er es gewöhnt, Probleme mit solchen Sätzen aus der Welt zu schaffen.

»Wenn du auch nur eine Sekunde lang denkst, ich würde ohne meine Schuhe irgendwohin, dann liegst du sehr, sehr verkehrt«, rief mir Camilla (Erbin eines Kosmetikunternehmens) zwischen zwei Schlückchen Cristal zu. »Vier Tage, zwölf Kombinationen und zwei Paar Schuhe pro Outfit zur Auswahl. Ich lass kein Fitzelchen da. Kommt nicht in die Tüte.«

»Von den Schrankkoffern müssen auf jeden Fall alle mit«, verkündete Alessandra. »Wenn ich schon so schlau war, leere Koffer für das ganze Zeug mitzunehmen, das ich da kaufe, dann können die sich doch wohl wenigstens was einfallen lassen, wie sie an Ort und Stelle kommen.« Ihre Mutter war berühmt und berüchtigt dafür, Jahr um Jahr Millionen für Klamotten, Schuhe und Handtaschen auf den Kopf zu hauen – eine Shopperin, die Imelda Marcos das Wasser reichen konnte. Offensichtlich war hier der Apfel nicht weit vom Stamm gefallen.

»Nun zerbrich dir doch nicht weiter dein hübsches Köpfchen, Liebes. Komm her zu Papi, und nimm dir einen zur Brust. Überlass das alles der Crew – die werden von uns schließlich dafür bezahlt.« Das war natürlich Philip, breit hingefläzt auf einem der cremefarbenen Ledersofas, das karierte Armani-

Hemd einen Knopf zu weit offen. Elisa war das Ganze offenbar ebenfalls schnuppe; sie hockte auf Davides Schoß und war vollauf damit beschäftigt, ihren iPod an die Ausgänge der internen Stereoanlage anzuschließen.

Na schön. Wenn es keinen weiter kümmerte, dann schloss ich mich eben der Mehrheit an. Und solange sie nicht ausgerechnet meinen einen kümmerlichen kleinen silbernen Samsonite stehen ließen, war es eigentlich auch echt nicht mein Problem. Ich nahm ein Glas Schampus aus den Händen einer Flugbegleiterin entgegen, deren marineblaue Uniform ihre perfekte Figur bestens zur Geltung brachte, und lauschte einem der beiden Piloten, der mit seinem Brad-Pitt-Kinn und den dezenten Strähnchen ebenfalls schwer nach Filmstar aussah, uns im Augenblick aber lediglich die üblichen Fluginformationen aufsagte. Ich schaute mich um und kam zu der doch etwas niederschmetternden Erkenntnis, dass alle, die Passagiere wie die Mitglieder des Flugteams, direkt einer Folge von *The Fabulous Life Of* hätten entsprungen sein können – mit Ausnahme meiner Wenigkeit.

»Die Flugzeit beträgt voraussichtlich zehn Stunden, mit minimalen Turbulenzen über dem Atlantik«, verkündete der Pilot mit einem nicht näher definierbaren europäischen Akzent und einem Lächeln, bei dem mein Herzschlag aussetzte. *Dass so ein Beau unser aller Leben in Händen hält, gehört eigentlich verboten,* dachte ich. Bei einem nicht ganz so ansehnlichen und coolen Typ wären die Chancen deutlich höher, dass er weniger trank und mehr Schlaf bekam.

»Hey, Helmut, sollen wir mit der Mücke hier nicht einfach nach Mykonos düsen und es für heute gut sein lassen?«, rief Philip dem Piloten zu.

Allgemeines Gejohle.

»Mykonos?«, fragte Camilla. »Allemal besser als Beirut. Zumindest zivilisiert. Da gibt's immerhin einen Sushiladen, von Nobu.«

Helmut machte wieder einen auf Strahlemann. »Ein Wort genügt, Leute, und ich fliege euch, wohin ihr wollt.«

Eine Frauenstimme übertönte alle anderen. Sie drang vom Rollfeld über die Treppe bis in die Kabine. »Mykonos?«, fragte die Dame jemanden, den wir ebenso wenig erspähen konnten wie sie selbst. »Ich dachte, wir fliegen nach Istanbul. Herrgott noch mal, diese Scheiß-PR-Agentin bringt aber auch nichts auf die Reihe. Und ich hab mich schon so drauf gefreut, einen türkischen Teppich zu kaufen!«, wehklagte sie.

Das konnte niemand anders sein als Isabelle, unsere noch ausstehende Promimieze, die keiner geregelten Arbeit nachging und garantiert keine PR-Agentin nötig hatte. Immerhin wusste sie, dass Istanbul in der Türkei liegt. Und da kam sie auch schon hereinspaziert und sah sich um – sie und noch wer. Sie und ein männlicher Begleiter. Ich brauchte einen Augenblick, aber dann konnte ich meine Augen nicht länger vor der Tatsache verschließen, dass es sich bei dem Mann in ihrem Schlepptau um Sammy handelte. Meinen Sammy.

»Isabelle, Süße, klar fliegen wir nach Istanbul, das stimmt schon alles. Die Jungs machen bloß blöde Witze – du weißt doch, wie sie sich aufführen, wenn von den griechischen Inseln die Rede ist! Lass dein Zeug einfach hier stehen, und setz dich auf einen Drink zu mir.« Elisa scharwenzelte um die Frau herum, die ich sofort wiedererkannte. Die Tusse aus dem Park. »Stellst du uns noch deinen supersüßen Freund vor?«

Sammy erstarrte zum Ölgötzen. Ihm war ganz offensichtlich so unwohl in seiner Haut, dass ich fürchtete, er würde im nächsten Moment zusammenklappen. Dabei hatte er bislang weder mich gesichtet noch die ganze Gruppe genauer ins Visier genommen. Aber er rang sich ein gemurmeltes »Ich bin Sammy. Vom Bungalow 8.« ab, mit seltsam hoher, gequetschter Stimme.

Elisa starrte ihn verständnislos an, während Isabelle sich mit einer überdimensionalen Reisetasche (von Louis Vuitton) abmühte, die ums Verrecken nicht mit an Bord wollte. Schließlich gab sie Sammy einen Klaps und nickte in Richtung des Ungetüms, das er mit links schulterte und unter einem der Ledersofas verstaute.

»Bungalow? Sind wir uns da mal über den Weg gelaufen?«, fragte Elisa mit Verwirrung im Blick. Ich dachte an die diversen Abende zurück, an denen ich mit ihr dort gewesen und beobachtet hatte, wie sie mit Sammy flirtete, ihn herzte, küsste und generell so tat, als wären sie die allerbesten Freunde. Aber soweit ich das beurteilen konnte, machte sie uns hier nichts vor: Sie hatte echt keine Ahnung, um wen es sich da handelte.

Die peinliche Begegnung hatte mittlerweile allgemeine Aufmerksamkeit erregt, und in allen Köpfen regte sich vermutlich die gleiche Frage: Wer war dieser unverschämt attraktive Typ, der einem so verdammt bekannt vorkam, bloß: woher?

»Ich arbeite da«, sagte er leise und sah sie dabei direkt an.

»Im Bungalow 8?«, fragte Elisa, noch eine Spur verblüffter. »Ach so, jetzt kapier ich's! Sie sind da so oft, dass es Ihnen schon fast so vorkommt wie Ihr Büro! Ja, na klar, das verstehe ich total. So geht's uns auch, Bette, oder?«, kicherte sie und nippte an ihrem Drink, offensichtlich erleichtert, dass dieses schwere Rätsel gelöst war.

Als mein Name fiel, ging ein Ruck durch Sammy, aber er hielt den Blick weiter fest auf Elisa geheftet, als sei es ihm unmöglich, die Augen von ihr abzuwenden. Nach einer kleinen Ewigkeit wandte er ganz langsam den Kopf zu mir. Und lächelte – nicht etwa überrascht, sondern traurig.

Sein »Hi« kam eher geflüstert heraus. Isabelle hatte es sich neben Elisa gemütlich gemacht, die anderen schwatzten längst wieder weiter. Es gab nur noch uns zwei.

»Hi«, sagte ich so lässig wie möglich – und gleichzeitig hektisch bemüht, mit der neuen Entwicklung Schritt zu halten. Bei der Übergabe der endgültigen Liste hatte Kelly erwähnt, dass Isabelle Vandemark an unserer Gruppenreise nur mit ihrem Assistenten teilnehmen würde. Was Kelly selbstverständlich genehmigt hatte. Hieß das, Isabelle war nicht Sammys Freundin? Es ließ mir keine Ruhe.

»Da wäre noch ein Platz frei«, sagte ich mit einer Handbewegung zu dem Sitz links von mir. »Falls gewünscht.«

Er schaute kurz zu Isabelle, die sich angeregt mit Elisa unterhielt, und stakste dann vorsichtig über ausgestreckte Beine und abgestelltes Handgepäck zu mir. Im Vergleich zu Leo, unserem Paradiesvogel, und Philip mit seinem stets makellosen Aufzug hob er sich sehr ab, wirkte irgendwie männlicher und zugleich verletzlicher. Als er sich auf den Ledersitz neben mir fallen ließ, hatte ich das Gefühl, aus dem eleganten Fluggastraum sei mit einem Schlag die Luft entwichen.

»Bette«, sagte er so gedämpft, dass ich mich näher zu ihm beugen musste, um ihn zu verstehen. »Ich hatte keine Ahnung, dass du hier dabei sein würdest. Tut mir Leid deswegen. Ich wusste echt nicht, dass du die Reise leitest.«

»Was? Sie hat dir bloß gesagt, dass ihr zwei ein paar Tage nach Istanbul fliegt?«, fragte ich und kämpfte tapfer gegen die Tränen an.

»Ja, wenn du mir das abnimmst, genauso war es. Sie hat letzte Woche irgendwas erwähnt, dass ich sie zu so einer Art gesponserter Pressereise begleiten soll, aber definitiv weiß ich es erst seit gestern. Ehrlich gesagt habe ich auch nicht weiter nachgefragt. Bloß meine Tasche gepackt.«

»Du ziehst also blind überallhin mit, wo sie dich dabeihaben will? Was ist mit deiner Arbeit? Und mit deinen Kursen? Du kannst doch nicht einfach alles stehen und liegen lassen, bloß weil sie mit dem Finger schnippt. Die anderen hier haben ja alle keinen Job, das heißt, sie können ohne weiteres von jetzt auf gleich nach Istanbul jetten, wenn ihnen gerade danach ist. Hast du etwa gekündigt?«

Erst guckte er ein bisschen belämmert, dann versteinerte sich seine Miene. »Nein, meine Chefs haben Verständnis dafür. Manchmal geht es eben nicht anders.«

»Ach so, ja, klar«, sagte ich schnippisch. »So genau wollte ich es gar nicht wissen.«

»Bette, bitte entschuldige, aber es ist kompliziert. *Sie* ist kompliziert.«

Er sah so jämmerlich drein, dass ich ein bisschen Mitleid bekam. »Hey, Sammy, tut mir Leid. Es geht mich ja gar nichts an. Ich war nur überrascht, weiter nichts.« Mir ging nämlich gerade auf, dass er mir, so bedauerlich das auch war, absolut keine Erklärung schuldete. Seit DEM KUSS hatte ich ihn nur bei unseren jeweiligen abendlichen Einsätzen zu Gesicht bekommen. Einmal waren ihm dabei ein paar Banker in Khaki-Outfits an die Gurgel gegangen, weil er sie auf dem Gehweg verschmachten ließ. Er hatte mich nur flüchtig angesehen, kurz gelächelt und mich durchgelassen.

»Vergessen wir's fürs Erste, okay? Es war echt der Horror, sie heute bis hierher zum Flieger zu schleifen«, sagte er und machte die Augen zu.

Ich war versucht, ihm von dem grausigen Artikel zu erzählen, aber dann kam es mir doch zu albern vor, ihn mit der Story von meinem gründlich verunglückten Tag übertrumpfen zu wollen.

Die Crew war irgendwie mit dem Gepäckproblem zurande gekommen, und nach einigen beängstigend wenigen Sicherheitsinstruktionen seitens der Flugbegleiterin hoben wir ab, dem mondlosen Himmel entgegen. Kaum war das geschafft, klappte Elisa ihr Tischchen herunter, sortierte ein Häufchen Pillen nach Farbe und Form und verhökerte sie wie bei einer Auktion von Sotheby's.

»Was zum Aufputschen, was zum Runterkommen, welche Sorte ist gefragt? Partymachen oder Schlafen?«, versuchte sie die jetzt schon gelangweilt dreinblickende Truppe auf Trab zu bringen. »Das bleibt doch unter uns, oder?«, vergewisserte sie sich bei einem der Reporter, der lediglich lustlos nickte.

»Schlafen«, winselte Isabelle. »Ich habe eine absolut grauenvolle Woche hinter mir und bin fix und alle.«

»Schlafen, ganz eindeutig«, pflichtete Leo ihr bei, kickte seine Prada-Sneakers weg und reckte die mit Fußpuder eingestäubten Zehen in die Luft.

Davide nickte, und selbst Philip knickte ein und meinte, es wäre vielleicht nicht verkehrt, eine Runde vorzuschlafen, da ja während der folgenden vier Tage nichts anderes auf dem Programm stand, als rund um die Uhr durchzufeiern.

»Ooch, seid ihr langweilig!«, sagte Elisa mit Babystimme und schüttelte mit gespielter Enttäuschung den Kopf. »Aber wenn ihr es nicht anders wollt... was darf's denn sein?«

»Was hast du denn da?«, fragte Emanuel, der argentinische Milliardär, ohne großes Interesse. Es bereitete ihm offensichtlich Schwierigkeiten, die Nase aus dem suppenschüsselgroßen Martiniglas zu heben, das er mit beiden Händen umfasst hielt.

»Was das Herz begehrt. Sagt mir einfach, wonach euch der Sinn steht. Wir müssen das Zeug sowieso loskriegen, bevor wir landen. Auf so einen Scheiß wie in *Midnight Express* habe ich echt keinen Bock«, stellte sie klar.

»Ja, mit den Türken ist nicht zu spaßen, was Drogen angeht«, pflichtete Philip ihr bei. »Wenn wir erst im Hotel sind, wird der Portier sich gewiss unserer Bedürfnisse annehmen, aber selbst irgendwas mitzubringen, ist vermutlich nicht ratsam.«

»Für mich ein paar Valium«, sagte Leo.

»Ich nehm lieber Xanax.«

»Hast du Ambien dabei? Mit zwei von denen und einem Drink bin ich saniert.«

»Wie steht's mit Percocet? Hast du das auch auf der Liste?«

Alle warteten brav ab, bis sie an der Reihe waren, von Elisa mit haarscharf und genau dem versorgt zu werden, wonach sie verlangt hatten. Sammy und ich waren die Einzigen, die das Pillendöschen an uns vorbeigehen ließen, was aber offenbar niemand mitbekam. Ich zündete mir eine Zigarette an, um mich wenigstens zu einem Laster zu bekennen, doch bei dieser lasterhaften Truppe zählte das vermutlich eher nicht. Sammy sagte, er hätte Kopfschmerzen, und fragte Philip, ob er den Ruheraum benutzen dürfe.

»Ist nicht mein Flugzeug, Mann, also bedien dich. Wunder dich bloß nicht, wenn ich dich über kurz oder lang wieder rausschmeiße«, sagte Philip, die Liebenswürdigkeit in Person, mit einem anzüglichen Blick zu mir.

Ich wandte mich peinlich berührt ab, brachte die Fußstütze in Position und konzentrierte mich voll und ganz auf den gigantischen Plasmabildschirm, der soeben mit der Ausstrahlung von *Pulp Fiction* begonnen hatte. Kaum war ich halbwegs bei der Sache (und dachte nur noch höchstens alle dreißig Sekunden an Sammy), kam Elisa angeflitzt.

»Okay, also irgendwie ist mir das immer noch nicht richtig klar«, sagte sie und schälte ein Päckchen Marlboro Light aus der Plastikumhüllung. »Wer ist der Typ denn nun in echt?«

»Welcher Typ? Sammy?«

»Der von Isabelle. Was meinte er damit, von wegen, er arbeitet im Bungalow?«

»Er ist der Türsteher, Elisa. Und du hast ihn da vermutlich schon ungefähr tausendmal gesehen.«

»Der Türsteher? Was hat ein *Türsteher* auf unserem Trip verloren?«, zischte sie. Gleich darauf wechselte ihr Gesichtsausdruck von giftig zu erleuchtet. »Ach so, jetzt hab ich's. Das ist einer von den Downtown Boys. Ja klar, alles klar.«

»Ich glaube nicht, dass er eine Wohnung in Downtown hat«, entgegnete ich und überlegte gleichzeitig, ob ich überhaupt wusste, wo Sammy wohnte.

Sie bedachte mich mit einem abfälligen Blick. »Bette, ich bitte dich – Downtown Boys: So heißt die Firma, die irre gut aussehende Typen als Barkeeper oder Sicherheitspersonal oder Kellner für Privatpartys und Events vermietet. Du hast doch selbst so ein Rudel schnuckeliger Kerlchen für die BlackBerry-Party geordert, stimmt's? Okay, Downtown ist Oberliga. Und es ist ein offenes Geheimnis, dass ihre Klientel von ihnen *alles* haben kann.«

Ich starrte sie an. »Was willst du damit sagen?«

»Bloß dass es mich nicht überraschen würde, wenn Sammy sozusagen auf Abruf bereitsteht, um Isabelle zu irgendwelchen Events zu begleiten, ihre Partys am Laufen zu halten und *ihr auch sonst Gesellschaft zu leisten*. So was in der Art. Ihr Gatte bringt nämlich kein großes Interesse für ihre gesellschaftlichen Verpflichtungen auf.«

»Sie ist verheiratet?« Wenigstens eine gute Nachricht an diesem Misttag.

»Machst du Witze?«, fragte Elisa völlig verdutzt. »Meinst du vielleicht, ganz Manhattan reißt sich um sie, weil sie so charmant ist? Ihr Mann ist irgend so ein österreichischer Adliger – na gut, in dem Land schmeißen sie dir die Titel ja nur so nach – und gehört seit Anfang der Achtziger, ach was weiß ich, vermutlich seit der Steinzeit bei *Forbes* zur Liste der hundert reichsten Weltbürger. Was denn, hast du etwa gedacht, der Türsteher da wäre ihr Freund?«

Mein Schweigen sagte mehr als tausend Worte.

»Gott, ist das süß, Bette! Glaubst du ehrlich, jemand wie Isabelle Vandemark gibt sich mit einem Türsteher ab?« Vor lauter Lachen kriegte sie kaum noch Luft. »Allein die Vorstellung! Kann sein, dass sie mit ihm ins Bett geht, aber sie sind *garantiert* nicht zusammen!«

Ich überlegte kurz, ihr mit meiner Zigarette ein Loch in den Pelz zu brennen, aber was ich eben gehört hatte, stimmte mich doch wieder versöhnlicher. Nach ein paar Minuten wurde Elisa meiner Gesellschaft überdrüssig und trollte sich zurück zu Davide, dessen Blick wie gebannt an Isabelles Oberweite hing; also versuchte sie mit Philip zu flirten, der wiederum in ein angeregtes Gespräch mit Leo über die Vorteile und Tücken beim Entfernen von Hornhaut vertieft war (bei der Fußpflege weghobeln lassen oder schlicht selbst mit Bimsstein abrubbeln?).

Die Fotografen und Reporter blieben weitgehend unter sich, spielten an dem großen Esstisch Poker und kippten sich eimerweise Bourbon hinter die Binde. Der Rest war schon im Tiefschlaf oder kurz davor, und auch ich schaffte es nicht mal mehr annähernd bis zu der Szene, in der John Travolta Uma Thurman die Spritze in die Brust rammt.

24

Erst gegen zwei am folgenden Nachmittag hatte ich endlich mal wieder eine Minute für mich. Wir waren die Nacht durchgeflogen, Donnerstagmorgen um elf Uhr Ortszeit gelandet und von dem coolen Lederluxus der Gulfstream übergangslos in den coolen Lederluxus einer Limousinenflotte gewechselt, die uns die Vereinigung der Nachtclubbesitzer freundlicherweise zur Verfügung gestellt hatte. In Empfang genommen wurden wir von einem strahlend lächelnden Herrn namens Kamal Avigdor, der den Anforderungen unseres Memos bezüglich des äußeren Erscheinungsbildes unserer Truppe in jeder Hinsicht gerecht wurde – der klassisch schöne Mann. Ihm zur Seite standen zwei bildhübsche Mädels – seine Assistentinnen, so behauptete er, doch zweifellos hatte die eine wie die andere ihm zeitweise auch persönlich näher gestanden – auf dem roten Teppich, der uns zu Ehren auf dem Rollfeld ausgelegt worden war. Mr. Avigdor hatte sich in Schale geschmissen: schwarzer Anzug, figurnaher Schnitt, der nur an Europäern wirklich gut aussieht, Hemd und Krawatte Ton in Ton grün, was seinen dunklen Teint, sein dunkles Haar und seine grünen Augen bestens zur Geltung brachte. Selbstverständlich ließen auch die Accessoires nichts zu wünschen übrig: Loafers von Ferragamo, Armbanduhr von Patek Philippe und eine butterweiche Herrenhandtasche, die jeden normalen Mann in ein Häuflein Elend verwandelt hätte, ihn jedoch irgendwie noch maskuliner wirken ließ. Ich schätzte ihn auf irgendwas zwischen dreißig und fünfunddreißig, er hätte aber ohne weiteres auch zehn Jahre älter oder jünger sein können. Am stärksten punktete er damit, dass er jeden von uns beim Aussteigen persönlich mit Namen begrüßte.

Elisa, Leo, Davide und ich fuhren mit Kamal – auf dieser Anrede bestand er, kaum dass wir ihn kennen gelernt hatten – in die Stadt, der Rest verteilte sich auf die übrigen Limousinen. Kamal ratterte das komplette Programm für das Wochenende herunter und versicherte uns, wir als Gruppe hätten nichts weiter zu tun, als unseren Gästen eine unvergessliche Zeit zu bereiten. Um alles andere werde er sich kümmern. Wir sollten ihn wissen lassen, was immer gewünscht sei (»Und damit meine ich alles, wirklich alles – schöne Männer, schöne Mädchen, schöne Lederwaren, verrücktes Essen und Trinken, ›belebende Substanzen‹ – einfach alles«), und er werde es der betreffenden Person zukommen lassen. Die Tagespläne, die er uns aushändigte, waren eher Listen von Restaurants und Clubs als ein strenges Programm; tagsüber war überhaupt nichts angesagt außer »Schönheitsbehandlungen, Wellness, Shopping und Sonnenbaden«, aber die Nächte waren voll gepackt bis zum Anschlag. Drei Abende hintereinander, Beginn jeweils um acht, sollten wir zunächst in einem todschicken Restaurant speisen, uns danach durch zwei todschicke Lounges arbeiten und schließlich bis zum Morgengrauen mit türkischem Jungvolk und Besuchern aus Europa in einem superduperschicken, ultraexklusiven Nachtclub abfeiern. Silvester unterschied sich von den anderen Nächten nur insofern, als vorgesehen war, dass wir Schlag Mitternacht im türkischen Fernsehen erschienen und mit Champagner auf das neue Jahr anstießen. Zahlreiche Fotografen würden jeden Moment unserer Superspaßtour ablichten und publik machen, wovon Kamal sich positive Auswirkungen sowohl in der Türkei als auch in Amerika versprach; schließlich wollten doch bestimmt alle genau dort feiern, wo Philip Weston sich hatte blicken lassen, oder?

Die Anmeldung im Hotel verlief reibungslos, bis auf ein paar kleinere Beschwerden wegen der Zimmer (»Direkt neben so einer Scheißputzkammer«, »Die paar Handtücher reichen im Leben nicht für meine Mähne«, »Was interessiert mich die Aussicht auf eine *Moschee*!«), und schließlich trafen sich alle in bester Stimmung auf der Dachterrasse, wo ein höchst nobler Champagnerbrunch für uns bereitstand und wir ganz nebenbei noch Ausblick auf den auch nicht ganz uneleganten Topkapi-Palast hatten. Nach einer Stunde stahl ich mich davon und spazierte die paar Straßen bis zum Großen Basar, um mich dort einfach treiben zu lassen und alles und jeden zu bestaunen. Ich betrat ihn durch das Nuruosmaniye-Tor, wo sogleich die Händler aktiv wurden (»Miss, ich habe, was Sie suchen«), und wanderte ziellos durch das überdachte Labyrinth, vorbei an Unmengen von Perlen, Silberwaren, Teppichen, Gewürzen, Wasserpfeifen und Händlern, die abwechselnd Tee tranken und rauchten. Ich versuchte gerade einem hutzeligen Alten, der keinen Tag unter neunzig sein konnte, einen blauen Paschminaschal abzuschwatzen, als mir jemand auf die Schulter tippte.

»Dir ist schon klar, dass du hier um ungefähr vierzig Cent feilschst, oder?«, fragte Sammy mit einem Grinsen, als wäre er gerade einem großen Geheimnis auf die Spur gekommen.

»Weiß ich!«, gab ich pikiert zurück. Wusste ich natürlich nicht.

»Und wozu dann das Ganze?«

»Offensichtlich bist du mit der hiesigen Kultur nicht sonderlich vertraut. Feilschen wird hier erwartet. Sie sind direkt beleidigt, wenn du es nicht machst.«

»Ach, echt? Mister, was soll der Schal kosten?«, fragte er das bucklige Männlein mit samtiger Stimme.

»Sechs Dollar, US, Sir. Beste Qualität. Aus dem Süden. Von meiner Enkelin gerade vor einer Woche gewebt. Sehr schön.« Sein zahnloses Lächeln ließ ihn noch freundlicher wirken.

»Wir nehmen ihn«, sagte Sammy, zupfte ein paar türkische

Lirascheine aus seiner Geldbörse und legte sie dem Alten sacht in die papierdünne Hand. »Ich danke Ihnen, Sir.«

»Ich danke *Ihnen*, Sir. Ein schöner Paschmina für ein schönes Mädchen. Ich wünsche Ihnen einen guten Tag«, sagte er vergnügt und klopfte Sammy auf den Rücken, bevor er sich wieder seiner Wasserpfeife widmete.

»Recht hast du, Bette.« Sammy grinste schon wieder. »Er kam mir echt schwerbeleidigt vor.« Er legte mir den Schal um, fasste mein Haar zusammen und ließ es über den seidenweichen Stoff fallen.

»Das wäre doch nicht nötig gewesen!« *Aber toll, dass du es gemacht hast*, dachte ich.

»Ich weiß. Ich wollte mich irgendwie entschuldigen, dass ich einfach so zu deinem Trip dazugestoßen bin. Ich wusste doch nicht, dass du dabei sein würdest Bette, ehrlich. Es tut mir Leid.«

»Wieso Leid?«, fragte ich flapsig. »Jetzt werd nicht albern, du musst dich für gar nichts entschuldigen.«

»Trinkst du einen Kaffee mit mir? Da bin ich schon seit Stunden im Land und habe noch keinen richtigen türkischen Mokka probiert. Ohne diesen ganzen Firlefanz von wegen mit Magermilch, ohne Schaum, ohne Zucker, mit Karamelgeschmack und so weiter. Was hältst du davon?«

»Klar. In meinem Buch steht, das beste Café wäre ein paar Gänge weiter rechts.«

»Was für ein Buch?«

»*Lonely Planet*. Der muss doch wohl auf jede Reise mit.«

»Ich glaub's nicht«, sagte er und zupfte an meinem Schal. »Wir wohnen im Four Seasons, lassen uns von Privatchauffeuren herumkutschieren, haben unbegrenzten Kredit, und du latschst mit einem Reiseführer für Rucksacktouristen von *Lonely Planet* durch die Gegend? Der Wahnsinn.«

»Wieso Wahnsinn? Vielleicht möchte ich einfach gern ein paar Sachen sehen, die nichts mit der Morgens-Wellness-mittags-Luxusbrunch-abends-Champagner-Club-Schiene zu tun haben.«

Kopfschüttelnd zog er den Reißverschluss seines Rucksacks auf. »Deshalb«, sagte er und holte exakt das gleiche Buch heraus. »Komm, jetzt suchen wir mal dieses Café.«

Wir besetzten zwei Minihocker an einem winzigen Tisch und bestellten per Handzeichen zwei Tassen Kaffee, die mit einem kleinen Teller Zuckerplätzchen serviert wurden.

»Darf ich dich was fragen?«, sagte ich und schlürfte genüsslich den dickflüssigen Inhalt des Tässchens.

»Klar. Leg los.«

»In welcher Beziehung stehst du zu Isabelle?« Hoffentlich klang ich ungezwungen genug.

Seine Miene verhärtete sich. Er starrte nur auf den Tisch und malmte stumm mit den Zähnen.

»Schon gut, geht mich ja letztlich nichts an«, sagte ich schnell, um größeres Unheil zu verhindern.

»Es ist kompliziert.«

»Das hast du schon mal gesagt.« Nebenan sprang ein kleines Kätzchen mit einem Satz auf einen Riesenhaufen Teppiche und bekam von dem Mädchen, das den Stand bewachte, eine Schüssel Milch hingestellt. »Nun denn«, sagte ich schließlich, »belassen wir es dabei, und genießen wir unseren Mokka, okay?«

»Ich leiste ihr Gesellschaft, und sie bezahlt mich dafür.«

So ganz konnte ich diese Information nicht einordnen. Sie kam nicht als der totale Schock, nachdem ich von Elisa schon einiges wusste, aber die Art, wie er sie rausbrachte, so ruhig und sachlich – eine Seite von Sammy, die ich erst jetzt allmählich entdeckte –, also irgendwie klang es ziemlich sonderbar.

»Ich glaube, ich kapier's nicht ganz. Hat das was mit diesen Agenturen zu tun, die knackige Typen als Barkeeper und so vermieten?«

Er lachte laut los. »Nein, über solche Institutionen habe ich es nie versucht, aber es schmeichelt mir natürlich, dass du mir den erforderlichen Attraktivitätsquotienten zubilligst.«

»Dann verstehe ich es echt nicht.«

»Viele Leute, die uns vom Bungalow kennen, engagieren uns für ihre Privatpartys und anderes. Letzten Sommer habe ich da als Barkeeper gearbeitet, und Isabelle fand mich wohl ganz sympathisch. Es fing damit an, dass sie mir ein paar Riesen pro Abend bot, als Barkeeper bei ihren Dinnerpartys oder als so eine Art Empfangschef auf ihren Wohltätigkeitsveranstaltungen. Als sie zur Mitorganisatorin der Jahresgala des Botanischen Gartens von New York ernannt wurde, beschloss sie, einen Vollzeitassistenten einzustellen. Und da fiel ihr wohl als Erstes ich ein, weil ich, ähm, auch noch was anderes draufhab.«

»So? Sie bezahlt dich also dafür, dass du mit ihr schläfst?«, platzte ich heraus, ohne nachzudenken.

»Nein!«, sagte er scharf und durchbohrte mich förmlich mit seinem Blick. »Entschuldige. Die Frage ist ja nicht so ganz abwegig. Aber damit berührst du ein empfindliches Thema. Kurz und knapp: Nein, ich schlafe nicht mit ihr, aber ehrlich gesagt weiß ich nicht, wie lange ich damit noch durchkomme. Anfangs hat es absolut nicht danach ausgesehen, mittlerweile aber doch.«

»Was ist mit ihrem Mann?«, fragte ich.

»Was soll mit ihm sein?«

»Macht ihm das nichts aus, dass seine Frau sich einen hinreißenden jungen Typen hält, der ihr bei ihren diversen Sammelaktionen zur Hand geht und sie auf romantische Wochenendtrips nach Istanbul begleitet? Ich könnte mir vorstellen, dass er davon nicht besonders begeistert ist.« Hatte er gemerkt, dass ich ihn indirekt als »hinreißend« bezeichnet hatte?

»Wieso sollte er nicht begeistert sein? Solange sie sich diskret verhält und ihn nicht in Verlegenheit bringt und zur

Stelle ist, wenn er sie für irgendwas im Zusammenhang mit seiner Arbeit braucht, würde ich sagen, ist er heilfroh, dass sie ihn nicht zu ihrem ganzen Gesellschaftsscheiß mitschleppt und er ihr nicht dauernd sagen muss, wie scharf sie aussieht und ob er sie lieber in einem Outfit von Stella McCartney oder von Alexander McQueen sieht. Er ist übrigens derjenige, der meine Schecks ausstellt. Ein hochanständiger Mensch.«

Da mir partout keine Antwort einfallen wollte, saß ich nur da und suchte nach etwas Unverfänglichem.

»Es ist einfach ein sehr, sehr gut bezahlter Job. Wenn ich jemals mein eigenes Restaurant aufmachen will, kann ich ein Angebot wie das – gegen eine sechsstellige Summe ein paar Stunden pro Woche mit einer schönen Frau zuzubringen – schlicht und einfach nicht ausschlagen.«

»Sechsstellig? Soll das ein Witz sein?«

»Keineswegs. Was denkst du wohl, warum ich das mache? Es ist demütigend ohne Ende, aber das Ziel wert. Was übrigens vielleicht schon näher ist, als ich dachte.« Er ließ ein Plätzchen in seinem Mund verschwinden.

»Was meinst du damit?«

»Es ist noch nichts endgültig, aber ein paar Leute, die ich von der Kochschule kenne, sind letzte Woche an mich herangetreten und haben gefragt, ob ich Lust hätte, mit ihnen zusammen was aufzumachen.«

»Echt?« Ich rückte näher an ihn heran. »Erzähl.«

»Na ja, es wäre wohl eher so ein Franchise-Ding als ein richtig neues Restaurant. Es ist von den Leuten, denen die Houston-Kette gehört, und an der Westküste gibt es auch schon ein paar Filialen, die angeblich supergut laufen. Solide amerikanische Küche, das heißt, keine Chance, eigene Ideen zu entwickeln, denn an dem Konzept und dem Speisenangebot lassen sie nicht rütteln. Aber immerhin wäre es meins – oder zumindest meins und ihres.« Er klang ungefähr so begeistert, als hätte er soeben erfahren, dass er an einer Geschlechtskrankheit litt.

»Na, das hört sich doch super an.« Ich mühte mich, ein bisschen Enthusiasmus in meine Stimme zu legen. »Freust du dich denn?«

Er überlegte einen Moment und seufzte dann. »*Freuen* ist vielleicht nicht ganz das richtige Wort, aber es wäre vermutlich eine gute Chance. Nicht gerade das, was ich eigentlich wollte, aber ein Schritt in die richtige Richtung. Es ist Quatsch, mir einzubilden, ich könnte an diesem Punkt meiner Karriere schon meine ganz persönlichen Visionen in die Tat umsetzen – das ist einfach unrealistisch. Also, um deine Frage zu beantworten, ob ich das brennende Verlangen verspüre, Besitzer von einem Drittel eines Kettenrestaurants in der Upper East Side zu werden? Nicht unbedingt. Aber wenn mir das ermöglicht, mit dem Job im Bungalow 8 aufzuhören, und es sich als brauchbares Sprungbrett erweist, ja, dann lohnt es sich, denke ich.«

»Leuchtet ein«, sagte ich. »Und klingt nach einer tollen Gelegenheit.«

»Für den Moment.« Er stand auf und holte uns noch zwei Tassen Mokka. »Okay, und jetzt du.«

»Wie, jetzt ich?« Rhetorische Frage – ich wusste haargenau, worauf das hinauslief.

»Was hast du für eine Abmachung mit Mr. Weston?«

»Das ist kompliziert.«

Er lachte erneut und warf einen theatralischen Blick gen Himmel. »M-hm, wie süß. Jetzt komm, schließlich hab ich dir gerade eben meine ganze unappetitliche Story aufgetischt. Wie um alles in der Welt bist du mit ihm zusammengekommen?«

»Was meinst du damit?«

»Nichts, außer dass ihr zwei sehr – nun ja, wirklich sehr verschieden zu sein scheint.«

»In welcher Hinsicht?« Schon wieder eine rhetorische Frage, aber es machte Spaß zuzusehen, wie er sich wand.

»Ach komm schon, Bette, spar dir den Scheiß. Ich weiß, wie es ist, wenn man aus Poughkeepsie kommt und in New York in die coolen Kreise gerät, okay? Das verstehe ich. Was ich nicht verstehe, ist, was du an ihm findest. Nur weil du mit diesen Typen abhängst, bist du noch lange keine von ihnen. Was übrigens absolut kein Schaden ist.«

Ich ließ das einen Moment auf mich wirken und sagte dann: »Ich bin nicht richtig mit ihm zusammen.«

»Jede Klatschkolumne in Manhattan ist voll von Berichten, wo ihr überall zusammen aufgetreten seid. Mann, ich seh dich doch ständig mit ihm im Bungalow. Wenn du sagst, ihr seid nicht richtig zusammen, würde mich mal interessieren, ob er das auch so sieht.«

»Ich weiß echt nicht, wie ich es erklären soll – ich verstehe es ja selbst nicht so genau. Es ist so was wie eine wechselseitige, stillschweigende Vereinbarung, dass Philip und ich so tun, als wären wir ein Paar; wobei wir noch nie richtig was miteinander gehabt haben.«

Er hob ruckartig den Kopf. »Wie bitte? Das gibt's doch nicht.«

»Gibt es wohl. Ich gebe ja zu, dass ich mich frage, wieso er offenbar nicht interessiert ist, aber ich versichere dir, auf der Schiene läuft nichts...«

Sammy leerte die zweite Tasse Kaffee und schien tief in Gedanken versunken. »Das soll also heißen, ihr habt noch nie Sex gehabt?«

Wie schön zu sehen, dass ihm das nicht ganz gleichgültig war.

»Nicht mal annähernd. Und um die Karten offen auf den Tisch zu legen, ich habe ein paarmal versucht, ihn zu verführen. Immer kommt er mit einer Entschuldigung daher – hat zu viel getrunken, war in der Nacht davor ewig lang mit einem anderen Mädel unterwegs. Wenn man's genau bedenkt, ist es schon mehr als eine offene Beleidigung, aber was soll ich machen? Je mehr Zeit ich mit ihm verbringe, desto verantwortungsvollere Aufgaben bekomme ich in der Agentur zugeteilt. Kelly ist hin und weg von der Publicity, die er der Firma einbringt, und ich muss dafür nichts weiter tun, als auf ein paar Fotos nett lächeln. Ich hätte nie gedacht, dass es sich so entwickeln würde, aber irgendwie besteht zwischen uns diese bizarre unausgesprochene Übereinkunft, dass ich als seine Freundin auftrete und er mein berufliches Image aufpoliert. Es ist schauerlich, aber auf verrückte Art auch total ausgeglichen. Wir profitieren beide gleichermaßen davon.« Es tat gut, endlich mal laut auszusprechen, was ich bisher noch niemandem gegenüber erwähnt hatte.

»Ich hab kein Wort von dem mitgekriegt, was du da gerade gesagt hast.«

»Super. Schönen Dank auch fürs Zuhören. *Du* wolltest es schließlich so genau wissen.«

»Ich hab mich irgendwie ausgeblendet, nachdem du gesagt hast, du hättest nie mit ihm geschlafen. Echt, du bist *nicht* mit ihm zusammen?«, fragte er und versetzte seine leere Tasse mit dem Daumen in Drehbewegungen.

»Sammy, du hast doch selbst gesehen, wie Philip drauf ist. Er ist zu überhaupt keiner festen Beziehung fähig. Ich habe keine Ahnung, wieso er sich mich rausgepickt hat, und um ehrlich zu sein, es tut meinem Ego ganz gut. Aber ich könnte nie mit so jemandem zusammen sein. Und wenn er noch so einen Wahnsinnswaschbrettbauch hat.«

»Soso? Besser als der hier?« Bevor ich's mich versah, lüftete er sein Hemd.

»O Mann.« Ich betätschelte sein Sixpack. »Der Punkt geht womöglich an dich.«

»Womöglich?« Er ließ das Hemd wieder runter und zog mich an der Hand zu sich. »Komm her.«

Diesmal küssten wir uns richtig, rückten so nahe zusammen, wie die Minihocker es erlaubten, streichelten Gesicht, Haare, Hals des anderen, vergruben uns ineinander.

»So etwas tut man hier nicht«, sagte ein kleiner Mann und klopfte zweimal auf den Tisch. »Das ist nicht recht.«

Wir fuhren auseinander wie gescholtene Schulkinder und setzten uns wieder ordentlich hin. Sammy entschuldigte sich bei dem Mann, der bloß nickte und weiterging. Sammy sah mich an.

»Haben wir da gerade zum ersten Mal in aller Öffentlichkeit geknutscht?«, fragte er.

»Sieht ganz so aus.« Ich gluckste. »Und das im Großen Basar von Istanbul.«

»Gäbe es einen besseren Ort?«, fragte er und trat beiseite, damit ich aufstehen konnte. Als ich an ihm vorbeigehen wollte, zog er mich zurück. »Ich mein's verdammt ernst mit uns, Bette. Das ist für mich kein Spiel.«

»Für mich auch nicht, Sammy.« Die Worte blieben mir fast im Hals stecken, aber bei Sammys Lächeln kam ich allmählich wieder zu Atem.

»Ich würde dich liebend gern auf der Stelle abküssen, aber ich möchte nicht wegen unzüchtiger Handlungen in der Öffentlichkeit ausgepeitscht werden.« Stattdessen legte er den Arm um meine Schulter. »Sehen wir zu, dass wir diesen Trip irgendwie hinter uns bringen, okay? Wenn's geht, verdrücken wir uns, aber wir sollten uns nicht erwischen lassen.«

Ich nickte, dabei hätte ich am liebsten Isabelle und Philip je eine Wochenration Valium in ihre Getränke gekippt und zugesehen, wie sie noch ein bisschen zuckten, um dann die ewige Ruhe zu finden. Also NEIN! Das war nicht fair. Den Tod hatten die beiden nun wirklich nicht verdient. Gut, ich wollte sie meinethalben verschonen, wenn sie auf Nimmerwiedersehen in ein von ihnen selbst zu bestimmendes Dorf in der südlichen Sahara verschwanden. Damit konnte ich leben.

Für die paar hundert Meter zum Hotel brauchten wir über eine Stunde. In jedem versteckten Hauseingang, den wir finden konnten, schmusten und knutschten und grapschten wir, was das Zeug hielt, nutzten jede menschenleere Gasse und Eingangshalle, jede Bank und jeden Baum, die uns ein paar Minuten Schutz vor missbilligenden Blicken boten. Als die goldgelbe Fassade des Four Seasons in Sicht kam, wusste ich mit an Sicherheit grenzender Wahrscheinlichkeit, dass Sammy Boxershorts von Calvin Klein trug.

»Du gehst zuerst rein. Tu in den nächsten paar Tagen schön brav deine Pflicht – aber bleib Philip Weston in jeglicher Form vom Leib. Allein schon die Vorstellung, dass du mit ihm in einem Zimmer wohnst.« Er verzog angewidert das Gesicht.

»Jaja, und ich bin ganz aus dem Häuschen bei dem Gedanken, dass du zu Isabelle ins Bett krabbelst und ihr erzählst, wie umwerfend sie in ihren neuen Dessous von La Perla aussieht.« Mir drehte sich der Magen um.

»Ab mit dir«, sagte er und küsste mich. »Wir sehen uns heute Abend beim Dinner, okay?«

»Okay.« Ich erwiderte flüchtig seinen Kuss – und stammelte dann: »Du fehlst mir schon jetzt.« Ich strahlte den Portier an und sprang durchs Foyer zum Fahrstuhl und vom Fahrstuhl zum Zimmer wie ein Känguru auf Koks. Fast hätte ich Philip übersehen, der lediglich mit einem Handtuch und einer silbernen Augenmaske bedeckt auf dem Bett lag.

»Wo warst du denn, Liebes? Ich bin fix und alle. Mein Kater bringt mich noch um, und du überlässt mich einfach meinem Schicksal«, winselte er. »Machst du mir einen kalten Umschlag? Das wäre fabelhaft.«

»Mach dir selbst einen«, gab ich munter zurück. »Ich wollte nur schnell das Zeug hier ablegen, dann bin ich unten im Wellnessbereich. Nimm ein, zwei Advil, und sieh zu, dass du bis Viertel vor acht geschniegelt und gebügelt im Foyer bist, okay?« Ich knallte die Tür so laut wie irgend möglich zu und hüpfte den ganzen Weg bis zu dem hoteleigenen türkischen Bad mit seinem glatt polierten Marmor. Bei der Dame am

Empfang orderte ich Grundreinigung, Massage, Pediküre und ein großes Glas Pfefferminztee, ließ in dem nach Eukalyptus duftenden Dampfbad gemächlich die Hüllen fallen und dachte an Sammy.

25

Was tun zwei Dutzend Leute, die außer Trinken und Abhängen nichts zu tun haben? Sie fangen gleich am ersten Abend beim Essen an, Trivial Pursuit, Edition Popkultur, zu spielen. Natürlich hieß es bei uns nicht so; wir spielten grundsätzlich nicht, und schon gar nichts Triviales, das war absolut uncool, aber was wir tatsächlich machten, nämlich uns gegenseitig mit Fragen zu bombardieren, lief unbestreitbar genau darauf hinaus. Es erinnerte mich an Michael und Penelope, die das früher immer bis zum Exzess mit *Beverly Hills, 90210* durchexerziert hatten. »Wer war der ursprüngliche Besitzer der Disco ›Peach Pit After Dark‹?«, fragte Michael beispielsweise, im Sessel vorgebeugt wie der klassische Quizmaster. »Na, das zählt ja wohl zum Allgemeinwissen. Rush Sanders, Steves Vater. Punkt an mich!«, konterte Penelope mit genervtem Blick. Stundenlang ging das so (»In welchem Hotel hat Dylan mit seinem Vater Jack gewohnt?« »Wie heißt der Typ aus der ersten Staffel, der sich aus Versehen bei seiner Geburtstagsparty erschossen hat?« »Donna hat mit Ray Pruit geschlafen – richtig oder falsch?«), bis klar war, dass sie beide praktisch jede Szene und jede Figur in- und auswendig kannten.

Und so unausgeschlafen, gelangweilt und desinteressiert dieser Istanbuler Trupp sich bisher generell gebärdete – beim Spielen entwickelten sie ungeahnte Energien.

»Ach Gott, das weiß doch ein Blinder mit Krückstock, dass Marc Anthony zwei Kinder in die Ehe mit J.Lo eingebracht hat. Was ich jetzt gerne wüsste, ist, wo genau er die Scheidungsklage eingereicht hat!«, blaffte Alessandra.

Monica prustete los. »Also bitte. Das ist ja wohl lächerlich. Eine Frage an alle, die lesen können. Antwort: Dominikanische Republik, weil es da schneller geht. Aber jetzt kommt was, was die große dumme Masse garantiert nicht weiß: Wie heißt das Boot, das George sich für sein Anwesen am Comer See zugelegt hat?«

»George?«, fragte Oliver; alle anderen neigten sich gespannt vor.

»Clooney«, sagte Marlena. »Wer denn sonst?«

»Omeingott, was soll das Ganze eigentlich«, wimmerte Leo. »Ihr seid doch die reinsten Witzfiguren.«

Ich wollte ihn schon loben, aber was er da als Nächstes einbrachte, war der gleiche Mist in Grün.

»Hey, das war doch alles Schrott Marke Leichtmetall. Nennt mir drei Typen, mit denen Jade Jagger mal zusammen war, und sagt mir, für welches Schmuckunternehmen sie augenblicklich tätig ist.«

Philip seufzte tief auf und versetzte Leo einen lustlosen Klaps auf die Schulter. »Ganz ehrlich, mein Gutster, das ist mit Abstand die katastrophalste Frage, auf die ich je verfallen wäre – zumal wir hier nun alle bei der grandiosen Eröffnung von Garrard zugegen waren.«

So ging es das ganze Essen hindurch weiter. Erst beim Dessert kamen Überlegungen auf, wie es in einem türkischen Nachtclub wohl so zugehen mochte.

»Na, also ich finde, ich bin dafür ausreichend bedeckt. Klar, wir sind hier in einem islamischen Land und so weiter, aber mein Kleiderschrank gibt definitiv nicht mehr her«, ließ Isabelle uns wissen. Ihr metallisch schimmerndes (zugegeben) bis zum Knie reichendes Kleid glich eher einer Rüstung, ließ allerdings die gesamte Rückfront frei, ohne dass wirklich Anstößiges sichtbar war. Vorne bot es Einblick bis zum Bauchnabel, umschloss aber eisern knapp oberhalb der Brustwarzen ihren perfekten Busen. Doppelseitiges Klebeband – anders konnte ich es mir auch bei genauerem Hinsehen nicht erklären. Nach allen Seiten hin offene Stilettosandalen und eine Krokodilledertasche dienten zur Vervollständigung ihres Outfits.

»Was denkst du, gibt's hier überhaupt so was wie Cristal?«, bestürmte mich Davide. »Die servieren doch schon Schampus in Flaschen, oder?«

Junge, ich würde mal davon ausgehen, dass du die Nacht mit oder ohne Jumboflaschen Cristal überstehst – aber bevor ich etwas in der Richtung äußern konnte, meldete sich Mister Kamal, der bisher still und ohne eine Miene zu verziehen gelauscht hatte, im Verschwörerton zu Wort. »Freunde, ich versichere Ihnen, Sie werden mit dem heutigen Abend vollauf zufrieden sein. Wir haben alles entsprechend Ihren Wünschen arrangiert.«

»Schön, Kamal, dann reden wir doch mal über die Mädels. Wie sieht's da bei den Türkinnen aus?«, fragte Philip. Davide lachte beifällig, worauf Elisa betont genervt zu mir hinsah – offensichtlich die angesagte Reaktion derzeit angesagter Freundinnen, weshalb ich betont genervt zurückblickte.

»Sie fragen hypothetisch?«, fragte Kamal, überlegte einen Augenblick und sagte dann: »Ich glaube, Mr. Weston, Sie werden keine großen Unterschiede zwischen türkischen, amerikanischen, britischen oder sonstigen Mädels finden – manche sind, wie soll ich sagen, williger, andere kommen aus guter Familie und wollen von solchen Dingen nichts wissen.«

»Und mit wem dürfen wir heute Abend aller Voraussicht nach Bekanntschaft schließen, Mister Kamal? Mit den Willigen oder mit den Eisklötzen?«

Aus Kamals Schmunzeln zu schließen hatte Philip damit eindeutig gewonnen. Nach einem kräftigen Schluck aus seinem Cocktailglas machte er ernsthafte Miene zum frivolen Spiel und sagte: »Mit den Ersteren, Mr. Weston. Ich möchte sagen, heute Abend werden Ihnen eher Damen aus der erstgenannten Kategorie unterkommen.«

Philip erwiderte sein Schmunzeln und ließ sich von ihm abklatschen. »Na, das klingt doch ganz akzeptabel, Mr. Avigdor. Danke und tschüs.«

Natürlich kam an diesem wie an allen folgenden Abenden keine Rechnung auf den Tisch, und als wir uns an Bord der Yacht – oder war es ein Segelboot? – drängten, die uns über den Bosporus zum Bella bringen sollte, war ich schon leicht angeschickert und fand den Abend gar nicht mal so übel. Um mir den Anblick von Isabelle zu ersparen, die ihre Pfoten nicht von Sammy lassen konnte, klapperte ich alle Teilnehmer der Tour einzeln ab und überredete sie, eine halbe Stunde vor Eintreffen im Club vor den Fotografen Männchen und die folgende halbe Stunde vor laufender Kamera Party zu machen, sprich: sich darüber klar zu sein, dass alles, was sie in dieser Zeit sagten und taten, von unseren Reportern für die Nachwelt festgehalten werden würde. Danach war offiziell Feierabend, und jeder durfte sich benehmen, wie er wollte, ohne auf nervige Schlagzeilen wie STEHT AUF KOKS UND NUTTEN! gefasst sein zu müssen. Blieb noch die türkische Presse, die meines Erachtens kein großes Problem darstellte und die Kamal, großes Ehrenwort, von den VIP-Bereichen fern halten würde. Alles in allem fand der Vorschlag Beifall, und als das Schiff am Pier anlegte, den wiederum ein roter Teppich zierte, wirkten die Passagiere beinahe aufgeregt.

»Werden die Männer uns alle anstarren?«, wollte Elisa mit schreckgeweiteten Augen von Kamal wissen.

»Anstarren? Wieso? Natürlich werden sie sehen, wie schön Sie sind, aber lästig fallen werden sie Ihnen sicher nicht.«

»Na ja, wenn sie sonst nur Frauen in Burkas zu Gesicht kriegen, sind wir vermutlich schon so eine Art Exoten«, gab sie zu bedenken.

Sammy warf mir den vorerst letzten von vielen viel sagenden

Blicken dieses Abends zu. Ich schnaubte, um nicht laut herauszuprusten. Elisa fuhr herum. »Wie? Hast du vielleicht Lust, dich die ganze Nacht von einem Haufen Bauerntrampeln anglotzen zu lassen? Dazu brauche ich echt nicht so weit zu fliegen, das kann ich auch in New Jersey haben!«

Kamal sah gnädig über ihren Ausfall hinweg, war uns beim Ausstieg behilflich und stellte uns im Folgenden einer weiteren Horde gut aussehender und offensichtlich äußerst erfolgreicher Männer vor – der Rest unserer Klientel, mit jeweils zwei bis vier absolut umwerfenden Frauen im Schlepptau, die ihnen förmlich an den Lippen hingen. Zu Elisas und Isabelles großer Überraschung trug keine von ihnen eine Burka – und, um genau zu sein, nicht mal einen BH. Was frau da an Fleisch zu Markte trug, war fast schon zu viel des Guten, und dabei waren wir noch gar nicht im Club drin.

Einer der Neuen ließ uns einigermaßen großspurig wissen, er sei Nedim, der Besitzer des weitläufigen Unterhaltungskomplexes mit dem schönen Namen Bella, der sich vor uns erstreckte. Die Anlage verfügte über einen eigenen Yachthafen, der Promis und VIPs die demütigende Einlassprozedur ersparte; sie konnten direkt vom Boot auf die Polsterbänke umsteigen und sich dort nach Strich und Faden verwöhnen lassen. Clubbesitzer wie Nedim gab es zuhauf: der klassische kettenrauchende, kurz geschorene Vintage-T-Shirt-und-Retro-Sneakers-Träger, der nur dadurch auffiel, dass er den obligatorischen roten Porsche fuhr und flaschenweise Champagner spendierte.

»Meine Damen und Herren, willkommen im Bella, der ersten Adresse im Istanbuler Nachtleben«, verkündete er mit großer Geste. »Wie Sie sehen, liegt unser Club am Bosporus, unmittelbar an der Nahtstelle zwischen Europa und Asien, und unsere Klientel spiegelt genau dieses internationale Flair wider. Folgen Sie mir nun bitte, und genießen Sie alle Annehmlichkeiten, die das Bella zu bieten hat.«

Er geleitete uns zu einem riesigen runden Tisch direkt am

Wasser, der zusammen mit etlichen anderen durch eine Kordel abgegrenzt war – offensichtlich einer der VIP-Bereiche des Clubs. Vom Fluss trennte uns lediglich ein allenfalls hüfthohes, windiges Teakholzgeländer; spätestens nach der zweiten Flasche Schampus waren da die Katastrophen geradezu vorprogrammiert. Der Ausblick war unglaublich: Kleinere und größere Schiffe kreuzten gemächlich durch die trüben Fluten, vorbei an einer traumhaft erleuchteten Moschee, deren Minarette bis zu den Sternen zu reichen schienen. Wir saßen auf gepolsterten Bänken mit Bezügen aus golddurchwirktem Seidenbrokat, die Füße auf edel schimmerndem, nahezu schwarzem Holzbelag unter freiem Himmel. Nur hier und da bauschten sich über uns ein paar weiße Zeltleinwände im Wind, die dem Ambiente einen erotisch-exotischen Touch verliehen; als Lichtquellen dienten orientalische Glaslaternen und hunderte von Teelichtern in Haltern mit Perlendekor. Auf sämtlichen Tischen standen Schüsseln aus naturbelassenem Holz mit winzigen Aprikosen und Pistazien. Es war definitiv der heißeste Club, den ich je gesehen hatte, ungleich unverfälschter in seiner Eleganz als all die coolen Schuppen in New York oder Los Angeles, die, kaum als angesagt deklariert, schon so ein unsägliches »Hier-geht-die-Post-ab«-Gehabe entwickelten.

Eine Armada durchgestylter Kellner umringte unverzüglich unseren Tisch und nahm die Getränkebestellungen auf. Binnen einer halben Stunde waren alle angenehm benebelt, und als die Uhr auf Mitternacht vorrückte, tanzten Elisa und Philip auf den Tischen und rieben verzückt ihre Becken aneinander. Die Fotografen ließen es nur so klicken, doch Nedim und seine Crew deckten sie dermaßen mit Alkohol, Mädchen und weiß Gott was noch ein, dass ihnen ein Schnappschuss von Marlena durch die Lappen ging, die rittlings auf einem berühmten türkischen Fußballspieler hockte. Bevor am Ende noch irgendwer was davon mitbekam, trennte ich die zwei Hübschen und legte ihnen nahe, ihre Leibesübungen doch lieber in Marlenas

Hotelzimmer fortzusetzen; sie ließen sich brav von mir zu einer draußen wartenden Mietlimousine führen und protestierten mit keinem Wort, als ich den Chauffeur anwies, sie zurück ins Four Seasons zu bringen. Eben hatte ich dem Herrn an der Rezeption telefonisch das feste Versprechen abgenommen, die zwei auf der Stelle in Marlenas Zimmer zu schleusen und keine Knipser oder Reporter über die Schwelle zu lassen, da stand auf einmal Sammy neben mir.

»Hey, wo hast du dich denn versteckt?«, sagte er, schlang von hinten die Arme um mich und küsste mich auf den Nacken. »Die ganze Nacht habe ich dich im Auge behalten, und auf einmal warst du weg.«

»Na, du?«, sagte ich.

Er vergewisserte sich mit einem Blick, dass sich weder Isabelle noch Philip oder ein Kameraträger in der Nähe befand. »Los, verziehen wir uns«, sagte er rau. »So sturzbetrunken wie die alle sind, kriegen die das doch überhaupt nicht mit.« Er küsste mich noch mal auf den Hals, diesmal etwas heftiger, so dass mich eine Ahnung beschlich, dass Sammy mehr war als nur ein lieber guter Junge. Gottlob.

»Ist nicht drin, Sammy. Ich würde echt gern, aber ich muss den Überblick behalten – das ist schließlich meine einzige Verpflichtung hier.«

»Es ist doch schon fast zwei. Wie lange werden die schon noch durchhalten?«

»Das müsstest du nun wirklich am besten wissen. Bis zum Morgengrauen, locker. Vielleicht findet sich ja später im Hotel noch eine Gelegenheit, aber fürs Erste muss ich da wieder rein.«

Er ließ die Arme hängen und stieß einen lauten Seufzer aus. »Ich weiß, da kann man wohl nichts machen. Aber es stinkt mir, und zwar gewaltig. Geh du zuerst, ich komme in ein paar Minuten nach.« Er fuhr mir mit den Fingern durchs Haar und zuckte erschrocken zurück, als er seinen Namen hörte.

»Sammy? Bist du da draußen? Hat jemand meinen Kleinen – äh, meinen Assistenten gesehen?«, schallte Isabelles Kreischorgan über das Wasser. Ich drehte mich um und sah sie bei einem der uniformierten Sicherheitsbeamten stehen, der streng aufgepasst hatte, dass uns ja niemand belästigte.

»Großer Gott«, knurrte Sammy, schon auf dem Sprung. »Was ist denn jetzt schon wieder – findet sie die Toilette nicht allein? Also, ich geh dann mal.«

»Warte, überlass das mir«, sagte ich und drückte ihm kurz die Hand. »Hier, Isabelle! Hier ist er!«

Isabelle fuhr herum, entdeckte uns und schien zunächst erleichtert, dann verwirrt. Wobei sie mich komplett überging. »Ich suche schon seit Ewigkeiten nach dir«, maulte sie Sammy an und ließ vor Schreck ihr Weinglas fallen, als ich Nichtswürdige das Wort ergriff.

»Bitte, nicht böse sein, Isabelle, ich habe ihn mir nur kurz ausgeborgt. Marlena und ihr neuer Verehrer waren ziemlich hinüber, und da hat mir Sammy netterweise geholfen, die beiden ins Auto zu verfrachten. Wir wollten gerade wieder reingehen.«

Das schien sie zu besänftigen, auch wenn sie mich weiterhin nicht zur Kenntnis nahm. Ihr Blick blieb auf Sammy gerichtet, der ausgesprochen interessiert seine Füße betrachtete.

»Okay, na, dann werde ich mal nachsehen, was da drin so los ist«, sagte ich munter. Noch auf dem Weg zur Tür hörte ich Isabelle etwas zu Sammy sagen – nicht mehr quengelig, sondern in eiskaltem Ton.

»Ich zahle dir keine Unsummen dafür, dass du dich nicht um mich kümmerst und mich einfach sitzen lässt!«, zischte sie.

»Ach komm, lass es gut sein, Isabelle.« Sammy klang eher ausgelaugt als entnervt. »Ich hab ihr fünf Minuten bei der Aktion geholfen. Von sitzen lassen kann wohl kaum die Rede sein.«

»Was meinst du, wie ich mich fühle, wenn ich mutterseelenallein da drin hocke und mein Begleiter abschwirrt, um einer anderen Dame unter die Arme zu greifen?«

Leider musste ich jetzt endgültig rein und konnte Sammys Antwort nicht mehr abwarten. Ich kämpfte mich durch die Massen bis zu dem nunmehr total entvölkerten VIP-Bereich. Statt amerikanischem Rap und Hiphop stand nunmehr eine Art türkischer Trance auf dem Programm, zu dem ringsum mehr als spärlich bekleidete Körper im Takt zuckten. Camilla, Alessandra und Monica hatten ebenfalls Verehrer gefunden – einen Fußballer von Real Madrid, einen Nachrichtenmoderator von CNN International und einen englischen Playboy, der behauptete, Philip noch aus Internatszeiten zu kennen – und vergnügten sich mit ihnen weitab vom Schuss in diversen dunklen Ecken, gewissenhaft überwacht von Nedim und den übrigen Nachtclubbesitzern. Elisa und Davide standen abseits der Tanzfläche und waren, ihren Armbewegungen nach zu schließen, kurz davor, den Boxkampf zwischen Muhammad Ali und Joe Frazier nachzustellen. Als ich mich auf Hörweite näherte, wurde mir klar, was hier ablief: Die zwei waren dermaßen zugekokst, dass sie sich schlicht gegenseitig niederbrüllten – in dem Glauben, sie hätten Weltbewegendes mitzuteilen. Wie üblich hatten die Reporter und Fotografen ein Stück abseits von unserer Horde einen Katzentisch mit Beschlag belegt und soffen sich offenbar zügig unter den Tisch. Auf meine Frage, ob man ihnen noch irgendetwas bringen dürfe, hob sich träge der eine oder andere Kopf. Leo konnte ich nirgendwo ausmachen, dafür war Philip mühelos zu lokalisieren – ich musste nur nach der blondesten Blondine mit den üppigsten Titten vor Ort Ausschau halten und dann den Blick ein paar Zentimeter nach rechts wandern lassen. Sie standen vor der DJ-Koje, und das Mädel, um dessen Taille er den Arm geschlungen hatte, kam mir irgendwie bekannt vor, aber von hinten ließ sich schwer etwas Genaues sagen. Ich konnte nur erkennen, dass Philip ein fettes Knäuel Geldscheine aus der Gesäßtasche seiner Designerjeans zog und dem zaundürren DJ hinwarf, der getreu seinem Berufsbild weiter in der extrem ungesunden Kopfhörer-an-Schulter-gepresst-Stellung verharrte.

»Hey, Kumpel, legst du dafür zur Abwechslung mal was mit Text auf?« Die Dame in seinem Griff kicherte und nahm einen Schluck von ihrem Drink. »Dieser türkische Scheiß steht mir bis hier.«

Der DJ krallte sich das Geld und ließ es ruckzuck unter dem Mischpult verschwinden. Dann winkte er sich ein Jüngelchen heran, das mit ihm in der Koje hockte, und verwies ihn mit wenigen Worten an Philip. Der Knabe kam angetrabt und fragte: »Was wollen Sie hören? Er hat alles da.«

»Irgendwas von Bon Jovi zum Beispiel, oder von mir aus auch Guns N' Roses?«

Der Juniordolmetscher gab die Botschaft an den offensichtlich verdatterten DJ weiter, der aber tapfer nickte. Zehn Sekunden später dröhnte »Paradise City« aus den Lautsprechern, und Philip übte sich im Pseudoheadbanging. Als er mich jenseits der Tanzfläche erspähte, flüsterte er seiner Begleitung etwas zu, worauf sie nickte und Leine zog.

»Na, Liebes, hört sich das nicht schon viel besser an?«, fragte er und überprüfte dabei sein Erscheinungsbild im Spiegelglas der DJ-Koje.

»War das Lizzie Grubman?«, fragte ich zurück, nachdem mir endlich aufgegangen war, woher ich sie kannte.

Er hieb seinen Kopf ein letztes Mal gegen eine imaginäre Mauer. »Wie's aussieht, haben Tara Reid und sie letztes Wochenende Wind von unserer stinkvornehmen Party hier gekriegt und wollten selbst mal sehen, was hier so abläuft.«

»Sie, äh, sie sieht total nett aus«, brachte ich lahm heraus, wohl wissend, dass ich mich – rein beruflich – froh und glücklich preisen konnte, Gazettengrößen wie Lizzie Grubman und Tara Reid im Gefolge unserer Truppe nach Istanbul gelotst zu haben.

»Ein Gesicht wie eine Krokodillederhandtasche«, sagte er und zerrte mich auf die Tanzfläche. »Komm, Schnucki, mach dich locker. Hampel ein bisschen mit mir ab.«

Nach ein paar Minuten tänzelte ich unauffällig davon und gesellte mich wieder zu Elisa, die sich offensichtlich halbwegs gefangen hatte. Sie hockte auf Davides Schoß und brabbelte ihm ins Ohr, derweil er ihre Schultern knetete und inbrünstig inhalierte, was der Joint zwischen seinen Lippen nur hergab.

»Hey, was meinst du, wirst du mit dem Rest hier fertig? Weil, es sind offenbar schon ein Haufen Leute zurück zum Hotel, und vielleicht sollte ich mal nachsehen, ob da alles rund läuft.«

»Na klar, geh ruhig. Mach dir bloß keinen Kopf, Bette. Amüsieren sich doch alle bestens. Wo ist denn Leo abgeblieben? Sag ihm einfach Bescheid, dass du zurückfährst und wir uns dann im Hotel sehen, okay?« Davide pustete ihr eine Rauchwolke seines Joints ins Gesicht, was sie zum Kichern brachte.

»Ausgezeichnete Idee. Mach ich. Bis morgen dann.«

»Ja, na, mal sehen. Ich glaub nicht, dass ich vor Sonnenuntergang auf der Matte stehe, aber ich finde dich dann schon, wenn wir wach sind. Ach, wo ist eigentlich Philip?«, fragte sie betont beiläufig.

»Philip? Den habe ich zuletzt auf der Tanzfläche gesehen, mit Lizzie Grubman und Tara Reid.«

»Was? Die sind auch hier?« Einszweifix war sie von Davides Schoß runter und kleisterte sich ein breites Grinsen ins Gesicht. »Da muss ich doch unbedingt sofort hi sagen. Bis später, Bette.«

Ich sah mich nach Leo um, konnte ihn aber nirgends finden; wahrscheinlich hatte er irgendeinen Typen aufgetan und spielte mit ihm auf seinem Zimmer Ringelpiez mit Anfassen. Nedim bot mir an, mich in seinem Porsche zum Hotel zu bringen, was ich gern angenommen hätte; doch als er angelegentlich die Hand an meinem Rücken tiefer gleiten ließ und mit vielsagendem Lächeln meinte, er würde mir gern ein paar Istanbuler

Lokalitäten zeigen, in denen es um diese späte Stunde noch so richtig zur Sache ginge, bedankte ich mich höflich und nahm eine Limousine. Die Dame an der Rezeption begrüßte mich mit Namen und ließ mich rasch wissen, wer von unserem Trupp bisher schon heimgefunden hatte und wann.

»Oh, warten Sie, hier ist noch eine Nachricht für Sie.« Sie überreichte mir eine Art selbstgebasteltes Briefchen. Großer Gott, was war denn jetzt schon wieder schief gelaufen? Ich faltete es auseinander und las, was da in fetten Großbuchstaben geschrieben stand: KOMM ZU MIR AUF ZIMMER 18, WENN DU WIEDER DA BIST. Statt Unterschrift war der passende Hotelzimmerschlüssel beigefügt.

Ich überlegte kurz. Der Zettel konnte von niemand anderem als von Sammy stammen. Offensichtlich hatte er irgendwie ein Extrazimmer ergattert, von dem weder Isabelle noch sonst wer wusste. Das war mit Abstand die romantischste Aktion, die mir in meinem Liebesleben je untergekommen war: Eine Geheimbotschaft von meinem geheimen Loverboy, und ich nach dem ganzen Schrubben und Durchwalken am Morgen nach wie vor absolut in Bestform.

Noch die schwerfälligste Raupe hätte sich schneller durch die Stockwerke hochgearbeitet als dieser vermaledeite Aufzug. Am ganzen Leib zitternd klopfte ich an die Tür.

Eine Minute verging – eine Minute, die sich anfühlte wie ein ganzer Monat und in der mir ein wahrhaft grässlicher Gedanke durch den Kopf schoss: War die Notiz am Ende doch nicht von Sammy, oder galt sie womöglich jemand anderem? Dutzende denkbarer Missverständnisse schossen mir durch den Kopf, während ich wie angewurzelt auf dem Teppich stand und mich mit wachsender Panik fragte, was in drei Teufels Namen ich tun sollte, wenn ich falsch lag und er gar nicht da drinnen war, geschweige denn darauf lauerte, mir die Kleider vom Leib zu reißen und mich auf das King-Size-Doppelbett mit dem flaumweichen Oberbett und den preiswürdigen Bezügen zu zerren. *Bitte bitte, du höheres Wesen, wer oder was auch immer du sein magst,* flehte ich im Stillen, *bitte mach, dass er es ist und dass er mich ebenso sehr will wie ich ihn, und mach auch, dass er –*

Die Tür ging auf, Sammy zog mich ins Zimmer und verschloss mir den Mund, bevor er mit einem Tritt die Tür ins Schloss fallen ließ. »Gott, wie hab ich mich danach gesehnt«, flüsterte er, während seine Lippen vom Gesicht über meine Anatomie abwärts wanderten und er sich vergeblich mit den Trägern meines Kleides abmühte, um mir das ganze Ding schließlich kurz entschlossen über den Kopf zu ziehen.

Weitere Worte sparten wir uns. Wir sanken aufs Bett, das haargenau so himmlisch war wie in meiner Vorstellung, und fielen übereinander her – so wild, dass mir eigentlich angst und bange hätte werden müssen, aber dazu genoss ich es viel zu sehr. Welche Körperteile zu wem gehörten oder wo genau Sammy mich wann genau berührte – fragen Sie mich nicht. Das Gefühl für Zeit und Raum war mir abhanden gekommen, ich war vollauf damit beschäftigt, mit dieser plötzlichen Reizüberflutung fertig zu werden – sein Körper, der auf mir lag, der Duft seines Deodorants, seine Finger, die über meinen Rücken strichen, dass es mir sämtliche Härchen an Armen und Nacken aufstellte. Ganz ehrlich, es war eine Sexszene wie aus dem Buch, wie aus dem neuesten Schnulzenroman – nur vielleicht noch besser. Erst als es an der Tür klopfte, bemerkte ich die vielen ringsum verteilten Kerzen, die beiden unangetasteten Gläser mit Rotwein und den CD-Spieler auf dem Nachttisch, aus dem der Soundtrack von Buddha Bar ertönte.

»Weiß irgendwer, dass du hier bist?«, flüsterte ich und rollte mich von ihm weg.

»Niemand außer der Rezeption. Ich hab es auf meine private Kreditkarte setzen lassen.«

»Hat Isabelle eventuell was mitgekriegt?«

»Ausgeschlossen. Sie hat drei Dutzend Ambien geschluckt,

um den Jetlag loszuwerden. Vor übermorgen wacht die garantiert nicht wieder auf.«

Wir diskutierten noch ein paar Minuten weiter, dann fiel mir auf, dass es schon hell wurde; ich sah wohl besser zu, mich zurück in das Zimmer zu begeben, wo ich eigentlich hingehörte, sonst standen mir eine Menge unangenehmer Fragen bevor.

Er zog mich wieder auf sich und küsste mein Ohrläppchen samt Ohrring und allem. »Nicht weggehen. Wenigstens noch nicht gleich.«

»Muss sein, sosehr ich es auch bedaure. Du willst doch nicht, dass das jetzt schon publik wird? Nicht so.«

»Ja, ja, du hast ja Recht. Nicht so. Sobald wir wieder in New York sind, haben wir ja alle Zeit der Welt.«

»Ab dann wirst du mich keine Sekunde mehr los«, flüsterte ich. Mein perlenbesticktes Hängerchen lag zur Kugel zusammengeknüllt auf dem Schreibtisch, aber ich schaffte es ohne allzu unwürdige Verrenkungen, mir das Ding über den Kopf zu ziehen, bevor ich zurück aufs Bett fiel. Irgendwas Unterwäscheartiges anzuziehen, fand ich eine unerträgliche Vorstellung; also pflückte ich meinen trägerlosen BH vom Kopfteil des Betts und stopfte ihn mitsamt der restlichen Unterbekleidung in meine Handtasche.

Sammy zerrte das am wenigsten mitgenommen aussehende Laken vom Bett und wickelte es sich um die Hüften. »Danke für diese unglaubliche Nacht, Bette«, flüsterte er, schon mit mir an der Tür. Mein Gesicht in seinen Händen fühlte sich klein und zart und wunderschön an.

Auf Zehenspitzen stehend schlang ich ihm ein letztes Mal die Arme um den Hals. »Es war perfekt«, sagte ich.

Und das war es auch, genau wie ich es mir erhofft hatte – bis ich die Tür öffnete und von dem grellsten, bösartigsten Blitzlicht meines ganzen Lebens attackiert wurde. Im Sekundentakt flammte es wieder und wieder auf, während ich dastand wie erstarrt.

»Oh, hey, tut mir Leid. Falsches Zimmer.« Es war John, einer der Fotografen aus unserem Tross.

»Was zum Henker ist hier los?«, fragte Sammy.

»Lass mich das machen«, sagte ich. »Bleib du hier.«

Ich trat in den Flur und zog die Tür hinter mir zu. »Was sollte das denn jetzt? Kannst du mal erklären, was du hier tust?« Ich war kurz vorm Ausflippen.

»Hey, Süße, tut mir Leid. Keine Bange, ich hab nichts gesehen«, sagte er wenig überzeugend. Ein aalglatter Typ, der mich von Anfang an nervös gemacht hatte und der hauptsächlich Paparazzi-Aufnahmen gegen Höchstgebot an die übelsten Klatschblätter verscherbelte. Kelly hatte darauf bestanden, ihn mitzuschleifen, weil die Fotoredakteure von seinem Material begeistert waren.

»Was schleichst du hier vor meinem Zimmer herum? Äh, vor seinem Zimmer, wollte ich sagen. Ich mach schon den ganzen Morgen die Runde und gehe mit jedem Einzelnen den Tagesplan für heute durch; das ist für dich ja wohl kaum von Interesse.«

»Hör mal, es ist mir egal, mit wem du vögelst.« Er ließ ein genüssliches Kichern hören. »Klar, notfalls würd ich schon wen auftreiben, der drauf anspringt, dass du die Nacht nicht mit deinem britischen Lover verbracht hast, aber nachdem du auf dem Trip hier bisher immer so nett zu uns gewesen bist, können wir das Ganze von mir aus gern vergessen.«

Dieser Schweinepriester. Unverhohlen lüstern beäugte er mein Outfit und mein verschmiertes Make-up, das garantiert nicht verbarg, was für eine Wahnsinnsnacht ich hinter mir hatte.

»Außerdem«, er löste die Arretierung des Blitzlichts und verstaute es in einer schwarzen Schultertasche, »hatte ich gedacht, da drinnen wäre noch was viel Heißeres geboten als du und Isabelles Bubi im Clinch.«

»Wie bitte?« Das waren schon drei gute Gründe, ihn auf der

Stelle zu erwürgen: Erstens hatte er gerade unterstellt, es könne Besseres geben als die Nacht, die ich soeben erlebt hatte, zweitens kaufte er mir, wie es aussah, die schwachsinnige Story mit dem Tagesplan nicht ab, und drittens war er auch noch so dreist, Sammy als Isabelles Bubi zu bezeichnen. Natürlich fiel mir ums Verrecken nichts Ätzendes oder Geistreiches als Entgegnung ein.

»Tja, sagen wir mal, ich habe munkeln hören, dass dein Freund da womöglich eine kleine Privatparty mit einem seiner engsten Freunde veranstaltet.« Er hob die buschigen, in der Mitte zusammengewachsenen Brauen und fletschte die Zähne, was wohl ein Lächeln sein sollte.

»Und mit ›dein Freund‹ meine ich Philip Weston.« Jetzt grinste er, ganz eindeutig.

Runter mit dem Zornklumpen in meiner Kehle. »Mhm, klingt ja wirklich alles sehr faszinierend, aber ich muss jetzt rauf und weiter die Runde machen, wenn du mich also bitte entschuldigst ...« Die Sandalen in der einen und meine Tasche in der anderen Hand schob ich mich an ihm vorbei und machte, dass ich zum Aufzug kam.

Je mehr ich darüber nachdachte, desto weniger albtraumhaft erschien mir das Ganze, vor allem, nachdem er die Geschichte mit Sammy und mir offenbar nicht sonderlich skandalös fand. *Wieso sollte er auch?*, dachte ich. Der Mann steigt Tag für Tag wahnsinnig berühmten Menschen hinterher und dokumentiert, was sie so an Dramen produzieren; warum sollte er da auch nur einen Funken Interesse für die außerplanmäßige Matratzengymnastik einer unbedeutenden PR-Agentin aufbringen? Okay, Philip. Der war natürlich ein gewisses Problem. Und wenn Kelly Wind davon bekam, dass ich mich mit Isabelles teuer bezahltem Freund hatte erwischen lassen, gab das mit einiger Sicherheit Ärger. Am Ende bestand Isabelle sogar darauf, dass sie mich feuerte. Aber jetzt griff ich wirklich zu weit vor; aller Wahrscheinlichkeit nach würde John dichthalten.

Die Einzige, die sich für mein Wohl und Wehe interessierte, war Abby, und die konnte unmöglich ihre Greifarme bis nach Istanbul ausfahren. Zum Teil war ich wohl genau deswegen bei dem Fotografen so ausgerastet – nach himmlischen vierundzwanzig Stunden hatte ich zum ersten Mal wieder das Gefühl, Belästigungen und Nachstellungen schutzlos ausgeliefert zu sein. Nachdem Abby beruhigende fünftausend Meilen weit entfernt war, hatte ich nicht mehr ständig diese nagende Furcht im Hinterkopf gehabt, dass jemand darauf aus war, mein Privatleben in der Öffentlichkeit breitzutreten. Tief Luft holen. Es könnte weit schlimmer sein. Danke, liebes unbekanntes Wesen, für all die Länder und Meere, die zwischen mir und Abby liegen.

Die Tür zu Philips und meiner Suite war angelehnt, was ich erst bemerkte, als ich direkt davor stand und genau hinsah; von drinnen vernahm ich unterdrückte Laute. Es war gerade mal kurz nach acht, also praktisch mitten in der Nacht, wenn man bedachte, dass ich selbst erst um drei ins Hotel gekommen war und Philip noch wer weiß wie lange im Bella weitergefeiert hatte. Schlagartig wurde mir klar, dass die kleine Privatparty, von der der Fotograf gesprochen hatte, wohl tatsächlich stattfand, und zwar in meinem Zimmer. Sollte ich anklopfen? Ach was.

Tür auf und durch – vom Salon durch die Glastür ins Schlafzimmer, wo Leo, nackt wie Gott ihn schuf, auf dem Bett lag. Im nächsten Moment erkannte ich auch den Haarschopf, der über Leos entblößter Beckenregion auf und ab wippte und ebenso zu Mr. Philip Weston gehörte wie das bloße Hinterteil, das sich mir entgegenreckte. Bevor ich etwas sagen oder tun konnte, hatte Leo mich erspäht.

»Hey, Bette, was steht an?«, fragte er nonchalant, ohne die leisesten Anstalten zu machen, die nackten Tatsachen irgendwie zu beschönigen oder zu bedecken.

Auf den Klang meines Namens hin hob sich Philips Kopf

ruckartig und ließ die paar Zentimeter von Leo sehen, die mir bis dahin verborgen geblieben waren. »Hallo, Baby, wie geht's denn so?«, erkundigte er sich und wischte sich den Mund sorgsam an einem Kissenbezug ab. »Wo hast du bloß die ganze Nacht gesteckt?«

»Wo ich gesteckt habe?« Ob ich es wohl je über dieses dämliche Papageien-Nachgeplapper hinausbringen würde?

»Ich hab ewig und drei Tage auf dich gewartet, Liebes«, wimmerte er, sprang aus dem Bett wie ein erwartungsfroher kleiner Junge am Weihnachtsmorgen und schlüpfte in einen Bademantel. Erst da ging mir auf, dass ich ihn vor einer Sekunde zum allerersten Mal vollständig nackt gesehen hatte.

»Ewig und drei Tage, ja?« Welch geistreiche Entgegnung.

»Je nun, wenn du dich zur rechten Zeit eingefunden hättest, wäre Leo doch niemals hier bei mir im Bett gelandet, oder was meinst du, Liebes?«

Ich prustete laut los. Das war echt ein guter Witz. »O Philip. Also bitte! Wer hat denn hier nie mit mir schlafen wol –«

»Lass gut sein, Püppi, beruhige dich. Leo ist gerade erst vor ein paar Minuten hier eingelaufen und gleich abgesackt. Ich muss wohl auch weggedöst sein. Wir haben einfach zu viel getankt. Blöd von uns, aber wenigstens haben wir es beizeiten weggeschlafen.«

Ich kriegte mich kaum noch ein. »Meinst du das im Ernst? Willst du damit sagen, ich hätte Tomaten auf den Augen?« Wenn einer von den beiden wenigstens den Anstand besessen hätte, sich ob der soeben von mir beobachteten Vorkommnisse auch nur eine Spur peinlich berührt zu zeigen, wäre ich vielleicht – vielleicht – irgendwie damit zurechtgekommen.

»Hey, Leute, ich bestell mal 'ne Runde Kaffee mit Orangensaft und vielleicht noch ein paar Croissants dazu. Ich merk nämlich, dass sich bei mir ein ganz großer böser Kater anschleicht«, gab Leo bekannt. Er unternahm weiterhin keinerlei Versuche, mir seinen Anblick im Naturzustand zu ersparen, schnappte sich stattdessen die Fernbedienung und scrollte sich durch das hoteleigene Filmangebot.

»Guter Ansatz, Kumpel. Für mich einen doppelten Espresso, ein paar Aspirin und eine Bloody Mary XXL«, sagte Philip.

»Bin ich irgendwie im falschen Film?«, fragte ich, unversehens in eine zwielichtige Grauzone geraten, die mir das Gefühl gab, in einer anderen Realität zu leben – und zwar als einzige der hier Anwesenden.

»Hmm?«, gab Philip zurück, entledigte sich seines Bademantels und begab sich unter die Dusche, ohne die Tür zu schließen. »Leo? Sag doch deiner hübschen Kollegin, dass wir zwei nur gute Kumpels sind.«

Leo entwand sich den zerwühlten Laken, die in den letzten Stunden Schweres durchgemacht zu haben schienen, und schlüpfte, so wie er war, in seine Jeans. »Klar. Bette, Schätzchen, wir sind nur gute Freunde. Möchtest du auch was zu essen?«

»Ähm, nein, danke. Ich, äh, ich glaub, ich geh zum Frühstücken lieber runter, okay? Also dann bis später.« Ich schnappte mir eine saubere Jeans, ein T-Shirt und ein Paar Flipflops, schmiss sie in einen Plastiksack der Hotelwäscherei und überließ – mit einem Gefühl, als käme mir das noch gar nicht eingenommene Frühstück im nächsten Moment wieder hoch – die beiden ihrem häuslichen Idyll.

Alsdann, ab ins Restaurant und bei einem Snack die Zeit totschlagen, bis ich mein eigenes Zimmer wieder gefahrlos betreten konnte. Kaum hatte der Kellner frisch aufgebrühten Kaffee (mit allen Schikanen) und einen Brotkorb voll hochinteressant aussehender süßer Gebäckstücke und Muffins vor mich hingestellt, kam Elisa hereingewankt und sackte mir gegenüber auf dem Stuhl zusammen.

»Scheiße, ich kann nicht schlafen. Wenn das so weitergeht, bring ich mich um«, lauteten ihre Begrüßungsworte.

Ihr Anblick versetzte mich augenblicklich in Panik: Wusste sie etwa schon Bescheid? Ich hatte gedacht, um diese unchristliche Zeit wäre noch niemand außer mir auf den Beinen, doch ihr verfilztes Haar, die schwarzen Augenränder und die fahrigen Handbewegungen verrieten mir, dass sie vermutlich bis über die Hutschnur zugekokst war und das nun hier aussitzen wollte, nachdem sie so was wie Schlafen ohnehin vergessen konnte.

»Na, hey, komm, setz dich her«, sagte ich so lässig wie möglich.

Der Kellner brachte ihr eine Tasse, die sie mit einem verschwommenen Blick bedachte, als hätte sie dergleichen nie zuvor gesehen. Doch dann fing sie sich, schenkte sich Kaffee ein und beäugte mich misstrauisch.

»Du bist aber früh auf. Wo ist denn Philip?«, fragte sie und leerte die Tasse in einem Zug.

»Philip?« Mein Lachen sollte eigentlich locker-flockig klingen, hörte sich aber vermutlich eher nach schwerem Würgereiz an. »Ach, der schläft wohl noch. Weiß auch nicht, wieso ich schon auf der Matte stehe. Liegt wahrscheinlich an der Zeitverschiebung.«

Sie schnaubte verächtlich. »Wenn das dein einziges Problem ist, dann nimm einfach ein Xanax. Ich fühl mich echt beschissen.«

»Wie wär's mit einem Happen zu essen? Du siehst aus, als könntest du ein bisschen was zu futtern gebrauchen.«

Ein weiteres, vernehmliches Schnauben. »Der Muffin da enthält gut und gern so viel Fett und Kohlehydrate wie zwei Big Macs. Danke, aber wirklich nicht.« Sie schenkte sich nach und machte auch mit der zweiten Tasse Kaffee kurzen Prozess.

»Ist Davide noch oben?«, fragte ich, um irgendwas zu sagen.

»Keine Ahnung, wo er herumschwirrt. Hab ihn irgendwann gegen drei aus den Augen verloren. Ist wahrscheinlich mit irgend so einer Türkenmieze abgehauen.« Was sie weder zu nerven noch zu überraschen schien.

Sie beantwortete meinen stieren Blick mit einem Seufzer.

»Philip würde so was nie im Leben bringen, oder? Der ist ja der absolute Supertyp …«

Ich konnte mich gerade noch zurückhalten, den Orangensaft nicht quer über den Tisch zu spucken. »Mhm«, murmelte ich. »Hast du eigentlich schon mal irgendwas gehört von wegen, dass Philip … also, ähm, dass sein Interesse eher in Richtung …«?

Ihr Blick war immer noch glasig. »In Richtung was?«

»Ach, weiß nicht … in Richtung Männerwelt?«

Sie schnappte nach Luft wie ein Skelettfisch auf dem Trockenen. »Philip Weston? Schwul? Das ist ja wohl ein Witz, oder? Bette, wie kannst du bloß so naiv sein? Dass er ein Wahnsinnsfeeling für Stil hat und Yoga macht und immer mit dieser niedlichen Vespa herumgurkt, heißt doch noch lange nicht, dass er auf Männer steht.«

Nein, er liegt bloß auf ihnen, dachte ich in Erinnerung an das, was ich vor einer halben Stunde mit eigenen Augen gesehen hatte.

»Stimmt, nein, da hast du sicher Recht. Es ist bloß –«

»Bette, wann machst du dir endlich mal klar, was du an dem Knaben hast? Jedes normale Mädel würde sich krumm und schief legen, um ihn bei der Stange zu halten, nur du kriegst das scheinbar nicht auf die Reihe. Also wie es aussieht, hat es heute Morgen hier irgendwie geknallt.« Mit diesen Gedankensprüngen sollte mal einer Schritt halten. O Gott – war da etwa ich gemeint?

»Geknallt? Du meinst, ein Skandal? In unserer Gruppe? Hat irgendwer was beobachtet?«

So wie sie mich fixierte, war ich einen Augenblick lang sicher, dass sie alles wusste. Aber dann sagte sie bloß: »Ich weiß nicht so genau. Dieser eine Fotograf, ach, du weißt schon, der Fettwanst, wie heißt er gleich wieder? –, jedenfalls, der hat gesagt, er hätte da wohl ein paar interessante Schnappschüsse von irgendwem in einer kompromittierenden Situation gemacht. Hast du zufällig eine Ahnung, um wen und was es sich da handelt?«

Ich mümmelte hingebungsvoll mein Croissant und blickte keine Sekunde von der Titelseite des *International Herald Tribune* auf. »Hm, nein, mir ist nichts bekannt. Klingt es denn ernst? Ich meine, was echt Übles sollte doch tunlichst nicht durchsickern, oder?«

Elisa goss sich die dritte Tasse Kaffee ein und genehmigte sich dazu einen armseligen kleinen Powerriegel – eine Anstrengung, von der sie den totalen Flattermann bekam. »Am besten warten wir wohl erst mal ab, oder? Ich versuch jetzt doch noch eine Runde zu schlafen – soll mich schließlich in ein paar Stunden in diesem tollen türkischen Bad von Kopf bis Fuß abrubbeln lassen. Angeblich haut das noch mehr rein als ein Laserpeeling. Na dann, bis später.«

Damit stelzte sie auf ihren streichholzdünnen Beinen davon. Ich sah ihr nach und fragte mich, warum unser Gespräch bei mir so einen seltsamen Nachgeschmack hinterlassen hatte. Doch dann fiel mir ein, dass ich ja selbst einen Massagetermin vereinbart hatte, um später bei der Sightseeingtour voll fit zu sein. Also Schluss mit Frühstück, ab in den Wellnessbereich, und zu dem Üblichen noch ein Paraffinbad für die geschundenen Füße. Man gönnt sich ja sonst nichts.

26

»Also ich muss sagen, das hier ist, glaube ich, mein absoluter Favorit«, verkündete Will und reichte mir einen Computerausdruck über den Tisch. Allzu amüsiert hörte er sich nicht an. Er hatte es sich zur Aufgabe gemacht, seit meinem Eintritt bei Kelly & Company sämtliche Zeitungsausschnitte zu sammeln, in denen mein Name vorkam, und die sichteten wir nun beim Brunch. Seit einer Woche war ich wieder zurück von dem – in meinen Augen – überaus erfolgreichen Trip in die Türkei. Erfolgreich nicht zuletzt deshalb, weil anscheinend niemand auch nur den Hauch einer Ahnung hatte, was wirklich mit Philip und Sammy vorgefallen war. Aber da hatte ich mich offensichtlich zu früh gefreut.

Abby war allgegenwärtig, anders konnte ich es mir nicht erklären. Irgendwie musste sie an John, den dicken Fotografen, geraten sein – und hatte aus einem Quäntchen Wahrheit eine fette, widerliche Lügengeschichte gebastelt. Erschienen war dieses Schmuckstück der Boulevardpresse am Freitag, und wenn Kelly davon keinen Herzanfall bekam, musste sie echt hartgesotten sein:

> PR-Agentin macht PR in eigener Sache: Quellen zufolge soll es bei einer Pressereise, die Bettina Robinson, ständige Begleiterin von Philip Weston, letzten Monat nach Istanbul führte, zu intimen Begegnungen zwischen ihr und Rick Salomon (dem wir das unvergessliche Sex-Tape von Paris Hilton verdanken) gekommen sein – pikanter-

weise in ebendem Hotel, in dem Robinson gemeinsam mit Weston abgestiegen war. Dürfen wir uns auf eine aufgefrischte Version des berühmten Sex-Tapes freuen, diesmal mit der beliebten Planerin von New Yorks angesagtesten Partys in der Hauptrolle?

Das Begleitfoto zu dem entzückenden kleinen Schriftstück dieses tückischen kleinen Miststücks zeigte mich im Eingang zu Sammys Zimmer; in der einen Hand hielt ich meine Sandalen, mit der anderen fuhr ich mir durch das von der Nacht verwüstete Haar. Das Kinn höchst unvorteilhaft runtergeklappt, das Make-up um die Augen total verschmiert, kam ich exakt so flittchenmäßig rüber wie Paris, fehlten nur die Superfigur und die edlen Klamotten. Im Hintergrund war verschwommen eine weitere Gestalt zu sehen; wenn man genau hinschaute, erkannte man einen Mann, der ein Bettlaken um die Taille geschlungen hatte, aber näher identifizieren ließ er sich nicht. Es war natürlich Sammy – was dieser Arsch von Fotograf, der geschlagene fünf Tage mit ihm verbracht hatte, haargenau wusste. Bloß hatte er sich nicht die Mühe gemacht, Abby davon in Kenntnis zu setzen, als er ihr das Foto verkaufte. Und sie hatte vermutlich nicht allzu viel Zeit mit Überlegungen verschwendet, wer der Kerl wohl sein mochte, sondern sich einfach irgendeinen besonders rufschädigenden Typen herausgesucht und ihm die Rolle als mein verbotener nächtlicher Bettgeselle zugeschustert.

Zum ersten Mal, seit ich für sie arbeitete, war Kelly merklich unglücklich über einen Bericht. Sie fragte mich geradeheraus, ob an der Sache irgendwas dran war, und wollte wissen, warum Abby mich dermaßen auf dem Kieker hatte. Ich versicherte ihr, dass ich Mr. Sex-Tape nie im Leben begegnet war und schon gar nicht mit ihm geschlafen hatte, weder bei laufender Kamera noch unter sonstigen Umständen. Das schien sie mir abzunehmen. Seltsamerweise kam sie nicht auf die Idee nachzufragen, wer der Typ denn nun tatsächlich gewesen war – somit kam ich ums Schwindeln herum. Nach diesem kurzen Verhör wies Kelly mich an, die Unstimmigkeiten mit Abby aus der Welt zu schaffen, nachdem solche Publicity nun wirklich niemandem mehr nutzte. Sie hämmerte mir ein, dass es bis zu der *Playboy*-Party nur noch vier Wochen waren und in dieser Zeitspanne keinerlei negative Einzelheiten aus meinem Privatleben, ob wahr oder nicht, publiziert werden dürften. Ich versicherte ihr, dafür vollstes Verständnis zu haben, und gelobte der Sache ein Ende zu machen, ohne die mindeste Vorstellung, wie das konkret vonstatten gehen sollte. Ich würde wohl Abby anrufen und offen zur Rede stellen müssen, aber allein die Vorstellung, auch nur ihre Stimme zu hören, war schon zum Knochenkotzen.

Philip hatte natürlich schön den Mund gehalten; nur ich wusste von seiner Erleichterung, dass hier *mein* Fehltritt dokumentiert worden war – auch wenn er selbst damit als Loser (oder, um mit Will zu sprechen, als Hahnrei) dastand, den seine böse Freundin ganz offen betrog. Zumindest war es kein Foto von *seinem* kleinen Ausflug zum anderen Ufer. Philip und ich hatten bislang kein Wort über das verloren, was sich in der ersten Nacht in der Türkei abgespielt hatte. Danach war dort alles nach gewohntem Muster weitergelaufen: tagsüber Wellnesskuren, nachts Ausschweifungen, Blick-, aber null Hautkontakt mit Sammy (Isabelles Schlaftabletten hatten nicht lange genug gewirkt), und meinerseits Bemühungen, dass sämtliche Gäste sich gut unterhielten und keinen Ärger machten. Philip und ich taten weiterhin so, als wären wir zusammen, obwohl jeder bei genauerem Hinsehen bemerkt hätte, dass ich mich nicht mal zu einem Nickerchen in seinem Zimmer einfand.

In der Woche nach unserer Rückkehr tummelten Philip und ich uns eifrig auf allen möglichen Events und widersprachen nicht, wenn wir als Paar bezeichnet wurden. Nach dem Chaos mit dem Foto gab mir unsere »Versöhnung« ein bisschen Luft, was Kelly anging. Aber ich musste mir irgendwas einfallen lassen, wie ich ohne großes Drama aus dieser »Beziehung« rauskam – nicht nur wegen der ständig Druck machenden Klatschpresse, sondern vor allem wegen Sammy.

Es gab auch gute Nachrichten: Sämtliche wichtigen Tages- und Wochenzeitungen hatten ausführlichst über die sorgsam inszenierte Orgie unserer Truppe berichtet; die Vereinigung der Nachtclubbesitzer zeigte sich überglücklich und ging davon aus, dass sich alsbald Heerscharen amerikanischer Partygänger auf die Türkei stürzen würden. Nur der New York Scoop hatte das scheußliche Foto von mir abgedruckt. Kelly beruhigte sich, sobald sie hörte, dass Philip und ich uns wieder »vertragen« hätten. Sammy reagierte überaus verständnisvoll, wurde allerdings von Isabelle dermaßen an der kurzen Leine gehalten, dass wir seit der Reise kaum etwas voneinander gehabt hatten. Die Einzigen, die vollkommen durch den Wind zu sein schienen, waren meine Eltern.

Meine Mutter führte sich am Telefon derart hysterisch auf, dass ich mitten im Gespräch auflegte und Will bat, sie zurückzurufen und ihr zu erklären, dass man nicht alles glauben durfte, was schwarz auf weiß geschrieben stand, insbesondere wenn es sich dabei um Klatschkolumnen handelte. Er schaffte es, sie ein bisschen zu besänftigen, aber das änderte nichts an der ungemütlichen Tatsache, dass meine Eltern ein Foto von mir gesehen hatten, das ganz offensichtlich unmittelbar nach einem Geschlechtsakt aufgenommen worden war, selbst wenn dieser nicht mit Mr. Sex-Tape stattgefunden hatte. Sie begriffen nicht, was ich beruflich und privat trieb und wieso. Immerhin schien auch diese durch und durch unerfreuliche Situation mittlerweile leicht entschärft zu sein, und der Einzige, der nach wie vor absolut keine Ruhe gab, war Will.

Es war Sonntag, exakt eine Woche nach unserer Rückkehr aus der Türkei, und ich hatte mich wie üblich zum Brunch mit

Will und Simon eingefunden. Als ich mich beklagte, dass der Artikel völlig an der Wahrheit vorbeiging, unterbrach Will mich rüde.

»Bette, Darling, nimm bitte nicht das Wort *Wahrheit* in den Mund, wenn du von Klatschkolumnen redest. Das ist ja wohl mehr als naiv.«

»Na, und, was soll ich tun? In die Hände klatschen, weil dieses rachsüchtige Biest über mich erfinden kann, was sie will, und es wird gedruckt? Ein Wunder und ein Segen, dass ich meinen Job noch habe.«

»Findest du?« Er hob die Brauen und nippte mit abgespreiztem kleinem Finger an seiner Bloody Mary.

»Du hast mir den Job doch praktisch verordnet, falls du dich noch erinnerst. Ich bräuchte mehr Freunde, müsste mehr unters Volk, endlich mal richtig leben. Tja, genau das tue ich.«

»Das hier«, sagte er und hielt zur Illustration das Foto hoch, »ist nicht das, was ich dabei im Sinn hatte. Und das weißt du. Genauso wie du weißt, Darling, dass ich dich mit Freuden bei allem unterstütze, was dich glücklich macht, und es ist wohl nicht übertrieben, an dieser Stelle anzumerken, dass so etwas nicht dazu zählt.«

Hm. Eins zu null.

»Also, was schlägst du vor?«, fragte ich. »Die Bank fandest du stinklangweilig, und jetzt meckerst du über den Job, den *du* für mich ausgesucht hast, weil so eine Tusse, die ich aus einem früheren Leben kenne, mich mit Dreck bewirft? Das kommt mir irgendwie nicht fair vor.«

Er seufzte. »Tja, hm, es hilft nichts, Darling, spring über deinen Schatten. Du bist ja schon groß und wirst sicher ein bisschen was – wie soll ich sagen? – *Diskreteres* finden als das, was du augenblicklich machst. Partys vor Ort zu planen, sich dabei den einen oder anderen Drink und ein kleines Techtelmechtel mit einem schnuckeligen Knaben zu gönnen – okay, da stehe ich absolut dahinter. Aber dass deine Chefin dich mit einem verzogenen Rotzlöffel verkuppelt, du nichts dagegen unternimmst, dass dein Konterfei jedes Schmutz- und Schundblatt in der Stadt ziert, und du – Asche über dein Haupt – den Geburtstag deines alten Onkels vergisst, weil du alle Hände voll damit zu tun hast, in fremden Ländern den Babysitter für eine Horde zweitklassiger Stars und Promis zu spielen, ist nicht so ganz das, was mir vorschwebte, als ich dir den Job vermittelt habe.«

Zweiter Januar. Wills Geburtstag. Den hatte ich glatt vergessen.

Will winkte dem Kellner und hielt sein leeres Glas hoch. »Entschuldige mich einen Moment, Darling. Ich gehe mal eben mit dem Handy nach draußen und frage nach, wo Simon bleibt. Es ist nicht seine Art, sich so zu verspäten.« Er legte seine Serviette auf den Stuhl und durchquerte den höhlenartigen Raum mit federnden Schritten – jeder Zoll der distinguierte Gentleman.

Lächelnd und offensichtlich wieder beruhigt kam er zurück. »Was macht dein Liebesleben, meine Süße?«, fragte er, als hätten wir bisher kein Wort über Philip verloren.

»Habe ich mich denn nicht deutlich genug ausgedrückt? Philip ist mir völlig schnuppe.«

»Darling, ich spreche doch nicht von Philip. Was ist aus diesem stattlichen Jüngling geworden, mit dem du nach Poughkeepsie gefahren bist? Den fand ich recht sympathisch.«

»Sammy? Was heißt hier, du fandest ihn sympathisch? Du hast ihn doch höchstens eine halbe Minute gesehen.«

»Ja, aber in dieser halben Minute wurde deutlich, dass er keinerlei Bedenken hegte, zu meinen Gunsten zu schwindeln. Wenn das kein Qualitätsmerkmal ist, dann weiß ich nicht. Also, was ist, besteht da gar kein bisschen Interesse?« Eine solche Anteilnahme erlebte man bei Will nur sehr selten.

Ich überlegte, ob ich ihm die ganze Istanbul-Geschichte erzählen sollte oder doch lieber nicht, und gab der Versuchung nach. Wenigstens ein Mensch aus meiner Umgebung sollte nicht denken, dass ich das totale Flittchen war. »Ähm, ja, könnte man wohl so sagen«, murmelte ich.

»Was sagen? Dass du an ihm interessiert bist? Oder es nicht bist?« Er zwinkerte mir zu.

Ich holte tief Luft. »Der Typ auf dem Bild, das war er. Man konnte ihn bloß nicht erkennen.«

Will sah aus, als würde er sich ein breites Lächeln verkneifen. »Er war in der Türkei mit dabei? Wie hast du das denn gedeichselt, Liebes?«

»Dahinter steckt eine lange Geschichte, aber Tatsache ist, ich wusste nicht, dass er auch mit an Bord sein würde.«

Will hob eine Augenbraue. »Ach was? Na egal, freut mich jedenfalls, das von dem Foto zu hören. Bedauerlich, dass es in den Klatschkolumnen gelandet ist, aber Hauptsache, ihr beide habt eure Beziehung, äh, gefestigt.«

Er schwadronierte noch ein Weilchen darüber, dass er sich für mich immer jemanden wie Sammy gewünscht hätte – der große, starke Schweiger – und es an der Zeit sei, dass ich mir einen ordentlichen Freund zulegte, der wusste, worauf es im Leben ankam. Ach, übrigens, wo war er denn politisch angesiedelt? Ich gab mit Freuden über alles Auskunft; wenigstens konnte ich über Sammy reden, wenn es mit dem Treffen schon nicht klappte. Doch als wir eben unsere Omeletts in Angriff nahmen, brachte Will just das einzige Thema aufs Tapet, das ich von Herzen gern vergessen wollte.

»Na, wenigstens weiß ich jetzt einen guten Grund, warum ich meine Nichte erst eine Woche nach ihrer Rückkehr wieder zu Gesicht bekomme. Es hätte mich ja schwer getroffen, wenn du dir nur aus beruflichen Gründen die Nächte um die Ohren schlägst, aber nachdem es da nun einen ernsthaften Verehrer gibt … Die ersten zarten Bande, man muss sie hegen und pflegen, und der Anfang ist das Schönste! Ach, wie gut ich mich daran erinnere! Man bekommt einfach nicht genug voneinander. Jeder Augenblick der Trennung ist eine Qual. Was natürlich nur ungefähr zwei Jahre anhält, dann dreht sich das Ganze um hundertachtzig Grad, und du bist froh um jeden Moment, in dem du deine Ruhe hast. Aber bis ihr so weit seid, Darling, fließt ja noch viel Wasser den Hudson herunter. Also erzähle deinem lieben Onkel, wie war es denn bisher?«

Ich spießte ein Stück Omelett auf, schob es auf dem Teller herum und ließ die Gabel schließlich sinken. »Um genau zu sein, haben wir uns noch kein einziges Mal gesehen, seit wir wieder da sind«, sagte ich. Gott, klang das furchtbar. »Aber nicht, weil irgendwas nicht stimmt«, schob ich rasch nach. »Er steht gerade in heißen Verhandlungen mit ein paar Leuten wegen des Restaurants, das er aufmachen will – nicht sein Lebensziel, aber für den Augenblick eine gute Chance, so wie es aussieht –, und wir haben ein paarmal telefoniert, aber bei mir war auch so eine Wahnsinnshektik wegen der *Playboy*-Party, und na ja, du weißt schon, wie das so ist.«

Wenn ich mir selbst so zuhörte, stand mein Urteil fest: Da versuchte ein Mädel mit schwer gestörtem Wahrnehmungsvermögen sich und allen anderen einzureden, dass irgendein Typ ernsthaft an ihr interessiert war, obwohl alle äußeren Anzeichen dagegen sprachen. Es war zum Rasendwerden, dass ich Sammy seit unserer Rückkehr nicht mehr gesehen hatte, aber andererseits stimmte es ja auch, dass wir beide sehr beschäftigt waren, und außerdem ist es in New York quasi gang und gäbe, neue Dates erst mal eine Woche auf Eis zu legen. Außerdem wollen wir doch nicht vergessen, dass er mich in den sieben Tagen dreimal angerufen und jedes Mal versichert hat, wie toll er es mit mir in der Türkei fand und dass er es kaum erwarten kann, bis alles endlich geklärt ist und wir offiziell gemeinsam in Erscheinung treten. Eins hämmern einem die Schnulzenromane bis zum Erbrechen ein: Das Schlimmste, was man tun kann, ist Druck auszuüben oder Forderungen zu stellen. Bisher hatte sich doch alles ganz organisch-biodynamisch entwickelt. Klar wäre es nett gewesen, ihn in der vergangenen Woche hin und wieder getroffen zu haben, aber deswegen machte ich mir beileibe keine großen Sorgen. Schließlich lag eine lange, schöne Zukunft vor uns, wozu also jetzt ganz unnötig etwas überstürzen?

»Mhm, ich verstehe.« So sah mein Onkelchen nicht aus, doch dann glätteten sich die Sorgenfalten auf seiner Stirn. »Du wirst sicher wissen, was du tust, Darling. Gibt's denn Aussichten auf ein Treffen?«

»Allerdings. Ich muss morgen bei einer Party von *In Style* vorbeischauen, und da hat er Dienst. Hinterher wollen wir noch einen Kaffee trinken gehen.«

Damit gab Will sich offenbar zufrieden. »Na, wunderbar. Grüß ihn ganz herzlich, ja?« Er legte die Hände zusammen und beugte sich vor, als giere er auf weitere Enthüllungen unter uns Pastorentöchtern. »Will an Bette: lade ihn zu unserem nächsten Sonntagsbrunch ein«, sagte er, als Simon sich endlich zu uns gesellte.

»Sammy? Oooh, Superidee! Nur wir vier. Dann lernen wir den jungen Mann endlich mal richtig kennen«, klinkte Simon sich ein. Meine Beziehung zu Sammy war offenbar alles andere als ein großes Geheimnis.

»Hey, Leute, so toll das wäre, aber Sammy schmeißt doch sonntags immer den Brunch in der Gramercy Tavern, da kann er ja nun nicht gut weg. Vielleicht ein andermal«, versuchte ich die beiden zu trösten, die ganz bedröppelt schauten.

»Na, oder wir gehen mal dahin«, bot Will halbherzig als Alternative an. »Soll ja ganz ordentlich sein, was da auf den Tisch kommt.«

Simon nickte ohne große Begeisterung. »Ja, warum nicht. Klingt doch hübsch. Irgendwann mal …«

Und endlich, Gott sei's gelobt, wandte die Unterhaltung

sich dem bevorstehenden Trip der beiden Herren in die Karibik zu, und ich durfte still dasitzen, Interesse heucheln und mich meinen Träumen über die romantische Verabredung zum Mitternachtskaffee mit meinem neuen Freund überlassen.

27

Der Montag rauschte komplett an mir vorbei. Die Aussicht, nach Feierabend Sammy endlich wiederzusehen, ließ mich als Traumtänzerin durch den Tag gleiten. Obwohl ich von A bis Z dabei gewesen war, konnte ich mich an keinen einzigen Punkt der Morgenbesprechung erinnern und musste eins von den LISTEN-Girls bitten, mir ihre Notizen zu kopieren, damit ich halbwegs auf dem Laufenden war. Das ganze Büro stand Gewehr bei Fuß, nachdem die *Playboy*-Party mit rasender Geschwindigkeit näher rückte, und obwohl ich offiziell das Kommando führte, war ich absolut nicht bei der Sache. Mittags verdrückte ich mich zur Maniküre. Um drei verkündete ich, mir schnell einen Kaffee holen zu wollen, und flitzte stattdessen zum Schneider, bei dem das sexy Cocktailkleid wartete, das ich gleich nach dem Kauf zum Kürzen gegeben hatte. Gegen sechs fing ich an, irgendwas von meinen Eltern, von Onkel Will, von einer kranken Freundin zu faseln – hanebüchenes Zeug, Hauptsache, ich kam damit früher weg und hatte noch ein paar Stunden Zeit, um zu Hause langsam runterzuschalten und mich halbwegs anständig herzurichten. Ich mailte Kelly und Elisa, dass ich bei der Party von *In Style* antreten und am folgenden Tag Bericht erstatten würde, und verließ Schlag halb sieben das Büro.

Die nächsten Stunden vergingen wie im Flug mit Rasieren, Schrubben, Zupfen, Kämmen, Schminken, Eincremen – als das Taxi mich beim Bungalow auslud, war ich immer noch außer Atem, ob infolge der hektischen Verschönerungsversuche oder vor Aufregung über das, was nun kam. Will hatte mich nach dem Brunch am Vortag zu Bergdorf gescheucht und darauf bestanden, mir das Wahnsinnskleid von Chaiken zu kaufen – ein traumhaftes Teil im Empirestil mit hoher Taille, von der gefältelte Stoffbahnen bis zu den Knien fielen. Das Schönste und Teuerste, was ich je besessen hatte, und schon beim Hineinschlüpfen wusste ich, dass das kein Abend wie jeder andere werden würde.

Sammys Gesichtsausdruck, als ich aus dem Taxi stieg, war himmlisch. Er ließ den Blick langsam von meinen silberglitzernden Stilettos bis zu den superglamourösen Klunkern emporgleiten, die Penelope mir zu meinem letzten Geburtstag geschenkt hatte, damit sie bei Anlässen wie diesem an meinen Ohren baumelten. Sein Lächeln wurde breiter und breiter, er konnte den Blick gar nicht abwenden und sagte schließlich: »Wow«, gefolgt von einem angedeuteten Stöhnen, das mich vor Glück schier überschnappen ließ.

»Gefällt's dir?«, fragte ich und wehrte mich standhaft gegen den Impuls, vor ihm den Drehkreisel zu spielen. Wie durch ein Wunder standen wir ganz allein draußen vor der Tür. Von der Rauchergruppe hatten sich die Letzten gerade wieder hineinverzogen.

»Bette, du bist einfach wunderschön, von Kopf bis Fuß.« So wie er es sagte, klang es durchaus überzeugend.

»Danke! Du siehst aber auch nicht übel aus.« *Locker-flockig*, hämmerte ich mir ins Hirn. *Mach einen auf locker-flockig, und lass ihn zappeln.*

»Sehen wir uns später noch?«, fragte er und stoppte zwei junge Dinger, die gerade auf die Samtkordel zuhielten, mit der typischen »Moment«-Handbewegung.

»Klar. Wenn's für dich okay ist, ich bin dabei …« Gott, war das schwer, nicht so zu klingen, als würde ich vor lauter Erwartung schier platzen.

»Auf jeden Fall. Wenn's dir nichts ausmacht, so lange zu warten. Ich bin hier vermutlich so spätestens um Viertel nach eins fertig. Und dann wüsste ich noch ein nettes Café ganz in der Nähe.«

Puh. Er machte also keinen Rückzieher. Bis eins waren es zwar noch gut und gern vier Stunden, und morgen würde ich es bestenfalls als Zombie ins Büro schaffen, aber das waren Lappalien angesichts der Aussicht, dass ich lange vor dem absoluten Zusammenbruch in irgendeinem gemütlichen Eck meinen Kopf an Sammys starke Schulter lehnen, einen Espresso schlürfen und zu allem kichern würde, was er mir Köstliches ins Ohr flüsterte – dass wir nun aber wirklich Klarschiff mit Isabelle und Philip machen müssten, um uns endlich voll und ganz zueinander zu bekennen, dass ihm noch nie eine Frau begegnet sei, die ihn so gut verstünde wie ich, und wie verrückt es doch sei, dass wir uns schon als Kinder in Poughkeepsie gekannt hätten. Er würde mir zu verstehen geben, dass uns als Paar bei den gesellschaftlichen und beruflichen Verpflichtungen, denen wir uns weiterhin stellen mussten, einiges bevorstand, aber was ihn betraf, so lohnte sich die Anstrengung, und er würde alles dafür geben. Ich würde tun, als bewegte ich seine Worte in meinem Herzen, würde hier und da nicken oder auf ein Stichwort hin den Kopf schräg legen, um ihm zu bedeuten: »Ich weiß genau, was du meinst«, und schließlich zu ihm aufschauen und sagen, ja, wie schön du das doch alles gesagt hast, woraufhin er mich an sich ziehen und küssen würde, erst sachte, dann drängender. Und von dem Augenblick an wären wir ein wirklich echtes, richtiges Paar, beste Freunde, Geliebte und Seelenverwandte, alles in einem, und was immer das Leben an Hürden für uns bereithielt, gemeinsam würden wir sie meistern. Wie oft hatte ich eine solche Story zwischen zwei Buchdeckeln gelesen, und nun erlebte ich sie in echt. Nicht zu fassen.

»Klar, klingt doch super.« Bevor er es sich am Ende anders überlegte oder noch irgendwas sagte, schritt ich anmutig (hoffte ich wenigstens) an ihm vorbei, ließ mich selbst ein und verschwand in der Menge.

In null Komma nichts rückte die magische Stunde nach Mitternacht näher. Ich nutzte meine gute Laune nach Kräften, machte die Runde, hielt ein Schwätzchen mit Elisa und Davide sowie mit ein paar Typen, die ich flüchtig durch Avery kannte. Nichts vermochte mir den Abend zu verderben, nicht einmal Abby, die ich in einem schummrigen Eck neben der Bar herumlungern sah. Sie fing meinen Blick auf und stand im nächsten Moment auch schon neben mir. Ich wand mich aus ihrer Umarmung, trat einen Schritt zurück und musterte sie, als wäre ich mir nicht sicher, woher ich ihr Gesicht kannte. Dann drehte ich mich einfach um und ging. Sie rief mir nach, wollte hinterher, doch ich reckte nur kurz abwehrend die Hand in die Luft; als ich am Tisch von Kelly & Company ankam, war sie nirgends mehr zu sehen. Eben hatte ich mir in aller Ruhe ein Glas Champagner eingeschenkt, als Sammy auftauchte und mir bedeutete, dass er für heute Feierabend hatte.

Zu Fuß liefen wir fast zehn Blocks bis zu einem winzigen Diner, in dessen Fenstern noch Weihnachtskerzen standen. Sammy hielt mir die Tür auf und steuerte eine kleine Nische im Eck an – genau wie ich es mir erträumt hatte. Ich blies mir in die Hände und wärmte sie an meinem Becher mit heißer Schokolade. Sammy legte seine Hände auf meine.

»Bette, ich habe eine große Frage an dich«, begann er und sah mir dabei direkt in die Augen.

Mir blieb fast die Luft weg. Schön tief durchatmen. *Eine große Frage? Was für eine? Ob ich einen anderen habe und nicht auch finde, dass es Zeit wird, damit aufzuhören? Ob ich mir dich als Partner fürs Leben vorstellen kann? Die Antwort lautet ja, ja natürlich, Sammy, aber ist es für dieses Thema nicht noch ein bisschen zu früh?* Ich wog noch immer dies und das gegeneinander ab, als er sagte: »Ich möchte dich fragen, ob du Geduld mit mir haben kannst.«

Mit einem jähen Ruck kam ich zu mir. *Geduld?* Ganz sicher war ich mir zwar nicht, aber für mein Gefühl klang das nicht nach dem Auftakt zu einer großen Liebeserklärung – sofern man all den respektablen Schnulzenromanen Glauben schenken durfte.

Wie üblich verweigerte mein Sprachzentrum mir den Dienst.

»Geduld?«, wiederholte ich.

»Bette, ich will, dass es mit uns beiden was wird – das will ich mehr als alles andere –, aber ich muss dich um Geduld bitten. Heute Morgen kam ein Anruf, der mich echt umgehauen hat.«

»Was für ein Anruf?«, fragte ich. Das klang absolut, überhaupt, gar nicht gut.

»Von einem Anwalt. Partner in einer Riesenkanzlei im Geschäftsviertel. Er vertritt unter anderem einige Investoren, die sich seiner Meinung nach möglicherweise an einem neuen Restaurant finanziell beteiligen würden. Offenbar mischen sie schon in den verschiedensten Bereichen mit, aber bisher noch nicht in der Gastronomie. Sie suchen nach einem peppigen jungen Chefkoch – das hat er gesagt, nicht ich – und überlegen zwischen verschiedenen Möglichkeiten hin und her. Und da meinte er, ob mich das wohl reizen würde.«

Keine Ahnung, was ich eigentlich erwartet hatte, aber mit Sicherheit nicht das. Zum Glück fiel mir noch rechtzeitig ein, dass ich vermutlich irgendwie reagieren sollte. »Glückwunsch!«, sagte ich mechanisch. »Das sind doch tolle Neuigkeiten, oder?«

Er wirkte erleichtert. »Ja, natürlich sind sie das. Es ist bloß – wenn ich mich darauf einlasse, habe ich echt höllisch viel zu tun. Ich soll für die ein Pitch schreiben, wie ich mir die Räumlichkeiten vorstelle, welche Themen, welches Dekor, sogar wer für die Vorbereitungen und die Süßspeisen zuständig sein soll. Und das alles – plus drei verschiedene Speisekarten – bis zum nächsten Monat.«

Allmählich wurde mir klar, was er mit »Geduld« gemeint hatte.

»Ich habe schon so kaum Zeit, neben der Arbeit und den

Kursen, aber das jetzt wird jede freie Sekunde fressen, die mir überhaupt noch bleibt. Das Gute daran ist, dass ich mich damit Gott sei Dank bei Isabelle elegant aus der Affäre ziehen kann, aber ich werde halt noch mehr zu tun haben als jetzt schon. Ich würde niemals von dir verlangen, auf mich zu warten, aber wenn du es wenigstens irgendwie verstehst –«

»Kein Wort weiter«, sagte ich bestimmt und beugte mich über den Tisch zu ihm. »Ich verstehe es voll und ganz, und ich freue mich total für dich.« Später, in meiner Wohnung, mit Millington auf dem Schoß, ging ich das Gespräch in Gedanken noch einmal durch und beglückwünschte mich dazu, mir im rechten Augenblick die rechten Worte abgerungen zu haben. Natürlich hätte ich lieber etwas ganz anderes von ihm gehört, aber gleich den Heldinnen in den Büchern auf meinen Regalbrettern würde ich kämpfen, auf dass meine Wünsche wahr wurden.

Tapfer lächelte ich Sammy zu, der kreuzunglücklich dreinsah. »Du machst das bestimmt super«, munterte ich ihn auf und drückte dabei seine Hand. Wir tranken aus, und ich schaffte es, die Tränen zurückzuhalten, bis er mich in ein Taxi verfrachtet hatte. Es war doch bloß ein kleines von vielen Hindernissen, die es zu überwinden galt. Ich war bereit. Ohne Fleiß kein Preis, und der Preis war heiß. Das bisschen Geduld, das dazu vonnöten war, würde ich aufbringen. Sammy und ich waren füreinander bestimmt, daran bestand kein Zweifel.

28

»Okay, Leute, wir sind so weit. Mund zu, Augen auf, los geht's!«, feuerte uns Kelly beim letzten Meeting für die *Playboy*-Party an, leerte die vierte Cola Light und orderte die fünfte. Wir saßen gut abgeschirmt am runden Tisch bei Balthazar, Kellys bevorzugtem Anlaufpunkt für Mittagspausen und Besprechungen vor Großereignissen. Eben war das Essen serviert worden; Kelly schob ihren Nizzasalat beiseite und erhob sich leicht zittrig – offensichtlich koffeingeschädigt.

»Wie ihr alle wisst, morgen ist DERGROSSETAG. Wir gehen jetzt noch einmal zusammen die Checkliste durch, aber das ist an diesem Punkt nur noch eine reine Formalität. Und wieso? Weil alles – ich wiederhole, *alles* – reibungslos über die Bühne gehen wird. Wenn je was rundum perfekt ablaufen soll, dann der morgige Abend. Und falls irgendwer noch irgendwelche Zweifel hat, er *wird* perfekt laufen, weil ich es so will.«

Wir nickten im Takt; dergleichen Einpeitschaktionen von Kelly waren wir gewohnt. In dem Moment bewegte sich etwas am Eingang. Alle Köpfe drehten sich auf einen Schlag herum. Leo erfasste die Sachlage als Erster.

»Ashlee und Jessica Simpson mit« – er verrenkte sich schier den Hals, um ihren Begleittrupp in den Blick zu bekommen« – »ach Gott, wie heißt das Jüngelchen doch gleich wieder? Der, mit dem Ashlee mal zusammen war und mal wieder nicht? Ryan weiß der Geier? Und dann noch der Vater von den Mädels.«

»Wer übernimmt?«, blaffte Kelly.

»Bin dran«, bellte Elisa zurück.

Sie fischte ihr Handy aus dem pfauenblauen Monstrum von Marc Jacobs, das ihr als Handtasche diente, scrollte sich durch das Adressenverzeichnis, bis sie gefunden hatte, was sie suchte, und drückte auf »Verbinden«. Zehn Sekunden später durften wir uns ihre Ergüsse anhören.

»Hi, hier spricht Elisa von Kelly & Company. Ja, genau. Also, ich habe gerade gehört, dass die Mädels in der Stadt sind, und wir hätten sie natürlich supergern morgen bei unserer *Playboy*-Party dabei.« Sie ging einfach mal davon aus, dass ihre Gesprächspartnerin über die Party voll im Bilde war. Wer war das schließlich nicht?

Elisa lächelte vielsagend Richtung Kelly und deutete auf ihr Handy. »Ja, natürlich. Nein, verstehe ich absolut. Wir reservieren ihnen nach dem Eintreffen eine Viertelstunde, in der sie den roten Teppich ganz für sich haben, und danach werden sie selbstverständlich an einen eigenen Tisch im VIP-Bereich geleitet.«

Sie lauschte einen Moment und sagte dann: »Die Mädels werden den ganzen Abend persönlich betreut, wir werden ihnen jeden Wunsch von den Augen ablesen. Ich garantiere dafür, dass sie keinerlei Interviews geben müssen; wenn sie allerdings so freundlich wären, sich einigen ausgewählten Fotografen für Aufnahmen zur Verfügung zu stellen, würden wir mit Freuden die Kosten für ihre Hotelsuiten, für Friseur und Make-up, Fahrdienste und, falls gewünscht, auch für die Garderobenauswahl übernehmen.«

Kurzes Schweigen, Stirnrunzeln. »Ja, natürlich sind beide anwesend. Mhm, das arrangiere ich gern für Sie.« Ihre Begeisterung war hörbar abgeflaut und offensichtlich nur noch gespielt. »Super! Ich melde mich gleich morgen früh, dann regeln wir die Details. Freu mich riesig, die zwei morgen Abend zu sehen. Fantastisch! Ciao!«

»Gut gemacht!«, sagte Kelly; unsere Gruppe spendete dezenten Applaus, bei dem mir wieder einmal klar wurde, dass Kelly so als Chefin eigentlich schwer in Ordnung war. »Was war jetzt das zum Schluss, wo du meintest, das könnten wir bewerkstelligen?«

Elisa knirschte hörbar mit den Zähnen. »Die PR-Agentin hat erwähnt, dass beide Mädels total auf Philip Weston stehen. Sie wollte wissen, ob er morgen wohl mal zu ihnen an den Tisch kommt, damit sie ihn persönlich kennen lernen.«

Kelly verfiel in kreischendes Gelächter. »Na klar! Was denn sonst! Bette, du und Philip, ihr nehmt die Mädels gleich bei der Tür in Empfang und führt sie zu ihren Plätzen. Sag Philip, er soll flirten auf Teufel komm raus. Elisa, du lässt Bette morgen bei der PR-Agentin anrufen und alles vereinbaren, okay? Apropos, Bette, wie steht's denn mit deinem Teil?«

Ich spürte, dass Elisa mich anstarrte, und es war kein freundlicher Blick, der da auf mir ruhte. »Öh, sieht so weit alles ganz gut aus.« Mein Hauptpunkt war die Mitternachtsüberraschung. Den letzten Monat hatte ich nonstop daran gearbeitet, alles bis ins letzte Detail ausgefeilt und war mir nun ziemlich sicher, dass es das spektakuläre Tüpfelchen auf dem i werden würde. Kelly hatte meinen Plan gebilligt und mir das Versprechen abgenommen, niemandem davon zu erzählen, damit nichts an die Presse durchsickerte. Infolgedessen wussten nur sie, ich und Hef, was die Gäste erwartete. »Die Mitternachtsshow steht – da wird mit Sicherheit alles glatt gehen.«

Elisa gähnte vernehmlich.

Ich ließ mich nicht stören. »Ich hab die Pressevertreter samt und sonders mit Pässen ausgestattet, die sich weder kopieren, umgestalten noch fälschen lassen und den jeweiligen Empfängern exakt eine Stunde vor Beginn per Kurier zugestellt werden. Hier ist das Presseraster« – ich zog einen Stapel Kopien aus der Tasche und ließ sie herumgehen –, »da ist alles drin: sämtliche Reporter und Fotografen vor Ort, über was oder wen sie bevorzugt schreiben, wo und zu wem sie Zugang haben und natürlich, was sie am liebsten trinken.«

Kelly nickte und ging das Blatt durch. »Sind da auch die Begleiter aufgelistet?«

»Na klar. Ich habe unser ganzes Büro im Schichtdienst dazu eingeteilt, die wichtigsten Pressefritzen unter ihre Fittiche zu nehmen und zu denjenigen zu lotsen, die sie unserer Meinung nach kennen lernen sollten.«

»Ich bin gestern noch mal mit der Firma in Kontakt getreten, die wir als Veranstalter engagiert haben, und da habe ich auch ein sehr, sehr gutes Gefühl«, warf Elisa ein. »Ihre Umsetzungen in puncto Ausgestaltung und Besetzung der Bar, Beleuchtung, Tribünen, Musik, Deko und Catering entsprechen offenbar ziemlich genau unseren Instruktionen und den Vorstellungen des Kunden.«

Kelly schob ein armes grünes Salatblatt auf dem Teller herum und entschied sich dann doch für einen Schluck Chardonnay. »Okay, das ist gut«, murmelte sie. »Aber jetzt noch mal kurz zur Pressefront. Bette, hast du dich mit den Bildredakteuren in Verbindung gesetzt und klar gemacht, dass sie voll und ganz auf uns zählen können?«

»Natürlich. Ich hab Anfang der Woche ein paar Praktikantinnen drauf angesetzt, und bis Mittwoch hatten sie die Betreffenden alle erreicht. Insgesamt stehen wir, glaube ich, ziemlich gut da.«

Wir blieben noch eine Stunde hocken, dann gab Kelly uns den restlichen Nachmittag frei. Wir sollten nach Hause gehen, das eine oder andere Verschönerungsinstitut aufsuchen, nach Möglichkeit entspannen und uns innerlich schon mal auf den morgigen Event vorbereiten. Ich hatte mir ohnehin vorgenommen, den Abend mit Millington und einer Riesenschüssel Popcorn aus der Mikrowelle (mit extra viel Butter) auf der Couch zuzubringen und mir auf TNT schlechte Filme reinzuziehen, aber die Aussicht, auch noch den Nachmittag für mich zu haben, versetzte mich in Hochstimmung. Allerdings hieß das natürlich auch: mehr Zeit, um über Sammy nachzudenken. In den letzten paar Wochen war ich mit der Partyvorbereitung so beschäftigt gewesen, dass sich das Problem nicht groß gestellt hatte, aber bei der Vorstellung, was wohl alles in mir hochkommen würde, wenn ich endlich mal ein bisschen Luft hatte, wurde mir ganz anders.

Als Kelly bezahlt hatte und alle sich verabschiedeten, zog Elisa mich beiseite.

»Hast du noch einen Moment Zeit?«, fragte sie.

»Klar, was gibt's denn?«

»Du, ich weiß, dass es zwischen uns in letzter Zeit irgendwie komisch läuft, aber ich finde, wir sollten echt zusehen, dass wir uns morgen Abend absprechen; es will doch bestimmt keine von uns beiden den ganzen Abend auf der Matte stehen, das heißt, wir bräuchten ein System, wo immer eine dran ist und die andere relaxen kann und umgekehrt. Verstehst du?«

Es überraschte mich, aus ihrem eigenen Mund zu hören, dass zwischen uns Spannungen bestanden, und es freute mich, dass sie nicht mehr ganz so angesäuert klang. »Klar, hört sich gut an. Ich kann mir zwar nicht vorstellen, dass morgen sehr viel mehr als *überleben* drin ist, aber versuchen können wir es ja.«

Das schien sie schon zufrieden zu stellen. »Super. Echt super. Dann bis morgen, Bette!«

Sie knotete sich ihren Fransenschal um den Hühnerhals und entschwand hinaus in die Kälte. *Komische Spinatwachtel*, dachte ich. Ich wartete, bis das Taxi mit ihr davongerauscht war, und trat dann hinaus auf die Straße. Zum ersten Mal, seit ich für diesen verrückten Verein arbeitete, hatte ich einen ganzen Nachmittag für mich, und ich gedachte keine Sekunde davon zu verschwenden.

29

Mit *E-Mail für dich* war ich ganz und mit *Can't Buy Me Love* halb durch, da klingelte das Telefon. Zu meiner – freudigen – Überraschung zeigte das Display Penelopes Nummer an. Ich hatte ihr in groben Zügen von Sammy erzählt, ohne durchblicken zu lassen, wie toll ich ihn fand. Aus ihrem aufgekratzten Geschwätz hörte ich stets heraus, dass Avery kaum zu Hause war, sie immer noch keinen Job gefunden hatte und die Pärchen, mit denen sie sich so trafen, nicht direkt ihre Kragenweite waren – wobei sie nichts davon jemals direkt ausgesprochen hatte. Damit uns der Gesprächsstoff nicht gänzlich ausging, leiteten wir uns wechselseitig irgendwelche albernen E-Mails weiter, schickten uns schwachsinnige SMS und sprachen hin und wieder über unverfängliche Themen, aber ich konnte mich nicht erinnern, wann ich zum letzten Mal mitten in der Nacht einen guten, altmodischen Anruf von meiner besten Freundin bekommen hatte.

»Hey, Bette, wie geht's? Tut mir Leid, dass ich so spät noch störe, aber der Zeitunterschied ist echt die Pest, und ich hab mir gedacht, du bist wahrscheinlich noch auf. Avery ist mal wieder auf und davon, und ich hab hier irgendwie keinen, den ich zulabern kann, deshalb ist die Wahl heute auf dich gefallen, du Glückspilz!«

Ihre Stimme klang hohl. Wenn wir doch bloß nicht so weit voneinander entfernt wären. »Pen, Mensch, ist das schön, dass du anrufst! Wie geht's dir denn?«

»Ich hab dich jetzt aber nicht aufgeweckt, oder?«

»Ach was. Ich guck bloß schlechte Filme. Was tut sich bei dir?«

»Ist dein millionenschwerer Britenfreund gerade da?«

Unter normalen Umständen hätte Penelope mit mir bis zu dem Moment schon mindestens hundertmal analysiert, was Sammys Bitte um »Geduld« bedeutete, und mir wieder und wieder versichert, dass es nur eine Frage der Zeit war, bis er und ich zusammenkamen. Und jetzt – obwohl sie von Sammy wusste – schien sie nicht mal zu raffen, dass Philip und ich genau genommen kein Paar waren.

»Pen, er ist nicht mein Freund, das weißt du doch. Wir gehen zusammen zu der *Playboy*-Party, aber nur wegen der Fotos.«

»Ach ja, richtig, klar. Wann ist das? Scheint ein Riesending zu sein, oder?«

»Morgen Abend! Es ist ziemlich stressig, wir arbeiten da schon ewig dran, und ich bin sozusagen nach Kelly die Hauptverantwortliche. Aber bisher scheint alles gut zu laufen. Wenn die Fotografen sich am Riemen reißen und keins von den Bunnys kneift, sind wir im grünen Bereich.«

Wir plätscherten noch ein Weilchen so dahin und umschifften die gigantischen Wissenslücken über unser wechselseitiges Leben im Allgemeinen und Besonderen.

»Und, was gedenkst du in Sachen Abby zu tun, damit sie nicht weiter solche Lügen über dich verbreitet?«, fragte sie schließlich und klang zum ersten Mal wieder wie meine gute alte Penelope.

Ich hatte ja tapfer versucht, nicht mehr daran zu denken, doch jetzt, da Pen es ansprach, kamen der Zorn und die Kränkung eins zu eins wieder in mir hoch. »Ich kann mir immer noch nicht denken, warum sie mich dermaßen hasst. Ich krieg echt die Krise, wenn ich sie mir nicht bald schnappen und zur Rede stellen kann. Was meinst du, glauben die Leute wirklich, dass ich was mit dem Sex-Tape-Typen von Paris Hilton hatte? Ich weiß ja nicht mal, wie der heißt!«

»Das weiß niemand«, sagte sie mit einem leisen Glucksen. »Ich hab keine Ahnung, was sie da umtreibt, aber nachdem sie sich schon im College fremde Seminararbeiten unter den Nagel gerissen und als ihre eigenen ausgegeben hat, ist es von da zu den fiesen Artikeln über dich doch kein allzu weiter Weg mehr, oder? Weißt du noch, wie sie in der Zehnten nicht zur Beerdigung ihrer Großmutter gegangen ist, weil sie da ein Vorstellungsgespräch als neue Kolumnistin für die Schülerzeitung hatte? Die Frau hat echt ein Rad ab. Avery sagt immer, die würde ihre eigenen Eltern ans Messer liefern, um weiterzukommen, und ich glaube, da liegt er richtig. Nachdem er sie ja aus nächster Nähe kennt, wird er es wohl wissen.«

»Was? Avery hat was mit Abby gehabt? Das wusste ich gar nicht.«

»Ich bin mir nicht hundertprozentig sicher, aber ich glaube schon. Jetzt komm, alle seine Freunde, alle Typen, die wir vom College kennen, waren irgendwann mit ihr in der Kiste. So ganz genau möchte ich es lieber gar nicht wissen, aber wenn ich wetten müsste …«

Bei der Vorstellung wurde mir speiübel, doch ich schluckte tapfer und raffte mich zur nächsten Frage auf: »Wie geht's ihm überhaupt, deinem Herrn Verlobten? Und was heißt das, er ist auf und davon?«

Ihr Seufzer sagte mehr als alle Worte, die noch folgten. »Ihm geht's gut, würd ich mal sagen. Wobei ich nicht viel von ihm zu sehen kriege, so viel steht fest. Ich dachte, es würde anders, wenn er erst wieder jeden Tag Vorlesungen hat und so weiter, aber offenbar hindert ihn das nicht daran, noch länger um die Häuser zu ziehen als bisher schon. Immerhin hat er eine Horde neuer Freunde aufgetan, das ist doch schon mal was.«

»Gibt's da auch Freundinnen dazu? Kannst du mit denen was anfangen?«

»Freundinnen?« Sie schnaubte verächtlich. »Die sind alle maximal zweiundzwanzig, frisch von der Uni. Er macht einen auf guten Onkel, und sie fressen ihm aus der Hand. Irgendwie passt mir das nicht, aber was soll ich groß sagen?«

Na, da waren wir ja schon zu zweit im Club. Ich versuchte, das Gespräch auf ein neutraleres Thema zu lenken. »Wie gesagt, das ist bestimmt nur die Eingewöhnungsphase. Kommt ihr denn wenigstens ein bisschen in der Stadt rum? Ich weiß schon, Los Angeles ist nicht New York, aber irgendwas kann man da doch bestimmt auch anstellen, oder?«

»Ich bin hin und wieder am Strand, geh im Bioladen einkaufen, hab mich für einen Yogakurs angemeldet und trinke Sojaweizenbiomilch bis zum Erbrechen. Stelle mich hier und da und dort vor. Bisher war nichts Weltbewegendes dabei, aber das wird schon noch. Avery ist übermorgen zurück, dann gurken wir vielleicht kurz nach Laguna. Oder noch mal nach Mexiko – das war echt schön. Wenn er nicht die ganze Zeit lernen muss.« Sie klang ziemlich freudlos.

»Wo ist er denn zurzeit, Schätzchen? Wie lange ist er schon weg?«

»Ach, er musste bloß mal wieder ein paar Tage nach New York. Irgendwas Geschäftliches in Sachen Familie – ein Treffen mit den Verwaltern und Finanzbuchhaltern von seinem Fonds oder so was in der Richtung. Ich weiß auch nicht genau, aber ich hatte heute ein Vorstellungsgespräch, und da meinte er, er käme auch allein klar, und nur aus dem Grund müsste ich wirklich nicht mit ihm quer über den Kontinent fliegen.«

»Verstehe. Ach Mensch, wieso bist du nicht hier? Du könntest mit mir zu der *Playboy*-Party gehen, den Häschen Beine machen und aufpassen, dass ihnen ja kein Schwänzchen abfällt. Na, klingt das nicht aufregend?«

»Und wie. Ach Bette, du fehlst mir so.«

»Du mir auch, Pen. Und wenn dir danach ist oder du ein bisschen Heimweh hast, dann hüpf ins nächste Flugzeug und komm her. Du bist ja schließlich nicht in Guam oder so. Wir nehmen dich mit Freuden auf. Vielleicht gehen wir dann mit

Abby irgendwo zum Lunch, und am nächsten Tag steht in der Zeitung, dass wir zwei uns durch die gesamte Abwehrkette der Giants geschlafen haben. NA???«

Sie lachte, und ich hätte sie am liebsten umarmt. »Ehrlich gesagt, von mir aus könnte es auch das ganze Team sein. Oder ist das schlimm?«

»Nein, Schätzchen, ist es nicht. Hör zu, ich muss jetzt mal versuchen, 'ne Runde zu schlafen, weil, morgen wird es unter Garantie grausam spät, aber wenn die Party endlich gelaufen ist, sprechen wir uns wieder, okay?«

»Logisch. Es tut einfach so gut, deine Stimme zu hören. Viel Glück und wenig Skandale morgen Abend. Hab dich lieb, Süße.«

»Ich dich auch. Und ab jetzt wird's besser, ich versprech's. Ich vermisse dich. Ruf dich ganz bald an.«

Ich legte das Mobilteil zurück auf die Station und sah mir den restlichen Film gemütlich vom Bett aus an, in der schönen Gewissheit, dass mit Penelope und mir alles wieder ins Lot kommen würde.

30

»Test, eins, zwei drei, Test. Kann mich jeder hören? Abzählen. Eins!…«, ging ich die Nummern durch, um sicherzugehen, dass alle Kopfhörer funktionierten. Bei »Sechzehn!« war Schluss, auch Leo gab Rückmeldung, und ich schnaufte einmal tief durch. Die ersten Gäste standen schon vor der Tür, und ich rödelte wie blöd, um eine schier endlose Reihe von Problemen zu bewältigen. Tags zuvor war ich noch Miss Coolness in Person gewesen, doch jetzt lösten sich all meine schönen Planungen eine nach der anderen in Unwohlgefallen auf; wenn das so weiterging, würde ich noch zum totalen Panikbündel mutieren.

»Skye, hörst du mich?«, fauchte ich in das Mikro, das aus meinem Ohr gekrochen kam und sich bis Unterkante Oberlippe vorreckte.

»Schätzchen, ich bin doch da. Alles bestens, was regst du dich so auf?«

»Alles bestens, wenn du mir sagst, dass die Plakatwand endlich fertig ist. Vor zehn Minuten sah sie noch megascheiße aus.«

»Ich steh hier draußen, und es sieht supergut aus. Zehn Meter Pappkarton mit Bunnylogos drauf, vor denen die Promis zum Shooting antreten können. Der letzte Anstrich ist in ein paar Minuten trocken, also mach dir deswegen mal keinen Kopf.«

»Elisa? Ist mit den Pressevertretern und der Security alles klar? Sammy, der Türsteher vom Bungalow 8, ist heute für den VIP-Zugang zuständig und muss wissen, welche Fotografen wo zugelassen sind.« Ich hörte mich an wie ein durchgedrehter

Truppenkommandant und fand mich selbst von Minute zu Minute ätzender. Immerhin war mir Sammys Name total locker über die Lippen gegangen, ein echter Fortschritt. Als ich vor ein paar Stunden angekommen war, hatte er mir »Viel Glück« zugeflüstert und ein Küsschen auf die Wange gedrückt, was mich fast ins Nirwana befördert hätte. Aufrecht hielt mich nur das Wissen, dass wir uns in den folgenden sechs Stunden in denselben Räumlichkeiten aufhalten würden.

»Test. *ET* und *Access Hollywood* sind bestplatziert. Bei E! wussten sie noch nicht genau, ob sie kommen – sie sind sauer, weil sie nicht die Exklusivrechte gekriegt haben –, aber wenn sie jemanden schicken, ist es okay. Also die alle plus CNN, MTV und ein Typ, der eine Partydoku für Fox dreht und das Plazet von irgendeinem wichtigen Studiofuzzi hat, dürfen rein; die Paparazzi von den regulären Klatschblättern bleiben draußen. Alle wissen Bescheid, wer wer ist und wer den VIP-Eingang benutzen darf. Eine Frage noch: Wer ist Sammy?«

Ich konnte ihr schlecht übers Mikro klar machen, dass Sammy an unser System angeschlossen war und jedes Wort mithörte. »Echt süß, Elisa. Gib ihm einfach die Liste, okay?« Innerlich betete ich, dass sie es damit gut sein lassen würde, aber vor lauter Hunger schon völlig geschwächt, verbiss sie sich in das Thema.

»Nein, im Ernst, Bette. Wer ist Sammy?«, winselte sie. »Ach, warte, das ist doch der Veranstaltungsleiter, oder? Wieso braucht der die endgültige VIP-Liste?«

»Elisa, Sammy ist heute Abend für die Security zuständig. Nachdem wir nicht diese fiesen Gorillas von Sanctuary einsetzen wollten, ist Sammy freundlicherweise eingesprungen. Er müsste am vorderen Eingang sein, um noch ein paar letzte Details zu klären. Bring ihm die Liste dahin.« So, damit war der Punkt für mich abgehakt – nicht aber für Elisa.

»Ach, Moment! Sammy – ist das nicht der Typ, den Isabelle als so eine Art Lakai dabeihatte? Klaro! Jetzt weiß ich es wieder. Er war mit uns in Istanbul, stimmt's? Und sie hat ihn das ganze Wochenende rumgescheucht. Die reinste Sklaventreiberin. Du dachtest doch, sie wären –«

»Was? Elisa? Ich verstehe dich ganz schlecht. Du, ich muss jetzt mit Danny reden und klinke mich mal kurz aus. Bis gleich.« Ich riss mir den Kopfhörer herunter und sackte auf eine Bank. Was Sammy wohl über dieses kleine Zwiegespräch dachte, wollte ich mir lieber gar nicht vorstellen.

»Was'n?«, fragte Danny, wortgewandt wie immer, von seinem Posten bei der Bar. Er starrte die Bunnys an, die in Erwartung einer Horde grapschender Männer und eifersüchtiger Frauen durch die Gegend flitzten.

»Nichts, gar nichts. Ich glaube, wir haben jetzt tatsächlich alles, oder?«

»Jau.«

»Fällt dir noch was ein, was ich vergessen haben könnte?«

Er trank sein Bier aus – das dritte binnen fünf Minuten. »Nee.« Er rülpste.

Wenn ich mich so umsah, konnte ich echt zufrieden sein. Nach der Umgestaltung war der Club die perfekte Location für die Fünfzigjahrfeier der berühmten Faltbilder für große Jungs. Es gab zwei Eingänge, einen für VIPs und einen für den Rest, beide mit einem schwarzen Zeltvorbau, viel rotem Teppich und jeder Menge Logos. Die Sicherheitskräfte trugen Abendanzüge und sehr dezente Knopfhörer im Ohr, um so wenig wie möglich aufzufallen. Von dem Zeltvorbau draußen gelangten die Gäste über einen langen Gang zu einer breiten Treppe. Hatten sie diese erklommen und sich durch die glänzenden schwarzen Vorhänge gearbeitet, standen sie auf einem breiten Podest, von dem sie vor aller Augen die Treppe zum Hauptraum hinunterschritten. Dort erstreckte sich linker Hand über fast dreißig Meter die Bar, hinter der fünfunddreißig weibliche Barkeeper mit Hasenohren in Hotpants und Bikinioberteilen die ganze Nacht bereitstanden, um Drinks zu mixen. Die Wand hinter der Bar zierte eine flächendeckende Collage aus farbigen, großformatigen *Playboy*-Postern der vergangenen fünfzig Jahre. Ganz hinten rechts war hinter Kordeln der VIP-Bereich angesiedelt: Polsterbänke mit schwarzen Veloursbezügen, Glastische mit »RESERVIERT«-Schildern und Flaschenkühlern. Exakt in der Mitte des Raums stand das Glanzstück: eine kreisrunde Bühne in Form eines riesigen Baumkuchens. Auf den beiden unteren Ebenen würden die Bunnys um Mitternacht ihren Showtanz vorführen – und aus der Spitze unser Überraschungsgast zum Vorschein kommen. Rund um die Bühne herum erstreckte sich eine riesige, am Rand mit niedrigen Veloursofas bestückte Tanzfläche.

»Hey, wie geht's, wie steht's?«, fragte Kelly und wirbelte einmal herum, damit ich ihr superenges, superkurzes, so gut wie durchsichtiges Wickelkleid bewundern konnte. »Gefällt's dir?«

»Du siehst umwerfend aus.« Was durchaus ehrlich gemeint war.

»Bette, darf ich dich mit Henry bekannt machen. Henry, das ist Bette, eine meiner brillantesten Mitarbeiterinnen.«

Ein sympathisch wirkender, im Übrigen völlig nichts sagender Mann um die vierzig – mittelgroß, normal gebaut, braunes Haar – hielt mir die Hand hin und bedachte mich mit einem überaus warmen Lächeln. »Freut mich sehr, Sie kennen zu lernen, Bette. Kelly hat mir schon viel von Ihnen erzählt.«

»Nur Gutes, will ich hoffen.« Eine originellere Antwort fiel mir nicht ein. »Na, dann hoffentlich viel Spaß. Jetzt geht es ja bald richtig los.«

Um zehn war die Party in vollem Gange. Hef besetzte mit seinen sechs Gespielinnen die beiden zentralen VIP-Tische und bestellte Jack Rabbits, offenbar eine Kombination aus Jack Daniel's und Cola Light. Rings um ihn verteilten sich diverse Berühmtheiten mit ihrem Gefolge: James Gandolfini, Dr. Ruth, Pamela Anderson, Helen Gurley Brown, Kid Rock, Ivanka Trump und Ja Rule. Alle schienen hochzufrieden, sowohl mit dem fortlaufenden Getränkenachschub wie mit den Schokohasen und Erdbeeren, die ihnen auf Servierplatten gereicht wurden. Das gewöhnliche Volk war nach ein paar Drinks nun offenbar bereit, die Tanzfläche zu stürmen, und die Bunnys absolvierten Runde um Runde, auf Tuchfühlung mit sämtlichen männlichen und den meisten weiblichen Anwesenden. Es war faszinierend, sie zu beobachten. Fast zweihundert an der Zahl, lediglich mit Hasenohren, schwarzen Satinbustiers und Tangas bekleidet, quirlten durch den Raum, wackelten mit dem Po, dass die Hasenschwänzchen nur so wippten, und schoben das Becken vor, damit auch ja alle die kleinen Schleifen bewundern konnten, auf denen ihr Name und Herkunftsort verzeichnet war. Was keiner der Männer schnallte: Die wirkliche Party fand unten in der Damentoilette statt. Da fanden die Bunnys sich in regelmäßigen Abständen zu einer Zigarette, einem Schwätzchen und zum Ablästern über die stupiden Glotzer ein. Zum Pinkeln mussten sie sich komplett aus ihrer Bustier-Tanga-Nylon-Kombination schälen, was ohne fremde Hilfe ebenso wenig ging, wie nach dem Toilettenbesuch den durchgehenden Reißverschluss wieder hochzuziehen. Ich lehnte an der Wand und wartete mit stierem Blick darauf, dass eine Kabine frei wurde, als eine Blondine ungeniert einem anderen Bunny unter die sofakissengroßen Titten griff, ihr Gewicht bewundernd in den gewölbten Handflächen ruhen ließ und fragte: »Echt oder Neuschöpfung?«

Das Grapschopfer kicherte und vollführte ein paar Trippelschrittchen am Platz. »Schatziputzi, die sind ganz und komplett aus dem Laden.« Dann ging sie in die Hocke, beugte sich vor und quetschte ihre Kuheuter, so gut es ging, eng an den Brustkorb, damit die Grapscherin mit dem Reißverschluss zurande kam. Geschafft. Sie rappelte sich auf. Die paar Zentimeter schwarzer Satin bedeckten mit knapper Not ihre Brustwarzen, und es stand zu befürchten, dass sie jeden Augenblick, vom unbarmherzigen Gesetz der Schwerkraft getroffen, vornüber kippen würde. Doch vorerst leerten die beiden beherzt ihre eingeschmuggelten Cosmos, ließen die Gläser beim Waschbecken stehen und hoppelten wieder nach oben.

Als auch ich es zurück in die Partywahnzone geschafft hatte, startete ich einen kurzen Rundruf per Kopfhörer, um abzuchecken, ob alles wie geplant lief. Gottlob ja, abgesehen von kleineren Katastrophen wie beispielsweise einer abgestürzten Discokugel, die aber niemanden getroffen hatte, etlichen Streitereien, die dank Sammy und seiner Crew bereits beigelegt waren, und den schon jetzt knappen Vorräten an Maraschinokirschen – offenbar hatten die ausgehungerten Bunnys sich hinter der Bar nach Herzenslust davon bedient. Elisa wirkte so weit nüchtern und hatte in der VIP-Lounge offenbar alles im Griff. Leo seinerseits hatte allem Anschein nach seine Hose so weit im Griff, dass er ordnungsgemäß die Bar und die Tanzfläche überwachte. Nur noch eine Stunde bis zur Mitternachtsüberraschung. Höchste Zeit, dass ich mein Augenmerk darauf richtete.

Diese Überraschungsshow war mein spezielles Ding. Ich hatte seit unserer Rückkehr aus der Türkei wie wahnsinnig daran gearbeitet und war nun darauf erpicht, dass sie auch gut über die Bühne ging. Im Moment wussten nur Kelly, die Leiterin der PR-Abteilung vom *Playboy* und Hef selbst, was ablaufen würde, und ich war supergespannt auf die Reaktionen der anderen. Gerade wollte ich mich zum dritten Mal vergewissern, ob Sammy und seine Leute an den Türen auch wirklich kapiert hatten, dass sie Abby, falls sie aufkreuzte, auf keinen Fall reinlassen sollten, da hörte ich knacksend und rauschend seine Stimme im Kopfhörer.

»Bette? Ich bin's, Sammy. Gerade sind Jessica und Ashlee vorgefahren.«

»Alles klar, bin in einer Minute da.« Ich schnappte mir einen Gin Tonic von der Bar, als Lockmittel für Philip, aber der Kerl war nirgendwo zu sehen. Ganz ohne Begleiter sollten die beiden Schwestern auf keinen Fall sein, also wies ich alle Kopfhörerträger an, wenn einer von ihnen Philip sähe, ihn zum Vordereingang zu schicken. Dann hastete ich hinaus, wo die zwei eben dem Bentley entstiegen, mit dem wir sie hatten abholen lassen.

»Hi, Leute«, so weit meine linkische Begrüßung. »Echt schön, dass ihr kommen konntet. Hereinspaziert, dann führe ich euch herum.« Ich geleitete sie über den roten Teppich und blinzelte im Blitzlichtgewitter.

Erst mal nahmen sie die geforderten fünfzehn Minuten in Anspruch, stellten sich – Hüften raus, Arme um die Schultern – professionell in Positur und tänzelten übermütig auf ihren silbernen Zwölfzentimeterstöckeln; dann folgten sie mir, vorbei an Sammy (der mir zuzwinkerte), direkt zum VIP-Bereich. Ich winkte den Traumtypen herbei, den wir als persönlichen Betreuer für die Damen engagiert hatten, und schoss los, um endlich irgendwo Philip aufzustöbern, der sich nach wie vor nicht blicken ließ.

Ich funkte zahlreiche SOS-Meldungen und suchte selbst ein paarmal den Raum ab, aber ich konnte und konnte ihn nicht finden. Ich war schon drauf und dran, jemanden ins Herrenklo zu schicken und nachsehen zu lassen, ob er da drin war und weiß Gott was anstellte, als ein Blick auf die Uhr mir sagte, dass es kurz vor Mitternacht und damit höchste Zeit für die Show war. Ich raste nach oben und gab dem DJ ein Zeichen, der daraufhin »Dancing Queen« mittendrin abwürgte und einen Trommelwirbel einspielte. Das war das Startsignal. Hef kämpfte sich aus seiner Gänseschar frei, erklomm gemächlich die zweite Ebene der Bühne und tippte einmal ans Mikrofon, um dann loszudröhnen: »Danke, dass ihr alle gekommen seid.« Und schon johlte die Menge los, brach in tosenden Applaus aus und skandierte: »Hef, Hef, Hef!«

»Ja, ich danke euch. Danke, dass ihr gekommen seid, um mit mir und meinem Team« – hier zwinkerte er kurz der Menge zu, die wiederum in Ekstase geriet – »fünfzig Jahre grandioser Storys, großartiger Autoren und, natürlich, schöner Mädchen zu feiern!« Das Gegröle übertönte beinahe seine Rede und erreichte eine schier ohrenbetäubende Lautstärke, als er allen ein letztes Mal dankte und sich wieder zu den prominent platzierten Tischen begab, an denen seine Damenriege ihn erwartete. Ein paar Leute dachten offenbar, damit sei es schon vorbei, und steuerten erneut Bar oder Tanzfläche an, blieben jedoch wie angewurzelt stehen, als der DJ »Happy Birthday to You« auflegte. Im nächsten Moment sah man, wie eine winzige, kreisrunde Plattform, auf der gerade mal ein einzelner Mensch stehen konnte, aus der Spitze des Baumkuchens emporstieg. Mit der Zeit erkannten die Gäste, die regungslos die Köpfe Richtung Decke reckten, hinter dem hauchdünnen Vorhang, der das Ganze verdeckte, die Umrisse einer Frauengestalt. Drei Etagen über uns kam die Miniplattform zum Stehen, der weiße Tüll verschwand wie von Zauberhand, und dahinter stand, in einem engen, glänzenden purpurroten Abendkleid mit üppigem Perlenbesatz und einer Pelzstola – Ashanti. Ein atemberaubender Anblick. Und nun sang sie mit tiefer, rauchiger Stimme die verführerischste Version von »Happy Birthday to You«, die ich im Leben je gehört hatte. Klar, ein Tribut an Marilyn Monroes berühmtes Ständchen für John F. Kennedy, nur dass Ashantis Darbietung Hef galt, dem »Präsidenten von Pussyland«, wie sie sagte, und nach dem letzten Ton stand das Publikum Kopf. Goldglitzerndes Konfetti rieselte herab, die Menge jubelte, und die Bunnys schmissen auf der untersten Bühnenebene die Beine in die Luft. Als der DJ »Always on Time« auflegte, verwandelte die Tanzfläche sich in einen Hexenkessel – und nicht wenige neu zusammengefundene Paare kamen dabei zügig zur Sache. Hinter mir brüllte ein Typ in sein Handy: »Scheiße, Mann, das ist die Party des Jahrhunderts!« Alles lief wie am Schnürchen – wenn nicht gar noch besser.

Von Elisa, Leo und Sammy hatte ich schon Rückmeldung,

dass das Ganze ein Supererfolg war; selbst Kelly hatte sich so ein Kopfhörer-Mikro-Teil geschnappt und euphorisch hineingekreischt. Die allgemeine Euphorie hielt gefühlte sieben bis zehn Minuten an, dann ging es sturzbachartig dahin – und drohte mich mitzureißen. Ich tigerte auf der Suche nach Philip durch die VIP-Lounge, und was entdeckte ich da? Einen mir verdächtig bekannt vorkommenden Blondschopf im schweren Einsatz zwischen den Fronten zweier Megamöpse Marke Bunny. Ich sah mich hektisch um. Wo waren diese verdammten Fotoreporter, wenn man sie brauchte? Sollte doch einer draufhalten und das Bild von Philip beim Busenschlecken groß und fett in sämtliche Zeitungen bringen, auf dass ich ihn endlich, endlich los war. Es kam mir zwar komisch vor, dass er sich so eingehend mit einem weiblichen Geschöpf befasste, nachdem er noch vor kurzem so innig auf ein mir persönlich bekanntes männliches Wesen eingegangen war, aber der Ausweg, der sich mir hier bot, war einfach zu verlockend. Ich würde schlicht (und ergreifend, und mit Freuden) den Part der betrogenen Freundin übernehmen, solange mir das Grund genug lieferte, ein für alle Mal mit ihm fertig zu sein. Also beugte ich mich vor, tippte ihm auf die Schulter und freute mich insgeheim schon auf die Szene, die ich gleich hinlegen würde – doch als der betreffende Knabe herumfuhr und mich anschnauzte: »Was soll der Scheiß? Ich hab hier zu tun, das siehst du doch wohl?«, riss es mich förmlich.

Denn: Das war nicht Philip. War nicht sein britischer Akzent, nicht sein in Stein gemeißeltes Kinn, nicht sein Böser-böser-Junge-Grinsen. Das Gesicht, das mich da wutverzerrt anstarrte, war mir nur allzu gut bekannt: Avery. Ihm fiel die Kinnlade herunter, als er meiner ansichtig wurde. »Bette«, hauchte er.

»Avery?« Ich konnte mich nicht bewegen, kam auf keine gescheite Erwiderung, kriegte irgendwie mit, dass das Mädel uns mit einem selbstgefälligen Blick bedachte. Aber wer um alles in der Welt war dieses Wesen mit dem verschwollenen Kussmund und den Lippenstiftspuren rings um Kinn und Wange, das ich bei der schummrigen Beleuchtung kaum erkennen konnte? Doch bei genauerem Hinsehen erkannte ich sie sehr wohl. Es war Abby.

»Bette, also, äh, also, das ist nicht so, wie du wahrscheinlich... Du und Abby, ihr kennt euch, oder?«

Er schwitzte merklich und wedelte spastisch mit den Händen, zeigte Richtung Abby und versuchte gleichzeitig irgendwie so zu tun, als sei sie gar nicht da.

»Bette! So sieht man sich wieder. Hab neulich den Artikel über dich gelesen«, trällerte sie. Ihre Hand arbeitete sich systematisch über Averys Rücken, rubbelte und knetete, wobei sie den Blick fest auf mich gerichtet hielt.

Ich beobachtete sie bei ihrem Tun, immer noch sprachlos, zumal mir aufging, dass Abby ganz offensichtlich weiterhin annahm, ich wüsste nicht, wer sich hinter Ellie Insider verbarg. Nachdem ich mich nicht entscheiden konnte, welches von den beiden unerfreulichen Themen ich zuerst ansprechen sollte, stand ich bloß da und glotzte, was Avery als Aufforderung zum Weiterreden verstand. »Penelope weiß, dass ich in New York bin, und sie weiß natürlich auch, dass ich viel ausgehe, aber, ähm, ich denke mal, es wäre besser, wenn sie nichts von, äh, von dem hier erfährt. Sie, ähm, der Umzug und alles waren doch eine große Umstellung für sie, und da ist es sicher, äh, *ratsam*, sie nicht noch weiter in Aufregung zu versetzen, verstehst du?«, lallte er.

Abby beugte sich vor, fing an, sein Ohrläppchen abzulecken, und schloss (nach einem gezielten Blick zu mir) in gespielter Leidenschaft die Augen. Avery schüttelte sie ab wie ein lästiges Insekt, erhob sich und steuerte mich am Ellbogen vom Tisch weg. Dafür, dass er sternhagelvoll war, bewegte er sich noch relativ gewandt.

Ich brauchte einen Moment, dann hatte ich mich wieder gefangen und riss mich los. »Du mieses Schwein!«, zischte ich. Ich hätte gern gebrüllt, aber meine Stimme gehorchte mir nicht.

»Gibt's hier irgendwie ein Problem?« Abby hatte sich von hinten angeschlichen.

Ich starrte sie an, so hasserfüllt, dass es mir fast Angst machte. »Ein Problem? Nein, wie kommst du denn darauf? Absolut nicht. Allerdings habe ich so ganz leise das Gefühl, dass du morgen nichts darüber schreiben wirst, wie du dich dem Verlobten einer Frau an den Hals geworfen hast, die du seit über acht Jahren kennst. Nein, ich könnte mir vorstellen, dass in der morgigen kleinen Kolumne nichts, aber auch gar nichts über dich und Avery stehen wird. Lieber eine nette neue Anekdote von mir – was wird es denn diesmal sein? Habe ich an der Bar die Trinkgeldkasse ausgeraubt? Mit den Tänzerinnen gekokst? Oder Gruppensex mit den Fotografen veranstaltet?«

Die beiden starrten mich an. Abby sprach als Erste.

»Was redest du denn da, Bette? Das ist doch völliger Blödsinn.«

»Ach ja? Interessant. Pech für dich, aber ich weiß rein zufällig, dass du Ellie Insider bist. Mal abgesehen davon, was für einen saublöden Namen du dir da zugelegt hast, ist bei dir jetzt die Kacke schwer am Dampfen, und weißt du auch, warum? Weil ich keine Ruhe geben werde, bis alle anderen ebenfalls Bescheid wissen. Ich rufe jeden Reporter, Redakteur, Blogger und Assistenten in dieser Stadt an und erzähle ihnen, wer du bist und was du für Lügen fabrizierst. Am meisten freue ich mich schon darauf, deiner Redakteurin die ganze Geschichte zu verklickern und so schöne Wörter wie *Verleumdung* und *Klage* einzustreuen. Das wird ein Heidenspaß. Vielleicht interessiert es sie ja auch, dass du beinahe von der Uni geflogen wärst, weil du von anderen abgekupfert hast? Oder wie wär's mit der amüsanten Geschichte, wie du mal nicht mit einem, auch nicht mit zwei oder drei, sondern mit *vier* Typen vom Lacrosse-Team gleichzeitig in der Kiste warst? Na, Abby, was meinst du?«

»Bette, hör zu –« Avery hatte offensichtlich kein Wort mitbekommen, ihn trieb einzig die Sorge um, welche Auswirkungen das hier auf sein Leben haben würde.

»Nein, Avery, du hörst *mir* zu«, zischte ich ihn an, mit einem Mal zur Giftspritze des Jahres mutiert. »Du hast eine Woche, ab jetzt. Wenn du es bis dahin Penelope nicht gesagt hast, erfährt sie es von mir. Verstanden?«

»Menschenskind, Bette, jetzt komm, du weißt doch gar nicht, was du da sagst. Du hast ja keine Ahnung, was wirklich war. Gar nichts war.«

»Du hast es gehört, okay? Eine Woche.« Ich wandte mich zum Gehen und betete im Stillen, dass er mich nicht zwingen würde, meine Drohung wahr zu machen. Meiner besten Freundin zu erzählen, dass dieser Drecksack von einem Verlobten sie an ihrem neuen Wohnort versauern ließ und sich daheim die Zeit mit Saufen und Huren vertrieb. Die Vorstellung war schon schlimm genug – umso mehr, als sich unsere eigene Beziehung noch nicht wieder ganz eingerenkt hatte.

Ich kam keine zwei Meter weit. Avery packte mich am Arm und riss mich so heftig herum, dass ich ins Stolpern geriet und bäuchlings hingefallen wäre, wenn er mich nicht hochgezerrt und auf eine Polsterbank gedrückt hätte. Ich hatte sein Gesicht direkt vor der Nase. Sein heißer, alkoholgeschwängerter Atem schlug mir entgegen, und es klang erstaunlich zusammenhängend, was er mir da zuflüsterte: »Bette. Lass es dir gesagt sein, ich streite alles ab. Wem wird sie wohl glauben, hm? Mir, dem sie seit zehn Jahren zu Füßen liegt, oder dir, ihrer so genannten Freundin, die wegen irgendeinem Typen ihre Abschiedsparty sausen lässt? Na?« Er beugte sich noch näher zu mir, schirmte mich praktisch mit seinem Körper ab; angesichts seiner qualvoll verzerrten, drohenden Miene überlegte ich kurz, ob es zu vertreten war, ihm das Knie in die Eier zu rammen. Weniger weil mir bange wurde, sondern weil es mich anwiderte, ihn so dicht auf der Pelle zu haben. Die Entscheidung wurde mir abgenommen; noch bevor ich mein Knie in Angriffsposition gebracht hatte, zog irgendwas Avery förmlich nach hinten weg.

»Kann ich Ihnen irgendwie behilflich sein?«, fragte Sammy und hielt Avery dabei weiter am Kragen gepackt.

»Mann, verpiss dich. Wer bist'n du überhaupt?«, geiferte Avery; er wirkte betrunkener und fieser als je zuvor. »Das hier geht dich einen Scheißdreck an, klar?«

»Ich bin von der Sicherheit, und der Scheißdreck geht mich sehr wohl was an.«

»Also, das hier ist eine Freundin von mir, und wir unterhalten uns ein bisschen, und du schiebst jetzt ab.« Avery straffte sich – ein vergeblicher Versuch, einen Hauch von Würde wiederzugewinnen.

»Ach tatsächlich? Komisch, ich hatte den Eindruck, dass Ihre ›Freundin‹ verdammt wenig begeistert davon schien, sich mit Ihnen zu ›unterhalten‹. Und jetzt raus.«

Ich sah den beiden bei ihrem Hickhack zu und rieb mir den Arm. Wann es wohl zu den ersten schweren Beleidigungen kommen würde?

»Mann, reg dich ab. Hat dich keiner um Hilfe gebeten, okay? Ich kenne Bette schon verflucht lang, also jetzt geh mal 'n Schritt beiseite, und lass uns hier fertig reden. Musst du nicht längst wieder'n paar Drinks servieren oder so?«

Ganz kurz dachte ich, Sammy würde zuschlagen, doch er riss sich zusammen, holte tief Luft und fragte mich: »Alles okay bei dir?«

Am liebsten hätte ich ihm alles erzählt: dass Avery mit Penelope so gut wie verheiratet war und ich ihn hier mit einer anderen erwischt hatte, und zwar mit Abby, die sich Ellie Insider nannte, und dass ich zwar längst wusste, was für ein treuloser Mistkerl Avery war, ich ihn aber noch nie so aggressiv erlebt hatte. Ich wollte Sammy die Arme um den Hals schlingen, ihm tausendmal danken, dass er eingeschritten war, als er Ärger witterte, wollte ihn fragen, was ich zu Penelope sagen und wie ich mit Avery verfahren sollte.

Ganz kurz war ich in Versuchung: *Scheiß auf die Party, scheiß auf den Job und Abbys nächsten Artikel, komm, Sammy, lass uns abhauen*. Aber er wusste natürlich, was ich dachte, las es in meiner Miene; leicht vorgebeugt flüsterte er mir unauffällig zu: »Bleib cool, Bette. Wir reden später darüber.« Ich tat mein Bestes, mich zu beruhigen, da kamen Elisa und Philip Arm in Arm angeschlendert.

»Na, was ist los hier?«, erkundigte sich Philip, offenbar ohne einen Funken Interesse an der Sache.

»Halt dich da raus, Philip, ist nichts weiter«, sagte ich und wünschte die beiden zum Teufel.

»Kannst du mir den Scheißschläger da nicht vom Hals schaffen, Elisa?«, quengelte Avery und goss sich einen weiteren Drink ein. »Dieser Arsch mit Ohren mischt sich in Dinge, die ihn nichts angehen. Ich unterhalte mich hier nett mit einer alten Freundin, und er dreht plötzlich total durch. Hast du den angeheuert?«

Philip, dem das Ganze schnurzegal zu sein schien, ließ sich mit schwerer Schlagseite auf die Couch fallen und widmete sich dort einem neuen Gin Tonic. Elisa hingegen fand es nicht witzig, dass einer ihrer Hilfskräfte sich mit einem ihrer absoluten Partylieblinge anlegte.

»Wer sind Sie eigentlich?«, fragte sie Sammy.

Er sah sie an und lächelte, als wollte er sagen: Machst du Witze, du doofe Nuss? Wir haben vor kurzem zusammen eine fünftägige Reise ins Ausland absolviert, und jetzt hast du keinen blassen Schimmer, wer ich bin? Nachdem sie ihn weiterhin verständnislos anstarrte, sagte er knapp: »Elisa, ich bin Sammy. Wir sind uns ein paarmal im Bungalow 8 begegnet, und wir waren zusammen in Istanbul. Ich bin heute Abend für die Security zuständig.« Er sprach mit kräftiger, klarer Stimme, ohne eine Spur von Herablassung oder Sarkasmus.

»Mhm, das ist ja interessant. Soll das heißen, bloß weil du ein paar Abende pro Woche im Bungalow die Tür bewachst und das Schoßhündchen von Isabelle Vandermark bist, hast du das Recht, mit einem unserer Freunde – noch dazu einem VIP – so umzuspringen?« In ihrem angesäuselten Zustand genoss sie es offensichtlich, vor den anderen die Powerfrau zu mimen.

Sammy sah sie ausdruckslos an. »Bei allem Respekt, dein Freund hat meine … hat deine Mitarbeiterin hier physisch belästigt. Seine Aufmerksamkeiten waren ihr offenbar unangenehm, daher habe ich ihm nahe gelegt, sie auf etwas anderes zu lenken.«

»*Sammy*? So war doch der Name?«, sagte sie frech. »Avery Wainwright ist einer unserer engsten Freunde, und ich kann mit Bestimmtheit sagen, dass Bette seine Anwesenheit niemals als unangenehm empfinden würde. Solltest du nicht eigentlich irgendwelche Streitereien im Klo schlichten oder den ganzen Prollis, die da draußen Schlange stehen, klar machen, dass sie hier nicht erwünscht sind?«

»Elisa«, sagte ich leise, ohne recht weiterzuwissen. »Er hat bloß seinen Job gemacht. Er dachte, ich bräuchte Hilfe.«

»Wieso verteidigst du ihn denn jetzt, Bette? Eins steht fest, ich werde seine Vorgesetzten wissen lassen, dass er sich mit einem von unseren VIPs angelegt hat.« Sie wandte sich Sammy zu und hielt ihm eine leere Flasche Grey Goose hin. »Bis dahin mach dich nützlich, und hol uns eine neue Flasche.«

»Elisa, Schätzchen, sie verteidigt ihn, weil sie was mit ihm hat«, trötete eine Frauenstimme hinter uns. Abby. »Das vermute ich jedenfalls ganz stark. Na, Philip, wie gefällt dir das? Deine Freundin treibt es mit dem Türsteher vom Bungalow. Echt heiß.« Sie lachte.

Philip gackerte; offenbar war er nicht erpicht darauf, mich in eine allgemeine Aussprache zum Thema Wer-schläft-mit-Wem einzubeziehen. »Tut sie nicht.« Er gluckste wieder und legte die Beine auf den Glastisch. »Kann sein, dass sie mir nicht immer ganz treu ist, aber wir wollen sie doch nicht beschuldigen, dass sie es mit dem Personal treibt. Bette, Liebes, du treibst es doch nicht mit dem Personal, oder?«

»Logisch tut sie das.« Abby kicherte. »Hey, Elisa, warum hast du mir nie ein Sterbenswörtchen davon gesagt? Es ist ja so offensichtlich – du musst es doch gewusst haben. Nicht zu fassen, dass es mir jetzt erst auffällt.«

Ich war wie vor den Kopf geschlagen. *Warum hast du mir nie ein Sterbenswörtchen davon gesagt?* Schlagartig sah ich – scheußlich – klar. Abby wusste jederzeit, wo ich war und mit wem, weil Elisa es ihr steckte. So einfach. Punkt, aus. Das Einzige, was ich nicht verstand: Warum *tat* Elisa so was? Bei Abby musste ich nicht lange grübeln, die war eine durch und durch boshafte, rachsüchtige und niederträchtige Person, die ihre Mutter noch auf dem Sterbebett verraten und verkaufen würde – oder mit dem Verlobten einer Freundin schlafen –, sofern das ihrer Karriere oder ihrem Ruf auch nur im Mindesten nützlich war. Aber wieso Elisa?

Da ihr nichts Besseres einfiel, fing Elisa an zu kichern und nahm ein Schlückchen von ihrem Champagner. Sie sah nur einmal kurz zu mir her – lang genug, um mir klar zu machen, dass es stimmte – und schaute weg, bevor ich etwas sagen konnte. Avery quengelte wieder los, und Sammy drehte sich um und machte sich mit angewiderter Miene auf den Rückweg zum Eingang. Nur Philip war entweder zu betrunken oder zu wenig interessiert, um zu kapieren, was ablief. Er ließ nicht locker.

»Nun sag schon, Baby? Hast du was mit dem Türsteher?«, hakte er nach und spielte abwesend mit Abbys Haaren herum; sie fixierte mich – mit großem Vergnügen. Erst jetzt fragte ich mich, ob Philip am Ende auch die ganze Zeit über von Elisas und Abbys kleinem Abkommen gewusst hatte. Oder schlimmer noch – war er der Dritte im Bunde gewesen, um in der Öffentlichkeit sein Image als Hetero zu festigen? Eine Vorstellung grauenvoller als die andere.

»Hm, interessante Frage, Philip«, sagte ich so laut und tapfer wie möglich. Avery, Elisa, Philip, Abby und Sammy drehten sich zu mir. »Ich finde es interessant, wie sehr dich die Frage fasziniert, ob ich mit ›dem Türsteher‹, wie du ihn nennst, geschlafen habe oder nicht. Eifersucht kann jedenfalls nicht dahinterstecken. Schließlich sind wir beide nie über ein bisschen sabber-schlabbriges Geknutsche hinausgekommen.«

Philip sah aus wie kurz vorm Sterben. Alle anderen wirkten verwirrt.

»Wie? Also jetzt kommt, Leute, bitte! Ihr wisst über jeden und alles Bescheid und habt nie auch nur den leisesten Verdacht geschöpft, dass dieses selbsternannte Geschenk Gottes an die Frauen von New York in Wirklichkeit Männer bevorzugt? Glaubt es lieber.«

Alle redeten gleichzeitig los.

»Ja, stimmt«, sagte Elisa.

»Bette, Liebes, was redest du da für einen Unfug?« Philips Miene strafte seinen gelassenen Ton Lügen.

Ein namenloser Helfer brüllte mir über den Kopfhörer ins Ohr, dass soeben P. Diddy unangekündigt aufgekreuzt sei, nachdem er vorher eine andere Party besucht hatte. Normalerweise wäre das ein Grund zum Feiern gewesen; doch angesichts der Tatsache, dass er an dem Abend hundert Leute im Schlepptau hatte, war es die reinste Katastrophe. Offenbar war er nicht gerade erfreut, dass man ihn so lange draußen warten ließ, aber da Sammy bei uns war, hatte der stellvertretende Sicherheitschef nicht auf eigene Faust entscheiden wollen. Was sollten wir tun? P. Diddy sagen, er müsse draußen bleiben, weil der Laden jetzt schon gerammelt voll war? Ihm vorschlagen, mit zehn Freunden einen VIP-Tisch zu besetzen, der Rest könne aber leider nicht mit rein? Hundert ausgelassene Partygäste an die Luft setzen, um seinen Tross unterzubringen? Und wer sollte der Glückspilz sein, der ihm die Nachricht überbrachte? Es schien sich niemand darum zu reißen.

Wir rangen noch um die zufriedenstellendste Lösung, als eine Praktikantin Meldung machte, einige Mitglieder einer berühmten Boygroup würden gerade verhaftet, weil sie in der Herrentoilette Drogen gekauft hatten. Das Schlimme daran war weniger der Vorfall an sich als vielmehr die Tatsache, dass laut Aussage der Praktikantin derzeit nicht weniger als fünf Paparazzi vor Ort waren und eifrig Bilder schossen, die natürlich in der Klatschpresse die von uns erhoffte positive PR überschatten würden.

Der dritte Anruf kam von Leo: Irgendwie – und keiner konnte sagen wie – hatten die Veranstalter sich mit der Getränkebestellung verkalkuliert und soeben die letzte Flasche Champagner ausgeschenkt.

»Das gibt's doch nicht. Sie wussten, wie viele Leute kommen und dass Champagner das Wichtigste ist, weit vor Schnaps und Bier. Die Bunnys, die Mädchen, die Banker, alle trinken Champagner. Wenn die Mädels bei der Stange bleiben sollen, geht das nur mit Schampus. Es ist erst halb eins! Was machen wir jetzt?«, brüllte ich über einen ohrenbetäubenden Song von Ashlee Simpson hinweg.

»Ich weiß, Bette, ich bin schon dran. Ich hab ein paar von den Barkeepern losgeschickt, damit sie woanders noch ein paar Kisten besorgen, aber um die Uhrzeit wird das schwierig. Im Spirituosenladen kriegen sie sicher die eine oder andere Flasche, aber wo sie das Zeug jetzt noch in Massen herbekommen sollen, weiß ich auch nicht«, sagte Leo.

»Bette, was soll ich denn jetzt mit, äh, mit unserem wartenden VIP machen?«, meldete der Helfer sich per Kopfhörer, mit wachsender Panik in der Stimme. »Er wird langsam ungemütlich.«

»Bette, bist du da?« Es knackste, und dann dröhnte mir Kellys Stimme ins Ohr. Sie hatte sich erneut von irgendwem ein Sprechfunkgerät ausgeliehen, nachdem ihr offenbar langsam aufging, was hier los war. Die nette coole Chefin war wie weggeblasen, statt ihrer präsentierte sich ein teuflisches Monster. »Ist dir bewusst, dass hier gerade ein paar Jungs wegen Drogendelikten verhaftet werden? Auf unseren Partys WERDEN KEINE LEUTE VERHAFTET, hörst du?«

Einen Moment war sie weg, aber dann hatte ich sie wieder klar und deutlich in der Leitung. »Bette! Kannst du mich hören? Komm auf der Stelle vor zum Eingang! Hier geht alles drunter und drüber, und du bist nicht da. Wo zum Teufel steckst du?«

Elisa nahm ihren Kopfhörer ab – ob sie alles Weitere damit sabotieren wollte oder einfach nur völlig hinüber war, konnte ich nicht sagen – und ließ sich neben Philip auf die Couch fallen, wo Abby und sie simultan um seine Aufmerksamkeit buhlten. Wozu sich Problemen stellen, wenn man sie in Alkohol ersäufen kann? Ich versuchte, die nötige Energie aufzubringen, um mich mit dem ganzen Scheiß herumzuschlagen, da hörte ich das Wort zum Feierabend.

»Hey, Kumpel? Ja, du da«, sagte Philip, der Abby und Elisa links und rechts unter seine Fittiche genommen hatte, zu Sammy. Avery saß dabei und brabbelte unverständliches Zeug vor sich hin.

»Ja, was?« Sammy schien unschlüssig, ob Philip tatsächlich ihn gemeint hatte.

»Sei ein braver Bub und bring uns noch was zu trinken. Mädels, was nehmen wir? Schampus? Oder ein paar Wodka-Cocktails?«

Sammy sah aus, als hätte ihm jemand eine Ohrfeige verpasst. »Ich bin hier nicht der Kellner.«

Das fand Philip offenbar zum Schreien komisch, jedenfalls krümmte er sich vor Lachen. »Hol uns einfach was, Kumpel, ja? Wie genau das vonstatten geht, interessiert mich eher weniger.«

Ich wartete nicht ab, ob Sammy ihm eine reinhauen, ihn ignorieren oder ihm tatsächlich die Flasche Wodka bringen würde. Eigentlich dachte ich nur daran, wie schön es wäre, jetzt gemütlich im Bett zu liegen und wie piepegal es mir war, ob P. Diddy nun einen oder hundert Gäste mitschleifte oder überhaupt nicht auftauchte. Wenn ich es mir genau überlegte, dann hatte ich in den letzten Monaten Tag und Nacht praktisch jede Sekunde mit einigen der übelsten Menschen verbracht, die mir je untergekommen waren, und nichts weiter vorzuweisen als einen Schuhkarton mit Zeitungsausschnitten, die nicht nur für mich, sondern auch für alle meine Lieben eine einzige Peinlichkeit darstellten. Ich stand da, sah zu, wie Philip für die Fotografen Fratzen schnitt, bekam über Kopfhörer weitere Krisenmeldungen herein, die klangen, als befänden wir uns kurz vor Ausbruch des dritten Weltkriegs, und dachte an Will und Penelope, an die Mädels vom Buchclub, an meine Eltern und, natürlich, an Sammy. Nahm, innerlich ruhiger als in all den Monaten zuvor, meinen Kopfhörer ab, legte ihn auf den Tisch und sagte leise zu Elisa: »Das war's.«

Dann wandte ich mich Sammy zu, und wer Ohren hatte, konnte hören, wie ich zu ihm sagte: »Ich fahre nach Hause. Wenn du später noch vorbeikommen willst, fände ich das superschön. 145 East 28. Straße, Apartment 1313. Ich warte dann.«

Und bevor irgendwer seinen Mund auftun konnte, drehte ich mich um, ging quer über die Tanzfläche vorbei an einem Paar, das vor den Augen des DJs praktisch den Geschlechtsakt vollzog, stracks zur Tür, wo Menschenhorden sich im Takt der Musik wiegten. Aus dem Augenwinkel erspähte ich Kelly und ein paar LISTEN-Girls, die mit Leuten von P. Diddys Truppe flirteten; ich schaffte es ungesehen an ihnen vorbei hinaus auf die Straße. Die war nahezu komplett voll von Wartenden, weshalb niemand auf mich achtete. Nach einem halben Block hielt ich ein Taxi an und wollte gerade einsteigen, als ich Sammy meinen Namen rufen hörte. Er rannte auf mich zu und warf die Autotür wieder zu.

»Bette, mach das nicht. Ich komm da drin schon selbst klar. Geh wieder rein, und später reden wir dann über alles.«

Ich stellte mich auf die Zehenspitzen, um ihm einen Kuss zu geben, und hielt das nächste Taxi an. »Ich will da nicht wieder rein, Sammy. Ich möchte nach Hause. Wär schön, wenn wir uns später noch sehen, aber jetzt muss ich hier weg.«

Er wollte protestieren, doch da saß ich schon im Taxi. »Ich komme auch selber klar«, sagte ich, lächelte ihm zu und ließ diesen ganzen Albtraum von Albtraum hinter mir.

31

Halb drei Uhr morgens, und immer noch kein Zeichen von Sammy. Das Telefon klingelte in einem fort, aber Kelly, Philip und Avery konnten mir allesamt gestohlen bleiben. Ich hatte mich so weit beruhigt, um ein Entschuldigungsschreiben an Kelly aufzusetzen, und war um drei zu der Erkenntnis gelangt, dass Elisa – im Gegensatz zu Abby – nicht von Grund auf böse und hinterhältig war, sondern einfach nur krank vor Hunger. Als ich auch um vier noch keinen Pieps von Sammy gehört hatte, beschlichen mich die schlimmsten Befürchtungen. Irgendwann gegen fünf schlief ich ein, wachte ein paar Stunden später wieder auf und war den Tränen nahe, weil weiterhin nichts von Sammy zu hören oder zu sehen war.

Um elf Uhr vormittags rief er endlich an. Sollte ich überhaupt drangehen – *ach was, vergiss es* –, doch allein sein Name auf dem winzigen Display machte kurzen Prozess mit meiner Willenskraft.

»Hallo?« Es sollte locker hingehaucht sein, kam aber eher heraus wie das Röcheln eines Patienten kurz *vor* dem Luftröhrenschnitt.

»Bette, Sammy hier. Passt es gerade nicht so gut?«

Na kommt drauf an, hätte ich am liebsten gesagt. *Rufst du an, weil du dich wegen gestern Abend entschuldigen oder vielleicht erklären willst, wieso du nicht vorbeigekommen bist? Denn falls das der Fall ist, würde es gerade wunderbar passen – dann mache ich dir ein locker-flockiges Omelett, massiere dir die wehen Schultern und küsse dich von oben bis unten ab. Solltest du hingegen mit deinem*

Anruf auch nur entfernt andeuten wollen, dass irgendetwas nicht in Ordnung ist – mit dir, mit mir oder allerschlimmstenfalls mit uns –, dann lass dir gesagt sein, dass ich momentan abartig viel um die Ohren habe.

»Doch, doch, natürlich. Was gibt's?« Hach, wie lässig und sorgenfrei ich mich doch anhörte.

»Ich wollte bloß nachfragen, wie das gestern Abend eigentlich ausgegangen ist. Ich hab mir ziemliche Sorgen um dich gemacht, nachdem du da so einfach abgehauen bist.« Meine Einladung an ihn erwähnte er mit keinem Wort, aber die Anteilnahme, die in seiner Stimme mitschwang, machte das mehr als wieder wett. Dass er überhaupt Interesse zeigte, ließ mich losschwafeln, und einmal in Fahrt, war ich nicht mehr zu stoppen.

»Ich weiß, es war Scheiße, so mir nichts, dir nichts mittendrin das Handtuch zu werfen – echt kindisch und unprofessionell. Aber ich stand irgendwie total neben mir. Bin einfach weg. Und froh, dass ich's gemacht habe. Weißt du denn, wie das gestern noch weiterging?«, erkundigte ich mich.

»Nicht so richtig, aber mal ganz ehrlich, Bette, ich fand die Leute da echt zum Kotzen. Warum hat dieser Knilch – Avery oder wie er noch mal hieß – sich so auf dich geschmissen? Was war da eigentlich los?«

Also erklärte ich ihm die ganze Chose von A bis Z. Wie ich Philip und Leo beim trauten Tête-à-Tête in Istanbul ertappt hatte. Dass Ellie in Wirklichkeit Abby war und wem sie ihre Informationen verdankte. Dass Elisa, die intrigante Informantin, mich zuletzt wohl zunehmend als Konkurrenz empfunden hatte und, wie ich wusste, auf Philip scharf war – aber dass sie so weit gehen würde?! Ich erzählte ihm von Penelope und Avery, wie sie sich kennen gelernt und schließlich verlobt hatten, und dass ich Avery bei der *Playboy*-Party in flagranti mit Abby erwischt hatte. Ich beichtete ihm, wie viele Abendessen und Einladungen zum Brunch mit Will und Simon ich abgesagt hatte, weil immer angeblich Wichtigeres angesagt war. Ließ ihn wissen, dass ich auf keine einzige von Michaels Anfragen, ob wir uns nicht mal wieder auf einen Drink treffen könnten, reagiert hatte, weil ich mit Arbeit zugepackt war bis oben hin und nicht wusste, was ich sagen sollte. Meine Eltern, auch das teilte ich ihm mit, waren dermaßen am Boden zerstört, dass sie gar nicht mehr mit mir reden wollten, und wie es um meine beste Freundin stand, davon hatte ich ehrlich gesagt nicht die leiseste Ahnung. Und wo ich schon mal dabei war, entschuldigte ich mich auch noch für meine kläglichen Versuche, abzustreiten oder damit hinter dem Berg zu halten, dass wir etwas miteinander gehabt hatten – war das doch schließlich nichts, dessen ich mich schämen müsste, ganz im Gegenteil.

Er hörte zu, stellte ein paar Fragen, doch als ich über ihn selbst sprach, seufzte er nur. Kein gutes Zeichen. »Bette, ich weiß, dass es nicht darum geht, ob du dich wegen irgendwas schämen müsstest oder nicht. Wir waren uns doch beide einig, dass wir uns aus strategischen Gründen vorerst bedeckt halten. Geh nicht so hart mit dir ins Gericht. Du hast genau das Richtige getan. Ich bin derjenige, der um Verzeihung bitten sollte.«

Ich riss einen Beutel Chilichips auf und schüttete mir eine Ladung in die Hand. »Was soll das denn heißen? Du hast dich doch gestern Abend super geschlagen.«

»Ich hätte ihm die Fresse polieren sollen«, sagte er. »Ganz schlicht und einfach.«

»Wem? Avery?«

»Avery, Philip, wo ist da der Unterschied? Ich musste mich echt zusammenreißen, sonst hätte ich Mus aus ihm gemacht.«

Alles gut und schön, so wie er das hier vorbrachte, aber wieso regte sich nicht mal der Ansatz eines Schmetterlingsflügels in meinem Bauch? Weil er so furchtbar besorgt ja wohl nicht gewesen sein konnte, nachdem er sich mit seinem Anruf bei mir zehn Stunden Zeit gelassen hatte? Weil es ihm, nachdem er so gar kein Wort darüber verlor, mit uns offenbar doch nicht so rasend wichtig war? Vielleicht machte ich mir ja auch nur

Stress, weil mir nun die Arbeitslosigkeit drohte – allmählich dämmerte es mir, dass ich mich wohl nach einem neuen Job umsehen musste. Dass die Bankgeschichte nicht mein Ding war, hatte ich eigentlich immer gewusst, aber mir nach dem Ausflug in eine völlig andere – und unbestreitbar sehr viel aufregendere – Branche darüber klar zu werden, dass ich auch dafür nicht geschaffen war, setzte mir schon ziemlich zu. Als hätte er es geahnt, fragte Sammy, was ich denn nun vorhätte, worauf ich ihm von dem Telefonat am Morgen erzählte, bei dem ich Kelly um Entschuldigung gebeten und sie mir anstandshalber noch ein paar Projekte als freie Mitarbeiterin angeboten hatte, bevor sie meine Kündigung anstandslos akzeptierte. Vielleicht, so sagte ich zu Sammy, sei für mich ja nun die Zeit gekommen, in den sauren Apfel zu beißen und so wie Will zu enden. Ich ließ die Gedanken schweifen – und schlug mir innerlich vor den Kopf: Herrje, ich hatte kein einziges Mal nachgefragt, was eigentlich aus seinen Restaurantplänen geworden war.

Als ich ihn darauf ansprach, gab er erst mal gar keine Antwort, und dann sagte er: »Sieht gut aus.«

»Das heißt, es klappt?!«, preschte ich ohne nachzudenken vor. Halt! Stopp! Hände zum Gebet: »Hat es geklappt?«

»Ja, hat es.« Ich konnte ihn grinsen hören. »Ich hab den Pitch und die drei Speisekartenvarianten innerhalb von knapp zwei Wochen eingereicht. Der Anwalt ließ verlauten, seine Klienten seien sehr beeindruckt. Sie haben eine Klitsche im East Village erworben, und da soll ich jetzt als Chefkoch groß rauskommen.«

Vor Aufregung verschlug es mir fast die Sprache, doch das kriegte er anscheinend kaum mit.

»Ja, das geht jetzt alles ziemlich schnell. Wie's aussieht, hätte da eigentlich ein anderes Restaurant aufmachen sollen, aber die Investoren haben in letzter Sekunde einen Rückzieher gemacht. Irgendein firmeninterner Skandal, der Kreise gezogen hat, schätze ich mal. Jedenfalls sind genau diese stillen Investoren danach gleich wieder aus der Deckung raus, haben das Ding zu einem Spottpreis gekauft, sind auf die Suche nach einem Küchenchef gegangen und wollen so bald wie möglich eröffnen. Nicht zu glauben, oder?«

»Herzlichen Glückwunsch!«, sagte ich, aufrichtig begeistert. »Ist das toll. War mir immer klar, dass du es draufhast!« Ehrlich gemeint, keine Frage, aber kaum war der Satz raus, ging mir der Arsch auf Grundeis. Verdammt, ich wollte so was nicht denken, aber was zum Teufel hieß das für *uns*?

»Danke, Bette. Das ist mir sehr wichtig. Ich wollte dir gleich davon erzählen.«

Bevor ich den mentalen Rotstift ansetzen konnte, blubberte es schon aus mir heraus: »Aber was heißt das für uns?«

Darauf herrschte einen Moment lang grässliches, grauenvolles, großes Schweigen, und trotzdem – ich hatte es wohl immer noch nicht ganz geschnallt. Wir waren doch füreinander bestimmt und die Hindernisse nicht unüberwindlich, lediglich Trittsteine auf unserem Weg zu einer gefestigten Beziehung.

Was ich schließlich von ihm zu hören bekam, klang abgekämpft und ziemlich traurig. »Ich bin ab jetzt an dieses Projekt gekettet«, mehr brachte er nicht heraus, aber damit wusste ich auch, dass es nichts werden würde. Mit uns.

»Ja klar«, sagte ich robotermäßig. »So was darfst du dir auf keinen Fall entgehen lassen.«

In meinen Schnulzenromanen hätte der Held an diesem Punkt erwidert: »Dich darf ich mir auch nicht entgehen lassen, darum werde ich alles daransetzen, dass wir glücklich werden«, doch von Sammy kam nichts dergleichen. Er sagte nur ganz leise: »Es hängt so viel vom richtigen Timing ab, Bette. Ich hab viel zu viel Respekt vor dir, um dir zuzumuten, auf mich zu warten, obwohl ein Teil in mir natürlich darauf hofft, dass du genau das tun wirst.«

Fahr zur Hölle!, dachte ich. *Frag mich, ob ich auf dich warten will – ja –, und ob ich Verständnis dafür habe, dass es im Augen-*

blick schwierig ist und wir erst, wenn alles geschafft ist, glücklich und in Frieden leben werden. Geh mir bloß weg mit diesem Horrorwort von wegen ›Respekt‹ – du sollst mich nicht respektieren, du sollst mich wollen.

Doch nichts davon kam mir über die Lippen. Ich wischte nur die Tränen vom Kinn und konzentrierte mich darauf, dass meine Stimme nicht kippte. Schließlich raffte ich mich zu einer selbst in meinen Augen erstaunlich gelassenen und gewandten Antwort auf. »Sammy, es leuchtet mir vollkommen ein, was sich dir da für eine ungeheure Chance bietet, und ich bin echt total aus dem Häuschen. Bin weder sauer noch durch den Wind, noch sonst was, bin einfach total happy für dich. Du musst dich jetzt voll darauf konzentrieren, ein absolut fantastisches Restaurant aus dem Boden zu stampfen. Geh's an. Was immer du tun musst, tu es. Ich hoffe nur, du lädst mich mal zum Dinner ein, wenn der Schuppen über kurz oder lang der angesagteste Futterplatz von ganz New York ist. Lass wieder von dir hören, okay? Du wirst mir fehlen.«

Ich legte den Hörer behutsam auf und starrte ihn ein paar Minuten an, bis endlich die Tränen flossen. Sammy rief nicht zurück.

32

»Sagst du mir bitte noch mal, wie mein Leben eines Tages wieder schön und gut werden wird?«, fragte ich Penelope, die bei mir im Wohnzimmer hockte und *Marie Claire* las. Ich rekelte mich im Hausanzug auf der Couch; das tat ich nun schon seit fast dreieinhalb Monaten – und verspürte nicht das geringste Bedürfnis, mich je wieder in Büroklamotten zu schmeißen.

»Ach, Bette, Schätzchen, das wird schon wieder. Siehst doch, wie grandios es bei mir aufwärts geht!«, flötete sie sarkastisch.

»Was kommt denn heute Abend? Hast du dran gedacht, die letzte Folge von *Desperate Housewives* aufzunehmen?«, fragte ich lustlos.

Sie ließ das Magazin fallen und warf mir einen finsteren Blick zu. »Bette, die haben wir doch letzten Sonntag direkt gesehen. Wozu sollen wir sie dann noch aufnehmen?«

»Ich will sie eben noch mal sehen«, wimmerte ich. »Jetzt komm, es muss doch heute irgendwas halbwegs Anständiges laufen. Was ist mit dieser Pornodoku auf HBO? Haben wir die wenigstens gespeichert?«

Penelope seufzte nur.

»Und *Real World*?« Ich stemmte mich hoch und tippte auf der Videofernbedienung herum. »Davon müssen wir doch wenigstens noch irgendeine lausige Folge haben, von mir aus auch eine alte. Gibt's das denn, dass wir überhaupt keine Folge von *Real World* haben?« Ich war den Tränen nahe.

»Mein Gott, Bette, jetzt reiß dich mal ein bisschen zusammen. Das ist doch nicht mehr normal.«

Sie hatte natürlich völlig Recht. Mich in Selbstmitleid zu suhlen war mir mittlerweile zur lieben Gewohnheit geworden. Im Gegensatz zu meiner ersten beschäftigungslosen Phase gab es in dieser weder himmlisches Ausschlafen noch fröhliche Konsumtrips zum Süßwarenladen oder lange Streifzüge durch neue Viertel. Ich war weder drauf noch dran, einen neuen Job an Land zu ziehen, und hielt mich (mit knapper Not) durch ein paar Rechercheaufträge über Wasser, die Will und Konsorten mir freundlicherweise zuschanzten. Die erledigte ich vormittags, noch im Bademantel, auf der Couch, und fühlte mich damit hinreichend legitimiert, den Rest des Tages vor mich hin zu gammeln. Dass Penelope – die von rechts und links wegen in weit schlechterer Verfassung hätte sein müssen – von Tag zu Tag mehr auf die Beine kam, gab mir allmählich doch zu denken.

Seit unserem Telefonat am Morgen nach der *Playboy*-Party hatte ich nichts mehr von Sammy gehört – das war jetzt drei Monate, zwei Wochen und vier Tage her. Penelope hatte sich keine zwei Minuten nach ebenjenem Gespräch bei mir gemeldet und erklärt, sie sei »über alles im Bilde«. Avery hatte sie noch von der Party aus angerufen und ihr gestanden, er sei ganz entsetzlich betrunken gewesen und habe »versehentlich« irgendein Mädchen abgeküsst. Bei dem Anruf, am Morgen danach sozusagen, klang sie ziemlich angesäuert, fand aber immer noch irgendwelche Entschuldigungen für ihren Holden – bis ich mich schließlich dazu durchrang, ihr die ganze Wahrheit zu erzählen. Als sie ihn daraufhin zur Rede stellte, gab Avery zu, dass er schon seit geraumer Zeit ein Verhältnis mit Abby hatte und sie nicht die Erste war.

Daraufhin hatte Penelope die Haushälterin (das Verlobungsgeschenk von Averys Eltern an das glückliche Paar) ruhig und gemessen angewiesen, ihr Hab und Gut in Kisten und Kasten zu packen und zurück nach New York zu verfrachten. Hatte im Weiteren zwei Last-Minute-Flüge erster Klasse über Averys Kreditkarte gebucht, sich mit der längsten und luxuriösesten Stretchlimo, deren sie habhaft werden konnte, zum Flughafen karren lassen und sich über zwei erstklassige Sitze verteilt mit Champagner voll laufen lassen. Ich hatte sie am JFK abgeholt und gleich weiter ins Black Door abgeschleppt, wo wir uns final die Kante gaben. Die ersten paar Wochen wohnte sie bei ihren Eltern, die, das muss man ihnen lassen, nicht ein einziges Mal mit dem Vorschlag kamen, sie solle ihm doch verzeihen oder es noch einmal versuchen; und als sie es zu Hause nicht mehr aushielt, wechselte sie zu mir auf die Couch.

Beide am Ende, beziehungsgeschädigt und ohne Job, waren wir das perfekte Paar: teilten uns das Bad, die Miete, viele, viele Weinflaschen und sahen uns gemeinsam Unmengen von Fernsehschrott der schlimmsten Sorte an. Alles so weit, so wunderbar, bis Penelope einen Job an Land gezogen hatte. Vergangene Woche war sie mit der Ankündigung gekommen, dass sie als neue Betreuerin eines kleinen, aber feinen Hedgefonds künftig gegen den Pendlerstrom Richtung Westchester schwimmen und in zwei Wochen eine eigene Wohnung beziehen würde. Mir war zwar immer klar gewesen, dass wir nicht ewig und drei Tage einen auf Pyjamaparty machen konnten, aber ein bisschen im Stich gelassen fühlte ich mich doch. In ihrer Hochstimmung hatte sie sogar eine Bemerkung über den Typen fallen lassen, der das Vorstellungsgespräch mit ihr geführt hatte und offenbar supersüß gewesen war. Die Rollen schienen klar verteilt: Penelope ging ihren Weg, und ich kam bis ans Lebensende nicht aus dem Sumpf heraus.

»Was meinst du, wie lange soll ich noch warten, bis ich mir das Restaurant mal ansehen kann?«, fragte ich bestimmt zum tausendsten Mal.

»Ich hab dir doch schon gesagt, ich tarne mich mit Vergnügen und schleiche mich dann mit dir da ein. Ganz diskret – er kennt mich ja nicht mal!«

»Hast du die Kritik im *Wall Street Journal* gelesen? Sie sind völlig hin und weg von dem Lokal. Und sagen, Sammy wäre einer der besten neuen Köche der letzten fünf Jahre.«

»Ich weiß, Schätzchen, ich weiß. Da scheinen wohl alle einer Meinung zu sein, oder? Freust du dich denn nicht für ihn?«

»Du hast ja keine Ahnung«, flüsterte ich.

»Was?«

»Ach nichts. Ja, natürlich freue ich mich für ihn. Ich würde mich bloß gern *mit* ihm freuen.«

Aufgemacht hatte Sammy sein Restaurant – ein schnuckeliges kleines Lokal mit nahöstlicher Küche – ohne große Ankündigung vor zwei Monaten. Ich bekam es erst mit, als Will es bei einem unserer Donnerstagabendessen beiläufig erwähnte; seither allerdings hatte ich die weitere Entwicklung aufmerksam verfolgt. Anfangs beschränkten die Informationen sich auf Angaben zum Werdegang des Kochs und ein paar Einzelheiten über die überraschend schnelle Eröffnung. Die Räumlichkeiten in der Lower East Side hatten eigentlich ein hinreißendes kleines italienisches Restaurant beherbergt, das Lieblingsprojekt eines prominenten ehemaligen Investmentbankers, der wegen dubioser Börsengeschichten zu zwei bis drei Jahren Gefängnis verurteilt worden war und seine Vermögenswerte liquidieren musste, um die horrende Geldstrafe an die Börsenaufsichtsbehörde zahlen zu können. Das Lokal war zu dem Zeitpunkt von Grund auf frisch renoviert und die Küche auf dem neuesten Stand, folglich konnte Sammy sofort ins Geschäft einsteigen. Zunächst erschienen nur vereinzelte Besprechungen auf verschiedenen Websites sowie ein Artikel über edelsanierte Wohnviertel, in dem das Restaurant kurz erwähnt wurde. Doch dann rührte sich was, und binnen Wochen war Sammys solides kleines Ecklokal die Sensation der Stadt.

Der jüngste Lifestyle-Artikel des *Wall Street Journal* berichtete, dass die Leute aus dem Viertel es von Anfang an gern und häufig besuchten, das hieß, Sammy hatte volles Haus und konnte trotzdem noch an seiner Speisekarte feilen. Als Frank Bruni von der *New York Times* zum Testessen kam, hatte Sammy seinen Stil bereits gefunden. Bruni gab ihm drei Sterne – das hatte vorher noch kein unbekannter Koch auf Anhieb geschafft. Die übrigen New Yorker Tages- und Wochenzeitungen schoben unverzüglich eigene, hellauf begeisterte Kritiken nach. Das Magazin *New York* verstieg sich zu dem Lob, neben dem Sevgi könne man sämtliche anderen Restaurants vergessen. Mit einem Schlag riss sich ganz New York um Reservierungen, um nur ja nicht im Fegefeuer drittklassiger Etablissements zu verschmoren. Der einzige Haken daran war, dass Sammy keine Reservierungen annahm. Für niemanden und unter keinen Umständen. In sämtlichen Interviews mit ihm – und glauben Sie mir, ich habe sie alle gelesen – verwies Sammy darauf, dass jedermann willkommen sei, aber niemand bevorzugt behandelt werde. »Jahrelang musste ich entscheiden, wer hinein darf und wer nicht – davon habe ich schlicht und einfach genug. Wer immer möchte, kann kommen und hier essen«, wurde er mit seiner einzigen Geschäftsregel zitiert.

»Aber wenn man nicht reservieren kann, geht doch keiner hin!«, hatte ich nach dem Lesen völlig aufgelöst zu Penelope gesagt.

»Was meinst du damit, es geht keiner hin?«, fragte sie.

»Du brauchst doch auf jeden Fall eine grässliche Zicke, die dir am Telefon klar macht, dass die nächsten sechs Monate absolut nichts geht, sofern du zwischen fünf Uhr und Mitternacht zu speisen wünschst.«

Sie lachte.

»Das ist mein voller Ernst! Ich kenne diese Leute! Wenn er will, dass sie bei ihm essen, muss er ihnen das Gefühl geben, von Herzen unwillkommen zu sein. Die schnellste Methode, die Tische voll zu kriegen, ist, jedem Anrufer zu erklären, dass der Laden ausgebucht ist, und dann sofort acht Dollar auf sämtliche Vorspeisen und vier auf alle Getränke aufzuschlagen.

Wenn er Kellner einstellt, die ihrer Meinung nach zu Höherem berufen sind, und eine Empfangsdame, die jeden Gast beim Eintreffen von Kopf bis Fuß missbilligend taxiert, dann hat er *eventuell* eine Chance.« Ich sagte es nur halb im Scherz, aber es spielte ohnehin keine große Rolle: seine Geschäftspolitik funktionierte ganz eindeutig.

In der Kritik des *Wall Street Journal* war weiterhin zu lesen gewesen, dass die New Yorker Gastronomieszene in letzter Zeit von einer Flut spektakulärer Restauranteröffnungen und Superstarköchen dominiert worden sei – allein in dem prächtigen neuen Time Warner Building fanden sich fünf derartige Lokalitäten. Irgendwann waren die Leute den ganzen Pomp und Prunk leid und sehnten sich nach einem köstlichen Mahl in schlichter Umgebung. Und genau das hatte Sammy zu bieten. Ich war so stolz auf ihn, dass ich beinahe losheulte, wenn ich etwas Neues darüber las oder jemand das Lokal erwähnte, was ziemlich häufig der Fall war. Ich brannte darauf, es mit eigenen Augen zu sehen, aber ich kam an der Tatsache nicht vorbei, dass Sammy bisher noch nicht den Hörer in die Hand genommen und mich eingeladen hatte.

»Hier«, sagte Penelope und gab mir meine Mappe mit den Speisekarten der diversen Heimservices. »Ich lade dich ein. Wir bestellen uns was und gehen dann vielleicht noch auf einen Drink irgendwohin.«

Ich starrte sie an, als hätte sie vorgeschlagen, wir sollten doch rasch mal das nächste Flugzeug nach Bangladesch besteigen. »Auf einen Drink? Nach *draußen*? Du machst wohl Witze.« Gelangweilt blätterte ich die Speisekarten durch. »Da ist nichts dabei.«

Sie riss mir die Mappe aus der Hand und zog aufs Geratewohl ein paar Speisekarten heraus. »Nichts dabei? Hier gibt's Chinesisch, Burger, Sushi, Thai, Pizza, Indisch, Vietnamesisch, Deli, Salatbar, Italienisch … und das sind bloß die paar. Komm, such dir was raus, Bette. Jetzt und gleich.«

»Entscheide du, Pen. Ich schließe mich an.«

Sie rief bei einem Lieferservice namens Nawab an und bestellte zweimal Hühnchen Tikka Masala mit Basmatireis und zwei Körbchen Chappati, legte auf und drehte sich zu mir um.

»Bette, ich frage dich jetzt zum letzten Mal: Was willst du dieses Wochenende unternehmen?«

Ich seufzte vielsagend und fläzte mich wieder auf die Couch. »Pen, ehrlich gesagt, es ist mir egal. Es ist ja kein runder Geburtstag. Und ich hab doch schon den traditionellen Buchclubtreff, das reicht mir völlig. Wieso bist du eigentlich so versessen drauf, dass wir was unternehmen müssten? Am liebsten würde ich es komplett unter den Tisch fallen lassen.«

Sie schnaubte verächtlich. »Ja genau. Alle sagen immer, es ist ihnen egal, dabei ist es ihnen überhaupt nicht egal. Ich könnte doch für Samstagabend ein kleines Dinner organisieren, wie wär das? Du, ich, Michael, vielleicht noch ein paar Leute von UBS oder welche von deinen Buchclubmädels?«

»Klingt prima, Pen, ganz echt, aber Will hat schon irgendwas von wegen Dinner am Samstag gesagt. Wir gehen irgendwo gut essen, ich hab vergessen, wo. Kommst du mit?«

Wir quatschten weiter, bis das Essen kam und ich meinen von Minute zu Minute fetter werdenden Hintern von der Couch zum Futterplatz schleppte. Wir saßen uns an dem kleinen Küchentisch gegenüber, luden uns Reis und würzige Stücke Hühnerfleisch auf den Teller, und mir ging durch den Kopf, wie sehr ich Penelope vermissen würde. Es war eine willkommene Ablenkung, sie um mich zu haben, zumal unsere Freundschaft wieder ganz im Lot war. Ich beobachtete sie, wie sie zur Unterstreichung mit der Gabel herumfuchtelte, während sie mir irgendeine witzige Geschichte erzählte, und dann stand ich auf und umarmte sie.

»Wofür war das jetzt?«, fragte sie.

»Einfach bloß, weil ich dich vermissen werde, Pen. Und zwar ganz fürchterlich.«

33

»Ich danke euch allen. Ihr seid doch echt die Besten«, sagte ich und umarmte reihum jede der Anwesenden. Anlässlich von Geburtstagen traf sich der Buchclub immer zu einer Extrasession mit Kuchen und geistigen Getränken. Für mich hatte es eine Torte aus weißer Schokoladenmousse und dazu einen ganz klassischen Lemon Drop gegeben, mit Extrazuckerpäckchen und Zitronenscheiben. Ich war leicht angedudelt und bester Stimmung nach unserer Minifeier, die mit der Überreichung eines Hundert-Dollar-Einkaufsgutscheins für Barnes & Noble geendet hatte.

»Viel Spaß beim Essen mit deinem Onkel heute Abend«, rief Vika mir nach. »Melde dich, wenn du nachher noch was unternehmen willst.«

Ich nickte, winkte und begab mich nach unten. Irgendwann würde ich wohl mal wieder damit anfangen müssen, auf die gut gemeinten Angebote zum Ausgehen einzugehen. Jetzt war es eins, und ich sollte erst um acht bei Will sein, also machte ich es mir mit einem Vanilla Latte und der neuesten *Post* an einem Tischchen im offenen Innenhof von Starbucks am Astor Place gemütlich. Alter Gewohnheit folgend schlug ich die Gesellschaftsseite auf und fand allda zu meiner Verblüffung einen Riesenartikel über Abby, wohlgemerkt mit Bild: New York Scoop, so stand dort zu lesen, hatte unlängst ihre »Ellie Insider«-Kolumne abgesetzt und Abby wegen falscher Angaben in ihrem Lebenslauf gefeuert. Der Artikel ging nicht weiter ins Detail, deutete nur an, dass Abby sich einer ungenannt bleiben wollenden Quelle zufolge als Absolventin der Emory University ausgab – wozu ihr jedoch drei entscheidende Scheine fehlten. Was hieß, sie hatte keinen akademischen Abschluss. Ich las nicht weiter, sondern rief sofort Penelope an.

»Omeingott, hast du heute schon Seite sechs von der *Post* gelesen? Los, mach. Unbedingt. *Jetzt sofort.*«

Ich hatte die ganze Sache mit Abby zwar nicht vollständig vergessen, war aber in der Zwischenzeit auch von meinem Plan abgerückt, ihr nun meinerseits das Leben zur Hölle zu machen. Nach der *Playboy*-Party hatte sie kein Wort mehr über mich geschrieben, was entweder daran lag, dass meine Drohungen sie doch nachhaltig eingeschüchtert hatten oder ich nun, da ich nicht mehr für Kelly & Company arbeitete und Philip ausgedient hatte, keiner Erwähnung mehr wert war. Möglich auch, dass ihre Affäre mit Avery ein Ende gefunden hatte. So oder so, seither war kein Tag vergangen, an dem ich nicht um ihre unehrenhafte Entlassung gebetet hatte.

»Alles Gute zum Geburtstag, Bette!«

»Hä? Ach ja, danke. Aber jetzt sag schon, hast du das Ding in der *Post* gelesen?«

Sie lachte und lachte, bis ich mich des Gefühls nicht mehr erwehren konnte, dass mir hier irgendwas Entscheidendes entging. »Mein Geschenk an dich, zum Achtundzwanzigsten. Herzlichen Glückwunsch!«

»Was? Wie? Ich komm nicht mit. Hast du da irgendwie mitgemischt?«, fragte ich.

»Das könnte man wohl so sagen«, erwiderte sie kokett.

»Pen! Los jetzt, sag schon, was ist da gelaufen? Das könnte der schönste Geburtstag meines Lebens werden. Lass hören!«

»Okay, komm mal wieder runter. Alles ganz harmlos – ist mir quasi in den Schoß gefallen.«

»Was?«

»Die Information, dass unsere gute Abby gar keinen Collegeabschluss hat.«

»Und wie bist du da drangekommen?«

»Na ja, nachdem mein Exverlobter mir mitgeteilt hat, dass er was mit ihr hat –«

»Nur um das klarzustellen, Pen: Er hat dir bloß gesagt, dass er was mit einer anderen hat. Dass es Abby ist, weißt du von mir.«

»Stimmt. Also jedenfalls, nachdem das so weit klar war, habe ich ihr ein Briefchen geschrieben, in dem stand, was ich so über das Ganze denke.«

»Okay, aber was hat das damit zu tun, dass sie keinen Abschluss hat?« *Los, hopp, rein in die schmutzige Wäsche, Pen, halt dich nicht mit irgendwelchen läppischen Details auf.*

»Ich komm schon noch dazu! Ich wollte es ihr nicht per E-Mail schicken, weil da immer die Gefahr besteht, dass das an die halbe Stadt weitergeleitet wird. Aber sie steht nicht im New Yorker Telefonbuch – offenbar geht sie davon aus, dass sie so was wie Promistatus hat und die Leute ihr sowieso die Tür einrennen, um einen Blick auf Königin Kolumna in höchsteigener Person zu erhaschen. Ich habe bei New York Scoop angerufen, aber die wollten ihre Adresse nicht rausrücken. Dann fiel mir als Nächstes eben Emory ein.«

»Okay, so weit kann ich noch folgen.«

»Ich dachte, als frühere Kommilitonin würde ich Abbys Adresse problemlos von ihnen kriegen. Also hab ich bei der Anlaufstelle für die Ehemaligen angefragt, so in der Art, ich suche eine aus meinem Jahrgang, hab sie irgendwie aus den Augen verloren, würde sie aber gern zu meiner Hochzeit einladen.«

»Genial«, sagte ich.

»Danke, fand ich auch. Na egal, jedenfalls haben sie nachgeschlagen und mir mitgeteilt, dass bei ihnen niemand unter dem Namen verzeichnet ist. Die unappetitlichen Einzelheiten erspare ich dir, auf alle Fälle war mit ein bisschen Nachforschen klar, dass das liebe süße Abbylein sich zwar zeitgleich mit uns immatrikuliert, aber nicht mit unserem Jahrgang den Abschluss gemacht hat. Der fehlt ihr bis heute.«

»Großer Gott. Ich ahne schon, worauf das hinausläuft.«

»Warte, es wird noch besser. Schließlich hatte ich eine Frau von der Anmeldestelle an der Strippe, und die hat mir unter dem Siegel der Verschwiegenheit anvertraut, dass Abby kurz vor knapp ausgestiegen ist, weil die Dekanin der Fakultät für Bildung und Forschung endlich geschnallt hatte, dass unser Herzchen sich mit ihrem Mann vergnügte, und ihr daraufhin verständlicherweise nahe legte, unverzüglich ihren Abschied zu nehmen. Abby hat wohlweislich keinen Ton davon gesagt, deshalb haben wir es überhaupt nicht mitgekriegt; sie war ja bis zum Ende dabei.«

»Ist nicht wahr«, hauchte ich ins Telefon. »Obwohl es mich ehrlich gesagt kein bisschen überrascht.«

»Tja, und ab da ging es ratzfatz. Ich hab mir einfach nur eine anonyme Hotmail-Adresse zugelegt und den lieben Leutchen vom New York Scoop gesteckt, dass ihre Starkolumnistin nicht mal einen Collegeabschluss hat und wie es dazu kommen konnte. Danach habe ich nur noch täglich angerufen und nach ihr gefragt, bis die Redaktion mir gestern sagte, sie sei nicht mehr bei der Zeitung, und da habe ich dann noch, natürlich wieder anonym, ein kleines feines Ich-weiß-Was an die Gesellschaftsseite geschickt.«

»Omeingott, Pen, du fiese Ratte. Hätte nie gedacht, dass du zu so was fähig bist!«

»Also, noch mal: Alles Gute zum Geburtstag! Ich bin da ja schon vor Monaten drauf gestoßen, eben als ich den Brief geschrieben habe. Aber ich dachte mir, warte noch, das könnte doch ein Supergeburtstagsgeschenk werden. Für dich. Und für mich«, fügte sie hinzu.

Als wir auflegten, war ich in geradezu verboten guter Stimmung; ich stellte mir Abby vor, wie sie sich auf der Straße das Existenzminimum zusammenschnorrte oder – noch besser –

mit einer rot-weißen Schürze bei McDonald's Frondienst tat. Im nächsten Moment klingelte es erneut. Ich klappte das Handy auf, ohne groß aufs Display zu schauen.

»Und?«, fragte ich in der Annahme, dass Penelope mir noch ein letztes pikantes Detail mitteilen wollte.

»Hallo?«, sagte eine Männerstimme. »Bette?«

O Gott, das war Sammy. Sammy! SAAAAAMMMMMMMY! Ich hätte singen, tanzen, seinen Namen ins Café hinausschreien mögen.

»Hiii«, hauchte ich in den Hörer. Nicht zu fassen – kaum wartet man vier Monate auf einen Anruf, schon kommt er.

Er lachte, nachdem ich mich offenkundig so freute. »Schön, deine Stimme zu hören.«

»Gleichfalls«, sagte ich atemlos. »Wie geht's dir so?«

»Gut, gut. Ich hab endlich mein eigenes Ding gestartet, und –«

»Ich weiß, hab alles drüber gelesen. Glückwunsch! Ist ja echt unglaublich, was du da für einen Hit gelandet hast!« Ich brannte darauf, von ihm zu hören, wie er das so blitzartig hingekriegt hatte, aber ich wollte auch nicht gleich alles mit einem Haufen nerviger Fragen vermasseln.

»Ja, danke. Ähm, hör mal, ich steck noch immer ziemlich im Hamsterrad, aber ich wollte mich einfach mal melden und –«

Ach herrje. Das klang nach Weiterentwicklung. Wahrscheinlich hatte er eine neue Freundin, die sinnvolle, gemeinnützige Arbeit tat, kein einziges Paar durchgescheuerter, gammliger Schlabberhosen ihr eigen nannte und daheim stets nur in Hausanzügen aus edler Seide abhing. Eine, die –

»...fragen, ob du Lust hättest, heute Abend mit mir essen zu gehen?«

Hatte ich recht gehört? Schweigen auf beiden Kanälen. »Essen gehen?«, fragte ich vorsichtig nach. »Heute Abend?«

»Du hast vermutlich schon was vor, oder? Tut mir Leid, dass ich so auf den letzten Drücker anrufe, aber ich –«

»Nein, bis jetzt noch nicht«, fiel ich ihm ins Wort, bevor er es sich am Ende noch anders überlegte. Das war zwar alles andere als cool, aber – ach komm, scheiß drauf. Seit meinem Ausstieg bei Kelly & Company hatte ich keinen einzigen Brunch und kein einziges Donnerstagsdinner ausfallen lassen, da würde Will doch sicher dieses Mal fünf gerade sein lassen. »Essen gehen wäre heute absolut drin.«

Ich hörte ihn durch den Hörer lächeln. »Super. Wie wär's, wenn ich so gegen sieben bei dir vorbeikomme? Wir trinken noch kurz was irgendwo bei dir ums Eck, und dann schleppe ich dich ins Restaurant ab. Klingt das so weit okay?«

»Okay? Das klingt absolut perfekt!«, sprudelte ich los. »Um sieben, hast du gesagt? Also bis dann.« Schnell auflegen, bevor ich noch was Falsches sagte. Welch schicksalhafte Wendung. Eindeutig, unbestreitbar hatte hier das Schicksal zugeschlagen und Sammy ausgerechnet an meinem Geburtstag zum Hörer greifen lassen: Damit war endgültig klar, dass wir auf ewig füreinander bestimmt waren. Ich überlegte noch still vor mich hin, ob ich ihm gestehen sollte, dass ich seit heute achtundzwanzig war, als mir aufging, dass ich ihn in Kürze leibhaftig *sehen* würde.

Ab da wurde es hektisch. Aus dem Taxi, das mich nach Hause brachte, rief ich Will an, der auf meine flehentlichen Bitten um Entschuldigung bloß lachte und meinte, wenn das hieße, dass ich endlich mal wieder mit einem Knaben ausginge, hätte er keine Probleme damit, den Termin zu verschieben. Kaum angekommen, flitzte ich ums Eck, ließ mir auf die Schnelle sämtliche Nägel aufpolieren und investierte weitere zehn Dollar in eine zehnminütige Entspannungssession auf dem Massagestuhl. Penelope bot sich als Stylistin an und kam mit insgesamt drei kompletten Outfits, einem kunstvoll mit Perlen bestickten Tanktop, zwei Paar Schuhen, vier Handtaschen und ihrem gesamten Schmuckvorrat daher, den ihre Eltern angesichts der jüngsten unerfreulichen Vorkommnisse aufgestockt hatten, in der Hoffnung, sie damit aufzumuntern. Sie ließ den ganzen Schamott einfach bei mir fallen und war schon wieder weg, um Michael und Megu zu treffen; wenn ich Lust hätte, sollte ich mich später bei ihr melden. Ich probierte Klamotten an und schmiss sie wieder hin, brachte in wilder Hektik die Wohnung auf Vordermann, wirbelte Millington zu »We Belong« von Pat Benatar durch die Gegend – und hockte schließlich eine Stunde dumm auf der Couch herum, bis es endlich so weit war.

Als Seamus den Summer betätigte, kriegte ich vor Aufregung kaum noch Luft. Im nächsten Moment stand Sammy vor der Tür – und sah besser aus als je zuvor, in seiner Kombi aus Hemd/Jacke/Vergiss-die-Krawatte, die genau richtig rüberkam: edel durchgestylt, aber nicht überkandidelt. Dazu noch seine neue Frisur, nicht zu kurz und nicht zu lang, einfach perfekt, Hugh-Grant-mäßig, wenn ich es in drei Worte fassen soll. Als er mich zur Begrüßung auf die Wange küsste, erschnupperte ich Seife und Pfefferminz und musste mich am Türrahmen festklammern, um nicht an Ort und Stelle in die Knie zu gehen.

»Echt schön, dich endlich wiederzusehen, Bette«, sagte er, nahm mich bei der Hand und geleitete mich zum Aufzug. Ich schwebte in meinen geliehenen D&G-Sandalen nur so dahin und fand mich in dem knieumspielenden Rock und der leichten Kaschmirjacke, die weder zu viel noch zu wenig Dekolleté sehen ließ, richtig hübsch und feminin. Die Schnulzenromane hatten eben doch Recht: Obwohl wir uns über Monate nicht mehr gesehen hatten, schien es, als wäre unser letztes Rendezvous erst gestern gewesen.

»Ganz meinerseits«, brachte ich heraus, vollständig gebannt von seinem Profil.

Er lotste mich drei Blocks weiter westlich zu einer netten kleinen Weinbar. Wir setzten uns an einen Tisch ganz hinten und redeten sofort drauflos. Zum Glück schien er sich keinen Deut verändert zu haben.

»Und, wie ist es dir ergangen?«, fragte er und nippte von dem Syrah, den er mit Kennermiene geordert hatte. »Was hast du in letzter Zeit so getrieben?«

»Nichts da, vergiss es. Keine großartig aufregenden Neuigkeiten von meiner Seite«, antwortete ich. *Die Untertreibung des Jahrhunderts.* »Ich habe vermutlich so ziemlich alles gelesen, was sie über dich geschrieben haben, und ganz ehrlich, es klingt wirklich umwerfend!«

»Ja, stimmt, ich hab echt großes Glück gehabt.« Er hüstelte und sah nicht unbedingt glücklich drein. »Bette, ich, äh, ich muss dir was sagen.«

Ach du Schande. Das klang gar nicht gut. *Du blöde Schnepfe, da hast du gedacht, nur weil Sammy endlich mal wieder anruft – und dazu noch an deinem Geburtstag –, wäre das mehr als eine freundliche Geste oder ein endlich eingelöstes Versprechen zwischen alten Freunden.* Es lag eindeutig an den verdammten Schnulzenromanen – die waren das Problem. Ich gelobte innerlich, diesem Schund ein für alle Mal abzuschwören: Was er an Erwartungen weckte, war einfach unrealistisch. »Ich muss dir was sagen« – so ein Satz würde einem Dominick oder Enrique niemals über die Lippen kommen, schon gar nicht als Einleitung zu einem Heiratsantrag an die Frau seiner Träume. So was war die Einleitung zu dem Eingeständnis, dass der Betreffende verliebt war – allerdings nicht in mich. Und auf neue Hiobsbotschaften konnte ich echt dankend verzichten.

»Äh, ja?«, quetschte ich heraus und wappnete mich mit verschränkten Armen gegen das, was da kommen mochte. »Und das wäre?«

Ein weiterer Schatten glitt über sein Gesicht – dann unterbrach uns der Kellner, der Sammy die Rechnung gab. »Tut mir Leid, Leute, aber ihr müsst jetzt raus – ab acht haben wir hier geschlossene Gesellschaft. Ich komm gleich wieder.«

Am liebsten hätte ich losgebrüllt. Mir anzuhören, dass Sammy die ideale Kombination aus Mutter Teresa und Bademoden-

Model gefunden hatte, war übel genug, aber musste ich auf diese unerfreuliche Mitteilung auch noch so lang warten? Offenbar ging es nicht anders. Also wartete ich, bis Sammy bezahlt hatte, wartete, bis er vom Klo zurückkam, wartete, bis das Taxi vorfuhr und Sammy sich mit dem Fahrer auf die beste Route zum Sevgi geeinigt hatte. Und wartete, schon auf dem Weg zum Restaurant, erneut, als Sammy nach tausend Entschuldigungen dem dringenden Ruf seines Handys folgte. Er murmelte vor sich hin, machte »M-hm« und sagte einmal sogar »Ja«, aber das war schon alles, und tief in meinem Innern wusste ich, dass er mit *ihr* sprach. Als er das Gespräch endlich beendet hatte, drehte ich mich zu ihm, fasste ihn scharf ins Auge und fragte: »Was wolltest du mir vorhin noch sagen?«

»Also, das klingt jetzt bestimmt total schräg – ich hab's ja selbst erst vor ein paar Tagen herausgefunden, ich schwör's –, aber erinnerst du dich noch an die stillen Investoren, von denen ich dir erzählt habe?«

Hmmm. Das hörte sich nicht nach Liebeserklärungen an fremde Frauen an. So weit, so gut.

»Ja, klar. Die wollten dem neuesten vielversprechenden Jungkoch ein bisschen unter die Arme greifen, oder wie war das? Und du solltest deine Vorstellungen und ein paar Gerichte zu Papier bringen?«

»Genau.« Er nickte. »Genau dafür habe ich eigentlich dir zu danken.«

Ich verschlang ihn mit Blicken; als Nächstes kam garantiert, dass ich ihn inspiriert, ermutigt, ihm als *Muse* gedient hatte – doch was dann tatsächlich kam, hatte genau genommen absolut nichts mit mir zu tun.

»Irgendwie blöd, dass du das von mir erfährst, aber sie wollten es unbedingt so. Bei den freundlichen Investoren handelt es sich um Will und Simon.«

»Was?« Ich fuhr herum wie von der Tarantel gestochen. »*Mein* Will, und *sein* Simon?«

Er nickte und griff nach meiner Hand. »Du hast echt nichts davon gewusst, oder? Ich dachte ja, du hättest ihnen das vielleicht irgendwie eingeredet, aber da kam ein ganz klares Nein von ihnen. Ich weiß es übrigens auch erst seit kurzem. Ist ja Monate her, seit ich die zwei überhaupt leibhaftig zu Gesicht bekommen habe – das war noch beim Brunch in der Gramercy Tavern.«

Ich war so baff, dass mir kein vernünftiger Satz einfallen wollte, doch das einzig Wesentliche las ich zwischen den Zeilen heraus: Offenbar gab es doch keine andere, die Sammy hoffnungslos und bis zum Wahnsinn liebte.

»Ich weiß gar nicht, was ich dazu sagen soll.«

»Hauptsache, du bist nicht böse«, meinte er und beugte sich näher zu mir.

»Böse? Wieso sollte ich böse sein? Ich freu mich doch für dich! Versteh bloß nicht, warum Will mir nichts davon gesagt hat. Na, das wird er hoffentlich am Sonntag beim Brunch in aller Ausführlichkeit nachholen.«

»Genau. Das war auch seine Rede.«

Mir blieb keine Zeit, all die Neuigkeiten zu verarbeiten, nachdem das Taxi in Rekordzeit am Zielort in der Lower East Side angelangt war, wo ich die kleine Markise wiedererkannte, die auf allen Fotos in den Zeitungsberichten zu sehen gewesen war. Als Sammy die Autotür zuschlug, fiel mir ein gepflegt gekleidetes Paar ins Auge, das las, was auf dem Schild an der Tür geschrieben stand. Schwer enttäuscht drehten die beiden sich zu uns um und sagten: »Sieht so aus, als wäre hier heute Abend aus irgendeinem Grund geschlossen.« Dann begaben sie sich auf die Suche nach einem anderen Esslokal.

Auf meinen fragenden Blick antwortete Sammy schlicht mit einem Lächeln und murmelte: »Ich hab eine Überraschung für dich.«

»Speziell für mich?« Es war ja schon fast peinlich, wie hoffnungsvoll ich mich anhörte.

Er nickte. »Ja. Heute ist ein ganz besonderer Abend, habe ich mir gedacht, und deshalb den Laden dichtgemacht, damit wir ganz unter uns sind. Allerdings müsste ich zwischendurch kurz in die Küche verschwinden. Ich hoffe, das macht dir nichts aus«, sagte er. »Ich habe mir nämlich für heute Abend ein spezielles Sevgi-Menü ausgedacht.«

»Echt? Ich halt's nicht aus. Was heißt denn eigentlich *Sevgi*? Ich glaub, darüber stand nirgendwo was.«

Er nahm meine Hand, lächelte mich an und schaute dann zu Boden. »Das ist türkisch und bedeutet *Liebe*«, erklärte er.

Ich dachte, ich würde vor lauter Wonne in Ohnmacht fallen. Stattdessen konzentrierte ich mich darauf, hübsch ordentlich einen Fuß vor den anderen zu setzen. Ich folgte Sammy in den dunklen Essraum und versuchte irgendwas zu erkennen, doch im nächsten Moment hatte er den Lichtschalter gefunden, und ich sah alles. Oder besser gesagt, alle.

»Überraschung!«, brüllten sie im Chor. Dann riefen alle wild durcheinander »Herzlichen Glückwunsch«, und mir wurde klar, dass ich jedes einzelne der Gesichter kannte, die sich mir da zuwandten.

»Omeingott!« Mehr brachte ich nicht heraus.

Die kleinen Tische waren in der Mitte des Raums zu einer langen Tafel zusammengeschoben, an der meine komplette Familie und sämtliche Freunde saßen und mir fröhlich zuwinkten.

»Oh. Mein. Gott.«

»Komm, setz dich«, sagte Sammy und führte mich an der Hand zum Kopfende des Tisches. Unterwegs umarmte und küsste ich alle und ließ mich schließlich auf den für mich vorgesehenen Stuhl fallen, neben Penelope, die mir eine Pappkrone aufsetzte und irgendwas Endpeinliches wie »Heute bist *du* unsere Heldin des Abends« sagte.

»Alles Gute zum Geburtstag, Schätzchen!«, sagte Mom und beugte sich vor, um mir einen Kuss auf die Wange zu geben.

»Um nichts in der Welt hätten dein Vater und ich uns das entgehen lassen.« Sie roch leicht nach Räucherstäbchen und trug einen schönen, handgestrickten Poncho, sicherlich aus ungefärbter Wolle. Mein Vater saß neben ihr, das Haar ordentlich zum Pferdeschwanz gebunden und zur Feier des Tages mit seinem besten Paar Naot-Sandalen an den Füßen.

Ich betrachtete die versammelte Tischgemeinde: Penelope und ihre Mom, die höchst erfreut war, von ihrer gesellschaftlich arrivierten Tochter in das angesagteste neue Lokal geschleust zu werden, Michael und Megu, die sich beide extra den Abend freigenommen hatten, um mit mir zu feiern, Kelly und Henry, der Typ, mit dem ich sie auf der *Playboy*-Party gesehen hatte, die Mädels vom Buchclub, alle mit Päckchen bewaffnet, die vermutlich neue Taschenbücher enthielten, und – natürlich – ganz am Ende des Tisches, mir direkt gegenüber, Simon, von Kopf bis Fuß in Leinen, sowie Will, der soeben den Spezialdrink des Hauses leerte (später erfuhr ich, dass Sammy ihn ihm zu Ehren »The Will« getauft hatte).

Nach wiederholten Aufforderungen stand ich auf und rang mir ein paar verlegene Worte ab. Kaum war das geschafft, brachte ein Kellner Champagner, und wir stießen auf meinen Geburtstag und Sammys Erfolg an. Anschließend wurde es ernst mit dem Essen. Hoch beladene, köstlich duftende, dampfende Platten wurden von Kellnern auf der Schulter aus der Küche getragen und schwungvoll serviert. Ich schaute zu Sammy, der mir zuzwinkerte. Dann fing er ein Gespräch mit Alex an, deutete auf ihr Nasenpiercing und sagte etwas, das sie zum Lachen brachte. Während ich ein delikates, mit Kreuzkümmel und Dill gewürztes Lammgericht genoss, ließ ich meinen Blick über die Runde wandern, in der vergnügt geschwatzt, Platten weitergereicht und Champagner nachgeschenkt wurde. Meine Eltern schlossen Bekanntschaft mit Kelly, Courtney unterhielt sich mit Penelopes Mom über unseren Buchclub, und Simon erzählte Michael und Megu einen Witz nach dem anderen.

Ich saß einfach da und ließ alles auf mich wirken; da zog Will einen Stuhl heran und setzte sich neben mich. »Wahrhaft ein ganz besonderer Abend, hm?«, fragte er. »Warst du überrascht?«

»Und wie! Will, wieso hast du mir nicht gesagt, dass ihr, Simon und du, hinter dem ganzen Projekt hier steckt? Ich weiß gar nicht, wie ich dir danken soll.«

»Brauchst du auch gar nicht, Darling. Das haben wir nicht für dich getan, und eigentlich auch nicht einmal für Sammy, obwohl ich ihn sehr schätze. Du hattest mal erwähnt, dass er für den Sonntagsbrunch in der Gramercy Tavern zuständig ist, und da war unsere Neugier geweckt. Simon und ich sind vor drei Monaten da hingegangen, und ich muss sagen, es hat uns umgehauen. Der Knabe ist ein Genie! Nicht nur das, er muss dir auch immer sehr aufmerksam zugehört haben, denn es war alles, alles absolut perfekt: die Bloody Mary exakt so, wie ich sie mag, mit einem Extraspritzer Tabasco und zwei Limettenschnitzen. Auf dem Tisch lag die *New York Times* bereit, schon bei der Sonntagsbeilage aufgeschlagen. Und weit und breit keine einzige Kartoffel! Ich gehe seit Jahrzehnten zum Brunch ins Essex House, und sie kriegen es bis heute nicht richtig hin. Simon und ich, wir fingen immer wieder davon an, und dann haben wir eben beschlossen, ihn uns zu krallen, bevor es ein anderer tut. Haben wir gut gemacht, oder?«

»Ihr seid zum Brunch in die Gramercy Tavern gegangen? Nur wegen Sammy?«

Will faltete die Hände und zog die Augenbrauen hoch. »Darling, es war ja nun mehr als offensichtlich, dass du ernsthaft dein Herz an diesen Knaben verloren hattest. Simon und ich waren einfach neugierig! Von seinen Kochkünsten hatten wir uns gar nicht so sehr viel erhofft – das war dann noch ein Extrapluspunkt. Als ich ihn damals nach seinen weiteren Plänen fragte und er irgendwas von einem ›Houston's‹ faselte, war mir klar, dass wir einschreiten und ihn vor sich selbst retten mussten.«

»Ja, er hat in der Türkei davon gesprochen, dass er mit ein paar Leuten von der Kochschule in der Upper East Side irgendwas in der Art aufmachen wollte«, sagte ich.

Will schnappte hörbar nach Luft und nickte. »Ich weiß. Eine grauenvolle Vorstellung! Der Junge ist nicht für irgendwelche Franchise-Klitschen bestimmt. Ich habe mit dem Anwalt vereinbart, dass ich das Ding komplett finanziere und Sammy die komplette Arbeit macht. Meine einzige Bedingung war, dass hier immer ein Tisch für mich frei ist; abgesehen davon wollte ich in *keinster Weise* zu Rate gezogen werden. Allemal besser, als das schöne Geld dem Staat in den Rachen zu werfen, nicht? Außerdem war ich sowieso auf der Suche nach einem neuen Projekt; ich habe nämlich beschlossen, mit der Kolumnenschreiberei aufzuhören.«

Na, das war ja ein Ding. Von allen Überraschungen dieses Abends schockte mich die hier wohl am meisten. »Was hast du? Meinst du das ernst? Wieso gerade jetzt? Du machst das doch schon seit Jahrhunderten! Die ganze Welt liest deine Kolumne, Will! Was soll denn ohne dich daraus werden?«

Er nippte nachdenklich an seinem Martini. »Fragen über Fragen, Darling. Dabei ist die Geschichte gar nicht so aufregend. Es ist einfach an der Zeit. Ich weiß auch ohne New York Scoop, dass meine Kolumne mittlerweile ein Relikt aus der Steinzeit ist. Viele, viele Jahre ist sie gut angekommen, aber jetzt ist die Zeit reif für etwas Neues.«

»Das kann ich verstehen«, sagte ich schließlich. Irgendwie wusste ich, dass es die richtige Entscheidung war. Aber Wills Kolumne gab es schon so lange ich lebte, sogar noch länger, und mich verstörte der Gedanke, dass sie nun plötzlich verschwinden sollte.

»Jedenfalls, damit du's weißt, ich habe mit meinem Redakteur gesprochen – diesem Milchbubi – und mir von ihm versichern lassen, dass es dort immer einen Platz für dich gibt, sofern du geneigt bist. Ich will nicht groß darauf herumreiten,

Bette, aber ich denke, du solltest es dir durch den Kopf gehen lassen. Du kannst fantastisch schreiben, und ich verstehe beim besten Willen nicht, warum du nie was daraus gemacht hast. Ein Wort von dir, und du bist drin, erst mal bei der Recherche und später dann, hoffentlich, als so eine Art Volontärin.«

»Daran habe ich tatsächlich auch schon gedacht«, rutschte es mir heraus; dabei hatte ich mir doch geschworen, das für mich zu behalten, bis ich mehr Klarheit hatte. »Ich würde es gern mit dem Schreiben versuchen …«

»Ausgezeichnet! Ich habe ja gehofft, dass du das sagen würdest. Wurde aber auch Zeit, na, besser spät als nie. Ich rufe ihn heute Abend noch an und …«

»Nein, nicht Schreiben in der Art, Will. Es wird dir todsicher nicht gefallen –«

»Gütiger Gott, jetzt sag bitte nicht, dass du für die Sonntagsbeilage Artikel über Hochzeiten verfassen willst oder so einen Unfug. Bitte.«

»Schlimmer«, entgegnete ich, mehr um der Wirkung willen, als weil ich es wirklich so meinte. »Ich will einen Liebesroman schreiben. Ein Konzept habe ich schon, und ich glaube, es ist gar nicht mal so schlecht.« Ich wappnete mich gegen die zu erwartende Schimpfkanonade, aber überraschenderweise blieb sie aus.

Stattdessen sah er mich an, als suchte er in meinem Gesicht nach einer Antwort, und nickte bloß. »Vielleicht liegt es an den ganzen ›Will‹-Martinis, aber ich glaube, das ist genau das Richtige, Darling.« Er beugte sich vor und küsste mich auf die Wange.

Liebesromane – jawohl, ganz recht. Die Türkei und die Luxuswelt, zu der Kelly & Company mir Zugang verschafft hatten, waren meine Inspirationsquelle; mir schwebten zwei Figuren vor, die von den Sternen füreinander bestimmt waren und nach wechselvollen Ereignissen zueinander fanden. Ob ich damit nun aus eigenen Erfahrungen oder aus der Fantasie schöpfte – jedenfalls war es das Erste seit langem, was mir wieder ein gutes Gefühl gab. Bis zu diesem Abend.

Gerade wollte ich meinen Eltern von meinen Plänen berichten, als mein Handy klingelte. *Komisch*, dachte ich. *Alle, die ich kenne, sitzen hier mit mir am Tisch*. Ich griff in die Tasche, um es auszuschalten, erkannte aber auf dem Display Elisas Handynummer. Elisa, die ich seit der *Playboy*-Party weder gesehen noch gesprochen hatte; ebenjene Person, die aus welchem Grund auch immer – Mangelerscheinungen im Hirn, ausgeuferter Philip-Wahn oder schlicht aus Spaß an der Freude – Abby monatelang mit Informationen über mich gefüttert hatte. Die Neugier siegte. Ich verzog mich in die Küche.

»Hallo? Elisa?«

»Bette, bist du dran? Hör zu, ich hab Wahnsinnsneuigkeiten!«

»Und, die wären?«, fragte ich exakt so cool und reserviert und desinteressiert, wie ich mich anhören wollte.

»Also, mir ist eingefallen, dass du doch, äh, irgendwelche Verbindungen zu diesem Türsteher vom Bungalow hast, der jetzt das Sevgi aufgemacht hat?«

Wie üblich tat sie, als könnte sie sich nicht an Sammys Namen erinnern, aber ich hatte keine Lust mehr, sie darauf hinzuweisen. »Ja, stimmt. Ich bin übrigens im Moment gerade im Sevgi«, sagte ich.

»Echt? Du bist gerade in dem Restaurant? O Gott, das ist ja perfekt! Hör zu, ich habe gerade erfahren, dass Lindsay Lohan auf ihrem Weg von Los Angeles nach London eine Nacht in New York einlegt – du weißt doch, wir vertreten jetzt Von Dutch, und sie ist da die neue Sprecherin – und nun rate mal! Sie will heute Abend im Sevgi essen. Besteht unbedingt darauf. Ich hole sie gerade vom Mandarin Oriental ab. Keine Ahnung, wie viele Leute sie dabei hat, aber es dürften nicht mehr als ein halbes Dutzend sein. Wir sind in einer halben Stunde da, kann auch eine Stunde werden. Sag deinem Kochfreund, er soll das

VIP-Menü seines Lebens hinlegen, okay? Bette, stell dir bloß vor, was das für eine Reklame für ihn ist!« Vor lauter Aufregung bekam sie kaum noch Luft.

Ich müsste lügen, wenn ich behauptete, nicht kurz überlegt zu haben, ob ich es Sammy sagen sollte. Es wäre in der Tat eine irre Reklame für ihn – und der schnellste Weg, Erwähnung in den paar überregionalen Magazinen zu finden, die ihn noch nicht entdeckt hatten. Aber dann spähte ich durch das Fenster der Küchentür und sah Sammy einen Kuchen in die Mitte der Tafel stellen: ein rechteckiges Monstrum mit Unmengen von überdimensionalen Sahnetupfern und farbigem Zuckerguss. Und als ich mich vorbeugte, erkannte ich, dass der komplette Umschlag von *Ein großer, dunkler Cajun* bis ins letzte Detail aufgesprüht war. Alle lachten und deuteten darauf und fragten Will, wo ich abgeblieben sei.

Der Funke der Versuchung, aus Lindsay Lohan Kapital zu schlagen, erlosch, und ich sagte: »Danke, aber nein danke, Elisa. Heute Abend ist hier geschlossene Gesellschaft.«

Ich legte auf, bevor sie protestieren konnte, und kehrte zu den anderen zurück. *Und es war nicht mal gelogen*, dachte ich, während ich mich umschaute. *Das hier ist mit Sicherheit die Party der Saison*.

Dank

Mein besonderer Dank gilt drei Menschen, die mir bei diesem Buch zur Seite gestanden haben:

Marysue Rucci, meine einzigartige Lektorin und Meisterin in der Kunst, auf hundert verschiedene, so elegante wie subtile Weisen zu verstehen zu geben, dass etwas absoluter Bockmist ist.

David Rosenthal, mein Verleger; dank seinem Rolodex und seinen Dinnerpartys lebe ich nicht sieben Tage die Woche vom Heimservice.

Deborah Schneider, meine fantastische Agentin. Sie kümmert sich um die logistischen Details, damit ich die wichtigen literarischen Werke unserer Epoche verfassen kann.

Ein riesiges Dankeschön auch an Hanley Baxter, Aileen Boyle, Gretchen Braun, Britt Carlson, Jane Cha, Deborah Darrock, Nick Dewar, Lynne Drew, Wendy Finerman, Cathy Gleason, Tracey Guest, Maxine Hitchcock, Helen Johnstone, Juan Carlos Maciques, Diana Mackay, Victoria Meyer, Tara Parsons, Carolyn Reidy, Jack Romanos, Charles Salzberg, Vivienne Schuster, Jackie Seow, Peggy Siegal, Shari Smiley, Ludmilla Suvorova und Kyle White.

Und natürlich ein extragroßer Dank an meine Eltern Cheryl und Steve und an meine Schwester Diana. Ohne euch hätte ich niemals ein solches Meisterstück schreiben können.

Alle Figuren in diesem Buch sind frei erfunden, mit Ausnahme von Millington, dem Yorkshireterrier; sie ist Mitzy der Malteserkatze nachempfunden.